HEYNE BÜCHER

Tip des Monats

In derselben Reihe
erschienen außerdem als Heyne-Taschenbücher:

Victoria Holt · Band 23/6
Marie Louise Fischer · Band 23/33
Johanna Lindsey · Band 23/34
Robert Ludlum · Band 23/41
Johanna Lindsey · Band 23/43
Marie Louise Fischer · Band 23/45
John Saul · Band 23/50
Eric van Lustbader · Band 23/54
Barbara Cartland · Band 23/55
Mary Westmacott · Band 23/56
Pearl S. Buck · Band 23/58
Marie Louise Fischer · Band 23/63
Daphne Du Maurier · Band 23/64
Evelyn Sanders · Band 23/66
Philippa Carr · Band 23/67
Robert Ludlum · Band 23/68
Peter Straub · Band 23/70
Jackie Collins · Band 23/71
Marc Olden · Band 23/72
Mary Westmacott · Band 23/73
Dean Koontz · Band 23/76
Johanna Lindsey · Band 23/78
Marion Zimmer-Bradley · Band 23/79
Philippa Carr · Band 23/83
Evelyn Sanders · Band 23/84
Dean Koontz · Band 23/85
Marie Louise Fischer · Band 23/88
Eric van Lustbader · Band 23/89
Robert Ludlum · Band 23/90
Johanna Lindsey · Band 23/91
Ellis Peters · Band 23/92
Karen Robards · Band 23/93
Noel Barber · Band 23/94
Utta Danella · Band 23/95
Heinz G. Konsalik · Band 23/96
Ellen Tanner Marsh · Band 23/97
Marion Zimmer-Bradley · Band 23/98
Eric van Lustbader · Band 23/99
Catherine Coulter · Band 23/100
Dean Koontz · Band 23/101
Charlotte Link · Band 23/102
Johanna Lindsey · Band 23/103
Ellis Peters · Band 23/104
Philippa Carr · Band 23/105
Robert Ludlum · Band 23/106
Marie Louise Fischer · Band 23/107
Heinz G. Konsalik · Band 23/108
Jean Plaidy · Band 23/109
Ellis Peters · Band 23/110
Utta Danella · Band 23/111

Dean Koontz

ZWEI UNGEKÜRZTE ROMANE

Brandzeichen
In der Kälte der Nacht

WILHELM HEYNE VERLAG
MÜNCHEN

HEYNE TIP DES MONATS
Nr. 23/112

Aus dem Amerikanischen übersetzt von Heinz Nagel
(Der Titel erschien bereits in der Allgemeinen Reihe mit der Band-Nr. 01/8063)

Aus dem Amerikanischen übersetzt von Rolf Jurkeit
(Der Titel erschien bereits in der Allgemeinen Reihe mit der Band-Nr. 01/8251 und in der Reihe »Unheimliche Bücher« mit der Band-Nr. 11/25)

Printed in Germany 1995
Umschlaggestaltung: Atelier Ingrid Schütz, München
Umschlagillustration: Mall, Stuttgart
Gesamtherstellung: Elsnerdruck, Berlin

ISBN 3-453-08312-1

Brandzeichen

Gewidmet

Lennart Sane –

der Beste in dem, was er tut
und außerdem ein netter Kerl –
und

Elisabeth Sane,

die an Charme ihrem Mann
in nichts nachsteht.

Erster Teil

Die Vergangenheit in Stücke schlagen

Die Vergangenheit ist nur der Anfang eines Anfangs,
und alles, was ist und gewesen ist,
ist nichts als Zwielicht der Morgendämmerung.

H. G. Wells

Das Zusammentreffen zweier Persönlichkeiten
ist wie das Aufeinandertreffen
zweier chemischer Substanzen: Findet eine
Reaktion statt, werden beide verwandelt.

C. G. Jung

EINS

1

An seinem sechsunddreissigsten Geburtstag, dem 18. Mai, stand Travis Cornell um fünf Uhr früh auf. Er zog derbe Wanderstiefel, Jeans und ein langärmeliges blaukariertes Baumwollhemd an. Von seinem Heim in Santa Barbara steuerte er seinen Pick-up südwärts, bis ganz hinunter zum Santiago Canyon am Ostrand des Orange County südlich von Los Angeles. Mitgenommen hatte er nur eine Schachtel Oreo-Kekse, in einer Feldflasche Cool-Aid mit Orangengeschmack sowie eine voll geladene Smith & Wesson .38 Chief's Special.

Während der zweieinhalbstündigen Fahrt schaltete er kein einziges Mal das Radio ein. Auch summte, pfiff oder sang er nicht vor sich hin, wie Männer das häufig tun, wenn sie allein sind. Während eines Teils der Fahrt lag der Pazifik zu seiner Rechten. Die morgendliche See war gegen den Horizont hin dräuend schwarz, hart und kalt wie Schiefer, näher am Ufer aber übersät von hellen Flecken, die das Frühlicht in der Farbe von Pennymünzen und Rosenblättern über die Wasserfläche legte. Doch Travis warf keinen einzigen bewundernden Blick auf das lichtgeschmückte Meer.

Er war ein hagerer, sehniger Mann, mit tief in den Höhlen liegenden Augen, die vom gleichen dunklen Braun waren wie sein Haar. Das Gesicht war schmal, mit einer edel geformten Nase, hohen Backenknochen und einem leicht spitzen Kinn. Ein asketisches Gesicht, das zu einem Ordensmann gepaßt hätte, der noch an Selbstgeißelung glaubte und an die Reinigung der Seele durch das Leid. Leid hatte er weiß Gott genug erfahren. Aber dieses Gesicht konnte auch Wärme und Offenheit ausstrahlen. Mit seinem Lächeln hatte er einmal die Frauen bezaubert, wenn auch nicht in letzter Zeit. Er hatte lange nicht mehr gelächelt.

Die Kekse, die Feldflasche und der Revolver steckten in einem kleinen grünen Nylonrucksack mit schwarzen Nylongurten, den er jetzt auf dem Sitz neben sich liegen hatte. Gelegentlich warf er einen Blick darauf, und dann war es ihm, als könnte er durch den Stoff hindurch die geladene Chief's Special sehen.

Von der Santiago Canyon Road im Orange County bog er in eine viel schmalere Nebenstraße ein und ein kurzes Stück weiter in eine die Reifen stark beanspruchende Schotterstraße. Wenige Minuten nach halb neun parkte er den roten Pick-up auf einem Rastplatz unter den ausladenden, stacheligen Zweigen eines Nadelbaums.

Er schob die Tragegurte des kleinen Rucksacks über die Schultern und machte sich auf den Weg in die Vorberge des Santa-Ana-Gebirges. Aus seiner Jugend kannte er hier jeden Hang, jedes Tal, jeden Hohlweg und jeden Kamm. Seinem Vater hatte im oberen Holy Jim Canyon, dem vielleicht abgelegensten aller bewohnten Canyons, eine Steinhütte gehört, und Travis hatte Wochen damit verbracht, meilenweit im Umkreis die Wildnis zu erforschen.

Er liebte diese ungezähmten Canyons. Als er ein Junge gewesen war, hatten Schwarzbären die Wälder durchstreift; die waren jetzt fort. Aber Maultierhirsche konnte man noch finden, wenn auch nicht mehr in so großer Zahl wie vor zwei Jahrzehnten. Doch wenigstens die schönen Falten und Brüche des Bodens, das reiche, vielfältige Buschwerk und die Bäume waren noch so, wie sie einmal gewesen waren: Über weite Strecken ging es unter dem Blätterdach immergrüner kalifornischer Eichen und Sykomoren dahin.

Hier und da kam er an einzelnen oder in Gruppen stehenden Hütten vorüber. Einige von den Canyonbewohnern setzten ihre Überlebensphilosophie nur halbherzig in die Tat um; sie meinten zwar, das Ende der Zivilisation sei nahe, hatten aber nicht den Mut, noch unwirtlichere Orte aufzusuchen. Die meisten waren ganz gewöhnliche Leute, die das Getriebe des modernen Lebens satt hatten und es sich hier auch ohne Leitungswasser, Kanalisation und Elektrizität gutgehen ließen.

So abgelegen die Canyons zu sein schienen, sie würden doch bald unter den auswuchernden Vororten begraben liegen. Im Umkreis von hundertfünfzig Kilometern lebten in den einander überlappenden Counties von Orange und Los Angeles beinahe zehn Millionen Menschen, und das Wachstum ließ nicht nach.

Jetzt aber fiel kristallklares, alles enthüllendes Licht auf das ungezähmte Land, Licht von einer Dichte fast wie Regen, und alles war rein und wild.

Auf dem baumlosen Rückgrat eines Felskammes, wo das während der kurzen Regenzeit niedrig sprossende Gras bereits wieder dürr und braun geworden war, setzte sich Travis auf eine große Felstafel und nahm den Rucksack ab.

Eine eineinhalb Meter lange Klapperschlange sonnte sich auf einem anderen flachen Felsen in etwa fünfzehn Meter Entfernung. Sie hob den bösartigen, keilförmigen Kopf und faßte ihn ins Auge.

Als Junge hatte er in diesen Bergen Dutzende von Klapperschlangen getötet. Er holte den Revolver aus dem Rucksack und stand auf. Er ging ein paar Schritte auf die Schlange zu.

Die Klapperschlange richtete sich weiter vom Boden auf und starrte ihn eindringlich an.

Travis machte einen weiteren Schritt, dann noch einen, ging in Schußstellung, die Waffe mit beiden Händen haltend.

Der Schlangenleib geriet in windende Bewegung. Aber bald würde das Tier erkennen, daß es auf diese Distanz nicht zustoßen konnte, und den Rückzug anzutreten versuchen.

Obwohl Travis überzeugt war, daß er leichtes und sicheres Ziel hatte, stellte er überrascht fest, daß er es nicht fertigbrachte, abzudrücken. Er war in diese Vorberge nicht nur deshalb gekommen, um sich eine Zeit in Erinnerung zu rufen, in der er seines Lebens froh gewesen war, sondern auch, um Schlangen zu töten, falls er welche zu Gesicht bekäme. In letzter Zeit hatten die Einsamkeit und die schiere Sinnlosigkeit seines Lebens ihn abwechselnd deprimiert und geärgert, sein nervlicher Zustand glich dem einer gespannten Armbrustsehne. Und diese Anspannung bedurfte der Lösung durch gewalttätige Aktivität; ein paar Schlangen zu töten — womit ja niemand ein Schaden zugefügt wurde — erschien ihm als perfektes Rezept in seiner Bedrängnis. Als er jetzt freilich diese Klapperschlange anstarrte, erkannte er, daß ihre Existenz weniger sinnlos war als seine: Sie füllte eine ökologische Nische aus und hatte wahrscheinlich mehr Freude am Leben als er seit langem. Er begann zu zittern, die Waffe wanderte aus dem Ziel, und er fand in sich nicht den Willen zu schießen. Er war nicht würdig, Vollstrecker zu sein, also senkte er den Revolver und kehrte zu der Felsplatte zurück, wo er seinen Rucksack liegengelassen hatte.

Die Schlange war offensichtlich friedlich gestimmt, denn ihr Kopf senkte sich in geschmeidiger Bewegung auf den Stein zurück, dann lag sie still.

Nach einer Weile riß Travis das Päckchen Oreos auf. In seiner Jugend waren das seine Lieblingskekse gewesen. Seit fünfzehn Jahren hatte er keine mehr gegessen, und sie schmeckten fast so gut, wie er sie in Erinnerung hatte. Er trank Cool-Aid aus der Feldflasche, aber das befriedigte ihn bei weitem nicht so wie das Backwerk. Für seinen Erwachsenengaumen war das Zeug viel zu süß.

Man kann die Unschuld, die Begeisterung, die Freuden und die Gefräßigkeit der Jugendzeit wieder herbeirufen, doch wohl nie ganz zurückgewinnen, dachte er.

Er ließ Klapperschlange und Sonne in ihrer Zweisamkeit zurück, schulterte aufs neue seinen Rucksack und stieg den Südhang des Kamms hinunter in den Schatten der Bäume am oberen Ende des Canyons, wo die Luft erfüllt war vom erfrischenden Duft der im Frühjahrswachstum stehenden immergrünen Gehölze. Auf der leicht nach Westen abfallenden Canyonsohle, wo tiefe Dunkelheit herrschte, wandte er sich nach Westen und folgte einem Wildpfad.

Einige Minuten danach kam er zu einem Paar großer kalifornischer Sykomoren, die sich zueinander neigten und so eine Art Bogen bildeten, durchschritt diesen und erreichte eine Stelle, wo das Sonnenlicht in eine Waldschneise flutete. Am anderen Ende der Lichtung führte die Spur in weiteres Gehölz, wo Rottannen, Lorbeerbäume und Sykomoren dichter standen als irgendwo sonst. Vor ihm fiel der Boden steil ab, strebte der Canyonsohle zu. Er stand am Rande des Lichteinfalls, die Spitzen seiner Stiefel bereits im Schatten, und schaute den abschüssigen Pfad hinunter. Nur etwa fünfzehn Meter weit konnte er sehen, dann fiel fugenloses Dunkel über die Fährte.

Travis wollte eben seinen Weg fortsetzen, als ein Hund aus dem dürren Gebüsch zu seiner Rechten brach und keuchend und hechelnd geradewegs auf ihn zurannte. Es war ein Golden

Retriever, dem Aussehen nach sogar reinrassig. Ein Rüde. Er schätzte ihn auf wenig älter als ein Jahr, denn obwohl bereits nahezu ausgewachsen, hatte er doch noch etwas von der Munterkeit des Welpen an sich. Sein dickes Fell war feucht, kotig, verfilzt, zerzaust und voll Kletten und abgerissenem Strauchwerk. Der Hund blieb vor ihm stehen, ließ sich auf die Hinterbeine nieder, legte den Kopf seitlich und blickte ihn mit unzweifelhaft freundlichem Ausdruck an.

So schmutzig der Hund war, so anziehend wirkte er nichtsdestoweniger. Travis beugte sich hinunter, tätschelte ihm den Kopf und kraulte ihn hinter den Ohren.

Halb rechnete er damit, daß der Besitzer jeden Augenblick keuchend und vielleicht erbost über den Ausreißer aus dem Busch auftauchen werde. Niemand kam. Als ihm einfiel, nach Halsband und Hundemarke zu suchen, fand er nichts.

»Du bist doch nicht etwa ein wilder Hund — oder, Junge?«

Der Retriever schniefte.

»Nein, für einen wilden bist du zu freundlich. Doch wohl nicht verlaufen, oder?«

Er stieß mit der Schnauze gegen seine Handfläche.

Jetzt entdeckte er, außer dem schmutzigen, zerzausten Fell, auch noch eingetrocknetes Blut am rechten Ohr. An den Vorderpfoten war frisches Blut zu sehen, als wäre er längere Zeit über felsiges Gelände gerannt, so daß die Ballen aufgeplatzt waren.

»Scheinst 'ne schwere Reise hinter dir zu haben, Junge.«

Der Hund winselte leise, als wolle er dem zustimmen.

Er fuhr fort, ihn am Rücken zu streicheln und hinter den Ohren zu kraulen, aber nach ein paar Minuten wurde ihm klar, daß er bei dem Hund etwas suchte, das er ihm nicht geben konnte: Sinn und Ziel, Trost in seiner Verzweiflung.

»So, und jetzt geh!« Er verpaßte dem Retriever einen leichten Klaps auf die Flanke, richtete sich auf und streckte sich.

Der Hund blieb vor ihm stehen.

Er schritt an ihm vorbei, auf den schmalen Pfad zu, der in die Dunkelheit hinunterführte.

Der Hund schoß um ihn herum, blockierte den Pfad.

»Beweg dich, Junge.«

Der Retriever zeigte die Zähne und gab ein tiefes, kehliges Knurren von sich.

Travis runzelte die Stirn. »Beweg dich. So ist's brav.«

Als er versuchte, an dem Retriever vorbeizugehen, knurrte dieser, schnappte nach seinen Beinen.

Travis tänzelte zwei Schritte zurück. »He, was ist denn in dich gefahren?«

Der Hund hörte zu knurren auf und hechelte bloß.

Er machte wieder einen Schritt vorwärts, aber diesmal sprang der Hund ihn noch wilder an als zuvor, immer noch ohne zu bellen, aber sein Knurren wurde jetzt lauter, er schnappte ein paarmal nach seinen Beinen und trieb ihn rückwärts über die Lichtung. Travis machte auf dem schlüpfrigen Teppich aus abgefallenen Tannen- und Fichtennadeln acht oder zehn ungeschickte Schritte, stolperte dann über die eigenen Füße und fiel auf sein Hinterteil.

Im Augenblick, da Travis am Boden war, wandte der Hund sich von ihm ab. Er trottete quer über die Lichtung zum Rand des nach unten führenden Pfads und spähte in die Dunkelheit hinab. Seine Schlappohren hatten sich so weit aufgerichtet, wie die eines Retrievers das vermögen.

»Verdammter Hund!« sagte Travis.

Der Hund ignorierte ihn.

»Was, zum Teufel, ist mit dir los, du Köter?«

Doch der Hund stand im Schatten und starrte weiter den Pfad hinunter, in die Schwärze am Grunde des von Bäumen bestandenen Canyonhanges. Sein Schweif hing herab, war fast zwischen die Beine geklemmt.

Travis griff sich ein halbes Dutzend kleiner Steine vom Boden, stand auf und schleuderte einen nach dem Retriever. An der Hinterpartie getroffen, daß es sicherlich weh tat, japste der Hund nicht etwa, sondern fuhr überrascht herum.

Jetzt hab' ich's geschafft, dachte Travis. Jetzt geht er mir an die Kehle.

Aber der Hund sah ihn nur anklagend an — und versperrte weiterhin den Zugang zum Wildpfad.

Irgend etwas im Verhalten des zerzausten Hundes — im Blick der weit auseinanderliegenden dunklen Augen oder in der Art, wie er den großen Kopf hielt — ließ Travis Reue darüber empfinden, daß er einen Stein nach ihm geworfen hatte. Der schäbige, verdammte Hund sah ihn enttäuscht an, und er schämte sich.

»He, hör zu«, sagte er. »Du hast schließlich angefangen, das weißt du.«

Der Hund starrte bloß.

Travis ließ die anderen Steine los.

Der Hund warf einen Blick auf die fallengelassenen Wurfgeschosse und hob dann erneut die Augen. Travis hätte schwören mögen, daß er in dem Hundegesicht Billigung entdeckte.

Travis hätte umkehren können. Oder sich einen anderen Weg hinunter in den Canyon suchen können. Aber jetzt hatte ihn jenseits aller Vernunft eine Entschlossenheit gepackt, seinen Weg fortzusetzen, dorthin zu gehen, wohin er gehen *wollte,* bei Gott. An diesem Tag, ausgerechnet an diesem, würde er sich von einer Nebensächlichkeit wie diesem widerspenstigen Hund nicht abhalten oder gar behindern lassen.

Er richtete sich auf, schubste den Rucksack mit den Schultern wieder in die richtige Lage, atmete tief die würzige, nach Fichtennadeln duftende Luft ein und schritt entschlossen quer über die Lichtung.

Der Retriever begann wieder zu knurren, nicht besonders laut, aber drohend. Seine Lefzen gaben die Zähne frei.

Schritt für Schritt verließ Travis der Mut, und als er noch etwa einen Meter von dem Hund entfernt war, entschied er sich für ein anderes Vorgehen. Er blieb stehen, schüttelte den Kopf und redete mit sanfter Stimme tadelnd auf den Hund ein: »Böser Hund. Ein wirklich böser Hund bist du. Weißt du das? Was ist denn nur in dich gefahren? Hm? Siehst gar nicht so aus wie ein böser Hund — eher wie ein braver Hund.«

Während er so den Retriever zu beschwichtigen suchte, hörte der zu knurren auf. Sein buschiger Schweif wedelte probeweise ein-, zweimal.

»So ist's brav«, schmeichelte Travis. »So ist's besser. Wir zwei können doch Freunde sein, hm?«

Der Hund gab ein versöhnliches Winseln von sich, jenes vertraute, einschmeichelnde Geräusch, mit dem alle Hunde ihrem natürlichen Wunsch, geliebt zu werden, Ausdruck geben.

»So, jetzt kommen wir miteinander klar«, sagte Travis und machte einen weiteren Schritt auf den Retriever zu, in der Absicht, sich hinunterzubeugen und ihn zu streicheln.

Sofort sprang der Hund ihn knurrend an und trieb ihn über die Lichtung zurück. Seine Zähne verbissen sich in das eine

Bein seiner Jeans, er schüttelte wütend daran. Travis trat nach ihm, verfehlte ihn. Als er durch den Tritt ins Leere das Gleichgewicht verlor und ins Taumeln geriet, schnappte der Hund nach dem anderen Hosenbein, rannte im Kreis um ihn herum und zog ihn mit sich. Er hopste verzweifelt, um mit seinem Widersacher Schritt zu halten, stolperte aber und krachte wieder zu Boden.

»Scheiße!« sagte er und kam sich dabei maßlos albern vor.

Der Hund hingegen, wieder in freundliche Stimmung verfallen, winselte und leckte ihm eine Hand.

»Du bist schizophren«, sagte Travis.

Der Hund kehrte zum anderen Ende der Lichtung zurück. Stand da, den Rücken ihm zugewendet, und starrte den Wildpfad hinunter, der durch die kühlen Schatten der Bäume in die Tiefe führte. Jäh senkte er den Kopf und machte einen Buckel. Die Muskeln an Rücken und Höcker spannten sich sichtbar, als bereite er sich darauf vor, loszurennen.

»Was siehst du denn?« Plötzlich war Travis bewußt, daß den Hund nicht etwa der Pfad selbst in seinen Bann zog, sondern möglicherweise irgend etwas *auf* dem Pfad. »Berglöwe?« fragte er laut, während er aufstand. In seiner Jugend hatten Kuguare, eine Berglöwenart, diese Wälder unsicher gemacht, und er nahm an, daß einige immer noch an ihren Revieren festhielten.

Der Retriever gab ein grollendes Geräusch von sich, das diesmal nicht Travis galt, sondern dem, was seine Aufmerksamkeit auf sich lenken mochte. Es war ein leises, kaum hörbares Grollen, und Travis schien es, als empfände der Hund zugleich Zorn und Angst.

Kojoten? Davon trieb sich in den Vorbergen eine ganze Menge herum. Ein Rudel hungriger Kojoten könnte sogar einem kräftigen Tier wie diesem Golden Retriever Angst machen.

Erschreckt aufjapsend, vollführte der Hund eine schnelle Drehung, weg von dem im Schatten liegenden Pfad. Er hetzte auf ihn zu, an ihm vorbei und zum gegenüberliegenden Gehölz. Travis dachte, er werde gleich im Wald verschwinden. Aber an dem Bogen, den die zwei Sykomoren bildeten und durch den Travis erst vor wenigen Minuten gekommen war, verhielt der Hund und schaute erwartungsvoll zurück. Mit allen Anzeichen der Enttäuschung und Angst hastete er wieder in Travis' Richtung, umkreiste ihn schnell, schnappte nach seinem Hosenbein und bewegte sich windend rückwärts, ihn mit sich zu zerren versuchend.

»Langsam, langsam!« sagte er. »Okay.«

Der Retriever ließ los. »Wuff!« machte er, eher ein heftiges Ausatmen als ein Bellen.

Offenbar — und erstaunlicherweise — hatte der Hund ihn ganz mit Absicht davon abgehalten, den im Düstern liegenden Teil des Wildpfads zu betreten, weil dort unten etwas war. Etwas Gefährliches. Und jetzt wollte der Hund, daß er floh, weil diese gefährliche Kreatur näher rückte.

Irgend etwas kam. Aber was?

Travis war nicht beunruhigt, nur neugierig. Was auch immer näher kam, es mochte einen Hund ängstigen; aber nichts, was in diesen Wäldern lebte, nicht einmal ein Kojote oder ein Kuguar, würde einen erwachsenen Menschen angreifen.

Mit ungeduldigem Winseln versuchte der Retriever aufs neue, eines von Travis' Hosenbeinen zu packen.

Sein Verhalten war ungewöhnlich. Wenn er Angst hatte, warum rannte er dann nicht einfach weg und vergaß ihn? Er war nicht sein Herr; der Hund schuldete ihm nichts, weder Zuneigung noch Schutz. Streunende Hunde haben kein Pflichtgefühl Fremden gegenüber, kein Gefühl für Moral, kein Gewissen. Wofür hielt dieses Tier sich eigentlich — für eine Art Samariter wie Lassie?

»Schon gut, schon gut«, sagte Travis und schüttelte den Retriever ab. Er folgte ihm zu dem Sykomorenbogen.

Der Hund hetzte voraus, den ansteigenden Weg hinauf, der zum Canyonrand führte, durch dünner werdenden Baumbestand und helleres Licht.

Travis blieb bei den Sykomoren stehen. Mit gerunzelter Stirn blickte er quer über die in praller Sonne liegende Lichtung auf das nachtschwarze Loch im Gehölz, wo der Pfad seinen Abstieg begann. Was kam da?

Die schrillen Schreie der Zikaden verstummten gleichzeitig, als hätte man die Nadel eines Grammophons von der Platte gehoben. Eine unnatürliche Stille lag über dem Wald.

Und dann hörte Travis etwas den lichtlosen Pfad heraufstürmen. Ein Scharren. Ein Klappern wie von losgetretenen Steinen. Ein schwaches Rascheln von trockenem Buschwerk.

Das Ding klang näher, als es wahrscheinlich war, denn das Geräusch wurde durch das Echo im engen Tunnel der Bäume verstärkt. Nichtsdestoweniger kam das Geschöpf schnell näher. Sehr schnell.

Zum erstenmal hatte Travis das Gefühl, ernsthaft in Gefahr zu sein. Er wußte, daß im Wald nichts groß oder mutig genug war, ihn anzugreifen. Aber sein Verstand wurde vom Instinkt glatt überfahren. Sein Herz hämmerte.

Über ihm, auf dem höher liegenden Pfad, hatte der Retriever sein Zögern bemerkt. Er bellte aufgeregt.

Vor Jahren hätte er vielleicht gedacht, ein wütender Schwarzbär rase den Pfad herauf, durch Krankheit oder Schmerz zum Wahnsinn getrieben. Aber die Hüttenbewohner und die Wochenendausflügler, Vorreiter der Zivilisation, hatten die wenigen übriggebliebenen Bären weiter hinein in die Santa-Ana-Berge getrieben.

Dem Geräusch nach zu schließen, würde das unbekannte Tier in Sekunden die Lichtung zwischen dem oberen und unteren Pfad erreichen.

Schauer wanderten über Travis' Rückgrat, gleich schmelzenden Hagelschloßen, die an einer Fensterscheibe herunterrinnen.

Er wollte sehen, was das für ein Ding war, gleichzeitig aber hatte ihn eiskalte Angst gepackt, rein instinktive Furcht.

Weiter oben im Canyon bellte der Golden Retriever drängend.

Travis drehte sich um und rannte.

Er war in ausgezeichneter Verfassung, hatte kein Pfund Übergewicht. Angeführt von dem keuchenden Retriever, winkelte Travis die Arme an und hetzte den Wildpfad hinauf, die wenigen tiefhängenden Äste geduckt passierend. Die genagelten Sohlen seiner Wanderstiefel gaben guten Halt; zwar kam er auf lockeren Steinen und glitschigen Schichten trockener Fichtennadeln ins Gleiten, aber er fiel nicht hin. Und während er durch ein Scheinfeuer aus flackerendem Sonnenlicht und Schatten rannte, begann ein anderes Feuer in seinen Lungen zu brennen.

Travis Cornells Leben war reich an Gefahren und tragischem Geschehen gewesen, aber nie war er vor etwas zurückgeschreckt. Kam es zum Ärgsten, stellte er sich ruhig dem Verderben, dem Schmerz, der Furcht. Jetzt aber geschah etwas Eigenartiges: Er verlor die Kontrolle über sich. Zum ersten Mal in seinem Leben erfaßte ihn Panik. Furcht durchdrang ihn, rührte an einen Urtrieb tief im Inneren, an den noch nie etwas herangekommen war. Und während er rannte, spürte er, wie ihn eine Gänsehaut überlief und ihm der kalte Schweiß ausbrach, und wußte doch nicht, *warum* der unbekannte Verfolger ihm solch urtümlichen Schrecken einjagte.

Er blickte sich nicht um. Anfangs wollte er die Augen nicht von dem gewundenen Pfad wenden, aus Angst, gegen einen tiefhängenden Ast zu stoßen. Aber während er rannte, schwoll die Panik in ihm an, und als er ein paar hundert Meter zurückgelegt hatte, war der Grund, weshalb er sich nicht umsah, die Angst vor dem, was er vielleicht sehen würde.

Er wußte, daß seine Reaktion gegen jede Vernunft war. Das Prickeln im Genick, die Eiseskälte in seinen Gedärmen waren Anzeichen einer rein abergläubischen Furcht. Der zivilisierte, gebildete Mensch Travis Cornell hatte die Zügel an den verängstigten, kindlichen Wilden, der in jedem menschlichen Wesen steckt — das genetische Gespenst dessen, was wir einmal waren — abgegeben und konnte nicht ohne weiteres die Kontrolle zurückgewinnen, obwohl ihm die Absurdität seines Verhaltens bewußt war. Der nackte Instinkt herrschte jetzt, und dieser Instinkt sagte ihm, daß er rennen mußte, rennen, zu denken aufhören und einfach rennen.

Nahe dem oberen Ende des Canyons bog der Pfad nach links und wand sich die steile Nordwand hinauf bis zum Kamm. Travis hetzte um eine Biegung, sah einen Baumstamm im Weg liegen, sprang, verfing sich aber mit einem Fuß im modernden Holz. Er fiel vornüber platt auf den Bauch. Benommen lag er da, ohne Atem, konnte sich nicht bewegen, erwartete, etwas werde sich auf ihn stürzen und ihm die Kehle zerfetzen.

Der Retriever hetzte den Pfad zurück, übersprang Travis, landete sicher hinter ihm. Er bellte wild an, was immer ihnen nachjagte, viel drohender jetzt als vorhin, als er Travis auf der Lichtung angegriffen hatte.

Travis wälzte sich zur Seite und setzte sich keuchend auf. Unten auf dem Pfad sah er nichts. Dann erkannte er, daß aus dieser Richtung den Retriever nichts beunruhigte, daß dieser vielmehr quer auf dem Pfad stand und sich dem Unterholz östlich von ihnen zuwandte. Er bellte, dabei Geifer verspritzend, schrill und so lautstark, daß es Travis in den Ohren weh tat. Die wilde Wut dieser Laute wirkte einschüchternd. Der Hund warnte den unsichtbaren Feind, nicht näher zu kommen.

»Ganz ruhig, Junge«, sagte Travis gedämpft. »Ruhig.«

Der Retriever hörte zu bellen auf, schaute aber Travis nicht an. Er starrte unverwandt in die Büsche, zog die schwarzen Lefzen von den Zähnen zurück und ließ tief in der Kehle ein Knurren hören.

Immer noch heftig atmend, kam Travis auf die Beine und blickte nach Osten ins Gehölz. Immergrüne Gewächse, Sykomoren, ein paar Lärchen. Schatten wie dunkle Tuchfetzen waren da und dort durch goldene Nadeln und Lichtkeile an ihren Platz geheftet. Büsche. Dornengestrüpp. Kletterpflanzen. Ein paar verwitterte, zahnähnliche Felsformationen. Nichts, was außergewöhnlich gewesen wäre.

Als er sich hinunterbeugte und dem Retriever die Hand auf den Kopf legte, hörte der Hund zu knurren auf, als verstünde er seine Absicht. Travis hielt den Atem an und lauschte nach Bewegung im Gebüsch.

Die Zikaden blieben stumm. Kein Vogel sang in den Bäumen. Der Wald war so still, als hätte das riesige, kunstvolle Uhrwerk des Universums zu ticken aufgehört.

Er war sicher, daß nicht er die Ursache der abrupten Stille war. Vorhin hatte sein Marsch durch den Canyon weder Vögel noch Zikaden gestört.

Da war etwas. Ein Eindringling, den die gewöhnlichen Waldgeschöpfe offensichtlich nicht billigten.

Er holte tief Luft und hielt den Atem an, lauschte angestrengt, um die leiseste Bewegung im Wald zu hören. Und jetzt vernahm er das Rascheln im Gebüsch, das Knacken eines Zweiges, das weiche Knirschen trockener Blätter — und den entnervend fremdartigen, schweren, rauhen Atem von etwas Großem. Es klang, als wäre es etwa zwölf Meter entfernt, aber er konnte seinen Standort nicht genau bestimmen.

Der Retriever neben ihm war erstarrt. Seine Schlappohren waren leicht aufgerichtet, lauschten nach vorn.

Der rasselnde Atem des unbekannten Widersachers war so

schauerlich — sei es nun wegen der Echowirkung des Waldes und des Canyons oder einfach deshalb, weil das Ganze schauerlich war —, daß Travis schnell seinen Rucksack abnahm, die Lasche aufzog und die geladene 38er herausholte.

Der Hund starrte den Revolver an. Travis hatte das unheimliche Gefühl, das Tier wisse, was ein Revolver war, und sei mit der Waffe einverstanden.

Travis fragte sich, ob das Ding im Wald ein Mensch sei, und rief: »Wer ist da? Kommen Sie raus, damit ich Sie sehen kann!«

In den heiseren Atem im Gebüsch mischte sich jetzt ein dumpfes, drohendes Knurren. Der grausige, kehlige Laut ließ Travis hochfahren. Sein Herz schlug noch heftiger, er wurde ebenso starr wie der Retriever an seiner Seite. Einige endlos dahintickende Sekunden lang begriff er nicht, warum allein dieses Geräusch einen solchen Strom der Angst durch seinen Körper jagte. Dann wurde ihm bewußt, daß das, was ihn so erschreckte, die Mehrdeutigkeit des Geräusches war: Das Knurren der Bestie war ganz eindeutig das eines Tieres... Und doch war da noch eine nicht beschreibbare Eigenschaft, die auf Intelligenz schließen ließ, ein Klang, ein Tonfall, fast wie der Ton, den ein wütender *Mensch* von sich geben würde. Je mehr er lauschte, desto mehr kam Travis zu dem Schluß, daß es weder eindeutig ein tierisches noch ein menschliches Geräusch war. Aber wenn es keines von beiden war... was, zum Teufel, war es dann?

Er sah, wie die hohen Büsche sich bewegten. Genau vor ihm. Etwas kam auf ihn zu.

»Halt!« sagte er scharf. »Keinen Schritt weiter!«

Doch es kam näher.

Jetzt war es noch zehn Meter entfernt.

Rückte langsam vor. Vielleicht etwas vorsichtig geworden. Verringerte nichtsdestoweniger den Abstand.

Der Golden Retriever begann drohend zu knurren, warnte erneut das Geschöpf, das sich an sie heranpirschte. Aber man konnte sehen, wie seine Flanken bebten, und auch sein Kopf zitterte. Obwohl er das Ding im Gebüsch zum Kampf aufforderte, hatte er im Innersten Furcht davor.

Die Furcht des Hundes war entnervend. Retriever waren für ihren Mut und ihre Kühnheit bekannt. Man hatte sie als Begleiter für Jäger gezüchtet und setzte sie häufg bei gefährlichen Rettungsoperationen ein. Welche Gefahr, welcher Widersacher konnte einem starken, stolzen Hund wie diesem solche Angst einjagen?

Das Ding im Busch rückte immer noch näher, war jetzt höchstens sieben Meter entfernt.

Obwohl bis jetzt nichts Ungewöhnliches in Erscheinung getreten war, erfüllte ihn abergläubische Angst, das Gefühl der Gegenwart von etwas nicht Bestimmbarem, Unheimlichem. Er versuchte sich immer wieder einzureden, er sei auf einen Kaguar gestoßen, bloß auf einen Berglöwen, der wahrscheinlich viel mehr Angst hatte als er. Aber das eisige Prickeln, das vom Ansatz seiner Wirbelsäule ausging und sich bis über seine Kopfhaut ausbreitete, verstärkte sich jetzt. Seine Hand war schweißnaß, so daß er fürchtete, der Revolver könnte ihm entgleiten.

Fünf Meter.

Travis richtete die 38er nach oben und gab einen Warnschuß ab. Die Detonation peitschte durch den Wald, der Schall wanderte durch den langen Canyon hinunter.

Der Retriever zuckte nicht einmal, aber das Ding im Gebüsch wandte sich sofort von ihnen ab und rannte davon, bergauf in nördlicher Richtung, auf den Canyonrand zu. Travis konnte es nicht sehen, aber an der Bewegung im hüfthohen Gebüsch deutlich seinen Weg verfolgen.

Ein oder zwei Sekunden lang war er erleichtert, weil er glaubte, es verscheucht zu haben. Dann sah er, daß es eigentlich nicht davonrannte. Es schlug einen Bogen nach Nord-Nordwest, der es auf den Wildpfad über ihnen bringen würde. Travis spürte, daß das Geschöpf versuchte, ihnen den Weg abzuschneiden, um sie zu zwingen, den Canyon auf der unteren Route zu verlassen, wo sich ihm bessere Angriffsmöglichkeiten bieten würden. Er verstand zwar nicht, wie er das wissen konnte, er *wußte* es einfach.

Sein ererbter Überlebensinstinkt trieb ihn zum Handeln, ohne daß er über jede seiner Bewegungen nachzudenken brauchte; er tat automatisch das, was nötig war. Diese animalische Instinktsicherheit hatte er seit seinem Militäreinsatz vor fast zehn Jahren nicht mehr verspürt.

Bemüht, die verräterische Bewegung im Gebüsch rechts von

ihm im Auge zu behalten, entledigte er sich des Rucksacks, behielt nur die Waffe und hetzte den steilen Pfad hinauf. Der Retriever rannte hinter ihm her. Aber so schnell er auch war, er war nicht schnell genug, um den unbekannten Feind zu überholen. Als ihm klar wurde, daß die Kreatur den Pfad ein gutes Stück weiter oben erreichen würde, gab er noch einen Warnschuß ab, der aber diesmal den Widersacher weder erschreckte noch vom Weg abbrachte. Zweimal feuerte er in die Büsche selbst, dorthin, wo sich Bewegung zeigte, ohne Rücksicht darauf, ob das dort ein *Mensch* war. Und es wirkte. Er glaubte nicht, daß er getroffen hatte, aber er hatte ihm endlich Angst gemacht, und es wandte sich in eine andere Richtung.

Travis rannte weiter, wollte unbedingt den Canyonrand erreichen, wo entlang des Kammes die Bäume weniger dicht standen, das Buschwerk spärlich wuchs und das grell einfallende Sonnenlicht keinen schützenden Schatten zuließ.

Als er ein paar Minuten später den Grat erreichte, war er völlig außer Atem. Seine Waden und Schenkel brannten. Sein Herz schlug so heftig, daß es ihn nicht überrascht hätte, wenn ein anderer Bergkamm das Echo des Herzschlags aufgenommen und es ihm quer über den Canyon hinweg zurückgeworfen hätte.

Hier war die Stelle, wo er Rast gemacht und ein paar Oreos gegessen hatte. Die Klapperschlange, die sich vorhin auf einer großen Felsplatte gesonnt hatte, war verschwunden.

Der Golden Retriever war Travis gefolgt. Er stand hechelnd neben ihm und spähte den Hang hinunter, den sie gerade heraufgekommen waren.

Leicht benommen und vom Wunsch erfüllt, sich hinzusetzen und auszuruhen, aber wohl wissend, daß ihm immer noch Gefahr drohte, eine Gefahr völlig unbekannter Art, schaute Travis ebenfalls den Wildpfad hinunter, ließ den Blick über das von hier sichtbare Unterholz gleiten. Falls das Schleichwesen sie weiterhin verfolgte, dann ging es jetzt weit umsichtiger vor, überwand Hänge, ohne Gräser und Sträucher zu bewegen.

Der Retriever winselte und zupfte einmal an Travis' Hosenbein. Er rannte über den schmalen Felskamm zu einer Schrägung, über die sie in den nächsten Canyon gelangen konnten. Offenbar glaubte der Hund, daß sie noch nicht außer Gefahr waren und besser in Bewegung blieben.

Travis teilte diese Überzeugung. Seine atavistische Furcht — und das Vertrauen auf den Instinkt, den diese Furcht weckte — ließ ihn hinter dem Hund hereilen, über den Felsgrat hinweg und hinein in einen anderen dicht bewaldeten Canyon.

2

VINCENT NASCO WARTETE SEIT STUNDEN in der finsteren Garage. Und er sah nicht wie der Typ aus, der sich gut aufs Warten verstand. Er war riesig — gut neunzig Kilo schwer, fast einen Meter neunzig groß, muskulös — und schien stets so voller Energie, daß man meinen konnte, er müsse jeden Augenblick aus den Nähten platzen. Sein breites Gesicht war sanft und gelassen und gewöhnlich ausdruckslos wie das Gesicht einer Kuh. Aber in seinen grünen Augen blitzte das Feuer der Vitalität, einer reizbaren, nervösen Wachsamkeit und zugleich eines eigenartigen Hungers, wie man ihn eher in den Augen eines wilden Tieres erwartet, einer Dschungelkatze, nie aber in den Augen eines Menschen. Und wie eine Katze geduldig war er auch trotz seiner ungeheuren Energie. Er konnte stundenlang reglos und stumm in geduckter Stellung verharren und auf Beute warten.

Um neun Uhr vierzig am Dienstagmorgen, viel später, als Nasco das erwartet hatte, wurde der Riegel an der Tür zwischen Garage und Haus mit einem einzigen harten *Klack* aufgemacht. Die Tür ging auf, und Dr. Davis Weatherby knipste die Garagenbeleuchtung an und streckte dann die Hand nach dem Knopf aus, der das große mehrteilige Tor heben würde.

»Halt! Stehenbleiben!« sagte Nasco, stand auf und trat hinter der Motorhaube des perlgrauen Cadillacs hervor.

Weatherby kniff die Augen zusammen und sah ihn überrascht an. »Wer, zum Teufel —«

Nasco hob eine mit einem Schalldämpfer versehene Walther P-38 und schoß dem Arzt ins Gesicht.

Sssnappp.

Mitten im Satz unterbrochen, fiel Weatherby rückwärts in die in fröhlichem Gelb und Weiß gehaltene Waschküche. Im Hinfallen schlug er mit dem Kopf gegen den Wäschetrockner und stieß einen Wäschekarren gegen die Wand.

Der Lärm bereitete Vince Nasco keine Sorge, weil Weatherby unverheiratet war und allein lebte. Er beugte sich über die Leiche, die wie ein Keil in der Türöffnung lag, und drückte dem Doktor beinahe sanft die Hand auf das Gesicht.

Die Kugel hatte Weatherbys Stirn getroffen, keine zwei Zentimeter über der Nasenwurzel. Blut war kaum geflossen, weil der Tod sofort eingetreten war und das Geschoß nicht über genügend Wucht verfügt hatte, aus dem Hinterkopf des Mannes auszutreten. Weatherbys braune Augen standen weit offen, blickten wie erstaunt.

Mit den Fingern strich Vince über Weatherbys warme Wange, über die Linie des Halses. Er drückte das blicklose linke Auge zu, dann das rechte, obwohl er wußte, daß die nach dem Tode einsetzenden Muskelkontraktionen in ein paar Minuten die Lider wieder öffnen würden. Mit zitternder Stimme, die seine tiefe Dankbarkeit verriet, sagte Vince: »Danke. Danke, Doktor.« Er küßte beide geschlossenen Augen des Toten. »Danke.«

Von wohligem Schauder erfaßt, griff Vince nach den Wagenschlüsseln auf dem Boden, wo der tote Mann sie fallengelassen hatte, ging in die Garage und öffnete den Kofferraum des Cadillac, sorgfältig darauf bedacht, keine Außenfläche zu berühren, auf der er einen deutlichen Fingerabdruck hinterlassen könnte. Der Kofferraum war leer. Gut. Er trug Weatherbys Leiche aus der Waschküche, legte sie in den Kofferraum, warf den Deckel zu und versperrte ihn.

Man hatte Vince gesagt, daß die Leiche des Doktors nicht vor morgen entdeckt werden dürfe. Er wußte nicht, warum das wichtig war, setzte aber seinen Stolz in makellose Arbeit. Deshalb kehrte er in die Waschküche zurück, stellte den Karren dort hin, wo er hingehörte, und sah sich nach Spuren von Gewalttätigkeit um. Dann schloß er befriedigt die Tür des gelb-weißen Raumes und sperrte sie mit Weatherbys Schlüsseln ab.

Er schaltete die Garagenbeleuchtung aus, durchquerte die dunkle Garage und ging durch die Seitentür hinaus, durch die er sich während der Nacht Zutritt verschafft hatte, indem er das klägliche Schloß mit Hilfe einer Kreditkarte lautlos geöffnet hatte. Jetzt versperrte er die Tür mit den Schlüsseln des Doktors wieder und entfernte sich.

Davis Weatherby wohnte in Corona Del Mar, in Sichtweite des Pazifischen Ozeans. Vince hatte seinen zwei Jahre alten Ford-Lieferwagen drei Straßen vom Haus des Arztes entfernt abgestellt. Der Fußmarsch zurück zum Lieferwagen war äußerst angenehm und belebend. Dies hier war eine feine Wohngegend mit einer Vielfalt architektonischer Stile. Teure Casas im spanischen Stil standen neben bis ins Detail gestalteten Cape-Cod-Häusern, in einer Harmonie, die man gesehen haben mußte, um sie für wahr zu halten. Gärten und Parks waren üppig bepflanzt und wohlgepflegt. Palmen, Feigen- und Olivenbäume lieferten den Gehsteigen Schatten. Rote, korallenfarbene, gelbe und orangefarbene Bougainvillen standen in Flammen. Die Flaschenbürstenbäume blühten. Die Zweige der Jacarandas troffen von purpurnen Blütentrauben. Der Duft von Jasmin hing in der Luft.

Vincent Nasco fühlte sich großartig. Stark, mächtig, und so *lebendig*.

3

Manchmal führte der Hund an, dann wiederum übernahm Travis die Führung. Sie legten ein langes Stück Weges zurück, ehe Travis klarwurde, daß er total aus der Verzweiflung und der ausweglosen Einsamkeit gerissen worden war, die ihn vor allem anderen in die Ausläufer der Santa-Ana-Berge getrieben hatten.

Der große, arg zerzauste Hund blieb auf dem ganzen Weg bis zu seinem Pick-up, den er neben der Schotterstraße unter den überhängenden Zweigen eines riesigen Nadelbaums geparkt hatte, bei ihm. Als sie beim Wagen stehenblieben, blickte der Retriever den Weg zurück, den sie gekommen waren.

Hinter ihnen stießen schwarze Vögel am wolkenlosen Himmel in die Tiefe, als wären sie im Dienste irgendeines Bergzauberers auf Aufklärungsflug. Eine dunkle Wand aus Bäumen ragte empor gleich dem Mauerwerk eines unheimlichen Schlosses.

Obwohl es im Wald dunkel war, lag die Schotterstraße, auf die Travis hinausgetreten war, im vollen Sonnenlicht da, ausgedörrt zu einem fahlen Braun und eingehüllt in feinen, weichen Staub, der bei jedem Schritt rund um seine Stiefel hochwirbelte. Es überraschte ihn, daß ein strahlend heller Tag unvermittelt erfüllt sein sollte vom alles überwältigenden, greifbaren Bösen.

Der Hund musterte suchend den Wald, aus dem sie geflohen waren, und bellte zum ersten Mal seit einer halben Stunde.

»Kommt immer noch, wie?« sagte Travis.

Der Hund sah ihn an und gab einen unglücklich wirkenden Klagelaut von sich.

»Ja«, sagte er. »Ich spüre es auch. Verrückt ... und doch spür' auch ich es. Aber was, zum Teufel, ist das dort hinten, Junge? Hm? Was, zum Teufel, ist es?«

Der Hund zitterte heftig.

Seine Angst verstärkte sich jedesmal, wenn er sah, wie sich der Schrecken am Hund zeigte.

Er klappte die Ladebrücke nach unten und sagte: »Komm! Ich nehm' dich mit.«

Der Hund sprang in den Laderaum.

Travis knallte die Klappe zu und ging um den Laster herum. Als er die Fahrertür aufzog, war ihm, als würde er im nahen Gebüsch Bewegung entdecken. Nicht hinter ihnen, in Richtung Wald, sondern auf der anderen Seite der Schotterstraße. Dort drüben war ein schmales Feld, auf dem hüfthohes braunes Gras stand, trocken wie Heu, ein paar stachelige Mesquitebüsche und ein paar weit auswuchernde Oleander, mit Wurzeln, die tief genug in den Boden reichten, um sie grün zu halten. Als er direkt zu dem Feld hinüberstarrte, sah er nichts mehr von der Bewegung, die er aus dem Augenwinkel wahrgenommen zu haben glaubte. Aber er vermutete dennoch, daß es keine Einbildung gewesen war.

Mit dem aufs neue erwachten Gefühl, nicht viel Zeit zu haben, kletterte er auf den Fahrersitz und legte den Revolver neben sich. Er fuhr so schnell davon, wie der waschbrettartige Weg und die Rücksichtnahme auf den vierbeinigen Passagier hinten im Laderaum das erlaubten.

Zwanzig Minuten später, als er an der Santiago Canyon Road anhielt, zurückgekehrt in die Welt des Asphalts und der Zivilisation, fühlte er sich immer noch schwach und zitterig. Aber die weiter in ihm schwellende Furcht war anders als die, die er im Wald empfunden hatte. Sein Herz trommelte nicht mehr. Der kalte Schweiß auf seinen Händen und seiner Stirn war getrocknet. Das seltsame Prickeln am Nackenansatz und auf der Kopfhaut war verschwunden — schon die Erinnerung daran schien unwirklich. Jetzt machte ihm nicht mehr irgendein unbekanntes Geschöpf Angst, sondern sein eigenes seltsames Verhalten. Jetzt, da er aus dem Wald und in Sicherheit war, konnte er das Ausmaß des Schreckens, der ihn gepackt hatte, nicht mehr ganz ins Gedächtnis zurückrufen, und deshalb erschien ihm sein Handeln als irrational.

Er zog die Handbremse und schaltete den Motor ab. Es war elf Uhr, und der Trubel des vormittäglichen Verkehrs war vorbei; nur noch gelegentlich kam ein Wagen auf der zweispurigen, asphaltierten Landstraße vorüber. Er saß einen Augenblick da und versuchte sich einzureden, daß er nach Instinkten gehandelt hatte, die gut, richtig und verläßlich funktionierten.

Er war stets auf seinen unerschütterlichen Gleichmut und seine dickschädelige Nüchternheit stolz gewesen — wenn schon auf sonst nichts. Er konnte inmitten eines Freudenfeuers kühl bleiben. Er konnte, falls er dazu gezwungen war, harte Entscheidungen fällen und die Konsequenzen auf sich nehmen.

Nur — es fiel ihm zunehmend schwer, zu glauben, daß ihn dort draußen tatsächlich ein fremdartiges Wesen beschlichen habe. Er fragte sich, ob er das Verhalten des Hundes falsch ausgelegt, sich die Bewegung im Unterholz eingebildet habe, bloß um sich einen Vorwand zu liefern, sein Selbstmitleid zu vergessen.

Er stieg aus dem Wagen und ging nach hinten, wo er sich von Angesicht zu Angesicht dem Retriever gegenübersah, der auf der Ladefläche stand. Der Hund schob seinen breiten Kopf nahe heran und leckte ihm Hals und Kinn. Obwohl er vorher nach ihm geschnappt und gebellt hatte, war er anschmiegsam, und zum erstenmal kam Travis sein zerzauster Zustand komisch vor. Er versuchte den Hund von sich abzuhalten, aber der strebte vorwärts, kletterte in seinem Eifer, ihm das Gesicht zu lecken, fast über die Brücke. Travis lachte und fuhr ihm durch das verfilzte Fell.

Die Ausgelassenheit des Retrievers, sein hektisches Schweifwedeln hatten eine unerwartete Wirkung auf Travis. Lange Zeit war sein Bewußtsein ein finsterer Ort gewesen, angefüllt mit Todesgedanken, die schließlich ihren Höhepunkt in der heutigen Reise gefunden hatten. Aber die unverhohlene Freude dieses Tieres am Leben war wie Scheinwerferlicht, das Travis' innere Düsternis durchstieß und ihn daran erinnerte, daß das Leben auch hellere Seiten hatte, von denen er sich vor langer Zeit abgewendet hatte.

»Was hatte das alles nur zu bedeuten?« fragte er laut.

Der Hund hörte auf, ihn abzulecken, hörte auf, mit dem schmutzverkrusteten Schweif zu wedeln, schaute ihn ernst an, und plötzlich fühlte Travis den bohrenden Blick der sanften, warmen braunen Augen des Tieres auf sich gerichtet. Etwas in ihnen war ungewöhnlich, unwiderstehlich. Travis war wie hypnotisiert, und der Hund schien in gleicher Weise in den Bann gezogen. Aus dem Süden wehte eine milde Frühlingsbrise. Travis suchte in den Augen des Hundes nach etwas, das deren besondere Kraft und Wirkung erklärte, sah aber nichts Ungewöhnliches; nur … nun, sie kamen ihm irgendwie ausdrucksvoller vor, als das Hundeaugen gewöhnlich waren: klüger, wacher. Bedachte man, wie kurz die Aufmerksamkeit eines beliebigen Hundes dauerte, dann war der unverwandte Blick des Retrievers verdammt ungewöhnlich. Als die Sekunden vergingen und weder Travis noch der Hund den Blickkontakt lösten, wurde ihm zunehmend eigenartig zumute. Ein Frösteln durchlief ihn, ausgelöst nicht von Furcht, sondern dem Gefühl, daß hier etwas Unheimliches geschah, daß er an der Schwelle einer schrecklichen Entdeckung stand.

Dann schüttelte der Hund die Mähne, leckte Travis die Hand, und der Zauber war gebrochen.

»Woher kommst du, Junge?«

Der Hund legte den Kopf nach links.

»Wem gehörst du?«

Der Hund legte den Kopf nach rechts.

»Was soll ich mit dir machen?«

Wie als Antwort darauf sprang der Hund über die Ladebrücke, rannte an Travis vorbei zur Fahrertür und kletterte ins Fahrerhaus des Pick-up.

Als Travis hineinschaute, saß der Retriever auf dem Beifahrersitz und blickte durch die Windschutzscheibe geradeaus nach vorn. Er drehte sich zu ihm und gab ein leises *Wwufff* von sich, als hätte Travis' Zögern ihn ungeduldig gemacht.

Travis setzte sich hinters Steuer und schob den Revolver unter seinen Sitz. »Ich glaube nicht, daß ich für dich sorgen kann. Zuviel Verantwortung, Bursche. Paßt nicht zu meinen Plänen. Tut mir leid.«

Der Hund sah ihn flehend an.

»Siehst hungrig aus, Junge.«

Wieder wuffte er einmal, leise.

»Okay. Vielleicht kann ich dir da helfen. Ich glaube, im Handschuhkasten ist ein Riegel Hershey-Schokolade ... Und nicht weit von hier gibt's ein McDonald's, und die haben wahrscheinlich ein paar Hamburger für dich. Aber dann ... Nun, ich werde dich entweder wieder freilassen oder ins Tierheim bringen müssen.«

Noch während Travis redete, hob der Hund eine Vorderpfote und drückte damit den Knopf des Handschuhkastens. Die Klappe fiel auf.

»Was, zum Teufel —«

Der Hund beugte sich vor, fuhr mit der Schnauze in den offenen Kasten und zog den Schokoladenriegel mit den Zähnen heraus, ihn dabei so locker haltend, daß die Verpackung nicht riß.

Travis blinzelte vor Überraschung.

Der Retriever hielt ihm den Schokoladenriegel hin, als wollte er Travis bitten, ihm den Leckerbissen auszuwickeln.

Verblüfft nahm er die Schokolade und schälte sie aus dem Papier.

Der Retriever beobachtete ihn, leckte sich die Lefzen.

Travis brach den Riegel in einzelne Stücke und gab sie ihm der Reihe nach. Der Hund nahm sie dankbar und aß fast geziert.

Travis schaute verwirrt zu, war nicht sicher, ob das, was er gesehen hatte, wirklich ungewöhnlich war oder vernünftig erklärt werden konnte. Hatte der Hund ihn tatsächlich verstanden, als er sagte, es sei ein Schokoladenriegel im Handschuhkasten? Oder hatte er nur den Geruch von Schokolade entdeckt? Sicher letzteres.

Zum Hund sagte er: »Aber wie wußtest du denn, daß man den Knopf drücken muß, um den Deckel aufzubekommen?«

Der Hund starrte ihn an, leckte sich die Lefzen und nahm ein weiteres Stück Schokolade entgegen.

Er sagte: »Okay, okay. Vielleicht ist das ein Trick, den man dir beigebracht hat, obwohl das ja normalerweise nicht zu den Dingen gehört, die man Hunden gewöhnlich beibringt, oder? Einen Purzelbaum schlagen, sich totstellen, fürs Abendessen singen, sogar ein Stück auf den Hinterbeinen gehen ... ja, das bringt man Hunden gewöhnlich bei ... nicht aber, wie man Schlösser und Deckel aufbekommt.«

Der Retriever schaute sehnsüchtig auf das letzte Stückchen Schokolade, aber Travis enthielt ihm den Leckerbissen einen Augenblick vor.

Der *Zeitpunkt* — bei Gott, das war das Unheimliche. Zwei Sekunden nachdem Travis die Schokolade erwähnt hatte, hatte der Hund sie sich geholt.

»Hast du verstanden, was ich gesagt habe?« fragte Travis und kam sich albern vor, weil er argwöhnte, ein Hund könne über sprachliche Fähigkeiten verfügen. Trotzdem wiederholte er die Frage: »Hast du? Hast du verstanden?«

Widerstrebend hob der Retriever den Blick von dem letzten Stück Schokolade. Ihre Augen begegneten sich. Wieder fühlte Travis, daß hier etwas Unheimliches im Gange war; ein Schauder durchlief ihn, wie schon vorhin.

Er zögerte, räusperte sich: »Äh ... wär' es dir recht, wenn ich mir das letzte Stück Schokolade nehme?«

Der Hund wandte die Augen dem kleinen Stückchen Schokolade zu, das Travis noch in der Hand hielt. Er schniefte einmal kurz, gleichsam bedauernd, und schaute dann durch die Windschutzscheibe nach draußen.

»Ich will verdammt sein«, sagte Travis.

Der Hund gähnte.

Sorgsam darauf bedacht, die Hand nicht zu bewegen, ihm die Schokolade nicht hinzuhalten, in keiner Weise, außer mit Worten, seine Aufmerksamkeit auf die Schokolade zu lenken, wandte er sich wieder an den großen, zottigen Hund: »Nun, vielleicht brauchst du's mehr als ich, Junge. Wenn du es willst, gehört das letzte Stückchen dir.«

Der Retriever schaute ihn an.

Ohne seine Hand zu bewegen, sie dicht an seinem Körper haltend, um damit anzudeuten, daß er die Schokolade für sich behalte, sagte er: »Wenn du es willst, nimm es. Sonst werf' ich es weg.«

Der Retriever rutschte auf dem Sitz ein Stück, beugte sich dicht zu ihm und schnappte sich sachte die Schokolade von seiner Handfläche.

»Ich will doppelt verdammt sein«, sagte er.

Der Hund richtete sich auf alle viere auf, stand jetzt auf dem Sitz, so daß sein Kopf fast bis zur Decke der Kabine reichte. Er blickte durch das Hinterfenster und knurrte leise.

Travis schaute in den Rückspiegel und dann in den Außenspiegel an der Seite, entdeckte aber hinter ihnen nichts Ungewöhnliches, nur die zweispurige Asphaltstraße, den schmalen Mittelstreifen und die von Unkraut bedeckte Hügelflanke, die rechts zur Straße abfiel. »Du meinst, wir sollten sehen, daß wir weiterkommen? Ist es das?«

Der Hund schaute ihn an, blickte zum Hinterfenster hinaus, drehte sich dann um, ließ sich nieder, dabei die Hinterbeine auf eine Seite legend, und blickte wieder nach vorn.

Travis startete den Motor, legte den Gang ein, schwenkte in die Santiago Canyon Road ein und fuhr in nördlicher Richtung weiter. Während er seinen Begleiter ansah, sagte er: »Bist du wirklich mehr, als du zu sein scheinst ... oder dreh' ich bloß durch? Und wenn du mehr bist, als du zu sein scheinst ... was, zum Teufel, *bist* du dann?«

Am außerhalb des Stadtbereichs liegenden Ostende der Chapman Avenue bog er nach Westen ein, fuhr auf das McDonald's zu, von dem er gesprochen hatte.

»Jetzt kann ich dich nicht freilassen oder ins Tierheim bringen«, sagte er. Und eine Minute später fügte er hinzu: »Wenn ich dich nicht behalte, sterbe ich an Neugierde, weil ich mir dauernd Fragen über dich stelle.«

Sie fuhren etwa drei Kilometer weit und bogen dann in den Parkplatz des McDonald's ein.

Travis sagte: »Also bist du jetzt wohl mein Hund.«

Der Retriever sagte nichts.

ZWEI

1

Nora Devon hatte vor dem Fernsehtechniker Angst. Obwohl er etwa dreißig zu sein schien — wie sie —, hatte er etwas von der widerlichen Arroganz neunmalkluger Teenager an sich. Als sie auf sein Läuten die Tür öffnete, musterte er sie frech von oben bis unten, während er sich zu erkennen gab — »Art Streck von Wadlows TV-Service« —, und als ihre Blicke sich dann wieder begegneten, zwinkerte er ihr zu. Er war groß, schlank und gepflegt und trug Dienstkleidung, weiße Hosen und weißes Hemd. Er war glattrasiert, sein dunkelblondes Haar kurzgeschnitten und sauber gekämmt. Er sah aus wie der normale Sohn einer normalen Mutter, weder Frauenhändler noch Sexualmörder, und doch hatte Nora sofort Angst vor ihm, vielleicht deswegen, weil seine Arroganz und sein freches Auftreten nicht zu seinem Aussehen paßten.

»Sie brauchen Service?« fragte er, als sie unter der Tür zögerte.

Obwohl seine Frage ganz harmlos klang, empfand Nora seine Betonung des Wortes ›Service‹ unheimlich und als sexuelle Anspielung. Und sie hielt das nicht für eine Überreaktion. Aber schließlich hatte sie Wadlows TV-Service angerufen und konnte Streck nicht ohne Erklärung einfach wieder wegschikken. Und eine solche Erklärung würde wahrscheinlich zu einer Auseinandersetzung führen, und sie war nicht der Mensch, der Auseinandersetzungen mochte. Also ließ sie ihn eintreten.

Während sie ihn durch die große, kühle Halle zum Wohnzimmerdurchgang führte, hatte sie das beunruhigende Gefühl, sein gepflegtes Äußeres und sein breites Lächeln seien wohlkalkulierte Elemente einer Tarnung. Sie spürte seine tierhafte Wachsamkeit, seine Spannung, und die beunruhigten sie mit jedem Schritt, den sie sich von der Wohnungstür entfernten, mehr und mehr.

Er ging viel zu dicht hinter ihr, ragte drohend hinter ihr auf, als er jetzt sagte: »Ein hübsches Haus haben Sie hier, Mrs. Devon. Sehr nett. Gefällt mir wirklich.«

»Danke«, sagte sie steif und unterließ es, seinen Irrtum in bezug auf ihren Familienstand zu korrigieren.

»Ein Mann könnte hier sehr glücklich sein. Jaah — sehr glücklich sogar.«

Das Haus war in dem Stil gebaut, den man manchmal als Alt-Santa-Barbara-Spanisch bezeichnete: zwei Stockwerke, cremefarbener Verputz, mit einem roten Ziegeldach, Veranden, Balkons, und alles in weichgerundeten Linien anstelle kantiger Ecken. An der Nordfassade kletterte eine üppige rote Bougainvillaea empor, strotzend von kräftigfarbenen Blüten. Ein schönes Haus.

Und Nora haßte es.

Seit ihrem zweiten Lebensjahr wohnte sie hier, das waren jetzt achtundzwanzig Jahre. Und in all den Jahren, von einem abgesehen, hatte sie die eiserne Hand ihrer Tante Violet auf sich gespürt. Sie hatte keine glückliche Kindheit gehabt, noch bis zur Stunde ein glückliches Leben. Violet Devon war vor einem Jahr gestorben. In Wahrheit aber stand Nora immer noch unter der Tyrannei ihrer Tante, denn die Erinnerung an diese abscheuliche Alte war mächtig und erdrückend.

Im Wohnzimmer stellte Streck seinen Werkzeugkasten neben den Fernseher und sah sich um. Der Raumdekor überraschte ihn sichtlich.

Die Tapete mit dem Blumenmuster war dunkel gehalten, trauerfarben. Der Perserteppich war ausnehmend unattraktiv. Seine Farben — Grau, Braun, Königsblau — wurden durch die paar Tupfer verblaßten Gelbs nicht lebendiger. Schweres englisches Mobiliar aus der Mitte des neunzehnten Jahrhunderts, mit viel Schnitzwerk, stand auf Klauenfüßen: massive Armsessel, Hocker und Schränke, wie sie für einen Dr. Calgari passend gewesen wären; Anrichten, die aussahen, als wögen sie jede eine halbe Tonne. Auf kleinen Tischen lagen Schmuckdekken aus schwerem Brokat. Einige Stehlampen waren aus Zinn, mit blaßblauen Lampenschirmen, andere hatten dunkelbraune keramische Sockel, aber keine der Lampen spendete viel Licht. Die Vorhänge wirkten schwer wie Blei; und die vom Alter vergilbten Leinenstores zwischen den Seitenvertäfelungen erlaubten nur einem senffarbenen Schimmer des Sonnenlichts

Zutritt zum Raum. Nichts von alldem paßte zu der spanischen Architektur; Violet hatte dem eleganten Haus bewußt den Stempel ihres schwerfälligen, schlechten Geschmacks aufgedrückt.

»Das haben Sie entworfen?« fragte Art Streck.

»Nein. Meine Tante«, sagte Nora. Sie stand am Marmorkamin, so weit von ihm entfernt, wie das möglich war, ohne den Raum ganz zu verlassen. »Das war ihr Haus. Ich ... habe es geerbt.«

»An Ihrer Stelle«, sagte er, »würde ich das ganze Zeug hier rausschmeißen. Das könnte ein heller, freundlicher Raum sein. Entschuldigen Sie, wenn ich das sage: Aber das hier sind nicht Sie. Das hier wäre vielleicht richtig für irgendeine alte Jungfer ...« das war sie wohl — eine alte *Jungfer* oder? »Jaah, hab' mir's schon gedacht. Für eine vertrocknete alte Jungfer mag das in Ordnung sein, aber ganz bestimmt nicht für eine hübsche Lady wie Sie.«

Nora wollte seine Impertinenz tadeln, ihm sagen, er solle gefälligst den Mund halten und den Fernseher richten; aber sie hatte keine Erfahrung darin, wie man sich auf die Hinterbeine stellte. Tante Violet hatte es vorgezogen, sie lammfromm und bescheiden sein zu lassen.

Streck lächelte ihr zu. Sein rechter Mundwinkel kräuselte sich auf höchst widerliche Art; es war fast ein Feixen.

Sie zwang sich zu sagen: »Mir gefällt es ganz gut so.«

»Wirklich?«

»Ja.«

Er zuckte die Achseln. »Was ist denn los mit dem Gerät?«

»Das Bild bleibt nicht stehen. Und dann gibt es atmosphärische Störungen, Flimmern.«

Er zog den Fernseher von der Wand weg, schaltete ihn ein und studierte die über den Bildschirm ziehenden, von Störungen zerrissenen Bilder. Er steckte das Kabel einer kleinen tragbaren Arbeitslampe in den Stecker und befestigte die Lampe an der Hinterseite des Geräts.

Die Großvateruhr im Gang verkündete die Viertelstunde mit einem Glockenschlag, der hohl durchs Haus hallte.

»Sehen Sie viel fern?« fragte er, während er die Staubverkleidung abschraubte.

»Nicht sehr«, sagte Nora.

»Ich mag die Serien am Abend. *Dallas, Denver,* alle diese Sachen.«

»Die seh' ich mir nie an.«

»So? Ach, jetzt kommen Sie schon, ich wette, Sie tun's doch.« Er lachte verschmitzt. »Alle sehen sich die an, selbst wenn sie's nicht zugeben wollen. Es gibt nichts Interessanteres als Geschichten, wo die Leute reingelegt werden und wo alle lügen und stehlen ... und es arg mit Frauen treiben. Sie wissen, was ich meine? Da sitzen die Leute da, sehen sich das Zeug an, schnalzen mit der Zunge und sagen: ›Ach, wie schrecklich!‹ Aber in Wirklichkeit geht ihnen dabei einer ab. So sind die Menschen eben.«

»Ich ... ich habe in der Küche zu tun«, sagte sie nervös. »Rufen Sie mich, wenn Sie das Gerät repariert haben.« Sie verließ den Raum und ging durch die Halle und durch die Schwingtür in die Küche.

Sie zitterte. Sie verachtete sich wegen ihrer Schwäche und weil sie so leicht der Furcht nachgab; aber sie konnte nicht anders: Sie war eben eine Maus.

Tante Violet hatte oft gesagt: »Mädchen, auf der Welt gibt es zwei Arten von Menschen — die Katzen und die Mäuse. Die Katzen gehen, wohin sie wollen, tun, was sie wollen, nehmen sich, was sie wollen. Katzen sind von Natur aggressiv und nicht auf fremde Hilfe angewiesen. Mäuse andererseits haben keinen Funken Aggressivität in sich. Sie sind von Natur verletzlich, sanft und furchtsam und dann am glücklichsten, wenn sie den Kopf einziehen und das annehmen können, was das Leben ihnen gibt. Du bist eine Maus, meine Liebe. Maus zu sein ist nichts Schlechtes. Man kann damit vollkommen glücklich sein. Eine Maus hat vielleicht kein so farbiges Leben wie eine Katze, aber wenn sie im sicheren Bau bleibt und sich selbst genügt, wird sie länger leben als die Katze und viel weniger Aufruhr im Leben haben.«

Im Augenblick lauerte eine Katze im Wohnzimmer und reparierte den Fernseher, und Nora war in der Küche, von mäusehafter Furcht erfaßt. Sie war in Wahrheit gar nicht mitten im Kochen, wie sie Streck gesagt hatte. Einen Augenblick lang stand sie am Ausguß, mit der einen kalten Hand die andere umklammernd — ihre Hände schienen *immer* kalt zu sein —, und fragte sich, was sie tun sollte, bis er mit seiner Arbeit fertig war und wieder ging. Sie beschloß, einen Kuchen zu bakken. Einen Sandkuchen mit Schokoladeguß. Das würde sie beschäftigen und ihr helfen, nicht an Strecks anzügliches Augenzwinkern zu denken.

Sie holte Schüsseln, Utensilien, einen elektrischen Mixer sowie die Kuchenmischung und andere Zutaten aus den Schränken und machte sich an die Arbeit. Bald hatte die Beschäftigung mit alltäglicher Hausfrauenarbeit ihre angespannten Nerven beruhigt.

Sie hatte eben den Teig in die zwei Backformen gefüllt, als Streck in die Küche trat und sagte: »Kochen Sie gerne?«

Vor Überraschung hätte sie beinahe die leere Teigschüssel und den teigbeschmierten Schaber fallen lassen. Irgendwie schaffte sie es, sie festzuhalten — nur ein leises Klappern verriet ihre Spannung — und sie zum Spülen in den Ausguß zu legen. »Ja, ich koche gerne.«

»Ist das aber nett! Ich bewundere Frauen, die gerne Frauenarbeit tun. Nähen, häkeln oder sticken Sie auch, oder dergleichen?«

»Ich mache Petit-point-Stickerei«, sagte sie.

»Ist ja noch netter.«

»Ist der Fernseher wieder in Ordnung?«

»Fast.«

Nora war soweit, den Kuchen ins Backrohr zu schieben, wollte aber die Backformen nicht hintragen, solange Streck sie beobachtete, weil sie Angst hatte, dabei zu sehr zu zittern. Dann würde er merken, daß er ihr Angst machte, und wahrscheinlich noch unverschämter werden. Also ließ sie die vollen Backformen auf der Anrichte stehen und riß statt dessen die Schachtel mit der Glasurmischung auf.

Streck kam noch weiter herein in die große Küche. Er bewegte sich zwanglos, ganz entspannt, sah sich mit liebenswürdigem Lächeln um, kam dabei aber direkt auf sie zu. »Könnte ich ein Glas Wasser haben?«

Fast hätte Nora erleichtert aufgeseufzt; sie wollte gern glauben, daß nur der Durst ihn hergeführt hatte. »O ja, natürlich«, sagte sie. Sie nahm ein Glas aus dem Schrank und drehte den Kaltwasserhahn auf.

Als sie sich umdrehte, um es ihm zu geben, stand er dicht hinter ihr — er war lautlos wie eine Katze näher gerückt. Sie zuckte unwillkürlich zusammen. Wasser schwappte aus dem Glas und klatschte auf den Boden.

Sie sagte: »Sie —«

»Hier«, sagte er und nahm ihr das Glas aus der Hand.

»— haben mich erschreckt.«

»Ich?« sagte er lächelnd und fixierte sie mit eisblauen Augen. »Oh, das wollte ich aber ganz bestimmt nicht. Tut mir leid. Ich bin ganz harmlos, Mrs. Devon. Wirklich, das bin ich. Will nur einen Schluck Wasser. Sie haben doch nicht etwa geglaubt, ich will etwas anderes — oder?«

Er war so verdammt unverschämt. Es war nicht zu *glauben*, wie unverschämt er war, wie gerissen, cool und aggressiv. Am liebsten hätte sie ihn geohrfeigt, aber sie hatte Angst vor dem, was dann passieren würde. Wenn sie ihn ohrfeigte — also in irgendeiner Weise auf seine beleidigenden Zweideutigkeiten oder anderen Unverschämtheiten reagierte, würde ihn das wohl eher ermutigen als abschrecken.

Er starrte sie beunruhigend lange und intensiv an, Gier im Blick, ein Raubtierlächeln auf den Lippen.

Sie fühlte, daß sie mit Streck am besten fuhr, wenn sie sich unschuldig gab und exorbitante Begriffsstutzigkeit vortäuschte, also seine widerwärtigen sexuellen Andeutungen ignorierte, so als hätte sie sie nicht verstanden. Kurz, sie mußte ihn so behandeln, wie eine Maus eine Drohung behandelt, vor der sie nicht fliehen kann. Tu so, als würdest du die Katze nicht sehen; tu so, als wäre sie nicht da; vielleicht verwirrt die mangelnde Reaktion die Katze, sie ist enttäuscht und sucht sich ein Opfer, das besser reagiert.

Um seinem fordernden Blick zu entgehen, riß Nora ein paar Papiertücher aus dem Spender neben dem Ausguß und begann das Wasser aufzutupfen, das sie verschüttet hatte. Aber in dem Augenblick, in dem sie sich vor Streck bückte, erkannte sie, daß sie einen Fehler gemacht hatte, denn er ging ihr nicht aus dem Weg, sondern blieb über ihr stehen, ragte über ihr auf, während sie vor ihm kauerte. Die Situation war voll erotischer Symbolik. Als sie begriff, daß ihre Haltung zu seinen Füßen Hingabe andeutete, schoß sie wieder in die Höhe und sah, daß sein Lächeln breiter geworden war.

Verlegen und blutrot im Gesicht warf Nora die feuchten Tücher in den Abfallkübel unter dem Ausguß.

Art Streck sagte: »Kochen, Sticken ... hm, ich finde das wirklich hübsch, wirklich hübsch. Was tun Sie sonst noch gerne?«

»Das ist alles, fürchte ich«, sagte sie. »Ich habe keine ungewöhnlichen Hobbies. Ich bin nicht sehr interessant. Langweilig. Fad.«

Sie war wütend über sich, weil sie es nicht fertigbrachte, den Dreckskerl aus dem Haus zu weisen, schob sich an ihm vorbei und ging zum Backrohr, wie um sich zu vergewissern, daß es jetzt vorgeheizt war, in Wahrheit aber nur, um aus Strecks Reichweite zu gelangen.

Er folgte nach, blieb dicht bei ihr. »Als ich vor dem Haus hielt, habe ich eine Menge Blumen gesehen. Kümmern Sie sich um die Blumen?«

Sie starrte die Drehknöpfe des Backrohrs an und sagte: »Ja ... Ich mag die Gartenarbeit.«

»Das gefällt mir«, sagte er, als sollte es ihr nicht gleichgültig sein, ob es ihm gefiel oder nicht. »Blumen ... Es ist gut, wenn Frauen sich für Blumen interessieren. Kochen, Sticken, Gartenarbeit — ich muß schon sagen, Sie sind voll fraulicher Interessen und Talente. Ich möchte wetten, daß Sie alles sehr gut machen, Mrs. Devon. Ich meine, alles, was eine Frau tun sollte. Ich wette, Sie sind eine erstklassige Frau, in jeder Hinsicht.«

Wenn er mich anfaßt, schreie ich, dachte sie.

Aber die Mauern des alten Hauses waren dick, und die Nachbarn wohnten ein gutes Stück entfernt. Niemand würde sie hören oder ihr zu Hilfe kommen.

Ich werde nach ihm treten, dachte sie. Mich wehren.

Aber tatsächlich war sie sich gar nicht sicher, ob sie kämpfen würde, ob sie den Mumm dazu hatte. Und selbst gesetzt den Fall, daß sie es versuchte, er war größer und stärker als sie.

»Jaah, ich wette, Sie sind in jeder Hinsicht eine erstklassige Frau«, wiederholte er mit noch provokanterem Unterton.

Sie wandte sich vom Backrohr ab und zwang sich zu einem Lachen. »Mein Mann wäre erstaunt, das zu hören. Auf Kuchen verstehe ich mich gar nicht schlecht, aber ich habe immer noch nicht gelernt, eine richtige Kruste auf die Pastete zu bekommen, und mein Braten gerät mir immer knochentrocken. Meine Stickarbeiten sind nicht übel, aber ich brauche eine Ewigkeit dazu.« Sie glitt an ihm vorbei und trat wieder an die Arbeitstheke. Sie war selber überrascht, sich weiterplappern zu hören, während sie die Schachtel mit den Zutaten für die Glasur öffnete. Die Verzweiflung machte sie geschwätzig. »Auf Blumen verstehe ich mich, aber im Haushalt tauge ich nicht viel. Und wenn mein Mann nicht aushülfe — nun, dann würde es hier katastrophal aussehen.«

Das klang wohl nicht echt, fand sie. Sie entdeckte einen Hauch von Hysterie in ihrer Stimme, der ihm unbedingt auffallen mußte. Aber nach der Erwähnung des Ehemanns würde Art Streck, offensichtlich nachdenklich gemacht, es sich reiflich überlegen, sie weiter zu bedrängen. Während Nora die Mischung in eine Schüssel schüttete und Butter abwog, trank Streck das Wasser, das sie ihm gegeben hatte. Er ging an den Ausguß und stellte das leere Glas zum Schmutzgeschirr in den Spülkorb. Diesmal drängte er sich nicht unnötig nah an sie heran.

»Nun, ich mach' mich besser wieder an die Arbeit«, sagte er.

Sie lächelte bewußt zerstreut und nickte. Dann begann sie leise zu summen, während sie sich wieder ihrer eigenen Arbeit zuwandte, so, als fühlte sie sich völlig ungestört.

Er ging durch die Küche und stieß die Schwingtür auf. Dann blieb er stehen und sagte: »Ihre Tante hatte es wirklich gern dunkel, nicht wahr? Diese Küche wäre auch viel hübscher, wenn Sie sie ein wenig heller machen würden.«

Ehe sie antworten konnte, ging er hinaus und ließ die Tür hinter sich zuschwingen.

Trotz seiner unverlangt abgegebenen Meinung über die Küchendekoration schien Streck die Hörner eingezogen zu haben, und Nora war mit sich zufrieden. Mit ein paar Notlügen bezüglich eines nicht existierenden Ehemanns, die sie mit bewundernswertem Gleichmut von sich gegeben hatte, hatte sie ihn nun doch auf Distanz gebracht. Das war zwar nicht gerade die Art und Weise, wie eine Katze mit einem Angreifer umgegangen wäre, aber es war auch nicht das verängstigte Verhalten einer Maus.

Sie sah sich in der Küche mit der hohen Decke um und entschied, daß sie *wirklich* zu dunkel war. Die Wände waren verwaschen blau, die Milchglaskugeln der Deckenbeleuchtung waren undurchsichtig und verbreiteten nur mattes, winteriges Licht. Sie überlegte, ob sie die Küche neu tünchen, die Beleuchtungskörper austauschen lassen sollte.

Allein der Gedanke, in Violet Devons Haus größere Veränderungen vorzunehmen, war schwindelerregend und berauschend. Nora hatte seit Violets Tod ihr Schlafzimmer neu herrichten lassen, und nichts sonst. Jetzt, da sie überlegte, in größerem Umfang neu dekorieren zu lassen, kam sie sich tollkühn, ja aufrührerisch vor. Vielleicht. Es könnte gelingen. Wenn sie es fertigbrachte, sich Streck vom Leib zu halten, würde sie vielleicht auch die Courage aufbringen, ihrer toten Tante die Stirn zu bieten.

Ihre Hochstimmung dauerte genau zwanzig Minuten, was ausreichte, die Kuchenform ins Backrohr zu schieben, die Glasur anzurühren und einige Schüsseln und sonstiges Geschirr zu spülen. Dann kam Streck zurück, teilte ihr mit, der Fernseher sei jetzt repariert, und gab ihr die Rechnung. Als er die Küche verließ, schien er leicht gedämpft gewesen, jetzt, da er wiederkam, war er frech wie je. Er ließ seinen Blick über ihren Körper wandern, als würde er sie in seiner Fantasie entkleiden. Herausfordernd schaute er ihr in die Augen.

Sie fand die Rechnung zu hoch, machte aber keinen Einwand, weil sie ihn schnell aus dem Haus haben wollte. Als sie am Küchentisch saß, um den Scheck auszustellen, wandte er wieder den nun schon bekannten Trick an, sich nah neben sie zu stellen, um sie mit seiner Männlichkeit und Größe einzuschüchtern. Als sie aufstand und ihm den Scheck reichte, schaffte er es, ihn so entgegenzunehmen, daß seine Hand die ihre anzüglich berührte.

Auf dem ganzen Weg durch die Halle war Nora fast sicher, er werde plötzlich seinen Werkzeugkasten hinstellen und sie von hinten anfallen. Aber sie erreichte die Tür, und er trat an ihr vorbei auf die Veranda hinaus. Ihr wild schlagendes Herz begann sich auf normaleren Rhythmus umzustellen.

Vor der Tür zögerte er. »Was macht denn Ihr Mann?«

Die Frage brachte sie aus der Fassung. Das hätte er sie vorhin fragen sollen, in der Küche, als sie ihren Mann erwähnte. Jetzt schien seine Neugierde nicht am Platz.

Sie hätte ihm sagen müssen, daß ihn das nichts anginge,

aber sie hatte noch immer Angst vor ihm. Sie fühlte, daß er ein Mensch war, den man leicht zornig machen konnte, daß es nur einer Kleinigkeit bedurfte, die in ihm aufgestaute Gewalttätigkeit zum Ausbruch zu bringen. Also antwortete sie mit einer weiteren Lüge, einer, von der sie hoffte, sie werde ihn davon abhalten, sie weiter zu belästigen: »Er ist ... Polizist.«

Streck hob die Brauen. »Wirklich? Hier in Santa Barbara?«

»Richtig.«

»Beachtliches Haus für einen Polizisten.«

»Wie bitte?« sagte sie.

»Ich wußte gar nicht, daß Polizisten so gut bezahlt sind.«

»Oh, ich hab' es Ihnen doch gesagt — das Haus habe ich von meiner Tante geerbt.«

»Natürlich, jetzt erinnere ich mich wieder. Das haben Sie gesagt. Stimmt.«

Bemüht, ihre Lüge zu untermauern, sagte sie: »Wir hatten eine Wohnung, als meine Tante starb, dann sind wir hierhergezogen. Sie haben schon recht — anders hätten wir es uns nicht leisten können.«

»Nun«, sagte er, »freut mich für Sie. Wirklich. Eine Frau, die so hübsch ist wie Sie, verdient auch ein hübsches Haus.«

Er tippte sich an einen imaginären Hut, zwinkerte ihr zu und ging die Einfahrt zur Straße hinunter, wo sein weißer Lieferwagen am Bordstein parkte.

Sie schloß die Tür und beobachtete ihn durch ein durchsichtiges Segment im ovalen Farbglasfenster, das in der Türfüllung angebracht war. Er blickte zurück, sah sie und winkte. Sie trat vom Fenster zurück in die düstere Halle hinein und beobachtete ihn von einem Punkt aus, wo sie nicht gesehen werden konnte.

Klar hatte er ihr nicht geglaubt. Er wußte, der Ehemann war gelogen. Sie hätte um Himmels willen nicht sagen dürfen, daß sie mit einem Bullen verheiratet war; es war ein zu deutlicher Versuch gewesen, ihn loszuwerden. Sie hätte sagen sollen, ihr Mann sei Installateur oder Arzt — alles, bloß kein Bulle. Immerhin, Art Streck fuhr weg. Obwohl er wußte, daß sie log, fuhr er weg.

Sie fühlte sich erst sicher, als sein Lieferwagen außer Sicht war. Und selbst dann eigentlich nicht richtig sicher.

2

Nachdem er Dr. Davis Weatherby ermordet hatte, war Vince Nasco zu einer Tankstelle an der Pacific Coast Highway gefahren. Von der Telefonzelle aus rief er eine Nummer in Los Angeles an, die er sich schon vor langem fest eingeprägt hatte.

Ein Mann meldete sich, indem er die gewählte Nummer wiederholte. Es war eine von den drei Stimmen, die sich gewöhnlich meldeten: die weiche mit dem dunklen Timbre. Häufig meldete sich ein anderer mit einer unfreundlichen, scharfen Stimme, die einem in den Ohren weh tat. Seltener meldete sich eine Frau; ihre Stimme war sexy, kehlig, und doch irgendwie mädchenhaft. Vince hatte sie nie zu Gesicht bekommen, aber oft versucht, sich auszumalen, wie sie aussehen mochte.

Als jetzt der Mann mit der weichen Stimme die Nummer genannt hatte, sagte Vince: »Erledigt. Ich weiß es wirklich zu schätzen, daß Sie mich gerufen haben, und stehe stets zur Verfügung, wenn Sie wieder was haben.« Er war überzeugt, der Mann am anderen Ende der Leitung würde seine Stimme ebenfalls erkennen.

»Ich bin entzückt zu hören, daß alles gut gelaufen ist. Wir wissen Ihre fachmännische Arbeit sehr zu würdigen. Und jetzt geben Sie gut acht«, sagte die Kontaktperson. Der Mann nannte eine siebenstellige Telefonnummer.

Überrascht wiederholte Vince die Nummer.

Der Kontaktmann sagte: »Das ist eine Telefonzelle im Fashion Island Shopping Center. Sie befindet sich auf der Ladenstraße draußen im Freien, in der Nähe von Robinson's Department Store. Können Sie in einer Viertelstunde dort sein?«

»Sicher«, sagte Vince. »In zehn Minuten.«

»Ich rufe dort in fünfzehn Minuten an und sage Ihnen die Einzelheiten.«

Vince legte auf und ging pfeifend zu seinem Lieferwagen zurück. Wenn sie ihn zu einem anderen öffentlichen Telefon dirigierten, um ihm ›Einzelheiten‹ bekanntzugeben, dann konnte das nur eines bedeuten: Sie hatten sicher wieder einen Auftrag für ihn — zwei an einem Tag!

3

Später, nachdem der Kuchen gebacken und glasiert war, zog sich Nora in ihr Schlafzimmer in der Südwestecke des Obergeschosses zurück.

Zu Lebzeiten von Violet Devon war das hier Noras Zufluchtsort gewesen, obwohl die Tür kein Schloß hatte. Wie alle Zimmer in dem großen Haus war auch dieses vollgestopft mit schwerem Mobiliar, so als befände sich hier keine Wohnstätte, sondern ein Lager. Der Raum war auch in jeder anderen Beziehung trostlos. Dennoch war Nora, wenn sie ihre Pflichten getan oder von der Tante nach einem von deren endlosen Vorträgen entlassen worden war, in ihr Schlafzimmer geflohen, um sich in Bücher oder lebhafte Tagträume zu flüchten.

Einem unwiderstehlichen Drang nachgebend, kam Violet ohne Vorwarnung, um nach ihrer Nichte zu sehen, indem sie sich lautlos über den Korridor schlich, plötzlich die nicht versperrbare Tür aufriß und ins Zimmer trat, in der Hoffnung, Nora bei irgend etwas Verbotenem zu ertappen. Diese unangekündigten Inspektionen waren in Noras Kindheit und Jungmädchenzeit häufig gewesen, dann seltener geworden, hatten aber auch noch in den letzten Wochen von Violets Leben, als Nora eine erwachsene Frau von neunundzwanzig gewesen war, stattgefunden. Violet bevorzugte dunkle Kleidung, trug ihr Haar in einem straffen Knoten und ging stets ohne eine Spur von Make-up auf dem blassen, kantigen Gesicht aus dem Haus. Oft hatte sie deshalb eher wie ein Mann gewirkt — ein strenger Mönch im groben Büßergewand, der durch die Gänge eines düsteren mittelalterlichen Klosters streift, um seine Klosterbrüder zu beaufsichtigen.

Wurde Nora bei Tagträumen oder einem Schläfchen erwischt, führte das zu strengem Tadel und zu Hausarbeit als Bestrafung. Die Tante duldete Faulheit nicht.

Bücher waren erlaubt — sofern Violet sie vorher gebilligt hatte —, weil Bücher zum einen der Bildung dienten. Außerdem hatte Violet oft geäußert: »Schlichte, unansehnliche Frauen wie du und ich führen kein strahlendes Leben, kommen an keine exotischen Orte. Also haben Bücher eine besondere Bedeutung für uns. So gut wie alle Dinge des Lebens können wir ersatzweise bekommen, durch Bücher. Das ist nicht schlecht.

Durch Bücher leben ist sogar *besser*, als wenn man Freunde hat und … Männer kennt.«

Mit der Unterstützung eines gefügigen Hausarztes hatte Violet es fertiggebracht, Nora ihrer angeblich angegriffenen Gesundheit wegen von den öffentlichen Schulen fernzuhalten. Sie war zu Hause erzogen worden, also waren Bücher auch ihre einzige Schule gewesen.

Davon abgesehen, daß sie mit dreißig Jahren bereits Tausende von Büchern kannte, hatte Nora sich daneben autodidaktisch als Künstlerin in den Techniken Öl, Acryl, Aquarell und Bleistiftzeichnung ausgebildet. Zeichnen und Malen waren ebenfalls Aktivitäten, die Tante Violet billigte. Kunst war etwas, das Nora allein für sich betreiben konnte, und das ihre Gedanken von der Welt draußen ablenkte und ihr half, den Kontakt zu Menschen zu vermeiden, die sie unweigerlich zurückstoßen, verletzen und enttäuschen würden.

In die eine Ecke von Noras Zimmer waren ein Zeichenbrett, eine Staffelei und ein Schränkchen für die nötigen Utensilien gestellt worden. Den Platz für ihr Miniaturatelier hatte sie sich geschaffen, indem sie die anderen Möbelstücke zusammenschob, und nicht etwa dadurch, daß sie irgend etwas entfernte. Die Folge war ein Gefühl der Beengtheit gewesen.

Oftmals im Laufe der Jahre, besonders nachts, aber auch mitten am Tag, war Nora von dem Gefühl befallen worden, der Schlafzimmerboden bräche unter dem Gewicht all der Möbel ein, und sie stürze in den Raum darunter, wo ihr schweres Himmelbett sie erdrücken werde. Wenn diese Furcht übermächtig wurde, floh sie auf den Rasen hinter dem Haus, wo sie dann im Freien saß, die Arme fest um den Körper gelegt, zitternd. Erst mit fünfundzwanzig wurde ihr klar, daß diese Anfälle von Angst nicht nur von zuviel Möbeln und zu düsterem Dekor herrührten, sondern auch von der erdrückenden Gegenwart ihrer Tante.

Eines Samstagmorgens vor vier Monaten, acht Monate nach Violet Devons Tod, hatte Nora plötzlich den Drang verspürt, etwas zu verändern, und sie hatte in fast hektischer Hast in ihrem Schlafzimmer-Atelier umgestellt. Sie trug und zerrte alle kleineren Möbelstücke hinaus und verteilte sie gleichmäßig auf die fünf anderen möblierten Räume des Obergeschosses. Einige der schwereren Stücke mußten zerlegt und in Teilen weggebracht werden. Aber schließlich schaffte sie es, alles hinauszubefördern, ausgenommen das mächtige Himmelbett, ein Nachttischchen, einen Lehnsessel, ihr Zeichenbrett, den Hokker, das Schränkchen und die Staffelei, genau die Dinge, die sie brauchte. Zuletzt riß sie noch die Tapete von der Wand.

Während jenes überwältigenden Wochenendes hatte sie das Gefühl, es hätte eine Revolution gegeben und ihr Leben würde nie wieder werden wie früher. Aber sobald sie mit ihrem Schlafzimmer fertig war, hatte sich auch der Geist des Aufruhrs verflüchtigt, und der Rest des Hauses blieb unangetastet.

Jetzt war wenigstens dieser eine Raum hell, ja fröhlich. Die Wände waren in einem ganz hellen Gelb getüncht; die schweren Vorhänge waren weg, an ihrer Stelle hatte sie Läden angebracht, die zur Farbe der Wände paßten. Den häßlichen Teppich hatte sie aufgerollt und den wunderschönen Eichenboden auf Hochglanz poliert.

Hier war jetzt mehr denn je ihr Zufluchtsort. Wenn sie durch die Tür trat und sah, was sie geschaffen hatte, stieg unweigerlich ihre Laune, und sie fand etwas Ruhe vor ihren Problemen.

Nach dem schrecklichen Erlebnis mit Streck wirkte das helle Zimmer wie immer beruhigend auf Nora. Sie setzte sich ans Zeichenbrett und fing eine Bleistiftskizze an, Vorstudie für ein Ölgemälde, das sie schon seit einiger Zeit zu malen vorhatte. Zuerst zitterten ihr die Hände, und sie mußte mehrere Male innehalten, um genügend Kontrolle über sich zu gewinnen und weiterzeichnen zu können. Aber mit der Zeit legte sich ihre Angst.

Sie konnte bei der Arbeit sogar an Streck denken und sich auszumalen versuchen, wie weit er wohl gegangen wäre, wenn sie es nicht geschafft hätte, ihn aus dem Haus zu manövrieren. In letzter Zeit hatte Nora sich gefragt, ob Violet Devons pessimistische Betrachtungsweise hinsichtlich der Welt und aller anderen Menschen richtig war; obwohl das der Einstellung entsprach, die man ihr, Nora, beigebracht hatte, quälte sie der Verdacht, dies sei vielleicht verdreht, ja krankhaft. Nun aber war sie Art Streck begegnet, und dieser schien ein hinreichendes Argument für Violets Ansichten zu sein, ein Beweis dafür, daß es gefährlich war, sich zu sehr mit der Welt draußen einzulassen.

Nach einer Weile, ihre Skizze war zur Hälfte fertig, begann Nora zu denken, sie habe möglicherweise alles, was Streck gesagt und getan hatte, falsch interpretiert. Er hatte ihr bestimmt keinen unsittlichen Antrag machen wollen. Ihr doch nicht.

Sie war schließlich alles andere als begehrenswert. Schlicht. Hausbacken. Vielleicht sogar häßlich. Nora wußte, dies war so, denn ganz gleich, was Violet für Fehler gehabt haben mochte, die alte Frau hatte auch einige Tugenden besessen, und eine davon war gewesen, nie um die Dinge herumzureden. Nora war unattraktiv, langweilig — einfach keine Frau, die erwarten durfte, daß jemand sie an sich drücken, küssen, zärtlich lieben wollte: eine Tatsache im Leben, die Tante Violet ihr schon in frühen Jahren begreiflich gemacht hatte.

Obwohl als Person abstoßend, war Streck in körperlicher Hinsicht ein attraktiver Mann; einer, der seine Wahl unter hübschen Frauen treffen konnte. Es war lächerlich, anzunehmen, er würde sich für ein Aschenbrödel wie sie interessieren.

Nora trug immer noch die Kleider, die ihre Tante für sie gekauft hatte — dunkle, formlose Kleider, Röcke und Blusen, ähnlich denen, die Violet getragen hatte. Farbenfrohere, feminine Kleidung würde nur die Aufmerksamkeit auf ihren knochigen, ungrazilen Körper und ihr reizloses, wenig anziehendes Gesicht lenken.

Aber warum hatte Streck gesagt, sie sei hübsch?

Nun, das ließ sich leicht erklären: Er machte sich vielleicht über sie lustig. Oder, was wahrscheinlicher war, er wollte höflich und nett sein.

Je mehr sie darüber nachdachte, je mehr glaubte Nora, daß sie dem armen Mann unrecht getan habe. Jetzt war sie dreißig und bereits eine hysterische alte Jungfer, von Ängsten ebensosehr heimgesucht wie von Einsamkeit geplagt.

Eine Weile bedrückte sie dieser Gedanke. Aber mit verdoppeltem Eifer arbeitete sie an ihrer Skizze, beendete sie und fing eine andere, aus anderer Perspektive, an. Während das Licht des Nachmittags verblaßte, fand sie Zuflucht in ihrer Kunst.

Von unten hallten die Glockentöne der alten Großvateruhr pünktlich jede volle, halbe und Viertelstunde zu ihr herauf.

Die im Westen niedersinkende Sonne färbte sich golden, als mehr Zeit verstrich. Im Zimmer wurde es heller. Die Luft selbst schien Licht auszusenden. Draußen vor dem Südfenster wiegte sich eine Königspalme sanft in der Maibrise.

Um vier Uhr hatte sie ihren Frieden gefunden, summte beim Arbeiten vor sich hin.

Als das Telefon klingelte, schreckte sie hoch.

Sie legte den Bleistift hin und griff nach dem Hörer. »Hallo?«

»Komisch«, sagte ein Mann.

»Wie bitte?«

»Die haben nie von ihm gehört.«

»Tut mir leid«, sagte sie, »aber ich glaube, Sie haben die falsche Nummer.«

»Das *sind* doch Sie, Mrs. Devon?«

Jetzt erkannte sie die Stimme. Er war es. Streck.

Einen Augenblick lang brachte sie keinen Ton heraus.

»Die haben nie von ihm gehört«, sagte er. »Ich habe die Polizei von Santa Barabara angerufen und Officer Devon verlangt. Aber die sagten, sie haben keinen Officer Devon. Ist das nicht eigenartig, Mrs. Devon?«

»Was wollen Sie?« fragte sie mit schwacher Stimme.

»Ich stell' mir vor, da ist ein Computerfehler passiert«, sagte Streck und lachte leise. »Aber ja, sicher! Irgendein blöder Computer hat Ihren Mann aus den Akten entfernt. Ich finde, Sie sollten ihm das am besten gleich sagen, wenn er nach Hause kommt, Mrs. Devon. Wenn er das nicht in Ordnung bringt, ... nun, zum Teufel, dann kriegt er vielleicht am Ende der Woche seinen Scheck nicht.«

Er legte auf, und beim Ton des Freizeichens wurde ihr klar, daß sie hätte zuerst auflegen müssen, im Augenblick, da er sagte, er habe die Polizeistation angerufen, den Hörer hätte auf die Gabel knallen sollen. Sie durfte nicht riskieren, ihn schon allein dadurch zu ermutigen, daß sie ihm am Telefon zuhörte.

Sie ging durchs Haus und prüfte sämtliche Fenster und Türen: Sie waren alle sicher versperrt.

4

Bei McDonald's an der East Chapman Avenue in Orange hatte Travis Cornell fünf Hamburger für den Golden Retriever bestellt. Auf dem Vordersitz des Pick-up sitzend, hatte der Hund das ganze Fleisch und zwei der dazugehörigen Brötchen gefressen und dann seine Dankbarkeit dadurch zum Ausdruck bringen wollen, daß er ihm das Gesicht leckte.

»Du hast einen Atem wie ein Alligator, der Aufstoßen hat«, protestierte er und hielt das Tier von sich ab.

Die Rückfahrt nach Santa Barbara nahm dreieinhalb Stunden in Anspruch, weil die Straßen viel stärker befahren waren als am Morgen. Während der ganzen Fahrt schaute Travis seinen Begleiter immer wieder an, redete zu ihm und wartete darauf, ein weiteres Schauspiel jener wahrhaft niederschmetternden Intelligenz geboten zu bekommen, die der Hund schon vorhin geliefert hatte. Doch seine Erwartungen blieben unerfüllt. Der Retriever benahm sich wie jeder beliebige Hund auf einer langen Fahrt. Gelegentlich saß er allerdings sehr aufrecht da und blickte mit ungewöhnlichem Interesse durch die Windschutzscheibe oder das Seitenfenster auf die Landschaft. Aber die meiste Zeit lag er eingerollt auf dem Sitz, schlief und schnüffelte in seinen Träumen — oder er schnaufte, gähnte und schien gelangweilt.

Als der Geruch des schmutzigen Hundefells unerträglich wurde, kurbelte Travis das Fenster herunter, um durchzulüften, und der Retriever steckte den Kopf in den Wind hinaus. Ohren und Fell im Fahrtwind, zeigte er das alberne, für sich einnehmende dümmliche Grinsen aller Hunde, die je auf diese Weise einen Beifahrersitz erobert haben.

In Santa Barbara hielt Travis an einem Shopping Center und kaufte ein paar Dosen Alpo, einen Karton Milk-Bone-Hundekuchen, feste Plastikschüsseln für Hundefutter und Wasser, eine eloxierte Waschschüssel, eine Flasche Hundeshampoo mit einem Mittel gegen Flöhe und Zecken, eine Bürste, um dem Tier das verfilzte Fell auszukämmen, sowie eine Leine.

Als Travis seine Einkäufe in den Laderaum des Pick-up schaffte, beobachtete ihn der Hund durch das Hinterfenster des Fahrerhäuschens und hielt dabei die feuchte Nase an das Glas gepreßt.

Als er sich wieder hinter das Steuer setzte, sagte er: »Du bist schmutzig, und du stinkst. Du wirst mir beim Baden doch keinen Ärger machen, oder?«

Der Hund gähnte.

Als Travis in die Einfahrt seines gemieteten Vierzimmer-Bungalows am Nordrand von Santa Barbara schwenkte und den Motor des Pick-up abschaltete, begann er sich zu fragen, ob das, was der Hund am Morgen getan hatte, wirklich so erstaunlich war, wie er es in Erinnerung hatte.

»Wenn du jetzt nicht bald wieder etwas zum Besten gibst«, sagte er zu dem Hund, während er den Schlüssel ins Türschloß schob, »dann werde ich wohl annehmen müssen, daß sich bei mir dort draußen im Wald ein Rädchen gelockert hat und daß ich einfach spinne und mir alles eingebildet habe.«

Der Hund stand neben ihm auf der offenen Veranda und blickte seltsam zu ihm hoch.

»Willst du schuld daran sein, daß ich an meinem eigenen Verstand zweifle? Hmmmmmm?«

Ein schwarzer Schmetterling mit orangefarbenen Flecken auf den Flügeln flatterte am Gesicht des Retrievers vorbei und erschreckte ihn. Der Hund bellte und rannte hinter der flatternden Beute her, von der Veranda auf den Weg und diesen hinunter. Er hetzte über den Rasen hierhin und dorthin, sprang hoch, schnappte zu, verfehlte sein buntes Ziel immer wieder, kollidierte fast mit dem Stamm einer großen kanarischen Dattelpalme, konnte gerade noch verhindern, daß er sich beim Frontalzusammenstoß mit einem Vogelbecken aus Beton bewußtlos schlug, und landete schließlich tolpatschig in einem Hyazinthenbeet, über dem der Schmetterling in die sicheren Lüfte entschwebte. Der Retriever überschlug sich einmal, rappelte sich auf und war mit einem Satz aus den Blumen.

Als er begriff, daß er geschlagen war, kehrte der Hund zu Travis zurück. Er sah ihn mit Schafsaugen an.

»Du bist mir vielleicht ein Wunderhund!« sagte er. »Du liebe Güte!«

Er öffnete die Tür, und der Retriever schlüpfte vor ihm hinein. Er trottete sofort davon, um die neuen Räumlichkeiten zu erforschen.

»Hoffentlich bist du stubenrein«, rief Travis ihm nach. Er

trug die Waschwanne und den Plastikbeutel mit den anderen Einkäufen in die Küche: Dort ließ er die Freßschüsseln und das Hundefutter zurück und trug alles andere durch die Hintertür nach draußen. Er setzte den Beutel auf dem betongepflasterten Innenhof ab und stellte die Wanne daneben hin, dicht neben einen aufgerollten Schlauch, der an einem Wasserhahn befestigt war.

Dann ging er wieder hinein, holte unter dem Küchenausguß einen Eimer hervor, hielt ihn unter den auf höchste Stufe gedrehten Heißwasserhahn, füllte diesen und trug ihn hinaus und entleerte ihn in die Wanne. Als Travis vier Eimer heißes Wasser hinausgetragen hatte, tauchte der Retriever auf und begann den Hinterhof zu erforschen. Als die Wanne zur Hälfte voll war, hatte der Hund angefangen, entlang der weißgestrichenen Mauer aus Betonblöcken, die die Grundstücksgrenze darstellte, sein Bein zu heben und damit sein Territorium zu markieren.

»Wenn du damit fertig bist, das Gras umzubringen«, sagte Travis, »bist du hoffentlich in der Stimmung für ein Bad. Du stinkst.«

Der Retriever drehte sich zu ihm herum, legte den Kopf schief und schien ihm zuzuhören. Aber er sah nicht aus wie einer dieser intelligenten Filmhunde. Sah auch nicht aus, als würde er ihn verstehen. Sondern einfach wie ein dummer Hund. Und als Travis zu sprechen aufhörte, lief er ein paar Schritte an der Mauer weiter und pinkelte erneut.

Als er dem Hund dabei zusah, wie er sich erleichterte, verspürte Travis selbst einen ähnlichen Drang. Er ging ins Bad und zog dann für die schmutzige Arbeit, die ihm bevorstand, alte Jeans und ein T-Shirt an.

Als Travis wieder hinauskam, stand der Retriever neben der dampfenden Waschwanne und hielt den Schlauch zwischen den Zähnen. Irgendwie hatte er es geschafft, den Wasserhahn aufzudrehen. Wasser schoß aus dem Schlauch in die Wanne.

Für einen Hund mußte es sehr schwierig, wenn nicht unmöglich sein, erfolgreich einen Wasserhahn zu betätigen. Travis stellte sich vor, daß ein gleich schwerer Test seiner, Travis', Findigkeit und Geschicklichkeit darin bestehen müsse, mit einer Hand hinter dem Rücken den kindersicheren Verschluß einer Aspirinflasche zu öffnen.

Erstaunt sagte er: »Ist dir das Wasser zu heiß?«

Der Retriever ließ den Schlauch fallen, so daß das Wasser über den Hof strömte, und stieg fast geziert in die Wanne. Er setzte sich hin und sah ihn an, als wollte er sagen: *Jetzt fang schon an, du Schwachkopf.*

Travis ging zu der Wanne und kauerte sich daneben nieder. »Zeig mir, wie du das Wasser abschalten kannst.«

Der Hund sah ihn dumm an.

»Zeig es mir«, sagte Travis.

Der Hund schnaubte leicht und veränderte seine Sitzhaltung in dem warmen Wasser.

»Wenn du fertiggebracht hast, es aufzudrehen, kannst du es auch abdrehen. Wie hast du es gemacht? Mit den Zähnen? Muß wohl mit den Zähnen gewesen sein. Mit der Pfote geht das bestimmt nicht, weiß Gott. Aber diese Drehbewegung ist doch ziemlich schwierig. Du hättest dir am gußeisernen Hahn einen Zahn ausbrechen können.«

Der Hund streckte sich etwas aus der Wanne, gerade weit genug, um in die Tüte zu beißen, in der das Shampoo war.

»Du willst also den Hahn nicht abdrehen?« fragte Travis.

Der Hund blinzelte ihm nur unergründlich zu.

Travis seufzte und drehte das Wasser ab. »Na, schön. Okay. Dann sei eben ein Schlaumeier.« Er nahm Bürste und Shampoo aus dem Beutel und hielt sie dem Retriever hin. »Hier. Mich brauchst du wahrscheinlich gar nicht. Du kannst dich sicher selbst abschrubben.«

Der Hund gab ein langgezogenes *Wuuufff* von sich, das tief unten in seiner Kehle seinen Ausgang nahm, und Travis hatte das Gefühl, daß der Hund jetzt *ihn* einen Schlaumeier nannte.

Vorsichtig jetzt, sagte er sich, mach dich bloß nicht selbst verrückt, Travis. Das hier ist ein verdammt schlaues Vieh, aber was du sagst, kann es wirklich nicht verstehen, und es kann dir auch nicht antworten.

Der Retriever ließ das Bad ohne Protest über sich ergehen, genoß es. Nachdem er dem Hund befohlen hatte, aus der Wanne zu kommen, und ihm das Shampoo abgespült hatte, verbrachte Travis eine Stunde damit, ihm das feuchte Fell zu bürsten. Er zog Kletten heraus, kleine Aststücke, die das Wasser nicht weggespült hatte, kämmte ineinander verfilzte Haare aus. Der Hund wurde dabei nie ungeduldig, und um sechs Uhr war die Umwandlung vollzogen.

In gepflegtem Zustand war er ein hübsches Tier. Im Fell überwogen goldbraune Töne, mit helleren Stellen hinten an den Beinen, am Bauch und an den Hinterbacken sowie an der Unterseite des Schweifes. Das Unterfell war dick und weich, um ihn zu wärmen und Wasser abzustoßen. Das Fell an den Seiten war ebenfalls weich, aber nicht so dick und an manchen Stellen gewellt. Der leicht nach oben gebogene Schweif signalisierte Munterkeit und Zufriedenheit, ein Eindruck, der sich noch dadurch verstärkte, daß dieser Schweif ständig in Bewegung war.

Das eingetrocknete Blut am Ohr stammte von einem kleinen Riß, der bereits zu heilen begann. Das Blut an den Pfoten stammte nicht von einer ernsthaften Verletzung, sondern daher, daß er viel über felsiges Terrain gerannt war. Travis begnügte sich damit, Borwasser, als mildes Antiseptikum, auf diese kleinen Wunden zu träufeln. Er war überzeugt, der Hund empfinde nur leichtes Unbehagen — oder vielleicht auch gar nichts, da er nicht hinkte — und werde in ein paar Tagen wieder völlig wiederhergestellt sein.

Der Retriever sah jetzt großartig aus, Travis aber war feucht und verschwitzt und stank nach Hundeshampoo. Er sehnte sich danach, zu duschen und sich umzuziehen. Außerdem hatte ihm die Arbeit Appetit gemacht.

Das einzige, was jetzt noch zu tun blieb, war, dem Hund ein Halsband umzulegen. Doch als er versuchte, das neue Halsband anzubringen, knurrte der Retriever leise und zog sich vor ihm zurück.

»Jetzt komm schon. Ist doch nur ein normales Halsband, Junge.«

Der Hund starrte das rote Lederband an, das Travis in der Hand hielt, und fuhr fort zu knurren.

»Hast wohl schlimme Erfahrungen mit einem Halsband gemacht, hm?«

Der Hund hörte zu knurren auf, kam aber nicht näher. »Schlecht behandelt?« fragte Travis. »Das wird's sein. Vielleicht haben sie dich mit dem Halsband gewürgt oder an die kurze Kette gelegt. War es so etwas?«

Der Retriever bellte einmal, trottete über den Hof, blieb in der entferntesten Ecke stehen und sah das Halsband aus der Ferne an.

»Vertraust du mir?« fragte Travis und blieb auf den Knien, um nicht auf den Hund bedrohlich zu wirken.

Der Hund wandte seine Aufmerksamkeit vom Lederband ab und Travis zu, begegnete dessen Blick.

»Ich werd' dich nie schlecht behandeln«, sagte er ganz ernst und kam sich überhaupt nicht albern dabei vor, so direkt und aufrichtig zu einem Hund zu reden. »Du mußt wissen, daß ich das nicht tun werde. Ich meine, du hast für solche Dinge doch einen guten Instinkt, Junge, und hab Vertrauen zu mir.«

Der Hund kehrte aus der Ecke des Innenhofs zurück und blieb ein Stück außerhalb von Travis' Reichweite stehen. Er warf einen Blick auf das Halsband und schaute ihn dann wieder mit diesen unheimlich sprechenden Augen an. Wie schon zuvor spürte er eine Art von Verbindung mit dem Tier, ebenso tief wie unheimlich — und ebenso unheimlich wie unbeschreibbar.

Er sagte: »Hör zu. Ich werde dich manchmal an Orte bringen wollen, wo du eine Leine brauchst, und die muß man an einem Halsband befestigen, nicht wahr? Das ist der einzige Grund, weshalb ich möchte, daß du ein Halsband trägst: damit ich dich überall mitnehmen kann — das und um die Flöhe abzuhalten. Aber wenn du es wirklich nicht willst, werde ich dich nicht zwingen.«

Sie sahen einander lange an, während der Retriever offenbar über die Situation nachgrübelte. Travis fuhr fort, ihm das Halsband hinzuhalten, als stelle es ein Geschenk dar und nicht eine Forderung; und der Hund fuhr fort, seinem neuen Herrn in die Augen zu starren. Schließlich schüttelte sich der Retriever, nieste einmal kurz und kam langsam nach vorn.

»So ist's brav«, sagte Travis ermutigend.

Als er Travis erreichte, ließ der Hund sich auf dem Bauch nieder, rollte sich dann auf den Rücken und streckte in einer Art Demutsgebärde alle vier Beine von sich. In seinem Blick waren Liebe, Vertrauen und ein wenig Furcht.

Verrückterweise spürte Travis, daß ihm ein Klumpen in der Kehle saß und ihm heiße Tränen aus den Augenwinkeln traten. Er schluckte heftig, blinzelte, um die Tränen zu vertreiben, und nannte sich einen sentimentalen Esel. Er wußte, weshalb die Unterwerfung des Hundes ihn so rührte. Zum ersten Mal seit drei Jahren hatte Travis Cornell das Gefühl, gebraucht zu werden, empfand er eine tiefe Bindung zu einem anderen lebenden Geschöpf. Zum ersten Mal in drei Jahren hatte sein Leben wieder einen Sinn.

Er legte das Halsband an, schnallte es zu und kraulte den Retriever sanft am Bauch.

»Jetzt brauchen wir noch einen Namen für dich«, sagte er.

Der Hund rappelte sich hoch, sah ihn an und spitzte die Ohren, als warte er darauf, von ihm zu hören, wie er gerufen werden würde.

Lieber Gott, dachte Travis, ich unterschiebe ihm menschliche Absichten. Dabei ist er ein Köter, ein ganz besonderer vielleicht, aber trotzdem bloß ein Köter. Es mag so aussehen, als warte er darauf, zu hören, wie ich ihn rufen werde. Aber Englisch versteht er ganz bestimmt nicht.

»Mir fällt kein Name ein, der zu dir paßt«, sagte Travis schließlich. »Wir wollen nichts übereilen. Es muß genau der richtige Name sein. Du bist kein gewöhnlicher Hund, Pelzgesicht. Ich muß mir das noch eine Weile durch den Kopf gehen lassen, bis mir das Richtige einfällt.«

Travis leerte die Waschwanne, spülte sie aus und ließ sie zum Trocknen stehen. Dann gingen er und der Retriever gemeinsam ins Haus, das sie jetzt miteinander teilten.

5

Dr. Elisabeth Yarbeck und ihr Mann Jonathan, Anwalt, wohnten in Newport Beach in einem weitläufgen einstöckigen Haus im Ranchstil, mit Schindeldach, cremefarbigem Verputz und einer Promenade aus Bouquet-Canyon-Natursteinen. Das verblassende Sonnenlicht leuchtete kupfer- und rubinfarben und glitzerte und funkelte in den Facetten der schmalen, bleigefaßten Fenster neben der Eingangstür, so daß die Scheiben wie riesige Edelsteine wirkten.

Elisabeth ging an die Tür, als Vince Nasco klingelte. Sie war etwa fünfzig, schlank, attraktiv, mit struppiger silberblonder Haarmähne und blauen Augen. Vince sagte ihr, er heiße John

Parker, komme vom FBI und müsse mit ihr und ihrem Mann in bezug auf einen augenblicklich in Untersuchung befindlichen Fall sprechen.

»Fall?« fragte sie. »Was für ein Fall?«

»Es handelt sich um ein von der Regierung finanziertes Forschungsprojekt, an dem Sie einmal beteiligt waren«, erklärte ihr Vince, weil man ihm das so aufgetragen hatte.

Sie sah sich seinen Fotoausweis und die FBI-Papiere gründlich an.

Ihm machte das nichts aus. Die falschen Papiere waren von denselben Leuten angefertigt worden, die ihn für diesen Job engagiert hatten. Man hatte ihn mit diesen gefälschten Papieren vor zehn Monaten für einen Hit in San Francisco ausgestattet, und sie hatten ihm bei drei anderen Gelegenheiten gute Dienste geleistet.

Obwohl er wußte, daß die Ausweise ihre Billigung finden würden, war er nicht sicher, ob er selbst die Musterung bestand. Er trug einen dunkelblauen Anzug, ein weißes Hemd, eine blaue Krawatte und auf Hochglanz polierte schwarze Schuhe — die korrekte Kleidung für einen Agenten. Auch seine Größe und seine ausdruckslose Miene leisteten ihm in der Rolle, die er zu spielen hatte, gute Dienste. Aber der Mord an Dr. Davis Weatherby und die Aussicht auf zwei weitere Morde innerhalb der nächsten paar Minuten hatten ihn in hochgradige Erregung versetzt, erfüllten ihn mit einer geradezu mechanischen Heiterkeit, die er nur mit Mühe unterdrücken konnte. Ein ungeheurer Drang, in Gelächter auszubrechen, baute sich in ihm auf, und die Anstrengung, diese Regung zu unterdrükken, wurde von Minute zu Minute größer. Im unauffälligen grünen Ford, den er vor vierzig Minuten speziell für diesen Job gestohlen hatte, hatte ihn ein Zittern befallen, das nicht von Nervosität herrührte, sondern von einem intensiven Genußempfinden fast sexueller Natur. Er hatte den Wagen an den Straßenrand lenken müssen. Zehn Minuten saß er da und atmete tief durch, ehe er sich etwas beruhigte.

Jetzt blickte Elisabeth Yarbeck von dem gefälschten Ausweis auf, sah Vince in die Augen und runzelte die Stirn.

Er riskierte ein Lächeln, obwohl die Gefahr bestand, daß daraus ein unkontrollierbares Gelächter würde, was seine Tarnung hätte auffliegen lassen. Sein Lächeln war knabenhaft, und gerade durch den auffälligen Gegensatz zu seiner Körpergröße entwaffnend.

Nach einem Augenblick lächelte Dr. Yarbeck auch. Zufrieden reichte sie ihm seine Papiere zurück und bat ihn ins Haus.

»Ich werde auch Ihren Mann sprechen müssen«, erinnerte Vince sie, als sie die Haustür hinter ihnen schloß.

»Er ist im Wohnzimmer, Mr. Parker. Bitte, kommen Sie weiter.«

Das Wohnzimmer war groß und hoch. Cremefarbene Wände, ein ebensolcher Teppich. Blaßgrüne Sofas. Große Fensterscheiben, zum Teil durch grüne Markisen abgeschirmt, boten einen Ausblick auf den mit Sorgfalt angelegten Garten und auf die Häuser an den tieferliegenden Hügeln.

Jonathan Yarbeck war eben dabei, eine Handvoll Späne zwischen die Scheite zu stecken, die er in dem aus Ziegeln gemauerten Kamin zum Feuermachen aufgetürmt hatte. Er richtete sich auf, rieb sich die Hände sauber, während seine Frau Vince vorstellte. »... John Parker vom FBI.«

»FBI?« sagte Yarbeck und hob fragend die Brauen.

»Mr. Yarbeck«, sagte Vince, »wenn noch andere Angehörige Ihrer Familie zu Hause sind, möchte ich sie jetzt auch sprechen, um mich nicht wiederholen zu müssen.»

Yarbeck schüttelte den Kopf und sagte: »Nein, nur Liz und ich sind hier. Die Kinder sind auf dem College. Was hat das alles zu bedeuten?«

Vince zog die mit Schalldämpfer ausgerüstete Pistole aus der Innentasche seines Jacketts und schoß Jonathan Yarbeck in die Brust. Der Anwalt wurde gegen den Kamin geschleudert, wo er einen Augenblick hängenblieb wie angenagelt, dann fiel er auf das messingene Kaminbesteck.

Sssssnapp.

Elisabeth Yarbeck war einen kurzen Augenblick lang starr vor Verblüffung und Schrecken. Vince nahm sie sich schnell vor. Er packte ihren linken Arm und drehte ihn hinter ihrem Rücken unsanft herum. Als sie vor Schmerz aufschrie, drückte er ihr die Pistole gegen den Kopf und sagte: »Seien Sie still, sonst blas' ich Ihnen Ihr beschissenes Hirn aus dem Schädel.«

Er zwang sie, mit ihm quer durchs Zimmer zur Leiche ihres Mannes zu gehen. Jonathan lag mit dem Gesicht nach unten auf einer kleinen Kohlenschaufel aus Messing und einem Schürhaken mit Messinggriff. Er war tot. Aber Vince wollte kein Risiko eingehen. Er schoß Yarbeck zweimal aus kurzer Distanz von hinten in den Kopf.

Ein seltsames, dünnes, katzenähnliches Geräusch entrang sich Liz Yarbeck — dann fing sie zu schluchzen an.

Wegen der Entfernung und der Rauchglasscheiben glaubte Vince nicht, daß selbst die Nachbarn durch die großen Fenster sehen konnten; aber er wollte sich mit der Frau an einem abgeschiedeneren Ort befassen. Er zwang sie, mit ihm in die Halle zu gehen, drang tiefer ins Haus ein, öffnete eine Tür nach der anderen, bis er das Schlafzimmer fand. Dort hinein versetzte er ihr einen Stoß, und sie stürzte zu Boden.

»Liegenbleiben!« sagte er.

Er schaltete die Nachttischlampen an. Dann ging er zu den großen gläsernen Schiebetüren, die sich zum Innenhof öffneten, und begann die Vorhänge zuzuziehen.

Im Augenblick, da er ihr den Rücken zuwandte, rappelte sich die Frau hoch und rannte auf die Tür zu.

Er erwischte sie, schmetterte sie gegen die Wand, trieb ihr die Faust in den Leib, daß es ihr den Atem nahm, und warf sie wieder zu Boden. Dann schnappte er sich eine Handvoll ihres Haars, zog daran ihren Kopf in die Höhe und zwang sie, ihm in die Augen zu sehen.

»Hören Sie, Lady, ich werde Sie nicht erschießen. Ich kam her, um Ihren Mann zu erwischen. Nur Ihren Mann. Wenn Sie aber versuchen, mir hier zu entwischen, ehe es soweit ist, daß ich Sie laufenlasse, muß ich auch Sie kaltmachen, verstanden?«

Er log natürlich. Sie war diejenige, für deren Liquidierung man ihn bezahlte, und der Mann mußte nur erledigt werden, weil er im Hause war. Aber daß Vince sie nicht erschießen würde, stimmte. Er wollte, daß sie sich nicht wehrte, bis er sie fesseln und sich ihr mit mehr Muße widmen konnte. Die Erschießung der beiden letzten Opfer hatte Befriedigung verschafft, aber das hier wollte er in die Länge ziehen, sie langsamer töten. Manchmal konnte man den Tod genießen wie gutes Essen, guten Wein oder einen schönen Sonnenuntergang.

Nach Atem ringend, schluchzend sagte sie: »Wer *sind* Sie?«

»Das geht Sie nichts an«

»Was wollen Sie?«

»Daß Sie jetzt den Mund halten und tun, was ich sage, dann werden Sie das lebend überstehen.«

Das einzige, was ihr jetzt noch blieb, war ein schnelles Gebet, wobei die einzelnen Worte ineinander verschmolzen und nur gelegentlich durch leise, verzweifelt hervorgestoßene Laute akzentuiert waren.

Vince hatte jetzt die Vorhänge zugezogen.

Er riß das Telefon aus der Wand und warf es quer durch den Raum.

Dann packte er die Frau wieder am Arm, zerrte sie auf die Beine ins Badezimmer. Dort suchte er in den Schubladen herum, bis er eine Kassette für Erste Hilfe fand; Heftpflaster war genau das, was er brauchte.

Wieder im Schlafzimmer, zwang er sie, sich auf das Bett zu legen. Er benutzte das Heftpflaster dazu, ihre Knöchel zusammenzubinden und ihre Handgelenke vor ihrem Körper aneinanderzufesseln. Dann holte er aus einer Schublade eines ihrer Höschen, knüllte es zusammen und stopfte es ihr in den Mund. Den letzten Streifen Heftpflaster benutzte er dazu, ihr den Mund zu verkleben.

Sie zitterte heftig, blinzelte durch Tränen und Schweiß.

Er verließ das Schlafzimmer, ging ins Wohnzimmer und kniete neben Jonathan Yarbecks Leiche nieder, mit der es noch etwas zu erledigen gab. Er drehte sie herum. Eine der Kugeln, die durch Yarbecks Hinterkopf eingedrungen war, war an der Kehle, dicht unter dem Kinn, wieder ausgetreten. Sein offenstehender Mund war voll Blut. Ein Auge war nach innen verdreht, so daß nur das Weiße zu sehen war.

Vince blickte in das andere Auge. »Danke«, sagte er aufrichtig, mit Ehrfurcht. »Danke, Mr. Yarbeck.«

Er drückte beide Augenlider zu. Küßte sie.

»Danke.«

Er küßte die Stirn des Toten.

»Danke für das, was Sie mir gegeben haben.«

Dann ging er in die Garage, wo er in den Schränken herumsuchte, bis er das Werkzeug fand. Er wählte einen Hammer mit bequemem, mit Gummi überzogenem Griff und poliertem Stahlkopf aus.

Als er ins ruhige Schlafzimmer zurückkehrte und den Hammer neben die gefesselte Frau auf die Matratze legte, weiteten sich ihre Augen in fast komischer Weise.

Sie begann sich zu wälzen und zu drehen, versuchte erfolglos, die Hände aus der Heftpflasterschlinge zu winden.

Vince streifte die Kleider ab.

Als er sah, wie die Augen der Frau ihn ebenso entsetzt ansahen wie vorhin den Hammer, sagte er: »Nein, bitte, nur keine Angst, Dr. Yarbeck. Ich schände Sie nicht.« Er hängte Jakkett und Hemd über eine Stuhllehne. »Ich bin sexuell nicht an Ihnen interessiert.« Er schlüpfte aus Schuhen, Socken und Hose. »Diese Erniedrigung brauchen Sie nicht zu erleiden. Ich bin nicht die Art von Mann. Ich ziehe meine Kleider nur aus, damit sie nicht voll Blut werden.«

Nackt griff er nach dem Hammer, holte über ihrem linken Bein aus und zerschmetterte ihr das Knie. Vielleicht fünfzig oder sechzig Hammerschläge später kam *der* Augenblick.

Ssssnappp.

Plötzlich durchfuhr ihn ein Energiestoß. Er war übermenschlich wach, nahm Farben und Stoffe um ihn herum überdeutlich wahr, fühlte sich um vieles stärker denn je zuvor in seinem Leben — wie ein Gott im Körper eines Menschen.

Er ließ den Hammer fallen und sank neben dem Bett auf die nackten Knie. Er legte die Stirn auf das blutige Bettlaken, atmete tief ein, erschauderte unter einem Lustgefühl von solcher Stärke, daß es beinahe nicht zu ertragen war.

Ein paar Minuten später, als er sich erholt und an seinen neuen, kraftvolleren Zustand gewöhnt hatte, stand er auf, wandte sich der toten Frau zu und drückte Küsse auf ihr zerschlagenes Gesicht und je einen in jede ihrer Handflächen.

»Danke«

Er war von dem Opfer, das sie ihm dargebracht hatte, so tief bewegt, daß er glaubte, er müsse weinen. Aber die Freude über sein Glück war größer als das Mitleid, das er für sie empfand, und so wollten sich keine Tränen einstellen.

Im Badezimmer duschte er kurz. Als das heiße Wasser die Seife von ihm wegspülte, dachte er, wie glücklich er sich doch preisen dürfte, einen Weg gefunden zu haben, Mord zu seinem Geschäft zu machen und für das bezahlt zu werden, was er ohnehin getan hätte, auch ohne Entlohnung.

Als er sich wieder angekleidet hatte, benutzte er ein Handtuch, um die wenigen Dinge abzuwischen, die er seit dem Betreten des Hauses berührt hatte. Er erinnerte sich stets an *jede* einzelne seiner Bewegungen und war nie besorgt, er könnte beim Abwischen einen Gegenstand übersehen und so irgendwo einen Fingerabdruck hinterlassen. Sein perfektes Gedächtnis war Teil seiner Begabung.

Als er das Haus verließ, entdeckte er, daß die Nacht hereingebrochen war.

DREI

1

Am frühen Abend zeigte der Retriever nichts von dem auffallenden Verhalten, das Travis' Fantasie so beschäftigt hatte. Er beobachtete den Hund, manchmal direkt, manchmal heimlich; aber er sah nichts, was seine Neugierde geweckt hätte.

Er bereitete für sich ein Abendbrot aus mit Schinken, Salat und einer Tomate belegten Broten und machte für den Retriever eine Dose Alpo auf. Das Alpo schien ihm zu schmecken, er vertilgte das Zeug mit großen Bissen, zog aber ganz offenkundig Travis' Essen vor. Der Hund saß neben seinem Stuhl auf dem Küchenboden und sah ihn unglücklich an, als er an dem mit rotem Kunststoff belegten Tisch zwei Sandwiche aß. Schließlich gab er ihm zwei Streifen Schinken.

An seinem hundehaften Betteln war nichts Außergewöhnliches. Er führte auch keine verblüffenden Tricks vor. Er leckte sich nur die Lefzen, winselte hier und da und zeigte wiederholt sein kleines Repertoire an Mitleid und Mitgefühl heischenden Klagemienen. Jeder andere Hund hätte sich auf dieselbe Art bemüht, einen Leckerbissen zu bekommen.

Später schaltete Travis im Wohnzimmer den Fernseher ein, und der Hund rollte sich auf der Couch neben ihm ein. Nach einer Weile legte er ihm den Kopf auf den Schenkel und ließ erkennen, daß er gestreichelt und hinter den Ohren gekratzt werden wollte, was Travis auch tat. Gelegentlich warf der Hund einen Blick auf den Fernseher, schien sich aber nicht sonderlich für das Programm zu interessieren.

Auch Travis war nicht nach Fernsehen zumute. Was ihn jetzt interessierte, war einzig und allein der Hund. Er wollte sich näher mit ihm befassen und dazu bringen, weitere Tricks zu zeigen. Obwohl er überlegte, wie er ihn dazu veranlassen könnte, Beweise seiner erstaunlichen Intelligenz zu liefern, fielen ihm keine Prüfungen ein, mit denen sich die geistige Kapazität des Tieres verläßlich würde messen lassen.

Außerdem sagte eine innere Stimme Travis, daß der Hund bei einem Test nicht mitmachen würde. Die meiste Zeit schien er seine Klugheit instinktiv zu verbergen. Travis erinnerte sich an sein Ungeschick und seine geradezu komische Tollpatschigkeit bei der Verfolgung des Schmetterlings und stellte dieses Verhalten der Geschicklichkeit und Klugheit gegenüber, die nötig gewesen waren, um den Wasserhahn im Hof aufzudrehen: Zwei völlig verschiedene Tiere schienen hier am Werk gewesen zu sein. So verrückt die Vorstellung war, Travis argwöhnte, der Retriever wünsche es nicht, die Aufmerksamkeit auf sich zu ziehen, und zeige seine unheimliche Intelligenz nur in Krisenzeiten (wie im Wald), wenn er sehr hungrig war (als er den Handschuhkasten öffnete, um an den Schokoladenriegel zu kommen) oder wenn niemand zusah (wie beim Aufdrehen des Wasserhahns).

Es war ein unsinniger Gedanke, bedeutete er doch, daß der Hund nicht nur für einen Angehörigen seiner Spezies hochintelligent war, *sondern auch um das Außergewöhnliche seiner Fähigkeiten wußte.* Hunde — eigentlich alle Tiere — verfügten einfach nicht über das hohe Maß an Selbsterkenntnis, dessen es bedurfte, um sich mit anderen Artgenossen zu vergleichen. Vergleichende Analyse war eine rein menschliche Fähigkeit. Wenn ein Hund besonders schlau war und viele Tricks konnte, wußte er deshalb noch lange nicht, daß er sich damit von den meisten seiner Artgenossen unterschied. Anzunehmen, daß dieser Hund tatsächlich um solche Dinge wußte, hieß, ihm nicht nur außergewöhnliche Intelligenz zuzuschreiben, sondern auch die Fähigkeit der Anwendung von Vernunft und Logik, also ein rationales Urteilsvermögen, das dem Instinkt weit überlegen war, der die Entscheidungen aller anderen Tiere lenkte.

»Du«, sagte Travis, zum Retriever gewendet, und strich ihm dabei sachte über den Kopf, »bist das Rätsel im Rätsel. Oder ich bin reif für die Gummizelle.«

Der Hund schaute zu ihm her, als er seine Stimme hörte, sah ihm einen Augenblick lang in die Augen, gähnte — und fuhr plötzlich mit dem Kopf in die Höhe und starrte an ihm vorbei auf die Bücherregale zu beiden Seiten des Bogenganges, der Wohnzimmer und Speisezimmer miteinander verband. Der zufriedene, dümmliche Hundeblick war jenem wachen Interesse gewichen, das Travis schon erlebt hatte und das weit über normale hündische Wachsamkeit hinausging.

Der Retriever sprang vom Sofa und stürmte zu den Bücherregalen. Dort rannte er hin und her und schaute zu den bunten Rücken der säuberlich geordneten Bände hinauf.

Travis hatte das Haus zur Gänze möbliert gemietet — wenn auch fantasielos und billig eingerichtet, mit Polsterungen, die nach ihrer Dauerhaftigkeit (Vinyl) oder ihrer Eignung, hartnäckige Flecken zu verbergen (mit die Augen schmerzendem Karomuster) ausgewählt worden waren. Anstelle von Holz gab es Unmengen von Kunststoff mit künstlicher Holzmaserung, der gegenüber Schlag, Stoß und Brennflecken von Zigaretten widerstandsfähig war. Buchstäblich das einzige im Raum, das Travis' persönlichen Geschmack und seine persönlichen Interessen widerspiegelte, waren die Bücher — Taschenbücher und Hardcovers —, die die Regale im Wohnzimmer füllten.

Den Hund schienen zumindest ein paar dieser einige hundert umfassenden Bände hochgradig zu interessieren.

Travis stand auf und sagte: »Was ist denn, Junge? Was regt dich denn so auf?«

Der Retriever stellte sich auf die Hinterbeine, legte die Vorderpfoten auf eines der Regale und beschnüffelte die Buchhüllen. Er schaute Travis an und wandte sich dann wieder seiner eifrigen Untersuchung der Bibliothek zu.

Travis ging zu dem betreffenden Regal, nahm einen der Bände heraus, an die der Hund die Schnauze gedrückt hatte — ›Die Schatzinsel‹ von Robert Louis Stevenson — und hielt es ihm hin. »Das da? Interessiert dich das?«

Der Hund studierte das Bild von Long John Silver und einem Piratenschiff, das den Schutzumschlag zierte. Er blickte zu Travis auf, schaute auf Long John Silver nieder. Einen Augenblick danach ließ er sich wieder auf alle viere sinken, rannte zu den Regalen auf der anderen Seite des Bogens, richtete sich erneut auf den Hinterbeinen auf und begann andere Bücher zu beschnüffeln.

Travis stellte ›Die Schatzinsel‹ zurück und folgte dem Retriever. Der drückte jetzt seine feuchte Nase an eine Sammlung von Charles-Dickens-Romanen. Travis griff nach einer Taschenbuchausgabe von ›Zwei Städte‹.

Wieder studierte der Retriever die Umschlagillustration genau, als versuchte er herauszufinden, wovon das Buch handelte, und sah dann Travis erwartungsvoll an.

Total verblüfft meinte der: »Die Französische Revolution. Guillotine. Hinrichtungen. Tragödien und Heldentum. Es … äh … nun, es handelt davon, daß Individuen wichtiger sind als Gruppen und daß man dem Leben eines Mannes oder einer Frau viel größere Bedeutung beimessen muß als dem Fortschritt der Massen.«

Der Hund wandte sich wieder den Bänden in den Regalen zu und schnüffelte. Schnüffelte unablässig.

»Das ist doch Quatsch«, sagte Travis und stelle ›Zwei Städte‹ wieder dorthin, woher er es genommen hatte. »Mein Gott, jetzt fange ich an, einem Hund Inhaltsangaben von Büchern zu liefern!«

Der Retriever ließ seine großen Pfoten auf das nächste Regal fallen, bekeuchte und beschnüffelte die Literatur dieser Reihe. Als Travis keines der Bücher zur Inspektion herauszog, drehte der Hund den Kopf zur Seite, um ihn ins Regal zu bekommen, packte sachte einen der Bände mit den Zähnen und versuchte ihn herauszuziehen, um ihn besser inspizieren zu können.

»Mann!« sagte Travis und griff nach dem Buch. »Ich will deinen Geifer nicht auf den Einbänden haben, Pelzgesicht. Das hier ist ›Oliver Twist‹. Wieder ein Dickens. Die Geschichte eines Waisenjungen im Viktorianischen England. Er läßt sich mit zwielichtigen Gestalten ein, der kriminellen Unterwelt, und sie …«

Der Retriever ließ sich auf den Boden fallen und trottete zurück zu den Regalen auf der anderen Seite des Bogens, wo er fortfuhr, die in Reichweite befindlichen Bände zu beschnuppern. Travis hätte schwören mögen, daß er wehmütig zu den Büchern hinaufspähte, die höher oben standen.

Vielleicht fünf Minuten lang, von gespenstischer Vorahnung erfaßt, daß gleich etwas von welterschütternder Bedeutung geschehen werde, folgte Travis dem Hund, zeigte ihm die Umschläge von einem Dutzend Romanen und lieferte dazu jeweils in ein, zwei Sätzen eine Kurzbeschreibung des Inhalts. Er hatte keine Ahnung, ob es das war, was der altkluge Köter wollte. Ganz bestimmt konnte er die Zusammenfassungen, die er ihm lieferte, nicht verstehen. Und doch schien er ihm wie gebannt zuzuhören. Er wußte, daß er zielloses, tierisches Verhalten grundsätzlich falsch auslegte, dem Hund komplexe Absichten zuschrieb, die dieser gar nicht hatte. Trotzdem verspürte er das Prickeln einer Vorahnung im Nacken. Und während ihre eigenartige Suche weiterging, erwartete Travis fast, es werde jeden Augenblick irgendeine verblüffende Offenbarung geben — und kam sich gleichzeitig immer einfältiger und alberner vor.

Travis' Geschmack bezüglich Romanliteratur war weitgespannt. Unter den Bänden, die er von den Regalen nahm, waren Bradburys ›Das Böse schleicht auf leisen Sohlen‹ und Chandlers ›Der lange Abschied‹, Cains ›Die Rechnung ohne den Wirt‹ und Hemingways ›Inseln im Sturm‹. Zwei Bücher von Richard Condon und eines von Ann Tyler. Dorothy Sayers' ›Mord braucht Reklame‹ und Elmore Leonards ›52 Pickup‹.

Endlich wandte sich der Hund von den Büchern ab und trottete in die Mitte des Raumes, wo er sichtlich erregt hin und her wanderte. Dann blieb er stehen, schaute Travis an und bellte dreimal.

»Was ist denn, Junge?«

Der Hund winselte, schaute zu den überladenen Regalen hin, wanderte im Kreis, blickte wieder hin zu den Büchern. Er schien enttäuscht zu sein. Zutiefst enttäuscht.

»Ich weiß nicht, was ich sonst noch tun soll, Junge«, sagte Travis. »Ich weiß nicht, worauf du aus bist, was du mir sagen willst.«

Der Hund schnaubte und schüttelte sich. Dann senkte er niedergeschlagen den Kopf, kehrte resigniert zum Sofa zurück und ringelte sich auf den Kissen ein.

»Ist das alles?« fragte Travis. »Geben wie jetzt einfach auf?«

Den Kopf flach auf das Sofa legend, musterte er Travis mit feuchten, seelenvollen Augen.

Travis wandte sich von dem Hund ab und ließ den Blick langsam über die Bücher wandern, so als würden diese nicht nur die Informationen liefern, die auf ihren Seiten gedruckt standen, sondern als enthielten sie auch eine wichtige Botschaft, die nicht so leicht abzulesen war: als wären ihre bunten Rücken fremdartige Runen einer lange vergessenen Sprache, die, einmal entziffert, wunderbare Geheimnisse offenbaren würden. Aber er konnte sie nicht entziffern.

Travis, der geglaubt hatte, er stehe an der langen Schwelle einer großen Entdeckung, fühlte sich ungeheuer im Stich gelassen. Seine eigene Enttäuschung war noch viel schlimmer als das, was der Hund hier geliefert hatte; er konnte sich nicht so wie der Retriever einfach auf dem Sofa einrollen, den Kopf in die Kissen drücken und das Ganze vergessen.

»Was, zum Teufel, sollte das alles?« fragte er.

Der Hund blickte unergründlich zu ihm auf.

»Hatte das Getue mit den Büchern irgendeinen Sinn?«

Der Hund starrte ihn an.

»Ist an dir etwas Besonderes — oder ist mir das Gehirn ausgelaufen?«

Der Hund lag reglos und schlaff da, als würde er jeden Augenblick die Augen schließen und einschlafen.

»Wenn du mich jetzt angähnst, verdammt noch mal, bekommst du einen Tritt.«

Der Hund gähnte.

»Scheißköter!« sagte Travis.

Er gähnte wieder.

»Also bitte! Was soll das jetzt? Gähnst du, weil ich das gesagt habe und weil du dein Spiel mit mir treibst? Oder gähnst du einfach so! Wie soll ich das, was du tust, auslegen? Wie soll ich wissen, ob etwas davon eine Bedeutung hat?«

Der Hund seufzte.

Travis seufzte ebenfalls, ging an eines der vorderen Fenster und starrte in die Nacht hinaus, wo der schwachgelbe Schein der Natriumdampf-Straßenlampen die federartigen Wedel der ausladenden kanarischen Dattelpalme von hinten beleuchtete. Er hörte, wie der Hund vom Sofa sprang und aus dem Raum eilte, verzichtete aber darauf, seinen Aktivitäten nachzugehen. Für den Augenblick konnte er keine weitere Enttäuschung brauchen.

Der Retriever machte in der Küche Lärm. Ein Klirren. Dann ein schwaches Klappern. Travis nahm an, daß er aus seiner Schüssel trank.

Sekunden später hörte er ihn zurückkommen. Er kam an seine Seite und rieb sich an seinem Bein.

Travis schaute hinunter und entdeckte zu seiner Überraschung, daß der Retriever eine Dose Bier zwischen den Zähnen hielt. Er nahm die dargebotene Dose und stellte fest, daß sie kalt war.

»Die hast du aus dem Kühlschrank geholt!«

Der Hund schien zu grinsen.

2

Als Nora Devon in der Küche das Abendessen zubereitete, klingelte das Telefon wieder. Sie betete, daß nicht *er* anriefe.

Aber er war es. »Ich weiß, was Sie brauchen«, sagte Streck. »Ich weiß, was Sie brauchen.«

Ich bin nicht einmal hübsch, wollte sie sagen. *Ich bin eine ganz gewöhnliche, verbaute alte Jungfer, was wollen Sie also von mir? Ich bin vor Leuten wie Ihnen sicher, weil ich nicht hübsch bin. Sind Sie blind?* Aber sie konnte nichts sagen.

»Wissen *Sie,* was Sie brauchen?« fragte er.

Jetzt fand sie endlich ihre Stimme und sagte: »Lassen Sie mich in Frieden.«

»Ich weiß, was Sie brauchen. Sie wissen es vielleicht nicht, aber ich weiß es.«

Diesmal legte sie als erste auf, knallte den Hörer so kräftig hin, daß es ihm im Ohr weh getan haben mußte.

Später, um halb neun, läutete das Telefon wieder. Sie saß im Bett, las Dickens' ›Große Erwartungen‹ und aß Eiskrem. Als der Apparat das erste Mal anschlug, erschreckte sie das so, daß ihr der Löffel aus der Hand und in die Schale fiel und sie ihren Nachtisch fast verschüttet hätte.

Sie stellte die Schale weg, legte das Buch hin und starrte das Telefon auf dem Nachttisch angstvoll an. Sie ließ es zehnmal klingeln, fünfzehnmal. Zwanzigmal. Das schrille Geräusch erfüllte den Raum, hallte von den Wänden wider, bis jeder einzelne Klingelton sich in ihren Schädel zu bohren schien.

Schließlich wurde ihr klar, daß sie einen großen Fehler machte, wenn sie sich nicht meldete. Er würde wissen, daß sie hier war und Angst davor hatte, den Hörer abzunehmen, und das würde ihm Vergnügen bereiten. Ihn verlangte es vor allem anderen danach, Macht auszuüben. Gerade ihr furchtsames Sichzurückziehen würde ihn ermutigen. Nora hatte keine Erfahrung im Austragen von Duellen, aber sie begriff, daß sie lernen mußte, für sich einzutreten — und zwar schnell.

Beim einunddreißigsten Klingeln nahm sie den Hörer ab.

Streck sagte: »Ich kann einfach nicht aufhören, an Sie zu denken.«

Nora gab keine Antwort.

Streck sagte: »Sie haben schönes Haar. So dunkel. Fast schwarz. Dicht und glänzend. Ich möchte mit den Händen durch Ihr Haar fahren.«

Sie mußte jetzt etwas sagen, um ihn in die Schranken zu weisen — oder auflegen. Aber sie brachte weder das eine noch das andere fertig.

»Ich habe nie Augen gesehen wie Ihre«, sagte Streck. Sein Atem ging schwer. »Grau, aber nicht wie andere graue Augen. Tiefgründig, voll Wärme und sexy.«

Nora war unfähig zu sprechen, war wie gelähmt.

»Sie sind sehr hübsch, Nora Devon. Sehr hübsch. Und ich weiß, was Sie brauchen. Wirklich, das weiß ich, Nora. Ich weiß, was Sie brauchen, und ich werd' es Ihnen geben.«

Ihre Starre löste sich, weil sie plötzlich unkontrolliert zu zittern anfing. Sie ließ den Hörer auf die Gabel fallen. Sie beugte sich im Bett nach vorn, es war ihr, als würde sie in Einzelteile zerfallen, bis das Zittern langsam aufhörte.

Sie besaß keine Schußwaffe.

Sie fühlte sich klein, zerbrechlich und schrecklich allein.

Ob sie die Polizei rufen sollte? Aber was sollte sie denen sagen? Daß sie sexuell belästigt wurde? Das würde Riesengelächter auslösen. Sie ein Sexualobjekt? Sie war eine alte Jungfer, schlicht und einfach, jedenfalls alles andere als der Typ, der einem Mann den Kopf verdrehte und in ihm erotische Träume auslöste. Die Polizei würde annehmen, daß sie das Ganze entweder erfunden hatte oder daß sie hysterisch war. Oder, daß sie Strecks Höflichkeit als sexuelles Interesse mißdeutete, genau das, was auch sie anfangs gedacht hatte.

Sie zog über dem weiten Männerpyjama, den sie trug, einen blauen Morgenmantel an und verknotete den Gürtel. Barfuß eilte sie in die Küche hinunter, wo sie zögernd ein Fleischermesser aus dem Fächergestell neben dem Ofen zog. Das Licht rann wie ein dünner Quecksilberstrom über die scharfgeschliffene Schneide.

Während sie das blitzende Messer in der Hand drehte, sah sie ihre Augen im Spiegel der breiten, flachen Klinge. Sie starrte sich im polierten Stahl an und fragte sich, ob sie es fertigbringen würde, eine so schreckliche Waffe gegen ein anderes menschliches Wesen zu gebrauchen, selbst in Notwehr.

Sie hoffte, es nie erfahren zu müssen.

Als sie wieder oben war, legte sie das Fleischermesser auf den Nachttisch, in Reichweite.

Sie zog den Morgenrock aus, setzte sich auf die Bettkante, schlang die Arme um ihren Leib und versuchte ihr Zittern zu beruhigen.

»Warum gerade ich?« sagte sie laut. »Warum hat er es ausgerechnet auf *mich* abgesehen?«

Streck hatte gesagt, sie sei hübsch, aber Nora wußte, daß das nicht stimmte. Ihre eigene Mutter hatte sie bei Tante Violet zurückgelassen und war in achtundzwanzig Jahren nur zweimal gekommen, das letzte Mal, als Nora sechs war. Ihren Vater hatte sie nie gekannt, und von den anderen Devon-Verwandten wollte niemand sie aufnehmen — ein Faktum, das Violet in aller Offenheit Noras wenig ansprechender Erscheinung zuschrieb. Und deshalb konnte, auch wenn Streck sagte, sie sei hübsch, unmöglich sie es sein, die er begehrte. Nein, was er wollte, war der Nervenkitzel. Ihr Angst machen, Macht über sie ausüben, ihr weh tun, das wollte er. Solche Leute gab es. Sie hatte in Büchern und Zeitschriften über sie gelesen. Und Tante Violet hatte tausendmal gewarnt, wenn je ein Mann mit süßen Worten und süßem Lächeln daherkäme, würde er sie in den Himmel heben, bloß um sie später um so tiefer hinabzustürzen und ihr noch mehr weh zu tun.

Nach einer Weile legte sich das Zittern. Nora stieg wieder ins Bett. Was von ihrer Eiskrem übriggeblieben war, war geschmolzen, und sie stellte die Schale auf dem Nachttisch ab. Sie nahm wieder den Dickens-Roman zur Hand und versuchte sich neuerlich in die Geschichte von Pip zu vertiefen. Aber sie war nicht ganz bei der Sache, warf immer wieder Blicke zum Telefon hinüber, auf das Fleischermesser — und durch die offene Tür hinaus auf den Flur, wo sie die ganze Zeit Bewegung wahrzunehmen glaubte.

3

Travis ging in die Küche, und der Hund folgte ihm.

Er deutete auf den Kühlschrank und sagte: »Zeig es mir. Tu es noch mal. Hol mir ein Bier. Zeig mir, wie du es gemacht hast.«

Der Hund rührte sich nicht.

Travis kauerte sich nieder. »Jetzt hör mir mal zu, Pelzgesicht — wer hat dich aus dem Wald rausgeholt, weg von dem, das dich verfolgte, was immer das gewesen ist? Ich. Wer hat Hamburger für dich gekauft? Ich. Ich hab' dich gebadet, dir zu fressen gegeben und ein Zuhause. Jetzt schuldest du mir was. Hör jetzt auf, dich zu zieren. Wenn du dieses Ding öffnen kannst, *dann tu es!*«

Der Hund trottete zu dem altersschwachen Frigidaire, ging mit dem Kopf an die untere Ecke der emaillierten Tür, packte den Rand mit den Zähnen und zog nach hinten, mit dem ganzen Körper nachhelfend. Die Gummidichtung öffnete sich mit einem kaum hörbaren saugenden Geräusch. Die Tür schwang auf. Der Hund schlüpfte schnell in die Öffnung, sprang hoch und stützte sich mit beiden Vorderpfoten an einem Regal ab.

»Da soll mich doch der Teufel holen!« sagte Travis und trat näher.

Der Retriever spähte in das zweite Regal, in dem Travis Dosen mit Bier, Diät-Pepsi und V-8-Gemüsesaft lagern hatte. Er schnappte sich eine weitere Bierdose, fiel auf die Vorderpfoten nieder und ließ die Kühlschranktür wieder zufallen, während er zu Travis kam.

Er nahm das Bier in Empfang. Dann stand er da, in jeder Hand eine Dose, betrachtete den Hund und meinte schließlich, mehr zu sich selbst, als zu dem Tier gewendet: »Okay, dann hat dir also jemand beigebracht, wie man eine Kühlschranktür aufkriegt. Er hätte dir sogar beibringen können, eine bestimmte Biersorte zu erkennen, sie von anderen Sorten zu unterscheiden und sie herbeizuholen. Aber ein paar Rätsel bleiben da trotzdem noch offen. Ist es wahrscheinlich, daß die Marke, die sie dir eingebleut haben, dieselbe ist, die ich in meinem Kühlschrank habe? Möglich, ja, aber nicht wahrscheinlich. Außerdem hab' ich dir nichts befohlen. Ich habe nicht gesagt, du sollst mir ein Bier holen. Du hast es von selbst getan, so als hättest du gedacht, ein Bier wäre genau das, was ich im Augenblick brauche. Und so *war* es auch.«

Travis stellte eine Dose auf den Tisch. Die andere wischte er an seinem Hemd sauber, ließ den Verschluß knacken und nahm ein paar Schlucke. Daß der Hund die Dose im Maul gehabt hatte, störte ihn nicht. Die erstaunliche Vorführung des Tieres erregte ihn zu sehr, als daß er sich wegen Bakterien Sorgen gemacht hätte. Außerdem hatte der Retriever beide Dosen an der Unterseite gepackt, als wäre er um Hygiene besorgt gewesen.

Der Retriever beobachtete ihn beim Trinken.

Als er das Bier zu einem Drittel getrunken hatte, sagte Travis: »Es hat ja gerade so ausgesehen, als hättest du verstanden, daß ich nervös war, unruhig, und ein Bier mir helfen würde, mich zu entspannen. Jetzt frag' ich dich: Ist das verrückt — oder was sonst? Wir reden hier von analytischem Denken. Okay, Tiere können also häufig die Stimmung ihrer Herren fühlen. Aber wie viele Tiere wissen, was Bier ist, und wie viele begreifen, daß es ihren Herrn und Meister freundlicher stimmt? Und außerdem, woher wußtest du, daß Bier im Kühlschrank ist? Du könntest es irgendwann am Abend gesehen haben, als ich das Essen zubereitete. Aber trotzdem ...«

Seine Hände zitterten. Er trank wieder. Die Dose stieß klappernd gegen seine Zähne.

Der Hund ging um den Tisch mit dem roten Kunststoffbelag herum und zu den zwei Türchen unter dem Ausguß. Er machte eines davon auf, steckte den Kopf in die dunkle Öffnung, holte den Beutel mit Hundekuchen heraus und brachte ihn Travis.

Der lachte und sagte: »Nun, wenn ich ein Bier kriege, dann hast du dir wohl auch einen Leckerbissen verdient, was?« Er nahm dem Hund den Beutel weg und riß ihn auf. »Du meinst, ein paar Hundekuchen könnten dich aufheitern, Pelzgesicht?« Er stellte den offenen Beutel auf den Boden. »Bedien dich selber. Ich verlass' mich darauf, daß du dich nicht überfrißt wie ein gewöhnlicher Hund.« Er lachte wieder. »Verdammt, ich glaube, ich könnte dir sogar meinen Wagen anvertrauen!«

Der Retriever holte sich ein Stück Hundekuchen aus der Packung, setzte sich mit gespreizten Hinterbeinen hin und zerbiß es krachend.

Travis zog sich einen Stuhl hervor, setzte sich an den Tisch und sagte: »Du bringst mich so weit, daß ich an Wunder glaube. Weißt du, was ich heute morgen im Wald gemacht habe?«

Der Hund war völlig auf seinen Hundekuchen konzentriert und schien für den Augenblick jegliches Interesse an Travis verloren zu haben.

»Das war für mich eine Art empfindsamer Reise; ich hoffte die Freuden wiederzufinden, die mir die Santa Anas, als ich ein Junge war, bereiteten, damals, bevor... alles so dunkel wurde. Ich wollte ein paar Schlangen schießen, wie ich das als Junge tat, ein Stück marschieren, die Gegend erforschen und wie in alten Tagen einssein mit der Natur. Denn schon eine ganz Zeit lang ist mir ziemlich egal gewesen, ob ich lebe oder sterbe.«

Der Hund hörte zu kauen auf, schluckte und wandte Travis seine ungeteilte Aufmerksamkeit zu.

»In letzter Zeit waren meine Depressionen schwärzer als Mitternacht auf dem Mond. Weißt du, was Depressionen sind, Köter?«

Der Retriever stand auf, als wären die Hundekuchen vergessen, und kam zu ihm. Er schaute ihm mit jener entnervenden Tiefe und Direktheit in die Augen, wie er das schon vorher getan hatte.

Travis wich dem Blick nicht aus und sagte: »Wenn ich auch nicht an Selbstmord dachte. Zum einen bin ich als Katholik erzogen, und obwohl ich schon eine Ewigkeit nicht mehr in der Kirche gewesen bin, habe ich mir doch meinen Glauben bewahrt, zum Teil wenigstens. Und für einen Katholiken ist Selbstmord eine Todsünde. Mord. Außerdem bin ich zu stur und zäh, um aufzugeben, ganz gleich, wie schwarz die Dinge sind.«

Der Retriever blinzelte, löste aber den Blick nicht.

»Ich war in diesem Wald und suchte nach dem Glück von damals. Und dann bin ich auf dich gestoßen.«

»Wuff«, sagte der Hund, als wollte er sagen: *Gut*.

Travis stützte den Kopf in beide Hände, vergrub sein Gesicht darin und sagte: »Depression. Das Gefühl, die Existenz sei sinnlos geworden. Wie sollte ein Hund darüber was wissen, hm? Ein Hund hat keine Sorgen, oder? Für einen Hund ist jeder Tag eine Freude. Verstehst du also wirklich, wovon ich rede, Junge? Weiß Gott, ich glaube, du tust es vielleicht. Aber schreibe ich dir zu viel Intelligenz zu, zu viel Weisheit, selbst für einen Zauberhund? Hm? Ja, du kannst ein paar erstaunliche Tricks, aber das ist nicht dasselbe wie mich zu *verstehen.*«

Der Retriever entfernte sich von ihm und ging zurück zu dem Paket mit den Hundekuchen. Er nahm den Beutel mit den Zähnen und schüttelte zwanzig oder dreißig Hundekuchen aus dem Sack auf den Bodenbelag.

»Da haben wir's wieder«, sagte Travis. »Einmal kommst du einem fast wie ein Mensch vor — im nächsten Augenblick bist du nur noch ein Hund mit den Interessen eines Hundes.«

Aber der Retriever war gar nicht auf einen Imbiß aus. Er fing an, die Hundekuchen mit der schwarzen Spitze seiner Schnauze vor sich herzuschieben, bugsierte sie einen nach dem anderen in die Mitte des Küchenbodens und ordnete sie säuberlich, Schmalseite an Schmalseite.

»Was, zum Teufel, soll das jetzt wieder?«

Der Hund hatte fünf Biskuits in einer Reihe angeordnet, die nach rechts einen Bogen beschrieb. Jetzt schob er den sechsten Hundekuchen dazu und betonte damit die Kurve noch.

Travis trank hastig sein Bier aus, ohne dabei den Hund aus den Augen zu lassen, und öffnete die zweite Dose. Er hatte das Gefühl, er werde das Bier brauchen.

Der Hund studierte die Reihe der Hundekuchen einen Augenblick lang, als wäre er sich nicht ganz sicher, was er da angefangen hatte. Er lief ein paarmal hin und her, sichtlich im unklaren, schob aber zu guter Letzt zwei weitere Hundekuchen an die Reihe. Er schaute Travis an, dann wieder das Gebilde, das er auf dem Fußboden erzeugte, und schob dann mit der Nase einen neunten Hundekuchen an seinen Platz.

Travis nahm einen Schluck von seinem Bier und wartete angespannt, was als nächstes kommen werde.

Der Hund schüttelte den Kopf, gab einen enttäuschten, schnaubenden Laut von sich und ging dann zum anderen Ende des Zimmers, stand mit gesenktem Kopf da und schaute in die Ecke. Travis fragte sich, was das zu bedeuten habe, und kam dann irgendwie auf den Gedanken, er sei in die Ecke gegangen, um seine Gedanken zu ordnen. Nach einer Weile kam er zurück und schob den zehnten und elften Hundekuchen an seinen Platz, damit die Anordnung erweiternd.

Wieder überkam Travis die Vorahnung, daß sich hier etwas von großer Bedeutung anbahnte. Er spürte eine Gänsehaut auf seinen Armen.

Diesmal sollte er nicht enttäuscht werden. Der Golden Retriever benutzte neunzehn Hundekuchen dazu, um auf dem Küchenboden ein etwas unregelmäßiges, aber durchaus erkennbares Fragezeichen zu legen, hob dann die ausdrucksvollen Augen und sah Travis an.

Ein Fragezeichen.

Und seine Bedeutung: *Warum?* Warum bist du so deprimiert? Warum hast du das Gefühl, das Leben sei sinnlos und leer?

Offenbar verstand der Hund, was er ihm gesagt hatte. Also schön. Okay. Vielleicht verstand er Sprache nicht exakt, konnte nicht jedem Wort folgen, aber irgendwie erfaßte er die Bedeutung dessen, was man sagte, oder zumindest genug davon, daß sein Interesse und seine Neugierde geweckt wurden.

Und, o Gott! Wenn er nun auch den Zweck eines Fragezeichens verstand, dann war er zu abstraktem Denken fähig! Allein der Gedanke, einfache Symbole — Buchstaben, Zahlen, Fragezeichen, Ausrufungszeichen —, als eine Art Kurzschrift zur Übermittlung komplizierter Ideen zu verwenden ... nun, das erforderte abstraktes Denken. Und abstraktes Denken war eine Fähigkeit, die auf der Erde nur einer Gattung vorbehalten war: der Menschheit. Dieser Golden Retriever, allen Anzeichen nach *kein* Mensch, hatte sich aber irgendwie in den Besitz intellektueller Fähigkeiten gesetzt, die kein anderes Lebewesen für sich beanspruchen konnte.

Travis war wie benommen. Aber an dem Fragezeichen war nichts Zufälliges. Plump vielleicht, aber keineswegs zufällig. Irgendwo mußte der Hund das Symbol gesehen und seine Bedeutung erlernt haben. Statistiker sagten, eine unendliche Zahl von Affen, ausgerüstet mit einer unendlichen Zahl von Schreibmaschinen, würden, einfach dem Zufallsprinzip gehorchend, am Ende imstande sein, jede einzelne Zeile der großen englischen Prosa neu zu schaffen. Daß dieser Hund, überlegte er, in genau zwei Minuten aus Hundekuchen ein Fragezeichen formte, und dies einzig und allein zufällig, war etwa zehnmal so unwahrscheinlich wie diese verdammten Affen, die Shakespeares Stücke neu schrieben.

Der Hund beobachtete ihn voll Erwartung.

Als Travis aufstand, stellte er fest, daß er etwas unsicher auf den Beinen war. Er ging zu den sorgfältig aufgelegten Hundekuchen, warf sie durcheinander und kehrte zu seinem Stuhl zurück.

Der Retriever besah sich die Unordnung, schaute Travis fragend an, beschnüffelte die Hundekuchen und schien irgendwie verblüfft.

Travis wartete.

Es war unnatürlich still im Haus, so als wäre der Fluß der Zeit für jedes lebende Geschöpf, jede Maschine und jeden Gegenstand auf dieser Erde angehalten worden — ausgenommen für ihn, den Retriever und das, was sich in der Küche befand.

Schließlich begann der Hund wie vorhin die Biskuits mit der Nase umherzuschieben. Nach ein oder zwei Minuten waren sie wiederum in der Form eines Fragezeichens angeordnet.

Travis nahm einen langen Schluck Bier. Sein Herz schlug wie wild. Seine Handflächen waren feucht. Staunen und Verblüffung, wilde Freude und Angst vor dem Unbekannten erfüllten ihn, gleichzeitig hatten Bestürzung und ehrfürchtige Scheu ihn ergriffen. Er wollte lachen, hatte er doch nie auch nur annähernd so Spaßiges gesehen wie diesen Hund. Und er wollte weinen, denn noch vor Stunden hatte er geglaubt, das Leben sei trostlos, finster und ohne Sinn. Doch wie schmerzvoll es auch manchmal sein mochte: Das Leben war doch, wie er jetzt begriff, etwas ungemein Wertvolles. Er hatte tatsächlich das Gefühl, Gott habe ihm den Retriever gesandt, um ihn wieder neugierig zu machen, ihn daran zu erinnern, daß die Welt voller Überraschungen war und Verzweiflung keinen Sinn ergab, solange man den Zweck — und die seltsamen Möglichkeiten — der Existenz nicht begriff. Travis wollte lachen, aber sein Lachen bewegte sich am Rand eines Schluchzens. Als er jedoch dem Schluchzen nachgab, wurde ein Lachen daraus. Er wollte aufstehen, wußte gleich, daß er noch zittriger war als vorhin, zu zittrig; also tat er das einzige, wozu er imstande war: Er blieb in seinem Stuhl sitzen und nahm noch einen langen Schluck Bier.

Der Hund legte den Kopf schief, zuerst nach der einen, dann nach der anderen Seite, beobachtete ihn scharf, als dächte er, Travis habe den Verstand verloren. Das hatte er ja auch. Vor Monaten. Aber jetzt fühlte er sich viel besser.

Er stellte das Bier nieder und wischte sich mit den Handrükken die Tränen aus den Augen. Dann sagte er: »Komm her, Pelzgesicht!«

Der Retriever zögerte und kam dann zu ihm.

Travis zerzauste ihm das Fell, streichelte ihn, kratzte ihn hinter den Ohren. »Du erstaunst mich und machst mir Angst. Ich kann mir nicht zusammenreimen, woher du kommst oder wie du zu dem geworden bist, was du jetzt bist. Aber du hättest keinen Platz finden können, wo man dich mehr braucht. Ein Fragezeichen, hm? Herrgott! Also schön. Du willst wissen, warum ich fand, das Leben habe mir weder Sinn noch Freuden zu bieten? Ich will's dir sagen. Ja, bei Gott, das will ich. Ich werde hier sitzen, noch ein Bier trinken und es einem Hund erzählen. Vorher aber ... werd' ich dir einen Namen geben.«

Der Hund blies die Luft durch die Nüstern, als wollte er sagen: *Nun, wird ja auch Zeit.*

Travis umfaßte den Kopf des Hundes und sah ihm dabei tief in die Augen. Dann sagte er: »Einstein. Von nun an, Pelzgesicht, heißt du Einstein.«

4

Um zehn Minuten nach neun rief Streck wieder an. Nora schnappte sich den Hörer beim ersten Klingeln, war fest entschlossen, ihm zu sagen, er solle sie in Ruhe lassen. Aber aus irgendeinem Grund verkrampfte sich in ihr wieder alles, und sie brachte kein Wort heraus.

Mit abstoßender Vertraulichkeit sagte er: »Vermißt du mich, Hübsches? Hm? Wünschst du dir, daß ich komme und dir ein Mann bin?«

Sie legte auf.

Was stimmt bloß nicht mit mir? fragte sie sich. Warum schaffe ich es nicht, ihm zu sagen, er soll sich trollen und aufhören, mich zu belästigen?

Vielleicht kam ihre Sprachlosigkeit vom verborgeneren Wunsch, zu hören, wie ein Mann — irgendein Mann, selbst ein so abstoßender wie Streck — sie hübsch nannte. Obwohl er nicht von der Art war, die der Zärtlichkeit oder Zuneigung fähig war, konnte sie ihm zuhören und sich dabei ausmalen, wie es wäre, wenn ein *guter* Mann ihr süße Dinge sagte.

»Nun, du bist nicht hübsch«, sagte sie zu sich, »und du wirst es auch nie sein, also hör auf zu träumen. Das nächste Mal, wenn er anruft, sagst du ihm die Meinung.«

Sie stieg aus dem Bett und ging durch den Flur zum Badezimmer, in dem ein Spiegel hing. Violet Devons Beispiel folgend, hatte Nora außer in den Badezimmern nirgends Spiegel. Sie mochte sich nicht ansehen, weil das, was sie sah, so betrüblich war.

Aber heute nacht wollte sie einen Blick auf sich werfen, weil Strecks Schmeicheleien, wenn auch mit kalter Berechnung gegeben, ihre Neugierde geweckt hatten. Nicht daß sie hoffte, irgendein schönes Merkmal zu entdecken, die sie nie zuvor an sich gesehen hatte. Nein. Über Nacht vom häßlichen Entlein zum schönen Schwan ... ein leerer Traum. Vielmehr wollte sie sich bestätigen, daß sie unattraktiv war. Strecks nicht erwünschtes Interesse warf Nora aus der Bahn, weil sie sich in ihrer Reizlosigkeit und Einsamkeit *behaglich* fühlte. Jetzt wollte sie sich versichern, daß er sich über sie lustig machte und seine Drohungen nicht wahrmachen würde. Ihre friedvolle Einsamkeit würde weiterdauern. Wenigstens redete sie sich das ein, als sie das Badezimmer betrat und das Licht anknipste.

Der enge Raum war vom Boden bis zur Decke blaßblau, am Fliesenrand weiß gekachelt. Es gab eine riesige Badewanne mit Klauenfüßen. Weißes Porzellan und Messingarmaturen. Den großen Spiegel, der deutliche Altersspuren aufwies.

Sie betrachtete ihr Haar, von dem Streck sagte, es sei schön, dunkel und glänzend. Aber es war fahlfarben und ohne natürlichen Glanz. Nach ihrer Meinung nicht glänzend, sondern fettig, obwohl sie es am Morgen gewaschen hatte.

Sie prüfte rasch Stirn, Backenknochen, Nase, Kinnpartie, Lippen. Zog zaghaft mit einer Hand die Linie ihrer Züge nach, entdeckte aber nichts, was einem Mann auffallen mochte.

Zuletzt starrte sie widerstrebend in ihre Augen, die Streck schön und tiefgründig nannte. Sie waren grau und glanzlos, und sie ertrug es nicht, ihren eigenen Blick mehr als ein paar Sekunden lang zu erwidern. Ihre Augen bestätigten ihr die geringe Meinung, die sie von ihrem Aussehen hatte. Andererseits ... nun, sie sah in ihren Augen einen schwelenden Zorn, der sie beunruhigte, der nicht zu ihr paßte; einen Zorn über das, was sie aus sich hatte werden lassen. Was natürlich überhaupt keinen Sinn ergab. Denn sie war das, was die Natur aus ihr gemacht hatte — eine Maus.

Als sie sich von dem fleckigen Spiegel abwandte, spürte sie mit einemmal schmerzhaft die Enttäuschung darüber, daß ihre Inspektion zu keiner einzigen Überraschung oder Neubewertung geführt hatte. Im gleichen Augenblick war sie schockiert, ja entsetzt über diese Enttäuschung. Sie stand in der Badezimmertür, schüttelte den Kopf und wunderte sich über ihre wirren Gedanken.

Wollte sie Streck gefallen? Natürlich nicht. Er war sonderlich, krank, gefährlich. Auf ihn attraktiv zu wirken, war das Allerletzte, was sie wollte. Vielleicht würde sie nichts dagegen haben, wenn ein anderer Mann sie wohlwollend ansah. Nicht aber bei Streck. Eigentlich sollte sie auf die Knie fallen und Gott danken, daß er sie so geschaffen hatte, wie sie war, weil Streck, wäre sie auch nur ein wenig attraktiv, seine Drohungen wahrmachen würde. Er würde herkommen und sie vergewaltigen. Vielleicht sogar ermorden. Wer wußte schon, was in Männern wie ihm vorging? Wer wußte schon, wie weit er gehen würde? Nein, sie war keine nervöse alte Jungfer, wenn sie sich über Mord Gedanken machte, nicht in Zeiten wie diesen: Schließlich waren die Zeitungen voll davon.

Ihr fiel ein, daß sie ohne Waffe war, und sie eilte ins Schlafzimmer zurück, wo sie das Fleischermesser liegengelassen hatte.

5

Die meisten Leute glauben, mit Psychoanalyse könne man Unglück kurieren. Sie sind sicher, sie würden ihre Probleme bewältigen und zu innerem Frieden gelangen, sofern sie ihren Seelenzustand durchschauten und die Gründe für ihre negativen Stimmungen und ihr destruktives Verhalten verstünden. Aber Travis hatte die Erfahrung gemacht, daß dies nicht der Fall war. Er hatte sich jahrelang rücksichtsloser Selbstanalyse gestellt und schon vor langer Zeit herausgefunden, weshalb er zum Einzelgänger geworden war, dem es nicht mehr gelang, Freunde zu gewinnen. Und trotz dieser Erkenntnis war er nicht imstande gewesen, sich zu ändern.

Jetzt saß er, während Mitternacht nahte, in der Küche, trank noch ein Bier und erzählte Einstein von seiner selbstauferlegten seelischen Isolation. Einstein saß bewegungslos vor ihm, gähnte kein einziges Mal, als gelte sein ganzes Interesse Travis' Bericht.

»Ich war schon als Kind ein Einzelgänger, von allem Anfang an, obwohl ich nicht ganz ohne Freunde war. Es war nur so, daß ich immer meine eigene Gesellschaft vorzog. Ich vermute, das liegt in meiner Natur. Ich meine, als ich ein Kind war, war ich noch nicht zum Schluß gekommen, es sei gefährlich, mit mir befreundet zu sein.«

Travis' Mutter war bei seiner Geburt gestorben, und das war ihm schon in sehr jungen Jahren bekannt gewesen. Mit der Zeit sollte ihm ihr Tod wie ein Omen dessen, was noch kommen sollte, vorkommen und schreckliche Bedeutung annehmen; aber das war später. Als Kind lastete die Bürde der Schuld noch nicht auf ihm.

Nicht bevor er zehn wurde. Das war das Jahr, in dem sein Bruder Harry starb. Harry war zwölf, um zwei Jahre älter als Travis. Eines Montagmorgens im Juni überredete Harry Travis dazu, die drei Blocks bis zum Strand zu wandern, obwohl ihr Vater ihnen ausdrücklich verboten hatte, ohne ihn schwimmen zu gehen. Es war eine einsame Badebucht ohne Badeaufseher, und sie waren weit und breit die einzigen Schwimmer.

»Harry geriet in eine Strömung«, berichtete Travis. »Wir waren beide im Wasser, keine drei Meter voneinander entfernt, und die verdammte Strömung packte ihn und riß ihn mit sich, sog, mich aber hat sie nicht erwischt. Ich bin sogar hinter ihm hergeschwommen, habe versucht, ihn zu retten, hätte also eigentlich in dieselbe Strömung hineinschwimmen müssen. Aber ich nehme an, sie änderte, gleich nachdem sie Harry erfaßt hatte, ihre Richtung, weil ich lebend aus dem Wasser kam.« Ein paar Augenblicke lang starrte er die Tischplatte an, sah vor sich nicht etwa den roten Kunststoffbelag, sondern die trügerische blaugrüne See mit ihren Wellen. »Ich habe meinen großen Bruder mehr als sonst jemanden auf der Welt geliebt.«

Einstein winselte leise, wie um sein Mitgefühl auszudrükken.

»Niemand gab mir für das, was Harry zustieß, die Schuld. Er war der Ältere. Und hätte der Vernünftigere sein müssen. Mir aber kam vor ... nun, wenn die Strömung Harry mitgerissen hatte, hätte sie auch mich erwischen sollen.«

Ein nächtlicher Wind wehte vom Westen herein und ließ eine lockere Fensterscheibe klappern.

Nachdem er einen Schluck Bier genommen hatte, sagte Travis: »In dem Sommer, in dem ich vierzehn wurde, wollte ich unbedingt in ein Tenniscamp. Tennis hat mich damals sehr begeistert. Also schrieb mein Vater mich in einem Camp in der Nähe von San Diego ein, für einen ganzen Monat, mit intensiver Unterweisung. Eines Sonntags fuhr er mich hin, aber wir sind nie dort angekommen. Ein Stück nördlich von Oceanside schlief ein Trucker am Steuer ein, sein Lastzug schleuderte über den Mittelstreifen und nahm uns mit. Dad war sofort tot. Genickbruch, Rückgratbruch, eingedrückter Schädel, zerquetschter Brustkasten. Ich saß vorne neben ihm und kam mit ein paar Kratzern, ein paar Platzwunden und zwei gebrochenen Fingern davon.«

Der Hund sah ihn eindringlich an.

»Es war genau wie mit Harry. Wir hätten beide sterben müssen, Vater und ich. Ich aber kam davon. Und wir hätten diese verdammte Fahrt nicht gemacht, wenn ich nicht so versessen auf das Tenniscamp gewesen wäre. Diesmal stand es einfach für mich fest. Vielleicht hatte ich keine Schuld daran, daß meine Mutter bei der Geburt starb; vielleicht konnte man mir auch Harrys Tod nicht anhängen; aber diesmal ... Jedenfalls war doch ziemlich klar, daß ich irgendwie vom Unheil verfolgt wurde, daß es für die Leute gefährlich war, mir zu nahe zu kommen. Wenn ich jemanden gern hatte, wirklich gern hatte, dann war es scheißsicher, daß ihm das den Tod brachte.«

Nur ein Kind konnte zur Überzeugung gelangen, solch tragische Ereignisse bedeuteten nichts anderes, als daß es ein wandelnder Fluch sei. Aber Travis war damals ein Kind, erst vierzehn Jahre alt, und keine andere Erklärung paßte so gut. Er war zu jung, um zu begreifen, daß die sinnlose Gewalttätigkeit von Natur und Schicksal oft von keiner klar erkennbaren Zielgerichtetheit war. Mit vierzehn Jahren *brauchte* er eine Erklärung, um mit den Dingen fertigzuwerden, also sagte er sich, daß ein Fluch auf ihm laste und er, wenn er sich näher mit jemandem anfreundete, den Betreffenden zu frühem Tod verurteile. Schon von Natur in sich gekehrt, fiel es ihm nur allzu leicht, sich nach innen zu wenden und sich mit seiner eigenen Gesellschaft abzufinden.

Als er mit einundzwanzig das College abschloß, war er eindeutig ein Einzelgänger, wenn er auch mit zunehmender Reife eine gesündere Einstellung zum Tod seiner Mutter, seines Bruders und seines Vaters hatte. Er sah sich jetzt nicht länger als Unglücksbringer, gab sich nicht länger die Schuld für das, was seiner Familie zugestoßen war. Trotzdem blieb er einsam und ohne enge Freunde, zum Teil deswegen, weil ihm die Fähigkeit abhanden gekommen war, intime Beziehungen einzugehen und zu pflegen, zum anderen deswegen, weil er sich die Überzeugung zurechtgezimmert hatte, Leid könne ihn nicht zerschmettern, wenn er keine Freunde zu verlieren habe.

»Gewohnheit und der Selbsterhaltungstrieb sorgten dafür, daß ich emotionell isoliert blieb«, sagte er zu Einstein.

Der Hund erhob sich und legte das kurze Stück, das sie voneinander trennte, zurück. Er wand sich zwischen seine Beine und legte ihm den Kopf auf den Schoß.

Travis streichelte Einstein und sagte: »Ich hatte keine Ahnung, was ich nach dem College tun wollte. Es gab damals Wehrpflicht, also meldete ich mich, ehe die mich einzogen. Ich entschied mich für die Army. Special Forces. Hat mir gefallen. Vielleicht, weil ... Nun, es gab da so etwas wie Kameradschaft. Ich war *gezwungen*, mir Freunde zuzulegen. Verstehst du, ich gab vor, keine enge Bindung an irgend jemanden zu wünschen, müsse sie aber haben, weil ich mich in eine Lage begab, wo es unvermeidbar war. Nach einer Weile entschied ich mich dafür, das Militär zu meinem Beruf zu machen. Als die Delta Force — die Antiterroristengruppe — gebildet wurde, landete ich schließlich dort. Die Typen bei Delta waren echte Kumpel. Sie nannten mich den ›Taubstummen‹ und ›Harpo‹, weil ich nicht viel redete. Aber ich gewann damals trotz meiner Eigenheiten Freunde. Dann wurde meine Gruppe bei unserem elften Einsatz nach Athen geflogen. Eine Palästinensergruppe hatte die US-Botschaft besetzt, wir sollten sie zurückerobern. Sie hatten acht Botschaftsangehörige getötet, brachten jede Stunde einen weiteren um und wollten nicht verhandeln. Wir schlugen schnell zu, aus dem Hinterhalt — und es wurde ein Fiasko. Sie hatten den ganzen Gebäudekomplex vermint. Neun Männer in meiner Gruppe starben. Ich war der einzige Überlebende. Eine Kugel im Schenkel. Schrapnell im Hintern. Aber ich überlebte.«

Einstein hob den Kopf aus Travis' Schoß.

Travis vermeinte in den Augen des Hundes Mitgefühl zu entdecken — vielleicht weil er das entdecken wollte.

»Das liegt jetzt acht Jahre zurück, ich war damals achtundzwanzig. Ich bin aus der Army ausgetreten und nach Kalifornien zurückgekehrt. Ich besorgte mir eine Lizenz als Immobilienmakler, weil mein Vater in der Branche tätig gewesen war und ich nicht wußte, was ich sonst hätte tun sollen. Ging eigentlich recht gut, vielleicht weil mir egal war, ob sie die Häuser kauften, die ich ihnen zeigte, sie nicht drängte und mich gar nicht wie ein Verkäufer benahm. Tatsache ist, es ging mir so gut, daß ich mein eigenes Büro eröffnete und Verkäufer einstellte.«

Und dabei hatte er Paula kennengelernt. Sie war eine hochgewachsene blonde Schönheit, intelligent und amüsant, und verstand sich so gut darauf, Immobilien zu verkaufen, daß sie im Spaß meinte, sie habe in einem früheren Leben die holländischen Kolonisten vertreten, als diese den Indianern um ein paar Glasperlen die Halbinsel Manhattan abkauften. Sie hatte sich in Travis verknallt. Und es ihm auch gesagt: »Mr. Cornell, Sir, ich bin verknallt. Ich glaube, das liegt an Ihrer starken, lautlosen Art. Sie sind die beste Clint-Eastwood-Imitation, die ich je gesehen habe.« Zuerst leistete Travis ihr Widerstand. Er glaubte nicht, daß er Paula Unglück bringen werde. Zumindest glaubte er es nicht bewußt. Er war nicht offen in den Aberglauben seiner Kindheit zurückverfallen. Aber er wollte den Schmerz eines Verlustes nicht aufs neue riskieren. Sein Zögern schreckte sie nicht ab, sie stellte ihm förmlich nach. Und schließlich mußte er zugeben, daß er in sie verliebt war. So verliebt, daß er ihr schließlich erzählte, wie er sein ganzes Leben lang mit dem Tod Fangen gespielt habe, etwas, worüber er mit sonst niemandem redete. »Hör zu«, sagte Paula, »mich wirst du nicht betrauern müssen. Ich werde dich überleben, weil ich nicht der Typ bin, der seine Gefühle in Flaschen abfüllt. Ich reagiere meine Launen an meiner Umgebung ab, also werde ich wahrscheinlich *dich* ein Jahrzehnt *deines* Lebens kosten.«

Vor vier Jahren hatten sie geheiratet. Es war eine ganz schlichte Zeremonie auf dem Standesamt, im Sommer nach Travis' zweiunddreißigstem Geburtstag. Er hatte sie geliebt. O Gott, hatte er sie geliebt.

Zu Einstein sagte er: »Wir wußten das damals nicht, aber sie hatte schon an unserem Hochzeitstag Krebs. Zehn Monate später war sie tot.«

Der Hund legte wieder den Kopf in seinen Schoß.

Eine Weile konnte Travis nicht weitersprechen.

Er trank einen Schluck Bier. Streichelte den Kopf des Hundes.

Nach einer Weile sagte er: »Danach versuchte ich mein Leben wie gewohnt weiterzuführen. Ich bin immer stolz darauf gewesen, einer zu sein, der weitermacht, sich mit allem abfinden kann, einer, der immer die Nase oben behält, und all den Quatsch. Das Maklerbüro hab' ich noch ein Jahr in Gang gehalten. Aber nichts davon war mehr wichtig. Vor zwei Jahren hab' ich es verkauft. Löste auch meine Wertpapiere ein. Machte alles zu Geld und legte es auf die Bank. Mietete dieses Haus. Hab' die letzten zwei Jahre mit ... nun, mit Brüten verbracht. Und bin dabei zum Eichhörnchen geworden. Kein Wunder, wie? Ein verdammtes Eichhörnchen. Kam im Kreis zurück, verstehst du, genau an den Punkt meiner kindlichen Überzeugungen. Für mich stand fest, daß ich für jeden eine Gefahr war, der mir nahekam. Aber du hast mich verändert, Einstein. An einem einzigen Tag hast du mich umgedreht. Ich schwöre dir, es ist als hätte man dich *geschickt*, um mir zu zeigen, daß das Leben geheimnisvoll, fremdartig und voller Wunder ist — und daß sich nur ein Narr freiwillig daraus zurückzieht und die Dinge an sich vorbeiziehen läßt.«

Wieder schaute der Hund zu ihm empor.

Er hob die Bierdose, aber sie war leer.

Einstein ging zum Kühlschrank und holte eine neue.

Travis nahm dem Hund die Dose ab und sagte: »So, jetzt hast du die ganze traurige Geschichte gehört. Was meinst du jetzt? Glaubst du, daß es klug für dich ist, in meiner Nähe zu sein? Glaubst du, es ist ungefährlich?«

Einstein wuffte.

»War das ein Ja?«

Einstein rollte sich auf den Rücken, streckte alle viere in die Luft, bot seinen Bauch dar, wie er das getan hatte, als er Travis gestattete, ihm ein Halsband anzulegen.

Travis stellte sein Bier beiseite, glitt vom Stuhl, ließ sich auf den Boden nieder und streichelte den Hund am Bauch. »Also gut«, sagte er. »Also gut. Aber stirb mir nicht, verdammt. Komm ja nicht auf die Idee, mir zu sterben.«

6

Um elf Uhr klingelte Nora Devons Telefon.

Es war Streck. »Bist du jetzt im Bett, meine Hübsche?«

Sie gab keine Antwort.

»Wünschst du dir, ich wäre bei dir?«

Seit dem letzten Anruf hatte sie darüber nachgedacht, wie sie mit ihm zurechtkäme, und dabei waren ihr ein paar Drohungen eingefallen, die, wie sie hoffte, vielleicht wirken würden. »Wenn Sie mich nicht in Frieden lassen«, sagte sie, »geh' ich zur Polizei.«

»Nora, schläfst du nackt?«

Sie saß im Bett. Jetzt richtete sie sich weiter auf, starr, verkrampft. »Ich gehe zur Polizei und werde sagen, daß Sie versucht haben … sich mir aufzudrängen. Das werde ich. Ich schwöre, ich werde es tun.«

»Ich möchte dich nackt sehen«, sagte er, ihre Drohung nicht beachtend.

»Ich werde lügen. Ich werde sagen, daß Sie mich vergewaltigt haben.«

»Würdest du denn nicht wollen, daß ich meine Hände an deine Brüste lege, Nora?«

Ein Stechen im Magen zwang sie, sich im Bett nach vorne zu beugen. »Ich lasse mein Telefon anzapfen und alle Gespräche aufzeichnen, damit ich Beweise habe.«

»Dich am ganzen Körper küssen, Nora. Wäre das nicht hübsch?«

Das Stechen wurde ärger. Außerdem zitterte sie jetzt am ganzen Körper. Ihre Stimme brach mehrmals, als sie ihre letzte

Drohung einsetzte: »Ich habe eine Pistole. Ich habe eine Pistole.«

»Heute nacht wirst du von mir träumen, Nora. Da bin ich ganz sicher. Du wirst davon träumen, daß ich dich überall küsse, deinen ganzen hübschen Körper ...«

Sie knallte den Hörer auf den Apparat.

Dann rollte sie sich im Bett in seitliche Lage, zog die Schultern hoch, zog die Knie ein und umfaßte sie mit beiden Armen. Das Stechen hatte keine natürliche Ursache; es war einzig und allein eine psychische Reaktion, ausgelöst von Furcht, Scham, Wut und ungeheurer innerer Verkrampfung.

Langsam ließ der Schmerz nach. Die Furcht legte sich, nur die Wut blieb.

Sie war so erschütternd naiv bezüglich der Welt und ihrem Getriebe, so wenig vertraut, mit Leuten umzugehen, daß sie nur funktionierte, wenn sie sich auf das Haus beschränkte, auf eine in sich abgeschlossene Welt ohne menschliche Kontakte. Sie wußte nichts über gesellschaftlichen Umgang. Sie war nicht einmal imstande gewesen, mit Garrison Dilworth, Tante Violets Anwalt — jetzt Noras Anwalt —, ein höfliches Gespräch zu führen. Sie waren zusammengekommen, um den Nachlaß zu regeln, und sie hatte seine Fragen so bündig wie möglich beantwortet, war in seiner Gegenwart mit gesenktem Blick, die Hände im Schoß verkrampft, dagesessen, schüchtern wie nur. Angst vor dem eigenen Anwalt! Wenn sie mit einem freundlichen Mann wie Garrison Dilworth nicht umgehen konnte, wie sollte sie je mit einem Tier wie Art Streck zu Rande kommen? In Zukunft würde sie es nicht mehr wagen, jemanden für eine Reparatur ins Haus zu lassen, ganz gleich, was kaputtging, und einfach in immer schlimmer werdendem Zerfall leben müssen. Denn der nächste Mann konnte wieder ein Streck sein — oder noch schlimmer. In Beibehaltung der Tradition, die ihre Tante eingeführt hatte, ließ sich Nora bereits die Lebensmittel vom nahen Supermarkt liefern, um nicht zum Einkaufen aus dem Haus gehen zu müssen. Jetzt aber würde sie sogar Angst davor haben, den Jungen, der die Sachen brachte, ins Haus zu lassen; er war nie auch nur im geringsten Maße zudringlich, anzüglich oder in irgendeiner Weise beleidigend gewesen. Aber eines Tages würde er vielleicht ihre Verwundbarkeit erkennen, wie Streck ...

Sie *haßte* Tante Violet.

Andererseits hatte Violet recht gehabt: Nora war eine Maus. Und wie allen Mäusen war ihr bestimmt, zu rennen, sich zu verstecken, im Dunkeln zu kauern.

Ihre Wut ließ nach, wie vorhin der stechende Schmerz. Das Gefühl der Verlassenheit trat an die Stelle des Zorns, und sie weinte leise.

Später saß sie an das Kopfteil gelehnt da, tupfte sich die geröteten Augen mit Kleenex, schneuzte sich und gelobte tapfer, nicht zur Einsiedlerin zu werden. Irgendwie würde sie die Kraft und den Mut finden, sich mehr als in der Vergangenheit in die Welt hinauszuwagen. Sie würde Menschen kennenlernen. Sich mit den Nachbarn bekannt machen, die Violet mehr oder weniger geschnitten hatte. Sie würde Freunde gewinnen. Weiß Gott, das würde sie. Und sie würde sich von Streck nicht einschüchtern lassen. Sie würde lernen, auch andere Probleme zu meistern, und eines Tages würde sie eine ganz andere sein als die, die sie jetzt war. Dieses Versprechen legte sie ab. Ein heiliges Gelöbnis.

Sie erwog, die Telefonschnur aus der Dose zu ziehen, um auf diese Weise Streck einen Strich durch die Rechnung zu machen, aber sie hatte Angst, sie könnte den Apparat brauchen. Was, wenn sie aufwachte, jemand im Haus hörte und das Telefon nicht schnell genug anstecken konnte?

Bevor sie das Licht ausschaltete und die Decke hochzog, schloß sie die Schlafzimmertür und sicherte sie mit dem Lehnsessel, indem sie diesen schräg unter dem Türknopf verspreizte. Im Bett, im Dunkeln, tastete sie nach dem Fleischermesser, das sie auf den Nachttisch gelegt hatte, und war beruhigt, als ihre Hand es ohne langes Suchen fand.

Nora lag auf dem Rücken, die Augen offen, hellwach. Fahles, bernsteinfarbenes Licht der Straßenlaternen fand seinen Weg durch die Fensterläden. Einander abwechselnde Streifen aus Schwarz und blassem Gold überzogen die Zimmerdecke, als spränge ein unendlich langer Tiger mit einem nicht endenden Satz über das Bett. Sie fragte sich, ob sie jemals wieder würde leicht einschlafen können.

Außerdem fragte sie sich, ob sie draußen in jener größeren Welt, die zu betreten sie gelobt hatte, jemanden finden würde, dem sie etwas bedeutete, der sich um sie — und für sie —

sorgte. Gab es denn niemanden, der eine Maus lieben und hegen konnte?

Aus weiter Ferne erklang das Pfeifen eines Zuges, ein einziger, hohler, klagender Ton.

7

Noch nie war Vince Nasco so emsig gewesen. Und so glücklich.

Als er die übliche Nummer in Los Angeles anrief, um seinen Erfolg im Haus der Yarbecks zu melden, verwies man ihn an eine andere öffentliche Telefonzelle. Diese stand zwischen einem Yoghurteis-Laden und einem Fischrestaurant auf Balboa Island in Newport Harbor.

Dort rief ihn die Kontaktperson mit der kehligen, sinnlichen Kleinmädchenstimme an. Sie sprach in Umschreibungen von Mord, gebrauchte nie belastende Worte, sondern exotische Euphemismen, die vor Gericht nicht von Gewicht sein konnten. Sie sprach von einer anderen Telefonzelle aus, einer, die sie willkürlich gewählt hatte, so daß buchstäblich nicht die geringste Chance bestand, eines der beiden Telefone könnte angezapft sein. Aber dies hier war eine Welt des Großen Bruders, in der man nicht wagen durfte, Risiken einzugehen.

Die Frau hatte einen dritten Auftrag für ihn. Drei an einem Tag!

Während Vince beobachtete, wie der abendliche Verkehr sich auf der schmalen Inselstraße stockend an ihm vorbeibewegte, gab die Frau — die er nie im Leben gesehen hatte und deren Name er nicht kannte — ihm die Adresse von Dr. Albert Hudston in Laguna Beach. Hudston wohnte da mit seiner Frau und seinem sechzehnjährigen Sohn. Dr. Hudston und seine Frau sollten beide erledigt werden; was mit dem Jungen geschah, war Vince überlassen. Wenn man den Jungen heraushalten konnte, so war das in Ordnung. Aber wenn er Vince sah und als Zeuge auftreten könnte, mußte auch er beseitigt werden.

»Liegt ganz in Ihrem Ermessen«, sagte die Frau.

Vince wußte bereits, daß er den Jungen auslöschen würde, denn Töten nützte ihm mehr, brachte ihm mehr Energie ein, wenn das Opfer jung war. Es war lange her, daß er einen wirklichen Jungen weggeblasen hatte, und die Aussicht darauf erregte ihn.

»Ich kann nur betonen«, sagte die Kontaktperson und trieb Vince mit ihren Pausen, in denen nur ihr Atem zu hören war, halb zum Wahnsinn, »daß vom Optionsrecht entsprechend schnell Gebrauch gemacht werden muß. Wir wollen, daß das Geschäft bis heute abend getätigt ist. Bis morgen weiß die Konkurrenz, was für ein Ding wir schaukeln wollen, und wird uns in die Quere kommen.«

Vince wußte, daß die ›Konkurrenz‹ die Polizei sein mußte. Man bezahlte ihn dafür, an einem einzigen Tag drei Ärzte zu töten — *Ärzte,* wo er doch bisher nie einen Arzt getötet hatte. Also wußte er auch, daß es zwischen ihnen eine Verbindung gab, die die Bullen herausfinden würden, wenn sie Weatherby im Kofferraum seines Wagens und Elisabeth Yarbeck zu Tode geprügelt in ihrem Schlafzimmer fanden. Vince wußte nicht, was das für eine Verbindung war, weil er nie etwas über die Leute wußte, für deren Ermordung man ihn bezahlte. In Wahrheit wollte er gar nichts wissen. Es war sicherer so. Aber die Bullen würden Weatherby mit Yarbeck und diese beiden mit Hudston in Verbindung bringen. Wenn Vince also heute abend nicht an Hudston herankam, würde die Polizei den Mann ab morgen schützen.

Vince sagte: »Die Frage ist ... wollen Sie das Optionsrecht auf dieselbe Weise ausgeübt wissen wie bei den beiden anderen Geschäften heute? Wünschen Sie, daß nach einem bestimmten Schema vorgegangen wird?«

Er dachte daran, das Haus der Hudstons mitsamt seinen Bewohnern niederzubrennen, um die Morde zu tarnen.

»Ja, wir wollen unbedingt, daß man ein Schema erkennt«, sagte die Frau. »Genauso wie bei den anderen. Wir wollen, daß sie *wissen,* daß wir tätig sind.«

»Ich verstehe.«

»Wir wollen sie in die Ohren kneifen«, sagte sie und lachte halblaut. »Wir wollen Salz in ihre Wunden reiben.«

Vince legte auf und ging ins ›Jolly Roger‹, um dort zu Abend zu essen. Er nahm Gemüsesuppe, einen Hamburger, Pommes frites, Zwiebelringe, Krautsalat, Schokoladekuchen mit Eiskrem und — als Draufgabe — Apfelkuchen und spülte alles mit fünf Tassen Kaffee hinunter. Er hatte stets einen gesunden

Appetit, aber dieser Appetit nahm nach einem erledigten Job noch erheblich zu. In der Tat, auch nach dem Apfelkuchen war er noch nicht voll. Verständlich. An einem einzigen, arbeitsreichen Tag hatte er die Lebensenergien von Davis Weatherby und die der Yarbecks in sich aufgenommen; er war zu hoch aufgeladen, eine im Schnellgang laufende Maschine. Sein Stoffwechsel lief auf vollen Touren; er würde eine Weile lang mehr Treibstoff brauchen, bis sein Körper die überschüssigen Lebensenergien für künftigen Gebrauch in biologischen Batterien gespeichert hatte.

Seine Fähigkeit, die Lebenskraft seiner Opfer zu absorbieren, war eine Gabe, die ihn von allen anderen Menschen unterschied. Dank dieser Gabe würde er immer stark, vital und voll auf dem Posten sein. Und ewig leben.

Das Geheimnis dieser herrlichen Gabe hatte er der Frau mit der kehligen Stimme nie verraten, und auch sonst keinem der Leute, für die er arbeitete. Nur wenige Menschen besaßen genügend Fantasie und Aufgeschlossenheit, ein solch erstaunliches Talent ernsthaft für möglich zu halten. Vince behielt es für sich, weil er Angst hatte, man könnte denken, er sei verrückt.

Draußen vor dem Restaurant blieb er eine Weile auf dem Gehsteig stehen und atmete tief durch, genoß die würzige Seeluft. Eine kühle Nachtbrise blies vom Hafen herein und fegte Papierfetzen und purpurfarbene Jakarandablüten über das Pflaster.

Vince fühlte sich prächtig. Er hielt sich für eine Elementargewalt wie Wind und Meer.

Von Balboa Island fuhr er in südlicher Richtung nach Laguna Beach. Um zwanzig nach elf parkte er seinen Lieferwagen vor dem Hudston-Haus auf der gegenüberliegenden Straßenseite. Das Haus lag in den Hügeln, ein einstöckiger Bau, der sich an die steile Hügelflanke schmiegte und sicherlich einen herrlichen Ausblick auf das Meer bot. Hinter ein paar der Fenster war Licht zu sehen.

Er kletterte zwischen den Sitzen durch und in den hinteren Teil des Lieferwagens, wo er nicht gesehen werden konnte, um abzuwarten, bis alle Hudstons zu Bett gegangen waren. Bald nach Verlassen des Hauses der Yarbecks hatte er seinen blauen Anzug mit einer grauen Hose, einem weißen Hemd, einem braunem Pullover und einer dunkelblauen Nylonjacke vertauscht. Jetzt hatte er in der Dunkelheit nichts zu tun, als seine Waffen aus einer Pappschachtel zu holen, in der sie unter zwei Laib Brot, einer Viererpackung Toilettenpapier und anderen Dingen, die den Eindruck vermitteln sollten, er hätte gerade Einkäufe gemacht, versteckt gewesen waren.

Die Walther P-38 war voll geladen. Nach dem Job im Haus der Yarbecks hatte er einen frischen Schalldämpfer auf den Lauf geschraubt, einen von den neuen, kurzen, die dank der Fortschritte der Technik nur halb so lang waren wie die älteren Modelle. Er legte die Waffe beiseite.

Er hatte ein Klappmesser mit einer sechszölligen Klinge. Das steckte er in die rechte vordere Hosentasche.

Als er die Drahtgarrotte zu einem kleinen Knäuel zusammengerollt hatte, stopfte er sie in die linke Innentasche seiner Jacke.

Dann hatte er noch einen mit Bleikugeln beschwerten Totschläger; dieser wanderte in die rechte Außentasche seines Jacketts.

Vince rechnete nicht damit, eine andere Waffe als die Pistole einsetzen zu müssen. Aber er liebte es, auf jede Eventualität vorbereitet zu sein.

Bei manchen Jobs hatte er eine Uzi-Maschinenpistole verwendet. Aber der gegenwärtige Auftrag erforderte keine schwere Waffen.

Er hatte auch noch ein kleines Lederetui bei sich, etwa halb so groß wie ein Reisenecessaire, in dem sich ein paar einfache Einbrecherwerkzeuge befanden. Er machte sich nicht die Mühe, diese Instrumente näher zu inspizieren. Vielleicht würde er sie gar nicht brauchen, weil eine Menge Leute in bezug auf die Sicherheit ihrer Häuser erstaunlich lasch waren und Türen und Fenster nachts unversperrt ließen, gerade so als glaubten sie, in einem Quäkerdorf des neunzehnten Jahrhunderts zu leben.

Um elf Uhr vierzig beugte er sich zwischen den Sitzen hindurch nach vorne und schaute durch die Seitenfenster zum Haus hinüber. Alle Lichter waren ausgeschaltet. Gut. Sie waren zu Bett gegangen.

Um ihnen Zeit zum Einschlafen zu lassen, setzte er sich wieder in den hinteren Teil des Lieferwagens, aß einen Schokoladenriegel auf und dachte darüber nach, wie er einen Teil der erheblichen Honorare ausgeben würde, die er seit heute morgen verdient hatte.

Er wünschte sich schon seit einiger Zeit einen Power-Ski, eine jener raffinierten Maschinen, die es möglich machten, ohne Boot Wasserski zu laufen. Er liebte das Meer. Etwas an der See übte ungeheure Anziehungskraft auf ihn aus; er fühlte sich in den Fluten zu Hause, erlebte alles doppelt intensiv, wenn er sich im Gleichklang mit dahinrollenden großen dunklen Wassermassen fortbewegte. Er fand großes Vergnügen am Tauchen, Segeln und Surfen. Als Teenager hatte er mehr Zeit am Strand verbracht als in der Schule. Auch jetzt holte er gelegentlich sein Surfbrett hervor, wenn die Brandung stark war. Aber er war achtundzwanzig, und Surfen war ihm heute ein eher zahmes Vergnügen. Er ließ sich nicht mehr so leicht begeistern wie früher einmal. Heutzutage liebte er *Schnelligkeit*. Er malte sich aus, wie er auf dem neuen Power-Ski über die schieferfarbene See fegte, vom Wind getrieben, durchgerüttelt von der nicht abreißenden Reihe hereinkommender Brecher, auf dem Pazifik reitend wie ein Rodeo-Cowboy, der einen Bronco einritt ...

Fünfzehn Minuten nach Mitternacht stieg er aus dem Lieferwagen. Er steckte die Pistole in den Hosenbund und ging quer über die verlassene, stille Straße zum Hudston-Haus. Er betrat das Anwesen durch ein unversperrtes hölzernes Tor und kam an eine Seitenterrasse, die nur vom Mondlicht erhellt wurde, das durch die Blätter eines riesigen Korallenbaumes drang.

Er blieb stehen, um ein Paar dünne Lederhandschuhe überzustreifen.

Das Mondlicht spiegelte sich in einer Schiebetür aus Glas, die die Terrasse mit dem Wohnzimmer verband. Sie war abgeschlossen. Im Licht einer Taschenlampe, die er aus dem Futteral mit Einbrecherwerkzeugen holte, zeigte sich, daß eine hölzerne Stange in der Innenschiene der Tür lag, um zu verhindern, daß man sie gewaltsam öffnete.

Die Hudstons waren sicherheitsbewußter als die meisten Leute, aber das störte Vince nicht. Er befestigte einen kleinen Gummisaugnapf am Glas, schnitt in der Nähe des Türgriffs mit einem Diamantschneider einen Kreis in die Scheibe und entfernte das ausgeschnittene Stück lautlos mit dem Saugnapf. Dann griff er durch das Loch und löste die Verriegelung. Er schnitt in Bodennähe einen weiteren Kreis, griff hinein, entfernte die Holzstange aus der Schiene und schob sie unter den zugezogenen Gardinen in den Raum dahinter.

Um Hunde brauchte er sich keine Sorgen zu machen. Die Frau mit der sinnlichen Stimme hatte ihm gesagt, die Hudstons besäßen keine Haustiere. Einer der Gründe, weshalb er so gerne für gerade diese Auftraggeber arbeitete: Ihre Informationen waren stets ausführlich und exakt.

Lautlos die Tür zur Seite schiebend, schlüpfte er zwischen den zugezogenen Gardinen ins dunkle Wohnzimmer. Er blieb einen Augenblick lang stehen; wartete, bis seine Augen sich an die Finsternis gewöhnt hatten, lauschte. Das Haus war still wie ein Grab.

Das Zimmer des Jungen fand er als erstes. Der grüne Schein der Leuchtziffern auf einem Uhrenradio spendete etwas Helle. Der Halbwüchsige lag auf der Seite und schnarchte leise. Sechzehn. Sehr jung. Vince mochte es, wenn sie sehr jung waren.

Er ging um das Bett herum und kauerte sich an der Längsseite nieder, so daß sein Gesicht sich dicht vor dem des Schläfers befand. Mit den Zähnen zog er sich den Handschuh von der linken Hand. Die Pistole in der rechten Hand haltend, drückte er die Mündung von unten gegen das Kinn.

Der Junge wachte sofort auf.

Vince schlug mit der unbehandschuhten Hand klatschend gegen die Stirn des Jungen und drückte gleichzeitig ab. Die Kugel durchdrang die weiche Unterseite des Kinns des Jungen, durchschlug sein Gaumendach und drang in sein Gehirn ein, was zum sofortigen Tod führte.

Ssssnappp.

Eine mächtige Ladung Lebensenergie schoß aus dem sterbenden Körper in Vince hinein. Es war Energie in so reiner, lebendiger Form, daß er vor Entzücken wimmerte, als er spürte, wie sie in ihn hineinströmte.

Eine Weile verharrte er neben dem Bett in seiner knienden Lage und wagte nicht, sich zu bewegen. Atemlos. Entrückt. Endlich küßte er im Dunkeln den toten Jungen auf die Lippen und sagte: »Ich nehme an. Danke. Ich nehme an.«

Rasch und lautlos wie eine Katze kroch er durch das Haus und fand schnell das Elternschlafzimmer. Eine weitere Digitaluhr mit grünen Leuchtziffern und der weiche Schein einer Nachtleuchte, der durch die offene Badezimmertür drang, lieferten genügend Licht. Dr. Hudston und seine Frau schliefen beide. Vince tötete die Frau zuerst — *Ssssnappp* — ohne ihren Mann zu wecken. Sie schlief nackt, und so legte er, nachdem er ihr Opfer empfangen hatte, den Kopf auf ihre unbedeckten Brüste und lauschte der Stille ihres Herzens. Er küßte ihre Brustwarzen und murmelte: »Danke.«

Als er um das Bett herumging, eine Nachttischlampe anknipste und Dr. Hudston weckte, war der Mann zuerst etwas verwirrt. Bis er die blicklosen, starren Augen seiner Frau sah. Dann schrie er und griff nach Vinces Arm, und Vince schlug ihm zweimal den Kolben seiner Pistole über den Schädel.

Vince zerrte den Bewußtlosen, der ebenfalls nackt war, ins Badezimmer. Wieder fand er Heftpflaster, mit dem er dem Arzt die Hand und Fußgelenke fesselte. Er füllte die Wanne mit kaltem Wasser und bugsierte Hudston mit einiger Mühe hinein. Das kalte Bad belebte den Arzt.

Obwohl nackt und gefesselt, versuchte Hudston sich aus dem kalten Wasser hochzustemmen und auf Vince loszugehen.

Vince schlug ihm die Pistole ins Gesicht und drückte ihn in die Wanne zurück.

»Wer sind Sie? Was wollen Sie?« stieß Hudston hastig hervor, als sein Gesicht aus dem Wasser kam.

»Ich habe Ihre Frau *und* Ihren Sohn getötet und werde Sie töten.«

Hudstons Augen schienen in der feuchten, teigigen Masse seines Gesichts zu versinken. »Jimmy? Oh, nicht Jimmy. Wirklich nicht!«

»Ihr Junge ist tot«, fuhr Vince beharrlich fort. »Ich hab' ihm das Gehirn aus dem Schädel geblasen.«

Bei der Erwähnung seines Sohnes brach Hudston zusammen. Er vergoß keine Tränen, fing nicht an zu jammern — nichts, was so dramatisch gewesen wäre. Seine Augen waren plötzlich tot, verloren schlagartig jeden Glanz. Ein Licht, das plötzlich ausging. Er starrte Vince an, aber in diesem Blick waren kein Zorn mehr, keine Furcht.

»Sie haben jetzt die Wahl«, sagte Vince. »Sie können leicht sterben oder auf die harte Tour. Sie sagen mir, was ich wissen möchte, und ich lasse Sie leicht sterben, schnell und schmerzlos. Wenn Sie stur sind, kann ich es auf fünf oder sechs Stunden ausdehnen.«

Dr. Hudston starrte nur. Abgesehen von den hellroten Streifen frischen Blutes auf seinem Gesicht war er sehr weiß, naß und von unnatürlicher Blässe, wie irgendein Wesen, das seit ewigen Zeiten in den tiefsten Tiefen der See zu Hause ist.

Vince hoffte, der Bursche sei nicht in Katatonie verfallen. »Was ich wissen will, ist, was Sie mit Davis Weatherby und Elisabeth Yarbeck gemeinsam haben.«

Hudston blinzelte, sein Blick kehrte zurück. Seine Stimme war heiser und brüchig. »Davis und Liz? Wovon reden Sie?«

»Sie kennen sie?«

Hudston nickte.

»Wie kennen Sie sie? Sind Sie zusammen zur Schule gegangen? Waren Sie einmal Nachbarn?«

Hudston schüttelte den Kopf und sagte: »Wir ... wir haben früher einmal bei Banodyne zusammengearbeitet.«

»Banodyne — was ist das?«

»Die Banodyne-Labors.«

»Wo ist das?«

»Hier in Orange County«, sagte Hudston und nannte eine Adresse in Irvine.

»Was haben Sie dort gemacht?«

»Forschungsarbeiten. Aber ich bin vor zehn Monaten weggegangen. Weatherby und Yarbeck sind immer noch dort, ich nicht mehr.«

»Was für Forschungsarbeiten?« fragte Vince.

Hudston zögerte.

Vince sagte: »Schnell und schmerzlos — oder qualvoll und häßlich?«

Der Arzt berichtete ihm von den Forschungsarbeiten, mit denen er bei Banodyne befaßt gewesen war. Das Francis-Projekt. Die Experimente. Die Hunde.

Die Geschichte war unglaublich. Vince ließ Hudston einige Einzelheiten drei- oder viermal wiederholen, ehe er endlich überzeugt war, daß die Geschichte der Wahrheit entsprach.

Als Vince sicher war, alles aus dem Mann herausgequetscht

zu haben, schoß er Hudston ins Gesicht, direkt und aus nächster Nähe: der schnelle Tod, den er versprochen hatte.

Sssnappp.

Als er wieder in seinem Lieferwagen saß und die nachtdunklen Laguna-Hügel hinunterfuhr, das Hudston-Haus hinter sich zurücklassend, dachte Vince über den gefährlichen Schritt nach, den er getan hatte. Gewöhnlich wußte er nichts über seine Zielobjekte; so war das für ihn und seine Auftraggeber am sichersten. Gewöhnlich *wollte* er nicht wissen, was die armen Teufel getan hatten, um solchen Kummer auf sich zu häufen, weil dieses Wissen *ihm* Kummer machen würde. Aber das hier war keine gewöhnliche Sache. Er war dafür bezahlt worden, drei Doktoren zu töten — nicht etwa Ärzte, wie sich jetzt herausstellte, sondern Wissenschaftler —, alles angesehene Bürger, und mit ihnen alle Familienmitglieder, die zufällig anwesend waren. Außergewöhnlich. Die Zeitungen von morgen würden nicht genug Raum haben, um alles zu bringen. Etwas Großes war hier im Gange, etwas so Bedeutsames, daß ihm damit vielleicht eine einmalige Chance in die Hand gegeben war: eine Chance auf so viel Geld, daß er beim Zählen Hilfe brauchen würde. An das Geld würde er kommen, wenn er das verbotene Wissen verkaufte, das er Hudston abgepreßt hatte ... falls er rausfand, wer es kaufen wollte. Aber Wissen war nicht nur verkäuflich, es war auch gefährlich. Man brauchte ja nur Adam zu fragen. Oder Eva. Wenn seine jetzigen Auftraggeber, die Dame mit der sinnlichen Stimme und die anderen Leute in L.A., erfuhren, daß er gegen die fundamentalste Regel seines Handwerks verstoßen hatte, wenn sie wüßten, daß er eines seiner Opfer verhört hatte, ehe er es erledigte, würden sie einen Kontrakt mit Vince als Zielobjekt schließen. Und der Jäger würde zum Gejagten werden.

In bezug auf das Sterben machte er sich natürlich keine großen Sorgen. Er hatte zu viel Leben in sich gespeichert. Das Leben anderer Leute. Mehr Leben als zehn Katzen. Er würde ewig leben. Dessen war er ziemlich sicher. Aber ... nun, er wußte nicht genau, *wie viele* Leben er in sich aufnehmen mußte, um sich die Unsterblichkeit zu sichern. Manchmal hatte er das Gefühl, er habe bereits den Zustand der Unüberwindbarkeit, des ewigen Lebens erreicht. Dann wiederum hatte er das Gefühl, immer noch verwundbar zu sein, noch mehr Lebensenergie aufnehmen zu müssen, um den erwünschten Zustand der Gottähnlichkeit zu erlangen. Und bis er außerhalb jeden Zweifels wußte, daß er auf dem Olymp angekommen war, war es am besten, etwas vorsichtig zu sein.

Banodyne.

Das Francis-Projekt.

Wenn das, was Hudston gesagt hatte, stimmte, würde das Risiko, das Vince jetzt einging, belohnt werden, sobald er den richtigen Käufer für die Information fand. Er würde ein reicher Mann sein.

8

Wes Dalberg lebte seit zehn Jahren allein in einer Steinhütte ganz oben im Holy Jim Canyon am Ostrand des Orange County. Seine einzigen Lichtspender waren Petroleumlampen, das einzige Fließwasser kam aus einer Handpumpe am Küchenausguß. Die Toilette befand sich etwa dreißig Meter hinter der Hütte, in einem freistehenden Aborthäuschen mit einem — wohl als Scherz gedachten — in die Tür geschnitzten Halbmond.

Wes war zweiundvierzig, sah aber älter aus. Sein Gesicht war vom Wind blankgescheuert, von der Sonne gegerbt. Er trug einen sauber gestutzten Bart mit einer Menge weißer Strähnen. Obwohl älter aussehend, hatte er die Konstitution eines Fünfundzwanzigjährigen. Den beneidenswerten Gesundheitszustand schrieb er seinem Leben inmitten der Natur zu.

Am Abend des 18. Mai, eines Dienstags, saß er im silbrigen Licht einer zischenden Petroleumlampe bis ein Uhr morgens am Küchentisch, nippte immer wieder an selbstgemachtem Pflaumenwein und las einen Roman der McGee-Serie von John D. MacDonald. Wes war, wie er das selbst ausdrückte, ›ein asozialer Brummbär, der im falschen Jahrhundert zur Welt gekommen ist‹ und der mit der modernen Gesellschaft wenig anzufangen wußte. Aber über McGee las er gerne, denn McGee schwamm dort draußen in jener chaotischen, häßlichen Welt und ließ nie zu, daß die mörderischen Strömungen ihn forttrugen.

Als er mit dem Buch um ein Uhr fertig war, ging Wes hinaus, um Holz für seinen Kamin zu holen. Die vom Wind bewegten Zweige der Sykomoren warfen dünne Mondschatten, und die glatten Flächen der raschelnden Blätter leuchteten schwach im fahlen Widerschein des Mondlichts. Kojoten heulten in der Ferne, wahrscheinlich damit beschäftigt, einen Feldhasen oder anderes Kleingetier zu jagen. In der Nähe sangen die Insekten im Gebüsch, und ein kühler Wind seufzte durch das obere Geäst.

Sein Vorrat an Holzscheiten war in einem Anbau gelagert, der die ganze Nordseite seiner Hütte einnahm. Er zog den Bolzen aus dem Schließband der Doppeltür. Er war so vertraut mit der Anordnung der Scheite im Lagerschuppen, daß er im Finstern seine massive Tragmulde aus Blech mit einem halben Dutzend Scheite füllte. Er trug die Tragmulde mit beiden Händen hinaus, stellte sie nieder und drehte sich um, um die Türen zuzumachen.

Jetzt fiel ihm auf, daß die Kojoten und Insekten alle verstummt waren. Nur der Wind besaß noch seine Stimme.

Mit gerunzelter Stirn drehte er sich um und blickte zum finsteren Wald, der die kleine Lichtung umgab, auf der seine Hütte stand.

Etwas knurrte.

Wes musterte mit zusammengekniffenen Augen das nachtdunkle Gehölz, das plötzlich vom Mond weniger beleuchtet schien als noch vor einem Augenblick.

Es war ein tiefes, zorniges Knurren. Nie hatte er in den zehn Jahren, die er hier lebte, in seinen einsamen Nächten Ähnliches vernommen.

Wes war neugierig, sogar etwas besorgt, hatte aber keine Angst. Er stand reglos da und lauschte. Eine Minute verstrich, und er hörte nichts mehr.

Er schloß die Türen des Anbaus, schob dann den Bolzen durch die Öse und nahm die Tragmulde mit den Holzscheiten auf.

Wieder das Knurren. Dann Stille. Und dann das Geräusch von trockenem Strauchwerk und Blättern, knirschend, knisternd, unter Tritten brechend.

Die Art des Geräuschs ließ auf eine Entfernung von vielleicht fünfundzwanzig Metern schließen, ein Stück westlich von dem Abort. Noch im Wald.

Wieder knurrte das Ding, lauter diesmal. Und auch näher. Keine zwanzig Meter entfernt.

Den Verursacher des Geräuschs sah er noch immer nicht. Der abtrünnige Mond versteckte sich weiterhin hinter einem schmalen, zarten Wolkenband.

Während er auf das dumpfe, kehlige und doch klagende Knurren lauschte, wurde Wes plötzlich unbehaglich zumute. Zum erstenmal in den zehn Jahren, die er jetzt am Holy Jim wohnte, hatte er das Gefühl, sich in Gefahr zu befinden. Den Holzträger auf den Armen, ging er mit schnellen Schritten in Richtung Hinterseite der Hütte und Küchentür.

Das Rascheln von bewegten Zweigen wurde lauter. Das Geschöpf im Gehölz bewegte sich jetzt schneller. Zum Teufel, es rannte.

Wes rannte auch.

Das Knurren steigerte sich zum bösartigen Schnauben: eine gespenstische Mischung aus Lauten, die teils Hund, teils Schwein, teils Puma, teils Mensch und zu einem Teil etwas ganz anderes zu sein schienen. Es war ihm dicht auf den Fersen.

Während er um die Ecke der Hütte hetzte, schwang Wes die Tragmulde und warf sie dorthin, wo er das Tier vermutete. Er hörte die Scheite fliegen und am Boden aufprallen, hörte, wie der Metallträger sich ein paarmal überschlug, aber das Knurren rückte nur näher und wurde lauter, also wußte er, daß er sein Ziel verfehlt hatte.

Er rannte die drei Stufen hinauf, riß die Küchentür auf, trat ein und knallte die Tür hinter sich zu. Er schob den Riegel vor — eine Sicherheitsmaßnahme, die er seit neun Jahren nicht mehr ergriffen hatte, nicht, seitdem er sich an die Ruhe im Canyon gewöhnt hatte.

Er ging durch die Hütte zur vorderen Tür und verriegelte auch diese. Die Heftigkeit, mit der die Furcht ihn überfallen hatte, überraschte ihn. Selbst wenn dort draußen ein bösartiges Tier war — ein tollwütiger Bär vielleicht, der aus den Bergen heruntergekommen war —, konnte es keine Türen öffnen und ihm in die Hütte folgen. Es bestand keine Notwendigkeit, die Riegel vorzuschieben, und doch fühlte er sich jetzt, da er es getan hatte, sicherer. Ein Instinktverhalten war das, und er verstand sich gut genug auf das Leben in der Wildnis, um zu wissen, daß man den Instinkten vertrauen sollte, selbst wenn sie zu scheinbar irrationalem Verhalten führten.

Okay. Er war also in Sicherheit. Kein Tier konnte eine Tür öffnen. Ein Bär sicherlich nicht, und höchstwahrscheinlich war es ein Bär.

Aber es hatte nicht wie ein Bär geklungen. Das war es, was so geisterhaft gewesen war. Es hatte wie nichts von dem geklungen, was in jenen Wäldern zu Hause sein konnte. Er war mit den Lebewesen der Nachbarschaft vertraut, kannte all die Rufe, Schreie und anderen Laute, die sie von sich gaben.

Das einzige Licht im vorderen Zimmer kam vom offenen Kamin, und es reichte nicht, die Schatten aus den Ecken zu vertreiben. Gebilde, die der Flammenschein erzeugte, huschten über die Wände. Zum erstenmal hätte Wes es begrüßt, Elektrizität zu haben.

Er besaß eine Remington-Schrotbüchse, mit der er gelegentlich auf Jagd ging, um Abwechslung auf seinen Speisezettel zu bringen und nicht ausschließlich von im Laden gekauften Lebensmitteln abhängig sein zu müssen. Sie lag auf einem Gestell in der Küche. Er überlegte, ob er die Schrotflinte herunterholen und laden sollte; aber jetzt, wo er sich hinter verschlossenen Türen sicher wußte, begann es ihm peinlich zu werden, daß er in Panik geraten war. Wie ein Greenhorn, weiß Gott. Wie ein fettärschiger Vorstadtbewohner, der beim Anblick einer Feldmaus zu kreischen anfing. Hätte er bloß einen Schrei ausgestoßen und in die Hände geklatscht, er würde das Ding in den Büschen wahrscheinlich verscheucht haben. Selbst wenn seine Reaktion dem Instinkt angelastet werden konnte, hatte er sich jedenfalls nicht dem Bild entsprechend verhalten, das er sich von sich selbst machte: dem des hartgesottenen Canyonbewohners. Wenn er sich jetzt ohne zwingende Notwendigkeit mit der Flinte bewaffnete, kostete ihn das den Großteil seiner Selbstachtung, die für ihn wichtig war: Denn die einzige Meinung über Wes Dalberg, die bei Wes zählte, war die, die er selbst von sich hatte. Nein, die Schrotflinte blieb in der Küche.

Wes riskierte es, an das große Wohnzimmerfenster zu treten. Jemand, der vor etwa zwanzig Jahren die Hütte von der Forstverwaltung gemietet hatte, hatte diese Änderung vorgenommen; man hatte damals das alte schmale Sprossenfenster ausgebaut, ein größeres Loch in die Wand geschlagen und ein großes Fenster eingesetzt, das aus einer einzigen Scheibe bestand, um den herrlichen Blick auf den Wald genießen zu können.

Ein paar silbrig im Mond glitzernde Wolken tauchten phosphoreszierend vor der samtigen Schwärze des Nachthimmels auf. Mondlicht sprenkelte den Hof, schimmerte auf der Kühlerhaube und der Windschutzscheibe von Wes' Cherokee-Jeep und zog die schattenhaften Konturen der Bäume nach. Zuerst bewegte sich nichts außer ein paar Zweigen, die leicht im sanften Wind schwankten.

Er beobachtete die Waldszene einige Minuten lang. Da er nichts Außergewöhnliches sah oder hörte, kam er zu dem Schluß, das Tier sei weitergezogen. Beträchtlich erleichtert und mit einem erneuten Gefühl der Verlegenheit, schickte er sich an, vom Fenster wegzugehen — da entdeckte er in der Nähe des Jeeps eine Bewegung. Er kniff die Augen zusammen, sah nichts und blieb ein oder zwei Minuten lang wachsam. Gerade als er zu dem Schluß kam, er habe sich die Bewegung eingebildet, sah er sie wieder: etwas, das hinter dem Jeep hervorkam.

Er beugte sich näher ans Fenster.

Etwas rannte quer über den Hof in Richtung Hütte, schnell und flach am Boden. Das Mondlicht, statt zu enthüllen, wer der Feind war, ließ seine Konturen zerfließen und machte ihn nur noch rätselhafter. Das Ding *raste* auf die Hütte zu. Und dann ganz plötzlich — Herrgott im Himmel! — befand sich das Geschöpf in der Luft, etwas Fremdartiges, das geradenwegs durch die Dunkelheit auf ihn zugeflogen kam. Wes schrie auf. Im nächsten Augenblick explodierte das große Fenster beim Aufprall der Bestie, und Wes brüllte, aber das Brüllen dauerte nur Augenblicke.

9

Weil Travis nicht viel zu trinken pflegte, reichten drei Biere aus, um ihn vor Schlaflosigkeit zu bewahren. Sekunden nachdem er den Kopf auf das Kissen gelegt hatte, war er eingeschlafen. Er träumte, er sei Stallmeister in einem Zirkus, in dem alle auftretenden Tiere sprechen konnten. Nach jeder

Vorstellung besuchte er sie in ihren Käfgen, wo jedes Tier ihm ein Geheimnis verriet, das ihn in Erstaunen setzte, obwohl er es gleich wieder vergaß, sobald er zum nächsten Käfig und dem nächsten Geheimnis weiterging.

Um vier Uhr morgens wachte er auf und sah Einstein am Schlafzimmerfenster. Der Hund stand, die Vorderpfoten auf dem Fensterbrett, die Konturen des Kopfes vom Mondlicht nachgezeichnet, und starrte wachsam in die Nacht hinaus.

»Was ist denn, Junge?« fragte Travis.

Einstein warf ihm einen Blick zu und wandte dann seine Aufmerksamkeit wieder der vom Mondlicht überfluteten Nacht zu. Er winselte leise und stellte die Ohren auf.

»Jemand draußen?« fragte Travis, stieg aus dem Bett und schlüpfte in seine Jeans.

Der Hund ließ sich auf alle viere fallen und rannte aus dem Schlafzimmer.

Travis fand ihn an einem anderen Fenster im abgedunkelten Wohnzimmer, jetzt auf dieser Seite des Hauses die Nacht prüfend. Neben dem Hund in die Hocke gehend, legte er ihm eine Hand auf den breiten, pelzigen Rücken und sagte: »Was ist denn los? Hm?«

Einstein preßte die Schnauze gegen das Glas und wimmerte unruhig.

Travis konnte weder auf dem Rasen vor dem Haus noch auf der Straße etwas Bedrohliches sehen. Dann kam ihm plötzlich der Gedanke, und er sagte: »Machst du dir immer noch Sorgen über das, was dich heute morgen im Wald gejagt hat?«

Der Hund schaute ihn ernst an.

»Was *war* das dort im Wald?« wollte Travis wissen.

Einstein winselte erneut und zitterte.

Bei der Erinnerung an die blanke Angst, die den Retriever — und auch ihn selbst — in den Santa-Ana-Vorbergen befallen hatte, und an das unheimliche Gefühl, daß da etwas Unnatürliches sie beschlich, fröstelte Travis. Er blickte in die Nacht hinaus. Die spitzen schwarzen Muster der Blätter der Dattelpalme stachen ins fahlgelbe Licht der Straßenlampe. Ein steter Wind jagte kleine Staubwirbel, Blätter und Unrat über das Pflaster, ließ sie sekundenlang fallen, daß sie wie tot liegenblieben, und erweckte sie dann aufs neue zum Leben. Eine einsame Motte prallte vor Travis und Einstein leise gegen das

Fenster, offenbar den Widerschein des Mondes oder der Straßenlampe für eine Flamme haltend.

»Hast du Angst, daß es noch immer hinter dir her ist?« fragte er.

Der Hund wuffte einmal leise.

»Nun, ich denke nicht«, sagte Travis. »Ich glaube, du begreifst nicht ganz, um wieviel weiter im Norden wir sind. Wir bewegten uns auf Rädern, dieses Ding aber hätte zu Fuß folgen müssen, und das schaffte es nicht. Was es auch war, es ist weit hinter uns, Einstein, weit unten im Orange County, und kann nicht wissen, wohin wir gegangen sind. Du brauchst dir seinetwegen keine Sorgen mehr zu machen. Verstehst du?«

Einstein stieß Travis' Hand an und leckte sie, als wäre er beruhigt und dankbar. Aber dann sah er wieder zum Fenster hinaus und gab einen kaum hörbaren wimmernden Laut von sich.

Travis mußte ihm zureden, damit er wieder ins Schlafzimmer zurückkehrte. Dort wollte der Hund neben seinem Herrn auf dem Bett liegen, und um das Tier zu beruhigen, protestierte Travis nicht.

Der Wind murmelte und klagte im Dachsims des Bungalows.

Manchmal knisterte es irgendwo im Haus, vertraute mitternächtliche Geräusche von sich dehnendem oder entspannendem Material.

Motorgebrumm, das Flüstern von Reifen, ein Wagen rollte auf der Straße vorbei.

Erschöpft von den seelischen wie auch körperlichen Anstrengungen des Tages, war Travis bald eingeschlafen.

Gegen Morgen, in halbwachem Zustand, gewahrte er, daß Einstein wieder am Schlafzimmerfenster war und Wache hielt. Er murmelte den Namen des Retrievers und klopfte müde auf die Matratze. Aber Einstein blieb auf Wache, und Travis döste wieder ein.

VIER

1

Am Tag nach ihrer Begegnung mit Art Streck unternahm Nora Devon einen langen Spaziergang; sie hatte sich vorgenommen, Teile der Stadt zu erkunden, die sie nie zuvor gesehen hatte. Mit Violet hatte sie einmal die Woche kurze Spaziergänge gemacht. Seit dem Tod der alten Frau ging Nora immer noch aus, wenn auch nicht mehr so oft, entfernte sich dabei aber nie weiter von ihrem Haus als sechs oder acht Blocks. Heute wollte sie viel weiter gehen. Dies sollte der erste kleine Schritt sein auf dem langen Weg zu Freiheit und Selbstachtung.

Ehe sie aufbrach, überlegte sie, ob sie später in irgendeinem Restaurant einen kleinen Lunch einnehmen sollte. Aber sie war noch nie in einem Restaurant gewesen. Die Aussicht darauf, sich mit einem Kellner auseinanderzusetzen und in Gesellschaft Fremder speisen zu müssen, erfüllte sie mit Furcht. Also gab sie statt dessen einen Apfel, eine Orange und zwei Haferflockenplätzchen in eine kleine Papiertüte. Sie würde allein zu Mittag essen, irgendwo in einem Park. Selbst das war für sie noch revolutionär. Schön eins nach dem anderen.

Der Himmel war wolkenlos, die Luft warm. Im lebendigen frischen Grün sahen die Bäume wie neu aus, regten sich in einer Brise, die gerade kräftig genug war, den heißen Strahlen der Sonne etwas von ihrer Schärfe zu nehmen.

Während Nora an gepflegten Häusern entlangschlenderte, die meisten von ihnen im spanischen Architekturstil erbaut, schaute sie mit neuer Wißbegierde nach Türen und Fenstern, dabei überlegend, wer wohl die Leute waren, die dahinter wohnten. Waren sie glücklich? Traurig? Verliebt? Welche Art von Musik, welche Bücher liebten sie? Welches Essen? Planten sie Ferien in exotischen Ländern, Abende im Theater, Besuche in Nachtclubs?

Früher hatte sie nie über diese Menschen nachgedacht, weil sie wußte, deren Leben und das ihre würden sich nie kreuzen.

Über sie nachzudenken wäre Zeitvergeudung gewesen. Aber *jetzt* ...

Wenn sie anderen Fußgängern begegnete, hielt sie den Kopf gesenkt und wandte das Gesicht ab, wie sie das früher immer getan hatte. Aber nach einer Weile fand sie die Courage, einige von ihnen anzusehen. Sie war überrascht, als viele ihr zulächelten und »Hallo« sagten. Und nach einer Weile hörte sie sich zu ihrer noch größeren Überraschung sogar den Gruß erwidern.

Als sie das Gerichtsgebäude erreichte, blieb sie stehen, um die gelben Yucca-Blüten und die fetten roten Bougainvilleen zu bewundern, die an der rauh verputzten Mauer emporkletterten und sich oberhalb eines der hohen Fenster durch das kunstvoll geschmiedete Eisengitter wanden.

An der 1815 erbauten Mission von Santa Barbara blieb sie am Fuße der Eingangstreppe stehen und betrachtete die hübsche Fassade der alten Kirche. Dann schlenderte sie durch den Hof mit seinem heiligen Garten und bestieg schließlich den westlichen Glockenturm.

Langsam begann sie zu begreifen, weshalb Santa Barbara in einigen der vielen Bücher, die sie gelesen hatte, als einer der schönsten Orte der Welt bezeichnet wurde. Fast ihr ganzes Leben hatte sie hier verbracht. Weil sie sich aber mit Violet im Haus verkroch, und wenn sie einmal ausgingen, wenig mehr gesehen hatte als die Spitzen ihrer Schuhe, nahm sie die Stadt jetzt zum erstenmal wahr. Und das erregte und beglückte sie.

Um ein Uhr setzte sie sich im Alameda-Park auf eine Bank in der Nähe dreier uralter, riesiger Dattelpalmen mit Blick auf den Teich. Ihre Füße begannen zu schmerzen, aber sie hatte nicht vor, bald nach Hause zurückzukehren. Sie öffnete ihre Tüte und begann ihr Mittagessen mit dem gelben Apfel. Noch nie hatte etwas auch nur annähernd so köstlich geschmeckt. Weil sie Hunger hatte, aß sie gleich darauf die Orange, warf die Schale in die Tüte und war gerade im Begriff, ins erste Haferflockenplätzchen zu beißen, als Art Streck sich neben sie setzte.

»Hallo, Hübsche.«

Er trug nur blaue Turnhosen, Laufschuhe und dicke weiße Wollsocken. Offensichtlich war er nicht gelaufen, denn er schwitzte nicht. Er war muskulös, mit breitem Brustkasten und tiefgebräunt und wirkte sehr männlich. Seine Kleidung diente einzig und allein dem Zweck, seinen athletischen Körper zur Schau zu stellen, und so wandte Nora sofort die Augen ab.

»Schüchtern?« fragte er.

Sie konnte nicht sprechen, weil der Bissen von dem Haferflockenplätzchen ihr im Mund steckengeblieben war. Sie brachte auch keinen Speichel zuwege. Sie fürchtete zu erstikken, wenn sie versuchte, das Plätzchen zu schlucken, aber sie konnte es nicht einfach ausspucken.

»Meine süße, schüchterne Nora«, sagte Streck.

Nach unten blickend, sah sie, wie heftig ihre rechte Hand zitterte. Das Plätzchen zerbröckelte zwischen ihren Fingern zu Krümeln, die auf das Pflaster zwischen ihren Füßen hinunterfielen.

Sie hatte sich gesagt, dieser Spaziergang, der den ganzen Tag dauern sollte, sei ein erster Schritt zur Befreiung, jetzt aber mußte sie sich eingestehen, daß es noch einen anderen Grund gegeben hatte, das Haus zu verlassen: Strecks Annähe-rungsversuchen aus dem Weg zu gehen. Sie hatte Angst gehabt, zu Hause zu bleiben, Angst, er werde immer wieder anrufen. Jetzt hatte er sie im Freien gefunden, außerhalb des Schutzes ihrer verriegelten Fenster und versperrten Türen. Und das war noch viel schlimmer als das Telefon, unendlich schlimmer.

»Sieh mich an, Nora!«

»Nein.«

»Sieh mich an!«

Das letzte Stück des sich auflösenden Plätzchens entfiel ihrer rechten Hand.

Streck nahm ihre linke Hand, sie versuchte ihm Widerstand zu leisten, aber er drückte zu, quetschte ihre Fingerknochen zusammen, und so gab sie nach. Er legte ihre Hand mit der Handfläche nach unten auf seinen nackten Schenkel. Sein Fleisch war fest und heiß.

Ihr wurde übel, ihr Herz schlug wie wild, sie wußte nicht, ob sie sich zuerst übergeben oder in Ohnmacht fallen würde.

Ihre Hand langsam auf seinem nackten Oberschenkel hin und her schiebend, sagte er: »Ich bin genau das, was du brauchst, Hübsche. Ich kann's dir besorgen.«

Das Haferflockenplätzchen verklebte ihr den Mund, als wäre es aufgequollene Paste. Sie behielt den Kopf unten, hob aber die Augen, um unter gesenkten Wimpern hervorzuschauen. Sie hoffte jemanden in der Nähe zu entdecken, den sie zu Hilfe rufen konnte, aber da waren nur zwei junge Mütter mit ihren kleinen Kindern, und auch die waren zu weit weg, um helfen zu können.

Jetzt nahm Streck ihre Hand von seinem Schenkel und legte sie auf seine nackte Brust. »Hast wohl einen hübschen Spaziergang gemacht, wie?« sagte Streck. »Hat dir die Mission gefallen? Wie? Und waren die Yucca-Blüten am Gerichtsgebäude nicht hübsch?«

Und so ging es in diesem lässigen, selbstzufriedenen Ton weiter. Er erkundigte sich, wie ihr andere Dinge gefallen hätten, und sie erkannte, daß er ihr den ganzen Morgen *gefolgt* war, in seinem Wagen oder zu Fuß. Sie hatte ihn nicht bemerkt, aber es gab keinen Zweifel, denn er wußte über jede ihrer Bewegungen seit Verlassen des Hauses Bescheid, und das ärgerte und erschreckte sie mehr als alles bisherige.

Sie atmete schnell und kräftig und hatte doch das Gefühl, ersticken zu müssen. In ihren Ohren dröhnte es, und doch konnte sie jedes seiner Worte nur zu deutlich hören. Sie dachte daran, nach ihm zu schlagen, ihm die Augen auszukratzen, und war doch wie gelähmt, nah daran, zuzuschlagen, aber unfähig, es zu tun, von Wut getrieben, zugleich von Furcht geschwächt. Sie wollte schreien, nicht um Hilfe, sondern im Gefühl ihrer Hilflosigkeit.

»Also«, sagte er, »jetzt hast du einen richtigen netten Spaziergang gemacht, im Park hübsch zu Mittag gegessen und bist entspannt. Weißt du, was jetzt nett wäre? Weißt du, womit du diesen Tag krönen kannst, Hübsche? Einen besonderen Tag daraus machen kannst? Wir gehen jetzt zu meinem Wagen, fahren zu deinem Haus, gehen hinauf in dein gelbes Zimmer und steigen in dein Himmelbett ...«

Er war in ihrem Schlafzimmer gewesen! Gestern. Als er im Wohnzimmer den Fernseher hätte reparieren sollen, mußte er sich nach oben geschlichen haben, dieser Schweinehund, und hatte den allerpersönlichsten Raum, den sie besaß, durchforscht, ihr Heiligtum betreten und in ihren Habseligkeiten gewühlt.

»... in dieses riesige alte Bett. Und dann werd' ich dich ausziehen, Honey, nackt ausziehn und dich ficken ...«

Ob ihr plötzlicher Mut aus der schrecklichen Erkenntnis wuchs, daß er ihren Zufluchtsort entweiht hatte, oder daher kam, weil er zum erstenmal in ihrer Gegenwart ein obszönes Wort gebraucht hatte, oder aus beidem, hätte Nora nie sagen können. Aber ihr Kopf fuhr plötzlich in die Höhe, sie schaute ihn durchdringend an und spuckte ihm den Plätzchenklumpen mitten ins Gesicht. Speichelfäden und feuchte Teigmasse klebten an seiner rechten Wange, seinem rechten Auge und der Nase. Haferflockenstücke hingen in seinem Haar und an seiner Stirn. Als sie sah, wie die Wut seine Augen aufblitzen ließ und sein Gesicht verzerrte, spürte Nora eine Aufwallung von Schrecken über das, was sie getan hatte. Gleichzeitig war sie stolz darauf, daß sie imstande gewesen war, lähmende Fesseln zu zerreißen, selbst wenn das, was sie getan hatte, ihr Leid einbringen sollte, selbst wenn Streck zurückschlug.

Und er schlug zurück, schnell und brutal. Er hielt immer noch ihre linke Hand fest, und Nora war außerstande, sich loszureißen. Er drückte zu, wie er das schon einmal getan hatte, quetschte ihre Knochen gegeneinander. Es tat weh, Herrgott, es tat weh. Aber sie wollte ihm nicht die Genugtuung verschaffen, sie weinen zu sehen, war fest entschlossen, weder zu betteln noch zu wimmern. Also biß sie die Zähne zusammen und erduldete den Schmerz. Schweiß trat aus ihrer Kopfhaut, einen Augenblick lang dachte sie, ohnmächtig zu werden. Aber der Schmerz war nicht das Schlimmste. Am schlimmsten war es, in Strecks erschreckende eisblaue Augen sehen zu müssen. Während er ihre Finger zusammenpreßte, hielt er sie nicht nur mit der Hand fest, sondern auch mit seinem Blick, der kalt und unendlich fremd war. Er versuchte sie einzuschüchtern, ihr Angst zu machen, und es funktionierte — weiß Gott, das tat es —, weil sie in ihm einen Wahnsinn sah, dem sie nie gewachsen sein würde.

Als er ihre Verzweiflung sah, die ihm offenbar mehr Vergnügen bereitete als ein Schmerzensschrei, hörte er auf, ihre Hand zu quetschen, ließ sie aber nicht los. »Dafür wirst du mir bezahlen«, sagte er, »dafür, daß du mir ins Gesicht gespuckt hast. Und du wirst es *genießen*, dafür zu bezahlen.«

Ohne rechte Überzeugung sagte sie: »Ich werde mich bei Ihrem Chef beschweren, und dann verlieren Sie bestimmt Ihren Job.«

Streck lächelte nur. Nora fragte sich, warum er keine Anstalten machte, sich die Plätzchenreste aus dem Gesicht zu wischen. Aber während sie noch darüber nachdachte, wurde ihr der Grund klar: Er würde sie dazu zwingen, es zu tun. Doch vorher sagte er: »Meinen Job verlieren? Aach, ich hab' die Stellung bei Wadlow TV schon aufgegeben. Gestern nachmittag habe ich Schluß gemacht. Um für dich Zeit zu haben, Nora.«

Sie senkte die Augen. Sie konnte ihre Furcht nicht verbergen, war so geschüttelt von Furcht, daß sie glaubte, ihre Zähne würden zu klappern anfangen.

»Ich bleib' nie besonders lang in einer Stellung. Ein Mann wie ich, voll Energie, langweilt sich leicht. Ich muß in Bewegung bleiben. Außerdem ist das Leben zu kurz, um es einzig und allein mit Arbeit zu vergeuden, meinst du nicht auch? Also behalt' ich einen Job eine Zeitlang, bis ich etwas Geld gespart habe, und dann lass' ich mich, solang es geht, treiben. Hier und da stoße ich dabei auf eine Lady wie dich, eine, die mich dringend braucht, eine, die geradezu nach einem Mann wie mir schreit, und dann helf' ich ein wenig aus.«

Gib ihm einen Tritt, beiß ihn, kratz ihm die Augen aus, dachte sie.

Sie tat nichts.

Ihre Hand schmerzte dumpf. Der brennende, durchdringende Schmerz von vorhin fiel ihr ein.

Seine Stimme änderte sich, wurde weich, einschmeichelnd, besänftigend, aber das machte ihr noch mehr Angst. »Und ich helf' dir aus, Nora. Ich werde für eine Weile bei dir einziehen. Es wird uns Spaß machen. Du bist meinetwegen noch ein wenig nervös, sicher, das versteh' ich, echt, das versteh' ich. Aber glaub' mir, du brauchst das, Mädchen. Es wird dein ganzes Leben verändern, nichts wird mehr so sein wie früher, und das ist das beste, was dir passieren konnte.«

2

Einstein liebte den Park.

Als Travis ihm die Leine abnahm, trottete der Retriever zum nächsten Blumenbeet — große, gelbe Ringelblumen, umgeben von purpurfarbenen Polyantharosen — und umkreiste es langsam, sichtlich fasziniert. Dann ging er an ein Beet mit spätblühenden Ranunkeln, danach zu einem mit Vergißmeinnicht, und sein Schweif wedelte bei jeder Entdeckung schneller. Es hieß immer, Hunde könnten nur Schwarz und Weiß erkennen, aber Travis hätte nicht wetten mögen, Einstein könne nicht alle Farben sehen. Der Hund beschnüffelte alles — Blumen, Sträucher, Bäume, Steine, Abfalleimer, den Sockel eines Wasserspeiers und jeden Fußbreit Boden, über den er ging —, dabei zweifellos Geruchs›bilder‹ von Menschen und Hunden aufnehmend, die vorher hier vorbeigekommen waren, Bilder, so klar, wie es für Travis Fotografien gewesen wären.

Während des ganzen Vormittags und auch des frühen Nachmittags hatte der Retriever nichts Außergewöhnliches getan. Tatsächlich war sein Ich-bin-nur-ein-ganz-gewöhnlicher-dummer-Hund-Verhalten so überzeugend, daß Travis sich fragte, ob die nahezu menschliche Intelligenz des Tieres etwa nur in kurzen Schüben auftrete, ähnlich epileptischen Anfällen. Nach allem, was gestern geschehen war, stand Einsteins Außergewöhnlichkeit, auch wenn sie sich nur selten offenbarte, jedenfalls nicht mehr zur Debatte.

Während sie um den Teich schlenderten, erstarrte Einstein plötzlich, hob den Kopf, stellte seine Schlappohren ein wenig auf und starrte ein Paar an, das etwa zwanzig Meter entfernt auf einer Parkbank saß. Der Mann trug Turnhosen, die Frau ein sackartiges graues Kleid; er hielt ihre Hand, und sie schienen ins Gespräch vertieft.

Travis wollte sich wieder von ihnen abwenden und in die Richtung der weiten Grünflächen gehen, um sie nicht zu stören.

Aber Einstein bellte einmal und rannte geradenwegs auf das Paar zu.

»Einstein! Hierher! Komm sofort zurück!«

Der Hund beachtete ihn nicht, näherte sich dem Paar und begann wütend zu bellen.

Als Travis die beiden erreichte, war der Mann in Turnhosen aufgestanden. Er hielt abwehrend die Arme von sich gestreckt und die Hände geballt, während er sich vorsichtig einen Schritt von dem Retriever zurückzog.

»*Einstein!*«

Der Retriever hörte zu bellen auf, wich Travis aus, ehe der die Leine wieder an seinem Halsband einhaken konnte, ging zu der Frau auf der Bank und legte seinen Kopf in ihren Schoß. Der Wechsel vom knurrenden Hund zum Schoßhündchen erfolgte so plötzlich, daß alle verblüfft waren.

Travis sagte: »Es tut mir leid. Er hat noch nie ...«

»Herrgott«, sagte der Mann in Turnhosen, »Sie können doch einen bissigen Hund nicht einfach frei im Park herumlaufen lassen!«

»Er ist nicht bissig«, sagte Travis. »Er ...«

»Blödsinn«, sagte der Mann so heftig, daß dabei Speichel flog. »Das verdammte Biest hat versucht, mich zu beißen. Sie haben wohl *Spaß* daran, angezeigt zu werden, oder?«

»Ich weiß nicht, was in ihn gefah ...«

»Schaffen Sie ihn weg von hier! » verlangte der Mann in Turnhosen.

Verlegen nickend wandte Travis sich zu Einstein um und sah, daß die Frau den Retriever auf die Bank gelockt hatte. Einstein saß jetzt neben ihr, die Augen ihr zugewendet, die Vorderpfoten auf ihrem Schoß, und sie streichelte ihn nicht nur, sondern drückte ihn an sich. Die Art und Weise, wie sie sich an ihm festklammerte, sah in der Tat aus, als wäre der Hund eine Art Rettungsanker für sie.

»Sie sollen ihn von hier *wegschaffen!*« sagte der Mann wütend.

Der Bursche war höher, breiter in den Schultern und hatte größeren Brustkorbumfang als Travis, trat jetzt ein paar Schritte vor, so daß er Travis überragte, um ihn mit seiner überlegenen Größe einzuschüchtern. Seine aggressive Art, sein Blick und Benehmen, die wohl gefährlich aussehen sollten, ließen erkennen, daß er gewohnt war, sich durchzusetzen. Travis verachtete solche Leute.

Einstein drehte den Kopf herum und sah den Mann an, legte die Zähne frei und knurrte tief in der Kehle.

»Hören Sie, Kumpel«, sagte der Mann in Turnhosen ärgerlich. »Sie sind wohl taub, oder wie? Ich hab' gesagt, daß der Hund an die Leine gehört, und ich sehe, daß Sie da eine Leine in der Hand halten. Worauf, zum Teufel, warten Sie also?«

Travis begann zu erkennen, daß hier irgend etwas nicht stimmte. Der rechtschaffene Zorn des Mannes war übertrieben — so als hätte man ihn bei etwas Ungehörigem ertappt, als versuchte er seine Schuld zu überdecken, indem er sofort in die Offensive überging. Und die Frau benahm sich auch seltsam. Sie hatte kein Wort gesagt. Sie war totenbleich, ihre dünnen Hände zitterten. Wie sie den Hund streichelte und sich an ihn klammerte, war nicht Einstein es, der ihr Angst machte. Travis fragte sich, ob wohl ein Paar so unterschiedlich gekleidet in den Park gehen würde; er in Turnhosen, sie im faden Hauskleid. Er sah, wie die Frau dem Mann verstohlene, verängstigte Blicke zuwarf, und plötzlich wußte er, daß diese beiden nicht zusammengehörten; zumindest nicht nach Ansicht der Frau — und daß der Mann tatsächlich Anlaß zu Schuldgefühlen hatte.

»Miss«, sagte Travis, »ist bei Ihnen alles in Ordnung?«

»Natürlich nicht«, sagte der Mann. »Ihr verdammter Hund hat uns angebellt und nach uns geschnappt ...«

»Im Augenblick scheint er Sie aber nicht gerade zu terrorisieren«, sagte Travis, suchte den Blick des Mannes und hielt ihn fest.

Er hatte sowas wie Hafermehlteig an der Wange kleben. Travis sah in einer Tüte, die neben der Frau auf der Bank lag, ein Haferplätzchen und ein zweites, das zwischen ihren Füßen halbzerdrückt auf dem Boden lag. Was, zum Teufel, war hier vorgegangen?

Der Mann in Turnhosen schaute Travis durchdringend an und wollte etwas sagen. Aber dann warf er einen Blick auf die Frau und Einstein und erkannte offenbar, daß seine gespielte Empörung nicht mehr passend war. Mürrisch bemerkte er: »Nun ... jedenfalls sollten Sie den verdammten Köter anhängen.«

»Oh, ich glaube nicht, daß er jetzt jemanden belästigt«, sagte Travis und rollte die Leine ein. »Es war wohl nur eine kleine Entgleisung.«

Immer noch wütend, aber unsicher geworden, blickte der

Mann in Turnhosen auf die zusammengekauert dasitzende Frau und sagte: »Nora?«

Sie gab keine Antwort, sondern fuhr fort, Einstein zu streicheln.

»Bis später dann«, meinte er. Und als er keine Antwort bekam, wandte er sich wieder Travis zu, kniff die Augen zusammen und sagte: »Wenn der Hund nach mir schnappen sollte ...«

»Das wird er nicht«, unterbrach ihn Travis. »Sie können ruhig Ihren Lauf weitermachen. Er wird Sie nicht belästigen.«

Der Mann sah sich mehrere Male nach ihnen um, während er langsam durch den Park auf den nächsten Ausgang zutrabte. Dann war er verschwunden.

Auf der Bank hatte Einstein es sich inzwischen bequem gemacht und der Frau den Kopf in den Schoß gelegt.

»Der hat sich richtig mit Ihnen angefreundet«, sagte Travis.

Sie blickte nicht auf und streichelte Einstein mit einer Hand, während sie meinte: »Wirklich, ein netter Hund.«

»Ich hab' ihn gestern bekommen.«

Sie sagte nichts.

Er nahm am anderen Ende der Bank Platz, so daß Einstein zwischen ihnen lag. »Ich heiße Travis.«

Sie reagierte nicht darauf, sondern kratzte Einstein hinter den Ohren. Der Hund gab einen zufriedenen Laut von sich.

»Travis Cornell«, sagte er.

Endlich hob sie den Kopf und sah ihn an. »Nora Devon.«

»Freut mich, Ihre Bekanntschaft zu machen.«

Sie lächelte, blieb aber nervös.

Obwohl sie ihr Haar schlicht und glatt trug und keinerlei Make-up benutzte, war sie recht anziehend. Das Haar war dunkel und glänzend, die Haut makellos, und sie hatte grüne Streifen in den grauen Augen, die in der hellen Maisonne von innen heraus zu strahlen schienen.

Als fühlte sie seinen wohlgefälligen Blick und hätte Angst davor, brach sie sofort den Augenkontakt ab und senkte wieder den Kopf.

»Miss Devon ...«, sagte er, »stimmt etwas nicht?«

Sie sagte nichts.

»Dieser Mann ... hat er Sie belästigt?«

»Es ist schon in Ordnung«, sagte sie.

Mit dem gesenkten Kopf, den tiefhängenden Schultern, als laste ein tonnenschweres Gewicht des Argwohns auf ihr, sah sie so verwundbar aus, daß Travis es nicht fertigbrachte, einfach aufzustehen, wegzugehen und sie mit ihren Problemen alleinzulassen. »Wenn dieser Mann Sie belästigt hat«, meinte er, »denke ich, sollten wir einen Polizisten holen ...«

»Nein«, sagte sie leise und doch eindringlich. Sie machte sich von Einstein los und stand auf.

Der Hund krabbelte von der Bank, stellte sich neben sie und sah sie liebevoll an.

Travis erhob sich ebenfalls und meinte: »Ich will mich natürlich nicht in Ihre Angelegenheiten mischen ...«

Sie ging eilig davon, verließ den Park auf einem anderen Weg als dem, den der Läufer eingeschlagen hatte.

Einstein lief ihr nach, blieb aber, als Travis ihn rief, stehen und kehrte widerstrebend um.

Verwundert sah Travis ihr nach, bis sie verschwunden war. Ein rätselhaftes, von irgend etwas geplagtes Wesen in einem grauen Kleid, das so formlos und nichtssagend war wie das Gewand einer Mennonitin oder der Angehörigen irgendeiner anderen Sekte. Diese Leute waren bemüht, die weibliche Gestalt in Gewänder zu hüllen, die einen Mann nicht in Versuchung bringen konnten.

Er und Einstein setzten ihren Spaziergang durch den Park fort. Später gingen sie an den Strand, wo der Anblick der wogenden See und der schäumenden Brecher den Retriever sichtlich in Erstaunen versetzte. Er blieb mehrere Male stehen, um ein oder zwei Minuten aufs Meer hinauszustarren, und tobte dann vergnügt in der Brandung herum. Später, als sie wieder zu Hause waren, versuchte Travis Einstein an den Büchern zu interessieren, die ihn letzten Abend so in Erregung versetzt hatten, in der Hoffnung, diesmal herauszufinden, was der Hund dabei zu entdecken hoffte. Einstein beschnüffelte die Bände, die Travis ihm brachte, gelangweilt — und gähnte.

Am Nachmittag drängte sich die Erinnerung an Nora Devon überraschend lebhaft in Travis' Gedanken. Sie brauchte keine auffallende Kleidung, um das Interesse eines Mannes zu wekken. Dieses Gesicht und die grüngesprenkelten Augen reichten schon.

3

Nach nur wenigen Stunden Schlaf nahm Vincent Nasco eine frühe Maschine nach Acapulco. Er bezog ein Zimmer in einem riesigen Hotel an der Bucht, einem glitzernden, aber seelenlosen Hochbau, der zur Gänze aus Glas, Beton und Terrazzo bestand. Er zog luftige weiße Baumwollhosen, weiße Leinenschuhe und ein hellblaues Ban-Lon-Hemd an und machte sich auf die Suche nach Dr. Lawton Haines.

Haines machte in Acapulco Ferien. Er war neununddreißig Jahre alt, einen Meter siebenundsiebzig groß, wog zweiundsiebzig Kilo, hatte schwer zu bändigendes dunkelbraunes Haar und sollte angeblich wie Al Pacino aussehen, wenn man davon absah, daß er ein rotes Muttermal von der Größe einer Halb-Dollar-Münze auf der Stirn hatte. Er kam mindestens zweimal im Jahr nach Acapulco, wohnte immer im eleganten Hotel Las Brisas an der Anhöhe östlich der Bucht und speiste zu Mittag mit Vorliebe ausgedehnt in einem Restaurant neben dem Hotel Caleta, das er wegen seiner Margaritas und seinem Ausblick auf die Playa de Caleta bevorzugte.

Zwanzig nach zwölf saß Vince in einem mit bequemen gelb und grün gemusterten Kissen ausgestatteten Rohrstuhl an einem fensterseitigen Tisch jenes Restaurants. Er hatte Haines gleich beim Betreten des Lokals entdeckt. Der Doktor saß an einem anderen Fenstertisch, drei Tische von Vince entfernt und durch eine Topfpalme etwas abgeschirmt. Er befand sich in Gesellschaft einer fantastisch aussehenden Blondine, und sie aßen Garnelen und tranken Margaritas. Sie trug weiße Hosen und ein buntgestreiftes Oberteil, und die Hälfte der Männer im Lokal starrte sie an.

Vince fand, Haines sehe eher wie Dustin Hoffman als wie Al Pacino aus. Er hatte die scharfen Züge Hoffmans, inklusive der Nase, und war im übrigen genau so, wie man ihn beschrieben hatte. Der Typ trug rosafarbene Baumwollhosen, ein hellgelbes Hemd und weiße Sandalen, eine Aufmachung, die nach Vinces Ansicht selbst für diese Breiten etwas extrem war.

Vince nahm Albondigasuppe, Enchiladas aus Meeresfrüchten in Salsa Verde und eine alkoholfreie Margarita zu sich und bezahlte seine Rechnung, als Haines und die Blondine sich zum Gehen anschickten.

Die Blondine fuhr einen roten Porsche. Vince folgte ihnen in einem gemieteten Ford mit zu vielen Meilen auf dem Buckel, der klapperte wie das Schlagzeug einer Mariachi-Kapelle und dessen Fußmatte süßlich nach Schimmel roch.

Am Las Brisas setzte die Blondine Haines am Parkplatz ab, fuhr allerdings erst weiter, nachdem sie wenigstens fünf Minuten neben ihrem Wagen stehend einander im hellen Tageslicht, jeder die Hände am Popo des anderen, geküßt hatten.

Vince war angewidert. Er hatte erwartet, Haines würde mehr Gefühl für Anstand haben. Der Mann war schließlich *Akademiker.* Wenn sich schon gebildete Leute nicht gemäß den überlieferten Verhaltensnormen benahmen, wer dann sollte es tun? Brachte man den Leuten heutzutage auf den Universitäten keine Manieren mehr bei? Kein Wunder, wenn die Welt mit jedem Jahr roher und unflätiger wurde.

Die Blonde fuhr in ihrem Porsche davon, und Haines verließ den Parkplatz in einem weißen Mercedes 560 SL Sportcoupé. Es war bestimmt kein Mietwagen, und Vince fragte sich, wo der Doktor ihn herhatte.

Haines überließ den Wagen vor einem anderen Hotel dem Parkwächter, und Vince tat es ihm gleich. Er folgte dem Doktor durch die Hotelhalle zum Strand, wo es zunächst den Anschein hatte, als stünde ihnen beiden ein ereignisloser Spaziergang am Ufer bevor. Aber Haines ließ sich neben einem fantastisch aussehenden mexikanischen Mädchen in einem Bänder-Bikini nieder. Sie war dunkel, herrlich proportioniert und um fünfzehn Jahre jünger als der Doktor. Sie nahm auf einer Liege ein Sonnenbad und hatte die Augen geschlossen. Haines küßte sie auf den Hals und erschreckte sie damit. Offensichtlich kannte sie ihn, denn sie schlang lachend die Arme um ihn.

Vince ging ein Stück den Strand hinunter, kehrte dann um und setzte sich hinter Haines und dem Mädchen in den Sand. Nur ein sonnenbadendes Paar befand sich zwischen ihm und den beiden. Daß Haines ihn bemerken könnte, befürchtete er nicht. Der Doktor schien nur für auserlesene weibliche Anatomie Augen zu haben. Zudem besaß Vince Nasco trotz seiner Größe die besondere Gabe, eins zu werden mit dem Hintergrund.

Draußen in der Bucht ließ sich ein Tourist, hinter einem Motorboot hoch oben an einem Fallschirm hängend, durch die Lüfte ziehen. Die Sonne fiel gleich einem nicht endenden Regen goldener Dublonen auf den Sand und die See.

Nach zwanzig Minuten küßte Haines das Mädchen auf die Lippen und den Ansatz ihrer Brüste und ging den Weg zurück, den er gekommen war. Das Mädchen rief ihm nach: »Heute abend um sechs!« Und Haines sagte: »Ich werde da sein.«

Nun begannen Haines und Vince mit einer kleinen Vergnügungsfahrt. Zuerst dachte Vince, Haines habe ein bestimmtes Ziel im Sinn, aber nach einer Weile hatte es den Anschein, daß sie einfach ziellos auf der Küstenstraße dahinrollten und die Szenerie genossen. Sie fuhren am Revolcadero Beach vorbei, und es ging weiter, Haines in seinem weißen Mercedes, Vince so weit hinter ihm, wie er das in seinem Ford wagen durfte.

Schließlich erreichten sie einen Aussichtspunkt, wo Haines von der Straße seitlich abschwenkte und neben einem Wagen parkte, dem soeben vier grellbunt gekleidete Touristen entstiegen. Vince parkte ebenfalls und ging zum Schutzgitter am Rand des Steilabbruchs, von wo aus man einen wahrhaft grandiosen Blick auf die Küste und auf die Wellen hatte, die sich mehr als dreißig Meter tief unten donnernd am felsigen Ufer brachen.

Die Touristen in den Papageienhemden und gestreiften Hosen hatten ihrem Entzücken über den Ausblick zur Genüge freien Lauf gelassen, schossen ihre letzten Fotos, entledigten sich ihrer letzten Abfälle und zogen weiter, Vince und Haines allein an der Klippe zurücklassend. Der einzige Verkehr auf der Straße war ein näher kommender schwarzer TransAm. Vince wartete darauf, daß der Wagen vorbeifuhr. Anschließend würde er Haines überraschen.

Aber statt vorbeizufahren, schwenkte der TransAm von der Straße ab und parkte neben Haines' Mercedes. Ein großartig aussehendes, etwa fünfundzwanzigjähriges Mädchen stieg aus. Sie eilte auf Haines zu. Sie sah wie eine Mexikanerin aus, aber mit einem Quentchen chinesischen Blutes, sehr exotisch. Sie trug ein weißes Oberteil und weiße Shorts und hatte die aufregendsten Beine, die Vince je gesehen hatte. Sie und Haines gingen ein Stück am Geländer entlang, bis sie reichliche zehn Meter von Vince entfernt standen, worauf sie in einen Clinch gingen, der Vince die Schamröte ins Gesicht trieb.

Während der nächsten paar Minuten schob Vince sich am Geländer auf sie zu, wobei er sich hier und da gefährlich weit hinausbeugte und den Hals streckte, um die von Gischt gekrönten Wellen anzustarren, die das Wasser fünf Meter hoch in die Luft schleuderten, dabei gelegentlich »Mann, o Mann!« rufend, wenn ein besonders mächtiger Brecher gegen die schroffen Felsvorsprünge prallte. Die ganze Zeit über war er bemüht, den Eindruck zu erwecken, er bewege sich völlig unabsichtlich in ihre Richtung.

Obwohl sie ihm den Rücken zuwandten, trug die Brise Fetzen ihrer Unterhaltung bis zu ihm her. Die Frau schien in Sorge, ihr Mann könnte erfahren, daß Haines in der Stadt sei, und Haines bedrängte sie, sich wegen morgen abend zu entscheiden. Der Bursche war schamlos.

Jetzt war die Straße wieder frei von Verkehr, und Vince entschied, eine bessere Gelegenheit, Haines festzunageln, werde sich ihm kaum mehr bieten. Er legte die letzten paar Schritte, die ihn von dem Mädchen trennten, zurück, packte sie am Genick und am Gürtel ihrer Shorts, hob sie in die Luft und warf sie über das Geländer. Mit einem Schrei stürzte sie hinunter auf die Felsen.

Das Ganze geschah so schnell, daß Haines keine Zeit hatte zu reagieren. Noch während die Frau in der Luft war, wandte Vince sich dem verblüfften Doktor zu und schlug ihm die Faust ins Gesicht, dann ein zweites Mal, spaltete ihm beide Lippen, brach ihm das Nasenbein und schickte ihn ins Land der Träume.

Als Haines umfiel, schlug die Frau unten auf den Klippen auf, und Vince nahm ihr Geschenk selbst aus dieser Entfernung entgegen: *Snnnappp.*

Gern hätte er sich über das Geländer gebeugt, um einen ausgiebigen Blick auf ihren zerschmetterten Leichnam dort unten auf den Felsen zu werfen; aber bedauerlicherweise hatte er keine Zeit zu verlieren. Die Straße würde nicht lange einsam bleiben.

Er schleppte Haines zu seinem Ford zurück und placierte ihn auf den Beifahrersitz, lehnte ihn so gegen die Tür, daß es aussah, als schlafe er friedlich. Er vergewisserte sich, daß der Kopf des Mannes so nach hinten geneigt war, daß das Blut aus der Nase durch die Kehle abfließen konnte.

Vince verließ die Küstenstraße, die für eine so wichtige Straßenverbindung recht kurvig und gelegentlich in ziemlich schlechtem Zustand war, und folgte einer Reihe nicht asphaltierter Straßen, von denen jede folgende enger und holpriger war als die vorangegangene, bog von gekiesten Straßen in Feldwege ab und drang so immer tiefer in den Regenwald ein, bis er schließlich an einer grünen Wand aus riesigen Bäumen und üppigem Buschwerk zum Halten kam. Zweimal während der Fahrt hatte Haines sich angeschickt, wieder zu Bewußtsein zu kommen; aber Vince hatte den Doktor jedesmal zum Schweigen gebracht, indem er seinen Kopf gegen das Armaturenbrett schmetterte.

Jetzt zerrte er den bewußtlosen Mann aus dem Ford durch eine Lücke im Gebüsch hinein unter die Bäume, bis er eine schattige Lichtung fand, deren Boden von haarigem Moos bedeckt war. Die kreischenden, trillernden Vögel verstummten; unbekannte Tiere mit eigenartigen Stimmen entfernten sich durchs Unterholz. Große Insekten, darunter ein Käfer, fast so groß wie Vinces Hand, huschten davon, Echsen liefen die Baumstämme hinauf.

Vince kehrte zum Ford zurück, wo im Kofferraum einiges lag, was für ein Verhör nötig war: ein Päckchen mit Injektionsspritzen und zwei Ampullen Natrium-Pentothal; ein mit Bleikugeln beschwerter lederner Totschläger; ein an die Hände anzuschließendes Elektrisiergerät, Taser genannt, das wie die Fernbedienung eines Fernsehers aussah. Schließlich noch ein Korkenzieher mit Holzgriff.

Lawton Haines war noch immer bewußtlos, als Vince auf die Lichtung zurückkehrte. Sein Atem rasselte durch die eingeschlagene Nase.

Haines sollte seit vierundzwanzig Stunden tot sein. Die Leute, die Vince gestern für drei Jobs engagiert hatten, hatten einen seiner Berufskollegen einsetzen wollen, der in Acapulco lebte und in ganz Mexiko operierte. Aber der Typ war gestern früh gestorben, weil ein langerwartetes Luftpostpäckchen von Fortnum & Mason in London überraschenderweise anstatt eines Sortiments von Gelees und Konftüren zwei Pfund Plastiksprengstoff enthalten hatte. In ihrer Not hatte die Organisation in Los Angeles Vince den Auftrag gegeben, obwohl ihn das gefährlich an die Grenze der Überarbeitung brachte. Es war für ihn die große Chance, denn er war überzeugt, daß auch *dieser* Doktor mit Banodyne Laboratories in Verbindung stand und ihm daher weitere Einzelheiten über das Francis-Projekt würde liefern können.

Jetzt erforschte Vince den Regenwald rings um die Lichtungen, wo Haines lag, und fand einen umgestürzten Baum, von dem er ein loses, leicht gebogenes Stück Borke nehmen konnte, das sich als Schöpfer eignen würde. Er fand einen von Algen durchzogenen kleinen Wasserlauf und schöpfte fast einen Liter Wasser in das Behelfsgefäß. Das Zeug sah faulig aus und wimmelte wahrscheinlich von allen möglichen exotischen Bakterien. Aber zu diesem Zeitpunkt war die Gefahr, Haines könnte sich irgendeine Krankheit zuziehen, für diesen bereits ohne Belang.

Vince schüttete Haines den ersten Schöpfer Wasser ins Gesicht. Eine Minute darauf kam er mit einem zweiten, den er den Doktor auszutrinken zwang. Nach viel Prusten, Würgen und nachdem er sich übergeben mußte, hatte Haines endlich einen genügend klaren Kopf, um zu verstehen, was man zu ihm sagte, und darauf auch verständlich zu antworten.

Vince zeigte Haines der Reihe nach den Totschläger, den Taser und den Korkenzieher und erklärte, wie er die einzelnen Geräte einsetzen würde, falls Haines unkooperativ sein sollte. Der Doktor — Gehirnphysiologe nach eigener Aussage — ließ keinen Zweifel offen, daß seine Intelligenz stärker ausgeprägt war als sein Patriotismus, und enthüllte eifrig jedes Detail des streng geheimen Militärprojekts, an dem er bei Banodyne arbeitete.

Als Haines schwor, daß es jetzt nichts mehr zu sagen gäbe, bereitete Vince das Natrium-Pentothal vor. Als er die Injektionsspritze aufzog, sagte er im Gesprächston: »Doktor, wie ist das eigentlich mit Ihnen und den Frauen?«

Haines, der mit den Armen am Körper im Moos lag, genau so, wie Vince es ihm befohlen hatte, schaffte es nicht, sich auf den plötzlichen Themawechsel einzustellen. In Verwirrung kamen seine Lider in rasche Bewegung.

»Ich verfolge Sie jetzt seit dem Mittagessen und weiß, daß Sie in Acapulco drei davon an der Leine haben …«

»Vier«, sagte Haines, und trotz des Schreckens, der ihm im Magen saß, kam dabei ein Hauch von Stolz zum Vorschein.

»Dieser Mercedes, den ich fahre, gehört Giselle, der süßesten Kleinen ...«

»Sie benutzen den Wagen einer Frau, um sie mit drei anderen zu betrügen?«

Haines nickte, versuchte ein Lächeln, zuckte aber zusammen, als neue Schmerzwellen durch seine eingedroschene Nase jagten. »Das war immer ... meine Methode bei den Ladys.«

»Um Himmels willen!« Vince war erschüttert. »Ist Ihnen nicht klar, daß wir nicht mehr die sechziger oder siebziger Jahre haben? Die freie Liebe ist tot. Die hat jetzt einen hohen Preis, einen sehr hohen. Haben Sie noch nichts von Herpes oder AIDS und all dem Zeug gehört?« Während er ihm die Spritze mit dem Pentothal verabreichte, sagte er: »Sie haben bestimmt jede Geschlechtskrankheit, die der Mensch kennt.«

Heines blinzelte ihn blöde an, wirkte zuerst verblüfft und sank dann in tiefen Pentothalschlaf. Unter dem Einfluß der Droge bestätigte er Vince alles, was er ihm bereits über Banodyne und das Francis-Projekt gesagt hatte.

Als die Wirkung des Mittels nachließ, schloß Vince den Taser an, nur so, zum Spaß, bis die Batterien verbraucht waren. Der Wissenschaftler zuckte und schlug aus wie ein halbzerdrückter Wasserkäfer und wühlte Absätze, Kopf und Hände tief ins Moos.

Als der Taser nicht mehr zu gebrauchen war, schlug Vince Haines mit dem Totschläger bewußtlos und tötete ihn dann, indem er den Korkenzieher zwischen zwei Rippen ansetzte und schräg in das schlagende Herz bohrte.

Ssssnappp.

Grabesstille hing über dem Regenwald, und doch fühlte Vince, wie tausend Augen ihn beobachteten, die Augen wilder Geschöpfe. Und er glaubte, daß die verborgenen Beobachter billigten, was er Haines angetan hatte, weil die Art und Weise, wie der Wissenschaftler lebte, ihn zu einer Beleidigung für die natürliche Ordnung der Dinge machten — jener natürlichen Ordnung, der alle Geschöpfe des Dschungels gehorchten.

Er sagte »Danke!« zu Haines, küßte den Mann aber nicht, weder auf den Mund noch auf die Stirn. Haines' Lebensenergie war ebenso belebend und willkommen wie die irgendeines anderen Opfers, aber sein Körper und sein Geist waren unrein.

4

Nora ging vom Park auf dem kürzesten Wege nach Hause. Die Abenteuerstimmung und das Gefühl der Freiheit, die den Morgen und den frühen Nachmittag in bunte Farben getaucht hatten, ließen sich nicht wieder einfangen. Streck hatte den Tag beschmutzt.

Nachdem sie die Haustür hinter sich zugemacht hatte, versperrte sie das gewöhnliche Schloß, schob den Riegel vor und hängte die Sicherheitskette ein. Dann ging sie durch die Zimmer im Erdgeschoß und zog an sämtlichen Fenstern die Gardinen zu, damit Arthur Streck, falls er kommen und um das Haus streichen sollte, nicht hereinsehen könne. Aber die Dunkelheit, die dadurch entstand, war ihr unerträglich, deshalb schaltete sie in jedem Zimmer jede Lampe ein. In der Küche ließ sie die Jalousien herunter und überprüfte auch das Schloß an der hinteren Tür.

Ihre Begegnung mit Streck hatte sie nicht nur in Schrecken versetzt, sondern in ihr auch das Gefühl hinterlassen, schmutzig zu sein. Sie wünschte sich jetzt mehr als alles andere eine lange, heiße Dusche.

Aber ihre Beine waren plötzlich zitterig und schwach, und ein Schwindelanfall überkam sie. Sie mußte sich am Küchentisch festhalten, um nicht das Gleichgewicht zu verlieren. Wenn sie jetzt versuchte, die Treppe ins Obergeschoß hinaufzugehen, würde sie fallen, das wußte sie; also setzte sie sich, verschränkte die Arme auf dem Tisch, legte den Kopf darauf und wartete, bis sie sich besser fühlte.

Als der ärgste Schwindel vorüber war, erinnerte sie sich an die Flasche Cognac in der Anrichte neben dem Kühlschrank und fand, daß ein Schluck davon ihr jetzt guttun würde. Sie hatte den Cognac, einen Rémy Martin, gekauft, nachdem Violet gestorben war, weil Violet keinerlei alkoholische Getränke duldete, die stärker waren als leicht vergorener Apfelmost. In einem Akt des Aufbegehrens hatte Nora sich ein Glas Cognac eingeschenkt, als sie vom Begräbnis ihrer Tante nach Hause kam. Sie hatte kein Vergnügen daran gehabt und den größten Teil davon in den Ausguß geschüttet. Aber jetzt schien es, als würde ein Schluck ihr helfen, das Zittern loszuwerden.

Zuerst ging sie an den Ausguß und wusch sich die Hände, so heiß sie es ertragen konnte, zuerst mit Seife, dann mit Ivory-Spülmittel, um jede Spur von Streck wegzuschrubben. Als sie fertig war, waren ihre Hände rot und wundgerieben.

Sie nahm die Cognacflasche und ein Glas mit zum Tisch. Sie hatte Romane gelesen, in denen sich die Akteure mit einer Flasche Schnaps und ihrer Verzweiflung hinsetzten, fest entschlossen, erstere zu benutzen, um letztere wegzuspülen. Für die Romanfiguren funktionierte das manchmal, also würde es vielleicht auch bei ihr funktionieren. Wenn Cognac ihren Gemütszustand bloß um einen Hauch verbesserte, war sie bereit, die ganze verdammte Flasche auszutrinken.

Aber zur Säuferin war sie nicht geboren. Sie verbrachte die nächsten zwei Stunden damit, an einem einzigen Glas Remy Martin zu nippen.

Wenn sie versuchte, ihre Gedanken von Streck abzuwenden, plagten sie gnadenlos die Erinnerungen an Tante Violet, und wenn sie versuchte, nicht an Violet zu denken, führte sie das gleich wieder zu Streck. Wenn sie sich zwang, *beide* aus ihrem Bewußtsein zu verdrängen, dachte sie an Travis Cornell, den Mann im Park, und sich mit ihm zu befassen, verschaffte ihr auch keine innere Ruhe. Er hatte nett auf sie gewirkt, sanft, höflich, besorgt, und er hatte es zuwege gebracht, daß Streck sie in Ruhe ließ. Aber wahrscheinlich war er genauso schlimm wie Streck. Ließ man ihm auch nur die geringste Chance, Cornell würde sie ebenso zu nutzen versuchen wie Streck. Tante Violet war ein Tyrann gewesen, krank und verdreht, aber mehr und mehr schien es, daß sie bezüglich der Gefahren des Umgangs mit anderen Leuten recht gehabt hatte.

Aber der *Hund*. Das war eine andere Geschichte. Vor dem Hund hatte sie sich nicht gefürchtet; auch nicht, als er auf sie zugerannt kam und wie wild bellte. Irgendwie hatte sie gewußt, daß der Retriever — ›Einstein‹ hatte sein Herrchen ihn gerufen — nicht sie anbellte, sondern daß sein Zorn vielmehr Streck galt. Indem sie sich an Einstein klammerte, hatte sie sich sicher gefühlt, beschützt, obwohl Strecks Gestalt immer noch drohend neben ihr aufragte.

Vielleicht sollte sie sich ebenfalls einen Hund anschaffen. Violet hatte die bloße Vorstellung von Haustieren abscheulich gefunden. Aber Violet war tot, für immer tot, und es gab nichts, was Nora daran hindern konnte, einen eigenen Hund zu haben.

Nur …

Nun, sie hatte die seltsame Vorstellung, kein Hund außer Einstein würde ihr das tiefe Gefühl von Sicherheit geben. Zwischen ihr und dem Retriever hatte sofort Einverständnis geherrscht.

Es war natürlich möglich, daß sie dem Hund, weil er sie vor Streck gerettet hatte, Eigenschaften zuschrieb, die er gar nicht besaß. Es lag nahe, daß sie ihn als ihren Retter, ihren tapferen Beschützer ansah. Aber sosehr sie sich auszureden versuchte, daß Einstein nur ein ganz gewöhnlicher Hund sei wie jeder andere, hatte sie doch das Gefühl, er sei etwas Besonderes, und war überzeugt, kein anderer Hund würde ihr das Maß an Schutz und Gesellschaft bieten.

Das Glas Rémy Martin, im Laufe zweier Stunden geleert, und die Gedanken an Einstein halfen tatsächlich, ihre Stimmung zu heben. Und was noch wichtiger war: Der Cognac und die Erinnerung an den Hund verhalfen ihr zu soviel Mut, daß sie ans Telefon in der Küche ging, um Travis Cornell anzurufen und ihm anzubieten, seinen Retriever zu kaufen. Schließlich hatte er gesagt, er besitze den Hund erst seit einem Tag. Er konnte sich also noch nicht besonders zu ihm hingezogen fühlen. Vielleicht verkaufte er ihn, wenn ihm der Preis zusagte. Sie blätterte im Telefonbuch, fand Cornells Nummer und wählte sie.

Er meldete sich beim zweiten Klingeln: »Hallo?«

Als sie seine Stimme hörte, wurde ihr klar, daß jeder Versuch, ihm den Hund abzukaufen, ihm einen Hebel verschaffte, sich in ihr Leben zu drängen.

»Hallo?« wiederholte er.

Nora zögerte.

»Hallo? Ist da jemand?«

Sie legte auf, ohne ein Wort zu sagen.

Bevor sie mit Cornell über den Hund sprach, mußte sie sich eine Vorgangsweise überlegen, bei der er nicht auf den Gedanken kam, einen Annäherungsversuch zu machen, für den Fall, daß er tatsächlich so geartet war wie Streck.

5

Als ein paar Minuten vor fünf das Telefon klingelte, war Travis gerade damit beschäftigt, eine Dose Alpo in Einsteins Schüssel zu leeren. Der Retriever beobachtete ihn interessiert, leckte sich die Lefzen, wartete aber; bis die letzten Reste aus der Dose gekratzt waren, um zu zeigen, wie sehr er Zurückhaltung zu üben verstand.

Travis ging ans Telefon, und Einstein machte sich über sein Fressen her. Als sich am anderen Ende niemand meldete, sagte Travis noch einmal Hallo, und der Hund blickte von seiner Schüssel auf. Als Travis noch immer keine Antwort bekam, fragte er, ob jemand in der Leitung sei, was Einstein offensichtlich neugierig machte, denn er trottete durch die Küche und blickte zum Hörer auf, den Travis in der Hand hielt.

Travis legte auf und drehte sich um. Aber Einstein blieb stehen und starrte das an der Wand befestigte Telefon an.

»Wahrscheinlich die falsche Nummer.«

Einstein schaute zuerst ihn, dann wieder das Telefon an.

»Oder Kinder, die sich einen Spaß machen wollten.«

Einstein winselte unglücklich.

»Was ist dir über die Leber gelaufen?«

Einstein stand beim Telefon wie angewurzelt.

Seufzend meinte Travis: »Nun, die Überraschungen, die ich erlebt habe, reichen mir für einen Tag. Wenn du weiter rätselhaft sein willst, dann ohne mich.«

Er wollte sich die Nachrichten ansehen, bevor er das Abendessen bereitete, also holte er ein Diät-Pepsi aus dem Kühlschrank, ging ins Wohnzimmer und ließ den Hund allein zurück, der immer noch vom Telefon fasziniert zu sein schien. Er schaltete den Fernseher ein, setzte sich in den großen Lehnsessel, riß den Verschluß seiner Pepsi-Dose auf und hörte, wie Einstein in der Küche irgendwelches Unheil anrichtete.

»Was machst du denn dort drüben?«

Ein Klirren, ein Klappern. Das Geräusch von Krallen, die an etwas Hartem scharrten. Ein dumpfer Knall, dann noch einer.

»Was du auch anrichtest«, warnte Travis, »du wirst dafür bezahlen müssen. Und wie willst du das Geld verdienen? Vielleicht schick' ich dich nach Alaska, dort kannst du dann als Schlittenhund arbeiten.«

In der Küche wurde es still. Aber nur einen Augenblick lang. Dann neuerlich ein paar dumpfe Geräusche, ein Klappern, ein Rascheln und wieder das Scharren von Krallen.

Travis war jetzt gegen seinen Willen neugierig geworden. Er schaltete mit der Fernbedienung den Ton des Fernsehers aus.

Etwas fiel mit einem Knall auf den Küchenboden.

Travis wollte gerade nachsehen, was passiert sei, aber bevor er sich vom Stuhl erhob, tauchte Einstein auf. Der Hund trug das Telefonbuch im Maul. Er mußte ein paarmal an der Küchentheke hochgesprungen sein, wo das Buch lag, mußte mit den Pfoten daran gekratzt haben, bis er es schließlich heruntergeholt hatte. Jetzt trottete er quer durch das Wohnzimmer und ließ das Buch vor dem Lehnsessel fallen.

»Was willst du denn?« fragte Travis.

Der Hund stieß das Telefonbuch mit der Schnauze an und schaute Travis dann erwartungsvoll an.

»Du willst, daß ich jemanden anrufe?«

»Wuff.«

»Wen?«

Wieder stieß Einstein das Telefonbuch an.

Travis sagte: »Also, wen soll ich anrufen? Lassie, Rin Tin Tin, Pluto?«

Der Retriever starrte ihn mit seinen dunklen, gar nicht hundegemäßen Augen an, die jetzt ausdrucksvoller waren denn je, was aber nicht ausreichte, das mitzuteilen, was das Tier mitteilen wollte.

»Hör zu, mag ja sein, daß du meine Gedanken lesen kannst«, sagte Travis, »aber ich nicht die deinen.«

Enttäuscht winselnd trottete der Retriever hinaus und verschwand um die Ecke in den kurzen Flur, der zum Bad und den beiden Schlafzimmern führte.

Travis überlegte, ob er ihm folgen sollte, beschloß dann aber, abzuwarten, was als nächstes geschehen würde.

In weniger als einer Minute kehrte Einstein zurück. Er trug eine goldgerahmte Fotografie im Format 18 x 24 im Maul. Er ließ sie neben dem Telefonbuch fallen. Es war das Bild Paulas, das Travis auf seinem Nachttisch stehen hatte. Es war an ihrem Hochzeitstag aufgenommen worden, zehn Monate vor ihrem Tod. Sie sah sehr schön aus auf dem Bild — und trügerisch gesund.

»Geht nicht, Junge. Die Toten kann man nicht anrufen.«

Einstein schnaubte, als wolle er sagen, Travis sei schwer von Begriff. Er ging zu einem Zeitungsständer in der Ecke, stieß ihn um, so daß alle Zeitschriften herunterfielen, und kam mit einer Ausgabe von *Times* zurück, die er neben das gerahmte Foto fallen ließ. Mit den Vorderpfoten scharrte er an dem Magazin, bis er es offen hatte, und blätterte dann darin herum, wobei ein paar Seiten in Fetzen gingen.

Travis beugte sich in seinem Sessel nach vorn und sah interessiert zu.

Einstein hielt einige Male inne, um die aufgeschlagenen Seiten des Magazins zu studieren, und blätterte dann weiter. Schließlich kam er zu einer Automobilanzeige, die im Vordergrund ein attraktives brünettes Mädchen zeigte. Er blickte zu Travis auf, dann hinunter auf die Anzeige, blickte wieder zu Travis auf und wuffte.

»Das versteh' ich nicht.«

Einstein machte sich erneut über das Magazin her und fand schließlich eine Anzeige mit einer lächelnden Blondine und einer Zigarette. Er schnaubte Travis an.

»Autos und Zigaretten? Du möchtest, daß ich dir einen Wagen kaufe und ein Päckchen Virginia Slims?«

Wieder trottete Einstein zu dem Zeitungsständer und kehrte mit einem Immobilien-Anzeigenblatt zurück, das die Post immer noch jeden Monat brachte, obwohl Travis bereits vor zwei Jahren aus dem Geschäft ausgestiegen war. Jetzt machte sich der Hund darüber her, bis er eine Anzeige fand, die eine hübsche brünette Immobilienmaklerin in einer Century-21-Jacke zeigte.

Travis musterte Paulas Foto, dann die Blondine mit der Zigarette, schließlich die Century-21-Maklerin und erinnerte sich an die andere Anzeige mit der Brünetten und dem Auto und sagte: »Eine Frau? Du möchtest, daß ich ... eine Frau ... anrufe?«

Einstein bellte.

»Wen?«

Einstein griff mit den Zähnen sachte nach Travis' Handgelenk und versuchte ihn aus dem Sessel hochzuziehen.

»Okay, okay, laß los. Ich komm' ja schon.«

Aber Einstein ging kein Risiko ein. Er ließ Travis' Handgelenk nicht los und zwang ihn, halbgebückt durch Wohnzimmer und Eßzimmer in die Küche zu gehen, zum Telefon. Dort ließ er Travis schließlich los.

»Wen?« fragte Travis erneut. Aber plötzlich begriff er. Es gab nur eine einzige Frau, deren Bekanntschaft er und der Hund gemacht hatten. »Doch nicht die Dame, die wir heute im Park kennengelernt haben?«

Einstein begann mit dem Schweif zu wedeln.

»Und du meinst, die hat uns gerade angerufen?«

Der Schweif wedelte schneller.

»Wie willst du wissen, wer es war? Sie hat kein Wort gesagt. Und außerdem — was hast du eigentlich vor? Willst du uns verkuppeln?«

Der Hund wuffte zweimal.

»Nun, hübsch war sie, aber nicht mein Typ, mein Bester. Ein bißchen sonderlich, fandest du nicht auch?«

Einstein bellte ihn an, rannte zur Küchentür und sprang zweimal an ihr hoch, drehte sich zu Travis um und bellte wieder, rannte um den Tisch herum, bellte dabei die ganze Zeit, hastete zur Tür, sprang sie wieder an, und mit der Zeit wurde offenkundig, daß ihn irgend etwas in höchstem Grade beunruhigte.

Etwas, das mit der Frau zu tun hatte.

Sie hatte am Nachmittag im Park irgendwie Schwierigkeiten gehabt. Travis erinnerte sich an den widerwärtigen Burschen in Turnhosen. Er hatte der Frau seine Hilfe angeboten, und sie hatte abgelehnt. Dann hatte sie es sich anders überlegt und ihn vor ein paar Minuten angerufen, nur um festzustellen, daß sie nicht die Courage hatte, ihm ihr Leid zu klagen?

»Und du meinst wirklich, daß sie es ist, die angerufen hat?«

Der Schweif fing wieder zu wedeln an.

»Nun ... selbst wenn sie es war, ist es wahrscheinlich nicht klug, sich da in etwas hineinziehen zu lassen.«

Der Retriever sprang ihn an, packte sein rechtes Hosenbein und zerrte wie wild an dem Jeansstoff, so daß Travis fast das Gleichgewicht verlor.

»Schon gut, ist ja schon gut! Ich tu's ja. Bring mir das verdammte Telefonbuch.«

Einstein ließ los und rannte aus der Küche, so schnell, daß er auf dem glatten Linoleum ins Rutschen kam. Im nächsten

Augenblick kehrte er mit dem Telefonbuch zwischen den Zähnen zurück.

Erst als Travis das Buch in Empfang nahm, wurde ihm klar, daß er vom Hund erwartet hatte, er werde verstehen, was er ihm auftrug. Die außergewöhnliche Intelligenz und die Fähigkeiten des Tieres nahm Travis jetzt schon als selbstverständlich hin.

Und dann wurde ihm blitzartig klar, daß der Hund ihm das Telefonbuch nicht ins Wohnzimmer gebracht hätte, wenn er nicht verstünde, welchen Zweck ein solches Buch hatte.

»Mein Gott, Pelzgesicht, dein Name paßt *wirklich* zu dir, oder nicht?«

6

Obwohl Nora gewöhnlich nie vor sieben zu Abend aß, war sie hungrig. Der Spaziergang am Vormittag und das Glas Cognac hatten ihr solchen Appetit gemacht, daß nicht einmal der Gedanke an Streck ihn verderben konnte. Ihr war nicht nach Kochen zumute, also legte sie sich frisches Obst, etwas Käse sowie ein im Backofen aufgewärmtes Croissant auf einen Teller.

Gewöhnlich aß Nora in ihrem Zimmer zu Abend, im Bett, mit einer Zeitschrift oder einem Buch, weil sie sich dort am wohlsten fühlte. Als sie den Teller hinauftragen wollte, klingelte das Telefon.

Streck.

Er mußte es sein. Wer sonst? Sie bekam wenig Anrufe. Sie erstarrte, lauschte auf das Klingeln. Auch nachdem es aufgehört hatte, lehnte sie, von einem Schwächegefühl erfaßt, an der Küchentheke, und wartete, daß es wieder anfinge.

7

Als Nora Devon sich nicht am Telefon meldete, wollte Travis sich den Abendnachrichten im Fernsehen wieder zuwenden. Aber Einstein gab noch immer keine Ruhe. Der Retriever sprang an der Küchentheke hoch, krallte wieder nach dem Telefonbuch, riß es erneut zu Boden, nahm es ins Maul und rannte damit aus der Küche.

Neugierig, was der Hund als nächstes tun würde, folgte Travis ihm und fand ihn, immer noch mit dem Telefonbuch im Maul, an der Haustür wartend.

»Was nun?«

Einstein legte eine Pfote auf die Tür.

»Du willst hinaus?«

Der Hund winselte. Das Telefonbuch, das er im Maul hielt, dämpfte den Ton.

»Was willst du dort draußen mit dem Telefonbuch? Es wohl vergraben wie einen Knochen? Was ist los?«

Obwohl er auf keine seiner Fragen Antwort erhielt, öffnete Travis die Tür und ließ den Retriever hinaus ins goldene Licht der Spätnachmittagssonne. Einstein hetzte geradenwegs zum Pick-up, der in der Einfahrt stand. Er blieb an der Beifahrertür stehen und sah sich mit einem Ausdruck um, den man als Ungeduld deuten könnte.

Travis ging zum Wagen und blickte zum Retriever hinunter. Er seufzte. »Ich habe den Verdacht, du möchtest irgendwohin, und ich habe außerdem den Verdacht, du denkst dabei nicht ans Büro der Telefongesellschaft.«

Einstein ließ das Telefonbuch fallen, richtete sich auf, legte die Vorderpfote gegen die Wagentür und sah Travis über die Schulter an. Er bellte.

»Du möchtest, daß ich Miss Devons Adresse heraussuche und hinfahre. Ist es das?«

Ein Wuff.

»Tut mir leid«, sagte Travis. »Ich weiß, sie hat dir gefallen, aber ich bin wirklich nicht auf der Suche nach einer Frau. Außerdem ist sie nicht mein Typ. Das hab' ich dir bereits gesagt. Und ich bin auch nicht ihr Typ. Tatsächlich habe ich das Gefühl, daß *niemand* ihr Typ ist.«

Der Hund bellte.

»Nein.«

Der Hund ließ sich wieder auf alle viere fallen, rannte zu Travis und packte wieder eins der Hosenbeine seiner Jeans.

»Nein«, sagte Travis, griff hinunter und packte Einstein am Halsband. »Es hat keinen Sinn, wenn du meine Hosen zerfetzt. Ich werde nicht fahren.«

Einstein ließ los, entwand sich seinem Griff und rannte zu dem langen Beet mit blühenden Vergißmeinnicht, wo er wütend zu graben anfing und dabei zerfetzte Blumen hinter sich auf den Rasen schleuderte.

»Was soll das denn jetzt, um Gottes willen?«

Der Hund fuhr fort, eifrig zu graben, arbeitete sich durch das Beet, vor und zurück, offenbar darauf erpicht, es völlig zu zerstören.

»He, hör auf damit!« Travis wollte den Hund einfangen. Einstein floh ans andere Ende des Vorgartens und fing dort an, ein Loch in den Rasen zu graben.

Travis rannte ihm nach.

Einstein entkam in eine andere Ecke des Rasens, wo er wieder Gras auszureißen begann, dann ging's zum Vogelbad, das er zu unterminieren suchte, schließlich zurück zu den Vergißmeinnicht. Außerstande, den Retriever zu fangen, blieb Travis schließlich nach Atem ringend stehen und schrie: »Genug!«

Einstein hörte auf zu graben und hob den Kopf. Vergißmeinnichtreste hingen ihm aus dem Maul.

»Wir fahren«, sagte Travis.

Einstein ließ die Blumen fallen, verließ das ruinierte Beet und kam auf den Rasen — blieb aber äußerst wachsam.

»Keine Tricks«, versprach Travis. »Wenn es dir so viel bedeutet, dann werden wir die Frau aufsuchen. Wenn ich nur wüßte, was ich ihr sagen werde.«

8

Den Teller mit ihrem Abendessen in der einen Hand, eine Flasche Evian in der anderen, ging Nora durch den Flur im Erdgeschoß. Daß in allen Zimmern Licht brannte, empfand sie als beruhigend. Im Obergeschoß angelangt, drückte sie mit dem Ellbogen den Schalter für die Korridorbeleuchtung. Sie würde nächstens eine Menge Glühbirnen bestellen, weil sie vorhatte, in Zukunft Tag und Nacht alle Lichter brennen zu lassen. Diese Kosten nahm sie gern auf sich.

Immer noch vom Cognac in Stimmung gehalten, begann sie leise zu singen, während sie ihrem Zimmer zustrebte: »Moon River, wider than a mile ...«

Sie trat durch die Tür. Streck lag auf dem Bett.

Er grinste und sagte: »Tag, Baby.«

Einen Augenblick lang hielt sie es für eine Halluzination. Aber als er sprach, wußte sie, daß es Wirklichkeit war. Sie schrie auf, der Teller entfiel ihrer Hand, so daß Obst und Käse sich auf den Boden verstreuten.

»Ach, du meine Güte, was du anrichtest«, sagte er, setzte sich auf und schwang die Beine über den Bettrand. Er trug immer noch seine Turnhosen, Socken und Laufschuhe. Nichts sonst. »Aber du brauchst das jetzt nicht sauberzumachen. Zuerst ist da anderes zu erledigen. Ich warte schon die längste Zeit, daß du raufkommst. Dabei hab' ich an dich gedacht ... mich auf dich eingestimmt ...« Er stand vor ihr. »Und jetzt ist Zeit, dir beizubringen, was du nie gelernt hast.«

Nora war unfähig, sich zu bewegen. Unfähig zu atmen.

Er mußte direkt vom Park zu ihrem Haus gegangen, mußte vor ihr eingetroffen sein. Er hatte sich gewaltsam Zugang verschafft und keine Spur eines Einbruchs hinterlassen, hatte die ganze Zeit, während sie in der Küche Cognac trank, hier auf dem Bett auf sie gewartet. Daß er hier oben *wartete*, war noch unheimlicher als alles, was er bislang getan hatte — er hatte gewartet, sich am Vorgefühl des Kommenden aufgegeilt, seinen Nervenkitzel daran gehabt, sie unten herumhantieren zu hören, ohne daß sie von seiner Anwesenheit wußte.

Ob er sie töten würde, wenn er mit ihr fertig war?

Sie drehte sich um und rannte hinaus auf den Korridor. Als sie an der Treppe die Hand auf das Geländer legte und hinunterlaufen wollte, hörte sie Streck hinter sich.

Sie hetzte die Treppe hinunter, nahm zwei oder drei Stufen auf einmal, in panischer Angst, sie könnte sich den Knöchel verstauchen und stürzen. Am Treppenabsatz versagte beinahe das Knie ihr den Dienst, sie stolperte, rannte aber weiter, *sprang* die letzten Stufen ins Erdgeschoß.

Dann packte Streck sie von hinten, riß sie an der Schulterpartie ihres Kleides herum, so daß sie ihn ansehen mußte.

9

Als Travis vor dem Haus Nora Devons an den Randstein heranfuhr, stand Einstein auf dem Vordersitz, die beiden Vorderpfoten auf dem Türgriff, drückte mit seinem ganzen Gewicht hinunter und öffnete die Tür. Wieder so ein Trick. Er sprang aus dem Wagen, preschte den Zugang hinauf, noch ehe Travis die Handbremse gezogen und den Motor abgeschaltet hatte.

Sekunden später erreichte Travis die Treppe zur Veranda, gerade rechtzeitig, um festzustellen, daß sich der Retriever unterm Vordach des Eingangs auf die Hinterbeine erhoben hatte und mit einer Vorderpfote die Klingel betätigte. Man konnte es drinnen läuten hören.

Travis stieg die Stufen hinauf und sagte: »Was, zum Teufel, ist jetzt in dich gefahren?«

Der Hund klingelte erneut.

»Gib ihr doch eine Chance ...«

Als Einstein das dritte Mal den Klingelknopf drückte, hörte Travis einen Mann aus Wut und Schmerz schreien. Dann den Hilferuf einer Frau.

Mit einem ebenso wütenden Bellen wie gestern im Wald scharrte Einstein an der Tür, als glaubte er wirklich, er könnte sich auf die Weise Zugang verschaffen.

Travis preßte das Gesicht an die Tür und spähte durch ein klares Feld im Mosaikfenster. Der Korridor war hell erleuchtet, und er konnte zwei Leute sehen, die nur ein paar Meter von ihm entfernt miteinander rangen.

Einstein bellte, knurrte, drehte langsam durch.

Travis versuchte, die Tür zu öffnen, fand sie versperrt. Er schlug mit dem Ellbogen ein paar der Farbglasscheiben ein, griff hinein, tastete nach dem Schloß, fand es und auch die Sicherheitskette und stand im Flur, als der Kerl in Turnhosen die Frau beiseite stieß und sich zu ihm herumdrehte.

Einstein gab Travis keine Chance zu handeln. Der Retriever jagte durch den Korridor geradenwegs auf den Mann zu.

Der Bursche reagierte so, wie jeder reagiert, wenn ihm ein Hund von der Größe Einsteins anging: Er rannte. Die Frau versuchte ihm ein Bein zu stellen, er stolperte, fiel aber nicht. Am Ende des Korridors stieß er eine Schwingtür auf und verschwand.

Einstein raste an Nora Devon vorbei, erreichte im vollen Lauf die immer noch hin und her schwingende Tür, hatte den Zeitpunkt genau berechnet, denn er schoß durch die Öffnung, als die Tür eben nach innen schwang. Im Raum dahinter — der Küche, nahm Travis an — war Bellen, Knurren und Schreien zu hören. Etwas fiel krachend zu Boden, dann folgte ein noch lauterer Krach. Der Mann fluchte, Einstein gab ein bösartiges Geräusch von sich, daß es Travis eisig über den Rücken lief, und der Lärm wurde noch schlimmer.

Er ging zu Nora Devon. Sie lehnte am Treppengeländer. »Sind Sie okay?« fragte er.

»Er hätte fast ... fast ...«

»Aber er hat nicht«, vermutete Travis.

»Nein.«

Er berührte das Blut an ihrem Kinn. »Sie sind verletzt.«

»Sein Blut«, sagte sie, als sie es an Travis' Fingerspitzen sah. »Ich habe den Dreckskerl gebissen.« Sie schaute zur Pendeltür, die jetzt zur Ruhe gekommen war. »Lassen Sie nicht zu, daß er dem Hund weh tut.«

»Höchst unwahrscheinlich«, sagte Travis.

Der Lärm ließ nach, als Travis die Schwingtür aufstieß. Zwei Stühle waren umgefallen. Eine große, blaugeblumte Keramikkeksdose lag in Scherben auf dem Fliesenboden, Hafermehlplätzchen waren im Raum verteilt, einige ganz, einige zerbrochen, einige zerdrückt. Der Mann saß in einer Ecke, die nackten Beine angewinkelt, die Hände schützend vor der Brust gekreuzt. Einer der Schuhe des Mannes fehlte, Travis vermutete, daß der Hund ihn an sich gebracht hatte. Die rechte Hand des Mannes blutete, anscheinend Nora Devons Werk. Außerdem blutete er an der linken Wade; bei dieser Wunde schien es sich um einen Hundebiß zu handeln. Einstein bewachte ihn, außer Reichweite eines Tritts, aber bereit, sofort zuzuschnappen, falls der Bursche so unvernünftig sein sollte, seinen Platz zu verlassen.

»Saubere Arbeit«, sagte Travis, zum Hund gewendet. »Wirklich, sehr saubere Arbeit.«

Einstein gab einen winselnden Ton von sich, der andeutete, daß er das Lob akzeptierte. Als Streck aber eine Bewegung machte, ging das zufriedene Winseln sofort in ein Knurren über. Einstein schnappte nach dem Mann, der in seine Ecke zurückwich.

»Sie sind erledigt«, sagte Travis zu ihm.

»Er hat mich gebissen! *Beide* haben mich gebissen.« Beleidigte Wut. Erstaunen. Unglauben. »Mich *gebissen.*«

Wie viele Schläger, die ihr ganzes Leben lang andere drangsaliert hatten, erschütterte diesen Mann die Entdeckung, daß man auch ihm weh tun, ihn schlagen konnte. Die Erfahrung hatte ihn gelehrt, daß die Leute immer klein beigaben, wenn man sie genügend terrorisierte und vor ihnen den bösen Mann spielte. Er hatte geglaubt, er könne nie verlieren. Jetzt war er bleich und sah aus, als stünde er unter Schock.

Travis ging ans Telefon und rief die Polizei an.

FÜNF

1

ALS VINCENT NASCO AM VORMITTAG des 20. Mai von seinem eintägigen Urlaubsaufenthalt in Acapulco zurückkehrte, kaufte er sich am Flughafen von Los Angeles die *Times*, ehe er den Zubringerbus — sie nannten es zwar eine Limousine, aber es war ein Bus — nach Orange County nahm. Während der Fahrt zu seinem Reihenhaus in Huntington Beach las er die Zeitung und entdeckte auf Seite drei den Bericht über den Brand in den Banodyne Laboratories in Irvine.

Das Feuer war gestern kurz nach sechs Uhr früh ausgebrochen. Vince war eben zum Flughafen unterwegs gewesen, um nach Acapulco zu fliegen. Von den beiden Banodyne-Gebäuden war eines völlig ausgebrannt, ehe es der Feuerwehr gelungen war, die Flammen unter Kontrolle zu bekommen.

Die Leute, die Vince dafür bezahlt hatten, Davis Weatherby, Lawton Haines, die Yarbecks und die Hudstons zu töten, hatten mit an Sicherheit grenzender Wahrscheinlichkeit einen Brandstifter eingesetzt, um Banodyne in Flammen aufgehen zu lassen. Sie schienen bemüht zu sein, alle Aufzeichnungen des Francis-Projekts auszutilgen, sowohl jene, die in den Archiven von Banodyne ruhten, als auch jene im Gedächtnis der Wissenschaftler, die an dem Projekt beteiligt gewesen waren.

In dem Bericht war nichts von den Militäraufträgen Banodynes erwähnt; offensichtlich war dies der Öffentlichkeit nicht zugängliches Wissen. Die Firma wurde als ›führend in der Gentechnik, besonders im Hinblick auf die Entwicklung revolutionärer neuer Medikamente auf der Basis der DNS-Forschung‹ bezeichnet.

Ein Nachtwächter war bei dem Brand ums Leben gekommen. Die *Times* gab nicht an, weshalb er nicht hatte entkommen können. Vince vermutete, daß die Eindringlinge ihn getötet und anschließend in die Flammen geworfen hatten, um die Mordspuren zu verwischen.

Der Bus setzte Vince vor seinem Reihenhaus ab. Die Räume waren kühl und schattig. Jeder seiner Schritte hallte auf den nicht mit Teppichen belegten Böden, und das Echo setzte sich hohl durch das fast leere Haus fort.

Das Haus gehörte ihm jetzt seit zwei Jahren, aber er hatte es nicht zur Gänze eingerichtet. Das Speisezimmer und zwei der drei Schlafzimmer enthielten überhaupt kein Mobiliar, nur billige Gardinen, damit man nicht hineinsehen konnte.

Vince betrachtete das Reihenhaus als eine Zwischenstation, als provisorische Unterkunft, von der aus er eines Tages in ein Haus am Strand in Rincon ziehen würde, der wegen des Wellengangs und seiner Surfer berühmt war und wo die weite, wogende See alles andere in den Schatten stellte. Daß er seine augenblickliche Behausung nicht möbliert hatte, hatte nichts mit deren provisorischem Status zu tun. Er mochte einfach kahle, weiße Wände, saubere Betonböden und leere Zimmer.

Wenn er einmal sein Traumhaus kaufte, beabsichtigte Vince, in jedem der großen Räume an Boden und Wänden glänzendweiße Keramikfliesen anbringen zu lassen. In diesem Haus würde es kein Holz und weder Stein noch Ziegel geben, auch keine strukturierten Oberflächen, um die visuelle ›Wärme‹ zu liefern, die anderen Leuten anscheinend so wichtig war. Das Mobiliar würde nach seinen Plänen angefertigt werden, glänzend-weiß lackiert und mit weißer Vinylpolsterung. Die einzige Unterbrechung all dieser glänzend-weißen Flächen würde nötigenfalls Glas und auf Hochglanz polierter Stahl sein. Solcherart eingekapselt, würde er zum erstenmal im Leben das Gefühl haben, zu Hause zu sein und in Frieden leben zu können.

Nachdem er seinen Koffer ausgepackt hatte, ging er hinunter in die Küche, um sich das Mittagessen zuzubereiten. Thunfisch. Drei hartgekochte Eier. Ein halbes Dutzend Roggenkekse. Zwei Äpfel und eine Orange. Eine Flasche Zitronenlimonade.

In der Küche gab es in der Ecke einen kleinen Tisch und einen Stuhl, aber er aß oben im spärlich möblierten Schlafzimmer. Er saß auf einem Stuhl am Fenster, das nach Westen ging. Der Ozean war nur einen Häuserblock entfernt, begann auf der anderen Seite der Küstenstraße, jenseits des breiten öffentlichen Badestrands, und vom Obergeschoß aus konnte er das Rollen der Brandung sehen.

Der Himmel war teilweise bewölkt, also bedeckte ein Muster aus Licht und Schatten die See. Das sah an manchen Stellen aus wie geschmolzenes Chrom, an anderen hätte es auch eine wallende Masse aus dunklem Blut sein können.

Der Tag war warm, dabei wirkte er seltsam kalt und winterlich.

Wenn er auf den Ozean hinausstarrte, hatte er stets das Gefühl, das Wallen des Blutes in seinen Venen und Arterien sei in vollkommener Harmonie mit dem Rhythmus der Gezeiten.

Als er fertiggegessen hatte, saß er eine Weile da, im Gleichklang mit der See, etwas vor sich hinsummend und schaute durch sein verschwommenes Spiegelbild im Glas hindurch, als spähte er durch die Wand eines Aquariums, und dabei fühlte er sich im Ozean treiben, weit unter den Wellen, in einer sauberen, kühlen, endlosen Welt des Schweigens.

Im späteren Verlauf des Nachmittags fuhr er mit seinem Lieferwagen nach Irvine und machte dort die Banodyne Laboratories ausfindig. Banodyne erhob sich vor der Silhouette der Santa-Ana-Berge. Die Firma hatte zwei Komplexe auf einem Areal stehen, das für eine so teure Gegend überraschend groß war: ein L-förmiges, zweistöckiges Gebäude und einen größeren, V-förmigen, einstöckigen Bau mit nur wenigen schmalen Fenstern, die ihn wie eine Festung aussehen ließen. Beide hatten moderne Linienführung, ein auffälliges Nebeneinander von Ebenen und sinnlichen Kurven, in dunkelgrünen und grauen Marmor gefaßt, alles recht attraktiv. Die Gebäude, umgeben von einem Parkplatz für Angestellte und einer riesigen gepflegten, von einigen Palmen und Korallenbäumen beschatteten Rasenfläche, waren in Wahrheit wesentlich größer, als es den Anschein hatte, denn das weite Flachland verzerrte den Maßstab.

Das Feuer war auf den V-förmigen Bau beschränkt geblieben, der die Labors beherbergte. Das einzige, was auf die Zerstörung hinwies, waren ein paar zerbrochene Scheiben und Rußflecken am Marmor über den schmalen Fensteröffnungen.

Das Gelände war weder von einem Zaun noch einer Mauer umgeben, und Vince hätte, wenn er das gewollt hätte, es einfach betreten können, obwohl es an der dreispurigen Zufahrt ein einfaches Tor und ein Wächterhäuschen gab. Die Pistole, die der Wachmann am Gürtel trug, und der abweisende Charakter des Gebäudes, in dem sich die Forschungslabors befanden, ließen darauf schließen, daß das Gelände elektronisch überwacht wurde und daß in der Nacht komplizierte Alarmsysteme die Wachmannschaft von der Anwesenheit eines Eindringlings unterrichten würden, kaum daß dieser mehr als ein paar Schritte über den Rasen getan hatte. Der Brandstifter mußte sich also auf mehr als das bloße Legen von Bränden verstanden haben; er mußte auch recht gute Kenntnisse über Sicherheitssysteme besitzen.

Vince fuhr langsam an dem Areal vorbei, kehrte dann um und passierte es aus der anderen Richtung noch einmal. Die Wolkenschatten zogen geisterhaft über den Rasen, glitten an den Gebäudewänden empor. Irgend etwas war an Banodyne, das es unheilverheißend, ja drohend wirken ließ. Dabei hatte Vince nicht den Eindruck, diese Wirkung erhielte unangemessen Nahrung von seinem Wissen um die Art der hier durchgeführten Forschungsarbeiten.

Er fuhr nach Huntington Beach zurück.

Da er nach Banodyne in der Hoffnung gefahren war, der Anblick des Geländes würde ihm bei seiner Entscheidung, wie er weiter vorgehen sollte, helfen, war er jetzt enttäuscht. Er wußte immer noch nicht, was er als nächstes tun sollte. Er kam einfach nicht dahinter, wem er seine Information um einen Preis verkaufen konnte, der das Risiko wert war, das er damit einging. Jedenfalls nicht der US-Regierung: Ihr gehörte die Information schließlich. Auch nicht den Sowjets, deren natürlichem Gegner, denn die Sowjets waren es, die ihn dafür bezahlt hatten, Weatherby, die Yarbecks, die Hudstons und Haines zu töten.

Natürlich konnte er nicht *beweisen*, daß er für die Sowjets gearbeitet hatte. Sie gingen recht geschickt vor, wenn sie einen Freiberufler wie ihn anheuerten. Aber er hatte ebensooft für diese Leute gearbeitet, wie für die Mafia, und aus den Hinweisen, die sich im Laufe der Jahre ergeben hatten, schloß er, daß es Sowjets waren. Hin und wieder hatte er mit anderen Leuten als den üblichen drei in L.A. zu tun, und die hatten deutlich mit russischem Akzent gesprochen. Außerdem standen die Zielpersonen gewöhnlich wenigstens in gewisser Hinsicht mit dem politischen Leben in Verbindung, oder sie waren, wie bei den Banodyne-Jobs, militärische Ziele. Die Informationen erwiesen sich stets als gründlicher, exakter und besser recherchiert als die Informationen, die die Mafia ihm lieferte, wenn er einen Auftrag für einen einfachen Gangland-Hit übernahm.

Wer also außer den USA und den Sowjets würde für derart heikle Informationen aus dem Verteidigungsbereich bezahlen? Irgendein Diktator in der Dritten Welt, der nach einer Möglichkeit suchte, den Nuklearschild der mächtigen Länder zu umgehen. Das Francis-Projekt konnte irgendeinem Hitler im Taschenformat Vorteile verschaffen, seinem Land den Status einer Weltmacht verleihen; also konnte es durchaus sein, daß er gut dafür bezahlen würde. Aber wer wollte schon das Risiko eingehen, mit Typen wie Gadhaffi Geschäfte zu machen? Vince bestimmt nicht.

Außerdem, er verfügte zwar über das Wissen um die *Existenz* der revolutionären Forschungsarbeiten bei Banodyne, nicht aber über detaillierte Unterlagen darüber, wie die Wunder des Francis-Projekts zustande gekommen waren. Er hatte weniger zu verkaufen, als er ursprünglich angenommen hatte.

Seit gestern aber reifte in ihm langsam eine Idee heran, nahm Gestalt an. Und jetzt, während er weiterhin darüber nachdachte, wer wohl potentieller Käufer für seine Informationen sein könnte, blühte diese Idee auf.

Der Hund.

Er war wieder zu Hause, saß in seinem Schlafzimmer und starrte auf die See hinaus. Selbst nach Einbruch der Nacht saß er noch da, obwohl er das Meer jetzt nicht mehr sehen konnte, und dachte über den Hund nach.

Hudston und Haines hatten ihm so viel über den Retriever erzählt, daß er langsam zu begreifen begann, daß sein Wissen über das Francis-Projekt, wenn auch von höchst explosiver Natur und äußerst wertvoll, nicht den tausendsten Teil des Wertes besaß, den der Hund selbst darstellte. Es gab viele Möglichkeiten, aus dem Retriever Kapital zu schlagen; er war eine Geldmaschine mit vier Beinen. Zum einen konnte er ihn an die Regierung oder an die Russen verhökern, und zwar für eine Schiffsladung Bargeld. Wenn es ihm gelang, den Hund zu finden, dann war er für alle Zeiten finanziell unabhängig.

Aber wie ihn ausfindig machen?

In ganz Südkalifornien mußte in aller Stille eine Suchaktion — so gut wie geheim und doch von gigantischem Ausmaß —

im Gange sein. Das Verteidigungsministerium würde ohne Zweifel alles verfügbare Personal für diese Suche einsetzen, und wenn Vince den Suchern in die Quere kam, würden sie wissen wollen, wer er war. Die Aufmerksamkeit auf sich zu ziehen, konnte er sich aber nicht leisten.

Außerdem: Falls er selbst in den Vorbergen des Santa-Ana-Gebirges suchte, wohin die den Labors Entkommenen mit höchster Wahrscheinlichkeit geflohen waren, mochte er dem Falschen über den Weg laufen — den Golden Retriever verpassen und auf den Outsider stoßen. Das könnte gefährlich sein. Tödlich.

Vor dem Schlafzimmerfenster flossen der wolkengepanzerte Nachthimmel und die See in Schwärze ineinander, Schwärze, so finster wie die finstere Seite des Mondes.

2

Am Donnerstag, einen Tag nachdem Einstein Arthur Streck in Nora Devons Küche gestellt hatte, wurde Streck dem Untersuchungsrichter vorgeführt, und man vernahm ihn zu der Anklage des Einbruchs, der versuchten Körperverletzung und der versuchten Vergewaltigung. Da er bereits einmal wegen Vergewaltigung verurteilt worden war und zwei Jahre einer dreijährigen Kerkerstrafe abgesessen hatte, wurde eine hohe Kaution festgesetzt; er war nicht imstande, sie aufzubringen. Und da er niemanden ausfindig machen konnte, der ihm vertraute und die Kaution für ihn geleistet hätte, schien es ihm bestimmt, so lange in Untersuchungshaft zu bleiben, bis sein Fall vor Gericht kommen würde, was für Nora eine große Erleichterung bedeutete.

Am Freitag ging sie mit Travis Cornell zum Lunch.

Es verblüffte sie selbst, als sie sich sagen hörte, sie nehme seine Einladung an. Zwar war Travis offensichtlich richtig schockiert gewesen, als er von ihr erfuhr, in welchem Maße Streck sie belästigt hatte, und in gewissem Maße verdankte sie ihm ihre Unberührtheit, vielleicht sogar ihr Leben, weil er im allerletzten Augenblick gekommen war. Aber all die Jahre unter Tante Violets Verfolgungswahn ließen sich nicht in wenigen Tagen wegwischen, und ein Rest unsinnigen Argwohns blieb in Nora haften. Sie wäre bedrückt, vielleicht sogar erschüttert gewesen, keineswegs aber überrascht, hätte Travis plötzlich den Versuch gemacht, sich ihr aufzudrängen. Seit frühester Kindheit dazu erzogen, von anderen Menschen das Schlimmste zu erwarten, konnten nur Freundlichkeit und Mitgefühl von seiten anderer sie überraschen.

Dennoch ging sie mit ihm essen.

Zuerst wußte sie gar nicht, warum sie das tat.

Aber sie brauchte nicht lange nachzudenken, um die Antwort zu finden. Der Hund. Sie wollte dem Hund nahe sein, weil er ihr ein Gefühl der Sicherheit vermittelte und weil sie noch nie derart unverhohlene Zuneigung erfahren hatte, wie Einstein sie ihr so verschwenderisch zuteil werden ließ. Niemand hatte ihr bislang irgendeine Art von Zuneigung entgegengebracht, deshalb genoß sie sie, selbst wenn sie nur von einem Tier ausging. Außerdem wußte Nora im Innersten, daß Travis Cornell völlig vertrauenswürdig war, weil Einstein ihm vertraute. Und Einstein sah nicht aus, als würde er sich leicht täuschen lassen. Sie aßen in einem Café, wo man in einem mit Ziegeln ausgelegten Innenhof an ein paar leinengedeckten Tischen unter weiß-blau gestreiften Schirmen speisen konnte. Die Hundeleine durfte sie an dem schmiedeeisernen Tischfuß anbinden, so daß Einstein bei ihnen bleiben konnte. Er benahm sich äußerst gesittet und blieb die meiste Zeit ruhig liegen. Gelegentlich hob er den Kopf und sah sie beide mit seinen seelenvollen Augen an, bis sie ihm ein paar Brocken von ihrem Essen abgaben, obwohl er keineswegs lästig darum bettelte.

Nora hatte keine große Erfahrung mit Hunden, fand aber, daß Einstein ungewöhnlich aufmerksam und wißbegierig war. Er wechselte häufig seine Position, um andere Gäste zu beobachten, die ihn zu interessieren schienen.

Für Nora war *alles* von Interesse. Dies war ihre erste Mahlzeit in einem Restaurant. Obwohl sie in zahllosen Romanen davon gelesen hatte, wie Leute in Restaurants zu Mittag oder zu Abend aßen, faszinierte und entzückte sie jede Einzelheit. Die Rose in der milchig-weißen Vase auf dem Tisch. Die Zündholzbriefchen mit Namensaufdruck des Restaurants. Die runden Butterstückchen mit eingeprägtem Blumenmuster, die in einer Schale mit geschabtem Eis serviert wurden. Der Zitronenschnitz im Eiswasser. Die gekühlte Salatgabel als besonders erstaunliches Detail.

»Sehen Sie sich das an«, sagte sie zu Travis, nachdem man ihnen ihr Hauptgericht serviert hatte und der Kellner gegangen war.

Er sah ihren Teller mit gerunzelter Stirn an und fragte: »Stimmt etwas nicht?«

»Nein, nein. Ich meine ... das Gemüse.«

»Babykarotten, Zwergkürbis.«

»Wo kriegen sie die so winzig her? Und da, sehen Sie doch, wie sie die Tomate eingeschnitten haben. Alles ist so hübsch. Wo nehmen die bloß die Zeit her, alles so hübsch zu arrangieren?«

Sie wußte, daß all die Dinge, die sie so in Erstaunen versetzten, für ihn Selbstverständlichkeiten waren, wußte, daß ihr Erstaunen ihm ihre Unerfahrenheit verriet und sie ihm als Kind erscheinen lassen mußte. Sie wurde häufig rot, stammelte manchmal verlegen, konnte sich aber dennoch der Kommentare über diese Wunder nicht enthalten. Travis lächelte ihr fast ununterbrochen zu, aber es war Gott sei Dank kein herablassendes Lächeln; das Vergnügen, das die Entdeckungen und all der kleine Luxus ihr bereiteten, schien ihn echt zu entzücken.

Als sie mit dem Kaffee und dem Nachtisch fertig waren — eine Kiwitorte für sie, Erdbeeren mit Sahne für Travis und ein Schokoladen-Eclair, das Einstein mit niemandem zu teilen brauchte —, hatte Nora das längste Gespräch ihres Lebens hinter sich. Sie verbrachten zweieinhalb Stunden, ohne daß ein einziges Mal eine peinliche Gesprächspause aufgetreten wäre, indem sie hauptsächlich über Bücher redeten, weil — in Anbetracht von Noras zurückgezogenem Leben — die Liebe zu Büchern praktisch das einzige war, was ihnen gemeinsam war. Das und die Einsamkeit. Ihre Meinung über verschiedene Schriftsteller schien ihn ernsthaft zu interessieren, und er hatte bei manchen Büchern faszinierende Einsichten gewonnen, die ihr verborgen geblieben waren. Sie lachte an diesem Nachmittag mehr, als sie in einem ganzen Jahr gelacht hatte. Die neue Erfahrung war so aufheiternd, daß ihr gelegentlich schwindlig wurde. Als sie schließlich das Restaurant verließen, konnte sie sich an fast nichts von dem, was gesprochen worden war, erinnern; alles verschwamm in einem farbigen Schleier. Was sie hier erlebte, war eine Überladung der Sinne, vergleichbar vielleicht mit dem, was ein Eingeborener empfinden mochte, wenn man ihn plötzlich mitten in New York City aussetzte, und sie brauchte Zeit, um all das, was ihr widerfahren war, in sich aufzunehmen und zu verarbeiten.

Da sie von ihrem Haus, wo Travis seinen Pick-up abgestellt hatte, zu Fuß zum Café gegangen waren, gingen sie den Weg zurück jetzt ebenfalls zu Fuß, und Nora hielt die ganze Zeit über die Hundeleine. Einstein versuchte kein einziges Mal, sich von ihr zu entfernen, verwickelte kein einziges Mal ihre Beine in die Hundeleine, sondern trottete immer neben oder vor ihr einher, lammfromm, hier und da mit so rührenden Augen zu ihr aufsehend, daß sie lächeln mußte.

»Ein braver Hund ist das«, sagte sie.

»Sehr brav«, pflichtete Travis ihr bei.

»So gesittet.«

»Ja, meistens.«

»Und so klug.«

»Sie sollten ihm nicht zu sehr schmeicheln.«

»Haben Sie Angst, er könnte eitel werden?«

»Eitel ist er bereits«, sagte Travis. »Wenn er um eine Spur eitler wird, ist er nicht mehr auszuhalten.«

Der Hund wandte sich um, sah Travis an und schnaubte laut, als wollte er sich über die Bemerkung lustigmachen.

Nora lachte. »Manchmal scheint es fast, als könnte er jedes Wort verstehen, das Sie sagen.«

»Manchmal«, pflichtete Travis ihr bei.

Als sie das Haus erreichten, wollte Nora ihn hineinbitten. Aber sie hatte Angst, er könnte das mißverstehen. Sie wußte, sie benahm sich damit wie eine nervöse alte Jungfer, wußte, daß sie ihm vertrauen konnte — und sollte; aber plötzlich ragte Tante Violet in ihrer Erinnerung vor ihr auf, voll finsterer Warnungen in bezug auf Männer, und sie brachte es einfach nicht über sich, das zu tun, von dem sie wußte, daß es richtig war. Der Tag war perfekt gewesen, sie hatte Angst, ihn weiter auszudehnen, aus Furcht, etwas würde geschehen, das die Erinnerung beschmutzte. Also dankte sie ihm für die Einladung und wagte es nicht einmal, ihm die Hand zu reichen.

Aber sie beugte sich hinunter und drückte den Hund an sich. Einstein rieb seine Schnauze an ihrer Wange und leckte ihr einmal über den Hals, so daß sie kichern mußte. Sie hatte sich noch *nie* kichern hören. Sie hätte sich stundenlang an ihn drücken und ihn streicheln können, wenn das nicht ihre Scheu vor Travis noch deutlicher geoffenbart hätte.

Unter der offenen Tür stehend, blickte sie ihnen nach, wie sie in den Pick-up stiegen und wegfuhren.

Travis winkte ihr zu.

Sie winkte auch.

Dann hatte der Wagen die Ecke erreicht und begann nach rechts abzubiegen, kam außer Sicht, und Nora bedauerte ihre Feigheit, wünschte, sie hätte Travis kurz ins Haus gebeten. Fast wäre sie ihnen nachgerannt, hätte fast seinen Namen gerufen. Aber dann war der Wagen fort, und sie war wieder allein. Zögernd ging sie ins Haus und schloß die Tür vor der helleren Welt dort draußen.

3

Der Diensthubschrauber vom Typ Bell JetRanger strich über die von Bäumen bestandenen Schluchten und kahl werdenden Kämme der Santa-Ana-Vorberge hinweg. Sein Schatten war ihm voraus, weil die Sonne im Westen stand, und der Freitagnachmittag zu verblassen begann. Als sie sich dem Holy Jim Canyon näherten, sah Lemuel Johnson zum Fenster des Passagierabteils hinaus und entdeckte vier Patrouillenwagen des Bezirkssheriffs, die sich dort unten entlang des schmalen Feldweges aufgereiht hatten. Ein paar weitere Fahrzeuge, darunter der Kombi des Leichenbeschauers und ein Jeep Cherokee, der wahrscheinlich dem Opfer gehörte, parkten neben der Steinhütte. Der Pilot hatte kaum genug Raum, um den Helikopter auf der Lichtung aufzusetzen. Noch bevor das Motorengeräusch verstummte und die von der Sonne bronzefarben getönten Rotoren sich langsamer drehten, war Lem herausgesprungen und eilte auf die Hütte zu. Cliff Soames, sein engster Mitarbeiter, folgte ihm auf den Fersen.

Walt Gaines, der Bezirkssheriff, trat aus der Hütte, als Lem nah heran war. Gaines war ein Hüne, einen Meter neunzig groß und wenigstens neunzig Kilo schwer, mit enormen Schultern und einem mächtigen Brustkasten. Mit dem maisgelben Haar und den kornblumenblauen Augen hätte er wie ein Kinoheld aussehen können, wenn nicht das derbe Gesicht und die groben Züge gewesen wären. Er war fünfundfünfzig, sah aus wie vierzig und trug sein Haar nur eine Spur länger, als er es während der zwanzig Jahre bei der Marineinfanterie getragen hatte.

Obwohl Lem Johnson Neger war, genauso dunkel wie Walt hellhäutig, nahezu zwanzig Zentimenter kleiner und fünfundzwanzig Kilo leichter als Walt, obwohl aus einer schwarzen Familie der gehobenen Mittelklasse stammend, während Walts Leute weißes Armeleutepack aus Kentucky waren, und obwohl Lem um zehn Jahre jünger war als der Sheriff, waren die beiden Freunde. Mehr als das. Kumpel. Sie spielten zusammen Bridge, gingen zusammen tiefseefischen und genossen es königlich, auf Liegestühlen im Garten des einen oder des anderen zu sitzen, Corona-Bier zu trinken und sämtliche Probleme der Welt zu lösen. Selbst ihre Frauen waren Freundinnen geworden, eine rein zufällige Entwicklung, die nach Walts Meinung ›ein Wunder‹ war, weil, wie er sagte, »die Frau noch nie jemanden gemocht hat, den ich ihr in den letzten zweiunddreißig Jahren vorgestellt habe«.

Für Lem war seine Freundschaft mit Walt Gaines ebenfalls ein Wunder, denn er war nicht der Mann, der leicht Freunde gewann. Er war ein Arbeitstier und hatte einfach nicht die Muße, eine Bekanntschaft zu pflegen und eine länger dauernde Beziehung daraus zu machen. Natürlich hatte es dieser Pflege bei Walt nicht bedurft; sie waren sich bei der ersten Begegnung sympathisch gewesen, hatten ähnliche Ansichten und Gesichtspunkte beim anderen entdeckt. Als sie einander sechs Monate lang kannten, schien es, als wären sie sich seit ihrer Kinderzeit nahegestanden. Lem war ihre Freundschaft fast so wichtig, wie seine Ehe mit Karen. Die Last seines Berufes wäre schwerer zu ertragen gewesen, hätte er nicht gelegentlich bei Walt etwas Dampf ablassen können.

Als jetzt die Rotorblätter des Hubschraubers verstummten, sagte Walt Gaines: »Ich kann mir nicht vorstellen, was euch Feds* an einem knorrigen alten Canyonbewohner interessiert.«

---

* Fed: Slangbezeichnung für Beamte einer Bundesbehörde (›Federal‹). — Anm. d. Ü.

»Gut«, sagte Lem. »Erwartet auch keiner von dir, und du willst es auch gar nicht wissen.«

»Jedenfalls hab' ich bestimmt nicht damit gerechnet, daß du selbst kommst. Dachte, du würdest einen deiner Lakaien schicken.«

»NSA-Beamte haben es gar nicht gern, wenn man sie Lakaien nennt«, sagte Lem.

Walt warf Cliff Soames einen Blick zu und meinte: »Aber so behandelt er euch doch, oder? Wie Lakaien?«

»Er ist ein Tyrann«, bestätigte Cliff. Er war einunddreißig, rothaarig und sommersprossig und sah eher aus wie ein beflissener junger Prediger als wie ein Agent der National Security Agency.

»Nun, Cliff«, sagte Walt Caines, »dazu muß man natürlich wissen, wo Lem herkommt. Sein Vater war ein getretener schwarzer Geschäftsmann, der nie mehr als zweihunderttausend im Jahr verdiente. Unterprivilegiert, verstehen Sie? Deshalb bildet Lem sich ein, er muß euch weiße Boys durch Reifen hüpfen lassen, wenn er kann, um all die Jahre der brutalen Unterdrückung auszugleichen.«

»Er verlangt sogar, daß ich ›Massa‹ zu ihm sage«, grinste Cliff.

»Genauso hab' ich es mir vorgestellt«, sagte Walt.

Lem seufzte und meinte: »Ihr beiden macht mir ungefähr soviel Spaß wie ein Leistenbruch. Wo ist die Leiche?«

»Hier entlang, Massa«, sagte Walt.

Ein warmer Windstoß ließ die Bäume rundum erzittern, in die Stille des Canyons fiel das Wispern des Blattwerks. Der Sheriff führte Lem und Cliff in den ersten der beiden Räume der Hütte.

Lem wußte sofort, weshalb Walt so witzig tat. Der gezwungene Humor war die Reaktion auf das Schreckliche im Inneren der Hütte. Es war, wie wenn man nachts im Friedhof laut lacht, um die Nervosität zu verjagen.

Zwei Lehnsessel waren umgestürzt, die Polsterung aufgeschlitzt. Die Sofakissen waren zerfetzt, der weiße Schaumgummi bloßgelegt. Von einem Büchergestell in der Ecke waren Taschenbücher heruntergefegt, zerrissen und über den ganzen Raum verstreut worden. Glasscherben der großen Fensterscheibe glitzerten wie Edelsteine in all dem Durcheinander.

Und alles, die Wände mit eingeschlossen, war mit Blut bespritzt, auf dem hellen Fichtenholzboden waren dunkle Flekken getrockneten Blutes zu sehen.

Wie ein paar Krähen, die bunte Fäden suchten, um damit ihr Nest herauszuputzen, arbeiteten sich zwei Labortechniker in dunklen Anzügen mit Sorgfalt durch das Chaos. Gelegentlich gab einer von ihnen ein leises, krächzendes Geräusch von sich, zupfte sich irgend etwas mit einer Pinzette und deponierte es in einem Plastikbeutel.

Offensichtlich hatte man die Leiche bereits untersucht und fotografiert, denn sie war in einem undurchsichtigen Plastiksack verstaut, lag jetzt neben der Tür und wartete darauf, zum Fleischerwagen hinausgetragen zu werden.

Lem schaute auf die verschwommen sichtbare Leiche im Sack, die unter dem milchfarbenen Plastik nur undeutlich als menschliche Gestalt zu erkennen war, und sagte: »Wie hieß er denn?«

»Wes Dalberg«, sagte Walt. »Hat hier zehn Jahre oder länger gelebt.«

»Wer hat ihn gefunden?«

»Ein Nachbar.«

»Wann ist er getötet worden?«

»Soweit wir das feststellen können, vor etwa drei Tagen. Vielleicht Dienstag nacht. Wir müssen die Labortests abwarten, um es genau zu wissen. Das Wetter in letzter Zeit war ziemlich warm, und das hat natürlich Einfluß auf den Zersetzungsprozeß.«

Dienstag nacht ... Am Dienstagmorgen, noch bevor es dämmerte, war es in Banodyne zu dem Ausbruch gekommen. Es war also durchaus möglich, daß der Outsider bis Dienstag nacht soweit gekommen war.

Lem dachte darüber nach — und erschauerte.

»Ist dir kalt?« fragte Walt sarkastisch.

Lem gab keine Antwort. Sie waren Freunde, und sie dienten beide dem Gesetz, der eine als örtlicher, der andere als Bundesbeamter. Aber in diesem Fall dienten sie einander entgegengesetzten Interessen: Walts Aufgabe war es, die Wahrheit herauszufinden und sie der Öffentlichkeit bekanntzugeben; Lems Aufgabe bestand darin, einen Deckel über den Fall zu stülpen und dafür zu sorgen, daß er draufblieb.

»Hier drin stinkt's wirklich«, meinte Cliff Soames.

»Du hättest das riechen sollen, bevor wir die Leiche in den Sack gesteckt haben«, meinte Walt. »Richtig reif.«

»Nicht nur ... Zersetzung«, sagte Cliff.

»Nein«, sagte Walt und deutete auf ein paar Flecken, die nicht von Blut herrührten. »Auch Urin und Kot.«

»Vom Opfer?«

»Glaub' ich nicht«, sagte Walt.

»Habt ihr schon erste Tests gemacht?« fragte Lem, bemüht, nicht besorgt zu klingen. »Mikroskopische Untersuchungen am Tatort, meine ich.«

»Fehlanzeige. Wir nehmen die Proben mit ins Labor. Wir glauben, es stammt von dem, was da durchs Fenster reingekommen ist.«

Lem hob den Blick von dem Plastiksack mit der Leiche und sagte: »Du meinst den Mann, der Dalberg umgebracht hat?«

»Das war kein Mann«, sagte Walt, »und ich schätze, das weißt du.«

»Kein Mann?« sagte Lem.

»Zumindest kein Mann wie du oder ich.«

»Was denkst du dann, das es war?«

»Verdammt will ich sein, wenn ich das weiß«, sagte Walt und rieb sich mit einer seiner mächtigen Pranken die Stoppeln am Hinterkopf. »Aber der Leiche nach zu schließen, hatte der Killer scharfe Zähne, vielleicht Klauen, und ein recht bösartiges Naturell. Klingt das nach dem, was ihr sucht?«

Aber Lem ging ihm nicht auf den Leim.

Einen Augenblick lang sagte keiner etwas.

Eine frische, nach Pinien duftende Brise wehte durch das zersplitterte Fenster herein und blies etwas von dem üblen Gestank fort.

Einer der Laborleute sagte »Ah!« und holte mit seiner Pinzette etwas aus dem Trümmerfeld.

Lem seufzte müde. Das lief gar nicht gut. Sie würden nicht genug finden, um daraus schließen zu können, was Dalberg getötet hatte, aber sie würden genügend Beweismaterial sammeln, um höllisch neugierig zu werden. Hier aber ging es um eine Angelegenheit der nationalen Sicherheit, in die seine Nase zu stecken für einen Zivilisten höchst unklug war. Lem würde ihre Ermittlungen verhindern müssen. Er hoffte, das zu schaffen, ohne Walt zu verärgern. Es würde ihre Freundschaft echt auf die Probe stellen.

Plötzlich wurde Lem, der immer noch den Sack mit der Leiche anstarrte, bewußt, daß etwas mit der Form der Leiche nicht stimmte. Er sagte: »Der Kopf ist nicht da.«

»Euch Feds entgeht aber wirklich nichts, wie?« sagte Walt.

»Hat man ihn geköpft?« fragte Cliff Soames unruhig.

»Kommt mal mit«, sagte Walt und führte sie in den nächsten Raum. Es war eine große, wenn auch primitive Küche, mit einer Handpumpe am Ausguß und einem alten, mit Holz zu beheizenden Herd.

Mit Ausnahme des Kopfes gab es in der Küche keine Spuren von Gewalttätigkeit. Aber der Kopf war natürlich schlimm genug. Er lag mitten auf dem Tisch. Auf einem Teller.

»Du lieber Gott!« sagte Cliff leise.

Während sie den Raum betraten, war ein Polizeifotograf gerade damit beschäftigt, den Kopf aus verschiedenen Blickwinkeln zu fotografieren. Er war noch nicht fertig, trat aber einen Schritt zurück, damit sie besser sehen konnten.

Die Augen des Toten fehlten; man hatte sie ihm herausgerissen. Die leeren Augenhöhlen schienen tief wie Brunnen.

Cliff Soames war so weiß geworden, daß seine Sommersprossen im Kontrast dazu auf seiner Haut brannten wie Glut.

Lem empfand Übelkeit, nicht nur wegen dem, was Wes Dalberg widerfahren war, sondern wegen all der Toten, die es noch geben würde. Er war stolz auf sein Können auf dem Feld polizeilicher Ermittlungsarbeit und Organisation und wußte, daß er diesen Fall besser als sonst einer bearbeiten konnte. Daneben aber war er ein erfahrener Praktiker und somit außerstande, einen Feind zu unterschätzen und daher so zu tun, als werde es für diesen Alptraum ein baldiges Ende geben. Er würde Zeit, Geduld und Glück brauchen, um den Killer aufzuspüren, und bis dahin würden sich weitere Leichen auftürmen.

Man hatte dem Toten den Kopf nicht abgeschnitten; so sauber und ordentlich war das nicht vor sich gegangen. Es hatte den Anschein, als wäre er mittels Krallen, Bissen und unter Krafteinsatz abgerissen worden.

Lem spürte plötzlich, daß seine Handflächen feucht waren.

Seltsam ... wie die leeren Augenhöhlen des Kopfes ihn fixierten, als enthielten sie noch weit offene, starr blickende Augen.

Ein einzelner Schweißtropfen rann ihm über den Rücken. Er hatte mehr Angst als je in seinem bisherigen Leben, mehr, als er je geglaubt hatte, haben zu können — aber wollte nicht, daß man ihn aus irgendeinem Grund von diesem Fall abzog. Es war für die Sicherheit der ganzen Nation und die Sicherheit der Öffentlichkeit von vitaler Bedeutung, daß man diesem Notfall richtig begegnete, und er wußte, daß das wahrscheinlich niemand so gut konnte wie er. Es war nicht nur sein Ego, das da aus ihm sprach. Jeder sagte, er sei der Beste, und er wußte, sie hatten recht. Sein Stolz war gerechtfertigt, falsche Bescheidenheit kannte er nicht. Das hier war sein Fall, und er wollte ihn zu Ende bringen.

Seine Eltern hatten ihm ein fast zu stark ausgeprägtes Gefühl für Pflicht und Verantwortung anerzogen. »Ein schwarzer Mann«, pflegte sein Vater zu sagen, »muß das, was man ihm aufträgt, doppelt so gut erledigen wie ein weißer, um dafür überhaupt Anerkennung zu ernten. Für Bitterkeit ist da kein Platz. Es ist auch nicht wert, dagegen zu protestieren. Es ist einfach eine der Tatsachen des Lebens. Ebensogut könnte man dagegen protestieren, daß es im Winter kalt wird. Statt zu protestieren, mußt du dich einfach den Tatsachen stellen, doppelt so hart arbeiten, dann kommst du dorthin, wo du hin möchtest. Und Erfolg mußt du haben, weil du für alle deine Brüder die Fahne trägst.« Als Folge dieser Erziehung war Lem außerstande, bei einem Auftrag weniger als den totalen, rückhaltlosen Einsatz von sich zu fordern. Er hatte panische Angst zu versagen, erlebte es kaum je, konnte aber wochenlang in tiefe Niedergeschlagenheit fallen, wenn es ihm nicht gelang, einen Fall erfolgreich abzuschließen.

»Kann ich dich draußen kurz sprechen?« sagte Walt und trat an die offene Hintertür der Hütte.

Lem nickte. Zu Cliff gewendet, sagte er: »Bleiben Sie hier. Sorgen Sie dafür, daß keiner — und das schließt Pathologen, Fotografen, Polizisten in Uniform, eben alle, nicht aus — von hier weggeht, bevor ich Gelegenheit hatte, mit ihm zu reden.«

»Ja, Sir« , sagte Cliff. Er ging rasch in den vorderen Raum, um allen mitzuteilen, daß sie für den Augenblick unter Quarantäne stünden — und um den augenlosen Kopf nicht mehr ansehen zu müssen.

Lem folgte Walt Gaines hinaus auf die Lichtung hinter der

Hütte. Er entdeckte eine Tragmulde aus Metall und über den Boden verstreutes Feuerholz und blieb stehen, um diese Dinge zu besichtigen.

»Wir nehmen an, daß es hier draußen angefangen hat«, sagte Walt. »Vielleicht wollte Dalberg Holz für den Kamin holen. Vielleicht ist etwas von dort zwischen den Bäumen hervorgekommen, und er hat die Tragwanne nach ihm geworfen und ist ins Haus gerannt.«

Sie standen im blutig orangefarbenen Nachmittagslicht am Rand der Bäume und spähten in die purpurfarbenen Schatten und die geheimnisvollen grünen Tiefen des Waldes.

Lem war unruhig. Er fragte sich, ob der Flüchtling aus Weatherbys Labor vielleicht in der Nähe war und sie beobachtete.

»Also, was läuft da?« fragte Walt.

»Kann ich nicht sagen.«

»Nationale Sicherheit?«

»Stimmt genau.«

Die Föhren und Fichten und Sykomoren raschelten in der Brise, und es kam ihm vor, als bewege sich etwas verstohlen durchs Unterholz.

Fantasie natürlich. Nichtsdestoweniger war Lem froh, daß er und Walt Gaines mit verläßlichen Pistolen in leicht zugänglichen Schulterhalftern bewaffnet waren.

»Du kannst natürlich weiter den Mund halten, wenn du drauf bestehst«, meinte Walt, »aber ganz im Dunkeln kannst du mich nicht stehen lassen. Einiges kann ich mir selbst zusammenreimen. Ich bin nicht blöd.«

»Hab' ich auch nie geglaubt.«

»Am Dienstagmorgen bekommt jedes verdammte Polizeirevier in Orange und San Bernardino die dringliche Aufforderung von deiner NSA, wir sollten uns bereithalten, um an einer Suchaktion teilzunehmen, Einzelheiten würden nachfolgen. Was uns natürlich nervös macht. Wir wissen nämlich schon, wofür ihr Typen verantwortlich seid — für die Bewachung von Forschungsanlagen und um dafür zu sorgen, daß die Wodkapisser unsere Geheimnisse nicht klauen. Und da in Südkalifornien die Hälfte aller Auftragnehmer des Verteidigungsministeriums ansässig sind, gibt es hier eine ganze Menge zu stehlen.«

Lem starrte immer noch in den Wald hinüber, ohne ein Wort zu sagen.

»Also«, fuhr Walt fort, »stellen wir uns vor, wir sollen nach einem russischen Agenten Ausschau halten, der irgendwas Heißes in den Taschen hat, und sind froh, wieder einmal Gelegenheit zu bekommen, für Onkel Sam ein paar Knaben in den Hintern zu treten. Aber statt daß man uns Details liefert, wird um Mittag die Aufforderung zurückgenommen. Keine Suchaktion, alles unter Kontrolle, heißt es aus eurem Büro. Der Alarm sei irrtümlich gegeben worden, sagt ihr.«

»Das stimmt.« Die NSA hatte erkannt, daß man die lokale Polizei nicht genügend unter Kontrolle hatte und ihr deshalb nicht voll vertrauen konnte. Hier mußten sich die Militärs drum kümmern. »Es war falscher Alarm.«

»Und was für einer! Am späten Nachmittag desselben Tages erfahren wir, daß Marine-Helikopter aus El Toro sich in den Vorbergen der Santa Ana einnisten. Und am Mittwoch morgen werden hundert Marines mit High-Tech-Suchgeräten von Camp Pendleton eingeflogen.«

»Davon habe ich gehört. Aber mit meiner NSA hatte das nichts zu tun«, sagte Lem.

Walt vermied es geflissentlich, Lem anzusehen. Er starrte die Bäume an. Für ihn war sonnenklar, daß Lem ihn belog — daß Lem ihn belügen mußte, und er hatte das Gefühl, es gehöre sich nicht, Lem zu zwingen, das zu tun, während sie Augenkontakt hatten. Walt Gaines mochte grobschlächtig und ungehobelt aussehen, aber er war ein ungewöhnlich sensibler Mann mit seltenem Talent dafür, Freundschaften zu pflegen.

Außerdem war er Bezirkssheriff, und es gehörte zu seinen Pflichten, weiterzubohren, obwohl er wußte, daß Lem ihm nichts sagen würde. »Die Marines wollen uns weismachen, das Ganze sei nur eine Übung im Rahmen ihrer Ausbildung«, meinte er.

»Das hab' ich auch gehört.«

»Wir werden immer zehn Tage im voraus informiert, wenn solche Übungen angesetzt sind.«

Lem gab keine Antwort. Ihm kam vor, er habe im Wald etwas gesehen, einen sich bewegenden Schatten, etwas Dunkles, das sich unter den düsteren Kiefern bewegte.

»Also treiben sich die Marines den ganzen Mittwoch und

den halben Donnerstag draußen in den Bergen rum. Aber als dann Reporter von dieser ›Übung‹ hören und angetanzt kommen, pfeifen die Ledernacken das Ganze plötzlich ab, packen ihre Sachen und gehen nach Hause. Es war gerade so, als wäre ... nun, als wäre das, was sie suchen, so unangenehm, so verdammt streng geheim, daß sie es lieber erst gar nicht finden wollen, weil das hieße, daß dann auch die Presse davon erfährt.«

Lem spähte mit zusammengekniffenen Augen in den Wald hinüber und versuchte durch die immer dunkler werdenden Schatten hindurchzusehen und die Bewegung noch einmal zu entdecken, die einen Augenblick zuvor seine Aufmerksamkeit auf sich gezogen hatte.

Walt war noch nicht fertig. »Und dann fordert uns gestern nachmittag die NSA auf, sie über alle ›absonderlichen Anzeigen, ungewöhnlichen Überfälle oder ausnehmend gewalttätigen Mordfälle‹ zu informieren. Wir verlangen Aufklärung, bekommen aber keine.«

Dort. Etwas bewegte sich in der Düsternis unter den immergrünen Zweigen, etwa fünfundzwanzig Meter vom Waldrand entfernt. Etwas, das sich schnell und verstohlen von einem schützenden Schatten zum nächsten bewegte. Lem legte unter dem Jackett die rechte Hand auf den Kolben seiner Pistole, die er in einem Schulterhalfter trug.

»Und dann finden wir einen Tag später dieses arme Schwein, Dalberg, in Stücke gerissen«, sagte Walt, »und der Fall ist verdammt absonderlich und ungefähr so ›ausnehmend gewalttätig‹, wie ich nie mehr einen zu sehen hoffe. Dann tauchst *du* hier auf, Mr. Lemuel Asa Johnson, Chef des Büros Südkalifornien der NSA, und ich weiß genau, daß du nicht einfach anflatterst, um mich zu fragen, ob ich morgen abend beim Bridge Zwiebel- oder Guacamolesoße haben möchte.«

Das, was sich bewegte, war jetzt näher als fünfundzwanzig Meter heran, viel näher. Die einzelnen Schattenschichten und das alles seltsam verzerrende Nachmittagslicht, das durch die Bäume drang, hatten Lem getäuscht. Das Ding war jetzt höchstens noch ein Dutzend Meter entfernt, vielleicht weniger als das. Und plötzlich kam es geradenwegs auf sie zu, *sprang* sie durch das Gebüsch an, und Lem stieß einen Schrei aus, zog die Pistole aus dem Halfter und taumelte unwillkürlich ein paar Schritte rückwärts, ehe er breitbeinig in Schußstellung ging, die Waffe mit beiden Händen haltend.

»Ist doch nur ein Maultierhirsch!« sagte Walt Gaines.

Und das war es tatsächlich. Nur ein Maultierhirsch.

Der Hirsch blieb vier Meter vor ihnen stehen, unter den herunterhängenden Zweigen einer Tanne, und sah sie aus riesigen braunen Augen an, in denen die Neugier leuchtete. Er hielt den Kopf hoch erhoben, die Ohren gespitzt.

»Die sind die Menschen in diesen Canyons so gewohnt, daß sie beinah zahm sind«, sagte Walt.

Lem atmete tief aus, während er seine Pistole ins Halfter zurücksteckte.

Der Maultierhirsch fühlte die Spannung, unter der sie standen, wandte sich ab und verschwand wieder im Gehölz.

Walt starrte Lem durchdringend an. »Was ist hier draußen, Kumpel?«

Lem sagte nichts. Er wischte sich die feuchten Hände am Jackett ab.

Die Brise wurde steifer, kühler. Der Abend nahte, dicht dahinter die Nacht.

»Ich hab noch nie erlebt, daß du Schemen nachjagst«, sagte Walt.

»Das macht das Koffein. Ich habe heute zu viel Kaffee getrunken.«

»Blödsinn.«

Lem zuckte die Achseln.

»Es scheint, Dalberg wurde von einem *Tier* getötet, von irgend etwas mit Zähnen und Klauen, etwas Wildem«, sagte Walt. »Und doch würde kein verdammtes Tier den Kopf des Burschen so säuberlich mitten auf dem Küchentisch auf einen Teller legen. Das ist einfach krankhaft. Tiere tun so was nicht. Was auch immer Dalberg getötet hat ... es hat den Kopf für uns zum Hohn dorthin gelegt. Und jetzt sag mir, um Christi willen, womit wir es hier zu tun haben.«

»Das willst du in Wirklichkeit gar nicht wissen. Und du *brauchst* es gar nicht zu wissen, weil ich in diesem Fall die Zuständigkeit an mich ziehe.«

»Den Teufel tust du.«

»Die Vollmacht dafür habe ich«, sagte Lem. »Das ist jetzt eine Bundesangelegenheit, Walt. Ich beschlagnahme sämtliches

Beweismaterial, das deine Leute eingesammelt haben, alle Berichte, die sie bis jetzt geschrieben haben. Du und deine Leute dürft mit niemandem über das sprechen, was ihr hier gesehen habt. Mit niemandem. Eine Akte über den Fall werdet ihr haben, aber das einzige, was in der Akte steht, wird ein Vermerk von mir sein, daß ich, unter Hinweis auf die entsprechende Verordnung, das Bundesprivileg ausübe. Ihr seid da raus. Ganz gleich, was passiert, niemand kann dir was anhängen, Walt.«

»Scheiße!«

»Halt dich raus.«

Walt zog die Stirn in Falten. »Ich muß wissen ...«

»Du sollst dich raushalten.«

»... ob Leute in meinem Bezirk in Gefahr sind. So viel zumindest kannst du mir sagen.«

»Ja.«

»In Gefahr?«

»Ja.«

»Und wenn ich mich jetzt mit dir anlege, versuche, die Zuständigkeit in diesem Fall zu behalten, gäbe es dann irgend etwas, was ich tun könnte, um die Gefahr zu verringern und die öffentliche Sicherheit zu gewährleisten?«

»Nein, nichts«, sagte Lem wahrheitsgemäß.

»Dann hat es wenig Sinn, daß ich mich mit dir anlege.«

»Überhaupt keinen«, sagte Lem.

Er setzte sich in Richtung Hütte in Bewegung, weil das Tageslicht rasch schwächer wurde und er nicht in der Nähe des Waldes sein wollte, wenn die Dunkelheit hereinkroch. Sicher, es war nur ein Maultierhirsch gewesen. Aber das nächste Mal?

»Warte!« sagte Walt. »Du läßt mich jetzt sagen, was ich mir denke, und hörst nur zu. Du brauchst das, was ich sage, weder zu bestätigen noch zu verneinen. Du brauchst mir nur bis zum Ende zuzuhören.«

»Also los«, sagte Lem ungeduldig.

Die Schatten der Bäume krochen stetig über das Stoppelgras der Lichtung. Die Sonne schwebte ruhig über dem westlichen Horizont.

Walt trat aus den Schatten in das verblassende Sonnenlicht, die Hände in den Hüfttaschen, blickte auf den staubigen Boden und nahm sich einen Augenblick Zeit, seine Gedanken zu sammeln. Dann fing er an: »Am Dienstagnachmittag betrat jemand ein Haus in Newport Beach, erschoß einen Mann namens Yarbeck und prügelte dessen Frau zu Tode. In derselben Nacht tötete jemand die Familie Hudston in Laguna Beach — Mann, Frau, halbwüchsigen Sohn. Die Polizei in beiden Gemeinden benutzt dasselbe Gerichtslabor, also dauert es nicht lang, um festzustellen, daß an beiden Orten ein und dieselbe Waffe benutzt worden war. Und das ist so ziemlich alles, was die Polizei in beiden Fällen erfahren wird, weil die NSA in aller Stille auch bei diesen Verbrechen die Zuständigkeit an sich gezogen hat. Im Interesse der nationalen Sicherheit.«

Lem gab keine Antwort. Allein, daß er sich bereit erklärt hatte, zuzuhören, tat ihm bereits leid. Außerdem würde er nicht direkt die Ermittlungen zur Aufklärung der Morde an den zwei Wissenschaftlern leiten, hinter denen beinahe mit Sicherheit sowjetische Drahtzieher standen. Diese Aufgabe hatte er an andere delegiert, um sich ganz darauf konzentrieren zu können, den Hund und den Outsider zu finden.

Die Sonne färbte sich orangerot. Die Fenster der Hütte glühten im Widerschein des verblassenden Feuers.

Walt sagte. »Okay, dann wäre da noch Dr. Davis Weatherby aus Corona Del Mar. Seit Dienstag verschwunden. Heute morgen hat Weatherbys Bruder die Leiche des Doktors im Kofferraum seines Wagens gefunden. Kaum sind die Pathologen der örtlichen Behörde dort eingetroffen, als auch schon die NSA-Agenten auftauchen.«

Die Schnelligkeit, mit der der Sheriff offensichtlich Informationen sammelte, ordnete und verarbeitete, die aus verschiedenen Gemeinden stammten, die sich nicht in seinem Bezirk befanden und daher auch nicht in seinem Zuständigkeitsbereich lagen, war etwas zermürbend.

Walt grinste, aber in seinem Grinsen war nicht die leiseste Spur von Humor. »Hast wohl nicht erwartet, daß ich diese Zusammenhänge herstelle, hm? Alles das steht in verschiedenen Polizeiberichten. Aber soweit ich das sehe, ist dieser Bezirk eine einzige Großstadt mit zwei Millionen Menschen, und deshalb arbeite ich mit sämtlichen Revieren eng zusammen.«

»Worauf willst du hinaus?«

»Ich will darauf hinaus, daß es höchst erstaunlich ist, wenn an einem Tag sechs angesehene Bürger ermordet werden.

Schließlich ist das hier Orange County, und nicht Los Angeles. Und noch erstaunlicher ist, daß alle sechs Todesfälle in Zusammenhang stehen mit dringlichen Angelegenheiten der nationalen Sicherheit. Das erweckt meine Neugierde. Ich fange also an, mich ein wenig um den Hintergrund dieser Leute zu kümmern, suche nach etwas, das sie miteinander verbindet ...«

»Walt, um Gottes willen!«

»... und entdecke, daß sie alle für etwas arbeiten — oder gearbeitet haben —, das sich Banodyne Laboratories nennt.«

Lem war nicht böse. Er konnte Walt nicht böse sein — sie standen sich schließlich näher als Brüder. Aber die Gerissenheit, die er jetzt an den Tag legte, konnte einen verrückt machen. Lem sagte: »Hör zu, du hast kein Recht, Ermittlungen anzustellen.«

»Ich bin Sheriff, das solltest du nicht vergessen.«

»Aber keiner dieser Morde — mit Ausnahme dieses hier an Dalberg — fällt in deine Zuständigkeit. So fängt's an«, sagte Lem. »Und selbst wenn das der Fall wäre ... sobald die NSA sich einschaltet, hast du nicht das Recht, deine Ermittlungen weiterzuführen. Tatsächlich *verbietet* dir das Gesetz das sogar ausdrücklich.«

Walt tat, als hätte er nicht gehört, und fuhr fort: »Also schlage ich nach, was Banodyne ist, woran sie arbeiten, und entdecke, daß sie sich mit Gentechnologie befassen ...«

»Du bist unverbesserlich.«

»Nichts deutet darauf hin, daß Banodyne mit Verteidigungsprojekten befaßt ist, aber das hat nichts zu bedeuten. Schließlich könnten das ja auch blinde Verträge sein, Projekte, die so geheim sind, daß die Mittel dafür nicht öffentlich ausgewiesen werden.«

»Herr Jesus!« sagte Lem gereizt. »Verstehst du denn wirklich nicht, wie verdammt gemein wir werden können, wenn wir die nationalen Sicherheitsgesetze auf unserer Seite haben?«

»Ich stelle im Augenblick lediglich Spekulationen an«, sagte Walt.

»Du wirst deinen ›Honky‹-Arsch* gleich in eine Gefängniszelle hineinspekulieren.«

---

* Honky: Weißer (Negerslang). — Anm. d. Ü.

»Augenblick mal, Lemuel. Wir wollen hier keine Rassenauseinandersetzung führen.«

»Du bist unverbesserlich.«

»Jaah, und du fängst an, dich zu wiederholen. Jedenfalls hab' ich gründlich nachgedacht und mir zusammengereimt, daß die Morde an diesen Leuten, die bei Banodyne gearbeitet haben, irgendwie mit der Suchaktion am Mittwoch und Donnerstag zusammenhängen. Und mit dem Mord an Wesley Dalberg.«

»Zwischen dem Mord an Dalberg und den anderen Morden gibt es keine Ähnlichkeiten.«

»Natürlich nicht. Das war nicht derselbe Killer. Das seh' ich. Die Yarbecks, die Hudstons und Weatherby sind von einem Profi umgelegt worden, während der arme Wes Dalberg in Stücke gerissen wurde. Trotzdem gibt es eine Verbindung, weiß Gott, oder du würdest dich nicht für die Geschichte interessieren. Und die Verbindung muß Banodyne sein.«

Die Sonne ging unter. Die Schatten liefen ineinander, verdichteten sich.

Walt fuhr fort: »Ich denk' es mir folgendermaßen: Die haben bei Banodyne an irgendeinem neuen Bazillus gearbeitet, einer genetisch veränderten Bakterie, und die ist ihnen entkommen, hat jemanden angesteckt, aber ihn nicht bloß krank gemacht. Sie hat sein Gehirn ernstlich beschädigt und ihn in einen Wilden oder so etwas verwandelt ...«

»Ein Dr. Jekyll für das High-Tech-Zeitalter?« unterbrach Lem ihn sarkastisch.

»... und er ist aus dem Labor entkommen, ehe jemand wußte, was ihm widerfahren war, in die Vorberge geflohen, kam hierher und griff Dalberg an.«

»Du siehst dir wohl eine Menge schlechter Horrorfilme an, oder?«

»Was Yarbeck und die anderen angeht: Die sind vielleicht eliminiert worden, weil sie wußten, was passiert war, und wegen der Folgen solche Angst hatten, daß sie vorhatten, damit an die Öffentlichkeit zu gehen.«

Irgendwo tief im in die Dämmerung gehüllten Canyon erhob sich ein leises, wehklagendes Heulen. Wahrscheinlich bloß ein Kojote.

Lem wollte fort von hier, raus aus dem Wald. Aber er mußte

sich mit Walt Gaines auseinandersetzen, mußte den Sheriff von seinen Nachforschungen und Mutmaßungen abbringen.

»Jetzt wollen wir einmal etwas klarstellen, Walt. Behauptest du allen Ernstes, die Regierung der Vereinigten Staaten hätte ihre eigenen Wissenschaftler *umbringen* lassen, um sie zum Schweigen zu bringen?«

Walt runzelte die Stirn. Er wußte, wie unwahrscheinlich — wenn nicht unmöglich — dieses Szenario war.

Lem sagte: »Ist das Leben wirklich bloß ein Ludlum-Roman? Wir bringen unsere eigenen Leute um? Ist das der Paranoia-Monat der Nation oder so was? Glaubst du den Scheiß wirklich?«

»Nein«, gab Walt zu.

»Und wie könnte Dalbergs Mörder ein verseuchter Wissenschaftler mit einem Hirnschaden sein? Ich meine, Herrgott, du selbst hast doch gesagt, daß irgendein Tier Dalberg getötet hat, etwas mit Klauen und scharfen Zähnen.«

»Okay, okay, dann hab' ich das Puzzle eben noch nicht richtig zusammengesetzt. Jedenfalls nicht ganz. Aber ich bin sicher, daß alles irgendwie mit Banodyne zusammenhängt. Ich bin doch nicht ganz auf der falschen Spur — oder?«

»Doch, das bist du«, sagte Lem. »Völlig.«

»Wirklich?«

»Wirklich.« Lem belastete es, daß er Walt anlügen und manipulieren mußte, aber er tat es trotzdem. »Ich sollte dir nicht einmal sagen, daß du hinter der falschen Spur herrennst. Aber als Freund schulde ich dir wohl soviel.«

Weitere wilde Stimmen hatten sich dem unheimlichen Heulen in den Wäldern angeschlossen und bestätigten damit, daß die Schreie nur von Kojoten kamen, und doch ließ der Lärm es Lem Johnson eisig über den Rücken laufen, und es drängte ihn, diesen Ort zu verlassen.

Walt rieb sich mit einer Hand seinen Stiernacken und sagte: »Es hat also überhaupt nichts mit Banodyne zu tun?«

»Gar nichts. Es ist reiner Zufall, daß Weatherby und Yarbeck beide dort arbeiteten — und daß Hudston früher einmal dort gearbeitet hat. Wenn du unbedingt eine Verbindung zwischen diesen Fällen herstellen willst, vergeudest du nur deine Energien — und mir soll's recht sein.«

Die Sonne versank und schien dabei eine Tür aufgestoßen

zu haben, durch die eine viel kühlere, schärfere Brise in die dunkler werdende Welt wehte.

Walt, der sich immer noch den Nacken rieb, sagte: »Also nicht Banodyne, hm?« Er seufzte. »Ich kenn' dich zu gut, Kumpel. Dein Pflichtgefühl ist so ausgeprägt, daß du deine eigene Mutter belügen würdest, wenn das im Interesse unseres Landes wäre.«

Lem sagte nichts.

»Also gut«, sagte Walt. »Ich lass' es. Ab jetzt gehört der Fall dir. Es sei denn, weitere Leute in meinem Zuständigkeitsbereich werden umgebracht. Wenn das passiert ... nun, dann könnte ich vielleicht versuchen, wieder einzugreifen. Kann dir nicht versprechen, daß ich das nicht tun werde. Ich habe auch mein Pflichtgefühl, weißt du?«

»Ich weiß«, sagte Lem und kam sich wie ein Schwein vor.

Dann strebten sie beide der Hütte zu.

Der Himmel — im Osten dunkel, im Westen noch immer von orangefarbenen, roten und purpurfarbenen Lichtzungen durchsetzt — schien sich wie der Deckel einer Schachtel herabzusenken.

Kojoten heulten.

Etwas im nächtlichen Wald erwiderte ihren Ruf.

Ein Puma, dachte Lem, wußte aber, daß er sich damit jetzt selbst belog.

4

Am Sonntag, zwei Tage nach dem so angenehm verlaufenen Mittagessen, fuhren Travis und Nora nach Solvang, einem Dorf im Santa-Ynez-Tal mit Häusern im dänischen Stil. Es handelte sich um eine Touristenattraktion mit Hunderten von Geschäften, in denen es alles zu kaufen gab, angefangen vom exquisiten skandinavischen Kristall bis zu Plastikimitationen dänischer Bierkrüge. Die malerische — wenn auch auf Wirkung bedachte — Architektur und die von Bäumen gesäumten Straßen steigerten noch die simplen Freuden eines Schaufensterbummels.

Travis verspürte einige Male den Drang, nach Noras Hand zu greifen und sie festzuhalten, während sie dahinschlenderten. Es schien ihm natürlich und richtig so. Und dennoch hatte er das Gefühl, sie selbst könnte für einen so harmlosen Kontakt wie das Halten ihrer Hand noch nicht bereit sein.

Sie trug ein anderes fades Kleid, diesmal in stumpfem Blau und nahezu sackförmig. Praktische Schuhe. Ihr dichtes Haar hing immer noch schlaff und ohne Frisur herab, ganz wie beim erstenmal.

Mit ihr zusammenzusein war ein reines Vergnügen. Sie hatte eine reizende Art, war stets empfindsam und liebenswürdig. Ihre Unschuld war herzerfrischend. Ihre Scheu und ihre Bescheidenheit, obwohl sie sie übertrieb, machten sie nur noch sympathischer. Sie betrachtete alles mit großäugigem Staunen, was bezaubernd aussah, und es machte ihm riesigen Spaß, sie mit einfachen Dingen zu überraschen: einem Laden, in dem nur Kuckucksuhren verkauft wurden; einem anderen, in dem es nur ausgestopfte Tiere gab; einer Musikbox mit einer Tür aus Perlmutt, die sich öffnete und den Blick auf eine Pirouetten drehende Ballerina freigab.

Er kaufte ihr ein T-Shirt mit einem eigens für sie ausgedachten Aufdruck, den sie erst sehen durfte, als er fertig war: NORA LOVES EINSTEIN. Obwohl sie behauptete, sie würde nie ein T-Shirt tragen, es sei nicht ihr Stil, wußte Travis, daß sie es tragen würde, weil sie den Hund wirklich liebte.

Einstein konnte den Aufdruck auf dem Hemd nicht lesen, schien aber zu verstehen, was er bedeutete. Als sie aus dem Geschäft kamen und seine Leine von der Parkuhr lösten, wo sie ihn angebunden hatten, betrachtete Einstein den Aufdruck des Hemdes ernst, während Nora es ihm hinhielt, damit er es inspizieren konnte. Dann leckte er ihr glücklich die Hände und schmiegte sich an sie.

Einen einzigen schlimmen Augenblick gab es an diesem Tag. Als sie um eine Ecke bogen und sich einem weiteren Schaufenster näherten, blieb Nora plötzlich stehen und sah sich um, musterte die Menschenmassen auf den Bürgersteigen — Leute, die Eiskrem aus großen Waffeltüten aßen; Leute, die in Wachspapier gewickelte Apfeltorten verzehrten; junge Männer in mit Federn verzierten Cowboyhüten, die sie in einem der Geschäfte gekauft hatten; hübsche junge Mädchen in Minishorts und BH; eine sehr fette Frau in einem weiten gelben hawaiischen Muumuu; Leute, die Englisch, Spanisch, Japanisch, Vietnamesisch und all die anderen Sprachen sprachen, die man in jedem Touristenort Südkaliforniens hören konnte. Dann fiel ihr Blick auf einen Andenkenladen, der die Form einer dreistöckigen Windmühle mit Fachwerkfassade hatte, und sie erstarrte plötzlich, hatte Angst. Travis mußte sie zu einer Bank in einem kleinen Park führen, wo sie sich hinsetzte und ein paar Minuten sitzenblieb, bis sie sagen konnte, was nicht stimmte.

»Überladen«, sagte sie schließlich mit zitternder Stimme. »So viel ... Neues ... neue Geräusche ... soviel Verschiedenes auf einmal. Es tut mir leid.«

»Ist schon gut«, sagte er, irgendwie gerührt.

»Ich bin ein paar Zimmer gewöhnt, an Dinge, die ich kenne. Starren die Leute uns an?«

»Niemand hat etwas bemerkt. Es gibt nichts anzustarren.«

Sie saß mit krummem Rücken da, den Kopf gesenkt, die Hände lagen zu Fäusten geballt in ihrem Schoß. Bis Einstein den Kopf auf ihre Knie legte. Während sie den Hund hinter den Ohren kraulte, begann sie sich langsam zu entspannen.

»Es hat mir wirklich gefallen«, sagte sie zu Travis, ohne dabei den Kopf zu heben, »wirklich sehr, und ich mußte immer denken, wie weit weg von zu Hause ich doch war, wie wunderbar weit weg von zu Hause ...«

»Nicht wirklich. Weniger als eine Stunde Fahrt«, beruhigte er sie.

»Sehr, sehr weit«, sagte sie.

Für sie war das wohl tatsächlich eine große Entfernung, vermutete Travis.

Sie fuhr fort: »Und als mir klarwurde, wie weit weg von zu Hause ich war und wie ... wie *anders* alles war ... da krampfte sich alles in mir zusammen, und ich hatte Angst wie ein Kind.«

»Möchten Sie jetzt nach Santa Barbara zurückfahren?«

»Nein!« sagte sie und sah ihm endlich in die Augen. Sie schüttelte den Kopf. Sie wagte es, um sich zu blicken, die Leute zu betrachten, die durch den kleinen Park schlenderten, und den Andenkenladen, der wie eine Windmühle aussah. »Nein. Ich möchte noch eine Weile bleiben. Den ganzen Tag. Ich möchte in einem Restaurant hier zu Abend essen, nicht in einem Straßencafé, sondern im Lokal, wie die anderen Leute es tun. Und möchte nach Hause, wenn es dunkel geworden ist.

Sie blinzelte und wiederholte verwundert die letzten Worte. »Wenn es dunkel geworden ist.«

»Einverstanden.«

»Außer natürlich, Sie hatten vorgehabt; früher heimzukommen.«

»Nein, nein«, sagte er. »Ich hatte vor, den ganzen Tag mit Ihnen zu verbringen.«

»Das ist sehr freundlich von Ihnen.«

Travis hob eine Braue. »Was meinen Sie damit?«

»Das wissen Sie.«

»Ich fürchte nein.«

»Daß Sie mir helfen, in die Welt hinauszutreten«, sagte sie. »Daß Sie Ihre Zeit opfern, um jemandem ... wie mir zu helfen. Das ist sehr großzügig von Ihnen.«

Er war verblüfft. »Nora, lassen Sie mich Ihnen versichern, daß ich hier nicht als Wohltäter fungiere.«

»Ein Mann wie Sie hat aber an einem Sonntagnachmittag im Mai ganz sicher Besseres zu tun.«

»O ja«, sagte er im Selbstspott. »Ich hätte zu Hause bleiben und meine sämtlichen Schuhe gründlich einkremen und dann polieren können. Ich hätte auch die Makkaroni in der Schachtel zählen können.«

Sie starrte ihn ungläuhig an.

»Mein Gott, das ist ja wirklich Ihr Ernst«, sagte Travis. »Sie denken, ich sei hier, bloß weil Sie mir leid tun.«

Sie biß sich auf die Unterlippe und sagte: »Es ist ja gut.« Sie blickte wieder auf den Hund hinab. »Es macht mir nichts aus.«

»Aber ich bin nicht aus Mitleid hier, um Himmels willen! Ich bin hier, weil es mir Spaß macht, mit Ihnen zusammenzusein, wirklich — ich mag Sie sehr.«

Obwohl sie den Kopf gesenkt hielt, war die Röte, die sich über ihre Wangen schlich, nicht zu übersehen.

Eine Weile sagte keiner von ihnen etwas.

Einstein schaute anbetend zu ihr auf, als sie ihn streichelte, wenn er auch hin und wieder Travis von der Seite einen Blick zuwarf, als wollte er sagen: *Also schön, jetzt hast du die Tür zu einer Beziehung geöffnet, also sitz nicht einfach da wie ein Narr — sag etwas, unternimm etwas, erobere sie.*

Sie kraulte den Retriever hinter den Ohren und streichelte

ihn ein paar Minuten lang, dann sagte sie: »Jetzt bin ich wieder okay.«

Sie verließen den kleinen Park und schlenderten wieder an den Geschäften vorüber, und nach einer Weile war es, als hätten sich ihr Anfall von Panik und seine etwas ungeschickte Erklärung seiner Zuneigung nicht ereignet.

Es war ihm, als würde er einer Nonne den Hof machen. Schließlich wurde ihm bewußt, daß es sogar noch schlimmer war. Seit dem Tod seiner Frau vor drei Jahren hatte er im Zölibat gelebt. Der ganze Bereich sexueller Beziehungen schien ihm fremd und nun wieder völlig neu. Also war es beinahe so, als wäre er ein *Priester,* der sich um eine Nonne bemühte.

Fast in jedem Häuserblock gab es eine Bäckerei, und jedes der Schaufenster schien köstlichere Dinge zu enthalten als das Schaufenster zuvor. Düfte von Zimt, Puderzucker, Muskat, Mandeln, Äpfeln und Schokoladen mischten sich in der warmen Frühlingsluft.

Einstein stellte sich bei jeder Bäckerei auf die Hinterpfoten, legte die Vorderpfoten auf den Fenstersims und starrte sehnsüchtig durch das Glas auf das kunstvoll arrangierte Gebäck. Aber er betrat keinen der Läden, bellte kein einziges Mal. Wenn er bettelte, war sein seelenvolles Gewinsel diskret leise, um die Touristen nicht zu belästigen. Als er dann mit einer Erdnußschnitte und einem kleinen Apfeltörtchen belohnt wurde, war er zufrieden und hörte auf zu betteln.

Zehn Minuten später enthüllte Einstein Nora seine außergewöhnliche Intelligenz. Er war in ihrer Gesellschaft ganz der brave Hund gewesen, voll Zuneigung und Freundlichkeit, hatte beträchtliche Initiative an den Tag gelegt, indem er Arthur Streck jagte und stellte. Aber einen Blick auf seine unheimliche Intelligenz hatte er ihr bislang nicht gestattet. Und als sie schließlich Zeugin derselben wurde, begriff sie zuerst gar nicht, was sie sah.

Sie kamen an der Apotheke des Städtchens vorbei, wo man auch Zeitungen und Magazine verkaufte, von denen einige in einem Ständer neben dem Eingang ausgestellt waren. Einstein strebte mit einem plötzlichen Ruck in Richtung Apotheke, dabei der überraschten Nora die Leine aus der Hand reißend. Ehe Nora und Travis ihn wieder einfangen konnten, benutzte Einstein seine Zähne dazu, ein Magazin vom Regal zu reißen, es ihnen zu bringen und vor Noras Füße fallen zu lassen. Es war die Zeitschrift ›Die moderne Braut‹. Als Travis die Hand nach ihm ausstreckte, wich Einstein aus und schnappte sich ein weiteres Exemplar der ›Modernen Braut‹, das er vor Travis' Füße zu Boden fallen ließ, als Nora eben ihr Exemplar aufhob, um es wieder auf den Ständer zu legen.

»Du Dummchen«, sagte sie. »Was ist denn in dich gefahren?«

Travis griff nach der Leine, wand sich zwischen den Passanten hindurch, um das zweite Exemplar des Magazins wieder dorthin zurückzulegen, wo der Hund es genommen hatte. Er glaubte genau zu wissen, was Einstein im Sinn hatte, sagte aber nichts, aus Sorge, es könnte Nora peinlich sein, und sie setzten ihren Spaziergang fort.

Einstein besah sich alles, beschnüffelte interessiert die Vorübergehenden und schien seine Begeisterung für dem Ehestand gewidmete Druckerzeugnisse völlig vergessen zu haben.

Sie hatten jedoch wenig mehr als zwanzig Schritte zurückgelegt, als der Hund abrupt kehrtmachte, zwischen Travis' Beine rannte, ihm dabei die Leine aus der Hand riß und ihn fast zu Boden warf. Einstein strebte geradenwegs der Apotheke zu, schnappte sich ein Magazin aus dem Ständer und kehrte damit zurück.

›Die moderne Braut.‹

Nora begriff immer noch nicht, hielt das Ganze für komisch und beugte sich hinunter, um den Retriever am Hals zu kraulen. »Das ist wohl deine Lieblingslektüre, du dummer Hund? Liest es wohl jeden Monat, was? Weißt du, ich wette, das tust du. Du kommst mir richtig romantisch vor.«

Ein paar Touristen hatten den verspielten Hund bemerkt und lächelten; aber es war weniger wahrscheinlich als bei Nora, daß sie begriffen, daß das Tier bei seinem Spiel mit der Zeitschrift komplexe Hintergedanken verfolgte.

Als Travis sich bückte, um ›Die moderne Braut‹ aufzuheben, in der Absicht, sie zurückzutragen, kam Einstein ihm zuvor, hielt das Heft mit den Zähnen fest und schüttelte es einen Augenblick lang heftig.

»Böser Hund«, sagte Nora, sichtlich überrascht, an Einstein auch teuflische Züge zu entdecken.

Einstein ließ das Magazin fallen. Es war ziemlich zerknautscht, ein paar der Seiten waren zerfetzt, und hier und da zeigten sich auf dem Papier Spuren von Speichel.

»Jetzt werden wir es kaufen müssen«, sagte Travis.

Hechelnd hockte sich der Hund auf den Bürgersteig, legte den Kopf schief und grinste zu Travis hinauf.

Nora in ihrer Unschuld merkte nicht, daß der Hund versuchte, ihnen etwas mitzuteilen. Natürlich hatte sie keine Veranlassung, für Einsteins Verhalten komplizierte Erklärungen zu suchen. Sie wußte nichts von seinen geistigen Fähigkeiten und erwartete von ihm keine Wunder von kommunikativem Verhalten.

Travis sah den Hund böse an und sagte: »Jetzt hörst du auf, Pelzgesicht. Schluß damit. Verstanden?«

Einstein gähnte.

Nachdem sie das Magazin bezahlt und es in einen Plastikbeutel gesteckt hatten, setzten sie ihren Gang durch Solvang fort. Doch ehe sie das Ende des Häuserblocks erreicht hatten, fing der Hund an, seine Botschaft zu verdeutlichen. Plötzlich nahm er Noras Hand vorsichtig zwischen die Zähne und zog sie zu ihrer Verblüffung über den Bürgersteig zu einer Gemäldegalerie, wo ein junges Paar die Landschaftsgemälde im Schaufenster bewunderte. Sie hatten ein Baby in einem Kinderwagen, und auf dieses Kind lenkte Einstein jetzt Noras Aufmerksamkeit. Er wollte ihre Hand nicht loslassen, bis er sie gezwungen hatte, den in Rosa gekleideten Säugling am Arm zu tätscheln.

Verlegen meinte Nora: »Er hält Ihr Baby wohl für ausnehmend hübsch — und das ist es ja auch.«

Mutter und Vater hatten den Hund zunächst argwöhnisch gemustert, erkannten aber schnell, daß er harmlos war.

»Wie alt ist denn Ihr kleines Mädchen?« fragte Nora.

»Zehn Monate«, sagte die Mutter.

»Und wie heißt sie?«

»Lana.«

»Ein hübscher Name.«

Schließlich war Einstein bereit, Noras Hand loszulassen.

Ein paar Schritte von dem jungen Paar entfernt, vor einem Antiquitätenladen, der so aussah, als wäre er Ziegel um Ziegel und Balken um Balken aus dem Dänemark des 17. Jahrhunderts hierhertransportiert worden, blieb Travis stehen, kauerte sich neben dem Hund nieder, hob eines seiner Ohren und sagte: »Genug. Wenn du je wieder dein Alpo kriegen willst, dann hör jetzt auf.«

Nora sah ihn verdutzt an. »Was ist nur in ihn gefahren?«

Einstein gähnte, und Travis wußte, daß es Ärger geben würde.

In den nächsten zehn Minuten ergriff Einstein zweimal Noras Hand und führte sie beide Male zu Babys.

›Die moderne Braut‹ und Babys.

Die Botschaft war jetzt schmerzhaft deutlich, selbst für Nora: *Du und Travis, ihr gehört zusammen. Heiratet. Habt Kinder. Gründet eine Familie. Worauf wartet ihr?*

Sie war jetzt knallrot und schien außerstande, Travis anzusehen. Auch ihm war das Ganze peinlich.

Endlich schien Einstein zufrieden, seine Absicht klargemacht zu haben, und benahm sich wieder anständig. Bis zu dieser Stunde hätte Travis jedem gegenüber auf dessen entsprechende Frage behauptet, ein Hund könne nicht blasiert dreinsehen.

Später, als es Zeit wurde, essen zu gehen, war es immer noch angenehm warm, und Nora änderte ihre Absicht, das Essen in einem gewöhnlichen Restaurant im Inneren einzunehmen. Sie wählte ein Lokal mit Tischen im Freien unter roten Schirmen, die unter den schützenden Ästen einer riesigen Eiche standen. Travis hatte aber das Gefühl, daß sie sich nicht davor fürchtete, in einem richtigen Restaurant zu sitzen, sondern daß sie im Freien essen wollte, damit sie Einstein bei sich behalten konnten. Mehrere Male während des Essens schaute sie Einstein an, musterte ihn manchmal verstohlen, dann wiederum unverhohlen und mit gespannter Aufmerksamkeit.

Travis ging auf das, was geschehen war, nicht ein und tat so, als hätte er die ganze Angelegenheit vergessen. Aber als dann der Hund ihm die Aufmerksamkeit zuwandte und Nora gerade nicht herschaute, formte sein Mund drohende Worte: *Keine Apfeltörtchen mehr. Würgehalsband. Maulkorb. Auf dem schnellsten Weg ins Hundeasyl.*

Einstein nahm jede Drohung mit großem Gleichmut hin, grinste entweder oder gähnte oder blies schnaubend die Luft durch die Nasenlöcher.

5

Am frühen Sonntagabend besuchte Vince Nasco Johnny Santini, genannt ›der Draht‹. Johnny wurde aus mehreren Gründen ›der Draht‹ genannt, nicht zuletzt deshalb, weil er groß, schlank und drahtig war und aussah, als bestünde er aus verknoteten Drähten verschiedener Dicke. Außerdem hatte er gekräuseltes Haar in der Farbe von Kupfer. Johnny war schon im zarten Alter von fünfzehn Jahren zu Ansehen gelangt: Er hatte es damals, um seinem Onkel Religio Fustino, dem Don einer der fünf Familien New Yorks, gefällig zu sein, auf sich genommen, einen auf eigene Rechnung arbeitenden Shit-und-Coke-Dealer zu strangulieren, der in der Bronx ohne Erlaubnis der Familie tätig war. Johnny benützte für den Job eine Klaviersaite. Dieser Beweis seiner Eigeninitiative und seiner Achtung der Prinzipien der Familie hatte Don Religio mit Stolz und Zuneigung erfüllt, er hatte geweint — zum zweiten Mal in seinem Leben —, seinen Neffen des ewigen Respekts der Familie versichert und ihm eine gutbezahlte Position im Geschäft versprochen.

Jetzt war Johnny ›der Draht‹ fünfunddreißig und wohnte in einem Strandhaus in San Clemente, das eine Million Dollar gekostet hatte. Die zehn Zimmer und vier Bäder waren von einem Innenarchitekten gestaltet worden, dessen Auftrag gelautet hatte, inmitten unserer modernen Welt im authentischen — und teuren — Art-deco-Stil einen Zufluchtsort zu schaffen. Alles war in Schwarz, Silber und Dunkelblau gehalten, mit Andeutungen von Türkis und Pfirsich. Johnny hatte Vince gegenüber geäußert, Art deco gefalle ihm, weil ihn diese Richtung an die Roaring Twenties erinnere. Er liebte die zwanziger Jahre, denn das war die romantische Epoche der legendären Gangsterbosse gewesen.

Für Johnny den Draht war Verbrechen nicht nur ein Mittel, Geld zu machen, nicht nur einfach eine Möglichkeit, sich gegen die Einengungen der zivilisierten Gesellschaft aufzulehnen, auch nicht bloß ein ererbter Trieb, für ihn war es auch — und zwar in erster Linie — eine großartige romantische Tradition. Er sah sich als Bruder aller Augenklappen tragenden hakenarmigen Piraten, die je auf der Suche nach Raubgut die Segel gesetzt hatten, aller Straßenräuber, die je eine Postkutsche ausgeraubt hatten, und der Gesamtheit von Safeknackern, Kidnappern und Erpressern seit den Zeiten, da es Verbrechen als Profession gab. Er war, darauf bestand er, auf mystische Weise mit Jesse James, Dillinger, Al Capone, den Dalton-Boys, Lucky Luciano und Legionen anderer verwandt, und Johnny liebte sie alle, diese legendären Brüder in Diebstahl und Blutvergießen.

Als er Vince die Eingangstür aufmachte, sagte er: »Komm rein, komm rein, Großer. Schön, dich wiederzusehen.«

Sie umarmten einander. Vince mochte Umarmungen nicht, aber er hatte für Johnnys Onkel Religio gearbeitet, als er noch in New York lebte, und bisweilen war er hier an der Westküste noch für die Fustino-Familie tätig, also kannten er und Johnny einander schon lange, lange genug, um eine Umarmung zu rechtfertigen.

»Du siehst gut aus«, sagte Johnny. »Paßt auf dich auf, wie ich sehe. Bist du immer noch boshaft wie eine Schlange?«

»Wie eine Klapperschlange«, sagte Vince, dem es allmählich peinlich war, solchen Schwachsinn von sich zu geben, aber er wußte, Johnny hatte es gern, wenn man mit dieser Art Gangstergequassel um sich warf.

»Hab' dich schon so lange nicht mehr gesehen. Dachte schon, die Bullen hätten dir vielleicht den Arsch aufgerissen.«

»Ich sitze nie«, sagte Vince und meinte damit, für ihn stehe fest, daß das Gefängnis nicht zu den Dingen gehöre, die die Vorsehung für ihn ausersehen habe.

Johnny legte es so aus, daß Vince lieber schießend zu Boden gehen würde, als sich dem Gesetz zu ergeben, und daraufhin runzelte er die Stirn und nickte zustimmend. »Wenn sie dich je in die Ecke treiben, bläst du so viele von ihnen weg, wie du kannst, ehe sie dich erledigen. Die einzig *saubere* Art, zu Boden zu gehen.«

Johnny der Draht war ein erstaunlich häßlicher Mann, was wahrscheinlich sein Bedürfnis erklärlich machte, sich als Teil einer großen romantischen Tradition zu fühlen. Im Laufe der Jahre hatte Vince erkannt, daß die gutaussehenden Gangster nie herausstrichen, was sie taten. Sie töteten kaltblütig, weil Töten ihnen Freude bereitete oder weil sie es für nötig fanden, und sie stahlen, erpreßten und unterschlugen, weil sie auf bequeme Art zu Geld kommen wollten, punktum: keine Rechtfertigungen, keine Selbstbeweihräucherung, und so sollte es auch sein. Aber Leute mit Betongesichtern, die aussahen wie Quasimodo; wenn er seinen schlechten Tag hatte — nun, viele von diesen versuchten ihr unglückseliges Aussehen dadurch zu kompensieren, daß sie sich gaben wie Jimmy Cagney im Film ›Public Enemy‹.

Johnny trug einen schwarzen Jumpsuit und schwarze Turnschuhe. Er trug immer Schwarz, wahrscheinlich weil er dachte, er sehe damit bedrohlich aus und nicht einfach nur häßlich.

Aus dem Vorraum folgte Vince Johnny ins Wohnzimmer, wo schwarze Polstergarnituren mit glänzendschwarz lackierten Sofatischen standen. Da waren Ormolu-Tischlampen von Ranc zu sehen, große, silberbestäubte Deco-Vasen von Daum, ein Paar alte Stühle von Jacques Ruhlmann. Vince kannte die Geschichte dieser Gegenstände nur deshalb, weil Johnny der Draht bei früheren Besuchen kurz aus seiner Rolle des harten Burschen herausgetreten war und über seine Schätze geplaudert hatte.

Eine gutaussehende Blondine lag hingestreckt auf einer schwarzsilbernen Chaiselongue und las eine Zeitschrift. Sie war höchstens zwanzig, aber in beinahe peinlicher Weise überreif. Ihr silberblondes Haar war kurzgeschnitten, ein Bubikopf. Sie trug einen roten Hosenanzug aus chinesischer Seide, der an den Konturen ihrer vollen Brüste klebte, und als sie aufblickte und Vince schmollend ansah, schien das ein Versuch, wie Jean Harlow auszusehen.

»Das ist Samantha«, sagte Johnny der Draht. Zu Samantha gewandt, meinte er: »Süße, das hier ist ein gemachter Mann, mit dem nicht gut Kirschen essen ist, und schon zu Lebzeiten eine Legende.«

Vince kam sich wie ein Esel vor.

»Was ist ein ›gemachter Mann‹?« fragte die Blondine mit hoher Stimme, womit sie den ohne Zweifel einstigen Filmstar Judy Holiday nachmachte.

Johnny trat neben die Chaiselongue, umschloß mit der Hand eine Brust der Blondine und drückte sie kosend durch den Seidenpyjama hindurch. Dann meinte er: »Sie versteht die Sprache nicht, Vince, sie gehört nicht zur *Fratellanza.* Sie ist ein Mädchen aus dem Tal, kennt das Leben nicht und kennt nicht unsere Sitten.«

»Damit meint er, daß ich keine Spaghetti fressende Ithakerin bin«, sagte Samantha ärgerlich.

Johnny versetzte ihr eine so heftige Ohrfeige, daß sie fast von der Chaiselongue fiel. »Gib acht, was du sagst, blödes Stück.«

Sie griff sich mit der Hand an die Wange, und in ihren Augen schimmerten Tränen. Dann sagte sie mit Kleinmädchenstimme: »Tut mir leid, Johnny.«

»Blödes Stück«, murmelte er.

»Ich weiß nicht, was manchmal in mich fährt«, sagte sie. »Du bist so gut zu mir, Johnny, und ich hasse mich, wenn ich so bin.«

Vince kam das Ganze wie einstudiert vor, wahrscheinlich deshalb, weil sie das schon so oft durchgespielt hatten, sowohl allein wie auch vor anderen. Das Glitzern in Samanthas Augen verriet Vince, daß es ihr Vergnügen machte, geschlagen zu werden; sie reizte Johnny, damit er sie schlug. Und Johnny bereitete es sichtlich Freude, sie zu schlagen.

Vince widerte das an.

Johnny der Draht nannte sie noch einmal ›blödes Stück‹, führte dann Vince aus dem Wohnzimmer ins große Arbeitszimmer und schloß die Tür hinter sich. Er blinzelte ihm zu und sagte: »Ein wenig vorlaut, die Kleine, aber dafür saugt sie dir das Hirn aus den Eiern.«

Vince verabscheute solch schmutzige Reden. Er lehnte es ab, sich in ein solches Gespräch hineinziehen zu lassen. Statt dessen holte er einen Umschlag aus der Jackettasche. »Ich brauche Informationen.«

Johnny nahm den Umschlag, schaute hinein, blätterte desinteressiert in dem Bündel Hundert-Dollar-Noten und sagte: »Was du willst, sollst du haben.«

Das Arbeitszimmer war der einzige Raum im Haus, der von der Art deco unberührt geblieben war. Er war durch und durch high-tech. An drei Wänden standen massive Stahltische, auf ihnen acht Computer unterschiedlicher Marken und Modelle. Jeder Computer hatte sein Modem mit eigener Telefonleitung, und jeder Bildschirm leuchtete. Auf einigen Schirmen liefen Programme ab; Daten huschten über sie oder rollten von unten nach oben ab. Die Gardinen waren vor die Fenster gezogen, die zwei Arbeitslampen auf biegsamen Hälsen verhüllt, damit kein grelles Licht auf die Monitore fiele, und so war der Raum in elektronisches Grün getaucht, was Vince das eigenartige Gefühl vermittelte, er befände sich unter Wasser. Drei Laserdrucker produzierten mit leisem Flüstern Kopien, und die Geräusche ließen in Vinces Fantasie aus irgendeinem Grund das Bild von Fischen erstehen, die sich durch die Vegetation des Meeresbodens hindurchwanden.

Johnny der Draht hatte ein halbes Dutzend Männer getötet, Buchmacher- und Lottogeschäfte betrieben, Bankraube und Juwelendiebstähle geplant und ausgeführt. Er war ins Drogengeschäft der Fustino-Familie verwickelt gewesen, hatte seine Finger in Erpressung, Entführung, Gewerkschaftskorruption, der illegalen Herstellung von Videokopien, politischer Bestechung und Kinderpornographie gehabt. Er hatte alles getan, alles gesehen, und obwohl ihn nie eine kriminelle Unternehmung gelangweilt hatte, egal, wie lange oder wie oft er damit befaßt gewesen war, hatte sich bei ihm doch eine gewisse Übersättigung eingestellt. Als im letzten Jahrzehnt der Computer erregende neue Bereiche krimineller Aktivitäten erschloß, hatte Johnny die Gelegenheit ergriffen, dort hineinzugehen, wo keiner der Maulhelden der Mafia bislang hineingegangen war: in das eine Herausforderung darstellende neue Gebiet der Computerkriminalität. Er hatte dafür eine Begabung und wurde bald zum größten Hacker der Mafia.

Wenn man ihm genügend Zeit gab und ihn entsprechend motivierte, konnte er jedes Computer-Sicherheitssystem knakken und sich die geheimsten Informationen einer Firma oder einer Regierung beschaffen. Galt es beispielsweise eine größere Kreditkartenmasche abzuziehen, Einkäufe im Wert von einer Million Dollar zu tätigen und damit die American-Express-Konten anderer Leute zu belasten, dann war Johnny der Draht imstande, geeignete Namen aus den Akten von TRW und die entsprechenden Kartennummern aus den Datenbänken von American Express abzuzapfen, und schon war man im Geschäft. War man ein Don, stand unter Anklage und erwartete seinen Prozeß und fürchtete sich vor der Zeugenaussage, die einer der eigenen Komplizen liefern könnte, weil die Staatsanwaltschaft ihm den Kronzeugenstatus versprochen hatte, dann war Johnny imstande, in die bestgehüteten Datenbänke des Justizministeriums einzudringen und dort die neue Identität herauszufinden, die man dem Verräter verschafft hatte. Und dann war es ein leichtes, die Killer auf ihn anzusetzen. Johnny hatte sich selbst etwas großspurig den Titel ›Silikon-Zauberer‹ verliehen, obwohl alle anderen ihn immer noch den ›Draht‹ nannten.

Als Hacker der Unterwelt war er den Familien der ganzen Nation wertvoller denn je; so wertvoll, daß es ihnen nichts ausmachte, als er an einem vergleichsweise abgelegenen Ort wie San Clemente sein Domizil aufschlug, wo er ein bequemes Leben am Strand führen konnte, während er gleichzeitig für sie arbeitete. Im Zeitalter der Mikrochips, meinte Johnny, sei die ganze Welt eine einzige Kleinstadt, und man könne in San Clemente — oder Oshkosh — sitzen und jemandem in New York City die Taschen leeren.

Johnny ließ sich in einen hochlehnigen schwarzen Ledersessel sinken, auf dessen Gummirollen man sich schnell von einem Computer zum nächsten gleiten lassen konnte. »Also! Was kann der Silikon-Zauberer für dich tun, Vince?« fragte er.

»Kannst du die Polizei-Computer anzapfen?«

»Nichts leichter als das.«

»Ich muß wissen, ob seit dem letzten Dienstag irgendeine Polizeibehörde im Bezirk eine Akte in bezug auf irgendwelche absonderlichen Morde angelegt hat.«

»Wer sind die Opfer?«

»Das weiß ich nicht. Ich bin nur auf der Suche nach absonderlichen Morden.«

»Absonderlich in welcher Hinsicht?«

»Das weiß ich nicht genau. Vielleicht ... vielleicht jemand, dem man die Kehle herausgerissen hat. Jemand, den man in Stücke gerissen hat. Jemand, den ein Tier zerbissen und hohlgefressen hat.«

Johnny warf ihm einen eigenartigen Blick zu. »Das ist absonderlich, allerdings. So was würde in der Zeitung stehen.«

»Vielleicht nicht«, sagte Vince und dachte an die Armee von Sicherheitsagenten der Regierung, die zweifellos am Werk war, um die Presse über das Francis-Projekt im dunkeln zu lassen und die gefährlichen Vorkommnisse in den Banodyne-Labors zu vertuschen. »Vielleicht sind die Morde in den Nachrichten erwähnt, aber vermutlich verschweigt die Polizei die grausigen Einzelheiten und stellt das Ganze als gewöhnliche

Morde hin. Also werde ich aus dem, was die Zeitungen über Morde bringen, nicht feststellen können, welche die Mordopfer sind, die mich interessieren.«

»In Ordnung. Das läßt sich machen.«

»Du solltest auch die Veterinärbehörde des Bezirks etwas unter die Lupe nehmen, um zu sehen, ob bei denen irgendwelche Anzeigen über ungewöhnliche Angriffe von Kojoten, Pumas oder anderen Raubtieren eingegangen sind. Und nicht nur Angriffe auf Menschen, sondern auch auf Vieh — Kühe, Schafe. Es könnte sogar irgendeine Gemeinde, vielleicht am östlichen Rand des Bezirks, geben, wo eine Menge Haustiere verschwinden oder von irgendwelchen wilden Tieren zerrissen worden sind. Wenn du auf so etwas stößt, möchte ich das auch wissen.«

Johnny grinste und sagte: »Du bist wohl einem Werwolf auf der Spur?«

Das sollte ein Witz sein; er rechnete weder mit einer Antwort, noch wollte er eine hören. Er hatte nicht gefragt, weshalb diese Information benötigt wurde, und er würde nie fragen, weil Leute, die in diesem Geschäft tätig waren, ihre Nase nicht in die Angelegenheiten anderer Leute steckten. Neugierig mochte Johnny sein, aber Vince wußte, daß der Draht nie seiner Neugierde nachgeben würde.

Vince beunruhigte auch nicht so sehr die Frage, sondern das sie begleitende Grinsen. Das grüne Licht der Computerschirme spiegelte sich in Johnnys Augen, im Speichel auf seinen Zähnen und in geringerem Maße auch in seinem drahtigen kupferfarbenen Haar. So häßlich er von Natur war — das gespenstische Licht ließ ihn wie eine wieder zum Leben erweckte Leiche in einem Romero-Film erscheinen.

Vince sagte: »Und noch was: Ich muß wissen, ob irgendeine Polizeibehörde im Bezirk in aller Stille nach einem Golden Retriever sucht.«

»Einem Hund?«

»Ja.«

»Die Bullen suchen gewöhnlich keine verlorengegangenen Hunde.«

»Ich weiß«, sagte Vince.

»Hat der Hund einen Namen?«

»Kein Name.«

»Ich werde nachsehen. Noch etwas?«

»Das ist alles. Wann hast du alles beisammen?«

»Ich ruf' dich morgen früh an.«

Vince nickte. »Es wird drauf ankommen, was du ausfindig machst, ob ich dich vielleicht brauche, damit du diese Dinge Tag für Tag weiterverfolgst.«

»Kinderspiel«, sagte Johnny, machte eine Dreihundertsechzig-Grad-Drehung in seinem schwarzen Ledersessel und sprang dann grinsend auf. »So, und jetzt werd' ich Samantha vögeln. He! Willst du mitmachen? Zwei Hengste wie wir — wenn wir uns die Kleine gleichzeitig vornehmen, bis das Miststück nur noch ein Haufen Sülze ist, fleht sie um Gnade. Wie wär's?«

Vince war für die gespenstische grüne Beleuchtung dankbar, weil sie verbarg, daß er bleich wurde wie ein Gespenst. Die Vorstellung, es mit dieser infizierten Schlampe zu treiben, dieser verseuchten Hure, diesem durch und durch verfaulten Drecksstück, reichte aus, in ihm Übelkeit zu erzeugen. »Ich habe eine Verabredung, die ich einhalten muß«, sagte er.

»Schade«, sagte Johnny.

Vince zwang sich zu sagen: »Wär' richtig ein Spaß gewesen.«

»Vielleicht nächstesmal.«

Allein die Vorstellung, daß sie alle drei ... nun, Vince fühlte sich unrein. Ein überwältigender Drang nach einer dampfendheißen Dusche überkam ihn.

6

Es war Sonntagabend, Travis war von dem langen Tag in Solvang angenehm müde und dachte, er werde in dem Augenblick einschlafen, da er den Kopf auf das Kissen legte. Doch es war nicht so. Er konnte einfach nicht aufhören, über Nora Devon nachzudenken. Die grauen Augen mit den grünen Lichtern. Das glänzendschwarze Haar. Die feine schlanke Linie des Halses. Der wohltuende Klang ihres Lachens und die Art und Weise, wie sich beim Lächeln ihre Mundwinkel verzogen.

Einstein lag auf dem Boden, im fahlsilbernen Licht, das durchs Fenster drang und nur einen kleinen Teil des ansonsten im Dunkel liegenden Zimmers schwach erhellte. Nachdem Travis sich eine Stunde lang im Bett herumgewälzt hatte, sprang der Hund schließlich zu ihm aufs Bett und legte seinen breiten Kopf und seine Vorderpfoten auf Travis' Brust.

»Sie ist so süß, Einstein. Ich habe noch selten jemanden kennengelernt, der so sanft und so süß ist.«

Der Hund blieb stumm.

»Und klug ist sie. Sie hat einen scharfen Verstand, schärfer, als ihr bewußt ist. Sie sieht Dinge, die ich nicht sehe. Sie hat eine Art, Dinge zu beschreiben, die diese frisch und neu erscheinen lassen. Die ganze *Welt* kommt mir frisch und neu vor, wenn ich sie mit ihren Augen sehe.«

Obwohl Einstein ruhig und stumm dalag, war er nicht eingeschlafen. Er war äußerst wachsam.

»Wenn man daran denkt, daß all die Lebenskraft, all die Intelligenz und Liebe zum Leben dreißig Jahre lang unterdrückt worden sind, könnte man weinen. Dreißig Jahre in diesem finsteren alten Haus. Du lieber Gott! Wenn ich daran denke, daß sie das all die Jahre erduldet hat und doch nicht verbittert geworden ist, möchte ich sie an mich drücken und ihr sagen, was für eine unglaubliche Frau sie ist, was für eine starke, mutige, unglaubliche Frau.«

Einstein gab keinen Laut von sich und blieb unbewegt liegen.

Lebhaft erinnerte Travis sich an den sauberen Shampoogeruch von Noras Haar, den er wahrgenommen hatte, als er sich vor dem Schaufenster einer Gemäldegalerie in Solvang zu ihr beugte. Er atmete tief ein, und da war der Geruch tatsächlich wieder, und der Duft beschleunigte seinen Herzschlag.

»Verdammt«, sagte er. »Jetzt kenne ich sie seit ein paar Tagen, aber ich will verdammt sein, wenn ich nicht angefangen habe, mich in sie zu verlieben.«

Einstein hob den Kopf und wuffte, als wollte er sagen, es sei ja auch an der Zeit, daß Travis begriffe, was da geschehe. Er habe sie zusammengebracht, rechne sich ihr zukünftiges Glück als Verdienst an, und das alles sei Teil eines großen Plans. Travis solle doch aufhören, sich darüber Gedanken zu machen und sich einfach im Strom treiben lassen.

Travis redete noch eine ganze Stunde lang über Nora, wie sie aussah, sich bewegte, über den Klang ihrer weichen Stimme, ihre einmalige Art, das Leben zu betrachten und überhaupt ihre Art zu denken. Und Einstein hörte aufmerksam und echt interessiert zu, wie es sich für einen wahren, besorgten Freund gehörte. Diese Stunde gab ihm Auftrieb. Travis hatte nicht geglaubt, daß er wieder Liebe empfinden können würde, weder für einen Menschen noch ganz allgemein, und ganz bestimmt nicht so intensiv. Noch vor weniger als einer Woche war ihm seine Einsamkeit als etwas Unbesiegbares vorgekommen.

Später, nun körperlich wie seelisch ausgelaugt, schlief Travis ein.

Noch später, im hohlen Herzen der Nacht, wurde er halbwach und nahm benommen wahr, daß Einstein am Fenster war. Die Vorderpfoten des Retrievers lagen auf dem Fenstersims, er hatte die Schnauze gegen das Glas gepreßt und starrte in die Dunkelheit hinaus, wachsam.

Travis spürte die Unruhe des Hundes.

Aber in seinem Traum hatte er Noras Hand gehalten, unter dem Herbstmond, und er wollte nicht ganz wach werden, aus Angst, er könnte nicht mehr zu diesem angenehmen Fantasiebild zurückfinden.

7

Am Montagmorgen, dem 24. Mai, fanden sich Lemuel Johnson und Cliff Soames in dem kleinen Zoo — eigentlich mehr ein Tiergarten für Kinder — in der ausgedehnten Gemeinde Irvine Park am östlichen Rand des Orange County ein. Die Sonne stand grell und heiß am wolkenlosen Himmel. Auf den mächtigen Eichen regte sich kein Blatt in der unbewegten Luft, aber Vögel schwebten von Ast zu Ast, trillerten und fiepten.

Zwölf Tiere waren tot. Sie lagen gleich blutigen Haufen da.

Während der Nacht war jemand oder etwas über die Zäune in die Pferche geklettert und hatte drei junge Ziegen, eine weißschwänzige Hirschkuh und ihr gerade zur Welt gekommenes Kitz, zwei Pfauen, einen Feldhasen, ein Mutterschaf und zwei Lämmer hingeschlachtet.

Dann war noch ein Pony tot, wenngleich es nicht so zugerichtet war wie die anderen. Offenbar war es aus Angst gestorben, als es sich wiederholt gegen den Zaun warf, im Versuch, vor dem zu fliehen, was die anderen Tiere angriff. Es lag auf der Seite, sein Hals war in unwahrscheinlichem Winkel verdreht.

Die Wildschweine waren unversehrt geblieben. Sie gruben schnaubend und schniefend in der staubigen Erde rund um den Futtertrog in ihrem separierten Pferch und suchten nach Futter, das vielleicht gestern verschüttet worden war und ihnen bis jetzt entgangen sein mochte.

Die anderen Überlebenden waren im Gegensatz zu den Wildschweinen nervös.

Die Angestellten des kleinen Parks — ebenfalls nervös — hatten sich in der Nähe eines orangefarbenen Lastwagens versammelt, der dem Bezirk gehörte. Sie redeten mit zwei Beamten der Tierbehörde und einem jungen, bärtigen Biologen vom kalifornischen Naturschutz.

Lem kauerte neben dem zarten, übel zugerichteten Rehkitz und studierte die Wunden an seinem Hals, bis er den Gestank nicht länger ertragen konnte. Aber nicht alle üblen Gerüche kamen von den toten Tieren. Es gab deutliche Hinweise, daß der Killer seine Opfer, so wie auch in Dalbergs Hütte, mit Kot und Urin bespritzt hatte: Lem drückte sich ein Taschentuch als Filter gegen die Nase und trat neben einen toten Pfau. Der Kopf war dem Tier abgerissen worden, ebenso ein Bein. Die beiden gestutzten Flügel waren gebrochen, die irisierenden Federn stumpffarben und mit Blut besudelt.

»Sir!« rief Cliff Soames aus dem Nachbarpferch.

Lem ließ den Pfau liegen, fand eine Tür, die in die nächste Umfriedung führte, und trat neben Cliff an den Kadaver des Mutterschafes.

Fliegen umschwärmten sie hungrig summend, ließen sich immer wieder auf dem Schafskadaver nieder und schossen davon, wenn die Männer sie verscheuchten.

Cliffs Gesicht war blutlos weiß, aber er wirkte nicht so schockiert und angegriffen wie letzten Freitag bei Dalbergs Hütte. Vielleicht setzte ihm dieses Massaker hier nicht so zu, weil die Opfer Tiere und keine Menschen waren. Vielleicht mobilisierte er auch bewußt all seine Härte gegen die extreme Gewalttätigkeit ihres Widersachers.

»Sie müssen auf diese Seite kommen«, rief Cliff von der Stelle aus, wo er neben dem Schafskadaver kauerte.

Lem ging um das Schaf herum und kauerte sich neben Cliff nieder. Obwohl der Kopf im Schatten eines in den Pferch ragenden Eichenastes lag, sah Lem, daß dem Tier das rechte Auge herausgerissen worden war.

Ohne Kommentar benutzte Cliff einen Stock dazu, die linke Seite des Schafskopfes vom Boden abzuheben, so daß man sehen konnte, daß auch die andere Augenhöhle leer war.

Die Fliegenwolke, die sie umgab, wurde dichter.

»Sieht ganz so aus, als wäre das unser Ausreißer«, sagte Lem.

Cliff nahm kurz das Taschentuch vom Gesicht und sagte: »Da ist noch mehr.« Er führte Lem zu den drei anderen Kadavern, den beiden Lämmern und einer der Ziegen. Sie waren augenlos. »Ich würde sagen, das ist er einwandfrei. Das verdammte Ding, das vergangene Dienstagnacht Dalberg getötet hat, dann fünf Tage durch die Hügel und Canyons gezogen ist und dabei …«

»Und dabei was?«

»Das weiß Gott allein. Jedenfalls ist es gestern nacht hier gelandet.«

Lem wischte sich mit dem Taschentuch den Schweiß von seinem dunklen Gesicht. »Wir befinden uns nur ein paar Meilen nordnordwestlich von Dalbergs Hütte.«

Cliff nickte.

»Wohin meinen Sie, daß es weiterzieht?«

Cliff zuckte die Achseln.

»Jaah«, sagte Lem. »Nicht rauszukriegen, wo es hinwill. Schließlich haben wir auch nicht die leiseste Ahnung, *wie* dieses Monster denkt. Wir wollen nur zu Gott beten, daß es hier draußen im dünnbesiedelten Teil des Bezirks bleibt. Ich will nicht einmal darüber nachdenken, was passiert, falls es auf die Idee käme, in die östlichen Vorstädte wie Orange Park Acres und Villa Park zu gehen.«

Als sie die kleine Anlage verließen, sah Lem, daß die Fliegen sich in solcher Zahl um den toten Hasen gesammelt hatten, daß sie wie ein Stück schwarzen Tuchs aussahen, das man über den Kadaver gelegt hatte und das in einer leichten Brise auf und nieder flatterte.

Acht Stunden später, am Montagabend um sieben Uhr, trat Lem an ein Rednerpult in einem großen Vortragssaal auf dem Gelände des Marineluftstützpunkts von El Toro. Er beugte sich zum Mikrofon vor, tippte es mit dem Finger an, um sich zu vergewissern, daß es eingeschaltet war, hörte ein lautes, hohles Geräusch und sagte: »Darf ich Sie um Ihre Aufmerksamkeit bitten?«

Hundert Männer saßen auf Klappstühlen aus Metall. Sie waren alle jung, gutgebaut und kerngesund, gehörten sie doch Einheiten der Marineabwehr, einer Elitetruppe, an. Man hatte fünf Züge zu je zwei Gruppen von Pendleton und anderen Stützpunkten in Kalifornien abgezogen. Die meisten von ihnen hatten am letzten Mittwoch und Donnerstag nach dem Ausbruch aus dem Banodyne-Labors an der Suchaktion in den Santa-Ana-Bergen teilgenommen.

Sie suchten *immer noch* und waren soeben von einem vollen Tagewerk aus den Hügeln und Canyons zurückgekehrt. Aber sie führten die Operation inzwischen nicht mehr in Uniform durch. Um die Reporter und die lokalen Behörden zu täuschen, waren sie in privaten Fahrzeugen und Jeeps an verschiedene Punkte im Einsatzgebiet gefahren, in Dreier- oder Vierergruppen in die Wildnis eingedrungen, als Zivilisten gekleidet, in Jeans oder in Khakihosen, wie sie heute in Mode waren, in T-Shirts oder Safarihemden, und mit Dodger-, Budweiser-, John-Deere-Mützen oder Cowboyhüten. Sie waren alle mit großkalibrigen Revolvern bewaffnet, die sie schnell in ihren Nylonrucksäcken oder unter ihren weiten T-Shirts verstecken konnten, wenn sie auf echte Wanderer oder Angehörige der lokalen Behörde stießen. In großen Thermosbehältern führten sie zerlegbare Uzi-Maschinenpistolen mit sich, die binnen Sekunden einsatzbereit gemacht werden konnten, für den Fall, daß sie den Gegner fanden.

Jeder der im Raum Anwesenden hatte schriftlich einen Geheimhaltungseid abgelegt, der ihm eine lange Gefängnisstrafe androhte, falls er mit jemandem über ihren Einsatz sprach. Sie wußten, was sie jagten, obwohl Lem bewußt war, daß es einigen von ihnen schwerfiel, an die tatsächliche Existenz der Kreatur zu glauben. Manche hatten Angst. Andere, besonders die, die schon im Libanon oder in Mittelamerika gedient hatten, waren mit Tod und Schrecken vertraut genug, um sich auch nicht durch das, worauf sie augenblicklich Jagd machten, erschüttern zu lassen. Ein paar Veteranen waren sogar noch aus dem letzten Jahr in Vietnam dabei, und sie behaupteten, die ganze Mission sei ein Zuckerlecken. Jedenfalls waren sie alle hervorragende Leute mit gesundem Respekt für den fremdartigen Feind, den sie jagten. Und wenn der Outsider zu finden war, würden sie ihn finden.

Als Lem sie jetzt um ihre Aufmerksamkeit bat, verstummten sie sofort.

»General Hotchkiss sagt mir, daß Sie wieder einen erfolglosen Tag hatten dort draußen«, sagte Lem. »Und ich weiß, Sie sind darüber ebensowenig froh wie ich. Sie haben jetzt sechs Tage lang in schwierigem Terrain gearbeitet, Sie sind müde und fragen sich, wie lange das noch weitergehen soll. Nun, wir werden weitersuchen, bis wir finden, was wir suchen, bis wir den Outsider in eine Ecke treiben und töten. Wir können und dürfen nicht ruhen, solange er noch in Freiheit ist. Keinesfalls.«

Keiner der hundert Männer gab einen Ton von sich.

»Und denken Sie immer daran — wir suchen auch nach dem Hund.«

Jeder im Saal hoffte wahrscheinlich, daß er derjenige sein würde, der den Hund fand, und daß ein anderer auf den Outsider stieß.

Lem sagte: »Am Mittwoch bringen wir weitere vier Gruppen der Marineabwehr von weiter entfernten Stützpunkten herein, und die Männer werden Sie dann im Turnus ablösen, damit Sie ein paar Tage frei haben. Morgen früh aber sind Sie alle wieder draußen, und wir haben das Suchgebiet neu abgesteckt.«

Hinter dem Rednerpult war eine Karte des Bezirks an der Wand angebracht, und Lem deutete jetzt mit einem Zeigestab darauf. »Wir verlagern den Einsatz nach Nord-Nordwesten in die Hügel und Canyons rings um Irvine Park.«

Er berichtete ihnen von dem Gemetzel in dem Tierpark. Er beschrieb ihnen den Zustand der Kadaver in allen Einzelheiten, weil er nicht wollte, daß auch nur einer dieser Männer unvorsichtig würde.

»Was diesen Zootieren passiert ist«, sagte Lem, »könnte jedem einzelnen von Ihnen auch passieren, wenn Sie am falschen Ort oder zur falschen Zeit in Ihrer Wachsamkeit nachlassen.«

Hundert Männer musterten ihn mit großem Ernst, und in ihren Augen sah er hundert Spielarten seiner eigenen unterdrückten Furcht.

8

Dienstagnacht, der 25. Mai. Tracy Leigh Keeshan konnte nicht schlafen. Sie war so aufgeregt, daß sie das Gefühl hatte, bersten zu müssen. Sie stellte sich vor, sie sei ein Löwenzahn, ein zarter Ball zerbrechlichen weißen Federwerks. Und dann kam ein Windstoß und all die weiße Watte segelte nach allen Richtungen davon — *puff* — in die entferntesten Winkel der Welt, und Tracy Keeshan würde nicht mehr existieren, von ihrer eigenen Erregung vernichtet.

Die Fantasie ging der Dreizehnjährigen oft durch. Wenn sie im dunklen Zimmer im Bett lag, brauchte sie nicht einmal die Augen zu schließen, um sich im Sattel sitzen zu sehen, auf Goodheart, ihrem kastanienbraunen Hengst, über die Rennbahn donnernd, den anderen Pferden im Feld weit voraus, die Ziellinie nicht einmal mehr hundert Meter vor sich, und die begeisterte Menge jubelte ihr wie wild von den Tribünen zu ...

Auf der Schule bekam sie gewohnheitsmäßig gute Noten, nicht weil sie eine besonders fleißige Schülerin war, sondern weil das Lernen ihr leichtfiel und sie ohne viel Mühe gut vorankam. Die Schule bedeutete ihr nicht sehr viel. Sie war schlank und blond, mit Augen, genau im Farbton eines klaren Sommerhimmels, und sehr hübsch. Die Jungs fühlten sich zu ihr hingezogen. Aber sie verbrachte ebensowenig Zeit mit Gedanken über Jungs wie damit, sich mit ihren Schulaufgaben zu befassen. Vorläufig zumindest. Dabei waren ihre Freundinnen auf Jungs geradezu fixiert, derart besessen von dem Thema, daß Tracy es zu Tode langweilig fand.

Was Tracy interessierte — leidenschaftlich, tief und heftig — das waren Pferde, Vollblutrennpferde. Seit ihrem fünften Lebensjahr sammelte sie Bilder von Pferden, seit dem siebten Lebensjahr nahm sie Reitstunden, obwohl ihre Eltern es sich die längste Zeit nicht hatten leisten können, ihr ein Pferd zu kaufen. Aber in den letzten zwei Jahren florierte das Geschäft ihres Vaters, vor zwei Monaten waren sie nach Orange Park Acres in ein großes neues Haus mit einem achttausend Quadratmeter großen Grundstück gezogen, und Orange Park Acres war Pferdeland mit einer Menge Reitwegen. Am hinteren Ende ihres Besitzes gab es einen Privatstall für sechs Pferde, wenn auch nur eine der Boxen besetzt war. Und genau heute, am Dienstag, dem 25. Mai, einem Tag der Freude, einem Tag, der ewig in Tracy Keeshans Herzen leben würde, einem Tag, der einfach der Beweis dafür war, daß es einen Gott gab, hatte sie ihr eigenes Pferd bekommen, den unvergleichlichen, großartigen, wunderschönen Goodheart.

Deshalb konnte sie nicht schlafen. Sie war um zehn zu Bett gegangen, jetzt war Mitternacht, und sie war wacher denn je. Um ein Uhr früh konnte sie es nicht länger ertragen. Sie mußte hinaus zum Stall und Goodheart ansehen. Sich vergewissern, daß bei ihm alles in Ordnung war und er sich in seinem neuen Heim wohl fühlte. Sich vergewissern, daß er *Wirklichkeit* war.

Sie warf das Laken und die dünne Decke von sich und stieg leise aus dem Bett. Sie trug ein Höschen und ein T-Shirt mit dem Aufdruck ›Santa Anita Racetrack‹, schlüpfte bloß in ihre Jeans und in blaue Nike-Laufschuhe.

Langsam drehte sie den Türknopf, völlig lautlos, ging in den Korridor hinaus, ließ die Tür offenstehen.

Im Haus war es dunkel und still. Ihre Eltern und ihr neunjähriger Bruder Bobby schliefen.

Tracy ging durch den Flur, passierte Wohnzimmer und Speisezimmer, ohne das Licht einzuschalten. Sie fand sich im Mondlicht zurecht, das durch die großen Fenster fiel.

In der Küche machte sie lautlos die Schublade des Sekretärs auf, der in der Ecke stand, und nahm eine Taschenlampe heraus. Sie sperrte die Hintertür auf und trat auf die hintere Terrasse, zog klammleise die Tür hinter sich zu, immer noch, ohne die Taschenlampe anzuknipsen.

Die Frühlingsnacht war kühl, aber nicht kalt. Ein paar große Wolken, oben silbrig vom Mondlicht, unten mit dunklen Bäuchen, glitten wie Galeonen mit weißen Segeln durch das Meer der Nacht. Tracy starrte eine Weile zu ihnen empor und genoß den Augenblick. Sie wollte jeden einzelnen dieser ganz besonderen Augenblicke in sich aufnehmen und ihre Vorfreude wachsen lassen. Schließlich, dies würde das erste Mal sein, daß sie mit dem stolzen, edlen Goodheart *allein* war. Nur sie beide würden ihre Zukunftsträume miteinander teilen.

Sie ging über die Terrasse, umschritt den Swimming-pool, wo der Widerschein des Mondes sich im Chlorwasser kräuselnd bewegte, und trat auf den leicht abschüssigen Rasen. Das taufeuchte Gras schimmerte im sanften Mondlicht.

Links und rechts grenzte ein weißer Ranchzaun, der phosphoreszierendes Licht auszusenden schien, das Grundstück von den Nachbargrundstücken ab, die alle mindestens viertausend Quadratmeter groß waren, manche auch so groß wie das Keeshan-Anwesen. Überall rundum herrschte Stille, von ein paar Grillen und Fröschen abgesehen.

Tracy ging langsam auf die Stallungen am Ende des Grundstücks zu und dachte an die Triumphe, die ihr und Goodheart bevorstanden. Er würde in keine Rennen mehr gehen. Er war in Santa Anita, Del Mar, Hollywood Park und auf anderen Rennplätzen in Kalifornien in die Gewinnränge gelaufen. Aber dann hatte er sich eine Verletzung zugezogen, und ein Rennen war für ihn nicht mehr ungefährlich. Aber als Deckhengst konnte er noch eingesetzt werden, und Tracy zweifelte nicht daran, daß er Sieger zeugen würde. Im Laufe der nächsten Woche hofften sie, ihrem Bestand zwei gute Mähren zufügen zu können, und dann wollten sie die Pferde sofort auf eine Zuchtfarm bringen, wo Goodheart die Mähren decken würde. Dann kämen alle drei hierher zurück, und Tracy würde für sie sorgen. Im nächsten Jahr würden zwei gesunde Fohlen zur Welt kommen, und die Fohlen würden sie in der Nähe bei einem Trainer unterbringen, so daß Tracy sie dauernd besuchen konnte. Sie würde beim Training mithelfen, alles lernen, was es über die Aufzucht eines Champions zu lernen gab, und dann — ja, *dann* — würden sie und die Nachkommen Goodhearts Renngeschichte machen. O ja, sie war ganz sicher, daß sie Renngeschichte machen würden.

Sie wurde aus ihren Fantasien gerissen, als sie etwa zwölf Meter vor den Stallungen in etwas Weiches, Schlüpfriges trat und fast hinfiel. Es roch nicht nach Pferdekot, aber es mußte ein Haufen sein, den Goodheart hierher gesetzt hatte, als sie ihn gestern abend herausholte. Sie kam sich dumm und ungeschickt vor. Sie knipste die Taschenlampe an, richtete den

Lichtstrahl auf den Boden und entdeckte statt Pferdekot die Überreste einer total verstümmelten Katze.

Tracy ließ vor Ekel zischend die Luft zwischen den Zähnen entweichen und schaltete sofort die Taschenlampe wieder aus.

In der Nachbarschaft wimmelt es von Katzen, vor allem weil sie nützlich waren, die Mäusebevölkerung rings um die Stallungen in Grenzen zu halten. Von den Hügeln und Canyons im Osten kamen regelmäßig Kojoten auf der Suche nach Beute herein. Obwohl Katzen schnell waren, waren Kojoten manchmal schneller. Also war Tracys erster Gedanke, ein Kojote habe sich unter dem Zaun durchgegraben oder sei über ihn gesprungen und habe diese unglückliche Katze erwischt, die vermutlich auf der Jagd nach Nagern gewesen war.

Aber ein Kojote hätte die Katze sofort verzehrt und nicht viel mehr als ein Stück vom Schweif und ein oder zwei Fetzen Fell hinterlassen, denn Kojoten waren mehr Gourmands als Gourmets und hatten einen mörderischen Appetit. Oder er hätte die Katze weggeschleppt, um sie anderswo in Muße zu verspeisen. Diese Katze hingegen war nicht einmal zur Hälfte aufgefressen, nur in Stücke gerissen, so als hätte sie etwas oder jemand nur aus dem krankhaften Vergnügen heraus getötet, sie entzweizureißen …

Tracy schauderte.

Und erinnerte sich an die Gerüchte, die über den Zoo im Umlauf waren.

In dem kleinen Tierpark von Irvine Park, nur ein paar Kilometer entfernt von hier, hatte jemand allem Anschein nach vor zwei Tagen ein paar Käfigtiere getötet. Vandalen im Drogenrausch. Vertierte Menschen, die um des Nervenkitzels wegen getötet hatten. Die Geschichte war nur ein heißes Gerücht, niemand konnte sie bestätigen. Aber es gab Hinweise, daß sie der Wahrheit entsprach. Ein paar Kinder waren gestern nach der Schule mit den Rädern zum Park gefahren, hatten dort zwar keine verstümmelten Kadaver gesehen, aber sie berichteten, daß allem Anschein nach weniger Tiere als gewöhnlich in den Gehegen wären, und das Shetlandpony sei eindeutig nicht mehr dasselbe. Die Tierwärter waren nicht besonders mitteilsam gewesen.

Tracy fragte sich, ob es irgendwelche Geistesgestörte gebe, die in Orange Park Acres herumstrichen und Katzen und andere Haustiere töteten — eine Vorstellung, die ihr unheimlich war und bei der ihr fast übel wurde. Plötzlich kam ihr der Gedanke, daß Menschen, die so abartig waren, rein zum Spaß Katzen abzuschlachten, auch genügend verdreht sein würden, daran Spaß zu finden, Pferde zu töten.

Beim Gedanken an Goodheart, der hier draußen ganz allein in seinem Stall stand, durchzuckte sie Furcht wie ein stechender Schmerz. Einen Augenblick war sie unfähig, sich zu bewegen.

Rings um sie schien die Nacht jetzt noch lautloser als bisher.

Sie *war* lautloser. Die Grillen hatten aufgehört zu zirpen. Auch die Frösche hatten ihr Quaken eingestellt.

Die Wolken-Galeonen schienen am Himmel Anker gesetzt zu haben, und im eisfahlen Schein des Mondes schien die Nacht gefroren zu sein.

Etwas bewegte sich im Buschwerk.

Der Großteil des riesigen Grundstücks war von Rasen bedeckt, aber es gab ein gutes Dutzend Bäume, in geschmackvollen Gruppen angeordnet, hauptsächlich Indianerlorbeer, Jacarandas und ein paar Korallenbäume, außerdem Azaleenbeete, Fliederbüsche und Geißblatt.

Tracy vernahm ganz deutlich das Rascheln in den Büschen, wie sich etwas unsanft und schnell durch sie hindurcharbeitete. Aber als sie die Taschenlampe anknipste und den Lichtkegel über die Pflanzung wandern ließ, konnte sie nichts sehen.

Die Nacht war wieder verstummt. Zum Schweigen gebracht. In Erwartung von etwas.

Sie überlegte, ob sie zum Haus zurückkehren, ihren Vater wecken und ihn bitten sollte, nachzusehen. Oder besser zu Bett zu gehen, bis morgen zu warten und dann die Lage selbst zu erkunden. Wenn nun das im Busch nur ein Kojote war? In diesem Fall war sie nicht in Gefahr. Ein hungriger Kojote würde zwar ein sehr kleines Kind angreifen, aber vor jemandem von Tracys Größe die Flucht ergreifen. Außerdem war sie jetzt zu sehr in Sorge um ihren edlen Goodheart, um noch mehr Zeit zu vergeuden. Sie mußte sicher sein, daß dem Pferd nichts fehlte.

Sie benutzte jetzt ihre Taschenlampe, um etwaigen weiteren herumliegenden toten Katzen auszuweichen, und strebte der Stallung zu. Sie hatte nur wenige Schritte zurückgelegt, als sie das Rascheln wieder hörte und, was noch schlimmer war, ein unheimliches Knurren, ganz anders als irgendeiner von den Tierlauten, die sie kannte.

Sie drehte sich um, wäre wohl in dem Augenblick zum Haus gerannt, doch jetzt wieherte Goodheart im Stall, schrill, als hätte er Angst, und trat nach den Wänden seiner Box. Sie sah in ihrer Fantasie einen satanisch grinsenden Geistesgestörten, der es mit widerwärtigen Folterinstrumenten auf Goodheart abgesehen hatte. Die Sorge um ihr eigenes Wohlergehen war nicht halb so stark wie ihre Furcht, ihrem geliebten Erzeuger von Champions könnte etwas Schreckliches zustoßen. Also rannte sie ihm zu Hilfe.

Der arme Goodheart begann jetzt noch verzweifelter um sich zu keilen. Seine Hufe krachten mehrere Male gegen die Wände, trommelten wie wild, und die Nacht schien vom Gedonner eines herannahenden Sturms widerzuhallen.

Sie war noch etwa fünfzehn Meter vom Stall entfernt, als sie wieder das seltsame, kehlige Knurren hörte und erkannte, daß etwas hinter ihr war, sich ihr von hinten näherte. Sie geriet auf dem feuchten Gras ins Rutschen, wirbelte herum und hob die Taschenlampe.

Was da auf sie zurannte, war eine Kreatur, die ganz sicher aus der Hölle kam. Jetzt stieß das Wesen einen kreischenden Schrei aus, in dem sich Wut und Wahnsinn mischten.

Trotz des Strahls der Taschenlampe konnte Tracy den Angreifer nicht deutlich erkennen. Der Lichtkegel bewegte sich zittrig hin und her, die Nacht wurde dunkler, als der Mond hinter eine Wolke glitt. Die widerliche Bestie bewegte sich schnell, Tracy hatte zu große Angst, um zu begreifen, was sie sah. Aber soviel sah sie, um zu wissen, daß es etwas war, was sie noch nie zuvor gesehen hatte. Sie glaubte, einen dunklen, mißgestalteten Kopf mit asymmetrischen Vorsprüngen und Einbuchtungen erkennen zu können, mächtige Kinnladen voll scharfer, gebogener Zähne und bernsteinfarbenen Augen, die im Kegel ihrer Taschenlampe glühten, wie die Augen eines Hundes oder einer Katze im Scheinwerferbündel eines Wagens.

Tracy schrie.

Der Angreifer stieß erneut einen schrillen, kreischenden Schrei aus und sprang sie an.

Er prallte mit solcher Wucht gegen Tracy, daß ihr der Atem

aus den Lungen gepreßt wurde. Die Taschenlampe entfiel ihrer Hand und purzelte zu Boden. Sie stürzte, die Kreatur warf sich auf sie, und sie wälzten sich zusammen auf dem Boden in Richtung Stall. Während sie dahinrollten, hämmerte sie verzweifelt mit ihren kleinen Fäusten auf das Ding ein und spürte, wie seine Klauen sich an ihrer rechten Seite in ihr Fleisch bohrten. Das aufgerissene Maul war vor ihrem Gesicht, sie spürte, wie heißer, fauliger Atem über sie hinwegstrich. Sie roch Blut und Fäulnis und Schlimmeres, fühlte, wie das Maul ihre Kehle suchte — *ich bin tot, dachte sie, o Gott, es wird mich töten, ich bin tot wie die Katze* —, und wäre sicher binnen Sekunden tot gewesen, wenn Goodheart, weniger als fünf Meter entfernt, nicht die verriegelte Halbtür seiner Box weggetreten hätte und in seiner Panik geradewegs auf sie zugeschossen wäre.

Der Hengst wieherte, bäumte sich auf, als er sie sah, als wollte er sie zertrampeln.

Tracys monströser Angreifer stieß wieder einen Schrei aus, diesmal nicht aus Wut, sondern vor Schreck und Überraschung. Er ließ sie los, warf sich zur Seite, unter dem Pferd weg.

Goodhearts Hufe rammten sich wenige Zentimeter neben Tracys Kopf in die Erde, er bäumte sich erneut auf, seine Vorderbeine schlugen die Luft, er wieherte, und sie wußte, er würde ihren Schädel in seinem Schrecken, ohne es zu wollen, zu Brei zerquetschen. Sie wälzte sich unter ihm weg, auch weg von der bernsteinäugigen Bestie, die auf der anderen Seite des Hengstes in der Dunkelheit verschwunden war.

Goodheart wieherte, immer noch hoch aufgebäumt, auch Tracy schrie, ringsum heulten Hunde in der Nachbarschaft, und jetzt gingen im Haus Lichter an, und das machte ihr Hoffnung, diesen Schrecken vielleicht doch noch zu überleben. Aber sie fühlte auch, daß der Angreifer nicht bereit war, aufzugeben, daß er bereits im Begriff war, den in Panik geratenen Hengst zu umkreisen, um einen weiteren Angriff auf sie zu versuchen. Sie hörte ihn knurren und speien, wußte, er würde sie zu Boden reißen, ehe sie das ferne Haus erreichte. Also stürzte sie in Richtung Stall, zu einer der leeren Boxen. Dabei hörte sie sich fast eintönig leiern: »Jesus, o Jesus, Jesus, Jesus …«

Die beiden Hälften der Boxentür waren fest aneinandergeriegelt. Ein weiterer Bolzen hielt die ganze Tür am Rahmen fest. Diesen zweiten Bolzen zog sie zurück, öffnete die Tür, hastete in die nach Stroh riechende Finsternis, stieß die Tür zu und hielt sie mit aller Kraft, die sie hatte, zu, denn von innen verriegeln konnte man sie nicht.

Im nächsten Augenblick prallte ihr Widersacher von der anderen Seite gegen die Tür, versuchte sie einzudrücken, aber das verhinderte der Rahmen. Die Tür ließ sich nur nach außen bewegen, und Travy hoffte, die bernsteinäugige Kreatur wäre nicht schlau genug, herauszufinden, wie die Tür sich öffnete.

Aber sie *war* schlau genug ...

(Lieber Gott im Himmel, warum war die Bestie nicht ebenso dumm wie häßlich!)

... und nachdem sie sich lediglich zweimal gegen die Barriere geworfen hatte, begann sie zu ziehen, statt zu drücken. Die Tür wurde Tracy fast aus den Händen gerissen.

Sie wollte um Hilfe schreien, aber sie brauchte jedes Quentchen Energie, um die Absätze in den Boden zu graben und die Boxentür festzuhalten. Sie schlug und klapperte gegen den Rahmen, während der dämonische Widersacher mit ihr rang. Zum Glück wieherte Goodheart die ganze Zeit schrill und schreckerfüllt, und auch ihr Angreifer gab schrille Laute von sich — Töne, die menschlich und zugleich seltsam tierisch klangen —, so daß für ihren Vater kein Zweifel bestehen konnte, wo Hilfe nötig war.

Die Tür öffnete sich ein paar Zentimeter weit.

Sie stieß einen Schrei aus und zog sie wieder zu.

Im gleichen Augenblick riß der Angreifer sie wieder ein Stück auf, hielt sie fest, zerrte wild, sie weiter aufzuziehen, während sie alle Kraft einsetzte, sie wieder zu schließen. Doch sie war eindeutig dabei, diesen Kampf zu verlieren. Zentimeter um Zentimeter öffnete sich die Tür weiter. Jetzt sah sie schattenhaft die Umrisse des unförmigen Gesichts. Die spitzen Zähne schimmerten stumpf. Die bernsteinfarbenen Augen waren jetzt nur schwach sichtbar. Die Bestie zischte, knurrte, ihr fauliger Atem übertönte den Strohgeruch.

Vor Angst und Verzweiflung wimmernd, zog Tracy mit aller Kraft an der Tür.

Aber sie öffnete sich ein Stück weiter.

Und noch weiter.

Im wilden Hämmern ihres Herzschlags klang die Detonation des ersten Schusses nur gedämpft. Sie war nicht sicher, was sie gehört hatte, bis ein zweiter Schuß durch die Nacht dröhnte. Jetzt war ihr klar, daß ihr Vater sich beim Verlassen des Hauses seine Waffe gegriffen hatte.

Die Boxentür schlug knallend gegen den Rahmen, als der Angreifer, von dem Schuß erschreckt, losließ. Tracy hielt weiter fest.

Dann fiel ihr ein, daß Daddy bei all dem Durcheinander glauben könnte, Goodheart habe die Schuld, das arme Pferd habe durchgedreht oder so etwas. Aus dem Inneren der Box schrie sie: »Schieß nicht auf Goodheart! Schieß nicht auf das Pferd!«

Aber es waren keine weiteren Schüsse zu hören, und Tracy kam sich im gleichen Augenblick töricht vor, zu glauben, ihr Vater würde Goodheart niederschießen. Daddy war ein vorsichtiger Mann, besonders was geladene Waffen betraf, und solange er nicht genau wußte, was vor sich ging, würde er nur Warnschüsse abgeben. Höchstwahrscheinlich hatte er lediglich ein paar Büsche in Fetzen geschossen.

Goodheart war vermutlich in Ordnung, der bernsteinäugige Angreifer sicher bereits in Richtung auf die Vorberge oder die Canyons unterwegs — oder jedenfalls dorthin, woher er gekommen war.

(Aber was *war* dieses verrückte, verdammte Ding?)

Und dieses Martyrium war vorüber, dem Himmel sei Dank.

Sie hörte jemanden im Laufschritt näher kommen, dann rief ihr Vater ihren Namen.

Sie stieß die Boxentür auf und sah, wie Daddy, in blauen Pyjamahosen, barfuß und mit der Schrotflinte unterm Arm, hereingerannt kam. Mom war auch da, im kurzen gelben Nachthemd war sie mit einer Taschenlampe dicht hinter Daddy.

Und ein Stück weiter oben auf dem leicht abschüssigen Grundstück stand Goodheart, Erzeuger künftiger Champions, hatte sich beruhigt und war unverletzt.

Tränen der Erleichterung quollen aus Tracys Augen, als sie den unversehrten Hengst sah, sie taumelte aus der Box, wollte ihn sich genauer ansehen. Aber beim zweiten oder dritten Schritt spürte sie einen brennenden Schmerz in ihrer rechten Körperseite, plötzlich erfaßte sie Schwindel, sie taumelte, stürzte, griff sich mit der Hand an die Seite, spürte etwas Feuchtes und bemerkte erst jetzt, daß sie blutete. Sie erinnerte sich an die Klauen, die sich in sie gebohrt hatten, ehe Goodheart aus seiner Box schoß und damit den Angreifer verscheuchte, und hörte sich wie aus weiter Ferne sagen: »Braves Pferd ... was für ein braves Pferd ...«

Daddy kniete neben ihr nieder. »Baby, was, zum Teufel, ist passiert, was ist denn los?«

Jetzt war auch ihre Mutter da.

Daddy sah das Blut. »Ruf eine Ambulanz!«

Ihre Mutter, in Augenblicken der Gefahr weder zu Hysterie noch zu Zaghaftigkeit neigend, machte sofort kehrt und rannte zum Haus zurück.

Tracys Benommenheit wuchs. Aus dem Rand ihres Sichtfeldes kroch eine Dunkelheit heran, die nicht Teil der Nacht war. Sie hatte keine Angst davor; sie erschien ihr wie eine heilende, willkommene Dunkelheit.

»Baby«, sagte ihr Vater und legte eine Hand auf ihre Wunden.

Ganz schwach, wohl bewußt, daß sie sich in einer Art Dämmerzustand befand, und neugierig, was sie sagen würde, sagte sie: »Erinnerst du dich, als ich ganz klein war ... ein kleines Mädchen ... und immer dachte, irgendein schreckliches Ding ... würde in meinem Schrank liegen ... nachts?«

Er runzelte besorgt die Stirn. »Honey, vielleicht ist es besser, wenn du jetzt ruhig bist, ganz ruhig.«

Und während sie die Besinnung verlor, hörte Tracy sich sagen, und zwar mit einer Ernsthaftigkeit, die sie gleichzeitig amüsierte und ängstigte: »Nun ... ich glaube, vielleicht war es der Butzemann, der damals in dem anderen Haus im Kleiderschrank lebte. Ich glaube ... er war vielleicht doch echt ... und ist jetzt zurückgekommen.«

9

Am Mittwoch früh um vier Uhr zwanzig, nur Stunden nach dem Angriff auf das Haus der Keeshans, traf Lemuel Johnson in Tracy Keeshans Krankenhauszimmer im St.-Josephs-Hospital in Santa Ana ein. Aber sosehr er sich auch beeilt hatte, Sheriff Walt Gaines war ihm zuvorgekommen. Walt stand im Korridor, den jungen Arzt vor ihm im grünen Chirurgenschurz über dem weißen Labormantel hoch überragend. Sie schienen miteinander leise zu debattieren.

Das Banodyne-Krisenteam der NSA überwachte alle Polizeistationen im Bezirk, darunter auch das Revier in Orange, in dessen Zuständigkeit das Haus der Keeshans fiel. Der Nachtschichtleiter des Teams hatte Lem zu Hause angerufen und ihn über den Fall unterrichtet, der genau in das Schema jener Art von Zwischenfällen paßte, das auf einen Zusammenhang mit Banodyne hindeutete.

»Du hast deine Zuständigkeit abgegeben«, erinnerte Lem Walt etwas spitz, als er vor der verschlossenen Tür des Krankenzimmers zu dem Sheriff und dem Arzt hintrat.

»Vielleicht gehört das hier gar nicht zu demselben Fall.«

»Du weißt genau, daß das nicht so ist.«

»Nun, es ist jedenfalls noch nicht entschieden.«

»Das hat sich entschieden — schon am Ort des Überfalls, wo ich mit deinen Männern sprach.«

»Okay, dann sagen wir einfach, daß ich als Beobachter hier bin.«

Fast hätte Lem losgelacht. Er mochte diesen Burschen wirklich, aber er wußte, wenn er lachte, würde Walt dieses Lachen trotz ihrer Freundschaft als Keil benutzen, sich wieder in den Fall hineinzudrängen. Also behielt Lem sein Pokergesicht bei, obwohl Walt ganz offensichtlich wußte, daß Lem zum Lachen zumute war. Ihr Spiel war lächerlich, aber es mußte gespielt werden.

Der Arzt, Roger Selbok, erinnerte im Aussehen an den jungen Rod Steiger. Jetzt runzelte er die Stirn, weil ihre Stimmen lauter wurden, und er hatte etwas von der beeindruckenden Persönlichkeit Steigers an sich, denn sein Stirnrunzeln reichte aus, um ihre Lautstärke zu dämpfen.

Selbok sagte, man habe das Mädchen untersucht, ihre Wunden behandelt und ihr ein schmerzstillendes Mittel verabreicht. Sie sei müde. Er wäre gerade im Begriff, ihr ein Sedativum zu verabreichen, um sicherzustellen, daß sie ruhig schlafen könne, und sei nicht der Ansicht, daß es jetzt eine besonders gute Idee wäre, wenn Polizisten, welchen Zuständigkeitsbereichs auch immer, ihr in diesem Augenblick Fragen stellten.

Das Flüstern, die morgendliche Stille des Krankenhauses, der Geruch von Desinfektionsmitteln, der den Korridor erfüllte, der Anblick einer weißgewandeten Nonne, die an ihnen vorbeischwebte, reichten, um Lem zu beunruhigen. Plötzlich hatte er Angst, das Mädchen befände sich in viel schlimmeren Zustand, als man ihm gesagt hatte, und diese Besorgnis teilte er Selbok mit.

»Nein, nein, ihr Zustand ist recht gut«, sagte der Arzt. »Ich habe ihre Eltern nach Hause geschickt, und das würde ich bestimmt nicht getan haben, wenn es irgendeinen Anlaß zur Besorgnis gäbe. Ihre linke Gesichtsseite ist aufgeschürft, sie hat ein blaues Auge, aber das ist nicht ernst. Die Wunden an ihrer rechten Seite mußten genäht werden, zweiunddreißig Stiche, also müssen wir entsprechende Vorkehrungen treffen, damit es keine häßliche Narbenbildung gibt. Aber sie ist außer Gefahr. Sie hat einen bösen Schrecken abgekriegt. Aber sie ist ein intelligentes junges Mädchen und steht mit beiden Beinen auf der Erde, also glaube ich nicht, daß sie ein längerdauerndes psychisches Trauma davontragen wird. Trotzdem glaube ich nicht, daß es eine gute Idee wäre, sie jetzt noch einem Verhör auszusetzen.«

»Kein Verhör«, sagte Lem. »Nur ein paar Fragen.«

»Fünf Minuten«, sagte Walt.

»Weniger«, sagte Lem.

Sie ließen nicht locker und schafften es schließlich, Selbok zu überreden. »Nun ... Sie müssen schließlich auch Ihre Arbeit tun, und wenn Sie mir versprechen, sie nicht zu sehr zu bedrängen ...«

»Ich werde sie so anfassen, als bestünde sie aus Seifenblasen«, sagte Lem.

»*Wir* werden sie anfassen, als bestünde sie aus Seifenblasen«, korrigierte Walt.

Selbok sah die beiden an. »Sagen Sie mir nur eines ... was zum Teufel ist ihr denn passiert?«

»Hat sie es Ihnen nicht selbst gesagt?« fragte Lem.

»Nun, sie spricht davon, ein Kojote hätte sie angegriffen …«

Lem war überrascht, und er sah, daß auch Walt verblüfft war. Vielleicht hatte der Fall gar nichts mit dem Tode Wes Dalbergs und den toten Tieren von Irvine Park zu tun.

»Aber«, meinte der Arzt, »kein Kojote würde ein Mädchen von Tracys Größe angreifen. Die werden nur ganz kleinen Kindern gefährlich. Und ich glaube auch nicht, daß ihre Wunden von der Art sind, wie ein Kojote sie einem zufügen würde.«

Walt meinte: »Soweit ich gehört habe, hat ihr Vater den Angreifer mit einer Schrotflinte verjagt. Weiß er denn nicht, was sie angegriffen hat?«

»Nein«, sagte Selbok. »Er konnte nicht sehen, was sich in der Dunkelheit abspielte, also gab er lediglich zwei Warnschüsse ab. Er sagte, etwas sei quer über das Grundstück gerannt und über den Zaun gesprungen, aber er konnte keine Einzelheiten erkennen. Er sagte, Tracy habe zuerst gesagt, es sei der Butzemann gewesen, der früher in ihrem Kleiderschrank lebte, aber da war sie bereits nicht mehr ganz bei Bewußtsein. *Mir* hat sie gesagt, es war ein Kojote. Also … wissen Sie, was hier vorgeht? Können Sie mir irgend etwas sagen, was mir bei der Behandlung des Mädchens hilft?«

»Ich kann es nicht«, sagte Walt. »Aber Mr. Johnson hier ist mit der ganzen Lage vertraut.«

»Vielen Dank«, sagte Lem.

Walt lächelte nur.

Zu Selbok gewendet, meinte Lem: »Es tut mir leid, Doktor, aber ich bin nicht befugt, über den Fall zu sprechen. Jedenfalls würde nichts, was ich sagen könnte, irgendeinen Einfluß auf Ihre Behandlung von Tracy Keeshan haben.«

Als Lem und Walt schließlich Tracys Krankenzimmer betraten, während Dr. Selbok auf dem Korridor wartete, um sicherzustellen, daß ihr Besuch nicht zu lange dauerte, fanden sie ein hübsches dreizehnjähriges Mädchen vor, im Gesicht übel zugerichtet und bleich wie Schnee. Sie lag im Bett und hatte sich die Decke bis zu den Schultern hochgezogen. Obwohl man ihr schmerzstillende Mittel verabreicht hatte, war sie wach, ja hellwach, und es war offenkundig, weshalb Selbok ihr ein Beruhigungsmittel geben wollte. Sie versuchte es nicht zu zeigen, aber sie hatte Angst.

»Mir wäre lieber, du gehst jetzt«, sagte Lem zu Walt Gaines.

»Wenn dir Filet mignon lieber wäre, würden wir immer gut zu Abend essen«, sagte Walt. »Tag, Tracy, ich bin Sheriff Walt Gaines, und das hier ist Lemuel Johnson. Ich bin einer der nettesten Menschen, die es gibt, aber dieser Lem ist ein richtiger Stinker, das sagen alle — doch du brauchst keine Angst zu haben, ich werde dafür sorgen, daß er sich anständig benimmt und nett zu dir ist. Okay?«

Gemeinsam zogen sie Tracy in ein Gespräch. Sie brachten schnell heraus, daß sie Selbok deshalb gesagt hatte, ein Kojote hätte sie angegriffen — obwohl sie wußte, daß das nicht stimmte —, weil sie bezweifelte, den Arzt — oder sonst jemanden — von der Wahrheit dessen, was sie gesehen hatte, überzeugen zu können. »Ich hatte Angst, die würden denken, ich hätte einen kräftigen Schlag auf den Kopf abbekommen, der mein Gehirn etwas durcheinandergebracht hat«, sagte sie. »Und dann würden die mich viel länger hierbehalten.«

Lem, der auf dem Bettrand saß, meinte: »Tracy, hab keine Angst, ich könnte denken, du spinnst. Ich glaube, ich weiß, was du gesehen hast, und ich möchte von dir nur eine Bestätigung dafür erhalten.«

Sie starrte ihn ungläubig an.

Walt stand am Fußende ihres Bettes und lächelte auf sie herab, als wäre er ein großer, liebevoller, zum Leben erwachter Teddybär. Er sagte: »Ehe du die Besinnung verlorst, hast du zu deinem Dad gesagt, der Butzemann habe dich angegriffen, der in deinem Schrank gewohnt hat.«

»Häßlich genug dafür war es«, sagte das Mädchen leise. »Aber der Butzemann wird's wohl nicht gewesen sein.«

»Dann sag mir, was es war«, bat Lem.

Sie starrte zuerst Walt, dann Lem an und seufzte schließlich. »Sagen Sie mir doch, was ich gesehen haben soll, und wenn es dem nahekommt, dann sag' ich Ihnen, woran ich mich erinnern kann. Aber ich werde nicht anfangen, weil ich ganz genau weiß, daß Sie dann glauben, ich hätte nicht alle Tassen im Schrank.«

Lem sah Walt mit unverhohlener Enttäuschung an. Er erkannte, daß es jetzt nicht mehr zu vermeiden war, daß einige der Fakten des Falles preisgegeben wurden.

Walt grinste.

Zu dem Mädchen gewandt, sagte Lem: »Gelbe Augen.«

Sie atmete hastig ein, wurde starr. »Ja! Das wissen Sie also, oder? Sie wissen, was es war.« Sie wollte sich aufsetzen, zuckte vor Schmerz zusammen, als sie dabei ihre Wunde strapazierte, und sank wieder ins Bett zurück. »Was war es? Was *war* es?«

»Tracy«, sagte Lem, »ich darf dir nicht sagen, was es war. Ich habe einen Geheimhaltungseid unterzeichnet. Wenn ich den verletze, kann man mich ins Gefängnis stecken. Aber was viel wichtiger ist ... ich würde den Respekt vor mir selbst verlieren.«

Sie runzelte die Stirn und nickte schließlich. »Ich denke, das kann ich verstehen.«

»Gut. Und jetzt sag mir alles, was du weißt.«

Wie sich herausstellte, hatte sie nicht viel gesehen, weil es finster gewesen war und ihre Taschenlampe den Outsider nur einen Augenblick lang beleuchtet hatte. »Ziemlich groß für ein Tier ... vielleicht so groß wie ich. Die gelben Augen.« Sie schauderte. »Und das Gesicht war ... so seltsam.«

»Inwiefern?«

»Knollig ... ohne Form«, sagte das Mädchen. Obwohl sie schon zu Anfang sehr bleich gewesen war, wurde sie jetzt noch bleicher, an ihrem Haaransatz tauchten winzige Schweißtropfen auf, ihre Stirn wurde feucht.

Walt stützte sich auf das Gitter am Fußende des Bettes, vorgebeugt, ungeheuer interessiert, um sich nur ja kein Wort entgehen zu lassen.

Ein plötzlicher Santa-Ana-Wind rüttelte am Gebäude und erschreckte das Mädchen. Sie schaute angsterfüllt zum klappernden Fenster, wo der Wind klagend vorbeistrich, als hätte sie Angst, etwas würde die Scheiben zertrümmern und hereinkommen.

Genauso, erinnerte sich Lem, hatte sich der Outsider Zugang zu Wes Dalberg verschafft.

Das Mädchen schluckte. »Sein Maul war riesig ... und die Zähne ...«

Sie konnte nicht zu zittern aufhören, und Lem legte ihr beruhigend die Hand auf die Schulter. »Es ist schon in Ordnung, Kleines. Jetzt ist es ja vorbei. Du hast das alles hinter dir.«

Nach einer kleinen Pause, um sich zu beruhigen, aber immer noch zitternd, sagte Tracy: »Ich glaube, es war irgendwie haarig … oder hatte ein Fell … ich bin nicht sicher. Aber es war sehr stark.«

»Welcher Art von Tier hat es denn ähnlich gesehen?« fragte Lem.

Sie schüttelte den Kopf. »Gar keinem.«

»Aber wenn du sagen müßtest, daß es einem Tier glich, würdest du dann sagen, daß es eher wie ein Puma ausgesehen hat?«

»Nein, kein Puma.«

»Wie ein Hund?«

Sie zögerte. »Vielleicht … ein klein wenig wie ein Hund.«

»Vielleicht auch ein klein wenig wie ein Bär?«

»Nein.«

»Wie ein Panther?«

»Nein. Gar nicht wie eine Katze.«

»Wie ein Affe?«

Sie zögerte wieder, runzelte die Stirn, dachte nach. »Ich weiß nicht, warum … aber, ja, vielleicht ein wenig wie ein Affe. Nur daß kein Hund und kein Affe solche *Zähne* haben.«

Die Tür zum Korridor öffnete sich, Dr. Selbok tauchte auf. »Die fünf Minuten sind bereits um.«

Walt wollte den Arzt hinauswinken.

Aber Lem sagte: »Nein, es ist schon gut. Wir sind fertig. Eine halbe Minute noch.«

»Ich werde die Sekunden zählen«, sagte Selbok und zog sich zurück.

Zu dem Mädchen gewendet, sagte Lem: »Kann ich mich auf dich verlassen?«

Sie sah ihm in die Augen und sagte: »Daß ich den Mund halte?«

Lem nickte.

Sie sagte: »Ja. Ich *will* es ganz bestimmt niemandem sagen. Meine Eltern meinen, ich bin für mein Alter ziemlich reif. Geistig und emotionell reif, meine ich. Aber wenn ich anfange, verrückte Geschichten zu erzählen, über … über Ungeheuer, dann werden sie glauben, ich bin doch nicht so reif, und kommen vielleicht auf die Idee, ich bin noch nicht vernünftig genug, mich um Pferde zu kümmern. Und dann ändern sie vielleicht ihre Pläne wegen der Zucht. Das will ich nicht riskieren,

Mr. Johnson. Nein, Sir. Also ist es, soweit es mich betrifft, ein verrückter Kojote gewesen. Aber ...«

»Ja?«

»Können Sie mir sagen ... besteht die Möglichkeit, daß es wiederkommt?«

»Das glaube ich nicht. Aber eine Weile wäre es wohl klug, nachts nicht zum Stall zu gehen. In Ordnung?«

»In Ordnung«, sagte sie. Nach ihrem gehetzten Blick zu schließen, würde sie die nächsten Wochen nach Einbruch der Dämmerung das Haus nicht mehr verlassen.

Sie gingen hinaus, dankten Dr. Selbok für sein Verständnis und stiegen hinunter in die Parkgarage des Krankenhauses. Die Morgendämmerung hatte noch nicht eingesetzt, die riesige unterirdische Halle aus Beton war leer und verlassen. Ihre Schritte hallten hohl von den Wänden wider.

Ihre Wagen standen im selben Stockwerk, und Walt begleitete Lem zu dem grünen, nicht gekennzeichneten NSA-Wagen. Als Lem den Schlüssel ins Türschloß steckte, um aufzusperren, schaute Walt sich um, um sich zu vergewissern, daß sie allein waren, und sagte dann: »Sag es mir.«

»Kann nicht.«

»Ich werde es herausbekommen.«

»Du bist raus aus dem Fall.«

»Dann mußt du mich vor Gericht bringen. Besorg dir einen Haftbefehl.«

»Das könnte ich tun.«

»Wegen Gefährdung der nationalen Sicherheit.«

»Das würde auch zutreffen.«

»Steck mich doch in den Knast.«

»Das könnte ich tun«, sagte Lem, obwohl er wußte, daß er es nicht tun würde.

Eigenartigerweise, obwohl Walts Hartnäckigkeit störend und mehr als lästig war, tat sie ihm in gewisser Weise wohl. Er hatte nur wenige Freunde, und Walt war davon der wichtigste. Seiner Ansicht nach hatte er deshalb wenige Freunde, weil er wählerisch war, strenge Maßstäbe anlegte. Hätte Walt sich einfach zurückgezogen, sich von einem Bundesgesetz einschüchtern lassen, seine Neugierde abgeschaltet, wie man ein Licht ausknipst, dann wäre das in Lems Augen ein Makel gewesen.

»Was erinnert dich an einen Hund *und* an einen Affen und

hat gelbe Augen?« fragte Walt. »Abgesehen von deiner Mama natürlich.«

»Laß gefälligst meine Mama aus dem Spiel, Honky«, sagte Lem. Gegen seinen Willen lächelnd, stieg er in den Wagen.

Walt hielt die Tür offen und beugte sich zu ihm in den Wagen. »Was, um Christi willen, ist aus Banodyne entkommen?«

»Ich habe dir gesagt, daß es nichts mit Banodyne zu tun hat.«

»Und das Feuer, das sie am nächsten Tag in den Labors hatten ... Haben sie das selber gelegt, um alle Spuren und Hinweise auf das, was sie gemacht haben, zu vernichten?«

»Mach dich nicht lächerlich«, sagte Lem müde und steckte den Schlüssel ins Zündschloß. »Beweismaterial könnte man sehr viel wirksamer auf weniger dramatische Art und Weise vernichten. *Falls* es Beweismaterial zu vernichten gab. Was nicht der Fall ist. Weil Banodyne damit nichts zu tun hat.«

Lem ließ den Motor an. Aber Walt ließ nicht locker. Er hielt die Tür offen und beugte sich noch tiefer hinein, um sich trotz des Brummens des Motors Gehör zu verschaffen. »Gentechnologie. Damit beschäftigen die sich in Banodyne. Die schnippeln an Bakterien und Viren rum, um neue Bazillen zu entwikkeln, die Nützliches leisten, wie zum Beispiel Insulin herstellen oder Ölpest auffressen. Und mit den Genen von Pflanzen basteln die auch rum, ich schätze, um Mais zu produzieren, der auch in saurem Boden wächst, oder Weizen, der mit der Hälfte des üblichen Wassers auskommt. Wenn wir an Genbastelei denken, dann meinen wir immer, das geschähe in kleinem Maßstab — Pflanzen und Bakterien. Aber könnte es sein, daß die sich an den Genen eines Tieres zu schaffen machen, daß es bizarre Nachkommen bekommt, eine ganz neue Gattung? Ist es das, was sie gemacht haben? Ist es das, was aus Banodyne entflohen ist?«

Lem schüttelte verzweifelt den Kopf. »Walt, ich bin kein Fachmann für Genen-Rekombination, aber ich glaube nicht, daß die Wissenschaft schon genügend weit ist, um mit einiger Zuversicht an solchen Dingen zu arbeiten. Und welchen Sinn hätte es auch? Okay, einmal angenommen, daß die ein unheimliches neues Lebewesen erzeugen könnten, indem sie an der Genstruktur einer existierenden Gattung herumschnippeln — welchen *Nutzen* würde das bringen? Ich meine, abgesehen davon, daß man es auf einem Rummelplatz zur Schau stellen könnte?«

Walts Augen verengten sich. »Ich weiß nicht. Das mußt du mir sagen.«

»Hör zu. Die Zuwendungen für Forschungsvorhaben sind immer verdammt knapp, und um jede größere und kleinere Zuwendung dieser Art gibt es heftige Konkurrenz, also wird niemand sich leisten können, mit etwas zu experimentieren, das keinen *Sinn* hat. Verstehst du? Und da jetzt ich in den Fall verwickelt bin, weißt du, daß es sich um eine Angelegenheit der nationalen Verteidigung handeln muß, was wiederum hieße, Banodyne verplempert Pentagon-Geld, um einen Faschingsnarren zu produzieren.«

»Die Worte ›verplempern‹ und ›Pentagon‹ sind schon manchmal im selben Satz vorgekommen«, sagte Walt trocken.

»Jetzt bleib mal auf dem Teppich, Walt. Es ist eine Sache, wenn das Pentagon zuläßt, daß einige seiner Auftragnehmer Geld für die Produktion notwendiger Waffensysteme vergeuden, und eine völlig andere, daß sie bewußt Mittel für ein Experiment ohne Verteidigungsnutzen ausgeben. Das System ist manchmal ineffzient, manchmal sogar korrupt, aber regelrecht dumm ist es nie. Und außerdem sage ich noch einmal: Dieses ganze Gespräch ist sinnlos, weil *das hier nichts mit Banodyne zu tun hat.*«

Walt starrte ihn einige Augenblicke lang an und seufzte dann. »Herrgott, Lem, du bist gut. Ich weiß, daß du mich anlügen mußt, aber fast glaube ich jetzt, du sagst die Wahrheit.«

»Ich sage die Wahrheit.«

»Du bist gut. Also sag mir ... wie steht's mit Weatherby, Yarbeck und den anderen? Habt ihr ihren Mörder inzwischen gefunden?«

»Nein.« Tatsächlich hatte der Mann, den Lem mit dem Fall betraut hatte, berichtet, allem Anschein nach hätten die Sowjets einen Killer eingesetzt, der nicht einer ihrer Agenten sei und vielleicht überhaupt nicht im Kreis der politischen Agenten zu suchen sei. Die Ermittlungen waren offenbar in eine Pattstellung geraten. Aber zu Walt gewendet, sagte er nur: »Nein.«

Walt schickte sich an, sich aufzurichten und die Wagentür zu schließen, beugte sich dann aber noch einmal hinunter. »Eines noch: Hast du schon bemerkt, daß es allem Anschein nach ein bestimmtes Ziel hat?«

»Wovon redest du?«

»Es hat sich, seit es aus Banodyne ausgebrochen ist, beständig in nördlicher oder nordnordwestlicher Richtung bewegt«, sagte Walt.

»Es ist nicht aus Banodyne ausgebrochen, verdammt«.

»Von Banodyne zum Holy Jim Canyon, von dort nach Irvine Park und von dort heute nacht zum Haus der Keeshans. Beständig in nördlicher oder nordnordwestlicher Richtung. Ich nehme an, du weißt, was das bedeutet, welches Ziel es haben könnte, aber ich wage natürlich nicht, dich danach zu fragen, sonst steckst du mich geradenwegs ins Gefängnis und läßt mich dort verfaulen.«

»Ich habe dir in bezug auf Banodyne die Wahrheit gesagt.«

»Sagst du.«

»Walt, du bist unmöglich.«

»Sagst du.«

»Sagt *jeder.* Würdest du mich bitte jetzt nach Hause fahren lassen? Ich bin müde.«

Lächelnd schloß Walt endlich die Tür.

Lem fuhr aus der Krankenhausgarage zur Main Street, dann auf die Autobahn in Richtung Placentia, nach Hause. Er hoffte, spätestens zur Dämmerung wieder im Bett zu liegen.

Während er den NSA-Wagen durch die Straßen steuerte, die ebenso leer waren wie Schiffahrtswege auf dem Meer, dachte er darüber nach, daß der Outsider nordwärts zog. Ihm war das ebenfalls aufgefallen. Und er glaubte sicher zu wissen, was er suchte, selbst wenn er nicht exakt wußte, wohin sein Weg ihn führte. Der Hund und der Outsider hatten von Anfang an ein ganz besonderes Wahrnehmungsvermögen füreinander gehabt, eine geradezu unheimliche, instinktive Wahrnehmung der Stimmungen und Aktivitäten des anderen, selbst wenn sie nicht im selben Raum waren. Davis Weatherby hatte halb im Scherz gemeint, die Beziehung dieser beiden Geschöpfe habe etwas Telepathisches an sich. Und jetzt gab es im Outsider höchstwahrscheinlich immer noch einen gewissen Gleichklang mit dem Hund, also folgte er ihm, und irgendein sechster Sinn wies ihm den Weg.

Lem hoffte um des Hundes willen, daß es nicht so war.

Im Labor war offenkundig gewesen, daß der Hund den Outsider stets fürchtete, und aus gutem Grund. Die beiden waren das Yin und das Yang des Francis-Projekts — das Scheitern und der Erfolg, das Böse und das Gute. So böse und schlecht der Outsider war — nun, so gut und wunderbar war der Hund, und die Forscher hatten erkannt, daß der Outsider den Hund nicht fürchtete, sondern ihn mit einer Leidenschaft *haßte,* die niemand hatte verstehen können. Jetzt, da sie beide in Freiheit waren, konnte es sein, daß der Outsider nichts anderes im Sinn hatte, als den Hund zu verfolgen, denn er hatte sich nie etwas mehr gewünscht, als den Retriever Stück für Stück zu zerreißen.

Lem bemerkte, daß er in seiner Besorgnis zu heftig auf das Gaspedal getreten war. Der Wagen schoß wie eine Rakete auf der Autobahn dahin. Er nahm den Fuß etwas zurück.

Wo immer der Hund sein, bei wem immer er Zuflucht gefunden haben mochte, er war in Gefahr. Und die, die ihm Zuflucht gewährt hatten, waren es ebenfalls.

SECHS

1

Die letzte Maiwoche und die erste Juniwoche waren Nora und Travis — und Einstein — beinahe jeden Tag zusammen.

Anfangs fürchtete sie, Travis sei irgendwie gefährlich; nicht so gefährlich wie Art Streck, aber doch jemand, den man zu fürchten hatte. Aber diese Phase von Verfolgungswahn hatte sie bald hinter sich. Jetzt mußte sie über sich selbst lachen, wenn sie daran dachte, wie sie ihn beargwöhnt hatte. Er war freundlich und nett und damit genau die Sorte Mann, die nach Meinung ihrer Tante Violet nirgends auf der Welt existierte.

Sobald Nora ihre Verfolgungsangst überwunden hatte, war sie zunächst überzeugt, der einzige Grund, weshalb Travis sich mit ihr abgebe, sei sein Mitleid. Mitfühlender Mensch, der er sei, bringe er es einfach nicht fertig, jemandem den Rücken zu kehren, der sich in einer verzweifelten Lage befinde. Die meisten Leute, die Nora kennenlernten, kamen nicht auf den Gedanken, sie sei verzweifelt — absonderlich vielleicht und scheu und gedrückt, nicht aber verzweifelt. Und doch war sie in verzweifeltem Maße unfähig — oder war es gewesen —, sich der Welt außerhalb ihrer eigenen vier Wände zu stellen, hatte verzweifelte Angst vor der Zukunft und war verzweifelt einsam. Travis, ebenso empfindsam wie nett, sah diese Verzweiflung und reagierte darauf. Und während der Mai langsam in den Juni überging und die Tage unter der Sommersonne heißer wurden, wagte sie es langsam, die Möglichkeit in Betracht zu ziehen, er helfe ihr nicht aus Mitleid, sondern weil er sie wirklich gern hatte.

Was ein Mann wie er in einer Frau wie sie sehen mochte, war ihr allerdings nicht klar. Sie hatte nichts, aber auch schon gar nichts zu bieten.

Nun gut, sie hatte Probleme mit ihrem Eigenbild. Vielleicht war sie in Wirklichkeit gar nicht so hoffnungslos fade und nichtssagend, wie sie sich vorkam. Dennoch, Travis verdiente klarerweise bessere weibliche Gesellschaft, als sie sie ihm bieten konnte — und hätte sie auch bestimmt bekommen.

Sie beschloß, sein Interesse nicht näher zu erforschen. Was sie tun mußte, war jetzt einfach, sich zu entspannen und es zu genießen.

Weil Travis nach dem Tod seiner Frau seine Makleragentur verkauft hatte und daher praktisch in einer Art Ruhestand lebte, und weil auch Nora keinen Beruf ausübte, hatten sie beide die Freiheit, den größten Teil des Tages zusammen zu sein, wenn sie das wollten — und sie wollten. Sie gingen in Galerien, durchstöberten Buchläden, machten lange Spaziergänge oder noch längere Ausflugsfahrten in das malerische Santa-Ynez-Tal oder entlang der grandiosen Pazifikküste.

Zweimal brachen sie am frühen Morgen nach Los Angeles auf und verbrachten einen ganzen Tag dort, und Nora war allein von der Größe der Stadt ebenso überwältigt wie von dem, was sie unternahmen: eine Besichtigung der Filmstudios, einen Besuch im Zoo, den Besuch einer Vormittagsvorstellung eines erfolgreichen Musicals.

Eines Tages überredete Travis sie, sich einen neuen Haarschnitt zuzulegen. Er ging mit ihr in einen Schönheitssalon, den seine verstorbene Frau regelmäßig aufgesucht hatte. Nora war so nervös, daß sie zu stottern begann, als sie mit der Friseuse, einer munteren Blondine namens Melanie, sprach. Violet hatte Nora das Haar immer zu Hause geschnitten, und nach Violets Tod hatte Nora das selbst getan. Von einer Kosmetikerin betreut zu werden, war eine neue Erfahrung, ebenso nervenaufreibend wie das erste Essen in einem Restaurant. Melanie tat etwas, das sie als ›Effilieren‹ bezeichnete: Sie schnitt Nora eine Menge Haare weg, ohne daß sie dabei an Haarfülle verlor. Sie erlaubten Nora nicht, im Spiegel zuzusehen, ließen es nicht zu, daß sie auch nur einen einzigen Blick auf ihr Spiegelbild warf, ehe sie trockengefönt und ausgekämmt war. Dann drehten sie sie im Sessel herum und konfrontierten sie mit sich selbst. Als sie sich sah, war sie überwältigt.

»Sie sehen großartig aus«, sagte Travis.

»Eine totale Verwandlung«, sagte Melanie.

»Großartig!!« wiederholte Travis.

»Sie haben ein so hübsches Gesicht und einen prima Knochenbau«, sagte Melanie. »Die glatten langen Haare haben Ihr Gesicht in die Länge gezogen und spitz erscheinen lassen. *So* hat Ihr Gesicht die vorteilhafteste Einrahmung.«

Selbst Einstein schien die Veränderung zu mögen. Als sie den Schönheitssalon verließen, wartete der Hund an der Stelle, wo sie ihn an eine Parkuhr angebunden hatten. Erst nach einer typischen Hunde-Spätzündung erkannte er sie, sprang auf und legte ihr die Vorderpfoten auf die Schultern. Er beschnüffelte ihr Gesicht und ihr Haar und winselte dann glücklich und schwanzwedelnd.

Sie haßte ihr neues Aussehen. Als man sie zum Spiegel herumdrehte, sah sie vor sich eine bedauernswerte alte Jungfer, die versuchte, als lebhaftes junges Ding aufzutreten. Das gestylte Haar war einfach nicht *sie* — es betonte bloß, daß sie im Grunde langweilig und nichtssagend aussah. Sie würde niemals begehrenswert, charmant, modern oder irgend etwas von dem sein, was die neue Frisur von ihr behauptete. Es war, als steckte man einem Truthahn einen bunten Federwisch an und versuchte ihn als Pfau auszugeben.

Weil sie Travis' Gefühle nicht verletzen wollte, tat sie, als gefiele ihr, was man mit ihr gemacht hatte. Aber am Abend wusch sie sich das Haar, bürstete es aus, zog daran, bis das sogenannte Styling glattgezerrt war. Wegen des Schnittes lag es nicht mehr so gerade und schlaff wie früher, aber sie tat, was sie konnte, um den alten Zustand wiederherzustellen.

Als Travis sie am nächsten Tag zum Mittagessen abholte, war er sichtlich betroffen, daß sie zu ihrem früheren Aussehen zurückgekehrt war. Aber er sagte nichts, stellte keine Fragen. Ihr war es derart peinlich, sie hatte solche Angst, seine Gefühle verletzt zu haben, daß sie in den ersten zwei Stunden unfähig war, ihm länger als ein oder zwei Sekunden lang in die Augen zu sehen.

Trotz ihres wiederholten und immer heftiger werdenden Sträubens bestand Travis darauf, mit ihr etwas zum Anziehen kaufen zu gehen, ein buntes, sommerliches Kleid, das sie zum Abendessen im Talk-of-the-Town tragen könnte, einem eleganten Restaurant an der West Gutierrez, wo man, wie er ihr sagte, gelegentlich die Filmstars sehen könne, die in der Gegend lebten, Leute von der Filmkolonie, die an Prominenz nur der in Beverly Hills/Bel Air nachstehe. Sie gingen in einen teuren Laden, wo sie ein Dutzend Kleider anprobierte, sich in jedem Travis zeigte, um seine Reaktion zu sehen, dabei rot wurde und sich *gedemütigt* vorkam. Die Verkäuferin schien echt zufrieden, wie alles an Nora aussah, und sagte ihr immer wieder, ihre Figur sei perfekt. Aber Nora wurde einfach das Gefühl nicht los, die Frau mache sich über sie lustig.

Das Kleid, das Travis am besten gefiel, stammte aus der Diane-Freis-Kollektion. Nora konnte nicht leugnen, daß es reizend aussah: im wesentlichen in Rot und Gold, aber mit geradezu wildem Hintergrund aus einem Gemisch anderer Farben, die besser zusammenpaßten, als das eigentlich hätte der Fall sein sollen (offenbar das Besondere an Freis' Designs). Es war ein höchst feminines Kleid. An einer schönen Frau wäre es einfach umwerfend gewesen. Aber es paßte nicht zu *ihr.* Dunkle Farben, formlose Schnitte, einfaches Material, keinerlei Dekor — das war ihr Stil. Sie versuchte ihm klarzumachen, was für sie das beste sei, erklärte, daß sie nie ein Kleid wie dieses tragen könne. Aber er sagte: »Sie sehen einfach großartig darin aus, wirklich — großartig.«

Sie ließ es ihn kaufen. Ja, bei Gott, sie ließ es wirklich zu. Sie wußte, es war ein großer Fehler, es war falsch, und sie würde es nie tragen. Als das Kleid eingepackt wurde, fragte sich Nora, weshalb sie nachgegeben habe, und dabei wurde ihr klar, daß sie sich zwar gedemütigt vorkam, es ihr aber doch schmeichelte, daß ein Mann Kleider für sie kaufte, sich für ihr Aussehen interessierte. Daß so etwas geschehen könnte, davon hätte sie nie zu träumen gewagt, und sie war überwältigt.

Die Röte wich nicht aus ihrem Gesicht. Ihr Herz schlug wie wild. Sie fühlte sich schwindelig, aber es war ein wohltuender Schwindel.

Als sie das Geschäft verließen, erfuhr sie, daß er fünfhundert Dollar für das Kleid bezahlt hatte. Fünfhundert Dollar! Sie hatte vorgehabt, es in den Schrank zu hängen und oft anzusehen, gleichsam als Ausgangspunkt für angenehme Tagträume, was schön und in Ordnung gewesen wäre, hätte es fünfzig Dollar gekostet. Aber für fünfhundert würde sie es tragen müssen, selbst wenn sie sich darin lächerlich vorkam, selbst wenn sie richtig aufgedonnert damit aussah, eine Putzfrau, die sich als Prinzessin ausgab.

Am folgenden Abend, bevor Travis sie zum Essen im Talk-of-the-Town abholte, zog sie zwei Stunden lang das Kleid ein halbes Dutzend mal an und wieder aus. Sie durchstöberte mehrmals den Inhalt ihres Kleiderschranks, suchte verzweifelt nach etwas anderem, Vernünftigerem. Aber sie hatte nichts, weil sie bisher nie Garderobe für teure Restaurants gebraucht hatte.

Mit finsterem Blick ihr Bild im Badezimmerspiegel betrachtend, sagte sie: »Du siehst aus wie Dustin Hoffman in ›Tootsie‹.«

Sie mußte plötzlich lachen, denn ihr war klar, daß sie zu streng über sich urteilte. Aber zarter ging's einfach nicht; so fühlte sie sich eben: wie ein Mann in Frauenkleidern. Und in diesem Fall waren Gefühle wichtiger als Tatsachen. Ihr Lachen schmeckte plötzlich bitter.

Zweimal begann sie zu heulen, überlegte, ob sie ihn anrufen und ihre Verabredung absagen solle. Aber sie wollte ihn sehen, ganz gleich, wie erniedrigend der Abend sein würde. Sie wusch sich die roten Ränder aus den Augen, probierte das Kleid erneut an — und zog es aus.

Ein paar Minuten nach sieben traf er ein und sah sehr gut aus in seinem dunklen Anzug.

Nora trug ein formloses blaues Hemdblusenkleid und dunkelblaue Schuhe.

»Ich werde warten«, sagte er.

Und sie: »Hm? Worauf?«

»Sie wissen schon«, sagte er, was nichts anderes bedeutete als: *Gehen Sie sich umziehen.*

Sie sprudelte es in nervöser Hast heraus, und ihre Ausrede hinkte ordentlich: »Travis, tut mir leid, es ist wirklich schrecklich, aber ich habe Kaffee über das Kleid gegossen.«

»Ich werde hier drinnen warten«, sagte er und ging auf das Wohnzimmer zu.

»Einen vollen Topf Kaffee«, sagte sie.

»Sie beeilen sich besser. Wir haben für halb acht reserviert.«

Sich innerlich gegen das amüsierte Flüstern, wenn nicht sogar Gekichere der Leute stählend, sich vorsagend, die Meinung Travis' sei die einzige, auf die es ankomme, zog sie das Diane-Freis-Kleid an. Sie wünschte, sie hätte die Frisur nicht zerstört, die Melanie ihr vor ein paar Tagen gemacht hatte.

Vielleicht hätte das geholfen. Nein, wahrscheinlich würde sie damit noch lächerlicher aussehen.

Als sie wieder die Treppe herunterkam, lächelte Travis und sagte: »Sie sehen reizend aus.«

Sie konnte nicht feststellen, ob das Essen im Talk-of-the-Town so gut war wie sein Ruf. Sie schmeckte überhaupt nichts. Später konnte sie sich auch nicht mehr an die Innenausstattung des Lokals erinnern, dafür hatten sich die Gesichter der Gäste — darunter auch das des Schauspielers Gene Hackman — in ihre Erinnerung eingebrannt, weil sie sicher war, daß diese Leute sie den ganzen Abend über voll Staunen und Verachtung angestarrt hatten.

Das Essen war in vollem Gange, als Travis, dem ihr Unbehagen sichtlich bewußt war, sein Weinglas hinstellte, sich zu ihr beugen und leise sagte: »Sie sehen *wirklich* reizend aus, Nora, ganz gleich, was Sie denken. Hätten Sie die Erfahrung, solche Dinge zu bemerken, dann wüßten Sie, daß die meisten Männer im Saal hingerissen sind von Ihnen.«

Aber sie kannte die Wahrheit, konnte sich dieser Wahrheit stellen. Wenn die Männer sie tatsächlich anstarrten, dann nicht, weil sie hübsch war. Man mußte schließlich damit rechnen, daß die Leute einen Truthahn anstarrten, der sich mit Hilfe eines Federbuschs als Pfau auszugeben versuchte.

»Sie sehen ohne eine Spur von Make-up besser aus als jede andere Frau im Saal«, sagte er.

Kein Make-up. Ein weiterer Grund, weshalb sie sie anstarrten. Wenn eine Frau ein Fünfhundert-Dollar-Kleid anzog, um sich in ein teures Restaurant ausführen zu lassen, dann sorgte sie dafür, daß sie so gut wie möglich aussah, benutzte Lippenstift, Eyeliner, Make-up, Puder und Gott-weiß-was-sonstnoch. Aber Nora war nicht einmal der *Gedanke* an Make-up gekommen.

Das Dessert — Mousse au Chocolat und zweifellos köstlich — schmeckte wie Bücherleim und blieb ihr ein paarmal im Hals stecken.

Sie und Travis hatten in den vergangenen Wochen stundenlange Gespräche geführt, waren überrascht gewesen, wie leicht es ihnen fiel, voreinander intime Gefühle und Gedanken auszubreiten. Sie hatte erfahren, warum er trotz seines guten Aussehens und seiner relativen Wohlhabenheit allein lebte.

Und er hatte erfahren, warum sie eine so geringe Meinung von sich hatte. Als sie dann einfach kein Mousse mehr hinunterbrachte und Travis anflehte, sie sofort nach Hause zu bringen, sagte er leise: »Wenn es eine Gerechtigkeit gibt, dann schwitzt Violet Devon heute nacht in der Hölle.«

Schockiert sagte Nora: »O nein, so schlecht war sie nicht.«

Auf dem ganzen Nachhauseweg blieb er stumm und brütete vor sich hin.

Als er sich an ihrer Tür von ihr verabschiedete, bestand er darauf, daß sie einen Termin mit Garrison Dilworth vereinbare, der der Anwalt ihrer Tante gewesen war und Nora jetzt in kleineren juristischen Angelegenheiten beriet. »Nach allem, was Sie mir gesagt haben«, meinte Travis, »hat Dilworth Ihre Tante besser gekannt als sonst jemand, und ich wette Dollars gegen Schmalzkrapfen, daß er Ihnen genug über sie erzählen kann, damit dieser verdammte Würgegriff sich endlich löst, mit dem sie Sie selbst aus dem Grab heraus noch festhält.«

»Aber es gibt keine finsteren Geheimnisse um Tante Violet«, sagte Nora. »Sie war genau so, wie sie auf die Leute wirkte: in Wirklichkeit eine ganz einfache Frau. Und irgendwie traurig.«

»Traurig. Daß ich nicht lache«, sagte Travis.

Er ließ nicht locker, bis sie sich schließlich einverstanden erklärte, den Termin mit Garrison Dilworth zu vereinbaren.

Als sie oben in ihrem Schlafzimmer versuchte, das Diane-Freis-Kleid auszuziehen, stellte sie fest, daß sie sich gar nicht ausziehen wollte. Den ganzen Abend über hatte sie sich ungeduldig danach gesehnt, aus der Kostümierung herauszukommen — ihr *war* es wie eine Kostümierung erschienen. Jetzt, im Rückblick, lag ein warmer Glanz über dem Abend, und diesen Glanz, diese Wärme wollte sie sich erhalten. Also ging sie wie eine sentimentale Oberschülerin mit dem Fünfhundert-Dollar-Kleid ins Bett.

Garrison Dilworth' Büro war in seiner Ausstattung sorgfältig darauf ausgerichtet, Ehrbarkeit, Stabilität und Verläßlichkeit auszustrahlen. Eine wunderschön gearbeitete Eichenvertäfelung. Schwere königsblaue Gardinen, die an Messingstangen hingen. Regale mit in Leder gebundenen Gesetzesbüchern. Ein wuchtiger Eichenschreibtisch.

Der Anwalt selbst war eine interessante Mischung aus Würde, Rechtschaffenheit — und Weihnachtsmann. Groß, ziemlich behäbig, mit dichtem silbergrauen Haar, über siebzig, aber immer noch die ganze Woche tätig, trug Garrison mit Vorliebe Anzüge mit Weste und Krawatten in gedeckten Farben. Trotz der vielen Jahre, die er als Kalifornier gelebt hatte, wies ihn seine tiefe, kultivierte Sprechweise deutlich als ein Produkt der Oberklasse der Ostküste aus, in diese hineingeboren, in ihr aufgewachsen und erzogen. Aber da war auch ein unzweifelhaft schelmisches Leuchten in den Augen, sein Lächeln kam rasch, war voll Wärme, eben ganz Weihnachtsmann.

Er schuf keinen Abstand, indem er hinter seinem Schreibtisch sitzen blieb, sondern setzte sich mit Nora und Travis in behagliche Armsessel an einen niedrigen Tisch, auf dem eine große Waterford-Schale stand. »Ich weiß nicht, was Sie hier zu erfahren hoffen. Es gibt keine Geheimnisse um Ihre Tante. Keine großen, düsteren Enthüllungen, die Ihr Leben verändern werden ...«

»Das habe ich gewußt«, sagte Nora. »Tut mir leid, daß wir Sie belästigt haben.«

»Warten Sie«, sagte Travis. »Lassen Sie Mr. Dilworth ausreden.«

Der Anwalt fuhr fort: »Violet Devon war meine Mandantin, und ein Anwalt hat die Verpflichtung, die Angelegenheiten seiner Mandanten auch über deren Tod hinaus vertraulich zu behandeln. Das ist wenigstens meine Ansicht, obwohl es in meinem Berufsstand durchaus Leute gibt, die sich nicht so lange daran gebunden fühlen. Da ich mit Violets engster Angehöriger und Alleinerbin spreche, gibt es wahrscheinlich sehr wenig, was ich Ihnen vorenthalten würde — falls es tatsächlich irgendwelche Geheimnisse zu enthüllen gebe. Ganz bestimmt sehe ich keine moralischen Hindernisse, die mich davon abhalten könnten, eine ehrliche Meinung über Ihre Tante abzugeben. Selbst Anwälten, Priestern und Ärzten ist es erlaubt, eine Meinung über Leute zu haben.« Er atmete tief durch und runzelte die Stirn. »Ich habe sie nie gemocht. Ich empfand sie als engstirnige, total selbstsüchtige Frau, die zumindest leicht ... nun, sagen wir geistig labil war. Und die Art und Weise, wie sie Sie aufgezogen hat, war verbrecherisch. Nora. Ich meine nicht verbrecherisch im juristischen Sinne, also in einer Art und Weise, die die Behörden interessieren würde, aber nichtsdestoweniger verbrecherisch. Und grausam.«

Solange Nora sich zurückerinnern konnte, hatte sie immer das Gefühl gehabt, es gäbe da irgendwo in ihrem Inneren einen straffen Knoten, der lebenswichtige Organe und Blutgefäße einengte, Verkrampfungen erzeugte, ihren Blutkreislauf behinderte und sie zwang, mit halbwachen Sinnen zu leben, sich schleppend zu bewegen, als wäre sie eine Maschine, die nur ungenügend mit Energie versorgt wurde. Garrison Dilworths Worte lösten jenen Knoten plötzlich. Zum ersten Mal fühlte sie das Leben ungehindert durch sie hindurchströmen.

Ihr war immer bewußt gewesen, was Violet Devon ihr angetan hatte. Aber es zu wissen, reichte nicht, die harten Jahre innerlich zu überwinden. Ein anderer mußte ihre Tante verurteilen. Travis hatte Violet bereits angeprangert, und schon das war für Nora eine kleine Erleichterung gewesen. Aber es reichte nicht, sie ganz zu befreien. Denn Travis hatte Violet nicht gekannt, sein Urteil war deshalb nicht gewichtig genug. Garrison hingegen kannte Violet gut, und seine Worte befreiten nun Nora aus ihrem Joch.

Sie begann zu zittern, Tränen rannen ihr über das Gesicht, aber beides war ihr nicht bewußt, bis Travis sich aus seinem Sessel herüberbeugte und ihr tröstend die Hand auf die Schulter legte. Sie tastete in ihrer Handtasche nach einem Taschentuch.

»Es tut mir leid.«

»Meine liebe Lady«, sagte Garrison, »entschuldigen Sie sich nicht dafür, daß Sie diesen eisernen Panzer sprengen, in dem Sie Ihr ganzes Leben lang gesteckt haben. Es ist das erste Mal, daß ich bei Ihnen eine starke Gefühlsregung erlebe, das erste Mal, daß ich Sie in einem anderen Zustand als dem extremer Scheu sehe, und das ist wirklich reizend anzusehen.« Er drehte sich zu Travis herum, Nora damit Zeit gebend, sich die Augen abzutupfen, und sagte: »Was haben Sie denn sonst noch von mir zu hören gehofft?«

»Es gibt einige Dinge, die Nora nicht weiß, Dinge, die sie wissen sollte und von denen ich nicht glaube, daß die Preisgabe selbst Ihren strengen persönlichen Kodex verletzen würde.«

»Was zum Beispiel?«

Travis sagte: »Violet Devon hat nie gearbeitet und doch in relativem Wohlstand gelebt, war nie in Not und hat genügend hinterlassen, daß es für Nora für den Rest ihres Lebens reicht, wenigstens so lange, als sie in diesem Haus bleibt und ein Einsiedlerleben führt. Woher kam ihr Geld?«

»Woher es kam?« Garrison klang überrascht. »Das weiß Nora doch sicherlich.«

»Nein, das tut sie nicht«, sagte Travis.

Nora blickte auf und sah, daß Garrison Dilworth sie erstaunt ansah. Er blinzelte und sagte: »Violets Mann war in bescheidenem Maße wohlhabend. Er starb ziemlich jung, und sie erbte alles.«

Nora starrte ihn mit aufgerissenen Augen an und fand kaum den Atem zu sprechen. *»Mann?«*

»George Olmstead«, sagte der Anwalt.

»Den Namen habe ich nie gehört.«

Garrison blinzelte wieder rasch, als ob ihm Sand in die Augen geflogen wäre. »Sie hat nie einen Gatten erwähnt?«

»Nie.«

»Aber hat denn nie ein Nachbar ...«

»Wir hatten mit unseren Nachbarn keinerlei Kontakt«, sagte Nora. »Violet hielt nichts von ihnen.«

»Jetzt, wo ich es mir überlege«, sagte Garrison, »kann es durchaus sein, daß links und rechts von Ihnen bereits neue Nachbarn wohnten, als Sie zu Violet kamen.«

Nora schneuzte sich und steckte ihr Taschentuch weg. Sie zitterte immer noch. Das Gefühl, plötzlich aus den Ketten der Sklaverei befreit zu sein, hatte machtvolle Gefühle erzeugt, die aber jetzt der Wißbegierde Platz machten.

»Geht's wieder?« fragte Travis.

Sie nickte, sah Travis dann eindringlich an und sagte: »Sie haben es gewußt, nicht wahr? Das mit dem Mann, meine ich. Deshalb haben Sie mich hierhergebracht.«

»Geahnt habe ich es«, sagte Travis. »Hätte sie alles von ihren Eltern geerbt, würde sie das erwähnt haben. Die Tatsache, daß sie nicht darüber redete, woher das Geld kam ... nun, mir schien das nur eine Möglichkeit offenzulassen — ein Mann, und höchstwahrscheinlich einer, mit dem sie Schwierigkeiten hatte. Und es ergibt sogar noch mehr Sinn, wenn man bedenkt, wie wenig sie von den Menschen im allgemeinen und von Männern im speziellen hielt.«

Der Anwalt war entsetzt und in derartiger Erregung, daß er nicht still sitzen konnte. Er stand auf, marschierte an einem riesigen alten Globus vorbei, der von innen beleuchtet war und allem Anschein nach aus Pergament bestand. »Jetzt bin ich wirklich sprachlos. Sie haben also nie richtig begriffen, *weshalb* sie die Menschen so haßte, weshalb sie jeden im Verdacht hatte, ihr Böses antun zu wollen?«

»Nein«, sagte Nora. »Ich brauchte es wahrscheinlich nicht zu wissen. So war sie eben.«

Immer noch auf und ab gehend, sagte Garrison: »Ja. Das stimmt. Ich bin überzeugt, daß sie bereits in jungen Jahren leicht paranoid war. Und als sie dann herausfand, daß George sie mit anderen Frauen betrogen hatte, riß der Faden in ihr. Von da an wurde es nur noch schlimmer mit ihr.«

»Warum hat Violet immer noch ihren Mädchennamen Devon benutzt, wenn sie doch mit Olmstead verheiratet war?« fragte Travis.

»Sie wollte seinen Namen nicht mehr. Sie verabscheute den Namen. Sie hat ihm die Tür gewiesen, ihn beinahe mit dem Stock aus dem Haus gejagt! Als er starb, hatte sie bereits die Scheidungsklage eingereicht«, sagte Garrison. »Sie hatte von seinen Affären mit anderen Frauen erfahren, wie ich schon sagte. Sie war wütend. Von Zorn und Scham erfüllt. Ich muß sagen ... ich kann es dem armen George nicht völlig verübeln, denn ich glaube nicht, daß er zu Hause viel Liebe und Zuneigung erfuhr. Er wußte schon einen Monat nach der Hochzeit, daß die Heirat ein Fehler gewesen war.«

Garrison blieb neben dem Globus stehen, eine Hand locker auf die Weltkugel gestützt, und starrte weit in die Vergangenheit zurück. Normalerweise sah man ihm sein Alter nicht an. Als er freilich jetzt über die Jahre zurückblickte, schienen die Linien in seinem Gesicht sich zu vertiefen, seine blauen Augen verloren etwas von ihrem Glanz. Nach einer Weile schüttelte er den Kopf und fuhr fort: »Das waren damals jedenfalls andere Zeiten als heute. Eine Frau, die von ihrem Mann betrogen worden war, war ein Objekt des Mitleids, des Spotts. Aber selbst für jene Zeit fand ich Violets Reaktion übertrieben. Sie verbrannte seine sämtlichen Kleider, ließ die Türschlösser austauschen. Sie tötete sogar einen Hund, einen Spaniel, den er gerngehabt hatte. Sie hat ihn vergiftet, ihn in einen Karton verpackt und ihn ihm zugeschickt.«

»Herrgott im Himmel!« sagte Travis.

Garrison fuhr fort: »Violet nahm wieder ihren Mädchennamen an, weil sie den seinen nicht mehr wollte. Der Gedanke, George Olmsteads Namen durchs Leben tragen zu müssen, stieße sie ab, sagte sie, obwohl er bereits tot war. Sie war eine Frau, die nicht verzeihen konnte.«

»Ja«, pflichtete Nora ihm bei.

Garrison Dilworth' Gesicht verzog sich aus Mißbehagen über die Erinnerung daran, und er sagte: »Als George getötet wurde, tat sie nichts, um ihre Freude zu verbergen.«

»Getötet?« Nora rechnete fast damit, jetzt zu hören, daß Violet George Olmstead getötet habe und irgendwie der gerichtlichen Strafe entgangen sei.

»Es war ein Autounfall, vor vierzig Jahren«, sagte Garrison. »Er verlor auf der Küstenstraße bei der Heimfahrt von Los Angeles die Kontrolle über seinen Wagen und stürzte in die Tiefe. Damals gab es noch kein Geländer. Die Strandböschung war an dieser Stelle zwanzig oder dreißig Meter hoch, sehr steil, und Georges Wagen — ein großer schwarzer Packard — überschlug sich mehrere Male, ehe er unten auf den Felsen aufprallte. Violet erbte alles, weil George, obwohl sie bereits das Scheidungsverfahren gegen ihn eingeleitet hatte, noch nicht dazugekommen war, sein Testament zu ändern.«

Travis nickte langsam. »Also hat George Olmstead Violet nicht nur betrogen, sondern ihr, indem er starb, jede Zielscheibe für ihren Groll genommen. Also richtete sie ihre Wut gegen die Welt im allgemeinen.«

»Und mich im speziellen«, sagte Nora.

Am gleichen Nachmittag erzählte Nora Travis von ihrer Malerei. Sie hatte ihre künstlerische Betätigung bisher nicht erwähnt, und er hatte ihr Schlafzimmer nicht betreten und daher ihre Staffelei und ihr Zeichenbrett nicht gesehen. Sie war sich nicht im klaren, weshalb sie diesen Teil ihres Lebens vor ihm geheimgehalten hatte. Sie hatte zwar ihr Interesse für Kunst erwähnt, weshalb sie auch Galerien und Museen besucht hatten; aber vielleicht hatte sie nie von ihrer eigenen Arbeit gesprochen, weil sie fürchtete, er würde, wenn er ihre Bilder sähe, nicht beeindruckt sein.

Und wenn er gar meinte, sie sei nicht wirklich talentiert?

Abgesehen von der Zerstreuung, die Bücher ihr boten, war

die Malerei Noras Trost in vielen dunklen, einsamen Jahren gewesen. Sie hielt sich für gut, vielleicht sogar für sehr gut, obwohl sie zu schüchtern und verletzlich war, um diese Überzeugung vor irgend jemandem auszusprechen. Was, wenn sie unrecht hatte? Was, wenn sie kein Talent besaß und es also nur ein Zeitvertreib gewesen war? Ihre Kunst war das wesentliche Medium, durch das sie selbst sich definierte. Sie besaß sonst sehr wenig, auf das sich ihr so dünnes, zerbrechliches Selbstgefühl stützen konnte; also hatte sie ein geradezu verzweifeltes Bedürnis, an ihr Talent zu glauben. Travis' Meinung bedeutete ihr unaussprechlich viel, und eine negative Reaktion seinerseits auf ihre Malerei, fürchtete sie, würde sie vernichten.

Aber nachdem sie Garrison Dilworths Büro verlassen hatten, wußte Nora, daß die Zeit gekommen war, das Risiko auf sich zu nehmen. Die Wahrheit über Violet Devon war der Schlüssel, mit dem Nora den Kerker ihrer Gefühle aufgeschlossen hatte. Sie würde viel Zeit brauchen, aus ihrer Zelle herauszutreten, durch den langen Korridor hinaus in die Welt zu treten — aber die Reise würde unvermeidbar weitergehen. Deshalb mußte sie sich allen Erfahrungen des neuen Lebens öffnen, und das schloß auch die schreckliche Möglichkeit des Abgelehntwerdens und der schweren Enttäuschung mit ein. Ohne Risiko gab es keine Hoffnung auf Gewinn.

Als sie wieder im Haus waren, überlegte sie, Travis mit hinaufzunehmen, damit er sich ein halbes Dutzend ihrer letzten Gemälde ansähe. Aber die Vorstellung, einen Mann in ihrem Schlafzimmer zu haben, selbst mit den unschuldigsten Absichten, war zu beunruhigend. Garrison Dillworths Enthüllungen hatten sie befreit, ihre Welt war im Begriff, sich rasch auszuweiten. Aber so frei war sie noch nicht. Statt dessen bestand sie darauf, daß Travis und Einstein auf einem der großen Sofas in dem mit Möbeln überladenen Wohnzimmer Platz nahmen, wohin sie ihnen einige ihrer Bilder zum Betrachten bringen wollte. Sie schaltete sämtliche Lichter ein, zog die Vorhänge von den Fenstern und sagte: »Ich bin gleich wieder zurück.«

Aber oben stand sie zappelig vor den mehr als zehn Gemälden in ihrem Schlafzimmer, konnte sich nicht entscheiden, welche zwei sie ihm zuerst bringen sollte. Schließlich entschied sie sich für vier, obwohl es etwas unbequem war, so viele auf einmal zu tragen. Auf halbem Wege blieb sie zitternd stehen und beschloß, die Bilder wieder hinaufzutragen und andere auszuwählen. Aber sie ging nur vier Stufen zurück, dann wurde ihr klar, daß sie solcherart den ganzen Tag in ihrer Unschlüssigkeit verbringen würde. Sie rief sich in Erinnerung, daß ohne Risiko nichts zu gewinnen sei, atmete tief durch und ging rasch mit den vier Gemälden, die sie ausgewählt hatte, die Treppe hinunter.

Sie gefielen Travis. Mehr noch: Er geriet beinahe in Verzükkung.

»Mein Gott, Nora, das ist keine Hobbymalerei! Das ist wirklich etwas! Das ist *Kunst!*«

Sie stellte die Arbeiten auf vier Stühle, aber es genügte ihm nicht, sie nur vom Sofa aus zu studieren. Er stand auf, um sie aus der Nähe zu betrachten, ging von einer Leinwand zur anderen, dann wieder zurück.

»Sie sind eine ganz superbe Fotorealistin«, sagte er. »Okay, ich bin kein Kunstkritiker. Aber, bei Gott, Sie sind so geschickt wie Wyeth. Aber da ist noch was anderes ... das Element des Unheimlichen in diesen zwei ...«

Seine Komplimente hatten ihr die Röte ins Gesicht getrieben, sie mußte kräftig schlucken, um ihre Stimme wiederzufinden. »Ein bißchen surrealistisch.«

Sie hatte zwei Landschaften und zwei Stilleben gebracht. Jeweils eines war tatsächlich streng fotorealistisch. Aber die beiden anderen waren Fotorealismus mit stark surrealistischem Einschlag. Im Stilleben zum Beispiel waren einige Wassergläser, ein Krug, mehrere Löffel und eine durchgeschnittene Limone geradezu peinigend genau wiedergegeben, auf den ersten Blick wirkte die Szene sehr realistisch, auf den zweiten Blick allerdings fiel auf, daß eines der Gläser in die Fläche hineinschmolz, auf der es stand, und daß ein Limonenschnitz die Wand eines der Gläser durchdrang, als wäre das Glas um ihn herum geformt.

»Die sind brillant, Nora, ohne Zweifel«, sagte er. »Haben Sie noch mehr?«

Ob sie *noch mehr* hatte!

Sie begab sich noch zweimal in ihr Schlafzimmer und kehrte mit sechs weiteren Gemälden zurück.

Bei jeder neuen Leinwand wuchs Travis' Erregung. Und sein Entzücken und seine Begeisterung waren echt. Ursprünglich dachte sie, er tue das nur, um ihr gefällig zu sein, aber bald durfte sie sicher sein, daß er ihr nichts vormachte.

Indem er von einem Bild zum nächsten und wieder zurück wanderte, sagte er: »Ihr Farbgefühl ist exzellent.«

Einstein begleitete Travis durch den Raum, setzte hinter jede Aussage seines Herrchens ein leises Wuff und wedelte heftig mit dem Schweif, als wolle er damit seine Bestätigung des Urteils zum Ausdruck bringen.

»Da ist soviel Stimmung drin«, sagte Travis.

»Wuff.«

»Und es ist erstaunlich, wie Sie Ihr Medium beherrschen. Ich habe nicht das Gefühl, Tausende von Pinselstrichen zu sehen. Statt dessen scheint es, als wäre das Bild wie durch Zauberei auf der Leinwand *erschienen.*«

»Wuff.«

»Schwer zu glauben, daß Sie keine schulmäßige Ausbildung haben.«

»Wuff.«

»Nora, diese Bilder sind mit Sicherheit gut genug, um verkauft zu werden. Jede Galerie würde sie sofort nehmen.«

»Wuff.«

»Sie könnten davon nicht nur leben ... ich glaube, damit könnten Sie sogar verdammt berühmt werden.«

Weil Nora sich nie einzugestehen wagte, daß sie ihre Arbeit ernst nahm, hatte sie häufig, unter mehrmaliger Verwendung derselben Leinwand, ihre Bilder übermalt. Demzufolge waren viele ihrer Werke für immer dahin. Aber auf dem Dachboden hatte sie mehr als achtzig ihrer besten Arbeiten aufbewahrt. Und weil Travis jetzt darauf bestand, holten sie mehr als ein Dutzend dieser eingepackten Leinwände herunter, rissen das braune Papier auf und legten sie im Wohnzimmer aus. Soweit Nora sich erinnern konnte, war es zum ersten Mal, daß der düstere Raum hell und freundlich wirkte.

»Jede Galerie würde entzückt sein, damit eine Ausstellung zu veranstalten«, sagte Travis. »Lassen Sie uns doch morgen einige davon in den Wagen laden, zu ein paar Galerien bringen und hören, was die sagen.«

»O nein, nein!«

»Ich verspreche Ihnen, Nora, Sie werden nicht enttäuscht sein.

Plötzlich spürte sie die Klauen der Angst. Obwohl die Aussicht auf eine künstlerische Karriere erregend war, hatte sie doch Angst vor dem großen Schritt. Ein Schritt vom Klippenrand ins Nichts.

»Nicht jetzt«, sagte sie. »In einer Woche … oder einem Monat … laden wir sie in Ihren Wagen und bringen sie in eine Galerie. Aber noch nicht jetzt, Travis. Ich kann einfach nicht … ich werde noch nicht damit fertig.«

Er grinste sie an. »Wieder eine Überladung der Sinne?«

Einstein trat zu ihr, rieb sich an ihrem Bein und blickte so freundlich zu ihr auf, daß Nora unwillkürlich lächeln mußte.

Sie kraulte den Hund hinter den Ohren und sagte: »So vieles hat sich so schnell ereignet. Ich kann das nicht alles verarbeiten. Ich habe immer wieder gegen Schwindelanfälle anzukämpfen. Mir ist, als säße ich auf einem Karussell, das sich schneller und schneller dreht und nicht mehr zu bremsen ist.«

Was sie sagte, stimmte bis zu einem gewissen Grad. Doch es war nicht der einzige Grund, weshalb sie hinauszögern wollte, mit ihrer Kunst an die Öffentlichkeit zu treten. Sie wollte Zeit haben, diese herrliche Entwicklung auszukosten. Wenn sie die Verwandlung von der einsiedlerischen Jungfer zur ausgewachsenen Teilnehmerin am Leben zu rasch ablaufen ließ, würde später alles einfach ineinander verschwimmen. Sie wollte jeden Augenblick ihrer Metamorphose genießen.

Nora Devon trat vorsichtig in eine neue Welt hinaus, als hätte sie von Geburt an schwer leidend in einem finsteren Zimmer verbringen müssen, angeschlossen an lebenserhaltende Maschinen, und wäre eben erst auf wundersame Weise geheilt worden.

Travis war für Noras Hervortreten aus dem Eremitendasein nicht allein verantwortlich. Eine gleichermaßen wichtige Rolle in dieser Verwandlung spielte Einstein.

Der Retriever hatte offensichtlich die Entscheidung getroffen, man dürfe Nora das Geheimnis seiner außergewöhnlichen Intelligenz anvertrauen. Nach der Episode mit der Zeitschrift ›Die moderne Braut‹ und dem Baby in Solvang erlaubte ihr der Hund nach und nach weitere Einblicke in seinen ganz und gar nicht hundegemäßen Verstand.

Und Travis folgte Einsteins Beispiel und erzählte Nora, wie

er den Retriever im Wald fand und wie etwas Fremdartiges — das er nie zu Gesicht bekam — ihn verfolgte. Er berichtete von all den erstaunlichen Dingen, die der Hund seitdem getan hatte; auch von Einsteins gelegentlichen Anfällen von Angst mitten in der Nacht, wenn er manchmal am Fenster stand und in die Dunkelheit hinausstarrte, als glaubte er, die unbekannte Kreatur im Wald würde ihn finden.

Eines Abends saßen sie stundenlang in Noras Küche, tranken kannenweise Kaffee, aßen hausgemachten Ananaskuchen und diskutierten über mögliche Erklärungen für die unheimliche Intelligenz des Hundes. Sofern Einstein nicht damit beschäftigt war, Kuchenstücke zu schnorren, lauschte er voll Interesse, als verstünde er, was sie über ihn sagten, und manchmal winselte er und ging ungeduldig auf und ab, als frustriere es ihn, daß seine Hundestimmbänder ihm das Sprechen nicht ermöglichten. Im wesentlichen ergaben sich keine Erklärungen, die der Diskussion wert gewesen wären.

»Ich glaube, er könnte uns sagen, woher er kommt und weshalb er so ganz anders ist als andere Hunde«, sagte Nora.

Einstein wedelte geschäftig mit dem Schweif.

»Oh, da bin ich ganz sicher«, sagte Travis. »Die Art, wie er sich seiner selbst bewußt ist, ist ganz menschlich. Er *weiß*, daß er anders ist, und ich vermute, er weiß auch, weshalb. Und ich glaube, er würde uns gern mehr darüber sagen, wenn er nur wüßte, wie.«

Der Retriever bellte einmal, rannte ans andere Ende der Küche, rannte zurück, schaute zu ihnen empor, vollführte einen hektischen Tanz und ließ sich schließlich zu Boden fallen, den Kopf auf die Pfoten legend, wobei er abwechselnd schnaubende und winselnde Geräusche von sich gab: ein Bild rein menschlicher Frustration.

Am meisten faszinierte Nora die Geschichte jener Nacht, als der Hund sich so aufgeregt mit Travis' Büchersammlung befaßt hatte. »Er erkennt, daß Bücher ein Mittel der Kommunikation sind«, sagte sie. »Vielleicht spürt er sogar, daß es einen Weg gibt, Bücher dazu einzusetzen, den Abgrund zwischen ihm und uns zu überbrücken.«

»Wie?« fragte Travis und nahm sich eine Gabel Ananaskuchen.

Nora zuckte die Achseln. »Weiß ich nicht. Aber vielleicht lag das Problem darin, daß die Bücher nicht von der richtigen Art waren. Romane, haben Sie gesagt?«

»Ja, ganz richtig.«

»Nun«, meinte sie, »vielleicht brauchen wir Bücher mit Abbildungen, auf die er reagieren kann. Wenn wir vielleicht alle möglichen Bücher und Zeitschriften mit Bildern besorgen und sie auf dem Boden ausbreiten und mit Einstein *arbeiten*, finden wir vielleicht einen Weg, uns mit ihm zu verständigen.«

Der Retriever sprang auf und trottete geradewegs auf Nora zu. Sein wacher Blick ließ Nora erkennen, daß ihr Vorschlag gut war. Morgen würde sie ein paar Dutzend Bücher und Zeitschriften besorgen und den Plan in die Tat umsetzen.

»Es wird viel Geduld erfordern«, warnte Travis sie.

»Ich habe einen Ozean voll Geduld.«

»Das glauben Sie vielleicht. Aber wenn man sich mit Einstein abgibt, bekommt das Wort manchmal eine völlig neue Bedeutung.«

Der Hund drehte sich zu Travis herum und blies die Luft durch die Nasenlöcher.

Die Aussicht auf direktere Kommunikation erschien während der ersten paar Sitzungen mit dem Hund am Mittwoch und Donnerstag recht trübe, aber der große Durchbruch sollte nicht lange auf sich warten lassen. Am Freitagabend, dem 4. Juni, fanden sie den Weg. Und danach war ihr Leben nie mehr wie vorher.

2

»... Schreie aus nicht fertiggestellter Reihenhausanlage in Bordeaux Ridge gemeldet ...«

Freitagabend, 4. Juni, eine knappe Stunde vor Einbruch der Nacht. Die Sonne warf ihr gold- und kupferfarbenes Licht auf Orange County. Es war der zweite Tag mit Temperaturen über dreißig Grad, und die Gebäude und das Straßenpflaster gaben die aufgestaute Hitze des langen Sommertages ab. Die Bäume schienen müde dahinzuwelken. Kein Lüftchen rührte sich. Auf den Autobahnen und Landstraßen war der Verkehrslärm gedämpft, als würde die dicke Luft das Dröhnen der Motoren und das Schrillen der Hupen filtrieren.

»... wiederhole, Bordeaux Ridge, das Baugebiet im Osten ...«

In den sanften Hügeln im Nordosten, in einem erst teilweise erschlossenen Gebiet, gleich neben Yorba Linda, das der Vorortsbrei erst vor kurzem erreicht hatte, war wenig Verkehr. Das gelegentliche Schrillen einer Hupe oder das Quietschen von Bremsen klang in der feuchten Stille nicht nur gedämpft, sondern eigenartig klagend und melancholisch.

Die beiden Hilfssheriffs Teel Porter und Ken Dimes saßen in einem Streifenwagen. Teel fuhr, Ken saß daneben. Das Lüftungssystem war ausgefallen, keine Klimaanlage, und nicht einmal der Ventilator funktionierte. Die Fenster waren offen, trotzdem war es im Wagen wie in einem Backofen.

»Du stinkst wie ein totes Schwein«, verkündete Teel Porter seinem Partner.

»Jaah? Und du gehst mit toten Schweinen aus.«

Ken lächelte trotz der Hitze. »Tatsächlich? Nun, deine Mädchen sagen, daß du Liebe machst wie ein totes Schwein.«

Ihr müder Humor konnte die Tatsache nicht verdecken, daß sie müde waren und sich nicht besonders fühlten. Und sie gingen einem Anruf nach, der nicht besonders viel Abwechslung versprach: wahrscheinlich spielende Kinder; Kinder spielten gern auf Bauplätzen. Die beiden Hilfssheriffs waren zweiunddreißig, kräftig gebaute ehemalige Footballspieler. Sie waren keine Brüder — aber nach sechs Jahren als Partner im Dienst waren sie *Brüder*.

Teel bog von der Bezirksstraße in eine leicht geölte Schotterstraße ein, die in das Baugebiet von Bordeaux Ridge führte. Etwa vierzig Häuser waren in unterschiedlichem Bauzustand zu erkennen. Die meisten standen noch im Holzgerüst, aber ein paar waren bereits verputzt.

»Da hast du wieder den Scheiß, auf den die meisten Leute reinfallen«, sagte Ken. »Es ist wirklich nicht zu glauben. Ich meine, verdammt noch mal, was ist denn ›Bordeaux‹ für ein Name für ein Reihenhausgebiet in Südkalifornien? Wollen die einem weismachen, daß es hier eines Tages Weinberge geben wird? Und dann nennen sie es noch ›Ridge‹, dabei ist die ganze Anlage auf Land gebaut, das so flach ist wie ein Brett. Die Bautafel verspricht Ruhe und Beschaulichkeit. Jetzt mag das ja vielleicht stimmen. Aber was ist dann, wenn die hier in den nächsten fünf Jahren weitere dreitausend Häuser aus dem Boden stampfen?«

Teel pflichtete ihm bei. »Jaah. Aber was mich wild macht, ist das Wort ›Mini-Landsitz‹. Was, zur Hölle, ist ein *Mini*-Landsitz? Keiner, der seinen Verstand beisammen hat, wird das hier für einen Landsitz halten — höchstens vielleicht Russen, die ihr ganzes Leben zu zwölft in einem Apartment verbracht haben. Das hier sind Reihenhäuser und sonst gar nichts.«

Die Bürgersteige aus Beton und die Rinnsteine entlang der Straßen von Bordeaux Ridge waren bereits gegossen, aber das Straßenpflaster noch nicht gelegt. Teel fuhr langsam, bemüht, möglichst wenig Staub aufzuwirbeln, wirbelte aber trotzdem welchen auf. Er und Ken sahen sich die skelettartigen Gerüste zu beiden Seiten an und hielten nach Schabernack treibenden Kindern Ausschau.

Im Westen, am Rande von Yorba Linda und direkt an Bordeaux Ridge angrenzend, gab es fertige Reihenhäuser, die bereits bewohnt waren. Von dort war auch der Anruf bei der Polizei von Yorba Linda gekommen, daß irgendwo in dieser embryonalen Anlage jemand geschrien habe. Da die Gegend noch nicht von Yorba Linda annektiert worden war, fiel die Anzeige in den Zuständigkeitsbereich des Sheriffs.

Am Ende der Straße sahen die zwei Hilfssheriffs einen weißen Pick-up jener Gesellschaft stehen, der Bordeaux gehörte: Tulemann Brothers. Er parkte vor drei fast fertiggestellten Musterhäusern.

»Sieht aus, als ob noch ein Vorarbeiter da ist«, meinte Ken.

»Oder vielleicht der Nachtwächter, der seinen Dienst etwas früher angetreten hat«, sagte Teel.

Sie parkten hinter dem Kleinlaster, stiegen aus dem brütendheißen Streifenwagen und standen einen Augenblick lauschend da. Stille.

Ken schrie: »Hallo? Ist jemand da?«

Seine Stimme hallte durch das verlassene Baugebiet.

»Willst du dich umsehen?« frage Ken.

»Scheiße. Nein«, sagte Teel. »Aber tun wir's trotzdem.«

Ken glaubte noch immer nicht, daß etwas in Bordeaux Ridge nicht stimme. Vielleicht hatten die den Pick-up einfach stehenlassen. Schließlich lag auch anderes Gerät über Nacht hier: eine Planierraupe auf einem Sattelschlepper und ein kleiner Motorpflug. Es war noch immer wahrscheinlich, daß die Schreie von spielenden Kindern stammten.

Sie holten sich Taschenlampen aus dem Streifenwagen, weil es in den Rohbauten noch keine Lampen oder Deckenbeleuchtungen gab, auch wenn die Anlage bereits an das Stromnetz angeschlossen war.

Ken und Teel rückten sich die Revolvergurte zurecht, mehr aus Gewohnheit und nicht, weil sie dachten, sie würden Waffen brauchen, dann gingen sie durch das ihnen am nächsten liegende, teilweise fertiggestellte Haus. Sie hielten nach nichts Bestimmtem Ausschau, sondern taten das, was sie taten, einfach routinemäßig, wie es bei der Hälfte aller Polizeiarbeit der Fall war.

Eine schwache, unregelmäßige Brise kam auf, die erste an diesem Tag, und blies kleine Geister aus Sägemehl durch die wandlosen Seiten des Hauses. Die Sonne sank schnell westwärts, die Mauerpfosten warfen Schatten wie die Gitterstangen eines Gefängnisses. Das letzte Tageslicht, das jetzt von Gold in ein Schlammigrot umschlug, ließ die Luft sanft erglühen, ein Glühen, wie es vor einer offenen Ofentür entsteht. Der aus Beton gegossene Boden war mit Nägeln übersät, die in dem feurigen Licht glitzerten und unter ihren Schritten klirrten.

»Für hundertachtzigtausend Kröten«, sagte Teel und leuchtete mit dem Lichtkegel seiner Taschenlampe in schwarze Ekken, »würd' ich mir etwas größere Räume erwarten als die hier.«

Ken atmete tief die nach Sägemehl riechende Luft ein und sagte: »Zum Teufel, ich würde Zimmer groß wie eine Flughafenhalle erwarten.«

Sie verließen das Haus durch den Hinterausgang und betraten einen engen Hinterhof, wo sie ihre Taschenlampen ausknipsten. Die kahle, trockene Erde war noch nicht vom Gärtner bearbeitet worden und mit Bauabfall bedeckt: Holzstücke, Brocken zerbrochenen Betons, zerknüllte Dachpappestreifen, Draht, nochmals Nägel, PVC-Rohrstücke, Zedernschindeln, die die Dachdecker weggeworfen hatten, Plastikbecher und Big-Mac-Behälter, leere Cola-Dosen und sonstiger, weniger leicht identifizierbarer Müll.

Bis jetzt waren noch keine Zäune errichtet worden, also war der Blick frei auf alle zwölf Hinterhöfe an dieser Straße. Purpurne Schatten sickerten über den sandigen Boden, aber sie konnten sehen, daß alle Höfe verlassen waren.

»Nichts zu sehen. Keine Kampfspuren«, sagte Teel.

»Und keine Jungfrau in Gefahr«, erklärte Ken.

»Nun, laß uns wenigstens hier durchgehen und zwischen die Häuser sehen«, erklärte Teel. »Schließlich müssen wir der Öffentlichkeit für ihr Geld etwas bieten.«

Zwei Häuser weiter, in dem zehn Meter breiten Durchgang zwischen den Rohbauten, fanden sie den Toten.

»Verdammt!« sagte Teel.

Der Mann lag auf dem Rücken, großteils im Schatten, im schmutzigroten Licht war nur die untere Hälfte seines Körpers zu sehen, und zuerst konnten Ken und Teel gar nichts erkennen, welcher Horrorfund das hier war. Aber als Ken neben der Leiche niederkniete, sah er mit Entsetzen, daß man dem Mann den Bauch aufgerissen hatte.

»Herr Jesus, seine Augen!« sagte Teel.

Ken ließ den Blick von dem brutal zerfetzten Torso aufwärts wandern und sah leere Höhlen, wo die Augen des Opfers hätten sein sollen.

Teel zog sich in den unratübersäten Hof zurück und holte den Revolver heraus.

Auch Ken trat den Rückzug von der verstümmelten Leiche an und zog ebenfalls die Waffe aus dem Halfter. Obwohl er den ganzen Tag geschwitzt hatte, fühlte er sich plötzlich noch feuchter, spürte eine andere Art von Schweiß auf der Haut, den kalten, sauren Schweiß der Furcht.

PCP, dachte Ken. Nur jemand, der eine volle Dosis PCP intus hatte, würde etwas so Widerliches tun.

Bordeaux Ridge war eine Oase der Stille.

Nichts bewegte sich, mit Ausnahme der Schatten, die jede Sekunde länger zu werden schienen.

»Irgendein Junkie, der bis über die Ohren voll Engelstaub steckt, hat das getan«, sagte Ken und kleidete damit seine Ängste bezüglich PCP in Worte.

»Das gleiche hab' ich mir auch gedacht«, sagte Teel. »Willst du weitersuchen?«

»Nicht zu zweit, weiß Gott. Wir wollen über Radio Hilfe anfordern.«

Sie gingen langsam den Weg zurück, den sie gekommen waren, hielten vorsichtig nach allen Seiten Ausschau, während sie sich bewegten, waren nicht weit gekommen, als sie den

Lärm hörten. Ein Krachen. Das Scheppern von Metall. Brechendes Glas.

Für Ken gab es keinerlei Zweifel, woher die Geräusche kamen. Der Lärm hatte seinen Ursprung im am nächsten stehenden der drei Häuser, die fast fertiggestellt waren und als Musterhäuser dienen sollten.

Da kein Verdächtiger zu sehen war und sie auch über keinerlei Hinweise verfügten, wo sie nach einem hätten suchen können, wäre es durchaus gerechtfertigt gewesen, zum Streifenwagen zurückzukehren und Unterstützung anzufordern. Aber jetzt, da sie den Lärm in dem Musterhaus gehört hatten, verlangten ihre Ausbildung und ihr Instinkt, etwas beherzter zu handeln. Sie strebten auf die Hinterseite des Hauses zu.

Hier hatte man Sperrholzplatten über die Pfosten genagelt, so daß die Wände nicht offen den Elementen ausgesetzt waren, hatte ein Drahtgeflecht auf den mit Dachpappe bedeckten Brettern angebracht und die Hälfte bereits mit Außenputz versehen. Tatsächlich sah der Putz feucht aus, als hätte man erst heute mit der Arbeit angefangen. Die meisten Fenster waren bereits eingesetzt; nur ein paar Auslassungen in den Wänden waren noch mit zerfetzten Plastikbahnen vermacht.

Ein weiteres Krachen war zu hören, lauter als das erste, dann das Geräusch von zersplitterndem Glas im Inneren des Hauses.

Ken Dimes versuchte die Glasschiebetür zu bewegen, die den Hinterhof und das Wohnzimmer verband. Sie war nicht abgesperrt.

Von draußen schaute Teel durch das Glas ins Wohnzimmer. Obwohl durch die von keinen Gardinen verhängten Türen und Fenster etwas Licht ins Haus drang, war das Innere von Schatten beherrscht. Sie konnten sehen, daß das Wohnzimmer verlassen war, also schob sich Teel durch die halb geöffnete Schiebetür, in der einen Hand die Taschenlampe, in der anderen seine Smith & Wesson.

»Geh du vorne herum«, flüsterte Teel, »damit der Schweinehund nicht dort rauskann.«

Geduckt, um unterhalb des Fenstersimses zu bleiben, eilte Ken um die Ecke, am Haus entlang, nach vorne, wobei er bei jedem Schritt damit rechnete, daß jemand ihn vom Dach aus oder durch eine der Fensteröffnungen ansprang.

Die Innenwände und die Decke waren bereits verputzt. Das Wohnzimmer ging in einen Frühstücksraum über, der neben der Küche lag, und alles zusammen war ein einziger Raum mit nur angedeuteten Wänden. In der Küche waren bereits eichenfurnierte Schränke angebracht, aber der Fliesenboden noch nicht gelegt.

Der Geruch von feuchtem Mörtel, in den sich der scharfe Dunst von Ölfarbe mischte, lag in der Luft.

Teel stand im Frühstücksraum und lauschte nach weiteren Geräuschen, die auf Zerstörung oder Bewegung hindeuteten.

Nichts.

Wenn dieser Bau angelegt war, wie die meisten kalifornischen Reihenhäuser, würde er das Eßzimmer links hinter der Küche finden, danach ein weiteres Wohnzimmer, das Vorzimmer beim Eingang und ein Arbeitszimmer. Wenn er in den Korridor trat, der vom Frühstücksraum abging, würde er dort wahrscheinlich eine Wäschekammer finden, die Gästetoilette, einen begehbaren Kleiderschrank und den hinteren Vorraum. Keine der möglichen Routen schien ihm vorteilhafter, also ging er in den Korridor und prüfte zunächst die Wäschekammer.

Die Tür stand halb offen. Der dunkle Raum hatte keine Fenster, im Licht seiner Taschenlampe waren nur gelbe Einbauschränke und die Leerstellen zu sehen, wo später die Waschmaschine und der Trockner installiert werden würden. Teel wollte den Bereich hinter der Tür sehen, wo er einen Ausguß und eine kleine Arbeitsfläche vermutete. Er stieß die Tür ganz auf, ging schnell hinein und ließ seine Taschenlampe und den Revolver in diese Richtung schwingen. Er fand den Ausguß aus Edelstahl und den eingebauten Tisch, den er erwartet hatte. Aber keinen Killer.

Er war nervös wie seit Jahren nicht mehr. Er wurde das Bild des toten Mannes nicht los, das immer wieder vor seinem inneren Auge erstand: diese leeren Augenhöhlen.

Nicht bloß nervös, dachte er. Sei doch ehrlich: Eine Scheißangst hast du.

Vorne sprang Ken über einen schmalen Graben und strebte auf die doppelten Eingangstüren des Hauses zu, die noch geschlossen waren. Er musterte die Umgebung und sah niemanden, der zu fliehen versuchte. Im einsetzenden Zwielicht wirkte Bordeaux Ridge nicht wie eine Baustelle, eher wie eine zerbombte Gegend. Schatten und Staub schufen die Illusion von Ruinen.

In der Wäschekammer drehte Teel Porter sich um, wollte wieder auf den Korridor hinaustreten. Rechts hinter ihm im gelben Wandverbau flog plötzlich die einen halben Meter breite und einen Meter achtzig hohe Tür eines Besenschranks auf, und dieses *Ding* sprang wie ein Schachtelmann heraus. Hergott, den Bruchteil einer Sekunde lang war er sicher, daß es ein Junge in einer Gummimaske sein mußte. Im Widerschein der Taschenlampe, die nicht dem Angreifer zugewendet war, konnte er nur undeutlich sehen; aber dann wußte er, daß das, was er sah, echt war, weil diese Augen, die wie Lichtkreise rauchigen Lampenlichts aussahen, nicht bloß Plastik oder Glas waren — nein, sicher nicht. Er feuerte seinen Revolver ab, aber der Lauf war nach vorne gerichtet, in den Korridor, und die Kugel bohrte sich harmlos in die Wand draußen. Also versuchte er sich umzudrehen, aber das Ding war jetzt über ihm, zischte wie eine Schlange. Er feuerte wieder, diesmal in den Boden, das Geräusch in dem engen Raum war betäubend, dann wurde er gegen den Ausguß zurückgetrieben, die Waffe wurde seiner Hand entrissen. Auch die Taschenlampe verlor er, sie flog in die Ecke. Er versuchte zuzuschlagen, aber ehe seine Faust ihren Bogen halb vollendet hatte, spürte er einen schrecklichen Schmerz im Leib, als hätte man ihm mehrere Dolche gleichzeitig in den Leib getrieben, und im gleichen Augenblick wußte er, was mit ihm geschah. Er schrie, schrie, und in der Düsternis ragte das mißgestaltete Gesicht des Schachtelmanns über ihm auf, seine Augen leuchteten gelb, und Teel schrie wieder, schlug um sich, und weitere Dolche bohrten sich jetzt in das weiche Gewebe seiner Kehle ...

Ken Dimes war vier Schritte von der Vordertür entfernt, als er Teel schreien hörte. Ein Schrei der Überraschung, der Furcht, des Schmerzes.

»Scheiße!«

Es waren Doppeltüren, eichenfarbig eingelassen. Die rechte war mit Riegeln an Schwelle und Rahmen befestigt, während die zur Linken beweglich war — und nicht versperrt. Ken rannte hinein, kurz jede Vorsicht in den Wind schlagend, und blieb dann im düsteren Vorraum stehen.

Das Schreien war bereits verstummt.

Er schaltete seine Taschenlampe ein. Leeres Wohnzimmer zur Rechten. Leeres Arbeitszimmer zur Linken. Eine Treppe, die ins Obergeschoß führte. Nirgends jemand zu sehen.

Stille. Völlige Stille. Wie in einem Vakuum.

Einen Augenblick lang zögerte Ken, nach Teel zu rufen, aus Furcht, damit dem Killer seine Position zu verraten. Dann wurde ihm klar, daß die Taschenlampe, ohne die er keinen Schritt weitergehen konnte, ihn ohnedies verriet; ob er Geräusche machte oder nicht, hatte nichts zu besagen.

»Teel!«

Der Name hallte durch die leeren Räume.

»Teel, wo bist du?«

Keine Antwort.

Teel mußte tot sein. Herrgott. Wenn er noch lebte, würde er antworten.

Aber vielleicht war er nur verletzt oder bewußtlos, verwundet und im Begriff zu sterben. In dem Fall war es vielleicht am besten, wenn er zum Streifenwagen zurückging und eine Ambulanz herbeirief.

Nein. Wenn sein Partner tatsächlich in Not war, dann mußte Ken ihn schnell finden und Erste Hilfe leisten. Teel könnte in der Zeit sterben, derer es bedurfte, um eine Ambulanz zu rufen. Das Risiko, Zeit zu verlieren, war zu groß.

Außerdem mußte er sich um den Killer kümmern.

Nur ganz schwaches rauchig-rotes Licht kam jetzt durch die Fenster; der Tag war im Begriff, von der Nacht verschlungen zu werden. Ken mußte sich ganz auf die Taschenlampe verlassen, was nicht ideal war, denn jedesmal, wenn der Lichtkegel sich bewegte, sprangen Schatten, sausten wieder und schufen so die Illusion von Angreifern, unechten Angreifern, die ihn von der echten Gefahr ablenken konnten.

Die Haustür weit offenstehen lassend, schlich er durch den engen Gang, der zum hinteren Teil des Hauses führte. Er hielt sich dicht an der Wand. Eine seiner Schuhsohlen quietschte bei fast jedem Schritt. Er hielt den Revolver mit dem Lauf nach vorne, nicht gegen Boden oder Decke gerichtet, weil ihm, zumindest für den Augenblick, gestohlen bleiben konnte, was man ihnen über den richtigen Umgang mit Waffen beigebracht hatte.

Zur Rechten stand eine Tür offen. Eine Kammer. Leer.

Der Geruch seines eigenen Schweißes überdeckte jetzt den Geruch von Mörtel und Ölfarbe.

Er kam zu einer Toilette, zur Linken. Sein Lichtkegel huschte durch den Raum und ließ nichts Ungewöhnliches erkennen, wenn ihn auch sein eigenes angsterfülltes Gesicht erschreckte, das der Wandspiegel ihm zurückwarf.

Der hintere Teil des Hauses — Wohnzimmer, Eßbereich, Küche — lag direkt vor ihm, und zu seiner Linken gab es eine weitere Tür, die offenstand. Im Schein seiner Taschenlampe, die plötzlich in seiner Hand heftig zu wackeln begann, sah Ken auf dem Boden einer Wäschekammer Teels Körper liegen und so viel Blut, daß es keinen Zweifel mehr geben konnte. Er war tot.

In den Wogen der Angst, die sein Bewußtsein überschwemmten, gab es Unterströmungen von Leid, Wut, Haß und dem wilden Begehren nach Rache.

Hinter Ken war ein Stampfen zu hören.

Er stieß einen Schrei aus und wirbelte herum, um sich der Drohung zu stellen.

Aber der Gang rechts von ihm und das Frühstückszimmer zu seiner Linken waren beide verlassen.

Das Geräusch war vom vorderen Teil des Hauses gekommen. Noch während das Echo verhallte, wußte er, was er gehört hatte: Die vordere Tür war geschlossen worden.

Ein weiteres Geräusch durchbrach die Stille, nicht so laut wie das erste, aber entnervender: das *Klack,* mit dem das Türschloß einhakte.

Hatte der Killer das Haus verlassen und die Tür von außen mit einem Schlüssel versperrt? Aber woher sollte er den Schlüssel haben? Von dem Vorarbeiter, den er ermordet hatte? Und warum sollte er sich die Zeit nehmen, abzusperren?

Es war eher wahrscheinlich, daß er die Tür von innen versperrt hatte, nicht nur um Ken am Entkommen zu hindern, sondern auch um ihn wissen zu lassen, daß die Jagd noch im Gange war.

Ken überlegte, ob er die Taschenlampe ausschalten sollte, weil sie für den Feind ein leichtes Ziel war. Aber unterdessen hatte das Zwielicht an den Fenstern pupurgraue Farbe angenommen und reichte nicht mehr ins Haus hinein. Ohne die Taschenlampe würde er blind sein.

Wie, zum Teufel, fand sich der *Killer* in dieser beständig zunehmenden Dunkelheit zurecht? War es möglich, daß die Nachtsichtigkeit eines PCP-Junkies besser wurde, wenn er high war, ebenso wie seine Stärke als Nebeneffekt des Engelstaubs zu der von zehn Männern anwuchs?

Das Haus war totenstill.

Er stand mit dem Rücken zur Korridorwand.

Er konnte Teels Blut riechen, ein irgendwie metallischer Geruch.

Klick, klick, klick.

Ken erstarrte, lauschte mit angespannten Sinnen, aber nach diesen drei rasch aufeinanderfolgenden Geräuschen hörte er nichts mehr. Es hatte wie schnelle Schritte auf Beton geklungen, wie von jemandem mit Stiefeln oder mit harten Lederabsätzen — oder mit beschlagenen Schuhen.

Die Geräusche hatten so plötzlich eingesetzt und wieder aufgehört, daß er nicht hatte feststellen können, woher sie kamen. Dann hörte er sie wieder — *klick, klick, klick* — diesmal vier, und zwar im Vorraum, sie bewegten sich in seine Richtung, auf den Korridor zu, in dem er stand.

Er stieß sich sofort von der Wand ab und drehte sich herum, dem Widersacher zugewendet, duckte sich und streckte Taschenlampe und Revolver in die Richtung, aus der er die Schritte gehört hatte. Aber der Korridor war verlassen.

Mit offenem Munde atmend, um das Geräusch seines schnellen Atems zu reduzieren, aus Sorge, er könnte damit die Bewegungen des Feindes übertönen, schob Ken sich durch den Gang in den Vorraum. Nichts. Die Haustür war tatsächlich geschlossen, aber das Arbeitszimmer und das Wohnzimmer und Treppe und Galerie darüber waren verlassen.

Klick, klick, klick, klick.

Die Geräusche kamen jetzt aus einer völlig anderen Richtung, aus dem hinteren Teil des Hauses, dem Eßbereich. Der Killer war lautlos aus dem Vorraum geflohen, quer durch Wohnzimmer und Eßzimmer, in die Küche, den Eßraum, war quer durchs Haus in Kens Rücken gelangt. Jetzt drang der Schweinehund in den Flur ein, den Ken gerade verlassen hatte. Und obwohl der Bursche lautlos durch die anderen Räume gehuscht war, machte er jetzt wieder diese Geräusche, offensichtlich nicht, weil er sie machen mußte, weil seine Schuhe bei jedem Schritt klickten, so wie Kens Schuhe quietschten, sondern weil er es so wollte, weil er Ken herausfordern wollte, weil er sagen wollte: *He, ich bin hinter dir, und jetzt komme ich, ob du bereit bist oder nicht. Jetzt komme ich.*

Klick, klick, klick.

Ken Dimes war kein Feigling. Er war einer von den guten Bullen, der nie vor einem Ärger Reißaus nahm. In den nur sieben Jahren, die er jetzt im Polizeidienst war, hatte er zwei Belobigungen wegen Tapferkeit erhalten. Aber dieser gesichtslose, auf wahnsinnige Art gewalttätige Hurensohn, der in völliger Dunkelheit durch das Haus schlich, lautlos, wenn er das wollte, und herausfordernd Geräusche produzierte, wenn es ihm paßte — der machte Ken Angst und erschreckte ihn. Und obwohl Ken genauso mutig war wie jeder andere Bulle, war er doch kein Narr. Nur ein Narr würde tollkühn in eine Situation hineinrennen, die er nicht überschaute.

Anstatt in den Flur zurückzukehren und den Killer zu stellen, ging er zur Haustür und tastete nach dem Messinggriff, in der Absicht, von hier zu verschwinden. Und da bemerkte er, daß die Tür nicht nur abgeschlossen und verriegelt worden war: Ein Stück Draht war um den Knauf der feststehenden Tür und den der beweglichen gewunden worden und verband sie miteinander, hielt sie aneinander fest. Er mußte den Draht abwickeln, ehe er hinauskonnte, was vielleicht eine halbe Minute in Anspruch nehmen würde.

Klick, klick, klick.

Er feuerte einmal, ohne auch nur hinzusehen, in den Korridor und rannte in die entgegengesetzte Richtung, durchquerte das leere Wohnzimmer. Er hörte den Killer hinter sich. Hörte ihn klicken. Er kam in der Finsternis schnell heran. Und doch hörte Ken, als er das Eßzimmer erreicht hatte und fast am Türbogen war, der in die Küche führte, von wo aus er in das zweite Wohnzimmer und zur Terrassentür gelangen wollte, durch die Teel hereingekommen war, wie das Klicken nun von *vorne* auf ihn zukam. Er war sicher, daß der Killer ihn ins Wohnzimmer verfolgt hatte. Jetzt aber war der Bursche wieder in den finsteren Flur zurückgekehrt und kam von der anderen Richtung auf ihn zu, machte aus dem Ganzen ein verrücktes Spiel. Den Geräuschen nach zu schließen, die der Schweinehund machte, war er im Begriff, den Eßraum zu betreten. Dann würde zwischen ihm und Ken nur noch die Küche liegen. Deshalb beschloß Ken, hier stehenzubleiben und diesen Wahnsinnigen in dem Moment wegzublasen, wo der Bursche in seinem Scheinwerferkegel auftauchte ...

Und dann stieß der Killer einen schrillen Schrei aus.

Durch den Flur klickend, immer noch außer Sichtweite, aber auf Ken zukommend, stieß der Angreifer einen schrillen, unmenschlichen Schrei aus — einen Schrei, in dem sich urtümliche Wut und Haß elementar vermengten, der seltsamste Laut, den Ken je gehört hatte; kein Laut, wie ein Mensch ihn erzeugen würde, nicht einmal ein Irrer. Ken gab jeglichen Gedanken auf, sich dieser Kreatur zu stellen, schleuderte seine Taschenlampe in die Küche, um den Feind von sich abzulenken, wandte sich ab und floh wieder, aber nicht zurück ins Wohnzimmer, in keinen Teil des Hauses, in dem dieses Katz-und-Maus-Spiel weitergeführt werden konnte, sondern geradenwegs quer durch das Eßzimmer auf ein Fenster zu, das im letzten Schein des Zwielichts schwach glitzerte. Er zog den Kopf ein, legte die Arme an die Brust und drehte sich zur Seite, während er gegen das Glas prallte. Das Fenster zerbarst, er fiel in den Hinterhof hinaus, rollte durch Bauschutt. Überreste von Balkenstücken und Betonbrocken bohrten sich schmerzhaft in seine Beine und Rippen. Er rappelte sich auf, wirbelte herum und schoß das Magazin seiner Waffe auf das zerbrochene Fenster leer, für den Fall, daß der Killer ihn verfolgen sollte.

In der herabsinkenden Nacht sah er keine Spur des Feindes.

Wahrscheinlich hatte er keinen Treffer erzielt, vergeudete aber keine Zeit darauf, sein Pech zu verfluchen. Er hetzte um das Haus herum und hinaus auf die Straße. Er mußte den Streifenwagen erreichen, wo es ein Funkgerät gab — und eine großkalibrige Schrotbüchse.

3

Am Mittwoch und Donnerstag, dem zweiten und dritten Juni, suchten Travis, Nora und Einstein eifrig nach einem Weg, die Verständigung zwischen Mensch und Hund zu verbessern, was teilweise solche Frustration erzeugte, daß Mensch und Hund schon beinahe anfingen, das Mobiliar anzuknabbern. Doch Nora hatte genug Geduld und Zuversicht für sie alle. Als am Freitagabend, dem vierten Juni, kurz vor Sonnenuntergang, der Durchbruch kam, war sie weniger überrascht als Travis oder Einstein.

Sie hatten vierzig Magazine gekauft — von ›Time‹ und ›Life‹ bis ›McCall's‹ und ›Redbook‹ — sowie fünfzig Bücher, alles Kunst- und Fotobände, und hatten sie ins Wohnzimmer des von Travis gemieteten Hauses gebracht, wo genügend Platz war, um alles auf dem Boden auszubreiten. Sie hatten auch Kissen auf dem Boden ausgelegt, damit sie auf derselben Ebene wie der Hund arbeiten konnten, ohne es unbequem zu haben.

Einstein hatte ihre Vorbereitungen mit Interesse beobachtet.

Auf dem Boden sitzend und mit dem Rücken gegen das Vinyl-überzogene Sofa gelehnt, nahm Nora den Kopf des Retrievers in beide Hände und sagte, wobei sie das Gesicht dicht an dem seinen hatte, so daß ihre Nasen sich fast berührten: »Okay, jetzt hör mir zu, Einstein. Wir möchten alles mögliche über dich wissen: woher du kommst, weshalb du schlauer bist als ein gewöhnlicher Hund, wovor du an jenem Tag im Wald, als Travis dich fand, Angst hattest, weshalb du manchmal nachts zum Fenster hinausstarrst, als ob du vor etwas Angst hättest, und noch eine ganze Menge. Aber du kannst nicht reden, oder? Nein. Und soweit wir das wissen, kannst du auch nicht lesen. Und selbst wenn du lesen kannst, kannst du nicht schreiben. Also müssen wir das, glaube ich, mit Bildern machen.«

Travis, der neben Nora saß, konnte sehen, daß der Hund die ganze Zeit, während sie sprach, seinen Blick nicht von ihrem löste. Einstein war wie erstarrt. Sein Schweif hing reglos herunter. Er schien nicht nur zu verstehen, was sie ihm sagte, sondern von dem Experiment gleichsam elektrisiert zu sein.

Wieviel nimmt der Köter wirklich wahr, fragte sich Travis,

und wie viele von seinen Reaktionen bilde ich mir aus reinem Wunschdenken bloß ein?

Menschen haben die natürliche Tendenz, ihre Haustiere zu anthropomorphisieren, den Tieren also menschliche Wahrnehmungen und Absichten zuzuschreiben, wo gar keine existieren. Im Falle Einsteins, wo tatsächlich außergewöhnliche Intelligenz vorlag, war die Versuchung, in jeder bedeutungslosen Hundebewegung einen tieferen Sinn zu vermuten, sogar noch größer als normal.

»Wir werden jetzt alle diese Bilder genau ansehen und nach Dingen suchen, die dich interessieren, und anderen, die uns helfen, zu erfahren, woher du kommst und wie du das geworden bist, was du heute bist. Jedesmal, wenn du etwas siehst, das uns helfen kann, dieses Puzzle zusammenzusetzen, mußt du uns darauf aufmerksam machen. Belle es an, lege deine Pfote darauf oder wedle mit dem Schweif.«

»Das ist doch Unfug«, sagte Travis.

»Verstehst du mich, Einstein?« fragte Nora.

Der Retriever gab ein leises »Wuff« von sich.

»Das funktioniert nie«, sagte Travis.

»Doch, es wird«, beharrte Nora. »Er kann nicht reden und nicht schreiben, aber er kann uns Dinge *zeigen*. Wenn er uns ein Dutzend Bilder zeigt, verstehen wir vielleicht nicht sofort, welche Bedeutung sie für ihn haben, welchen Bezug auf seine Herkunft und seinen Ursprung. Aber mit der Zeit werden wir eine Möglichkeit finden, sie miteinander und mit ihm in Beziehung zu bringen, und dann werden wir wissen, was er uns zu sagen versucht.«

Der Hund, dessen Kopf Noras Hände immer noch festhielten, schielte zu Travis hinüber und wuffte wieder.

»Fertig?« fragte Nora Einstein.

Einsteins Blick kehrte zu ihr zurück, und er wedelte mit dem Schweif.

»Also gut«, sagte sie und ließ seinen Kopf los. »Fangen wir an.«

Mittwoch, Donnerstag und Freitag durchblätterten sie jeweils mehrere Stunden lang Dutzende von Druckwerken, zeigten Einstein Bilder von allen möglichen Dingen — Leuten, Bäumen, Blumen, Hunden, anderen Tieren, Maschinen, Straßen in Städten, Überlandstraßen, Autos, Schiffen, Flugzeugen,

Lebensmitteln, Anzeigen für Tausende Produkte — in der Hoffnung, er würde etwas sehen, das seine Aufmerksamkeit erregte. Das Problem war, daß er viele Dinge sah, die ihn interessierten — zu viele. Vielleicht bei hundert aus tausend Bildern bellte er, kratzte mit der Pfote, wuffte, legte die Nase darauf oder wedelte mit dem Schweif. Das, was er auswählte, war von solcher Vielfalt, daß Travis keine Methode erkennen konnte, keine Möglichkeit fand, die Dinge miteinander in Verbindung zu bringen, aus ihrem assoziativen Nebeneinander eine Bedeutung herauszulesen.

Eine Automobilanzeige faszinierte Einstein, in der das Fahrzeug, das mit einem mächtigen Tiger verglichen wurde, in einem eisernen Käfg eingesperrt gezeigt wurde. Ob es nun der Wagen war, oder der Tiger, der sein Interesse erweckte, war nicht klar. Auch auf einige Computeranzeigen reagierte er, auf Anzeigen für Alpo und Purina-Hundefutter, auf eine Anzeige für einen tragbaren Stereo-Kassettenspieler, auf Bilder von Büchern, Schmetterlingen, einem Papagei, einem verzweifelten Mann in einer Gefängniszelle, vier jungen Leuten, die mit einem gestreiften Wasserball spielten, Mickey Mouse, einer Violine, einem Mann auf einem Tretwerk und vielen anderen Dingen. Die Fotografie eines Golden Retrievers machte ihn unruhig, das Bild eines Cockerspaniels versetzte ihn in hochgradige Erregung, aber eigenartigerweise zeigte er für andere Hunderassen wenig oder gar kein Interesse.

Seine stärkste — und verblüffendste — Reaktion zeigte er bei einem Foto in einem Zeitschriftenartikel über einen in Vorbereitung befindlichen Film der 20th Century-Fox. Der Film handelte von übernatürlichen Dingen — Gespenstern, Poltergeistern, aus der Hölle emporgestiegenen Dämonen —, und das Foto, das ihn in Aufregung versetzte, zeigte eine dämonartige Erscheinung mit mächtigen Kinnbacken, bösen Fangzähnen und glühenden Augen. Die Kreatur war nicht scheußlicher als die anderen im Film, sogar weniger scheußlich, und doch zeigte Einstein nur bei ihr Wirkung.

Der Retriever bellte die Fotografie an. Er rannte hinter das Sofa und spähte dann hervor, als dächte er, die Kreatur könnte aus dem Bild steigen und seine Verfolgung aufnehmen. Er bellte wieder, winselte, und man mußte ihm gut zureden, damit er zur Zeitschrift zurückkäme. Als Einstein den Dämon das zweitemal sah, knurrte er drohend. Er kratzte mit der Pfote an dem Magazin, riß und zerrte an den Seiten, bis die Zeitschrift leicht zerfetzt, aber geschlossen war.

»Was ist denn an *dem* Bild so besonders?« fragte Nora den Hund.

Einstein starrte sie bloß an — und zitterte leicht.

Geduldig öffnete Nora das Magazin, so daß dieselbe Seite zu sehen war.

Einstein schloß es wieder.

Nora öffnete es.

Einstein schloß es das dritte Mal, schnappte es sich und trug es aus dem Raum.

Travis und Nora folgten dem Retriever in die Küche, wo sie ihn dabei beobachteten, wie er geradenwegs auf den Abfalleimer zuging. Der Abfalleimer war eines jener Modelle mit einem Pedal, das einen mit Scharnieren versehenen Deckel öffnete. Einstein setzte eine Pfote auf das Pedal, sah zu, wie der Deckel sich öffnete, ließ die Zeitschrift in den Eimer fallen und ließ das Pedal los.

»Was hat das zu bedeuten?« fragte sich Nora.

»Ich schätze, das ist ein Film, den er sich ganz bestimmt nicht anschauen möchte.«

»Unser persönlicher vierbeiniger Kritiker.«

Dieser Zwischenfall ereignete sich am Donnerstagnachmittag. Am frühen Freitagabend näherte sich Travis' Enttäuschung — und die des Hundes — dem kritischen Punkt.

Manchmal legte Einstein unheimliche Intelligenz an den Tag, dann benahm er sich wieder wie ein ganz gewöhnlicher Hund, und dieses Hin- und Herpendeln zwischen Hundegenie und Köter war für jeden entnervend, der zu begreifen suchte, wie er so klug sein konnte. Langsam glaubte Travis, es wäre am besten, den Retriever einfach als das zu akzeptieren, was er war: auf erstaunliche Kunststücke dann und wann vorbereitet zu sein, aber nicht damit zu rechnen, daß er die ganze Zeit dazu fähig sei. Höchstwahrscheinlich würde das Geheimnis von Einsteins ungewöhnlicher Intelligenz nie gelöst werden.

Doch Nora blieb geduldig. Sie gab immer wieder zu bedenken, daß Rom schließlich auch nicht an einem Tag erbaut worden sei und jede nennenswerte Leistung Entschlossenheit, Hartnäckigkeit und Zeit erfordere.

Jedesmal, wenn sie zum Thema Standfestigkeit und Ausdauer loslegte, seufzte Travis müde — und Einstein gähnte.

Nora ließ sich nicht aus der Ruhe bringen. Nachdem sie die Bilder in sämtlichen Büchern und Magazinen angesehen hatten, wählte sie die aus, auf die Einstein reagiert hatte, breitete sie auf dem Boden aus und ermunterte den Hund, zwischen den einzelnen Bildern Verbindungen herzustellen.

»Das sind alles Bilder von Dingen, die in seiner Vergangenheit eine wichtige Rolle gespielt haben«, sagte Nora.

»Ich glaube nicht, daß wir dessen so sicher sein können«, wandte Travis ein.

»Nun, wir hatten ihn jedenfalls darum gebeten«, sagte sie. »Wir hatten ihn gebeten, uns Bilder zu zeigen, die uns vielleicht etwas darüber sagen könnten, woher er kommt.«

»Aber versteht er das Spiel?«

»Ja«, sagte sie überzeugt.

Der Hund wuffte.

Nora hob Einsteins Pfote und legte sie auf das Foto der Violine. »Okay, Köter. Du erinnerst dich von irgendwo an eine Violine, und sie war irgendwie wichtig für dich.«

»Vielleicht ist er in der Carnegie Hall aufgetreten«, sagte Travis.

»Mund halten!« Und zum Hund gewendet, sagte Nora: »Also schön. Gibt es eine Verbindung zwischen der Violine und einem dieser Bilder? Gibt es irgendeine Verbindung zu einem anderen Bild, das uns verstehen hilft, was du mit der Violine verbindest?«

Einstein starrte sie einen Augenblick lang eindringlich an, als überlegte er, was ihre Frage bedeute. Dann durchquerte er das Zimmer, ging vorsichtig durch die engen Bahnen zwischen den Fotoreihen, schnüffelte, ließ den Blick nach links und nach rechts wandern, bis er die Anzeige für den Sony-Kassettenrecorder fand. Er legte eine Pfote darauf und sah Nora wieder an.

»Das ist eine naheliegende Verbindung«, sagte Travis. »Die Violine macht Musik, der Kassettenrecorder gibt die Musik wieder. Für einen Hund ist das eine eindrucksvolle Assoziation. Aber hat das wirklich auch sonst noch etwas zu bedeuten, etwas, was seine Vergangenheit betrifft?«

»Oh, da bin ich ganz sicher«, sagte Nora. Und zu Einstein

gewendet: »Hat jemand in deiner Vergangenheit Violine gespielt?«

Der Hund starrte sie an.

»Hat dein letztes Herrchen einen Kassettenrecorder wie den da gehabt?« wollte sie wissen.

Der Hund starrte sie an.

»Vielleicht hat der Violinspieler in deiner Vergangenheit seine eigene Musik mit einem Kassettenrecorder aufgezeichnet?« fragte sie.

Der Hund blinzelte und winselte.

»Also gut«, sagte sie. »Gibt es hier noch ein Bild, das du mit der Violine und dem Kassettenrecorder in Verbindung bringen kannst?«

Einstein starrte einen Augenblick lang die Sony-Anzeige an, als müßte er nachdenken, ging dann in einen anderen Gang zwischen zwei weiteren Bilderreihen und blieb diesmal bei einem aufgeschlagenen Magazin stehen, das eine Anzeige für die Blue-Cross-Krankenversicherung zeigte; ein Arzt im weißen Mantel war am Bett einer jungen Mutter zu sehen, die ihr Baby im Arm hielt. Arzt und Mutter strahlten über das ganze Gesicht, das Baby blickte unschuldig und heiter wie das Christkind.

Nora kroch zu dem Hund hin und sagte: »Erinnert dich das Bild an die Familie, der du gehört hast?«

Der Hund starrte sie an.

»Hat es in der Familie, bei der du gelebt hast, eine Mutter, einen Vater und ein neues Baby gegeben?«

Der Hund starrte sie an.

Travis, der immer noch auf dem Boden saß und sich gegen das Sofa lehnte, sagte: »He, vielleicht haben wir es hier mit einem Fall von Reinkarnation zu tun. Vielleicht erinnert sich der alte Einstein daran, daß er in einem früheren Leben ein Arzt, eine Mutter oder ein Baby gewesen ist.«

Nora würdigte diesen Vorschlag keiner Antwort.

»Ein Baby, das Violine spielte«, sagte Travis.

Einstein gab einen unglücklich wirkenden wimmernden Ton von sich.

Nora war noch immer auf allen vieren, nur einen halben Meter von dem Retriever entfernt, ihr Gesicht nahe dem seinen. »Also schön. So kommen wir nicht weiter. Wir müssen

Fragen über diese Bilder stellen können und irgendwie Antworten bekommen.

»Gib ihm doch Papier und Bleistift«, sagte Travis.

»Ich meine das ernst«, sagte Nora, die gegenüber Travis mehr Ungeduld zeigte, als je bei Einstein.

»Ich weiß, das es ernst ist«, sagte er. »Aber lächerlich ist es auch.«

Sie ließ den Kopf einen Augenblick lang hängen, wie ein Hund, der unter der Sommerhitze leidet, hob dann plötzlich den Blick und sagte zu Einstein: »Wie schlau bist du wirklich, Köter? Willst du beweisen, daß du ein Genie bist? Willst du dir ewig unsere Bewunderung und unseren Respekt verdienen? Dann wirst du eines lernen müssen: auf meine Fragen mit einem einfachen Ja oder Nein zu antworten.«

Der Hund musterte sie interessiert und erwartungsvoll.

»Wenn die Antwort auf meine Frage ja lautet — dann wedle mit dem Schweif«, sagte Nora. »Aber *nur,* wenn die Antwort ja ist. Während wir diesen Test durchführen, mußt du es vermeiden, nur aus Gewohnheit zu wedeln oder weil dich irgend etwas aufgeregt hat. Schweifwedeln dient *nur* dazu, ja zu sagen. Und wenn du nein sagen willst, dann bellst du einmal. Nur einmal.«

Travis meinte: »Zweimal bellen heißt: ›Ich würde lieber Katzen jagen‹, und dreimal bellen: ›Hol mir ein Budweiser.‹«

»Bringen Sie ihn nicht durcheinander«, sagte Nora scharf.

»Warum nicht? Er bringt doch auch mich durcheinander.«

Der Hund würdigte Travis keines Blickes. Seine großen braunen Augen blieben eindringlich auf Nora gerichtet, während sie ihm das Wedeln-für-ja- und Bellen-für-nein-System ein zweitesmal erklärte.

»Also gut«, sagte sie. »Jetzt wollen wir's versuchen. Einstein, verstehst du die Ja-Nein-Signale?«

Der Retriever wedelte fünf- oder sechsmal mit dem Schweif und hörte dann auf.

»Zufall«, sagte Travis. »Hat nichts zu bedeuten.«

Nora zögerte einen Augenblick lang, während sie die nächste Frage überlegte, und sagte dann: »Kennst du meinen Namen?«

Der Schweif wedelte, hielt inne.

»Ist mein Name ... Ellen?«

Der Hund bellte. *Nein.*

»Ist mein Name … Mary?«

Ein Bellen. *Nein.*

»Ist mein Name Nona?«

Der Hund rollte die Augen, als wolle er sie dafür tadeln, daß sie versuchte, ihn hereinzulegen. Kein Wedeln. Ein Bellen.

»Ist mein Name … Nora?«

Einstein wedelte heftig.

Jauchzend vor Freude kroch Nora vorwärts, setzte sich auf und drückte den Retriever an sich.

»Da soll mich doch der Teufel holen«, sagte Travis und kroch zu ihnen hinüber.

Nora deutete auf das Foto, auf das der Retriever immer noch eine Pfote gelegt hatte. »Reagierst du auf dieses Bild, weil es dich an die Familie erinnert, bei der du einmal gelebt hast?«

Ein Bellen. *Nein.*

Travis sagte: »Hast du je bei einer Familie gelebt?«

Ein Bellen.

»Aber du bist kein wilder Hund«, sagte Nora. »Du mußte irgendwo gelebt haben, ehe Travis dich fand.«

Travis studierte die Anzeige von Blue Cross und glaubte plötzlich alle richtigen Fragen zu wissen. »Hast du wegen des Babys auf dieses Bild reagiert?«

Ein Bellen. *Nein.*

»Wegen der Frau?«

Nein.

»Wegen des Mannes in dem weißen Labormantel?«

Heftiges Wedeln: *Ja. ja, ja.*

»Er hat also bei einem Arzt gelebt«, sagte Nora. »Vielleicht ein Tierarzt.«

»Oder ein Wissenschaftler«, sagte Travis, einer Idee folgend, die ihm plötzlich gekommen war.

Einstein wedelte ein ›Ja‹, als das Wort Wissenschaftler fiel.

»Ein Forscher«, sagte Travis.

Ja.

»In einem Labor«, sagte Travis.

Ja, ja, ja.

»Du bist ein Laborhund?« fragte Nora.

Ja.

»Ein Versuchstier«, sagte Travis.

Ja.

»Und deshalb bist du so klug.«

Ja.

»Wegen etwas, das die mit dir gemacht haben.«

Ja.

Travis' Herz schlug wie wild. Sie standen jetzt tatsächlich in Verbindung, kommunizierten miteinander, bei Gott, nicht nur grobmaschig, auf die vergleichsweise primitive Art wie er und Einstein in jener Nacht, als der Hund aus Hundekuchen ein Fragezeichen gemacht hatte. Dies hier war Kommunikation höchst spezifischer Natur. Sie redeten, als wären sie drei Personen — nun, es war fast ein Gespräch —, und plötzlich würde nichts mehr so sein, wie es vorher gewesen war. Nein, in einer Welt, in der Menschen und Tiere den gleichen (wenn auch vielleicht verschiedenartigen) Verstand besaßen, in der sie sich dem Leben unter den gleichen Bedingungen stellten, mit den gleichen Rechten, den gleichen Hoffnungen und Träumen, konnte nichts mehr so sein, wie es einmal gewesen war. Schön. Okay. Vielleicht machte er jetzt zu viel daraus. Nicht *allen* Tieren war plötzlich Bewußtsein und Intelligenz auf menschlichem Niveau gegeben; dies war nur ein Hund, ein Versuchstier, vielleicht das einzige seiner Art. Aber Herrgott! *Herrgott!* Travis starrte den Retriever beinahe ehrfürchtig an, und es lief ihm eisig über den Rücken, nicht aus Furcht, sondern aus Staunen.

Nora sprach zu dem Hund, und aus ihrer Stimme war dieselbe Ehrfurcht herauszuhören, die Travis für kurze Zeit sprachlos gemacht hatte: »Die haben dich nicht einfach laufenlassen, oder?«

Ein Bellen. *Nein.*

»Du bist ihnen davongelaufen?«

Ja.

»An jenem Dienstagmorgen, als ich dich im Wald fand?« fragte Travis. »Warst du da gerade weggelaufen?«

Einstein bellte weder, noch wedelte er mit dem Schweif.

»Tage vorher?« fragte Travis.

Der Hund winselte.

»Er hat wahrscheinlich einen Zeitsinn«, sagte Nora, »weil praktisch alle Tiere dem natürlichen Tag-Nacht-Rhythmus folgen, nicht wahr? Sie haben instinktive Uhren, biologische Uhren. Aber wahrscheinlich hat er keine Vorstellung von *Kalendertagen.* Er versteht wirklich nicht, wie wir die Zeit in Tage, Wochen und Monate aufteilen, also kann er Ihre Frage nicht beantworten.«

»Dann ist das etwas, was wir ihm beibringen müssen«, sagte Travis. Einstein wedelte heftig mit dem Schweif.

»Davongelaufen ...«, meinte Nora nachdenklich.

Travis glaubte zu wissen, was sie jetzt dachte, und so sagte er, zu Einstein gewendet: »Die werden dich suchen, nicht wahr?«

Der Hund winselte und wedelte mit dem Schweif, was Travis als ein besonders betontes — von Furcht betontes — ›Ja‹ deutete.

4

Eine Stunde nach Sonnenuntergang trafen Lemuel Johnson und Cliff Soames in Bordeaux Ridge ein. Ihnen folgten in zwei weiteren nicht gekennzeichneten Wagen acht NSA-Agenten. Die ungeteerte, durch das Zentrum des Baugeländes führende Straße war von Fahrzeugen gesäumt, hauptsächlich Streifenwagen des Sheriffbüros sowie einigen Fahrzeugen der gerichtsmedizinischen Abteilung.

Lem registrierte verstimmt, daß die Presse bereits eingetroffen war. Die Journalisten und die Fernsehcrews mit ihren elektronischen Kameras waren durch einen Polizeikordon, einen halben Block vor dem vermutlichen Schauplatz des Mordes, ausgesperrt. Die NSA hatte die Einzelheiten über den Tod Wesley Dalbergs im Holy Jim Canyon und die miteinander in Verbindung stehenden Morde an den Wissenschaftlern von Banodyne unterdrückt und eine aggressive Desinformationskampagne geführt. Dadurch hatte die Presse von der Verbindung, die zwischen diesen Ereignissen bestand, bisher keine Kenntnis erlangt. Lem hoffte, daß die Hilfssheriffs, die die Sperren bewachten, zu Walt Gaines' engsten Vertrauten gehörten und auf die Fragen der Reporter mit steinernem Schweigen reagieren würden, bis man diesen eine überzeugende Geschichte auftischen konnte.

Einige Absperrböcke wurden weggehoben, um die NSA-

Fahrzeuge durch die Polizeilinien zu lassen, dann wieder zurückgestellt.

Lem fuhr am Schauplatz des Mordes vorbei und parkte ein Stück dahinter am Ende der Straße. Er überließ es Cliff Soames, die anderen Agenten zu informieren, und strebte auf das halb fertiggestellte Haus zu, dem allem Anschein nach alle Aufmerksamkeit galt.

Die Radios der Streifenwagen erfüllten die heiße Nachtluft mit Codes und Stimmengeschnatter — und einem Knistern von Störgeräuschen, als würde die ganze Welt auf einem kosmischen Rost gebraten.

Tragbare Scheinwerfer standen auf Stativen und strahlten die Vorderseite des Hauses an, um die Ermittlungen zu erleichtern. Lem hatte das Gefühl, sich auf einer riesigen Bühne zu befinden. Motten kreisten um die Scheinwerfer und flatterten benommen im grellen Licht. Ihre vergrößerten Schatten glitten über den staubigen Boden.

Er ging quer durch den von Bauschutt bedeckten Hof auf das Haus zu und warf dabei selbst einen übertrieben großen, verzerrten Schatten. Drinnen fand er weitere Scheinwerfer vor. Blendendes Licht prallte von den weißen Wänden ab. Ein paar junge Hilfssheriffs, Männer von der gerichtsmedizinischen Abteilung und die üblichen verbissen wirkenden Typen vom Spurendienst füllten den kleinen Raum. Im grellen Licht sahen sie blaß und verschwitzt aus.

Das Blitzlicht eines Fotografen flammte zweimal auf, weiter hinten im Hause. Im Korridor waren zu viele Menschen, also ging Lem durch das Wohnzimmer, das Eßzimmer und die Küche nach hinten.

Walt Gaines stand im Frühstückszimmer hinter dem letzten, halb verhängten Scheinwerfer. Aber selbst im Schatten waren sein Zorn und seine Verstimmung nicht zu übersehen. Er war offenbar zu Hause gewesen, als er die Nachricht von der Ermordung eines Hilfssheriffs erhielt, denn er trug ausgefranste Joggingschuhe, zerdrückte, beigefarbene Freizeithosen und ein rot-braun-kariertes kurzärmeliges Hemd. Trotz seiner hünenhaften Gestalt, seines Stiernackens, seiner muskulösen Arme und seiner mächtigen Pranken sah Walt in dieser Kleidung und mit der Art und Weise, wie er mit hängenden Schultern dastand, wie ein verlassener kleiner Junge aus.

Vom Frühstücksraum aus konnte Lem wegen der ihm die Sicht verstellenden Leute vom Gerichtslabor nicht in den Wäscheraum sehen, wo immer noch die Leiche lag. Er sagte: »Es tut mir leid, Walt. Sehr leid.«

»Er hieß Teel Porter. Sein Dad, Red Porter, und ich sind seit fünfundzwanzig Jahren Freunde. Red ist erst letztes Jahr in den Ruhestand gegangen. Wie soll ich ihm das beibringen? Herrgott. Das muß ich selber machen, wo wir doch Freunde sind. Diesmal kann ich das an keinen weitergeben.«

Lem wußte, daß Walt sich nie drückte, wenn einer seiner Männer im Dienst ums Leben kam. Er suchte die Familie immer persönlich auf, überbrachte die schlimme Nachricht und blieb während des ersten Schocks bei ihnen.

»Fast hätte ich *zwei* Männer verloren«, meinte Walt. »Der andere ist noch völlig durcheinander.«

»Wie ist Teel Porter ...?«

»Den Bauch aufgerissen, wie Dalberg. Und geköpft.«

Der Outsider, dachte Lem. Darüber gab es jetzt keinen Zweifel mehr.

Motten waren hereingekommen und prallten gegen das Glas des Scheinwerfers, hinter dem Lem und Walt standen.

Der Zorn ließ jetzt Walts Worte undeutlicher werden, als er sagte: »Bis jetzt haben wir ... seinen Kopf noch nicht gefunden. Wie bring' ich seinem alten Herrn bei, daß Teels *Kopf* verschwunden ist?«

Darauf wußte Lem keine Antwort.

Walt sah ihn scharf an. »Jetzt kannst du mich nicht mehr ganz hinausdrängen. Jetzt, wo einer meiner Männer tot ist.«

»Walt, meine Behörde arbeitet absichtlich im dunkeln. Verdammt, sogar die Zahl der Agenten, die wir auf der Lohnliste stehen haben, ist Verschlußsache. Aber deine Abteilung ist ganz der Neugier der Presse ausgesetzt. Und damit sie wissen, wie sie sich in diesem Fall verhalten müssen, müßte man deinen Leuten genau sagen, wonach sie suchen. Was hieße, daß einer großen Zahl von Subalternen Geheimnisse der nationalen Verteidigung zur Kenntnis gebracht werden ...«

»*Deine* Männer wissen alle, was gespielt wird«, konterte Walt.

»Ja, aber meine Männer haben sich eidesstattlich zur Geheimhaltung verpflichtet, sind gründlichen Sicherheitsprüfungen unterzogen worden und dazu ausgebildet, den Mund zu halten.«

»Auch meine Männer können ein Geheimnis bewahren.«

»Ganz sicher können sie das«, sagte Lem vorsichtig. »Ich bin sicher, daß sie außerhalb ihrer Arbeit nicht über gewöhnliche Fälle sprechen. Aber das hier ist kein gewöhnlicher Fall. Nein, er muß in unserer Hand bleiben.«

Walt sagte: »Auch meine Männer können sich eidesstattlich zur Geheimhaltung verpflichten.«

»Wir müßten jeden in deiner Abteilung gründlich unter die Lupe nehmen, eine Sicherheitsüberprüfung vornehmen. Nicht nur bei deinen Hilfssheriffs, sondern bei jedem Büroangestellten. Das würde Wochen dauern, Monate.«

Walt blickte durch die Küche zur offenen Wohnzimmertür hinüber und sah Cliff Soames und einen NSA-Agenten mit zwei Hilfssheriffs sprechen, die sich im Zimmer dahinter aufhielten. »Ihr habt hier wohl, kaum daß ihr hier aufgetaucht seid, das Kommando übernommen, wie? Bevor du auch nur ein Wort mit mir darüber gesprochen hast?«

»Ja. Wir müssen sicherstellen, daß deine Leute wissen, daß sie über nichts reden dürfen, was sie heute nacht hier gesehen haben — nicht einmal mit ihren Frauen. Wir machen jeden einzelnen Mann mit den entsprechenden Bundesgesetzen vertraut, weil wir sicher sein wollen, daß sie wissen, welchen Geld- und Gefängnisstrafen sie sich aussetzen.«

»Du drohst mir ja schon wieder mit dem Knast!« sagte Walt, aber diesmal war keine Spur von Humor in seiner Stimme wie beim letztenmal, als sie in der Garage des St.-Josephs-Hospitals nach dem Besuch bei Tracy Keeshan miteinander gesprochen hatten.

Lem bedrückte nicht nur der Tod des Hilfssheriffs, sondern auch der Keil, den dieser Fall zwischen ihn und Walt trieb. »Ich will niemanden im Knast haben. Deshalb will ich ja auch sicher sein, daß jeder die Konsequenzen begreift ...«

Walt runzelte die Stirn und sagte: »Komm mit.«

Lem folgte ihm nach draußen zu einem Streifenwagen, der vor dem Haus parkte.

Sie setzten sich auf die Vordersitze, Walt hinter das Steuerrad. Die Türen hatten sie geschlossen. »Dreh die Fenster hoch, damit wir ungestört sind.«

Lem protestierte, meinte, sie würden in dieser Hitze ohne Lüftung ersticken. Aber selbst im schwachen Licht sah er förmlich Walts dampfende Wolke der Wut hochsteigen und erkannte; daß er sich in der Lage eines Mannes befand, der in einem See von Benzin steht und eine brennende Kerze in der Hand hält. Er kurbelte sein Fenster hoch.

»Okay«, sagte Walt. »Wir sind allein. Jetzt sind wir nicht NSA-Distriktchef und Sheriff. Nur alte Freunde. Kumpel. Und jetzt raus mit der Sprache.«

»Walt, verdammt noch mal, das kann ich nicht.«

»Sag es mir jetzt, und ich halte mich aus dem Fall raus. Dann mische ich mich nicht ein.«

»Du wirst in jedem Fall draußenbleiben. Das mußt du.«

»Verdammt will ich sein, wenn ich das tue«, sagte Walt zornig. »Ich brauche jetzt bloß die Straße hinunter zu diesen Schakalen zu gehen.« Der Wagen war so geparkt, daß die Motorhaube aus Bordeaux Ridge hinauswies, in die Richtung der Straßensperre, wo die Reporter warteten. Walt deutete jetzt durch die verstaubte Windschutzscheibe zu ihnen hin. »Ich kann denen sagen, daß die Banodyne Laboratories an irgendeinem Verteidigungsprojekt gearbeitet haben und daß es ihnen außer Kontrolle geraten ist. Ich kann ihnen sagen, daß irgend jemand oder irgend etwas Fremdartiges trotz der Sicherheitsmaßnahmen aus den Labors entkommen ist, und jetzt ist es in Freiheit und tötet Menschen.«

»Wenn du das tust«, sagte Lem, »würdest du nicht in den Knast wandern. Dann würdest du deine Stellung verlieren und deine ganze Laufbahn ruinieren.«

»Das glaube ich nicht. Ich würde vor Gericht behaupten, daß ich die Wahl hatte, die nationalen Sicherheitsbestimmungen zu brechen oder das Vertrauen der Leute zu verraten, die mich in diesem Bezirk in mein Amt gewählt haben. Ich würde behaupten, daß ich in einer solchen Krise die öffentliche Sicherheit meiner Mitbürger über die Sorgen der Verteidigungsbürokraten in Washington stellen mußte. Ich bin sicher, daß so ziemlich jedes Geschworenengericht mich freisprechen würde. Ich würde nicht in den Knast wandern, und bei der nächsten Wahl würde ich noch mehr Stimmen bekommen als bei der letzten.«

»Scheiße!« sagte Lem, weil er wußte, daß Walt recht hatte.

»Wenn du mir jetzt reinen Wein einschenkst, wenn du mich überzeugst, daß deine Leute besser imstande sind, mit der Situation fertigzuwerden, als meine, dann mache ich dir den Weg frei. Wenn du es mir aber nicht sagst, lasse ich alles auffliegen.«

»Damit würde ich meinen Eid brechen. Ich würde selber meinen Hals in die Schlinge stecken.«

»Niemand wird je erfahren, daß du es mir gesagt hast.«

»Wirklich? Also schön, Walt. Warum, um Christi willen, bringst du mich in eine so unangenehme Lage? Bloß um deine Neugierde zu befriedigen?«

Walt sah ihn verletzt an. »Verdammt noch mal, eine solche Kleinigkeit ist das nicht. Das ist nicht nur Neugierde.«

»Was ist es dann?«

»Einer meiner Männer ist tot!«

Lem lehnte den Kopf gegen den Sitz, schloß die Augen und seufzte. Walt mußte wissen, *warum* er auf die Rache für die Ermordung eines seiner eigenen Männer zu verzichten hatte. Sein Pflichtgefühl und seine Ehre verlangten wenigstens das, wenn man von ihm einen Rückzieher erwartete. Der Standpunkt, den er einnahm, war nicht unvernünftig.

»Also, was ist — soll ich mit den Reportern reden?« fragte Walt ruhig.

Lem schlug die Augen auf und strich sich mit der Hand über das schweißnasse Gesicht. Im Inneren des Wagens war es unangenehm warm und stickig. Er wollte sein Fenster herunterkurbeln. Aber gelegentlich kamen Männer auf dem Weg zum Haus oder zurück draußen vorbei, und er durfte wirklich nicht riskieren, daß jemand hörte, was er Walt jetzt sagen würde. »Du hattest recht, als du dich auf Banodyne eingeschossen hast. Die führten dort seit einigen Jahren auf die Verteidigung gerichtete Forschungen durch.«

»Biologische Kriegsführung?« fragte Walt. »Gen-Manipulation, um häßliche neue Viren zu machen?«

»Das vielleicht auch«, sagte Lem. »Aber Bakterienkriegsführung hat mit diesem Fall nichts zu tun, und ich werde dir nur von den Forschungsarbeiten erzählen, die unser Problem hier berühren.«

Die Fenster fingen an zu beschlagen. Walt startete den Motor. Der Wagen war nicht klimatisiert, und der Beschlag an den

Fenstern breitete sich weiter aus. Aber selbst der schwache, feuchtwarme Luftstrom aus den Düsen war willkommen.

Lem sagte: »Sie arbeiteten an einigen Forschungsprogrammen, die die Bezeichnung Francis-Projekt bekamen. Benannt nach dem heiligen Franz von Assisi.«

Walt blinzelte überrascht und sagte: »Ein Kriegsprojekt benennen die nach einem Heiligen?«

»Das paßt schon«, versicherte ihm Lem. »Franz von Assisi konnte mit Vögeln und Tieren reden. Und bei Banodyne leitete Dr. Davis Weatherby ein Projekt, das darauf abzielte, eine Kommunikation zwischen Mensch und Tier zu ermöglichen.«

»Die Sprache der Delphine erlernen — so etwas Ähnliches?«

»Nein. Die Idee war die, das allerneueste Wissen der Gentechnologie einzusetzen, um Tiere mit wesentlich höherer Intelligenz zu schaffen. Tiere, die zu fast menschlichem Denken fähig sein sollten. Tiere, mit denen wir uns möglicherweise verständigen könnten.«

Walt starrte ihn mit offenem Mund an.

Lem fuhr fort: »Unter dem Generalbegriff des Francis-Projekts haben einige Teams von Wissenschaftlern an sehr verschiedenen Experimenten gearbeitet, und zwar seit wenigstens vier Jahren. Da waren zum einen Dr. Weatherbys Hunde ...«

Dr. Weatherby hatte mit den Samen und Eizellen von Golden Retrievers gearbeitet, die er ausgewählt hatte, weil diese Rasse seit mehr als hundert Jahren sorgfältig gezüchtet worden war. Zum einen bedeutete diese sorgfältige Züchtung, daß alle erblichen Krankheiten weitestgehend aus dem Gencode getilgt waren, wodurch Weatherby sicher sein konnte, daß ihm für seine Experimente gesunde und intelligente Tiere zur Verfügung standen. Außerdem konnte Weatherby, falls Welpen mit Abnormitäten zur Welt kamen, diese natürlichen Mutationen leicht von allen anderen unterscheiden, die sich als ungewollte Nebeneffekte seiner eigenen Manipulationen am Erbgut des Tieres einstellten; auf diese Weise würde er aus seinen eigenen Fehlern lernen können.

Im Laufe der Jahre hatte Davis Weatherby, einzig und allein bemüht, die Intelligenz der Zucht zu steigern, ohne eine Änderung im physischen Erscheinungsbild herbeizuführen, Hunderte genetisch veränderte Retriever-Eizellen *in vitro* befruchtet und die befruchteten Eier dann Hündinnen eingepflanzt, die als ›Leihmütter‹ dienten: Die Hündinnen trugen die Reagenzglaswelpen aus, und Weatherby studierte diese jungen Hunde auf Anzeichen gesteigerter Intelligenz.

»Es gab eine verdammt große Zahl von Fehlschlägen«, sagte Lem. »Groteske physische Mutationen, die vernichtet werden mußten. Totgeborene Welpen. Welpen, die normal aussahen, aber *weniger* intelligent waren als gewöhnlich. Schließlich kreuzte Weatherby auch mit den Gencodes anderer Gattungen, also kannst du dir vorstellen, daß es zu ein paar recht schrecklichen Resultaten kam.«

Walt starrte auf die Windschutzscheibe, die jetzt völlig undurchsichtig war. Dann sah er Lem mit gerunzelter Stirn an. »Andere Gattungen? Was meinst du damit?«

»Nun, siehst du, er isolierte diese genetischen Intelligenzdeterminanten in den Gencodes von Gattungen, die intelligenter waren als der Retriever.«

»Affen zum Beispiel? Die sind doch intelligenter als Hunde, oder nicht?«

»Ja. Affen ... und Menschen.«

»Du lieber Gott!« sagte Walt.

Lem drehte eine Düse im Armaturenbrett so, daß der lauwarme Luftstrom sein Gesicht traf. »Weatherby hat das fremde genetische Material in den Gencode des Retriever eingebracht und gleichzeitig jene Gene, die seine Intelligenz auf die des Hundes beschränkten, eliminiert.«

Jetzt reichte es Walt. »Das ist doch nicht möglich! Dieses genetische Material; wie du es nennst, kann doch ganz sicherlich nicht von einer Spezies zur anderen weitergegeben werden.«

»In der Natur geschieht das die ganze Zeit«, sagte Lem. »Genetisches Material wird von einer Gattung auf die andere übertragen, und der Träger ist gewöhnlich ein Virus. Sagen wir einmal, ein Virus würde in Rhesusaffen gedeihen. Solange er sich in dem Affen befindet, nimmt er genetisches Material aus den Zellen des Affen auf. Diese aufgenommenen Affengene werden ein Teil des Virus selbst. Später, nachdem dieser Virus einen menschlichen Wirt infiziert hat, besitzt er die Fähigkeit, das genetische Material des Affen in seinem menschlichen Wirt zu hinterlassen. Denke beispielsweise einmal an den AIDS-Virus. Man nimmt an, daß AIDS über Jahrzehnte ein Krankheitskeim war, dessen Träger gewisse Affen und menschliche Wesen waren, obwohl keine der beiden Gattungen für die Krankheit selbst anfällig war; ich meine, wir waren einzig und allein Träger — wir wurden von dem, was wir trugen, nie krank. Aber dann passierte irgendwie etwas an den Affen, eine negative genetische Veränderung, die sie nicht bloß zu Trägern, sondern zu *Opfern* des AIDS-Virus machte. Affen fingen an, an der Krankheit zu sterben. Als dann der Virus auf die Menschen überging, brachte er dieses neue genetische Material mit, das die Anfälligkeit für AIDS spezifizierte, und von diesem Augenblick an dauerte es nicht mehr lange, bis sich auch Menschen die Krankheit zuziehen konnten. So funktioniert das in der Natur. Und im Labor geschieht es noch sehr viel effizienter.«

Der Beschlag auf den Seitenfenstern wurde immer dichter. Walt sagte: »Also ist es Weatherby wirklich gelungen, einen Hund mit menschlicher Intelligenz zu züchten?«

»Das war ein langer, äußerst langwieriger Prozeß, aber im Laufe der Zeit machte er Fortschritte. Und vor etwas mehr als einem Jahr kam die Wunderwelpe zur Welt.«

»Und die denkt wie ein menschliches Wesen?«

»Nicht *wie* ein menschliches Wesen, aber vielleicht ebensogut wie.«

»Und sieht doch wie ein gewöhnlicher Hund aus?«

»Das ist es, was das Pentagon haben wollte. Und was Weatherbys Aufgabe vermutlich erschwerte. Anscheinend hat die Größe des Gehirns zumindest ein wenig mit der Intelligenz zu tun, und Weatherby hätte seinen Durchbruch vielleicht viel eher geschafft, hätte er einen Retriever mit einem größeren Gehirn entwickeln können. Aber ein größeres Gehirn hätte einen neu konfigurierten, viel größeren Schädel bedeutet, also hätte der Hund verdammt ungewöhnlich ausgesehen.«

Alle Fenster waren jetzt beschlagen. Weder Walt noch Lem versuchten den Beschlag wegzuwischen. Unfähig, aus dem Wagen hinauszusehen, auf dessen feuchtes, beengendes Innere beschränkt, schienen sie von der wirklichen Welt abgeschlossen, in Raum und Zeit dahinzutreiben — ein Zustand, der dem Nachdenken über die wundersamen und empörenden

Schöpfungsakte, die die Gentechnologie möglich machte, seltsam förderlich war.

Walt sagte: »Das Pentagon wollte einen Hund, der wie ein Hund aussah, aber wie ein Mensch denken konnte? *Warum?*«

»Stell dir bloß einmal die Spionagemöglichkeiten vor«, sagte Lem. »In Kriegszeiten würde es Hunden nicht schwerfallen, tief in feindliches Territorium einzudringen und Anlagen und Truppenstärken auszukundschaften. Intelligente Hunde, mit denen wir uns irgendwie verständigen könnten, würden zurückkehren und uns berichten, was sie gesehen und gehört haben.«

»Uns *berichten?* Willst du sagen, daß man Hunde zum Reden bringen kann, wie im Märchen? Jetzt reicht's aber, Lem!«

Lem konnte seinem Freund durchaus nachfühlen, daß es ihm Schwierigkeiten bereitete, diese erstaunlichen Möglichkeiten geistig nachzuvollziehen. Die moderne Wissenschaft schritt so rasch vorwärts, machte so viele revolutionäre Entdeckungen, daß für den Laien in Zukunft der Unterschied zwischen Wissenschaft und Zauberei immer geringer werden würde. Nur wenige Nichtwissenschaftler konnten sich auch nur entfernt ausmalen, wie sehr sich die Welt der nächsten zwanzig Jahre von der Welt der Gegenwart unterscheiden würde; ein Unterschied vielleicht wie der zwischen der Zeit um 1980 und der Zeit um 1780. Die Veränderung vollzog sich in unvorstellbarem Tempo, und tat jemand einen Blick in das, was vielleicht kommen würde — wie Walt soeben —, dann war das ebenso ermutigend wie erschreckend, ebenso anregend wie furchteinflößend.

Lem sagte: »Tatsächlich könnte man einen Hund genetisch so verändern, daß er sprechen kann. Vielleicht wäre das sogar leicht — ich weiß es nicht. Aber um ihm den erforderlichen Sprechapparat zu liefern, die erforderliche Zunge und die erforderlichen Lippen ... das würde eine drastische Veränderung seines Aussehens bedeuten, und das taugt nichts für die Zwecke des Pentagon. *Diese* Hunde werden also nicht sprechen. Die Verständigung wird ohne Zweifel vermittels einer komplizierten Zeichensprache erfolgen müssen.«

»Du lachst ja gar nicht«, sagte Walt. »Das ist doch ganz bestimmt ein beschissener Witz — warum lachst du also nicht?«

»Denk darüber nach«, sagte Lem geduldig. »In Friedenszeiten … stell dir bloß vor, der Präsident der Vereinigten Staaten übergibt dem sowjetischen Generalsekretär einen einjährigen Golden Retriever als Geschenk des amerikanischen Volkes. Stell dir vor, der Hund lebt im Haus und im Büro des Generalsekretärs, hört die geheimsten Gespräche der höchsten Parteispitzen der UdSSR mit an. Und hin und wieder, alle paar Wochen oder Monate, schleicht sich der Hund nachts davon und trifft sich mit einem US-Agenten in Moskau und berichtet.«

»*Berichtet?* Das ist doch Wahnsinn«, sagte Walt und lachte. Aber sein Lachen hatte einen scharfen, hohlen und irgendwie nervösen Klang, was Lem zeigte, daß die Skepsis des Sheriffs im Begriff war, diesem davonzugleiten, obwohl er sie festhalten wollte.

»Ich sage dir, daß es möglich ist. Ein solcher Hund ist tatsächlich durch die Befruchtung einer genetisch veränderten Eizelle mit genetisch verändertem Sperma erzeugt und von einer Leihmutter ausgetragen worden. Und nach einem Jahr des Eingesperrtseins in den Banodyne-Labors, irgendwann in den frühen Morgenstunden des siebzehnten Mai, entkam dieser Hund durch eine Reihe unglaublich geschickter Handlungen, durch die er auf raffinierte Weise das Sicherheitssystem der Anlage umging.«

»Und jetzt ist der Hund auf freiem Fuß?«

»Ja.«

»Und das hat all die Morde …«

»Nein«, sagte Lem. »Der Hund ist harmlos, liebenswert, ein *wunderbares* Tier. Ich war in Weatherbys Labor, während er mit dem Retriever arbeitete. In beschränkter Weise habe ich mich mit ihm verständigt. Ehrlich, Walt. Wenn du dieses Tier in Aktion siehst, wenn du siehst, was Weatherby geschaffen hat, dann gibt dir das ungeheure Hoffnung für die armselige Gattung Mensch, der wir angehören.«

Walt starrte ihn verständnislos an.

Lem mußte nach Worten suchen, um ihm zu vermitteln, was er fühlte. Als er dann die Sprache fand, zu beschreiben, was der Hund für ihn bedeutete, spürte er, wie die innere Erregung ihm die Brust abschnürte. »Nun … ich meine, wenn wir zu diesen erstaunlichen Dingen fähig sind, wenn wir ein solches Wunder in die Welt setzen können, dann muß doch etwas sehr Wertvolles in uns sein, ganz gleich, was die Pessimisten und Schwarzseher glauben. Wenn wir zu solchem fähig sind, dann haben wir die Macht und potentiell auch die Weisheit Gottes. Wir sind nicht nur Erzeuger von Waffen, sondern auch Erzeuger von *Leben*. Wenn wir die Angehörigen einer anderen Spezies auf unsere Ebene heben können, wenn wir eine Rasse erschaffen können als Gefährten für uns, um die Welt mit uns zu teilen … dann wird das unser Denken und unseren Glauben für immer verändern. Indem wir den Retriever verändert haben, haben wir uns selbst verändert. Indem wir den Hund auf ein neues Bewußtseinsniveau gehoben haben, hat sich unvermeidbar auch unser eigenes Bewußtsein auf ein höheres Niveau begeben.«

»Du lieber Gott, Lem, du redest ja wie ein Prediger.«

»Tu' ich das? Das ist, weil ich mehr Zeit gehabt habe, darüber nachzudenken als du. Die Zeit wird kommen, wo auch du verstehen wirst, wovon ich jetzt rede. Auch du wirst es langsam bekommen, dieses unglaubliche Gefühl, daß die Menschheit auf dem Weg zur Göttlichkeit ist — und daß wir es *verdienen*, dorthin zu kommen.«

Walt Gaines starrte das beschlagene Glas an, als könne er in den sich zu Mustern formenden Wassertröpfchen etwas von großem Interesse lesen. Dann meinte er: »Vielleicht stimmt das, was du sagst. Vielleicht stehen wir an der Schwelle einer neuen Welt. Aber für den Augenblick müssen wir in der alten leben und uns mit ihr auseinandersetzen. Wenn es also nicht der Hund war, der meinen Hilfssheriff umgebracht hat — was war es dann?«

»Es ist noch etwas anderes aus Banodyne entkommen, in derselben Nacht, in der der Hund entkam«, sagte Lem. Plötzlich wurde seine Euphorie gedämpft durch die Notwendigkeit, zugeben zu müssen, daß das Francis-Projekt auch seine dunklere Seite gehabt hatte. »Sie nannten es den Outsider.«

5

Nora hielt die Zeitschrift mit der Anzeige, die ein Automobil mit einem Tiger verglich und den Wagen in einem eisernen Käfig zeigte, in der Hand. Zu Einstein sagte sie: »Also gut, dann laß uns sehen, was du noch für uns klarstellen kannst.

Wie ist's mit dem hier? Was hat dich an diesem Foto interessiert — das Auto?«

Einstein bellte einmal. *Nein.*

»War es der Tiger?« fragte Travis.

Ein Bellen.

»Der Käfig?« fragte Nora.

Einstein wedelte mit dem Schweif: *Ja.*

»Hast du dieses Bild gewählt, weil sie dich in einem Käfig gehalten haben?« fragte Nora.

Ja.

Travis suchte auf allen vieren kriechend, bis er das Foto des armen Unglücklichen in der Gefängniszelle fand. Er brachte es, zeigte es dem Retriever und sagte: »Und hast du dieses hier gewählt, weil die Zelle wie ein Käfig ist?«

Ja.

»Und weil der Gefangene auf dem Bild dich daran erinnert, wie du dich fühltest, als du in einem Käfig warst?«

Ja.

»Die Violine«, sagte Nora. »Hat jemand im Laboratorium dir auf der Violine vorgespielt?«

Ja.

»Warum sie das wohl getan haben mögen?« sagte Travis.

Darauf konnte der Hund nicht mit einem einfachen Ja oder Nein antworten.

»Hat dir das Violinspiel gefallen?« fragte Nora.

Ja.

»Magst du Musik?«

Ja.

»Magst du Jazz?«

Der Hund bellte weder, noch wedelte er mit dem Schweif.

Travis meinte: »Er weiß nicht, was Jazz ist. Ich nehme an, sie haben ihn so etwas nie hören lassen.«

»Magst du Rock and Roll?« fragte Nora.

Ein Bellen und gleichzeitig ein Schweifwedeln.

»Was soll das jetzt bedeuten?« fragte Nora.

»Das bedeutet wahrscheinlich ›ja und nein‹«, sagte Travis. »Er mag einige Rock-and-Roll-Stücke, aber nicht alles.«

Einstein wedelte mit dem Schweif, um Travis' Interpretation zu bestätigen.

»Klassische Musik?« fragte Nora.

Ja.

»Wir haben es also hier mit einem Hund zu tun, der ein Snob ist, hm?« sagte Travis.

Ja, ja, ja.

Nora lachte vor Begeisterung und Travis ebenfalls. Und Einstein drängte sich zuerst an sie, dann an ihn und leckte ihnen glücklich die Hände.

Travis sah sich nach einem anderen Bild um und schnappte sich das mit dem Mann auf dem Tretwerk. »Ich kann mir vorstellen, daß sie dich nicht aus dem Labor rauslassen wollten, und doch müssen sie dich irgendwie fitgehalten haben. Haben sie dich so trainieren lassen? Auf einer Tretmühle?«

Ja.

Das Gefühl, eine Entdeckung gemacht zu haben, war erhebend. Travis hätte nicht faszinierter sein können, nicht aufgeregter und mehr von Ehrfurcht und Scheu ergriffen, wenn er mit einer extraterrestrischen Intelligenz Verbindung aufgenommen hätte.

6

Ich falle in ein finsteres Loch, dachte Walt Gaines beklommen, während er Lem Johnson zuhörte.

Diese neue High-Tech-Welt des Weltraumfluges, der Heimcomputer, der von Satelliten übertragenen Telefongespräche, der Fabrikroboter und jetzt der Gentechnologie schien ohne jede Beziehung zu der Welt zu sein, in der er geboren und aufgewachsen war. Um Himmels willen, im Zweiten Weltkrieg war er ein Kind gewesen, und damals hatte es noch nicht einmal Düsenflugzeuge gegeben. Er kam aus einer einfacheren Welt, in der die Chryslers mit ihren Schwanzflossen wie Boote aussahen, die Telefone Wählscheiben statt Tasten, die Uhren Zeiger statt digitaler Anzeigen hatten. Als er geboren wurde, gab es noch kein Fernsehen, und die Möglichkeit eines nuklearen Armageddon, während seines Lebens Realität geworden, hatte damals niemand vorhersehen können. Er fühlte sich, als wäre er durch eine unsichtbare Barriere aus einer Welt in eine andere übergetreten, die sich auf einer schnelleren Bahn bewegte. Dieses neue Reich der Technik konnte herrlich oder schrecklich sein — und gelegentlich beides zugleich.

Wie jetzt.

Die Vorstellung eines intelligenten Hundes sprach das Kind in ihm an und erzeugte in ihm den Wunsch zu lächeln.

Aber aus jenen Labors war auch noch etwas anderes entflohen, der Outsider, und der machte ihm eine Heidenangst.

»Der Hund hatte keinen Namen«, sagte Lem Johnson. »Das ist nicht besonders ungewöhnlich. Die meisten Wissenschaftler, die mit Versuchstieren arbeiten, geben diesen nie Namen. Wenn man einem Tier einen Namen gegeben hat, fängt man unvermeidlich an, ihm eine Persönlichkeit zuzuschreiben, und dann verändert sich die Beziehung, die man zu ihm hat, man kann in seinen Beobachtungen nicht mehr so objektiv sein, wie man das sein muß. Also hatte der Hund nur eine Nummer, bis klar war, daß dies der Erfolg war, für den Weatherby so hart gearbeitet hatte. Aber selbst dann, als feststand, daß man den Hund diesmal nicht als Versager würde töten müssen, gab man ihm keinen Namen. Jeder nannte ihn einfach ›den Hund‹, was durchaus genügte, um ihn von allen anderen Welpen Weatherbys zu unterscheiden, weil man diese mit Nummern bezeichnet hatte. Jedenfalls arbeitete zur gleichen Zeit Frau Dr. Yarbeck im Rahmen des Francis-Projekts an anderen, völlig anderen, Forschungsvorhaben, und auch sie hatte schließlich einigen Erfolg.«

Frau Dr. Yarbecks Ziel war es gewesen, ein Lebewesen mit sehr gesteigerter Intelligenz zu schaffen — aber auch dafür angelegt, den Menschen in den Krieg zu begleiten; so wie Polizeihunde die Polizisten in gefährliche Stadtregionen begleiten. Sie wollte ein Tier konstruieren, das schlau, aber auch tödlich war, ein Schrecken auf dem Schlachtfeld: wild, verstohlen und raffiniert und intelligent genug, daß man es im Dschungelkrieg ebenso wirksam einsetzen konnte wie bei Straßenkämpfen. Nicht ganz so intelligent wie menschliche Wesen natürlich, nicht so schlau wie der Hund, den Weatherby entwickelte. Es wäre schierer Wahnsinn gewesen, eine Killermaschine von der gleichen Intelligenz wie die Menschen, die sie würden benutzen und lenken müssen, zu erschaffen. Jeder hatte Frankenstein gelesen oder einen der alten Boris-Karloff-Filme gesehen, und niemand unterschätzte die Gefahren, die in Yarbecks Arbeit schlummerten.

Frau Dr. Yarbeck wollte mit Affen und Menschenaffen arbeiten, und zwar wegen ihrer natürlichen hohen Intelligenz und weil sie bereits über menschenähnliche Hände verfügten. Am Ende entschied sie sich für Paviane als Basisgattung für ihre dunklen Schöpfungsakte. Die Paviane gehören zu den klügsten der Primaten und stellten daher gutes Rohmaterial dar. Sie sind von Natur aus tödliche Kämpfer mit eindrucksvollen Klauen und Fängen, vom territorialen Imperativ in höchstem Maße motiviert und darauf erpicht, jeden anzugreifen, den sie als Feind ansehen.

»Dr. Yarbecks erste Aufgabe bezüglich der *physischen* Veränderung des Pavians bestand darin, ihn größer zu machen, groß genug, um einem ausgewachsenen Mann gefährlich zu werden«, sagte Lem. »Sie kam zu dem Schluß, ihr Produkt müsse wenigstens einen Meter fünfzig groß und vierzig bis fünfzig Kilo schwer sein.«

»So besonders groß ist das gar nicht«, wandte Walt ein.

»Groß genug.«

»Einen Mann von der Größe könnte ich mit einem Schlag kampfunfähig machen.«

»Einen Menschen ja, nicht aber dieses Ding. Es besteht nur aus Muskeln, überhaupt keinem Fett und ist viel schneller als ein Mensch. Denk einmal darüber nach, wie ein fünfundzwanzig Kilo schwerer Bullterrier aus einem erwachsenen Menschen Hackfleisch machen kann, dann wird dir klar, wie gefährlich Yarbecks Krieger mit fünfzig Kilo wäre.«

Die vom Dampf silbrige Windschutzscheibe des Streifenwagens schien wie eine Leinwand, auf der Walt die projizierten Bilder brutal hingemordeter Männer sah: Wes Dalberg, Teel Porter ... Er schloß die Augen, aber er sah die Leichen immer noch. »Okay, ja, ich versteh' schon, was du meinst. Fünfzig Kilo würden reichen, wenn wir von etwas reden, was dazu *gebaut* ist, zu kämpfen und zu töten.«

»Also schuf Yarbeck eine Zucht von Pavianen, die größer wurden als ihre ›normalen‹ Gattungsgenossen. Dann machte sie sich daran, die Samen- und Eizellen ihrer Riesenprimaten auf andere Weise abzuändern, teils durch Veränderung des genetischen Materials, teils durch Einbringung von Genen anderer Gattungen.«

Walt meinte: »Die gleiche Art Flickwerk zwischen den Gattungen, die zu dem schlauen Hund führte.«

»Ich würde das nicht Flickwerk nennen ... aber, ja, im wesentlichen dieselbe Technik. Yarbeck brauchte ein großes, bösartiges Kinn für ihren Krieger, etwas, das eher an einen deutschen Schäferhund oder an einen Schakal erinnerte, um Platz für mehr Zähne zu haben, und sie wollte, daß die Zähne größer und schärfer und vielleicht etwas gebogen waren, und das bedeutete, daß sie den Kopf des Pavians vergrößern und sein Gesicht total verändern mußte, um dafür Platz zu schaffen. Der Schädel mußte ohnehin wesentlich vergrößert werden, um ein größeres Gehirn zuzulassen. Dr. Yarbeck arbeitete nicht mit der Einschränkung wie Davis Weatherby, das Aussehen ihres Objekts unverändert zu lassen. Tatsächlich zog Yarbeck ins Kalkül, daß, wenn ihre Schöpfung häßlich war, abstoßend, wenn sie fremdartig war — nicht von dieser Welt —, sie dann als Krieger nur noch effektiver sein werde, weil sie dann Feinde nicht nur angriff und tötete, sondern sie auch in Angst und Schrecken versetzte.«

Trotz der warmen, stickigen Luft spürte Walt Gaines etwas Eisiges in seinem Körper, so als hätte er große Eisbrocken verschluckt. »Hat denn Dr. Yarbeck oder sonst jemand überhaupt nicht daran gedacht, wie unmoralisch das ist, Herrgott? Hat denn von denen keiner ›Die Insel des Dr. Moreau‹ gelesen? Lem, du hast die gottverdammte moralische Pflicht, das die Öffentlichkeit wissen zu lassen, das ans Tageslicht zu zerren. Und ich auch.«

»Ganz und gar nicht«, sagte Lem. »Die Vorstellung, es gebe gutes und böses Wissen ... hm, ist eine rein religiöse Betrachtungsweise. Was man tut, kann moralisch oder unmoralisch sein, stimmt. Aber das Wissen kann man nicht so kategorisieren. Für einen Wissenschaftler, für *jeden* gebildeten Menschen, ist alles Wissen im moralischen Sinn neutral.«

»Aber, verdammt noch mal, wie man dieses Wissen im Falle Yarbecks *eingesetzt* hat, das war moralisch doch nicht neutral.«

Wenn sie am Wochenende auf der Terrasse beisammensaßen, Corona-Bier tranken und sich mit den wichtigen Problemen der Welt auseinandersetzten, bereitete es ihnen häufig Spaß, über solche Dinge zu reden. Hinterhofphilosophen. Weise im Bierdunst, denen ihre Weisheit selbstgefälliges Vergnügen bereitete. Und manchmal waren die moralischen Dilemmas, die sie an den Wochenenden diskutierten, genau die,

die sich später im Laufe ihrer Polizeiarbeit ergaben; aber Walt konnte sich an keine Diskussion erinnern, die so eindringlich ihre Arbeit anging wie diese hier.

»Die Anwendung von Wissen ist ein Teil des Prozesses, weiteres Wissen zu erlangen«, sagte Lem. »Der Wissenschaftler muß seine Entdeckungen anwenden, um zu sehen, wohin jede Anwendung führt. Die moralische Verantwortung lastet auf den Schultern derer, die eine Technologie aus dem Labor herausnehmen und sie für unmoralische Ziele einsetzen.«

»Und den Bockmist glaubst du?«

Lem überlegte einen Augenblick. »Ja, ich denke schon. Ich glaube, wenn wir die Wissenschaftler für alle schlimmen Dinge verantwortlich machten, die sich bei ihrer Arbeit ergeben, würden sie die Arbeit von vornherein nicht beginnen, und es würde überhaupt keinen Fortschritt geben. Wir würden dann immer noch in Höhlen leben.«

Walt zog ein sauberes Taschentuch heraus, tupfte sich das Gesicht ab und verschaffte sich damit einige Augenblicke, um nachzudenken. Es waren gar nicht sosehr die Hitze und die Feuchtigkeit, die ihm zu schaffen machten. Der Gedanke an Yarbecks Krieger, der durch die Hügel von Orange County zog, war es, der ihm den Schweiß aus den Poren trieb.

Er wollte sich an die Öffentlichkeit wenden, wollte die Welt warnen, daß etwas Neues, Gefährliches auf die Erde losgelassen worden war. Aber damit würde er nur jenen neuen Maschinenstürmern in die Hände spielen, die Yarbecks Krieger dazu benutzen würden, öffentliche Hysterie zu erzeugen und damit jeder Art von DNS-Forschung ein Ende zu machen. Dabei hatten solche Forschungsarbeiten bereits Mais- und Weizensorten hervorgebracht, die mit weniger Wasser auskamen, in kargen Böden gediehen und den Hunger der Welt linderten. Und vor Jahren hatten sie einen Virus künstlich erzeugt, der als Nebenprodukt billiges Insulin produzierte. Wenn er die Welt von Yarbecks Monstrosität in Kenntnis setzte, rettete er vielleicht auf kurze Sicht ein paar Leben, wirkte aber vielleicht auch daran mit, daß der Welt die nützlichen Wunder der DNS-Forschung künftig versagt blieben. Und das würde auf lange Sicht Zehntausende von Leben *kosten*.

»Scheiße!« sagte Walt. »Hübsch in Schwarzweiß läßt sich das nicht entscheiden, wie?«

»Das macht ja das Leben so interessant«, sagte Lem.

Walt lächelte säuerlich. »Im Augenblick ist es mir zu interessant, verdammt. Okay, ich kann ja begreifen, daß es klüger ist, auf dieser Geschichte den Deckel zu lassen. Außerdem, wenn wir an die Öffentlichkeit gehen, schwärmen sofort tausend verrückte Abenteurer in der Gegend rum, die nach dem Ding suchen, und am Ende liegen sie entweder als seine Opfer herum oder knallen sich gegenseitig ab.«

»Genau.«

»Aber meine Männer könnten mithelfen, indem sie an der Suchaktion teilnehmen.«

Lem berichtete ihm von den hundert Mann Marineabwehr, die noch immer in Zivilkleidung die Gebirgsausläufer durchkämmten und modernste Peilgeräte und teilweise Bluthunde benützten. »Ich habe bereits weitaus mehr Männer im Einsatz, als du liefern könntest. Wir tun bereits alles, was getan werden kann. Also wie steht's jetzt mit dir — wirst du dich raushalten?«

Walt runzelte die Stirn und nickte dann. »Für den Augenblick. Aber ich möchte informiert werden.«

Lem nickte ebenfalls. »Geht in Ordnung.«

»Und ich habe noch ein paar Fragen. Zunächst einmal: Warum nennen die es den Outsider?«

»Nun, der Hund war der erste Durchbruch, das erste Labortier, das ungewöhnliche Intelligenz an den Tag legte. Der Outsider war der nächste. Das waren die zwei einzigen Erfolge: der Hund und der andere. Zuerst war das der Name, den sie ihm gaben — der ›Andere‹. Aber mit der Zeit wurde ›Outsider‹ daraus, weil er besser zu passen schien. Es handelte sich nicht um eine Verbesserung einer der Schöpfungen Gottes, wie das bei dem Hund der Fall war; es lag völlig *außerhalb* der Schöpfung, abseits davon: eine Scheußlichkeit, obwohl das niemand so ausdrückte. Und das Ding war sich seines Status als Außenseiter bewußt, im höchsten Maße bewußt.«

»Warum hat man es nicht einfach Pavian genannt?«

»Weil ... nun; es sieht einem Pavian überhaupt nicht mehr ähnlich. Es hat überhaupt mit nichts, was du je gesehen hast — außer vielleicht in einem Alptraum — Ähnlichkeit.«

Walt gefiel der Ausdruck im Gesicht und in den Augen seines Freundes nicht. Er beschloß, keine genauere Beschreibung des Outsiders zu fordern; vielleicht war das etwas, was er nicht wissen mußte.

Statt dessen sagte er: »Was ist mit den Morden an Hudston, Weatherby und Yarbeck? Wer steckt hinter alldem?«

»Wir kennen nicht den Mann, der abdrückte, aber wir wissen, daß die Sowjets ihn dafür bezahlt haben. Sie haben noch einen Banodyne-Mann getötet, der auf Urlaub in Acapulco war.«

Walt hatte wieder das Gefühl, durch eine jener unsichtbaren Barrieren gestoßen zu werden, hinein in eine noch kompliziertere Welt. »Die Sowjets? Haben wir je von den Sowjets geredet? Wie kommen die da rein?«

»Wir dachten nicht, daß sie vom Francis-Projekt wüßten«, sagte Lem. »Aber das war der Fall. Offenbar hatten sie sogar einen Maulwurf bei Banodyne, der ihnen über unsere Fortschritte berichtete. Als der Hund und kurz darauf der Outsider entkamen, informierte der Maulwurf die Sowjets, und daraufhin beschlossen die Sowjets allem Anschein nach, das Chaos zu nutzen und uns noch mehr Schaden zuzufügen. Sie haben alle Projektleiter getötet — Yarbeck, Weatherby und Haines — sowie Hudston, der früher einmal Projektleiter gewesen war, aber inzwischen nicht mehr für Banodyne arbeitete. Wir glauben, daß sie das aus zwei Gründen getan haben: zum einen, um das Francis-Projekt zum Stillstand zu bringen, zum anderen, um es uns zu erschweren, den Outsider aufzuspüren.«

»Inwiefern würde es das erschweren?«

Lem sackte in seinem Sitz zusammen, als ob er sich, indem er über die Krise sprach, der Bürde noch bewußter wäre, die auf seinen Schultern lastete. »Indem sie Hudston, Haines und ganz besonders Weatherby und Yarbeck eliminierten, schnitten die Sowjets uns von den Leuten ab, die vermutlich die beste Vorstellung davon hätten, wie der Outsider und der Hund denken, die sich am ehesten eine Meinung darüber bilden könnten, wo diese Lebewesen vielleicht hingehen würden und wie man sie wieder einfangen kann.«

»Habt ihr es den Sowjets tatsächlich beweisen können?«

Lem seufzte. »Nicht ganz. Ich bin in erster Linie darauf konzentriert, den Hund und den Outsider zurückzuholen. Wir haben deshalb eine weitere komplette Einsatzgruppe darauf angesetzt, die Sowjetagenten aufzuspüren, die hinter den Morden, der Brandstiftung und dem Datenraub stecken. Unglücklicherweise scheinen die Sowjets freiberufliche Hintermänner außerhalb ihres eigenen Netzes eingesetzt zu haben, und wir haben deshalb keine Ahnung, wo wir suchen sollen. Dieser Teil der Ermittlungen ist weitestgehend zum Stillstand gekommen.«

»Das Feuer, das ein oder zwei Tage darauf in Banodyne ausbrach?« fragte Walt.

»Eindeutig Brandstiftung. Eine weitere Aktion der Sowjets. Dabei sind sämtliche Aufzeichnungen über das Francis-Projekt — auf Papier und in den elektronischen Anlagen — zerstört worden. Natürlich hat es an einem anderen Ort noch Computer-Disketten gegeben ... aber die Daten auf diesen Disketten sind irgendwie gelöscht worden.«

»Wieder die Sowjets?«

»Das nehmen wir an. Die führenden Köpfe des Francis-Projekts und deren sämtliche Aufzeichnungen sind ausgelöscht, wir tappen daher völlig im dunkeln, wenn es darum geht, uns eine Meinung darüber zu bilden, wie der Hund oder der Outsider etwa denken, wohin sie gehen könnten und wie man sie wieder einfangen kann.«

Walt schüttelte den Kopf. »Ich hätte nie gedacht, ich könnte einmal auf der Seite der Russen stehen. Aber dieses Projekt zum Stillstand zu bringen scheint mit eine gute Idee.«

»Die sind weit davon entfernt, eine weiße Weste zu haben. Nach allem, was ich höre, haben sie in einem Labor in der Ukraine ein ähnliches Projekt laufen. Ich bezweifle nicht, daß wir eifrig daran arbeiten, ihre Aufzeichnungen und ihre Leute genauso zu vernichten. Jedenfalls wäre den Sowjets nichts lieber, als den Outsider in irgendeiner netten, friedlichen Vorstadt Amok laufen zu lassen, Hausfrauen den Bauch aufzuschlitzen und kleinen Kindern den Kopf abzubeißen. Wenn das nämlich ein paarmal passiert ... nun, dann fliegt uns die ganze Chose ins Gesicht.«

Kleinen Kindern den Kopf abzubeißen? Herrgott im Himmel!

Walt schauderte und sagte: »Könnte es dazu kommen?«

»Das glauben wir nicht. Der Outsider ist höllisch aggressiv — schließlich ist er dafür konstruiert, aggressiv zu sein — und ist von besonderem Haß auf seine Schöpfer erfüllt. Yarbeck hatte damit nicht gerechnet und gehofft, das in künftigen Generationen korrigieren zu können. Dem Outsider bereitet es großes Vergnügen, uns hinzumetzeln. Aber er ist auch raffiniert und weiß, daß er uns mit jeder Mordtat wieder einen Hinweis darauf gibt, wo er gerade ist. Also wird er seinem Haß nicht so oft nachgeben. Er wird sich die meiste Zeit von den Menschen fernhalten und sich vorwiegend nachts bewegen. Hier und da könnte er aus reiner Neugierde an der östlichen Flanke des Bezirks in Wohngegenden hineinschnuppern ...«

»So, wie er das bei den Keeshans getan hat?«

»Ja. Aber ich wette, daß er nicht dorthin gegangen ist, um jemanden zu töten. Reine Neugierde, behaupte ich. Er will sich nicht fangen lassen, ehe er sein Hauptziel erreicht hat.«

»Und was für ein Ziel ist das?«

»Den Hund finden und töten«, sagte Lem.

Walt war überrascht. »Warum sollte der Hund ihm so wichtig sein?«

»Das wissen wir wirklich nicht«, sagte Lem. »Aber bei Banodyne war er von ungeheurem Haß auf den Hund erfüllt, einem Haß, der viel schlimmer war als der auf die Menschen. Als Yarbeck mit dem Outsider arbeitete und eine Zeichensprache entwickelte, um komplizierte Gedanken übermitteln zu können, brachte er einige Male den Wunsch zum Ausdruck, den Hund zu töten und zu verstümmeln. Aber den Grund dafür hat er nie erklärt. Er war von dem Hund förmlich *besessen.*«

»Du meinst also, daß er jetzt hinter dem Retriever her ist?«

»Ja. Die Spuren deuten darauf hin, daß der Hund in jener Mainacht als erster aus den Labors ausbrach und seine Flucht den Outsider rasend machte. Der Outsider wurde in einem großen Gehege im Labor von Dr. Yarbeck gehalten, und alles, was dazugehörte — die Schlafstelle, viele Erziehungsgeräte, Spielsachen — wurde zerfetzt und in Stücke gerissen. Als er dann begriff, daß der Hund seinem Zugriff für immer entzogen war, falls er nicht seinerseits floh, setzte der Outsider seinen Verstand ein, um das Problem zu lösen, und fand tatsächlich seinen eigenen Weg in die Freiheit.«

»Aber der Hund hat doch einen guten Vorsprung ...«

»Es gibt eine Verbindung zwischen dem Hund und dem

Outsider, die niemand versteht — eine geistige Brücke. Instinktive Wahrnehmung. Wir wissen nicht, wie weit sie reicht, aber wir können die Möglichkeit nicht ausschließen, daß sie stark genug ist, daß einer von beiden dem anderen über beträchtliche Distanzen folgen kann. Es handelt sich allem Anschein nach um eine Art sechsten Sinns, irgendwie als eine Art Bonus bei der Technik der Intelligenzsteigerung entstanden, sowohl bei Weatherbys als auch bei Yarbecks Arbeit. Aber das sind reine Vermutungen. Genau wissen wir es nicht. Es gibt überhaupt verdammt viel, was wir nicht wissen!«

Beide Männer schwiegen eine Weile.

Die feuchte Enge des Wagens war nicht länger unbehaglich. Angesichts all der Gefahren, die in der modernen Welt lauerten, schien dieses dampfende Gefängnis vergleichsweise sicher und bequem — eine Zuflucht.

Walt wollte keine Fragen mehr stellen, hatte Angst vor den Antworten, sagte aber schließlich doch: »Banodyne ist ein Gebäude, das unter strengsten Sicherheitsvorkehrungen steht. Es ist dafür gebaut, Unbefugten den Zutritt zu verwehren, und es ist sicherlich auch schwierig; aus dem Gebäude nach *draußen* zu kommen. Und doch sind sowohl der Hund als auch der Outsider entkommen.«

»Ja.«

»Wobei ganz bestimmt niemand daran gedacht hat, daß sie das könnten. Und das wiederum bedeutet, daß sie beide schlauer sind, als irgend jemand sich vorstellte.«

»Ja.«

»Was den Hund betrifft ...«, sagte Walt, »... nun, wenn der schlauer ist, als man dachte, was macht das schon? Der Hund ist friedlich.«

Lem, der die ganze Zeit die beschlagene Windschutzscheibe angestarrt hatte, wandte schließlich den Blick zu Walt. »Das stimmt. Aber wenn der Outsider schlauer ist, als wir gedacht haben ... wenn er beinahe so schlau ist wie ein Mensch, dann wird es noch schwieriger werden, ihn zu fangen.«

»Beinahe so schlau ... oder *genau* so schlau wie ein Mensch.«

»Nein, unmöglich.«

»Oder sogar noch schlauer«, sagte Walt.

»Nein, das gibt es nicht.«

»Wirklich nicht?«

»Nein.«

»Ganz bestimmt nicht?«

Lem seufzte, rieb sich müde die Augen und sagte nichts. Er würde nicht wieder anfangen, seinen besten Freund zu belügen.

7

Nora und Travis gingen die Fotografien eine nach der anderen durch und erfuhren etwas mehr über Einstein. Indem er einmal bellte oder heftig mit dem Schweif wedelte, beantwortete der Hund Fragen und konnte bestätigen, daß er die Anzeigen der Computerfirma gewählt hatte, weil sie ihn an die Computer in dem Labor erinnerten, wo man ihn gehalten hatte. Das Foto der vier jungen Leute mit dem gestreiften Wasserball hatte sein Interesse erweckt, weil einer der Wissenschaftler im Labor allem Anschein nach bei einem Intelligenztest, der Einstein besonderes Vergnügen bereitet hatte, Bälle verschiedener Größe benutzt hatte. Weshalb er sich so für den Papagei, die Schmetterlinge, Mickey Mouse und viele andere Dinge interessierte, konnten sie nicht herausfinden, aber das lag nur daran, daß sie nicht die richtigen Ja- oder Nein-Fragen stellten, die zu Erklärungen geführt hätten.

Aber selbst wenn hundert Fragen nicht dazu führten, die Bedeutung einer Fotografie zu klären, waren sie doch alle drei allein von dem Entdeckungsprozeß entzückt, weil sie in genügend anderen Fällen Erfolg hatten, so daß die Mühe sich lohnte. Ein einziges Mal verschlechterte sich die Stimmung, nämlich als sie Einstein nach dem Magazinbild des Dämons aus dem Horrorfilm befragten. Er geriet in hochgradige Erregung, zog den Schweif ein, legte die Zähne frei und knurrte tief in der Kehle. Einige Male trottete er davon, wich vor dem Foto zurück und verzog sich hinter das Sofa oder in ein anderes Zimmer, wo er ein oder zwei Minuten blieb, ehe er widerstrebend zurückkehrte, um sich weiteren Fragen auszusetzen. Und er zitterte fast andauernd, solange er bezüglich des Dämons ausgefragt wurde.

Als sie schließlich beinahe zehn Minuten lang versucht hatten, den Grund für die panische Angst des Hundes herauszufinden, wies Travis auf das Filmmonstrum mit seinen bösartigen Fängen und den gleißenden Augenbällen und sagte: »Vielleicht verstehst du das nicht, Einstein. Das ist kein Bild eines wirklichen Lebewesens. Das ist ein unechter Dämon aus einem Film. Verstehst du, was ich meine, wenn ich unecht sage?«

Einstein wedelte: *Ja.*

»Nun, das hier ist ein unechtes Monstrum.«

Ein Bellen: *Nein.*

»Nachgemacht, unecht, nicht wirklich, bloß ein Mensch in einem Gummianzug«, sagte Nora.

Nein.

»Ja«, sagte Travis.

Nein.

Einstein versuchte erneut hinter das Sofa zu flüchten, aber Travis packte ihn am Halsband und hielt ihn fest. »Behauptest du etwa, du hättest ein solches Ding gesehen?«

Der Hund hob den Blick von dem Bild, sah Travis in die Augen, schauderte und fing zu winseln an.

Die abgrundtiefe Furcht in Einsteins leisem Winseln und etwas unbeschreiblich Verstörtes in seinen dunklen Augen vereinten sich und wirkten in einer Art und Weise auf Travis, die ihn überraschte. Indem er mit einer Hand das Halsband hielt und die andere Hand Einstein auf den Rücken legte, spürte Travis die Schauder, die den Hund durchliefen — und plötzlich schauderte er selbst. Die nackte Furcht des Hundes übertrug sich auf ihn, und er dachte: *Bei Gott, er hat wirklich so etwas gesehen.*

Nora fühlte die Veränderung, die sich in Travis vollzogen hatte, und sagte: »Was ist denn?«

Anstatt zu antworten, wiederholte er die Frage, die Einstein bis jetzt noch nicht beantwortet hatte: »Behauptest du, du hättest ein solches Ding gesehen?«

Ja.

»Etwas, das genau wie dieser Dämon aussieht?«

Ein Bellen und ein Wedeln: *Ja und nein.*

»Etwas, was dem da zumindest etwas ähnelt?«

Ja.

Travis ließ das Halsband los, strich dem Hund über den Rücken und versuchte ihn zu besänftigen, aber Einstein hörte nicht zu zittern auf. »Hältst du deshalb manchmal nachts am Fenster Wache?«

Ja.

Von der Angst des Hundes sichtlich verwirrt und beunruhigt, begann auch Nora ihn zu streicheln. »Ich dachte, du hättest Sorge, die Leute aus dem Labor würden dich finden.«

Einstein bellte einmal.

»Du hast nicht Angst, daß die Leute aus dem Labor dich finden?«

Ja und nein.

Und Travis: »Aber du hast mehr Angst, daß ... dieses andere Ding dich findet.«

Ja, ja, ja.

»Ist das dasselbe Ding, das an jenem Tag im Wald war, das Ding, das uns verfolgt hat, das Ding, auf das ich geschossen habe?« fragte Travis.

Ja, ja, ja.

Travis sah Nora an. Sie runzelte die Stirn. »Aber es ist doch nur ein Filmmonster. Nichts in der wirklichen Welt sieht ihm auch nur entfernt ähnlich.«

Einstein trottete durchs Zimmer und beschnüffelte die Fotos; dann blieb er wieder vor der Anzeige der Blue-Cross-Versicherung stehen, auf der der Arzt, die Mutter und das Baby in einem Krankenhauszimmer abgebildet waren. Er brachte ihnen die Zeitschrift und ließ sie auf den Boden fallen. Dann legte er seine Nase auf den Arzt in dem Bild und sah zuerst Nora, dann Travis an, legte die Nase wieder auf den Doktor und blickte erwartungsvoll auf.

»Vorher hast du uns gesagt, der Doktor ist ein Wissenschaftler in jenem Labor«, sagte Nora.

Ja.

Und Travis sagte: »Du sagst mir also, der Wissenschaftler, der mit dir gearbeitet hat, weiß auch, was dieses Ding im Wald ist?«

Ja.

Einstein machte sich wieder über die Fotografien her und kam diesmal mit der Anzeige zurück, die den Wagen im Käfig zeigte. Er tippte den Käfig mit der Nase an und dann nach einigem Zögern das Bild des Dämons.

»Sagst du damit, daß das Ding im Wald in einen Käfig gehört?« fragte Nora.

Ja.

»Mehr als das«, sagte Travis. »Ich denke, er will uns sagen, daß es einmal in einem Käfig war, daß er es in einem Käfig gesehen hat.«

Ja.

»In demselben Labor, wo *du* in einem Käfig warst?«

Ja, ja, ja.

»Ein anderes Versuchstier in einem Labor?« fragte Nora.

Ja.

Travis starrte das Foto des Dämons mit zusammengekniffenen Augen an, musterte die fliehende Stirn, die tiefliegenden gelben Augen, die deformierte, an eine Schnauze erinnernde Nase und das Maul mit seinen spitzen, gebogenen Zähnen. Schließlich sagte er: »War es ein Experiment ... das gescheitert ist?«

Ja und nein, sagte Einstein.

Der Hund war jetzt sichtlich hochgradig erregt, rannte ans Fenster, sprang hoch, stemmte die Vorderpfoten auf den Fenstersims und blickte auf das abendliche Santa Barbara hinaus.

Nora und Travis saßen inmitten der aufgeschlagenen Zeitschriften und Bücher auf dem Boden, waren mit den erzielten Fortschritten zufrieden und begannen die Erschöpfung zu spüren, von der sie wegen ihrer Erregung bisher nichts gemerkt hatten, und schauten einander verblüfft und mit gerunzelter Stirn an.

»Meinen Sie, Einstein ist imstande zu lügen?« fragte sie leise. »Schauermärchen zu erfinden, wie Kinder das tun?«

»Ich weiß nicht. Können Hunde lügen, oder ist das nur eine reine menschliche Fähigkeit?« Er lachte über die Absurdität seiner eigenen Frage. »Können Hunde lügen? Kann man einen Elch zum Präsidenten wählen? Können Kühe singen?«

Nora lachte auch und sah reizend dabei aus. »Können Enten steppen?«

In einem Anfall von Albernheit, als Reaktion auf die geistige wie emotionelle Anstrengung, sich der schieren Vorstellung von einem Hund von der Intelligenz Einsteins zu stellen, sagte Travis: »Ich habe einmal eine Ente steppen sehen.«

»So, wirklich?«

»Ja, wirklich. In Vegas.«

»Und in welchem Hotel?« fragte sie lachend.

»Caesar's Palace. Und singen konnte sie auch.«

»Die Ente?«

»Mhm. Fragen Sie mich nach ihrem Namen.«

»Wie hieß sie?«

»Sammy Davis Duck, jr.«, sagte Travis, und dann lachten sie beide wieder. »Er war ein so großer Star, daß sie nicht einmal seinen ganzen Namen über den Eingang zu schreiben brauchten, um die Leute wissen zu lassen, wer dort auftrat.«

»Sie haben wohl bloß ›Sammy‹ hingeschrieben, hm?«

»Nein. Bloß ›Jr.‹.«

Einstein kehrte vom Fenster zurück, stand da und musterte sie, den Kopf leicht seitlich gelegt. Er versuchte sich sichtlich einen Reim darauf zu machen, weshalb sie sich so seltsam benahmen.

Der konsternierte Gesichtsausdruck des Retrievers erschien Travis und Nora als das Komischeste, was sie je gesehen hatte. Sie lehnen sich aneinander, hielten einander fest und lachten wie die Narren.

Der Retriever schnaubte beleidigt und kehrte zum Fenster zurück.

Als sie langsam die Kontrolle über sich selbst zurückgewannen und ihr Gelächter verstummte, wurde Travis bewußt, daß er Nora *festhielt,* daß ihr Kopf auf seiner Schulter lag, daß der physische Kontakt zwischen ihnen stärker war als alles, was sie sich bisher gestattet hatten. Ihr Haar roch sauber und frisch. Er konnte die Körperwärme spüren, die von ihr ausging. Plötzlich sehnte er sich nach ihr und wußte, daß er sie küssen würde, wenn sie den Kopf von seiner Schulter hob. Im nächsten Augenblick sah sie auf, und er tat das, was er gewußt hatte, das er tun würde — er küßte sie, und sie küßte ihn. Ein oder zwei Sekunden lang schienen sie nicht wahrzunehmen, was geschah, was es bedeutete; einen kurzen Augenblick lang war es ohne Bedeutung, süß und völlig unschuldig, nicht ein Kuß der Leidenschaft, sondern nur einer, der Freundschaft und große Zuneigung ausdrückte. Dann veränderte sich der Kuß, ihr Mund wurde weich. Ihr Atem begann schneller zu gehen, ihre Hand spannte sich um seinen Arm, sie versuchte ihn zu sich heranzuziehen, murmelte etwas in ihrem Verlangen, und der Klang ihrer Stimme brachte sie wieder zu sich. Abrupt verspannte sich etwas in ihr, sie wurde sich seiner als Mann bewußt, ihre schönen Augen weiteten sich voll Staunen — und Furcht — über das, was beinahe geschehen wäre. Travis zog sich sofort zurück, weil er instinktiv wußte, daß nicnt die Zeit dafür war, noch nicht. Wenn es einmal soweit war, daß sie sich liebten, dann mußte es genau richtig sein, ohne Zögern, ohne Ablenkung, weil sie sich den Rest ihres Lebens immer an ihr erstes Mal erinnern würden und weil die Erinnerung eine freudige und schöne sein sollte, wert, daß sie sie immer wieder hervorholten, tausendmal vorbeiziehen ließen, während sie zusammen alt wurden. Obwohl die Zeit noch nicht ganz gekommen war, ihre Zukunft in Worte zu kleiden, sie mit einem Gelübde zu bestätigen, hatte Travis doch keinen Zweifel, daß er und Nora Devon ihr künftiges Leben gemeinsam verbringen würden. Und er erkannte, daß er, im Unterbewußtsein, zumindest in den letzten Tagen, gewußt hatte, daß es unvermeidlich so kommen werde.

Nach einem Augenblick der Verlegenheit, in dem sie sich voneinander lösten und sich darüber klarzuwerden versuchten, ob sie über diesen plötzlichen Wandel in ihrer Beziehung etwas sagen sollten, sagte Nora schließlich: »Er ist immer noch am Fenster.«

Einstein preßte die Nase ans Glas und starrte in die Nacht hinaus.

»Könnte es sein, daß er die Wahrheit sagt?« überlegte Nora. »Könnte noch etwas aus dem Labor entflohen sein, ein so bizarres Wesen?«

»Wenn sie einen so klugen Hund hatten wie ihn, dann könnte ich mir vorstellen, daß sie auch noch andere, noch eigenartigere Dinge hatten. Und an jenem Tag damals *war* etwas im Wald.«

»Aber es besteht doch keine Gefahr, daß es ihn findet? Nicht, nachdem Sie ihn so weit nach Norden gebracht haben.«

»Keine Gefahr«, stimmte Travis ihr zu. »Ich glaube nicht, daß Einstein begreift, wie weit wir uns von der Stelle entfernt haben, wo ich ihn gefunden habe. Was immer dort im Wald war, kann ihn jetzt nicht aufspüren. Aber ich wette, die Leute aus dem Labor haben eine riesige Suchaktion veranstaltet. Um die mache ich mir Sorgen. Und Einstein auch, deshalb spielt er gewöhnlich in der Öffentlichkeit den dummen Hund und zeigt seine Intelligenz nur mir und jetzt auch Ihnen. Er will nicht zurück.«

»Wenn sie ihn finden ...«, sagte Nora.

»Das werden sie nicht.«

»Aber wenn doch — was dann?«

»Ich werde ihn nie mehr hergeben«, sagte Travis. »Nie mehr.«

8

Um elf Uhr in jener Nacht hatten die Männer der Gerichtsmedizin den kopflosen Leichnam von Hilfssheriff Porter und den verstümmelten Körper des Vorarbeiters der Baugesellschaft aus Bordeaux Ridge abtransportiert. Man hatte sich eine geeignete Story einfallen lassen und sie den Reportern an den Polizeiabsperrungen geliefert. Und die Presseleute hatten sich allem Anschein nach damit abgefunden, hatten ihre Fragen gestellt, ein paar hundert Fotos gemacht und ein paar hundert Meter Videoband mit Bildern gefüllt, die in den Fernsehnachrichten morgen auf etwa hundert Sekunden zusammengeschnitten werden würden. (In diesem Zeitalter des Massenmordes und des Terrorismus waren zwei Opfer nicht mehr als zwei Minuten Fernsehzeit wert: zehn Sekunden für die Ansage, hundert Sekunden für den Film, zehn Sekunden für die zurechtgemachten Moderatoren, um Respekt und Betroffenheit zu zeigen — und dann weiter zu einer Story über einen Bikini-Wettbewerb, eine Zusammenkunft der Besitzer alter Ford-Modelle oder einem Mann, der behauptete, ein Raumschiff gesehen zu haben, das wie ein Frisbee aussah.) Die Reporter waren jetzt abgezogen, ebenso die Laborleute, die uniformierten Hilfssheriffs und sämtliche Agenten Lemuel Johnsons, ausgenommen Cliff Soames.

Wolken verdeckten den Halbmond. Die Scheinwerfer waren verschwunden; das einzige Licht kam jetzt von den Scheinwerfern von Walt Gaines' Wagen. Er hatte ihn herumgedreht, so daß die Scheinwerfer auf Lems Wagen gerichtet waren, der am Ende der ungepflasterten Straße parkte, so daß Lem und Cliff nicht im Finstern herumsuchen mußten. Im tiefen Dunkel hinter den Scheinwerfern ragten halbfertige Häuser wie fossile Skelette prähistorischer Reptilien auf.

Während Lem auf seinen Wagen zuging, fühlte er sich so wohl, wie es den Umständen nach möglich war. Walt hatte sich einverstanden erklärt, den Bundesbehörden ohne Einspruch die Zuständigkeit zu überlassen. Obwohl Lem ein Dutzend Vorschriften übertreten und seinen Geheimhaltungseid verletzt hatte, indem er Walt die Einzelheiten des Francis-Projekts preisgab, war er sicher, daß Walt den Mund halten würde. Er hatte es geschafft, den Deckel auf dem Fall zu lassen; ein wenig lockerer vielleicht als vorher, aber immerhin noch an Ort und Stelle.

Cliff Soames erreichte den Wagen als erster, öffnete die Tür und stieg auf der Beifahrerseite ein. Und als Lem die Tür auf der Fahrerseite öffnete, hörte er Cliff im Wagen sagen: »O Jesus, o Gott.« Cliff rappelte sich vom Sitz hoch und wich zurück ins Freie, und als Lem auf der anderen Seite ins Wageninnere schaute, erkannte er, was Cliff so erschreckt hatte. Ein Kopf.

Ohne Zweifel der Kopf Teel Porters.

Er lag auf dem Fahrersitz, so abgestützt, daß das Gesicht Lem zugewendet war, wenn dieser die Tür öffnete. Der Mund war in einem lautlosen Schrei geöffnet. Die Augen waren verschwunden.

Lem taumelte zurück, griff unter sein Jackett und zog den Revolver.

Auch Walt Gaines war bereits aus dem Wagen, ebenfalls den Revolver in der Hand, und rannte auf Lem zu. »Was ist los?«

Lem deutete wortlos.

Walt hatte inzwischen den NSA-Wagen erreicht, schaute durch die offene Tür und stieß einen dünnen, angsterfüllten Laut aus, als er den Kopf sah.

Cliff kam von der anderen Seite um den Wagen herum, die mit der Mündung nach oben gerichtete Waffe in der Hand. »Das verdammte Killer-Ding war noch *hier,* als wir ankamen, während wir im Haus waren.«

»Vielleicht ist es immer noch da«, sagte Lem und sah sich besorgt in der Finsternis um, die sie von allen Seiten außerhalb der Scheinwerferbündel bedrängte.

Walts Blick wanderte über die nächtliche Baustelle. »Wir rufen meine Männer und starten eine Suchaktion.«

»Das hat keinen Sinn«, meinte Lem. »Das Ding haut sofort ab, sobald es deine Männer zurückkommen sieht ... wenn es nicht bereits das Weite gesucht hat.«

Sie standen am Rand von Bordeaux Ridge; dahinter lag meilenweit offenes Land, Hügel und dahinter die Berge, aus denen der Outsider gekommen war und in die er wieder verschwinden konnte. Jene Hügel, Kämme und Schluchten waren im mageren Schein des Halbmondes nur unbestimmte Silhouetten, die man mehr fühlte als sah.

Von irgendwo weiter unten auf einer unbeleuchteten Straße war ein lautes Klappern zu hören, als wäre ein Stapel Bauholz oder Schindeln umgestoßen worden.

»Es ist hier«, sagte Walt.

»Vielleicht«, sagte Lem. »Aber wir werden nicht in der Dunkelheit nach ihm suchen, nicht bloß wir drei. Genau das will es nämlich.«

Sie lauschten.

Nichts mehr.

»Wir haben die ganze Baustelle abgesucht, als wir zuerst hier eintrafen, bevor ihr ankamt«, sagte Walt.

»Es muß euch immer einen Schritt voraus gewesen sein«, sagte Cliff. »Vielleicht hat es sich ein Spiel daraus gemacht, euren Männern auszuweichen. Dann sah es uns kommen und hat Lem erkannt.«

»Ja, von den paarmal, die ich Banodyne besucht habe«, pflichtete Lem ihm bei. »Ja, kann sein ... Wahrscheinlich hat der Outsider hier auf mich gewartet. Wahrscheinlich versteht er die Rolle, die ich in der Sache spiele, und weiß, daß ich die Suche nach ihm und dem Hund leite. Also wollte er den Kopf des Hilfssheriffs für mich hinterlassen.«

»Um dich zu verhöhnen?« sagte Walt.

»Um mich zu verhöhnen.«

Sie schwiegen und suchten nervös die Schwärze in den halbfertigen Häusern und rund um diese ab.

Die heiße Juniluft stand still.

Eine Weile war das einzige, was man hören konnte, der laufende Motor des Sheriff-Wagens.

»Es beobachtet uns«, sagte Walt.

Wieder ein Klappern von umgeworfenem Baumaterial. Diesmal näher.

Die drei Männer erstarrten, jeder blickte suchend in eine andere Richtung.

Diesmal dauerte die Stille fast eine Minute.

Als Lem gerade etwas sagen wollte, kreischte der Outsider. Es war ein fremdartiger Schrei, der ihnen eisige Schauer über den Rücken jagte. Diesmal konnten sie die Richtung feststellen, aus der er kam: von draußen, aus dem offenen Land, aus der Nacht hinter Bordeaux Ridge.

»Jetzt entfernt er sich«, sagte Lem. »Er hat erkannt, daß wir uns nicht zu einer Suchaktion verleiten lassen, nur wir drei, deshalb verschwindet er, ehe wir Verstärkung holen können.«

Wieder ein Kreischen, diesmal aus größerer Entfernung. Der unheimliche Schrei war wie scharfe Fingernägel, die über Lems Seele kratzten.

»Am Morgen werden wir unsere Teams von der Marineabwehr in die Vorberge östlich von hier verlegen«, sagte er. »Wir werden das verdammte Ding festnageln. Bei Gott, das werden wir.«

Walt wandte sich Lems Wagen zu, offensichtlich mit dem Gedanken befaßt, wie er sich an die unangenehme Pflicht machen solle, Teel Porters abgerissenen Kopf zu versorgen. »Warum die Augen?« fragte er. »Warum reißt er immer die Augen heraus?«

Lem beantwortete die Frage: »Zum Teil, weil das Monstrum verdammt aggressiv und blutrünstig ist; das steckt in seinen Genen. Und zum Teil, weil es ihm einfach Freude macht, Schrecken zu verbreiten, glaube ich. Und außerdem ...«

»Was?«

»Ich wünschte, ich würde mich nicht daran erinnern, aber das tue ich doch — sehr deutlich sogar ...«

Bei einem seiner Besuche bei Banodyne war Lem Zeuge einer beunruhigenden Unterhaltung — sofern man das Unterhaltung nennen konnte — zwischen Dr. Yarbeck und dem Outsider gewesen. Yarbeck und ihre Helfer hatten den Outsider eine Zeichensprache gelehrt, die der ähnelte, die man für die ersten Experimente mit höheren Primaten, etwa Gorillas, Mitte der siebziger Jahre entwickelt hatte. Es hieß, das erfolgreichste Versuchstier, ein Gorillaweibchen namens Koko, das im letzten Jahrzehnt häufig in den Nachrichtensendungen erwähnt worden war, habe ein Vokabular von etwa vierhundert Wörtern in Zeichensprache beherrscht. Als Lem den Outsider das letztemal gesehen hatte, verfügte dieser über ein wesentlich größeres Vokabular als Koko, wenngleich immer noch auf primitiver Ebene. Lem hatte in Yarbecks Labor zugesehen, wie die von Menschen geschaffene Monstrosität in dem großen Käfig mit dem Wissenschaftler eine komplizierte Folge von Handsignalen austauschte, während ein Assistent im Flüsterton übersetzte. Der Outsider zeigte heftige Feindseligkeit gegenüber jedermann und unterbrach seinen Dialog mit Yarbeck häufig, um in seinem Käfig in ungebändigter Wut herumzurennen, gegen die Eisenstangen zu schlagen und wütend zu kreischen. Für Lem war der Anblick abstoßend und erschreckend gewesen, aber gleichzeitig hatten ihn auch furchtbare Traurigkeit und Mitleid über das schlimme Los des Outsiders ergriffen. Das Tier würde immer in einem Käfig sein, stets eine Mißgeburt, allein in dieser Welt, wie kein anderes Geschöpf, nicht einmal Weatherbys Hund, es je gewesen war. Das Erlebnis hatte ihn so tief berührt, daß ihm fast jedes ›Wort‹ des in Zeichen geführten Dialogs zwischen dem Outsider und Yarbeck in Erinnerung geblieben war. Und jetzt drängte sich ein bestimmter Teil jener unheimlichen Konversation wieder in sein Bewußtsein:

An einem Punkt hatte der Outsider signalisiert: *Deine Augen ausreißen.*

Du willst meine Augen ausreißen?

Jedem die Augen ausreißen.

Warum?

Damit mich nicht sehen können.

Warum willst du nicht gesehen werden?

Häßlich.

Du denkst, du bist häßlich?

Viel häßlich.

Woher hast du die Idee, daß du häßlich bist?

Von Leuten.

Was für Leute?

Jeder, der mich erstes Mal sieht.

Wie dieser Mann, der heute bei uns ist? signalisierte Yarbeck und deutete auf Lem.

Ja. Alle denken, ich häßlich. Mich hassen.

Niemand haßt dich.

Alle.

Niemand hat dir je gesagt, daß du häßlich bist. Wie weißt du, daß sie das denken?

Ich wissen.

Woher weißt du das?

Ich wissen, ich wissen, ich wissen! Das Monstrum rannte in seinem Käfig herum, rüttelte an den Stangen, kreischte und kehrte dann zurück, um Yarbeck anzustarren. *Meine eigenen Augen ausreißen.*

Damit du dich selbst nicht anzuschauen brauchst?

Damit ich Leute nicht anschauen muß, die mich anschauen, hatte das Geschöpf signalisiert, und da hatte es Lem zutiefst leid getan. Doch durch dieses Mitleid wurde seine Furcht vor ihm nicht kleiner.

Jetzt stand er in der heißen Juninacht da und erzählte Walt Gaines von jenem Vorfall in Yarbecks Labor, und der Sheriff schauderte.

»Jesus!« sagte Cliff Soames. »Er haßt sich selbst, sein Anderssein, also haßt er seinen Schöpfer um so mehr.«

»Jetzt, wo du mir das sagst«, ließ Walt sich vernehmen, »überrascht mich, daß keiner von euch je verstanden hat, weshalb er den Hund so leidenschaftlich haßt. Dieses arme, verdammte, verdrehte Ding und der Hund sind im wesentlichen die zwei einzigen Kinder des Francis-Projekts. Der Hund ist das geliebte Kind, das vorgezogene Kind, und das hat der Outsider immer gewußt. Der Hund ist das Kind, mit dem die Eltern prahlen wollen, der Outsider das Kind, das sie am liebsten im Keller unter Verschluß halten würden. Und deshalb ist er dem Hund böse, *kocht* vor Wut seinetwegen, und das jede Minute eines jeden Tages.«

»Natürlich«, sagte Lem, »du hast recht. Natürlich.«

»Das erklärt jetzt auch die zwei zerschlagenen Spiegel in den Badezimmern im Obergeschoß des Hauses, in dem Teel Porter getötet wurde«, sagte Walt. »Das Ding konnte seinen eigenen Anblick nicht ertragen.«

In der Ferne, jetzt schon sehr weit entfernt, kreischte etwas — etwas, das keine Schöpfung Gottes war.

SIEBEN

1

WÄHREND DER RESTLICHEN JUNITAGE malte Nora ein wenig, verbrachte viel Zeit mit Travis und versuchte Einstein das Lesen beizubringen.

Sie und Travis waren beide nicht sicher, ob es möglich sei, den Hund trotz seiner Klugheit so etwas zu lehren; aber den Versuch war es wert. Wenn er gesprochene Sprache verstand, wie es der Fall zu sein schien, dann folgte daraus, daß man ihn auch lehren konnte, das gedruckte Wort zu lesen.

Natürlich konnten sie nicht absolut sicher sein, ob Einstein *tatsächlich* gesprochenes Englisch verstand, obwohl seine Reaktionen darauf passend und durchaus spezifisch waren. Es bestand die entfernte Möglichkeit, daß der Hund nicht die präzise Bedeutung der Wörter selbst verstand, sondern mittels einer schwach ausgeprägten Form von Telepathie die Wort*bilder* im Bewußtsein der Personen lesen konnte, wenn diese die entsprechenden Worte aussprachen.

»Aber ich glaube nicht, daß das der Fall ist«, sagte Travis eines Nachmittags, als er und Nora auf seiner Terrasse saßen, Eiswein tranken und Einstein dabei zusahen, wie er um den Rasensprenger herumtollte. »Vielleicht sage ich das nur, weil ich es nicht glauben will. Die Vorstellung, daß er so klug ist wie ich *und* telepathische Fähigkeiten hat, ist mir einfach zuviel. Wenn das der Fall wäre, dann sollte vielleicht ich das Halsband tragen und er die Leine halten.«

Ein Spanisch-Test schien zu ergeben, daß der Retriever tatsächlich auch nicht andeutungsweise über telepathische Kräfte verfügte.

Auf der Oberschule hatte Travis drei Jahre lang Spanisch gelernt. Als er sich später für die militärische Laufbahn und dort für die legendäre Delta Force entschieden hatte, hatte man ihn dazu ermutigt, seine Sprachstudien fortzusetzen; seine Vorgesetzten waren der Ansicht gewesen, die eskalierende politische Instabilität in Mittel- und Südamerika sei praktisch eine

Garantie dafür, daß Delta immer häufiger Anti-Terroristen-Operationen in spanischsprachigen Ländern werde durchführen müssen. Delta lag jetzt viele Jahre zurück, aber der Kontakt mit dem ziemlich großen Spanisch sprechenden Bevölkerungsteil Kaliforniens hatte es mit sich gebracht, daß er die Sprache immer noch relativ flüssig beherrschte.

Wenn er jetzt Einstein in Spanisch Befehle gab oder Fragen stellte, starrte der Hund ihn dumm an, wedelte mit dem Schweif, reagierte aber ansonsten nicht. Blieb Travis beim Spanischen, legte der Retriever den Kopf schief und wuffte, als wollte er fragen, ob das ein Witz sein solle. Falls der Hund geistige Bilder entziffern konnte, die im Bewußtsein des Sprechenden entstanden, dann würde er sie doch sicher unabhängig von der Sprache entziffern können, die diese Bilder inspirierte.

»Er ist kein Gedankenleser«, sagte Travis. »Sein Genie hat Grenzen — Gott sei Dank!«

Tag für Tag saß Nora auf dem Boden in Travis' Wohnzimmer oder auf der Terrasse, erklärte Einstein das Alphabet und versuchte ihm klarzumachen, wie aus jenen Buchstaben Wörter gebildet würden und in welcher Beziehung die gedruckten Wörter zu den gesprochenen stünden, die er bereits beherrschte. Hier und da übernahm Travis die Unterrichtsstunden, um Nora eine Ruhepause zu verschaffen, aber die meiste Zeit saß er nur daneben und las, weil er von sich behauptete, er besäße nicht die Geduld, um ein Lehrer zu sein.

Sie benutzte ein Ringbuch, um für den Hund ein eigenes Lesebuch zusammenzustellen. Auf die linke Seite klebte sie jeweils ein aus einer Zeitschrift ausgeschnittenes Bild und setzte dann auf der rechten Seite in Blockbuchstaben den Namen des abgebildeten Gegenstandes ein, alles einfache Wörter: BAUM, AUTO, HAUS, MANN, FRAU, STUHL ... Während sie neben Einstein saß, der das ›Lesebuch‹ gelehrig anstarrte, deutete sie dann immer zuerst auf das Bild und anschließend auf das Wort und wiederholte es einige Male deutlich.

Am letzten Tag des Juni bereitete Nora ein gutes Dutzend nicht mit Aufschrift versehener Bilder auf dem Boden aus.

»Jetzt machen wir wieder Prüfung«, erklärte sie Einstein. »Wir wollen sehen, ob du es heute besser kannst als am Montag.«

Einstein saß ganz aufrecht da, die Brust vorgeschoben, den Kopf erhoben, als wäre er voll Vertrauen in seine Fähigkeiten.

Travis saß im Lehnsessel und schaute zu. »Wenn du versagst, Pelzgesicht, tauschen wir dich gegen einen Pudel ein«, meinte er, »einen, der Purzelbaum schlagen, sich totstellen und um Essen betteln kann.«

Nora freute, daß Einstein Travis ignorierte. »Jetzt ist nicht die Zeit für leichtfertige Reden«, tadelte sie.

»Ich bitte um Nachsicht, Professor«, sagte Travis.

Nora zeigte dem Hund eine Karte, auf der in Blockbuchstaben BAUM stand. Der Retriever ging ohne Fehl auf das Foto einer Fichte zu und deutete darauf, indem er es mit der Nase berührte. Als sie eine Karte hob, auf der AUTO stand, legte er eine Pfote auf das Foto des Wagens, und als sie HAUS hochhob, beschnüffelte er das Bild einer Villa im Kolonialstil. Auf diese Weise arbeiteten sie fünfzig Wörter durch, und der Hund ordnete zum erstenmal jedes gedruckte Wort dem Bild richtig zu, das es darstellte: Dieser Fortschritt entzückte Nora, und Einstein wollte nicht aufhören, mit dem Schweif zu wedeln.

Travis meinte: »Nun, Einstein, aber bis du Proust lesen kannst, ist es noch weit.«

Nora ärgerte es, daß er ihren Musterschüler verspottete, und sie sagte: »Er macht das gut! Großartig! Schließlich können Sie nicht erwarten, daß er über Nacht Oberschulniveau erreicht. Er lernt schneller, als ein Kind lernen würde.«

»Wirklich?«

»Ja, wirklich! *Viel* schneller, als ein Kind lernen würde.«

»Nun, dann hat er sich vielleicht ein paar Hundekuchen verdient.«

Einstein rannte sofort in die Küche, um die Schachtel mit den Hundekuchen zu holen.

2

Der Sommer verging, und Travis kam aus dem Staunen nicht heraus, wie rasch Nora bei ihrem Leseunterricht mit Einstein Fortschritte machte.

Mitte Juli stiegen sie von ihrem selbstgemachten Lesebuch zu Bilderbüchern für Kinder auf und nahmen sich solche von Dr. Seuss, Maurice Sendak, Phil Parks, Susi Bohdal, Sue Dreamer, Mercer Mayer und vielen anderen vor. Einstein schien an allen ungeheuren Spaß zu haben, aber am liebsten hatte er die Bücher von Parks, und ganz besonders — aus Gründen, die weder Nora noch Travis finden konnten — mochte er die reizenden Frosch-und-Kröte-Bücher von Arnold Loebel. Sie brachten aus der Stadtbibliothek Berge von Kinderbüchern nach Hause und kauften zusätzliche Stapel im Buchladen.

Zuerst las Nora sie laut vor und legte dabei bedächtig den Finger unter jedes Wort, während sie es aussprach, und Einsteins Augen folgten ihrem Finger, während er sich mit ungeteilter Aufmerksamkeit über das Buch beugte. Später las sie das Buch nicht mehr laut, sondern hielt es dem Hund offen hin und blätterte für ihn um, wenn er — durch ein Winseln oder irgendein anderes Zeichen — zu erkennen gab, daß er mit dem Teil des Textes fertig war und sich an die nächste Seite machen wollte.

Einsteins Bereitschaft, stundenlang dazusitzen und sich auf die Bücher zu konzentrieren, schien ein Beweis dafür, daß er sie tatsächlich las und sich nicht nur die hübschen Zeichnungen ansah. Trotzdem beschloß Nora, ihn hinsichtlich des Inhalts einiger Bände zu prüfen, indem sie ihm eine Anzahl Fragen über die darin enthaltenen Geschichten stellte.

Nachdem Einstein ›Frosch und Kröte im ganzen Jahr‹ gelesen hatte, klappte Nora das Buch zu und sagte: »Also schön. Und jetzt beantworte meine Fragen mit ja oder nein.«

Sie waren in der Küche, wo Travis für das Abendessen einen Auflauf aus Kartoffeln und Käse machte. Nora und Einstein saßen am Küchentisch. Travis unterbrach seine Küchenarbeit, um dem Hund bei der Prüfung zuzusehen.

Nora sagte: »Zuerst einmal — als Frosch Kröte an einem Wintertag besuchte, war Kröte im Bett und wollte nicht hinauskommen. Stimmt das?«

Einstein, der ebenfalls auf einem Küchenstuhl Platz genommen hatte, mußte auf dem Stuhl etwas zur Seite rücken, um den Schwanz freizubekommen, damit er damit wedeln konnte. *Ja.*

Nora fuhr fort: »Aber am Ende brachte Frosch Kröte dazu, daß sie hinausging, und da gingen sie eislaufen.«

Ein Bellen. *Nein.*

»Sie gingen schlittenfahren«, sagte sie.

Ja.

»Sehr gut. Später im gleichen Jahr, als Weihnachten war, gab Frosch Kröte ein Geschenk. War es ein Pullover?«

Nein.

»Ein neuer Schlitten?«

Nein.

»Eine Uhr für seinen Kamin?«

Ja, ja, ja.

»Ausgezeichnet!« sagte Nora. »Was wollen wir — jetzt als nächstes lesen? Was hältst du von dem hier: ›Der phantastische Mr. Fox‹?«

Einstein wedelte heftig.

Travis hätte es Spaß gemacht, eine aktivere Rolle bei der Erziehung des Hundes zu übernehmen, aber er konnte erkennen, daß die intensive Arbeit mit Einstein eine ungemein wohltuende Wirkung auf Nora hatte, und wollte das nicht beeinträchtigen. Statt dessen spielte er manchmal den Brummbär, stellte in Frage, ob es sich lohne, dem Köter das Lesen beizubringen, und machte geringschätzige Bemerkungen über das Tempo, mit dem der Hund Fortschritte machte, oder über seinen literarischen Geschmack. Dieses sanfte Genörgel reichte aus, um Nora in ihrer Entschlossenheit zu bestärken, an dem Unterricht festzuhalten, noch mehr Zeit mit dem Hund zu verbringen und zu beweisen, daß Travis unrecht hatte. Einstein reagierte nie auf solche negativen Bemerkungen, und Travis argwöhnte, der Hund übe Nachsicht, weil er das kleine Spiel durchschaute.

Warum Nora durch ihre Lehrtätigkeit aufblühte, wurde nicht klar. Vielleicht kam es daher, weil sie sich nie — auch nicht mit Travis oder ihrer Tante Violet — mit etwas so intensiv auseinandergesetzt hatte wie mit dem Hund und weil allein schon der Vorgang intensiver Verständigung sie dazu ermutigte, weiter aus ihrem Schneckenhaus herauszukommen. Vielleicht war es auch in hohem Maße befriedigend für sie, dem Hund das Geschenk der Bildung zu vermitteln. Sie war von Natur aus ein gebender Mensch, dem es Freude bereitete, das, was sie hatte, mit anderen zu teilen. Dabei hatte sie ihr ganzes Leben in mönchischer Abgeschiedenheit verbringen müssen, ohne ein einziges Mal Gelegenheit gehabt zu haben, diese Seite ihrer Persönlichkeit zu zeigen. Jetzt hatte sie die

Chance, zu geben, und sie war mit ihrer Zeit und Energie großzügig und fand Freude an der eigenen Großzügigkeit.

Außerdem argwöhnte Travis, daß sie durch ihre Beziehung zu dem Retriever ihre natürliche Gabe der Mutterschaft zum Ausdruck brachte. Ihre große Geduld war die der guten Mutter, die sich mit einem Kind abgab, und sie sprach häufig so zart und voller Zuneigung zu Einstein, daß es klang, als spräche sie zu einem eigenen, vielgeliebten Kind.

Was auch immer der Grund sein mochte, Nora wurde bei ihrer Arbeit mit Einstein immer gelockerter, ging immer mehr aus sich heraus. Mit der Zeit vertauschte sie ihre formlosen dunklen Kleider gegen sommerliche weiße Baumwollhosen, bunte Blusen, Jeans und T-Shirts und schien zehn Jahre verjüngt. Sie ließ ihr herrliches Haar im Schönheitssalon neu frisieren und bürstete diesmal nicht wieder alles aus. Sie lachte häufiger und gewinnender. Im Gespräch sah sie Travis in die Augen und wandte nur mehr selten scheu den Blick ab, wie sie das früher getan hatte. Sie war auch eher bereit, ihn zu berühren, ihm den Arm um die Hüfte zu legen, und es machte ihr Freude, wenn er sie an sich drückte und sie küßte, wenn auch ihre Küsse mehr die eines unsicheren Teenagers in der Zeit der ersten Liebe waren.

Am 14. Juli erhielt Nora eine Nachricht, die ihre Stimmung weiter hob. Das Büro der Staatsanwaltschaft in Santa Barbara rief sie an, um ihr mitzuteilen, daß sie vor Gericht keine Zeugenaussage gegen Arthur Streck machen müsse. Angesichts seines Vorstrafenregisters hatte Streck sich inzwischen überlegt, daß es wohl wenig Sinn habe, sich unter der Anklage der versuchten Vergewaltigung, der Körperverletzung und des Einbruchs nichtschuldig zu bekennen. Er hatte seinen Anwalt angewiesen, mit der Staatsanwaltschaft einen Handel abzuschließen, demzufolge sie alle Anklagen mit Ausnahme der Körperverletzung fallenließen, während Streck eine Gefängnisstrafe von drei Jahren akzeptierte, mit dem Vorbehalt, daß er wenigstens zwei Jahre verbüßen müsse, ehe eine Haftentlassung in Frage käme. Nora hatte sich vor dem Gerichtsverfahren gefürchtet. Plötzlich war sie frei, und als sie das feierten, wurde sie zum erstenmal in ihrem Leben leicht beschwipst.

Als Travis am selben Tag einen neuen Stapel Lesestoff nach

Hause brachte, entdeckte Einstein, daß Mickey-Mouse-Bücher und Comics darunter waren, und die Freude des Hundes über diese Entdeckung war ebenso groß wie die Noras über die Beschlüsse des Gerichts im Verfahren gegen Streck. Was ihn an Mickey, Donald Duck und den übrigen Angehörigen der Disney-Bande so faszinierte, blieb ein Rätsel, doch daß es so war, konnte niemand leugnen. Einstein hörte nicht auf, mit dem Schweif zu wedeln, und besabberte Travis in seiner Dankbarkeit von oben bis unten.

Alles wäre bestens gewesen, hätte Einstein aufgehört, mitten in der Nacht im Haus von Fenster zu Fenster zu gehen und mit unverhohlener Angst in die Dunkelheit hinauszusehen.

3

Am Morgen des 15. Juli, einem Donnerstag, fast sechs Wochen nach den Morden in Bordeaux Ridge und zwei Monate nach der Flucht des Hundes und des Outsiders aus Banodyne, saß Lemuel Johnson allein in seinem Büro in einem der Obergeschosse im Bundesgebäude in Santa Ana, dem Sitz der Kreisbehörde von Orange County. Er starrte durchs Fenster hinaus in den von Schadstoffen gesättigten Dunst, der unter einer Inversionsschicht festsaß, die westliche Hälfte des Bezirks zudeckte und die Qual der fünfunddreißig Grad Hitze noch erhöhte. Der gallgelbe Tag paßte zu seiner sauren Stimmung.

Seine Pflichten beschränkten sich nicht auf die Suche nach den Laborflüchtlingen; dieser Fall beunruhigte ihn ohne Unterlaß, auch wenn er mit anderer Arbeit beschäftigt war. Er war nicht imstande, die Banodyne-Affäre aus seinen Gedanken zu verdrängen, auch nicht, wenn er schlief, und in letzter Zeit bekam er ohnehin nur vier oder fünf Stunden Schlaf. Er konnte Mißerfolge nicht ertragen.

Nein, in Wahrheit war er in diesem Punkt noch viel extremer: Er war davon *besessen*, keine Mißerfolge zu erleiden. Sein Vater, der sein Leben in Bettelarmut begonnen und ein erfolgreiches Geschäft aufgebaut hatte, hatte Lem den fast religiösen Glauben eingepflanzt, man müsse weiterkommen, Erfolg haben und alles vollenden, was man sich vorgenommen habe. Ganz gleich, wieviel Erfolg man gehabt habe, hatte sein Dad oft gesagt, das Leben könne einem jederzeit den Teppich unter den Füßen wegziehen, wenn man nicht fleißig sei. »Für einen Schwarzen ist es noch schlimmer, Lem. Für einen Schwarzen ist der Erfolg wie ein Drahtseilakt über dem Grand Canyon. Er ist da ganz hoch oben, und alles ist in Butter, aber wenn er einen Fehler macht, wenn er versagt, dann ist das ein meilentiefer Absturz in den Abgrund. Ja, in den *Abgrund*. Denn Mißerfolg bedeutet Armut. Und in den Augen vieler Menschen, selbst in dieser aufgeklärten Zeit, ist ein armer Schwarzer, der versagt hat, überhaupt kein Mann — er ist einfach bloß ein Nigger.« Das war das einzige Mal, daß sein Vater je das verhaßte Wort gebraucht hatte. Lem war mit der Überzeugung aufgewachsen, daß jeder Erfolg, den er für sich buchte, auf der Klippe des Lebens nur einen unsicheren Halt für die Zehen bedeutete; daß er stets in Gefahr war, von widrigen Winden von jener Klippe geblasen zu werden, und es einfach nicht wagen durfte, nachzulassen in seiner Entschlossenheit, sich festzuhalten und zu einem breiteren, sicheren Felsband emporzuklettern.

Er schlief schlecht, sein Appetit war gestört. Wenn er aß, hatte er nach der Mahlzeit unweigerlich Verdauungsstörungen. Seine Leistungen beim Bridge waren eine Katastrophe, weil er sich nicht mehr auf die Karten konzentrieren konnte; bei ihren wöchentlichen Zusammenkünften mit Walt und Audrey Gaines waren die Johnsons regelmäßig die Verlierer.

Er wußte, warum er so besessen war, jeden Fall erfolgreich abzuschließen, aber dieses Wissen half ihm nicht, seine Besessenheit loszuwerden.

Wir sind, was wir sind, dachte er, und vielleicht ist die einzige Chance, das zu ändern, dann, wenn das Leben uns eine Überraschung beschert, etwa so, als würde man mit einem Baseballschläger eine Scheibe einschlagen und damit den festen Griff der Vergangenheit zerschlagen.

Also starrte er in den grellen Julitag hinaus und brütete über seinen Problemen.

Im Mai hatte er vermutet, irgend jemand habe den Retriever aufgenommen und ihm ein Zuhause gegeben. Schließlich war er ein schönes Tier, und wenn er jemandem auch nur einen Bruchteil seiner Intelligenz offenbarte, war er geradezu unwiderstehlich. Er würde also bestimmt einen Zufluchtsort finden.

Deshalb rechnete Lem damit, daß es wesentlich schwieriger sein würde, den Hund zu finden, als den Outsider aufzuspüren. Eine Woche, um den Outsider zu finden, hatte er gedacht, und vielleicht einen Monat, um den Retriever in die Hand zu bekommen.

Er hatte an jedes Tierheim und jeden Veterinär in Kalifornien, Nevada und Arizona Rundschreiben geschickt und eindringlich um Unterstützung bei der Auffindung des Golden Retrievers gebeten. In dem Rundschreiben behauptete er, das Tier wäre aus einem medizinischen Forschungslabor entkommen, in dem wichtige Krebsexperimente durchgeführt würden. Wenn der Hund nicht mehr wiederaufgefunden werde, so stand in dem Rundschreiben, bedeute das den Verlust von einer Million Dollar an Forschungsgeldern und unzähligen Stunden Arbeitszeit — und könnte ernstlich die Entwicklung eines Heilmittels für bestimmte bösartige Wucherungen behindern. Das Rundschreiben enthielt ein Foto des Hundes und den Hinweis, daß er innen am rechten Ohr eine Labortätowierung trage: die Nummer 33-9. In einem Begleitschreiben bat Lem nicht nur um Unterstützung, sondern auch um vertrauliche Behandlung. Die Aussendung war unterdessen alle acht Tage wiederholt worden, und ein Dutzend NSA-Agenten hatten nichts anderes getan, als Tierheime und Tierärzte in den drei Staaten anzurufen, um sicher sein zu können, daß man sich an das Flugblatt erinnerte und weiterhin nach einem Retriever mit einer Tätowierung Ausschau hielt.

Unterdessen konnte die eindringliche Suchaktion nach dem Outsider mit einigem Vertrauen auf wenig besiedelte Gebiete beschränkt werden, weil er ohne Zweifel zögern würde, sich zu zeigen. Und die Gefahr, daß jemand *ihn* für so nett hielt, daß er ihn mit nach Hause nahm, bestand wirklich nicht. Außerdem, der Todesfährte, die der Outsider hinterließ, war leicht zu folgen.

Im Anschluß an die Morde in Bordeaux Ridge östlich von Yorba Linda war die Kreatur in die unbesiedelten Chino-Hügel geflohen. Von dort war er nach Norden gegangen und am 9. Juni am Ostrand des County Los Angeles aufgetaucht, wo seine Anwesenheit in dem halb ländlichen Diamond Bar aufgefallen war. Bei der Tierbehörde des County Los Angeles waren zahlreiche — und hysterische — Berichte von Bewohnern von Diamond Bar bezüglich Angriffen wilder Tiere auf Haustiere eingegangen. Andere riefen die Polizei an, weil sie glaubten, das Gemetzel sei das Werk eines Verrückten. In zwei Nächten waren in Diamond Bar mehr als zwei Dutzend Haustiere in Stücke gerissen worden, und der Zustand der Kadaver ließ bei Lem keine Zweifel offen, daß der Outsider der Täter war.

Dann blieb die Spur mehr als eine Woche eiskalt, bis zum Morgen des 18. Juni, als zwei junge Camper am Fuße des Johnstone Peak an der Südflanke des ausgedehnten Angeles National Forest berichteten, sie hätten etwas gesehen, von dem sie fest behaupteten, es stamme ›aus einer anderen Welt‹. Sie hätten sich in ihrem Wohnwagen eingeschlossen, aber das Geschöpf habe mehrere Male versucht, sich Zutritt zu verschaffen, und sei sogar so weit gegangen, ein Seitenfenster mit einem Stein einzuschlagen. Glücklicherweise hatten die beiden eine .32-Pistole im Wagen, und einer von ihnen eröffnete das Feuer auf den Angreifer und verjagte ihn damit. Die Presse behandelte die beiden Camper als zwei Verrückte, und in den Abendnachrichten machte der Moderator sich über die Geschichte lustig.

Lem glaubte dem jungen Paar. Auf einer Landkarte folgte er dem dünnbesiedelten Landkorridor, durch den der Outsider vermutlich von Diamond Bar in die Gegend des Johnstone Peak gelangt war: über die San José-Berge, durch den Bonelli-Park, zwischen San Dimas und Glendora hindurch und dann in die Wildnis; dazu war es nötig gewesen, drei Autobahnen, die die Gegend durchschnitten, zu überqueren. Aber wenn er sich nach Mitternacht fortbewegt hatte, wo es wenig oder gar keinen Verkehr gab, konnte er durchaus ungesehen geblieben sein. Lem verlegte hierauf die hundert Mann Marineabwehr in diesen Teil des Waldes, wo sie ihre Suche in Zivilkleidung in Dreier- und Vierergruppen fortsetzten.

Er hoffte, die jungen Leute hätten den Outsider wenigstens mit einem Schuß getroffen. Aber rund um ihr Lager war kein Blut zu finden gewesen.

Er fing an, die Befürchtung zu hegen, der Outsider könnte sich längere Zeit der Gefangennahme entziehen. Der Angeles National Forest nördlich der Stadt Los Angeles war entmutigend weitläufig.

»Fast so groß wie der ganze Staat Delaware«, sagte Cliff

Soames, nachdem er die Gegend auf der Landkarte in Lems Büro abgemessen und das Areal ausgerechnet hatte. Cliff stammte aus Delaware. Er war relativ neu im Westen und kriegte immer noch das Staunen des Neuankömmlings angesichts der gigantischen Dimensionen in diesem Teil des Kontinents. Auch er war jung, mit der Begeisterungsfähigkeit der Jugend, und von fast gefährlichem Optimismus. Cliffs Erziehung war radikal anders gewesen als die Lems; er fühlte sich nicht auf einem Hochseil oder dem Risiko ausgesetzt, ein einziger Fehler, ein einziges Versagen könnte sein Leben zerstören. Manchmal beneidete Lem ihn deswegen.

Lem starrte Cliffs hingekritzelte Berechnungen an. »Wenn er in den San-Gabriel-Bergen Zuflucht sucht, sich dort von wilden Tieren ernährt und sich mit der Einsamkeit abfindet und nur gelegentlich auszieht, um seine Wut an den Leuten an der Peripherie des Reservats auszulassen ..., dann könnte es sein, daß man ihn nie findet.«

»Vergessen Sie nicht«, erinnerte Cliff ihn, »er haßt den Hund mehr, als er die Menschen haßt. Er *will* den Hund und hat die Fähigkeit, ihn ausfindig zu machen.«

»Das glauben *wir.*«

»Ob er wohl eine Existenz völlig in der Wildnis wirklich aushalten könnte? Ich meine, zugegeben, er ist zum Teil wild, aber dann ist er auch intelligent. Vielleicht zu intelligent, um sich mit einem anstrengenden Leben in so rauhem Gebiet abzufinden.«

»Vielleicht«, sagte Lem.

»Die werden ihn bald finden, oder er liefert uns selbst einen Hinweis auf seinen Aufenthaltsort«, prophezeite Cliff.

Das war der 18. Juni.

Als sie im Laufe der nächsten zehn Tage keine Spur des Outsiders fanden, waren die Kosten für den Einsatz von hundert Mann nicht mehr zu vertreten. Am 29. Juni schließlich mußte Lem die Marines abgeben, die man ihm zur Verfügung gestellt hatte, und sie auf ihre Stützpunkte zurückschicken.

Mit dem Ausbleiben neuer Entwicklungen stieg Cliffs Mut mit jedem Tag, er war immer bereiter, zu glauben, dem Outsider sei etwas widerfahren, er sei tot, und sie würden nie wieder von ihm hören.

Im selben Maße wuchs Lems Bedrücktheit. Er war sicher, er

habe die Kontrolle über die Lage verloren, und der Outsider werde auf höchst dramatische Art wieder auftauchen und sich der Öffentlichkeit in Erinnerung bringen. Versagen.

Einziger Lichtblick war, daß die Bestie sich jetzt im County Los Angeles befand, außerhalb der Zuständigkeit von Walt Gaines. Wenn es weitere Opfer gab, würde Walt möglicherweise nicht einmal davon erfahren und man würde ihn nicht aufs neue dazu überreden müssen, sich aus dem Fall herauszuhalten.

Am Donnerstag, dem 15. Juli, genau zwei Monate nach dem Ausbruch von Banodyne und fast einen Monat nachdem ein mutmaßlicher Außerirdischer zwei Camper erschreckt hatte, war Lem überzeugt, er werde sich bald über eine andere berufliche Laufbahn Gedanken machen müssen. Niemand hatte behauptet, er sei dafür verantwortlich, wie die Dinge sich entwickelt hatten. Er stand unter Druck, aber unter keinem größeren Druck als bei anderen umfangreichen Ermittlungen. Tatsächlich sahen einige seiner Vorgesetzten das Ausbleiben weiterer Schreckensmeldungen im selben positiven Licht wie Cliff Soames. Aber in pessimistischen Anwandlungen malte Lem sich eine Zukunft als uniformierter Sicherheitswächter aus, der Nachtschicht in einem Lagerhaus schob und den einzig und allein die Wächteruniform und eine Messingplakette an seine Vergangenheit im Polizeidienst erinnerten.

Während er in seinem Bürosessel saß und durchs Fenster schaute, hinaus auf die dunstiggelbe Luft des brütendheißen Sommertages, sagte er laut: »Verdammt, ich bin dafür ausgebildet, mich mit *menschlichen* Verbrechern auseinanderzusetzen. Wie, zum Teufel, kann man von mir erwarten, daß ich mit einer in die Realität entflohenen Alptraumfigur fertigwerde?«

Es klopfte an seiner Tür. Während er sich in seinem Sessel herumdrehte, öffnete sich die Tür. Cliff Soames kam rasch herein, aufgeregt und bestürzt. »Der Outsider«, sagte er. »Wir haben wieder eine Spur ... aber zwei Leute sind tot.«

Vor zwanzig Jahren, in Vietnam, hatte Lems Hubschrauberpilot gelernt, wie man in unebenem Gelände aufsetzte und abhob. Jetzt, in dauerndem Funkkontakt mit den Hilfssheriffs des L.A. County, die bereits am Tatort eingetroffen waren, hatte er daher keine Schwierigkeiten, den Schauplatz durch Sichtnavigation ausfindig zu machen, wobei er sich anhand natürlicher Landmarken orientierte. Wenige Minuten nach ein Uhr setzte er seine Maschine auf einem kahlen Felskamm auf, der den Ausblick auf den Boulder Canyon im Angeles National Forest bot, knappe hundert Meter von der Stelle entfernt, wo man die Leichen gefunden hatte.

Als Lem und Cliff aus dem Hubschrauber stiegen und den Kamm entlang auf die versammelten Hilfssheriffs und Waldhüter zueilten, schlug ihnen ein heißer Wind entgegen, der den Duft von trockenem Buschwerk und Fichten mit sich trug. Nur einzelne Büschel von wildem Gras, von der Julisonne ausgedörrt und brüchig gemacht, hatten es geschafft, in dieser Höhenlage Wurzeln zu schlagen. Niedriges Buschwerk, darunter auch Wüstenpflanzen wie Mesquite, markierten die oberen Bereiche der Canyonflanken, die rechts und links von ihnen zu den unteren Hängen und der Canyonsohle abfielen, wo es Bäume und grünere Gewächse gab.

Sie befanden sich weniger als sechs Kilometer Luftlinie nördlich der Ortschaft Sunland, zweiundzwanzig Kilometer Luftlinie nördlich von Hollywood und dreißig Meilen nördlich des dichtbesiedelten Herzens der Großstadt Los Angeles, und doch schien es, als befänden sie sich inmitten der Wildnis, einer Einöde von tausend Kilometer Durchmesser, beunruhigend weit weg von jeder Zivilisation. Die Hilfssheriffs hatten ihre allradgetriebenen Fahrzeuge in einem Kilometer Entfernung auf einem primitiven Feldweg geparkt — Lems Helikopter hatte die Fahrzeuge beim Anflug überflogen — und waren zu Fuß mit den Männern vom Forstdienst zu der Stelle gegangen, wo man die Leichen gefunden hatte. Jetzt waren um die Leichen vier Hilfssheriffs, zwei Männer des gerichtsmedizinischen Bezirkslabors und drei Waldhüter versammelt, und sie alle machten den Eindruck, als wären sie ebenfalls an einem urzeitlichen Ort ausgesetzt worden.

Als Lem und Cliff eintrafen, waren die Männer des Sheriffs gerade damit fertig, die Überreste in Leichensäcke zu stopfen. Die Reißverschlüsse waren noch nicht zugezogen, und so konnte Lem erkennen, daß ein Opfer männlichen, das andere weiblichen Geschlechts war, beide jung und für eine Bergwanderung gekleidet. Ihre Wunden waren entsetzlich — die Augen fehlten.

Fünf Unbeteiligte waren bis jetzt gestorben, und das Gefühl schuldhafter Verstrickung ob dieses Blutzolls verfolgte Lem. In Situationen wie dieser wünschte er sich, sein Vater hätte ihn ohne jedes Gefühl der Verantwortung erzogen.

Hilfssheriff Hal Bockner, groß und gebräunt, aber mit erstaunlich dünner Stimme, informierte Lem über die Identität und den Zustand der Opfer: »Nach dem Ausweis, den der Mann bei sich hatte, hieß er Sidney Tranken, achtundzwanzig Jahre alt, aus Glendale. Der Körper weist mehr als ein Dutzend häßlicher Bißwunden auf, dazu Spuren von Klauen und Reißwunden. Die Kehle, wie Sie selbst gesehen haben, aufgerissen. Die Augen ...«

»Ja«, sagte Lem, der keine Notwendigkeit sah, sich mit den gräßlichen Einzelheiten länger zu befassen.

Die Männer aus dem gerichtsmedizinischen Labor zogen die Reißverschlüsse an den Säcken zu; in der heißen Juliluft klang das, als würden Eiszapfen gegeneinanderschlagen.

Hilfssheriff Bockner sagte: »Zuerst glaubten wir, irgendein Verrückter hätte Tranken mit dem Messer erledigt. Man hat es ja hier und da mit Spinnern zu tun, die sich in den Wäldern statt auf den Straßen herumtreiben und es auf Wanderer abgesehen haben. Also dachten wir ... zuerst mit dem Messer getötet, und dann müßte all der andere Schaden von Tieren, Aasfressern, angerichtet worden sein, nachdem der Mann schon tot war. Aber jetzt ... sind wir nicht mehr so sicher.«

»Auf dem Boden hier sehe ich aber kein Blut«, sagte Cliff Soames leicht erstaunt. »Da müßte doch eine ganze *Menge* sein.

»Sie sind nicht hier getötet worden«, sagte Bockner und fuhr dann, ohne sich aus dem Konzept bringen zu lassen, mit seinem Bericht fort. »Die Frau, siebenundzwanzig, Ruth Kasavaris, ebenfalls aus Glendale, ebenfalls scheußliche Bißspuren, Reißwunden. Ihre Kehle ...«

Lem unterbrach ihn erneut und fragte: »Wann sind sie getötet worden?«

»Nun, ich schätze, ohne den Labortests vorgreifen zu wollen, daß sie am späten Abend des gestrigen Tages gestorben sind. Wir glauben, daß man die Leichen hier heraufgetragen hat, weil man sie auf der Kuppe leichter findet. Hier entlang führt ein stark begangener Bergweg. Aber von anderen Bergwanderern sind sie nicht gefunden worden. Es war ein routinemäßiger Flug der Feuerstreife. Der Pilot schaute nach unten und sah sie hier auf dem kahlen Boden liegen.«

Das Gelände hier oberhalb des Boulder Canyon lag mehr als vierzig Kilometer Luftlinie nordnordwest von Johnstone Peak, wo die jungen Leute in ihrem Camper vor dem Outsider Zuflucht gesucht und später mit einer .32-Pistole auf ihn geschossen hatten. Das war am 18. Juni gewesen, vor achtundzwanzig Tagen. Der Outsider mußte also, dem reinen Instinkt folgend, nordnordwestliche Richtung eingeschlagen haben und hatte ohne Zweifel häufig kehrtmachen müssen, wenn ihm ein Canyon den Weg versperrte; deshalb hatte er höchstwahrscheinlich in diesem bergigen Gelände zwischen neunzig und hundertdreißig Kilometer zurückgelegt, um die fünfzig Kilometer Luftlinie zu bewältigen. Trotzdem entsprach das nur einer Geschwindigkeit von fünf Kilometern pro Tag, höchstenfalls, und Lem fragte sich, was das Geschöpf während dieser Zeit getan hatte, wenn es nicht unterwegs war, schlief oder Nahrung jagte.

»Sie werden sehen wollen, wo diese zwei getötet wurden«, sagte Bockner. »Wir haben die Stelle gefunden. Und den Bau werden Sie auch sehen wollen.«

»Bau?«

»Das Versteck«, sagte einer der Waldhüter.

Die Hilfssheriffs, die Waldhüter und die Männer vom gerichtsmedizinischen Labor hatten Lem und Cliff seit ihrer Ankunft mit eigenartigen Blicken gemustert. Das überraschte Lem nicht. Die lokalen Behörden begegneten ihnen stets mit Argwohn und Neugier, weil sie es nicht gewohnt waren, daß eine mächtige Bundesbehörde wie die NSA auftauchte und die Zuständigkeit an sich zog. So etwas war eine Seltenheit. Jetzt aber wurde ihm bewußt, daß ihre Neugierde von anderer Art und anderem Ausmaß war als üblicherweise. Zum erstenmal spürte er ihre Furcht. Sie hatten etwas gefunden — den Bau, das Versteck, von dem sie sprachen —, was ihnen Anlaß zu der Annahme gab, daß dieser Fall noch eigenartiger war, als das plötzliche Auftauchen der NSA normalerweise bedeutete.

In Anzug, Krawatte und geputzten Straßenschuhen waren weder Lem noch Cliff für einen Fußmarsch in den Canyon passend angezogen, aber keiner von beiden zögerte, als die

Waldhüter vorangingen. Zwei Hilfssheriffs, die Laborleute und einer der drei Waldhüter blieben bei den Leichen, so daß die Gruppe, die jetzt den Abstieg begann, aus sechs Personen bestand. Sie folgten einem flachen Flußbett, das der Regen aus dem Boden gewaschen hatte, und bogen dann in eine Art Wildpfad. Nachdem sie bis zum Grunde des Canyons hinabgestiegen waren, wandten sie sich gegen Südosten und gingen einen knappen Kilometer weiter. Bald war Lem verschwitzt und mit einer dünnen Staubschicht bedeckt. Seine Socken und Hosenbeine waren mit Kletten übersät.

»Hier sind die beiden getötet worden«, sagte Hilfssheriff Bockner, während er sie auf eine von Pappeln, Zwergpinien und Büschen umgebene Lichtung führte.

Auf der fahlen, sandigen Erde und dem von der Sonne gebleichten Gras waren riesige dunkle Flecken auszunehmen: Blut.

»Und da hinten«, sagte einer der Waldhüter, »haben wir das Versteck gefunden.«

Es war eine seichte Höhle am Ansatz der Canyonwand, vielleicht drei Meter tief und sechs Meter breit, höchstens ein Dutzend Schritte von der kleinen Lichtung entfernt, wo die Wanderer ermordet worden waren. Die Höhlenöffnung war vielleicht zweieinhalb Meter breit, aber sehr niedrig, so daß Lem sich beim Betreten bücken mußte. Als er drinnen war, konnte er sich aufrichten, denn die Decke war hoch. Ein unangenehmer Modergeruch erfüllte den Raum. Das Licht fiel durch den Eingang und durch ein einen halben Meter weites, vom Wasser ausgehöhltes Loch in der Decke. Aber zum größten Teil lag der Raum im Dunkel, und es war hier bestimmt um acht Grad kälter als draußen im Canyon.

Nur Hilfssheriff Bockner hatte Lem und Cliff begleitet. Lem fühlte, daß die anderen nicht etwa deshalb draußenblieben, weil es sonst in der Höhle zu eng geworden wäre, sondern eher wegen des Gefühls des Unbehagens, das diese Behausung erzeugte.

Bockner hatte eine Taschenlampe. Jetzt knipste er sie an und ließ den Scheinwerferkegel über die Gegenstände wandern, die er ihnen zeigen wollte. Der Lichtstrahl vertrieb einige Schatten, ließ andere fledermausartig durch den Raum flitzen, bis sie sich anderswo wieder niederließen.

In einer Ecke war fünfzehn oder zwanzig Zentimeter hoch getrocknetes Gras aufgeschichtet, um auf dem Sandsteinboden eine Art Lager zu bilden. Neben dem Lager stand ein verzinkter Eimer, gefüllt mit relativ frischem Wasser, das vom nächsten Bach herbeigetragen worden war. Der Eimer stand offenbar deshalb da, damit der Schläfer einen Schluck trinken konnte, wenn er mitten in der Nacht aufwachte.

»Er war hier«, sagte Cliff leise.

»Ja«, pfichtete Lem ihm bei.

Er fühlte instinktiv, daß der Outsider dieses Bett hier gemacht hatte; irgendwie hing seine fremde Wesenheit noch im Raum. Lem starrte den Eimer an und fragte sich, woher die Kreatur ihn hatte. Höchstwahrscheinlich hatte er auf dem Weg von Banodyne hierher beschlossen, sich schließlich irgendwo eine Höhle zu suchen und sich in ihr eine Weile zu verstecken. Dabei war ihm klargeworden, daß er ein paar Dinge brauchen würde, um sich das Leben in der Wildnis angenehmer zu machen. Wahrscheinlich hatte er eine Scheune, einen Stall oder ein leeres Haus aufgebrochen und dort den Eimer und verschiedene andere Dinge gestohlen, die Bockner jetzt mit seiner Taschenlampe anleuchtete.

Eine karierte Flanelldecke für kälteres Wetter, dem Aussehen nach eine Pferdedecke. Was Lem auffiel, war, wie ordentlich zusammengefaltet die Decke auf einem schmalen Felsvorsprung in der Wand neben dem Eingang lag.

Eine Taschenlampe. Sie lag auf demselben Sims wie die Decke. Der Outsider verfügte über ausnehmend gute Nachtsichtigkeit; das war eine der Konstruktionsvorschriften, nach denen Dr. Yarbeck gearbeitet hatte: In der Dunkelheit würde ein genetisch hergestellter guter Krieger so gut sehen können wie eine Katze. Wozu also die Taschenlampe? Es wäre denn … Vielleicht hatte sogar ein Geschöpf der Nacht gelegentlich Angst vor der Dunkelheit.

Der Gedanke rührte Lem, und plötzlich tat die Bestie ihm leid, so wie sie ihm an jenem Tage leidgetan hatte, als er sie dabei beobachtet hatte, wie sie sich in primitiver Zeichensprache mit Yarbeck verständigt hatte, an jenem Tag, als sie sagte, sie wolle sich die eigenen Augen herausreißen, um sich nie wieder ansehen zu müssen.

Bockner ließ den Scheinwerferkegel wandern und richtete

ihn auf zwanzig Schokoladenpapiere. Offenbar hatte der Outsider irgendwo unterwegs ein paar Großpackungen gestohlen. Das seltsame war, daß die Hüllen nicht zerknittert waren, sondern sorgältig geglättet an der hinteren Wand lagen — zehn von Reese's Erdnußschokolade und zehn Bounty-Stangen. Vielleicht hatten dem Outsider die bunten Farben der Hüllen gefallen. Oder er hatte sie behalten, damit sie ihn an die Freuden erinnerten, die die Schokolade ihm bereitete, denn nach solchen Leckerbissen hatte das harte Leben, in das man ihn getrieben hatte, nicht mehr viele solcher Freuden zu bieten.

In der vom Bett am weitesten entfernten Ecke, tief im Schatten, war ein Haufen Knochen zu sehen; die Knochen von kleinen Tieren. Als die Schokolade aufgezehrt war, war der Outsider gezwungen gewesen, auf die Jagd zu gehen, um sich Nahrung zu verschaffen. Und ohne die Mittel, ein Feuer anzuzünden, hatte er sich wie ein Wilder von rohem Fleisch ernährt. Vielleicht hatte er die Knochen deshalb in der Höhle behalten, weil er Angst hatte, Hinweise auf sein Versteck zu geben, wenn er sie draußen wegwarf. Daß er sie in der dunkelsten, entferntesten Ecke seines Zufluchtsortes verstaute, deutete auf ein Gefühl für Ordnung hin, aber Lem erschien es zugleich, als habe der Outsider die Knochen deshalb im Schatten versteckt, weil er sich seiner eigenen Wildheit schämte.

Am mitleiderregendsten war wohl eine seltsame Sammlung von Dingen, die in einer Felsnische der Wand über dem Grasbett abgelegt waren. Nein, entschied Lem — nicht einfach abgelegt: Die Gegenstände waren sorgfältig angeordnet, wie um sie zur Schau zu stellen, ganz so, wie ein Liebhaber von Glaskunst, Keramik oder Maya-Töpferarbeiten vielleicht seine wertvolle Sammlung zur Schau stellen würde. Da gab es ein rundes Gebilde aus farbigem Glas, wie Leute es manchmal an ihr Terrassendach hängten, damit es die Sonne reflektiere; das Ding war vielleicht zehn Zentimeter im Durchmesser und zeigte eine blaue Blume vor blaßgelbem Hintergrund. Daneben glänzte ein Kupfertopf, der vielleicht einmal auf derselben — oder einer anderen – Terrasse eine Pflanze enthalten hatte. Neben dem Topf standen zwei Dinge, die sicherlich aus dem Inneren eines Hauses stammten, vielleicht aus demselben Haus, in dem der Outsider die Schokolade gestohlen hatte: zunächst eine hübsche Porzellanplastik eines rotgefiederten

Kardinalsvogelpärchens, das auf einem Zweig saß, wobei jede Einzelheit auf das Feinste herausgearbeitet war; sodann ein Briefbeschwerer aus Kristall. Offenbar wohnten selbst in der fremdartigen Brust von Yarbecks monströser Schöpfung ein Sinn für Schönheit und das Bestreben, nicht wie ein Tier zu leben, sondern als denkendes Wesen in einer Umgebung zu sein, die wenigstens entfernt an die Zivilisation erinnerte.

Lem spürte einen Stich im Herzen bei dem Gedanken an die einsame, gequälte, sich selbst hassende, nicht menschliche und doch der eigenen Wesenheit bewußten Kreatur, die Yarbeck in die Welt gesetzt hatte.

Zuallerletzt stand in der Nische über dem Grasbett eine Spardose in Form einer fünfundzwanzig Zentimeter hohen Micky-Maus-Figur.

Lems Mitleid wuchs, weil er wußte, weshalb diese Spardose das Interesse des Outsiders geweckt hatte: Bei Banodyne hatte man Experimente durchgeführt, um Ausmaß und Eigenart der Intelligenz des Hundes und des Outsiders zu bestimmen und festzustellen, inwieweit ihre Wahrnehmungen denen eines menschlichen Wesens glichen. Dem Hund und dem Outsider hatte man von Zeit zu Zeit getrennt Videobänder vorgeführt, Filmausschnitte aller Art: Passagen aus alten John-Wayne-Filmen, eine aus ›Krieg der Sterne‹, Nachrichten, Szenen aus einer Vielzahl von Dokumentarfilmen — und alte Mikymaus-Zeichentrickfilme. Die Reaktionen des Hundes und des Outsiders wurden gefilmt, und später prüfte man, ob sie begriffen, welche Teile der Videobänder echte Ereignisse und welche solche der Fantasie zeigten. Beide Kreaturen hatten mit der Zeit gelernt, Fantasie zu erkennen; aber seltsamerweise war die Fantasie, an die sie am liebsten glauben wollten und an die sie sich am längsten festklammerten, Mickymaus. Mickys Abenteuer mit ihren Freunden zogen sie in ihren Bann. Nachdem er aus Banodyne entflohen war, war der Outsider irgendwie auf diese Sparbüchse gestoßen und hatte sie haben wollen, weil durch sie das arme, verdammte Geschöpf an das einzige echte Vergnügen erinnert wurde, das es im Labor gekannt hatte.

Im Scheinwerferkegel von Hilfssheriff Bockners Taschenlampe glitzerte etwas auf dem Regal. Es lag dicht neben der Sparbüchse, und sie hätten es fast übersehen. Cliff stieg auf das Graslager und holte den blitzenden Gegenstand aus der

Wandnische: eine acht mal zehn Zentimeter große, dreieckige Scherbe von einem Spiegel.

Hier verkroch er sich, dachte Lem. Hier versuchte er sich an seinen armseligen Schätzen zu freuen, sich eine Art Heim zu schaffen, so gut es ging. Hier nahm er gelegentlich dieses Spiegelfragment in die Hand und starrte sich an, suchte vielleicht voller Hoffnung nach wenigstens einem Zug in seinem Gesicht, der *nicht* häßlich war, versuchte vielleicht, sich mit dem abzufinden, was er sah, und schaffte es nicht. Schaffte es ganz sicher nicht.

»Du lieber Gott!« sagte Cliff Soames leise, dem offenbar dieselben Gedanken durch den Kopf gegangen waren. »Das arme Schwein.«

Noch etwas hatte der Outsider besessen: ein Exemplar des ›People‹-Magazins. Robert Redford war auf dem Umschlag abgebildet. Mit einer Klaue, einem scharfen Stein oder irgendeinem anderen Instrument hatte der Outsider Redfords Augen herausgeschnitten.

Das Magazin war zerknittert und zerfetzt, als wäre hundertmal in ihm geblättert worden. Hilfssheriff Bockner reichte es ihnen jetzt und meinte, sie sollten es noch einmal durchblättern. Als er das tat, sah Lem, daß die Augen jeder einzelnen abgebildeten Person entweder herausgekratzt, ausgeschnitten oder auf rohe Weise herausgerissen worden waren.

Die Gründlichkeit, mit der diese symbolische Verstümmelung vorgenommen worden war — nicht *ein* Bild in der Zeitschrift war verschont geblieben —, ließ es einem eisig über den Rücken laufen.

Der Outsider war armselig, ja, und bedauernswert.

Aber er war auch zu fürchten.

Fünf Opfer — einigen der Bauch aufgerissen, einige geköpft.

Man durfte die unschuldigen Toten nicht vergessen, keinen Augenblick lang. Weder die Liebe zur Mickymaus noch die Freude an schönen Dingen konnte solches Gemetzel entschuldigen.

Aber, Herrgott ... Man hatte die Kreatur mit ausreichender Intelligenz ausgestattet, daß sie die Bedeutung und die Segnungen der Zivilisation erkannte, sich danach sehnte, akzeptiert zu werden und eine sinnvolle Existenz führen zu können.

Gleichzeitig hatte man ihr die Lust an der Gewalttätigkeit eingepflanzt, einen Killerinstinkt, der keinem anderen im Tierreich nachstand, sollte dieses Wesen doch, gleichsam als vernunftbegabter Killer an der langen, unsichtbaren Leine, in den Krieg geführt werden. Ganz gleich, wie lange der Outsider in friedlicher Einsamkeit in seiner Canyonhöhle blieb, ganz gleich, wie viele Tage oder Wochen er seinem Drang zur Gewalt Widerstand leistete, er konnte sich nicht ändern. Der Stau in seinem Inneren würde wachsen, bis er nicht länger an sich halten konnte, bis das Hinmetzeln kleiner Tiere nicht genug psychische Erleichterung verschaffte, und dann würde er wieder größere, interessantere Opfer suchen. Es mochte durchaus sein, daß er sich für seine Wildheit verdammte, aber er war machtlos, es zu ändern. Noch vor Stunden hatte Lem darüber nachgedacht, wie schwer es für ihn selbst war, ein anderer zu werden als der, den sein Vater aufgezogen hatte, wie schwer es für *jeden* Menschen war, zu verändern, was das Leben aus ihm gemacht hatte. Aber möglich war es zumindest, sofern man die Entschlossenheit, die Willenskraft und die nötige Zeit hatte. Für den Outsider hingegen war ein Wandel unmöglich; Mord steckte in seinen Genen, war in ihn *eingeschlossen,* und er durfte sich keine Hoffnung auf Neugeschaffenwerden oder Erlösung machen.

»Was, zum Teufel, hat das alles zu bedeuten?« fragte Hilfssheriff Bockner, der seine Neugierde nicht länger bezähmen konnte.

»Glauben Sie mir«, sagte Lem, »Sie wollen das nicht wissen.«

»Was war in dieser Höhle?« fragte Bockner.

Lem schüttelte nur den Kopf. Wenn schon zwei weitere Menschen hatten sterben müssen, dann war es wenigstens ein Glücksfall, daß sie in einem Nationalpark ermordet worden waren. Hier war Bundesterritorium, womit der Dienstweg vereinfacht war, weil die NSA die Zuständigkeit für die Ermittlungen an sich ziehen konnte.

Cliff Soames drehte immer noch das Spiegelfragment in der Hand und starrte es nachdenklich an.

Nach einem letzten Blick in die Runde gab Lem Johnson sich und seiner gefährlichen Jagdbeute ein Versprechen: Wenn ich dich finde, werde ich nicht überlegen, ob ich dich lebend kriege; kein Fangnetz, keine Tranquillizergewehre, wie es die Wissenschaftler und die Typen vom Militär vorziehen würden; nein, ich werde dich schnell und sauber abschießen.

Das war so nicht nur am sichersten. Es würde auch ein Akt des Mitgefühls und der Barmherzigkeit sein.

4

Bis ersten August verkaufte Nora sämtliche Möbel und andere Habseligkeiten Tante Violets. Sie hatte einen Mann angerufen, der mit Antiquitäten und Möbeln aus zweiter Hand handelte, und er hatte ihr für das Ganze einen Pauschalpreis angeboten, den sie freudig akzeptierte.

Jetzt waren die Räume — mit Ausnahme des Geschirrs, des Tafelsilbers und der Möbel im Schlafzimmer, die sie selbst ausgewählt hatte — von Wand zu Wand leer. Das Haus schien jetzt gesäubert, gereinigt, *exorziert.* Alle bösen Geister waren ausgetrieben, und sie wußte, daß sie jetzt den Willen aufbringen würde, es völlig neu zu gestalten. Aber sie wollte das Haus nicht mehr haben, also rief sie einen Immobilienmakler an und ließ es zum Verkauf anbieten.

Auch ihre alten Kleider waren weg, alle; sie besaß jetzt eine völlig neue Garderobe mit Hosen, Röcken und Blusen, Jeans, Kleidern, wie jede andere Frau. Hier und da kam sie sich in leuchtenden Farben zu auffällig vor, aber sie widerstand stets dem Drang, etwas Dunkles, Eintöniges anzuziehen.

Den Mut, ihr künstlerisches Talent auf den Markt zu bringen und zu sehen, ob ihre Arbeit etwas wert war, hatte sie immer noch nicht gefunden. Travis gab ihr hier und da kleine, sehr zarte Anstöße, aber sie war noch nicht soweit, ihr zerbrechliches Ego auf den Amboß zu legen und jedem Gelegenheit zu geben, mit dem Hammer darauf einzuschlagen. Bald, aber noch nicht jetzt.

Manchmal, wenn sie sich im Spiegel betrachtete oder ihr Spiegelbild in einem in der Sonne silbrig glänzenden Schaufenster sah, wurde ihr bewußt, daß sie tatsächlich hübsch war. Nicht schön vielleicht, nicht umwerfend wie irgendein Filmstar, aber einigermaßen hübsch. Doch schien sie unfähig zu sein, diese für sie revolutionäre Wahrnehmung bleibend zur

Kenntnis zu nehmen, wenigstens nie für längere Zeit, denn die Anmut ihres Gesichts überraschte sie alle paar Tage aufs neue, wenn es ihr aus einem Spiegel entgegenblickte.

Am fünften August saßen sie und Travis am späten Nachmittag am Küchentisch und spielten Scrabble, und sie hatte das Gefühl, gut auszusehen. Vor ein paar Minuten hatte sie vor dem Badezimmerspiegel wieder eine jener Entdeckungen gemacht; sie schaute in den Spiegel — und war mit ihrem Aussehen mehr denn je zufrieden. Jetzt, wieder am Scrabble-Brett sitzend, fühlte sie sich voll Schwung und Glück, wie sie das früher nie für möglich gehalten hätte. Sie fing an, unsinnige Wörter aus ihren Spielsteinen zu bilden und sie dann stimmgewaltig zu verteidigen, wenn Travis ihre Zulässigkeit in Zweifel zog.

»Dofnup?« sagte er und musterte das Spielbrett mit gerunzelter Stirn. »Ein solches Wort gibt es nicht.«

»Das ist eine dreieckige Kappe, wie sie die Holzfäller tragen«, sagte sie.

»Holzfäller?«

»Wie Paul Bunyan*.«

»Holzfäller tragen Strickmützen, ähnlich wie die Schimützen, oder runde Ledermützen mit Ohrenkappen.«

»Ich rede nicht von den Mützen, die sie zur Arbeit in den Wäldern tragen«, erklärte sie geduldig. »›Dofnup‹ — das ist der Name der Mütze, die sie im Bett tragen.«

Er lachte und schüttelte den Kopf. »Du willst mich wohl auf den Arm nehmen?«

Sie sah ihn an, ohne eine Miene zu verziehen. »Nein. Das ist wahr.«

»Holzfäller tragen also im Bett eine besondere Mütze?«

»Ja, den Dofnup.«

Allein der *Gedanke,* daß Nora ihn veräppeln könnte, war ihm fremd, also fiel er darauf herein. »Dofnup? Warum heißt die so?«

»Keine Ahnung«, sagte sie.

Einstein lag auf dem Boden, schaute sich ein Bilderbuch an

---

* Paul Bunyan: riesenhafter Holzfäller der amerikanischen Legende, der mit Hilfe seines blauen Ochsen Babe eine Reihe übermenschlicher Taten vollbringt. — Anm. d. Ü.

und mühte sich auch mit dem Text ab. Er konnte von Büchern einfach nicht genug kriegen. Vor zehn Tagen, als die Besessenheit des Hundes für Bücher Noras Geduld, ihm die Bücher zu halten und umzublättern, überstrapaziert war, hatten sie versucht, sich eine Vorrichtung auszudenken, die es Einstein erlaubte, die Seiten selbst umzulegen. In einem Geschäft für Krankenhausbedarf hatten sie ein Gerät gefunden, das für Patienten bestimmt war, die weder ihre Arme noch ihre Beine gebrauchen konnten. Es handelte sich um ein Gestell aus Metall, an dem man die Umschlagdeckel des Buches festklammerte; elektrisch betriebene mechanische Arme, die von drei Druckknöpfen in Bewegung gesetzt wurden, legten die Seiten um und hielten sie fest. Ein Querschnittgelähmter konnte sie mit einem Stift, den er zwischen den Zähnen hielt, bedienen; Einstein benutzte dazu seine Nase. Dem Hund schien das Ding riesiges Vergnügen zu bereiten. Jetzt winselte er leise über irgend etwas, das er gerade gesehen hatte, drückte einen der Knöpfe und wandte sich der nächsten Seite zu.

Travis legte ›gemein‹ auf und sammelte eine Menge Punkte, weil er ein doppelwertiges Feld benutzt hatte, worauf Nora ihre Steine dazu benutzte, ›Treis‹ aufzulegen, was sogar noch mehr Punkte wert war.

»›Treis‹?« sagte Travis zweifelnd.

»Das ist eine beliebte Speise«, sagte sie.

»Tatsächlich?«

»Ja. Dabei wird sowohl Truthahn als auch Reis verwendet, deshalb heißt es so ...« sie konnte nicht weiterreden und brach in Gelächter aus.

Er starrte sie verblüfft an. »Du veräppelst mich also *doch. Du* veräppelst mich! Nora Devon, was ist nur aus dir geworden? Als ich dich das erstemal sah, sagte ich mir: ›Das ist die ernsteste, verbissenste junge Lady, die mir je untergekommen ist.‹«

»Und verschroben wie ein Eichhörnchen.«

»Nun, verschroben nicht.«

»Doch«, beharrte sie. »Du dachtest, ich sei ein Eichhörnchen.«

»Also schön, ja, ich hielt dich für eines und dachte, du hättest wahrscheinlich den Dachboden voller Walnüsse.«

Sie grinste und meinte: »Wenn Violet und ich im Süden gelebt hätten, dann wären wir wahrscheinlich Gestalten aus einem Faulkner-Roman gewesen, nicht wahr?«

»Selbst für Faulkner zu absonderlich. Aber sieh dich doch jetzt an! Du erfindest dumme Wörter und noch dümmere Witze, bringst mich dazu, daß ich drauf reinfalle, weil ich einfach nicht erwarte, daß ausgerechnet Nora Devon so etwas tut. Du hast dich in den letzten Monaten wirklich verändert.«

»Das verdanke ich dir«, sagte sie.

»Vielleicht mehr Einstein als mir.«

»Nein, am meisten dir«, sagte sie. Und plötzlich hielt wieder jene alte Scheu sie gefangen. Sie wandte den Blick ab, schaute auf ihr Scrabble-Brett und sagte leise: »Dir vor allem. Einstein wäre ich nie begegnet, wenn ich nicht dir begegnet wäre. Und du ... du hast dich für mich interessiert ... warst um mich besorgt ... hast etwas in mir gesehen, das ich selbst nicht sehen konnte. Du hast einen anderen Menschen aus mir gemacht.«

»Nein«, sagte er. »Da schreibst du mir zuviel zu. Man brauchte keinen anderen Menschen aus dir zu machen. *Diese* Nora hat es immer gegeben, in der alten Nora, so wie eine Blume verborgen und zusammengekauert im jämmerlich kleinen Samen wartet. Man brauchte dich bloß zu ermutigen, damit du ... nun, damit der wächst und blüht.«

Sie konnte ihn nicht ansehen. Ihr war, als hätte man ihr einen riesigen Stein auf den Nacken gelegt und sie gezwungen, den Kopf zu senken; sie spürte, wie ihr Gesicht sich rötete. Dennoch fand sie die Courage zu sagen: »Es ist so verdammt schwer zu blühen ... sich zu verändern. Selbst wenn man sich verändern will, es sich mehr wünscht als alles andere in der Welt, ist es schwer. Der Wunsch, sich ändern zu wollen, reicht nicht. Und die Verzweiflung reicht auch nicht. Ohne ... Liebe geht es nicht.« Ihre Stimme war ganz leise geworden, nur noch ein Flüstern, und sie brachte es nicht fertig, lauter zu werden. »Liebe ist wie das Wasser und die Sonne, die den Samen wachsen lassen.«

Er sagte: »Nora, sieh mich an.«

Der Stein in ihrem Nacken wog hundert Pfund, tausend.

»Nora?«

Eine *Tonne* wog er.

»Nora, ich liebe dich auch.«

Irgendwie, unter großer Anstrengung, hob sie den Kopf. Sie

sah ihn an. Seine braunen Augen, so dunkel, daß sie beinahe schwarz waren, warm und freundlich und schön. Sie liebte diese Augen. Sie liebte seine schmale Nase. Jede Einzelheit in seinem hageren, asketischen Gesicht liebte sie.

»Ich hätte es dir zuerst sagen sollen«, sagte er, »weil es für mich leichter ist als für dich. Vor Tagen hätte ich es sagen müssen, vor Wochen: Nora, bei Gott, ich liebe dich. Aber ich habe es nicht gesagt, weil ich Angst hatte. Jedesmal, wenn ich es zulasse, jemanden zu lieben, verliere ich ihn. Aber diesmal, denke ich, wird es vielleicht anders sein. Vielleicht wirst du das für mich so ändern, wie ich dir geholfen habe, dich zu ändern. Und vielleicht ist diesmal das Glück auf meiner Seite.«

Ihr Herz schlug wie wild. Sie konnte kaum atmen. Aber sie sagte: »Ich liebe dich.«

»Wirst du mich heiraten?«

Sie war wie betäubt. Sie wußte nicht, was sie erwartet hatte, aber *das* sicherlich nicht. Einfach ihn sagen zu hören, daß er sie liebte; einfach fähig zu sein, ihm gegenüber dieselben Gefühle auszudrücken — das hätte schon gereicht, um sie Wochen, ja Monate glücklich zu machen. Sie hatte erwartet, genug Zeit zu haben, um ihre Liebe zu umkreisen, als wäre sie ein großes, geheimnisvolles Bauwerk, das man wie irgendeine neuentdeckte Pyramide von jedem Blickwinkel aus studieren und über das man nachgrübeln mußte, ehe man es wagte, an die Erforschung des Inneren zu gehen.

»Wirst du mich heiraten?« wiederholte er.

Das war zu schnell, unbesonnen schnell. Sie saß auf dem Küchenstuhl, wurde schwindlig, als hätte sie auf einem Karussell gesessen, das sich zu schnell drehte. Sie hatte Angst, wollte ihm sagen, er solle langsamer werden, versuchte zu sagen, daß sie genügend Zeit hätten, über den nächsten Schritt nachzudenken, ehe sie ihn taten. Aber zu ihrer eigenen Überraschung hörte sie sich sagen: »Ja. ja.«

Er streckte die Hände aus und ergriff die ihren. Dann weinte sie, aber es waren gute Tränen.

In sein Buch versunken, hatte Einstein dennoch wahrgenommen, was sich da anbahnte. Er kam zum Tisch, beschnüffelte sie beide, rieb sich an ihren Beinen und winselte glücklich.

Travis sagte: »Nächste Woche?«

»Heiraten? Aber es braucht doch Zeit für die Lizenz und das Aufgebot und alles.«

»Nicht in Las Vegas. Ich kann dort anrufen und in einer Hochzeitskapelle in Vegas alle Vorbereitungen treffen. Wir können nächste Woche hinfahren und heiraten.«

Weinend und lachend sagte sie: »Ja, gut.«

»Großartig!« sagte Travis und grinste.

Einstein wedelte wie wild mit dem Schweif: *Ja, ja, ja, ja, ja.*

5

Am Mittwoch, dem vierten August, erledigte Vince Nasco im Auftrag der Tetragna-Familie aus San Francisco eine kleine Küchenschabe namens Lou Pantangela. Die Küchenschabe hatte sich bereit erklärt, den Kronzeugen zu spielen, und sollte im September vor Gericht gegen Angehörige der Tetragna-Organisation aussagen.

Johnny der Draht Santani, Computerhacker der Mafia, hatte seine technischen Fähigkeiten eingesetzt, die Computer der Bundesbehörden angezapft und Pantangela ausfindig gemacht. Die Küchenschabe lebte unter dem Schutz zweier Marshals der Bundesbehörde in einem abgesicherten Haus, ausgerechnet in Redondo Beach, südlich von L.A. Es war vorgesehen, daß er nach seiner Zeugenaussage im Herbst eine neue Identität und eine neue Existenz in Connecticut bekäme; aber so lange würde er natürlich nicht leben.

Weil Vince, um an Pantangela heranzukommen, wahrscheinlich einen oder auch beide Marshals würde erledigen müssen, war es eine ziemlich heiße Sache, und deshalb boten die Tetragnas ihm ein sehr hohes Honorar an — 60.000 Dollar. Sie konnten nicht wissen, daß die Notwendigkeit, mehr als einen Mann zu töten, für Vince ein Bonus war und den Reiz des Auftrags — erhöhte, nicht etwa verminderte.

Er beobachtete Pantangela fast eine Woche lang und benutzte dabei jeden Tag ein anderes Fahrzeug, um nicht den Leibwächtern der Küchenschabe aufzufallen. Sie ließen Pantangela nicht oft hinaus, trotzdem vertrauten sie dem Unterschlupf mehr, als gut für sie war, und ließen ihn drei- oder viermal die Woche in der Öffentlichkeit ein spätes Mittagessen einnehmen, wozu sie ihn zu einer kleinen Trattoria, vier Straßen von dem Haus entfernt, begleiteten.

Sie hatten Pantangelas Aussehen so weit wie möglich verändert. Er hatte einmal dichtes schwarzes Haar gehabt, das er sich ziemlich lang über den Jackettkragen hatte wachsen lassen. Jetzt war sein Haar kurzgeschnitten und hellbraun gefärbt. Er hatte einen Schnurrbart gehabt, aber sie hatten ihn dazu veranlaßt, ihn abzurasieren. Er hatte dreißig Kilo Übergewicht gehabt, aber nach zwei Monaten in der Obhut der Marshals hatte er etwa zwanzig Kilo verloren. Nichtsdestoweniger erkannte Vince ihn.

Am Mittwoch, dem vierten August, brachten sie Pantangela wie stets um ein Uhr in die Trattoria. Um zehn nach eins schlenderte Vince in das Lokal, um ebenfalls zu Mittag zu essen.

Das Restaurant hatte nur acht Tische in der Mitte und sechs Nischen an jeder der beiden Seitenwände. Es sah recht sauber aus, enthielt aber für Vinces Geschmack zuviel italienischen Kitsch: rotweiß-karierte Tischtücher, schreiende Wandgemälde, römische Ruinen zeigend, leere Weinflaschen, die als Kerzenständer dienten, gut tausend Plastikweintrauben, die, Gott sei's geklagt, von einem an der Decke befestigten Gitter hingen und dem Lokal Gartenatmosphäre verleihen sollten. Da die Kalifornier dazu neigen, früh zu Abend zu essen, wenigstens nach den Begriffen der Ostküste, aßen sie auch früh zu Mittag, und um zehn nach eins hatte die Zahl der Gäste bereits ihren Höhepunkt überschritten und nahm ab. Um zwei würden wahrscheinlich die einzigen noch im Lokal verbliebenen Gäste Pantangela, seine zwei Leibwächter und Vince sein. Und damit war dies der ideale Ort für den Hit.

Die Trattoria war zu klein, für den Lunch eine eigene Platzanweiserin zu beschäftigen, und eine kleine Tafel forderte am Eingang die Gäste auf, sich ihre Plätze selbst zu suchen. Vince ging durch das Lokal nach hinten, an Pantangela und seiner Begleitung vorbei und zu einer leeren Nische gleich dahinter.

Vince hatte gründlich über seine Kleidung nachgedacht. Er trug Hanfsandalen, rote Baumwollshorts und ein weißes T-Shirt, auf dem blaue Wellen, eine gelbe Sonne und die Aufschrift CALIFORNIA zu sehen waren. Seine Fliegerbrille war undurchsichtig. Er trug eine offene Strandtasche aus Segeltuch, auf der in großen Lettern MEIN ZEUG zu lesen war. Schaute man im Vorbeigehen in die Tasche, sah man ein eingerolltes Handtuch, Flaschen mit Sonnenöl, ein kleines Radio und eine Haarbürste; die darunter versteckte vollautomatische, mit Schalldämpfer ausgestattete Uzi-Pistole mit vierzigschüssigem Magazin blieb einem verborgen. Mit seiner Sonnenbräune, die zum Rest seiner Ausstaffierung paßte, vermittelte er genau den Eindruck, den er wollte: der alternde Surfer, topfit, vom Nichtstun leicht verblödet, bemüht, jung auszusehen, der auch mit sechzig noch von sich selbst berauscht sein würde.

Er warf Pantangela und den Marshals einen desinteressierten Blick zu, merkte aber, daß sie ihn scharf musterten und dann als harmlos abtaten. Ausgezeichnet.

Die Nischen hatten hohe, gepolsterte Lehnen, so daß er von seinem Standort aus Pantangela nicht sehen konnte.

Aber hier und da konnte er die Küchenschabe und die Marshals reden hören, größtenteils über Baseball und Weiber.

Nach einer Woche Beschattung wußte Vince, weshalb Pantangela die Trattoria nie vor halb drei, gewöhnlich sogar erst um drei Uhr, verließ: weil er nämlich auf Vorspeise, Salat, Hauptgericht und Nachtisch bestand — die komplette Tour. Das ließ Vince Zeit für einen Salat und Linguini mit Muschelsoße.

Die Kellnerin, die ihn bediente, war etwa zwanzig, weißblond, hübsch und ebenso braungebrannt wie Vince. Sie sah wie der Typ aus, der alles mitmacht, das typische Beachgirl, und tat auch gleich verliebt, während sie seine Bestellung aufnahm. Er vermutete in ihr eines jener Sandnymphchen, deren Gehirn von der Sonne ebenso verbrannt war wie ihr Körper. Wahrscheinlich verbrachte sie jeden Sommerabend am Strand, nahm Dope jeder Art und machte für jeden Hengst, der sie auch nur entfernt interessierte — und vermutlich interessierten die meisten sie — die Beine breit. Was wiederum bedeutete, daß sie, egal, wie gesund sie aussah, alle möglichen Krankheiten hatte. Die bloße Idee, es mit ihr zu treiben, erzeugte ihm bereits Brechreiz, aber er mußte die Rolle spielen, die er sich zugedacht hatte. Also flirtete er mit ihr und versuchte so zu wirken, als hätte er alle Mühe, beim Gedanken an ihren nackten, sich unter ihm windenden Körper nicht den Geifer zu verlieren.

Um fünf nach zwei war Vince mit seinem Lunch fertig, und die einzigen anderen Gäste im Lokal waren Pantangela und die zwei Marshals. Eine der Kellnerinnen war schon gegangen, die beiden anderen waren in der Küche. Besser hätte es nicht sein können.

Die Strandtasche stand neben ihm in der Nische. Er griff hinein und holte die Uzi-Pistole heraus.

Pantangela und die Marshals unterhielten sich gerade über die Chancen der Dodgers, diesmal in die Endrunde zu kommen.

Vince stand auf, umkreiste die Rückwand und besprühte sie mit zwanzig, dreißig Schuß aus der Uzi. Der stummelartige, hypermoderne Schalldämpfer funktionierte traumhaft, die Schüsse hörten sich an wie ein Stotterer, dem ein Wort, das mit einem Zischlaut beginnt, Schwierigkeiten macht. Alles lief so schnell ab, daß die Marshals keine Chance hatten, nach ihren Waffen zu greifen. Sie hatten nicht einmal Zeit, überrascht zu sein.

Sssnappp.

Sssnappp.

Sssnappp.

Pantangela und seine Beschützer waren innerhalb von drei Sekunden tot.

Vince schauderte vor Verzückung, einen Augenblick lang übermannte ihn die Fülle von Lebensenergie, die er soeben in sich aufgenommen hatte. Er konnte nicht sprechen. Dann sagte er mit heiserer, zitternder Stimme: »Danke.«

Als er sich von der Nische abwandte, sah er das Mädchen, das ihn bedient hatte, vor Schreck erstarrt mitten im Lokal stehen. Ihre geweiteten blauen Augen waren auf die toten Männer gerichtet, aber jetzt wanderte ihr Blick langsam zu Vince.

Ehe sie schreien konnte, entleerte er den Rest des Magazins auf sie, vielleicht zehn Schuß, und sie ging in einem Regen von Blut zu Boden.

Sssnappp.

»Danke«, sagte er. Und dann sagte er es noch einmal, weil sie jung und voll Leben gewesen war und deshalb für ihn nützlicher.

In Sorge, noch jemand würde aus der Küche kommen oder jemand vielleicht an dem Restaurant vorbeigehen, einen Blick hereinwerfen und die Kellnerin auf dem Boden liegen sehen, trat Vince schnell an seine Nische, schnappte sich seine Strandtasche und stopfte die Uzi-Pistole unter das Handtuch. Er setzte sich seine undurchsichtige Sonnenbrille auf und ging hinaus.

Wegen Fingerabdrücken machte er sich keine Sorgen. Er hatte seine Fingerspitzen mit Klebstoff bestrichen. Die Sorte, die er benutzte, trocknete und war dann fast durchsichtig, fiel also nur dann auf, wenn er die Handflächen nach oben drehte und die Leute darauf aufmerksam machte. Die Klebstoffschicht war dick genug, um die winzigen Linien in der Haut auszufüllen, so daß die Fingerspitzen glatt waren.

Draußen ging er bis ans Ende des Blocks, bog um die Ecke und stieg in sein Wohnmobil, das am Randstein parkte. Soweit er feststellen konnte, würdigte ihn niemand eines Blicks.

Er fuhr ans Meer, freute sich auf ein wenig Sonne und ein erfrischendes Bad. Nach Redondo Beach zu fahren, das nur zwei Straßen entfernt war, schien ihm etwas riskant, also fuhr er auf der Küstenstraße in südlicher Richtung nach Bolsa Chica, ein Stück nördlich von seinem Haus in Huntington Beach gelegen.

Während der Fahrt dachte er über den Hund nach. Er bezahlte Johnny den Draht immer noch, damit er Tierheime, Polizeireviere und alle anderen Leute im Auge behielte, die vielleicht in die Suchaktion nach dem Retriever hineingezogen wurden. Er wußte über das Rundschreiben der National Security Agency an Tierärzte und Tierheime in drei Staaten Bescheid und außerdem, daß die NSA bisher keinen Erfolg gehabt hatte.

Vielleicht war der Hund überfahren worden, vielleicht hatte ihn die Kreatur, die Hudston den ›Outsider‹ genannt hatte, getötet oder auch ein Rudel Kojoten in den Bergen. Aber Vince wollte nicht glauben, daß er tot war. Denn das hätte das Ende seines Traums bedeutet, mit dem Hund das große Geld zu verdienen — entweder indem er die Behörden erpreßte, ihn von ihm zurückzukaufen, oder indem er ihn an irgendeinen reichen Typen aus dem Showbusiness verkaufte, der eine Nummer mit ihm einstudieren konnte, oder indem er selbst sich etwas einfallen ließ, die geheime Intelligenz des Tieres für irgendwelche lukrative Tricks zu nützen.

Er zog es vor, zu glauben, jemand habe den Hund gefunden und ihn als Haustier mitgenommen. Wenn er die Leute ausfindig machte, die den Hund hatten, konnte er ihn ihnen abkaufen — oder sie umlegen und sich den Köter einfach *nehmen.*

Aber wo, zum Teufel, sollte er suchen? Wie sollte er sie finden? Wenn sie auffindbar waren, würde die NSA sie sicherlich vor ihm finden.

Falls der Hund nicht bereits tot war, war die beste Methode, an ihn heranzukommen, höchstwahrscheinlich die, zuerst den Outsider zu finden und sich dann von der Bestie zu dem Hund führen zu lassen, wie Hudston das als möglich angenommen hatte. Aber auch das war nicht einfach.

Johnny der Draht belieferte ihn außerdem immer noch mit Informationen darüber, wo Menschen oder Tiere in Südkalifornien auf ganz besonders gewalttätige Weise getötet worden waren. Vince wußte über das Blutbad in dem kleinen Zoo von Irvine Park Bescheid, über den Mord an Wes Dalberg und den zwei Männern in Bordeaux Ridge. Johnny hatte auch die vorschnellen Veröffentlichungen über verstümmelte Haustiere in Diamond Bar aufgetan, und Vince selbst hatte im Fernsehen den Bericht über das junge Paar gesehen, das sich einbildete, unterhalb von Johnstone Peak einem ›Außerirdischen‹ begegnet zu sein. Vor drei Wochen hatte man im Angeles National Forest zwei schrecklich verstümmelte Wanderer gefunden. Johnny hatte die Computer der NSA angezapft und bestätigte, daß die NSA auch in diesem Fall die Zuständigkeit an sich gezogen hatte, was darauf hindeutete, daß auch dies das Werk des Outsiders war.

Seitdem — nichts.

Vince war nicht bereit aufzugeben. Noch lange nicht. Er war ein geduldiger Mann. Geduld war Teil seines Berufs. Er würde warten, aufpassen, Johnny den Draht weiterarbeiten lassen und über kurz oder lang das bekommen, hinter dem er her war, dessen war er sicher. Er hatte für sich entschieden, der Hund sei ebenso wie die Unsterblichkeit Teil des ihm persönlich Bestimmten.

Am öffentlichen Strand von Bolsa Chica stand er eine Weile da und ließ die Brandung gegen seine Schenkel prallen, starrte in die großen, dunklen Massen aufgewühlten Wassers. Er fühlte sich kraftvoll wie die See. Er war angefüllt mit Dutzenden von Leben. Er würde ihn nicht überrascht haben, wäre plötzlich Elektrizität aus seinen Fingerspitzen gesprungen, so wie in der Mythologie Donnerkeile aus den Händen der Götter fuhren.

Schließlich warf er sich nach vorn ins Wasser und schwamm gegen die mächtig hereindrängenden Wellen an. Er schwamm weit hinaus, ehe er einschwenkte und parallel zum Ufer schwamm, zuerst nach Süden, dann nach Norden, bis er sich schließlich erschöpft von der Flut zurück ans Ufer tragen ließ.

Er döste eine Weile in der heißen Nachmittagssonne. Er träumte von einer schwangeren Frau mit geschwollenem, großem, gerundetem Leib, und in seinem Traum erwürgte er sie.

Er träumte oft davon, Kinder zu töten, oder noch besser die ungeborenen Kinder schwangerer Frauen, weil das etwas war, wonach er sich im wahren Leben sehnte. Kindsmord war natürlich viel zu gefährlich, ein Vergnügen, das er sich versagen mußte, obwohl die Lebensenergie eines Kindes am stärksten und reinsten war, am meisten wert, aufgesogen zu werden. Aber viel zu gefährlich. Dem Kindesmord durfte er sich so lange nicht hingeben, bis er sicher war, die Unsterblichkeit erreicht zu haben; von da an würde er weder die Polizei noch sonst jemanden zu fürchten brauchen.

Obwohl er häufig solche Träume hatte, kam ihm der, aus dem er am Strand von Bolsa Chica erwachte, bedeutungsvoller vor als andere dieser Art. Irgendwie war er ... anders. Prophetisch. Er saß da, gähnte, blinzelte in die Sonne und tat so, als bemerke er die Bikinimädchen nicht, die ihn verstohlen betrachten. Er sagte sich, daß dieser Traum der Blick voraus auf ein Vergnügen sei, das ihm bevorstehe. Eines Tages würde er wahrhaftig seine Hände am Hals einer schwangeren Frau spüren, genau so, wie das in dem Traum gewesen war, würde den höchsten Nervenkitzel erfahren, das letzte, größte Geschenk empfangen: nicht allein ihre Lebensenergie, sondern auch die reine, unberührte des Ungeborenen in ihrem Leib.

In einem Hochgefühl kehrte er zu seinem Wohnmobil zurück, fuhr nach Hause, duschte und ging zum Abendessen in das nächstgelegene Stuart-Anderson-Steakhaus, wo er sich ein Filet Mignon genehmigte.

6

Einstein schoss an Travis vorbei, hinaus aus der Küche, durchquerte das kleine Eßzimmer und verschwand im Wohnzimmer. Travis ging mit der Leine in der Hand hinter ihm her. Einstein versteckte sich hinter dem Sofa.

»Hör zu, es tut gar nicht weh«, sagte Travis.

Der Hund beobachtete ihn argwöhnisch.

»Wir müssen das erledigen, ehe wir nach Vegas fahren. Der Tierarzt gibt dir ein paar Spritzen, impft dich gegen Staupe und Tollwut. Das ist gut für dich, und es tut wirklich nicht weh. Wirklich nicht. Und dann besorgen wir dir eine Hundemarke, was wir eigentlich schon lange hätten tun sollen.«

Ein Bellen. *Nein.*

»Doch, das werden wir.«

Nein.

Etwas gebückt und die Leine am Karabinerhaken haltend, mit dem er sie am Halsband befestigen wollte, ging Travis einen Schritt auf Einstein zu.

Der Retriever wieselte davon, sprang auf den Sessel und beobachtete Travis von dieser Beobachtungsplattform aus aufmerksam.

Travis kam langsam hinter dem Sofa hervor und sagte: »Jetzt hör mir gut zu, Pelzgesicht. Ich bin dein Herrchen ...«

Ein Bellen.

Travis runzelte die Stirn. »O doch, ich *bin* dein Herrchen. Du magst ja ein verdammt schlauer Hund sein — aber du bist immer noch der Hund und ich der Mensch, und ich sage dir, daß wir jetzt zum Tierarzt gehen.«

Ein Bellen.

Nora lehnte mit verschränkten Armen an dem Durchgang zum Speisezimmer und lächelte. »Ich glaube, er will dir jetzt zeigen, wie es mit Kindern ist, für den Fall, daß wir je welche haben sollten.«

Travis machte einen Satz auf den Hund zu.

Einstein war mit einen weiten Sprung von seinem Hochsitz und bereits aus dem Zimmer, als Travis, der nicht mehr bremsen konnte, über den Sessel fiel.

»Ungeheuer unterhaltsam ist das«, sagte Nora lachend.

»Wo ist er hin?« wollte Travis wissen.

Sie deutete in den Flur, der zu den zwei Schlafzimmern und dem Bad führte.

Er fand den Retriever im Schlafzimmer, wo er auf dem Bett stand und zur Tür blickte. »Du kannst nicht gewinnen«, sagte Travis. »Das ist doch zu deinem eigenen Nutzen, verdammt noch mal, und du wirst jetzt diese Spritzen bekommen, ob es dir paßt oder nicht.«

Einstein hob ein Hinterbein und pinkelte auf das Bett.

Erstaunt sagte Travis: »Was, zum Teufel, soll das?«

Einstein hörte zu pinkeln auf, entfernte sich von der Pfütze, die bereits in die gesteppte Zudecke einsickerte, und starrte Travis herausfordernd an.

Travis hatte Geschichten von Hunden und Katzen gehört, die ihr extremes Mißvergnügen durch solche Aktionen zum Ausdruck brachten. Als er noch die Immobilienagentur geführt hatte, hatte eine seiner Angestellten ihren Zwergcollie zwei Wochen in eine Hundepension gebracht, während sie Urlaub machte. Als sie zurückkam und den Hund wieder abholte, bestrafte der sie, indem er auf ihren Lieblingssessel und ihr Bett urinierte.

Aber Einstein war kein gewöhnlicher Hund. In Anbetracht seiner bemerkenswerten Intelligenz war es noch empörender, daß er das Bett beschmutzt hatte.

Travis wurde jetzt zornig und sagte, während er auf den Hund zuging: »Das ist wirklich unverzeihlich.«

Einstein sprang von der Matratze. Travis begriff, daß der Hund versuchen würde, um ihn herum aus dem Zimmer zu schlüpfen, deshalb zog er sich hastig zurück und knallte die Tür zu. Da ihm der Fluchtweg abgeschnitten war, wechselte Einstein schnell die Richtung und hetzte zum anderen Ende des Schlafzimmers, wo er vor der Kommode stehenblieb.

»Jetzt ist Schluß mit dem Unsinn«, sagte Travis streng und schwang die Leine in der Hand.

Einstein zog sich in die Ecke zurück.

Während er geduckt näher rückte, die Arme ausgebreitet, um zu verhindern, daß der Hund wieder an ihm vorbeihuschte, gelang es ihm schließlich, dem Tier die Leine am Halsband einzuhaken. »Ha!«

Einstein kauerte besiegt in der Ecke, ließ den Kopf hängen und fing zu zittern an.

Travis' Triumphgefühl war nur von kurzer Dauer. Bedrückt starrte er auf den gesenkten, zitternden Kopf und die fliegenden Flanken des Tieres. Einstein gab ein fast unhörbares, klägliches Winseln der Angst von sich.

Während er den Hund streichelte, ihn zu beruhigen und aufzumuntern suchte, sagte Travis: »Das ist doch wirklich gut für dich, das weißt du doch. Staupe, Tollwut — das willst du doch nicht. Es tut gar nicht weh, mein Freund. Das schwör' ich dir.«

Der Hund wich seinem Blick aus und ließ sich nicht beruhigen.

Unter Travis' Hand fühlte der zitternde Hundekörper sich an, als würde er gleich in Stücke zerfallen. Er starrte den Retriever an, überlegte und meinte dann: »In dem Labor ... haben die dich da oft mit Nadeln gestochen? Haben sie dir damit weh getan? Hast du deshalb Angst vor der Impfung?«

Einstein winselte nur.

Travis zog den widerstrebenden Hund aus der Ecke heraus, um seinen Schwanz für eine Frage-und-Antwort-Sitzung freizumachen. Er ließ die Leine fallen, nahm Einsteins Kopf in beide Hände und zwang ihn aufzublicken, um so Auge in Auge mit ihm zu sein.

»Haben sie dir im Labor mit Nadeln weh getan?«

Ja.

»Hast du deshalb vor dem Tierarzt Angst?«

Obwohl der Hund nicht zu zittern aufhörte, bellte er einmal: *Nein.*

»Die Nadeln haben dir weh getan, aber du hast vor ihnen keine Angst?«

Nein.

»*Warum* bist du dann so?«

Einstein starrte ihn bloß an und gab wieder diese schrecklichen Klagelaute von sich.

Nora öffnete die Schlafzimmertür einen Spalt weit und spähte herein. »Hast du ihn jetzt an die Leine bekommen?« Dann sagte sie: »Puh! Was ist denn hier passiert?«

Ohne den Kopf des Hundes loszulassen oder den Blick von ihm zu wenden, sagte Travis: »Er hat sein Mißvergnügen sehr selbstbewußt zum Ausdruck gebracht.«

»Selbstbewußt — das kann man wohl sagen«, pflichtete sie

ihm bei, trat ans Bett und fing an, die besudelte Überdecke, die Decke und die Laken zu entfernen.

Immer noch bemüht, den Grund für das Verhalten des Hundes zu finden, sagte Travis: »Einstein, wenn du nicht vor den Nadeln Angst hast — ist es dann der Tierarzt?«

Ein Bellen. *Nein.*

Entmutigt brütete Travis über seiner nächsten Frage, während Nora den Matratzenschoner vom Bett zog.

Einstein zitterte.

Plötzlich stellte sich bei Travis blitzartig eine Erkenntnis ein, die die Widerspenstigkeit und die Angst des Hundes verständlich machte. Er ärgerte sich über seine eigene Schwerfälligkeit. »Zum Teufel, natürlich ist es das! Du hast keine Angst vor dem Tierarzt — sondern daß der Tierarzt dich an jemanden melden könnte.«

Einsteins Zittern ließ etwas nach, er wedelte kurz mit dem Schweif. *Ja.*

»Wenn die Leute aus diesem Labor auf dich Jagd machen — und wir wissen, daß sie das ganz bestimmt mit allem Nachdruck tun, weil du sicher das wichtigste Versuchstier der Geschichte bist —, dann werden die sich an jeden Tierarzt im ganzen Staat wenden, nicht wahr? Jeden Tierarzt ... und jedes Tierheim ... und auch jede Behörde, die Hundemarken ausgibt.«

Wieder ein heftiges Schweifwedeln.

Nora kam um das Bett herum und kauerte sich neben Travis nieder. »Aber Golden Retriever gehören doch zu den beliebtesten Rassen. Tierärzte und Hundelizenzbürokraten haben doch die ganze Zeit mit solchen Hunden zu tun. Wenn unser Hundegenie hier sein Licht unter den Scheffel stellt und den blöden Köter spielt ...«

»Was er recht gut kann.«

»... dann können die unmöglich wissen, daß er der Flüchtling ist.«

Ja, beharrte Einstein.

»Was meinst du damit?« fragte Travis den Hund. »Soll das heißen, sie können dich identifizieren?«

Ja.

»Wie?« wollte Nora wissen.

»Irgendeine Markierung?« fragte Travis.

Ja.

»Irgendwo unter dem Fell?« fragte Nora.

Ein Bellen. *Nein.*

»Wo dann?« überlegte Travis.

Einstein zog den Kopf aus Travis' Händen und schüttelte ihn so heftig, daß seine Schlappohren flogen.

»Vielleicht an den Fußballen«, sagte Nora.

»Nein«, sagte Travis, während Einstein einmal bellte. »Als ich ihn fand, bluteten seine Pfoten, weil er so weit gelaufen war, und ich mußte ihm die Wunden mit Borwasser säubern. Da wäre mir eine Markierung aufgefallen.«

Wieder schüttelte Einstein heftig den Kopf, daß die Ohren flogen.

»Vielleicht an der inneren Lippe«, vermutete Travis. »Rennpferde tätowiert man an der Innenlippe, um sie zu identifizieren und um zu verhindern, daß bei den Rennen geschwindelt wird. Laß mich deine Lippen zurückschieben und nachsehen, Junge.«

Einstein bellte einmal — *nein* — und schüttelte heftig den Kopf.

Jetzt begriff Travis endlich. Er schaute ins rechte Ohr und fand nichts. Aber im linken Ohr war etwas. Er bedeutete dem Hund, mit ihm ans Fenster zu kommen, wo die Beleuchtung besser war, und entdeckte, daß die Markierung aus zwei Ziffern, einem Strich und einer dritten Ziffer bestand, die in purpurner Farbe in das rosabraune Fleisch eintätowiert waren: 33-9.

Nora blickte über Travis' Schulter und meinte: »Die haben wahrscheinlich mit einer ganzen Anzahl von Welpen experimentiert, aus verschiedenen Würfen, und mußten sie identifizieren können.«

»Du lieber Gott! Wenn ich mit ihm zum Tierarzt ginge und der die Anweisung hat, nach einem tätowierten Retriever Ausschau zu halten ...«

»Aber geimpft muß er werden.«

»Vielleicht ist er schon geimpft«, sagte Travis hoffnungsvoll.

»Darauf dürfen wir nicht bauen. Er war ein Labortier; das in einer Umgebung lebte, die unter Kontrolle stand. Vielleicht brauchte er die Impfung nicht. Vielleicht hätten diese üblichen Impfungen die Experimente gestört.«

»Den Tierarzt können wir unmöglich riskieren.«

»Wenn die ihn finden und wiederhaben wollen«, sagte Nora, »geben wir ihn einfach nicht her.«

»Sie können uns zwingen«, sagte Travis betrübt.

»Verdammt, wenn sie das können.«

»Verdammt, wenn sie das nicht können. Ich wette, die Forschungsarbeiten werden von der Regierung finanziert, und *die* können uns zermalmen. Wir dürfen das Risiko nicht eingehen. Einstein hat einfach Angst davor, wieder ins Labor zurückzumüssen.«

Ja, ja, ja.

»Aber wenn er sich mit Tollwut oder Staupe ansteckt ...«

»Wir lassen ihn später impfen«, sagte Travis. »Später. Wenn die Lage sich abgekühlt hat. Wenn er keine so heiße Ware mehr ist.«

Der Retriever winselte glücklich und zeigte seine feuchte Dankbarkeit, indem er Travis' Hals und Gesicht leckte.

Nora meinte mit gerunzelter Stirn: »Einstein ist so ziemlich das Wunder Nummer eins des zwanzigsten Jahrhunderts. Glaubst du wirklich, daß er je abkühlen wird, daß die je aufhören, nach ihm zu suchen?«

»Vielleicht jahrelang nicht«, räumte Travis ein und streichelte den Hund. »Aber mit der Zeit werden sie mit weniger Enthusiasmus und weniger Hoffnung auf Erfolg suchen. Und die Tierärzte werden nicht mehr jedem Retriever, den man ihnen bringt, in die Ohren schauen. Bis dahin muß es einfach ohne Impfung gehen, schätze ich. Was bleibt uns denn anderes übrig?«

Nora zerzauste Einstein mit einer Hand das Fell und meinte: »Hoffentlich hast du recht.«

»Das habe ich.«

»Hoffentlich.«

»Ganz sicher.«

Es ging Travis schwer unter die Haut, daß er nahe daran gewesen war, Einsteins Freiheit aufs Spiel zu setzen, und so brütete er die nächsten paar Tage über dem schrecklichen Fluch, der auf den Cornells lastete. Vielleicht fing es jetzt wieder von vorn an. Die Liebe, die er für Nora und diesen unmöglichen, verdammten Köter empfand, hatte sein Leben gewandelt und lebenswert gemacht. Und jetzt würde ihm vielleicht das Schicksal, das immer auf äußerst feindselige Art mit ihm umgesprungen war, Nora und den Hund wieder entreißen.

Er wußte, daß der Schicksalsgedanke eine rein mythologische Vorstellung war. Er glaubte nicht wirklich, daß es ein Pantheon übelwollender Götter gab, die durch ein himmlisches Schlüsselloch auf ihn herunterschauten und Komplotte gegen ihn schmiedeten — und blickte doch hier und da unwillentlich argwöhnisch zum Himmel. Jedesmal, wenn er etwas auch nur andeutungsweise Optimistisches über die Zukunft sagte, ertappte er sich dabei, daß er auf Holz klopfte, um ein ihm feindselig gesonnenes Schicksal nicht herauszufordern. Wenn er beim Abendessen den Salzstreuer umwarf, nahm er sich sofort eine Prise davon und warf sie über seine Schulter, dann kam er sich albern vor und wischte sich hastig die Finger ab. Aber sein Herz begann schneller zu schlagen, eine lächerliche, abergläubische Furcht erfüllte ihn, und er fühlte sich so lange nicht wohl, bis er eine zweite Prise Salz genommen und hinter sich geworfen hatte.

Obwohl Travis' exzentrisches Verhalten Nora nicht entging, verzichtete sie barmherzig darauf, seine Ängste zu erwähnen. Statt dessen arbeitete sie seiner Stimmung entgegen, indem sie ihn jede Minute des Tages auf ihre stille Art liebte, voll Begeisterung über ihre Reise nach Vegas redete, nie übellaunig war und *nicht* auf Holz klopfte.

Sie wußte nichts von den Alpträumen, weil er ihr nichts darüber erzählt hatte. Zwei Nächte hintereinander hatte er denselben Traum.

Er wanderte durch die waldigen Canyons der Santa-Ana-Berge im Orange County, dieselben Wälder, in denen er Einstein das erstemal begegnet war. Er war mit Einstein und Nora wieder hingegangen, doch jetzt hatte er sie verloren. Voll Angst kletterte er steile Abhänge hinab, arbeitete sich hinauf, kämpfte sich durch dichtes Buschwerk und rief verzweifelt nach Nora und dem Hund. Manchmal hörte er Nora antworten oder Einstein bellen, und es klang, als wären sie in Gefahr; also wandte er sich in die Richtung, aus der die Stimmen kamen, aber wenn er sie wieder hörte, waren sie jedesmal weiter weg und in anderer Richtung, und wie eindringlich er auch lauschte, wie schnell er sich den Weg durch den Wald bahnen mochte, er war daran, sie zu verlieren, sie zu verlieren ...

... bis er außer Atem erwachte, mit wild schlagendem Herzen und einem lautlosen, in der Kehle sitzenden Schrei.

Der 6. August, ein Freitag, war ein gesegnet geschäftiger Tag, daß Travis wenig Zeit hatte, über ein feindseliges Schicksal nachzudenken. Als erstes rief er am frühen Morgen in Las Vegas an und traf unter Benutzung seiner American-Express-Nummer die Vorkehrungen für eine Trauungszeremonie am Mittwoch, den 11. August, um elf Uhr. In einer Anwandlung von Romantik bestellte er zwanzig Dutzend rote Rosen, zwanzig Dutzend weiße Nelken, einen guten Orgelspieler — keine verdammte Tonbandmusik — der Musik nach alter Tradition spielen konnte, so viele Kerzen, daß der Altar ohne grelles elektrisches Licht hell sein würde, eine Flasche Dom Perignon, um damit den Abschluß zu feiern, und einen erstklassigen Fotografen, um die Feierlichkeiten festzuhalten. Als diese Details erledigt waren, rief er das Circus Circus Hotel in Las Vegas an, das als Familienhotel hinter dem Hotelgebäude über einen Abstellplatz für Campingfahrzeuge verfügte, und bestellte dort, beginnend mit der Nacht von Sonntag, dem 8. August, einen Platz für seinen Camper. Dann rief er einen Campingplatz in Barstow an und reservierte dort für Samstagabend einen Platz, damit sie auf halbem Wege nach Vegas Station machen könnten. Anschließend begab er sich in ein Juweliergeschäft, sah sich das gesamte Angebot an und kaufte schließlich einen Verlobungsring mit einem großen, lupenreinen dreikarätigen Diamanten und einen Ehering mit zwölf viertelkarätigen Steinen. Er versteckte die Ringe unter dem Sitz seines Pick-up und fuhr dann mit Einstein zu Noras Haus, holte sie ab und brachte sie zu einer Verabredung mit ihrem Anwalt Garrison Dilworth.

»Heiraten wollen Sie! Das ist ja herrlich!« sagte Garrison und schüttelte Travis die Hand. Er küßte Nora auf die Wange. Er schien echt entzückt. »Ich hab' mich nach Ihnen erkundigt, Travis.«

»So?« sagte Travis überrascht.

»Um Noras willen.«

Das ließ Nora rot werden und protestieren, aber Travis freute sich, daß Garrison so besorgt um sie war.

Der Anwalt musterte Travis mit einem wachsamen Blick

und sagte: »Wie ich höre, haben Sie ganz gut in der Immobilienbranche verdient, ehe Sie Ihre Firma verkauft haben.«

»Ja, das kann man sagen«, bestätigte Travis bescheiden und hatte dabei das Gefühl, als spräche er mit Noras Vater und wäre dabei bemüht, einen guten Eindruck zu machen.

»*Sehr* gut«, sagte Garrison. »Ich höre auch, daß Sie Ihre Gewinne recht gut investiert haben.«

»Nun, pleite bin ich nicht«, gab Travis zu.

Garrison lächelte. »Außerdem höre ich, daß Sie ein guter, verläßlicher Mensch sind, der für seine Mitmenschen mehr als die nötige Portion Freundlichkeit übrig hat.«

Jetzt war Travis mit Erröten an der Reihe. Er zuckte die Achseln.

Garrison wandte sich jetzt Nora zu: »Meine Liebe, ich bin entzückt für Sie. Glücklicher, als ich Ihnen sagen kann.«

»Ich danke Ihnen.« Nora schaute Travis liebevoll und mit strahlendem Gesicht an, was in ihm zum erstenmal an diesem Tag den Wunsch weckte, auf Holz zu klopfen.

Da sie beabsichtigten, nach der Hochzeit wenigstens eine Woche oder zehn Tage auf Flitterwochen zu gehen, wollte Nora, falls ihr Immobilienmakler einen Käufer für Violet Devons Haus finden sollte, nicht deswegen nach Santa Barbara zurückfahren müssen: Sie bat Garrison Dilworth also, ein Vollmachtschreiben abzufassen, das es ihm erlaubte, während ihrer Abwesenheit alle mit einem solchen Verkauf zusammenhängenden Formalitäten zu erledigen. Das war in weniger als einer halben Stunde getan, unterschrieben und beglaubigt. Nach einer weiteren Runde von Gratulationen und Glückwünschen machten sie sich auf den Weg, um ein Wohnmobil zu kaufen.

Sie hatten vor, Einstein nicht nur zu ihrer Hochzeit nach Las Vegas, sondern auch in die Flitterwochen mitzunehmen. Dort, wo sie hinfuhren, würde es möglicherweise nicht immer einfach sein, gute, saubere Motels zu finden, die auch Hunde aufnahmen, und deshalb war es klug, ein Motel auf Rädern mitzunehmen. Außerdem hätten weder Travis noch Nora sich unbefangen lieben können, wenn der Retriever im selben Raum gewesen wäre. »Das wäre, wie wenn eine andere *Person* dabei ist«, sagte Nora und wurde dabei rot wie eine Tomate. Im Motel würden sie zwei Zimmer nehmen müssen — eines für sie beide und eines für Einstein —, und das war doch wohl zu ausgefallen.

Bis vier Uhr hatten sie gefunden, was sie suchten: einen mittelgroßen, silberfarbenen, in Form einer Nissenhütte gebauten Airstream mit Miniküche, Eßnische, einem Wohnraum, einem Schlafraum und Bad. Wenn sie schlafengingen, konnten sie Einstein im vorderen Teil des Wagens lassen und die Schlafraumtür hinter sich schließen. Da Travis' Pick-up bereits über eine gute Anhängevorrichtung verfügte, konnten sie den Airstream, gleich nachdem der Kauf abgeschlossen war, anhängen und mitnehmen.

Einstein, der zwischen Travis und Nora im Pick-up mitfuhr, drehte die ganze Zeit den Kopf nach hinten, um durch das Fenster auf den blitzenden, zylindrischen Wohnwagen zu sehen, als bewundere er die Erfindungsgabe der Menschheit.

Sie kauften Vorhänge, Plastikgeschirr, Gläser, weiters Lebensmittel, die sie in den Wandschränken der Kochnische verstauten, und eine Menge anderer Dinge, die sie brauchten. Als sie schließlich wieder in Noras Haus waren und für ein spätes Abendessen Omeletten zubereiteten, waren sie geschafft. Diesmal war Einsteins Gähnen keine Affektiertheit; er war einfach müde.

Als Travis in jener Nacht zu Hause im eigenen Bett lag, fiel er in einen tiefen Schlaf, einen Schlaf uralter, versteinerter Bäume und Dinosaurier-Fossilien. Die Träume der letzten zwei Nächte wiederholten sich nicht.

Am Samstagmorgen begannen sie ihre Reise nach Vegas und in die Ehe. Da sie vorwiegend breite, mehrspurige Highways benützen wollten, auf denen der Wohnwagen keine Behinderung darstellte, fuhren sie zuerst auf Route 101 nach Süden und weiter nach Osten, bis sie zur Route 134 wurde, der sie dann folgten, bis daraus die Interstate 210 wurde und Los Angeles und seine Vororte im Süden und der große Angeles National Forest im Norden lagen. Später, auf der Fahrt durch die weite Mojave-Wüste, faszinierte Nora das karge und doch unvergleichliche Panorama aus Sand, Stein, Tumbleweed, Mesquite, Josuabäumen und Kakteen. Die Welt erscheine ihr plötzlich um vieles größer, als sie sich je vorgestellt habe, meinte sie, und Travis genoß ihr Staunen.

Barstow, Kalifornien, war ein riesiger Boxenstop inmitten der endlosen Wüste. Sie trafen um drei Uhr nachmittags an dem großen Trailerpark ein. Frank und Mae Jordan, ein Paar in mittleren Jahren, das den Platz neben ihnen besetzt hielt, waren aus Salt Lake City; sie reisten mit Hund, einem schwarzen Labrador namens Jack.

Zu Travis' und Noras großer Überraschung machte es Einstein einen Riesenspaß, mit Jack zu spielen. Sie jagten rund um die Wohnwagen, schnappten verspielt nach einander, wälzten sich kämpfend auf dem Boden, sprangen auf und jagten weiter. Frank Jordan warf ihnen einen roten Gummiball hin, und sie hetzten hinterher, jeder bemüht, der Sieger zu sein. Dann versuchten die Hunde einander den Ball wegzunehmen und ihn so lange wie möglich zu behalten. Allein vom Zusehen wurde Travis müde.

Einstein war zweifellos der klügste Hund der Welt, der klügste Hund aller Zeiten, ein Phänomen, ein Wunder, mit der Auffassungsgabe eines Menschen — aber er war auch ein Hund. Manchmal vergaß Travis das, war aber jedesmal von neuem entzückt, wenn Einstein etwas tat, das einen daran erinnerte.

Später, nachdem sie mit den Jordans auf dem Holzkohlenfeuer gegrillte Hamburger und Maiskolben gegessen und danach in der klaren Wüstennacht ein paar Dosen Bier geleert hatten, verabschiedeten sie sich von den Salt-Lakers, und Einstein schien auch Jack Lebewohl zu sagen. Als sie im Inneren des Airstream waren, tätschelte Travis Einsteins Kopf und sagte: »Das war sehr nett von dir.«

Der Hund hob herausfordernd den Kopf und fixierte Travis, als wollte er fragen, was, zum Teufel, das eigentlich heißen solle.

»Du weißt genau, wovon ich rede, Pelzgesicht«, sagte Travis.

»Ich weiß es auch«, sagte Nora. Sie drückte den Hund an sich. »Als du mit Jack gespielt hast, hättest du einen Narren aus ihm machen können. Wenn du das gewollt hättest. Aber du hast ihn auch ein paarmal gewinnen lassen, nicht wahr?«

Einstein hechelte und grinste selig.

Nach einem letzten Schlummertrunk bezog Nora den Schlafraum, und Travis schlief auf dem Klappsofa im Wohnraum. Travis hatte mit dem Gedanken gespielt, mit ihr zu schlafen, und vielleicht hatte auch sie überlegt, ihn in ihr Bett zu lassen. Schließlich waren es keine vier Tage bis zur Hochzeit. Travis wollte es, weiß Gott. Und mochte sie auch sicher ein wenig Angst vor dem ersten Mal haben, sie wünschte es sich ebenfalls, daran zweifelte er nicht. Sie berührten einander jeden Tag, küßten sich häufiger — und intimer —, und die erotische Spannung zwischen ihnen nahm zu. Aber warum es nicht machen, wie es sich gehörte, wo der Tag doch so nahe war? Warum nicht jungfräulich ins Hochzeitsbett steigen — sie als Jungfrau in den Augen aller, er als jungfräulicher Partner für sie?

In der Nacht träumte Travis, Nora und Einstein hätten sich in den endlosen Weiten der Mojave verlaufen. Aus irgendeinem Grund hatte er keine Beine und war gezwungen, qualvoll langsam zu kriechen und nach ihnen zu suchen, und das war entsetzlich, denn er wußte, daß sie, wo immer sie auch waren, von ... von etwas ... angegriffen wurden ...

Sonntag, Montag, und Dienstag trafen sie in Las Vegas Vorbereitungen für die Hochzeit, sahen Einstein zu, wie er enthusiastisch mit den Hunden anderer Campingplatzbesucher spielte, und unternahmen Ausflüge nach Charleston Peak und Lake Mead. An den Abenden ließen Nora und Travis Einstein mit seinen Büchern allein und besuchten Shows. Travis hatte deshalb Schuldgefühle, aber Einstein ließ auf mehrfache Weise erkennen, daß er nicht wollte, daß sie nur deshalb im Wohnwagen blieben, weil die Hotels am Strip derart kurzsichtig und voreingenommen waren, manierlichen Hundegenies nicht zu erlauben, die Casinos und Revuetheater zu betreten.

Am Mittwochmorgen zog Travis einen Smoking an, Nora ein schlichtes, wadenlanges weißes Kleid mit etwas Spitze an Ärmeln und Ausschnitt. Mit Einstein zwischen sich auf der Sitzbank fuhren sie im Pick-up zur Trauung. Den Airstream ließen sie auf dem Campingplatz stehen.

Die keiner Konfession zugehörige, rein kommerziellen Zwecken dienende Kapelle war so ziemlich das Komischste, was Travis je gesehen hatte. Die Innenausstattung war ernsthaft um Romantik bemüht, feierlich und geschmacklos zugleich. Auch Nora fand es erheiternd, und sie hatten beim Betreten Mühe, nicht in Gelächter auszubrechen. Der Bau befand sich am Las Vegas Boulevard, eingezwängt zwischen neontriefenden kitschigen Hotelwolkenkratzern, hatte die Größe eines einstöckigen Hauses, war hellrosa verputzt und hatte weiße Türen. Über den Türen war in Messing eingraviert: ZU ZWEIEN SOLLT IHR SCHREITEN ... Die farbigen Glasfenster zeigten nicht etwa religiöse Motive, sondern farbenfreudig ausgemalte Szenen aus berühmten Liebesgeschichten, darunter ›Romeo und Julia‹, ›Abelard und Heloise‹, ›Aucassin und Nicolette‹, ›Vom Winde verweht‹, ›Casablanca‹ und sogar ›I Love Lucy‹.

Seltsamerweise konnten ihnen diese Geschmacklosigkeiten nicht die Stimmung verderben. Nichts sollte diesem Tag Abbruch tun. Selbst die scheußliche Kapelle war etwas, woran sie sich bis in jedes ihrer geschmacklosen Details erinnern wollten, und stets mit angenehmen Gefühlen, denn es war *ihre* Kapelle an *ihrem* Tag und daher auf eigene, seltsame Weise etwas Besonderes.

Hunde hatten gewöhnlich keinen Zutritt. Aber Travis hatte dem gesamten Mitarbeiterstab im voraus reichlich Trinkgeld gegeben, um sicherzustellen, daß man Einstein nicht nur hineinließ, sondern er sogar das Gefühl haben würde, so willkommen zu sein wie jeder andere.

Der Priester, Reverend Dan Dupree — »Bitte, nennen Sie mich Reverend Dan« — war ein rotgesichtiger, dickbäuchiger Bursche, immer strahlend und leutselig tuend, der wie ein Gebrauchtwagenhändler aussah. Zwei bezahlte Trauzeugen flankierten ihn — seine Frau und deren Schwester —, die sich für den Anlaß helle Sommerkleider angezogen hatten.

Travis nahm vorne Platz.

Die Organistin stimmte den Hochzeitsmarsch an.

Nora hatte sich sehr gewünscht, durch den Mittelgang zu schreiten und vorne auf Travis zu treffen, statt einfach mit der Zeremonie am Altargeländer zu beginnen. Außerdem wollte sie ihm ›übergeben‹ werden, wie andere Bräute auch; solches hätte natürlich Ehrenpflicht eines Vaters sein sollen, aber sie hatte keinen Vater. Es war auch niemand anderer zur Hand, der als Kandidat hierfür geeignet gewesen wäre, und zunächst schien es, daß sie den Weg allein oder am Arm eines Fremden würde zurücklegen müssen. Aber während der Fahrt zur Zeremonie im Pick-up war ihr plötzlich klargeworden, daß ja Einstein zur Verfügung stand, und sie kam zur Überzeugung, daß niemand auf der Welt besser geeignet war, sie durch den Mittelgang zu geleiten, als der Hund.

Als die Organistin jetzt spielte, betrat Nora mit dem Hund an ihrer Seite den hinteren Teil des Kirchenschiffs. Einstein war sich der großen Ehre, sie begleiten zu dürfen, bewußt und ging mit aller Würde und allem Stolz, deren er fähig war, mit hocherhobenem Kopf neben ihr einher, gemessenen Schritts, ganz wie sie.

Niemand schien es zu stören — oder auch nur zu überraschen —, daß ein Hund Nora ihrem Bräutigam zuführte. Schließlich war dies Las Vegas.

»Eine der reizendsten Bräute, die ich je gesehen habe«, flüsterte Reverend Dans Frau Travis zu, und er hatte das Gefühl, daß sie es ehrlich meinte und dieses Kompliment nicht routinemäßig verabreichte.

Das Blitzlicht des Fotografen blitzte wiederholt, aber Travis war zu sehr in Noras Anblick versunken, als daß ihn das gestört hätte.

Von Rosen und Nelken überquellende Vasen füllten das kleine Kirchenschiff mit ihrem Duft, hundert Kerzen flackerten weich, einige in Votivschalen aus klarem Glas, andere auf Messingkandelabern. Als Nora schließlich bei ihm anlangte, hatte Travis die geschmacklose Dekoration vergessen. Seine Liebe erschuf die Kapelle architektonisch völlig neu, machte aus ihr eine Kathedrale, die an Größe keiner auf der Welt nachstand.

Die Zeremonie war kurz und wider Erwarten erhebend und feierlich. Travis und Nora tauschten die Ehegelübde, dann die Ringe. Travis sah das Kerzenlicht, das von ihren Tränen reflektiert wurde, und fragte sich, warum ihre Tränen vor *seinen* Augen verschwammen. Und dann wurde ihm bewußt, daß auch er am Rande der Tränen war. Ein dramatisches Orgelgebraus begleitete ihren ersten Kuß als Mann und Frau, und es war der süßeste Kuß seines Lebens.

Reverend Dan ließ den Dom Perignon knallen und schenkte auf Travis' Anweisung jedem, auch der Organistin, ein Glas ein. Für Einstein fand sich eine Untertasse. Laut schlabbernd schloß der Retriever sich ihren Wünschen für ein langes Leben, Glück und ewige Liebe an.

Einstein verbrachte den Nachmittag im vorderen Teil des Wohnwagens mit einem seiner Bilderbücher. Travis und Nora verbrachten den Nachmittag am anderen Ende des Wohnwagens im Bett.

Nachdem Travis die Tür des Schlafraums versperrt hatte, stellte er eine zweite Flasche Dom Perignon in einen Eiskübel und legte ein Compact-Disc mit George Winstons sanftester Klaviermusik ein.

Nora zog die Gardine vor das einzige Fenster und knipste die kleine Lampe mit dem goldenen Lampenschirm an. Das weiche Bernsteinlicht verlieh dem Raum eine traumähnliche Atmosphäre.

Eine Weile lagen sie auf dem Bett, redeten, lachten, streichelten einander, küßten sich immer inniger. Die Worte verebbten.

Behutsam zog Travis ihr die Kleider aus. Er hatte sie nie zuvor nackt gesehen. Sie war noch schöner und feingliedriger, als er sich vorgestellt hatte. Der schlanke Hals, die zarten Schultern, die vollen Brüste, die Rundung der Hüften, die langen, wohlgeformten Beine — jede gerade verlaufende Linie, jeder Knick, jede Kurve erregten ihn, erfüllten ihn aber mit großer Zärtlichkeit.

Nachdem er sich selbst entkleidet hatte, führte er sie geduldig und sanft in die Kunst der Liebe ein. Vom tiefen Wunsch getrieben, ihr Vergnügen zu bereiten, sich stets bewußt, daß ihr all dies neu war, zeigte er Nora — manchmal nicht ohne feinen Spott — all die Empfindungen, die seine Zunge, seine Finger und seine Männlichkeit in ihr auslösen konnten.

Er war darauf vorbereitet, daß sie widerstrebend, verlegen, ja ängstlich sein werde, weil sie die ersten dreißig Jahre ihres Lebens nicht dieses Maß an Intimität erfahren hatte. Aber in ihr war keine Spur von Frigidität, sie beteiligte sich eifrig an allem, was ihm, ihr oder ihnen beiden Vergnügen bereitete.

Ihre leisen Schreie, ihr atemloses Gemurmel der Erregung entzückten ihn. Jedesmal, wenn sie sich seufzend einem Schauder der Ekstase hingab, erregte das Travis noch mehr. Als er endlich seinen warmen Samen in sie fließen ließ, begrub er sein Gesicht an ihrem Hals, rief ihren Namen, sagte ihr, daß er sie liebe, sagte es immer wieder, und der Augenblick der Erlösung schien so lange anzudauern, daß er schon glaubte, die Zeit sei stehengeblieben oder er habe eine unerklärliche, nie versiegende Quelle aufgetan.

Lange hielten sie einander stumm umfangen, brauchten keine Worte. Sie lauschten der Musik, nach einer Weile sprachen sie über das, was sie empfanden, geistig und körperlich. Sie tranken etwas Champagner, und nach einiger Zeit liebten sie sich wieder. Und wieder.

Obwohl der beständige Schatten unabwendbaren Todes über jedem Tag aufragt, können die Freuden des Lebens so schön und tief sein, daß das staunende Herz beinah zu schlagen aufhört.

Von Las Vegas fuhren sie mit dem Airstream im Schlepp in nördlicher Richtung auf Route 95 über die weiten Ödländer Nevadas. Zwei Tage später, am Freitag, dem 13. August, erreichten sie den Lake Tahoe und schlossen den Wohnwagen auf der kalifornischen Seite an das Elektrizitätsnetz und die Wasserleitung eines Campingplatzes an.

Nora war von neuen landschaftlichen Panoramen und neuen Erfahrungen nicht mehr so leicht überwältigt wie früher. Dennoch war der Lake Tahoe so erdrückend schön, daß der Anblick sie doch wiederum mit kindlichem Staunen erfüllte. Vierunddreißig Kilometer lang und neunzehn Kilometer breit, mit der Sierra Nevada an der Westflanke und der Carson Range im Osten, dem klarsten Wasser der Welt, wie es hieß: ein in hundert irisierenden Schattierungen von Blau und Grün schimmerndes Juwel.

Sechs Tage lang durchwanderten Nora, Travis und Einstein die Nationalparks von Eldorado, Tahoe und Toiyabe, riesige, urtümliche Wälder von Fichten, Rottannen und Föhren. Sie mieteten sich ein Boot, ruderten auf den See hinaus und erforschten paradiesische kleine Strände und weite Buchten: Sie sonnten sich, schwammen, und Einstein genoß das Wasser mit der Begeisterung, die seiner Art angeboren war. Manchmal liebten sich Nora und Travis am Morgen, manchmal am späten Nachmittag, häufiger aber in der Nacht. Ihr körperliches Verlangen überraschte sie; sie konnten voneinander nicht genug bekommen.

»Ich liebe deinen Geist und dein Herz«, sagte sie, »aber

Gott stehe mir bei, deinen Körper liebe ich fast genauso! Bin ich verworfen?«

»Du lieber Himmel, nein! Du bist nur eine junge, gesunde Frau. Tatsächlich bist du, wenn man bedenkt, was für ein Leben du geführt hast, geistig gesünder, als du eigentlich sein dürftest. Wirklich, Nora, ich falle aus einer Überraschung in die andere.«

»Ich werde auch gleich fallen — auf dich drauf.«

»Vielleicht bist du *wirklich* verworfen«, sagte er und lachte.

Am heiterblauen Morgen des 20. August, einem Freitag, verließen sie den Lake Tahoe und fuhren quer durch den Staat zur Halbinsel von Monterey. Dort, wo Kontinentalschelf und See aufeinandertrafen, war, falls das überhaupt möglich war, die Natur noch schöner als am Lake Tahoe. Sie blieben vier Tage und traten am Nachmittag des Mittwochs, dem 25. August, die Rückreise an.

Während der ganzen Fahrt waren die Freuden des Ehelebens so allesverzehrend, daß das Wunder von Einsteins menschenähnlicher Intelligenz ihre Gedanken lange nicht so beschäftigte wie früher. Aber Einstein erinnerte sie an seine Einmaligkeit, als sie sich am späten Nachmittag Santa Barbara näherten. Sechzig oder siebzig Kilometer vor ihrem Ziel wurde er unruhig. Er wälzte sich ein paarmal auf dem Sitz zwischen Nora und Travis ruhelos hin und her, setzte sich eine Minute lang auf, legte dann Nora den Kopf in den Schoß, setzte sich wieder auf. Er begann seltsam zu winseln. Als sie schließlich nur noch fünfzehn Kilometer von zu Hause entfernt waren, zitterte er am ganzen Leib.

»Was ist los mit dir, Pelzgesicht?« fragte sie.

Mit seinen ausdrucksvollen braunen Augen gab Einstein sich redliche Mühe, eine komplizierte und wichtige Nachricht zu übermitteln, aber sie konnte ihn nicht verstehen.

Eine halbe Stunde vor Einbruch der Abenddämmerung, als sie die Stadt erreichten und die Autobahn verließen, begann Einstein abwechselnd zu winseln und tief in der Kehle zu knurren.

»Was hat er?« fragte Nora.

Travis runzelte die Stirn. »Ich weiß nicht.«

Als sie in die Einfahrt von Travis' gemietetem Haus bogen und im Schatten der Dattelbäume parkten, begann der Retriever zu bellen. Er hatte nie im Wageninneren gebellt, kein einziges Mal auf der langen Reise. In dem engen Raum klang es ohrenbetäubend laut, aber er wollte und wollte nicht aufhören.

Als sie ausstiegen, schoß Einstein aus dem Wagen, bezog auf halbem Wege zwischen ihnen und dem Haus Position und fuhr fort zu bellen.

Nora ging auf die Eingangstür zu, und Einstein sprang sie knurrend an. Er packte sie am Hosenbein und versuchte sie zu Fall zu bringen. Sie schaffte es, auf den Beinen zu bleiben, und erst als sie sich in Richtung Vogelbecken zurückzog, ließ er sie los.

»Was nur in ihn gefahren ist?« sagte sie.

Travis starrte nachdenklich das Haus an und meinte: »Damals im Wald, an jenem ersten Tag, war er genauso ... als er nicht wollte, daß ich in den dunklen Pfad hineingehe.«

Nora versuchte den Hund zu sich herauszulocken, um ihn zu streicheln.

Aber Einstein ließ sich nicht locken. Als Travis den Hund auf die Probe stellte, indem er auf das Haus zuging, knurrte Einstein und zwang ihn zum Rückzug.

»Warte hier«, sagte Travis zu Nora. Er ging zum Wohnwagen in der Einfahrt zurück und stieg hinein.

Einstein trottete vor dem Haus auf und ab, sah zu Tür und Fenstern hinauf und knurrte und winselte.

Die Sonne war eben dabei, am westlichen Himmel niederzugehen und die See zu küssen, die Wohnstraße lag still und friedlich da, in jeder Hinsicht normal und alltäglich. Und doch spürte Nora, daß irgend etwas Fremdes in der Luft lag. Ein warmer Wind vom Pazifik ließ Palmen und Eukalyptusbäume flüstern, Geräusche, die an jedem anderen Tag angenehm gewesen wären, jetzt aber bedrohlich wirkten. Auch die länger werdenden Schatten im letzten orange-purpurfarbenen Licht des Tages waren wie eine Drohung. Abgesehen vom Verhalten des Hundes, hatten sie keinen Anlaß, an irgendeine Gefahr zu denken; ihre Unruhe war rein instinktiv.

Als Travis aus dem Wohnwagen zurückkam, trug er einen großen Revolver in der Hand. Er hatte während der ganzen Flitterwochenreise ungeladen in der Nachttischschublade gelegen. Jetzt schob Travis Patronen in die Trommel und klappte die Waffe zu.

»Ist das nötig?« fragte sie besorgt.

»An jenem Tag war etwas im Wald«, sagte Travis, »und obwohl ich es nie tatsächlich gesehen habe, … nun, haben sich mir die Haare im Nacken gesträubt. Ja, ich glaube, der Revolver könnte nötig werden.«

Ihre eigene Reaktion auf das Geflüster der Bäume und die abendlichen Schatten waren für sie Andeutung genug für das, was Travis im Wald gefühlt haben mußte, und sie mußte sich eingestehen, daß ihr angesichts der Waffe etwas wohler war.

Einstein hatte aufgehört, auf und ab zu patrouillieren, wieder seine Wachposition am Zugangsweg eingenommen und versperrte ihnen den Weg zum Haus.

»Ist jemand drinnen?« fragte Travis den Retriever.

Ein schnelles Schweifwedeln. *Ja.*

»Männer vom Labor?«

Ein Bellen. *Nein.*

»Das andere Versuchstier, von dem du uns erzählt hast?«

Ja.

»Das Ding, das im Wald war?«

Ja.

»Also gut. Ich gehe jetzt hinein.«

Nein.

»Ja«, beharrte Travis. »Das ist mein Haus, und wir werden vor diesem Ding nicht davonlaufen, was auch immer es sein mag.«

Nora erinnerte sich an das Zeitschriftenfoto des Filmmonsters, auf das Einstein so heftig reagiert hatte, aber sie konnte sich nicht denken, daß tatsächlich etwas existieren sollte, das auch nur annähernd jenem Geschöpf ähnelte. Einstein übertrieb, oder sie hatten vielleicht mißverstanden, was er ihnen bezüglich des Fotos mitzuteilen versucht hatte. Dennoch wünschte sie sich plötzlich, sie hätten nicht nur einen Revolver, sondern auch eine Schrotflinte.

»Das hier eine .357 Magnum«, sagte Travis zu dem Hund. »Ein Schuß, selbst wenn er einen Arm oder ein Bein trifft, haut den größten, bösartigsten Mann um und sorgt dafür, daß er liegenbleibt. Er wird sich fühlen, als hätte ihn eine Kanonenkugel getroffen. Mich haben die besten Leute im Gebrauch von Schußwaffen ausgebildet, und ich habe all die Jahre immer wieder trainiert, um in Übung zu bleiben. Ich weiß wirklich, was ich tue, und ich werde dort drinnen zurechtkommen. Außerdem können wir nicht einfach die Bullen rufen, oder? Denn was immer sie dort drinnen finden, wird zu Kopfzerbrechen führen, zu einer Menge Fragen, und über kurz oder lang holen die dich wieder in dieses verdammte Labor zurück.«

Travis' Entschlossenheit war Einstein sichtlich unangenehm, aber der Hund tappte dennoch die Eingangsstufen bis zur kleinen Veranda hoch und schaute dann zurück, als wollte er sagen, *In Ordnung. Okay. Aber allein laß ich dich da nicht hinein.*

Nora wollte mit ihnen gehen, aber Travis bestand darauf, daß sie im Vorgarten bleibe. Widerstrebend mußte sie sich eingestehen, daß sie — da sie weder eine Waffe besaß noch damit umgehen konnte — ihm wirklich nicht helfen konnte und wahrscheinlich nur im Weg sein würde.

Den Revolver in Hüfthöhe haltend, trat Travis neben Einstein auf die Veranda und schob den Schlüssel ins Schloß.

7

TRAVIS SPERRTE AUF, steckte den Schlüssel ein, stieß die Tür auf und brachte die .357er in Anschlag, so daß der Raum dahinter im Schußfeld war. Vorsichtig trat er über die Schwelle, Einstein folgte ihm bei Fuß.

Das Haus war still, ganz wie es sein sollte, aber ein übler Gestank hing in der Luft, der nicht hergehörte.

Einstein knurrte leise.

Nur ein schwacher Schimmer des schnell verblassenden Abendlichts drang durch die Fenster, von denen viele ganz oder teilweise mit Gardinen verhängt waren. Aber es war hell genug, daß Travis erkennen konnte, daß die Polsterung des Sofas aufgeschlitzt war. Zerfetzter Schaumstoff überall auf dem Fußboden verstreut. Ein Zeitungsständer aus Holz war gegen die Wand geschmettert und in Stücke geschlagen worden. Dabei waren Löcher im Verputz entstanden. Die Bildröhre des Fernsehers war mit einer Stehlampe eingeschlagen worden, die immer noch aus dem Gerät ragte. Bücher waren von den Regalen genommen, auseinandergerissen und im Wohnzimmer verteilt worden.

Trotz des Luftzugs, der durch die Tür hereinkam, schien der Gestank schlimmer zu werden.

Travis knipste den Wandschalter an. Eine Stehlampe in der Ecke leuchtete auf. Sie verbreitete nicht viel Licht, aber es reichte, um weitere Einzelheiten der Verwüstung zu erkennen.

Sieht aus, als hätte jemand sich mit einer Motorsäge hier ausgetobt und wäre anschließend noch einmal mit einem Rasenmäher drübergegangen, dachte er.

Das Haus blieb still.

Er ließ die Tür hinter sich offen und trat ein paar Schritte weiter in den Raum. Die zerknitterten Seiten der ruinierten Bücher raschelten unter seinen Füßen. Jetzt entdeckte er auf einigen Buchseiten und dem knochenweißen Schaumstoff dunkle, rostfarbene Flecken, und plötzlich stockte er, weil er begriff, daß die Flecken Blut waren.

Im nächsten Augenblick entdeckte er die Leiche; die eines großen Mannes, der nahe beim Sofa lag, zur Hälfte mit Seiten aus Büchern, Umschlagdeckeln und Umschlägen, die alle mit geronnenem Blut beschmiert waren, bedeckt.

Einsteins Knurren wurde lauter, aggressiver.

Travis trat näher an die Leiche heran, die nur einen halben Meter vom Türbogen entfernt war, der ins Eßzimmer führte, und erkannte jetzt, daß es sein Vermieter war, Ted Hockney. Neben ihm lag sein Werkzeugkasten. Ted besaß einen Schlüssel für das Haus, und Travis hatte nichts dagegen, wenn er, wann immer es ihm paßte, hereinkam, um Reparaturen durchzuführen. In letzter Zeit waren einige Reparaturen notwendig geworden, darunter ein tropfender Wasserhahn und die defekte Spülmaschine. Offenbar war Ted einen Block weit von seinem Haus hierhergekommen, um etwas zu richten. Jetzt war auch Ted kaputt — so kaputt, daß man ihn nicht mehr reparieren konnte.

Wegen des durchdringenden Gestanks dachte Travis zuerst, der Mann müsse mindestens vor einer Woche getötet worden sein. Aber bei näherem Hinsehen zeigte sich, daß die Leiche weder aufgedunsen war noch irgendwelche Spuren der Verwesung zeigte. Also konnte sie noch nicht lange hier liegen. Möglicherweise nur einen Tag, vielleicht nicht einmal das. Der scheußliche Gestank hatte zwei andere Ursachen: Zum einen hatte man dem Mann den Bauch aufgeschlitzt, darüber hinaus hatte sein Mörder allem Anschein nach auf der Leiche und in ihrem Umkreis seinen Urin und Kot hinterlassen.

Ted Hockneys Augen waren verschwunden.

Travis empfand Übelkeit, und dies nicht nur, weil er Ted gemocht hatte. Angesichts dieser irren Grausamkeit wäre ihm, egal, wer der Tote war, schlecht geworden. Ein solcher Tod ließ dem Opfer keinerlei Würde, tat irgendwie der ganzen Menschheit Abbruch.

Einsteins leises Knurren wurde lauter, eindringlicher, bösartiger, war unterbrochen von kurzem, scharfem Bellen.

Travis zuckte zusammen, sein Herz begann plötzlich wie wild zu hämmern. Er wandte sich von der Leiche ab und sah, daß der Retriever seine Aufmerksamkeit auf das angrenzende Eßzimmer richtete. Der Raum lag in tiefer Düsternis, weil die Vorhänge vor beide Fenster gezogen waren und von der Küche dahinter nur schwaches graues Licht hereinfiel.

Raus hier, verschwinde! befahl ihm seine innere Stimme.

Aber er drehte sich nicht um, rannte nicht weg, weil er in seinem ganzen Leben noch nie vor etwas davongelaufen war. Nun ja, ganz stimmte das nicht. In den letzten paar Jahren war er praktisch vor dem Leben selbst davongelaufen. Sein Abstieg in die Isolation war die größte Feigheit gewesen, zu der ein Mensch fähig war. Aber das lag jetzt hinter ihm; er war ein neuer Mensch, von Einstein und Nora umgeformt, und er würde nicht wieder weglaufen, hol's der Teufel.

Einstein wurde starr. Er krümmte den Rücken, senkte den Kopf, reckte ihn nach vorn und bellte so wütend, daß ihm der Geifer aus dem Maul flog.

Travis machte einen Schritt auf den Durchgang zum Eßzimmer zu. Der Retriever blieb an Travis' Seite, bellte noch heftiger.

Den Revolver vor sich haltend und bemüht, an der schweren Waffe sein Selbstvertrauen wiederzugewinnen, schob sich Travis einen Schritt weiter, inmitten des trügerischen Unrats alle Vorsicht gebrauchend. Er war nur zwei oder drei Schritte von der Türöffnung entfernt, spähte mit zusammengekniffenen Augen in das düstere Eßzimmer.

Einsteins Bellen hallte durchs Haus, daß es klang, als wäre eine ganze Meute los.

Travis machte noch einen Schritt und sah, daß sich etwas im Schatten bewegte.

Er erstarrte.

Nichts. Nichts bewegte sich. War es bloß ein Trugbild gewesen? Hinter dem Bogen hingen die Schatten schichtweise wie grauer und schwarzer Krepp.

Zurück, hinaus jetzt! sagte die innere Stimme.

Und wie um sich ihr zu widersetzen, hob Travis einen Fuß, in der Absicht, durch den Bogen zu treten.

Das Ding im Eßzimmer bewegte sich wieder. Diesmal war an seiner Anwesenheit nicht zu zweifeln, denn es schoß jetzt aus der tiefen Dunkelheit am unteren Ende des Raumes heraus, sprang auf den Eßzimmertisch und schoß direkt auf Travis zu. Dabei stieß es einen Schrei aus, daß einem das Blut in den Adern gefror. Travis sah Augen wie Laternen und eine fast menschengroße Gestalt, mißgebildet, soviel war selbst im schwachen Licht zu erkennen. Das Ding war jetzt vom Tisch herunter und kam geradenwegs auf ihn zu.

Einstein sprang vorwärts, um es anzugehen. Travis aber versuchte zurückzuweichen und Zeit für einen Schuß zu gewinnen. Als er abdrückte, glitt er auf den Bücherresten aus und fiel rückwärts. Der Revolver dröhnte, aber Travis wußte, daß er sein Ziel verfehlt hatte und der Schuß in die Decke gegangen war. Einen Augenblick lang, während Einstein auf den Gegner losging, sah Travis das laternenäugige Ding deutlicher, sah, wie sich Alligatorkinnladen bewegten, einen unglaublich breiten Mund in einem klumpigen Gesicht öffneten und gefährlich gekrümmte Zähne freilegten.

»Einstein, nein!« schrie Travis, weil er wußte, daß der Hund in jeder Auseinandersetzung mit diesem Höllengeschöpf in Stücke gerissen werden würde, und feuerte wieder; zweimal, vom Boden aus.

Sein Schrei und die Schüsse brachten nicht nur Einstein zum Stehen, sondern ließen den Feind offenbar darüber nachdenken, ob es sich lohnte, einen bewaffneten Mann anzugreifen. Das Ding drehte sich um, es war schnell, viel schneller als eine Katze, und huschte durch das unbeleuchtete Eßzimmer zur Küchentür. Einen Augenblick lang sah er seine Silhouette im trüben Licht, das von der Küche einfiel, hatte den Eindruck von etwas, das nie dazu bestimmt gewesen war, aufrecht zu stehen, aber dennoch aufrecht stand, mit einem mißgestalteten Kopf, zweimal so groß, als er hätte sein dürfen; einem gekrümmten Rücken und mit Armen, die zu lang waren und in Klauen ausliefen wie die Zinken eines Gartenrechens.

Er feuerte wieder, diesmal knapper am Ziel vorbei. Die Kugel riß Fetzen aus dem Türstock.

Mit einem kreischenden Schrei verschwand die Bestie in der Küche.

Was, in Gottes Namen, war das? Wo war es hergekommen? War es wirklich aus demselben Labor entsprungen, das Einstein hervorgebracht hatte? Aber wie hatten sie diese Monstrosität geschaffen? Und warum? *Warum?*

Er war ein belesener Mann. Er hatte in den letzten Jahren den größten Teil seiner Zeit Büchern gewidmet, deshalb fielen ihm jetzt einige Möglichkeiten ein, Gentechnologie ganz zuoberst.

Einstein stand mitten im Eßzimmer, bellte, blickte auf die Tür, durch die das Ding verschwunden war.

Travis kam im Wohnzimmer schwankend auf die Beine, rief den Hund zu sich, und Einstein gehorchte willig.

Er brachte den Hund zum Schweigen, lauschte gespannt. Draußen im Hof rief Nora verzweifelt seinen Namen. Aber aus der Küche war nichts zu hören.

Um Nora zu beruhigen, schrie er: »Ich bin schon in Ordnung! Alles okay! Bleib draußen!«

Einstein zitterte.

Travis konnte das laute Pochen seines Herzens hören, der Schweiß rann ihm fast hörbar über Gesicht und Rücken. Aber er hörte nichts, woraus zu schließen gewesen wäre, wo sich diese Ausgeburt eines Alptraums aufhielt. Er glaubte nicht, daß das Monstrum durch die Hintertür in den Hof entwichen sei. Teils, weil er annahm, die Kreatur werde sich nicht von zu vielen Leuten sehen lassen wollen und deshalb nur nachts ins Freie gehen, sich ausschließlich im Dunkeln von Ort zu Ort bewegen, sofern es ihr gelang, in eine Stadt wie Santa Barbara zu schleichen, ohne entdeckt zu werden. Draußen war es noch hell genug, um den Argwohn des Dings zu erregen. Außerdem spürte Travis seine Nähe, so wie man vielleicht fühlt, daß jemand einen von hinten anstarrt, oder man an einem stickig heißen Tag das Herannahen eines Gewitters fühlen kann. Ja, es war dort draußen, wartete in der Küche, war bereit und wartete.

Vorsichtig kehrte Travis zu einem Mauerbogen zurück und trat in das halbdunkle Eßzimmer.

Einstein blieb dicht neben ihm, winselte jetzt nicht und knurrte und bellte auch nicht. Der Hund schien zu begreifen, daß Travis völlige Stille brauchte, um jedes Geräusch zu hören, das die Bestie vielleicht machte.

Travis machte zwei weitere Schritte.

Vor sich konnte er durch die Küchentür eine Ecke des Küchentisches sehen, den Ausguß, den Teil einer Anrichte und zur Hälfte die Spülmaschine. Die untergehende Sonne stand am anderen Ende des Hauses, das Licht in der Küche war schwach, grau, und ihr Widersacher würde deshalb keinen verräterischen Schatten werfen. Vielleicht wartete er neben der Tür oder war auf einen Schrank geklettert, um sich auf Travis zu stürzen, wenn dieser den Raum betrat.

Jetzt versuchte er, die Bestie auszutricksen. In der Hoffnung, sie werde ohne Zögern auf das erste Anzeichen einer Bewegung unter der Tür reagieren, schob Travis den Revolver in den Gürtel, griff sich lautlos einen der Eßzimmerstühle, brachte ihn bis auf zwei Meter an die Küche heran und schleuderte ihn durch die offene Tür. Dann riß er den Revolver aus dem Gürtel und nahm, während der Stuhl in die Küche flog, Schießhaltung ein. Der Stuhl krachte gegen den kunststoffbelegten Tisch, knallte zu Boden und gegen die Spülmaschine.

Der laternenäugige Feind ging nicht darauf ein. Nichts bewegte sich. Als der Stuhl schließlich zur Ruhe gekommen war, lag wieder erwartungsvolle Stille über der Küche.

Einstein gab ein seltsames Geräusch von sich, ein leises, unregelmäßiges Schnauben, und nach einer Weile begriff Travis, daß das Geräusch die Folge des unkontrollierten Zitterns des Hundes war.

Es stand außer Zweifel: Der Eindringling in der Küche war das Ding, das sie vor mehr als drei Monaten durch den Wald verfolgt hatte. In den Wochen dazwischen hatte die Kreatur sich nach Norden durchgeschlagen, hatte sich wahrscheinlich die meiste Zeit in der Wildnis östlich der besiedelten Abschnitte des Staates weiterbewegt, den Hund vermittels irgendwelcher Travis unverständlicher Fähigkeiten und aus Gründen, die er nicht kannte, unerbittlich verfolgt.

Als Antwort auf den Stuhl, den er geworfen hatte, krachte

jetzt ein großer weißemaillierter Behälter dicht hinter der Küchentür zu Boden. Travis sprang überrascht zurück und gab einen ungezielten Schuß ab, ehe ihm klarwurde, daß er damit nur verhöhnt werden sollte. Der Deckel flog von dem Behälter, als dieser auf dem Boden aufprallte, Mehl staubte über die Fliesen.

Wieder Stille.

Indem er auf Travis' Herausforderung seinerseits reagierte, hatte der Eindringling enervierende Intelligenz unter Beweis gestellt. Plötzlich wurde Travis bewußt, daß die Kreatur, die ja schließlich aus demselben Forschungslabor wie Einstein kam und das Produkt ähnlicher Experimente sein mußte, möglicherweise ebenso klug war wie der Retriever. Was Einsteins Furcht erklärlich machte. Hätte Travis sich nicht bereits mit der Existenz eines Hundes mit menschenähnlicher Intelligenz vertraut gemacht, er wäre außerstande gewesen, dieser Bestie mehr als bloß tierische Schläue zuzubilligen; aber die Ereignisse der letzten paar Monate hatten ihn darauf vorbereitet, fast alles zu akzeptieren — und sich jeder Situation blitzschnell anzupassen.

Stille.

Nur noch ein Schuß in der Waffe.

Tiefe Stille.

Der Mehlbehälter hatte ihn so erschreckt, daß er gar nicht bemerkt hatte, von welcher Seite der Tür er geworfen worden war, und er war so auf dem Boden aufgeprallt, daß man daraus nicht auf die Position der Kreatur, die ihn geschleudert hatte, schließen konnte. Er wußte immer noch nicht, ob der Eindringling links oder rechts von der Tür stand.

Er war auch gar nicht mehr sicher, ob das für ihn wichtig war. Selbst mit der .357er war es wohl nicht klug, die Küche zu betreten. Nicht, wenn das verdammte Ding so klug war wie ein Mensch. Um Himmels willen, ebenso hätte man sich auf einen Nahkampf mit einer intelligenten Motorsäge einlassen mögen.

Das Licht in der nach Osten gewandten Küche wurde immer schwächer, war jetzt fast verschwunden. Im Eßzimmer, in dem Travis und Einstein standen, nahm die Dunkelheit zu. Selbst hinter ihnen wuchsen im Wohnzimmer trotz offener Tür, Fenster und Stehlampe die Schatten.

In der Küche gab der Eindringling ein lautes Zischen von sich, ein Geräusch wie entweichendes Gas, dem gleich darauf ein *Klick, klick, klick* folgte, vielleicht von seinen mit scharfen Klauen versehenen Füßen oder Händen, die an eine harte Oberfläche tappten.

Einsteins Zittern hatte jetzt Travis angesteckt. Er fühlte sich, als wäre er eine Fliege am Rand eines Spinnennetzes, im Begriff, jeden Augenblick ins Gespinst zu treten.

Ted Hockeys zerbissenes, blutiges, augenloses Gesicht fiel ihm ein.

Klick, klick.

Bei der Antiterroristenausbildung hatte man ihm beigebracht, wie man Menschen beschlich, und er hatte sich dabei recht geschickt angestellt. Aber das Problem hier war, daß der gelbäugige Eindringling vielleicht genauso klug war wie ein Mensch, nur daß man nicht darauf zählen konnte, daß er auch wie ein Mensch *dachte*. Also hatte Travis keine Ahnung, was er als nächstes tun, wie er auf irgendeine Initiative seinerseits reagieren würde. Also konnte Travis ihn nicht überlisten, ja wegen seiner völlig fremdartigen Natur hatte das Monstrum ihm gegenüber den dauernden und tödlichen Vorteil der Überraschung.

Klick.

Travis trat schnell einen Schritt von der offenen Küchentür zurück, dann noch einen, bewegte sich mit übertriebener Vorsicht, weil er nicht wollte, daß das Ding entdeckte, daß er sich zurückzog. Nur Gott allein wußte, was er tun würde, wenn es merkte, daß er im Begriff war, ihm zu entwischen. Einstein tappte lautlos ins Wohnzimmer, jetzt ebenso darauf bedacht, Abstand zwischen sich und den Eindringling zu legen.

Als er Ted Hockneys Leiche erreichte, wandte Travis den Blick vom Eßzimmer ab, suchte nach einer möglichst nicht mit Unrat besudelten Route zur Haustür — und sah Nora neben dem Lehnsessel stehen. Durch die Schüsse erschreckt, hatte sie ein Fleischermesser aus der Küche im Wohnwagen geholt und war gekommen, um zu sehen, ob er Hilfe brauchte.

Ihr Mut beeindruckte ihn; trotzdem erschrak er, sie im Schein der Lampe stehen zu sehen. Plötzlich schien ihm, als wären seine Alpträume, Einstein und Nora zu verlieren, nahe daran, sich zu bewahrheiten. Wieder der Cornell-Fluch! Beide,

Nora und Einstein, waren im Haus, beide so gut wie wehrlos, beide in Reichweite des Monstrums in der Küche.

Sie setzte zum Reden an.

Travis schüttelte den Kopf und hob eine Hand an den Mund.

Sie biß sich auf die Unterlippe, ihr Blick wanderte zwischen ihm und dem toten Mann am Boden hin und her.

Während Travis lautlos durch den Unrat am Boden trat, überfiel ihn plötzlich die Angst, der Eindringling sei hinten hinausgegangen, käme jetzt außen um das Haus herum auf die Eingangstür zu, selbst auf die Gefahr hin, im Dämmerlicht von den Nachbarn gesehen zu werden, in der Absicht, blitzschnell hinter ihnen ins Haus zu kommen. Nora stand zwischen Travis und dem Eingang; er würde also kein klares Schußfeld haben, falls es auf diesem Weg hereinkam. Himmel, das Monster würde in Sekundenschnelle Nora packen. Bemüht, nicht in Panik zu geraten und nicht an Hockneys augenloses Gesicht zu denken, bewegte sich Travis jetzt schneller durch das Wohnzimmer, riskierte dabei, daß die Blätter unter seinen Füßen raschelten, hoffte, die Geräusche würden nicht in die Küche dringen, falls der Eindringling noch dort sein sollte. Jetzt hatte er Nora erreicht, packte sie am Arm und schob sie auf die Haustür zu, hinaus und die Stufen hinunter. Er blickte nach links und rechts, rechnete damit, daß der lebende Alptraum sie anspränge. Aber er war nirgends zu sehen.

Die Schüsse und Noras Rufe hatten die Nachbarn der ganzen Umgebung an die Haustüren geholt. Ein paar waren sogar vor ihre Häuser getreten. Ganz sicher hatte jemand auch die Polizei gerufen. Wegen Einsteins Status als vielgesuchter Flüchtling war die Polizei im Augenblick eine fast ebenso große Gefahr wie das gelbäugige Ding im Haus.

Die drei zwängten sich in den Pick-up. Nora verriegelte ihre Tür, Travis die seine. Er ließ den Motor an und fuhr den Wagen — mitsamt dem Anhänger — im Rückwärtsgang zurück auf die Straße. Er wußte, daß die Leute sie anstarrten.

Die Dämmerung würde hier, in Meereshöhe, nur von kurzer Dauer sein. Der sonnenlose Himmel war im Osten bereits schwarz, purpurn über ihnen und im Westen von einem beständig dunkler werdenden Blutrot. Travis war für den nahenden Schutz der Nacht dankbar, obwohl er wußte, daß die gelbäugige Kreatur dieses Schutzes ebenso teilhaftig wurde wie sie.

Er fuhr an den neugierig starrenden Nachbarn vorbei, von denen er in den Jahren seiner selbstauferlegten Einsamkeit keinen kennengelernt hatte, und bog an der ersten Ecke ab. Nora hielt Einstein fest an sich gedrückt, und Travis fuhr, so schnell der Wagen konnte. Der Wohnwagen hüpfte und tanzte hinter ihnen, als er die nächsten paar Kurven mit zu großer Geschwindigkeit nahm.

»Was ist dort drinnen passiert?« fragte sie.

»Es hat Hockney heute oder vielleicht auch gestern getötet ...«

»Es?«

»... und gewartet, daß wir nach Hause kommen.«

»Es?« wiederholte sie.

Einstein winselte jämmerlich.

»Ich muß dir das später erklären«, sagte Travis. Dann fragte er sich, ob er es wohl würde erklären können. Keine Beschreibung, die er von dem Eindringling lieferte, würde der Wahrheit gerecht werden; er verfügte nicht über die Worte, das Fremdartige begreiflich zu machen.

Sie hatten höchstens acht Blocks zurückgelegt, als sie Sirenen aus der Richtung hörten, aus der sie kamen. Travis fuhr vier Straßen weiter und parkte auf dem leeren Parkplatz einer Schule.

»Was jetzt?« fragte Nora.

»Wir lassen den Wohnwagen und den Pick-up stehen«, sagte er. »Danach werden sie suchen.«

Er steckte den Revolver in ihre Handtasche. Sie bestand darauf, auch das Fleischermesser hineinzugeben, wollte es keineswegs zurücklassen.

Sie stiegen aus und gingen, während sich die Nacht herabsenkte, an der Schule entlang, über einen Sportplatz, durch ein Tor in einem Drahtzaun auf eine Wohnstraße hinaus, die von Bäumen gesäumt war.

Jetzt, da es Nacht geworden war, verstärkte sich die Brise zu heftigem Wind, heiß und trocken. Er blies ihnen ein paar ausgedörrte Blätter entgegen und jagte Staubteufel über das Pflaster.

Travis wußte, daß sie auch ohne Wohnwagen und Pick-up auffielen. Die Nachbarn würden den Polizisten sagen, sie sollten nach einem Mann, einer Frau und einem Golden Retriever Ausschau halten — ein Trio, dem man nicht gerade täglich begegnete. Man würde nach ihnen fahnden, um sie bezüglich des Todes von Ted Hockney zu verhören; also würde man die Suchaktion nach ihnen mit allem Nachdruck betreiben. Sie mußten schleunigst verschwinden.

Er hatte keine Freunde, bei denen sie Zuflucht suchen konnten. Nach dem Tode Paulas hatte er sich von seinen wenigen Freunden zurückgezogen und auch mit den Immobilienmaklern, die einmal für ihn tätig gewesen waren, keine Beziehungen aufrechterhalten. Nora hatte dank Violet Devon ebenfalls keine Freunde.

Die Fenster der Häuser, an denen sie vorbeikamen, waren zumeist erleuchtet, und das warme Licht, unerreichbare Zuflucht, schien ihrer zu spotten.

8

Garrison Dilworth wohnte an der Grenze zwischen Santa Barbara und Montecito auf einem üppig angelegten Grundstück von zweitausend Quadratmetern in einem stattlichen Tudor-Bau, der nicht besonders gut zu der kalifornischen Flora paßte, dafür aber perfekt zu dem Anwalt. Als er ihnen die Tür öffnete, trug er schwarze Mokassins, graue Hosen, ein marineblaues Sportjackett, ein weißes Strickhemd und eine schildpattgefaßte Halbbrille, über die hinweg er sie überrascht, aber zum Glück nicht mißvergnügt musterte. »Ah, sieh mal an, das junge Paar!«

»Sind Sie allein?« fragte Travis, als er, Nora und Einstein die weitläufige, mit Marmor ausgelegte Halle betraten.

»Allein? Ja.«

Unterwegs hatte Nora Travis informiert, daß die Frau des Anwalts vor drei Jahren gestorben sei und sich jetzt eine Haushälterin namens Gladys Murphy um ihn kümmere.

»Mrs. Murphy?« fragte Travis.

»Sie ist schon nach Hause gegangen«, sagte der Anwalt und

schloß die Tür hinter ihnen. »Sie sehen mitgenommen aus. Was, in aller Welt, ist passiert?«

»Wir brauchen Hilfe«, sagte Nora.

»Aber«, warnte Travis, »jemand, der uns hilft, könnte mit dem Gesetz in Konflikt kommen.«

Garrison hob die Brauen. »Was haben Sie angestellt? So wie Sie dreinsehen — nun, würde ich sagen, Sie haben den Präsidenten entführt.«

»Wir haben nichts Unrechtes getan«, versicherte ihm Nora.

»Doch — das haben wir«, widersprach Travis. »Und wir tun es immer noch — wir gewähren dem Hund Unterschlupf.«

Verwirrt blickte Garrison mit gerunzelter Stirn auf den Retriever.

Einstein winselte, dabei gleichermaßen jämmerlich und liebenswert wirkend.

»Und in meinem Haus liegt ein Toter«, sagte Travis.

Garrisons Blick löste sich von dem Hund und wanderte zu Travis. »Ein Toter?«

»Travis hat ihn nicht getötet«, sagte Nora.

Garrison sah wieder Einstein an.

»Der Hund auch nicht«, sagte Travis. »Aber man wird mich sicherlich als wichtigen Zeugen haben wollen, ganz sicher sogar.«

»Hmmmm«, machte Garrison. »Warum gehen wir nicht in mein Arbeitszimmer und bringen da etwas Ordnung hinein?«

Er führte sie durch ein riesiges, nur halbbeleuchtetes Wohnzimmer und einen kurzen Flur in ein Arbeitszimmer mit reichlicher Teakvertäfelung und einer Kupferdecke. Die schweren Ledersessel und die Couch sahen teuer und bequem aus. Der polierte Teakschreibtisch war groß und schwer, auf einer der Ecken der Tischplatte stand ein genaues Modell eines fünfmastigen Schoners, der alle Segel gesetzt hatte. Seemännische Gegenstände — ein Schiffssteuerrad, ein Sextant aus Messing, ein mit Talg gefülltes Büffelhorn, in dem Nadeln steckten, wahrscheinlich Segelmachernadeln, sechs Arten von Schiffslaternen, die Glocke eines Rudergängers und Seekarten — dienten als Raumschmuck. Travis sah Fotos von einem Mann und einer Frau auf verschiedenen Segelbooten; der Mann war Garrison.

Auf einem kleinen Tischchen neben einem der Sessel lag ein

aufgeschlagenes Buch, daneben stand ein halbgeleertes Glas Scotch. Offenbar hatte sich der Anwalt nach der Arbeit der Muße hingegeben, als sie läuteten. Jetzt bot er ihnen zu trinken an, und beide sagten, sie würden dasselbe nehmen wie er.

Einstein überließ Travis und Nora die Couch und belegte den zweiten Sessel. Er setzte sich aufrecht hin, anstatt sich einzurollen, als habe er vor, an der bevorstehenden Diskussion teilzunehmen.

An einer Bar in der Ecke goß Garrison Chivas Regal in zwei Gläser, in die er vorher Eiswürfel getan hatte. Nora war Whisky nicht gewöhnt, und Travis schaute verdutzt, als sie ihren Drink mit zwei langen Schlucken hinunterkippte und einen neuen erbat. Er entschied, sie habe recht getan, also machte er es ebenso und trug sein leeres Glas zur Bar, während Garrison damit beschäftigt war, das Noras aufzufüllen.

»Ich möchte Ihnen gerne alles erzählen und Ihren Rat hören«, sagte Travis, »aber Sie müssen wirklich wissen, daß Sie sich damit vielleicht mit dem Gesetz anlegen.«

Garrison schraubte den Chivas zu und sagte: »Sie sprechen jetzt als Laie. Als Anwalt kann ich Ihnen versichern, daß das Gesetz keine in Marmor gravierte Linie ist, die über die Jahrhunderte hinweg unbeweglich und unveränderbar wäre. Vielmehr ... ist das Gesetz wie eine Schnur, an beiden Ecken befestigt, aber mit ziemlich viel Bewegungsspielraum — sehr lokker also —, so daß man sie dahin und dorthin spannen, sie stärker oder weniger stark durchhängen lassen kann. Und fast immer — abgesehen von eindeutigem Diebstahl oder kaltblütigem Mord — steht man mit Sicherheit auf der richtigen Seite. Das festzustellen ist etwas entmutigend, aber es ist eine Tatsache. Ich habe keine Angst, daß mich irgend etwas, was Sie mir sagen könnten, geradenwegs in eine Zelle bringt, Travis.«

Eine halbe Stunde später hatten Travis und Nora ihm alles über Einstein erzählt. Für einen Mann, dessen einundsiebzigster Geburtstag in wenigen Monaten bevorstand, hatte der silberhaarige Anwalt eine ausgesprochen schnelle Auffassungsgabe und wenig Vorurteile. Er stellte die richtigen Fragen, machte keine spöttischen Bemerkungen. Nach einer zehnminütigen Demonstration von Einsteins unheimlichen Fähigkeiten warf er nicht ein, das alles wären doch nur Tricks, er akzeptierte, was er sah, paßte seine Vorstellungen von dem, was in dieser Welt normal und möglich sei, der neuen Realität an. Damit legte er größere geistige Beweglichkeit und Agilität an den Tag als viele Männer, die nur halb so alt waren wie er.

Garrison, der Einstein auf dem großen Ledersessel im Schoß hielt und ihn sanft hinter den Ohren kratzte, meinte: »Wenn Sie zu den Medien gehen, eine Pressekonferenz abhalten und die ganze Geschichte platzen lassen, könnten wir vor Gericht klagen und verlangen, daß Sie den Hund in Ihrem Gewahrsam behalten dürfen.«

»Glauben Sie wirklich, daß das funktionieren würde?« fragte Nora.

»Nun, die Chance ist bestenfalls fifty-fifty«, mußte Garrison zugeben.

Travis schüttelte den Kopf. »Nein. Das riskieren wir nicht.«

»Und was haben Sie vor?« fragte Garrison.

»Abhauen«, sagte Travis. »In Bewegung bleiben.«

»Und was bringt das?«

»Das bringt, daß Einstein in Freiheit bleibt.«

Der Hund wuffte zustimmend.

»Frei — aber wie lange?« fragte Garrison.

Travis stand auf und begann auf und ab zu gehen. Er war zu erregt, um länger zu sitzen. »Die werden nicht aufhören, nach ihm zu suchen«, räumte er ein. »Ein paar Jahre lang nicht.«

»Sie werden nie damit aufhören«, sagte der Anwalt.

»Also schön. Es wird schwierig sein. Aber was bleibt uns sonst übrig? Verdammt will ich sein, wenn wir zulassen, daß sie ihn wieder bekommen. Er hat Angst vor dem Labor. Außerdem hat er mich mehr oder weniger ins Leben zurückgeholt ...«

»Und mich hat er vor Streck gerettet«, sagte Nora.

»Er hat uns zusammengebracht«, sagte Travis.

»Unser Leben verändert.«

»Uns radikal verändert. Jetzt ist er genauso ein Teil von uns, wie das unser eigenes Kind wäre«, sagte Travis. Er spürte einen Klumpen in der Kehle, als er den dankbaren Blick des Hundes sah. »Wir kämpfen für ihn, so wie er für uns kämpfen würde. Wir sind eine Familie. Wir leben zusammen ... oder sterben zusammen.«

Garrison, der immer noch den Retriever streichelte, sagte:

»Nicht nur die Leute aus dem Labor werden nach Ihnen suchen. Und nicht nur die Polizei.«

»Das andere Ding«, sagte Travis und nickte.

Einstein zitterte.

»Ja, ist ja gut, schon gut«, sagte Garrison beruhigend und tätschelte den Hund. Und zu Travis: »Was ist das für eine Kreatur, glauben Sie? Ich habe Ihre Beschreibung gehört, aber das hilft nicht weiter.«

»Was auch immer es ist«, sagte Travis, »Gott hat das nicht geschaffen. Das waren Menschen. Und das bedeutet, daß es ein Produkt der Gentechnologie sein muß, irgendwelche DNS-Forschung — Gott weiß, warum. Gott weiß, was die sich dabei dachten und warum sie so etwas schaffen wollten. Jedenfalls haben sie es getan.«

»Und es scheint die unheimliche Fähigkeit zu besitzen, Sie aufzuspüren.«

»Einstein aufzuspüren«, sagte Nora.

»Also bleiben wir in Bewegung«, sagte Travis. »Und wir werden weit gehen.«

»Das wird Geld erforderlich machen, aber die Banken öffnen erst in zwölf Stunden«, sagte Garrison. »Wenn Sie fliehen wollen, dann sagt mir mein Gefühl, daß Sie noch heute nacht losziehen müssen«.

»Und an dem Punkt könnten wir Ihre Hilfe gebrauchen«, erklärte Travis.

Nora öffnete ihre Handtasche und holte zwei Scheckbücher heraus — das von Travis und ihr eigenes. »Garrison, wir möchten einen Scheck auf Travis' Konto und einen auf meines ausstellen, zahlbar an Sie. Er hat nur dreitausend auf dem Konto, aber bei derselben Bank ein großes Sparkonto, und die sind bevollmächtigt, Übertragungen vorzunehmen, um Überziehungen zu vermeiden. Mit meinem Konto ist es genauso. Wenn wir Ihnen einen Scheck von Travis über zwanzigtausend geben — zurückdatiert, damit es aussieht, als wäre er vor all diesen Schwierigkeiten ausgestellt — und einen von mir ebenfalls über zwanzigtausend, dann könnten Sie beides auf Ihr Konto überweisen lassen. Sobald die Gutschrift erfolgt ist, kaufen Sie acht Bankanweisungen zu je fünftausend und schicken sie uns.«

Jetzt schaltete Travis sich ein: »Die Polizei wird mich verhören wollen, aber sie wird auch wissen, daß ich Ted Hockney nicht getötet habe, weil ihn ein *Mensch* einfach nicht so in Stücke gerissen haben kann. Also werden sie meine Konten nicht sperren.«

»Falls die Bundesbehörden hinter den Forschungsarbeiten stehen, durch die Einstein und diese Kreatur produziert worden sind«, sagte Garrison, »dann sind die ganz wild darauf, Sie in die Hand zu bekommen. Und *die* könnten Ihre Konten einfrieren.«

»Vielleicht. Aber wahrscheinlich nicht gleich. Sie sind hier in derselben Stadt, also sollte Ihre Bank die Gutschrift für meinen Scheck spätestens am Montag vornehmen.«

»Und welche Mittel stehen Ihnen bis dahin zur Verfügung, während Sie darauf warten, daß ich Ihnen die vierzigtausend schicke?«

»Wir haben von der Reise noch etwas Bargeld und Reiseschecks übrig«, erklärte Nora.

»Und meine Kreditkarten«, fügte Travis hinzu.

»Über die Kreditkarten und Travellerschecks könnten die Ihren Aufenthaltsort rauskriegen.«

»Ich weiß«, sagte Travis. »Also werde ich sie an einem Ort benutzen, wo wir nicht vorhaben zu bleiben, und dann so schnell wie möglich von dort verschwinden.«

»Wenn ich die Bankanweisungen für die vierzigtausend habe — wo schicke ich sie hin?«

»Wir melden uns telefonisch«, sagte Travis, ging zu der Couch zurück und setzte sich neben Nora. »Wir werden uns etwas überlegen.«

»Und der Rest Ihres Besitzes — und der Noras?«

»Darüber zerbrechen wir uns später den Kopf«, sagte Nora.

Garrison runzelte die Stirn. »Ehe Sie hier abreisen, Travis, könnten Sie einen Brief unterzeichnen und mir das Recht übertragen, Sie in allen juristischen Angelegenheiten zu vertreten, die sich vielleicht ergeben. Wenn jemand versucht, Ihren Besitz oder den Noras einzufrieren, dann kann ich das verhindern, falls es überhaupt möglich ist — wenn ich mich auch so lange im Hintergrund halten werde, bis man mich mit Ihnen in Verbindung bringt.«

»Noras Besitz ist vermutlich eine Weile sicher. Sie und ich haben nur Ihnen von der Hochzeit erzählt. Die Nachbarn werden der Polizei sagen, daß ich in Begleitung einer Frau weggegangenen bin, aber sie werden nicht wissen, wer sie ist. Haben Sie jemandem von uns erzählt?«

»Nur meiner Sekretärin, Mrs. Ashcroft. Aber die klatscht nicht.«

»Also gut denn«, sagte Travis. »Ich glaube nicht, daß die Behörden etwas von der Hochzeit erfahren, also dauert es vielleicht eine ganze Weile, bis sie auf Noras Namen stoßen. Dann aber werden sie auch herausfinden, daß Sie ihr Anwalt sind. Falls meine Konten überwacht werden, in der Hoffnung, über von mir ausgeschriebene Schecks herauszufinden, wohin ich gegangen bin, werden sie über die zwanzigtausend, die ich Ihnen bezahlt habe, Bescheid wissen, und man wird Sie aufsuchen ...«

»Was mich nicht im geringsten beunruhigt«, meinte Garrison.

»Mag sein«, sagte Travis. »Aber sobald man mich mit Nora und uns beide mit Ihnen in Verbindung bringt, wird man Sie scharf beobachten. Und wenn das passiert ... müssen Sie uns das bei unserem nächsten Anruf sofort sagen, damit wir auflegen und allen Kontakt mit Ihnen abbrechen können.«

»Ich verstehe genau«, sagte der Anwalt.

»Garrison«, sagte Nora, »Sie brauchen sich da nicht hineinziehen zu lassen. Wir verlangen wirklich zu viel von Ihnen.«

»Hören Sie, meine Liebe, ich bin fast einundsiebzig. Meine Anwaltspraxis macht mir immer noch Spaß, und ich gehe immer noch segeln ... Aber, offen gestanden, ich finde in letzter Zeit das Leben ein wenig langweilig. Diese Geschichte ist genau das, was ich brauche, um mein altes Blut wieder in Wallung zu bringen. Außerdem glaube ich, daß Sie einfach die Verpflichtung haben mitzuhelfen, daß Einstein in Freiheit bleibt; nicht nur aus den Gründen, die Sie erwähnt haben, sondern weil ... weil die Menschheit nicht das Recht hat, ihr Genie zur Erschaffung einer anderen intelligenten Gattung zu benützen und diese dann wie Eigentum zu behandeln. Wenn wir so weit gekommen sind, daß wir erschaffen können, wie Gott erschafft, dann müssen wir auch lernen, mit der Gerechtigkeit und der Barmherzigkeit Gottes zu handeln. Und in diesem Fall erfordern Gerechtigkeit und Barmherzigkeit, daß Einstein frei bleibt.«

Einstein hob den Kopf vom Schoß des Anwalts, blickte ihn bewundernd an und schob dann seine kalte Nase unter Garrisons Kinn.

In der drei Wagen Platz bietenden Garage hatte Garrison einen neuen schwarzen Mercedes 560 SEL, einen älteren weißen Mercedes 500 SEL mit hellblauer Polsterung und einen grünen Jeep stehen; den letzteren benützte er hauptsächlich dazu, zum Yachthafen zu fahren, wo sein Boot lag.

»Der weiße hat einmal Francine, meiner Frau, gehört«, sagte der Anwalt, als er sie zu dem Wagen führte. »Ich benütze ihn nicht mehr oft, aber ich halte ihn gut in Schuß und fahre gelegentlich damit, damit die Reifen nicht leiden. Ich hätte ihn loswerden sollen, als Franny starb. Schließlich war es ihr Wagen. Aber ... sie hat es so geliebt, das weiße Glitzerding, und ich erinnere mich genau daran, wie sie aussah, wenn sie hinter dem Steuer saß ... Ich möchte, daß Sie ihn nehmen.«

»Einen Fluchtwagen im Wert von sechzigtausend Dollar?« sagte Travis und strich mit der Hand über die auf Hochglanz polierte Motorhaube. »Das nennt man stilgerecht abhauen.«

»Niemand wird nach dem Wagen Ausschau halten«, sagte Garrison. »Selbst wenn man mich schließlich mit Ihnen beiden in Verbindung bringt, werden sie nicht wissen, daß ich Ihnen einen meiner Wagen gegeben habe.«

»Etwas so Teures können wir unmöglich annehmen«, sagte Nora.

»Nennen Sie es eine Leihgabe«, meinte der Anwalt. »Wenn Sie ihn nicht mehr brauchen, sobald Sie einen anderen Wagen beschafft haben, parken Sie ihn irgendwo — an einem Busterminal, einem Flughafen — und rufen mich an und sagen mir, wo er ist. Dann kann ich jemanden hinschicken, um ihn abzuholen.«

Einstein legte die Vorderpfoten auf die Fahrertür des Mercedes und spähte durch die Seitenscheibe in den Wagen. Er sah Travis und Nora an und wuffte, als wollte er sagen, sie müßten verrückt sein, ein solches Angebot auszuschlagen.

9

Mit Travis am Steuer verließen sie Garrison Dilworths Haus um viertel nach zehn Uhr nachts auf der Route 101 nach Norden. Um halb eins passierten sie San Luis Obispo und kamen um ein Uhr morgens an Paso Robles vorbei. Um zwei Uhr hielten sie eine Stunde südlich von Salinas an einer Selbstbedienungstankstelle, um zu tanken.

Nora kam sich überflüssig vor; nicht einmal am Steuer konnte sie Travis ablösen, weil sie nicht fahren konnte. In gewissem Maße war das Violet Devons Schuld, nicht Noras; einfach eine weitere Folge des Lebens in Abgeschiedenheit und Unterdrückung. Dennoch fühlte sie sich völlig nutzlos und war mit sich unzufrieden. Aber sie würde nicht den Rest ihres Lebens hilflos bleiben. Verdammt noch mal, das würde sie nicht. Sie würde fahren lernen und den Umgang mit Feuerwaffen. Travis konnte sie beides lehren. Und aufgrund seiner Ausbildung konnte er sie auch in den Kriegskünsten instruieren, in Judo oder Karate. Er war ein guter Lehrer. Die Kunst des Liebens hatte er ihr jedenfalls großartig beigebracht. Beim Gedanken daran mußte sie lächeln, und langsam legte sich ihre selbstkritische Stimmung.

In den nächsten zweieinhalb Stunden während der Fahrt nordwärts nach Salinas und weiter nach San Jose fiel Nora gelegentlich in unruhigen Schlaf. Wenn sie nicht schlief, waren ihr die Meilen Asphalt, die sie hinter sich zurückließen, ein Trost. Zu beiden Seiten der Fernstraße schienen endlose Flächen Farmlandes im frostbleichen Mondlicht zu ihnen herüber ins Unendliche zu ziehen. Als der Mond unterging, fuhren sie weite Strecken in völliger Dunkelheit, ehe sie gelegentlich an einer Farm oder an ein paar Geschäften an der Straße ein Licht entdeckten.

Das gelbäugige Ding hatte Einstein von den Santa-Ana-Ausläufern in Orange County bis Santa Barbara verfolgt — eine Strecke von mehr als hundertachtzig Kilometern Luftlinie, hatte Travis gesagt, und wahrscheinlich beinahe achthundert Kilometer zu Fuß in der Wildnis —, und das in drei Monaten. Nicht besonders schnell. Wenn sie daher von Santa Barbara siebenhundert Kilometer nach Norden fuhren, ehe sie sich ein Versteck irgendwo in der Umgebung von San Francisco suchten, würde der Verfolger sie vielleicht erst in sieben oder acht Monaten erreichen. Vielleicht sogar nie. Über eine wie große Distanz konnte er Einstein ausschnüffeln? Ohne Zweifel gab es auch für seine unheimliche Fähigkeit, den Hund aufzuspüren, Grenzen. Sicherlich gab es die.

10

Am Donnerstagmorgen um elf Uhr stand Lemuel Johnson im Schlafzimmer des kleinen Hauses, das Travis Cornell in Santa Barbara gemietet hatte. Der Ankleidespiegel war zerschlagen worden. Auch der Rest des Zimmers war demoliert, als hätte den Outsider eifersüchtige Wut erfaßt, als er sah, daß der Hund in häuslicher Behaglichkeit lebte, während er gezwungen war, durch die Wildnis zu ziehen und in vergleichsweise primitiven Umständen zu leben.

In dem Unrat, der den Boden bedeckte, fand Lem vier silbergerahmte Fotografien, die wahrscheinlich auf der Kommode oder den Nachttischen gestanden hatten. Das erste zeigte Cornell und eine attraktive Blondine. Lem hatte inzwischen bereits genug über Cornell in Erfahrung gebracht, um zu wissen, daß die Blondine seine verstorbene Frau Paula sein mußte. Ein anderes Foto, die Schwarzweißaufnahme eines Mannes und einer Frau, war so alt, daß Lem annahm, die in die Kamera lächelnden Leute seien Cornells Eltern.

Das dritte, ebenfalls alt, ebenfalls in Schwarzweiß, zeigte einen etwa elf- oder zwölfjährigen Jungen; hierbei mochte es sich um eine Aufnahme von Travis Cornell selbst handeln, wahrscheinlicher jedoch um die des Bruders, der in jungen Jahren gestorben war.

Das letzte der vier Fotos zeigte zehn Soldaten, die sich um die Holztreppe vor einer Baracke gruppiert hatten und in die Kamera grinsten. Einer der zehn war Travis Cornell. Auf einigen der Uniformen bemerkte Lem das aufällige Abzeichen der Delta Force, des Elitekorps zur Terroristenbekämpfung.

Dieses letzte Foto beunruhigte ihn. Lem stellte es auf die Kommode und ging ins Wohnzimmer zurück, wo Cliff noch immer in dem blutbesudelten Durcheinander jeden Fußbreit prüfte. Sie suchten nach etwas, das für die Polizei von keiner

Bedeutung sein mochte, für sie aber äußerst wichtig sein könnte.

Die NSA hatte spät von dem Mord in Santa Barbara erfahren, und Lem war erst kurz vor sechs Uhr morgens alarmiert worden. Demzufolge hatte die Presse bereits über die grausigen Einzelheiten der Ermordung Ted Hockneys berichtet. Die Zeitungen ergingen sich voll Enthusiasmus in wilden Spekulationen darüber, was wohl Hockney getötet haben könnte, wobei sie sich in erster Linie auf die Theorie konzentrierten, Cornell habe irgendein exotisches, gefährliches Haustier gehalten, vielleicht einen Geparden oder einen Panther, und das Tier habe den nichtsahnenden Vermieter angegriffen, als dieser das Haus betrat. Die Fernsehkameras hatten sich liebevoll mit den zerfetzten und blutbesudelten Büchern befaßt. Das war Stoff, wie der ›National Enquirer‹ ihn seinen Lesern servierte, was Lem nicht überraschte, weil er die Meinung vertrat, daß der Unterschied zwischen Sensationsblättern wie dem ›Enquirer‹ und den sogenannten ›anerkannten‹ Medien — besonders den elektronischen — oft kleiner war, als das die meisten Journalisten sich eingestehen wollten.

Lem hatte bereits eine Desinformationskampagne geplant und in Gang gesetzt, um die in die Irre gehende Hysterie der Presse über in Freiheit befindliche Dschungelkatzen zu nähren. Von der NSA bezahlte Informanten würden auftreten, behaupten, Travis zu kennen, und sich dafür verbürgen, daß er tatsächlich außer einem Hund auch einen Panther im Hause gehalten habe. Andere, die Cornell nie begegnet waren, würden sich als seine Freunde zu erkennen geben und besorgt melden, sie hätten ihn immer wieder gedrängt, dem Panther bei Erreichen der Reife Zähne und Klauen abfeilen zu lassen. Die Polizei würde daraufhin Cornell und die unidentifizierte Frau — bezüglich des Panthers und dessen augenblicklichen Aufenthaltsortes verhören wollen.

Lem war zuversichtlich, daß es gelingen würde, die Presse auf diese Weise herrlich von allen Nachforschungen abzulenken, die sie näher an die Wahrheit heranführen könnten.

Natürlich würde Walt Gaines unten in Orange County von diesem Mord hören, an die hiesigen Behörden freundliche Anfragen richten und schnell den Schluß ziehen, daß der Outsider den Hund so weit nach Norden verfolgt hatte. Lem war wohl beim Gedanken, daß Walt sich verpflichtet hatte, ihn zu unterstützen.

Als Lem das Wohnzimmer betrat, in dem Cliff Soames tätig war, fragte er: »Was gefunden?«

Der junge NSA-Agent richtete sich auf, klopfte sich die Hände ab und sagte: »Ja. Ich hab' es auf den Eßzimmertisch gelegt.«

Lem folgte ihm ins Eßzimmer, wo als einziger Gegenstand ein dickes Ringbuch auf dem Tisch lag. Als er es aufschlug und darin blätterte, sah er aus Zeitschriften ausgeschnittene Fotos, die jeweils auf die linken Seiten geklebt waren. Rechts neben jedem Foto war der Name des abgebildeten Gegenstandes in großen Blockbuchstaben zu lesen: BAUM, HAUS, WAGEN ...

»Was halten Sie davon?«

Mit gerunzelter Stirn und ohne ein Wort zu sagen, fuhr Lem fort, in dem Buch zu blättern. Er wußte, das Buch war wichtig, erriet aber nicht gleich, weshalb. Und dann kam ihm die Idee: »Das ist eine Fibel. Um das Lesen zu lehren.«

»Ja«, sagte Cliff.

Lem sah, daß sein Assistent lächelte. »Sie meinen, die müssen wissen, daß der Hund intelligent ist und daß er ihnen seine Fähigkeiten offenbart hat? Und dann ... dann haben die beschlossen, ihm das Lesen beizubringen?«

»Sieht so aus«, sagte Cliff und lächelte immer noch. »Du lieber Gott, halten Sie das für möglich? *Könnte* man ihm das Lesen beibringen?«

»Ohne Zweifel«, sagte Lem. »Tatsächlich stand Leseunterricht auf Dr. Weatherbys Zeitplan für diesen Herbst.«

»Da soll mich doch der Teufel holen!« sagte Cliff und schüttelte den Kopf.

»Ehe Sie sich daran zu sehr begeistern«, meinte Lem, »sollten Sie besser die Situation bedenken. Dieser Bursche weiß, daß der Hund erstaunlich klug ist. Vielleicht ist es ihm gelungen, ihm das Lesen beizubringen. Also müssen wir auch damit rechnen, daß er eine Methode entwickelt hat, sich mit ihm zu verständigen. Er weiß, daß er ein Versuchstier ist. Er muß wissen, daß eine Menge Leute nach ihm suchen.«

Cliff unterbrach ihn: »Dann muß er auch über den Outsider Bescheid wissen, weil der Hund eine Möglichkeit gefunden haben wird, es ihm mitzuteilen.«

»Ja. Und trotzdem, obwohl er das alles weiß, hat er es vorgezogen, nicht an die Öffentlichkeit zu treten. Er hätte die Geschichte dem Meistbietenden verkaufen können. Aber das hat er nicht. Oder er hätte die Presse herbeirufen und das Pentagon hochgehen lassen können, weil es diese Art Forschungen unterstützt.«

»Aber er hat es nicht getan«, sagte Cliff und runzelte die Stirn.

»Was bedeutet, vor allem anderen bedeutet, daß er eine Bindung zu dem Hund hat und ihn behalten und verhindern möchte, daß er wieder eingefangen wird.«

Cliff nickte. »Das ergibt durchaus einen Sinn, wenn stimmt, was wir über ihn gehört haben. Ich meine, dieser Typ hat als junger Mensch seine ganze Familie verloren. Und seine Frau nach weniger als einem Jahr. Und alle seine Kumpel bei der Delta Force. Also ist er zum Einsiedler geworden, hat sich von allen seinen Freunden abgekapselt. Verdammt einsam muß er gewesen sein. Und dann taucht der Hund auf ...«

»Genau«, sagte Lem. »Und für einen Mann mit der Ausbildung der Delta Force dürfte es nicht zu schwierig sein, in Dekkung zu bleiben. Und *wenn* wir ihn finden, dann wird er auch wissen, wie er für den Hund kämpfen muß. Herrgott, und wie er das wissen wird!«

»Das Gerücht von wegen Delta Force ist noch nicht bestätigt«, sagte Cliff hoffnungsvoll.

»Doch, ich hab's gerade bestätigt bekommen«, sagte Lem und beschrieb das Foto, das er in dem zerwühlten Schlafzimmer gesehen hatte.

Cliff seufzte. »Dann sitzen wir ganz schön in der Scheiße.«

»Bis zum Hals«, pflichtete Lem ihm bei.

11

Sie hatten San Francisco um sechs Uhr früh am Donnerstagmorgen erreicht und um halb sieben ein geeignetes Motel gefunden — eine weitläufige Anlage, die einen modernen und sauberen Eindruck machte. Tiere waren dort nicht erwünscht, aber es war nicht schwierig gewesen, Einstein ins Zimmer zu schmuggeln.

Obwohl eine gewisse Chance bestand, daß ein Haftbefehl gegen Travis ergangen war, trug er sich in dem Motel unter seinem Namen ein. Er hatte keine andere Wahl, weil Nora weder Kreditkarten noch einen Führerschein besaß. Heutzutage wurde am Empfang zwar Bargeld angenommen, aber nicht ohne Ausweis; der Computer der jeweiligen Motelkette verlangte Daten über die Gäste.

Marke und Zulassungsnummer seines Wagens gab er freilich nicht korrekt an; er hatte nämlich außer Sichtweite des Büros geparkt, weil er vor dem Angestellten diese Einzelheiten verheimlichen wollte.

Sie nahmen nur ein Zimmer und behielten Einstein bei sich. Travis war so erschöpft, daß er Nora gerade noch einen Gutenachtkuß geben konnte, ehe er in tiefen Schlaf sank. Er träumte von Kreaturen mit gelben Augen, mißgestaltetem Kopf und einem Krokodilmaul voll Haifischzähnen.

Fünf Stunden später, zehn Minuten nach zwölf Uhr mittags, wachte er auf.

Nora war vor ihm aufgestanden, hatte geduscht und dann die einzigen Kleider, die sie bei sich hatte, wieder angezogen. Ihr Haar war feucht und *klebte* bezaubernd an ihrem Nacken. »Das Wasser ist schön heiß«, sagte sie.

»Das bin ich auch«, sagte er und umarmte und küßte sie.

»Dann solltest du dich besser abkühlen«, sagte sie und entzog sich ihm. »Da sind kleine Ohren, die uns belauschen.«

»Einstein? Der hat große Ohren.«

Im Badezimmer fand er Einstein auf dem Waschtisch stehen und aus dem Waschbecken trinken, das Nora für ihn mit kaltem Wasser gefüllt hatte.

»Weißt du, Pelzgesicht, für die meisten Hunde ist die Toilette eine völlig ausreichende Trinkwasserquelle.«

Einstein nieste ihn an, sprang vom Waschtisch und trottete aus dem Bad.

Travis hatte kein Rasierzeug mit, fand aber, daß ein eintägiger Stoppelbart ihm genau das Aussehen liefern würde, das er für die Arbeit brauchte, die er sich für heute abend im Tenderloin-Viertel vorgenommen hatte.

Sie verließen das Motel und aßen im nächsten McDonald's, das sie finden konnten. Nach dem Mittagessen fuhren sie zu einer Zweigstelle der Santa-Barbara-Bank, bei der Travis sein

Scheckkonto unterhielt. Sie benutzten seine Computer-Bankkarte, seine Mastercard und zwei seiner Visa-Karten, um insgesamt vierzehnhundert Dollar in bar abzuheben. Anschließend suchten sie ein Büro von American Express auf und besorgten sich dort mit seiner Gold Card die maximal zulässigen Dollars in bar und viertausendfünfhundert in Reiseschecks. Zusammen mit den zweitausendeinhundert in bar und den Reiseschecks, die von ihren Flitterwochen übriggeblieben waren, verfügten sie jetzt über achttausendfünfhundert Dollar in flüssigen Mitteln.

Den restlichen Nachmittag bis zum frühen Abend gingen sie einkaufen. Mit den Kreditkarten kauften sie einen kompletten Satz Gepäckstücke und genügend Kleidung, um die Koffer damit zu füllen. Hinzu kamen Toilettenartikel für sie beide und ein elektrischer Rasierapparat für Travis.

Travis kaufte auch ein Scrabble-Spiel, und Nora sagte: »Du bist doch nicht in der Stimmung für Spiele, oder?«

»Nein«, erwiderte er geheimnisvoll und genoß ihre Verblüffung sichtlich. »Das erkläre ich dir später.«

Eine halbe Stunde vor Sonnenuntergang, als sie die Einkäufe im geräumigen Kofferraum des Mercedes verstaut hatten, fuhr Travis ins Herz von San Franciscos Tenderloin, jenem Teil der Stadt, der unterhalb der O-Farrell Street eingezwängt zwischen Market Street und Van Ness Avenue liegt. Es war ein Viertel mit schmierigen Bars, in denen Oben-ohne-Tänzerinnen auftraten, Go-go-Kneipen, wo die Mädchen überhaupt nichts anhatten, Salons, wo Männer pro Minute dafür bezahlten, bei nackten jungen Frauen sitzen zu dürfen und über Sex zu reden, wo man aber gewöhnlich mehr als bloß Gespräche geboten bekam.

Diese Entartungen waren für Nora eine schockierende Entdeckung, da sie doch angefangen hatte, sich für erfahren und weltoffen zu halten. Auf eine Jauchegrube wie Tenderloin war sie nicht vorbereitet gewesen. Die Augen gingen ihr über beim Anblick der grellen Neonreklamen, die Peepshows, Damenschlammringkämpfe, schwule Bäder und Massagesalons anpriesen. Einige der Aufschriften waren ihr völlig unverständlich, und sie fragte: »Was heißt das eigentlich — ›mit Blick ins Himmelreich‹?«

Während er nach einem Parkplatz suchte, sagte Travis: »Das

heißt, daß die Mädchen völlig nackt tanzen und während ihres Tanzes die Schamlippen auseinanderschieben, um mehr von sich sehen zu lassen.«

»Nein!«

»Ja.«

»Mein Gott. Ich glaub' es nicht. Das heißt, ich glaube es — aber ich kann's nicht glauben. Und was heißt ›extreme Nahaufnahme‹?«

»Das heißt, daß die Mädchen dicht an den Tischen der Gäste tanzen. Das Gesetz erlaubt keine Berührung, aber die Mädchen tanzen sehr nahe und schwingen den Gästen den Busen ins Gesicht. Man könnte vielleicht ein oder zwei, ganz bestimmt aber nicht drei Blatt Papier zwischen ihre Brustwarzen und die Lippen der Männer schieben.«

Einstein schnaubte auf dem Rücksitz, als empfände er Ekel.

»Ganz deiner Meinung«, sagte Travis.

Sie kamen an einem krebsig aussehenden Lokal mit abwechselnd aufblitzenden roten und gelben Glühbirnen und blauen und purpurfarbenen Neonröhren vorbei, dessen Aufschrift LIVE SEX SHOW versprach.

Angewidert sagte Nora: »Mein Gott, ›*live* sex‹! Gibt es vielleicht auch Shows, wo sie mit den Toten Sex machen?«

Travis mußte so lachen, daß er fast mit einer Wagenladung dumm glotzender Collegeknaben kollidiert wäre. »Nein, nein, nein. Selbst der Tenderloin hat seine Grenzen. ›Live‹ meint nur das Gegenteil von ›auf Film‹. Man kann hier eine Menge Sex auf Film sehen, Kinos, die nur Pornografie zeigen. Aber die Kneipe hier verspricht *live* Sex auf der Bühne. Ich weiß nicht, ob sie ihr Versprechen auch halten.«

»Und ich bin nicht daran interessiert, es genauer zu wissen!« sagte Nora, und das klang, als wäre sie Dorothy aus Kansas und gerade ins unbeschreibbare, neuartige Nachbarland von Oz eingewandert. »Was machen wir hier?«

»Das hier ist das Viertel, in das man geht, wenn man Dinge finden möchte, die auf dem Nob Hill nicht verkauft werden — wie zum Beispiel ganz junge Knaben oder wirklich große Mengen Dope. Oder falsche Führerscheine und andere gefälschte Papiere.«

»Oh«, sagte sie. »O ja, jetzt verstehe ich. Dieses Viertel wird von der Unterwelt kontrolliert, von Leuten wie den Corleones im ›Paten‹.«

»Ich bin sicher, daß die Mehrzahl dieser Kneipen der Mafia gehört«, sagte er, während er den Mercedes in eine Parklücke manövrierte. »Aber mach bloß nie den Fehler, die *echte* Mafia für nette, ehrenwerte Typen wie die Corleones zu halten.«

Einstein war damit einverstanden, im Mercedes zu bleiben.

»Ich will dir was sagen, Pelzgesicht. Wenn wir *wirklich* Glück haben«, scherzte Travis, »dann beschaffen wir auch dir eine neue Identität. Und machen einen Pudel aus dir.«

Als sich das Zwielicht über die Stadt legte, stellte Nora zu ihrer Überraschung fest, daß die Brise von der Bucht herein so kühl war, daß sie die Nylonsteppjacken brauchten, die sie am Tage gekauft hatten.

»Die Nächte können hier selbst im Sommer kühl werden«, sagte er. »Bald kommt der Nebel. Die tagsüber in der Stadt aufgestaute Hitze zieht ihn vom Wasser herein.«

Selbst wenn die Abendluft mild gewesen wäre, hätte er sein Jackett getragen, denn er hatte sich den geladenen Revolver in den Gürtel gesteckt und brauchte das Jackett, um ihn zu verbergen.

»Meinst du, daß du die Waffe wirklich brauchen kannst?« fragte sie, als sie den Wagen stehenließen und zu Fuß weitergingen.

»Höchstwahrscheinlich nicht. Ich trage den Revolver hauptsächlich als eine Art Ausweis.«

»Was?«

»Wirst schon sehen.«

Sie schaute zum Wagen zurück, wo Einstein ihnen durch das Heckfenster nachstarrte und dabei wie im Stich gelassen dreinsah.

Travis schien sich nur für jene Bars zu interessieren, deren Schilder entweder sowohl englische als auch spanische oder nur spanische Aufschriften hatten. Einige Lokale waren ausgesprochen schäbig, gaben sich gar nicht die Mühe, die abblätternde Farbe und den verschimmelten Teppichboden zu verbergen, während andere Spiegel und raffinierte Beleuchtung benutzten, um zu überdecken, daß sie in Wahrheit nur Ungezieferhöhlen waren. Ein paar waren sogar sauber und hatten aufwendiges Dekor. In jedem der Lokale sprach Travis in spanischer Sprache mit dem Barkeeper, manchmal auch mit Musikern, wenn welche da waren und gerade Pause machten, und ein paarmal verteilte er zusammengefaltete Zwanzigdollarscheine. Da Nora kein Spanisch sprach, wußte sie nicht, wonach er sich erkundigte oder weshalb er diese Leute bezahlte.

Als sie dann auf der Straße waren und eine weitere dieser miesen Kneipen suchten, erklärte er ihr, daß die illegalen Einwanderer großteils aus Mexiko, San Salvador und Nicaragua kämen — verzweifelte Menschen, die vor wirtschaftlichem Chaos und politischer Unterdrückung geflohen seien. Deshalb interessierten sich wesentlich mehr spanisch sprechende Illegale für falsche Papiere als Vietnamesen, Chinesen oder die Angehörigen aller anderen Sprachgruppen zusammengenommen. »Und deshalb bekommt man am schnellsten Zugang zu einem Lieferanten falscher Papiere, wenn man die Latino-Unterwelt anzapft.«

»Und hast du schon einen Hinweis?«

»Bis jetzt noch nicht. Nur ein paar Bruchstücke. Und wahrscheinlich ist neunundneunzig Prozent von dem, wofür ich bisher bezahlt habe, Unsinn und Lüge. Aber keine Sorge — wir finden schon, was wir brauchen. Das ist auch der Grund, weshalb der Tenderloin immer im Geschäft bleiben wird: Leute, die hierherkommen, finden *immer,* was sie brauchen.«

Die Leute, die man hier antraf, setzten Nora in Erstaunen. Auf den Straßen und in den Oben-ohne-Bars konnte man alles finden. Asiaten, Latinos, Weiße, Schwarze und sogar Indianer vermengten sich im alkoholischen Nebel, so daß es den Anschein hatte, als wäre die Harmonie zwischen den Rassen ein wohltätiger Nebeneffekt der Jagd nach der Sünde. Da gab es Burschen, die in Lederjacken und Jeans herumstolzierten, andere, die wie Kriminelle aussahen. Und damit hatte sie mehr oder weniger gerechnet. Aber dann gab es auch Männer in Straßenanzügen, gepflegt aussehende junge Leute, die wie Studenten wirkten, andere wiederum, die wie Cowboys gekleidet waren, daneben vor Gesundheit strotzende Surfertypen, die aussahen, als wären sie geradenwegs aus einem alten Annette-Funicello-Film herausgetreten. Landstreicher saßen auf dem Pflaster oder lungerten an den Ecken herum. Verwitterte alte Wermutbrüder in stinkenden Kleidern und selbst einige der Typen in Straßenanzügen hatten ein so komisches Flackern in den Augen, daß man nicht übel Lust hatte, vor ihnen davonzurennen. Aber es schien, als wären die meisten der Leute hier von der Art, wie sie in jeder anständigen Umgebung als ganz gewöhnliche rechtschaffene Bürger gelten konnten. Nora war verblüfft.

Frauen gab es auf den Straßen oder in Gesellschaft der Männer in den Bars nicht viele. Nein, das stimmte nicht: Es waren Frauen zu sehen, aber sie wirkten viel ordinärer als die nackten Tänzerinnen, und nur wenige von ihnen schienen nicht käuflich.

In einer Oben-ohne-Bar, die sich ›Hot Tips‹ nannte und in der es Aufschriften in spanischer und englischer Sprache gab, war die Rockmusik aus den Lautsprechern so laut, daß Nora der Kopf dröhnte. Sechs erlesen schöne Mädchen mit makellosem Körper, nur mit hohen Absätzen und straßbestickten Bikinihöschen bekleidet, tanzten an den Tischen vor rotgesichtigen Männern, die sie entweder wie hypnotisiert anstarrten oder grölten und klatschten. Andere Oben-ohne-Mädchen, ebenso hübsch, arbeiteten als Bedienung.

Während Travis sich in Spanisch mit dem Barkeeper unterhielt, bemerkte Nora, daß einige der Kunden sie abschätzend ansahen. Ihr wurde fast übel dabei. Sie legte die Hand auf Travis' Arm, und man hätte sie in diesem Augenblick mit einer Brechstange nicht von ihm trennen können.

Der Gestank von abgestandenem Bier und Whisky, Körpergeruch, die übereinandergelagerten Düfte verschiedener billiger Parfums und Zigarettenrauch machten die Luft schwer, wie in einem Dampfbad, wenn auch bei weitem nicht so gesund.

Nora biß die Zähne zusammen und dachte: Mir wird jetzt nicht schlecht, ich werde mich hier nicht zum Narren machen, auf keinen Fall werd' ich das.

Nach ein paar Minuten schnell geführter Unterhaltung schob Travis dem Barkeeper ein paar Zwanziger hin und wurde in den hinteren Teil der Bar gewiesen, wo ein Bursche, groß wie Arnold Schwarzenegger, auf einem Stuhl neben einer Durchgangstür saß, die von einem dichten Perlvorhang verdeckt war. Er trug schwarze Lederjeans und ein weißes

T-Shirt. Seine Arme schienen dick wie Baumstämme. Sein Gesicht sah aus, als wäre es in Zement gegossen, und er hatte graue Augen, fast so transparent wie Glas. Travis sagte etwas in Spanisch zu ihm und schob ihm zwei Zwanziger hin.

Die Musik mäßigte sich von einem donnernden Heulen zu einem bloßen Dröhnen. Eine Frau, die in ein Mikrofon sprach, verkündete: »Also, Boys, wenn euch das gefällt, was ihr hier zu sehen bekommt, dann zeigt es — fangt an, die Muschis zu stopfen.«

Nora zuckte schockiert zusammen; aber als die Musik wieder lauter wurde, sah sie, was die ordinäre Formulierung bedeuten sollte. Man erwartete von den Gästen, daß sie den Tänzerinnen zusammengefaltete Fünf- und Zehndollarscheine in die Höschen schoben.

Der Hüne in den schwarzen Lederjeans erhob sich von seinem Stuhl und führte sie durch den Perlvorhang in einen drei Meter breiten und vielleicht sechs Meter langen Raum, in dem sich sechs weitere junge Frauen in hohen Absätzen und Bikinihöschen gerade darauf vorbereiteten, die bereits auf der Tanzfläche befindlichen Tänzerinnen abzulösen. Sie überprüften ihr Make-up im Spiegel, legten Lippenstift auf oder plauderten miteinander. Sie alle waren ebenso gut gebaut wie die Mädchen draußen. Einige hatten harte Gesichter, anziehend, aber hart, andere dagegen sahen unschuldig aus wie Lehrerinnen. Alle waren sie die Art Frau, deren Bilder in Magazinen wie ›Playboy‹ zu finden waren und die die Männer sich gewöhnlich in die Spinde klebten.

Der Hüne führte Travis — und Travis führte Nora, indem er sie an der Hand hielt — durch den Ankleideraum zur Tür am anderen Ende. Während sie durch den Raum gingen, legte eine der Oben-ohne-Tänzerinnen — eine auffallend gutaussehende Blondine — Nora die Hand auf die Schulter und trat neben sie.

»Bist du neu hier, Honey?«

»Ich? Nein. O nein. Ich arbeite nicht hier.«

Die Blondine, angesichts deren unübersehbaren körperlichen Vorzügen Nora sich wie ein Junge vorkam, sagte: »Die Ausstattung dazu hast du, Honey.«

»O nein« war alles, was Nora darauf erwidern konnte.

»Gefällt dir meine Ausstattung?« fragte die Blondine.

»Oh, Sie sind sehr hübsch«, sagte Nora.

»Gib's auf, Schwester«, sagte Travis zu der Blondine. »Bei der Dame läuft auf die Tour nichts.«

Die Blondine strahlte ihn an. »Wenn sie's probiert, wird's ihr vielleicht gefallen.«

Sie verließen durch eine Tür die Garderobe und kamen in einen schmalen, schäbigen, spärlich erleuchteten Korridor, und erst jetzt wurde Nora klar, daß das ein Antrag gewesen war. Von einer Frau!

Sie wußte nicht, ob sie lachen oder sich übergeben sollte. Wahrscheinlich beides.

Der Koloß brachte sie in einen Büroraum am anderen Ende und ließ sie dort stehen, nachdem er ihnen angekündigt hatte: »Mr. Van Dyne ist in einer Minute bei Ihnen.«

Das Büro hatte graue Wände, graue Stahlsessel, Aktenschränke und einen grauen Schreibtisch aus Stahlblech, der zerbeult und verschrammt war. An den nackten Wänden hingen weder Bilder noch Kalender. Auf dem Schreibtisch waren weder Schreibzeug noch Papier oder irgendwelche Akten zu sehen. Der ganze Raum sah aus, als würde er nur selten benutzt.

Nora und Travis setzten sich auf die zwei Stahlsessel vor dem Schreibtisch.

Die Musik aus der Bar war immer noch zu hören, aber nicht mehr betäubend laut. Als Nora sich gefangen hatte, fragte sie: »Wo kommen die alle her?«

»Wer?«

»Alle diese hübschen Mädchen mit ihren langen Beinen und kleinen Pos und all dem anderen, die alle bereit sind ... *das* zu tun — wo kommen so viele her?«

»Da gibt es außerhalb von Modesto eine Zuchtfarm«, sagte Travis.

Sie starrte ihn mit aufgerissenen Augen an.

Er lachte und sagte: »Tut mir leid. Ich vergesse immer wieder, wie unschuldig du bist, Mrs. Cornell.« Er küßte sie auf die Wange. Seine Stoppeln kratzten ein wenig, aber trotzdem war es schön. Obwohl er die Kleidung von gestern trug und sich nicht rasiert hatte, schien er ihr, gemessen an dem Spießrutenlauf, den sie hinter sich gebracht hatten, um dieses Büro zu erreichen, sauber wie ein frisch geschrubbtes Baby. Er sagte:

»Ich sollte dir ernsthaft antworten, weil du nicht weißt, wann ich Witze mache.«

Sie blinzelte. »Also gibt es *keine* Zuchtfarm bei Modesto?«

»Nein. Alle Arten von Mädchen machen das. Mädchen, die hoffen, im Showbusiness zu landen, gehen nach Los Angeles, um da Filmstar zu werden, schaffen es aber nicht. Also geraten sie in L.A. in Lokale wie dieses. Oder sie gehen nach Norden nach San Francisco oder Vegas. Die meisten von ihnen sind in Wirklichkeit ganz anständige Mädchen. Sie sehen das als eine Art Zwischenstadium an, eine Chance, sehr schnell Geld zu machen und sich einen gewissen finanziellen Rückhalt zu schaffen, um es dann noch einmal in Hollywood zu probieren. Dann gibt es einige — die Selbsthasser — die es tun, um sich zu erniedrigen. Andere befinden sich in Aufruhr gegenüber ihren Eltern, ihren ersten Männern, der ganzen verdammten Welt. Und manche sind Nutten.«

»Und die Nutten picken hier ihre … Freier auf?« fragte sie.

»Teilweise — teilweise auch nicht. Manche tanzen wahrscheinlich nur, um eine nachweisbare Einkommensquelle zu haben, wenn die Steuer an ihre Tür klopft. Sie melden ihre Einkünfte als Tänzerinnen, und damit können sie das, was sie in ihrem Nuttengeschäft verdienen, besser untergehen lassen.«

»Das ist traurig«, sagte sie.

»Ja. In manchen Fällen … in einer *ziemlichen* Anzahl von Fällen, ist es verdammt traurig.«

Gebannt fragte sie: »Werden wir von diesem Van Dyne falsche Ausweise bekommen?«

»Ich glaube schon.«

Sie musterte ihn ernst. »Du kennst dich wirklich gut aus, wie?«

»Stört es dich — daß ich solche Lokale kenne?«

Sie überlegte einen Augenblick, dann meinte sie: »Nein. Eigentlich … wenn eine Frau sich einen Mann nimmt, dann meine ich, sollte das ein Mann sein, der in jeder Situation weiß, was zu tun ist. Das gibt mir eine ganze Menge Vertrauen und Zuversicht.«

»Zu mir?«

»Ja, zu dir. Und die Zuversicht, daß wir alles gut hinter uns bringen und Einstein und uns retten werden.«

»Zuversicht ist etwas Gutes. Aber eine der ersten Lektionen, die man bei Delta Force lernte, war, daß es einen den Kopf kosten kann, wenn man *übermäßig* zuversichtlich ist.«

Die Tür öffnete sich, und der Koloß kam mit einem rundgesichtigen Mann in einem grauen Anzug, einem blauen Hemd und einer schwarzen Krawatte zurück.

»Van Dyne«, sagte der Mann im grauen Anzug, bot ihnen aber nicht die Hand an. Er ging um den Schreibtisch herum und nahm auf einem hochlehnigen Sessel Platz. Sein blondes Haar war dünn, seine Wangen babyglatt. Er sah wie ein Aktienmakler in einem Fernsehcommercial aus: effzient, clever, wohlmeinend und gepflegt. »Ich wollte mit Ihnen reden, weil ich gerne wissen möchte, wer diesen Unsinn über mich verbreitet.«

Travis ging darauf nicht ein. »Wir brauchen neue Ausweise — Führerscheine, Sozialversicherungskarten — eben alles. Erstklassig und voll abgesichert, keinen Schund.«

»Davon rede ich ja«, sagte Van Dyne und hob mit einem Ausdruck, der Staunen und Verblüffung zeigen sollte, die Brauen. »Wie, in aller Welt, sind Sie auf die Idee gekommen, daß ich in dieser Art von Geschäft tätig bin? Ich fürchte, man hat Sie falsch informiert.«

»Wir brauchen erstklassige Papiere mit voller Deckung«, wiederholte Travis.

Van Dyne starrte zuerst ihn und dann Nora an. »Zeigen Sie mir Ihre Brieftasche. Und Ihre Handtasche, Miss.«

Travis legte die Brieftasche auf den Schreibtisch und sagte zu Nora: »Es ist schon in Ordnung.«

Widerstrebend legte sie die Handtasche neben seine Brieftasche.

»Bitte, stehen Sie auf und lassen Sie sich von Caesar durchsuchen«, sagte Van Dyne.

Travis stand auf und bedeutete Nora mit einer Handbewegung, sie solle ebenfalls aufstehen.

Caesar, der zementgesichtige Koloß, durchsuchte Travis mit peinlicher Gründlichkeit, fand die .357 Magnum und legte sie auf den Schreibtisch. Mit Nora war er sogar noch gründlicher, knöpfte ihre Bluse auf und tastete ihren Büstenhalter nach einem Miniaturmikrofon, einer Batterie und einem Rekorder ab. Sie wurde rot und würde diese Intimitäten nicht gestattet haben, wenn Travis ihr nicht erklärt hätte, was Caesar suchte. Außerdem blieb Caesar die ganze Zeit ausdruckslos, als wäre er eine Maschine ohne jegliches Potential für eine erotische Reaktion.

Als Caesar mit ihnen fertig war, setzten sie sich, während Van Dyne Travis' Brieftasche durchsuchte und sich anschließend Noras Handtasche vornahm. Sie hatte Angst, er würde ihr Geld nehmen, ohne ihnen etwas dafür zu geben; aber ihn schienen lediglich ihre Ausweise und das Fleischermesser zu interessieren, das Nora immer noch bei sich trug.

Dann sagte Van Dyne, zu Travis gewendet: »Okay. Wenn Sie ein Bulle wären, würde man Ihnen nicht erlauben, eine Magnum zu tragen —«, er klappte den Zylinder heraus und sah sich die Munition an, »die mit Magnums geladen ist.« Er lächelte Nora zu. »Und eine Polizistin trägt kein Fleischermesser.«

Plötzlich verstand sie, was Travis gemeint hatte, als er sagte, er trage den Revolver nicht zum Schutz, sondern weil er ihn als Identifikation brauche.

Van Dyne und Travis feilschten eine Weile und einigten sich schließlich auf sechstausendfünfhundert für zwei Ausweissätze mit ›voller Deckung‹.

Dann erhielten sie ihr Eigentum, Fleischermesser und Revolver inbegriffen, zurück.

Aus dem grauen Büro folgten sie Van Dyne in den schmalen Korridor, wo er Caesar entließ, zu einer schwachbeleuchteten Betontreppe, die in einen Kellerraum unter dem ›Hot Tips‹ führte, wo die Rockmusik durch die dazwischenliegende Betondecke noch weiter gedämpft wurde.

Nora wußte nicht genau, was sie in dem Keller zu sehen erwartete: vielleicht Männer, die alle wie Edward G. Robinson aussahen, graue Augenschirme mit Gummibändern trugen und an alten Druckerpressen arbeiteten, auf denen sie nicht nur falsche Ausweispapiere, sondern auch bündelweise Falschgeld produzierten. Was sie statt dessen vorfand, überraschte sie.

Die Treppe endete in einem Lagerraum mit Steinwänden, der etwa zehn mal zwölf Meter groß war. In ihm befanden sich, bis in Schulterhöhe aufgestapelt, Vorräte für die Bar. Sie gingen durch einen schmalen Gang aus Whisky- und Bierkartons sowie Schachteln mit Papierservietten zu einer stählernen Feuertür an der hinteren Wand. Van Dyne drückte auf einen Knopf im Türrahmen, worauf eine Kamera sie mit summendem Geräusch aufnahm und auf einen Bildschirm irgendwo übertrug.

Die Tür wurde von innen geöffnet, sie traten in einen kleineren Raum mit gedämpfter Beleuchtung, wo zwei junge Männer mit Bärten an zwei von sieben Computern arbeiteten, die an einer Wand auf Tischen aufgereiht waren. Der eine trug weiche Rockport-Schuhe, Safarihosen, einen breiten Gürtel mit Ösen und ein baumwollenes Safarihemd, der andere Reeboks, Jeans und ein Sweatshirt, auf dem die Three Stooges* abgebildet waren. Sie sahen fast wie Zwillinge aus, und beide erinnerten sie an eine junge Ausgabe von Steven Spielberg. Sie waren so mit ihrer Arbeit an den Computern beschäftigt, daß sie Nora, Travis und Van Dyne überhaupt nicht ansahen, aber sie schienen sich immens zu amüsieren, führten Selbstgespräche, redeten mit ihren Maschinen und miteinander, und alles das in einer High-tech-Sprache, die Nora völlig unverständlich blieb.

Außerdem war noch eine Frau Anfang der Zwanzig in dem Raum tätig. Sie hatte kurzes blondes Haar und eigenartig schöne Augen in der Farbe von Kupferpennys. Während Van Dyne mit den zwei Computerfreaks redete, führte die Frau Travis und Nora ans andere Ende des Raumes, stellte sie vor eine weiße Leinwand und fotografierte sie für die falschen Führerscheine.

Als die Blondine in die Dunkelkammer verschwand, um den Film zu entwickeln, traten Travis und Nora zu Van Dyne an die Computer, wo die beiden jungen Männer sich vergnügt ihrer Arbeit widmeten. Nora sah ihnen dabei zu, wie sie sich ohne Mühe Zugang zu den angeblich völlig sicheren Computern der kalifornischen Zulassungsbehörde, der Verwaltung der Sozialversicherung und zu anderen bundesstaatlichen und Regierungsbehörden verschafften.

»Als ich Mr. Van Dyne sagte, daß ich Papiere mit voller Dekkung haben wolle«, erklärte Travis, »meinte ich, daß die Führerscheine einer Untersuchung standhalten müßten, falls wir

* Three Stooges: amerikanisches Komikertrio — Anm. d. Ü.

je von einem Streifenbeamten aufgehalten würden und dieser sie überprüfte. Die Führerscheine, die wir jetzt bekommen, sind von echten nicht zu unterscheiden. Diese Burschen hier arbeiten unsere Namen in die Unterlagen der Zulassungsbehörde ein und erzeugen tatsächlich Computeraufzeichnungen dieser Führerscheine in den staatlichen Datenbänken.«

»Die Adressen sind natürlich falsch«, meinte Van Dyne. »Aber wenn Sie sich irgendwo unter Ihrem neuen Namen niederlassen, dann beantragen Sie bei der Zulassungsbehörde einfach eine Adressenänderung, wie es das Gesetz vorschreibt, und dann ist alles völlig legal. Wir richten es so ein, daß diese Führerscheine in etwa einem Jahr auslaufen, und Sie gehen dann in ein Büro der Zulassungsbehörde, legen die übliche Prüfung ab und bekommen nagelneue, weil Ihre neuen Namen ja in den Akten enthalten sind.«

»Und wie lauten unsere neuen Namen?« wollte Nora wissen.

»Sehen Sie«, sagte Van Dyne mit der ruhigen Selbstsicherheit und Geduld des Aktienmaklers, der einem neuen Anleger die Gesetze des Marktes erklärt, »wir müssen mit den Geburtsurkunden anfangen. Wir führen Computerakten von Säuglingstodesfällen überall in den westlichen Vereinigten Staaten und mindestens über die letzten fünfzig Jahre. Wir haben diese Listen bereits nach den Jahren abgesucht, in denen Sie beide geboren sind, und versucht, gestorbene Babys zu finden, die Ihre Haar- und Augenfarbe hatten — und Ihre Vornamen, einfach, weil es für Sie einfacher ist, nicht auch die Vornamen zu wechseln. Wir fanden dabei ein kleines Mädchen, Nora Jean Aimes, das am zwölften Oktober des Jahres geboren wurde, in dem auch Sie zur Welt gekommen sind, und das einen Monat später hier in San Francisco gestorben ist. Wir haben einen Laserdrucker mit buchstäblich unbegrenzter Auswahl an Typen und Größen, womit wir bereits ein Faksimile der Art von Geburtsurkunde produziert haben, wie sie zu jener Zeit in San Francisco gebräuchlich waren. Diese Urkunde trägt den Namen und die wesentlichen Daten von Nora Jean. Wir werden zwei Xeroxkopien davon herstellen und sie Ihnen beide geben. Anschließend haben wir die Akten der Sozialversicherung angezapft und uns eine Nummer für Nora Jean Aimes besorgt, die natürlich nie eine hatte, und haben dann auch Aufzeichnungen über Beitragsleistungen an die Sozialversicherung geschaffen.« Er lächelte. »Sie haben bereits genügend eingezahlt, um die Anwartschaft auf eine Pension erworben zu haben. Außerdem hat die Steuerbehörde jetzt Computerakten, die beweisen, daß Sie in einem halben Dutzend Städten als Kellnerin gearbeitet und jedes Jahr korrekt Ihre Steuern bezahlt haben.«

Travis sagte: »Mit einer Geburtsurkunde und einer richtiggehenden Sozialversicherungsnummer konnten sie anschließend einen Führerschein besorgen, hinter dem eine echte Identität steht.«

»Dann bin ich Nora Jean Aimes? Aber wenn die Geburtsurkunde in den Akten ist, dann doch auch die Sterbeurkunde. Wenn jemand nachprüfen wollte ...«

Van Dyne schüttelte den Kopf. »In jenen Tagen waren sowohl Geburts- wie auch Sterbeurkunden ausschließlich Papierdokumente, keine Computerakten. Und weil die Regierung mehr Geld vergeudet, als sie vernünftig ausgibt, hat sie nie über die Mittel verfügt, die Aufzeichnungen aus der Vorcomputerzeit in elektronische Datenbanken zu übertragen. Wenn also jemand in bezug auf Sie argwöhnisch wird, kann er sich nicht einfach auf einem Computerbildschirm die Sterbeurkunden ansehen und in zwei Minuten auf die Wahrheit stoßen. Man müßte vielmehr ein Gericht aufsuchen, dort die Akten des Leichenbeschauers für jenes Jahr durchgehen und Nora Jeans Sterbeurkunde ausheben. Aber dazu wird es nicht kommen, denn zu unserem Service gehört auch, daß Nora Jeans Sterbeurkunde aus den öffentlichen Archiven entfernt und vernichtet wird, da Sie ja jetzt ihre Identität gekauft haben.«

»Wir haben jetzt die Kreditauskunft angezapft«, sagte einer der beiden Spielberg-Doppelgänger sichtlich entzückt.

Nora sah Daten über die grünen Schirme huschen, aber nichts, was sie sah, war ihr auch nur entfernt verständlich.

»Jetzt erzeugen sie solide Kreditreferenzen für unsere neue Identität«, erklärte ihr Travis. »Wenn wir uns schließlich irgendwo niederlassen und unseren Adressenwechsel bei der Zulassungsbehörde und den anderen Behörden melden, wird unser Briefkasten mit Kreditkartenangeboten überflutet werden. Visa, Mastercard, wahrscheinlich auch American Express und Carte Blanche.«

»Nora Jean Aimes«, sagte sie etwas benommen, bemüht, zu erfassen, wie schnell und gründlich hier ihr neues Leben aufgebaut wurde.

Weil sie keinen Säugling finden konnten, der in Travis' Geburtsjahr gestorben war und seinen Vornamen trug, mußte er sich damit abfinden, künftig Samuel Spencer Hyatt zu sein, geboren im Januar jenes Jahres und im März desselben Jahres in Portland, Oregon, ums Leben gekommen. Der Tod würde aus den öffentlichen Akten gelöscht werden, und Travis' neue Identität auch gründlicher Untersuchung standhalten.

Einfach zum Spaß — wie sie sagten — erzeugten die bärtigen Computeroperateure für Travis Militärakten, wobei sie ihm sechs Jahre bei der Marineinfanterie zubilligten und ihm das Purple Heart verliehen sowie eine Anzahl Belobigungen wegen besonderer Tapferkeit während einer Friedensmission im Nahen Osten. Zu ihrem großen Vergnügen fragte er sie, ob sie ihm auch unter seinem neuen Namen eine gültige Immobilienmakler-Lizenz beschaffen könnten, worauf sie binnen fünfundzwanzig Minuten die entsprechenden Datenbanken anzapften und seinen Wunsch erfüllten.

»Plätzchenbacken«, sagte einer der jungen Männer.

»Plätzchenbacken«, wiederholte der andere.

Nora runzelte die Stirn, begriff aber nicht.

»Stückchen Kuchen«, erklärte einer von ihnen.

»So einfach wie das Plätzchenbacken«, sagte der andere.

»Plätzchenbacken«, sagte Nora und nickte.

Jetzt kam die Blondine mit den Kupferpennyaugen zurück und brachte die Führerscheine mit Fotos von Travis und Nora. »Sie sind beide recht fotogen«, sagte sie.

Zwei Stunden und zwanzig Minuten nachdem sie Van Dynes Bekanntschaft gemacht hatten, verließen sie das ›Hot Tips‹ mit zwei großen Umschlägen, die eine Vielzahl von Dokumenten enthielten, welche ihre neue Identität darstellten. Draußen auf der Straße fühlte Nora sich etwas benommen und hielt auf dem ganzen Weg zurück zum Wagen Travis' Arm fest.

Der Nebel hatte sich in die Stadt gewälzt, während sie im ›Hot Tips‹ gewesen waren. Die Blitzlichter und die grellen Neonreklamen des Tenderloin wurden vom Nebel weichgezeichnet und auch seltsam vergrößert, so daß es schien, als wäre jeder Kubikzentimeter der Nacht voll von seltsamem Licht, einer

Art Nordlicht, das bis auf die Erde herunterreichte. Die schäbigen, verkommenen Straßen waren nach Einbruch der Dunkelheit von einem gewissen Geheimnis, einem billigen Zauber umgeben — jedoch nur, wenn man sie vorher nicht bei Tageslicht gesehen hatte und wußte, wie sie da ausgesehen hatten.

Einstein wartete geduldig im Mercedes.

»Es ließ sich doch nicht machen, dich in einen Pudel zu verwandeln«, erklärte ihm Nora, während sie sich anschnallte. »Aber für uns selbst ist alles erledigt. Einstein, sag Hallo zu Sam Hyatt und Nora Aimes.«

Der Retriever legte den Kopf auf die Rückenlehne, schaute Travis an und schnaubte einmal, wie um zu sagen, daß sie ihn nicht täuschen könnten und daß *er* wisse, wer sie seien.

Zu Travis sagte Nora: »Bei deiner Antiterroristenausbildung ... hast du da von Lokalen wie dem ›Hot Tips‹ und von Leuten wie Van Dyne gehört? Bekommen dort Terroristen neue Papiere, wenn sie sich ins Land einschleichen?«

»Ja, manche gehen zu Leuten wie Van Dyne, wenn auch nicht immer. Die Sowjets liefern die Papiere für die meisten Terroristen. Van Dyne versorgt vorwiegend simple illegale Einwanderer, wenn auch nicht die armen unter ihnen, und kriminelle Typen, gegen die Haftbefehle erlassen sind.«

Während er den Wagen anließ, meinte sie: »Aber wenn du Van Dyne finden konntest, dann können ihn vielleicht auch die Leute finden, die uns suchen.«

»Vielleicht. Eine Weile würde es wohl dauern, aber möglich wäre es.«

»Dann werden sie alles über unsere neue Identität erfahren.«

»Nein«, sagte Travis. Er schaltete das Gebläse und die Scheibenwischer ein, um die beschlagenen Scheiben klarzubekommen. »Van Dyne führt ganz bestimmt keine Aufzeichnungen. Er will nicht mit den Beweisen für das, was er tut, erwischt werden. Wenn die Behörden je auf ihn stoßen und mit einem Durchsuchungsbefehl bei ihm auftauchen, werden sie in seinen Computern außer der Buchhaltung und dem Wareneingang des ›Hot Tips‹ nichts finden.«

Während sie in Richtung Golden-Gate-Brücke auf die Stadt zufuhren, starrte Nora fasziniert die Leute auf den Straßen und in den anderen Fahrzeugen an, nicht nur im Tenderloin, sondern in jedem Viertel, durch das sie kamen. Sie fragte sich, wie viele von ihnen wohl unter den Namen und Identitäten lebten, mit denen sie geboren worden waren, und wie viele Wechselbälger waren wie sie und Travis.

»In weniger als drei Stunden hat man uns völlig umgekrempelt«, sagte sie.

»Eine Mordswelt in der wir leben, was? Da weiß man erst, was High-tech heißt — maximale Fluktuation. Die ganze Welt wird immer beweglicher, fließender. Die meisten Finanztransaktionen werden heutzutage mit elektronischem Geld erledigt, das binnen Sekunden von New York nach Los Angeles — oder um die ganze Welt — flitzt. Das Geld überquert die Grenzen in einem Zeitraum, den man für ein Augenzwinkern braucht; man braucht es nicht länger an Wachen vorbeizuschmuggeln. Die meisten Aufzeichnungen werden in Form elektrischer Ladungen durchgeführt, die nur Computer lesen können. Also ist alles fließend: Identitäten sind etwas Fließendes und die Vergangenheit genauso.«

»Selbst die Genstruktur einer Gattung ist heutzutage etwas Fließendes«, meinte Nora.

Einstein wuffte zustimmend.

»Macht einem Angst, nicht wahr?« sagte Nora.

»Ein wenig«, sagte Travis, als sie sich der von Scheinwerfern angestrahlten südlichen Einfahrt der nebelumhüllten Golden-Gate-Brücke näherten, die im Dunst kaum zu sehen war. »Aber im wesentlichen hat diese maximale Fluktuation etwas Gutes. Gesellschaftliche und finanzielle Flüssigkeit garantieren die Freiheit. Ich glaube — und hoffe —, daß wir auf eine Zeit zugehen, wo die Rolle der Regierungen unvermeidbar immer bedeutungsloser wird und es keine Möglichkeit mehr gibt, Menschen so gründlich zu regulieren und kontrollieren, wie das in der Vergangenheit möglich war. Totalitäre Regierungen werden nicht an der Macht bleiben können.«

»Wieso?«

»Nun, wie kann eine Diktatur ihre Bürger in einer Hightech-Gesellschaft von maximaler Fluktuabilität kontrollieren? Die einzige Möglichkeit dafür besteht doch darin, der Technik den Zutritt zu verwehren, die Grenzen abzudichten und voll und ganz in einer früheren Zeit zu leben. Aber das wäre für jedes Land, das das versuchte, nationaler Selbstmord. Ein solches Land könnte nicht mehr mit den anderen konkurrieren. In wenigen Jahrzehnten wären sie moderne Eingeborene, primitiv nach den Maßstäben der zivilisierten High-tech-Welt. Im Augenblick beispielsweise versuchen die Sowjets den Einsatz von Computern auf die Verteidigungsindustrie zu beschränken, aber das kann nicht so bleiben. Sie werden ihre ganze Wirtschaft computerisieren und es den Menschen beibringen müssen, Computer zu benützen — wie können sie aber *dann* die Schrauben angezogen lassen, wenn ihre Bürger doch über die Mittel verfügen, das System zu manipulieren?«

An der Einfahrt zur Brücke wurde kein Zoll eingehoben. Sie fuhren auf die Brücke, wo das Geschwindigkeitslimit wegen des Wetters drastisch herabgesetzt war.

Nora blickte an dem gespenstischen Skelett der Brücke empor, an dem das Kondenswasser glitzerte und das sich im Nebel verlor, und meinte: »Du scheinst zu glauben, daß in ein oder zwei Jahrzehnten die Welt ein Paradies sein wird.«

»Kein Paradies«, sagte er. »Angenehmer, reicher, sicherer, glücklicher. Aber kein Paradies. Schließlich wird es immer noch die Probleme des menschlichen Herzens und all die potentiellen Krankheiten des menschlichen Geistes geben. Und die neue Welt wird uns mit Sicherheit nicht nur Segen, sondern auch einige neue Gefahren bringen.«

»Wie das Ding, das deinen Vermieter umgebracht hat«, sagte sie.

»Ja.«

Auf dem Rücksitz knurrte Einstein.

12

Am Donnerstagnachmittag, dem 26. August, fuhr Vince Nasco zum Haus von Johnny dem Draht Santini in San Clemente, um sich den Bericht über die vergangene Woche abzuholen. Dabei erfuhr er von der Ermordung Ted Hockneys in Santa Barbara. Der Zustand der Leiche, ganz besonders die fehlenden Augen, stellten die Verbindung zum Outsider her. Johnny hatte sich auch vergewissert, daß die NSA die Zuständigkeit für den Fall an sich gezogen hatte, was Vince überzeugte, daß eine Verbindung zu den Banodyne-Flüchtlingen bestand.

Noch am Abend besorgte er sich eine Zeitung und las bei einem Abendessen aus Enchiladas von Meeresfrüchten und einer Flasche Dos Equis in einem mexikanischen Restaurant den Bericht über Hockney und über den Mann, der Mieter des Hauses war, in dem der Mord geschah — Travis Cornell. Die Presse berichtete, Cornell, ein ehemaliger Immobilienmakler, der einmal bei der Delta Force gewesen sei, habe einen Panther in seinem Hause gehalten, und die Raubkatze habe Hockney getötet. Vince wußte, daß die Geschichte mit der Raubkatze nur Tarnung war. Die Bullen sagten, sie wollten mit Cornell und einer unbekannten Frau sprechen, die in seiner Gesellschaft gesehen worden sei, hatten aber keine Anklage gegen die beiden erhoben.

In dem Bericht stand auch ein Satz über Cornells Hund: »Möglicherweise sind Cornell und die Frau mit einem Golden Retriever unterwegs.«

Wenn ich Cornell finde, dachte Vince, dann finde ich den Hund.

Dies war der erste entscheidende Fortschritt, den er machte, und er fühlte sich in seiner Überzeugung bestätigt, daß der Besitz des Retrievers Teil des ihm von der Vorsehung Bestimmten war.

Um das zu feiern, bestellte er Bier und weitere Enchiladas.

13

Travis, Nora und Einstein verbrachten die Nacht zum Freitag in einem Motel in Marin County, nördlich von San Francisco. Sie besorgten sich in einer Tankstelle eine Sechserpackung San Miguel und in einem Schnellimbiß gebratenes Huhn, Toast und Krautsalat und nahmen in ihrem Zimmer ein spätes Abendessen ein.

Einstein schmeckte das Huhn köstlich, und er zeigte auch beträchtliches Interesse an dem Bier.

Travis beschloß, eine halbe Flasche davon in die neue gelbe Plastikschüssel zu gießen, die sie auf ihrer Einkaufstour für den Retriever gekauft hatten. »Aber nicht mehr als eine halbe Flasche, egal, wie gut es dir schmeckt. Ich möchte, daß du nüchtern bleibst, um mir ein paar Fragen zu beantworten.«

Nach dem Abendessen saßen sie alle drei auf dem Doppelbett, und Travis packte das Scrabble-Spiel aus. Er legte das Spielbrett umgedreht auf die Matratze, so daß die Spielfläche verdeckt war, und Nora half ihm die Buchstabensteine in sechsundzwanzig Häufchen auseinanderzusortieren.

Einstein sah ihnen dabei interessiert zu und schien von seiner halben Flasche San Miguel nicht im geringsten beschwipst.

»Okay«, sagte Travis. »Ich brauche detailliertere Antworten, als wir mit diesen Ja-und-Nein-Fragen bisher bekommen haben. Ich habe mir gedacht, daß es vielleicht so gehen könnte.«

»Genial«, pflichtete Nora ihm bei.

Wieder dem Hund zugewendet, sagte Travis: »Ich stelle dir jetzt eine Frage, und du zeigst auf die Buchstaben, die man braucht, um die Antwort zu buchstabieren, Buchstabe für Buchstabe, Wort für Wort. Hast du verstanden?«

Einstein blinzelte Travis zu, sah die Häufchen mit den Buchstaben an, hob den Blick wieder zu Travis und grinste.

»Also gut«, meinte der. »Kennst du den Namen des Laboratoriums, aus dem du entkommen bist?«

Einstein legte die Nase auf das Häufchen mit den B.

Nora nahm sich einen Stein und legte ihn auf das Brett.

In weniger als einer Minute hatte der Hund BANODYNE buchstabiert.

»Banodyne«, sagte Travis nachdenklich. »Davon hab' ich nie gehört. Ist das der ganze Name?«

Einstein zögerte und fing dann an, weitere Buchstaben auszuwählen, bis er BANODYNE LABORATORIES, INC. buchstabiert hatte.

Travis notierte sich die Antwort auf ein Blatt Hotelpapier und legte die einzelnen Buchstaben auf die jeweiligen Häufchen zurück. »Wo liegt Banodyne?«

IRVINE.

»Das leuchtet ein«, sagte Travis. »Ich hab' dich im Wald nördlich von Irvine gefunden. Also schön ... ich habe dich am Dienstag, den 18. Mai gefunden. Wann bist du von Banodyne entflohen?«

Einstein starrte die Buchstabenhäufchen an, winselte, traf aber keine Wahl.

»Du hast eine Menge gelesen«, sagte Travis, »und dabei

auch über Monate, Wochen, Tage und Stunden gelernt. Du hast jetzt ein Zeitgefühl.«

Der Hund sah Nora an und winselte wieder.

»Er hat jetzt ein Zeitgefühl«, sagte sie, »aber er hatte keines, als er entkam, also fällt es ihm schwer, sich zu erinnern, wie lange er auf der Flucht war.«

»Kennst du die Namen irgendwelcher Wissenschaftler bei Banodyne?« fragte Travis.

DAVIS WEATHERBY.

Travis notierte den Namen. »Noch andere?«

Gelegentlich zögerte er, weil er offenbar die Schreibweise überlegen mußte, und schließlich produzierte er LAWTON HANES, AL HUDSTUN und ein paar andere.

Nachdem Travis die Namen aller auf Hotelpapier notiert hatte, sagte er: »Das müssen einige der Leute sein, die jetzt nach dir suchen.«

JA. UND JOHNSON.

»Johnson?« sagte Nora. »Ist das einer der Wissenschaftler?«

NEIN. Der Retriever überlegte einen Augenblick, studierte die Buchstabenhäufchen und fügte schließlich hinzu: SICHERHEIT.

»Er ist Leiter der Sicherheitsabteilung von Banodyne?« fragte Travis.

NEIN. GRÖSSER.

»Wahrscheinlich eine Art FBI-Agent«, sagte Travis zu Nora, während sie die Buchstaben auf die einzelnen Häufchen zurücklegte.

Dann fragte Nora Einstein: »Kennst du den Vornamen dieses Johnson?«

Einstein schaute die Buchstaben an und winselte, und Travis wollte gerade sagen, es mache nichts aus, wenn er Johnsons Vornamen nicht kenne; aber dann versuchte der Hund ihn zu buchstabieren: LEMOOL.

»Einen solchen Namen gibt es nicht«, sagte Nora und nahm ihm die Buchstaben weg.

Einstein versuchte es noch einmal: LAMJULL. Und dann noch einmal: LEIMUL.

»Das ist auch kein Name«, sagte Travis.

Und ein drittes Mal: LEMM JU ELL.

Travis begriff, daß der Hund sich Mühe gab, den Namen

phonetisch wiederzugeben. Er wählte sechs Buchstaben aus: LEMUEL.

»Lemuel Johnson«, sagte Nora.

Einstein lehnte sich vor und drückte den Kopf an ihren Hals. Er zitterte vor Vergnügen darüber, daß er ihnen den Namen hatte vermitteln können, und die Federn des Motelbetts ächzten.

Dann ließ er von Nora ab und buchstabierte FINSTER LEMUEL.

»Finster?« sagte Travis. »Mit ›finster‹ meinst du, daß Johnson ... böse ... ist?«

NEIN. FINSTER.

Nora räumte die Buchstaben auf und sagte: »Gefährlich?«

Einstein schnaubte zuerst sie, dann Travis an, als wollte er sagen, manchmal seien sie unerträglich schwerfällig.

NEIN. FINSTER.

Einen Augenblick saßen sie stumm da und überlegten. Schließlich sagte Travis: »Schwarz! Du meinst, Lemuel Johnson ist ein Schwarzer?«

Einstein schnaubte leise, bewegte den Kopf auf und ab und versuchte auf der Bettdecke mit dem Schweif zu wedeln.

Travis erfüllte eine Freude, die in Worte zu kleiden ihm schwergefallen wäre. Sie hatten sich jetzt seit vielen Wochen mit dem Retriever verständigt, aber die Scrabble-Steine gaben dieser Verständigung eine viel größere Dimension. Mehr denn je kam Einstein ihnen wie ihr eigenes Kind vor. Aber da war auch das berauschende Gefühl, die Barrieren normaler menschlicher Erfahrung durchbrochen zu haben: ein Gefühl der Überlegenheit. Einstein war natürlich kein gewöhnlicher Hund, seine hohe Intelligenz war eher menschlich als hündisch — aber er *war* ein Hund, mehr als alles andere ein Hund, und seine Intelligenz unterschied sich trotz allem qualitativ von der eines Menschen. Unvermeidlich daher der Eindruck, diesen Dialog zwischen den Gattungen umgebe das Wunderbare, Geheimnisvolle.

Die nächste halbe Stunde fuhren sie fort, Einstein zu befragen, und Travis zeichnete die Antworten des Hundes auf. Nach einer Weile kamen sie zu der gelbäugigen Bestie, die Ted Hockney getötet hatte.

»Was ist dieses verdammte Ding?« fragte Nora.

OUTSIDER.

»Outsider?« sagte Travis. »Was meinst du damit?«

HEISST OUTSIDER.

»Im Labor?« fragte Travis. »Warum haben sie ihn Outsider genannt?«

OUTSIDER IST NICHTS.

»Das verstehe ich nicht«, sagte Nora.

ICH BIN HUND. OUTSIDER IST NICHTS.

»Ist es auch intelligent?« fragte Travis.

JA.

»So intelligent wie du?«

VIELLEICHT.

»Herr Jesus!« sagte Travis erschüttert.

Einstein gab einen bedrückt klingenden Laut von sich und legte den Kopf auf Noras Knie, suchte Zuspruch, den sie ihm gab, indem sie ihn streichelte.

»Warum haben sie ein solches Ding geschaffen?« fragte Travis.

Einstein wandte sich wieder dem Buchstabenhäufchen zu.

FÜR TÖTEN.

Travis liefes eisig über den Rücken. »Wen sollte es denn töten?«

FEIND.

»Welchen Feind?« fragte Nora.

KRIEG.

Mit dem Verstehen kam auch Ekel, bis fast zur Übelkeit. Travis ließ sich gegen das Kopfteil des Bettes sinken. Er erinnerte sich daran, daß er Nora gesagt hatte, selbst eine Welt ohne Not und mit Freiheit für alle werde keineswegs ein Paradies sein, und zwar wegen der Probleme des menschlichen Herzens und der potentiellen Krankheiten des menschlichen Geistes.

Zu Einstein sagte er: »Du willst also sagen, der Outsider ist der erste mittels Gentechnologie erzeugte Soldat. Eine Art von ... intelligentem, tödlichem Polizeihund, der für das Schlachtfeld konstruiert ist?«

GEMACHT FÜR TÖTEN. ER WILL TÖTEN.

Als Nora die Worte las, für die sie die Buchstaben auslegte, erfüllte sie Schrecken. »Aber das ist doch verrückt. Wie kann man ein solches Ding je unter Kontrolle halten? Wie kann man sich darauf verlassen, daß es sich nicht gegen seine eigenen Herren und Meister wendet?«

Travis beugte sich vor und sagte zu Einstein: »Warum sucht der Outsider dich?«

HASST MICH.

»Warum haßt er dich?«

WEISS NICHT.

Während Nora die Buchstaben zurücklegte, sagte Travis: »Wird er weiter nach dir suchen?«

JA. IMMER.

»Aber wie kann er sich bewegen, ohne gesehen zu werden?«

NACHTS.

Nora blickte verwirrt und sagte: »Aber wie verfolgt er dich?«

FÜHLT MICH.

»Fühlt dich? Was meinst du damit?« fragte sie.

Der Retriever grübelte lange darüber nach und setzte ein paarmal vergebens zur Antwort an.

»Kannst du ihn auch fühlen?« fragte Travis.

MANCHMAL.

»Fühlst du ihn jetzt?«

JA. WEIT WEG.

»Sehr weit weg«, pflichtete Travis ihm bei. »Hunderte von Meilen. Kann er dich wirklich aus so großer Entfernung fühlen und aufspüren?«

WEITER.

»Ist er jetzt auch auf deiner Spur?«

KOMMT.

Der Hund zitterte jetzt am ganzen Leib.

Travis sah, daß Nora blaß geworden war. Er legte ihr die Hand aufs Knie und sagte: »Wir werden nicht bis ans Ende unserer Tage vor ihm fliehen. Verdammt will ich sein, wenn wir das tun. Wir werden einen Ort finden, an dem wir uns niederlassen und warten; einen Ort, an dem wir uns darauf vorbereiten können, uns zu wehren. Wo wir allein sind, um uns mit dem Outsider auseinanderzusetzen, wenn er kommt.«

Einstein wies zitternd mit der Nase auf weitere Buchstaben, und Travis legte die Steine aus.

ICH GEHE.

»Was meinst du?« fragte Travis und legte die Steine zurück.

ICH GEFAHR.

Nora schlang die Arme um den Retriever und drückte ihn an sich. »So etwas darfst du nicht einmal *denken*. Du bist ein Teil von uns. Du gehörst zur Familie, verdammt. Wir alle sind eine Familie und werden das gemeinsam hinter uns bringen. *Dafür sind Familien da.*« Sie nahm den Kopf des Hundes in beide Hände, legte die Nase an die seine und blickte tief in seine Augen. »Wenn ich eines Morgens aufwache und feststelle, daß du uns verlassen hast, bricht mir das Herz.« Tränen schimmerten in ihren Augen, ihre Stimme zitterte. »Hast du mich verstanden, Pelzgesicht? Es wird mir das Herz brechen, wenn du uns verläßt.«

Der Hund entzog sich ihr und begann wieder Buchstaben auszuwählen.

ICH STERBEN.

»Du würdest sterben, wenn du uns verließest?« fragte Travis.

Der Hund wählte weitere Buchstaben aus und wartete, bis sie die Worte gelesen hatten, dann sah er sie beide ernst an, um sicher zu sein, daß sie verstanden hatten, was er meinte.

ALLEIN STERBEN.

Zweiter Teil

Der Behüter

*Allein die Liebe ist fähig, lebende Wesen
so zu vereinen, daß sie vollkommen werden
und erfüllt, denn sie allein ergreift und vereint
sie durch das, was ihr Innerstes ist.*

Pierre Teilhard de Chardin

*Niemand hat eine größere Liebe als die,
daß er sein Leben gibt für seine Freunde.*

Evangelium nach dem hl. Johannes

ACHT

1

An dem Donnerstag, an dem Nora in Dr. Weingolds Praxis fuhr, machten Travis und Einstein einen Spaziergang über die grasbedeckten Hügel und durch den Wald hinter dem Haus, das sie in Big Sur, einem der herrlichsten Abschnitte der kalifornischen Küste, gekauft hatten.

Auf den baumlosen Hügeln erwärmte die Herbstsonne die Steine und warf verstreut Schatten der Wolken. Die Brise, die vom Pazifik hereinwehte, ließ das trockene, goldgelbe Gras rascheln. Die Luft war mild, weder heiß noch kühl. Travis fühlte sich in Jeans und einem langärmeligen Hemd wohl.

Er trug eine Schrotflinte mit Pistolengriff, eine Mossberg vom Kaliber 12 mit kurzem Lauf. Er hatte die Waffe auf seinen Spaziergängen immer bei sich. Sollte ihm jemals jemand begegnen und danach fragen, hatte er vor zu sagen, er sei auf der Jagd nach Klapperschlangen.

Wo die Bäume dichter standen, erschien der helle Morgen wie später Nachmittag, und die Luft war so kühl, daß Travis sich glücklich schätzte, daß sein Hemd aus Flanell war. Mächtige Fichten, ein paar kleine Gruppen riesiger Redwoods und eine Vielzahl von Hartholzgewächsen filterten das Sonnenlicht und beließen den größten Teil des Waldbodens in ewigem Zwielicht. Das Unterholz war an manchen Stellen dicht; es bestand zum großen Teil aus dem niedrigen, undurchdringlichen Dickicht aus immergrünen Eichen, die man manchmal als ›Chaparral‹ bezeichnet, und einer Menge Farnen, die an diesem beständig feuchten Küstenstrich und wegen des häufigen Nebels besonders gut gediehen.

Einstein schnupperte einige Male an Pumaspuren und bestand darauf, Travis die Fußstapfen der großen Katzen im feuchten Waldboden zu zeigen. Zum Glück wußte er genau, wie gefährlich es war, Berglöwen zu beschleichen, und konnte seinen natürlichen Drang, hinter ihnen herzuspüren, unterdrücken.

Der Hund begnügte sich damit, die lokale Fauna zu beobachten. Man konnte häufig scheue Hirsche sehen, wie sie auf ihren Wechseln auf- oder abstiegen. Dann gab es auch eine Menge Waschbären, die zu beobachten großen Spaß machte. Obwohl einige von ihnen recht freundlich waren, wußte Einstein, daß sie unangenehm werden konnten, wenn man sie absichtlich aufschreckte; deshalb zog er es vor, respektvolle Distanz zu ihnen zu halten.

Bei anderen Spaziergängen hatte der Retriever betrübt feststellen müssen, daß die Eichhörnchen, denen er sich gefahrlos nähern konnte, sich vor ihm fürchteten. Sie erstarrten vor Schreck, glotzten ihn aus angsterfüllten Augen an, und ihre kleinen Herzen schlugen sichtbar.

WARUM EICHHÖRNCHEN ANGST? hatte er Travis eines Abends gefragt.

»Instinkt«, hatte Travis erklärt. »Du bist ein Hund, und sie wissen instinktiv, daß Hunde sie angreifen und töten.«

NICHT ICH.

»Nein, nicht du«, pflichtete Travis ihm bei und zerzauste ihm das Fell. »Du würdest ihnen nichts zuleide tun. Aber die Eichhörnchen wissen nicht, daß du anders bist. Für sie siehst du aus wie ein Hund und riechst wie ein Hund, also muß man dich auch fürchten wie einen Hund.«

ICH MAG EICHHÖRNCHEN.

»Ich weiß. Leider sind sie nicht schlau genug, das zu begreifen.«

Danach hielt Einstein Abstand von den Eichhörnchen und gab sich große Mühe, sie nicht zu erschrecken, trabte häufig mit abgewandtem Kopf an ihnen vorbei, als würde er sie nicht wahrnehmen.

An diesem ganz speziellen Tag war ihr Interesse an Eichhörnchen, Hirschen, Vögeln, Waschbären und ungewöhnlicher Waldflora minimal. Selbst der Anblick des Pazifiks interessierte sie nicht. Heute machten sie im Gegensatz zu anderen Tagen ihren Spaziergang nur, um sich die Zeit zu vertreiben und ihre Gedanken von Nora abzulenken.

Travis schaute wiederholt auf die Uhr und wählte einen

Weg, der sie bis ein Uhr im Bogen zum Haus zurückbringen sollte, weil sie Nora um diese Zeit zurückerwarteten.

Es war der einundzwanzigste Oktober, acht Wochen, nachdem sie sich in San Francisco eine neue Identität beschafft hatten. Nach einigem Überlegen hatten sie beschlossen, nach Süden zu ziehen und damit die Distanz wesentlich zu verringern, die der Outsider zurücklegen mußte, um an Einstein heranzukommen. Sie würden ihr neues Leben so lange nicht weiterführen können, bis die Bestie sie fand und sie sie töteten; deshalb wollten sie die Konfrontation eher vorverlegen als hinausschieben.

Andererseits wollten sie nicht das Risiko eingehen, zu weit nach Süden in Richtung Santa Barbara zurückzukehren, weil der Outsider den Abstand zwischen ihnen diesmal vielleicht schneller überbrückte als im letzten Sommer den zwischen Orange County und Santa Barbara. Sie konnten nicht sicher sein, daß er weiterhin nur fünf oder sechs Kilometer pro Tag zurücklegte. Wenn er sich diesmal schneller fortbewegte, war er über ihnen, ehe sie auf ihn vorbereitet waren. Die Gegend um Big Sur war wegen der spärlichen Besiedlung und der dreihundert Kilometer Luftlinie bis Santa Barbara als ideal anzusehen. Wenn das Ding Einstein anpeilte und sich so langsam wie zuvor heranpirschte, würde es erst in etwa fünf Monaten eintreffen. Wenn es sein Tempo irgendwie verdoppelte, das offene Farmland und die gebirgige Wildnis, die zwischen hier und dort lagen, schnell durchquerte und dabei besiedelten Gegenden auswich, würde es sie trotzdem erst in der zweiten Novemberwoche erreichen.

Der Zeitpunkt rückte näher, aber Travis war es zufrieden, weil er jede mögliche Vorkehrung getroffen hatte, und so begrüßte er die Ankunft des Outsiders beinahe. Bis jetzt allerdings, gab Einstein zu erkennen, sei der Widersacher noch nicht in gefährliche Nähe gerückt, war noch Zeit, sich in Geduld zu üben, ehe es zur entscheidenden Kraftprobe kam.

Um zehn Minuten vor eins erreichten sie das Ende des Kreisbogens durch die Hügel und Canyons und waren im Hof hinter ihrem neuen Haus angelangt. Es war ein zweistöckiger Bau mit Wänden aus gebleichtem Holz, einem mit Zedernschindeln gedeckten Dach und massiven gemauerten Schornsteinen am nördlichen und südlichen Ende. An der östlichen ebenso wie an der westlichen Seite gab es eine Veranda, und beide gewährten einen Blick auf bewaldete Hänge.

Weil hier nie Schnee fiel, war das Dach nur sanft geneigt, und man konnte es begehen; und dies war der Punkt, wo Travis eine seiner ersten der Verteidigung dienenden baulichen Veränderungen vorgenommen hatte. Als er jetzt zwischen den Bäumen hervortrat und hinaufblickte, sah er das grätenförmige Muster aus Balken, das er über das Dach gelegt hatte. Die Balken würden es ihm erleichtern, schnell über die schräge Fläche zu laufen. Wenn der Outsider sich nachts an das Haus heranschlich, konnte er sich nicht durch die Fenster im Erdgeschoß Zutritt verschaffen, weil diese bei Sonnenuntergang durch innen zu verriegelnde Läden abgeschlossen wurden, die Travis selbst installiert hatte und die jeden Eindringling, ausgenommen vielleicht einen mit einer Axt bewaffneten Mann, aussperrten. Also würde der Outsider höchstwahrscheinlich an den Verandapfosten auf das Dach der vorderen oder hinteren Veranda klettern, um sich die Fenster im Obergeschoß anzusehen, und dann feststellen müssen, daß auch diese mit Läden gesichert waren. Unterdessen würde Travis, durch ein vor drei Wochen rings um das Haus installiertes Infrarot-Alarmsystem gewarnt, durch eine Falltür im Dachgeschoß hinaussteigen, unter Ausnutzung der außen angebrachten Balken an den Rand des Daches kriechen, von dort das Terrassendach und den Hof überblicken können und das Feuer auf den Outsider von einer für diesen unerreichbaren Stelle aus eröffnen.

Zwanzig Meter hinter dem Hause, in östlicher Richtung, stand eine kleine, rostrote Scheune; dahinter begann der Wald. Da der Besitz kein Farmland beinhaltete, hatte der ursprüngliche Besitzer diese Scheune offenbar für ein paar Pferde und Hühner errichtet. Travis und Nora benutzten sie als Garage, weil die mit Kies bestreute Einfahrt von der Straße am Haus vorbei direkt zu den Doppeltoren der Scheune führte.

Travis vermutete, der Outsider werde bei seiner Ankunft das Haus zuerst vom Wald aus und dann im Schutz der Scheune ausspionieren. Vielleicht würde er sogar in der Scheune warten, in der Hoffnung, sie dort überraschen zu können, wenn sie den Dodge, den Pick-up oder den Toyota holen wollten. Deshalb hatte er in der Scheune ein paar Überraschungen vorbereitet.

Ihre nächsten Nachbarn — denen sie bisher erst einmal begegnet waren — lebten einen knappen halben Kilometer nördlich von ihnen außer Sichtweite, hinter Bäumen und Chaparral. Die Straße, die ein Stück näher vorbeiführte, war nachts, in der Zeit, wo der Outsider vermutlich zuschlagen würde, nicht sehr befahren. Kam es bei der Auseinandersetzung zu einer längeren Schießerei, dann hallten die Schüsse durch den Wald über die kahlen Hügel, und die wenigen Leute in der Gegend — Nachbarn oder Autofahrer auf der Straße — würden nur schwer feststellen können, woher der Lärm kam. Es sollte ihm daher möglich sein, die Kreatur zu töten und zu verscharren, ehe ein Neugieriger auftauchte.

Im Augenblick machte Travis sich mehr Sorgen um Nora als um den Outsider, als er die hintere Verandatreppe hinaufstieg, die zwei Schlösser an der hinteren Tür aufsperrte und, dicht gefolgt von Einstein, ins Haus ging. Die Küche war groß genug, um auch als Eßraum zu dienen, aber dennoch behaglich: mit Eiche getäfelte Wände, mexikanischer Kachelboden, beigefarben geflieste Unterschränke, Oberschränke ebenfalls aus Eiche, die Decke handverputzt, dazu die besten Küchengeräte, die es zu kaufen gab. Der große Bohlentisch mit vier behaglichen Polsterstühlen und ein gemauerter, offener Kamin trugen bei, diesen Raum zum Zentrum des Hauses zu machen.

Es gab vier weitere Räume — ein riesiges Wohnzimmer und ein Arbeitszimmer vorne im Erdgeschoß, drei Schlafzimmer im Obergeschoß sowie pro Stockwerk ein Bad. Eines der Schlafzimmer wurde von ihnen beiden benutzt, eines diente Nora als Atelier — sie hatte seit ihrem Einzug dort schon etwas gemalt —, und das dritte stand leer und harrte der weiteren Entwicklung.

Travis schaltete die Küchenbeleuchtung ein. Obwohl das Haus abgelegen zu sein schien, waren sie nur zweihundert Meter von der Hauptstraße entfernt, und Leitungsmasten standen entlang ihrer Zufahrt bis zum Haus.

»Ich trinke ein Bier«, sagte Travis, »willst du auch etwas?«

Einstein trottete zu seiner leeren Wasserschüssel, die neben seiner Eßschüssel in der Ecke stand, und schob sie über den Boden zum Ausguß.

Sie hatten nicht damit gerechnet, sich so bald nach der Flucht aus Santa Barbara ein solches Haus leisten zu können

— insbesondere dann nicht, als Garrison Dilworth, der Anwalt, ihnen schon bei ihrem ersten Telefonat mitteilte, daß man Travis' Bankkonten tatsächlich gesperrt habe. Sie hatten das Glück gehabt, den Zwanzigtausend-Dollar-Scheck durchzubekommen. Garrison hatte einen Teil von Travis' und Noras Geldbeständen wie geplant in Bankschecks umgewandelt und sie an Travis geschickt, indem er sie an Mr. Samuel Spencer Hyatt per Adresse des Motels in Marin County sandte, wo sie fast eine Woche gelegen hatten. Anschließend hatte er, mit der Behauptung, er habe Noras Haus für einen hübschen sechsstelligen Betrag verkauft, zwei Tage später ein weiteres Päckchen Bankschecks an dasselbe Motel geschickt.

Als Nora von einer Telefonzelle aus mit ihm telefonierte, sagte sie: »Aber selbst wenn Sie es tatsächlich verkauft haben, können die doch unmöglich so schnell abgeschlossen und bezahlt haben.«

»Nein«, gab Garrison zu. »Das wird mindestens noch einen Monat dauern. Aber Sie brauchen das Geld jetzt, also schieße ich es Ihnen vor.«

Sie hatten bei einer Bank in Carmel, etwa fünfzig Kilometer nördlich von dem Ort, wo sie jetzt wohnten, zwei Konten eröffnet. Sie hatten den neuen Pick-up gekauft, dann Garrisons Mercedes nach Norden zum Flughafen von San Francisco gebracht und ihn dort für ihn abgestellt. Dann waren sie wieder nach Süden gefahren, an Carmel vorbei und an der Küste entlang und hatten sich in der Gegend von Big Sur nach einem Haus umgesehen. Als sie dieses hier fanden, konnten sie bar dafür bezahlen. Es war klüger, ein Haus zu kaufen, als eines zu mieten, und es war klüger, es bar zu bezahlen, als es zu finanzieren, weil auf die Weise weniger Fragen beantwortet werden mußten.

Travis war sicher, daß niemand ihre Ausweispapiere anzweifeln würde, sah aber keinen Anlaß, die Qualität von Van Dynes Papieren auf die Probe zu stellen, solange dies nicht unumgänglich nötig war. Außerdem hatten sie durch den Kauf eines Hauses viel größeres Ansehen; der Erwerb gab ihren neuen Identitäten Rückhalt.

Während Travis sich eine Flasche Bier aus dem Kühlschrank holte, den Verschluß abdrehte und einen langen Schluck nahm und anschließend Einsteins Schüssel mit Wasser füllte, ging der Retriever in die Speisekammer. Die Tür war wie stets nur angelehnt, und der Hund öffnete sie ganz. Er legte eine seiner Pfoten auf ein Pedal, das Travis gleich hinter der Tür für ihn angebracht hatte, und die Deckenbeleuchtung ging an.

Neben Regalen mit Konservendosen und Flaschen enthielt die geräumige Speisekammer einen komplizierten Apparat, den Travis und Nora gebaut hatten, um die Verständigung mit dem Hund zu erleichtern. Das Gerät stand an der hinteren Wand: sechsundzwanzig Schächte aus durchsichtigem Plastik, zweieinhalb mal zweieinhalb Zentimeter im Querschnitt, waren nebeneinander in einem hölzernen Rahmen angebracht. Jeder der Schächte war etwa einen halben Meter hoch, oben offen und unten mit einer Klappe versehen, die mit einem Pedal betätigt wurde. In den Schächten waren Buchstabensteine aus sechs Scrabble-Spielen aufgestapelt, so daß Einstein über genügend Vorrat verfügte, um auch längere Botschaften zu formulieren. An der Vorderseite eines jeden Schachtes war von Hand ein Buchstabe aufgemalt, der den Inhalt anzeigte: A, B, C, D usw. Einstein konnte Buchstaben aus den Schächten holen, indem er auf die Pedale trat, und die Steine dann mit der Nase auf dem Boden der Speisekammer zu Worten zusammenschieben. Satzzeichen würden sie sich selbst dazudenken. Sie hatten sich dafür entschieden, den Apparat dort, außer Sichtweite, unterzubringen, um nicht etwa unerwartet ins Haus kommenden Nachbarn seinen Zweck erklären zu müssen.

Während Einstein sich geschäftig ans Werk machte, die Pedale zu betätigen und die Buchstabensteine aneinanderzuschieben, trug Travis sein Bier und die Wasserschüssel des Hundes auf die vordere Terrasse, wo sie Noras Ankunft erwarten wollten. Als er zurückkam, war Einstein gerade mit einer Botschaft fertig.

KÖNNTE ICH HAMBURGER HABEN? ODER WIENER?

Travis meinte: »Ich werde mit Nora zu Mittag essen, wenn sie heimkommt. Willst du nicht warten und mit uns essen?«

Der Retriever leckte sich die Lefzen und überlegte. Dann studierte er die Buchstaben, die er bereits benutzt hatte, schob einige davon beiseite und benutzte den Rest sowie ein B, ein L sowie ein V, die er aus den Schächten holen mußte.

OK. ABER ICH BIN HALB VERHUNGERT.

»Du wirst es schon überleben«, erklärte Travis. Er sammelte die Buchstabensteine ein und sortierte sie von oben wieder in die entsprechenden Schächte ein.

Dann holte er sich die Schrotflinte mit dem Pistolengriff, die er neben die Hintertür gestellt hatte, trug sie auf die Terrasse und lehnte sie dort neben seinen Schaukelstuhl. Er hörte, wie Einstein das Licht in der Speisekammer ausschaltete und ihm folgte.

Dann saßen sie in besorgtem Schweigen da — Travis in seinem Schaukelstuhl, Einstein auf den Redwoodbohlen des Bodens.

Singvögel trällerten in der milden Oktoberluft.

Travis nippte an seinem Bier, Einstein schlabberte gelegentlich von seinem Wasser, dann starrten sie wieder die Einfahrt hinunter zu den Bäumen und zur Landstraße hinüber, die sie von hier aus nicht sehen konnten.

Nora hatte im Handschuhfach ihres Toyota eine .38-Pistole, die mit Hohlspitzkugeln geladen war. In den Wochen, die verstrichen waren, seit sie Marin County verlassen hatten, hatte sie Fahren gelernt und sich mit Travis' Hilfe im Umgang mit der .38er geübt, ebenso mit einer vollautomatischen Uzi-Maschinenpistole und einer Schrotflinte. Heute hatte sie nur die .38er mit, aber für die Fahrt nach Carmel mußte die reichen. Außerdem wollte der Outsider, selbst wenn er sich ohne Einsteins Wissen bereits in die nähere Umgebung eingeschlichen hatte, vor allem den Hund. Sie war also relativ sicher.

Aber wo blieb sie nur?

Travis wünschte sich jetzt, er wäre mit ihr gefahren. Aber nach dreißig Jahren eines Lebens in Abhängigkeit und Furcht gehörten Fahrten nach Carmel ohne Begleitung zu den Dingen, mit denen sie ihre neue Stärke, ihre Unabhängigkeit und ihr Selbstbewußtsein bestätigte — und auf die Probe stellte. Seine Gesellschaft wäre ihr nicht willkommen gewesen.

Um halb zwei, als Nora bereits eine halbe Stunde überfällig war, kam in Travis ein unangenehmes, bohrendes Gefühl auf.

Einstein begann unruhig auf und ab zu laufen.

Fünf Minuten später war der Retriever der erste, der den Wagen von der Hauptstraße in den Zufahrtsweg einbiegen hörte. Er hetzte die Verandatreppe hinunter und wartete am Rand der Zufahrt.

Travis wollte Nora nicht merken lassen, daß er beunruhigt gewesen war, weil das mangelnde Vertrauen in sie bedeutet hätte, mangelndes Vertrauen in ihre Fähigkeit, selbst auf sich aufzupassen, eine Fähigkeit, die sie tatsächlich besaß und sehr hoch einschätzte. Also blieb er in seinem Schaukelstuhl sitzen, die Flasche Corona in der Hand.

Als der blaue Toyota auftauchte, seufzte er erleichtert. Als sie am Haus vorbeifuhr, hupte sie. Travis winkte, als hätte er nicht unter einer bleiernen Decke der Furcht dagesessen.

Einstein lief zur Garage, um sie zu begrüßen, und eine Minute später tauchten sie beide wieder auf. Sie trug Blue-jeans und ein gelb-weiß-kariertes Hemd, aber für Travis war sie gut genug angezogen, um inmitten mit Schmuck behängter Prinzessinnen in Abendkleidern über eine Tanzfläche zu schweben.

Sie trat neben ihn, beugte sich zu ihm herunter und küßte ihn. Ihre Lippen waren warm.

»Hab' ich dir schrecklich gefehlt?« fragte sie.

»Ohne dich war keine Sonne, kein Trällern der Vögel, keine Freude.« Er sagte es scherzhaft, locker, und doch kam es fast ernst heraus.

Einstein rieb sich an ihr und winselte, um ihre Aufmerksamkeit auf sich zu ziehen, und dann blickte er mit schiefgelegtem Kopf zu ihr auf und wuffte leise, als wollte er sagen: NUN?

»Er hat recht«, sagte Travis. »Du bist nicht fair. Mach es nicht so spannend.«

»Ich bin«, sagte sie.

»Du bist?«

Sie grinste. »Schwanger.«

»Ach du liebe Güte!« sagte er.

»Guter Hoffnung. Gesegneten Leibes. In anderen Umständen. Eine künftige Mutter.«

Er stand auf und legte die Arme um sie, hielt sie an sich gedrückt und küßte sie und sagte: »Doktor Weingold irrt wohl nicht?«

Darauf sie: »Nein, er ist ein guter Arzt.«

Und Travis: »Er muß dir doch gesagt haben, wann es soweit ist.«

»Wir können das Baby in der dritten Juniwoche erwarten.«

Travis darauf dümmlich: »Schon im nächsten Juni?«

Sie lachte und sagte: »Ich habe nicht vor, dieses Baby ein ganzes zusätzliches Jahr mit mir herumzutragen.«

Schließlich bestand Einstein darauf, auch eine Chance zu bekommen, sich an sie zu drücken und sein Entzücken zum Ausdruck zu bringen.

»Ich hab' uns eine eisgekühlte Flasche Schampus zum Feiern mitgebracht«, sagte sie und hielt ihm eine Tüte hin.

Als er in der Küche die Flasche aus der Tüte nahm, sah er, daß es moussierender Apfelmost war, alkoholfrei. »Ist das keine Feier, die den besten Champagner verdient?« fragte er.

Während sie Gläser aus dem Schrank holte, meinte sie: »Wahrscheinlich benehme ich mich kindisch, die Weltmeisterin der Angst ... Aber ich will nichts riskieren, Travis. Ich hatte nie gedacht, daß ich einmal ein Baby haben würde, nie gewagt, davon zu träumen. Und jetzt habe ich dieses dämliche Gefühl, daß es mir nie *bestimmt* war, es zu haben, und daß man es mir wegnehmen wird, wenn ich nicht jede denkbare Vorsichtsmaßregel treffe und nicht alles ganz genau richtig mache. Also werde ich keinen Schluck mehr trinken, bis es es geboren ist. Ich werde nicht zuviel rotes Fleisch essen, dafür mehr Gemüse. Geraucht hab' ich nie, also macht mir das keine Sorgen. Ich werde genausoviel zunehmen, wie Doktor Weingold mir gesagt hat, und ich werde meine gymnastischen Übungen machen und das perfekteste Baby zur Welt bringen, das die Welt je gesehen hat.«

»Natürlich wirst du das«, sagte er und füllte die Weingläser mit Apfelmost und schüttete etwas davon für Einstein in eine Schüssel.

»Nichts wird schiefgehen«, sagte sie.

»Nichts«, sagte er.

Sie brachten einen Toast auf das Baby aus — und auf Einstein, der Pate, Onkel, Großvater und pelzbedeckter Schutzengel in einer Person sein würde, und der beste, den man sich denken konnte.

Den Outsider erwähnte niemand.

Später, nachts im Bett, nachdem sie sich geliebt hatten und einander umfangen hielten und dem Gleichklang ihrer Herzen lauschten, wagte er schließlich zu sagen: »Vielleicht sollten wir wegen dem, was auf uns zukommt, nicht gerade jetzt ein Baby haben.«

»Psst!« machte sie.

»Aber ...«

»Wir haben dieses Baby nicht geplant«, sagte sie. »Tatsächlich haben wir sogar Vorkehrungen dagegen getroffen. Aber es ist trotzdem so gekommen. Daß es trotz unserer Vorsichtsmaßnahmen passiert ist, daran ist etwas Besonderes. Findest du nicht auch? Das, was ich vorher gesagt habe, daß es mir vielleicht nicht bestimmt ist, es zu bekommen ... nun, da spricht bloß die alte Nora. Die neue Nora meint, daß es uns sehr wohl bestimmt ist, daß es ein großes Geschenk für uns ist — so wie Einstein eines war.«

»Aber wenn man bedenkt, was vielleicht ...«

»Das hat nichts zu besagen«, meinte sie. »Damit werden wir fertig. Wir werden das alles gut überstehen. Wir sind bereit. Und dann werden wir das Baby haben und wirklich unser gemeinsames Leben anfangen. Ich liebe dich, Travis.«

»Ich liebe dich«, sagte er. »Herrgott, ich liebe dich.«

Und wieder wurde ihm bewußt, wie sehr sie sich doch verändert hatte und wie wenig von der unscheinbaren Frau übriggeblieben war, die er letztes Frühjahr in Santa Barbara kennengelernt hatte. Im Augenblick war sie die Starke, die Entschlossene; *sie* war es, die versuchte, ihm *seine* Angst zu nehmen.

Und es wirkte. Er fühlte sich besser. Er dachte an das Baby und lächelte im Dunkeln, das Gesicht an ihrem Hals geborgen. Obwohl das Schicksal jetzt drei Geiseln hatte — Nora, das ungeborene Baby und Einstein —, war er in besserer Stimmung, als das seit einer Ewigkeit der Fall gewesen war. Nora hatte ihn von der Angst befreit.

2

VINCE NASCO SASS AUF EINEM kunstvoll geschnitzten italienischen Sessel mit spiegelblanker Politur, Ergebnis einiger Jahrhunderte regelmäßgen Polierens.

Rechts von ihm standen ein Sofa und zwei weitere Sessel sowie ein niedriger Tisch von gleicher Eleganz vor einem Hintergrund von Regalen mit ledergebundenen Folianten, die noch nie jemand gelesen hatte. Er wußte, daß sie noch nie gelesen worden waren, weil Mario Tetragna, dessen privates Arbeitszimmer das war, einmal voll Stolz auf sie gezeigt und dabei gesagt hatte: »Teure Bücher. So gut wie an dem Tag, an dem man sie gemacht hat, weil noch nie einer sie gelesen hat. Nicht eines.«

Vor ihm stand der riesige Schreibtisch, an dem Mario Tetragna die Kassenberichte seiner Manager las, Aktenvermerke über neue Vorhaben verfaßte und Befehle erteilte, Menschen zu töten. Der Don saß jetzt an jenem Schreibtisch, hatte die Augen geschlossen, und sein Fleisch quoll über den Ledersessel. Es sah aus, als hätten seine verengten Arterien und sein verfettetes Herz ihn getötet, aber er dachte nur über Vinces Bitte nach.

Mario Tetragna, ›der Schraubenzieher‹ — hochangesehener Patriarch seiner engsten Sippe, gefürchteter Don der gesamten Tetragna-Familie, die den Drogenhandel, die Spielhöllen, die Prostitution, die Kredithaie, die Pornografie und andere organisierte kriminelle Aktivitäten in San Francisco kontrollierte — war einen Meter vierundfünfzig groß, einhundertfünfunddreißig Kilo schwer, ein Fleischberg mit einem Gesicht, das so formlos, fettig und glatt war wie eine zum Bersten gefüllte Wursthaut. Der Gedanke, daß dieses übergewichtige Exemplar eine so gefürchtete Verbrecherorganisation aufgebaut hatte, schien absurd. Tetragna war auch einmal jung gewesen, auch damals natürlich klein, und er sah aus wie jemand, der sein ganzes Leben lang fett gewesen war. Die feisten, wurstfingerigen Hände erinnerten Vince an die Hände eines Babys. Aber dies waren die Hände, die das Imperium der Familie lenkten.

Bei einem Blick in Mario Tetragnas Augen war Vince sofort klar gewesen, daß die Statur des Don, sein nur zu augenfälliger körperlicher Verfall von keiner Bedeutung waren. Die Augen waren die eines Reptils: ausdruckslos, kalt, hart, wachsam. War man nicht vorsichtig, erregte man sein Mißfallen, würde er einen mit diesen Augen festbannen und nehmen, wie eine Schlange eine vor Angst erstarrte Maus nahm: in einem verschlingen und verdauen.

Vince bewunderte Tetragna. Er wußte, dies war ein großer Mann, und wünschte, er könnte dem Don sagen, auch er sei ein Mann mit einer großen Zukunft. Aber er hatte gelernt, nicht von seiner Unsterblichkeit zu sprechen, denn in der Vergangenheit hatten solche Reden ihm von seiten eines Mannes, von dem er geglaubt hatte, er würde ihn verstehen, lediglich Spott eingetragen.

Jetzt öffnete Don Tetragna seine Reptilienaugen und sagte: »Damit ich Sie ja richtig verstehe — Sie sind auf der Suche nach einem Mann. Dies ist keine Angelegenheit der Familie. Das ist eine private Auseinandersetzung.«

»Ja, Sir«, sagte Vince.

»Sie glauben, dieser Mann könnte gefälschte Papiere gekauft haben und jetzt unter einem neuen Namen leben. Sie meinen, der Mann weiß, wie man sich solche Papiere beschafft, obwohl er nicht Mitglied einer der Familien ist, überhaupt nicht der *Fratellanza* angehört?«

»Ja, Sir. Seine Herkunft ist so, daß ... er das weiß.«

»Und Sie glauben, daß er sich diese Papiere entweder in Los Angeles oder hier beschafft hat«, sagte Don Tetragna und deutete mit einer seiner rosafarbenen Hände auf das Fenster und die Stadt San Francisco, die dahinter lag.

Vince nickte. »Am fünfundzwanzigsten August hat er seine Flucht angetreten, er hat Santa Barbara mit dem Wagen verlassen, weil er aus verschiedenen Gründen kein Flugzeug nehmen konnte. Ich glaube, daß er so schnell wie möglich eine neue Identität haben wollte. Zuerst nahm ich an, er werde nach Süden gehen und sich in Los Angeles gefälschte Ausweise besorgen, weil das am nächsten lag. Aber ich habe die vergangenen zwei Monate fast nichts anderes getan, als mit den richtigen Leuten in L.A., Orange County und selbst in San Diego zu reden, mit allen, die dieser Mann aufgesucht haben könnte, um sich erstklassige falsche Papiere zu besorgen. Ich bekam auch einige Hinweise, aber nichts davon hat mich weitergebracht. Wenn er also von Santa Barbara nicht nach Süden gegangen ist, dann muß er nach Norden gegangen sein. Und der einzige Ort im Norden, wo er die Qualität bekommen konnte ...«

»Ist unsere schöne Stadt«, sagte Don Tetragna und machte eine weit ausholende Handbewegung, die das Fenster und die dichtbevölkerten Hügel darunter einschloß. Er lächelte.

Vince nahm an, der Don lächle voll Zärtlichkeit auf sein geliebtes San Francisco hinab. Aber das Lächeln war nicht zärtlich — es wirkte habgierig.

»Und«, fuhr Don Tetragna fort, »Sie möchten, daß ich Ihnen die Namen der Leute nenne, die von mir bevollmächtigt sind, mit Papieren zu handeln, wie dieser Mann sie brauchte.«

»Wenn Ihr Herz es Ihnen erlaubt, mir diese Gefälligkeit zu erweisen, wäre ich sehr dankbar.«

»Diese Leute führen keine Aufzeichnungen.«

»Ja. Aber sie könnten sich vielleicht an etwas erinnern.«

»Ihr Geschäft ist es, sich *nicht* zu erinnern.«

»Aber der Mensch vergißt nie, Don Tetragna. Ganz gleich, wie sehr er sich darum bemüht, in Wahrheit vergißt er nie.«

»Wie wahr gesprochen. Und Sie schwören, daß der Mann, den Sie suchen, keiner Familie angehört?«

»Das schwöre ich.«

»Diese Exekution darf in keiner Weise Spuren hinterlassen, die zu meiner Familie zurückführen.«

»Ich schwöre es.«

Don Tetragna schloß wieder die Augen, aber nicht so lange wie vorhin. Als er sie wieder aufschlug, lächelte er breit, aber es war wie stets ein Lächeln ohne Humor. Er war der unvergnügteste fette Mann, den Vince je gesehen hatte. »Als Ihr Vater ein schwedisches Mädchen heiratete anstatt jemanden von unseren Leuten, war seine Familie verzweifelt und rechnete mit dem Schlimmsten. Aber Ihre Mutter war eine gute Frau, die keine Fragen stellte und stets gehorsam war. Und die beiden haben Sie hervorgebracht — einen sehr gutaussehenden Sohn. Aber Sie sind mehr als nur gutaussehend: Sie sind ein guter Soldat, Vincent. Sie haben gute, saubere Arbeit für die Familie getan, in New York und in New Jersey, für die Familien in Chicago und auch für uns hier an dieser Küste. Vor nicht allzulanger Zeit haben Sie mir den großen Dienst erwiesen, die Küchenschabe Pantangela zu zerdrücken.«

»Wofür Sie mich äußerst großzügig bezahlt haben, Don Tetragna.«

Der ›Schraubenzieher‹ machte eine wegwerfende Handbewegung. »Wir alle werden für unsere Dienste bezahlt. Aber hier reden wir nicht von Geld. Ihre Jahre der Loyalität und der guten Dienste sind mehr wert als Geld. Deshalb schuldet man Ihnen zumindest diese eine Gefälligkeit.«

»Ich danke Ihnen, Don Tetragna.«

»Man wird Ihnen die Namen jener geben, die in dieser Stadt solche Papiere liefern, und ich sorge dafür, daß man sie von Ihrem bevorstehenden Besuch verständigt. Alle werden Sie unterstützen.«

»Wenn Sie das sagen«, sagte Vince, erhob sich und beugte Kopf und Schultern, »dann weiß ich, daß es wahr ist.«

Der Don bedeutete ihm mit einer Handbewegung, sich wieder zu setzen. »Aber ehe Sie diese Privatangelegenheit in Angriff nehmen, möchte ich, daß Sie einen weiteren Kontrakt übernehmen. Es gibt einen Mann in Oakland, der mir viel Kummer bereitet. Er glaubt, ich könnte nicht an ihn heran, weil er politisch über gute Verbindungen verfügt und gut bewacht wird. Sein Name ist Ramon Velazquez. Das wird ein schwieriger Auftrag, Vincent.«

Vince verbarg seine Enttäuschung und sein Mißvergnügen. Im Augenblick war er nicht daran interessiert, einen schwierigen Hit zu übernehmen. Er wollte sich ganz darauf konzentrieren, Travis Cornell und den Hund aufzuspüren, aber er wußte, daß Tetragnas Kontrakt mehr eine Forderung war als ein Angebot. Um die Namen der Leute genannt zu bekommen, die falsche Papiere verkauften, mußte er zuerst Velazquez erledigen.

Also sagte er: »Es wäre mir eine Ehre, jedes Insekt zu zerquetschen, das Sie gestochen hat. Und diesmal ohne Honorar.«

»Oh, ich würde darauf bestehen, Sie zu bezahlen, Vincent.«

Vince lächelte so gewinnend, wie er das konnte, und sagte: »Bitte, Don Tetragna, lassen Sie mich Ihnen diesen Gefallen erweisen. Es wäre mir ein außerordentliches Vergnügen.«

Tetragna gab sich den Anschein, als müßte er überlegen, obwohl er genau das erwartet hatte — einen Gratishit als Gegenleistung dafür, daß er Vince half. Er legte beide Hände auf seinen mächtigen Bauch und betätschelte diesen. »Ich bin ein so glücklicher Mann. Wohin auch immer ich mich wende, überall wollen die Menschen mir Gefälligkeiten und Freundlichkeiten erweisen.«

»Nicht glücklich, Don Tetragna«, sagte Vince, dem die gekünstelte Konversation anfing auf die Nerven zu gehen. »Sie ernten, was Sie säen. Und wenn Sie Freundlichkeiten ernten, dann wegen der größeren Freundlichkeiten, die Sie vorher gesät haben.«

Strahlend akzeptierte Tetragna sein Angebot, Velazquez gratis zu erledigen. Die Nüstern seiner an ein Schwein erinnernden Nase blähten sich, als hätte er einen Leckerbissen gerochen, und er sagte: »Aber jetzt sagen Sie mir... nur, um meine Neugierde zu befriedigen: Was werden Sie mit diesem Mann tun, wenn Sie ihn fangen, diesem Mann, mit dem Sie eine persönliche Vendetta haben?«

Ihm das Hirn aus dem Schädel blasen und mir seinen Hund schnappen, dachte Vince.

Aber er wußte, was ›der Schraubenzieher‹ hören wollte: dieselben harten Sprüche, die alle diese Burschen von ihm hören wollten, ihm, dem von ihnen am meisten geschätzten bezahlten Killer, und so sagte er: »Don Tetragna, ich habe vor, ihm die Eier, die Ohren und die Zunge abzuschneiden — und erst dann werd' ich ihm einen Eispickel durchs Herz treiben und seine Uhr zum Stehen bringen.«

Die Augen des fetten Mannes glitzerten zustimmend. Seine Nüstern blähten sich.

3

Bis zum Thanksgivingtag hatte der Outsider das Haus in Big Sur noch nicht entdeckt.

Jede Nacht schlossen Travis und Nora die Läden an der Innenseite der Fenster. Sie verriegelten die Türen, und wenn sie sich im Obergeschoß schlafenlegten, dann hatten sie Schrotflinten neben dem Bett und Revolver auf den Nachttischen liegen.

Manchmal wurden sie in den ruhigen Stunden nach Mitternacht von seltsamen Geräuschen im Hof oder auf dem Terrassendach geweckt. Einstein tappte von Fenster zu Fenster, schnüffelte, zeigte aber dann stets an, daß sie nichts zu befürchten hätten. Bei weiterer Nachforschung fand Travis dann gewöhnlich einen herumstreunenden Waschbären oder ein anderes Tier aus dem Wald.

Travis genoß das Thanksgivingfest mehr, als er das angesichts der Umstände erwartet hatte. Er und Nora kochten für sie drei ein opulentes traditionelles Essen: Truthahnbraten mit

Kastaniensoße, einen Muschelauflauf, glacierte Karotten, gebackenen Mais, Krautsalat mit viel Pfeffer, Croissants und Kürbispastete.

Einstein probierte von allem. Trotzdem war er immer noch ein Hund; der stark gepfefferte Krautsalat war das einzige, dem er totale Abneigung entgegenbrachte, und den Truthahn zog er allem anderen vor. An jenem Nachmittag verbrachte er viel Zeit damit, zufrieden an einer Keule zu nagen.

Im Laufe der Wochen hatte Travis bemerkt, daß Einstein wie die meisten Hunde gelegentlich in den Hof hinauslief und etwas Gras fraß, obwohl es manchmal so aussah, als widerstehe es ihm. Am Thanksgivingtag tat er das wieder, und als Travis ihn fragte, ob ihm das Gras eigentlich schmecke, verneinte Einstein das.

»Warum willst du es dann manchmal fressen?«

BRAUCHE ES.

»Warum?«

WEISS NICHT.

»Wenn du nicht weißt, *wozu* du es brauchst, woher weißt du dann überhaupt, daß du es brauchst? Instinkt?«

JA.

»Bloß Instinkt?«

HÖR AUF.

Am Abend saßen sie alle drei auf Kissen auf dem Wohnzimmerboden vor dem großen offenen Kamin und hörten Musik. Einsteins goldenes Fell glänzte im Feuerschein. Während Travis, einen Arm um Nora gelegt, dasaß und mit der anderen Hand den Hund streichelte, dachte er, daß Grasfressen gar keine so schlechte Idee sein konnte, denn Einstein sah gesund und robust aus. Einstein nieste ein paarmal, hustete auch hier und da, aber das schienen ganz natürliche Reaktionen zu sein auf das übermäßige Essen und die warme, trockene Luft vor dem Kamin. Travis machte sich keinen Augenblick Gedanken um die Gesundheit des Hundes.

4

Am Nachmittag des sechsundzwanzigsten November, dem Freitag, der dem Thanksgivingtag folgte, war mildes Wetter, und Garrison Dilworth befand sich an Bord seines Segelbootes ›Amazing Grace‹ im Jachthafen von Santa Barbara. Er war damit beschäftigt, das Messingzeug zu polieren, und so in seine Arbeit versunken, daß er die zwei Männer in Straßenanzügen beinahe nicht bemerkt hätte, die über die Pier auf ihn zukamen. Er blickte auf, als sie gerade im Begriff waren, ihn anzusprechen, und wußte, wer sie waren — nicht ihre Namen, aber für wen sie tätig sein mußten —, und dies, noch, bevor sie ihm ihre Ausweispapiere zeigten.

Der eine hieß Johnson, der andere Soames.

Indem er Verblüffung und Interesse heuchelte, lud er sie ein, an Bord zu kommen.

Während der eine namens Johnson von der Pier auf das Bootsdeck herüberstieg, sagte er: »Wir würden Ihnen gern einige Fragen stellen, Mr. Dilworth.«

»Worüber?« erkundigte sich Garrison und wischte sich die Hände an einem weißen Lappen ab.

Johnson war ein Neger von mittlerer Körpergröße, fast ein wenig hager, fast ausgezehrt wirkend, und doch beeindrukkend.

»National Security Agency sagten Sie?« meinte Garrison. »Sie nehmen doch sicherlich nicht an, daß ich im Dienst des KGB stehe?«

Johnson lächelte dünn. »Sie haben für Nora Devon gearbeitet?«

Er hob die Brauen. »Nora? Ist das Ihr Ernst? Nun, ich kann Ihnen versichern, daß Nora nicht die Frau ist, die ...«

»Dann sind Sie also ihr Anwalt?« fragte Johnson.

Garrison sah den jüngeren der beiden, den mit den Sommersprossen, Soames, an und hob erneut die Brauen, als wollte er fragen, ob Johnson immer so unnahbar sei. Soames starrte ausdruckslos durch ihn hindurch und wartete offenbar darauf, daß sein Boß ihm ein Stichwort liefere.

O Mann, mit den beiden wird es Ärger geben, dachte Garrison.

Nach der enttäuschenden und erfolglosen Befragung Dilworths schickte Lem Cliff Soames mit ein paar Aufträgen aus: Er sollte die gerichtliche Erlaubnis einholen, den Privatapparat und die Bürotelefone des Anwalts anzuzapfen; die seinem Büro und die seinem Haus am nächsten gelegenen drei Telefonautomaten feststellen und veranlassen, daß auch diese sämtlich angezapft würden; die Aufzeichnungen der Telefongesellschaft über alle Ferngespräche beschaffen, die von Dilworths Haus- und Bürotelefonen aus geführt wurden; und schließlich zusätzliche Männer aus dem Büro in Los Angeles anfordern, um Dilworth rund um die Uhr zu beschatten. Und zwar sollte die Aktion binnen drei Stunden beginnen.

Während Cliff sich um alle diese Dinge kümmerte, schlenderte Lem im Hafen herum und hoffte, die Geräusche der See und der beruhigende Anblick des bewegten Wassers würden ihm helfen, seinen Verstand wieder klarzumachen und seine Gedanken auf seine Probleme zu konzentrieren. Weiß Gott, er hatte es verzweifelt nötig, sich zu *konzentrieren.* Mehr als sechs Monate waren verstrichen, seit der Hund und der Outsider aus Banodyne entkommen waren, und Lem hatte bei ihrer Verfolgung inzwischen fast sieben Kilo verloren. Er hatte seit Monaten nicht mehr gut geschlafen, wenig Appetit, und selbst sein Sexualleben hatte gelitten.

Man kann sich auch zu sehr bemühen, sagte er sich. Was dann zu einer Art Verstopfung des Geistes führte.

Aber derlei Ermahnungen nützten ihm nichts. Er war immer noch blockiert wie ein Leitungsrohr voll Beton.

Seit drei Monaten, seit sie Cornells Airstream am Tag nach dem Mord an Hockney auf dem Schulparkplatz gefunden hatten; wußte Lem, daß Cornell und die Frau in jener Augustnacht von einer Reise nach Vegas, Tahoe und Monterey zurückgekehrt waren. Sie hatten in dem Wohnwagen und dem Pick-up Tischkarten von Las Vegas, Hotelbriefbogen, Streichholzbriefchen und Benzinquittungen gefunden, die jeden Haltepunkt auf ihrer Route auswiesen. Wer die Frau war, wußte er nicht, nahm aber an, sie sei eine Freundin, nicht mehr. Aber er hätte sich natürlich nicht mit einer solchen Annahme begnügen dürfen. Erst vor ein paar Tagen, als einer seiner Mitarbeiter nach Vegas gefahren war, um dort zu heiraten, war Lem schließlich der Gedanke gekommen, Cornell und die Frau könnten zu demselben Zweck nach Vegas gefahren sein. Plötzlich hatte ihre Reise wie eine Flitterwochenreise ausgesehen. Und dann hatte er binnen Stunden herausgebracht, daß Cornell tatsächlich am 11. August in Clark County, Nevada, mit Nora Devon aus Santa Barbara die Ehe eingegangen war.

Als er Nachforschungen nach der Frau betrieb, stellte sich heraus, daß ihr Haus vor sechs Wochen verkauft worden war, kurz nachdem sie mit Cornell verschwunden war. Und als er den Verkauf näher überprüfte, entdeckte er, daß ihr Anwalt, Garrison Dilworth, sie dabei vertreten hatte.

Lem hatte gedacht, er habe es Cornell erschwert, ein Leben auf der Flucht zu führen, indem er seine Konten sperrte; jetzt fand er heraus, daß Dilworth mitgeholfen hatte, zwanzigtausend aus Cornells Bank herauszuholen, und daß auch der gesamte Erlös aus dem Verkauf des Hauses irgendwie an die Frau überwiesen worden war. Außerdem hatte sie vor vier Wochen durch Dilworth ihre Konten bei der hiesigen Bank auflösen lassen, und auch dieses Geld befand sich in ihren Händen. Sie und ihr Mann und der Hund verfügten jetzt möglicherweise über hinreichende Mittel, um jahrelang versteckt zu bleiben.

Lem stand auf dem Pier und starrte auf die sonnenbeschienene See hinaus, die rhythmisch gegen die Poller klatschte. Die Bewegung machte ihm übel.

Er blickte zu den kreisenden, krächzenden Möven empor. Doch statt daß ihn ihr eleganter Flug beruhigte, wurde er eher noch gereizter.

Garrison Dilworth war intelligent, schlau, der geborene Kämpfer. Jetzt, da die Verbindung zwischen ihm und den Cornells aufgedeckt worden war, hatte der Anwalt versprochen, er werde die NSA gerichtlich dazu zwingen, Travis' Konten freizugeben. »Sie haben gegen den Mann keine Anklage erhoben«, hatte Dilworth gesagt. »Was für ein Jammerlappen von Richter hat Ihnen die Vollmacht gegeben, seine Konten zu sperren? Die Gesetz zu manipulieren und einem unschuldigen Bürger Schwierigkeiten zu machen, ist gewissenlos.«

Lem hätte Anklage gegen Travis und Nora Cornell erheben können — wegen Verletzung aller möglichen Gesetze, die zum Schutz der nationalen Sicherheit existieren, und es so Dilworth unmöglich machen können, den Flüchtlingen weiterhin zu helfen. Aber eine solche Anklage hätte auch bedeutet, daß die Medien aufmerksam wurden. Und dann würde die hanebüchene Geschichte vom Panther, den Cornell sich als Haustier hielt — und vielleicht die ganze Tarnaktion der NSA — in sich zusammenbrechen wie ein Kartenhaus in einem Gewitter.

Seine einzige Hoffnung bestand darin, daß Dilworth versuchen würde, mit den Cornells Verbindung aufzunehmen, um ihnen mitzuteilen, daß seine Beziehung zu ihnen jetzt aufgedeckt worden sei und etwaige Kontakte in Zukunft sehr viel vorsichtiger stattfinden müßten. Wenn Lem Glück hatte, würde er dann die Cornells über deren Telefonnummer ausfindig machen können. Aber große Hoffnung, daß es so leicht gehen würde, hatte er nicht. Dilworth war kein Narr.

Lem sah sich im Jachthafen von Santa Barbara um und versuchte sich zu entspannen, denn er wußte genau, daß er gelöst und frisch sein mußte, wenn er den alten Anwalt übertölpeln wollte. Hunderte von Booten an den Piers mit eingerollten oder verstauten Segeln tänzelten sanft in der Dünung, andere Boote mit gehißten Segeln schwebten ruhig auf die offene See hinaus, Menschen in Badeanzügen sonnten sich auf den Decks oder nahmen den ersten Cocktail zu sich. Die Möven huschten wie die Nadeln einer Stickerin über die blauweiße Decke des Himmels, und Männer standen am steinernen Wellenbrecher und fischten. Die Szene war so beschaulich, daß es einem beinahe weh tat, aber zugleich war es auch ein Bild der Muße, einer ungeheuren, geplanten Muße, mit der Lem Johnson sich nicht identifzieren konnte. Für Lem war zuviel Muße eine gefährliche Ablenkung von den kalten, harten Realitäten des Lebens, von der Welt des Wettbewerbs. Jede Muße, die länger als ein paar Stunden dauerte, machte ihn nervös und erzeugte in ihm den Drang, zur Arbeit zurückzukehren. Hier gab es Muße, die sich in Tagen, in Wochen messen ließ; hier, auf diesen teuren und liebevoll gepflegten Booten, herrschte Muße, meßbar an monatelangen Segelausflügen die Küste hinauf und hinunter, so viel Muße, daß Lem in Schweiß ausbrach und den Wunsch verspürte, laut aufzuschreien.

Und dann hatte er noch etwas, worüber er sich Sorge machen mußte: den Outsider. Seit dem Tag, an dem Travis Cornell in seinem gemieteten Haus auf ihn geschossen hatte, Ende August, war keine Spur mehr von ihm aufgetaucht. Drei

Monate war das jetzt her. Was hatte das Ding in diesen drei Monaten getan? Wo hatte es sich versteckt? War es immer noch hinter dem Hund her? War es tot?

Vielleicht hatte irgendwo draußen in der Wildnis eine Klapperschlange es gebissen, oder vielleicht war es von einer Klippe gestürzt.

Herrgott, dachte Lem, laß es tot sein, tu mir den einen Gefallen: Laß es tot sein.

Aber er wußte, daß der Outsider nicht tot war, denn das wäre zu einfach gewesen. Nichts im Leben war so einfach. Das verdammte Ding war irgendwo dort draußen, immer noch hinter dem Hund her. Wahrscheinlich hatte es den Drang unterdrückt, die Menschen zu töten, denen es begegnete, weil es wußte, daß jeder Mord Lem und seine Leute näher herbeirief, und weil es nicht gefunden werden wollte, ehe es den Hund getötet hatte. Erst wenn die Bestie den Hund und die Cornells in blutige Fetzen gerissen hatte — aber erst dann —, würde es wieder anfangen, seine Wut an den Menschen im allgemeinen auszulassen, und jeder Tod würde schwer auf Lem Johnsons Gewissen lasten.

Unterdessen waren die Ermittlungen, die sich mit der Ermordung der Banodyne-Wissenschaftler befaßten, praktisch zum Stillstand gekommen. Jene zweite NSA-Einsatzgrupe war aufgelöst worden. Offensichtlich hatten die Sowjets Außenstehende für diese Morde angeheuert, und es gab keine Möglichkeit, herauszufinden, wen sie dafür eingesetzt hatten.

Ein von der Sonne tief gebräunter Mann in weißen Shorts und einem T-Shirt schlenderte an Lem vorbei und sagte: »Herrlicher Tag heute!«

»Da nehm' ich Gift drauf!« sagte Lem.

5

Am Tag nach Thanksgiving kam Travis in die Küche, um sich ein Glas Milch zu holen, und sah, daß Einstein ununterbrochen nieste. Aber er dachte sich nicht viel dabei. Auch Nora, die sich gewöhnlich viel schneller als Travis um das Wohlbefinden des Retrievers sorgte, fand nichts dabei. In Kalifornien ist der Pollenflug im Frühjahr und Herbst ziemlich heftig, aber da das Klima eine zwölfmonatige Blüte erlaubt, gibt es keine Jahreszeit, die ganz frei ist von Pollen. Und das Leben im Wald machte die Situation sogar noch schlimmer.

In jener Nacht weckte Travis ein Geräusch, das er nicht bestimmen konnte. Sofort war er hellwach, setzte sich in der Dunkelheit auf und griff nach der Schrotflinte, die neben dem Bett auf dem Boden lag. Mit der Mossberg in der Hand, lauschte er, und nach ein oder zwei Minuten kam es wieder. Aus dem oberen Flur.

Er glitt aus dem Bett, ohne Nora zu wecken, und ging vorsichtig zur Tür. Der Flur draußen war wie die meisten Räume im Haus mit einem schwachen Nachtlicht ausgestattet, und im fahlen Schein sah Travis, daß das Geräusch von dem Hund kam. Einstein stand am Treppenansatz, hustete und schüttelte dauernd den Kopf.

Travis ging zu ihm, und der Retriever blickte auf. »Bist du okay?«

Ein schnelles Schweifwedeln: JA.

Er beugte sich vor und zerzauste dem Hund das Fell. »Ganz bestimmt?«

JA.

Eine Minute lang drängte sich der Hund an ihn und genoß es, gestreichelt zu werden. Dann wandte er sich von Travis ab, hustete ein paarmal und ging die Treppe hinunter.

Travis folgte ihm. In der Küche fand er Einstein vor seiner Schüssel, Wasser schlürfend.

Nachdem er die Schüssel geleert hatte, ging der Retriever in die Kammer, schaltete das Licht ein und begann Steine aus den Kunststoffschächten zu befördern.

DURSTIG.

»Bist du auch ganz sicher, daß dir nichts fehlt?«

JA. DURSTIG. TRAUM HAT MICH GEWECKT.

Überrascht sagte Travis: »Du träumst?«

DU NICHT?

»Ja. Viel zuviel.«

Er füllte die Wasserschüssel des Retrievers wieder auf, und Einstein leerte sie erneut, worauf Travis sie zum zweitenmal füllte. Jetzt hatte der Hund genug. Travis rechnete damit, daß er hinauswollte, um zu pinkeln, aber der Hund ging statt dessen wieder hinauf und machte es sich vor der Schlafzimmertür bequem, wo Nora immer noch schlief.

Im Flüsterton sagte Travis: »Hör zu, wenn du reinkommen und neben dem Bett schlafen willst, dann ist das schon in Ordnung.«

Genau das wollte Einstein. Er rollte sich auf Travis' Seite auf dem Boden ein.

In der Dunkelheit konnte Travis die Hand ausstrecken und sowohl die Schrotflinte als auch Einstein berühren. Die Anwesenheit des Hundes verschaffte ihm mehr Beruhigung als die Waffe.

6

Am Samstagnachmittag, genau zwei Tage nach Thanksgiving, stieg Garrison Dilworth in seinen Mercedes und fuhr langsam von seinem Haus weg. Zwei Straßen weiter wußte er, daß die NSA ihn noch immer beschattete. Es war ein grüner Ford, wahrscheinlich derselbe, der ihm letzten Abend gefolgt war. Sie hielten reichlichen Abstand, und sie waren vorsichtig — aber er war schließlich nicht blind.

Er hatte Nora und Travis immer noch nicht angerufen. Weil man ihm überallhin folgte, argwöhnte er, daß man auch seine Telefone angezapft hatte. Er hätte zu einer öffentlichen Telefonzelle fahren können, aber er hatte Angst, die NSA könnte das Gespräch mit einem Richtmikrofon oder irgendeinem anderen Produkt der modernen Technik belauschen. Und wenn sie es fertigbrachten, die Wähltöne aufzuzeichnen, die er erzeugte, während er die Nummer der Cornells eintastete, dann konnten sie diese Töne leicht in Ziffern umsetzen und die Nummer in Big Sur ausfindig machen. Er würde sich irgendein Täuschungsmanöver einfallen lassen müssen, um ungefährdet Kontakt mit Travis und Nora aufnehmen zu können.

Er wußte, daß er sich beeilen mußte, damit nicht Travis oder Nora ihn vorher anriefen. Heutzutage konnte die NSA mit der ihr zur Verfügung stehenden Technik einen Anruf ebenso schnell zu seinem Ursprungsort zurückverfolgen, wie Garrison brauchte, um Travis zu sagen, daß die Leitung angezapft sei.

Und so fuhr er am Samstagnachmittag um zwei Uhr, den grünen Ford im Geleit, zu Della Colbys Haus in Montecito, um sie zu einem faulen Nachmittag in der Sonne auf seinem Boot, der ›Amazing Grace‹, abzuholen. Zumindest hatte er ihr das am Telefon gesagt.

Della war die Witwe von Richter Jack Colby. Sie und Jack waren fünfundzwanzig Jahre lang seine und Francines besten Freunde gewesen, bis der Tod sie auseinandergerissen hatte. Jack war ein Jahr nach Francine gestorben. Della und Garrison hielten engen Kontakt; sie gingen häufig miteinander zu Abend essen, gingen tanzen, machten gemeinsame Spaziergänge und segelten miteinander. Zu Anfang war ihre Beziehung rein platonisch gewesen; sie waren einfach alte Freunde, die das Glück — oder das Unglück — hatten, die überdauert zu haben, die ihnen etwas bedeutet hatten. Und sie brauchten einander, weil sie so viele angenehme Erinnerungen teilten, die verblassen würden, wenn es niemanden mehr gab, mit dem man in ihnen schwelgen konnte. Vor einem Jahr, als sie sich plötzlich zusammen im Bett gefunden hatten, waren sie überrascht und von Schuldgefühlen überwältigt gewesen. Es war ihnen, als verrieten sie damit ihre Partner, obwohl Jack und Francine schon vor Jahren gestorben waren. Die Schuldgefühle vergingen natürlich, und jetzt waren sie einfach dankbar für die Gesellschaft und die sanft brennende Leidenschaft, die unerwarteterweise ihre spätherbstlichen Tage erhellte.

Als er in Dellas Einfahrt bog, kam sie aus dem Haus, versperrte die Haustür und eilte zu seinem Wagen. Sie trug Bootsschuhe, weiße Hosen, einen blau-weiß-gestreiften Sweater und eine blaue Windbluse. Sie war neunundsechzig und ihr kurzes Haar jetzt schneeweiß, aber sie sah um fünfzehn Jahre jünger aus.

Er stieg aus dem Mercedes, umarmte sie, gab ihr einen Kuß und sagte: »Können wir mit deinem Wagen fahren?«

Sie riß die Augen auf: »Hast du mit dem deinen Ärger?«

»Nein«, sagte er. »Ich würde nur lieber deinen nehmen.«

»Also gut.«

Sie fuhr ihren Caddy rückwärts aus der Garage, und er stieg auf der Beifahrerseite ein. Als sie in die Straße einbog, sagte er: »Ich fürchte, mein Wagen ist verwanzt, und ich möchte nicht, daß die hören, was ich dir zu sagen habe.«

Der Ausdruck, mit dem sie ihn ansah, war zum Malen.

Er lachte und meinte: »Nein, ich bin nicht über Nacht senil

geworden. Wenn du beim Fahren in den Rückspiegel siehst, wirst du merken, daß man uns verfolgt. Die sind ziemlich gut und äußerst gerissen, aber unsichtbar sind sie nicht.«

Er ließ ihr Zeit, und nach ein paar Straßen sagte Della: »Der grüne Ford, nicht wahr?«

»Das sind sie.«

»Worauf hast du dich denn da eingelassen, Liebster?«

»Fahr nicht direkt zum Hafen. Fahr zum Farmer's Market, dort kaufen wir dann etwas frisches Obst. Anschließend fährst du zu einem Spirituosenladen, dort kaufen wir etwas Wein. Bis dahin habe ich dir alles erzählt.«

»Du führst wohl ein Doppelleben, von dem ich nie etwas geahnt habe?« fragte sie und grinste ihn an. »Bist du eine Art greiser James Bond?«

Tags zuvor hatte Lem Johnson in einem beengend kleinen Büro im Gerichtsgebäude von Santa Barbara sein provisorisches Hauptquartier von neuem aufgeschlagen. Der Raum hatte ein einziges schmales Fenster. Die Wände waren dunkel, die Deckenleuchten so schwach, daß in den Ecken die Schatten hingen wie deplacierte Vogelscheuchen. Das ausgeliehene Mobiliar bestand aus Dingen, die andere Büros nicht mehr haben wollten. Er hatte nach dem Hockney-Mord von hier aus gearbeitet, aber eine Woche später, als es in der Gegend nichts mehr zu tun gab, hatten sie das Büro geschlossen. Jetzt eröffnete Lem, in der Hoffnung, Dilworth werde sie zu den Cornells führen, das winzige Feldhauptquartier wieder, stöpselte die Telefone ein und wartete dann darauf, daß etwas passierte.

Er teilte das Büro mit einem Assistenten, Jim Vann, einem beinahe zu ernsten, zu diensteifrigen Fünfundzwanzigjährigen.

Im Augenblick leitete Cliff Soames das aus sechs Mann bestehende Team im Hafen, wobei er nicht nur als Vorgesetzter der in der Gegend verstreuten NSA-Agenten fungierte, sondern gleichzeitig auch die Überwachung Garrison Dilworths mit der Hafenstreife und der Küstenwache koordinierte. Offenbar wußte der schlaue alte Mann, daß man ihn beschattete, und deshalb rechnete Lem damit, daß er einen Ausbruchsversuch machen werde, daß er versuchen werde, seine Überwacher lange genug abzuschütteln, um die Cornells unbeobachtet anrufen zu können. Die logischste Methode, mit der Garrison seine Beschatter abschütteln konnte, war die, auf See hinauszufahren, hierauf entlang der Küste hinauf oder hinunter, dann mit einem Beiboot an Land zu gehen und Cornell anzurufen, ehe seine Verfolger ihn wieder entdecken konnten. Da stand ihm freilich eine Überraschung bevor: Die hiesige Hafenstreife würde ihn aus dem Hafen nach draußen begleiten; und auf See würde ihm ein Kutter der Küstenwache folgen, der sich für diesen Zweck bereithielt.

Um fünfzehn Uhr vierzig rief Cliff an, um zu berichten, Dilworth und seine Begleiterin säßen an Deck der ›Amazing Grace‹, äßen dort Obst, sprächen dem Wein zu, schwelgten in alten Erinnerungen und lachten viel. »Nach allem, was wir mit Richtmikrofonen mithören können, und nach allem, was wir sehen können, glaube ich nicht, daß sie die Absicht haben, irgendwohin zu gehen. Höchstens vielleicht ins Bett. Ein richtig unternehmungslustiges altes Paar ist das.«

»Bleiben Sie dran«, sagte Lem. »Ich traue dem Burschen nicht.«

Ein weiterer Anruf kam von dem Team, das sich, nachdem Dilworth sein Haus verlassen hatte, in dieses eingeschlichen hatte. Sie hatten nichts gefunden, was in irgendeiner Weise auf die Cornells oder den Hund hindeutete.

Dilworths Büro war schon in der vergangenen Nacht sorgfältig durchsucht worden, und auch dort war nichts gefunden worden. Auch eine genaue Überprüfung seiner Telefonaufzeichnungen brachte die Nummer der Cornells nicht zutage; falls er sie in der Vergangenheit angerufen hatte, war das immer von einer Telefonzelle aus geschehen. Eine Überprüfung seiner AT&T-Kreditkartenaufzeichnungen förderte keine solchen Gespräche zutage. Falls er also *wirklich* ein öffentliches Telefon benutzt hatte, hatte er sich das Gespräch nicht berechnen lassen, sondern ein R-Gespräch mit den Cornells geführt oder bar bezahlt, so daß es jedenfalls keine Spuren gab. Was kein gutes Zeichen war. Offenbar war Dilworth schon vor dem Zeitpunkt, da er wußte, daß man ihn beobachtete, ausnehmend vorsichtig gewesen.

Am Samstag machte Travis sich Sorgen, der Hund könnte sich erkältet haben, und behielt ihn im Auge. Aber der Retriever nieste nur ein paarmal und hustete überhaupt nicht. Im übrigen schien er völlig fit.

Eine Spedition lieferte zehn große Kartons mit sämtlichen Gemälden Noras, die diese in Santa Barbara zurückgelassen hatte. Garrison Dilworth hatte vor ein paar Wochen die Gemälde auf den Weg gebracht und dazu als Absender die Adresse eines Freundes benutzt, um sicherzustellen, daß es keine Verbindung zwischen ihm und Nora ›Aimes‹ gab.

Beim Auspacken der Gemälde, dabei im Wohnzimmer Unmengen von Seidenpapier auftürmend, schwebte Nora in höheren Sphären. Travis wußte, daß diese Arbeit viele Jahre lang ihr ganzer Lebensinhalt gewesen war, und konnte sehen, daß es ihr nicht nur große Freude bereitete, die Gemälde jetzt wieder bei sich zu haben, sondern daß es sie wahrscheinlich dazu anspornen würde, sich mit erneuter Begeisterung den neuen Bildern in ihrem Extra-Schlafzimmer zuzuwenden.

»Willst du Garrison anrufen und ihm danken?« fragte er.

»Ja, unbedingt!« sagte sie. »Aber zuerst wollen wir sie alle auspacken und uns vergewissern, daß keines davon beschädigt ist.«

Als Jachtbesitzer und Fischer verkleidet und überall im Hafen verteilt, beobachteten Cliff Soames und die anderen NSA-Leute Dilworth und Della Colby und belauschten sie elektronisch, während der Tag langsam verblaßte. Das Zwielicht senkte sich herab, und noch immer deutete nichts daraufhin, daß Dilworth vorhatte, aufs Meer hinauszufahren. Dann kam die Nacht, und immer noch machten der Anwalt und die Frau in seiner Begleitung keine Anstalten, irgend etwas zu unternehmen.

Eine halbe Stunde nach Einbruch der Dunkelheit war Cliff es leid, so zu tun, als würde er vom Heck einer Cheoy-Lee-Sportjacht von sechsundsechzig Fuß Länge, die vier Schlippen von der Dilworths entfernt lag, fischen. Er ging die Treppe hinunter in die Steuerkabine und nahm Hank Gorner, dem Agenten, der das Gespräch der beiden alten Leute durch ein Richtmikrofon überwachte, die Kopfhörer ab. Er lauschte selbst.

»... Damals in Acapulco, als Jack das Fischerboot mietete ...«

»... ja, die ganze Mannschaft hat ausgesehen wie Piraten!«

»... wir dachten schon, die würden uns die Hälse abschneiden und uns dann ins Meer werfen ...«

»... und dann stellte sich raus, daß sie alle Theologiestudenten waren ...«

»... die Missionare werden wollten ... und Jack sagte ...«

Cliff gab die Kopfhörer zurück und sagte: »Die quatschen ja immer noch!«

Der andere nickte. Die Kabinenbeleuchtung war ausgeschaltet, und Hanks Gesicht wurde nur von einer kleinen, mit Schirm versehenen Arbeitslampe über dem Kartentisch beleuchtet, so daß seine Gesichtszüge in die Länge gezogen und fremd wirkten. »So geht das jetzt schon den ganzen Tag. Zumindest haben sie 'ne Menge zu erzählen.«

»Ich geh' mal aufs Klo«, sagte Cliff müde. »Bin gleich zurück.«

»Meinetwegen können Sie sich zehn Stunden Zeit lassen. Die laufen uns nicht weg.«

Als Cliff ein paar Minuten später zurückkam, nahm Hank Gorner die Kopfhörer ab und sagte: »Die sind unter Deck gegangen.«

»Ist was?«

»Nicht das, was wir erwarten. Die geh'n jetzt ins Heu.«

»Oh.«

»Cliff, Mann, ich will mir das nicht anhör'n.«

»Doch«, beharrte Cliff.

Hank hielt sich einen der beiden Kopfhörer ans Ohr. »Mann, jetzt zieh'n die einander aus, und dabei sind sie so alt wie meine Großeltern. Richtig peinlich ist das.«

Cliff seufzte.

»Jetzt sind sie still«, sagte Hank, und er runzelte die Stirn angewidert. »Jetzt fangen die jeden Augenblick zu stöhnen an, Cliff.«

»Sie sollen zuhören«, beharrte Cliff. Er schnappte sich sein Jackett vom Tisch und ging wieder hinaus, damit *er* nicht zuzuhören brauchte.

Er bezog Position am Heck und griff wieder nach seiner Angel.

Die Nacht war kühl genug, daß er das Jackett brauchte, aber ansonsten hätte sie nicht besser sein können. Die Luft war klar und süß, roch schwach nach Meer. Der mondlose Himmel war sternenüberät. Das Wasser klatschte einschläfernd gegen die Poller und die Rümpfe der vertäuten Boote. Irgendwo im Hafen auf einem anderen Boot spielte jemand Liebeslieder aus den vierziger Jahren. Eine Maschine arbeitete — wumm, wumm, wumm —, und an dem Geräusch war etwas Romantisches. Cliff dachte darüber nach, wie schön es doch wäre, ein Boot zu besitzen und eine lange Reise durch den südlichen Pazifik zu machen, zu Inseln, von Palmen beschattet …

Plötzlich brüllte diese vor sich hintuckernde Maschine auf, und Cliff begriff; daß es die ›Amazing Grace‹ war. Während er sich aus seinem Stuhl erhob und die Angel fallen ließ, sah er, wie Dilworths Boot mit rücksichtslosem Tempo rückwärts aus seiner Schlippe schoß. Es war ein Segelboot, und Cliff hatte unbewußt nicht damit gerechnet, daß es sich mit eingerollten Segeln bewegen würde. Aber das Boot hatte einen Hilfsmotor; das wußten sie, darauf waren sie vorbereitet, und dennoch verblüffte es ihn. Er eilte in die Kabine zurück. »Hank, sehen Sie zu, daß Sie die Hafenstreife erreichen. Dilworth hat sich in Bewegung gesetzt.«

»Aber die sind doch in der Klappe.«

»Den Teufel sind sie!«

Cliff rannte auf das Vorderdeck hinaus und sah, daß Dilworth die ›Amazing Grace‹ bereits herumgedreht hatte und jetzt auf die Hafenmündung zustrebte. Keine Lichter achtern, am Ruder, nur ein kleines Licht ganz vorn. Herrgott, der wollte abhauen!

Als sie sämtliche hundert Leinwände ausgepackt, ein paar aufgehängt und den Rest in das unbenutzte Schlafzimmer getragen hatte, waren sie am Verhungern.

»Garrison ißt jetzt wahrscheinlich zu Abend«, sagte Nora. »Ich will ihn nicht stören. Rufen wir ihn nach dem Essen an.«

In der Kammer holte Einstein Buchstaben aus den Plastikschächten und buchstabierte ihnen eine Nachricht: ES IST DUNKEL.

Überrascht und über seine ganz untypische Sorglosigkeit beunruhigt, hastete Travis von Zimmer zu Zimmer, schloß die Läden und schob die Bolzen vor. Von Noras Gemälden fasziniert und von der Freude, die deren Ankunft bewirkte, mitgerissen, war ihm nicht einmal aufgefallen, daß die Nacht hereingebrochen war.

Auf halbem Weg zur Hafenmündung und überzeugt, die Distanz und das Dröhnen der Maschine schütze sie jetzt vor elektronischen Lauschern, sagte Garrison: »Bring mich dicht an die äußere Spitze des nördlichen Wellenbrechers am Rand des Hafenbeckens.«

»Bist du auch ganz sicher?« fragte Della besorgt. »Schließlich bist du kein Teenager mehr.«

Er tätschelte ihren Po und sagte: »Nein, ich bin besser.«

»Träumer.«

Er küßte sie auf die Wange, schob sich an der Steuerbordreling nach vorne und machte sich sprungbereit. Er trug eine dunkelblaue Badehose. Eigentlich hätte er einen Taucheranzug anhaben sollen, weil das Wasser wahrscheinlich kalt sein würde; aber um den Wellenbrecher würde er wohl herumschwimmen können, und dann würde er sich an der Nordseite aus dem Wasser ziehen, wo man ihn vom Hafen aus nicht sehen konnte. Das alles würde in wenigen Minuten vorbei sein, lange bevor das kalte Wasser ihm zuviel Körperwärme entzogen hatte.

»Wir bekommen Gesellschaft!« rief Della vom Steuer aus.

Er blickte nach hinten und sah, daß ein Boot der Hafenstreife sich von der südlichen Pier löste und auf der Backbordseite auf sie zukam.

Die werden uns nicht aufhalten, dachte er, dazu haben sie kein Recht.

Aber er mußte von Bord gehen, ehe die Streife achtern Stellung bezog; von hinten würden sie es sehen, wenn er über die Reling sprang. Solange sie backbord waren, deckte die ›Amazing Grace‹ sein Von-Bord-Gehen, und das phosphoreszierende Kielwasser des Bootes würde die ersten paar Sekunden auch nicht erkennen lassen, daß er um die Spitze des Wellenbrechers herumschwamm. So lange würde die Streife wohl ihre Aufmerksamkeit auf Dellas Weiterfahrt konzentrieren.

Sie fuhren mit der höchsten Geschwindigkeit, die Della sich zutraute, nach draußen. Das Boot arbeitete sich mit genügend Wucht durch die leicht kabbelige See, so daß Garrison sich an der Reling festhalten mußte. Trotzdem schien es, als bewegten sie sich enttäuschend langsam an der Steinmauer des Wellenbrechers entlang. Und die Hafenstreife rückte näher. Aber Garrison wartete. Er wartete, weil er nicht hundert Meter vor dem Ende des Hafenbeckens ins Wasser wollte. Wenn er zu bald sprang, konnte er nicht bis zur äußeren Spitze des Wellenbrechers schwimmen und ihn umrunden. Vielmehr mußte er dann geradenwegs auf den Wellenbrecher zuschwimmen und über ihn klettern, und die Beobachter würden ihn sehen können. Jetzt war die Streife auf hundert Meter herangekommen — er konnte sie sehen, wenn er sich aus seiner geduckten Stellung erhob und über das Kabinendach hinwegspähte. Jetzt schwang sie hinten herum, und Garrison konnte nicht länger warten ...

»Die Spitze!« rief Della vom Steuer aus.

Er warf sich über die Reling ins dunkle Wasser, weg vom Boot.

Die See war *kalt*, so kalt, daß sie ihm den Atem aus den Lungen preßte. Er sank, konnte die Oberfläche nicht finden, wurde von Panik erfaßt, schlug um sich und brach schließlich wieder zur Oberfläche durch, rang nach Luft.

Die ›Amazing Grace‹ war noch überraschend nahe. Es kam ihm vor, als wäre er eine Minute oder länger unter der Wasseroberfläche gewesen, aber vermutlich hatte es nur ein oder zwei Sekunden gedauert, weil sein Boot noch nicht weit weg war. Auch die Hafenstreife war nahe, und er erkannte, daß selbst das aufgewühlte Kielwasser der ›Amazing Grace‹ ihm nicht genügend Deckung bot; also holte er tief Luft und tauchte wieder, blieb unten, so lange er konnte. Als er wieder heraufkam, waren Della und ihre Verfolger an der Hafenmündung vorbei, schwenkten nach Süden, und er war vor Beobachtern sicher.

Die vom Land weggehende Gezeitenströmung trug ihn an der Spitze des Wellenbrechers vorbei, einer Mauer aus einzelnen Felsbrocken und Steinen, die sich mehr als sechs Meter über die Wasserlinie erhob und in der Nacht wie ein fleckiges, grauschwarzes Bollwerk wirkte. Er mußte nicht nur um das Ende der Barriere herumschwimmen, sondern dann gegen die Strömung auf das Land zu. Ohne weitere Verzögerung begann er zu schwimmen und fragte sich, warum in aller Welt er eigentlich gedacht hatte, dies wäre ein Kinderspiel.

Du bist fast einundsiebzig, sagte er sich, als er an der von einem Warnlicht für die Schiffahrt beleuchteten Felsspitze vorbeikraulte. Was ist eigentlich in dich gefahren, daß du den Helden spielst?

Aber er wußte, was es war: die feste Überzeugung, daß der Hund in Freiheit bleiben mußte, nicht als Eigentum der Regierung behandelt werden durfte. *Wenn wir so weit gekommen sind, daß wir erschaffen können, so wie Gott erschafft, dann müssen wir auch lernen, mit der Gerechtigkeit und der Barmherzigkeit Gottes zu handeln.* Das war es, was er Nora und Travis — und Einstein — gesagt hatte, in jener Nacht, als Ted Hockney ermordet worden war, und dabei war ihm jedes Wort bitterer Ernst gewesen.

Salzwasser brannte in seinen Augen, nahm ihm die Sicht. Etwas davon war ihm in den Mund geraten und brannte an einer kleinen offenen Wunde an seiner Unterlippe.

Er kämpfte gegen die Strömung an, arbeitete sich an der Spitze des Wellenbrechers vorbei, war jetzt vom Hafen aus unsichtbar, kämpfte sich auf die Felsen zu. Als er sie endlich erreicht hatte, klammerte er sich am ersten Steinbrocken fest, den er greifen konnte, keuchte, hatte im Augenblick nicht die Kraft, sich aus dem Wasser zu ziehen.

In den Wochen, die verstrichen waren, seit Nora und Travis ihre Flucht angetreten hatten, hatte Garrison viel Zeit gehabt, über Einstein nachzudenken, und war jetzt noch überzeugter, daß es ein Akt höchster Ungerechtigkeit war, ein intelligentes Geschöpf einzusperren, das sich keines Verbrechens schuldig gemacht hatte, auch wenn der Gefangene nur ein Hund war. Garrison hatte sein Leben der Durchsetzung der Gerechtigkeit gewidmet, was die Gesetze einer Demokratie möglich machten, und damit hatte er auch für die Erhaltung jener Freiheit gekämpft, die aus dieser Gerechtigkeit erwuchs. Wenn ein Mann mit Idealen zu dem Schluß kommt, er sei zu alt, für das, woran er glaubt, alles zu riskieren, dann ist er nicht länger ein Mann der Ideale. Möglicherweise ist er dann nicht einmal mehr ein Mann. Diese harte Wahrheit hatte ihn trotz seiner Jahre dazu getrieben, die nächtliche Strapaze auf sich zu nehmen. Seltsam — daß ein langes, nach Idealen ausgerichtetes Leben nach sieben Jahrzehnten am Schicksal eines Hundes auf seine letzte Probe gestellt wurde.

Aber *was für ein* Hund das war!

Und was für eine wunderbare neue Welt, in der sie lebten!

Vielleicht würde man der Gentechnologie einen neuen Namen geben müssen, sie ›Genkunst‹ nennen, denn jedes Kunstwerk war ein Akt der Schöpfung, und kein Akt der Schöpfung war größer oder schöner als die Erschaffung eines intelligenten Wesens.

Inzwischen ging sein Atem ruhiger, er stemmte sich aus dem Wasser, stand jetzt auf der leicht geneigten Nordflanke des Wellenbrechers. Die Barriere ragte zwischen ihm und dem Hafen auf, und er arbeitete sich landeinwärts an den Felsen entlang, während zu seiner Linken die See gegen die Steine krachte. Er hatte eine wasserdichte Taschenlampe bei sich, die er sich an die Badehose gesteckt hatte, und diese Lampe benutzte er jetzt, während er sich mit größter Vorsicht barfuß über die Felsen landeinwärts bewegte, aus Angst, er könnte auf den nassen Steinen ausgleiten und sich ein Bein oder einen Knöchel brechen.

Ein paar hundert Meter vor sich konnte er die Lichter der Stadt sehen und die undeutliche silberne Linie des Strandes.

Ihm war kalt, aber nicht mehr so kalt wie im Wasser. Sein Herz schlug rasch, aber nicht so rasch wie vorhin.

Er würde es schaffen.

Lem Johnson fuhr von seinem provisorischen Hauptquartier im Gerichtsgebäude hinunter zum Hafen, und Cliff erwartete ihn an der leeren Bootsschlippe, wo die ›Amazing Grace‹ vertäut gewesen war. Ein leichter Wind war aufgekommen. Hunderte von Booten an den Docks schlingerten leicht an ihren Liegeplätzen; sie ächzten, die durchhängenden Leinen klirrten an den Masten. Die Lampen an der Pier und die Bootslaternen warfen Lichtmuster über das dunkle, ölige Wasser, wo vor kurzem Dilworths Zweiundvierzig-Fuß-Boot gelegen hatte.

»Hafenstreife?« fragte Lem besorgt.

»Sie sind ihm auf die offene See hinaus gefolgt. Es sah aus, als wollte er nach Norden. Er fuhr dicht an die Spitze heran, schwenkte dann aber nach Süden.«

»Hat Dilworth sie bemerkt?«

»Mußte er ja. Sie sehen es ja selbst — kein Nebel, 'ne Menge Sterne, einwandfreie Sicht.«

»Gut. Ich möchte ja, daß er es weiß. Küstenwacht?«

»Ich habe mit dem Kutter gesprochen«, versicherte ihm Cliff. »Sie sind draußen, flankieren die ›Amazing Grace‹ auf hundert Meter Distanz, auf Südkurs entlang der Küste.«

Lem fröstelte in der schnell kühler werdenden Nachtluft. Er meinte: »Die wissen, daß er versuchen könnte, in einem Gummiboot oder dergleichen an Land zu gehen?«

»Das wissen die«, sagte Cliff. »Vor ihrer Nase kann er das ja nicht.«

»Ist die Küstenwacht auch sicher, daß er sie sieht?«

»Die leuchten wie ein Christbaum.«

»Gut. Ich möchte, daß er weiß, daß er keine Chance hat. Wenn wir es bloß schaffen, ihn davon abzuhalten, die Cornells zu warnen, dann werden die ihn über kurz oder lang anrufen — und dann haben wir sie. Selbst wenn sie ihn von einer Telefonzelle aus anrufen, wissen wir ungefähr, wo sie sind.«

Die NSA hatte nicht nur Dilworths Telefone bei ihm zu Hause und im Büro angezapft, sondern auch Geräte installiert, die eine Leitung sofort fixierten, sobald eine Verbindung hergestellt war, und diese Leitung auch dann noch freihielten, wenn beide Teilnehmer aufgelegt hatten, so lange, bis die Nummer des Anrufers und seine Adresse festgestellt und bestätigt waren. Selbst wenn Dilworth eine Warnung ausstieß, weil er die Stimme der Cornells erkannte, und im gleichen Augenblick auflegte, würde das bereits zu spät sein. Nur wenn er überhaupt den Hörer nicht mehr abnahm, konnte er versuchen, die Pläne der NSA zu durchkreuzen. Aber selbst das würde ihm nichts nützen, weil jedes eingehende Gespräch nach dem sechsten Klingeln automatisch von der NSA-Anlage ›abgenommen‹ wurde, und dann war die Leitung frei, und die Peilprozedur wurde eingeleitet.

»Erledigt sind wir bloß«, meinte Lem, »wenn Dilworth an ein Telefon kommt, das wir nicht überwachen, und die Cornells warnt, ihn nicht anzurufen.«

»Dazu wird es nicht kommen«, sagte Cliff. »Wir sind dicht hinter ihm.«

»Sagen Sie das nicht!« meinte Lem beunruhigt. Der Wind erfaßte eine Haspe aus Metall und schleuderte sie gegen ein Tau. Das Geräusch ließ Lem zusammenzucken. »Mein alter

Herr hat immer gesagt, das Schlimmste passiert dann, wenn man am wenigsten damit rechnet.«

Cliff schüttelte den Kopf. »Bei allem Respekt, Sir — je mehr ich Sie Ihren Vater zitieren höre, desto mehr glaube ich, daß er so ziemlich der größte Pessimist gewesen sein muß, der je gelebt hat.«

Lem sah sich um und betrachtete die schlingernden Boote und das vom Wind gepeitschte Wasser und hatte das Gefühl, als würde *er* sich bewegen, anstatt in einer sich bewegenden Welt stillzustehen. Dann sagte er leicht gekränkt: »Ja ... auf seine Art war mein alter Herr ein großartiger Bursche, aber ... unmöglich war er auch.«

Hank Gorner rief: »Hallo!« Er kam von der Cheoy Lee, wo er und Cliff den ganzen Tag stationiert gewesen waren, die Pier heruntergerannt. »Ich habe gerade mit dem Kutter der Küstenwacht gesprochen. Die lassen ihren Scheinwerfer über die ›Amazing Grace‹ wandern, damit die ein wenig unruhig werden, und sagen, daß sie Dilworth nicht sehen, bloß die Frau.«

»Aber, Herrgott, er lenkt doch das Boot!« sagte Lem.

»Nein«, widersprach Gorner. »Die ›Amazing Grace‹ hat keine Lichter an, aber der Scheinwerfer der Küstenwacht beleuchtet das Ding, und die sagen, die Frau ist am Steuer.«

»Das ist schon in Ordnung. Er ist eben unter Deck«, sagte Cliff.

»Nein«, sagte Lem, und sein Herz fing an schneller zu schlagen. »In einem solchen Augenblick wäre der bestimmt nicht unter Deck. Der würde den Kutter beobachten und sich überlegen, ob er weiterfahren oder kehrtmachen soll. Er ist nicht auf der ›Amazing Grace‹.«

»Aber er muß doch! Er ist doch nicht von Bord gegangen, ehe sie die Pier verlassen hat.«

Lem starrte über den kristallklaren Hafen hinaus auf das Licht nahe am Ende des nördlichen Wellenbrechers. »Sie sagten, das verdammte Boot sei dicht an die Nordspitze herangefahren, und es habe so ausgesehen, als wollte er weiter nach Norden. Dann aber hat er plötzlich kehrtgemacht und ist auf Südkurs gegangen.«

»Scheiße!« sagte Cliff.

»Und dort ist er abgesprungen«, sagte Lem. »Draußen an

der Spitze des Wellenbrechers. Ohne Gummiboot. Geschwommen ist er, bei Gott.«

»Dafür ist er zu alt«, protestierte Cliff.

»Offenbar nicht. Er ist um die Spitze herum auf die andere Seite geschwommen und jetzt zu einer Telefonzelle an einem der öffentlichen Strände im Norden unterwegs. Wir müssen ihn aufhalten, und zwar schnell.«

Cliff schrie durch seine zum Trichter geformten Hände die Vornamen der vier Agenten, die auf anderen Booten entlang der Piers verteilt waren. Seine Stimme trug trotz des Windes weit und hallte flach vom Wasser wider. Männer kamen gerannt, und noch während Cliffs Schreie über dem Hafen verhallten, sprintete Lem zu seinem Wagen auf dem Parkplatz.

Das Schlimmste passiert dann, wenn man am wenigsten damit rechnet.

Travis war damit beschäftigt das Geschirr zu spülen, als Nora sagte: »Sieh dir das an.«

Er drehte sich um und sah, daß sie bei Einsteins Schüsseln stand. Das Wasser war weg, aber das halbe Abendessen hatte er stehenlassen.

»Hast du je erlebt, daß er auch nur ein Stück übrigläßt?« fragte sie.

»Nein.« Travis runzelte die Stirn und trocknete sich die Hände an einem Küchenhandtuch ab. »Die letzten paar Tage ... Ich dachte immer, er hätte sich vielleicht erkältet, aber er sagt, es geht ihm gut. Und heute hat er nicht mehr so geniest oder gehustet wie die letzten Tage.«

Sie gingen ins Wohnzimmer, wo der Retriever mit Hilfe seiner Umblättermaschine ein Buch las.

Sie knieten neben ihm nieder, er blickte auf, und Nora sagte: »Bist du krank, Einstein?«

Der Retriever bellte einmal, leise: NEIN.

»Bist du auch sicher?«

Ein schnelles Schweifwedeln: JA.

»Du hast dein Abendessen nicht aufgegessen«, sagte Travis.

Der Hund gähnte ausgiebig.

»Willst du damit sagen, daß du etwas müde bist?« fragte Nora.

JA.

»Wenn du dich krankfühlst«, sagte Travis, »dann sagst du uns das doch gleich, nicht wahr, Pelzgesicht?«

JA.

Nora bestand darauf, Einsteins Augen, Maul und Ohren nach Spuren einer Infektion zu inspizieren, sagte aber zu guter Letzt: »Nichts. Er scheint in Ordnung zu sein. Ich schätze, selbst Superhund hat das Recht, hin und wieder müde zu sein.«

Der Wind war schnell aufgekommen. Er war kalt und peitschte die Wellen höher auf als am Tag.

Vor Kälte scheppernd, erreichte Garrison das Ende des Wellenbrechers. Er war erleichtert, endlich die harten und manchmal scharfkantigen Steine verlassen und wieder sandigen Strand betreten zu können. Er war sicher, daß er sich beide Füße zerschunden hatte; sie fühlten sich heiß an, und sein linker Fuß tat bei jedem Schritt weh, so daß er hinkte.

Zuerst hielt er sich dicht an der Brandung, abseits von dem von Bäumen gesäumten Park, der hinter dem Strand begann. Drüben, wo die Wege von Parklampen beleuchtet waren und einzelne Scheinwerfer Palmen anstrahlten, wäre er von der Straße aus leichter zu sehen gewesen. Er rechnete nicht damit, daß jemand ihn suchte; er war sicher, daß sein Trick funktioniert hatte. Aber falls doch jemand nach ihm Ausschau hielt, wollte er jetzt nicht auf sich aufmerksam machen.

Der böige Wind fetzte Schaum von den hereinrollenden Brechern und warf ihn Garrison ins Gesicht, so daß er das Gefühl hatte, dauernd durch Spinnennetze zu laufen. Das Zeug brannte in den Augen, die jetzt endlich aufgehört hatten, vom Salzwasser zu brennen, und er sah sich schließlich gezwungen, die Brandungsfront zu verlassen und weiter den Strand hinaufzugehen, wo der weichere Sand langsam in Rasen überging, aber immer noch außerhalb der Reichweite der Lichter war.

Junge Leute waren am dunklen Strand, für die Kühle der Nacht gekleidet: Paare auf Decken, aneinandergeschmiegt, kleine Gruppen, die haschten und Musik hörten. Acht oder zehn Halbwüchsige hatten sich um zwei Geländefahrzeuge mit Ballonreifen versammelt, die tagsüber am Strand nicht erlaubt waren und wahrscheinlich nachts auch nicht. Sie tranken

Bier neben einer Grube, die sie in den Sand gebuddelt hatten, um ihre Flaschen zu verstecken, falls ein Polizist herannahen sollte; sie führten laute, prahlerische Reden über Mädchen und alberten herum. Niemand würdigte Garrison mehr als eines Blickes, während er vorbeieilte. In Kalifornien waren Gesundheitsfanatiker ein etwa ebenso vertrauter Anblick wie Straßenräuber in New York, und wenn ein alter Mann im kalten Meer schwimmen und in der Dunkelheit am Strand entlanglaufen wollte, dann war das nicht auffälliger als ein Priester in der Kirche.

Während er in nördliche Richtung ging, suchte Garrison den Park zu seiner Rechten nach Telefonzellen ab; sie würden wahrscheinlich in Paaren stehen, auffällig beleuchtet, auf Betoninseln neben einem der Wege oder vielleicht nahe bei den öffentlichen Toiletten.

Er begann zu verzweifeln. Ganz bestimmt hatte er bereits mindestens ein solches Paar übersehen, weil seine alten Augen ihn im Stich ließen. Aber dann sah er, was er suchte: zwei Telefonzellen mit seitlichen Abdeckungen, die an Flügel erinnerten und Geräusche abschirmen sollten. Hell beleuchtet. Sie standen etwa dreißig Meter strandeinwärts, auf halbem Wege zwischen dem Sand und der Straße, die die andere Seite des Parks begrenzte.

Er wandte der aufgewühlten See den Rücken, wurde langsamer, damit seine Atemzüge ruhiger werden sollten, und schritt über das Gras bis unter die windzerzausten Wedel von drei stattlichen Königspalmen. Er war immer noch gute zehn Meter von den Telefonen entfernt, als er sah, wie ein mit hoher Geschwindigkeit fahrender Wagen plötzlich bremste, mit quietschenden Reifen an den Randstein kurvte und direkt vor den Telefonen hielt. Garrison wußte nicht, wer in dem Wagen saß, beschloß aber, kein Risiko einzugehen. Er duckte sich hinter eine alte, doppelstämmige Dattelpalme, die glücklicherweise nicht wie so viele andere mit dekorativen Scheinwerfern ausgestattet war. Zwischen den beiden Stämmen hindurch konnte er auf die Telefone und einen Teil des Weges an den Randsteinen sehen.

Zwei Männer stiegen aus dem Wagen. Einer rannte in nördlicher Richtung am Park entlang, blickte dabei immer wieder auf den Strand hinaus, suchte etwas.

Der andere eilte geradenwegs in den Park hinein. Als er die beleuchtete Fläche um die Telefone erreicht hatte, war seine Identität klar — und ein Schock.

Lemuel Johnson.

Hinter den Stämmen der siamesischen Dattelpalmen legte Garrison die Arme an. Er war zwar sicher, daß die zwei Stämme ihm genügend Deckung gaben, versuchte aber trotzdem, sich schmaler zu machen.

Johnson ging an das erste Telefon, nahm den Hörer ab — und versuchte ihn aus dem Apparat zu reißen. Es war eine jener flexiblen Metallschnüre, und er riß ein paarmal heftig daran, aber ohne Erfolg. Schließlich riß er den Hörer mit einem Fluch heraus und warf ihn in den Park. Dann zerstörte er das zweite Telefon.

Als Johnson sich von den Telefonen abwandte und geradenwegs auf Garrison zuging, dachte der Anwalt einen Augenblick lang, er habe ihn gesehen. Aber Johnson blieb nach nur wenigen Schritten stehen und suchte das der See zugewandte Parkstück und den Strand dahinter ab. Sein Blick schien nicht einmal einen Augenblick lang an den Dattelpalmen hängenzubleiben, hinter denen Garrison sich verborgen hielt.

»Du verdammter, verrückter alter Schweinehund«, sagte Johnson, dann eilte er zu seinem Wagen zurück.

Im Schatten hinter den Palmen kauerte Garrison und grinste, weil er wußte, wen der NSA-Mann gemeint hatte. Plötzlich machte dem Anwalt der kalte Wind nichts mehr aus, der von der nächtlichen See hereinwehte.

Verdammter, verrückter alte Schweinehund oder greiser James Bond — kannst dir's aussuchen. Doch wie auch immer — er war immer noch ein Mann, mit dem man rechnen mußte.

In der im Keller befindlichen Schaltzentrale der Telefongesellschaft überwachten die Agenten Rick Olbier und Denny Jones am elektronischen Peilgerät der NSA Garrison Dilworths Telefonleitungen aus seinem Büro und seinem Haus. Es war ein höchst langweiliger Dienst, und sie spielten Karten, um sich die Zeit zu vertreiben: Binokel und Rommé, beides keine besonders spannenden Spiele; aber schon der Gedanke an ein Poker zu zweit war ihnen zuwider.

Als um zwanzig Uhr vierzehn ein Anruf bei Dilworths Privatnummer durchkam, reagierten Olbier und Jones viel hektischer darauf, als es die Situation rechtfertigte, weil sie geradezu nach Abwechslung gierten. Olbier ließ seine Karten auf den Boden fallen, Jones warf die seinen auf den Tisch, und sie griffen nach den zwei Kopfhörern, als wäre dies der Zweite Weltkrieg und sie rechneten damit, gleich ein streng geheimes Gespräch zwischen Hitler und Göring abzuhören.

Ihre Anlage war so eingestellt, daß die Leitung frei wurde und einen Teilimpuls absetzte, wenn Dilworth beim nächsten Klingeln nicht abhob. Da Olbier wußte, daß der Anwalt nicht zu Hause war und deshalb niemand an den Apparat gehen würde, griff Olbier in das Programm ein und machte die Leitung nach dem zweiten Klingeln frei.

Auf dem Bildschirm des Computers verkündeten grüne Buchstaben: PEILUNG LÄUFT.

Und über die offene Leitung sagte eine Männerstimme: »Hallo?«

»Hallo«, sagte Jones in das an seinem Kopfhörer befestigte Mikrofon.

Die Nummer des Anrufers und die Adresse in Santa Barbara erschienen auf dem Bildschirm. Dieses System arbeitete ähnlich wie der 911-Polizeicomputer und lieferte eine sofortige Identifkation der anrufenden Stelle. Aber jetzt erschien über der Adresse auf dem Bildschirm der Name einer Firma und nicht etwa der einer Einzelperson: TELEFON MARKETING, INC.

Der Anrufer sagte jetzt zu Danny Jones: »Es freut mich, Ihnen mitteilen zu können, daß Sie gezogen worden sind und eine Gratisvergrößerung sechzehn mal achtzehn und zehn Gratisvergrößerungen im Kleinformat ...«

»Wer spricht denn da? » fragte Jones.

Der Computer war inzwischen bereits dabei, die Datenbanken der Adressen von Santa Barbara abzusuchen, um den Anrufer zu überprüfen.

Die Stimme am Telefon sagte: »Ich rufe im Auftrag von Olin Mills an, dem Fotostudio, wo die beste Qualität ...«

»Augenblick!« sagte Jones.

Der Computer bestätigte die Identität des Teilnehmers, der den Anruf getätigt hatte: Dilworth erhielt ein Angebot, das war alles.

»Ich brauche keine Fotos!« sagte Jones scharf und trennte die Verbindung.

»Scheiße!« sagte Olbier.

»Binokel?« fragte Jones.

Lem forderte zusätzlich zu den sechs Mann, die im Hafen eingesetzt waren, weitere vier an.

Fünf postierte er in Abständen von ein paar hundert Metern am Rand des Parks. Ihre Aufgabe bestand darin, die breite Avenue zu beobachten, die den Park von einem Geschäftsviertel mit einer Menge Motels, Restaurants, Eisbuden, Andenkenläden und anderen Verkaufsgeschäften trennte. Alle diese Geschäfte hatten natürlich Telefon, und in einigen der Motels gab es möglicherweise auch Telefonautomaten an der Rezeption. Wenn der Anwalt einen dieser Apparate benutzte, würde er Travis und Nora Cornell ohne Mühe alarmieren können. Einige der Geschäfte waren um diese Zeit am Samstagabend geschlossen, einige andere — darunter sämtliche Restaurants — waren geöffnet. Dilworth durfte die Straße nicht überqueren.

Der Wind von der See herein wurde steifer und kälter. Die Männer standen mit den Händen in den Jackettaschen und mit eingezogenem Kopf da und fröstelten.

Plötzliche Windstöße ließen die Palmwedel rascheln. In den Bäumen nistende Vögel stießen erschreckt schrille Schreie aus, beruhigten sich dann wieder.

Lem schickte einen weiteren Mann in die Südwestecke des Parks, wo der Wellenbrecher, der den öffentlichen Strand vom Hafen auf der anderen Seite trennte, begann. Seine Aufgabe war es, Dilworth daran zu hindern, zum Wellenbrecher zurückzukehren, ihn zu übersteigen und sich quer durch den Hafen zu Telefonen in einem anderen Teil der Stadt durchzuschlagen.

Ein siebenter Mann wurde zur Nordwestecke des Parks geschickt, unten am Wasser, um sicherzustellen, daß Dilworth nicht nordwärts in ein Wohngebiet ging, wo er vielleicht jemanden dazu überreden könnte, ihn seinen Apparat benutzen zu lassen.

Blieben Lem, Cliff und Hank, um den Park und den daran anschließenden Strand durchzukämmen. Lem, wußte, daß er für diese Aufgabe zuwenig Leute hatte, aber diese zehn — plus Olbier und Jones in der Telefongesellschaft — waren die einzigen, die ihm in der Stadt zur Verfügung standen. Es hatte wenig Sinn, weitere Agenten aus Los Angeles kommen zu lassen; bis sie eintrafen, hatte man Dilworth entweder gefunden und aufgehalten — oder es war ihm gelungen, die Cornells anzurufen.

Der Geländewagen war mit einem Planenbügel ausgestattet. Er hatte vorne zwei Einzelsitze und dahinter eine eineinviertel Meter lange Ladefläche, die zur Aufnahme zusätzlicher Passagiere oder beträchtlicher Ladung geeignet war.

Garrison lag ausgestreckt auf der Ladefläche unter einer Decke. Zwei Halbwüchsige saßen vorne auf den Sitzen, zwei hatten sich auf der Ladefläche über Garrison verteilt, so als säßen sie auf einem Deckenstapel. Sie gaben sich Mühe, sich so leicht wie möglich zu machen, daß Garrison es möglichst wenig spürte, aber er hatte trotzdem das Gefühl, zerdrückt zu werden.

Der Motor klang wie zornige Wespen: ein hohes, hartes Surren. Garrison machte es halb taub, weil sein rechtes Ohr auf dem Boden auflag, der jede Schwingung verstärkt weitergab.

Zum Glück bot der Strand weichen Untergrund.

Das Fahrzeug verlangsamte seine Fahrt, das Motorengeräusch wurde wesentlich leiser.

»Scheiße!« flüsterte einer der jungen Leute Garrison zu. »Dort vorne ist ein Typ mit einer Taschenlampe und gibt Zeichen, daß wir anhalten sollen.«

Sie hielten, und Garrison hörte über dem wispernden Leerlaufgeräusch der Maschine einen Mann sagen: »Wo fahrt ihr denn hin, Jungs?«

»Den Strand hinauf.«

»Das ist Privatbesitz. Habt ihr dort etwas zu suchen?«

»Dort wohnen wir«, antwortete Tommy, der Fahrer.

»Wirklich?«

»Sehen wir nicht wie verzogene Kinder reicher Eltern aus?« fragte einer von ihnen und spielte den Schlaumeier.

»Was habt ihr denn gemacht?« fragte der Mann argwöhnisch.

»Am Strand auf und ab gefahren, rumgelungert. Aber dann ist's kalt geworden.«

»Habt ihr getrunken?«

Schwachkopf, dachte Garrison. Du redest mit *Halbwüchsigen,* armen Geschöpfen, deren Hormonhaushalt sie die nächsten paar Jahre zur Rebellion gegen jede Autorität zwingt. Ich habe ihr Mitgefühl, weil ich auf der Flucht vor den Bullen bin, und sie haben meine Partei ergriffen, ohne auch nur zu wissen, was ich getan habe. Wenn du willst, daß sie dich unterstützen, dann schaffst du das nie, wenn du sie unter Druck setzt.

»Getrunken? Verdammt, nein«, sagte ein anderer Junge. »Schauen Sie doch in der Kühlbox hinten nach, wenn Sie Lust haben. Da ist bloß Cola drin.«

Garrison, der an die Eisbox gepreßt lag, hoffte, der Mann werde nicht nachsehen. Wenn der Bursche so nahe rankam, würde er fast sicher sehen, daß unter der Decke, auf der die Jungs saßen, etwas war, das menschliche Umrisse hatte.

»Cola, wie? Was für Bier habt ihr denn mitgehabt, ehe ihr es alles getrunken habt?«

»He, Mann«, sagte Tommy, »was soll der Scheiß? Sind Sie vielleicht ein Bulle?«

»Ja, bin ich.«

»Wo ist dann Ihre Uniform?« fragte einer der Jungs.

»Das ist ein Zivileinsatz. Hört zu, ich hab' nichts dagegen, euch weiterfahren zu lassen, und will nicht einmal nachsehen, ob ihr nach Alkohol riecht oder so. Aber ich muß was wissen — habt ihr heute nacht am Strand einen weißhaarigen Kerl gesehen?«

»Wer interessiert sich schon für weißhaarige Typen?« fragte einer der Halbwüchsigen. »Wir haben bloß nach *Mädchen* gesucht.«

»Den alten Typen hättet ihr bemerkt, wenn ihr ihn gesehen hättet. Wahrscheinlich hatte er eine Badehose an.«

»In dieser Nacht?« sagte Tommy. »Ist doch fast Dezember, Mann. Spüren Sie den Wind?«

»Vielleicht hat er drüber was angehabt.«

»Ich hab' ihn nicht gesehen«, erklärte Tommy. »Keinen alten Knaben mit weißem Haar. Hat von euch einer ihn gesehen?«

Die anderen drei sagten, sie hätten keinen alten Furzer gesehen, auf den diese Beschreibung passe, und dann durften sie weiterfahren, nach Norden, in ein Wohngebiet mit Strandhäusern und Privatstränden.

Als sie eine kleine Hügelkuppe umrundet hatten und außer Sichtweite des Mannes waren, der sie aufgehalten hatte, zogen sie die Decke von Garrison, und er setzte sich — beträchtlich erleichtert — auf.

Tommy ließ die drei anderen Halbwüchsigen bei ihren Häusern aussteigen und nahm Garrison mit sich nach Hause, weil seine Eltern den Abend ausgegangen waren. Er wohnte in einem Haus, das wie ein Schiff mit mehreren Decks aussah und über eine Felsklippe gebaut war. Das Haus bestand fast nur aus Glas und Ecken.

Garrison folgte Tommy in die Eingangshalle und konnte in einem Spiegel einen Blick auf sich selbst erhaschen. Von dem würdevollen silberhaarigen Rechtsanwalt, den in den Gerichtssälen der Stadt jeder kannte, war nicht viel übriggeblieben. Sein Haar war naß und verklebt, sein Gesicht schmutzig. Sand, Grashalme und Seetang klebten ihm an der Haut. Er grinste.

»Hier drin ist ein Telefon«, rief Tommy aus einem der Zimmer.

Nachdem sie das Abendessen zubereitet, gegessen und saubergemacht hatten, unterhielten sie sich wieder besorgt über Einsteins Appetitlosigkeit und vergaßen Garrison Dilworth anzurufen und ihm für die Mühe zu danken, die er sich mit ihren Gemälden gemacht hatte. Sie saßen vor dem offenen Kamin, als es Nora wieder einfiel.

Wenn sie in der Vergangenheit Garrison angerufen hatten, hatten sie das von öffentlichen Telefonzellen in Carmel aus getan. Das hatte sich als überflüssige Vorsichtsmaßregel erwiesen. Jetzt, an diesem Abend, war keiner von beiden in der Stimmung, in den Wagen zu steigen und in die Stadt zu fahren.

»Wir könnten warten und ihn morgen von Carmel aus anrufen«, sagte Travis.

»Es ist völlig ungefährlich, ihn von hier aus anzurufen«, sagte sie. »Wenn die eine Verbindung zwischen dir und Garrison herausgefunden hätten, hätte er angerufen und uns gewarnt.«

»Vielleicht weiß er gar nicht, daß sie die Verbindung herausgefunden haben«, sagte Travis. »Vielleicht weiß er nicht, daß sie ihn beobachten.«

»Garrison würde das ganz bestimmt wissen«, sagte sie entschieden.

Travis nickte. »Ja, ganz sicher würde er das.«

»Also ist es ungefährlich, ihn anzurufen.«

Sie war auf halbem Wege zum Telefon, als es klingelte.

Die Vermittlung war in der Leitung. »Ich habe hier ein R-Gespräch von einem Mr. Garrison Dilworth in Santa Barbara. Nehmen Sie das Gespräch an?«

Ein paar Minuten vor zehn, nach einer gründlichen, aber erfolglosen Durchsuchung des Parks und der Strandzone, mußte Lem sich widerstrebend eingestehen, daß Garrison Dilworth ihm irgendwie entwischt war. Er schickte seine Leute zum Gerichtsgebäude und in den Hafen zurück.

Er und Cliff fuhren ebenfalls zum Hafen und der Sportjacht, von der aus sie Dilworth überwacht hatten: Als sie den Küstenwachtkutter anriefen, der die ›Amazing Grace‹ verfolgte, erfuhren sie, daß die Begleiterin des Anwalts kurz vor Ventura umgekehrt war und jetzt in nördlicher Richtung die Küste herauffuhr, zurück nach Santa Barbara.

Sie erreichte den Hafen um zweiundzwanzig Uhr sechsunddreißig.

An der leeren Schlippe, die Garrison gehörte, standen Lem und Cliff mit hochgezogenen Schultern im kalten Wind und sahen zu, wie die Frau den Anlegeplatz elegant ansteuerte. Es war ein wunderschönes Boot, und sie manövrierte es äußerst geschickt.

Sie hatte tatsächlich die Frechheit, sie anzurufen: »Stehen Sie doch nicht so da! Nehmen Sie die Leinen und helfen Sie mit, das Boot festzubinden!«

Sie taten ihr den Gefallen, hauptsächlich, weil sie darauf erpicht waren, mit ihr zu reden, und das nicht tun konnten, solange die ›Amazing Grace‹ nicht vertäut war.

Nachdem sie Hilfe geleistet hatten, traten sie durch die Öffnung in der Reling. Cliff trug Segelschuhe, als Teil seiner Verkleidung, Lem aber hatte Straßenschuhe an und bewegte sich auf dem nassen Deck ganz und gar nicht sicher, vor allem weil das Boot etwas schwankte.

Ehe sie zu der Frau ein Wort sagen konnten, ertönte hinter ihnen eine Stimme: »Erlauben Sie, Gentlemen ...«

Lem drehte sich um und sah, wie Garrison Dilworth im Schein einer Docklampe gerade hinter ihnen an Bord ging. Er trug fremde Kleider. Seine Hosen waren ihm in der Taille viel zu weit und mit einem Gürtel zusammengerafft. An den Beinen waren sie zu kurz, so daß seine nackten Knöchel sichtbar waren. Er trug ein ausladendes Hemd.

»Bitte, entschuldigen Sie mich, aber ich muß mir meine eigenen warmen Kleider anziehen und eine Tasse Kaffee trinken ...«

Lem sagte: *»Gottverdammt noch mal!«*

»... um meine alten Knochen etwas aufzutauen.«

Nach einem erstaunten Aufstöhnen lachte Cliff Soames bellend, warf dann Lem einen Blick zu und sagte: »Tut mir leid.«

Lems Magen verkrampfte sich, es brannte, als begänne sich ein Geschwür zu entwickeln. Er zuckte aber nicht im Schmerz, krümmte sich nicht zusammen, legte nicht einmal die Hand an den Leib, ließ keinerlei Anzeichen von Unbehagen erkennen, weil jedes solches Zeichen Dilworths Triumphgefühl noch gesteigert hätte. Lem starrte den Anwalt bloß an, dann die Frau und ging, ohne ein Wort zu sagen.

»Dieser verdammte Retriever«, sagte Cliff, während er sich Lems Schrittempo auf der Pier anpaßte, »hat sich verdammt viele treue Freunde geschaffen.«

Als Lem Johnson sich dann später in einem Motel schlafenlegte, weil er zu müde war, um das provisorische Büro noch in dieser Nacht zu schließen und nach Orange County heimzufahren, dachte er über das nach, was Cliff gesagt hatte: Treue Freunde. Verdammt viele treue Freunde.

Lem fragte sich, ob er je gegenüber irgend jemandem solch starke Bande der Treue empfunden hatte wie die Cornells und Garrison Dilworth offenbar in bezug auf den Retriever. Er wälzte sich im Bett herum, konnte nicht einschlafen und erkannte schließlich, daß es keinen Sinn hatte, weiter zu versuchen, abzuschalten, bevor er nicht zu der beruhigenden Erkenntnis gelangt war, daß auch er zu dem Maß an Treue und Ergebenheit fähig sei wie die Cornells und ihr Anwalt.

Er setzte sich in der Dunkelheit auf und lehnte sich gegen das Kopfteil des Bettes.

Nun, sicher, er war seinem Land gegenüber verdammt loyal, er liebte und ehrte es. Und der Agency gegenüber ebenfalls. Aber einem anderen Menschen gegenüber? Also gut: Karen, seine Frau. Karen war er in jeder Beziehung treu — im Herzen, in seinem Bewußtsein und in seinen Keimdrüsen. Er liebte Karen. Seit fast zwanzig Jahren liebte er sie innig.

»Ja«, sagte er laut in dem Motelzimmer um zwei Uhr morgens, »ja, und wenn du Karen so treu bist, warum bist du dann jetzt nicht bei ihr?«

Aber da war er jetzt sich selbst gegenüber unfair; schließlich hatte er einen Auftrag zu erledigen, einen wichtigen Auftrag.

»Das ist ja das Problem«, murmelte er, »da ist immer — *immer* — irgend etwas zu erledigen. »

Er verbrachte mehr als hundert Nächte im Jahr außer Haus, eine von dreien. Und *wenn* er zu Hause war, dann hatte er die Hälfte der Zeit anderes im Kopf, war auf den neuesten Fall konzentriert. Karen hatte sich einmal Kinder gewünscht, aber Lem hatte es immer wieder hinausgeschoben, eine Familie zu gründen, mit dem Hinweis, er könne die Verantwortung für Kinder nicht auf sich nehmen, solange er nicht seine Laufbahn gesichert sehe.

»Gesichert?« sagte er. »Mann, du hast das Geld von deinem alten Herrn geerbt. Du hast mit einem besseren Sicherheitspolster angefangen als die meisten Leute.«

Wenn er Karen so treu war wie jene Leute diesem Köter, dann müßte das auch bedeuten, daß Karens Wünsche Vorrang hatten. Wenn Karen eine Familie wollte, dann müßte die Familie Vorrang vor der Karriere haben. Stimmt's? Zumindest hätte er einen Kompromiß schließen und mit der Familie anfangen sollen, als sie Anfang Dreißig waren. Seine Zwanziger hätten der Laufbahn gewidmet sein können, seine Dreißiger den Kindern. Jetzt war er fünfundvierzig, fast sechsundvierzig, und Karen war dreiundvierzig, und die Zeit, eine Familie zu gründen, war vorbei.

Lem überkam große Einsamkeit.

Er stieg aus dem Bett, ging in Unterhosen ins Bad, schaltete das Licht ein und musterte sein Spiegelbild. Seine Augen waren blutunterlaufen und lagen tief in den Höhlen. Er hatte bei diesem Fall so viel Gewicht verloren, daß sein Gesicht anfing, wie ein Totenschädel auszusehen.

Magenkrämpfe packten ihn, er beugte sich vor, hielt sich am Waschbecken fest. Das ging erst einen Monat so, aber sein Zustand schien sich in erschreckendem Tempo zu verschlimmern. Es dauerte endlos, bis der Schmerz aufhörte.

Als er sich wieder seinem Abbild im Spiegel gegenübersah, sagte er: »Nicht einmal dir selbst bist du treu, du Arschloch. Du bringst dich um, arbeitest dich zu Tode und kannst einfach nicht aufhören. Karen bist du nicht treu, dir selbst bist du nicht treu. Nicht einmal deinem Land oder der Agency bist du richtig treu, wenn es darauf ankommt. Verdammt, das einzige, dem du völlig und unerschütterlich ergeben bist — ist diese Spinnervision deines alten Herrn, daß das Leben ein Hochseilakt ist.«

Spinner.

Das Wort schien noch lange, nachdem er es ausgesprochen hatte, im Badezimmer nachzuhallen. Er hatte seinen Vater geliebt und respektiert, ihm nie mit einem Wort widersprochen. Und doch hatte er heute Cliff gegenüber zugegeben, daß sein Vater ›unmöglich‹ gewesen war. Und jetzt: ›Spinnervision‹. Er liebte seinen Vater immer noch, würde das immer tun. Aber er begann sich zu fragen, ob ein Sohn seinen Vater lieben und gleichzeitig das, was dieser ihn gelehrt hatte, völlig verwerfen konnte.

Vor einem Jahr, vor einem Monat, ja noch vor ein paar Tagen hätte er gesagt, es sei unmöglich, jene Liebe festzuhalten und doch Herr seines Handelns zu sein. Aber jetzt, bei Gott, schien es nicht nur möglich, sondern wesentlich, die Liebe zum Vater zu trennen von dessen Lehre von der alles überragenden Wichtigkeit der Arbeit.

Was geschieht mit mir? fragte er.

Freiheit? Endlich die Freiheit mit fünfundvierzig?

Er schaute mit zusammengekniffenen Augen in den Spiegel und sagte: »Fast sechsundvierzig.«

NEUN

1

Am Sonntag fiel Travis auf, daß Einstein noch weniger Appetit hatte, aber am Montag, dem 29. November, schien der Retriever wieder ganz in Ordnung zu sein. Am Montag und Dienstag leerte Einstein seine Schüssel bis auf den Boden und las neue Bücher. Er nieste nur einmal, hustete überhaupt nicht. Er trank mehr Wasser als sonst, doch auch nicht in ungewöhnlicher Menge. Wenn es den Anschein hatte, als verbringe er mehr Zeit vor dem Kamin, trotte weniger munter durchs Haus ... nun, der Winter zog schnell herauf, und das Verhalten der Tiere änderte sich schließlich mit den Jahreszeiten.

In einer Buchhandlung in Carmel kaufte Nora eine Ausgabe von ›Veterinärmedizin für Hundebesitzer‹. Sie verbrachte ein paar Stunden am Küchentisch mit Lesen und setzte sich mit Einsteins Symptomen auseinander und dem, was sie möglicherweise zu bedeuten hatten. Sie fand heraus, daß Lustlosigkeit, Niesen, Husten, Appetitlosigkeit und ungewöhnlicher Durst hundert unterschiedliche Gebrechen bedeuten konnten — oder überhaupt nichts. »So ziemlich das einzige, was es nicht sein kann, ist eine Erkältung«, sagte sie. »Hunde erkälten sich nicht wie wir.« Aber als sie das Buch anschaffte, hatten sich Einsteins Symptome ohnehin so weit gelegt, daß sie daraus den Schluß zog, er sei wahrscheinlich völlig gesund.

In der Speisekammer neben der Küche benutzte Einstein die Scrabble-Steine, um ihnen mitzuteilen:

FIT WIE EINE FIEDEL.

Travis kauerte neben dem Hund nieder und streichelte ihn, und dabei sagte er: »Nun, du mußt es ja wissen«, und fragte sich, wo der Hund wohl diese Redewendung aufgepickt habe.

WARUM SAGT MAN: FIT WIE EINE FIEDEL?

Travis legte die Steine in die Plastikschächte zurück und sagte: »Nun, das bedeutet genausoviel wie ... gesund.«

ABER WARUM BEDEUTET ES GESUND?

Travis dachte über die Redewendung — fit wie eine Fiedel — nach und mußte erkennen, daß er einfach nicht wußte, weshalb sie eben das bedeutete. Er fragte Nora, die gerade ins Zimmer kam, aber auch sie konnte den Satz nicht erklären.

Der Retriever holte sich weitere Buchstaben, schob sie mit der Nase herum und fragte:

WARUM SAGEN: GESUND WIE EIN DOLLAR?

»Gesund wie ein Dollar — das heißt verläßlich, eben auch gesund«, sagte Travis.

Nora kauerte sich neben ihnen nieder und meinte zu dem Hund gewandt: »Die Redewendung ist einfach. Früher einmal war der amerikanische Dollar die gesündeste, stabilste Währung auf der ganzen Welt. Wahrscheinlich ist er das immer noch. Jahrzehntelang gab es beim Dollar bei weitem keinen so schrecklichen Kursverfall wie bei einigen anderen Währungen; man hatte keinen Anlaß, den Glauben an den Dollar zu verlieren. Also sagten die Leute: ›Ich bin so gesund wie ein Dollar.‹ Natürlich ist der Dollar nicht mehr das, was er einmal war, und der Satz paßt nicht mehr so gut, aber wir benutzen ihn immer noch.«

WARUM IMMER NOCH BENUTZEN?

»Weil … wir ihn immer benutzt haben«, sagte Nora und zuckte die Achseln.

WARUM SAGEN GESUND WIE EIN PFERD? PFERDE NIE KRANK?

Travis sammelte die Steine ein und sortierte sie wieder ein. »Nein. Tatsächlich sind Pferde trotz ihrer Größe ziemlich empfindliche Tiere. Sie werden recht leicht krank.«

Einstein blickte erwartungsvoll von Travis zu Nora.

Nora sagte: »Wahrscheinlich sagen wir, daß wir so gesund sind wie ein Pferd, weil Pferde so stark *aussehen*, so, als würden sie nie krank, obwohl sie dauernd krank sind.«

»Du mußt dich damit abfinden«, sagte Travis zu dem Hund. »Wir Menschen sagen die ganze Zeit Dinge, die keinen Sinn ergeben.«

Indem er das Pedal, das die Buchstaben lieferte, mit der Pfote betätigte, erklärte der Retriever:

IHR SEID EIN SELTSAMES VOLK.

Travis schaute Nora an, und dann lachten beide.

Darunter setzte der Retriever:

ABER ICH MAG EUCH TROTZDEM.

Einsteins Wißbegierde und sein Sinn für Humor schienen darauf hinzudeuten, daß er, falls er wirklich ein wenig unpäßlich gewesen sein sollte, jetzt wieder in Ordnung war.

Das war Dienstag.

Am Mittwoch, den 1. Dezember, malte Nora in ihrem Atelier im Obergeschoß, und Travis verbrachte den Tag mit der Inspizierung seines Sicherheitssystems und mit routinemäßiger Waffenpflege.

In jedem Raum war eine Feuerwaffe versteckt, sei es unter einem Möbelstück, hinter einem Vorhang oder in einem Schrank, stets aber so, daß sie leicht erreichbar war. Sie besaßen zwei Mossberg-Schrotflinten mit Pistolenkolben, vier Smith & Wesson vom Modell 19 Combat Magnum, die mit .357-Kaliber geladen waren, zwei .38er-Pistolen, die sie im Pick-up und im Toyota verstaut hatten, einen Uzi-Karabiner und zwei Uzi-Maschinenpistolen. Sie hätten ihr ganzes Arsenal legal in einem Waffengeschäft erwerben können, sobald sie ein Haus gekauft und damit einen regulären Wohnsitz im County errichtet hatten. Aber Travis war nicht bereit gewesen, so lange zu warten. Er hatte die Waffen in der ersten Nacht haben wollen, in der sie ihr neues Haus bezogen. Deshalb hatten er und Nora über Vermittlung Van Dynes in San Francisco einen illegalen Waffenhändler ausfindig gemacht und sich bei ihm besorgt, was sie brauchten. Natürlich hätten sie bei einem lizensierten Waffenhändler keine Umbausätze für die Uzis kaufen können, was in San Francisco sehr wohl möglich war; deshalb waren der Uzi-Karabiner und die Pistolen jetzt vollautomatisch.

Travis ging von Zimmer zu Zimmer und vergewisserte sich, daß die Waffen sich jeweils am richtigen Platz befanden, frei von Staub waren, nicht geölt werden mußten und volle Magazine hatten. Er wußte, alles war in Ordnung, aber er fühlte sich einfach sicherer, wenn er diese Inspektion einmal die Woche durchführte. Obwohl er seit vielen Jahren keine Uniform mehr trug, waren das militärische Training und der Drill immer noch Teil seiner selbst und traten unter Druck schneller wieder an die Oberfläche, als erwartet.

Er nahm sich eine Mossberg, ging mit Einstein um das Haus herum und machte an jedem der kleinen Infrarotsensoren

Halt, die so unauffällig wie möglich vor Felsbrocken oder Pflanzen angebracht waren, an Baumstämmen, an den Hausecken und neben einem alten, verfaulten Föhrenstumpf am Rand der Einfahrt. Er hatte die Bauteile legal bei einem Elektronikhändler in San Francisco erworben. Das Zeug war etwas überholt, entsprach nicht dem letzten Stand der Sicherheitstechnik; aber er hatte sich dennoch dafür entschieden, weil er aus seiner Zeit bei Delta Force mit den Dingen vertraut war und sie für seine Zwecke ausreichten. Drähte führten unter der Erde von den Sensoren zu einer Alarmzentrale in einem der Küchenschränke. Wenn das System nachts eingeschaltet wurde, konnte nichts, das größer als ein Waschbär war, sich dem Haus auf mehr als zehn Meter nähern — oder die Scheune am hinteren Ende seines Grundstücks betreten —, ohne den Alarm auszulösen. Dann schlugen freilich keine Glocken an, heulten auch keine Sirenen, weil das den Outsider alarmieren und dazu führen würde, daß er wegrannte. Sie wollten ihn nicht verjagen — sie wollten ihn *töten*. Deshalb schaltete das System im Alarmfall in jedem Zimmer des Hauses Uhrenradios ein, die alle auf geringe Lautstärke eingestellt waren, um einen Eindringling nicht zu verscheuchen, aber laut genug, um Travis und Nora zu warnen.

Sämtliche Sensoren waren, wie gewöhnlich, an Ort und Stelle. Er brauchte nur die dünne Staubschicht abzuwischen, die die Linsen bedeckte.

»Der Burggraben ist in gutem Zustand, Mylord«, sagte Travis.

Einstein wuffte zustimmend.

In der rostroten Scheune überprüfte Travis die Anlage, von der er hoffte, daß sie dem Outsider eine unangenehme Überraschung bereiten würde.

In der Nordwestecke des düsteren Raumes, links von der großen auf Rollen laufenden Schiebetür, war an einem Wandgestell ein unter Druck stehender Stahltank befestigt. In der diagonal gegenüberliegenden Südostecke, an der Hinterwand der Scheune, hinter dem Pick-up und dem Toyota, war ein identischer Behälter an einer identischen Halterung verschraubt. Sie sahen wie große Propantanks aus, wie man sie häufig in Berghütten einsetzte, um mit Gas kochen zu können, aber sie enthielten kein Propan; sie waren mit Distickstoffmonoxyd gefüllt, das manchmal nicht ganz korrekt als ›Lachgas‹ bezeichnet wurde. Der erste Hauch, den man davon einatmete, erheiterte einen tatsächlich, aber der zweite schlug einen k.o., ehe einem das Lachen über die Lippen kam. Zahnärzte und Chirurgen benutzten Lachgas häufig für die Anästhesie. Travis hatte es von einem Spezialhaus für Krankenhausbedarf in San Francisco gekauft.

Nachdem er die Beleuchtung in der Scheune eingeschaltet hatte, überprüfte Travis die Ventile beider Tanks. Voll unter Druck.

Außer der großen Schiebetür an der Vorderseite gab es an der Hinterseite noch eine kleinere, etwa mannshohe Tür; diese beiden waren die einzigen Zugänge. Die zwei Fenster oben auf dem Heuboden hatte Travis mit Brettern zugenagelt. Wenn nachts das Alarmsystem eingeschaltet wurde, blieb die kleine Hintertür unversperrt, denn sie hofften, der Outsider werde in der Absicht, das Haus aus dem Schutz der Scheune auszuspähen, in die Falle gehen. Wenn er die Tür öffnete und sich in die Scheune schlich, löste das einen Mechanismus aus, der die Tür hinter ihm zuschlug und versperrte. Die von außen verschlossene vordere Tür würde verhindern, daß er dort entkam.

Gleichzeitig mit dem Zuschnappen der Falle würden die großen Tanks mit Distickstoffmonoxyd ihren Inhalt in weniger als einer Minute abgeben, weil Travis sie mit Hochdruckventilen ausgestattet hatte, die in das Alarmsystem eingebunden waren. Er hatte sämtliche Ritzen in den Scheunenwänden abgedichtet und den ganzen Bau so gründlich wie möglich isoliert, um sicherzustellen, daß das Distickstoffmonoxid in dem Bau blieb, bis eine der Türen von außen geöffnet wurde, um das Gas entweichen zu lassen.

Im Pick-up oder im Toyota konnte der Outsider keine Zuflucht finden. Beide würden versperrt sein. Kein Winkel der Scheune würde frei sein von dem Gas. Die Kreatur würde in weniger als einer Minute zusammenbrechen. Travis hatte erwogen, irgendein giftiges Gas einzusetzen, das er sich wahrscheinlich über seine Verbindungen in San Francisco ebenfalls hätte besorgen können, hatte sich aber am Ende dagegen entschieden, weil die Gefahr für ihn, Nora und Einstein zu groß war, falls irgend etwas schiefging.

Sobald das Gas ausgeströmt und der Outsider ihm zum Opfer gefallen war, konnte Travis einfach eine der Türen öffnen, die Scheune lüften, sie mit dem Uzi-Karabiner betreten und die besinnungslose Bestie dort, wo sie hingefallen war, töten. Im schlimmsten Fall, selbst wenn die Zeit, die zum Lüften der Scheune benötigt wurde, dem Outsider eine Chance gab, wieder zu sich zu kommen, würde er immer noch benommen und desorientiert sein und somit ein leichter Gegner.

Als sie sich vergewissert hatten, daß alles in der Scheune so war, wie es sein sollte, kehrten Travis und Einstein zum Hof hinter dem Haus zurück. Der Dezembertag war kühl, aber es wehte kein Wind. Der Wald, der ihr Anwesen umgab, war von unnatürlicher Stille. Die Bäume standen reglos unter einem von tiefhängenden schieferfarbener Wolken bedeckten Himmel.

»Ist der Outsider immer noch zu uns unterwegs?« fragte Travis.

Mit einem schnellen Schweifwedeln erklärte Einstein: JA.

»Ist er nahe?«

Einstein hob schnüffelnd die Nase in die klare Winterluft. Er trottete über den Hof an den nördlichen Waldrand und schnüffelte wieder, legte den Kopf schief und spähte aufmerksam in das Dunkel zwischen den Bäumen. Dann wiederholte er sein Ritual am südlichen Ende des Grundstücks.

Travis hatte das Gefühl, daß Einstein nicht wirklich seine Augen, Ohren und Nase für die Suche nach dem Outsider einsetzte. Er hatte irgendeine Methode, den Outsider wahrzunehmen, die von völlig anderer Art war als die einen Puma oder ein Eichhörnchen aufzuspüren. Travis wurde klar, daß der Hund einen unerklärlichen sechsten Sinn besaß — ob nun psychisch oder zumindest quasi-psychisch —, und wenn er seine gewöhnlichen Sinne benutzte, war das wahrscheinlich entweder der Auslöser für diese psychische Fähigkeit — oder bloße Gewohnheit.

Schließlich kehrte Einstein zu ihm zurück und winselte eigenartig.

»Ist er nahe?« fragte Travis.

Einstein schnüffelte und schaute dann wieder in das Dunkel des sie umgebenden Waldes, als könnte er sich nicht zu einer Antwort entscheiden.

»Einstein — stimmt was nicht?«

Schließlich bellte der Retriever einmal: NEIN.

»Rückt der Outsider uns näher?«

Ein Zögern. Dann: NEIN.

»Bist du sicher?«

JA.

»Wirklich sicher?«

JA.

Als Travis, beim Haus angekommen, die Tür öffnete, wandte Einstein sich von ihm ab, trottete über die hintere Terrasse, blieb bei den Holzstufen stehen, blickte ein letztes Mal über den Hof und auf den friedlichen, lautlos im Schatten daliegenden Wald. Dann folgte er Travis leicht fröstelnd ins Haus.

Während der Inspektion ihrer Verteidigungseinrichtungen war Einstein zutraulicher als gewöhnlich gewesen, hatte sich immer wieder an Travis' Beinen gerieben, sich an ihn gedrückt und ihn auf die eine oder andere Art aufgefordert, ihn zu streicheln oder hinter den Ohren zu kraulen. Als sie dann am Abend vor dem Fernseher saßen und später auf dem Wohnzimmerboden Scrabble spielten, fuhr der Hund fort, ihre Aufmerksamkeit zu suchen. Er legte immer wieder Nora oder Travis den Kopf in den Schoß, und es schien gerade so, als wäre er es zufrieden, bis zum nächsten Sommer gestreichelt und hinter den Ohren gekrault zu werden.

Nora und Travis entschieden, den Abend mit etwas Lektüre ausklingen zu lassen — Detektivgeschichten —, aber Einstein verzichtete darauf, daß sie ein Buch in seine Umblättermaschine legten. Statt dessen lag er vor Noras Sessel auf dem Boden und schlief sofort ein.

»Er scheint mir immer noch ein wenig träge«, sagte sie.

»Aber er hat alles aufgegessen. Und heute war ein langer Tag.«

Der Atem des schlafenden Hundes war normal, und Travis war nicht beunruhigt. Tatsächlich hatte er in bezug auf ihre Zukunft ein besseres Gefühl als seit langem. Die Inspektion ihrer Verteidigungseinrichtungen hatten ihm neues Vertrauen und neue Zuversicht gegeben, und er glaubte, daß sie mit dem Outsider, wenn er einmal ankam, zurechtkommen würden. Dank Garrison Dilworth waren bis jetzt — vielleicht sogar für immer — alle Versuche der Behörden gescheitert, sie aufzuspüren. Nora hatte sich wieder mit großer Begeisterung ihrer

Malerei zugewendet, und Travis hatte beschlossen, nach der Eliminierung des Outsiders seine Maklerlizenz unter dem Namen Samuel Hyatt wieder zu nutzen. Wenn Einstein noch ein wenig träge war … nun, er war jedenfalls viel lebhafter, als er das eine Weile gewesen war, und morgen oder allerspätestens übermorgen würde er wieder ganz der alte sein.

In dieser Nacht schlief Travis, ohne zu träumen.

Am Morgen war er vor Nora wach. Bis er geduscht und sich angezogen hatte, war auch sie aufgestanden. Als sie in die Dusche ging, küßte sie ihn, knabberte an seiner Unterlippe und murmelte ihm verschlafen Liebesgeständnisse ins Ohr. Ihre Augen waren etwas geschwollen, ihr Haar zerzaust, sie hatte etwas Mundgeruch, aber trotzdem hätte er sie sofort ins Bett zurückgedrängt, wenn sie nicht gesagt hätte: »Probier's heute nachmittag, Romeo. Im Augenblick ist mein einziges Verlangen ein paar Eier, Schinken, Toast und Kaffee.«

Er ging die Treppe hinunter und begann im Wohnzimmer damit, die Läden zu öffnen und das Morgenlicht ins Haus zu lassen. Der Himmel war verhangen und grau wie tags zuvor, also würde es ihn nicht überraschen, wenn es am Nachmittag regnete.

In der Küche bemerkte er, daß die Tür zur Speisekammer offenstand und das Licht brannte. Er schaute hinein, ob Einstein da sei, aber das einzige Zeichen seiner Gegenwart war die Nachricht, die er irgendwann im Laufe der Nacht dort hinterlassen hatte:

FIEDEL GEBROCHEN. KEIN ARZT. BITTE. WILL NICHT INS LABOR ZURÜCK. ANGST.

Oh, Scheiße! Oh, Jesus!

Travis trat aus der Speisekammer und rief: *»Einstein!«*

Kein Bellen. Kein Tappen von Pfoten.

Die Läden vor den Küchenfenstern waren noch geschlossen, und der größte Teil des Raumes, den der schwache Lichtschein aus der Speisekammer nicht erreichte, lag im Halbdunkel. Travis schaltete das Licht ein.

Einstein war nicht da.

Er rannte in sein Arbeitszimmer. Auch dort war der Hund nicht.

Mit fast schmerzhaft schnell schlagendem Herzen hetzte Travis die Treppe hinauf, bei jedem Schritt zwei Stufen nehmend, schaute in das dritte Schlafzimmer, das eines Tages das Kinderzimmer sein würde, und schließlich in den Raum, den Nora als Atelier benutzte. Aber auch da war Einstein nicht, und ebenso nicht in ihrem Schlafzimmer, auch nicht unter dem Bett, unter das Travis in seiner Verzweiflung schaute. Einen Augenblick lang konnte er sich wirklich nicht vorstellen, wo der Hund sein könnte. Und so stand er da, lauschte auf Noras Gesang unter der Dusche — sie wußte nicht, was geschehen war — und wollte schon ins Badezimmer laufen, um ihr zu sagen, daß etwas passiert sei, etwas Schreckliches, da fiel ihm das Bad im Erdgeschoß ein. Also rannte er aus dem Schlafzimmer, den Korridor entlang die Treppe so schnell hinunter, daß er fast das Gleichgewicht verloren und gestürzt wäre. Und in dem Bad zwischen Küche und Arbeitszimmer im Erdgeschoß fand er, was zu finden er so sehr gefürchtet hatte.

Das Bad stank. Der Hund hatte sich in seiner Rücksichtnahme in die Toilette erbrochen, aber nicht die Kraft — vielleicht auch nicht die Klarheit des Verstandes — besessen, die Spülung zu ziehen. Einstein lag auf dem Boden auf der Seite. Travis kniete neben ihm nieder. Einstein rührte sich nicht, war aber nicht tot — nicht tot, denn er atmete. Er atmete mit einem rasselnden Geräusch. Als Travis ihn anredete, versuchte er den Kopf zu heben, hatte aber nicht die Kraft, sich zu bewegen.

Seine Augen. Herr im Himmel, seine Augen!

Ganz sachte hob Travis den Kopf des Retrievers und sah, daß seine sonst so wundervoll ausdrucksvollen braunen Augen von einem milchigen Schleier überzogen waren. Ein wäßriger gelber Ausfluß quoll daraus hervor, hatte sich im goldgelben Pelz verkrustet. In Einsteins Nasenlöchern hing eine ähnlich klebrige Masse und zog leichte Blasen.

Travis legte dem Retriever die Hand auf den Hals und spürte einen mühsamen, unregelmäßigen Herzschlag.

»Nein!« sagte Travis. »O nein, nein! So darf das nicht sein, Junge. Ich werde einfach nicht zulassen, daß das passiert.«

Er ließ den Kopf des Retrievers auf den Boden sinken, stand auf, wandte sich zur Tür — und Einstein wimmerte fast unhörbar, als wollte er sagen, daß er nicht alleingelassen werden wolle.

»Ich bin gleich zurück. Gleich zurück.« versprach Travis. »Nur einen Augenblick, Junge. Ich bin gleich wieder da.«

Er rannte zur Treppe, hetzte noch schneller hinauf als beim letzten Mal. Jetzt schlug sein Herz mit solch wütender Kraft, daß er das Gefühl hatte, es wollte sich von ihm losreißen. Sein Atem ging zu schnell.

Im Schlafzimmer trat Nora soeben nackt und triefend aus der Dusche.

Travis redete in seiner Panik so schnell, daß die einzelnen Worte ineinander verschmolzen. »Zieh dich schnell an, wir müssen zum Tierarzt. Um Himmels willen, beeil dich!«

Erschreckt sagte sie: »Was ist passiert?«

»Einstein! Schnell! Ich glaube, er stirbt!«

Er riß ein Laken vom Bett, ließ Nora stehen und rannte wieder hinunter ins Bad. Der unregelmäßige Atem des Retrievers schien in der einen Minute, die Travis weggewesen war, noch unregelmäßiger geworden zu sein. Er faltete das Laken zweimal zusammen, auf ein Viertel seiner Größe, und schob dann vorsichtig den Hund darauf.

Einstein gab einen gequälten Laut von sich, so als hätte ihm die Bewegung weh getan.

»Ganz ruhig, ruhig!« sagte Travis. »Das wird alles wieder gut.«

Jetzt tauchte Nora in der Tür auf, noch damit beschäftigt, sich die Bluse zuzuknöpfen, die feucht war, weil sie sich nicht die Zeit genommen hatte, sich vor dem Anziehen abzutrocknen. Ihr feuchtes Haar hing strähnig herunter.

Mit erstickter Stimme sagte sie: »O Pelzgesicht, nein, nein!«

Sie wollte sich hinunterbeugen und den Retriever berühren, aber jetzt war keine Zeit zu verlieren. Travis sagte: »Bring den Pick-up vors Haus.«

Während Nora zur Scheune rannte, hüllte Travis Einstein, so gut er konnte, in die Decke, so daß nur der Kopf des Retrievers, sein Schwanz und die Hinterbeine zu sehen waren. Vergeblich bemühte er sich, ihm nicht noch einmal ein schmerzerfülltes Wimmern abzufordern, nahm den Hund auf die Arme und trug ihn aus dem Badezimmer, durch die Küche und aus dem Haus, zog die Tür hinter sich zu, ließ sie aber unversperrt. In diesem Augenblick war das Thema Sicherheit für ihn ohne jede Bedeutung.

Die Luft war kalt. Die Stille des gestrigen Tages war dahin. Die Bäume schwankten fröstelnd. In der Art und Weise, wie ihre dicht mit Nadeln besetzten Zweige nach dem Wind schlugen, lag etwas Drohendes. Andere, blattlose Bäume hoben die schwarzen, knochigen Arme gegen den düsteren Himmel.

In der Scheune ließ Nora den Motor des Pick-up an. Er brüllte auf.

Travis ging vorsichtig die Treppe zur Einfahrt hinunter, bewegte sich, als trüge er eine Ladung zerbrechlichen alten Porzellans. Der ungebärdige Wind wirbelte Travis die Haare zu Berge, zerrte an den herunterhängenden Enden der Decke, zerzauste den Pelz auf Einsteins Kopf, als wäre er ein bösartiges Wesen, das ihm den Hund entreißen wollte.

Nora fuhr einen Kreisbogen, setzte die Nase des Wagens in Richtung Ausfahrt und hielt an der Stelle, wo Travis wartete. Sie würde den Pick-up steuern.

Es stimmte, was man sagte: Manchmal, in besonderen Augenblicken der Krise, in Zeiten gefühlsmäßiger Widrigkeiten sind Frauen besser imstande, die Zähne zusammenzubeißen und zu tun, was getan werden muß, als Männer. Travis saß auf dem Beifahrersitz, hielt den in die Decke eingehüllten Hund in den Armen und wäre außerstande gewesen zu fahren. Er zitterte am ganzen Körper und bemerkte erst jetzt, daß er seit dem Augenblick, da er Einstein auf dem Badezimmerboden gefunden hatte, weinte. Er hatte harten Militärdienst geleistet, war nie auf gefährlichen Einsätzen der Delta Force in Panik geraten oder von Furcht gelähmt gewesen. Aber das hier war anders, dies war Einstein, sein *Kind.* Hätte er lenken müssen, er wäre wahrscheinlich geradewegs gegen einen Baum gefahren oder in einen Graben. Auch in Noras Augen standen Tränen, aber sie gab ihnen nicht nach. Sie biß sich auf die Unterlippe und fuhr, als wäre sie für Stunts beim Film ausgebildet worden. Am Ende des Feldwegs bog sie nach rechts in den kurvigen Pacific Coast Highway ein und strebte in nördlicher Richtung auf Carmel zu, wo es zumindest einen Tierarzt geben mußte.

Während der Fahrt redete Travis mit Einstein, versuchte ihn zu beruhigen und ihm Mut zu machen. »Alles wird gut, ganz bestimmt. Es ist nicht so schlimm, wie es aussieht. Du kommst schon wieder in Ordnung.«

Einstein wimmerte, kämpfte schwach einen Augenblick lang gegen Travis' Arme an, und Travis wußte, was der Hund jetzt dachte. Er hatte Angst, der Tierarzt würde die Tätowierung in seinem Ohr sehen, wissen, was sie bedeutete, und ihn zu Banodyne zurückschicken.

»Mach dir deswegen keine Sorgen, Pelzgesicht. Niemand darf dich uns wegnehmen. Weiß Gott, niemand darf das. Zuerst müssen die mich niedertrampeln, und das werden sie nicht können. Das geht nicht.«

»Das geht nicht«, pflichtete Nora ihm grimmig bei.

Aber Einstein zitterte trotzdem heftig in der Decke an Travis' Brust.

Travis erinnerte sich an die Steine mit den Buchstaben auf dem Boden der Speisekammer: FIEDEL ZERBROCHEN … ANGST …

»Hab keine Angst«, redete er auf den Hund ein. »Hab keine Angst. Es gibt wirklich keinen Grund zur Angst.«

Doch trotz Travis' ehrlicher Beteuerungen zitterte Einstein und hatte Angst. Und auch Travis hatte Angst.

2

Nora machte an einer Arco-Tankstelle am Rande von Carmel Halt und fand die Adresse des Tierarztes in einem Telefonbuch. Sie rief an, um sicherzugehen, daß er zu Hause war. Dr. James Keenes Praxis befand sich an der Dolores Avenue am südlichen Stadtrand. Ein paar Minuten vor neun hielten sie vor seinem Haus.

Nora hatte die typisch steril wirkende Tierarztpraxis erwartet und stellte mit einiger Überraschung fest, daß Dr. Keene seine Praxis in seinem Privathaus untergebracht hatte, einem originellen zweistöckigen Bau, das im Stil eines englischen Landhauses erbaut war, mit viel Stein, Verputz, freiliegenden Balken und einem leicht gewölbtem Dach.

Als sie mit Einstein auf dem mit Steinplatten belegten Weg auf das Haus zueilten, öffnete Dr. Keene die Tür, ehe sie sie erreichten, als hätte er nach ihnen Ausschau gehalten. Eine Tafel wies darauf hin, der Eingang zur Praxis befinde sich auf der anderen Hausseite, aber der Arzt ließ sie durch die Haustür ein. Er war ein großer Mann mit bekümmerter Miene, fahler

Haut und traurigen braunen Augen, dafür aber einem warmen Lächeln und einer freundlichen Art.

Dr. Keene schloß die Tür hinter ihnen und sagte: »Bringen Sie ihn bitte hier herüber.«

Er führte sie rasch durch einen Korridor mit einem Eichenparkettboden, den ein langer, schmaler Orientteppich bedeckte. Auf der linken Seite konnte man durch einen Bogen ein wohnlich möbliertes Wohnzimmer sehen, das so aussah, als wäre es tatsächlich *bewohnt:* mit Fußhockern vor den Sesseln, Leselampen, vollen Bücherregalen und bestickten Wolldecken, die für kühle Abende auf ein paar Sessellehnen säuberlich gefaltet bereitlagen. Ein Hund stand hinter dem Bogen: ein schwarzer Labrador. Er beobachtete sie ernst, als begriffe er die Schwere von Einsteins Erkrankung, und folgte ihnen nicht.

Am hinteren Ende des großen Hauses führte der Tierarzt sie auf der linken Seite des Korridors durch eine Tür in eine saubere weiße Praxis. An den Wänden standen aufgereiht weißemaillierte Schränke mit Glastüren, voll mit Medikamenten, Fläschchen, Tabletten, Kapseln und den vielen Ingredienzen in Pulverform, die man brauchte, um ausgefallene Medikamente zu mixen.

Travis ließ Einstein vorsichtig auf einen Untersuchungstisch nieder und schlug die Decke zurück.

Nora war bewußt, daß sie und Travis ebenso verzweifelt wirkten, als hätten sie ihr sterbendes Kind zum Arzt gebracht. Travis' Augen waren gerötet, und wenn er auch im Augenblick nicht weinte, schneuzte er sich doch unentwegt. Als sie den Pick-up vor dem Haus parkte und die Handbremse zog, hatte Nora ihre eigenen Tränen nicht mehr unterdrücken können. Jetzt stand sie auf der anderen Seite des Untersuchungstisches, einen Arm um Travis gelegt, und weinte leise.

Der Tierarzt war allem Anschein nach starke Gefühlsregungen gewohnt, denn er warf Nora oder Travis keinen einzigen neugierigen Blick zu und gab durch nichts zu erkennen, daß er ihre Angst und Sorge als übertrieben empfände.

Dr. Keene hörte sich die Herz- und Lungentöne des Retrievers mit einem Stethoskop an, tastete seinen Unterleib ab und untersuchte seine verklebten Augen mit einem Ophthalmoskop. Einstein blieb während der ganzen Prozedur schlaff und reglos, als wäre er gelähmt. Die einzigen Anzeichen dafür, daß der Hund sich noch am Leben festklammerte, waren sein schwaches Wimmern und sein unregelmäßiger Atem.

Es ist nicht so ernst, wie es scheint, sagte sich Nora, während sie sich die Augen mit einem Kleenex-Tuch betupfte.

Jetzt blickte Dr. Keene von dem Hund auf und sagte: »Wie heißt er denn?«

»Einstein«, sagte Travis.

»Wie lange haben Sie ihn schon?«

»Erst ein paar Monate.«

»Ist er geimpft?«

»Nein«, sagte Travis. »Verdammt, nein.«

»Warum nicht?«

»Das ist … kompliziert«, sagte Travis. »Aber es gibt gute Gründe, weshalb wir ihn nicht impfen lassen konnten.«

»Dafür ist kein Grund gut genug«, sagte Keene mißbilligend. »Er hat keine Hundemarke, ist nicht geimpft. Es ist unverantwortlich, nicht dafür zu sorgen, daß ein Hund die erforderlichen Impfungen bekommt.«

»Ich weiß«, sagte Travis gequält. »Ich weiß.«

»Was fehlt ihm denn?« fragte Nora.

Und dabei dachte — hoffte — betete sie: Es ist nicht so ernst, wie es aussieht.

Keene streichelte den Retriever am Kopf und sagte: »Er hat Staupe.«

Einstein lag jetzt in einer Ecke der Praxis auf einer dicken Schaumstoffmatratze, deren Plastiküberzug mit einem Reißverschluß versehen war. Um zu verhindern, daß er sich bewegte — falls er je die Kraft haben sollte, sich zu bewegen —, war er mit einer kurzen Leine an einem in der Wand befestigten Ring angebunden.

Dr. Keene hatte dem Retriever eine Injektion gegeben. »Antibiotika«, erklärte er. »Es gibt keine Antibiotika, die gegen die Staupe helfen, aber sie sind angezeigt, um Sekundärinfektionen zu vermeiden.«

Außerdem hatte er eine Nadel in eine der Beinvenen des Hundes eingeführt und ihn an ein Infusionsgerät angeschlossen, um dem Wasserentzug entgegenzuwirken.

Als der Tierarzt versuchte, Einstein einen Maulkorb anzulegen, widersetzten sich Nora und Travis entschieden.

»Es ist nicht deshalb, weil ich Angst habe, daß er mich beißt«, erklärte Dr. Keene. »Es ist zu seinem eigenen Schutz, um ihn davon abzuhalten, an der Nadel zu kauen. Wenn er die Kraft dazu hat, wird er tun, was Hunde an einer Wunde immer machen — er wird daran lecken und beißen.«

»Nicht dieser Hund«, sagte Travis. »Dieser Hund ist ganz anders.« Er schob sich an Keene vorbei und entfernte den Maulkorb wieder.

Der Tierarzt wollte protestieren, ließ es dann aber bleiben. »Also schön. Für den Augenblick wenigstens. Jetzt ist er ohnehin zu schwach.«

Nora, die immer noch bemüht war, die schreckliche Wahrheit von sich zu schieben, sagte: »Aber wieso kann es denn so ernst sein? Er hatte doch nur ganz schwache Symptome, und selbst die waren nach ein paar Tagen wieder weg.«

»Die Hälfte der Hunde, die die Staupe bekommen, zeigt überhaupt keine Symptome«, sagte der Tierarzt, stellte eine Flasche Antibiotika in einen der Glasschränke zurück und warf die Plastikspritze in den Abfalleimer. »Andere zeigen nur schwache Übelkeit, Symptome treten auf und verschwinden von einem Tag auf den anderen. Wieder andere, wie Einstein, werden sehr krank. Das kann eine sich langsam verschlimmernde Krankheit sein, oder sie kann plötzlich von ganz schwachen Symptomen in ... das hier umschlagen. Aber einen Lichtblick haben wir.«

Travis kauerte sich so neben Einstein nieder, daß der Hund ihn sehen konnte, ohne den Kopf heben oder die Augen verdrehen zu müssen. Das sollte ihm das Gefühl vermitteln, daß man sich um ihn kümmerte, über ihn wachte, ihn liebte. Als er hörte, wie Keene von einem Lichtblick redete, blickte er hoffnungsvoll auf. »Was für ein Lichtblick? Was meinen Sie?«

»Der Verlauf der Erkrankung wird häufig durch den Zustand des Hundes vor dem Einsetzen der Staupe bestimmt. Die Krankheit ist am akutesten ausgeprägt bei Tieren, die ungepflegt und schlecht ernährt sind. Man kann deutlich sehen, daß Sie sehr gut für Einstein gesorgt haben.«

Travis sagte: »Wir haben versucht, ihn gut zu füttern und dafür zu sorgen, daß er viel Bewegung machte.«

»Er ist beinahe zu oft gebadet und gekämmt worden«, fügte Nora hinzu.

Dr. Keene nickte lächelnd und meinte: »Dann haben wir einen kleinen Vorteil. Wir haben gute Chancen.«

Nora sah Travis an, und er begegnete ihrem Blick nur kurz, ehe er ihren Augen wieder ausweichen und auf Einstein hinunterblicken mußte. Es war ihr überlassen, die gefürchtete Frage zu stellen: »Doktor, er wird doch wieder gesund werden, nicht war? Er wird doch nicht — er wird doch nicht sterben, oder?«

Offenbar war James Keene bewußt, daß sein von Haus aus bedrückt wirkendes Gesicht mit den müde blickenden Augen schon an sich wenig dazu beitrug, Zuversicht zu erwecken. Deshalb hatte er sich ein warmes Lächeln angeeignet, einen weichen und doch zuversichtlichen Tonfall und eine fast großväterliche Art, die, wenn auch vielleicht mit Absicht zugelegt, doch echt schienen und mithalfen, der ewigen Düsternis entgegenzuwirken, die Gott als passend für sein Antlitz angesehen hatte.

Er trat vor Nora und legte ihr die Hände auf die Schultern. »Meine Liebe, Sie lieben diesen Hund wie ein Baby, nicht wahr?«

Sie biß sich auf die Lippe und nickte.

»Dann sollten Sie zuversichtlich sein. Haben Sie Vertrauen zu Gott, ohne dessen Wissen, wie es heißt, kein Sperling vom Himmel fällt, und haben Sie auch ein wenig Vertrauen zu mir. Ob Sie es nun glauben oder nicht, ich verstehe mich auf das, was ich tue, recht gut und verdiene Ihr Vertrauen.«

»Ich glaube, daß Sie gut sind«, sagte sie zu ihm.

Travis, der immer noch neben Einstein auf dem Boden kauerte, fragte mit belegter Stimme: »Aber die Chancen — wie groß sind die Chancen? Sagen Sie es uns doch einmal ganz ehrlich.«

Keene ließ Nora los und wandte sich zu Travis um. »Nun, der Ausfluß aus seinen Augen und der Nase ist nicht ganz so dickflüssig, wie er manchmal sein kann. Bei weitem nicht. Und auch keine Eiterbeulen am Leib. Sie sagen, er hätte sich übergeben, aber Durchfall haben Sie keinen gesehen?«

»Nein, nur erbrochen hat er«, sagte Travis.

»Er hat hohes Fieber, aber nicht in gefährlichem Maße. Hat er ungewöhnlich viel gegeifert?«

»Nein«, sagte Nora.

»Immer wieder den Kopf geschüttelt und herumgekaut, so als hätte er einen schlechten Geschmack im Maul?«

»Nein«, sagten Travis und Nora gleichzeitig.

»Haben Sie ihn im Kreis herumlaufen oder grundlos umfallen sehen? Auf der Seite liegen und wild mit den Beinen herumstrampeln, als würde er laufen? Ziellos im Zimmer herumrennen, gegen Wände stoßen, immer wieder zucken — etwas dergleichen?«

»Nein, nein«, sagte Travis.

Und Nora: »Mein Gott, könnte er so *werden?*«

»Wenn Staupe im zweiten Stadium daraus wird — ja«, meinte Keene. »Dann wird sein Gehirn mit beeinträchtigt. Epileptische Anfälle. Encephalitis.«

Travis sprang mit einem plötzlichen Satz auf. Er taumelte auf Keene zu und blieb schwankend vor ihm stehen. Sein Gesicht war bleich, in seinen Augen stand schreckliche Angst. »Das Gehirn beeinträchtigt? Wenn er sich erholt, blieben ... dann Gehirnschäden zurück?«

Nora überkam Übelkeit. Sie stellte sich Einstein mit einem Gehirnschaden vor — so intelligent wie ein Mensch, intelligent genug, um sich daran zu erinnern, daß er einmal etwas Besonderes gewesen war, zu wissen, daß etwas verlorengegangen war und er jetzt in blöder Stumpfheit lebte, in einem Grau, daß sein Leben irgendwie weniger war als das, was es einmal gewesen war ... Von Angst und Übelkeit benommen, mußte sie sich an den Untersuchungstisch lehnen.

Keene beantwortete Travis' Frage: »Die meisten Hunde, die Staupe im zweiten Stadium haben, überleben nicht. Aber wenn er es schafft, wird es natürlich eine gewisse Gehirnschädigung geben; nichts, das es notwendig machen würde, ihn einzuschläfern. Er könnte beispielsweise sein Leben lang Chorea haben, ein unwillkürliches Zucken — man nennt das auch den Veitstanz — ähnlich wie Schüttellähmung, das häufig auf den Kopf beschränkt bleibt. Aber er könnte damit relativ zufrieden leben, ein schmerzfreies Dasein führen und immer noch ein schönes Haustier sein.«

Travis war so erregt, daß er den Tierarzt fast anbrüllte: »Zum Teufel damit, ob er ein schönes Haustier bleibt oder nicht. Die *physischen* Auswirkungen einer Gehirnschädigung sind mir gleichgültig. Was ist mit seinem *Verstand?*«

»Nun, Sie und Ihre Frau würde er weiterhin erkennen«, sagte der Arzt. »Er würde Ihnen gegenüber auch freundlich bleiben. In der Beziehung gäbe es keine Probleme. Er könnte vielleicht ziemlich viel schlafen und Perioden der Lustlosigkeit durchmachen. Aber stubenrein würde er fast mit Sicherheit bleiben. Das würde er nicht vergessen ...«

Zitternd sagte Travis: »Mir ist völlig egal, ob er das ganze Haus verpinkelt, solange er nur *denken* kann.«

»Denken?« sagte Dr. Keene sichtlich perplex. »Nun ... was genau meinen Sie? Er ist schließlich ein Hund.«

Der Tierarzt hatte ihr besorgtes, leidgequältes Verhalten als die normale Reaktion eines Tierhalters in einem solchen Fall akzeptiert. Aber jetzt fing er an, sie mit etwas argwöhnischen Blicken zu mustern.

Zum Teil, um das Thema zu wechseln und den Argwohn des Tierarztes zu zerstreuen, zum Teil auch, weil sie einfach die Antwort kennen wollte, sagte Nora: »Also schön. Aber *hat* Einstein nun Staupe zweiten Grades?«

»Nach allem, was ich bis jetzt gesehen habe, befindet er sich noch im ersten Stadium«, erklärte Keene. »Und wenn in den nächsten vierundzwanzig Stunden keine ernsteren Symptome auftreten, haben wir gute Chancen, daß die Krankheit nicht über das erste Stadium hinausgeht und wir sie sogar heilen können.«

»Und im ersten Stadium gibt es keine Gehirnschäden?« fragte Travis mit einer Eindringlichkeit, die Keene neuerlich dazu veranlaßte, die Stirn zu runzeln.

»Nein. Im ersten Stadium nicht.«

»Und wenn er im ersten Stadium bleibt«, sagte Nora, »wird er nicht sterben?«

Mit seiner weichsten Stimme und bemüht, sie zu beruhigen, sagte James Keene: »Nun, die Chancen sind jetzt sehr groß, daß er Staupe des ersten Stadiums überlebt — ohne Nachwirkungen: Sie sollen wissen, daß seine Genesungschancen tatsächlich recht gut sind. Aber ich will Ihnen auch keine falschen Hoffnungen machen. Das wäre grausam. Selbst wenn die Krankheit nicht über das erste Stadium hinausgeht ... könnte Einstein sterben. Die Chancen sprechen fürs Überleben, aber der Tod ist möglich.«

Nora weinte jetzt wieder. Sie hatte gedacht, sie hätte sich im

Griff, könne stark sein. Und doch weinte sie jetzt. Sie ging zu Einstein, setzte sich neben ihn auf den Boden und legte ihm eine Hand auf die Schulter, einfach um ihn wissen zu lassen, daß sie da war.

Keene wurde jetzt angesichts ihres Gefühlsausbruchs ungeduldig und zugleich verwirrt. In seine Stimme schlich sich jetzt etwas Strenge, als er sagte: »Hören Sie, wir können nicht mehr tun, als ihn erstklassig versorgen und auf das Beste hoffen. Er wird natürlich hierbleiben müssen, die Staupe-Behandlung ist kompliziert und muß unter ständiger tierärztlicher Überwachung erfolgen. Ich muß ihn intravenös ernähren und mit Antibiotika versorgen ... Und falls er anfängt, Krämpfe zu bekommen, kommen Sedativa hinzu.«

Einstein zitterte unter Noras Hand, als hätte er diese schlimme Aussicht gehört und begriffen.

»Schön. In Ordnung. Ja«, sagte Travis. »Es ist offensichtlich so, daß er hier in Ihrer Praxis bleiben muß. Wir werden bei ihm bleiben.«

»Das ist nicht nötig ...«, begann Keene.

»Richtig, ja — nötig ist es nicht«, sagte Travis schnell. »Aber wir wollen bleiben, das geht schon. Wir können hier auf dem Boden schlafen«

»Oh, ich fürchte, das wird nicht gehen«, sagte Keene.

»O doch, ganz sicher geht das«, sagte Travis in seinem Eifer, den Tierarzt zu überzeugen. »Machen Sie sich unseretwegen keine Sorgen, Doktor. Wir kommen schon klar. Einstein braucht uns hier, also werden wir bleiben, und wir bezahlen Sie natürlich für die Ungelegenheiten.«

»Aber ich führe kein Hotel!«

»Wir müssen bleiben!« sagte Nora entschieden.

»Jetzt hören Sie mal«, meinte Keene. »Ich bin ja ein vernünftiger Mann, aber ...«

Travis packte mit beiden Händen die Rechte des Tierarztes und hielt sie zur Verblüffung Keenes fest. »Hören Sie, Dr. Keene, bitte, lassen Sie mich versuchen, es Ihnen zu erklären. Ich weiß, es ist eine ungewöhnliche Bitte. Ich weiß, wir müssen auf Sie wie zwei Verrückte wirken, aber wir haben unsere Gründe. Und es sind gute Gründe. Das ist kein gewöhnlicher Hund, Dr. Keene. Er hat mir das Leben gerettet ...«

»Und meines ebenfalls«, sagte Nora.

»Und er hat uns zusammengebracht«, sagte Travis. »Ohne Einstein wären wir einander nie begegnet, hätten nie geheiratet und wären beide tot.«

Erstaunt sah Keene zuerst Travis, dann Nora an. »Sie meinen, er hat Ihnen das Leben gerettet — buchstäblich?«

»Buchstäblich«, sagte Nora.

»Und dann hat er Sie zusammengebracht?«

»Ja«, sagte Travis. »Er hat unser Leben mehr verändert, als wir sagen oder erklären können.«

Der Tierarzt, immer noch von Travis festgehalten, sah Nora an, blickte dann auf den keuchenden Retriever hinab, schüttelte den Kopf und sagte: »Ich bin ganz wild auf Geschichten über Heldentaten von Hunden. Die möchte ich ganz sicher auch hören.«

»Wir erzählen Ihnen alles«, versprach Nora. Aber, dachte sie dabei, es wird eine sorgfältig redigierte Version der Wahrheit sein.

»Als ich fünf Jahre alt war«, meinte James Keene, »hat mich ein schwarzer Labrador vor dem Ertrinken gerettet.«

Nora erinnerte sich an den schönen schwarzen Labrador im Wohnzimmer und fragte sich, ob er wohl ein Nachkomme des Tieres sei, das Keene gerettet hatte — oder nur eine Erinnerung daran, in wie tiefer Schuld er bei Hunden stand.

»Also gut«, sagte Keene, »Sie können bleiben.«

»Danke.« Travis' Stimme klang brüchig. »Ich danke Ihnen.«

Keene befreite seine Hand aus Travis' Griff und sagte: »Aber bis wir sicher sein können, daß Einstein überlebt, werden wenigstens achtundvierzig Stunden vergehen. Das wird eine lange Zeit.«

»Achtundvierzig Stunden ist gar nichts«, sagte Travis. »Zwei Nächte, die wir auf dem Boden schlafen müssen. Das schaffen wir.«

»Ich habe das Gefühl, daß für Sie beide achtundvierzig Stunden eine Ewigkeit dauern werden«, meinte Keene, »so wie die Umstände liegen.« Er schaute auf die Armbanduhr und meinte dann: »In zehn Minuten kommt meine Assistentin, dann öffnen wir die Praxis für den Vormittag. Ich kann Sie nicht hier um mich haben, während ich mich um andere Patienten kümmere. Und Sie werden auch ganz bestimmt nicht im Wartezimmer unter besorgten Tierhaltern und kranken Tieren warten wollen, das würde Sie nur deprimieren. Sie können im Wohnzimmer warten. Wenn ich dann am späten Nachmittag die Praxis schließe, können Sie ja hierher zurückkommen, um bei Einstein zu sein.«

»Dürfen wir untertags mal reinsehen?« fragte Travis.

Keene lächelte. »Also schön. Aber nur ganz kurz.«

Unter Noras Hand hörte Einstein schließlich zu zittern auf. Etwas von dem Druck löste sich, er entspannte sich, als hätte er gehört, daß sie in seiner Nähe bleiben würden, und wäre deswegen sehr beruhigt.

Der Vormittag verstrich qualvoll langsam. In Dr. Keenes Wohnzimmer gab es einen Fernseher, Bücher und Zeitschriften, aber weder Nora noch Travis brachten es fertig, für Fernsehen oder Lesen auch nur das geringste Interesse aufzubringen.

Etwa jede halbe Stunde huschte einer von ihnen den Korridor hinunter und spähte zu Einstein hinein. Sein Zustand schien sich nicht zu verschlechtern, besserte sich aber auch nicht.

Einmal kam Keene herein und sagte: »Übrigens, benützen Sie ruhig das Bad. Und im Kühlschrank sind kalte Getränke. Wenn Sie wollen, können Sie sich auch Kaffee machen.« Er sah lächelnd auf den schwarzen Labrador, der neben ihm stand. »Und dieser Bursche hier ist Pooka. Wenn Sie es zulassen, liebt er Sie zu Tode.«

Pooka war tatsächlich einer der freundlichsten Hunde, die Nora je gesehen hatte. Er rollte sich auf den Rücken, ohne daß man ihn dazu aufzufordern brauchte, spielte tot, setzte sich auf die Hinterbeine und schnüffelte dann schweifwedelnd herum, um sich mit ein paar Streicheleinheiten belohnen zu lassen.

Den ganzen Vormittag lang ignorierte Travis das Werben des Hundes um Zuneigung, als wäre es ein Verrat an Einstein, wenn er Pooka streichelte, und würde Einsteins Tod an der Staupe bedeuten.

Nora hingegen ließ dem Hund die Aufmerksamkeit zuteil werden, die er sich wünschte. Sie sagte sich, wenn sie Pooka gut behandelte, werde es die Götter freuen und sie würden dann Einstein gewogen sein. Ihre Verzweiflung erzeugte in ihr einen Aberglauben, der ebenso heftig war wie der ihres Mannes — wenn auch von völlig anderer Art.

Travis ging auf und ab, saß auf der Sesselkante, den Kopf gesenkt, das Gesicht auf die Hände gestützt, dann wiederum stand er lange Zeit an einem der Fenster und starrte hinaus, aber ohne die Straße zu sehen, sondern ganz auf irgendwelche dunklen Visionen konzentriert. Er gab sich die Schuld für das, was geschehen war. Und wenn Nora ihm den wahren Sachverhalt klarzumachen versuchte, trug das nicht dazu bei, sein irrationales Schuldgefühl zu verringern.

Den Blick starr auf ein Fenster gerichtet und die Arme an den Leib gepreßt, als fröre er, sagte Travis leise: »Meinst du, Keene hat die Tätowierung gesehen?«

»Ich weiß nicht. Vielleicht nicht.«

»Glaubst du, daß man wirklich eine Beschreibung Einsteins an die Tierärzte verteilt hat? Wird Keene wissen, was die Tätowierung bedeutet?«

»Vielleicht nicht«, sagte sie. »Vielleicht haben wir Verfolgungswahn.«

Aber nach dem, was sie von Garrison gehört hatten, nach all der Mühe, die die Behörden sich gegeben hatten, um ihn davon abzuhalten, eine Warnung an sie weiterzuleiten, wußten sie, daß die Suche nach dem Hund immer noch in vollem Gange war. Also gab es keinen Grund, von ›Verfolgungswahn‹ zu reden.

Von zwölf bis zwei schloß Dr. Keene seine Praxis, um zu Mittag zu essen. Er lud Nora und Travis ein, mit ihm in der großen Küche zu essen. Er war Junggeselle und konnte sich selbst versorgen. Seine Kühltruhe enthielt tiefgefrorene Mahlzeiten, die er selbst zubereitet und verpackt hatte. Er taute eine Portion Lasagne auf und machte mit ihrer Hilfe drei Portionen Salat zurecht. Das Essen war ausgezeichnet, aber weder Nora noch Travis brachten viel davon hinunter.

Je besser Nora James Keene kennenlernte, desto mehr mochte sie ihn. Trotz seines mürrischen Aussehens war er ein äußerst lockerer Mensch und besaß die Gabe, sich über sich selbst lustig zu machen. Die Liebe, die er für Tiere empfand, war wie ein Licht in ihm. Hunde waren seine größte Liebe, und wenn er über sie sprach, dann verwandelte die Begeisterung seine unattraktiven Züge und machte einen äußerst sympathischen Mann aus ihm.

Der Arzt erzählte ihnen von dem schwarzen Labrador King, der ihn als Kind vor dem Ertrinken gerettet hatte, und ermunterte sie, ihm zu erzählen, wie Einstein ihnen das Leben gerettet habe. Travis erzählte ein farbige Geschichte von einer Bergwanderung, bei der er auf einen verletzten und zornigen Bären gestoßen war. Er schilderte, wie Einstein ihn zuerst gewarnt und dann, als der halb wahnsinnige Bär anfing, ihn zu verfolgen, das Tier herausgefordert und einige Male in die Flucht geschlagen hätte. Nora konnte eine Geschichte erzählen, die der Wahrheit näherkam: Belästigung durch einen Sexualpsychopathen, dessen Angriff Einstein unterbrach, der den Eindringling dann so lange festhielt, bis die Polizei eintraf.

»Er ist ja wirklich ein Held!« sagte Keene beeindruckt.

Nora fühlte, daß die Geschichten über Einstein den Tierarzt so völlig auf ihre Seite gezogen hatten, daß er, *falls* er die Tätowierung entdeckte und wußte, was sie bedeutete, das möglicherweise verdrängen und sie in Frieden gehen lassen würde, sobald Einstein wieder genesen war. *Falls* Einstein genas.

Aber als sie dann damit beschäftigt waren, die Teller einzusammeln, fragte Keene: »Sam, ich frage mich schon die ganze Zeit, warum Ihre Frau Sie eigentlich ›Travis‹ nennt.«

Darauf waren sie vorbereitet. Seit sie eine neue Identität angenommen hatten, hatten sie beschlossen, daß es für Nora einfacher und sicherer wäre, ihn weiterhin Travis zu rufen, anstatt zu versuchen, die ganze Zeit Sam zu gebrauchen und dann in irgendeinem entscheidenden Augenblick doch einen Fehler zu machen. Sie konnten sagen, Travis sei ein Spitzname, den sie ihm einmal gegeben habe und dessen Ursprung sehr privater Natur sei; indem sie einander zuzwinkerten und albern grinsten, könnten sie andeuten, das Ganze habe intime Hintergründe und sei zu peinlich, um näher erklärt zu werden. Also beantworteten sie auch Keenes Frage in dieser Weise, aber sie waren nicht in der Stimmung, überzeugend zu zwinkern und albern zu grinsen, deshalb war Nora nicht sicher, ob sie ihn wirklich überzeugt hatten. Tatsächlich dachte sie, ihr nervöses und etwas ungeschicktes Gehabe könnte Keenes Argwohn, falls er solchen hegte, eher noch steigern.

Kurz bevor er am Nachmittag seine Praxis wieder öffnen wollte, erhielt Keene einen Anruf seiner Assistentin, die, als sie zum Mittagessen ging, Kopfschmerzen gehabt hatte und ihm jetzt mitteilte, daß noch eine Magenverstimmung dazugekommen sei. Dies bedeutete, daß der Tierarzt sich allein um seine Patienten kümmern mußte, und so bot Travis ihm seine und Noras Unterstützung an.

»Wir haben natürlich keine tierärztliche Ausbildung. Aber Sie können uns ja irgendwelche Hilfsarbeiten zuteilen.«

»Sicher«, pflichtete Nora ihm bei. »Und außerdem haben wir beide zusammengenommen ein ganz gut funktionierendes Gehirn. Wenn Sie uns also zeigen, wie wir es anpacken sollen, könnten wir alles mögliche erledigen.«

Sie verbrachten den Nachmittag damit, widerspenstige Katzen, Hunde, Papageien und alle möglichen anderen Tiere festzuhalten, während Jim Keene sie behandelte. Es gab Verbände aufzubreiten, Arzneimittel aus den Schränken zu holen, Instrumente zu säubern und zu sterilisieren, Honorare entgegenzunehmen und Quittungen auszuschreiben. Einige Patienten hinterließen auch Spuren von Durchfall und Erbrechen, die beseitigt werden mußten. Aber Travis und Nora unterzogen sich auch solch unangenehmer Pflichten ebenso klaglos, wie sie die anderen Aufgaben erledigten.

Dafür hatten sie zwei Gründe. Der erste war natürlich der, daß sie, indem sie Keene assistierten, den ganzen Nachmittag Gelegenheit hatten, mit Einstein in der Praxis zusammen zu sein. Wenn sie zwischendurch nicht beschäftigt waren, stahlen sie sich ein paar Augenblicke davon, um den Retriever zu streicheln, ihm ein paar aufmunternde Worte zu sagen und sich davon zu überzeugen, daß sein Zustand sich nicht verschlechterte. Andererseits konnten sie, indem sie dauernd mit Einstein zusammen waren, zu ihrer Betrübnis sehen, daß sein Zustand sich auch keineswegs *besserte.*

Zweitens gab ihnen ihre Mitarbeit die Möglichkeit, sich bei dem Tierarzt beliebt zu machen und ihn damit dazu zu bewegen, seine Entscheidung nicht noch einmal zu überdenken, sie die Nacht über bei sich bleiben zu lassen.

Der Andrang an Patienten war wesentlich größer als üblich — wie Keene sagte —, und daher konnten sie die Praxis erst nach sechs Uhr schließen. Die Müdigkeit — und die gemeinsam verrichtete Arbeit — erzeugten ein warmes Gefühl der Zusammengehörigkeit. Während sie das Abendessen zubereiteten und dann auch gemeinsam einnahmen, unterhielt Jim Keene sie mit zahlreichen Tiergeschichten aus seiner reichen Erfahrung, und sie fühlten sich fast so behaglich und wohl, als das der Fall gewesen wäre, wenn sie den Tierarzt schon seit Monaten anstatt nur weniger als einen Tag lang gekannt hätten.

Keene richtete ihnen das Gästeschlafzimmer her und gab ihnen ein paar Decken, mit denen sie sich auf dem Boden der Praxis eine primitive Liegestatt bereiten konnten. Travis und Nora hatten vor, abwechselnd im richtigen Bett zu schlafen und jeweils die andere Hälfte der Nacht auf dem Boden in Einsteins Gesellschaft zu verbringen.

Travis hatte die erste Schicht von zehn Uhr bis drei Uhr morgens. Nur eine einzige Lampe in einer Ecke der Praxis brannte, und Travis saß entweder auf den übereinandergelegten Decken neben Einstein oder er streckte sich auf den Dekken aus.

Gelegentlich schlief Einstein. Sein Atem klang dann normaler, nicht so beängstigend. Dann wiederum war er wach, seine Atemzüge hörten sich schrecklich gequält an, und er winselte vor Schmerzen und — das spürte Travis — vor Angst. Travis redete auf ihn ein, erinnerte ihn an gemeinsame Erlebnisse, an die vielen schönen Augenblicke und die guten Zeiten in den letzten sechs Monaten, und der Klang von Travis' Stimme schien den Retriever wenigstens etwas zu beruhigen.

Da der Hund sich überhaupt nicht bewegen konnte, war er notwendigerweise inkontinent und urinierte zweimal auf die mit Plastik überzogene Matratze. Travis machte ohne jeden Ekel und mit dem gleichen Mitgefühl sauber, wie ein Vater es für ein schwerkrankes Kind getan haben würde. In gewisser Weise war Travis sogar froh, denn jedesmal, wenn Einstein pinkelte, war das ein Beweis dafür, daß er noch lebte und sein Körper in einer Hinsicht noch so normal funktionierte wie eh und je.

Im Laufe der Nacht regnete es ein paarmal. Das Trommeln der Regentropfen auf das Dach stimmte traurig.

Während dieser ersten Schicht tauchte Jim Keene zweimal in Pyjama und Morgenrock auf. Das erstemal untersuchte er

Einstein gründlich und wechselte die Infusionsflasche aus. Beim zweitenmal verpaßte er ihm nach der Untersuchung eine Injektion. Beide Male versicherte er Travis, daß im Augenblick keine Besserung zu erwarten sei; im Augenblick reiche es, daß es im Zustand des Hundes keine Anzeichen von Verschlechterung gäbe.

Während der Nacht ging Travis mehrere Male ans andere Ende des Raumes, um zu lesen, was auf einer gerahmten Schrifttafel über dem Ausguß zu lesen stand:

LOBLIED AUF EINEN HUND

Der einzige absolut selbstlose Freund, den der Mensch in dieser selbstsüchtigen Welt haben kann, der einzige Freund, der ihn nie verläßt und sich ihm gegenüber nie undankbar oder treulos erweist, ist sein Hund. Eines Menschen Hund steht in Wohlstand und Armut an seiner Seite, in gesunden und in kranken Tagen. Er wird auf der kalten Erde schlafen, im eisigen Wind und Schnee des Winters, nur um an der Seite seines Herrn und Meisters zu sein. Er wird die Hand küssen, die ihm keine Nahrung anbieten kann; er wird die Wunden und Schrammen lecken, die die rauhe Welt schlägt. Er behütet den Schlaf seines armen Herrn, als wäre dieser ein Fürst. Und wenn alle anderen Freunde ihn verlassen: Er bleibt zurück. Und wenn der Reichtum vergeht, der Ruf zuschanden wird, seine Liebe bleibt so beständig wie die Sonne auf ihrer Reise über das Himmelszelt.

SENATOR GEORGE VEST, 1870

Jedesmal, wenn Travis diesen Lobgesang las, erfüllte ihn aufs neue Staunen über Einsteins Existenz. Gab es eine weiter verbreitete Fantasievorstellung der Kinder als die, daß ihre Hunde so klug und so weise wären wie jeder Erwachsene? Und welches Geschenk Gottes würde einen jungen Menschen mehr entzücken als dieses, daß der Hund der Familie imstande war, sich wie ein Mensch mit ihm zu verständigen und Triumphe und Tragödien mit vollem Verständnis ihrer Bedeutung und ihrer Wichtigkeit mit ihm zu teilen? Welches Wunder könnte mehr Freude, mehr Respekt für die Geheimnisse der Natur, größeres Entzücken über die Wunder des Lebens hervorrufen? Irgendwie erzeugte die Vorstellung, daß sich die Persönlichkeit eines Hundes *und* die Intelligenz des Menschen in einem einzigen Geschöpf vereinigten, die Hoffnung auf eine Gattung, so begabt wie die Menschheit, aber edler und wertvoller. Und gab es eine weiter verbreitete Fantasievorstellung der Erwachsenen als die, daß sich eines Tages eine andere intelligente Gattung finden werde, die das weite, kalte Universum mit der Menschheit teilte und damit endlich die unsägliche Einsamkeit und das Gefühl leiser Verzweiflung unserer Rasse linderte?

Und konnte irgendein Verlust niederschmetternder sein als der Einsteins, jenes ersten, hoffnungsvollen Hinweises darauf, daß die Menschheit in sich nicht nur den Samen der Größe, sondern der Gottheit trug?

Diese Gedanken, die Travis einfach nicht unterdrücken konnte, erschütterten ihn und ließen ihn qualvoll aufschluchzen. Dann machte er sich Vorwürfe ob seiner Gefühlsduselei und ging in den Korridor hinaus, um Einstein seine Tränen — und die Furcht, die sie vielleicht in ihm hervorrufen würden — zu ersparen.

Nora löste ihn um drei Uhr morgens ab. Sie mußte darauf bestehen, daß er nach oben ging, denn er wollte eigentlich die Praxisräume nicht verlassen.

Erschöpft und dennoch unter Protest ließ Travis sich mit der Behauptung, er würde ohnehin nicht schlafen, ins Bett fallen und schlief ein.

Er träumte davon, daß ihn ein gelbäugiges Ding mit bösartig aussehenden Krallen und einem Alligatormaul verfolgte. Er versuchte Einstein und Nora zu schützen, schob sie vor sich her, drängte sie, wegzulaufen, zu fliehen. Aber irgendwie schaffte es das Ungeheuer, an Travis vorbeizukommen, und dann riß es Einstein in Stücke und ging danach auf Nora los. Es war der Fluch der Cornells, dem man nicht einfach aus dem Wege gehen konnte, indem man seinen Namen in Samuel Hyatt änderte. Schließlich hörte Travis zu rennen auf, fiel auf die Knie und senkte den Kopf, weil er jetzt, da er Nora und dem Hund Unglück gebracht hatte und ihnen nicht hatte helfen können, sterben wollte. Und dann hörte er, wie das Ding näher kam — *klick, klick, klick* —, hatte Angst und begrüßte doch den Tod, den das Geräusch ihm verhieß ...

Nora weckte ihn kurz vor fünf Uhr morgens. »Einstein«, sagte sie drängend. »Er hat Zuckungen.«

Als Nora mit Travis in die Praxis kam, fanden sie dort Jim Keene über Einstein gebeugt und mit ihm beschäftigt. Es gab für sie nichts zu tun, außer dem Tierarzt nicht im Wege zu stehen und ihm Platz zum Arbeiten zu lassen.

Sie hielten einander umfangen.

Nach ein paar Minuten richtete sich der Tierarzt auf. Sein Blick verriet Sorge, und diesmal war da nicht sein üblicher Versuch zu lächeln oder ihnen Hoffnung zu machen. »Ich habe ihm zusätzliche Mittel gegen die Zuckungen gegeben. Ich glaube ... ich glaube, jetzt ist er in Ordnung.«

»Ist das jetzt das zweite Stadium?« fragte Travis.

»Vielleicht nicht«, sagte Keene.

»Könnte es sein, daß er Zuckungen hat und trotzdem noch im ersten Stadium ist?«

»Möglich wäre es«, sagte Keene.

»Aber nicht wahrscheinlich.«

»Nicht wahrscheinlich«, nickte Keene. »Aber ... nicht unmöglich.«

Staupe im zweiten Stadium, dachte Nora verzagt.

Ihre Arme drückten Travis noch fester an sich.

Zweites Stadium. Gehirnschäden. Encephalitis, Chorea. *Hirnschäden.*

Travis wollte nicht ins Bett zurück. Er blieb den Rest der Nacht bei Nora und Einstein in der Praxis.

Sie schalteten eine weitere Lampe ein, machten den Raum dadurch etwas heller, aber nicht so hell, daß es Einstein stören konnte, und beobachteten ihn scharf nach Anzeichen darauf, daß die Staupe ins zweite Stadium übergegangen sei: ruckartige Bewegungen, Zucken und die Kaubewegungen, von denen Jim Keene gesprochen hatte.

Travis konnte daraus, daß bis jetzt keine derartigen Symptome aufgetreten waren, keine Hoffnung schöpfen. Selbst wenn Einstein sich im ersten Stadium der Krankheit befinden und sich nichts daran ändern sollte, sah es doch so aus, als würde er sterben.

Am nächsten Tag, am Freitag, dem 3. Dezember, ging es Jim Keenes Helferin noch immer nicht gut genug, um zur Arbeit zu kommen, also halfen Nora und Travis wieder aus.

Bis zum Mittag war Einsteins Fieber noch nicht gefallen. Aus seinen Augenwinkeln und der Nase trat immer noch eine durchsichtige, gelbliche Flüssigkeit aus. Sein Atem ging nicht mehr ganz so schwer, aber Nora stellte sich in ihrer Verzweiflung die Frage, ob der Atem des Hundes vielleicht nur deshalb leichter klang, weil er sich keine Mühe mehr gab, zu atmen, und dabei war, aufzugeben.

Sie brachte vormittags keinen Bissen hinunter. Sie wusch und bügelte Travis' Kleider und ihre eigenen. Sie hatten zwei von Jim Keenes Bademänteln an, die ihnen zu groß waren. Am Nachmittag herrschte in der Praxis wieder reger Betrieb. Nora und Travis waren die ganze Zeit über in Bewegung, und Nora war froh darüber.

Um dreiviertel fünf — den Augenblick würden sie, solange sie lebten, nie vergessen —, kurz nachdem sie Jim bei der Behandlung eines schwierigen Irish Setter beigestanden hatten, jaulte Einstein zweimal auf seiner Liegestatt in der Ecke auf. Nora und Travis fuhren herum, stöhnten und rechneten mit dem Schlimmsten. Dies war der erste Laut, den Einstein — abgesehen von Winseln — seit seinem Eintreffen in der Praxis von sich gab. Aber der Retriever hatte den Kopf gehoben — das erstemal, daß er die Kraft hatte, ihn zu heben — und sah sie blinzelnd an. Er blickte neugierig in die Runde, als wollte er fragen, wo in aller Welt er sich befinde.

Jim kniete neben dem Hund nieder, und während Travis und Nora sich erwartungsvoll hinten an ihn drängten, untersuchte er Einstein gründlich. »Sehen Sie sich seine Augen an. Sie sind etwas trüb, aber überhaupt nicht mit vorher zu vergleichen. Und der Ausfluß hat auf gehört.« Mit einem feuchten Tuch säuberte Jim das verklebte Fell unter Einsteins Augen und wischte ihm die Nase sauber; auch aus den Nasenlöchern trat kein Ausfluß mehr. Dann maß er mit einem Rektalthermometer Einsteins Temperatur und meinte: »Fällt. Ein ganzes Grad.«

»Gott sei Dank«, sagte Travis.

Und Nora merkte, daß ihre Augen sich wieder mit Tränen füllten.

»Er ist noch nicht überm Berg«, sagte Jim. »Sein Herzschlag ist regelmäßiger, nicht mehr ganz so schnell, aber immer noch nicht gut. Nora, holen Sie eine von den Schüsseln dort drüben und füllen Sie sie mit etwas Wasser.«

Nora ging an den Ausguß und stellte die Schüssel kurz darauf neben dem Tierarzt auf den Boden.

Jim schob sie Einstein hin. »Was meinst du, Bursche?«

Einstein hob wieder den Kopf von der Matratze und starrte die Schüssel an. Seine heraushängende Zunge sah trocken aus und war mit einer klebrigen Substanz bedeckt. Er winselte und leckte sich die Lefzen.

»Vielleicht«, sagte Travis, »wenn wir ihm helfen ...«

»Nein«, widersprach Jim Keene. »Er soll es sich überlegen. Wenn ihm danach ist, wird er das schon wissen. Wir wollen ihn nicht zwingen, Wasser zu trinken, das er anschließend wieder erbricht. Er wird instinktiv wissen, ob das der richtige Zeitpunkt ist.«

Mit einigem Ächzen und Stöhnen verlagerte Einstein sein Gewicht auf der Schaumstoffmatratze, rollte sich auf den Bauch. Er legte die Nase an die Schüssel, beschnüffelte das Wasser, leckte prüfend daran, fand Geschmack daran, leckte noch einmal und trank dann die Schüssel zu einem Drittel leer, ehe er sich seufzend wieder hinlegte.

Jim Keene streichelte ihn und meinte: »Jetzt wäre ich sehr überrascht, wenn er sich nicht erholen würde, völlig erholen würde. Aber eine Weile wird es noch dauern.«

Eine Weile wird es noch dauern.

Der Satz beunruhigte Travis.

Wieviel Zeit würde Einstein brauchen, um sich völlig zu erholen? Wenn der Outsider schließlich eintraf, würde es für sie alle besser sein, wenn Einstein gesund war und alle seine Sinne funktionierten. Trotz ihrer Infrarotanlage war Einstein ihr wichtigstes Frühwarnsystem.

Nachdem der letzte Patient um halb sechs die Praxis verlassen hatte, verschwand Jim Keene auf eine halbe Stunde ohne Angabe eines Grundes und brachte, als er zurückkehrte, eine

Flasche Champagner mit. »Ich trinke gewöhnlich nicht viel. Aber es gibt Anlässe, die einen Schluck oder zwei einfach verlangen.«

Nora hatte sich gelobt, während der Schwangerschaft nichts zu trinken; aber unter Umständen wie diesen konnte man selbst das feierlichste Gelöbnis etwas großzügig auslegen.

Sie holten Gläser und tranken in der Praxis, wobei sie Einstein zuprosteten, der sie ein paar Minuten lang beobachtete, aber dann erschöpft wieder einschlief.

»Diesmal ist das natürlicher Schlaf«, stellte Jim fest. »Nicht mittels Sedativa erzeugter.«

»Wie lange wird er brauchen, um sich zu erholen?« fragte Travis.

»Um die Staupe loszuwerden? Ein paar Tage noch. Eine Woche. Ich möchte ihn jedenfalls noch gern zwei Tage hierbehalten. Sie könnten jetzt, wenn Sie wollen, nach Hause gehen, aber Sie dürfen auch gerne bleiben. Sie haben mir sehr geholfen.«

»Wir bleiben«, erklärte Nora sofort.

»Aber nachdem die Staupe besiegt ist«, sagte Travis, »wird er doch noch schwach sein, nicht wahr?«

»Zunächst sehr schwach«, sagte Jim. »Aber mit der Zeit wird er wieder zu Kräften kommen. Ich bin jetzt sicher, daß er nie in das zweite Stadium eingetreten ist, trotz der Zuckungen. Also wird er vielleicht bis zum Jahresende wieder ganz der alte sein. Und es sollte auch keine bleibenden Schäden geben, kein Zittern oder dergleichen.«

Bis zum Jahresende.

Travis hoffte, es würde reichen.

Wieder teilten Nora und Travis sich die Nacht in zwei Schichten auf. Travis übernahm die erste, und sie löste ihn um drei Uhr morgens in der Praxis ab.

Der Nebel hatte sich von der See nach Carmel hereingewälzt. Jetzt wallte er beharrlich vor den Fenstern.

Einstein schlief, als Nora kam, und sie fragte: »Ist er viel wach gewesen?«

»Mhm«, meinte Travis. »Hier und da.«

»Hast du ... mit ihm gesprochen?«

»Ja.«

»Und?«

Travis' Gesicht war zerfurcht, schmal, sein Ausdruck ernst. »Ich habe ihm Fragen gestellt, die man mit Ja oder Nein beantworten kann.«

»Und?«

»Er beantwortet sie nicht. Er blinzelt nur oder gähnt oder schläft wieder ein.«

»Er ist noch sehr müde«, sagte sie und hoffte fest, dies sei die Erklärung für das unkommunikative Verhalten des Retrievers. »Er hat nicht einmal die Kraft für Fragen und Antworten.«

Bleich und sichtlich deprimiert meinte Travis: »Vielleicht. Ich weiß es nicht ... Aber ich glaube ... er kommt mir ... irgendwie verwirrt vor.«

»Er hat die Krankheit noch nicht überwunden«, sagte sie. »Er kämpft dagegen an, aber noch ist sie stärker. Er wird noch eine Weile benommen sein.«

»Verwirrt«, wiederholte Travis.

»Das wird sich geben.«

»Jaaa«, sagte er. »Jaaa, das wird sich geben.«

Aber es klang, als glaubte er, Einstein würde nie wieder werden wie früher.

Nora wußte, was Travis jetzt dachte: Wieder der Fluch der Cornells, an den er nicht zu glauben vorgab, aber den er tief im Herzen dennoch fürchtete. Jedem, den er liebte, war es bestimmt, zu leiden und jung zu sterben. Jeder, der ihm etwas bedeutete, wurde ihm entrissen.

Das war natürlich alles Unsinn, und Nora glaubte keinen Augenblick daran. Aber sie wußte, wie schwer es war, die Vergangenheit abzuschütteln, nur nach vorn zu blicken, und konnte es ihm nachfühlen, daß er jetzt einfach nicht optimistisch sein konnte. Und sie wußte auch, daß sie nichts für ihn tun konnte, um ihn aus diesem Abgrund persönlicher Pein zu holen — außer ihn zu küssen, die Arme um ihn zu legen und ihn dann ins Bett zu schicken, damit er etwas Schlaf bekäme.

Als Travis gegangen war, setzte Nora sich neben Einstein auf den Boden und sagte: »Es gibt da ein paar Dinge, die ich dir sagen muß, Pelzgesicht. Du schläfst und kannst mich nicht hören, glaube ich, und vielleicht würdest du, selbst wenn du wach wärst, nicht verstehen, was ich jetzt sage. Vielleicht wirst du nie wieder etwas verstehen, und deshalb sage ich es jetzt, wo es zumindest noch *Hoffnung* gibt, daß dein Verstand intakt ist.«

Sie hielt inne, atmete tief ein und sah sich in der Praxis um, in der, abgesehen von ihren Worten, völlige Stille herrschte. Das schwache Licht spiegelte sich in den Instrumenten und den Scheiben der Schränke.

Einsteins Atem ging regelmäßig, nur hier und da war ein leises Rasseln zu hören. Er regte sich nicht. Nicht einmal sein Schweif bewegte sich.

»Für mich bist du ein Behüter gewesen, Einstein. So habe ich dich einmal genannt, als du mich vor Arthur Streck gerettet hast. Mein Behüter. Du hast micht nicht nur vor diesem schrecklichen Mann gerettet — du hast mich auch aus der Einsamkeit und der furchtbaren Verzweiflung geholt. Und Travis hast du vor der Finsternis gerettet, die in ihm war. Und du hast uns zusammengebracht. Auch auf andere Weise warst du so perfekt, wie sich das ein Schutzengel nur wünschen kann. In deinem guten, reinen Herzen hast du für alles, was du getan hast, nie etwas verlangt oder gewollt. Hier und da ein paar Hundekuchen, manchmal ein Stück Schokolade. Aber du würdest das alles auch dann getan haben, wenn man dir außer Hundefraß nichts gegeben hätte. Du hast es getan, weil du liebst, und es war dir genügend Lohn, wiedergeliebt zu werden. Indem du bist, was du bist, Pelzgesicht, hast du mich etwas sehr Wichtiges gelehrt, etwas, das in Worte zu kleiden mir schwerfällt ...«

Eine Weile saß sie stumm da und unfähig, weiterzusprechen, im Schatten neben ihrem Freund, ihrem Kind, ihrem Lehrer, ihrem Behüter.

»Aber verdammt noch mal«, sagte sie schließlich, »ich *muß* die Worte finden, weil es vielleicht das letzte Mal ist, daß ich wenigstens so tun kann, als würdest du sie verstehen. Es ist einfach so ... Du hast mich gelehrt, daß ich auch *deine* Behüterin bin, daß ich Travis' Behüterin bin und daß er mein und dein Behüter ist. Wir tragen eine Verantwortung und müssen einander bewachen. Wir alle sind Behüter, bewahren einander vor der Finsternis. Du hast mich gelehrt, daß wir alle gebraucht werden, jeder, auch die, die manchmal denken, sie wären wertlos, unscheinbar und langweilig. Wenn wir lieben und zulassen, daß man uns liebt ... nun, ein Mensch, der liebt, ist das Wertvollste, das es auf der Welt gibt — wertvoller als alle Schätze der Welt. Und das hast du mich gelehrt, Pelzgesicht, und deshalb werde ich nie wieder sein, was ich einmal war.«

Den Rest der langen Nacht lag Einstein reglos auf seiner Matratze, in tiefem Schlaf.

Am Samstag hatte Jim Keene seine Praxis nur vormittags geöffnet. Als es Mittag wurde, schloß er den Eingang zur Praxis an der Schmalseite seines großen, behaglichen Hauses ab.

Am Vormittag hatte Einstein ermutigende Anzeichen seiner Genesung gezeigt. Er trank mehr Wasser und verbrachte einige Zeit auf dem Bauch, anstatt schlaff auf der Seite zu liegen. Mit erhobenem Kopf sah er sich interessiert um und nahm das Geschehen in der Praxis in sich auf. Sogar eine Mischung aus rohem Ei und Fleischsoße, die Jim ihm hinstellte, schlabberte er, leerte die Schüssel zur Hälfte und erbrach nachher nicht. Die intravenösen Infusionen hatte der Arzt völlig abgesetzt.

Aber Einstein döste immer noch die meiste Zeit. Und seine Reaktionen auf Travis und Nora waren die eines ganz gewöhnlichen Hundes.

Als sie nach dem Mittagessen mit Jim am Küchentisch saßen und eine Tasse Kaffee tranken, seufzte der Tierarzt und sagte: »Nun, ich glaube, jetzt kann man das nicht weiter hinausschieben.« Er holte ein zusammengefaltetes Blatt Papier aus der Innentasche seiner alten, abgetragenen Cordjacke und legte es vor Travis auf den Tisch.

Einen Augenblick dachte Nora, es wäre die Rechnung für seine Dienste. Aber als Travis das Papier auseinanderfaltete, sah sie, daß es ein Flugblatt war, das die Leute ausgeschickt hatten, die Einstein suchten.

Travis ließ die Schultern hängen.

Mit dem Gefühl, ihr Herz falle in einen Abgrund, rutschte Nora näher zu Travis hin, damit sie beide das Blatt lesen konnten. Es trug das Datum der letzten Woche und enthielt eine Beschreibung Einsteins, einschließlich der aus drei Ziffern bestehenden Tätowierung in seinem Ohr, und führte aus, daß der Hund sich wahrscheinlich im Besitz eines Mannes namens Travis Cornell und seiner Frau Nora befinde, die möglicherweise unter einem anderen Namen lebten. Unten auf dem Blatt fanden sich Beschreibung von Nora und Travis sowie ihre Fotos.

»Seit wann wissen Sie es?« fragte Travis.

»Innerhalb einer Stunde, nachdem ich ihn das erste Mal sah, am Donnerstagmorgen. Dieses Flugblatt wird seit sechs Monaten jede Woche mit auf den neuesten Stand gebrachtem Text ausgeschickt und die staatliche Krebsforschungsbehörde hat mich dreimal angerufen, um mich immer wieder daran zu erinnern, daß ich jeden Golden Retriever nach Labortätowierungen untersuchen und einen eventuellen Fund sofort melden soll.«

»Und haben Sie ihn gemeldet?« fragte Nora.

»Bis jetzt nicht. Ich hielt es nicht für notwendig, darüber zu reden, bis wir wüßten, ob er durchkommen würde.«

»Und werden sie ihn jetzt melden?« fragte Travis.

Jim Keenes Hundegesicht nahm einen noch bedrückteren Ausdruck an als sonst, und er sagte: »Nach dem, was das Krebsinstitut mir gesagt hat, war dieser Hund der Mittelpunkt ausnehmend wichtiger Experimente, die möglicherweise zu einem Heilmittel gegen Krebs führen könnten. Die Leute sagen, daß Millionen von Dollar Forschungsmittel umsonst ausgegeben wären, wenn man den Hund nicht findet und in das Labor zurückbringt, um die Forschungen abzuschließen.«

»Das ist alles Lüge«, sagte Travis.

»Lassen Sie mich eines ganz klar sagen«, sagte Jim, beugte sich in seinem Stuhl vor und legte die beiden großen Hände um die Kaffeetasse. »Ich liebe Tiere, mein ganzes Leben ist den Tieren gewidmet. Und Hunde liebe ich mehr als alles andere. Aber ich fürchte, daß ich nicht viel Sympathie für Leute habe, die der Meinung sind, wir sollten alle Tierversuche einstellen, Leute, die glauben, medizinischer Fortschritt, der mithilft, menschliches Leben zu retten, sei es nicht wert, einem Meerschweinchen, einer Katze oder einem Hund etwas anzutun, Leute, die in Labors einbrechen, Tiere stehlen und jahrelange Forschungsarbeiten zunichte machen. Wenn ich an solche Leute denke, dann wird mir übel. Es ist gut und richtig, das Leben zu lieben, es auch in seiner bescheidensten Form zu lieben. Aber solche Leute lieben das Leben nicht — sie *verehren* es, und das ist heidnisch, ignorant, vielleicht sogar primitiv.«

»So ist es gar nicht«, sagte Nora. »Einstein war nie in der Krebsforschung eingesetzt. Das haben die nur verbreitet, um die Wahrheit zu verheimlichen. Das Krebsinstitut ist auch nicht auf der Suche nach Einstein. In Wahrheit will ihn die nationale Sicherheitsbehörde haben.« Sie schaute Travis an und sagte: »Also, was machen wir jetzt?«

Travis lächelte grimmig und sagte: »Nun, ich kann doch Jim hier nicht einfach umbringen, um ihn am Reden zu hindern ...«

Der Tierarzt sah ihn verblüfft an.

»... also denke ich, werden wir ihn überzeugen müssen«, schloß Travis.

»Die Wahrheit?« fragte Nora.

Travis starrte Jim Keene einige Augenblicke lang an und sagte schließlich: »Ja. Sie ist das einzige, was ihn vielleicht davon überzeugt, daß er diesen verdammten Wisch in den Abfall wirft.«

Nora atmete tief ein und sagte dann: »Jim, Einstein ist ebenso klug wie Sie oder ich oder Travis.«

»Klüger, denke ich mitunter«, sagte Travis.

Der Tierarzt starrte sie verständnislos an.

»Machen wir noch eine Kanne Kaffee«, sagte Nora. »Das wird ein langer, langer Nachmittag werden.«

Stunden später, um zehn Minuten nach fünf am Samstagnachmittag, waren Nora, Travis und Jim Keene vor der Matratze, auf der Einstein lag, versammelt.

Der Hund hatte noch einmal etwas Wasser getrunken. Auch er betrachtete sie interessiert.

Travis versuchte sich darüber klarzuwerden, ob seine großen braunen Augen immer noch von jener seltsamen Tiefe und unheimlichen Wachsamkeit waren und so völlig unhündisch wissend blickten wie früher. Verdammt. Er war nicht sicher — und seine Unsicherheit machte ihm Angst.

Jim untersuchte Einstein und stellte fest, daß seine Augen klarer waren, fast normal, und daß seine Temperatur immer noch sank. »Auch die Herztöne hören sich etwas besser an.«

Von der zehnminütigen Untersuchung erschöpft, ließ Einstein sich auf die Seite fallen und gab ein langes, müdes Seufzen von sich. Im nächsten Augenblick war er wieder eingeschlafen.

»Besonders genial wirkt er nicht gerade auf mich«, sagte der Tierarzt.

»Er ist immer noch krank«, erklärte Nora. »Er braucht noch etwas Zeit, um sich zu erholen, dann wird er Ihnen zeigen, daß alles, was wir Ihnen gesagt haben, stimmt.«

»Wann, glauben Sie, wird er wieder auf den Beinen sein?« fragte Travis.

Jim dachte nach und meinte dann: »Morgen vielleicht. Zunächst wird er ziemlich zitterig sein. Aber vielleicht morgen. Wir müssen eben sehen.«

»Wenn er wieder auf den Beinen stehen kann«, sagte Travis, »wenn er seinen Gleichgewichtssinn zurückgewonnen hat und Interesse zeigt, sich herumzubewegen, sollte das auch darauf hindeuten, daß er im Kopf wieder klarer ist. Und dann werden wir einen Test mit ihm machen, um Ihnen zu beweisen, wie klug er ist.«

»Soll mir recht sein«, sagte Jim.

»Und wenn er es beweist«, meinte Nora, »dann werden Sie ihn nicht ausliefern?«

»Ihn an Leute ausliefern, die so etwas wie diesen Outsider geschaffen haben, von dem Sie mir erzählt haben? Ihn an die Lügner ausliefern, die sich diesen Fahndungszettel ausgedacht haben? Nora, für was für einen Menschen halten Sie mich?«

»Für einen guten«, sagte Nora.

Vierundzwanzig Stunden später, am Sonntagabend, bewegte Einstein sich torkelnd in Jim Keenes Praxis hierhin und dorthin, als wäre er ein kleiner, alter Mann auf vier Beinen.

Nora rutschte auf den Knien neben ihm auf dem Boden mit und versicherte ihm immer wieder, er sei ein tüchtiger und braver Bursche, ermunterte ihn solcherart, in Bewegung zu bleiben. Jeder Schritt, den er machte, entzückte sie, als wäre er ihr Baby, das das Gehen erlernte. Aber was sie noch weit mehr entzückte, war der Blick, den er ihr ein paarmal zuwarf: ein Blick, der Ärger über seine Schwäche auszudrücken schien, aber zugleich so etwas wie Belustigung, als wollte er sagen: *He, Nora, bin ich denn ein Schaustück — oder was? Ist das nicht lächerlich?*

Am Samstagabend hatte er etwas feste Nahrung zu sich genommen und den ganzen Sonntag über an leichtverdaulichen Leckerbissen herumgeknabbert, die der Tierarzt ihm anbot. Er trank auch regelmäßig. Aber das ermutigendste an seiner Besserung war, daß er darauf bestand, hinauszugehen, um sein Geschäft zu machen. Er konnte noch nicht lange auf den Beinen stehen, von Zeit zu Zeit schwankte er, sackte ein, aber er stieß nicht gegen Wände und lief auch nicht im Kreis.

Gestern war Nora einkaufen gegangen und hatte drei Scrabble-Spiele mitgebracht. Jetzt hatte Travis an einem Ende der Praxis die Steine auf dem Boden in sechsundzwanzig Häufchen aufgeteilt.

»Wir sind soweit«, sagte Jim Keene. Er saß mit Travis im Türkensitz auf dem Boden. Pooka lag neben seinem Herrchen und schaute mit erstaunten Augen zu.

Nora führte Einstein zu den Scrabble-Steinen. Sie nahm seinen Kopf in die Hände, schaute ihm gerade in die Augen und sagte leise:

»Okay, Pelzgesicht. Jetzt wollen wir Dr. Jim beweisen, daß du nicht bloß ein armseliges Labortier bist, das für die Krebsforschung eingesetzt war. Jetzt wollen wir ihm zeigen, was du *wirklich* bist und weshalb diese bösen Menschen dich wirklich zurückhaben wollen.«

Sie versuchte daran zu glauben, im Blick des Retrievers die alte Wachsamkeit wiederzuerkennen.

Sichtlich nervös und beunruhigt sagte Travis: »Wer stellt die erste Frage?«

»Ich«, sagte Nora, ohne zu zögern, und fragte, zu Einstein gewendet: »Wie geht's der Fiedel?«

Sie hatten Jim Keene von der Nachricht erzählt, die Travis an dem Morgen vorgefunden hatte, an dem Einstein krank wurde — FIEDEL ZERBROCHEN —, und daher verstand der Arzt, was Nora fragte.

Einstein blinzelte die Buchstaben an, blinzelte wieder, zu ihr gewendet, beschnüffelte die Buchstaben, und gerade als sie anfing, eisige Angst zu verspüren, begann er Steine auszuwählen und sie mit der Nase herumzuschieben.

FIEDEL BESSER.

Travis erschauerte, als hätte seine Angst gleichsam als eine mächtige elektrische Ladung sich in diesem Augenblick entladen. Er sagte: »Gott sei Dank, Gott sei Dank!« und lachte vor Begeisterung.

»Jetzt soll mich doch der Teufel holen!« sagte Jim Keene.

Pooka hob den Kopf und spitzte die Ohren, spürte, daß sich etwas sehr Wichtiges ereignete, wußte aber nicht, was.

Nora schwoll das Herz, sie legte die Steine auf die einzelnen Häufchen zurück und sagte: »Einstein, wer ist dein Herrchen? Sag uns seinen Namen.«

Der Retriever schaute zuerst sie, dann Travis an und gab dann die wohlüberlegte Antwort.

KEIN HERRCHEN. FREUNDE.

Travis lachte. »Bei Gott, das ist richtig! Niemand kann sein Herrchen sein, aber jeder sollte verdammt stolz sein, sein Freund sein zu dürfen.«

Es war das erste Lachen von Travis seit Tagen, während Nora vor Erleichterung weinen mußte.

Jim Keene sah mit großen Augen staunend zu und grinste dümmlich. Er sagte: »Ich komme mir wie ein Kind vor, das sich am Weihnachtsabend hinuntergeschlichen und tatsächlich den Weihnachtsmann dabei entdeckt hat, wie er Geschenke unter den Baum legt.«

»Jetzt bin ich dran«, sagte Travis, rutschte nach vorn und legte Einstein die Hand auf den Kopf und tätschelte ihn. »Jim hat gerade Weihnachten erwähnt, und bis dahin ist es nicht mehr weit. Noch zwanzig Tage. Sag mir also, Einstein: Was soll dir der Weihnachtsmann bringen, was wäre dir am liebsten?«

Zweimal setzte Einstein an, die Buchstaben aufzureihen, aber beide Male überlegte er es sich noch einmal. Dann torkelte er, fiel auf den Bauch, sah sich etwas dümmlich um, merkte, daß sie alle auf etwas warteten, stemmte sich wieder hoch und produzierte seine Bitte an den Weihnachtsmann.

MICKYMAUS.

Sie gingen erst um zwei Uhr früh zu Bett, weil Jim Keene berauscht war, nicht von Bier, Wein oder Whisky, sondern von schierer Freude über Einsteins Intelligenz. »Ja, wie ein Mensch, aber trotzdem ein Hund, ein Hund, auf wunderbare Art dem Denken eines Menschen ähnlich und doch auch wunderbar anders, wenn man von dem Wenigen ausgeht, das ich gesehen habe.« Aber Jim drängte nicht mehr auf mehr als einem Dutzend Beweisen seines Verstands. Er war der erste, der sagte, daß sie ihren Patienten nicht ermüden dürften. Trotzdem war er so erregt, daß er kaum an sich halten konnte. Travis wäre nicht zu sehr überrascht gewesen, hätte der Tierarzt plötzlich durchgedreht.

In der Küche drängte sie Jim, ihm einige der Geschichten über Einstein zu erzählen: die Sache mit der ›Modernen Braut‹ in Solvang; wie er es angestellt hatte, dem ersten heißen Bad, das Travis ihm verordnete, kaltes Wasser hinzuzufügen, und vieles andere mehr. Jim selbst erzählte einige der Geschichten ein zweites Mal, als würden Travis und Nora sie noch nicht kennen. Aber die beiden freuten sich und ließen ihn gewähren.

Dann schnappte er sich mit großer Geste das Flugblatt vom Tisch, riß ein Streichholz an und verbrannte das Blatt im Ausguß. Er spülte die Asche hinunter. »Zur Hölle mit den mickrigen Geistern, die ein solches Geschöpf einsperren möchten, um an ihm herumzustochern und ihre Studien zu treiben. Mag sein, daß sie genial genug waren, Einstein zu machen, aber sie begreifen nicht, was sie getan haben. Begreifen nicht, welche Größe es hat, denn wenn sie es begriffen, würden sie ihn nicht in einen Käfg sperren wollen.«

Als Jim Keene am Ende widerstrebend zugab, daß sie alle Schlaf brauchten, trug Travis Einstein — der bereits schlief — ins Gästezimmer hinauf. Sie richteten ihm auf dem Boden neben dem Bett eine Liegestatt aus Decken.

Und dann, in der Dunkelheit, mit Einsteins leisem Schnarchen im Hintergrund, hielten Travis und Nora einander unter der Decke umfangen.

»Jetzt wird alles gut werden«, sagte sie.

»Einiger Ärger steht uns noch bevor«, sagte er. Dem Fluch frühen Todes war durch Einsteins Genesung Halt geboten worden. Aber daß der Fluch völlig von ihm genommen sei, wagte Travis noch nicht zu glauben. Irgendwo dort draußen war immer noch der Outsider ... rückte näher.

ZEHN

1

Als sie am Dienstag, dem 7. Dezember, am Nachmittag mit Einstein den Heimweg antraten, wollte Jim Keene sie nicht gehen lassen. Er folgte ihnen nach draußen zu ihrem Pick-up und schärfte ihnen, neben dem Wagen auf der Fahrerseite stehend, noch einmal ein, daß sie die Behandlung die nächsten paar Wochen fortsetzen müßten, erinnerte sie daran, daß er Einstein bis zum Monatsende einmal die Woche sehen wolle, und drängte sie, ihn nicht nur wegen der Behandlung des Hundes aufzusuchen, sondern auch auf einen Drink, zum Abendessen oder einfach, um zu plaudern.

Travis wußte, daß der Tierarzt damit meinte, er wolle ein Teil von Einsteins Leben bleiben, wolle an dem Zauber teilhaben. »Jim, glauben Sie mir, wir kommen wieder. Und noch vor Weihnachten müssen Sie uns besuchen und einen Tag bei uns verbringen.«

»Das würde mich sehr freuen.«

»Uns auch«, sagte Travis aufrichtig.

Auf der Fahrt nach Hause hielt Nora den in eine Decke gehüllten Einstein im Schoß. Er hatte immer noch nicht seinen alten Appetit zurückgewonnen, und er war schwach. Sein Immunsystem hatte schwer gelitten, er würde eine Weile für alle Arten von Krankheiten sehr anfällig sein. Jim Keene hatte gesagt, daß sie ihn so viel wie möglich im Haus festhalten und gut betreuen müßten, bis seine alte Lebenskraft wiederhergestellt wäre — und das werde wahrscheinlich bis ins neue Jahr dauern.

Auf dem verschrammten, zerbeulten Himmel blähten sich regenschwangere dunkle Wolken. Der Pazifische Ozean war so hart und grau, daß er nicht aussah wie Wasser, sondern wie Milliarden von Scherben und Brocken aus Schiefer, die ununterbrochen von unterirdischen Beben durcheinandergewirbelt wurden.

Aber das rauhe Wetter konnte ihrer Stimmung keinen Abbruch tun. Nora strahlte, und Travis ertappte sich beim Pfeifen. Einstein studierte die Szenerie mit großem Interesse, offenkundig bereitete selbst die düstere Schönheit dieses beinahe farblosen Wintertages ihm Freude. Vielleicht hatte er nicht damit gerechnet, die Welt außerhalb von Jim Keenes Praxis jemals wiederzusehen, und in diesem Fall war selbst eine See aus Schieferplatten und ein von Wunden entstellter Himmel ein kostbarer Anblick.

Als sie zu Hause angekommen waren, ließ Travis Nora mit dem Retriever im Wagen sitzen und betrat das Haus zuerst allein durch die Hintertür, wobei er die .38er-Pistole aus dem Handschuhfach in der Hand hielt.

In der Küche, wo seit ihrer überhasteten Abreise letzte Woche immer noch das Licht brannte, holte er eine Uzi-Schnellfeuerwaffe aus ihrem Versteck in einem Küchenschrank und legte die leichtere Pistole beiseite. Dann ging er vorsichtig von Zimmer zu Zimmer und blickte hinter jedes größere Möbelstück und in jeden Verschlag.

Er entdeckte keine Spuren eines Einbruchs und hatte auch keine erwartet. In dieser ländlichen Gegend gab es praktisch keine Kriminalität, und man konnte ohne weiteres ein paar Tage die Tür unversperrt lassen, ohne zu riskieren, daß irgendwelche Diebe alles bis auf die Tapeten herausholten.

Ihm machte der Outsider Sorge, nicht etwa Einbrecher.

Das Haus war verlassen.

Auch die Scheune überprüfte Travis, ehe er den Pick-up hineinfuhr. Aber auch hier war alles unversehrt.

Im Haus legte Nora Einstein auf den Boden und entfernte die Decke von ihm. Er ging schwankend durch die Küche und beschnüffelte die Gegenstände, an denen er vorbeikam. Im Wohnzimmer warf er einen Blick auf den kalten Kamin und inspizierte seine Umblättermaschine.

Dann kehrte er in die Speisekammer zurück, knipste mit seinem Pedal das Licht an und holte Buchstaben aus den Kunststoffschächten.

ZU HAUSE.

Travis kauerte sich neben dem Hund nieder und sagte: »Schön, wieder hier zu sein, nicht wahr?«

Einstein drängte sich an Travis und leckte ihm den Hals.

Sein goldenes Fell war wieder flaumig und roch sauber, weil Jim Keene den Hund gebadet hatte. Aber so flaumig und frisch er war — Einstein war noch nicht der alte; er wirkte müde und war auch dünner geworden, hatte in weniger als einer Woche ein paar Pfund verloren.

Einstein holte sich weitere Buchstaben und schrieb dasselbe Wort noch einmal, wie um seine Freude zu betonen.

ZU HAUSE.

Nora, die an der Tür zur Speisekammer stand, sagte: »Zuhause ist, wo das Herz ist, und in diesem Haus gibt es eine Menge Herz. He, laß uns ein frühes Abendessen machen und im Wohnzimmer essen, dann können wir das Mickymaus-Videoband abspielen. Würde dir das gefallen?«

Einstein wedelte heftig mit dem Schweif.

Und Travis fragte: »Glaubst du, du könntest dein Lieblingsessen schaffen — ein paar Wiener Würstchen zum Abendessen?«

Einstein leckte sich die Lefzen.

Als Travis mitten in der Nacht aufwachte, stand Einstein am Schlafzimmerfenster, die Vorderpfoten auf dem Fenstersims. Man konnte ihn im schwachen Schein des Nachtlichts im angrenzenden Badezimmer kaum erkennen. Der Innenladen war am Fenster verriegelt, so daß der Hund nicht in den Hof sehen konnte. Aber vielleicht brauchte er seinen Gesichtssinn gar nicht, um den Outsider anzupeilen.

»Ist da draußen etwas, Junge?« fragte Travis leise, um Nora nicht unnötig zu wecken.

Einstein ließ sich vom Fenstersims fallen, trottete auf Travis' Bettseite und legte seinen Kopf auf die Matratze.

Travis streichelte den Hund und flüsterte: »Kommt er?«

Einstein antwortete darauf nur mit einem geheimnisvollen Winseln, ließ sich auf den Boden neben dem Bett nieder und schlief wieder ein.

Ein paar Minuten später war Travis ebenfalls wieder eingeschlafen.

Vor Morgenanbruch wachte Travis noch einmal auf und merkte, daß Nora auf der Bettkante saß und Einstein streichelte. »Schlaf weiter«, sagte sie zu Travis.

»Was ist denn?«

»Nichts«, flüsterte sie benommen. »Ich bin aufgewacht und hab' ihn am Fenster gesehen. Aber es ist nichts. Schlaf wieder.«

Er schaffte es ein drittes Mal, einzuschlafen, träumte aber, der Outsider sei so klug gewesen, während seiner sechs Monate dauernden Verfolgung Einsteins den Gebrauch von Werkzeugen zu erlernen und jetzt, Flammen in den gelben Augen, dabei, sich mit einer Axt Zugang durch die Schlafzimmerläden zu verschaffen.

2

Sie verabreichten Einstein pünktlich seine Medikamente, und er schluckte die Pillen gehorsam. Sie erklärten ihm, er müsse gut essen, um wieder zu Kräften zu kommen. Er gab sich Mühe, aber sein Appetit wollte sich nur langsam wieder einstellen. Er würde ein paar Wochen brauchen, um die verlorenen Pfunde zurückzugewinnen und seine alte Vitalität wiederzufinden. Aber es war Tag für Tag zu sehen, wie sich sein Zustand besserte.

Am Freitag, dem 10. Dezember, schien Einstein kräftig genug zu sein, um einen kurzen Spaziergang im Freien riskieren zu können. Bisweilen bewegte er sich noch etwas schwankend, aber er taumelte nicht mehr bei jedem Schritt. In der Tierarztpraxis hatte er seine sämtlichen Impfungen bekommen; es bestand also keine Gefahr, daß er sich nach der Staupe, die er gerade überwunden hatte, die Tollwut zuzöge.

Das Wetter war milder als in den vorangegangenen Wochen, mit Temperaturen um die fünfzehn Grad und keinem Wind. Die spärlichen Wolken waren weiß, die Sonne war, wenn sie sich nicht dahinter verbarg, weich und kosend.

Einstein begleitete Travis auf einer Inspektionsrunde zu den Infrarotsensoren rund um das Haus und zu den Distickstoffmonoxyd-Tanks in der Scheune. Sie bewegten sich ein wenig langsamer als beim letzten Mal, aber Einstein schien es Freude zu machen, wieder im Dienst zu sein.

Nora befand sich in ihrem Atelier und arbeitete an einem neuen Bild: einem Porträt Einsteins. Er wußte nicht, daß er ihre neueste Leinwand zierte. Das Bild sollte eine Weihnachtsüberraschung für ihn sein und, wenn es dann am Festtag enthüllt würde, über dem Kamin im Wohnzimmer aufgehängt werden.

Als Travis und Einstein aus der Scheune traten, fragte Travis: »Kommt er näher?«

Auf diese Frage hin verfiel Einstein in seine übliche Routine, wenn auch diesmal mit weniger Aufwand, weniger Schnüffeln und einer nur kurzen Untersuchung des sie umgebenden Waldes. Als er zu Travis zurückkehrte, winselte der Hund ängstlich.

»Ist er dort draußen?« fragte Travis.

Einstein gab keine Antwort. Er blickte wieder zum Wald — sichtlich verwirrt.

»Kommt er immer noch näher?« fragte Travis.

Der Hund gab keine Antwort.

»Ist er näher als früher?«

Einstein trottete im Kreis, beschnüffelte den Boden, beschnüffelte die Luft, legte den Kopf auf die eine Seite, dann auf die andere. Schließlich kehrte er zum Haus zurück und blieb an der Tür stehen, schaute Travis an und wartete geduldig.

Als sie im Haus waren, lief Einstein direkt zur Speisekammer. UNKLAR.

Travis starrte das Wort auf dem Boden an. »Unklar?«

Einstein holte sich weitere Buchstaben und schob sie mit der Nase zurecht.

NICHT KLAR.

»Sprichst du von deiner Fähigkeit, den Outsider zu fühlen?«

Ein kurzes Schweifwedeln: JA.

»Du kannst ihn nicht mehr wahrnehmen?«

Ein Bellen: NEIN.

»Glaubst du ... er ist tot?«

WEISS NICHT.

»Oder dein Spürsinn funktioniert nicht, wenn du krank bist oder geschwächt wie jetzt.«

VIELLEICHT.

Travis sammelte die Steine mit den Buchstaben auf und sortierte sie wieder ein. Er überlegte einen Augenblick. Schlimme Gedanken. Entnervende Gedanken. Sie hatten ein Alarmsystem, das ihren Besitz schützte, ja; aber eigentlich verließen sie sich darauf, daß Einstein ihnen eine Vorwarnung lieferte. Travis hätte sich angesichts der Vorsichtsmaßnahmen, die er ergriffen hatte, und mit seiner Ausbildung bei Delta Force eigentlich sicher fühlen müssen, hätte darauf vertrauen sollen, daß es ihm gelingen werde, den Outsider zu vernichten. Aber das Gefühl quälte ihn, daß er irgendwo in ihren Verteidigungsanlagen eine Lücke gelassen haben könnte und er, wenn es zur Krise kam, Einsteins Fähigkeiten und ganze Kraft brauchen würde, um eine unerwartete Situation zu meistern.

»Du wirst, so schnell du kannst, wieder gesund werden müssen«, erklärte er dem Retriever. »Du wirst, selbst wenn du keinen Appetit hast, versuchen müssen zu essen. Du wirst so viel wie möglich schlafen müssen, um deinem Körper Gelegenheit zu geben, sich zu erholen. Und außerdem solltest du nicht die halbe Nacht am Fenster verbringen und dir Sorgen machen.«

HÜHNERSUPPE.

Travis lachte und meinte: »Das könnten wir ja auch versuchen.«

BOILERMAKER TÖTET BAKTERIEN.

»Wie kommst du denn darauf?«

BUCH. WAS IST BOILERMAKER?

»Ein Schuß Whisky in einem Glas Bier«, erklärte Travis.

Einstein dachte einen Augenblick darüber nach.

TÖTET BAKTERIEN? ABER WERDE BIERTRINKER.

Travis lachte und zerzauste Einstein das Fell. »Du bist ein richtiger Spaßmacher, Pelzgesicht.« Er drückte den Hund an sich, dann saßen sie beide in der Speisekammer und lachten, jeder auf seine Art.

Trotz der Scherze wußte Travis, daß Einstein der Verlust seiner Fähigkeit, den Outsider wahrzunehmen, zutiefst beunruhigte. Die Witze waren ein Abwehrmechanismus, einfach etwas, womit er die Furcht verdrängen wollte.

Am Nachmittag schlief Einstein, von dem kurzen Gang um das Haus erschöpft, während Nora fieberhaft in ihrem Atelier malte. Travis saß an einem der Fenster, starrte auf den Wald hinaus und ging in Gedanken einige Male ihre Verteidigungseinrichtungen durch, suchte nach einem Schwachpunkt.

Am Sonntag, dem 12. Dezember, kam Jim Keene nachmittags zu ihnen und blieb zum Abendessen. Er untersuchte Einstein und war mit dem Zustand des Hundes zufrieden.

»Es scheint nur langsam voranzugehen«, meinte Nora beunruhigt.

»Ich habe Ihnen doch gesagt, daß es ein Weile dauern wird«, sagte Jim.

Er nahm einige Änderungen in Einsteins medikamentöser Behandlung vor und ließ neue Flaschen mit Pillen da.

Einstein bereitete es großes Vergnügen, seine Umblättermaschine und den Buchstabenspeicher in der Speisekammer zu demonstrieren. Er ließ sich dafür loben, daß er einen Bleistift zwischen den Zähnen halten und damit den Fernseher und den Videorecorder bedienen konnte, ohne Nora oder Travis belästigen zu müssen.

Zuerst überraschte es Nora, daß der Tierarzt weniger traurig und düster wirkte, als sie ihn in Erinnerung hatte. Aber dann entschied sie, daß sein Gesicht dasselbe war; was sich geändert hatte, war die Art und Weise, wie sie ihn sah. Jetzt, da sie ihn besser kannte und er ein enger Freund war, sah sie nicht nur die betrübte Miene, die die Natur ihm gegeben hatte, sondern auch die Freundlichkeit und den Humor unter dem ernsten Äußeren.

Beim Abendessen sagte Jim: »Ich hab' mich ein wenig mit Tätowierungen befaßt — um zu sehen, ob ich vielleicht die Ziffern in seinem Ohr entfernen kann.«

Einstein war in der Nähe auf dem Boden gelegen und hatte das Gespräch verfolgt. Jetzt erhob er sich, taumelte einen Augenblick und lief dann zum Küchentisch und sprang auf einen der freien Stühle. Er saß ganz aufrecht da und starrte Jim erwartungsvoll an.

»Nun«, sagte der Tierarzt und ließ die Gabel mit dem Hühnercurry wieder sinken, die er schon halb zum Mund geführt hatte, »die meisten Tätowierungen kann man austilgen, aber nicht alle. Wenn ich weiß, was für eine Tinte benutzt worden ist und mit welcher Methode man sie in die Haut eingebracht hat, dann könnte ich die Marke vielleicht löschen.«

»Das wäre großartig«, sagte Nora. »Dann könnten die, selbst wenn sie uns finden würden und versuchten, Einstein zurückzuholen, nicht beweisen, daß er der Hund ist, der ihnen abhandengekommen ist.«

»Aber es würden immer noch Spuren der Tätowierung vorhanden sein, die man bei gründlicher Untersuchung bestimmt feststellen könnte«, sagte Travis. »Mit dem Vergrößerungsglas.«

Einstein sah zuerst Travis und dann Jim Keene an, als wollte er sagen: Ja, und?

»Die meisten Labors kennzeichnen ihre Versuchstiere nur mit einer Marke«, sagte Jim. »Diejenigen, die tätowieren, verwenden einige Standardfarben. Ich könnte die Markierung entfernen, ohne daß eine Spur zurückbleibt, lediglich eine kleine, natürlich aussehende Vernarbung im Fleisch. Selbst bei mikroskopischer Untersuchung würde man keine Spuren der Tinte finden und keinen Hinweis auf die Ziffern. Schließlich ist es eine ganz kleine Tätowierung, und das macht es einfacher. Ich muß mich noch ein wenig um Einzelheiten kümmern. Aber in ein paar Wochen könnten wir es versuchen — wenn Einstein die kleine Unbequemlichkeit nichts ausmacht.«

Der Retriever verließ den Tisch und trottete in die Kammer. Sie konnten hören, wie er mit den Pedalen Buchstaben herausholte.

Nora ging nachsehen, was Einstein ihnen mitteilen wollte.

WILL NICHT MARKIERT SEIN. BIN KEINE KUH.

Sein Wunsch, von der Tätowierung befreit zu werden, ging tiefer, als Nora angenommen hatte. Er wollte, daß man die Tätowierung entfernte, um nicht von den Leuten im Labor identifiziert werden zu können. Aber offenbar war es ihm auch zuwider, diese drei Ziffern in seinem Ohr zu tragen, weil sie ihn als bloßen Besitz kennzeichneten, und das war ein Zustand, der seine Würde beleidigte und seine Rechte als intelligente Kreatur verletzte.

FREIHEIT.

»Ja«, sagte Nora respektvoll und legte eine Hand auf seinen Kopf. »Das verstehe ich. Du bist ein … eine *Person*, und zwar eine Person mit« — dies war das erste Mal, daß sie über diesen Aspekt nachgedacht hatte — »einer Seele.«

War es Blasphemie, zu glauben, daß Einstein eine Seele hatte? Nein. Menschenhand hatte den Hund geschaffen; aber wenn es einen Gott gab, dann war der offenbar mit Einstein einverstanden — nicht zuletzt, weil Einsteins Fähigkeit, Recht und Unrecht zu unterscheiden, seine Fähigkeit zu lieben, sein Mut und seine Selbstlosigkeit ihn dem Abbild Gottes näherbrachten, als man das von vielen menschlichen Wesen sagen konnte.

»Freiheit«, sagte sie. »Wenn du eine Seele hast — und ich weiß, daß du eine hast —, dann bist du mit freiem Willen und dem Recht zur Selbstbestimmung geboren. Die Ziffern in deinem Ohr sind eine Beleidigung, und wir werden sie loswerden.«

Nach dem Abendessen wollte Einstein sichtlich dem Gespräch lauschen, an ihm teilnehmen, aber seine Energie reichte nicht aus, und er schlief am Feuer ein.

Bei einem kleinen Brandy und einer Tasse Kaffee hörte Jim Keene zu, wie Travis ihm ihre Verteidigungsmaßnahmen gegen den Outsider schilderte. Travis forderte ihn auf, Lücken in ihren Vorbereitungen zu entdecken, aber mit Ausnahme der Verwundbarkeit ihrer Energieversorgung fiel ihm nichts ein. »Wenn das Ding schlau genug wäre, die Leitung zu unterbrechen, die vom Highway hereinführt, dann könnte es Sie mitten in der Nacht in Finsternis stürzen und Ihre Alarmanlage nutzlos machen. Und ohne Energie wird der raffinierte Mechanismus in der Scheune die Tür nicht hinter der Bestie zuschlagen oder das Distickstoffmonoxyd freisetzen.«

Nora und Travis gingen mit ihm die Treppe hinunter ins Souterrain unter dem hinteren Teil des Hauses, um ihm das Notstromaggregat zu zeigen. Es wurde von einem Zweihundert-Liter-Benzintank gespeist, der im Hof vergraben war, und würde dem Haus und der Scheune und dem Alarmsystem mit nur zehn Sekunden Verzögerung Elektrizität liefern, falls die Hauptversorgung ausfiel.

»Soweit ich das erkennen kann«, meinte Jim, »haben Sie an alles gedacht.«

»Ich glaube auch, daß wir das haben«, sagte Nora. Aber Travis zog die Stirn in Falten. »Ich weiß nicht recht ...«

Am Mittwoch, dem 22. Dezember, fuhren sie nach Carmel. Sie ließen Einstein bei Jim Keene und verbrachten den Tag mit Weihnachtseinkäufen, erstanden Dekorationen für das Haus, Christbaumschmuck und den Baum selbst.

Jetzt, wo die Drohung des Outsiders unablässig näher rückte, schien es beinahe frivol, Pläne für das Fest zu machen. Aber Travis sagte: »Das Leben ist kurz. Man weiß nie, wieviel Zeit man noch übrig hat, also kann man Weihnachten nicht einfach verstreichen lassen, ohne zu feiern, ganz gleich, was geschieht. Außerdem waren meine Weihnachten in den letzten Jahren nicht so besonders. Ich habe vor, das auszugleichen.«

»Tante Violet hielt nichts davon, Weihnachten groß zu feiern. Sie hielt nichts von Geschenken oder einem Weihnachtsbaum.«

»Sie hielt nicht viel vom *Leben*«, sagte Travis. »Und das ist ein Grund mehr, dieses Weihnachten richtig zu feiern. Es werden unsere ersten guten Weihnachten sein, für Einstein überhaupt die ersten.«

Nächstes Jahr, dachte Nora, wird ein Baby im Haus sein, mit dem wir Weihnachten feiern können — *da* wird's dann erst richtig hoch hergehen!

Davon abgesehen, daß sie ein paar Pfund zugenommen hatte und morgens manchmal etwas unpäßlich war, waren an ihr bis jetzt noch keinerlei Anzeichen ihrer Schwangerschaft zu sehen. Ihr Bauch war immer noch flach, und Dr. Weingold sagte, daß sie mit ihrem Körperbau durchaus die Chance habe, zu jenen Frauen zu gehören, deren Leib sich nur mäßig ausdehnte. Sie hoffte, in dieser Beziehung Glück zu haben, weil es dann nach der Geburt viel leichter sein würde, wieder die alte Figur zu kriegen. Natürlich war das Baby erst in sechs Monaten fällig, und das ließ ihr noch genügend Zeit, so dick wie ein Walroß zu werden.

Als sie in dem Pick-up aus Carmel zurückkehrten, dessen hinterer Teil mit Paketen und einem perfekt gewachsenen Weihnachtsbaum beladen war, schlief Einstein halb auf Noras Schoß. Der Tag, den er mit Jim und Pooka verbracht hatte, hatte ihn angestrengt. Sie kamen eine knappe Stunde vor Einbruch der Dunkelheit nach Hause. Einstein eilte ihnen zum Haus voraus …

… blieb aber plötzlich stehen und sah sich neugierig um. Er zog schnüffelnd die kühle Abendluft ein und ging dann quer über den Hof, die Nase auf dem Boden, als hätte er eine Witterung aufgenommen.

Nora, die mit Paketen vollbeladen auf die Hintertür zuging, sah zuerst nichts Ungewöhnliches am Verhalten des Hundes, bemerkte dann aber, das Travis stehengeblieben war und Einstein anstarrte. »Was ist denn?« fragte sie.

»Warte mal.«

Einstein hatte den Hof jetzt hinter sich gelassen und ging

auf den Waldrand an der Südseite ihres Grundstückes zu. Er stand starr da, den Kopf nach vorne gestreckt, schüttelte sich dann und ging am Waldrand weiter. Er blieb einige Male stehen, hielt sich jedesmal ganz still und kam nach ein paar Minuten auf der anderen Seite wieder zu ihnen.

Als der Retriever neben ihnen stand, sagte Travis: »Ist etwas?«

Einstein wedelte kurz mit dem Schweif und bellte einmal: Ja und nein.

Drinnen legte der Retriever in der Speisekammer seine Botschaft aus.

ETWAS GEFÜHLT.

»Was?« fragte Travis.

WEISS NICHT.

»Der Outsider?«

VIELLEICHT.

»Nahe?«

WEISS NICHT.

»Kommt dein sechster Sinn zurück?« wollte Nora wissen.

WEISS NICHT. NUR GEFÜHLT.

»Was gefühlt?« fragte Travis.

Diesmal mußte der Hund eine Weile nachdenken, ehe er seine Antwort auslegte.

GROSSE DUNKELHEIT.

»Du hast eine große Dunkelheit gefühlt?«

JA.

»Was heißt das?« fragte Nora unruhig.

NUR GEFÜHLT.

Nora schaute Travis an und sah Sorgen in seinem Blick, der wahrscheinlich ihre eigenen widerspiegelte.

Irgendwo dort draußen war eine große Dunkelheit, und sie kam näher.

3

Weihnachten war schön und freudvoll. Am Morgen saßen sie um den lichtergeschmückten Baum, tranken Milch, aßen selbstgemachte Plätzchen und packten ihre Geschenke aus. Das erste Geschenk Noras an Travis, als Spaß gedacht, war eine Schachtel mit Unterwäsche. Und er schenkte ihr einen grell orange-gelb gemusterten Muumuu*, der für eine Frau von wenigstens hundertfünfzig Kilo bestimmt war. »Für den März, wenn dir nichts anderes mehr passen wird. Im Mai wirst du dann natürlich rausgewachsen sein.« Aber sie tauschten auch ernsthafte Geschenke — Schmuck, Pullover, Bücher.

Aber Nora war ebenso wie Travis der Meinung, daß der Tag ganz besonders Einstein gehörte. Sie gab ihm das Porträt, an dem sie den ganzen Monat gearbeitet hatte, und der Retriever schien verblüfft, geschmeichelt und entzückt, daß sie es für passend gehalten hatte, ihn in Farbe zu verewigen. Er bekam drei neue Mickymaus-Videobänder, zwei luxuriöse Metall-Schüsseln für Wasser und Nahrung mit eingraviertem Namen anstelle der Plastikschüsseln, die er bisher benutzt hatte, eine kleine, batteriebetriebene Uhr, die er in jedes Zimmer mitnehmen konnte — er begann zunehmendes Interesse für die Zeit zu zeigen — und einige andere Geschenke, fühlte sich aber immer wieder zu dem Porträt hingezogen, das sie zur Betrachtung an eine Wand gelehnt hatten. Als sie es dann später über dem offenen Kamin im Wohnzimmer aufhängten, stellte er sich mit den Vorderpfoten auf die Kaminsohle und blickte stolz und erfreut zu dem Gemälde hinauf.

Wie jedes kleine Kind hatte Einstein fast ebensoviel Vergnügen daran, mit leeren Schachteln, zusammengeknülltem Einwickelpapier und Bändern zu spielen, wie an den Geschenken selbst. Eines seiner Lieblingsobjekte war ein Scherzpräsent: eine rote Mütze, wie sie der Weihnachtsmann trägt, mit weißer Quaste und einem Gummiband, damit sie nicht herunterfiel. Nora setzte sie ihm zum Spaß auf. Als er sich im Spiegel sah, freute er sich so über sein Aussehen, daß er sich sträubte, als sie ein paar Minuten später versuchte, ihm die Mütze wieder abzunehmen. Er behielt sie fast den ganzen Tag auf.

Jim Keene und Pooka kamen am frühen Nachmittag, und Einstein drängte sie sofort ins Wohnzimmer, damit sie sich sein Porträt über dem Kamin ansehen sollten. Dann spielten die Hunde eine Stunde lang, von Jim und Travis bewacht, im Hinterhof. Da dieser Aktivität bereits die Aufregung mit den

---

* Muumuu: weitgeschnittenes, bodenlanges Kleid, das die Missionare aus Neuengland auf Hawaii populär gemacht haben — Anm. d. Ü.

Geschenken am Morgen vorangegangen war, brauchte Einstein jetzt dringend ein Nickerchen, also kehrten sie ins Haus zurück, wo Jim und Travis Nora bei der Zubereitung des Weihnachtsmahls halfen.

Nach seinem Schläfchen versuchte Einstein Pooka an Mikkymaus-Filmen zu interessieren, aber Nora sah, daß er da nur auf begrenztes Interesse stieß. Mit Rücksicht auf den niedrigeren Intelligenzquotienten seines Gefährten, aber offensichtlich keineswegs von dessen Gesellschaft gelangweilt, schaltete Einstein den Fernseher ab und wandte sich rein hündischen Aktivitäten zu: einer kleinen Balgerei im Arbeitszimmer, ausgedehntem Herumliegen, Nase an Nase und in lautlosem Zwiegespräch über hündische Angelegenheiten.

Bis es dann Abend wurde, hatte sich das Haus gefüllt mit den Düften von Truthahn, gerösteten Maiskolben, Kürbispastete und anderen Köstlichkeiten. Weihnachtliche Musik erklang. Und trotz der Innenläden, die zu Beginn der langen Winternächte über die Fenster geschraubt worden waren, trotz der allgegenwärtigen Schußwaffen und trotz des dämonischen Outsiders, der stets in ihrem Unterbewußtsein lauerte, war Nora nie glücklicher gewesen.

Beim Abendessen unterhielten sie sich über den bevorstehenden Nachwuchs. Jim fragte, ob sie schon über Namen nachgedacht hätten. Einstein, der mit Pooka in der Ecke aß, war von der Idee, an der Namensgebung ihres Erstgeborenen beteiligt zu sein, sofort fasziniert. Er rannte sofort in die Speisekammer, um seinen Vorschlag zu buchstabieren.

Nora stand vom Tisch auf, um zu sehen, welchen Namen der Hund für passend hielt.

MICKY.

»Auf keinen Fall«, sagte sie. »Mein Kind wird nicht nach einer Maus in einem Comicstrip heißen.«

DONALD.

»Und nicht nach einer Ente.«

PLUTO.

»Pluto? Jetzt werd gefälligst mal ernst, Pelzgesicht.«

GOOFY.

Nora hinderte ihn entschieden daran, die Pedale des Buchstabenmechanismus weiter zu betätigen, sammelte die gebrauchten Buchstaben ein und legte sie weg, schaltete das

Licht in der Speisekammer aus und kehrte zum Tisch zurück. »Ihr haltet das vielleicht für spaßig«, sagte sie zu Travis und Jim, die vor Lachen fast erstickten, »aber *ihm* ist das ernst!«

Nach dem Essen saßen sie im Wohnzimmer um den Weihnachtsbaum und unterhielten sich über viele Dinge, darunter auch Jims Absicht, sich noch einen weiteren Hund zuzulegen. »Pooka braucht einen Gefährten«, meinte der Tierarzt. »Er ist jetzt beinahe eineinhalb Jahre alt, und ich bin der Ansicht, daß das Zusammensein mit Menschen für sie nicht ausreicht, wenn sie einmal aus dem Welpenstadium heraus sind. Sie werden genauso einsam wie wir. Und da ich diese Absicht habe, könnte ich ebensogut ein reinrassiges Labradorweibchen kaufen und auf die Weise später vielleicht sogar ein paar nette Welpen zu verkaufen haben. Also wird er nicht bloß einen Freund, sondern eine Gefährtin bekommen.«

Nora hatte nicht bemerkt, daß Einstein sich für diesen Teil der Unterhaltung mehr interessierte als für das, was sonst gesprochen wurde. Aber später, nachdem Jim und Pooka nach Hause gefahren waren, fand Travis eine Botschaft in der Kammer und rief Nora, damit sie sie auch sehen könne.

GEFÄHRTIN.

Der Retriever hatte darauf gewartet, daß sie die aufgereihten Steine bemerkten. Jetzt tauchte er hinter ihnen auf und sah sie mit fast spöttisch wirkender Miene an.

Nora sagte: »Meinst du, du hättest gerne eine Gefährtin?«

Einstein schlüpfte zwischen ihnen durch in die Speisekammer, löschte das, was er ausgelegt hatte, indem er die Steine wegschob, und gab Antwort.

DARÜBER NACHDENKEN.

»Aber hör mal zu, Pelzgesicht«, sagte Travis. »Du bist doch etwas Einmaliges. Es gibt sonst keinen Hund wie dich.«

Der Retriever dachte darüber nach, ließ sich aber nicht abbringen.

LEBEN IST GEFÄHRTE. TEILEN.

»Du hast unser Versprechen, daß wir darüber nachdenken, und dann reden wir noch einmal darüber«, sagte Travis. »Jetzt wird es langsam spät.«

Einstein verfaßte schnell noch eine weitere Botschaft:

BABY MICKY?

»Kommt überhaupt nicht in Frage!« sagte Nora.

Nachts im Bett, nachdem sie und Travis sich geliebt hatten, sagte Nora: »Ich möchte wetten, daß er *wirklich* einsam ist.«

»Jim Keene?«

»Nun, ja, ich wette, der ist auch einsam. Er ist ein so netter Mann und würde wirklich einen großartigen Ehemann abgeben. Aber Frauen sind in bezug auf das Aussehen genauso wählerisch wie Männer, meinst du nicht? Die mögen einfach keine Männer mit Spanielgesichtern. Die heiraten lieber Schönlinge, von denen sie die Hälfte der Zeit wie Dreck behandelt werden. Aber ich hab' nicht Jim gemeint. Ich habe Einstein gemeint. Er muß hier und da einsam sein.«

»Wir sind doch die ganze Zeit mit ihm zusammen.«

»Nein, in Wirklichkeit sind wir das nicht. Ich male, und du tust auch Dinge, bei denen der arme Einstein nicht mit dabei ist. Und falls du wieder ins Immobiliengeschäft einsteigst, wird es häufg so sein, daß Einstein gar niemanden hat.«

»Er hat seine Bücher. Er liebt Bücher.«

»Vielleicht reichen Bücher nicht«, sagte sie.

Dann herrschte lange Zeit Stille, und sie dachte, Travis wäre eingeschlafen. Doch dann sagte er: »Wenn Einstein eine Gefährtin hat und Welpen bekäme — wie würden die denn sein?«

»Du meinst — ob sie so klug sein werden wie er?«

»Das würde ich gerne wissen ... Mir scheint, daß es drei Möglichkeiten gibt. Erstens: Wenn seine Intelligenz nicht vererbbar ist, werden seine Welpen ganz gewöhnliche Welpen sein. Zweitens: *Falls* sie vererbbar ist, aber die Gene der Hündin die Intelligenz verwässern, werden die Welpen schlau sein, aber nicht so schlau wie ihr Vater; und jede darauffolgende Generation wird schwächer, weniger klug, dümmer sein, bis am Ende seine Ur-Ur-Ur-Ur-Urgroßwelpen wieder ganz gewöhnliche Hunde sind.«

»Und die dritte Möglichkeit?«

»Da Intelligenz ein Überlebensfaktor ist, könnte es sein, daß sie genetisch dominant ist, sehr dominant.«

»Und in diesem Fall wären seine Welpen genauso schlau wie er.«

»Und deren Welpen auch, immer wieder, bis es mit der Zeit eine Kolonie intelligenter Golden Retrievers gibt, Tausende davon, überall auf der Welt.«

Dann herrschte wieder Stille.

Schließlich sagte sie: »Mann!«

Und Travis: »Er hat recht.«

»Was?«

»Das ist wirklich etwas, worüber es sich lohnt nachzudenken.«

4

Vince Nasco hatte nie damit gerechnet, wenigstens damals im November nicht, daß er einen ganzen Monat brauchen würde, um an Ramon Velazquez heranzukommen, den Typen in Oakland, der Mario Tetragna lästig geworden war. Solange er Velazquez nicht erledigt hatte, würde Vince auch nicht an die Leute in San Francisco herankommen, die mit falschen Ausweispapieren handelten und ihm vielleicht dabei helfen konnten, Travis Cornell, die Frau und den Hund ausfindig zu machen. Dementsprechend groß war sein Bedürfnis, Velazquez in einen Haufen faulenden Fleisches zu verwandeln.

Aber Velazquez war ein verdammter Schatten. Der Mann tat keinen Schritt, ohne zwei Leibwächter an seiner Seite zu haben, was ihn eher mehr als weniger auffällig hätte machen müssen. Aber er führte seine Geschäfte in der Glücksspiel- und Drogenszene — womit er die Tetragna-Konzession in Oakland störte — mit der Heimlichkeit eines Howard Hughes. Er schlängelte und wand sich, benutzte eine ganze *Flotte* unterschiedlicher Wagen, fuhr nie zwei Tage hintereinander dieselbe Route, traf sich nie mit jemandem zweimal am selben Ort, benutzte die Straße als Büro und blieb nirgends lange genug, um markiert, gestellt und ausgelöscht werden zu können. Er war hoffnungslos paranoid und glaubte, alle seien nur darauf aus, ihn zu erledigen. Vince sah den Mann nie lange genug, um ihn mit der Fotografie zu vergleichen, die die Tetragnas ihm geliefert hatten. Ramon Velazquez war wie *Rauch*.

Vince erwischte ihn erst am Weihnachtstag. Und als es schließlich dazu kam, wurde das Ganze eine riesige Schweinerei. Ramon war mit einer Menge Verwandter zu Hause. Vom Haus dahinter über die hohe Ziegelmauer zwischen zwei Grundstücken gelangte Vince auf den Velazquez-Besitz. Als er auf der anderen Seite die Mauer hinabkletterte, sah er Velazquez und ein paar Leute an einem Grill neben dem Pool, wo sie damit beschäftigt waren, einen riesigen Truthahn zu rösten. (Gab es irgendwo außerhalb von Kalifornien Leute, die Truthähne am Grill zubereiteten?) Alle entdeckten ihn sofort, obwohl er noch fast fünfzig Meter entfernt war. Er sah, wie die Leibwächter in ihre Schulterhalfter griffen, und so hatte er keine andere Wahl, als ungezielt mit seiner Uzi zu feuern, Sperrfeuer über den ganzen Hof zu legen, wobei er Velazquez, die beiden Leibwächter, eine Frau in mittleren Jahren, vermutlich die Ehefrau von irgend jemandem, und eine alte Dame, die irgend jemandes Großmutter sein mußte, erledigte.

Sssnappp.

Sssnappp.

Sssnappp.

Sssnappp.

Sssnappp.

Alle anderen, innerhalb und außerhalb des Hauses, schrien und warfen sich Deckung suchend zu Boden. Vince mußte wieder über die Mauer zurück in den Hof des anliegenden Hauses — wo Gott sei Dank niemand zu Hause war —, und gerade, als er dabei war, seinen Hintern über die Mauerkrone zu befördern, eröffnete ein Rudel von Latino-Typen auf dem Velazquez-Anwesen das Feuer auf ihn. Er konnte von Glück reden, daß er mit heiler Haut davonkam.

Als er am Tag nach Weihnachten in einem Restaurant in San Francisco auftauchte, das Don Tetragna gehörte, um sich mit Frank Dicenziano zu treffen, dem *Capo* der Familie, der nur dem Don selbst verantwortlich war, war Vince unruhig. Die *Fratellanza* hatte in bezug auf Mordanschläge einen strengen Kodex. Zum Teufel, die hatten in bezug auf alles ihren Kodex — wahrscheinlich sogar darüber, wie man seinen Stuhlgang zu verrichten hatte —, und diesen Kodex nahmen sie ernst. Aber der Mordanschläge betreffende Kodex wurde vielleicht noch ein wenig ernster genommen als die anderen. Die erste Regel dieses Kodex lautete: Man erledigt einen Mann nicht in Anwesenheit seiner Familie, es sei denn, er ist untergetaucht, und es gibt keine andere Möglichkeit, an ihn heranzukommen. In dieser Hinsicht fühlte Vince sich einigermaßen sicher. Aber eine weitere Regel besagte, daß man nie die Frau oder die Kinder oder die Großmutter eines Mannes erschoß, um an ihn heranzukommen. Jeder Profikiller, der so etwas tat, landete wahrscheinlich am Ende selbst in der Leichenhalle, von eben den Leuten erledigt, die ihn angeheuert hatten. Vince hoffte, Frank Dicenziano davon zu überzeugen, daß Velazquez ein besonderer Fall sei — bisher hatte sich noch nie eine Zielperson Vince länger als einen Monat entziehen können — und daß das, was am Weihnachtstag in Oakland geschehen sei, zwar bedauerlich, aber auch unvermeidlich gewesen wäre.

Und nur für den Fall, daß Dicenziano — und damit auch der Don — zu wütend war, um auf Vernunftgründe zu hören, hatte Vince sich mit mehr als einer Pistole auf das Treffen vorbereitet. Wenn sie seinen Tod wollten, würden sie ihn, sobald er das Restaurant betrat, und ehe er wußte, was gespielt wurde, in eine Ecke drängen und ihm die Waffe wegnehmen. Deshalb hatte er sich mit Plastiksprengstoff verdrahtet und war darauf vorbereitet, sie in die Luft zu jagen und das ganze Restaurant mit ihnen, falls sie versuchten, an ihm für einen Sarg Maß zu nehmen.

Vince war nicht sicher, ob er die Explosion überleben würde. In letzter Zeit hatte er die Lebensenergien so vieler Leute in sich aufgenommen, daß er dachte, der Unsterblichkeit, die er suchte, nahe zu sein. Vielleicht war er auch schon soweit — aber solange er es nicht ausprobierte, würde er es auch nicht wissen. Falls seine einzigen Wahlmöglichkeiten darin bestanden, im Zentrum einer Explosion zu stehen oder sich von ein paar Schlaumeiern hundert Kugeln in den Leib jagen und anschließend in Zement eingießen zu lassen, dann war ersteres immer noch vorzuziehen und bot ihm vielleicht sogar eine um einen Hauch bessere Überlebenschance.

Zu seiner Überraschung war Dicenziano — der ihn an ein Eichhörnchen mit Fleischklößen in den Backen erinnerte — von der Art und Weise entzückt, wie der Velazquez-Kontrakt erfüllt worden war. Er sagte, der Don sei voll des Lobes für Vince. Niemand durchsuchte Vince, als er das Restaurant betrat. Ihm und Frank wurde an einem Ecktisch — dem besten, den das Lokal zu bieten hatte — ein Spezialmenü mit nicht auf der Speisekarte stehenden Gerichten serviert. Dazu tranken sie Cabernet Sauvignon um dreihundert Dollar die Flasche, ein Geschenk Mario Tetragnas.

Als Vince vorsichtig auf die tote Ehefrau und die Großmutter zu sprechen kam, meinte Dicenziano: »Hören Sie, mein Freund, wir wußten, dies würde ein schwieriger Hit werden, ein anspruchsvoller Job, und daß möglicherweise Regeln gebrochen werden mußten. Außerdem waren diese Leute nicht *unsere* Art von Leuten — das waren bloß ein paar Wetbacks*, die nicht in dieses Geschäft gehören. Wenn die versuchen, sich reinzudrängen, dann dürfen sie nicht damit rechnen, daß wir ihnen gegenüber die Regeln einhalten.«

Erleichtert ging Vince in der Mitte der Mahlzeit auf die Herrentoilette und löste die Kontakte an den Sprengladungen. Er wollte nicht zufällig in die Luft fliegen, jetzt, wo die Krise vorbei war.

Am Ende des Mittagessens gab Frank Vince die Liste. Neun Namen. »Diese Leute — sie gehören übrigens nicht alle zur Familie — bezahlen den Don für die Erlaubnis, ihre Ausweisgeschäfte in seinem Territorium zu führen. Ich habe, weil ich schon damit rechnete, daß Sie mit Velazquez Erfolg haben würden, mit diesen neun im November gesprochen, und sie werden sich daran erinnern, daß der Don wünscht, daß sie mit Ihnen in jeder möglichen Weise zusammenarbeiten.«

Vince machte sich noch am selben Nachmittag auf die Suche nach jemandem, der sich an Travis Cornell erinnern konnte.

Zunächst wurde er enttäuscht. Zwei von den ersten vier Leuten auf der Liste waren nicht zu erreichen; sie hatten ihr Geschäft geschlossen und waren über die Feiertage weggefahren. Vince fand es einfach unpassend, daß die kriminelle Unterwelt sich Weihnachten und Neujahr freinahm, gerade so, als wären sie Schullehrer.

Aber der fünfte Mann, Anson Van Dyne, arbeitete im Kellergeschoß unter seinem Oben-ohne-Klub, dem ›Hot Tips‹, und um halb sechs, am 26. Dezember, fand Vince das, was er suchte. Van Dyne warf einen Blick auf die Fotografie von Travis Cornell, die Vince sich im Zeitungsarchiv von Santa Barbara besorgt hatte.

---

* Wetback: nasser Rücken (in wörtlicher Bedeutung). Geringschätzige Bezeichnung für illegale Einwanderer aus Mexiko, die über einen der Grenzflüsse ins Land gekommen sind (und sich dabei den Rücken naß gemacht haben). — Anm. d. Ü.

»Ja, ich erinnere mich an ihn. Den vergißt man nicht so leicht. Kein Ausländer, der schnell Amerikaner werden möchte wie die Hälfte meiner Kunden. Auch nicht der übliche lahmärschige Verlierer, der seinen Namen wechseln und sein Gesicht verstecken möchte. Nicht, daß er besonders groß wäre oder großmäulig auftreten würde, aber man hat einfach das Gefühl, daß er mit jedem, der ihm in die Quere kommt, den Boden aufwischen könnte. Sehr selbstbewußt. Sehr wachsam. Ich hab' ihn nicht vergessen.«

»Was du nicht vergessen hast«, sagte einer der zwei bärtigen Wunderknaben an den Computern, »ist in Wirklichkeit die Puppe, die er bei sich hatte.«

»Für die könnt' ihn selbst noch ein Toter hochkriegen«, sagte der andere.

»Ja, sogar ein Toter«, bestätigte der erste. »Ein richtiges Klasseweib.«

Ihr Beitrag zu dem Gespräch beleidigte und verwirrte Vince, also ignorierte er sie und sagte, zu Van Dyne gewendet: »Sie erinnern sich nicht vielleicht zuällig an die neuen Namen, die Sie ihnen gegeben haben?«

»Sicher. Die haben wir in der Ablage«, sagte Van Dyke.

Vince konnte es nicht glauben. »Ich dachte immer, Leute in Ihrem Beruf würden keine Aufzeichnungen führen? Das ist für Sie doch sicherer und für Ihre Kunden wichtig.«

Van Dyne zuckte die Achseln. »Die Kunden können mich am Arsch lecken. Weiß ich denn, ob uns nicht eines Tages die FBI oder die hiesigen Bullen hochgehen lassen? Am Ende brauche ich vielleicht Geld, um die Anwälte bezahlen zu können. Gibt es da etwas Besseres als eine Liste mit ein paar tausend Knilchen, die unter falschem Namen leben, Knilchen, die sich lieber ein wenig ausquetschen lassen, als wieder ganz von vorn anfangen zu müssen?«

»Erpressung«, sagte Vince.

»Ein häßliches Wort«, wandte Van Dyne ein. »Aber es paßt, fürchte ich. Jedenfalls interessiert uns einzig und allein, daß *wir* in Sicherheit sind, daß es hier keine Aufzeichnungen gibt, die *uns* belasten. Wir bewahren die Daten natürlich nicht in diesem Loch hier auf. Sobald wir jemandem einen neuen Ausweis geliefert haben, übertragen wir die Daten über eine sichere Telefonleitung aus dem Computer hier auf einen Computer, den wir an einem anderen Ort stehen haben. Und so, wie dieser *andere* Computer programmiert ist, kann man die Daten nicht von hier aus aus ihm rausholen; das ist eine Einbahnstraße. Wenn man uns also hochgehen läßt, können die Hacker bei den Bullen über diese Maschinen hier nicht an unsere Aufzeichnungen ran. Verdammt, die wüßten nicht einmal, daß es solche Aufzeichnungen gibt.«

Diese neue High-tech-Verbrecherwelt machte Vince ganz benommen. Selbst der Don, ein Mann von unendlicher krimineller Intelligenz, hatte geglaubt, daß diese Leute keine Aufzeichnungen führten, und nicht bedacht, daß die Computer ihnen das in durchaus ungefährlicher Weise ermöglichten.

Vince dachte über das, was Van Dyne ihm gesagt hatte, nach und versuchte Ordnung in seine Gedanken zu bringen. »Dann können Sie mich also zu diesem anderen Computer bringen und dort Cornells neue Identität abrufen?« fragte er.

»Für einen Freund von Don Tetragna«, erklärte Van Dyne, »würde ich so ziemlich alles tun, bloß nicht den eigenen Hals aufschlitzen. Kommen Sie.«

Van Dyne fuhr Vince zu einem ziemlich überfüllten chinesischen Restaurant in Chinatown. Das Lokal bot vielleicht hundertfünfzig Menschen Platz, und jeder Tisch war besetzt. Obwohl das Restaurant riesig war und mit Papierlaternen, Wandgemälden mit Drachen und imitierten Wandschirmen aus Rosenholz und ganzen Reihen von bronzenen Windglocken in Form chinesischer Ideogramme dekoriert war, erinnerte es Vince doch an die kitschige italienische Trattoria, in der er im letzten August die Küchenschabe Pantangela und die zwei Marshals ermordet hatte. Jegliche folkloristische Dekoration, ob nun chinesisch, italienisch, polnisch oder irisch, war im Wesen exakt dasselbe.

Der Besitzer war ein Chinese um die Dreißig, der Vince einfach als Yuan vorgestellt wurde. Jeder mit einer Flasche Tsingtao-Bier bewaffnet, die Yuan ihnen gegeben hatte, gingen Van Dyne und Vince in das Kellerbüro des Besitzers hinunter, wo auf zwei Schreibtischen zwei Computer standen; einer in der Mitte, der andere in einem Winkel. Der in der Ecke war eingeschaltet, wenn auch niemand an ihm tätig war.

»Das hier ist mein Computer«, erklärte Van Dyne. »An ihm

arbeitet nie jemand. Nicht einmal *anfassen* tun die ihn, bloß am Morgen, um die Telefonleitung zu öffnen und das Modem aufzulegen, und abends, um ihn wieder abzuschalten. Meine Computer im ›Hot Tips‹ sind mit dem hier verbunden.«

»Sie vertrauen Yuan?«

»Ich hab' ihm den Kredit verschafft, mit dem er sein Geschäft angefangen hat. Damit steht er in meiner Schuld. Und es war ein ganz sauberes Darlehen, nichts, das man in irgendeiner Weise mit mir oder Don Tetragna in Verbindung bringen kann. Also bleibt Yuan ein aufrechter Bürger, der für die Bullen ohne Interesse ist. Als Gegenleistung braucht er nichts anderes zu tun, als meinen Computer hier stehen zu lassen.«

Van Dyne setzte sich vor das Terminal und begann darauf zu tippen. Zwei Minuten später hatte er Travis Cornells neuen Namen: Samuel Spencer Hyatt.

»Und hier«, sagte Van Dyne, als neue Daten über den Schirm zogen, »das ist die Frau, die mit ihm zusammen war. Ihr wirklicher Name war Nora Louise Devon aus Santa Barbara. Jetzt heißt sie Nora Jean Aimes.«

»Okay«, sagte Vince. »Und jetzt löschen Sie sie aus Ihren Aufzeichnungen.«

»Was meinen Sie damit?«

»Tilgen sollen Sie sie. Sie aus dem Computer herausnehmen. Die gehören jetzt nicht mehr Ihnen. Die gehören mir. Niemandem sonst. Nur *mir.*«

Kurz darauf waren sie wieder im ›Hot Tips‹, einem dekadenten Lokal, das bei Vince Speiübelkeit hervorrief.

Im Keller gab Van Dyne die Namen Hyatt und Aimes an die bärtigen jungen Männer weiter, die rund um die Uhr hier unten zu leben schienen wie zwei Trolle.

Zuerst verschafften die Trolle sich Zugang zur Verkehrskartei. Sie wollten herausfinden, ob Hyatt und Aimes sich in den letzten drei Monaten seit der Übernahme der neuen Identität irgendwo niedergelassen und den Behörden ihren Adressenwechsel mitgeteilt hatten.

»Bingo«, sagte einer von ihnen.

Auf dem Bildschirm tauchte eine Adresse auf, und der bärtige Operator bestellte einen Ausdruck.

Anson Van Dyne riß das Blatt aus dem Printer und reichte

es Vince. Travis Cornell und Nora Devon — jetzt Hyatt und Aimes hatten eine ländliche Adresse an der Pacific Coast Highway, südlich der Stadt Carmel.

5

Am Mittwoch, dem 29. Dezember, fuhr Nora nach Carmel, wo sie einen Termin mit Dr. Weingold hatte.

Der Himmel war bedeckt und so dunkel, daß die weißen Möwen, die vor dem Hintergrund der Wolken vom Himmel stießen, im Kontrast dazu fast wie Lichter wirkten. Das Wetter war seit Weihnachten so, aber der versprochene Regen hatte sich nicht eingestellt.

Heute freilich goß es in Strömen, und zwar eben jetzt, als sie den Pick-up in eine der wenigen Lücken auf dem kleinen Parkplatz hinter Dr. Weingolds Praxis lenkte. Sie trug — für alle Fälle — eine Nylonjacke mit Kapuze, und die Kapuze zog sie sich jetzt über den Kopf, ehe sie aus dem Wagen zum einstöckigen Ziegelbau hinüberrannte.

Dr. Weingold nahm wie üblich eine gründliche Untersuchung vor und verkündete dann, sie sei fit wie eine Fiedel, was Einstein sicherlich amüsiert hätte.

»Ich habe noch nie eine Frau im dritten Monat erlebt, der es besser gegangen wäre als Ihnen«, sagte der Arzt.

»Ich möchte ein gesundes Baby haben, ein perfektes Baby.«

»So wird es auch sein.«

Der Arzt glaubte, daß sie Aimes hieß und ihr Mann Hyatt, ließ aber nie Mißbilligung in bezug auf ihren Familienstand erkennen. Die Situation war Nora etwas peinlich, aber sie nahm an, daß die moderne Welt, in die sie aus dem schützenden Kokon des Devon-Hauses geflattert war, in diesen Dingen liberale Ansichten hatte.

Dr. Weingold schlug, wie er das schon beim letztenmal getan hatte, vor, einen Test zu machen, um das Geschlecht des Babys zu bestimmen, und sie lehnte wie beim letztenmal ab. Sie wollte sich überraschen lassen. Außerdem würde Einstein, falls sie herausfanden, daß es ein Mädchen werden würde, sofort anfangen, für den Namen ›Minnie‹ Werbung zu machen.

Nachdem sie sich mit der Sprechstundenhilfe auf den nächsten Termin geeinigt hatte, zog sich Nora wieder die Kapuze über den Kopf und ging in den brausenden Regen hinaus. Es goß echt, der Regen klatschte von einem Teil des Daches herunter, wo keine Dachrinne angebracht war, strömte über den Weg, so daß sich im Asphalt des Parkplatzes tiefe Pfützen bildeten. Auf dem Weg zum Wagen mußte sie durch einen Miniaturfluß waten, und ihre Schuhe waren binnen Sekunden triefend naß.

Als sie den Pick-up erreichte, sah sie einen Mann aus einem roten Honda steigen, der neben ihr parkte. Der Mann fiel ihr nicht sonderlich auf — nur daß er sehr groß war, im Verhältnis zu dem Kleinwagen, und ganz und gar nicht für den Regen gekleidet. Er trug Jeans und einen blauen Pullover, und Nora dachte: Der Arme wird bis auf die Haut naß werden.

Sie öffnete die Tür auf der Fahrerseite und schickte sich an einzusteigen. Aber ehe sie sich's versah, drängte der Mann im blauen Pullover sich hinter ihr hinein, schob sie über den Sitz und setzte sich selbst hinters Steuer. Er sagte: »Wenn du schreist, Miststück, blas' ich dir ein Loch in den Bauch.« Erst jetzt bemerkte sie, daß er ihr einen Revolver in die Seite bohrte.

Unwillkürlich wollte sie schreien, versuchen, über den Sitz weiterzurutschen, zur Beifahrertür hinaus. Aber irgend etwas in seiner Stimme, die brutal und dunkel war, ließ sie zögern. Es klang so, daß sie erkannte, er würde sie eher in den Rücken schießen, als sie entkommen lassen.

Er knallte die Fahrertür zu, und jetzt waren sie allein im Wagen, fern jeder Hilfe und durch den Regen, der an den Fenstern herunterströmte und das Glas undurchsichtig machte, praktisch allen Blicken entzogen. Doch das hatte ohnehin nichts zu besagen. Der Parkplatz war verlassen und von der Straße aus nicht einsehbar, so daß sie selbst außerhalb des Wagens niemanden gehabt hätte, an den sie sich hätte wenden können.

Er war *sehr* groß und muskulös; aber was ihr an ihm Angst machte, war nicht seine Größe. Sein breites Gesicht wirkte ruhig, praktisch ausdruckslos, und diese Gelassenheit, die überhaupt nicht der Situation angemessen war, machte Nora Angst. Und seine Augen waren noch schlimmer: grüne Augen — und kalt.

»Wer sind Sie?« fragte sie, bemüht, ihre Furcht zu verbergen, weil sie sicher war, daß sichtbare Angst ihn erregen würde. Er schien auf einem ganz schmalen Grat zu balancieren. »Was wollen Sie von mir?«

»Ich will den Hund.«

Sie hatte gedacht: Raub. Sie hatte gedacht: Vergewaltigung. Sie hatte gedacht: psychopathischer Killer. Aber keinen Augenblick lang hatte sie gedacht, daß er ein Agent der Regierung sein könnte. Und doch, wer sonst würde nach Einstein suchen? Sonst wußte doch niemand, daß der Hund existierte.

»Wovon reden Sie?« fragte sie.

Er bohrte ihr den Lauf des Revolvers tiefer in die Seite, bis es weh tat.

Sie dachte an das Baby, das in ihr heranwuchs. »All right, okay. Sie wissen offensichtlich über den Hund Bescheid, also hat es keinen Sinn, irgenwelche Spielchen mit Ihnen zu treiben.«

»Gar keinen Sinn.« Er redete so leise, daß sie ihn im Dröhnen des Regens, der auf das Dach trommelte und gegen die Windschutzscheiben peitschte, kaum hören konnte.

Er beugte sich zu ihr hinüber, schob ihr die Kapuze vom Kopf, zog den Reißverschluß auf und griff mit der Hand an ihre Brüste, ihren Bauch. Einen Augenblick lang dachte sie schreckerfüllt, daß er sie doch vergewaltigen wollte.

Aber er sagte nur: »Dieser Weingold ist Gynäkologe. Was hast du also für ein Problem? Irgendeine verdammte Geschlechtskrankheit, oder bist du schwanger?« Das Wort ›Geschlechtskrankheit‹ spie er förmlich aus, als machte ihn das bloße Wort vor Ekel halb krank.

»Sie sind kein Regierungsagent.« Sie sagte es rein instinktiv.

»Ich hab' dich was gefragt, du Schlampe«, sagte er mit einer Stimme, die kaum lauter war als ein Wispern. Er beugte sich dicht zu ihr hinüber und bohrte ihr wieder den Lauf in die Seite. Die Luft im Wagen war stickig und feucht. Das sie umgebende Prasseln des Regens erzeugte im Verein mit der Feuchtigkeit in dem engen Raum eine fast unerträgliche beengende Atmosphäre. »Also, was ist?« fragte er. »Hast du Herpes, Syphilis, Tripper oder irgendeine andere Fäulnis? Oder bist du schwanger?«

Da sie glaubte, daß die Schwangerschaft ihr vielleicht Rettung vor seiner Gewalttätigkeit brachte, sagte sie: »Ich bekomme ein Baby. Ich bin im dritten Monat schwanger.«

Etwas geschah mit seinen Augen. Es war, wie wenn ein Hebel umgelegt wurde. Oder eine Bewegung in einem zarten Kaleidoskopmuster aus Glasstücken in derselben Schattierung von Grün.

Nora wußte: Indem sie ihre Schwangerschaft zugegeben hatte, hatte sie das Allerschlimmste getan, das sie hatte tun können. Aber *warum* das so war, wußte sie nicht.

Sie dachte an die .38er-Pistole im Handschuhfach. Sie würde unmöglich den Handschuhkasten öffnen, sich die Waffe schnappen und ihn erschießen können, ehe er den Abzug seines Revolvers betätigte. Trotzdem würde sie dauernd wachsam bleiben, um eine Gelegenheit zu erspähen, ein kurzes Erlahmen seiner Aufmerksamkeit, das ihr die Chance bot, sich ihre Waffe zu holen.

Plötzlich war er über ihr, und wieder glaubte sie, er werde sie am hellichten Tage vergewaltigen, wohl im Schutz des Regens, aber immerhin am hellichten Tage. Dann begriff sie, daß er nur mit ihr den Platz wechselte, sie hinters Steuer zwang, während er den Beifahrersitz einnahm, wobei er die ganze Zeit den Lauf seiner Waffe auf sie gerichtet hielt.

»Fahr zu!« sagte er.

»Wohin?«

»Dorthin, wo du wohnst.«

»Aber …«

»Halt den Mund und fahr!«

Jetzt befand sie sich auf der dem Handschuhfach entfernten Seite. Um an dieses heranzukommen, würde sie über ihn hinweggreifen müssen. So unaufmerksam würde er nie sein.

Fest entschlossen, ihre galoppierende Furcht im Zaum zu halten, erkannte sie, daß sie gleichzeitig verhindern mußte, total durchzudrehen.

Sie ließ den Motor an, fuhr aus dem Parkplatz heraus und bog auf der Straße nach rechts.

Das hämmernde Klatschen der Scheibenwischer war fast ebenso laut wie ihr Herzschlag. Sie wußte nicht, wieviel von dem erdrückenden Geräusch vom Regen herrührte und wieviel vom Dröhnen des Blutes in ihren Ohren.

Straße nach Straße hielt Nora nach einem Polizisten Ausschau — obwohl sie keine Ahnung hatte, was sie tun würde, falls sie einen entdeckte. Aber sie brauchte das nicht zu Ende zu denken, denn nirgends waren Polizisten zu sehen.

Bis sie Carmel hinter sich gelassen und die Pacific Coast Highway erreicht hatten, trieb der Wind nicht nur den Regen gegen die Windschutzscheibe, sondern immer wieder Zypressen- und Fichtennadeln von den riesigen alten Bäumen, die die Straßen der Stadt schützten. Als sie später in südlicher Richtung an der Küste entlang durch weniger dicht besiedelte Gegenden fuhren, gab es keine Bäume mehr, deren Äste über die Straße hingen; dafür traf der Wind, der vom Meer hereinwehte, den Pick-up mit voller Gewalt. Nora spürte einige Male, wie er am Steuer riß. Der Regen, der jetzt direkt vom Meer hereinpeitschte, schlug so hart auf dem Wagen auf, daß sie glaubte, er müsse Beulen im Blech hinterlassen.

Nach wenigstens fünf Minuten des Schweigens, die ihr wie eine Stunde vorkamen, war sie nicht länger fähig, seinem Befehl zu gehorchen und den Mund zu halten. »Wie haben Sie uns gefunden?«

»Ich habe euer Haus mehr als einen Tag lang beobachtet«, sagte er mit jener kalten, ruhigen Stimme, die so gut zu dem ausdruckslosen Gesicht paßte. »Als du heute morgen wegfuhrst, bin ich dir gefolgt, weil ich hoffte, du würdest mir eine Chance geben.«

»Nein, ich meine, wie haben Sie erfahren, wo wir wohnen?«

Er lächelte. »Van Dyne.«

»Dieser schmierige Verräter.«

»Besondere Umstände«, versicherte er ihr. »Der große Mann in San Francisco war mir einen Gefallen schuldig, also hat er Van Dyne unter Druck gesetzt.«

»Der große Mann?«

»Tetragna.«

»Wer ist das?«

»Du weißt wohl überhaupt nichts, wie?« sagte er. »Bloß wie man Babys macht, hm? Das weißt du, stimmt's?«

Im harten, höhnischen Klang seiner Stimme gab es nicht nur sexuelle Untertöne: Es war düsterer, fremdartiger, erschreckender. Sie hatte solche Angst vor der Spannung, die sie jedesmal in ihm fühlte, wenn er auf das Thema Sex kam, daß sie nicht wagte, ihm Antwort zu geben.

Vor ihnen hatte sich jetzt dünner Nebel aufgebaut, und sie schaltete die Schweinwerfer ein. Ihre ganze Aufmerksamkeit galt jetzt der vom Regen gepeitschten Straße, und sie spähte mit zusammengekniffenen Augen durch die schmierige Windschutzscheibe.

»Du bist sehr hübsch«, sagte er. »Wenn ich ihn irgendwo reinstecken wollte, dann bei dir.«

Nora biß sich auf die Unterlippe.

»Aber so hübsch du bist«, fuhr er fort, »du bist wie alle anderen, wette ich. Wenn ich ihn dir reinstecke, wird er mir verfaulen und abfallen, weil du krank bist wie alle anderen — oder? Jaah. Du bist es. Sex ist tot. Ich gehöre anscheinend zu den wenigen, die das wissen, obwohl es überall Beweise gibt. Sex ist tot. Aber du bist sehr hübsch ...«

Sie spürte, wie sich ihre Kehle verengte. Es fiel ihr schwer, tief Atem zu holen.

Plötzlich war seine Schweigsamkeit wie verflogen. Er redete schnell, immer noch mit weicher Stimme und entnervend ruhig — wenn man bedachte, wie verrückt es war, was er sagte —, aber sehr schnell: »Ich werde größer sein als Tetragna, und bedeutender. Ich habe Dutzende von Leben in mir. Ich habe von mehr Leuten Energie in mich aufgenommen, als du dir vorstellen kannst. Ich habe den großen Augenblick erlebt, erlebt, wie es sssnappp macht. Das ist mein Talent. Wenn Tetragna tot ist und weg, dann werde ich noch da sein. Wenn alle tot sind, die jetzt leben, werde ich immer noch da sein, weil ich unsterblich bin.«

Sie wußte nicht, was sie sagen sollte. Er war aus dem Nichts aufgetaucht, wußte irgendwie über Einstein Bescheid und war wahnsinnig, und es schien nichts zu geben, was sie tun konnte. Das war unfair, und ihr Zorn darüber war ebenso groß wie ihre Angst. Sie hatten sich so sorgfältig auf den Outsider vorbereitet, hatten alle möglichen Vorkehrungen getroffen, um sich dem Zugriff der Regierung zu entziehen — wie aber hätten sie sich *darauf* vorbereiten sollen? Es war einfach nicht *fair.*

Wieder verstummt, starrte er sie eine Minute lang, vielleicht auch länger, eindringlich an — eine weitere Ewigkeit. Sie spürte den Blick seiner eisiggrünen Augen körperlich, wie sie das Streichen einer eiskalten Hand auf ihrer Haut gespürt hätte.

»Du weißt nicht, wovon ich rede, nicht wahr?« sagte er.

»Nein.«

Weil er sie hübsch fand, beschloß er, es ihr zu erklären. »Ich habe es bis jetzt nur einem Menschen gesagt, und der hat sich über mich lustig gemacht. Er hieß Danny Slowicz, und wir haben beide für die Carramazza-Familie in New York gearbeitet, die größte der fünf Mafia-Familien. Ein bißchen Muskelarbeit — hier und da Leute umgebracht, die umgebracht werden mußten.«

Nora spürte die Übelkeit in sich aufsteigen, weil er nicht nur verrückt, nicht nur ein Killer war, sondern auch noch ein verrückter *professioneller* Killer.

Er merkte ihre Reaktion nicht, sein Blick wanderte von der regengepeitschten Straße zu ihrem Gesicht, und er fuhr fort. »Siehst du, wir waren beim Abendessen in diesem Restaurant, Danny und ich, und spülten unsere Muscheln mit Valpolicella runter, und ich erklärte ihm, daß mir bestimmt sei, lange zu leben, weil ich die Fähigkeit besaß, die Lebensenergien der Leute, die ich erledigte, in mich aufzunehmen. Ich hab' zu ihm gesagt: ›Sieh mal, Danny, die Leute sind wie Batterien, wie lebende Batterien, angefüllt mit dieser geheimnisvollen Energie, die wir Leben nennen. Wenn ich einen allemache, dann wird seine Energie *meine* Energie, und ich werde stärker. Ich bin ein Bulle. ›Danny‹, sag' ich, ›schau mich an — bin ich ein Bulle oder nicht? Und ich muß ein Bulle sein, weil ich dieses Talent besitze, die Energie anderer in mich aufzunehmen.‹ Und weißt du, was Danny darauf sagt?«

»Was?« fragte sie benommen.

»Nun, Danny hat immer großen Wert auf das Essen gelegt, also schaut er nicht von seinem Teller hoch, das Gesicht in seinem Fraß, bis er noch ein paar Muscheln weggeputzt hat. Und dann schaut er auf, während ihm die Muschelsoße von den Lippen und vom Kinn tropft, und sagt: ›Ja, Vince, wo hast du dann diesen Trick gelernt, hm? Wo hast du gelernt, wie man Lebensenergie in sich aufnimmt?‹ Und ich sag' drauf: ›Nun, das ist mein Talent.‹ Und er: ›Du meinst, wie vom Herrgott?‹ Darüber muß ich nachdenken, und dann sag' ich: ›Wer weiß, woher es kommt? Es ist einfach mein Talent, so wie Sinatras Stimme ein Talent ist.‹ Und Danny sagt: ›Sag mal — angenommen, du erledigst einen Typen, der Elektriker ist. Nachdem du seine Energie in dich aufgenommen hast — weißt du dann plötzlich, wie man die Leitungen in einem Haus neu verlegt?‹ Ich bemerke immer noch nicht, daß er sich über mich lustig macht. Ich denk, es ist eine ernste Frage, also erklär' ich ihm, wie ich Lebensenergie aufnehme, nicht die Person und nicht all das, was der Bursche im Hirn hat — bloß seine Energie. Und dann sagt Danny: ›Wenn du also so 'nen Knaben vom Jahrmarkt wegbläst, dann heißt das nicht, daß du plötzlich den Drang verspürst, Hühnern die Köpfe abzubeißen?‹ Und in dem Augenblick hab' ich gewußt, daß Danny dachte, ich wär' entweder besoffen oder verrückt. Also aß ich meine Muscheln auf und redete nicht mehr über meine Gabe. Und das war das letzte Mal, daß ich jemandem davon erzählte, bis ich es jetzt dir erzählt habe.«

Er hatte sich selbst Vince genannt, also kannte sie jetzt seinen Namen: Welchen Nutzen das bringen würde, war nicht abzusehen.

Er hatte ihr seine Geschichte erzählt ohne jedes Anzeichen dafür, daß ihm der schwarze Humor daran bewußt war. Er war ein tödlich ernster Mann. Wenn Travis nicht mit ihm fertig wurde, würde dieser Bursche sie nicht am Leben lassen.

»Also«, fuhr Vince fort, »konnte ich natürlich nicht riskieren, daß Danny herumlief und irgendeinem erzählte, was ich ihm erzählt hatte, weil er es verdrehen würde, es irgendwie komisch hinstellen würde, und dann hätten die Leute gedacht, ich bin verrückt. Die großen Bosse stellen keine Verrückten ein — die wollen coole, logische, ausgeglichene Typen, die saubere Arbeit tun. Und das bin ich auch: cool und ausgeglichen. Aber Danny wollte, daß sie anders dachten. Also hab' ich ihm in jener Nacht die Kehle aufgeschlitzt, ihn zu einer verlassenen Fabrik gebracht, die ich kannte, ihn in Stücke geschnitten und in einen Tank gelegt und eine Menge Schwefelsäure über ihn geschüttet. Er war ein Lieblingsneffe des Don, also konnte ich nicht riskieren, daß jemand eine Leiche fand, die man vielleicht zu mir zurückverfolgen konnte. Und jetzt hab' ich Dannys Energie in mir, und die von vielen anderen auch.«

Die Waffe war im Handschuhfach.

Daß sie das wußte, war ein Quentchen Hoffnung.

Während Nora fort war, um Dr. Weingold aufzusuchen, raffte sich Travis dazu auf, zwei Bleche Schokoladenplätzchen mit

Erdnußbutter zu backen. Weil er allein gelebt hatte, hatte er Kochen gelernt, aber Freude hatte es ihm nie bereitet. Doch in den letzten Monaten hatte Nora seine kulinarischen Fähigkeiten so weit verbessert, daß das Kochen ihm jetzt Freude machte, ganz besonders das Backen.

Einstein, der sich gewöhnlich pflichtschuldig in seiner Nähe aufhielt, wenn gebacken wurde, in der Erwartung, ein paar Leckerbissen abzubekommen, verließ ihn, ehe er mit dem Teig fertig war. Der Hund war unruhig, lief von Fenster zu Fenster und starrte immer wieder in den Regen hinaus.

Nach einer Weile steckte die Unruhe des Hundes Travis an, und er fragte, ob etwas nicht in Ordnung sei.

Einstein lieferte ihm seine Antwort in der Kammer.

FÜHLE MICH EIGENARTIG.

»Krank?« fragte Travis, besorgt, daß sich vielleicht ein Rückfall eingestellt habe. Der Retriever war dabei, sich zu erholen, aber noch nicht wieder ganz hergestellt. Sein Immunsystem war einer größeren neuen Belastung nicht gewachsen.

NICHT KRANK.

»Was dann? Fühlst du den Outsider?«

NEIN. ANDERS.

»Aber du fühlst etwas?«

SCHLECHTER TAG.

»Vielleicht ist es der Regen.«

VIELLEICHT.

Erleichtert, aber dennoch beunruhigt, wandte Travis sich wieder seinem Teig zu.

Die Fahrbahn war silbrig vom Regen.

Je weiter sie entlang der Küste nach Süden kamen, desto dichter wurde der Nebel und zwang Nora damit, ihr Tempo auf sechzig Stundenkilometer zu verringern, an manchen Stellen sogar auf weniger als fünfzig.

Wenn sie den Nebel als Vorwand benutzte und langsam fuhr, konnte sie es dann riskieren, ihre Tür aufzureißen und hinauszuspringen? Nein. Wahrscheinlich nicht. Sie würde die Geschwindigkeit auf unter zehn Stundenkilometer reduzieren müssen, um sich oder ihr ungeborenes Kind nicht zu verletzen, und der Nebel war einfach nicht dicht genug, um ein derart langsames Tempo zu rechtfertigen. Außerdem hielt Vince die ganze Zeit, auch während er redete, den Revolver auf sie gerichtet und würde sie sofort in den Rücken schießen, wenn sie sich herumdrehte, um rauszuspringen.

Die Lichtbalken der Frontlichter des Pick-up und auch die der wenigen entgegenkommenden Fahrzeuge wurden vom Nebel gebrochen. Immer wieder prallte ein Kreis aus Licht und flimmernden Regenbögen gegen die dahinziehenden Nebelvorhänge, wurde kurz sichtbar und war dann verschwunden.

Sie überlegte, den Wagen von der Straße zu steuern, an einer der wenigen Stellen, wo sie wußte, daß die Böschung sanft abfiel und der Aufprall erträglich sein würde. Aber sie hatte Angst, sie könnte es an der falschen Stelle tun und dann über den Steilabfall in sechzig Meter Leere stürzen und mit höchster Wucht auf der Felsküste unten aufprallen. Und selbst wenn sie an der richtigen Stelle über den Rand fuhr, konnte ein berechenbarer und daher überlebbarer Sturz sie bewußtlos machen oder zu einer Fehlgeburt führen. Und sie wollte doch, wenn möglich, daß sie das hier lebend überstand, sie und das Kind, das sie in sich trug.

Jetzt, da Vince einmal angefangen hatte, auf sie einzureden, konnte er nicht mehr aufhören. Jahrelang hatte er seine großen Geheimnisse gehütet, seine Träume von Macht und Unsterblichkeit vor der Welt verborgen. Aber seine Sehnsucht, von seiner Größe zu reden, war seit dem Fiasko mit Danny Slowicz nicht geringer geworden. Es war, als hätte er alles, was er den Leuten hatte sagen wollen, in sich aufgestaut, es auf unzählige Spulen geistigen Tonbands aufgezeichnet und spielte es jetzt mit hoher Geschwindigkeit ab. Und er spie alle diese Verrücktheiten aus, und Nora wurde übel dabei.

Er erzählte ihr, wie er von Einstein erfahren hatte, von der Ermordung der Wissenschaftler, die im Rahmen des Francis-Projekts bei Banodyne die verschiedenen Forschungsprogramme geleitet hatten. Er wußte auch über den Outsider Bescheid, hatte aber keine Angst vor ihm. Er stehe, so erklärte er, an der Schwelle der Unsterblichkeit, und eine der letzten Aufgaben, die er erfüllen müsse, um seine Bestimmung zu erreichen, bestehe darin, sich in den Besitz des Hundes zu setzen. Ihm und dem Hund sei es bestimmt, zusammen zu sein, weil jeder von ihnen in dieser Welt einmalig war, ein Wesen ganz besonderer Art. Und sobald er, Vince, seine Bestimmung erfüllt habe, sagte er, könne nichts ihn aufhalten — nicht einmal der Outsider.

Die Hälfte der Zeit verstand Nora nicht, was er sagte. Wenn sie es verstanden *hätte,* so vermutete sie, würde sie ebenso wahnsinnig sein wie er.

Aber obwohl sie nicht immer mitbekam, was er meinte, wußte sie doch, was er mit ihr und Travis vorhatte, sobald er den Retriever in seine Gewalt gebracht haben würde. Zuerst hatte sie davor Angst, über ihr Schicksal zu sprechen, als würde sie es damit unwiderruflich machen. Aber zuletzt, als sie nur noch knappe acht Kilometer von dem Feldweg entfernt waren, der vom Highway zu ihrem Haus führte, sagte sie: »Sie werden uns doch nicht laufen lassen, wenn Sie den Hund haben, oder?«

Er starrte sie an, und sein Blick war wie eine Liebkosung. »Was meinst du denn, Nora?«

»Ich denke, Sie werden uns töten.«

»Natürlich.«

Es überraschte sie, daß diese Bestätigung ihrer Ängste sie nicht mit noch größerem Schrecken erfüllte. Seine selbstgefällige Antwort machte sie nur wütend, dämpfte ihre Furcht und steigerte gleichzeitig ihre Entschlossenheit, seine Pläne zunichte zu machen.

In diesem Augenblick wußte sie, daß sie eine radikal veränderte Frau war, die fast nichts mehr gemein hatte mit jener Nora vom vergangenen Mai, die durch die arrogante Selbstsicherheit dieses Mannes zu einem zitternden Häufchen geworden wäre.

»Ich könnte den Wagen von der Straße lenken und das Risiko eines Unfalls eingehen«, sagte sie.

»In dem Augenblick, in dem du am Steuer reißt«, sagte er, »würde ich dich erschießen müssen und dann versuchen, die Kontrolle über den Wagen zurückzubekommen.«

»Vielleicht könnten Sie das nicht. Vielleicht würden Sie auch sterben.«

»Ich? Sterben? Vielleicht. Aber ganz bestimmt nicht bei etwas so Belanglosem wie einem Verkehrsunfall. Nein, nein. Ich habe zu viele Leben in mir, um so einfach abzutreten. Und außerdem glaube ich nicht, daß du es versuchen wirst. Tief im Herzen glaubst du nämlich, daß dein Mann es irgendwie schaffen wird, dich und den Hund und sich zu retten. Da liegst du natürlich falsch. Aber du kannst einfach nicht aufhören, an ihn zu glauben. Dabei wird er gar nichts tun, weil er Angst haben wird, dir zu schaden. Ich werde mit einer Kanone hineingehen, die ich dir an den Bauch halte, und das wird ihn lange genug lähmen, daß ich ihm den Schädel runterblasen kann. Deshalb habe ich auch nur den Revolver. Er ist alles, was ich brauche. Seine Fürsorge für dich, seine Angst, dir zu schaden, wird ihn das Leben kosten.«

Nora erkannte, daß es sehr wichtig war, ihre Wut nicht zu zeigen. Sie mußte verängstigt wirken, schwach, ihrer selbst völlig unsicher. Wenn er sie unterschätzte, machte er vielleicht einen Fehler, der ihr einen kleinen Vorteil verschaffte.

Sie nahm nur eine Sekunde lang den Blick von der nassen Straße, schaute zu ihm hinüber und sah, daß er sie nicht amüsiert oder vielleicht voll kranker Wut anstarrte, wie sie das eigentlich erwartet hatte, auch nicht mit der ihr schon vertrauten kuhartigen Gleichmut, sondern eher mit einem Ausdruck der Zuneigung, ja vielleicht sogar der Dankbarkeit.

»Ich träume seit Jahren davon, eine schwangere Frau zu töten«, sagte er, als handele es sich dabei um ein um nichts weniger lohnendes Ziel, als ein Wirtschaftsimperium aufzubauen, die Hungrigen zu nähren oder die Kranken zu pflegen. »Ich habe mich nie in einer Situation befunden, wo das Risiko, eine schwangere Frau zu töten, niedrig genug war, um es zu rechtfertigen. Aber in diesem abgelegenen Haus, das ihr beide habt, werden die Umstände, sobald ich mit Cornell fertig bin, ideal sein.«

»Bitte, nicht«, sagte sie zitternd, spielte die Schwache, wobei sie das Beben in ihrer Stimme gar nicht erst vorzutäuschen brauchte.

Immer noch mit ruhiger Stimme, aber noch um eine Spur gefühlvoller als vorhin, sagte er: »Deine Lebensenergie wird freiwerden, immer noch jung und reich. Aber im Augenblick, da du stirbst, werde ich auch die Energie des Kindes empfangen. Und die wird vollkommen rein und unbenutzt sein, ein Leben, das von den vielen Seuchen dieser kranken, degenerierten Welt nicht befleckt ist. Du bist meine erste schwangere Frau, Nora, und ich werde immer an dich denken.«

Tränen schimmerten in ihren Augenwinkeln, und sie waren

nicht bloß Ergebnis ihrer Schauspielkunst. Obwohl sie *wirklich* daran glaubte, daß Travis einen Weg finden würde, diesem Mann entgegenzutreten, fürchtete sie dennoch, daß sie oder Einstein im Getümmel den Tod finden würden. Und sie wußte nicht, wie Travis damit fertigwerden würde, wenn er sie nicht alle retten konnte.

»Verzweifle nicht, Nora«, sagte Vince. »Du und dein Baby, ihr werdet nicht ganz aufhören zu existieren. Ihr beide werdet ein Teil von mir werden, und in mir ewig weiterleben.«

Travis nahm das erste Blech mit Plätzchen aus der Backröhre und stellte es zum Abkühlen ab.

Einstein kam schnüffelnd an, und Travis sagte: »Die sind noch zu heiß.«

Der Hund kehrte ins Wohnzimmer zurück, um durch das Fenster in den Regen hinauszublicken.

Kurz bevor Nora vom Highway abbog, glitt Vince vom Sitz, unter Fensterhöhe, um nicht gesehen zu werden. Er hielt die Waffe auf sie gerichtet. »Eine falsche Bewegung, und ich blas' dir das Baby aus dem Bauch.«

Sie glaubte ihm.

Sie bog in den schlammigen, schlüpfrigen Feldweg ein und fuhr den Hügel hinauf auf das Haus zu. Die überhängenden Zweige der Bäume schützten die Straße vor dem schlimmsten Regen, sammelten aber das Wasser auf den Blättern und schickten es in dicken Tropfen oder kleinen Rinnsalen auf den Boden.

Sie sah Einstein an einem der vorderen Fenster und versuchte sich irgendein Signal einfallen zu lassen, das ›Gefahr‹ bedeutete und das der Hund sofort verstehen würde. Aber es wollte ihr nichts einfallen.

Vince blickte zu ihr auf und sagte: »Fahr nicht bis ganz zur Scheune. Halt neben dem Haus an.«

Sein Plan war leicht zu durchschauen. Die Ecke des Hauses, wo sich Speisekammer und Kellertreppe befanden, hatte keine Fenster. Travis und Einstein würden den Mann nicht mit ihr aus dem Pick-up steigen sehen. Vince konnte sie um die Ecke treiben, hinauf auf die hintere Veranda und ins Innere des Hauses, ehe Travis bemerken würde, daß etwas nicht stimmte.

Vielleicht würden Einsteins Hundesinne die Gefahr spüren. Vielleicht. Aber ... Einstein war so krank gewesen.

Einstein trottete in die Küche. Er war sichtlich erregt.

»War das Nora?« fragte Travis.

JA.

Der Retriever ging zur hinteren Tür, vollführte einen ungeduldigen Tanz — und blieb dann wie erstarrt stehen, legte den Kopf schief.

Noras Chance kam, als sie es am allerwenigsten erwartete.

Als sie neben dem Haus hielt, die Handbremse einlegte und den Motor abschaltete, packte Vince sie und zerrte sie über den Sitz, auf seiner Seite nach draußen, weil das die Seite war, die dem Hinterende des Hauses zugewendet war und von den vorderen Fenstern aus am schwierigsten einzusehen war. Während er aus dem Wagen kletterte und sie an einer Hand hinter sich herzog, schaute er um sich, um sicherzugehen, daß Travis nicht in der Nähe war. Damit beschäftigt, konnte er den Revolver nicht so dicht auf Nora gerichtet halten wie vorher. Während sie über die Sitzbank rutschte — am Handschuhfach vorbei —, ließ sie den Deckel aufklappen und schnappte sich die Pistole. Vince mußte etwas gehört oder gefühlt haben, denn er schwang zu ihr herum — aber da war es bereits zu spät. Sie rammte ihm den Lauf der .38er in den Leib und drückte dreimal schnell hintereinander ab, ehe er seinerseits die Waffe heben und ihr den Schädel wegblasen konnte.

Sein Blick zeigte höchste Bestürzung. Er wurde gegen die Hauswand, nur einen Meter hinter ihm, geschleudert.

Ihre eigene Kaltblütigkeit erstaunte sie. Ein verrückter Gedanke kam ihr: daß niemand gefährlicher sei als eine Mutter, die ihre Kinder beschützte, selbst wenn ein Kind noch ungeboren und das andere ein *Hund* war. Sie feuerte nochmals, aus nächster Distanz, diesmal auf seine Brust.

Vince fiel mit dem Gesicht voran auf den feuchten Boden.

Sie wandte sich von ihm ab und fing zu rennen an. An der Hausecke wäre sie beinahe mit Travis zusammengestoßen, der in dem Augenblick über das Geländer der Veranda flankte und halb geduckt vor ihr landete, den Uzi-Karabiner in der Hand.

»Ich habe ihn getötet«, sagte sie, hörte die Hysterie in ihrer Stimme, kämpfte dagegen an. »Ich habe viermal auf ihn geschossen. Ich habe ihn getötet. Mein *Gott!*«

Travis richtete sich langsam aus der geduckten Stellung auf, noch verwirrt. Nora schlang die Arme um ihn und drückte den Kopf an seine Brust. Der kalte Regen prasselte auf sie beide nieder, doch Nora spürte Travis' lebende Wärme wie eine Köstlichkeit.

»Wer ...«, begann Travis.

Hinter Nora stieß Vince einen schrillen, atemlosen Schrei aus, rollte sich auf den Rücken und feuerte auf sie. Die Kugel traf Travis oben an der Schulter und warf ihn um. Fünf Zentimeter weiter rechts — und sie hätte Noras Kopf getroffen.

Fast wäre auch sie gestürzt, als Travis zu Boden ging, weil sie ihn festgehalten hatte. Aber sie ließ ihn schnell los und rannte nach links, vor den Wagen und aus der Schußlinie. Sie warf rasch einen Blick auf Vince, der mit einer Hand den Revolver hielt und sich die andere an den Leib preßte und aufzustehen versuchte.

Und bei diesem Blick, ehe sie hinter dem Pick-up in Dekkung ging, hatte sie kein Blut an dem Mann gesehen.

Was ging hier vor? Er konnte unmöglich drei Kugeln in den Bauch und eine in die Brust überlebt haben. Außer er war tatsächlich unsterblich.

Noch während Nora in Deckung ging, hatte Travis sich wieder aufgerappelt und saß jetzt im Schlamm. An *ihm* konnte man Blut sehen, das ihm von der Schulter über die Brust rann und sein Hemd durchtränkte. Er hatte immer noch die Uzi in der rechten Hand. Als Vince blindlings einen zweiten Schuß abgab, eröffnete Travis das Feuer aus der Uzi. Aber er war nicht besser dran als Vince; der Feuerstoß traf die Hauswand und ließ ein paar Querschläger gegen die Ladebrücke des Pickup prallen. Vergeudete Munition.

Er hörte zu schießen auf. »Scheiße!« Er rappelte sich auf.

»Hast du ihn erwischt?« fragte Nora.

»Er ist um die Hausecke entkommen«, sagte Travis und setzte ihm nach.

Vince mutmaßte, daß er sich der Unsterblichkeit nähere, sie beinahe erreicht habe. Er brauchte — höchstenfalls — ein paar weitere Leben. Jetzt, wo er seiner Bestimmung *so* nahe war, ausgelöscht zu werden — dagegen hatte er Vorsichtsmaßnahmen zu treffen. Wie beispielsweise die neueste und aufwendigste kugelsichere Weste aus Kevlar. Er trug eine unter seinem Pullover, und das war es, was die vier Schüsse aufgehalten hatte, die dieses Miststück auf ihn abgegeben hatte. Die Kugeln hatten sich an der Weste abgeplattet und überhaupt keine Wunde verursacht. Aber, Herrgott, weh hatten sie getan! Der Aufprall hatte ihn gegen die Hauswand geschleudert und ihm den Atem aus den Lungen gepreßt. Er fühlte sich, als hätte er auf dem Amboß eines Riesen gelegen, und jemand habe wiederholt einen Schmiedehammer auf seinen Leib niedersausen lassen.

Während er zusammengekrümmt zur Vorderseite des Hauses humpelte und versuchte, dieser verdammten Uzi zu entkommen, war er sicher, daß ihn im nächsten Augenblick eine Kugel im Rücken treffen würde. Aber irgendwie schaffte er es bis zur Ecke, stieg die Stufen zur Veranda hinauf und gelangte damit aus Cornells Schußlinie.

Vince bereitete es einige Befriedigung, daß er Cornell verwundet hatte, obwohl er wußte, daß die Verletzung nicht tödlich war. Jetzt, da er das Moment der Überraschung verloren hatte, stand ihm ein längerer Kampf bevor. Zum Teufel, die Frau schien fast so gefährlich zu sein wie Cornell selbst — eine verrückte Amazone.

Er hätte schwören mögen, daß die Frau etwas von einer furchtsamen Maus an sich hatte, daß es in ihrem Wesen lag, sich zu unterwerfen. Er hatte sie offensichtlich falsch eingeschätzt — und das machte ihn unruhig. Vince Nasco war es nicht gewöhnt, solche Fehler zu machen; Fehler beging ein Mensch niederen Grades, nicht aber ein von der Vorsehung Auserwählter.

Er rannte über die Veranda, überzeugt, Cornell sei hinter ihm her, und beschloß, ins Haus zu gehen, statt in Richtung Wald. Sie würden damit rechnen, daß er zu den Bäumen rannte, dort Deckung suchte und seine Strategie neu überdachte. Statt dessen würde er geradenwegs ins Haus eindringen und an einem Punkt in Stellung gehen, von dem aus er die beiden Türen vorn und hinten am Haus sehen konnte. Vielleicht gelang es ihm doch noch, sie zu überrumpeln.

Er kam an einem großen Fenster vorbei, strebte der vorderen Tür zu, als etwas durch das Glas geflogen kam.

Vince stieß einen überraschten Schrei aus und feuerte seinen Revolver ab, aber der Schuß bohrte sich in die Decke — und der Hund prallte hart gegen ihn. Die Waffe flog ihm aus der Hand, er wurde nach rückwärts geworfen. Der Hund klammerte sich an ihm fest, Krallen zerrten an seinen Kleidern, Zähne bohrten sich in seine Schulter. Das Geländer zerbrach, und sie fielen auf den Boden darunter.

Schreiend hämmerte Vince mit seinen großen Fäusten auf den Hund ein, bis der ihn jaulend losließ. Doch jetzt ging er ihm an die Gurgel, und er konnte ihn gerade noch rechtzeitig wegstoßen, um zu verhindern, daß er ihm die Luftröhre aufriß.

Sein geschundener Leib schmerzte immer noch dort, wo die Kugeln sich an der Kevlar-Weste plattgedrückt hatten, aber er rappelte sich auf und taumelte zur Veranda zurück, suchte seinen Revolver — und fand statt dessen Cornell. Er stand auf der Veranda und blickte auf Vince herab.

Vince verspürte eine mächtige Aufwallung von Selbstvertrauen. Er wußte, daß er die ganze Zeit recht gehabt hatte, daß er unbesiegbar war, unsterblich, weil er ohne Furcht in die Mündung der Uzi sehen konnte, ohne die *geringste* Furcht. Und deshalb grinste er Cornell an. »Schau mich an. *Schau her!* Ich bin dein schlimmster Alptraum.«

Cornell sagte: »Nicht im entferntesten«, und eröffnete das Feuer.

In der Küche saß Travis auf einem Stuhl, mit Einstein an seiner Seite, während Nora die Wunde versorgte. Dabei erzählte sie ihm, was sie über den Mann wußte, der sich zu ihr in den Wagen gedrängt hatte.

»Eine wilde Trumpfkarte, mit der keiner rechnen konnte«, sagte Travis. »Wie hätten wir ahnen sollen, daß es ihn gab.«

»Hoffentlich ist er die *einzige* wilde Karte im Spiel.«

Er zuckte zusammen, als Nora Alkohol und Jod über die Wunde goß, und dann noch einmal, als sie sie mit Gaze verband und den Verbandstreifen unter seiner Achselhöhle durchzog. Dann sagte er: »Mach nur nicht zuviel daraus. Die Blutung ist nicht so schlimm. Es ist keine Arterie getroffen.«

Es war ein glatter Durchschuß mit einer häßlichen Austrittswunde, und er hatte ziemlich große Schmerzen, aber er würde schon eine Weile durchhalten. Später würde er ärztliche Hilfe brauchen, vielleicht von Jim Keene, um Fragen zu entgehen, auf deren Beantwortung jeder andere Arzt sicherlich bestehen würde. Für den Augenblick war ihm nur wichtig, daß die Wunde fest genug verbunden war, um es ihm zu erlauben, den Toten zu beseitigen.

Auch Einstein war nicht ganz ungeschoren geblieben. Zum Glück hatte er sich keine Verletzungen zugezogen, als er sich durch das Fenster gestürzt hatte. Er schien sich auch keine Knochen gebrochen zu haben, hatte aber immerhin ein paar harte Schläge einstecken müssen. Da er von Anfang an nicht in besonders guter Verfassung gewesen war, sah er ziemlich übel aus — von Schlamm und Regen durchweicht und von Schmerzen gequält. Jim Keene würde sich auch seiner annehmen müssen.

Draußen regnete es heftiger denn je. Der Regen prasselte auf das Dach und gurgelte laut in den Dachrinnen und Fallrohren. Er peitschte auch gegen die Veranda und durch das zerschlagene Fenster. Aber sie hatten jetzt nicht die Zeit, an Wasserschaden zu denken.

»Dem Himmel sei Dank für den Regen«, meinte Travis. »Bei dem Wolkenbruch hat keiner die Schüsse gehört.«

Nora fragte: »Wo schaffen wir die Leiche hin?«

»Das überlege ich gerade.« Und zu überlegen fiel ihm schwer, denn der Schmerz in seiner Schulter pochte bis hinauf in den Kopf.

»Wir könnten ihn hier begraben, im Wald ...«, sagte sie.

»Nein. Dann würden wir immer wissen, daß er hier ist, und uns die ganze Zeit Sorgen machen, daß wilde Tiere ihn ausgraben oder daß ein Wanderer ihn findet. Nein, ich weiß etwas Besseres ... Es gibt Stellen am Coast Highway, wo wir bis an den Straßenrand fahren und warten können, bis kein Verkehr ist, und ihn dann einfach hinunterwerfen. Wenn wir uns eine Stelle aussuchen, wo das Meer bis an die Küstenfelsen herankommt, dann trägt die See ihn nach draußen, ehe jemand ihn bemerkt.«

Als Nora mit dem Verbinden fertig war, stand Einstein plötzlich auf und winselte. Er hob die Nase, schnüffelte. Dann ging er zur hinteren Tür, starrte sie einen Augenblick lang an und verschwand dann im Wohnzimmer.

»Ich fürchte, er ist schwerer verletzt, als es den Anschein hat«, sagte Nora und klebte den letzten Streifen Heftpflaster fest.

»Vielleicht«, sagte Travis. »Aber vielleicht auch nicht. Er war den ganzen Tag schon so komisch, seit du heute morgen weggefahren bist. Er meinte, es rieche nach einem schlechten Tag.«

»Da hat er recht«, sagte sie.

Einstein kam aus dem Wohnzimmer zurückgerannt, hetzte geradenwegs zur Speisekammer, schaltete das Licht ein und betätigte die Pedale, die die Buchstaben freigaben.

»Vielleicht hat er eine Idee, wie man die Leiche loswerden kann«, sagte Nora.

Während Nora die Flaschen mit Jod, Alkohol und das restliche Verbandsmaterial einsammelte, schlüpfte Travis mit schmerzverzerrtem Gesicht in sein Hemd und ging in die Kammer, um zu sehen, was Einstein zu sagen hatte.

DER OUTSIDER IST DA.

Travis rammte ein neues Magazin in den Kolben der Uzi, steckte sich ein weiteres in die Tasche und gab Nora eine der Uzi-Pistolen, die in der Speisekammer verstaut waren.

Einsteins drängendes Verhalten ließ den Schluß zu, daß sie keine Zeit hatten, durch das ganze Haus zu gehen und die Läden zu schließen und zu verriegeln.

Der raffinierte Plan, den Outsider in der Scheune mit Gas zu betäuben, baute auf der Überzeugung auf, er werde sich nachts nähern und das Haus auskundschaften. Jetzt, da er bei hellichtem Tage gekommen war und seine Kundschafterarbeit getan hatte, während sie mit Vince beschäftigt gewesen waren, war dieser Plan nutzlos.

Sie standen in der Küche und lauschten, aber in dem prasselnden Regen war nichts zu hören.

Einstein konnte ihnen nicht exakter mitteilen, wo sich der Gegner befand. Sein sechster Sinn funktionierte noch nicht einwandfrei. Sie konnten von Glück reden, daß er die Bestie überhaupt wahrgenommen hatte. Die Angstgefühle, die ihn den ganzen Vormittag geplagt hatten, hatten sich allem Anschein nach überhaupt nicht auf den Mann bezogen, der mit Nora zum Haus gekommen war, sondern waren, auch wenn er selbst das nicht wußte, durch das Herannahen des Outsiders verursacht worden.

»Hinauf«, sagte Travis. »Gehen wir.«

Hier unten konnte die Kreatur durch Türen oder Fenster eindringen, aber im Obergeschoß würden sie wenigstens nur auf die Fenster zu achten haben. Und vielleicht schafften sie es sogar, an einigen die Läden zu schließen.

Nora ging mit Einstein die Treppe hinauf. Travis bildete die Nachhut, er ging rückwärts, die Uzi nach unten gerichtet. Die Anstrengung machte ihn benommen. Er merkte deutlich, wie der Schmerz und die Schwäche, die von seiner Schulterwunde ausgingen, sich jetzt in seinem ganzen Körper ausbreiteten wie ein Tintenfleck in einem Löschblatt.

Als sie im Obergeschoß das Treppenende erreichten, sagte er: »Wenn wir ihn hereinkommen hören, können wir uns zurückziehen und abwarten, bis er anfängt, nach oben zu klettern, und dann vortreten und ihn überraschen, ihn wegblasen.«

Sie nickte.

Sie mußten jetzt leise sein, ihm die Chance geben, sich unten hereinzuschleichen, ihm Zeit lassen, zu erkennen, daß sie sich im Obergeschoß befanden, warten, bis er dreist wurde und im Gefühl der Sicherheit die Treppe heraufkam.

Ein Blitz — der erste des Gewitters — entlud sich vor dem Fenster am Ende des Korridors, und der Donner krachte. Der Blitz schien den Himmel gespalten zu haben, und aller Regen, der noch in den Wolken gestaut war, brach in einem einzigen, mächtigen Guß über die Erde herein.

Am Ende des Korridors flog eines von Noras Bildern aus der Tür des Ateliers und krachte gegen die Wand.

Nora stieß einen überraschten Schrei aus, und einen Augenblick lang starrten sie alle drei dumm auf das Gemälde, das auf dem Boden lag, überlegten, ob sein poltergeistähnlicher Flug vielleicht vom Donnerschlag und dem Blitz ausgelöst worden sei.

Ein zweites Gemälde segelte aus dem Atelier, prallte gegen die Wand, und Travis sah, daß die Leinwand zerfetzt war.

Der Outsider war bereits im Haus.

Sie befanden sich am einen Ende des kurzen Flurs. Zu ihrer Linken lagen ihr Schlafzimmer und das künftige Kinderzimmer, zur Rechten das Bad und dahinter Noras Atelier. Das

Ding war nur zwei Türen von ihnen entfernt, in Noras Atelier, und demolierte ihre Bilder.

Ein weiteres Bild flog in den Flur.

Vom Regen durchnäßt, schlammbedeckt, immer noch von seinem Kampf gegen die Staupe geschwächt, bellte Einstein nichtsdestoweniger wild, versuchte den Outsider zu verscheuchen.

Die Uzi schußbereit, machte Travis einen Schritt in den Korridor hinein.

Nora packte ihn am Arm. »Nicht! Laß uns hier verschwinden!«

»Nein. Wir müssen uns ihm stellen.«

»Aber zu *unseren* Bedingungen«, sagte sie.

»Das sind jetzt die besten Bedingungen, die wir je bekommen werden.«

Zwei weitere Gemälde flogen aus dem Atelier und fielen klappernd auf den anwachsenden Haufen zerstörter Bilder.

Einstein hatte jetzt aufgehört zu bellen, und ein tiefes Knurren kam aus seiner Kehle.

Gemeinsam bewegten sie sich den Flur hinunter, auf die offene Tür von Noras Studio zu.

Travis' Erfahrung und seine Ausbildung sagten ihm, daß sie sich teilen, ausschwärmen mußten, statt als Gruppe ein einziges Ziel zu bilden. Aber dies hier war nicht Delta Force, und ihr Feind war auch kein gewöhnlicher Terrorist. Wenn sie sich aufteilten, würden sie einen Teil der Courage verlieren, die sie brauchten, sich dem Ding zu stellen. Die bloße Nähe des anderen verlieh ihnen Stärke.

Sie hatten die Hälfte des Weges zum Atelier zurückgelegt, als der Outsider einen schrillen Schrei ausstieß. Der eisige Ton durchfuhr Travis wie ein Stich und ließ ihn bis ins Mark erstarren. Er und Nora blieben stehen, aber Einstein machte zwei weitere Schritte, ehe er innehielt.

Der Hund zitterte heftig.

Jetzt bemerkte Travis, daß auch er zitterte. Und das Zittern verstärkte den Schmerz in seiner Schulter noch.

Mit einem Satz zur offenen Tür hindurch brach er den Bann, trat auf zerfetzte Bilder und jagte einen Feuerstoß ins Studio. Der Rückstoß der Waffe, wiewohl schwach, war wie ein Meißel, der gegen seine Wunde hämmerte.

Er traf nichts, hörte nichts schreien, sah keine Spur des Feindes.

Der Fußboden drinnen war übersät von einem Dutzend zerfetzter Gemälde und den Scherben der zerbrochenen Fensterscheibe, durch die das Ding sich Zutritt verschafft hatte, nachdem es auf das Dach der vorderen Veranda geklettert war.

Travis stand breitbeinig da. Wartete. Die Waffe in beiden Händen. Blinzelte, um den Schweiß aus den Augen zu kriegen. Versuchte den brennenden Schmerz an der rechten Schulter zu ignorieren. Wartete.

Der Outsider mußte sich links von der Türöffnung befinden — oder hinter der offenen Tür auf der rechten Seite, geduckt, sprungbereit. Wenn er ihm Zeit ließ, würde er des Wartens vielleicht müde werden und ihn anspringen, und dann konnte er ihn durch die Türöffnung mit einem Feuerstoß niedermähen.

Nein, er ist genauso schlau wie Einstein, sagte er sich. Würde Einstein so dumm sein und mich durch eine schmale Türöffnung anspringen? Nein. Nein, er wird etwas Intelligenteres tun, etwas Unerwartetes.

Der Himmel explodierte mit einem so mächtigen Donnerhall, daß die Fenster vibrierten und das Haus erzitterte. Ein Kettenblitz zischte über den Taghimmel.

Komm nur, du Schweinehund, zeig dich.

Er blickte zu Nora und Einstein, die ein paar Schritte von ihm entfernt standen, das Schlafzimmer auf der einen, das Badezimmer auf der anderen Seite, die Treppe hinter sich.

Er schaute wieder durch die Türöffnung, auf das Fensterglas in all dem Durcheinander auf dem Boden. Plötzlich war er überzeugt, daß der Outsider sich gar nicht mehr im Studio befand, daß er durch das Fenster nach draußen gestiegen war, auf das Dach der vorderen Veranda, und jetzt aus einem anderen Teil des Hauses wieder angriff, durch eine andere Tür, vielleicht aus einem der Schlafzimmer oder dem Badezimmer — oder sie vielleicht mit einem schrillen Schrei von der Treppe aus anfiel.

Er winkte Nora zu sich heran. »Gib mir Feuerschutz.«

Ehe sie etwas einwenden konnte, ging er geduckt durch die Tür ins Studio, wäre über all den Trümmern fast zu Fall gekommen. Aber er blieb auf den Füßen und schwankte herum, bereit, das Feuer zu eröffnen, falls das Ding vor ihm stehen sollte.

Es war fort.

Die Schranktür stand offen. Der Schrank leer.

Er ging zum eingeschlagenen Fenster und schaute vorsichtig auf das vom Regen überschwemmte Dach der Veranda hinaus.

Der Wind fing sich an den gefährlich scharfen Glassplittern, die noch aus dem Fensterrahmen stachen.

Er wandte sich um, tat einen Schritt in Richtung Flur. Er konnte Nora draußen stehen sehen, die ihn ansah, verängstigt, aber entschlossen die Uzi umklammernd. Hinter ihr öffnete sich jetzt die Tür zum künftigen Kinderzimmer — und *da* war es ... mit glühenden gelben Augen. Seine mächtigen Kinnladen öffneten sich weit, voll mit Zähnen, schärfer als die heimtückischen Glassplitter im Fensterrahmen.

Auch sie hatte es wahrgenommen, begann sich umzudrehen. Aber es schlug nach ihr, ehe sie die Gelegenheit zum Schießen hatte. Die Bestie riß ihr die Uzi aus den Händen.

Aber das Scheusal bekam keine Gelegenheit, ihr mit seinen rasiermesserscharfen, fünfzehn Zentimeter langen Klauen an den Leib zu gehen, denn im selben Augenblick, in dem es ihr die Uzi wegriß, griff Einstein fletschend an. Katzenartig schnell wandte der Outsider seine Aufmerksamkeit dem Hund zu. Er schnellte herum, die langen Arme, so als hätten sie mehr als nur ein Ellbogengelenk, sausten peitschenartig nieder. Er schnappte Einstein mit beiden scheußlichen Händen und hob ihn hoch.

Travis rannte quer durchs Studio zur Tür, hatte aber keine freie Schußline auf den Outsider, weil Nora zwischen ihm und dem scheußlichen Ding stand. Als Travis die Tür erreichte, schrie er, sie solle sich fallen lassen, damit er schießen könne, und das tat sie sofort — aber bereits zu spät. Der Outsider schleuderte Einstein ins Kinderzimmer und knallte die Tür zu, als wäre er ein böser, aus einem Alptraum gezeugter Schachtelteufel, der aus seinem Kasten gefahren und mit seiner Beute wieder darin verschwunden war — und alles in Sekundenschnelle.

Einstein jaulte, Nora rannte auf die Kinderzimmertür zu.

»Nein!« schrie Travis und riß sie beiseite.

Er zielte mit seinem automatischen Karabiner auf die verschlossene Tür und leerte den Rest des Magazins in sie, damit wenigstens dreißig Löcher ins Holz schlagend, schrie zwischen zusammengebissenen Zähnen auf, als Schmerz durch seine Schulter flammte. Es bestand ein gewisses Risiko, Einstein zu treffen, aber der Retriever befand sich in noch viel größerer Gefahr, wenn Travis das Feuer *nicht* eröffnete. Als der Karabiner aufhörte, Kugeln zu speien, riß Travis das leere Magazin heraus, holte das volle aus der Tasche und rammte es in die Gewehrkammer. Dann trat er die ruinierte Tür auf und betrat das Kinderzimmer.

Das Fenster stand offen, die Vorhänge bauschten sich im Wind.

Der Outsider war fort.

Einstein lag auf dem Boden an der Wand, reglos, mit Blut bedeckt.

Als Nora den Retriever sah, entrang sich ihr ein Laut der Qual.

Vom Fenster aus entdeckte Travis Blutflecken, die sich über das Dach der Veranda zogen. Der peitschende Regen würde sie in wenigen Augenblicken weggewaschen haben.

Er nahm eine Bewegung wahr und schaute zur Scheune hinüber, wo der Outsider gerade durch die große Tür verschwand.

Nora beugte sich über den Hund und sagte: »O mein Gott, Travis, mein Gott — nach allem, was er durchgemacht hat, muß er jetzt so sterben.«

»Ich hol' mir diesen Schweinehund, diesen Bastard«, stieß Travis durch die zusammengebissenen Zähne hervor. »Er ist in der Scheune.«

Sie folgte ihm zur Tür, und er sagte: »Nein! Ruf Jim Keene an und bleib dann bei Einstein. Bleib bei Einstein.«

»Aber *du* brauchst mich jetzt! Du kannst ihm nicht allein folgen.«

»*Einstein* braucht dich!«

»Einstein ist tot«, sagte sie unter Tränen.

»Sag das nicht!« brüllte er. Ihm war klar, wie irrational er sich verhielt, als glaubte er, Einstein werde erst dann wirklich tot sein, wenn sie *sagten*, er sei tot. Aber er hatte keine Gewalt über sich. »Sag nicht, daß er tot ist. Bleib hier bei ihm, verdammt. Ich hab' dieser Scheißausgeburt der Hölle bereits eins versetzt, ordentlich versetzt, glaube ich, sie blutet, und ich kann sie allein erledigen. Ruf Jim Keene an, und bleib bei Einstein.«

Er hatte außerdem noch Angst, all die Aufregung würde bei ihr zu einer Fehlgeburt führen — wenn das nicht ohnehin schon der Fall war. Dann würden sie nicht nur Einstein, sondern auch das Baby verloren haben.

Er rannte hinaus.

In deinem jetzigen Zustand darfst du nicht in die Scheune, sagte er sich. Du mußt zuerst ruhig werden. Nora aufzutragen, den Tierarzt zu einem toten Hund zu rufen und bei dem Hund zu bleiben, wenn er sie doch in Wirklichkeit an seiner Seite brauchte ... So ging das nicht. Es geht nicht, daß du deine Wut und deinen Rachedurst Gewalt über dich gewinnen läßt. Das geht nicht.

Aber er konnte nicht stehenbleiben. Sein ganzes Leben lang hatte er Menschen verloren, die er liebte. Und abgesehen von der Zeit bei Delta Force, hatte er nie etwas gehabt, dem er Schläge zurückversetzen konnte, weil man am Schicksal keine Rache nehmen kann. Selbst bei Delta war der Feind so gesichtslos gewesen — jene amorphe Masse aus Verrückten und Fanatikern, die den ›internationalen Terrorismus‹ repräsentierten —, daß es eine Art von Rache war, die wenig Befriedigung verschaffte. Aber hier war ein Feind von unvergleichbarer Bösartigkeit, ein Feind, der diesen Namen verdiente, und er würde ihn für das bezahlen lassen, was er Einstein angetan hatte.

Er raste durch den Flur, die Treppe hinunter, jeweils zwei, drei Stufen auf einmal nehmend, wurde von Übelkeit und Schwindel befallen, stürzte beinahe. Er packte das Geländer, hielt sich daran fest. Dabei stützte er sich auf den falschen Arm, und eine heiße Welle des Schmerzes lief durch seine verwundete Schulter. Er ließ das Geländer los, verlor das Gleichgewicht, fiel über die letzten zwei Stufen und prallte unten hart auf.

Sein Zustand war schlechter, als er gedacht hatte.

Die Uzi fest umklammernd, stand er auf und taumelte durch die hintere Tür auf die Veranda hinaus und über die Stufen hinunter in den Hof. Der kalte Regen machte seinen Kopf klar. Er blieb einen Augenblick auf dem Rasen stehen und ließ sich vom Sturm umwehen.

Das Bild von Einsteins zerschmettertem, blutigem Körper erstand vor seinem inneren Auge. Er dachte an die spaßigen Botschaften, die nie wieder auf dem Boden der Speisekammer ausgelegt werden würden. Dann an künftige Weihnachten, an denen Einstein nicht wieder in seiner Weihnachtsmütze herumtoben würde. Er dachte an Liebe, nie wieder gegeben, nie mehr empfangen, dachte an all die genialen kleinen Hündchen, die nie geboren werden würden, und das Gewicht all diesen Verlustes drückte ihn fast zu Boden.

Er schärfte seine Wut an seinem Leid, schliff seinen Zorn, bis er scharf war wie ein Rasiermesser.

Dann ging er zur Scheune.

Drinnen drängten sich die Schatten. Er stand an der offenen Tür, ließ den Regen auf Kopf und Rücken trommeln, spähte hinein, schaute mit zusammengekniffenen Augen in die Schwärze, hoffte die gelben Augen zu entdecken.

Nichts.

Er ging durch die Tür, tollkühn in seiner Wut, schob sich seitwärts zu den Lichtschaltern an der Nordwand. Doch selbst, als das Licht anging, konnte er den Outsider nicht sehen.

Er kämpfte gegen die Benommenheit an, biß die Zähne vor Schmerz zusammen, bewegte sich langsam weiter, vorbei an der freien Fläche, wo sonst der Pick-up stand, hinten an dem Toyota vorbei, dann an der Wagenseite entlang.

Der Speicherraum unterm Dach.

Nur noch ein paar Schritte, und er würde unter dem Speicherboden hervortreten. Wenn das Ding dort oben war, konnte es auf ihn herunterspringen …

Doch diese Spekulation erwies sich als Sackgasse, denn der Outsider war an der Hinterwand, vor dem Kühler des Toyota, kauerte dort auf dem Betonboden, wimmerte und hielt die beiden mächtigen, langen Arme an sich gepreßt. Der Boden rings um die Bestie war mit Blut beschmiert.

Travis stand fast eine Minute lang neben dem Wagen, fünf Meter von dem Geschöpf entfernt, und studierte es mit einer Mischung aus Ekel und Furcht, Schrecken und eigenartiger Faszination. Er glaubte die Körperformen eines Affen zu sehen, vielleicht eines Pavians — jedenfalls irgendeines Angehörigen der Gattung Affe. Aber es war weder vorwiegend eine Gattung noch lediglich ein Flickwerk erkennbarer Teile vieler verschiedener Tiere. Es war vielmehr ein Ding ganz für sich. Mit seinem übergroßen, knolligen Gesicht, den riesigen gelben Augen, dem ausladenden Kinn, den langen, gebogenen Zähnen, dem krummen Rücken, dem filzigen Fell und den zu langen Armen war es von furchterregender Eigenart.

Er starrte ihn an, wartete.

Er trat zwei Schritte vor, brachte die Waffe in Anschlag.

Der Outsider hob den Kopf, seine Kinnladen bewegten sich, ein scharrendes, brüchiges, undeutliches und doch verständliches Wort kam hervor, das Travis trotz des Heulens des Sturms hören konnte: »*Verwundet.*«

Travis war mehr erschrocken als erstaunt. Das Geschöpf war nicht dazu bestimmt gewesen, der Sprache mächtig zu sein, und doch besaß es die Intelligenz, Sprache zu lernen und Verständigung zu wünschen. Offenbar war jener Wunsch in den Monaten, in denen es Einstein verfolgt hatte, so groß geworden, daß es in gewissem Maße seine physischen Grenzen überschritten hatte. Es hatte Sprache geübt, Mittel und Wege gefunden, seinen unterentwickelten Sprechwerkzeugen und seinem zum Sprechen ungeeigneten Maul ein paar armselige Worte abzuringen. Travis erschreckte nicht der Anblick dieses Dämons, der sprach, sondern der Gedanke, wie verzweifelt dieses Ding den Wunsch verspürt haben mußte, sich mit jemandem, irgend jemandem, zu verständigen. Er wollte kein Mitleid haben, wagte nicht, es zu bemitleiden, denn er wünschte sich das Hochgefühl, es vom Erdboden getilgt zu haben.

»*Weit gekommen. Jetzt erledigt*«, sagte das Geschöpf unter ungeheurer Anstrengung, als müßte jedes Wort aus seiner Kehle gerissen werden.

Seine Augen waren zu fremdartig, um Mitgefühl zu erregen, jede seiner Gliedmaßen war unverkennbar ein Mordinstrument.

Indem es einen der langen Arme von seinem Körper löste, hob es etwas auf, das neben ihm auf dem Boden gelegen und das Travis bis jetzt nicht bemerkt hatte: eine der Mickymaus-Videokassetten, die Einstein zu Weihnachten bekommen hatte. Auf der Kassette war die berühmte Maus abgebildet, in der Kleidung, die sie immer trug, mit ihrem bekannten Lächeln, winkend.

»Micky«, sagte der Outsider, und so armselig und fremd und kaum verständlich seine Stimme auch war, irgendwie vermittelte sie doch ein Gefühl schrecklichen Verlustes und furchtbarer Einsamkeit. *»Micky.«*

Dann ließ die Kreatur die Kassette fallen, preßte wieder die Arme an den Leib und wiegte sich im Schmerz vor und zurück.

Travis trat einen weiteren Schritt vor.

Das scheußliche Gesicht des Outsiders war so abstoßend, daß das schon wieder eine Art Verfeinerung war. In seiner einzigartigen Häßlichkeit war es auf seltsame dunkle Weise fesselnd.

Als diesmal der Donner krachte, flackerten die Lampen in der Scheune und gingen beinahe aus.

Der Outsider hob den Kopf und sprach mit derselben kratzenden Stimme, aber in kalter, wahnsinniger Verzückung: *»Hund töten, Hund töten, Hund töten«*, und gab dabei ein Geräusch von sich, das Gelächter sein mochte.

Fast hätte er die Bestie in Stücke geschossen. Aber ehe er den Abzug betätigen konnte, ging das Gelächter des Outsiders in etwas über, das Schluchzen zu sein schien. Travis starrte ihn wie gebannt an.

Und während er Travis mit seinen Laternenaugen fixierte, sagte er wieder: *»Hund töten, Hund töten, Hund töten«*, aber dieses Mal schien er von Leid gequält, als begriffe er die Ungeheuerlichkeit des Verbrechens, das zu begehen ihn seine Gene gezwungen hatten.

Er blickte auf das Bild der Mickymaus auf der Kassette.

Schließlich sagte er flehentlich: *»Töte mich.«*

Travis wußte nicht, ob er mehr aus Wut oder mehr aus Mitleid handelte, als er den Abzug betätigte und das Magazin der Uzi in den Outsider entleerte. Was der Mensch begonnen hatte, beendete jetzt ein Mensch.

Als es getan war, fühlte er sich ausgepumpt.

Er ließ den Karabiner fallen und ging hinaus. Er fand nicht die Kraft in sich, zum Haus zurückzukehren. Also setzte er sich auf den Rasen, kauerte sich im Regen zusammen und weinte.

Er weinte immer noch, als Jim Keene den schlammigen Feldweg vom Coast Highway heraufgefahren kam.

ELF

1

Am Nachmittag des 13. Januar, einem Donnerstag, ließ Lem Johnson Cliff Soames und drei weitere Männer an der Abzweigung des Feldweges vom Pacific Coast Highway zurück. Sie hatten Anweisung, niemanden vorbeizulassen und hier auf Posten zu bleiben, bis Lem sie rief — falls es dazu kommen sollte.

Cliff Soames schien das etwas seltsam, aber er behielt seine Einwände für sich.

Lem erklärte, Travis Cornell sei ein ehemaliger Angehöriger von Delta, verfüge daher über beträchtliche Nahkampferfahrung, und es sei deshalb notwendig, vorsichtig mit ihm umzugehen. »Wenn wir angestürmt kommen, weiß er, sobald er uns sieht, wer wir sind, und könnte gewalttätig reagieren. Wenn ich allein hineingehe, kann ich ihn dazu bringen, mit mir zu sprechen, und vielleicht schaffe ich es, ihn zum Aufgeben zu überreden.«

Das war eine recht fadenscheinige Erklärung für ein so unorthodoxes Vorgehen und reichte nicht, Cliffs Stirnrunzeln zu vertreiben.

Lem waren Cliffs Stirnfalten gleichgültig. Er fuhr allein hin und parkte vor dem Haus.

Vögel sangen in den Bäumen. Der Winter hatte für kurze Zeit seine Macht über den nördlichen Küstenbereich Kaliforniens aufgegeben, und es war warm.

Lem stieg die Verandatreppe hinauf und klopfte.

Travis Cornell kam an die Tür und starrte ihn durch das Gitter der Tür an, ehe er sagte: »Mr. Johnson, nehme ich an.«

»Woher ... o ja, natürlich — Garrison Dilworth hat Ihnen ohne Zweifel von mir erzählt, als er seinen Anruf durchbekam.«

Zu Lems Überraschung öffnete Cornell die Tür. »Sie können gerne reinkommen.«

Cornell trug ein ärmelloses T-Shirt, allem Anschein nach wegen eines umfangreichen Verbandes, der den größten Teil seiner rechten Schulter bedeckte. Er führte Lem durch einen Vorraum in die Küche, wo seine Frau am Tisch saß und Äpfel schälte.

»Mr. Johnson«, sagte sie.

Lem lächelte und meinte: »Wie ich sehe, bin ich weithin bekannt.«

Cornell setzte sich an den Tisch und griff nach einer Tasse Kaffee. Lem bot er keinen Kaffee an.

Lem stand einen Augenblick lang verlegen da und setzte sich schließlich zu ihnen. Dann meinte er: »Nun, das war ja unvermeidbar, wissen Sie? Über kurz oder lang mußten wir Sie finden.«

Sie schälte Äpfel und sagte nichts. Ihr Mann starrte in seinen Kaffee.

Was stimmt mit denen nicht? fragte sich Lem.

Das glich nicht im entferntesten einer jener Szenen, wie er sie sich vorgestellt hatte.

Er war auf Panik vorbereitet gewesen, auf Zorn, auf Niedergeschlagenheit und vieles andere, aber nicht auf diese eigenartige Teilnahmslosigkeit. Es schien ihnen überhaupt nichts auszumachen, daß er sie endlich doch aufgespürt hatte.

»Interessiert es Sie nicht, wie wir Sie ausfindig gemacht haben?« fragte er.

Die Frau schüttelte den Kopf.

Cornell meinte: »Wenn Sie es uns wirklich sagen wollen, schön, dann machen Sie sich den Spaß.«

Lem runzelte verwirrt die Stirn und meinte: »Nun, eigentlich war es ganz einfach. Wir wußten, daß Mr. Dilworth Sie aus irgendeinem Haus oder Geschäftslokal einige Blocks entfernt von dem Park nördlich des Hafens angerufen haben muß. Also haben wir unsere Computer mit den Aufzeichnungen der Telefongesellschaft verkoppelt — mit deren Erlaubnis natürlich — und Leute darangesetzt, sämtliche Ferngespräche zu überprüfen, die in jener Nacht von allen Nummern im Umkreis des Parks geführt wurden. Das brachte nichts ein. Aber dann fiel uns ein, daß im Falle eines R-Gesprächs die Gebühren nicht der Nummer angelastet werden, von der aus das Gespräch geführt wird; sie erscheint in den Aufzeichnungen der

Person, die das R-Gespräch annimmt — und das waren Sie. Aber außerdem taucht sie auch noch in einer besonderen Registratur der Telefongesellschaft auf, damit sie das Gespräch bestätigen können, falls die Person, die das R-Gespräch angenommen hat, später die Zahlung ablehnt. Diese besondere Registratur, die übrigens sehr klein ist, haben wir durchsucht und dabei schnell ein Gespräch gefunden, das von einem Haus nördlich des Strandparks mit Ihrer Nummer hier geführt wurde. Als wir diese Adresse aufsuchten und mit den Leuten redeten — Essenby heißt die Familie —, kamen wir auf einen jungen Mann namens Tommy und konnten, auch wenn es einige Zeit in Anspruch nahm, herausbekommen, daß Dilworth tatsächlich ihr Telefon benutzt hatte. Der erste Teil war schrecklich zeitraubend, er hat Wochen und Wochen in Anspruch genommen. Aber dann ... Kinderspiel.«

»Wollen Sie jetzt einen Orden — oder was?« fragte Cornell.

Die Frau griff nach einem weiteren Apfel, viertelte ihn und begann ihn zu schälen.

Sie machten es ihm nicht leicht — aber seine Absichten waren auch ganz andere als die, die sie vermutlich erwarteten. Man konnte sie nicht dafür kritisieren, daß sie kühl blieben, wo sie doch nicht wußten, daß er als Freund gekommen war.

Er sagte: »Hören Sie, ich habe meine Leute unten am Highway gelassen. Ich hab' ihnen gesagt, Sie könnten vielleicht in Panik geraten, etwas Dummes tun, wenn Sie uns als Gruppe kommen sähen. Aber in Wirklichkeit bin ich gekommen, um ... Ihnen ein Angebot zu machen.«

Jetzt sahen ihn beide plötzlich interessiert an.

»Ich gebe diesen gottverdammten Job im Frühling auf«, fuhr er fort. »Warum ich das tue ... brauchen Sie nicht zu wissen, es geht Sie auch nichts an. Sagen wir einfach, daß ich eine Wandlung durchgemacht habe, daß ich gelernt habe, mit einem Mißerfolg zu leben, und jetzt macht mir so was keine Angst mehr.« Er seufzte und zuckte die Achseln. »Jedenfalls gehört der Hund nicht in einen Käfig. Mir ist es scheißegal, was die sagen und was die wollen — ich weiß, was richtig ist. Ich weiß, wie es ist, wenn man in einem Käfig steckt. Ich war den größten Teil meines Lebens in einem, bis vor ganz kurzer Zeit. Der Hund soll nicht wieder dahin zurück. Was ich vorschlagen werde, ist, daß Sie ihn jetzt von hier wegschaffen. Mr. Cornell, ihn durch den Wald bringen und irgendwo lassen, wo er in Sicherheit ist, dann zurückkommen und es hinter sich bringen. Sagen Sie, der Hund wäre vor ein paar Monaten weggelaufen, und Sie glaubten, daß er jetzt tot sein müsse oder in der Hand von Leuten, die sich gut um ihn kümmerten. Dann ist da immer noch das Problem des Outsiders, von dem Sie sicherlich auch wissen. Aber Sie und ich könnten uns ja überlegen, wie wir das angehen. Ich werde Männer anstellen, um Sie zu überwachen, aber nach ein paar Wochen ziehe ich die wieder ab und sage, das ganze hätte keinen Sinn ...«

Cornell stand auf und trat neben Lems Stuhl. Mit der linken Hand packte er ihn am Hemd und zog ihn in die Höhe. »Sie kommen sechzehn Tage zu spät, Sie Dreckskerl.«

»Was meinen Sie damit?«

»Der Hund ist tot. Der Outsider hat ihn getötet. Und ich habe den Outsider getötet.«

Die Frau legte ihr Schälmesser und ein Stück Apfel weg. Sie barg das Gesicht in den Händen, bewegte sich im Stuhl nach vorne und fing zu schluchzen an.

»O Jesus!« sagte Lem.

Cornell ließ ihn los. Verlegen und bedrückt zog Lem sich die Krawatte zurecht und glättete die Falten in seinem Hemd. Dann blickte er auf sein Hose hinab — und wischte auch die ab.

»O Jesus!«

Cornell war bereit, sie zu der Stelle im Wald zu führen, wo er den Outsider begraben hatte.

Lems Leute gruben ihn aus. Das Mißgeschöpf lag in Plastikbahnen gewickelt vor ihnen, aber sie brauchten die Hüllen nicht zu entfernen, um zu wissen, daß sie Yarbecks Outsider vor sich hatten.

Seit das Ding erschossen worden war, war kaltes Wetter gewesen, trotzdem stank es bereits.

Cornell wollte ihnen nicht sagen, wo er den Hund begraben hatte. »Er hatte nie die Chance, in Frieden zu leben«, erklärte er mürrisch. »Aber jetzt wird er, weiß Gott, in Frieden ruhen. Niemand wird ihn auf einen Autopsietisch legen und in Stükke schneiden. Kommt nicht in Frage.«

»In Fällen, wo es um die nationale Sicherheit geht, kann man Sie zwingen …«

»Lassen Sie sie ruhig«, sagte Cornell. »Wenn die mich vor einen Richter zerren und dort aus mir rauspressen wollen, wo ich Einstein begraben habe, dann erfährt die Presse von mir die ganze Geschichte. Aber wenn sie Einstein in Frieden lassen und mich und die meinen auch, dann halte ich den Mund. Ich habe nicht vor, nach Santa Barbara zurückzugehen und dort wieder als Travis Cornell anzufangen. Ich bin jetzt Hyatt und werde es auch bleiben. Mein altes Leben ist für immer vorbei. Es gibt keinen Grund, zurückzugehen. Und wenn die Regierung schlau ist, dann läßt sie mich Hyatt sein und kommt mir nicht in die Quere.«

Lem starrte ihn eine Weile an, nickte dann und sagte: »Ja. Wenn die schlau sind, denke ich, werden sie genau das tun.«

Etwas später am selben Tag, Jim Keene war gerade dabei, das Abendessen zuzubereiten, klingelte das Telefon. Es war Garrison Dilworth, dem Jim zwar nie persönlich begegnet war, den er aber im Laufe der letzten Wochen kennengelernt hatte, als er als Verbindungsmann zwischen dem Anwalt und Travis und Nora aufgetreten war. Garrison rief aus einer Telefonzelle in Santa Barbara an.

»Sind sie schon aufgetaucht?« frage der Anwalt.

»Heute am frühen Nachmittag«, erklärte Jim. »Dieser Tommy Essenby muß ein guter Junge sein.«

»Ja, wirklich nicht schlecht. Aber er ist nicht aus reiner Herzensgüte zu mir gekommen, um mich zu warnen. Er befindet sich in Auflehnung gegen jegliche Autorität. Als sie ihn unter Druck setzten und ihn schließlich dazu brachten, ihnen von dem Telefonat zu erzählen, das ich in jener Nacht aus seinem Haus führte, hat ihm das nicht gepaßt. Und deshalb kam Tommy, ebenso unvermeidbar wie ein Ziegenbock, der mit dem Kopf gegen eine Bretterwand rennt, geradewegs zu mir.«

»Die haben den Outsider mitgenommen.«

»Und was ist mit dem Hund?«

»Travis sagte ihnen, er werde ihnen das Grab nicht zeigen. Er hat ihnen klargemacht, daß es Riesenärger geben würde, wenn sie ihn unter Druck setzten, und daß er das ganze Kartenhaus zum Einsturz bringen würde.«

»Wie geht es Nora?« fragte Dilworth.

»Sie wird das Baby nicht verlieren.«

»Gott sei Dank. Das muß eine große Erleichterung für sie sein.«

Acht Monate später, an dem großen Labor-Day-Wochenende im September, trafen sich die Johnsons und die Gaines zu einer Grillparty im Haus des Sheriffs. Den größten Teil des Nachmittags spielten sie Bridge. Lem und Karen gewannen öfter, als sie verloren, was in diesen Tagen ungewöhnlich war, weil Lem nicht mehr mit dem fanatischen Drang, zu gewinnen, an das Spiel heranging, wie das früher einmal sein Stil gewesen war.

Er war im Juni aus der NSA ausgetreten. Seither lebte er von den Zinsen der Erbschaft, die ihm vor langer Zeit sein Vater hinterlassen hatte. Im nächsten Frühjahr hatte er vor, eine neue Tätigkeit aufzunehmen, irgendein kleines Geschäft, in dem er sein eigener Herr war und selbst über seine Zeit bestimmen konnte.

Als dann später am Nachmittag die Frauen in der Küche Salat machten, standen Lem und Walt am Grill und kümmerten sich um die Steaks.

»Dann kennt man dich in der Agency immer noch als den Mann, der die Banodyne-Krise verpatzt hat?«

»So wird man mich bis in alle Ewigkeit kennen.«

»Aber deine Pension kriegst du trotzdem?« fragte Walt.

»Nun, schließlich habe ich dreiundzwanzig Jahre für die geschuftet.«

»Trotzdem kommt es mir einfach nicht richtig vor, daß einer den größten Fall des ganzen Jahrhunderts versaut und mit sechsundvierzig mit voller Pension einfach das Weite sucht.«

»Drei Viertel meiner Pension.«

Walt atmete tief ein und genoß den duftenden Rauch, der von den Steaks aufstieg. »Trotzdem. Ich möchte wissen, was aus unserem Land geworden ist. In weniger liberalen Zeiten hätte man Versager wie dich ausgepeitscht und zumindest an den Pranger gestellt.« Er holte noch einmal tief Luft und sagte: »Erzähl mir noch einmal, wie das in der Küche bei den beiden war.«

Lem hatte es schon hundertmal erzählt, aber Walt wurde

nie müde, es immer wieder zu hören. »Nun, das ganze Haus war wie aus dem Schächtelchen. Richtig blitzsauber. Und Cornell und seine Frau sind auch selber äußerst gepflegt. Und dann sagen sie mir, der Hund sei seit zwei Wochen tot, tot und begraben. Cornell kriegt seinen Wutanfall, zerrt mich am Hemd aus dem Stuhl und funkelt mich an, als würde er mir gleich den Kopf abreißen. Als er mich losläßt, ziehe ich mir die Krawatte zurecht, glätte mein Hemd ... und schau' an meiner Hose runter, irgendwie gewohnheitsmäßig — da sehe ich diese goldenen Haare. Hundehaare. Von einem *Retriever*, verdammt. Kann es nun wirklich sein, daß diese ordnungsliebenden Menschen, ganz besonders, wo sie doch die Zeit totschlagen und sich selbst von der Tragödie ablenken müssen, wirklich nicht die Zeit haben, in mehr als zwei Wochen das Haus sauberzumachen?«

»Deine *ganzen* Hosenbeine waren voller Haare«, sagte Walt. »Hunderte von Haaren.«

»Als ob der Hund gerade noch dagesessen hätte, Minuten, bevor du reinkamst.«

»So, als hätte ich mich, wenn ich zwei Minuten eher gekommen wäre, auf den Hund selber gesetzt.«

Walt drehte die Steaks auf dem Grill um. »Du bist ein Mann mit ausgezeichneter Beobachtungsgabe, Lem, und damit hättest du in deinem Beruf sehr weit kommen müssen. Ich begreife einfach nicht, wie du es bei all deinen Talenten fertiggebracht hast, den Banodyne-Fall so gründlich zu verpatzen.«

Sie lachten beide, wie immer.

»Einfach Glück, schätze ich«, sagte Lem, wie immer, und dann lachte er wieder.

3

Als James Garrison Hyatt am 28. Juni seinen dritten Geburtstag feierte, erwartete seine Mutter sein künftiges Schwesterchen.

Sie feierten eine Party in dem Holzhaus an den bewaldeten Hängen über dem Pazifik. Weil die Hyatts vorhatten, bald in ein neues, größeres Haus ein Stück weiter oben an der Küste zu ziehen, sollte es eine unvergeßliche Party werden, nicht nur zur Feier des Geburtstages, sondern auch als Abschied von dem Haus, das erste Zuflucht der Familie gewesen war.

Jim Keene kam mit Pooka und Sadie, seinen zwei schwarzen Labradors, und seinem jungen Golden Retriever Leonardo, der gewöhnlich Leo gerufen wurde, aus Carmel herauf. Ein paar enge Freunde kamen aus dem Immobilienbüro, wo Sam — Travis, wie ihn alle nannten — in Carmel Highlands arbeitete, und aus der Galerie, wo Noras Gemälde ausgestellt und verkauft wurden. Auch diese Freunde brachten ihre Retriever, alles Nachkommen des zweiten Wurfs von Einstein und seiner Gefährtin Minnie.

Nur Garrison Dilworth fehlte. Er war im vergangenen Jahr im Schlaf gestorben.

Sie hatten einen wunderschönen Tag, verbrachten herrliche Stunden, nicht nur, weil sie Freunde waren und es ihnen Freude bereitete, zusammen zu sein, sondern auch deshalb, weil sie ein geheimes Wunder miteinander teilten, eine Freude, die sie für alle Zeiten zu einer weitverzweigten Familie verband.

Auch die Angehörigen des ersten Wurfes, die wegzugeben Travis und Nora einfach nicht ertragen hätten und die ebenfalls in dem Holzhaus lebten, waren anwesend: Mickey, Donald, Daisy, Huey, Dewey und Louie.

Die Hunde hatten sogar noch mehr Spaß als die Leute. Sie tollten auf dem Rasen herum, spielten im Wald Verstecken und sahen sich im Wohnzimmer am Fernseher Videos an.

Der Hundepatriarch beteiligte sich an einigen der Spiele, verbrachte aber den größten Teil seiner Zeit mit Travis und Nora und hielt sich wie üblich dicht bei Minnie. Er hinkte — das würde er den Rest seines Lebens tun —, weil sein rechtes Hinterbein von dem Outsider brutal verstümmelt worden war und wohl überhaupt nicht mehr zu benutzen gewesen wäre, wenn sein Tierarzt sich nicht ganz besondere Mühe gegeben hätte.

Travis fragte sich oft, ob der Outsider Einstein mit Gewalt gegen die Wand des Kinderzimmers geschleudert und dann angenommen hatte, er wäre tot. Vielleicht auch hatte das Ding in dem Augenblick, da das Leben des Retrievers ihm anheimgestellt war, in sich einen Tropfen Barmherzigkeit gefunden, den seine Schöpfer nicht in ihn hineingeplant hatten, der irgendwie aber dennoch dagewesen war. Vielleicht erinnerte er sich an das eine Vergnügen, das er und der Hund im Labor geteilt hatten — die Trickfilme. Und indem er sich daran erinnerte, hatte er in sich vielleicht zum erstenmal die schwache Möglichkeit, vielleicht doch wie andere lebende Wesen zu sein, gesehen. Und indem er diese Gemeinsamkeit erkannte, konnte er in diesem Augenblick Einstein vielleicht nicht so einfach töten. Schließlich hätte er ihm mit seinen mächtigen Krallen mühelos den Leib aufschlitzen können.

Obwohl Einstein jetzt hinkte, hatte er dank Jim Keene die Tätowierung im Ohr verloren. Niemand würde je beweisen können, daß er der Hund von Banodyne war. Und wenn Einstein wollte, konnte er immer noch sehr gut den ›dummen Hund‹ spielen.

Hier und da während Jimmys Geburtstagparty betrachtete Minnie ihren Gefährten und ihre Nachkommen gebannt und verwirrt zugleich, wunderte sich aufs neue über ihre Possen und ihr Verhalten. Obwohl sie sie nie ganz verstehen konnte, erhielt doch keine andere Hundemutter je auch nur die Hälfte der Liebe, die ihr von ihren Kindern entgegengebracht wurde. Sie wachte über sie, jene bewachten sie, jeder des anderen Behüter.

Als jener schöne Tag in Dunkelheit endete — die Gäste waren gegangen, Jimmy schlief in seinem Zimmer, und Minnie und ihr erster Wurf legten sich für die Nacht zur Ruhe —, versammelten sich Einstein, Travis und Nora vor der Speisekammer.

Der Buchstabenspender war verschwunden. An seiner Stelle stand ein IBM-Computer auf dem Boden. Einstein nahm einen Stift ins Maul und tippte an die Tastatur. Die Botschaft erschien auf dem Bildschirm.

SIE WACHSEN SCHNELL.

»Ja, das tun sie wohl«, sagte Nora. »Deine schneller als unsere.«

EINES TAGES WERDEN SIE ÜBERALL SEIN.

»Eines Tages wird es sie auf der ganzen Welt geben«, sagte Travis. »Man muß sich nur genügend Zeit lassen, und es wird eine Menge Würfe brauchen.«

SO WEIT VON MIR. DAS IST TRAURIG.

»Ja, das ist es«, sagte Nora. »Aber früher oder später fliegen alle jungen Vögel aus dem Nest.«

UND WENN ICH NICHT MEHR BIN?

»Was meinst du?« fragte Travis und beugte sich hinunter und zerzauste ihm das dicke Fell.

WERDEN SIE SICH AN MICH ERINNERN?

»O ja, Pelzgesicht«, sagte Nora, kniete neben ihm nieder und drückte ihn an sich. »Solange es Hunde gibt und Menschen, die es verdienen, mit ihnen zu gehen, werden sich alle an dich erinnern.«

In der Kälte der Nacht

Für Gerda

Vorwort

Auch wenn ich das nicht wünsche – ich kann nicht ausschließen, daß bei dem einen oder anderen Leser, wenn er dieses Buch aus der Hand legt, ein Gefühl des Unbehagens und der Angst zurückbleibt. Die meisten freilich werden ›Night Chills‹ lesen in dem Vertrauen darauf, daß es sich um eine fiktive Geschichte handelt, um einen Roman, der das Thema Besessenheit und Reinkarnation literarisch auslotet. Ich gebe zu, ich habe den Stoff so verarbeitet, daß er dem Bedürfnis der Leser nach Unterhaltung Rechnung trägt. Aber was ich geschrieben habe, ist kein Produkt meiner Fantasie. Die Dinge, von denen in ›Night Chills‹ die Rede ist, sind Realität. Eine Realität, die sich schon heute in unser aller Leben widerspiegelt.

Seit 1957 schon wissen wir, daß es möglich ist, das menschliche Unterbewußtsein mit Hilfe sogenannter *Unterschwelliger Botschaften* zu manipulieren. In jenem Jahr führte James Vicary der Öffentlichkeit sein neuentwickeltes Tachistokop vor, eine Anordnung technischer Gerätschaften, die es gestattet, Bilder in so rascher Folge auf eine Leinwand oder auf einen Fernsehschirm zu projizieren, daß sie zwar vom Unterbewußtsein des Betrachters, aber nicht mehr von seinem Auge wahrgenommen werden. Wie ich im zweiten Teil meines Buches ausführen werde, ist das Tachistokop inzwischen von weitaus raffinierteren, gefährlicheren Methoden abgelöst worden.

Wer das besorglich findet und deshalb vielleicht nicht mehr gut schlafen kann, sollte das zehnte Kapitel im ersten Teil meines Buches am besten ganz überschlagen. Dort wird nämlich ein Gerät beschrieben, mit dem man die Privatwohnung jedes beliebigen Anschlußinhabers eines Telefons abhören kann, natürlich ohne daß der Belauschte davon erfährt. Das Gerät existiert. Robert Farr, ein Experte für elektronischen Datenschutz, hat ein Buch über dieses Thema geschrieben.

In meinem Buch ist von einer Droge die Rede. Diese Droge ist das einzige Element der Romanhandlung, das dem Bereich der Fantasie zuzuordnen ist. Es gibt sie nicht. Noch nicht.

Die Methoden, das Unterbewußtsein mit optisch nicht mehr

wahrnehmbaren Kurzbotschaften zu beeinflussen, sind von Werbefachleuten entwickelt worden. Die Fachleute sagen, es liegt nicht in ihrer Absicht, auf eine Welt von Robotern hinzuarbeiten. Indes, wir leben in einem Jahrhundert des Wandels. Wie andere Fachleute auch, so werden die Erfinder der genannten Manipulationstechniken die Erfahrung machen, daß es Nachahmer gibt, die bei der Anwendung der neuen Verfahren von keinerlei Skrupeln geplagt werden.

Der Beginn

Samstag, der 6. August 1977

Der Weg war ungepflastert und schmal, und die Zweige der Lärchen, der Rottannen und Pinien hingen so tief, daß sie vom Dach des Landrover erfaßt wurden.

»Halt«, befahl Rossner.

Holbrook, der am Steuer saß, war ein großgewachsener Mann Anfang Dreißig. Er hielt das Steuer umklammert, und Rossner sah, daß die Knöchel weiß waren. Er zog das Steuer nach rechts, bremste und brachte den Wagen in einer Lücke zwischen den Bäumen zum Halten. Er schaltete die Scheinwerfer aus, die Armaturenbrettbeleuchtung ließ er brennen.

»Prüf deine Waffe«, sagte Rossner.

Beide trugen eine SIG-Petter im Schulterhalfter, die beste automatische Pistole, die es gab. Sie vergewisserten sich, daß die Magazine gefüllt waren. Wer sie betrachtete, wurde an Tänzer erinnert, die eine einstudierte Choreographie abspulten, ein Ritual, das sie tausendmal geübt hatten.

Sie verließen das Fahrzeug.

Es war drei Uhr nachts. Der Wald war still und dunkel. Sie waren im Staate Maine.

Holbrook öffnete die Hecktür, im Innern des Rovers leuchtete eine Lampe. Er zog die Persenning zur Seite. Zum Vorschein kamen zwei Paar hüfthohe Gummistiefel, zwei Taschenlampen und eine Reihe weiterer Ausrüstungsgegenstände.

Rossner war kleiner und schlanker als Holbrook, er war auch schneller in seinen Bewegungen. Er war zuerst mit dem Stiefelanziehen fertig. Er ging zum Wagen zurück, um den Rest der Ausrüstung auszuladen. Wichtigstes Stück war ein zylindrischer Tank, ähnlich den Preßluftflaschen, die beim Tauchen Verwendung finden. Es gab zwei solcher Tanks, und an jedem hing ein Schlauch, der in einem Mundstück aus rostfreiem Stahl endete.

Sie schnallten sich die Tanks um, einer half dem anderen. Sie vergewisserten sich, daß die Waffen trotz der festgeschnallten

Gurte erreichbar waren. Sie machten ein paar Schritte in der Runde, um sich an das Gewicht auf dem Rücken zu gewöhnen.

Es war 3 Uhr 10 als Rossner einen Kompaß aus der Tasche zog. Er prüfte die Himmelsrichtung im Licht der Taschenlampe, dann steckte er den Kompaß wieder fort.

Der Marsch begann. Rossner ging voran, Holbrook folgte ihm. Holbrook war geschickt und leise in seinen Bewegungen, was ungewöhnlich war für einen Mann seiner Körpergröße.

Es ging bergan. Das Terrain wurde so schwierig, daß sie innerhalb einer halben Stunde zweimal eine kurze Rast einlegen mußten. Um 3 Uhr 40 kam das Big-Union-Sägewerk in Sicht. In einer Entfernung von dreihundert Schritten zur Rechten war ein Komplex von zwei- und dreistöckigen schindelgedeckten Häusern zu erkennen. In allen Fenstern war Licht, es gab außerdem starke Bogenlampen, die den eingefriedeten Lagerplatz des Sägewerkes mit ihrem geisterhaften blau-weißen Schein übergossen. Aus dem Hauptgebäude drang das Kreischen und Dröhnen der automatischen Sägen. Das Poltern der Stämme und Bretter war zu hören und das Krachen der Werkstücke, die vom Förderband in große Metallbehälter gespuckt wurden.

Rossner und Holbrook umrundeten das Sägewerk in vorsichtigem Abstand. Es war vier Uhr geworden, als sie den höchsten Punkt des Bergrückens erreichten.

Es war nicht schwer, den künstlichen See auszumachen. In der Oberfläche spiegelte sich das Licht des Mondes, ein Teil des Gewässers war von einem zweiten Bergrücken verdeckt. Die Form des Sees war oval, die größte Länge betrug 300 Meter, die größte Breite 200 Meter. Gespeist wurde der See von einer Quelle, die am nördlichen Ende entsprang. Das Big-Union-Sägewerk verwendete das Wasser zur Lagerung von Stämmen, zugleich diente der See der Trinkwasserversorgung von Black River, einer Ortschaft, die fünf Kilometer entfernt in der Talsenke lag.

Sie pirschten sich an dem mannshohen Maschendrahtzaun entlang, bis sie an den Haupteingang gelangten. Die Umzäunung war angelegt worden, um das Wild vom Gelände des Sägewerks fernzuhalten. Das Tor war nicht verschlossen.

Sie schlüpften durch den Eingang.

Im Schatten des Bergrückens watete Rossner in den See. Schon nach drei Metern ging ihm das Wasser bis zu den Aufschlägen der hüfthohen Stiefel. Die Uferböschung fiel steil ab, der See war in der Mitte achtzehn Meter tief.

Rossner löste den Verschluß des Schlauchs und drückte auf einen Knopf an der Wandung des Tanks. Ein Zischen war zu hören, als die chemische Substanz aus dem metallenen Stutzen strömte. Die Substanz war geruch- und geschmacklos. Rossner hielt den Stutzen unter Wasser und bewegte ihn, soweit es ging, hin und her, um die ausströmende Substanz zu verteilen.

Es dauerte zwanzig Minuten, dann war der Tank leer. Rossner steckte den Schlauch am Tank fest. Er sah auf und erkannte Holbrook, der am gegenüberliegenden Ende des Sees aus dem Wasser watete.

Sie trafen sich am Tor.

»Okay?« fragte Rossner.

»Okay.«

Es war 5 Uhr 10, als sie den Wagen erreichten. Sie holten Schaufeln heraus, die beim Werkzeug lagen, und gruben zwei Löcher in den Waldboden. Sie verscharrten die leeren Tanks, die Gummistiefel, die Halfter und die beiden Waffen.

Holbrook fuhr. Zwei Stunden lang ging es über Feldwege. Sie überquerten den St. John auf einer Holzbrücke. Auf der anderen Seite begann ein mit Splitt bestreuter Weg. Um halb neun rollte der Wagen auf einer asphaltierten Straße dahin.

Rossner hatte das Steuer übernommen. Sie sprachen nicht miteinander.

Mittags um halb eins ließ sich Holbrook vor dem ›Starlite Motel‹ absetzen, wo er ein Zimmer reserviert hatte. Er knallte die Wagentür zu, ohne sich zu verabschieden. Er ließ sich am Empfang seinen Schlüssel geben, ging auf sein Zimmer und verriegelte die Tür. Er nahm neben dem Telefon Platz und wartete.

Rossner hatte an der Sunoco-Station aufgetankt. Er bog auf die Schnellstraße 95 ein, passierte Waterville und Augusta, dann bog er Richtung Portland ab. An einer Raststätte machte er halt, er parkte den Wagen in der Nähe der Telefonzellen. Die Nachmittagssonne spiegelte sich in den Scheiben des Restaurants. Von den Kühlerhauben der geparkten Autos stieg flimmernde Luft in den Himmel.

Rossner warf einen Blick auf die Uhr. Es war 3 Uhr 35. Er blieb im Wagen sitzen und lehnte sich zurück. Er schloß die Augen. In Abständen von fünf Minuten sah er aufs Zifferblatt. Als die Uhr

3 Uhr 55 zeigte, verließ er den Wagen und ging zur letzten Telefonzelle in der Reihe.

Um vier Uhr begann das Telefon zu läuten.

Er nahm ab. »Rossner.«

Die Stimme am anderen Ende war kalt und hart. »Ich bin der Schlüssel, Mr. Rossner.«

»Ich bin das Schloß«, sagte Rossner.

»Wie ist's gelaufen?«

»Ganz nach Plan.«

»Sie waren nicht da, als ich um halb vier anrief.«

»Ich bin fünf Minuten zu spät gekommen, tut mir leid.«

Die Stimme schien zu zögern. Dann: »Sie verlassen die Schnellstraße an der nächsten Abfahrt. Sie biegen auf State Route ein. Sie beschleunigen den Wagen auf mindestens einhundertfünfzig Stundenkilometer. Nach drei Kilometern macht die Straße einen scharfen Knick. Sie erkennen die Stelle an der Begrenzung aus Feldsteinen. Sie fahren geradeaus, in die Mauer, mit einhundertfünfzig Stundenkilometern.«

Rossners Blick fiel auf eine junge Frau, die vom Restaurant zu ihrem roten Sportwagen unterwegs war. Die Frau trug weiße Shorts, an denen die schwarze Naht zu erkennen war. Eine hübsche Frau mit langen Beinen.

»Glenn?«

»Ja, Sir?«

»Haben Sie mich verstanden?«

»Ja.«

»Dann wiederholen Sie, was ich gesagt habe.«

Rossner wiederholte die empfangenen Anweisungen.

»Sehr gut, Glenn. Und nun *tun* Sie's.«

»Ja, Sir.«

Rossner kehrte zu seinem Landrover zurück, setzte sich hinters Steuer, startete den Motor und fädelte sich in den regen Verkehr auf der Schnellstraße ein.

Holbrook saß in seinem Zimmer, die Lichter waren gelöscht. Er hatte den Fernseher angestellt, aber er verfolgte das Programm nicht. Einmal war er ins Bad gegangen, um einen Schluck Wasser zu trinken, seine Abwesenheit hatte nur wenige Sekunden gedauert, er hatte die Tür offengelassen.

Um 4 Uhr 10 läutete das Telefon.

Er nahm ab. »Holbrook.«

»Ich bin der Schlüssel, Mr. Holbrook.«

»Ich bin das Schloß.«

Der Anrufer sprach eine halbe Minute lang. »Wiederholen Sie, was ich gesagt habe.«

Holbrook wiederholte die Weisung.

»Sehr gut, Holbrook. Und nun *tun* Sie's.«

Holbrook legte den Hörer auf die Gabel zurück. Er ging ins Bad und ließ eine Wanne mit heißem Wasser einlaufen.

Glenn Rossner hatte die State Route erreicht. Er trat das Gaspedal bis zum Anschlag durch. Er hörte den Motor aufheulen. Die Häuser und Bäume flitzten vorbei, Schemen in einem immer schneller laufenden Film. Das Steuerrad zitterte in seiner Hand.

Er nahm den Blick erst von der Straße, als er die Mauer erspähte. Der Geschwindigkeitsmesser zeigt auf 160 km/h.

Sein eigenes Weinen hörte er nicht, nur das Dröhnen des Motors und das Donnern der Karosserie. Er biß die Zähne zusammen und erschauderte.

Als das Fahrzeug auf die Mauer aufprallte, wurde der Motorblock in Rossners Schoß katapultiert. Die Mauer barst, ein Regen von Feldsteinen ging nieder. Der Wagen überschlug sich, kam aufs Dach zu liegen und ging in Flammen auf.

Holbrook hatte sich entkleidet. Er stieg in die Wanne. Er ergriff die Rasierklinge, die er auf dem Rand der Wanne bereitgelegt hatte. Mit einem entschlossen geführten Schnitt schlitzte er sich die Vene am linken Handgelenk auf.

Als er sich das rechte Handgelenk aufschlitzen wollte, entglitt ihm die Klinge. Er fand sie im rasch dunkler werdenden Wasser und schnitt sich die Vene am linken Bein auf.

Dann legte er sich zurück und schloß die Augen.

Er glitt in die Dunkelheit hinein. Es tat nicht weh. Nach dreißig Minuten war er im Koma. Nach vierzig Minuten war er tot.

Sonntag, der 7. August 1977

Die Nachtschicht war ein Problem. Wenn Buddy Pellerini die Woche lang Nachtschicht gearbeitet hatte, konnte er – wenn das freie Wochenende kam – nicht einschlafen. Es war in der Nacht vom Samstag auf den Sonntag. Die Uhr stand auf vier. Buddy

Pellerini saß in der Küche seiner hübschen Apartmentwohnung und starrte auf die dunkle Straße hinaus. Er hatte das Radio, sein über alles geliebtes Radio, ganz leise gestellt. Eine kanadische Station, die rund um die Uhr sendete. Vor ein paar Sekunden hatte Buddy Pellerini eine Katze gesehen, die in einiger Entfernung die nächtliche Straße überquert hatte. Er hatte eine Gänsehaut bekommen bei dem Anblick.

Es gab zwei Dinge, die Buddy Pellerini haßte. Katzen und Spott. Er mochte die kleinen Raubtiere nicht, und er mochte es nicht, wenn sich jemand über ihn lustig machte.

Fünfundzwanzig Jahre lang hatte Buddy Pellerini mit seiner Mutter zusammengelebt. Zwanzig Jahre lang hatte es Katzen in Mutters Haushalt gegeben, zuerst Cäsar, dann Cäsar der Zweite. Irgendwie war seiner Mutter nie aufgefallen, daß die Katze schlauer war als ihr Sohn, schlauer und schneller. Die Katze lag auf dem Bücherbord, auf dem Schrank oder auf einer hochbeinigen Kommode und lauerte Buddy auf. Wenn der Junge vorbeigegangen war, sprang die Katze ihm in den Nakken. Sie fügte ihm keine Wunden zu, höchstens mal einen Kratzer. Aber sie krallte sich in Buddys Hemd fest, so fest, daß er sie nicht abschütteln konnte. Was dann passierte, war immer das gleiche, Buddy geriet in Panik. Er rannte eine Weile im Kreis herum, und dann raste er durch die verschiedenen Räume des Hauses auf der Suche nach seiner Mutter. Cäsar hing auf seinem Rücken und spuckte ihm ins Ohr. Es tat nicht weh. Was Buddy angst machte, war die Tatsache, daß der Angriff immer so plötzlich, ohne jede Vorwarnung kam. Aber Mutter sagte, die Katze will nur spielen.

Ein paarmal stellte sich Buddy dem Angriff aus eigenen Stükken. Er forderte die Katze heraus. Er wollte ihr klarmachen, daß er keine Angst vor ihr hatte. Wenn Cäsar auf dem Fensterbrett lag, um sich die Sonne auf den Pelz scheinen zu lassen, baute sich Buddy vor ihr auf und starrte sie an. Er verlor das Blickduell jedesmal. Buddy war nicht sehr selbstsicher, wenn es um das Gespräch mit anderen Menschen ging. Katzen gegenüber war er noch unsicherer. Er kam sich dann sehr dumm, sehr unterlegen vor.

Dann gab es noch den Spott der anderen, mit dem er sich herumzuschlagen hatte, aber das war nicht so schlimm wie die Katze. Spott kam nicht so plötzlich. Als kleiner Junge war Buddy von den anderen Kindern erbarmungslos gehänselt worden. Er hatte das ertragen gelernt. Auf Spott konnte man sich innerlich einstellen. Buddy war nicht dumm, er hatte verstanden, daß er *anders* war. Wäre sein Intelligenzquotient etwas niedriger gewesen, er wäre sich seiner Andersartigkeit nicht einmal bewußt geworden. Wäre der Intelligenzquotient höher gewesen, so hätte Buddy es mit Katzen und grausamen Spielgefährten aufnehmen können. So aber badete er etwas aus, was er gar nicht verschuldet hatte. Buddys geistige Fähigkeiten waren nicht voll entwikkelt. Folge eines technischen Versagens im Krankenhaus, wo er einst zur Welt gekommen war. Er war fünf Wochen zu früh geboren worden, und das Brutgerät hatte nicht richtig funktioniert.

Als Buddy fünf war, kam sein Vater bei einem Arbeitsunfall im Sägewerk ums Leben. Zwei Wochen später kam Cäsar ins Haus. Wenn Vater den Unfall nicht gehabt hätte, es hätte keine Katzen in Buddys Leben gegeben. Keine Katzen und keine Menschen, die sich über ihn lustig machten.

Es war zehn Jahre her, daß seine Mutter gestorben war. Buddy war damals 25 gewesen. Gleich nach Mutters Tod hatte er eine Stellung bei der Big Union Supply Company angenommen. Es blieb unklar, ob man ihm den Job nur aus Mitleid gegeben hatte; Buddy sprach nicht darüber. Er war Werkschutzmann geworden, einer der Männer, die das Gelände der Sägemühle bewachten. Buddys Dienst ging von Mitternacht bis acht Uhr früh, er arbeitete an fünf Tagen in der Woche. Er ging Wache, hielt nach defekten Kabeln Ausschau, nach Funken, nach Feuer. Er war stolz auf seinen Job, und nachdem er die Arbeit zehn Jahre lang machte, hatte er ein gewisses Maß innerer Sicherheit gewonnen. Buddy hatte eine Aufgabe.

Manchmal allerdings kam er sich wie ein Kind vor. Immer dann, wenn sie ihn demütigten. Sie, das waren seine Kollegen. Sie machten Witze über ihn, Witze, deren Bedeutung er nicht verstand. Sein Vorgesetzter war Ed McGrady. Ein Mensch, der keiner Fliege etwas zuleide tat. Allerdings grinste er, wenn die anderen Buddy verspotteten. Er sagte dann immer, Männer, laßt das doch sein, aber er grinste.

Das war auch der Grund, warum Buddy für sich behielt, was er in jener Nacht beobachtet hatte. Er wußte, die Kollegen würden sich über ihn lustig machen, wenn er die Wahrheit sagte.

Die Sache war jetzt 24 Stunden her. Buddy hatte den eingefriedeten Platz verlassen, er war in den Wald gegangen, um zu pinkeln. Er ging nicht gerne auf eines der betriebseigenen Pissoirs. Dort waren die Witze der Kollegen am deftigsten. Er stand im Schutz einer mächtigen Pinie, als er die beiden Männer aus dem Wasser kommen sah. Sie hielten Taschenlampen in der Hand, die gelben Lichtkegel tanzten ihnen voraus. Sie gingen an ihm vorüber, in fünf Schritt Entfernung. Er sah ihre hüfthohen Stiefel. Wie Angler, dachte er. Aber in dem künstlichen See gab es keine Fische. Und dann war da noch etwas. Die beiden trugen zylindrische Tanks auf dem Rücken. Wie die Taucher, die man im Fernsehen sah. Sie trugen Waffen. Es sah merkwürdig aus. Waffen im Wald.

Die beiden machten ihm angst. Killer. Wie im Fernsehen. Wenn sie ihn bemerkten, würden sie ihn umbringen und seine Leiche im Wald vergraben, da war Buddy ganz sicher. Buddy hatte gelernt, im Leben immer das Schlimmste anzunehmen. Er verharrte in vollkommener Ruhe, bis die beiden im Wald verschwunden waren, dann rannte er auf das eingefriedete Gelände des Sägewerks zurück. Ihm war klar, daß er mit niemandem über seine Beobachtung sprechen durfte. Niemand würde ihm glauben. Die Kollegen würden sich ausschütten vor Lachen. Zwei Froschmänner mit Flaschen auf dem Rücken, nachts im Wald. Das kann nur dir passieren, Buddy. Sie würden ihn hänseln, ohne jede Frage. Buddy beschloß zu schweigen.

Und doch nagte in ihm der Wunsch, sich jemandem mitzuteilen. Es mußte ja nicht unbedingt ein Kollege sein. Er begann nachzugrübeln. Zwei Froschmänner im künstlichen See, das ergab keinen Sinn, wie man es auch drehte. Je länger Buddy über die Sache nachdachte, um so abwegiger erschien ihm das alles. Vielleicht konnte ihm irgend jemand erklären, was es mit den beiden Männern auf sich hatte. Wahrscheinlich sogar. Aber wenn nicht... Dann würde er wieder einmal ausgelacht werden, und davor fürchtete sich Buddy noch mehr als vor der Erinnerung an die beiden Gestalten.

Die Katze hatte die Main Street des kleinen Ortes überquert und lief auf Edison's General Store zu. Der Anblick riß Buddy aus seinen Gedanken. Er drückte die Wange an die Scheibe und starrte der Katze nach, bis sie hinter einer Ecke verschwand. Er hielt den Blick auf die Stelle gerichtet, wo die Katze verschwunden war. Denkbar, daß sie bald wieder auftauchte und die Feuerleiter des Apartmenthauses erklomm. Eine Wohnung im dritten Stock eines Hauses, für eine Katze war das eine Kleinigkeit.

Die beiden Froschmänner waren vergessen. Katzen waren gefährlicher, als Menschen je sein konnten. Fand Buddy.

Teil 1

DIE VERSCHWÖRUNG

1. Kapitel

Samstag, der 13. August 1977
Das Gefühl kam über ihn, als er in die Kurve einbog. Paul Annendale hatte eine lange Fahrt hinter sich. Gestern fünf Stunden, heute fünf Stunden. Er war müde, zum Umfallen müde. Aber plötzlich war die Mattigkeit fort. Sein Nacken hörte zu schmerzen auf, die Schultern strafften sich. Friede kam über ihn, so wie Friede über Hugh Conwy gekommen war, als er auf das Tal von Shangri-La hinabsah.

Natürlich war Black River kein Shangri-La, beim besten Willen nicht. Die vierhundert Einwohner existierten, weil es das Sägewerk gab. Für einen Ort, der auf Gedeih und Verderb von einer Firma abhängig war, sah Black River ganz hübsch aus. Vor allem sauber. Entlang der Hauptstraße gab es eine Reihe hoher Eichen und Birken, die einigen Schatten spendeten. Häuser im Neuengland-Stil. Paul Annendale hatte nur gute Erinnerungen an diesen Ort. Es gab eine Reihe anderer Orte, von denen sich das nicht sagen ließ.

»Da ist *Edison's Store*«, rief Mark Annendale. Er saß auf dem Rücksitz.

Paul mußte lächelnd. »Wie gut, daß ich einen tüchtigen Scout bei mir habe, sonst hätte ich den Laden nie wiedergefunden.«

Rya war genauso aufgeregt wie ihr Bruder, sie mochte Sam Edison, den Inhaber jenes Geschäftes, ebenso gern wie Mark. Aber sie konnte sich beherrschen. Sie war elf, und sie war sehr neugierig auf die Jahre, die ihr bevorstanden. Sie hob den Kopf und blickte zum Fenster hinaus. »Mark, manchmal benimmst du dich wie ein Fünfjähriger.«

»Und du wie eine Frau von Sechzig.«

»Touché«, sagte Paul, und Mark grinste. Normalerweise zog er den kürzeren, wenn er sich mit seiner Schwester anlegte. Es war nicht seine Art, mit Worten Florett zu spielen. Die Anspielung auf ihr altkluges Gehabe war ihm so herausgerutscht.

Paul warf einen Seitenblick auf seine Tochter. Ihr Gesicht hatte sich mit Schamesröte überzogen. Er nickte ihr freundlich zu, sie sollte wissen, daß er auf ihrer Seite war.

Sie erwiderte das Lächeln und lehnte sich zurück. Sie hatte ihre Selbstsicherheit wiedergewonnen. Sie hätte Marks Bemerkung mit scharfem Spott kontern können, aber sie verkniff sich die Rache. Was ungewöhnlich war für ein Mädchen ihres Alters.

Der Wagen, ein Caravan, war kaum in die Parklücke eingeschert, als Mark heraussprang und zur Veranda des Geschäftes hochlief. Er riß die Tür auf und war im Inneren verschwunden, noch ehe Paul den Motor abstellte.

Rya gab sich lässig. Sie stieg in aller Seelenruhe aus, streckte und reckte sich, gähnte. Sie stand da, zog sich die Jeans glatt und nestelte am Kragen ihrer dunkelblauen Bluse. Sie fuhr sich durch das lange dunkle Haar. Sie warf die Tür des Wagens zu. Gemessenen Schrittes stieg sie die Stufen zur Veranda hinauf. Aber oben angekommen, begann sie zu rennen.

In *Edison's General Store* gab es nichts, was es nicht gab. Es war das Shopping Center des kleinen Ortes. Ein einziger großer Raum, dreißig mal zehn Meter. Es gab eine Abteilung für Gemüse und Lebensmittel, eine andere für Textilien und Gemischtwaren. Eine Ecke des General Store war dem Drug-Store vorbehalten.

Sam Edison war der einzige Apotheker des Ortes, er hatte das Geschäft von seinem Vater übernommen.

In der Mitte des General Store gab es einen offenen Kamin. Hier standen auch drei Tische und zwölf Eichenstühle. Meist saßen hier ein paar ältere Männer und spielten Karten, aber als Paul eintrat, waren die Tische leer. Edison's General Store war nicht nur Supermarkt und Apotheke, er war auch Gemeindezentrum.

Paul wuchtete den Deckel der Kühltruhe hoch und holte eine Flasche Pepsi-Cola aus dem eiskalten Wasser. Er ging zum nächsten Tisch und setzte sich.

Rya und Mark standen an der altmodischen Theke und lachten über eine von Sams Geschichten. Paul sah, wie er ihnen die Hände mit Bonbons füllte. Sam deutete auf die Stände mit Taschenbüchern und Heftchen. Die Kinder sollten sich was aussuchen, sagte er. Dann kam er zu Paul und setzte sich. Er saß mit dem Rücken zum Kamin.

Sie schüttelten sich über den Tisch hinweg die Hand.

Wer Sam zum erstenmal sah, hielt ihn für einen hartgesottenen Burschen. Er war fast 1,80 Meter groß, breitschultrig, stark. Er trug ein kurzärmeliges Hemd, die Muskeln der Oberarme waren zu sehen. Das Gesicht war gebräunt und von einer Unmenge kleiner Falten durchzogen. Die Augen waren schiefergrau. Das Haar war weiß, aber wie ein Großvater sah Sam deswegen nicht aus. Er war 55 und konnte für 45 durchgehen.

Sam war ein warmherziger, freundlicher Mensch, jemand, der Kinder gern hatte. Er verschenkte mehr Süßigkeiten, als er verkaufte. Paul hatte Sam noch nie zornig erlebt.

»Seit wann bist du da?«

»Gerade erst angekommen. Wir sind gleich zu dir gefahren.«

»Du hast mir nicht geschrieben, wie lange du diesmal bleiben willst. Vier Wochen?«

»Sechs, denke ich.«

»Sehr schön.« Seine Augen wurden zu Strichen, und wer ihn nicht kannte, hätte den Ausdruck vielleicht als bösartig, als verschlagen empfunden. »Du übernachtest heute doch bei uns, hoffe ich. Ich meine, ihr geht doch nicht gleich in die Berge, oder?«

Paul schüttelte den Kopf. »Dazu ist morgen Zeit genug. Wir sind seit neun Uhr früh unterwegs, mußt du wissen. Ich habe wirklich keine Lust, heute noch ein Zelt aufzubauen.«

»Siehst aber ganz erholt aus.«

»Ich *fühle* mich auch erholt.« Er zögerte. »Seit ich in Black River bin.«

»Du hast die Ferien dringend nötig, stimmt's?«

»Das kannst du laut sagen.« Paul nahm einen Zug aus der Flasche. »Mir hängen die kranken Pudel und Katzen zum Halse heraus.«

Sam grinste. »Ich hab's dir ja gleich gesagt, du kannst nicht ernsthaft Tiermedizin praktizieren, wenn du dich in einer Stadt wie Boston niederläßt. In Boston bist du das Kindermädchen für neurotische Haustiere und für die neurotischen Besitzer dieser Tiere. Warum ziehst du nicht aufs Land, Paul?«

»Ich helfe den Kühen beim Kalben, so etwa?«

»Genau das.«

»Vielleicht mach' ich das eines Tages«, sagte Paul und seufzte.

»Du solltest vor allem deine Kinder da rausholen. Laß die Kinder an einem Ort aufwachsen, wo die Luft sauber ist, wo man das Wasser noch trinken kann.«

»Vielleicht mach' ich das.« Er warf einen Blick auf den Vorhang, der einen Raum von der Ladenfläche abteilte. »Ist Jenny da?«

»Sie liefert Rezepte aus. Es ist merkwürdig, ich hab' in den letzten vier Tagen mehr Medikamente verkauft als sonst in einem Monat.«

»Eine Grippewelle?«

»Grippe? Ich weiß nicht.«

»Was sagt Doc Troutman denn dazu?«

»Er ist sich nicht ganz sicher, um was es sich handelt. Ein neuer Grippevirus, vermutet er.«

»Und was verschreibt er dagegen?«

»Tetracyclin.«

»Das ist eigentlich kein sehr wirksames Mittel.«

»Der Virus ist wohl auch nicht so gefährlich.«

»Und wie reagieren die Patienten auf die Behandlung?«

»Das kann man noch nicht genau sagen, dazu ist es noch zu früh.«

Pauls Blick wanderte zu Rya und Mark.

»Was die beiden angeht«, sagte Sam, »die sind in unserem Haus sicher aufgehoben.« Er schmunzelte. »Jenny und ich sind in etwa die einzigen in Black River, die von dem Virus verschont geblieben sind.«

Paul dachte nach. »Wenn mir die beiden nachher in den Bergen krank werden, wie sind die Symptome? Erbrechen? Fieber?«

»Nichts dergleichen. Nur Schüttelfrost. Die Kranken leiden an nächtlichem Schüttelfrost.«

Paul sah ihn fragend an.

»Ich versteh's ja auch nicht«, sagte Sam. Seine buschigen Brauen hatten sich zu einer einzigen weißen Linie zusammengezogen. »Du mußt dir das so vorstellen. Du wachst mitten in der Nacht auf, und dir ist, als hättest du einen Alptraum gehabt. Du zitterst wie Espenlaub. Du kannst nur mit Mühe gehen. Der Puls rast. Der Schweiß rinnt dir in Strömen herunter. Der Anfall dauert eine Stunde. Danach ist alles, als sei nichts geschehen. Mit Ausnahme der Müdigkeit. Am Tag darauf bist du hundemüde.«

»Hört sich nicht nach Grippe an«, sagte Paul.

»Es hört sich nach gar nichts an, was mir als Apotheker untergekommen ist«, sagte Sam. »Und die Leute machen sich Sorgen, was dahintersteckt. Ein paar sind schon Dienstag nacht krank geworden, die anderen am Mittwoch. Sie wachen nachts auf, der Schüttelfrost ist da, am Tag darauf sind sie müde.« Er zuckte die Schultern. »Es gibt kaum noch jemanden, der gut schläft in Black River.«

»Hat Doc Troutman keinen anderen Arzt hinzugezogen, um der Sache auf die Spur zu kommen?«

»Der nächste Arzt wohnt hundert Kilometer entfernt«, sagte Sam. »Ich weiß, daß Troutman gestern mit der Gesundheitsbehörde telefoniert hat. Die wollen einen Experten schicken, aber erst Montag. Ich glaube, die waren nicht sehr beeindruckt, als er ihnen was von Schüttelfrösten und Schwäche am nächsten Tag erzählte.«

»Der Schüttelfrost ist vielleicht nur die Spitze des Eisbergs.«

»Mag sein. Aber du kennst ja die Behörden. Da sitzen Bürokraten, wie sie im Buche stehen.« Er sah zu Rya und Mark hinüber. »Du brauchst dir wirklich keine Sorgen zu machen wegen der beiden. Wir werden sie ganz einfach von den Kranken fernhalten.«

»Ich hatte eigentlich vor, Jenny in *Ultman's Café* einzuladen.« Er räusperte sich. »Zu einem verschwiegenen Abendessen.«

»Laß das lieber sein. Wenn du dich bei der Bedienung ansteckst oder bei einem Gast, erwischen die Kinder die Krankheit, und dann passiert genau, was du vermeiden willst. Am besten ist, ihr eßt bei mir. Du weißt ja, das beste Essen in Black River gibt's bei mir.«

Paul zögerte.

Sam mußte lachen. »Wir werden früh zu Abend essen, sagen wir um sechs, dann bleibt dir noch genügend Zeit für Jenny. Ihr könnt nachher noch etwas herumfahren, wenn ihr wollt. Oder aber ich nehme die Kinder und verkrümele mich, dann habt ihr die Wohnung für euch allein.«

Paul lachte. »Was steht auf dem Speiseplan?«

»Manicotti.«

»Ich weiß nicht, wie ich auf *Ultman's Café* gekommen bin.«

»Ich auch nicht. Ihr eßt bei mir.«

Rya und Mark kamen angerannt, sie zeigten Sam, was sie sich als Geschenk wünschten. Mark hatte für zwei Dollar Comics zusammengesucht, Rya hielt zwei Taschenbücher in der Hand.

Beide Kinder hielten eine Tüte mit Bonbons an sich gedrückt. Rya strahlte, und Paul schien es, als seien ihre Augen noch nie so blau gewesen. »Papi, das werden die schönsten Ferien unseres Lebens.«

2. Kapitel

31 Monate vorher – Freitag, der 10. Januar 1975
Ogden kam zehn Minuten vor drei. Zehn Minuten zu früh. Das war typisch für ihn.

H. Leonard Dawson, Aufsichtsratsvorsitzender und Mehrheitsaktionär der Futurex International, ließ Salsbury bis Viertel nach drei warten. Das war typisch für ihn. Dawson ließ seine Partner spüren, wie wichtig er war.

Die Sekretärin kam, um ihn in Dawsons Büro zu führen. Als er eintrat, umgab ihn die Stille einer Kathedrale. Draußen gab es die übliche Dauerberieselung mit leichter Musik. Hier drinnen war kein Laut zu vernehmen. Ein blauer Teppich, zwei Ölgemälde an den weißen Wänden, Dawsons Schreibtisch, sein Sessel, zwei Besuchersessel. Die blauen Samtvorhänge waren zur Seite gezogen worden. Durch die Fensterfront von 210 Quadratmetern ging der Blick auf Manhattan.

Die Sekretärin verneigte sich wie ein Meßdiener, bevor sie den Raum verließ.

»Wie geht's denn so, Ogden?« Dawson streckte ihm die Hand entgegen.

»Ganz ordentlich, Leonard.«

Dawsons Hand war hart. Salsburys Hand war schweißnaß.

»Und wie geht's deiner Miriam?« Er hatte bemerkt, daß etwas nicht stimmte. »Doch nicht krank, hoffe ich.«

»Ich habe mich von Miriam scheiden lassen«, sagte Salsbury.

»Das tut mir leid.«

War da so etwas wie Kritik in Dawsons Stimme? Und wenn schon! Salsbury kam zu dem Entschluß es konnte ihm egal sein, was Dawson von seiner Scheidung hielt.

»Wann habt ihr euch denn scheiden lassen?« fragte Dawson.

»Vor fünfundzwanzig Jahren, Leonard. Nun«, sagte Salsbury und faltete die Hände, »es ist wirklich einige Zeit her, daß wir uns das letzte Mal trafen. Dabei haben wir früher soviel Spaß zusammen gehabt.«

In Harvard waren sie in der gleichen Studentenverbindung gewesen, und nach der Abschlußprüfung hatten sie sich noch einige Male getroffen. Spaß hatte das nie gemacht. Für Salsbury war Dawson immer der Inbegriff eines Heuchlers und Langweilers gewesen.

»Hast du wieder geheiratet?« fragte Dawson.

»Nein.«

Dawson runzelte die Stirn. »Eine Ehe ist wichtig, wenn man ein geordnetes Leben führen will. Sie gibt dem Mann Stabilität.«

»Da hast du recht«, sagte Salsbury, obwohl er ganz anderer Meinung war. »Ich kann nicht sagen, daß ich das Alleinsein nach der Scheidung genossen habe.«

Schon immer hatte er sich unwohl gefühlt in Dawsons Gegenwart. Das Wiedersehen nach fünfundzwanzig Jahren war keine Ausnahme.

Sie waren sehr verschiedene Menschen, auch äußerlich. Dawson war 1,85 Meter, breitschultrig, mit schmalen Hüften, eine athletische Erscheinung. Salsbury maß 1,75 Meter. Hängende Schultern, zwanzig Pfund Übergewicht. Dawson hatte buschiges, graues Haar und schwarze Augen. Seine Haut war gebräunt, sein Blick lebendig, die Frauen sahen ihm nach. Keine Frau blickte auf, wenn Salsbury kam. Er hatte einen kränklichbleichen Teint und Geheimratsecken. Die kurzsichtigen braunen Augen waren hinter dicken Brillengläsern verborgen. Beide Männer waren 54. Dawson hatte die Jahre besser überstanden.

Er hat einen bessere Start gehabt, dachte Salsbury. Er hat mit mehr Geld angefangen. Er sah gut aus. Er hatte die Privilegien, die man braucht.

Dawson strahlte Autorität aus, Salsbury Dienstfertigkeit. Im Laboratorium hätte sich Salsbury sicher gefühlt. Heimspiel. Aber sie waren nicht im Laboratorium. Sie waren in Dawsons Büro. Salsbury fühlte sich fehl am Platz. Minderwertig.

»Wie geht's deiner Frau?«

Ein breites Lächeln erschien auf Dawsons Gesicht. »Prächtig, Ogden. Wirklich prächtig. Ich habe in meinem Leben ein paar tausend gute Entscheidungen getroffen, aber diese Frau zu heiraten, das war wohl die wichtigste.« Seine Stimme wurde tief und melodiös wie die eines Schauspielers. »Sie ist eine gottesfürchtige Frau, Ogden. Eine gute Frau. Eine Frau, die in die Kirche geht, wie es sich gehört.«

Immer noch ein Heuchler, dachte Salsbury. Vielleicht half ihm Dawsons Eitelkeit, seinen Plan zu verwirklichen.

Sie sahen sich an. Keinem der beiden fiel noch ein Gemeinplatz ein.

»Setz dich«, sagte Dawson. Er nahm hinter seinem Schreibtisch Platz und deutete auf einen der Besuchersessel. Die große, leere Eichenplatte zwischen ihnen betonte Dawsons Überlegenheit.

Salsbury hielt seinen Aktenkoffer auf den Knien. Er wirkte wie ein Schoßhündchen, das beim ersten Zungenschnalzen aufspringen und seinem Herrn die Schuhe ablecken wird. Um seine Nervosität zu verbergen, hatte er die Hände über dem Aktenkoffer gefaltet.

»Dieser Brief...« Dawson hatte den Brief auf den Schreibtisch gelegt. Salsbury kannte den Inhalt, er hatte den Brief selber geschrieben.

Lieber Leonard,

nachdem wir von der Uni abgegangen sind, hast Du mehr Geld gemacht als ich. Aber ich habe meine Zeit nicht vergeudet. Nach Jahrzehnten von Experimenten habe ich ein Verfahren entwickelt, das von umwälzender Bedeutung ist. Mit diesem Verfahren kann man innerhalb eines einzigen Jahres mehr Geld machen, als Du in all den Jahren zusammengebracht hast. Ich meine das ganz ernst.

Ich würde Dich gern treffen. Du wirst es nicht bereuen, daß Du mir Gelegenheit zu einer Rücksprache mit Dir gewährt hast. Sorge bitte dafür, daß Deine Sekretärin mich unter dem Namen ›Robert Stanley‹ in Deinem Terminkalender einträgt. Es ist wichtig, daß mein richtiger Name nirgendwo erscheint. Wie Du aus dem Briefkopf ersiehst, arbeite ich in einem biochemischen Forschungslaboratorium der Creative Development Associates, einer Tochtergesellschaft von Futurex International. Da Du weißt, mit welcher Art von Forschungsvorhaben sich die Creative Development Associates befaßt, wirst Du auch verstehen, daß mein Name aus der Sache herausbleiben muß.

Mit freundlichen Grüßen

Ogden Salsbury.

Er war zuversichtlich gewesen, daß Dawson ihm bald antworten würde, und er hatte sich nicht getäuscht. Schon in Harvard war klargeworden, daß es zwei hehre Leitsterne gab, nach denen Dawson sein Handeln ausrichtete: Geld und Gott. Dawson war seinen Grundsätzen treu geblieben. Salsbury hatte den Brief am Dienstag eingeworfen. Am Tag darauf rief ihn Dawsons Sekretärin an, um einen Termin auszumachen.

»Normalerweise unterschreibe ich nicht, wenn ich eingeschriebene Briefe bekomme«, sagte Dawson. »Ich habe den Brief auch nur gelesen, weil ich deine Unterschrift entdeckte. Ich hatte dann eigentlich vor, das Schreiben in den Papierkorb zu werfen.«

Salsbury wand sich auf seinem Stuhl.

»Wenn der Brief nicht von dir wäre, Ogden, ich hätte ihn wirklich weggeworfen. Aber irgendwie kann ich mich erinnern, du warst nie ein Angeber. Trotzdem, hast du hier nicht etwas überzogen?«

»Nein.«

»Du hast ein Verfahren entdeckt, mit dem sich Millionen verdienen lassen?«

»Mehr als das«, sagte Ogden. Seine Lippen waren plötzlich so trocken, daß sie zusammenklebten.

Dawson zog eine Mappe aus der Schublade. »Creative Development Associates. Ich habe die Firma vor sieben Jahren gekauft. Warst du schon beim Team, als... Ich meine, habe ich dich mitgekauft?«

»Jawohl, Sir.«

»CDA entwickelt Computerprogramme für Universitäten und Regierungsstellen, die sich mit soziologischen und psychologischen Studien befassen.« Er hatte die Mappe zugeklappt. Er schien den Inhalt auswendig zu kennen. »CDA arbeitet außerdem für die Industrie. Die Firma unterhält sieben Laboratorien, wo die biologischen, chemischen und biochemischen Ursachen für soziologische und psychologische Phänomene untersucht werden.« Er runzelte die Stirn. »Und du, Ogden, leitest das Laboratorium in Connecticut. Dieses Laboratorium befaßt sich ausschließlich mit Geheimaufträgen des Verteidigungsministeriums.« Salsbury traf ein Blick aus klaren, kalten Augen. »Die Aufträge sind so geheim, daß mir niemand sagen wollte, was ihr eigentlich macht. Ich weiß nur ganz allgemein, daß es mit der Beeinflussung von Verhaltensmustern zu tun hat.«

Salsbury fragte sich, ob Dawson wohl in der Lage sein würde, die Bedeutung der Erfindung zu erfassen. »Weißt du, was wir in der Forschung mit *Unterschwelliger Wahrnehmung* bezeichnen?«

»Ja. Das hat etwas mit der Beeinflussung des Unterbewußtseins zu tun.«

»Richtig. Aber es gibt in diesem Zusammenhang Dinge, die nicht allgemein bekannt sind.« Er beugte sich vor. »Auch dir nicht. Es klingt vielleicht etwas pedantisch, aber etwas Einführung muß sein.«

»Tu dir keinen Zwang an.«

Salsbury hatte zwei gleich große Fotos aus seinem Aktenkoffer gezogen. »Siehst du einen Unterschied zwischen Foto A und Foto B?«

Daswon verglich die Bilder, Schwarzweißaufnahmen von Salsburys Gesicht. »Nein. Die Fotos sind identisch.«

»Auf den ersten Blick, ja. Es sind Abzüge vom gleichen Negativ.«

»Worauf willst du hinaus?«

»Das erkläre ich dir später. Sieh dir die Fotos bitte länger an.«

Dawson gefiel die Sache nicht, sie gefiel ihm ganz und gar nicht. Was Salsbury da aufführte, war ein Spiel, also Zeitverlust. In der Zeit, wo man spielte, konnte man Geld verdienen.

»Der menschliche Geist hat zwei Bereiche, die Wissen und Erfahrung aufnehmen können«, sagte Salsbury. »Das Bewußtsein und das Unterbewußtsein.«

»In meiner Religion wird ausdrücklich anerkannt, daß der Mensch ein Unterbewußtsein hat«, sagte Dawson selbstgefällig. »Nicht alle Religionen sind so aufgeklärt, daß sie das zugeben.«

Salsbury ging nicht ein auf diesen Einwurf. Er verstand überhaupt nicht, warum Dawson das ins Gespräch brachte. »Bewußtsein und Unterbewußtsein«, fuhr er fort, »speichern unterschiedliche Daten. Das Bewußtsein nimmt wahr, was unmittelbar vor dem Menschen geschieht. Das Unterbewußtsein schaut in die Rinde, es späht in die Ecken. Die beiden Wahrnehmungsorgane arbeiten unabhängig voneinander, manchmal bekämpfen sie sich auch...«

»Nur bei pathologischen Persönlichkeiten«, wandte Dawson ein.

»Nein, nein, nein, die beiden bekämpfen sich in der Seele jedes Menschen, auch bei dir ist das so, und bei mir.«

Dawson wollte etwas einwenden, aber Salsbury kam ihm zuvor. »Ich will dir ein Beispiel geben. Nehmen wir einmal an, ein Mann sitzt an einer Bar. Plötzlich nimmt eine wunderschöne Frau neben ihm Platz. Er wird versuchen, sie für sich zu gewinnen. Zugleich aber verspürt er Angst vor dieser Frau. Er hat Angst davor, zurückgewiesen zu werden, vielleicht auch Angst, sich in der Liebesnacht mit dieser Partnerin als impotent zu erweisen. Sein Bewußtsein sagt ihm, du mußt diese Frau so behandeln, wie man eine sexuell anziehende Frau behandelt. Du mußt versuchen, sie zu verführen, indem du ihre Aufmerksamkeit auf deine männlichen Vorzüge lenkst. Aber das Unterbewußtsein gewinnt die Oberhand. Der Mann spricht viel zu laut, er ist viel zu aufdringlich. Anstatt ein interessantes Gespräch mit der Frau zu führen, was ihm sonst keinerlei Schwierigkeiten bereitet, langweilt er sie mit Geschwätz über Aktien, über die Börse. Er bespritzt die Frau mit seinem Drink. Er tut das, weil er Angst vor ihr hat. Sein Bewußtsein sagt: Hol sie dir. Sein Unterbewußtsein sagt: Flieh, solange du noch kannst.«

Dawson machte ein mürrisches Gesicht. Das Beispiel, das Salsbury gewählt hatte, gefiel ihm nicht.

»Und?«

»Das Unterbewußtsein ist stärker. Das Bewußtsein muß schlafen, das Unterbewußtsein ist immer wach. Das Bewußtsein hat keinen Zugang zu den Daten, die im Unterbewußtsein gespeichert sind. Umgekehrt verschafft sich das Unterbewußtsein jederzeit Zugang zu den Daten, die im Bewußtsein gespeichert sind.« Salsbury hob den Blick. »Das Bewußtsein ist der Computer«, sagte er. »Das Unterbewußtsein ist der Programmierer. Halten wir fest, daß Bewußtsein und Unterbewußtsein ihre Daten durch die gleichen Kanäle empfangen, nämlich über die fünf Sinne. Aber das Unterbewußtsein sieht schärfer als das Bewußtsein, es kann auch besser hören, riechen, schmecken und fühlen. Es nimmt Eindrücke wahr, die das Bewußtsein nicht bemerkt, zum Beispiel Reize, die so kurze Zeit andauern, daß sie vom Bewußtsein nicht wahrgenommen werden können. Unterschwellige Wahrnehmung in diesem Sinne ist alles, was so schnell geschieht, daß es vom Bewußtsein nicht mehr registriert wird. Und nun das Interessanteste an der Sache. Über neunzig

Prozent unserer Sinneswahrnehmungen sind unterschwellige Wahrnehmungen.«

»Über neunzig Prozent?« wunderte sich Dawson. »Könntest du mir das an einem Beispiel darlegen?«

Salsbury hatte ein Beispiel parat. »Das menschliche Auge fixiert jeden Tag an die hunderttausend Eindrücke. Die Fixierung dauert Bruchteile von Sekunden bis zwanzig Sekunden. Wenn du aber am Abend des Tages nachdenkst, was du heute alles gesehen hast, wirst du dich höchstens an ein paar hundert Eindrücke erinnern. Der Rest ist im Unterbewußtsein gespeichert, ebenso wie die zwei Millionen täglichen Eindrücke, die dem Gehirn von den anderen vier Sinnesorganen zugetragen werden.«

Dawson hielt die Augen geschlossen. »Drei Punkte«, sagte er. »Erstens, das Unterbewußtsein ist stärker als das Bewußtsein. Zweitens, wir wissen nicht, was unser Unterbewußtsein gespeichert hat. Wir können die Daten nicht einfach abrufen. Drittens, unterschwellige Wahrnehmung ist keine Zauberei, sie ist biologischer Alltag.«

»Mehr als das. Die unterschwellige Wahrnehmung bestimmt, was wir tun.«

»Und du hast ein Verfahren entwickelt, wie unterschwellige Wahrnehmung kommerziell verwertet werden kann.«

Salsburys Stimme zitterte. Ob Dawson auf seinen Vorschlag eingehen würde? Ob er einen Wutanfall bekommen würde, wenn er ihm seinen Plan offenbarte? »Seit zwei Jahrzehnten arbeitet die Werbewirtschaft an der Erforschung gewisser Phänomene, die mit der unterschwelligen Wahrnehmung zu tun haben. Hast du davon gehört?«

Dawson nickte. »Ich habe von den Versuchen gelesen, die in Kinos durchgeführt wurden, ich glaube, das war vor zwanzig Jahren.«

»Ganz recht, die ersten Versuche dieser Art fanden 1957 statt. Man blendete in die normale Projektion eines Kinofilms eine bestimmte Botschaft ein. Zum Beispiel: Ich habe Durst. Die Schrift verschwand so schnell, daß niemand sie lesen konnte. Trotzdem standen die Versuchspersonen auf und holten sich ein Getränk in der Lobby. Der normale Getränkeverkauf vervielfachte sich. Die Botschaften waren mit Hilfe eines Tachistokopen eingeblendet worden. Es handelt sich um ein Gerät, das sich die Firma Precon Process and Equipment in New Orleans 1962 patentieren ließ. Im Prinzip ist der Tachistokop ein Filmprojektor mit einem hochempfindlichen Verschluß. Die Botschaft wird nur $^{1}/_{3000}$ Sekunde lang eingeblendet, allerdings zwölfmal pro Minute. Das Bild ist nur so kurze Zeit auf der Leinwand, daß es vom Bewußtsein nicht erfaßt wird. Das Unterbewußtsein arbeitet genauer, es empfängt die Botschaft. Nach den ersten Experimenten wurden die Versuche in den Kinos auf 45000 Besucher ausgedehnt. Zwei Botschaften wurden eingeblendet. *Trink Coca-Cola* und *Hungrig? Iß Popcorn.* Die Ergebnisse bewiesen, daß die Sache funktioniert. Der Popcorn-Verkauf in den Kinos stieg um sechzig Prozent, der Verkauf von Coca-Cola um zwanzig Prozent. Menschen, die weder hungrig noch durstig waren, waren veranlaßt worden, etwas zu essen und zu trinken zu kaufen. Und daraus geht hervor, unser Unterbewußtsein glaubt, was ihm vorgesetzt wird. Es kann nicht zwischen Lüge und Wahrheit unterscheiden. Da es das Unterbewußtsein ist, das unser Bewußtsein programmiert, handeln wir in vielen Fällen aufgrund irriger Voraussetzungen.«

»Wenn man dem folgt, dann würden wir uns alle irrational verhalten.«

»Das tun wir ja auch«, sagte Salsbury. »Vergessen wir aber eines nicht: Keineswegs alle Wahrnehmungen, die von unserem Unterbewußtsein gespeichert werden, beruhen auf Täuschung oder Lüge, sondern nur ein Teil, und so ist auch nur ein Teil unseres Verhaltens irrational. Daß es solche irrationalen Steuerungen gibt, ist inzwischen unbestritten. Fremdenhaß, Klaustrophobie, Höhenangst, all das wird vom Unterbewußtsein gesteuert. Führt man dem betreffenden Menschen diesen Mechanismus vor Augen, wird er ihn leugnen, sein Bewußtsein widersetzt sich der Analyse. Währenddessen fährt das Unterbewußtsein mit der Täuschung des Bewußtseins fort.«

»Und die Kinogänger, bei denen die Botschaften in den normalen Spielfilm eingeblendet wurden, konnten sich gegen die Botschaft nicht wappnen, weil sie gar nicht wußten, daß sie einer solchen Beeinflussung ausgesetzt waren«, faßte Dawson zusammen.

Salsbury rückte sich die Brille gerade. »Das ist die Quintessenz, ganz recht. Das Unterbewußtsein sah die Botschaft und veranlaßte das Bewußtsein zum Handeln.«

Dawsons Interesse an dem Thema war unverkennbar. »Und

warum hatten die unterschwelligen Botschaften beim Popcorn mehr Erfolg als bei Coca-Cola?«

»Trink Coca-Cola ist eine sehr direkte Botschaft. Das Unterbewußtsein scheint verhaltene, verkleidete Botschaften lieber zu befolgen als direkte.«

»Und warum?«

»Das wissen wir nicht. Aber betrachten wir einmal die zweite Botschaft. *Hunger? Iß Popcorn.* Die Frage Hunger? signalisiert zugleich Angst, sie schafft eine Motivation. Die Waage senkt sich zur linken Seite. Was muß das Unterbewußtsein tun? Es muß ein Gegengewicht schaffen. Es schafft ein Gegengewicht, indem es das Bewußtsein zum Kauf von Popcorn veranlaßt. Damit ist die Angst beseitigt.«

»Also das gleiche Prinzip wie bei der posthypnotischen Suggestion. Aber es gibt Unterschiede. Ich habe gehört, niemand kann dazu veranlaßt werden, in Hypnose etwas zu tun, was er moralisch unmöglich findet. Mit anderen Worten, wer nicht von seiner charakterlichen Anlage her ein Mörder ist, der wird auch nicht in hypnotisiertem Zustand zum Mörder.«

»Das ist nicht wahr«, sagte Salsbury. »Die Personen führen alle Befehle aus, die ihnen der Hypnotiseur gibt. Das Unterbewußtsein ist sehr leicht zu manipulieren. Nehmen wir einmal an, ich versetze dich in Hypnose und befehle dir, du sollst deine Frau umbringen. Würdest du den Befehl ausführen?«

»Natürlich nicht.«

»Du liebst deine Frau.«

»So ist es.«

»Du hast keinen Grund, deine Frau zu töten.«

»Keinen.«

Nach der Art und Weise zu urteilen, wie Dawson die Fragen beantwortete, floß sein Unterbewußtsein über von Haß auf sein fabelhaftes, gottesfürchtiges Weib. Salsbury ließ diesen Sachverhalt unerörtert. Dawson hätte ihn aus dem Büro geworfen, hätte er ihm die Wahrheit ins Gesicht gesagt. »Wenn ich dich nun aber hypnotisiere und dir klarmache, daß deine Frau ein Verhältnis mit deinem besten Freund hat, daß die beiden deine Ermordung planen, um sich in den Besitz deines Geldes zu setzen…«

»Trotzdem nicht. Ich wäre nicht in der Lage, meine Frau zu töten, auch nicht mit einer solchen Motivation.«

Salsbury nickte. »Dein Bewußtsein würde meine Behauptung als Lüge entlarven, selbstverständlich. Aber dein Bewußtsein schläft! Du bist hypnotisiert. Jetzt spreche ich mit deinem Unterbewußtsein, und dieses Unterbewußtsein kann nicht unterscheiden zwischen Lüge und Wahrheit.«

»Ich verstehe.«

»Dein Unterbewußtsein würde eine direkte Weisung, die Frau zu töten, nicht akzeptieren. Aber es würde meine Warnung ernst nehmen, daß deine Frau dich töten will. Damit wird ein neues Verhaltensmuster programmiert. Dein Bewußtsein wird auf die Tat vorbereitet. Es ist wie eine Gleichung, Leonard. Auf der linken Seite haben wir die Angst, diese Angst ist durch das Wissen motiviert, daß deine Frau dich umbringen will. Dein Unterbewußtsein glaubt das nicht nur, es *weiß* es. Damit die Gleichung aufgeht, gehört auf die rechte Seite der Tod deiner Frau. Wenn dein Unterbewußtsein überzeugt ist, daß deine Frau dich im Schlaf ermorden will, wirst du deine Frau noch vor dem Einschlafen umbringen.«

»Und warum gehe ich nicht zur Polizei?«

Salsbury lächelte. Die Unsicherheit, die ihn beim Betreten des Büros befangen hielt, war von ihm abgefallen. »Dagegen würde ein geschickter Hypnotiseur Vorkehrungen treffen. Er würde dich davon überzeugen, daß deine Frau den Mord wie einen Unfall aussehen läßt. Die Polizei wird ihr nie etwas beweisen können. Es gibt nur ein Mittel, wie du deine Frau an der Tat hindern kannst: indem du sie ermordest.«

Dawson machte eine Geste, als wollte er eine Fliege verscheuchen. »Das hört sich alles ganz nett an, aber findest du die Unterhaltung nicht sehr akademisch?«

»Akademisch?«

»Nutzlos. Du weißt doch, daß Unterschwellige Werbung verpönt ist. Es gab wegen der Versuche damals ja einen ziemlichen Aufruhr.«

Salsbury war erleichtert, er hatte andere Einwände erwartet. »Verpönt vielleicht, aber nicht verboten. Es hat damals Hunderte von Zeitungsberichten über die Versuche gegeben. Die Zeitung *Newsday* nannte Unterschwellige Werbung die schlimmste Erfindung seit der Atombombe. In der *Saturday Review* wurde ausgeführt, das Unterbewußtsein des Menschen sei das kostbarste und empfindlichste Gebilde der Welt, und dieses unschätzbare Instrument dürfe nicht mißbraucht werden, um den Absatz von Popcorn in die Höhe zu treiben. Ende der fünfziger Jahre waren die tachistokopischen Versuche groß im Gespräch, die Meinung herrschte vor, daß Unterschwellige Werbung verboten werden müßte, weil sie ein Einbruch in die Privatsphäre des Menschen sei. Der Kongreßabgeordnete James Wright brachte einen Gesetzesvorschlag ein, nach dem jede Werbung verboten werden sollte, die auf das Unterbewußtsein des Menschen einwirkt. Er war nicht der einzige, der solche Vorschläge machte, aber keines der vorgeschlagenen Gesetze wurde durchgebracht.« Salsbury betrachtete seine Hände. »Es gibt heute keinerlei Gesetz gegen Unterschwellige Werbung.«

Dawson musterte ihn prüfend. »Bedienen sich denn die Politiker nicht der tachistokopischen Erkenntnisse?«

»Die meisten Politiker haben keine Ahnung von der Reichweite der Erfindung, und die Werbeagenturen sprechen nicht darüber, wenn's nicht sein muß. Jede größere Werbeagentur in den USA beschäftigt Mediaexperten, die unterschwellige Anzeigen und Fernsehspots entwickeln. Fast alle Produkte, die von Futurex und den Tochterfirmen hergestellt werden, werden mit Hilfe von Unterschwelliger Werbung an den Mann gebracht.«

»Das kann ich nicht glauben«, widersprach Dawson. »Wenn es so wäre, müßte ich's wissen.«

»Du hast eben keine ernsthaften Anstrengungen unternommen, dich sachkundig zu machen. Vor dreißig Jahren, als du begonnen hast, deine Firma aufzubauen, gab's so was noch nicht. Als dann die Unterschwellige Werbung ihren Siegeszug antrat, warst du schon so hoch oben auf der Stufenleiter, daß du dich um den Absatz der Produkte nicht mehr zu kümmern brauchtest. Du hattest den Kopf voll mit der Ausgabe neuer Aktien, mit den Problemen der Börse, mit Fusionsplänen. In einem Konsortium, wie du es leitest, kann der Chef nicht mehr jede einzelne Anzeige gegenzeichnen, die von irgendeiner Tochterfirma placiert wird.«

Der Ausdruck des Ekels umspielte Dawsons Mund. »Das Unterbewußtsein der Menschen zu manipulieren... ich finde das widerwärtig.«

»Womit du dem Satz abschwörst, daß jeder Mensch seines Glückes Schmied ist.« Salsbury lehnte sich vor. »Tatsache ist, daß Menschen manipuliert werden können, ohne daß sie sich dessen bewußt sind. Und diese Tatsache macht der Öffentlichkeit angst. So viel Angst, daß sich ein richtiger Verdrängungsmechanismus entwickelt hat. Seit zwei Jahrzehnten gibt es Unterschwellige Werbung, aber bei Befragungen äußern 90 Prozent der Personen, sie seien sicher, Unterschwellige Werbung, das gäbe es gar nicht, die sei ja verboten. Es gibt keinerlei Fakten, die eine derartige Annahme stützen, die Leute wollen einfach der Wahrheit nicht ins Gesicht sehen. Zwischen 50 und 70 Prozent der Befragten sagen, sie hätten von Unterschwelliger Werbung gehört, aber sie glauben nicht, daß so etwas funktioniert. Der Gedanke, daß sie bereits jetzt manipuliert und kontrolliert werden, ist ihnen so unerträglich, daß sie die Sache ins Reich der Fantasie verbannen. Statt sich mit den Tatsachen auseinanderzusetzen, wie ein reifer Mensch es tun würde, tun sie einfach so, als gehörte Unterschwellige Werbung dem Sciencefiction-Bereich an.«

Dawson war aufgestanden. Er trat an die Fensterfront und sah auf die Szenerie von Manhattan hinab.

Es hatte zu schneien begonnen. Der Himmel war dunkel. Der Wind heulte. Die Stimme der Stadt.

Dawson wandte sich Salsbury zu. »Zu meinem Konsortium gehört die Werbeagentur Woolring & Messner. Willst du behaupten, die Jungens lassen bei jedem Werbespot im Fernsehen eine tachistokopische Botschaft einblenden?«

»Unterschwellige Werbung gibt's nur, wenn der Auftraggeber das wünscht«, sagte Salsbury. »Diese Art von Werbung ist teurer. Aber um deine Frage zu beantworten, nein. Die Einblendung tachistokopischer Botschaften ist out.« Salsbury setzte sich bequem. »Die Forschung auf diesem Gebiet hat sich so schnell weiterentwickelt, daß die tachistokopische Methode überholt war, kaum daß man sie patentiert hatte. Seit Mitte der sechziger Jahre werden die Fernsehspots statt dessen mit rheostatischen Filmen unterlegt.«

»Was ist das?«

»Die Sache beruht auf dem Prinzip des regelbaren Widerstandes, wie er bei der Helligkeitsregelung von Leuchtkörpern Verwendung findet, bei Dimmern. Man dreht am Regler, das Licht wird stärker oder schwächer, ganz nach Wunsch. Das gleiche Prinzip gilt bei rheostatischen Filmen. Zunächst einmal wird ein konventioneller Werbespot gedreht, mit normaler Belichtung. Nehmen wir an, der Werbespot hat eine Dauer von einer Minute. Er erscheint auf der Mattscheibe, das Bewußtsein sieht einen ganz normalen Werbespot. Die Unterschwellige Botschaft wird ausgestrahlt, indem man den Werbespot mit einem rheostatischen Filmstreifen unterlegt, mit einem Film, der bei stark vermindertem Lichteinfall gedreht worden ist. Die Belichtung ist so knapp, daß die Helligkeitswerte vom Bewußtsein gar nicht mehr registriert werden. Projiziert man den rheostatischen Film auf einen Fernsehschirm, so ist nichts zu sehen. Das Unterbewußtsein allerdings empfängt die Botschaft. Die beiden Filme werden nun auf einen dritten Film umkopiert, so daß sie bei der Ausstrahlung gemeinsam auf den Fernsehzuschauer einwirken. Der Mensch sitzt in seinem Sessel und betrachtet einen Werbespot. Währenddessen betrachtet sein Unterbewußtsein die Unterschwellige Botschaft. Je nach Resistenz werden die erhaltenen Weisungen dann ausgeführt, das heißt, sie werden in einen Kaufentschluß umgesetzt. Und auch das gilt innerhalb der Experten für Unterschwellige Werbung noch als Holzhammermethode. Die entwickelten Techniken lassen viel raffiniertere Zugriffe auf den menschlichen Geist zu, als ich sie gerade beschrieben habe.«

Mit unruhigen Schritten durchmaß Dawson sein riesiges Büro. Was Salsbury sagte, klang aufregend.

Er hat angebissen, dachte Salsbury. Er hat die Tragweite der Erfindung erkannt.

»Ich kann mir in etwa vorstellen, wie man eine rheostatische Botschaft in einem Fernsehspot verstecken kann«, sagte Dawson. »Die Bilder wechseln, es gibt Licht und Schatten. Aber wie steht es mit Anzeigen, die in der Zeitung erscheinen? Der Betrachter sieht ein statisches Bild. Wie könnte man eine Unterschwellige Botschaft in einem Schwarzweißfoto verbergen?«

Salsbury deutete auf die beiden Fotos, die er zu Beginn des Gespräches aus seiner Aktentasche gezogen hatte. »Du hältst die Antwort in der Hand, Leonard. Zwei Abzüge vom gleichen Negativ. Ich habe mich mit einem Gesicht abbilden lassen, das keine Gemütsregung verrät. Das Foto A wurde dann mit der rheostatischen Botschaft *Ärger* unterlegt. Die rheostatische Botschaft auf Foto B lautet *Freude*.«

Dawson betrachtete die beiden Abzüge aus der Nähe. »Ich kann keinen Unterschied feststellen.«

»Natürlich nicht.«

»Wenn ich beim Betrachten der Fotos keinen Unterschied feststelle, was ist dann der Sinn des Experiments?«

»Das wirst du gleich verstehen. Diese beiden Fotos sind hundert Studenten der Columbia-Universität vorgelegt worden. Man hat die Studenten gebeten, den Gesichtsausdruck der abgebildeten Person zu bezeichnen. Bei Foto A gab es 82 Nennungen für *Ärger* und 8 Nennungen für *Unbehagen.* 10 Studenten antworteten mit ›Weiß ich nicht‹. Das Foto B wurde einer gleich großen Testgruppe von Studenten vorgelegt. 8 Testpersonen sagten *Weiß nicht.* 21 nannten die Definition *Glück,* 71 das Wort *Freude.*«

Dawson nickte. Der Blick aus den schwarzen Augen war wach und lebendig.

»Wie ich bereits sagte«, fuhr Salsbury fort, »die Dinge sind inzwischen unglaublich verfeinert worden. Ich will dir ein Beispiel zeigen.« Er zog die zusammengefaltete Seite einer Tageszeitung aus seinem Aktenkoffer und breitete den Bogen auf Dawsons Schreibtisch aus.

»Eine Anzeige für Gilbey's Gin«, sagte Dawson.

Die Überschrift bestand aus fünf Worten: *Break out the frosty bottle.* Es gab eine zweite Textzeile am unteren Rand der Anzeige: *... and keep your tonics dry!* Drei Motive waren abgebildet. Das größte war eine Flasche Gin, an deren Außenseite das Eis und die Schlieren kondensierten Wassers zu erkennen waren. Der Verschluß der Flasche war im unteren Bereich der Anzeige abgebildet. Außerdem gab es noch ein gefülltes Glas, samt Eiswürfeln, einer eingekerbten Zitronenscheibe und einem metallenen Quirl. Der Hintergrund war ein ruhiges, kühles Grün.

Was die Anzeige dem Bewußtsein des Betrachters signalisierte, war klar. Ein Glas Gin ist eine erholsame, erfrischende Angelegenheit. Du trinkst und vergißt den Alltag, du läßt deine Sorgen hinter dir.

Aber das Interessante an der Gin-Anzeige war die Unterschwellige Botschaft. Salsbury legte seinem Zuhörer dar, daß die wesentliche Aussage in der Unterschwelligen Botschaft bestand. Zwar ließ sich die Zielrichtung auch mit dem bloßen Bewußtsein erkennen, dies aber nur mit der Anleitung eines Eingeweihten, der einem die nötigen Hilfen gab. Eine Botschaft war in der Anordnung der Eiswürfel verborgen. Es gab vier Würfel, die aufeinandergetürmt waren, diese Würfel bildeten den Buchstaben S aus. Freilich sah man das nur, wenn man mit der Nase daraufgestoßen wurde. Die Zitronenscheibe war wie ein E geformt, und in einem fünften Eiswürfel malte sich unverkennbar der Schatten eines X ab. SEX.

Salsbury war um den Schreibtisch herumgegangen. Er trat hinter Dawson und deutete auf die Eiswürfel. »Siehst du's jetzt?«

Dawson zuckte die Achseln. »Das E habe ich sofort erkannt, und die anderen beiden Buchstaben ohne allzuviel Mühe. Ich kann mir nur nicht vorstellen, daß eine Absicht dahintersteckt. Auf den Würfeln malen sich verschiedene Schatten ab, da läßt sich alles mögliche herauslesen.«

»Dann muß ich etwas weiter ausholen«, sagte Salsbury. »Eiswürfel in Anzeigen werden immer gezeichnet, nie fotografiert, und man macht das, weil sich Eis schlecht fotografieren läßt. Man zeichnet das Eis in das fertige Foto ein, damit es natürlich aussieht. Auf dieser Anzeige ist übrigens nicht nur das Eis gemalt. Die ganze Anzeige ist übermalt worden.« Er schmunzelte. »Übrigens sind noch andere Geheimnisse drin verborgen, nicht nur die drei Buchstaben für SEX.«

Dawson kniff die Augen zusammen. »Was sonst noch?«

»Das Glas und die Flasche stehen auf einer Glasplatte, man erkennt das Spiegelbild der Flasche.«

»Und?«

»Die beiden Flaschen sehen aus wie die gespreizten Beine einer Frau. Und der abgeschraubte Verschluß mit seiner ebenfalls gespiegelten Verlängerung wie ein Penis, der zwischen die Beine der Frau geklemmt ist.«

»Hm«, sagte Dawson. Es klang eisig.

Salsbury kümmerte sich nicht um den versteckten Tadel. »Die Schlieren, die an der Außenseite der Flasche herunterrinnen, stellen den Samen des Mannes dar. Wir haben es hier mit einer Gemischten Botschaft zu tun, einer Anzeige, die Bewußtsein und Unterbewußtsein zugleich anspricht. Das Bewußtsein ahnt, daß mehr dahinterstecken könnte. Aber den Weg zum Ziel findet es nur, wenn man ihm den Schlüssel in die Hand gibt.« Sein Finger fuhr auf der Abbildung entlang. »Betrachten wir jetzt einmal die Schatten der Flasche. Ist es sehr weit hergeholt, wenn ich behaupte, daß der Schatten in der Form geöffneter Schamlippen verläuft? Und der Tropfen hier, sitzt er nicht zufällig genau da, wo man bei einer Zeichnung die Klitoris vermuten würde?«

Dawsons Gesicht überzog sich mit flammender Röte. »Man könnte es so sehen.«

Salsbury griff in seinen Aktenkoffer. »Ich habe weitere Beispiele dabei.« Er zeigte ihm eine Anzeigendoppelseite im *Playboy*, wo der Leser zum Abonnement des Magazins aufgefordert wurde. Das Playmate, eine vollbusige Blonde, kniete auf einem weißen Teppich. Die linke Seite der Anzeige wurde von der Abbildung einer geöffneten Walnuß eingenommen, die Windungen und Krümmungen der Nuß waren bis in die letzten Verästelungen zu erkennen. Das Playmate band eine rote Lasche um die Walnuß.

Die Anzeige, so erklärte Salsbury, war unter 200 andere Anzeigen gemischt worden. Das Sample war einer Anzahl von Versuchspersonen vorgelegt worden. Man hatte den Versuchspersonen eine Stunde Zeit zum Betrachten der Anzeigen gegeben. Dann wurden sie aufgefordert, zehn Motive zu nennen, an die sie sich erinnerten. 85 Prozent nannten die Anzeige in *Playboy*. Nur zwei Befragte kamen von sich aus auf die Walnuß zu sprechen, fünf Versuchspersonen erwähnten das Playmate. Sie hatten allerdings Schwierigkeiten, sich an ihre Haarfarbe zu erinnern. Die Brüste seien nackt gewesen, da waren die Versuchspersonen sicher. Aber ob das Mädchen vom Gürtel ab nackt gewesen war oder bekleidet? Ob es einen Hut getragen habe? Keine der Versuchspersonen hatte Probleme, als die Frage nach dem Inhalt der abgebildeten Walnuß kam, das Unterbewußtsein hatte sich dieses Gegenstandes mit besonderer Sorgfalt angenommen. Und weißt du auch, warum?« Salsburys Handballen senkte sich auf die Walnuß. »Weil die Nuß keine Nuß ist. Sie ist ein Vexierbild aus winzigen Gebilden, die in ihrer Form dem Glied des Mannes und der Scheide der Frau ähneln.«

Dawson durchpflügte die anderen Anzeigen, die Salsbury ihm auf den Tisch legte. Als er den Stapel durch hatte, sah er seinen Besucher an. »Eine illustre Gesellschaft, wenn ich so sagen darf. Camel, Seagram's, Sprite, Bacardi Rum – alle schalten unterschwellige Anzeigen.«

»Warum auch nicht? Es ist ja schließlich nicht verboten. Außerdem zwingt der Konkurrenzdruck dazu. Es gibt also keinen Bösewicht, dem man die Schuld aufbürden kann. Wenn überhaupt, dann ist das ganze System bösartig.«

Dawson ließ sich wieder in seinen Ledersessel sinken. Was er dachte, stand ihm auf die Stirn geschrieben. Er schätzte es nicht besonders, wenn jemand am ›System‹ herummäkelte, und er schätzte es noch weniger, wenn jemand ihn belehrte, wo es Penisse zu sehen gab und wo nicht. Er war aufgewühlt von den Möglichkeiten, die sich bei konsequenter Weiterentwicklung des Gedankens ergaben. Dawson war mit dem Gefühl ausgestattet, daß ihn Gott der Herr an die Spitze seines millionenschweren Konsortiums beordert hatte. Gott würde auch dafür sorgen, daß er einen Weg fand, das Prinzip der Unterschwelligen Botschaft in bare Münze umzusetzen. Die Führung des Schöpfers in diesem Zusammenhang war besonders wichtig, weil die Angelegenheit eine schmutzige Seite hatte. Aber dieser Schmutz wurde von den guten Absichten hinweggespült, die Dawson mit allem verband. Nach seinem Tod würde das Dawson-Imperium in den Besitz der Kirche übergehen.

Er kniff die Lippen zusammen. »Du hast dargelegt daß die Firmen viel Geld und viel Gehirnschmalz in Unterschwellige Werbung investieren«, sagte er. »Mir ist bekannt, daß mit Sex Waren und Dienstleistungen verkauft werden. Aber wie wirksam ist das Stimulans? Ist die Sache den Aufwand wert?«

»Ohne jeden Zweifel«, sagte Salsbury. »Aus psychologischen Studien geht hervor, daß die meisten Amerikaner auf sexuelle Anstöße in der Werbung mit Angstgefühlen und Streß reagieren.«

»Eben.«

»Die erwünschte Wirkung wird trotzdem erzielt. Nehmen wir an, das Unterbewußtsein eines Zuschauers ist mit der Betrachtung einer Sexszene beschäftigt. Die Firma, die den Spot schaltet, will einen Softdrink verkaufen, aber in der Unterschwelligen Botschaft ist ein kopulierendes Paar zu erkennen. Wie reagiert unser Zuschauer? Mit Angst. Die Waage neigt sich zur Linken. Um die Waagschale auf der rechten Seite hinabzudrücken, müssen wir die Erlösung von der Angst hineinlegen. Die Angst wird gelöst, indem unser Zuschauer eine Flasche oder eine ganze Kiste des angebotenen Softdrinks kauft. Die Gleichung geht auf, die Tafel kann leergewischt werden.«

Dawson wunderte sich. »Er kauft das Produkt also nicht, weil er hofft, daß es ihm zu mehr Erfüllung im sexuellen Bereich verhilft?«

»Im Gegenteil«, sagte Salsbury. »Er kauft das Produkt weil es ihm die Flucht vor Sex ermöglicht. Durch die Anzeige erfährt er Motivation und Angst zugleich. Er möchte mit der gezeigten Frau schlafen, zugleich hat er Angst vor ihr. Indem er das Produkt kauft, erlangt er erotische Erfüllung ohne das Risiko, zurückgewiesen oder gedemütigt zu werden. Der Mann, weil er Angst hat, den sexuellen Erwartungen der Partnerin nicht zu entsprechen. Die Frau, weil sie einer unglücklichen Bindung aus dem Wege gehen will. Beide Geschlechter erfahren Erfüllung, vor allem, wenn das gekaufte Produkt einen klaren oralen Bezug hat, wie es bei Getränken und Lebensmitteln der Fall ist.«

»Und bei Zigaretten«, sagte Dawson. »Könnte die Unterschwellige Werbung dafür verantwortlich sein, daß es den Menschen so schwerfällt, das Rauchen aufzugeben?«

»Nikotin ist eine Droge«, sagte Salsbury. »Ein Genußgift, das eine Sucht bahnt. Aber Unterschwellige Werbung trägt ohne Zweifel dazu bei, die Sucht zu festigen.«

Dawson kratzte sich das Kinn. »Wenn das stimmt, warum rauche ich nicht? Ich bin ständig der Zigarettenwerbung ausgesetzt und rauche nicht.«

»Das Verfahren der Manipulation ist noch unvollkommen«, sagte Salsbury. »Es kommt nach wie vor auf die Grundhaltung des Menschen an. Wenn du der festen Überzeugung bist, Rauchen ist etwas Ekelhaftes, wenn du entschlossen bist, nie in deinem Leben eine Zigarette in die Hand zu nehmen, dann kann dich auch eine Anzeige mit Unterschwelliger Werbung nicht umstimmen. Wenn du aber zu den jungen Verbrauchern gehörst, die den Markt gerade erst entdecken, dann kann eine solche Anzeige sehr wohl dazu beitragen, die Sucht anzubahnen. Ähnlich ist es bei Rauchern, die inzwischen zu rauchen aufgehört haben. Sie können durch Unterschwellige Werbung veranlaßt werden, die alte Gewohnheit wieder aufzunehmen. Diese Art von Werbung zielt besonders auf Unentschlossene. Ein Beispiel. Wer überhaupt keinen Alkohol zu sich nimmt, den wird die Gin- Anzeige nicht dazu bringen, in den nächsten Schnapsladen zu rennen. Anders ein Leser, der bereits trinkt. Vielleicht ist es ihm bisher nicht auf die Marke des Getränks angekommen. Die Anzeige sagt ihm, wenn du schon trinkst, dann mußt du Gilbey's Gin kaufen. Die Sache funktioniert, Leonard. Mit Unterschwelliger Werbung werden jedes Jahr Produkte für viele Milliarden Dollar vermarktet, Waren, für die der Verbraucher kein Interesse hätte, würden sie nicht durch die Hintertür in sein Unterbewußtsein eingeschleust.«

»Du arbeitest seit zehn Jahren an dem Verfahren, sagst du?«

»So ist es.«

»Das System ist ausgereift?«

»Das System ist ausgereift.«

»Erkennt das Pentagon denn nicht, was für eine Waffe das darstellt?«

»Erkennst *du* es, Leonard?«

Dawsons Antwort kam mit großer Ruhe. »Es geht hier nicht mehr um die Beeinflussung des Menschen, es geht um die Kontrolle über seinen Geist.«

Beide schwiegen.

»Du willst das Verteidigungsministerium nicht in die letzten Einzelheiten einweihen, wie?« sagte Dawson. Er stieß die Luft durch die Nase. »Wenn sie dir auf die Spur kommen, werden sie behaupten, du hast dich des Hochverrats schuldig gemacht.«

»Es ist mir egal, was das Verteidigungsministerium behauptet«, sagte Salsbury scharf. »Mit deinem Geld und meinem Wissen sind wir nicht mehr auf das Verteidigungsministerium angewiesen. Wir werden mehr Macht haben als die Regierung der Vereinigten Staaten, mehr Macht als die Regierungen aller Länder zusammengenommen.«

Dawson konnte seine Ungeduld nicht länger zügeln. »Was hast du erfunden, Ogden? Heraus damit!«

Salsbury war an die Glasfront getreten und starrte den Schneeflocken nach, die sich in dichten Wirbeln auf Manhattan senkten. Einen Augenblick lang hatte er das Gefühl, Dawson hätte ihm einen elektrischen Draht in die Hand gedrückt, einen Draht, der unter Strom stand. Das Bild der tanzenden Flocken verschwamm vor seinen Augen. Um ihn war Licht. Der göttliche Funken. Jawohl, Gott goß seine Gnade über ihn aus.

Er sagte Dawson, was er erfunden hatte. Er erklärte ihm, in

welcher Weise sich die Erfindung nutzen ließ und welche Rolle Dawson bei der Verwirklichung der Pläne spielen konnte.

Er sprach eine halbe Stunde lang.

»Ogden«, sagte Dawson, als er mit seiner Erklärung fertig war, »bedeutet das nicht, daß die Macht über die Erde in unsern Händen liegen wird?«

Die schwarzen Augen lächelten.

3. Kapitel

Samstag, der 13. August 1977
Das Zimmer lag im zweiten Stock des Hauses. Paul Annendale stand vor der Kommode und legte sein Rasierzeug bereit. Von links nach rechts. Eine Dose Rasierschaum, eine Schale mit Rasierpinsel, ein Rasierapparat in einer Plastikhülle, Rasierklingen, ein Alaunstift, ein Fläschchen Pre-shave-Lotion, ein Fläschchen After-shave-Lotion. Die Gegenstände lagen nebeneinander wie Artikel, die in einem Werbespot angepriesen wurden. Gleich würde sich die Dose Schaum in Bewegung setzen, dann der Pinsel in der Schale und so fort. Der Tanz konnte beginnen.

Paul wandte sich von der Kommode ab und trat ans offene Fenster. In der Ferne waren die Berge zu sehen, grün und großartig, eingehüllt von den purpurnen Schatten der Wolken. Im Vorgebirge waren Gruppen von Ulmen und Tannen zu erkennen. Der kleine Ort lag im Tal. Das Rascheln der Birken auf der Hauptstraße war zu hören. Einige Leute waren zu sehen. Einheimische. Die Männer in kurzärmeligen Hemden, die Frauen im bunten Sommerkleid. Pauls Blick streifte das Reklameschild für *Edison's General Store*, dessen obere Kante bis an die Fensterbrüstung heranreichte.

Er trat einen Schritt zur Seite, um sich in der Fensterscheibe zu betrachten. Ein Mann mittlerer Größe, weder dünn noch dick. Volles, braunes Haar, kurzgeschnitten. Die Art von Haarschnitt, wie sie die jungen Männer heutzutage trugen. Ihm stand das. Seine Augen waren blau, als seien sie aus einem Hollywood-Himmelszelt ausgeschnitten worden. Es gab einen bitteren Zug um den Mund. Verlust, Entsagung, Niederlage. Das

Gesicht war schlank, oval, fast das Antlitz eines Aristokraten. Aber die Haut war von gesunder Farbe, war gebräunt. Ein Mann, der keinen Hochmut kannte. Jemand, der sich in eleganter Umgebung wohl fühlte und in einer Hafenbar.

Er trug Bluejeans, ein hellblaues Arbeitshemd und Stiefel. Trotzdem sah er sorgfältig gekleidet aus. Fast formell. Die Ärmelaufschläge seines Hemds waren penibel gebügelt, der offene Kragen sah gestärkt aus. Die Gürtelschnalle blitzte, als sei sie ausgiebig gewienert worden. Das Hemd war ein Maßhemd, und die Jeans waren auf Maß gearbeitet.

Paul Annendale war ein sehr ordentlicher Mensch. Schon in früher Jugend war er von den Freunden damit aufgezogen worden. Paul war der Junge, der nach dem Spielen sein Spielzeug aufräumte. In seinem Zimmer sah es sauberer aus als im Rest des Hauses.

Vor drei Jahren war seine Frau gestorben. Annie. Sie hatte ihn mit den beiden Kindern in einer Einsamkeit zurückgelassen, die Paul nicht verstand. Aus irgendeinem Grunde suchte er die Sache durch gesteigerte Ordnungsliebe auszubügeln. Es war an einem Mittwochnachmittag, und Paul Annendale befand sich in seiner tierärztlichen Praxis, als er erkannte, daß seine Ordnungsliebe in Wirklichkeit ein Ventil war. Eine Flucht aus der Wirklichkeit. Zum siebentenmal innerhalb von zwei Stunden hatte er den Schrank mit den Instrumenten aufgeräumt. Er brach in Tränen aus. Zehn Monate waren vergangen seit Annies Tod. Es war das erste Mal, daß er sich gehen ließ. Er hatte seinen Gram vor den Kindern verheimlicht. Aber jetzt weinte er, er schluchzte und wand sich in den Schmerzen, die der Tod ihm zugefügt hatte. Er war ein Mann, dem nie ein Fluch über die Lippen kam, aber jetzt fluchte er. Er verfluchte Gott und die Welt.

Nach jenem Gefühlsausbruch war die Ordnungsliebe auf ein annähernd normales Maß zurückgegangen. Nach wie vor gab es Leute, die an Pauls penibler Art Anstoß nahmen. Es gab andere, die sein Verhalten als liebenswürdige Eigenart empfanden.

Ein Klopfen an der Tür.

Er drehte sich um. »Herein.«

Rya kam herein. »Es ist sieben, Papa. Zeit zum Abendessen.«

Sie trug verwaschene Jeans und ein weißes T-Shirt. Das Haar fiel ihr bis auf die Schultern. Wie ihre Mutter, dachte er. Sie hat das dunkle, schöne Haar ihrer Mutter. Und jetzt hielt sie auch noch den Kopf schief, wie Annie es getan hatte, wenn sie seine Gedanken zu ergründen suchte.

»Ist Mark schon umgezogen?« fragte er.

»Mark war schon vor einer Stunde fertig«, sagte Rya fröhlich. »Er ist bei Sam in der Küche und versucht ihn am Kochen zu hindern, so gut es geht.«

»Dann müssen wir uns beeilen. Wie ich Mark kenne, wird er alles aufessen, bevor Sam es auftragen kann.«

Sie trat einen Schritt zurück und musterte ihn von oben bis unten. »Du siehst fantastisch aus, Paps.«

Er grinste und kniff seine Tochter in die Wange. Die Wortwahl amüsierte ihn. Fantastisch. Wenn Rya mit Mark sprach, sagte sie: Du siehst *super* aus. Er, der Vater, war ein Erwachsener, er mußte also mit dem Wortschatz der Erwachsenen angeredet werden. Er war fantastisch.

»Meinst du?«

»Jenny wird dir nicht widerstehen können, so wie du aussiehst, Paps.«

Er verzog das Gesicht zu einer Grimasse.

»Wirklich nicht.«

»Wie kommst du darauf, daß mir Jenny etwas bedeutet?«

Behandle mich nicht wie ein Kind, sagten ihre Augen. »Weil ich euch beide in Boston beobachtet habe. Du warst völlig verändert.«

»In Boston?«

»Als Jenny zu Besuch war, hast du überhaupt nicht mehr von neurotischen Pudeln und verzogenen Siamkatzen gesprochen.«

»Weil ich zu jener Zeit nur Elefanten und Giraffen behandelt habe.«

»Lüg nicht, Paps«.

»Und ein trächtiges Känguruh.«

Rya hatte auf der Bettkante Platz genommen. »Heirat oder nicht, das ist die Frage hier.«

»Ob ich das Känguruh heirate?«

Sie mußte lachen, weil er ihrer Frage auswich. »Ich weiß nicht, ob ich eine Känguruhmutti möchte«, sagte sie. »Ich würde sagen, du mußt selbst wissen, wer für dich die richtige Partnerin ist.«

»Was das Känguruh angeht, ich schwöre dir, ich war's nicht.«

»Du hast keinerlei romantische Gefühle für Känguruhs?«

»Nein.«
»Und für Jenny?«
»Es kommt nicht so sehr darauf an, ob ich Jenny mag. Viel wichtiger ist, mag sie mich?«
»Weißt du das denn nicht?«
»Nein.«
»Dann werde ich es für dich herausfinden.«
»Und wie willst du das anfangen?«
»Ich werde sie einfach fragen.«
»Und ich stehe da wie ein Bauerntölpel. Daraus wird nichts.«
»Ich werde die Frage sehr behutsam stellen, mach dir keine Sorgen, Paps.« Sie sprang auf und ging zur Tür. »Wir haben wenig Chancen, noch was zu essen zu bekommen, wenn wir jetzt nicht runtergehen.«
»Rya?«
»Ja?«
»Magst du Jenny?«
»Sehr.«

Seit sieben Jahren kamen die Annendales nach Black River, um hier Ferien zu machen. Beim ersten Besuch war Mark zwei Jahre alt gewesen und Rya vier. In den Jahren, die dem ersten Besuch folgten, blieben sie nicht im Ort. Paul hatte ein Zelt mitgebracht. Sie übernachteten in den Bergen, in der freien Natur. Paul wollte seinen Kindern beibringen, wie wichtig es war, im Einklang mit der Natur zu leben. Es waren jedesmal wunderschöne Ferien. Die Kinder freuten sich drauf.

Als Annie starb, hatte Paul zunächst den Entschluß gefaßt für ein oder zwei Jahre auf das Ferienvergnügen zu verzichten. Rya hatte ihn eines Besseren belehrt. »Mutter ist nicht tot«, sagte sie. »Ich habe oft das Gefühl, daß sie noch im Haus ist. Sie wird auch bei uns sein, wenn wir in Black River durch die Wälder streifen. Wenn ich sie dort wiedersehe, wird sie wenigstens nicht so bleich sein wie zum Schluß. Sie wird braungebrannt sein und gesund. Wie früher, Paps.« Sie waren nach Black River gefahren, und die Entscheidung hatte sich als richtig erwiesen.

Beim ersten Besuch hatten Paul und Annie die Vorräte in *Edison's General Store* aufgestockt. Mark und Rya hatten den alten Mann sofort in ihr Herz geschlossen, und auch Paul und seine Frau konnten seinem Charme nicht lange widerstehen.

Die Ferien hatten vier oder sechs Wochen gedauert. Zweimal war die Familie zum Abendessen bei den Edisons eingeladen gewesen. Im Jahr darauf hatte der Inhaber des General Store sie zum Übernachten eingeladen. Sie sollten sich erst einmal bei ihm ausschlafen, die Fahrt von Boston bis Black River sei schließlich ganz schön anstrengend. Am nächsten Morgen war immer noch Zeit, in die Berge aufzubrechen. Das Ganze war dann zur angenehmen Routine geworden. Die erste Nacht in Black River schliefen die Annendales im Haus von Mr. Edison. Für Rya und Mark war der Alte der gütige Großvater.

Vor einem Jahr hatte Paul mit Jenny Freundschaft geschlossen. Natürlich hatte Sam ihnen schon lange vorher gesagt, daß er eine Tochter hatte. Die Tochter studierte Musik. Nach vollendetem Studium heiratete sie einen Musiker und zog mit ihm nach Kalifornien. Nach sieben Jahren war die Ehe kaputt. Sams Tochter war nach Black River zurückgekehrt, um über ihre Zukunft nachzudenken. Sam war stolz auf seine Tochter, aber er hatte ihnen nie ein Foto des Mädchens gezeigt, das war nicht sein Stil. Paul war fast das Herz stehengeblieben, als er Jenny im Laden erblickte. Sie stand hinter der Theke und sprach mit zwei Kindern, die Bonbons kaufen wollten.

Es war nicht Liebe auf den ersten Blick, es war mehr. Noch bevor Paul Liebe für Jenny in seinem Herzen spürte, fühlte er, daß sie die Richtige für ihn war. Sie war die Frau, auf die er sein ganzes Leben gewartet hatte. Auch Jenny spürte die Anziehung, vom ersten Tag an.

Paul dachte über diese Dinge nach, während er hinter seiner Tochter die Treppe hinunterging. Er wußte, was sie sagen würde, wenn er ihr gestand, was er für Jenny fühlte. »Warum bist du eigentlich noch nicht mit ihr verheiratet, Paps?« Wenn das alles so einfach wäre!

Das Essen war beendet. Sam und die Kinder spülten das Geschirr. Paul und Jenny hatten sich in das gemütliche, kleine Wohnzimmer verfügt. Sie hatten sich auf das Sofa gesetzt. Er schlang den Arm um sie, aber sie entzog sich ihm. Vielleicht schämt sie sich, dachte er. Vielleicht hat sie Angst, daß Mark und Rya hereinplatzen.

»Laß uns noch etwas rausfahren«, schlug er vor.

»Ich weiß nicht.«

Er stand auf. »Komm doch, ein bißchen frische Luft tut dir gut.«

Es war kühl draußen. Sie bestiegen den Wagen.

»Stellst du die Heizung an?« bat sie.

»Komm in meine Arme, ich wärme dich.« Er strahlte sie an. »Wo geht's bitte hin?«

»Wir könnten nach Bexford fahren, da kenne ich eine kleine Bar.«

»Wir wollten doch nirgendwo hingehen, wo wir uns anstekken können.«

»In Bexford gibt's keine Grippekranken.«

»Wieso eigentlich nicht? Es liegt doch gar nicht so weit von Black River.«

»Ich weiß es nicht, es ist nun mal so.«

Er legte den Gang ein und lenkte das Fahrzeug auf die Straße. »Einverstanden. Eine kleine Bar in Bexford.«

Sie saß an ihn gelehnt. Sie hatte einen kanadischen Sender eingestellt. Swing der vierziger Jahre.

Es war eine schöne Fahrt. Sie waren wie in einem kühlen, dunkelgrünen Tunnel. Nur du und ich, dachte Paul. Ein angenehmer Gedanke.

Sie war schön wie die Nacht. Sie war schlank, aber ihre Ausstrahlung schien den Wagen auszufüllen. Ihre Züge waren entspannt. So schön. Viel attraktiver als die Modemädchen in *Vogue*. Volle, weiche Lippen, die zu den Klängen von Benny Goodman summten. Als sie sich zurücklehnte, streiften ihre Haare seine Wange. Ihr kühler, sauberer Duft stieg zu ihm auf.

Sie waren in Bexford angekommen. Er hatte eine Parklücke gegenüber der kleinen Bar gefunden. Er zog den Zündschlüssel ab.

Sie lehnte sich zu ihm und gab ihm einen schwesterlichen Kuß. »Du bist lieb.«

»Warum bin ich lieb?«

»Weil du auf der ganzen Fahrt nichts gesagt hast. Du hast mich träumen lassen.«

Er lächelte. »Wir verstehen uns ohne Worte, wußtest du das nicht?«

»Doch, das ist mir auch schon aufgefallen.«

»Aber du sagst das so, als sei das selbstverständlich.«

»Ich find's *nicht* selbstverständlich.«

»Jenny, wir beide...«

»Ich möchte nicht, daß wir über irgendwas Ernstes sprechen«, sagte sie und legte ihm einen Finger auf den Mund.

»Ich finde schon, wir sollten miteinander auch einmal über ernste Dinge sprechen.«

»Nein«, sagte sie, »das möchte ich nicht. Und weil du so lieb bist, wirst du tun, was ich sage.« Sie gab ihm einen Kuß und stieg aus.

Es war ein Lokal mit vierzehn Tischen in der Mitte des Raumes und einer Reihe von Nischen an der Wand zur Linken. Countrymusik aus einem Musikautomaten. Der Barkeeper stand vorgelehnt und unterhielt sich mit den Gästen. Er sprach wie W. C. Fields auf einem Ausflug ins Grüne. Vier Männer saßen an der Bar. Die letzte Nische war frei.

Sie setzten sich.

Der Wodka-Martini für Jenny war serviert worden und der Scotch für Paul.

»Warum kommst du nicht auf ein paar Tage ins Zelt?« sagte Paul. »Ich habe einen Schlafsack für dich mitgebracht.«

»Gerne«, sagte sie.

»Wann?«

»Vielleicht nächste Woche.«

»Ich werd's gleich morgen früh den Kindern sagen, daß du's mir versprochen hast. Die machen dir die Hölle heiß, falls du es dir anders überlegst.«

Sie lachte. »Scheint, die beiden mögen mich.«

»So könnte man's sagen.«

Jenny nahm einen Schluck von ihrem Glas. »Weißt du, was mich Rya gefragt hat, als sie mir beim Kaffeemachen half?«

»Nein.«

»Sie hat mich gefragt, ob ich meinen ersten Ehemann zum Teufel gejagt habe, weil er ein schlechter Liebhaber war.«

»Das ist ja wohl nicht dein Ernst.«

»So wie ich's sage, Paul.«

»Das Mädchen ist erst elf. Manchmal denke ich... Ich meine, ich frage mich, ob...«

»Reinkarnation?«

»Vielleicht. In diesem Leben ist sie natürlich erst sieben Jahre alt. Aber vielleicht ist sie in ihrem vorherigen Leben siebzig Jahre alt geworden. Was hast du ihr eigentlich geantwortet?«

Jenny seufzte. »Ich habe ihr gesagt es geht sie überhaupt nichts an, ob mein Mann ein schlechter Liebhaber war oder nicht. Sie hat mich dann gebeten, ich soll nicht böse sein mit ihr, sie sei nun einmal ein kleines Mädchen, das eine Menge Fragen hat, sie sei ganz einfach neugierig auf das Erwachsenenleben, auf die Liebe und die Ehe.«

Er grinste. »Ich kann dir sagen, wie's weitergeht. *Ich bin allein in dieser Welt. Niemand kümmert sich um mich. Niemand sagt mir, was ich wissen möchte. Ich bin in der Pubertät. Ich bin ein Spielball meiner Gefühle.*«

»Dann hat sie den Trick mit dir wohl auch schon versucht.«

»Sehr oft.«

»Und du bist drauf reingefallen?«

»Jeder fällt drauf rein.«

»Sie hat mir so leid getan, Paul. Sie hatte tausend Fragen...«

»Natürlich alles Fragen, die mit der Liebe zwischen Mann und Frau zu tun haben.«

Jenny fuhr sich über die Stirn, ihr Haar schwang zur Seite. »Jedenfalls habe ich alle ihre Fragen beantwortet. Zum Schluß habe ich dann herausgefunden, daß sie mich das alles nur gefragt hat, weil sie mir von dir und deiner verstorbenen Frau erzählen wollte.«

»Von Annie?«

»Von Annie. Sie sagte, ihre Mutter hat ihr verraten, du bist ein fantastischer Liebhaber.«

Paul schüttelte den Kopf.

»Ich habe ihr dann gesagt, ich kann mir gar nicht vorstellen, daß deine Mutter so etwas gesagt haben soll. Wie alt sie denn damals war, habe ich sie gefragt. Und sie hat gesagt, sechs, sie war sechs, aber sie sei eben damals schon frühreif gewesen.«

Er mußte lachen. »Du solltest ihr das nicht übelnehmen«, sagte er nach einer Weile. »Sie veranstaltet das alles doch nur, weil sie dich lieb hat. Sie mag dich, Mark mag dich, und ich mag dich auch.«

Sie starrte in ihr Glas. »Hast du in der letzten Zeit ein gutes Buch gelesen?«

Er trank von seinem Scotch. »Ich weiß, ich bin ein lieber Mensch, und deshalb muß ich jetzt sofort das Thema wechseln.«

Sie ließ ihn ihre Brüste spüren. »Erraten.«

Jenny Leigh Edison haßte den Gedanken an eine neue Heirat. Sie war nicht das, was man eine Romantikerin nennen konnte. Als sie ihre erste Ehe schloß, war sie auf einen Mann gestoßen, der weder lernen noch arbeiten wollte, zugleich aber Anspruch auf Ruhm und ein hohes Einkommen erhob. Die Jahre verstrichen, ohne daß es ihm gelungen wäre, die Wirklichkeit mit diesem Anspruch in Übereinstimmung zu bringen. Er fand einen Schuldigen für seine Mißerfolge. Seine Frau. Sie war schuld, daß er keine richtige Band zusammenbekam. Sie war schuld, daß er keinen Vertrag bei einer Plattenfirma bekam. Sie war ein Klotz an seinem Bein. Sieben Jahre lebten sie von dem, was Jenny als Barpianistin verdiente. Eines Tages machte sie den Vorschlag, es sei besser auseinanderzugehen. Er beschuldigte sie, sie wolle ihn im Stich lassen. Er drohte ihr, er würde ihr den Hals durchschneiden, wenn sie ihr Vorhaben wahrmachte. Sie reichte die Scheidung ein. Die Scheidung wurde ausgesprochen. »Liebe genügt nicht für die Ehe«, sagte sie, als sie mit Paul über jene Jahre sprach. »Es gehört mehr dazu. Vielleicht Achtung voreinander, ich bin nicht sicher. Ich werd's herausfinden, Paul. Solange ich es nicht weiß, kriegen mich keine zehn Pferde wieder vor den Traualtar.«

Er hatte das Thema gewechselt. Sie sprachen über Glenn Miller und seine Musik, als Bob und Emma Throp aufkreuzten.

»Hello«, sagte Bob, und Emma grinste. Sie standen vor der Nische.

Bob Thorp war der Polizeichef von Black River, ihm unterstanden vier Beamte. Normalerweise hätte für einen Ort von dieser Größe ein einziger Beamter genügt. Aber da gab es das Holzfällercamp, das zum Sägewerk der Big Union gehörte. Die Männer kamen in die Ortschaft, da brauchte man schon ein paar Beamte mehr, die für Ordnung sorgten. Das Sägewerk zahlte die Beamten. Bob war ein vierschrötiger Mann, über sechs Fuß groß, mit niedriger Stirn und tiefliegenden Augen. Bob wog 200 Pfund. In der Armee war er Militärpolizist gewesen. Er sah gefährlich aus. Gefährlich und dumm. Aber dumm war er nicht. Bob schrieb eine amüsante Spalte für das Wochenblatt, das in Black River herauskam, eine Spalte, die genausogut in irgendeiner größeren Zeitung hätte stehen können.

Emma Thorp war 35, sie war die schönste Frau von Black River, blond, mit grünen Augen und von einer erotischen Ausstrahlung, die ihr – das war jetzt zehn Jahre her – zu einer Placierung im Schönheitswettbewerb für Miß USA verholfen hatte. Sie war die einzige Persönlichkeit des kleinen Ortes, die je über einen Kreis von zwanzig oder dreißig Kilometern hinaus bekannt geworden war. Der Sohn des Paares war in Marks Alter. Die beiden waren Freunde, Jeremy durfte jedesmal, wenn die Annendales zum Urlaub anrückten, zwei oder drei Tage im Zelt schlafen. Mark mochte Jeremy.

»Ferien?« fragte Bob.

»Wir sind gerade erst angekommen.«

»Wir würden Sie bitten, sich etwas zu uns zu setzen«, sagte Jenny, »aber Paul hat Angst, daß er mit der Grippe angesteckt wird. Wenn er's erst einmal hat, kriegen es die Kinder ganz bestimmt.«

»Verstehe«, sagte Bob. »Aber das ist nichts Ernstes. Keine richtige Grippe, wenn Sie mich fragen. Nur Schüttelfrost. Nächtlicher Schüttelfrost.«

»Mir setzt die Krankheit aber ganz schön zu«, sagte Emma. »Ich kann nicht richtig schlafen, nicht einmal am Tage. Ich bin heute nachmittag etwas eingenickt und mit Schüttelfrost wieder aufgewacht.«

»Sie sehen beide ganz gesund aus«, sagte Paul.

»Ich sage Ihnen ja, es ist nichts Ernstes«, meinte Bob. »Schüttelfrost, weiter nichts. Meine Großmutter hat schon darunter gelitten.«

»Deine Großmutter hat unter allen Krankheiten gelitten, die in ihrem Hausarztbuch standen«, sagte Emma. »Schüttelfrost, Rheumatismus, Wechselfieber, Wallungen...«

Paul mußte lachen. »Was soll's. Kommen Sie, setzen Sie sich zu uns. Ich geb' einen aus.«

Bob warf einen raschen Blick auf die Uhr. »Danke, aber das geht jetzt nicht. Hier wird jeden Samstagabend Poker gespielt, in einem Hinterzimmer. Wir werden erwartet, Emma und ich.«

»Sie spielen Poker, Emma?« fragte Jenny ungläubig.

»Besser als Bob«, sagte Emma. »Letztes Mal hat er fünfzehn Dollar verloren, und ich habe zweiunddreißig Dollar gewonnen.«

Ein Grinsen erschien auf Bobs Gesicht. »Jetzt sag auch dazu, woran das liegt. Wenn du mitspielst, achten die Männer nicht mehr auf ihre Karten, sondern auf etwas anderes.«

Emma ließ die Fingerspitzen über ihren Ausschnitt gleiten. »Bluffen gehört zum Poker. Wenn die Idioten auf meine Tittis schielen anstatt auf ihre Karten, dann spielen sie eben schlechter Poker als ich.«

Sie hatten Bexford hinter sich gelassen und waren auf dem Weg nach Hause. Sie waren fünfzehn Kilometer gefahren, als Paul auf einen Rastplatz einbog.

»Halt bitte nicht an«, bat Jenny.

»Warum nicht?«

»Weil ich dich liebe.«

Er sah sie unschlüssig an. »Und du findest, das ist ein Grund, nicht anzuhalten?«

Sie vermied es, ihn anzusehen. »Ich mag dich, Paul, aber ich weiß auch, du bist nicht die Art von Mann, die sich mit Sex zufriedengibt. Du willst mehr, und auf mehr bin ich nicht vorbereitet.«

Er umfaßte sie mit einer zärtlichen Geste und drehte ihr Kinn so, daß sie ihn ansah. »Ich erinnere mich an unsere Gespräche in Boston. Du warst zunächst ganz unsicher, was aus uns beiden werden sollte. Zum Schluß hast du mir dann gesagt, wir sollten zusammenbleiben, du brauchst nur noch etwas Zeit für eine endgültige Entscheidung über die Form, wie das geschehen kann.« Es war beim letzten Weihnachtsfest gewesen. Paul hatte ihr einen Heiratsantrag gemacht. Jenny hatte weder ja noch nein gesagt. Seitdem versuchte er sie davon zu überzeugen, daß sie füreinander geschaffen waren. »Und jetzt ist wieder alles ganz anders.«

Sie küßte seine Hand. »Ich brauche Zeit.«

»Ich bin anders als dein erster Mann, Jenny.«

»Das weiß ich. Du bist...«

»Lieb?«

Sie schwieg.

»Ich brauche noch etwas Zeit«, sagte sie nach einer Weile.

»Wie lange?«

»Ich weiß es nicht.«

Er sah ihr prüfend in die Augen. Dann legte er den Gang ein und bog wieder auf die Straße ein.

Er hatte das Radio eingeschaltet. Ein paar Minuten verstrichen.

»Bist du mir böse?« fragte sie.

»Nein. Ich bin nur etwas enttäuscht.«

»Ich verstehe nicht, wie du so sicher sein kannst«, sagte sie. »Du solltest mehr Vorsicht walten lassen.«

»Ich weiß, daß ich dich liebe«, sagte er. »Das genügt mir.«

»Und das ist dein Fehler«, sagte sie. »Macht es dich denn nicht nachdenklich, daß ich deiner verstorbenen Frau sehr ähnlich sehe? Wir sind gleich groß, haben die gleiche Figur, die gleiche Haarfarbe, die gleichen Augen. Ich habe Fotos von ihr gesehen.«

Was sie sagte, machte ihn verlegen. »Glaubst du etwa, ich liebe dich nur, weil du ihr ähnlich siehst?«

»Du hast sie sehr geliebt, habe ich recht?«

»Das hat nichts mit dir zu tun. Ich liebe dunkelhaarige, sinnliche Frauen.«

»Mag sein.«

»Verdammt noch mal, ich verstehe gar nicht, was du da hineingeheimnissen willst. Ich liebe dich, weil du Jenny bist, nicht weil du irgend jemandem ähnlich siehst oder nicht ähnlich siehst.«

Schweigend glitten sie dahin, nur der Motor und das Rauschen der Reifen auf dem Asphalt war zu hören.

In den Büschen leuchteten Augen auf. Rotwild. Paul sah in den Rückspiegel. Wie graziöse Geistwesen überquerten die Rehe den Fahrstreifen.

»Du bist sicher, wir sind füreinander geschaffen«, sagte Jenny. »Vielleicht sind wir das auch. Aber wir müssen noch etwas abwarten. Bisher haben wir nur Angenehmes miteinander erlebt. Die Schokoladenseite, verstehst du. In einer Ehe muß man zusammenhalten, auch wenn's schwierig wird. Weißt du, in der ersten Zeit ist mit meinem Mann auch alles gut gelaufen. Erst zum Schluß sind wir uns dann in die Haare geraten.« Sie streichelte seine Stirn. »Wie könnte ich meine Zukunft auf einem Fundament aufbauen, das überhaupt noch nicht belastet worden ist?«

»Wie stellst du dir das vor? Soll ich Gott bitten, daß er uns eine Krankheit schickt oder den finanziellen Ruin?«

Sie schmiegte sich an ihn. »Du läßt mich ganz schön spüren, wie dumm ich bin.«

»Du bist nicht dumm, und es ist nicht meine Absicht, dich etwas in der Art spüren zu lassen.«

»Ich weiß.«

Er bog in den Parkplatz am General Store ein. Sie gab ihm einen Gutenachtkuß.

Jeder ging auf sein Zimmer.

Sie lagen lange wach in jener Nacht. Allein.

4. Kapitel

28 Monate vorher – Samstag, der 12. April 1975

Der Hubschrauber, ein luxuriös ausgestatteter Bell Jet-Ranger II, hat eine große Schleife über dem Strip von Las Vegas beschrieben. Sekundenlang schwebte er über dem roten Landekreuz auf dem Dach des *Fortunata Hotels*, dann setzten die Kufen auf.

Als das Surren der Rotoren verklungen war, öffnete Ogden Salsbury die Tür und trat auf das Dach des Hotels. Es war alles ein wenig verwirrend. Die Kabine des Jet-Ranger war angenehm kühl gewesen, jetzt umgab Ogden der Gluthauch Nevadas. Aus Lautsprechern, die auf mannshohe Masten aufgeschraubt waren, tönte eine LP von Frank Sinatra. Das Sonnenlicht brach sich im Wasser des Dachgartenpools, und Salsbury mußte die Augen zusammenkneifen, obwohl er eine Sonnenbrille trug. Mit tapsigen Schritten ging er auf den Pool zu. Aus irgendeinem Grund hatte er erwartet, der Boden des Dachgartens würde ebenso vibrieren wie der Fußboden im Hubschrauber. Er geriet ins Schwanken, und dann wurde ihm auf einmal klar, daß er sich wieder auf festem Boden befand.

Der Swimmingpool und das mit Glaswänden verblendete Sportgelände auf dem Dachgarten waren Teil der Präsidentensuite des Fortunata Hotel. Nur zwei Gäste benutzten den übergroßen Pool, zwei junge, hübsche Frauen von üppigsinnlicher Ausstrahlung. Sie trugen die gleichen knappen Bikinis, saßen am Rand des Beckens und ließen die Beine baumeln. Hinter ihnen, am Beckenrand, kniete ein stämmiger Mann. Weißes Hemd, graue Hosen. Die drei unterhielten sich. Hätte Ogden die Szene mit einem einzigen Wort beschreiben müssen, ihm wäre nur die Bezeichnung ›lässig‹ eingefallen. Die drei dort hatten jene Lässigkeit, die dem Menschen durch die ungehinderte Verfügung über Geld zu eigen wird. Die Ankunft des Hubschraubers schienen sie nicht bemerkt zu haben.

Salsbury überquerte den Dachgarten und blieb vor der Gruppe stehen.

»Sind Sie General Klinger?«

Der Mann maß ihn mit einem prüfenden Blick. Er sagte nichts. Die blonde Frau hatte begonnen, die Dunkelhaarige mit einer Lotion einzuschmieren. Die Hände glitten über die Schultern, den Rücken, über die Hüften und dann über die Schenkel. Die beiden waren mehr als nur Freundinnen.

»Ich bin Salsbury.«

Klinger stand auf, aber er gab ihm nicht die Hand. »Ich hole den Koffer.« Salsbury sah ihm nach, wie er auf das verglaste Geviert zuging.

Er starrte die Frauen an. Die beiden hatten die längsten, die schönsten Beine, die er je gesehen hatte. Er räusperte sich. »Sie... kommen vermutlich aus dem Showbusineß.«

Die Frauen würdigten ihn keines Blickes. Die Blonde hatte ihre linke Hand mit Lotion gefüllt, sie begann die Brüste der Dunkelhaarigen einzureiben. Salsbury sah, wie sich ihre langen Finger unter das Oberteil des weißen Bikinis schoben, die Knöchel begannen unter dem dünnen Stoff zu kreisen.

Salsbury kam sich wie der Hofnarr vor, der bei der Toilette der feinen Damen zusehen durfte. Immer wenn er sich in Gesellschaft schöner Frauen befand, kam er sich wie ein Narr vor. Er war sicher, die beiden machten sich über ihn lustig. Diese verkommenen Flittchen! Eines Tages werdet ihr tun, was ich sage. Ihr werdet es genießen, meine Befehle auszuführen, ganz einfach, weil ich es bin, der euch diese Befehle gibt.

Klinger war wieder da. Er hatte sich umgezogen. Er hielt einen Koffer in der Hand. Er sah aus wie ein Gorilla, der für den Zirkus einen Anzug verpaßt bekommen hatte.

Sie kletterten in den Hubschrauber. Als die Maschine vom Dach abhob, drückte der Mann, den Salsbury mit General Klinger angesprochen hatte, den Kopf an die Scheibe und seufzte.

Auf dem schimmernden Grau des Beckenrandes waren die beiden Leiber der Frauen zu erkennen. »Ihr Boß weiß, wie man einem Gast die Langeweile vertreibt.«

Salsbury kniff die Augen zusammen. »Mein Boß?«

»Dawson«, sagte Klinger. Er zog eine lange, schmale Zigarre aus dem Paket und entzündete sie, ohne Salsbury das Paket anzubieten. »Wie haben Ihnen Crystal und Daisy gefallen?«

Salsbury nahm die Sonnenbrille ab. »Wie bitte?«

»Crystal und Daisy, die beiden Mädchen.«

»Hübsch. Wirklich hübsch.«

Klinger blies einen blauen Kringel in die Luft. »Die beiden können was.« Er schmunzelte. »Sie wären erstaunt, wenn Sie die beiden *in action* erlebten.«

»Ich hatte zunächst den Eindruck, es wären Tänzerinnen.«

Klinger sah ihn an, als hätte er die Charta der Vereinten Nationen zitiert. »Tänzerinnen, so kann man's auch nennen. Die beiden tanzen sich die Muschi heiß, in der Mitternachtsshow des Hotels. Sobald sie da fertig waren, sind sie wieder in meine Suite gekommen. Sie wollten mir zeigen, daß sie nicht nur tanzen können.«

Salsbury war ins Schwitzen geraten, obwohl die Aircondition im Jet-Ranger die Luft auf Eiseskälte herunterkühlte. Frauen. Wie er sie liebte! Und wie er sie fürchtete! Für Dawson mochte das Projekt Reichtum bedeuten, für Klinger Macht. Für Salsbury bedeutete es Sex. Er würde Sex haben mit den Frauen, die er sich aussuchte, so oft, wie er es sich wünschte, auf die Art und Weise, die er bevorzugte.

»Sie hätten die beiden wohl gern im Bett«, sagte Klinger. »Sie würden es den beiden am liebsten so besorgen, daß ihnen Hören und Sehen vergeht. Habe ich recht?«

»Natürlich.«

»Sie sollten die beiden nicht unterschätzen«, sagte Klinger. Er lachte. »Man braucht schon etwas Standkraft, um mit denen fertig zu werden. Glauben Sie wirklich, Sie würden Crystal *und* Daisy verkraften?«

»Ich könnt's versuchen.«

Klingers Lachen kam volltönend und herzlich.

Salsbury haßte ihn für dieses Lachen.

Ein Hausierer, dachte er. Ein Krämer. Ein Vertreter, der Geschäfte einfädelt. Klinger war der Mann, der für Futurex International die Aufträge vom Pentagon besorgte. Seine Bezahlung bestand in den Luxuswochenenden, die Dawson ihm finanzierte, und in Provisionen, die auf ein Schweizer Konto gezahlt wurden. Es gab ein Detail, das nach Salsburys Erfahrungen nicht mit der Philosophie eines Leonard Dawson in Übereinstimmung zu bringen war. Die Mädchen.

»Zahlt Dawson die Sache mit den Mädchen?« fragte er.

»Ich weiß nicht, wer die Mädchen bezahlt«, sagte Klinger. »Ich jedenfalls nicht. Wahrscheinlich das Hotel. Es gehört zu einer von Dawsons Hotelketten.« Er schmunzelte. »Dawson tut immer so, als hätte er keine Ahnung von den Mädchen. Wenn er mit mir diese Wochenenden durchspricht, dann hält er die Fiktion aufrecht, ich hätte die ganze Zeit nichts anderes getan als im Pool herumgeplanscht und ein paar gute Bücher gelesen.« Er sog an seiner Zigarre. »Leonard ist ein richtiger Puritaner, aber er hält Geschäft und Privatleben auseinander, das ist das Gute an ihm. Ihr Boß ist ein Mann von ganz besonderem Zuschnitt.«

»Dawson ist nicht mein Boß«, sagte Salsbury.

Klinger zeigte keine Reaktion.

»Leonard und ich sind Partner«, sagte Salsbury.

Klinger sah ihn kopfschüttelnd an. »Partner sind Sie?«

»Ganz recht.« Ihre Blicke trafen sich, und es war Salsbury, der zuerst wegsah.

»Partner sind Sie«, wiederholte Klinger. Er glaubte ihm kein Wort.

Und doch sind wir Partner, dachte Salsbury. Dawson besitzt diesen Hubschrauber, er besitzt das Fortunata Hotel, die beiden Mädchen und einen korrupten General. Aber mich wird er nie besitzen. Nie.

Der Hubschrauber war auf Las Vegas Airport niedergegangen, nur dreißig Schritte von einer schimmernd weißen Düsenmaschine entfernt. Auf dem Rumpf prangte in roten Lettern die Aufschrift FUTUREX INTERNATIONAL.

Der Flug mit dem Grumman Gulf Stream Jet startete fünfzehn Minuten später. Der Pilot nahm Kurs auf einen privaten Landeplatz am Lake Tahoe.

Klinger löste den Verschluß seines Gurtes. »Ich warte auf Ihr Briefing.«

Es war die Frage, auf die Salsbury gewartet hatte. Er nickte. »Wir haben zwei Stunden für die Sache«, sagte er und hob den

Aktenkoffer auf. Er legte den Aktenkoffer auf seine Knie. »Haben Sie schon mal was von Unterschwelliger Werbung gehört?« begann er.

Klingers Interesse hielt sich in Grenzen. »Bevor Sie richtig losgehen, hätte ich gern einen Scotch mit Eis.«

»Wir haben eine Bordbar.«

»Sehr schön.«

»Dort.« Salsbury deutete über die Schulter.

»Mein Glas bitte mit vier Eiswürfeln. Ein großes Glas.«

Salsbury starrte ihn an, und dann verstand er. Generäle holten sich ihren Drink nicht selber. Ich werde mich nicht einschüchtern lassen, dachte er, aber dann sah er sich gegen seinen Willen aufstehen und zur Bordbar gehen. Er kehrte mit einem Glas Scotch und Eiswürfeln zurück. Klinger nahm das Glas, ohne ihm zu danken.

»Und Sie sagten, Sie und Leonard sind Partner?«

Er hatte ihn auf die Probe gestellt, und Salsbury hatte die Probe verpatzt.

Ob es richtig war, daß er sich mit Dawson und Klinger eingelassen hatte? War das nicht so, als träte ein Fliegengewicht gegen ein Schwergewicht an? Sie werden mich k. o. schlagen, ehe ich weiß, wie mir passiert, dachte er.

Dann verdrängte er den Gedanken. Er brauchte Dawson und den General, wenn er die Ergebnisse seiner Forschungsarbeit der Regierung vorenthalten wollte. Er hatte keine andere Wahl. Er würde aufpassen müssen. Hieß es nicht, man konnte sogar mit dem Teufel schlafen, wenn man nur nicht vergaß, eine geladene Pistole unters Kopfkissen zu legen?

Pine House bestand aus 25 Räumen. Der Blick ging über den Lake Tahoe in Nevada. Das Haus war lang und breit, bis zum Plan für die Kanalisation, in *House Beautiful* abgebildet worden, und der Architekt hatte mit dem Bau zwei Architekturpreise gewonnen. Das parkartige Grundstück war 20000 Quadratmeter groß, es lag am Ufer des Sees und war mit etwa 100 hohen Fichten bestanden. Es war ein moderner Bau. Der Sockel war fensterlos, die einzelnen Stockwerke lagen als konzentrische Ringe um eine komplizierte Achse. Eines der Stockwerke war mit dem Anlegesteg für die Motorjacht verbunden. Vom Wohnzimmer aus ging der Blick durch das vier Meter breite Fenster auf See und Berge. Das mit Schiefer gedeckte Kathedralendach wurde von einer messerscharfen, 2,40 Meter hohen Spitze gekrönt.

Beim erstenmal hatte Salsbury das Haus für eines jener Gotteshäuser gehalten, die wohlhabende Kirchen für ihre Gläubigen errichteten. Er hatte das Leonhard auch gesagt, und der hatte die Bemerkung als Kompliment vereinnahmt. Inzwischen war Ogden klargeworden, daß die Ähnlichkeiten mit einer Kathedrale nicht zufällig waren, sie entsprangen den Wünschen des Bauherrn. Das Haus sollte ein Denkmal des Reichtums und der Macht sein.

Pine House hatte eineinhalb Millionen Dollar gekostet, den Preis für den Grund mit eingerechnet. Es war eine der acht Wohnungen, die Dawson und seine Frau in den Vereinigten Staaten, auf Jamaika, in England und auf dem europäischen Kontinent unterhielten.

Sie hatten gegessen und nahmen in der Sesselgruppe vor dem Aussichtsfenster Platz. Die Sonne sank in den See. Morgens war das Wasser grün, mittags blau, jetzt war es schwarz. Zehn Minuten vergingen. Die Männer sprachen über das Essen, das sie zu sich genommen hatten. Dann legte Dawson dem General die Hand auf die Schulter. »Ernst, was hältst du von den Techniken, die bei Unterschwelliger Werbung Verwendung finden?«

Der General war auf die Frage gefaßt. »Faszinierend«, sagte er knapp.

»Du hast keinerlei Vorbehalte?«

»Daß so etwas funktioniert? Aber nein, dein Angestellter hat das ja schon ausführlich dargelegt. Ich weiß nur nicht, was ich bei der ganzen Sache soll.«

Dawson nahm einen Schluck, dann machte er Salsbury ein Handzeichen. Der stellte sein Glas auf den Tisch zurück. Er war beleidigt, weil Klinger ihn als Angestellten, als Handlanger also, bezeichnet hatte. Er war zugleich beleidigt, weil Dawson seinem Freund deswegen nicht über den Mund gefahren war. Er beschloß, beim Gespräch mit Klinger die Anrede ›General‹ zu vermeiden. Er würde ihn vertraulich anreden, von Mann zu Mann. »Ernst«, sagte er, »wir haben uns zwar erst heute morgen kennengelernt, aber ich bin überzeugt, Sie haben sich bereits informiert, wo ich arbeite.«

»Sie leiten das Brockert-Institut«, sagte Klinger wie aus der Pistole geschossen.

General Ernst Klinger leitete eine wichtige Abteilung im Pentagon. Eine Abteilung, die für Waffentechnik und die neueste Forschung auf diesem Gebiet zuständig war. Geographisch deckte Klingers Zuständigkeit die Staaten Ohio, West-Virginia, Virginia, Maryland und Delaware ab, außerdem Pennsylvania, New Jersey, New York, Connecticut, Massachusetts, Rhode Island, Vermont, New Hampshire und Maine. Es gab elektronische und andere Überwachungssysteme in den Laboratorien, Fabriken und auf den Testgeländen, wo Waffen erforscht, hergestellt und getestet wurden, und diese Systeme waren die Augen und Ohren der Männer, die Klinger unterstellt waren. Die Firmengruppe Creativ Development Associates, die zu Dawsons Imperium gehörte, besaß eine Reihe von Forschungslaboratorien, die sich mit neuen Waffentechniken beschäftigten, das Brockert- Institut, das Klinger erwähnt hatte, gehörte dazu. Es lag im Staate Connecticut, und damit fiel es in den Bereich des Generals. Salsbury wäre erstaunt gewesen, wenn Klinger nicht bereits alle möglichen Erkundigungen über ihn eingezogen hätte.

»Wissen Sie eigentlich, mit welchen Forschungsprojekten wir uns im Brockert-Institut befassen?« warf Salsbury hin. Seine Frage war an den General gerichtet.

»Ich bin für die Überwachung der Forschungsstätten zuständig, für den Bereich Sicherheit, nicht für die Projekte«, sagte Klinger. »Ich kenne den Lebenslauf der Leute, die in den Laboratorien arbeiten, die Anordnung der Räume, das Gelände, wo die Gebäude stehen. Mehr interessiert mich nicht.«

»Wir arbeiten im Bereich der Unterschwelligen Botschaften«, sagte Salsbury.

Klinger hatte gerade einen Zug genommen, er verschluckte sich. »Wenn ich richtig informiert bin, Salsbury, dann haben Sie sich der Regierung gegenüber zu absolutem Stillschweigen über das Projekt verpflichtet.«

»So ist es.«

»Sie sind gerade straffällig geworden.«

»Das weiß ich.«

»Wissen Sie auch, welche Strafe auf Hochverrat steht?«

»Auch das weiß ich, aber ich werde nicht in die Verlegenheit kommen, des Hochverrats angeklagt zu werden.«

»Sie sind sich Ihrer Sache sehr sicher, wie?«

»Verdammt sicher«, sagte Salsbury.

»Es spielt für solch eine Anklage keine Rolle, daß Sie die Ihnen anvertrauten militärischen Geheimnisse an einen General und an den Besitzer des Laboratoriums verraten haben. Verrat bleibt Verrat.«

Dawson lehnte sich vor. »Ich schlage vor, wir lassen Ogden zu Ende reden.«

»Und wenn es eine Falle ist?« sagte Klinger.

»Du meinst, er erzählt das alles nur, um dich reinzulegen?« Dawson schüttelte den Kopf. Er schien verletzt wegen der Unterstellung, daß er, der große Drahtzieher, zu einem solchen Vorhaben seine Zustimmung gegeben haben könnte.

»Das ist nicht die Art, wie ich Geschäfte mache«, sagte er. »Du solltest mich besser kennen. Alles, was ich tue, basiert auf den großen christlichen Grundwerten.«

»Ich habe keine Lust, eine Anklage wegen Hochverrats an den Hals zu bekommen«, sagte der General störrisch.

Etwas wie Ungeduld und Verwunderung hatte sich Dawsons bemächtigt. »Ernst, wir haben doch schon viel Geld miteinander verdient, hast du das vergessen? Was Ogden beizutragen hat, hebt die Sache in ganz andere Dimensionen. Was du bisher gekriegt hast, ist ein Taschengeld gegen die Summen, die wir mit der neuen Erfindung verdienen werden. Jeder von uns!« Der General zeigte keine Reaktion. »Ich habe dich noch nie aufs Kreuz gelegt, Ernst. Nicht ein einziges Mal«, fügte Dawson hinzu.

Klinger schüttelte den Kopf.

»Ich bin für meinen Rat bezahlt worden, ich habe zu keinem Zeitpunkt...«

»Du bist bezahlt worden, weil du im Pentagon deinen Einfluß für mich geltend gemacht hast«, fiel ihm Dawson ins Wort.

»Selbst wenn es so wäre, so ist das noch sehr weit vom Tatbestand des Hochverrats entfernt, in den ich mich verwickle, wenn ich bei dieser Sache mitmache.«

Schweigen.

Salsbury schien es, als sähe er die beiden Männer durch ein riesiges Teleskop, das in Lichtjahren Entfernung aufgestellt war.

»Du solltest es auch mal anders herum betrachten, Leonard«, sagte Klinger in die Stille hinein.

»Anders herum?«

»Was ist, wenn *ich* dich mit der Sache erpresse? Ich höre mir alles in Ruhe an, und dann zeige ich dich und Salsbury an. Es sei denn, das ganze Geld landet bei mir.«

»Wenn du das tun willst, bitte schön.«

»Ich sage das nur, um dich zu warnen, Leonard. Ich bin dein Freund. Ich mag dich. Ich möchte nicht, daß du dich in Schwierigkeiten verstrickst.«

Dawson lehnte sich in seinem Ledersessel zurück. »Ich habe dich zu mir gebeten, weil ich dir ein Angebot zu machen habe, Ernst. Ich brauche deine Mithilfe bei diesem Punkt. Wenn du mich reinlegen willst, das ist ein Risiko, das ich eingehe.«

Dawson hob sein Glas und prostete dem General zu.

Was geht hier vor, dachte Salsbury. Was zum Teufel geht hier vor? Er erschrak, als Dawson sich ihm zuwandte.

»Sprich weiter, Ogden.«

Salsbury fiel es wie Schuppen von den Augen. Er verstand, warum sich der General geziert hatte. Das Mikrofon. Es gab ein Mikrofon. Dawson nahm die Unterredung auf Band auf. Und Klinger wußte das. Wenn die beiden Freunde sich später einmal in die Haare gerieten, würde Dawson den General zu erpressen suchen. Der wiederum konnte darauf verweisen, daß er Dawson und Salsbury vor den Folgen gewarnt hatte. Die Art von mildernden Umständen, die zu einer Einstellung des Verfahrens führen konnten.

Ogden war aufgestanden. Er lehnte am Aussichtsfenster, mit dem Rücken zum See. Er war so aufgeregt, daß er es in seinem Sessel nicht mehr ausgehalten hatte.

Dawson und Klinger beobachteten ihn aus den Augenwinkeln. Auf Salsbury wirkten die beiden wie zwei Leguane, die im Halbdunkeln auf ihre Beute lauerten. Die Rückenlehnen der Ledersessel waren nach hinten geklappt. Die nächste Lichtquelle waren die beiden Tischlampen, die in sechs Schritt Entfernung, zu beiden Seiten des Kamins, standen. Dawsons Antlitz lag zur Hälfte im Dunkel. In der anderen Hälfte spiegelte sich bernsteinfarbener Widerschein. Ein Saurier, dachte Salsbury. Ein Reptil.

Der Vergleich stimmte. Dawson war gepanzert wie ein Reptil, er würde unbeschadet aus dem Ganzen hervorgehen, selbst wenn das Projekt aufflog. Ihn schützte das Geld.

Auch Klinger trug einen Panzer. Die Macht, die Heimtücke, die Erfahrung.

Im Vergleich zu den beiden war Salsbury schutzlos. Erst jetzt, bei dem Dreiertreffen, war ihm das bewußt geworden. Zwar würde bei dem Projekt genügend Geld hereinfließen, um die Ansprüche der drei Beteiligten zu befriedigen. Aber es war denkbar, daß Dawson oder Klinger unersättliche Habgier entwickelte. Was dann? Seine einzige Waffe war und blieb die Intelligenz. Ich muß mit großer Vorsicht zu Werke gehen. Ich habe es mit zwei Raubtieren zu tun, die keine Freundschaft kennen, sondern nur ihre eigenen Interessen.

»Es war vor zehn Jahren, als die Forschung in eine heiße Phase trat«, begann er. »Wir haben uns seitdem, in Absprache mit dem Pentagon, nur noch um die Erforschung der unterschwelligen Phänomene gekümmert. Der soziologische Aspekt blieb außen vor, es gibt andere Institute, die derartige Fragen untersuchen. Mir ging es bei dem Vorhaben vor allem um die biologischen Mechanismen, die bei Unterschwelliger Wahrnehmung wirksam werden. Mir war klar, daß wir eine Droge entwickeln mußten, die das Gehirn aufschließt, die es für die Botschaften gefügig macht. Alle Unsicherheitsfaktoren mußten ausgeschlossen werden. Das Gehirn – dies war das Ziel – mußte jeden Befehl befolgen, der ihm erteilt wurde.« Salsbury wußte, daß es Kollegen in Kalifornien gab, die Viren und Bakterien als Droge einsetzen wollten. Ein falscher Weg. Es gab nur einen, der den richtigen Weg kannte. Ihn, Salsbury. »Die frühere Situation war ein Patt gewesen«, fuhr er fort. »Wir wissen, daß der menschliche Geist mit unterschwelligen Botschaften beeinflußt werden kann. Jemand, der keine festen Ansichten zu einem bestimmten Sachverhalt hat, kann in die gewünschte Richtung gedrängt werden. Aber es gab keine verläßliche Kontrolle über diese Menschen. Vielleicht folgten sie den Anregungen, die in den unterschwelligen Botschaften enthalten waren, vielleicht nicht. Was das Pentagon wollte, war etwas anderes. Die Grundmuster des menschlichen Verhaltens sollten geändert werden.«

»Das Pentagon will die perfekte Programmierung«, sagte Klinger.

Salsbury nickte. »Und die Droge, mit der diese Programmierung bewirkt werden kann, wird die Menschen in eine neue Phase führen. Es wird keinen Krieg mehr geben. Wir brauchen nur die Droge in die Wasserversorgung unserer Gegner einzubringen. Damit sind ihre Gehirne aufnahmefähig, sie werden tun, was wir sagen. Sie empfangen ihre Botschaften durch die existierenden Medien des eigenen Landes, durch das Fernsehen, über Funk, Film, Zeitungen und Zeitschriften. Ein Bombardement aus unterschwelligen Botschaften wird sie zwingen, die Dinge so zu sehen, wie wir es wollen. Allmählich werden dann aus Feinden Alliierte. Sie werden glauben, die Wandlung sei ihrem eigenen Denken entsprungen.«

Eine Minute verging. Klinger hatte sich eine Zigarre angesteckt. »Wir könnten die Droge auch im eigenen Land einsetzen«, sagte er nachdenklich.

»Natürlich«, sagte Salsbury.

»Amerika würde endlich werden, was die Gründerväter im Sinn hatten«, sagte Dawson. »Eine Nation. Es würde keine protestierenden Randgruppen mehr geben, keine Giftzwerge, die den Fortschritt aufhalten.«

Ogden sah auf den See hinaus. Die Nacht war gekommen. Das Plätschern der Wellen war zu hören, die an den Bootssteg brandeten. Ein beruhigendes, ein harmonisches Geräusch. Klinger würde mitmachen. Seine, Salsburys Vision würde Realität werden. Es war so atemberaubend, daß er minutenlang nichts sagen konnte.

Er blieb am Fenster stehen, als Klinger zu sprechen begann. »Sie sind Leiter des Brockert-Instituts, aber offensichtlich befassen Sie sich nicht nur mit Akten. Könnte man sagen, daß Sie aktiv in das Forschungsprojekt eingegriffen haben?«

»Es gab von Anfang an Bereiche, deren Erforschung ich mir vorbehalten habe, und diese Vorsichtsmaßnahme hat sich auch als richtig erwiesen.«

»Spätestens als Sie die Droge entdeckten.«

Salsbury nickte.

»Sie haben eine Droge entdeckt, die das Hirn für Unterschwellige Wahrnehmung aufnahmefähig macht in der Weise, daß keine Gewichtung der Informationen mehr stattfindet.«

»Vor drei Monaten, jawohl.«

»Wer weiß davon?«

»Nur wir drei.«

»Im Brockert-Institut weiß niemand, daß es die Droge gibt?«

»Nein, niemand.

»Sie haben doch sicher einen Assistenten, der Ihnen bei den Versuchen zur Hand geht«, wandte Klinger ein.

»Ich habe einen Assistenten ausgewählt, der die Tragweite der Versuche nicht erkennen kann.« Er lächelte. »Ein Neandertaler, wenn Sie so wollen.«

»Seit wann arbeiten Sie mit diesem Assistenten zusammen?«

»Seit sechs Jahren.«

»Und es ist Ihnen gelungen, die Ergebnisse über all die Jahre hinweg vor dem Pentagon geheimzuhalten? Sie haben die Berichte gefälscht?«

»Das war nur in der ersten Phase erforderlich. Ich mußte den Weg, den ich eingeschlagen hatte, vor Washington verschleiern, die Spur verwischen. Nachdem ich die offizielle Arbeit des Instituts in eine andere Richtung gelenkt hatte, genügte es, wenn ich meine privaten Forschungsergebnisse verschwieg.«

»Und Sie sind sicher, Ihr Assistent hat nichts gemerkt?«

»Er glaubt, ich sei mit meinem Projekt in eine Sackgasse geraten, das kommt bei Versuchsanordnungen ja oft vor. Wie ich schon sagte, der Mann ist kein Ausbund von Klugheit.«

»Die Droge ist nicht perfekt, Ernst«, sagte Dawson. »Es muß noch harte Arbeit geleistet werden, bis wir die Substanz wirklich einsetzen können.«

Klinger biß sich auf die Lippen. »Wie lange wird es dauern, bis die Droge einsatzfähig ist?«

Salsbury hatte sich umgedreht. »Das läßt sich schwer sagen. Ich würde meinen, zwischen sechs Monaten und eineinhalb Jahren.«

»Er kann nur zu Hause an der Sache arbeiten«, sagte Dawson, »das kannst du dir ja denken. Ich habe ihm jetzt ein eigenes Laboratorium in Greenwich eingerichtet, in einem Haus, das mir gehört. Liegt nur vierzig Minuten vom Brockert-Institut entfernt.«

Klingers Brauen zuckten nach oben. »Ist das Haus denn groß genug für diesen Zweck?«

»Ogden braucht nicht viel Platz für seine Versuche. Hundert Quadratmeter, höchstens hundertzwanzig. Den meisten Platz belegen die Computer. Verdammt teueres Zeug übrigens. Ich habe zwei Millionen Dollar in dieses Labor investiert, Ernst. Das zeigt dir vielleicht auch, wie sehr ich von der Sache überzeugt bin.«

»Du glaubst, er ist in der Lage, eine solche Droge in einem Hintertreppenlabor zu entwickeln?«

»Ein Hintertreppenlabor für zwei Millionen Dollar«, sagte Dawson. »Gar nicht gerechnet das Geld, das die Regierung in die Grundlagenforschung für das Projekt gesteckt hat. Da kommen ein paar Milliarden zusammen, mein Freund. Ich finanziere nur die Endphase der Versuche.«

»Und du glaubst, einen Erwerb von Computern für Millionen Dollar kannst du geheimhalten?«

»Es gibt keine Methode, mit der man mir auf die Spur kommen könnte, Ernst. Computer werden für alle möglichen Geschäftsbereiche benötigt. Ich habe die Geräte natürlich nicht über das Brockert-Institut, sondern über eine kleine Tochterfirma gekauft.«

»Du brauchst Techniker, du brauchst Wissenschaftler, du brauchst...«

»Ich brauche nur Ogden und seine Computer. Die Dreckarbeit ist bereits getan, daran haben Hunderte von Wissenschaftlern des Brockert-Instituts mitgewirkt, ohne es zu wissen. Von jetzt ab kann sich Ogden ganz auf die Weiterentwicklung der Droge konzentrieren.«

Klinger hatte noch einen Einwand gefunden. »Es wird auffallen, wenn er im Brockert-Institut kündigt. Das Pentagon wird sich dafür interessieren, was hinter der Kündigung steckt. Und wie ich die Herren kenne: sie werden's herausfinden.«

Sie sprachen über Salsbury, als sei er irgendwo, nicht hier, im Pine House. Salsbury gefiel das nicht. Er verließ seinen Platz am Fenster und trat vor den General. »Ich habe nicht vor, meine Stellung im Brockert-Institut aufzugeben. Ich werde an fünf Tagen in der Woche dort erscheinen, wie bisher auch. Ich werde von neun bis vier an einem nutzlosen Projekt arbeiten und dabei großen Fleiß entwickeln.«

»Und wann arbeiten Sie an der Droge?«

»Abends«, sagte Salsbury. »Abends und an den Wochenenden. Ich habe außerdem eine Menge Urlaub angespart. Ich werde den angestauten Urlaub nehmen, über eine Reihe von Monaten verstreut.«

Klinger hatte sich aus seinem Sessel erhoben. Er ging zum Barwagen und goß sich ein Glas Brandy ein. Salsbury fielen seine dunkel behaarten Hände auf. »Und was für eine Rolle spiele ich bei dem Ganzen?« fragte er.

Es war Salsbury, der die Antwort gab. »Leonard hat die Computer beschafft. Was ich jetzt brauche, sind Daten.«

»Daten?«

»Ich brauche die Bänder, auf denen das Pentagon die Ergebnisse des Vorprojekts gespeichert hat, sonst nützen mir die ganzen Computer nichts. Ich benötige diese Bänder für einen Zeitraum von drei bis vier Wochen, um Kopien herzustellen. Aber es gibt einen Haken. Die Kopien können nur im Brockert-Institut gemacht werden.«

»Und?«

»Wenn die Schreibung dann vorliegt, wie könnte ich diese Menge an Daten unbemerkt aus dem Institut herausschaffen? Die elektronischen Überwachungssysteme...«

»Ich verstehe«, sagte Klinger. Er kehrte zu seinem Sessel zurück, das volle Glas in der Hand.

Dawson beugte sich vor. »Ernst, du bist verantwortlich für die Sicherheitssysteme im Brockert-Institut. Wenn es eine Schwachstelle gibt, du bist der Mann, der sie finden kann.«

Klinger nahm einen Schluck. »Ich soll also die Augen schließen, während er ein paar Zentner Schreibung und ein paar hundert Magnetbänder mit streng geheimen militärischen Daten hinausschafft.«

Ogden nickte.

»Ist das machbar, Ernst?« fragte Dawson.

»Ich denke, schon.«

»Ist das alles, was du dazu sagen kannst?«

»Wir haben eine gute Chance, daß es klappt.«

»Eine gute Chance? Das genügt nicht.«

»Also gut«, sagte Klinger. Es klang gereizt. »Ich kann's hinkriegen. Es wird keine Videoaufzeichnungen der Aktion geben, wenn du das meinst.«

»Ich wußte, du kannst es tun, Ernst.«

Klinger zuckte die Achseln. »Wenn ich erwischt werde, lande ich im Militärgefängnis in Leavenworth.«

»Du gehst doch kein Risiko ein«, sagte Dawson. »Nicht du führst den Abtransport der Bänder durch, sondern Ogden. Sie können dir höchstens Nachlässigkeit im Dienst vorwerfen oder Fahrlässigkeit, keine Beteiligung.«

»Das genügt für eine vorzeitige Pensionierung und für eine Kürzung der Bezüge.«

Dawson gab sich erstaunt. »Ich biete dir ein Geschäft an, bei dem du Millionen verdienen kannst, und du sprichst von deinen Bezügen bei der Armee.«

Salsbury klebte das Hemd am Leibe. Er wandte sich zu dem General. »Sie haben gesagt, Sie können es tun. Aber Sie haben nicht gesagt, ob Sie's wirklich tun werden.«

Klinger hielt den Blick auf seinen Drink gerichtet. Nach einer Weile hob er den Kopf und sah Salsbury an. »Wenn die Droge einsatzbereit ist, was dann?«

Dawson war aufgestanden, er kam Salsbury mit seiner Antwort zuvor. »Erster Schritt ist die Gründung einer Firma in Liechtenstein.«

»Warum das?«

»Weil wir ein Institut brauchen, das die Gelder einsackt, ein Bankkonto, eine Firma. Ich werde hinfliegen, die Firma gründen und ein paar Rechtsanwälten in Vaduz die nötigen Vollmachten hinterlassen, daß sie für uns auftreten können. Nach den dort geltenden Gesetzen brauchen die Anwälte keine Auskunft zu geben über die Identität der Firmeneigner, für die sie handeln. Natürlich werde ich mit falschem Paß reisen. Auch du und Ogden werdet falsche Pässe bekommen. Unsere Strohmänner in Vaduz können uns also nicht verraten, selbst wenn sie wollten, sie kennen unsere richtigen Namen nicht.«

Dawsons Vorsichtsmaßnahmen waren wohlbegründet. Auf dem Konto in Liechtenstein würden sich Millionen und Abermillionen türmen. Bald würde man sich in Bankenkreisen zu fragen beginnen, wer hinter dem Geld steckte. Dawson und seine beiden Teilhaber würden Hunderte von Firmen gründen. Mit Hilfe der Droge konnten die Geschäftspartner, die Lieferanten, die Kunden verpflichtet werden, den Gewinn ihres Geschäftes nach Liechtenstein abzuführen. Es würde sauberes Geld sein, reingewaschenes Geld. Hinter jeder Überweisung würde ein Geschäft stehen, mit Verträgen, Akkreditiven, Lieferungen. Trotzdem würden die Drahtzieher, falls alles aufflog, im Dunkeln bleiben.

»Nehmen wir an, die Firma in Liechtenstein ist gegründet«, sagte Klinger. »Wie geht's weiter?«

»Wir müssen ein Gelände kaufen«, sagte Dawson. »Ein Lager.«

»Ein Lager?«

Dawson nickte. »Eine Art Camp, ja. Wir brauchen ein Gelände von etwa vierhundert mal fünfhundert Meter, am besten in Frankreich oder in Deutschland. Wir brauchen ein Haus. Es wird aussehen wie ein teures Sanatorium. In Wirklichkeit ist es die Gehirnwäschestation für unsere Söldner.«

»Für unsere Söldner?« Die Verachtung für die Konkurrenz in Khaki klang durch Klingers Worte.

Dawson erklärte ihm, daß sie etwa ein Dutzend Söldner anheuern würden, Männer, die in Asien und Afrika gekämpft hatten. Offiziell würde man den Söldnern sagen, daß sie im Lager auf die Aufgabe eingewiesen würden. Die Droge würde im Leitungswasser sein, auch in den Getränken, die die Männer zu sich nahmen. Vierundzwanzig Stunden nach der Ankunft, wenn die Droge bereits ihre Wirkung entfaltete, würden die Filmvorführungen beginnen. Filme über Waffen, über elektronische Gerätschaften, Dokumentarfilme über bestimmte Länder würden über die Leinwand flimmern. Ohne es zu wissen, würden die Männer die unterschwelligen Botschaften aufnehmen, mit denen die Filme unterlegt waren. Diese Botschaften würden Codeworte enthalten, die jeden Widerstand auslöschten. Wenn sie das Codewort hörten, würden die Männer die Weisungen ausführen, die man ihnen gab. Innerhalb von drei Tagen würde man sie zu perfekten Robotern umprogrammieren. Niemand in ihrer Umgebung würde den Wandel bemerken, der sich in den Hirnen der Söldner vollzogen hatte. Ihre Gewohnheiten, ihr tägliches Leben, ihre Neigungen und Abneigungen, alles blieb gleich. Mit einer Ausnahme. Die Männer würden stehlen, wenn man ihnen zu stehlen befahl. Sie würden töten.

»Man braucht keine Droge, um Söldner zur Ausübung ihres Berufes zu veranlassen«, sagte Klinger. »Es handelt sich um professionelle Killer.«

»Der Unterschied liegt im Grad des Gehorsams«, sagte Dawson. »Ein normaler Söldner denkt nach, bevor er einen Befehl ausführt. Er überlegt zumindest, ob die Sache für ihn selbst Gefahren in sich birgt. Anders unsere programmierten Roboter. Sie tun, was man ihnen sagt. Sie stellen keine Fragen.«

»Es gibt noch andere Vorteile«, sagte Salsbury. »Wir können Morde, die unsere Söldner begehen, aus ihrem Gedächtnis löschen, sowohl aus ihrem Bewußtsein als auch aus ihrem Unterbewußtsein. Sie sind nicht mehr in der Lage, gegen uns auszusagen, weil sie sich an die Tat nicht mehr erinnern. Sie bestehen jeden Test mit dem Lügendetektor.«

Klinger hob den Kopf, die Sache interessierte ihn. »Auch wenn man ihnen ein Wahrheitsserum spritzt, sie würden nicht aussagen? Nicht einmal unter Hypnose?«

»Das Serum bewirkt nichts und die Hypnose auch nicht. Nehmen wir an, der Therapeut begleitet unseren Mann bis zu der Uhrzeit, wo der Mord passiert ist. Er stellt gezielte Fragen. Was antwortet unser Mann? Nichts. Er steht im Dunkel. Er *kann* gar keine Antwort geben, ebensowenig wie ein Computer Daten ausspucken kann, die bereits gelöscht sind.«

Klinger hatte sein zweites Glas Brandy geleert. Salsbury sah, wie er sich einen Softdrink eingoß.

Er kam zurück, sein Blick war auf Dawson gerichtet. »Unsere zwölf Söldner sind für ihre künftigen Aufgaben programmiert. Was dann?«

Dawson hatte drei Monate Zeit gehabt, um über die Antwort auf diese Frage nachzudenken. »Erster Schritt ist eines der arabischen Emirate. Wir speisen die Droge in die Trinkwasserversorgung des Scheichtums ein. Sobald die Bevölkerung konditioniert ist, beginnt die Berieselung mit unterschwelligen Botschaften. Innerhalb weniger Wochen beherrschen wir das Land, ohne daß es der Bevölkerung bewußt ist.«

Klinger sah ihn ungläubig an. »Ein ganzes Land unterwerfen, als ersten Schritt?«

»Das Emirat, das ich im Auge habe, ist besonders geeignet, weil die Bevölkerung nur aus achthunderttausend Menschen besteht«, sagte Dawson. »Ein großer Vorteil ist, daß die Herrscherfamilie und alle Entscheidungsträger in einigen wenigen Ortschaften wohnen. Soweit es bewohnte Enklaven in der Wüste gibt, werden sie von der Hauptstadt aus mit Trinkwasser beliefert. Wir erlangen innerhalb von wenigen Wochen die Verfügungsgewalt über die Ölreserven. Ein Fünftel der Weltvorräte an Öl lagert in diesem Emirat. Von dort aus können wir Saudi-Arabien angehen, den Irak, Jemen und die anderen ölexportierenden Länder.«

»Wir könnten die OPEC zerschmettern«, sagte Klinger.

»Oder sie stärken«, sagte Dawson. »Das günstigste ist wahrscheinlich, wir schwächen und stärken sie in vorausberechneten Intervallen, damit gerät die Börse in Bewegung. Da wir wissen, wohin der Zug fährt, können wir soviel Geld verdienen, wie wir wollen. Ich rechne ein Jahr, bis wir die ölexportierenden Länder unter unserer Fuchtel haben. Nach dieser Zeit müßten eineinhalb Milliarden Dollar auf unseren Konten in Liechtenstein sein. Nach weiteren fünf oder sechs Jahren gehört alles uns. Buchstäblich jeder Stein auf der Welt gehört uns.«

»Das ist... Wahnsinn«, sagte Klinger.

Dawson runzelte die Stirn. »Wahnsinn?«

»Es ist unvorstellbar«, korrigierte sich der General.

»Es gab eine Zeit, da war Fliegen unvorstellbar«, schaltete Salsbury sich ein. »Für die Japaner war die Atombombe noch unvorstellbar, als sie ihnen schon auf den Kopf gefallen war. Als Kennedy das Apollo-Raumfahrtprogramm startete, waren die meisten Amerikaner davon überzeugt, daß nie ein Mensch den Fuß auf den Mond setzen würde.«

Sie schwiegen. Das Singen des Windes war zu hören.

»Du mußt dich jetzt entscheiden, Ernst«, sagte Dawson. »Machst du mit, ja oder nein?«

Klingers Blick glitt von Dawson zu Salsbury. Er erschauderte. »Ich mache mit«, sagte er leise.

Ogden schloß die Augen.

»Champagner?« hörte er Dawson sagen. »Es paßt nicht recht nach dem Brandy, aber ich finde, wir sollten die Sache mit einem Glas Champagner feiern.«

Eine Flasche eiskalter Moet et Chandon war hereingebracht worden. Der Diener zog sich zurück. Dawson entkorkte die Flasche und goß ein. Sie prosteten sich zu.

»Was hättest du eigentlich gemacht, wenn ich kalte Füße bekommen hätte?« fragte Klinger.

»Ich wußte, daß du mitmachen würdest, Ernst«, sagte Dawson. »Wir kennen uns lange genug. Ich wußte, du würdest mich in dieser schwierigen Situation nicht im Stich lassen.«

»Gesetzt den Fall, ich hätte trotzdem ein Haar in der Suppe gefunden, Leonard. Wie hättest du reagiert?«

Dawson ließ den Champagner über seine Zunge rinnen. Er schluckte. »Du hättest das Grundstück nicht mehr lebend verlassen, Ernst. Du hättest einen Unfall erlitten.«

»Einen Unfall, den du seit Wochen planst.«

»So ist es, Ernst.«

»Ich wußte, du würdest mich nicht enttäuschen, Leonard.«

»Hast du eine Waffe dabei?« fragte Dawson.

»Eine 32er Automatik.«

»Man sieht nichts, deshalb frage ich.«

»Hab' ich mir auf den Rücken geklebt.«

»Bist du drauf eingeschossen auf die 32er Automatik?«

»Ich wäre lebend rausgekommen, verlaß dich drauf.«

Etwas wie Hochachtung lag in Dawsons Nicken. »Du hättest mich als Schild benutzt bei deiner Flucht, wie?«

»Ganz recht.«

Beide lachten. Sie mochten sich, und sie mochten die Art, wie einer den anderen aufs Kreuz zu legen versuchte.

O mein Gott, dachte Salsbury. O mein Gott. Er leerte sein Glas.

Freitag, der 19. August 1977

Paul und Mark saßen schweigend im Gras.

Ihr Blick ging in die Runde. Eine stille, beeindruckende Berglandschaft. Der Wald stand wie eine Mauer. Jenseits der Lichtung war ein Tal zu erkennen, und am Ende des Tals die Dächer von Black River. Einziger Fremdkörper inmitten der Naturschönheiten war das Sägewerk der Big Union. Aber diese Narbe war klein. Das Sägewerk lag fünf Kilometer entfernt.

Paul und Mark schenkten dem Sägewerk keinen Blick. Ihr Interesse galt einem Eichhörnchen.

Seit fünf Tagen legten sie Futter aus für dieses Eichhörnchen. Erdnüsse und Apfelstückchen. Tag für Tag hatte sich das Tier etwas näher gewagt. Gestern hatte es eine Nuß genommen, bevor es den Baum hinaufsprang.

Das Eichhörnchen hatte den Schatten des Waldes verlassen. Es kam mit langen Sprüngen auf die beiden Menschen zu. In wenigen Metern Entfernung blieb es sitzen und begann das ausgelegte Futter aufzuknabbern.

»Es schaut uns an«, sagte Mark. »Es schaut uns die ganze Zeit an, fällt dir das nicht auf?«

Das Tier ließ die Pfoten sinken und saß ruhig. Sein Atem war zu hören.

»Wir können was zu ihm sagen«, meinte Paul. Er brach damit das Versprechen, das sie sich gegeben hatten, in Gegenwart des Eichhörnchens keinen Ton von sich zu geben. »Wenn wir es zähmen wollen, müssen wir es früh genug an unsere Stimmen gewöhnen.«

»Hab keine Angst«, sagte Mark und trat einen Schritt auf das Eichhörnchen zu. »Lauf nicht weg, hörst du?«

Das Tier ließ das Apfelstückchen fallen und flitzte zu einem Ahornbaum. Es sprang den Stamm hinauf und blieb auf einem Ast sitzen. Es starrte die beiden Menschen an.

»Wir versuchen's morgen noch mal«, sagte Paul und stand auf. Er streckte und reckte sich.

»Das Tier wird nie Vertrauen zu uns haben.«

»Doch. Nach und nach, Mark.«

»Es läßt sich nicht zähmen, wette ich.«

»Wir müssen Geduld haben«, sagte Paul. »Man kann ein Eichhörnchen nicht in einer Woche zähmen.«

»Ich habe eben keine Geduld.«

»Du wirst es lernen müssen.«

»Nach und nach?«

»Nach und nach.« Paul bückte sich und stopfte die Reste des ausgelegten Köders in eine Plastiktüte.

»Wenn es das sieht, ist es stocksauer auf uns«, sagte Mark. »Stell dir mal vor, jemand stellt dir was zu essen hin, und dann wird's wieder fortgenommen.«

Paul lachte. »Wenn wir das Fressen dalassen, hat das Eichhörnchen kein Interesse mehr am Wiederkommen.«

Sie schlugen den Rückweg zum Zelt ein. Sommer. Die Luft war warm. Im Gras waren Gänseblümchen zu erkennen und Butterblumen. Es roch nach Erde und nach wilden Blumen. In den Wipfeln der Tannen rauschte der Wind. Ein Falke schwang sich ins Bild, stolz und leise.

Sie würden ihre Vorräte auffüllen müssen, in Black River. Aber Paul hatte es nicht eilig, seine Berge zu verlassen. Hier war alles friedlich, rein, harmonisch. Heiterkeit erfüllte den Wald.

Dann fiel ihm Jenny ein. Sie war wichtiger als die frischen Eier, die Milch und die Butter, die es in Black River zu kaufen gab. Jenny.

Mark erreichte als erster das Zelt. »Rya«, schrie er: »Rya.« Er warf einen Blick ins Innere des Zeltes. Er sah ratlos aus, als er wieder auftauchte. »Rya! Wo bist du?«

»Hier«, sagte sie. Sie war vom Zelt verdeckt gewesen.

Paul traute seinen Augen nicht. Seine Tochter hielt ein Eichkätzchen in den Armen. Das Tier nagte an einem Apfelstückchen. Sie streichelte ihm den kleinen Schädel.

»Wie hast du das gemacht?« fragte er.

»Mit Schokolade.«

»Mit Schokolade?«

Sie grinste über das ganze Gesicht. »Zuerst hab' ich's auch mit Nüssen und Äpfel versucht, wie ihr beide. Aber dann ist mir eingefallen, Nüsse und Äpfel kriegt ein Eichhörnchen auch in der freien Natur, dazu braucht es sich nicht zu den Menschen zu wagen. Ich habe nachgedacht, worauf so ein Tier wohl Hunger haben könnte, und da bin ich auf Schokolade gekommen.«

»Jetzt frißt es aber keine Schokolade, sondern ein Stück Apfel.«

»Zuviel Schokolade ist nicht gut für ein Eichhörnchen«, sagte Rya.

Das Tier hob den Kopf und sah Paul fragend an. Dann fuhr es mit dem Knabbern fort.

»Gefällt's dir, Mark?« fragte Rya, und dann war ihr Grinsen wie fortgewischt.

Als Paul seinen Sohn ansah, verstand er warum. Der Kleine war den Tränen nahe.

Rya hatte sich wieder gefaßt. »Nun?« sagte sie. »Gefällt's dir? Ich hab' mir solche Mühe gegeben, das Tier für dich einzufangen.«

Du liebes Kleines, dachte Paul.

Mark strich sich die Tränen aus den Augen. »Du hast es für mich gefangen?«

»Für wen denn sonst?«

»Ich dachte, es gehört dir.«

»Was soll ich als Mädchen denn mit einem Eichkätzchen anfangen?« sagte Rya. Sie setzte das Tier auf die Erde und kniete sich hin. Sie zog ein Stück Schokolade aus der Hemdtasche und riß das Staniolpapier zur Seite. »Hier, Mark! Du mußt ihm was geben, damit es dich lieb hat.«

Das Eichhörnchen ließ sich nicht lange bitten. Es fraß Mark aus der Hand. Der Junge war im siebenten Himmel. Als das Eichkätzchen die Schokolade aufgeknabbert hatte, kam es zu Rya und schnüffelte an ihren Füßen. Es kehrte zu Mark zurück. Schnüffeln. In langen Sätzen überquerte es die Lichtung und verschwand im Geäst eines Baumes.

Mark war hinterhergerannt, aber das Eichhörnchen war schneller gewesen. Enttäuscht kam er zurück. Er war außer Atem.

»Du mußt nicht traurig sein«, sagte Rya. »Morgen kommt's wieder. Es kommt wieder, solange wir ihm Schokolade geben.«

Mark sah seinen Vater an. »Meinst du, es wird so zahm, daß ich's mit nach Black River nehmen kann?«

»Mal sehen«, sagte Paul. Er warf einen Blick auf seine Uhr. »Ist schon spät. Wir müssen fahren.«

Der Wagen stand einen Kilometer entfernt, auf einem Seitenweg, der von den Anglern benutzt wurde.

»Wer zuerst beim Wagen ist, hat gewonnen«, rief Mark und rannte los. Nach wenigen Sprüngen war er hinter den Bäumen verschwunden.

Rya ging neben ihrem Vater.

»Das war nett von dir«, sagte er.

Sie tat, als hätte sie ihn nicht verstanden. »Daß ich das Eichhörnchen für Mark gefangen habe? Aber das hat mir doch Spaß gemacht, Paps.«

»Du hast das Eichhörnchen nicht für Mark gefangen.«

»Für wen denn sonst?«

»Für dich selbst«, sagte Paul. »Aber als du gesehen hast, wieviel das Tier dem Jungen bedeutet, hast du's ihm abgegeben.«

Sie zog eine Grimasse. »Du hältst mich wohl für eine Heilige, Paps. Wenn mich das Tier wirklich interessiert hätte, ich hätt's nie hergegeben. Nie.«

»Du bist schlecht im Lügen«, sagte er und lächelte. »Und das find' ich gut so.«

»Väter«, sagte Rya. »Väter.« Sie lief los.

Er sah ihr nach, wie sie zwischen den Büschen verschwand.

»Kinder!« rief er. Noch nie hatte er die beiden so liebgehabt wie heute.

Seit Annie tot war, hatte er Rya und Mark viel Zeit gewidmet, viel mehr als vorher. Die beiden waren recht verschieden. Rya verstand besser mit Menschen umzugehen, sie kannte sich aus in den Regeln. Sie war neugierig und voller Geduld. Es machte ihr Spaß, die Geheimnisse des Lebens nach und nach zu ergründen.

Demgegenüber war Mark ein Junge, der schnell für ein Spiel zu begeistern war. Ein geborener Optimist, der gern lachte, der jeden Spaß mitmachte. Er war der Mensch, der die einfachen Freuden des Lebens genoß, während Rya mit mehr Reflexion, mit einem Schuß Skepsis an die Dinge heranging. Paul war glücklich, daß seine beiden Kinder ein Naturell mitbekommen hatten, an dem er, der Vater, seine Freude haben konnte. Er wußte, er würde die beiden lieben, bis der Tod sie trennte.

Er war stehengeblieben. Der Tod. Annie. Als sie starb, hatte er einen Blick in den Abgrund getan. Alles war endlich. Leben war endlich, auch die Liebe. Seit dreieinhalb Jahren dachte er jetzt schon über dieses Problem nach. Eines Tages würde Mark sterben. Rya würde sterben. Er durfte sein Leben nicht auf der Vorbedingung aufbauen, daß es Mark und Rya gab. Er erschauderte, als der Gedanke Gestalt annahm. Ein Vorgefühl nahenden Unheils.

Das Gefühl war fort. Das Kreischen eines Adlers war zu hören.

Paul warf einen Blick in die Runde. Dunkelheit. Grün. Das Wispern der Blätter.

Wie töricht ich bin, dachte er. Ich benehme mich wie eine Frau, die sich die Karten legen läßt.

Er begann zu laufen. Es war wichtig, daß er Mark und Rya einholte.

Es war Viertel nach elf, und draußen schien die Sonne. Dr. Troutman hatte sich eine Zwischenmahlzeit auf dem Schreibtisch angerichtet. Zwei Brötchen mit Roastbeef, eine Orange, eine Banane, ein Apfel, etwas Pudding, eine Kanne geeister Tee, eine medizinische Fachzeitschrift.

Er aß und las. Es gab zwei große Aufgaben, die er zu erfüllen hatte. Aufgabe eins: Er mußte gesund bleiben. Er war der einzige Arzt in Black River, die Leute brauchten ihn. Aufgabe zwei: Er mußte sich auf dem laufenden halten, was die Entwicklung der ärztlichen Kunst anging. Deshalb las er.

Er wog 120 Kilo. Seinen Patienten verbot er, Übergewicht anzusammeln. Wurde er auf sein eigenes Gewicht angesprochen, sagte er: »Ich dick? Das ist doch nur gespeicherte Energie. Ich muß einen Vorrat an Energie haben, wenn mal wirklich was passiert. Eine Katastrophe oder so.«

Tatsache war, er aß gern. Die Besuche beim Psychiater hatte er schon im Alter von dreißig Jahren eingestellt, es wäre schade gewesen, wenn der ihm das Essen ausredete. Als er sich in Black River niederließ, war die Begeisterung groß gewesen. Ein leibhaftiger Arzt in Black River. Es war den Leuten egal, ob der Arzt, der sie betreute, dick oder dünn war, schwarz oder weiß. Meinetwegen grün, aber Arzt.

Er hatte das zweite Brötchen verzehrt, als das Telefon zu läuten begann. Er dachte nach, ob er abnehmen sollte. Andererseits, er war Arzt, der nachts zu den Patienten fuhr, wenn es sein mußte. Vor zwei Jahren hatte er sogar das Mittagessen stehengelassen und war zu einer Gebärenden gefahren.

Er nahm ab. »Dr. Troutman.«

Die Stimme am anderen Ende kam kalt und klar. »Ich bin der Schlüssel, Dr. Troutman.«

»Ich bin das Schloß«, sagte Dr. Troutman ohne Zögern.

»Sind Sie allein im Haus?«

»Ja.«

»Wo ist Ihre Sprechstundenhilfe Miß MacDonald?«

»Ich weiß es nicht. Zu Hause vermutlich.«

»Wann kommt sie wieder in die Praxis?«

»Eine Viertelstunde vor Beginn der Sprechstunde.«

»Und die Sprechstunde beginnt um halb zwei.«

»Richtig.«

»Erwarten Sie Besuch vor ein Uhr?«

»Nein.«

Die Stimme am anderen Ende schwieg.

Dr. Troutman lauschte dem Ticken der Uhr. Er ergriff die Scheibe Roastbeef, die auf dem Brötchen lag, und schob sie sich in den Mund.

»Ich werde Ihnen eine Reihe von Fragen stellen, Dr. Troutman. Sie werden jede Frage nach bestem Gewissen beantworten.«

»Natürlich.«

»Gibt es eine Epidemie in Black River?«

»Ja.«

»Was für eine Epidemie?«

»Schüttelfrost. Die Leute wachen nachts auf und haben Schüttelfrost.«

»Erklären Sie mir das genauer.«

»Der Patient zittert so sehr, daß er keinen Gegenstand festhalten kann. Kalter Schweiß tritt aus. Übelkeit, aber kein Erbrechen. Schlaflosigkeit nach dem Anfall.«

»Wann traten die ersten Krankheitsfälle dieser Art auf?«

»Am Mittwoch vor neun Tagen.«

»Haben die Patienten erwähnt, daß sie an Alpträumen leiden?«

»Ausnahmslos jeder Patient hatte einen furchtbaren Traum, bevor er aufwachte, bevor der Schüttelfrost begann.«

»Konnte sich ein Patient an den Inhalt des Traums erinnern?«

»Nein.«

»Welche Therapie geben Sie?«

»Den ersten Patienten habe ich Placebos gegeben. Seitdem ich selbst einen Anfall hatte, verschreibe ich Antibiotika in niedriger Dosierung.«

»Ohne Erfolg.«

»Ohne Erfolg.«

»Haben Sie irgendwelche Patienten an einen anderen Arzt überwiesen?«

»Nein. Der nächste Arzt wohnt einhundert Kilometer entfernt, ein alter Mann, jenseits der Siebzig. Ich habe allerdings die Gesundheitsbehörden verständigt.«

Der Anrufer schien nachzudenken. Dann: »Obwohl es nur eine leichte Grippeepidemie ist?«

»Die Symptome sind ungewöhnlich«, sagte Dr. Troutman. »Die Kranken haben kein Fieber. Die Drüsen sind nicht geschwollen. Vor allem hat sich die Epidemie ungewöhnlich schnell verbreitet. Innerhalb von vierundzwanzig Stunden war der ganze Ort krank. Ich habe mich schon gefragt, ob jemand das Trinkwasser vergiftet hat.«

»Wann haben Sie die Gesundheitsbehörden verständigt?«

»Am Freitag, dem zwölften.«

»Haben die einen Beamten geschickt?«

»Das haben sie, aber erst am Montag.«

»Gab es am Montag denn überhaupt noch Kranke?«

»Nein«, sagte Dr. Troutman. »Der Höhepunkt der Epidemie war am Samstag. Alle Einwohner waren befallen. Am Sonntag abend war alles vorbei. Die Krankheit ging so schnell, wie sie gekommen ist.«

»Hatten Sie den Eindruck, daß die Behörde eine Untersuchung einleiten wird?«

Dr. Troutmans Blick war auf das Essen gerichtet. »Die Untersuchung ist bereits im Gange. Dr. Evans hat eine größere Anzahl von Interviews geführt. Er hat auch Proben mitgenommen.

»Was für Proben?«

»Blut und Urin.«

»Hat er auch Wasserproben aus dem See entnommen?«

»Das hat er. Ich habe gesehen, wie er mindestens zwanzig Reagenzgläser gefüllt hat.«

»Ist sein Bericht schon fertig?«

Dr. Troutman fuhr sich mit der Zunge über die Lippen. »Der Bericht ist fertig. Dr. Evans hat mich angerufen und mir die Ergebnisse durchgegeben.«

»Was hat er gefunden?«

»Nichts. Alle Proben negativ.«

»Hat er einen Verdacht, um was für eine Krankheit es sich handeln könnte?«

Die Frage war Dr. Troutman peinlich. Der Schlüssel durfte keine Angst haben. Der Schlüssel wußte die Antwort auf alle Fragen. »Er hält die Sache für Massenhysterie.«

»Er hat demnach keine nochmalige Untersuchung der Ursachen für die Epidemie angeordnet?«

»Nicht daß ich wüßte.«

»Die Untersuchung ist abgeschlossen?«

»Es scheint so.«

Pause.

»Sie sagten vorhin, alle Einwohner waren befallen. Meinten Sie damit wirklich alle?«

»Praktisch alle. Es gab Ausnahmen. Zwanzig Kinder waren nicht befallen, alle unter acht. Und zwei Erwachsene. Sam Edison und seine Tochter Jenny.«

»Sam Edison gehört der General Store, und Jenny ist seine Tochter?«

»Ganz recht.«

»Sie sagten, die beiden hatten keinen Schüttelfrost?«

»Nein.«

»Ist das Haus an die öffentliche Trinkwasserversorgung angeschlossen?«

»Alle Häuser des Ortes sind angeschlossen, auch das von Sam Edison.«

»Was ist mit den Holzfällern, die auf dem Gelände der Sägemühle wohnen und schlafen. Waren sie auch von der Epidemie erfaßt?«

»Das hat mich Dr. Evans auch gefragt«, sagte Dr. Troutman. »Die Antwort ist: ja.«

»Keine weiteren Fragen, Dr. Troutman. Nur noch ein paar Befehle. Wenn Sie jetzt auflegen, werden Sie für alle Zeiten vergessen, daß Sie mit mir gesprochen haben. Haben Sie mich verstanden?«

»Ja.«

»Sie werden jedes Wort vergessen. Sie löschen das Gespräch aus Ihrem Bewußtsein und aus Ihrem Unterbewußtsein aus. Sie werden sich nie wieder an unsere Unterhaltung erinnern. Verstanden?«

Dr. Troutman nickte feierlich. »Ich habe verstanden.«

»Wenn Sie jetzt auflegen, werden Sie sich nur noch daran erinnern, daß das Telefon geläutet hatte. Sie haben abgenommen. Falsch verbunden. Der andere hat wieder aufgelegt. Verstanden?«

»Falsch verbunden. Ich habe verstanden.«

»Gut, Dr. Troutman. Legen Sie jetzt auf.«

Unachtsam waren die Menschen, dachte Dr. Troutman. Er legte den Hörer auf die Gabel zurück. Unachtsam und oberflächlich. Es gab Menschen, die nicht einmal den Finger in das richtige Loch auf der Wählscheibe stecken konnten. Die meisten Unfälle, Verbrühungen, Verbrennungen, Vergiftungen geschahen, weil die Leute unachtsam waren. Und so gab es denn Anrufer, die anstatt bei Joe oder Jim bei einem Arzt landeten. Es kümmerte sie nicht, daß sie den Anschluß für fünf oder zehn Sekunden blockierten. Dr. Troutman schüttelte den Kopf. So etwas konnte übel ausgehen.

Er nahm das Brötchen und biß ein großes Stück ab.

Das kleine Wohnstudio, das Sam Edison sich eingerichtet hatte, lag im ersten Stock, gleich über dem Geschäft: Es war Viertel vor zwölf, als Paul Annendale den Raum betrat.

»Sir?«

Edison räusperte sich. »Sagt an, Knappe.«

»Ich bitte euch um die Erlaubnis, euer Fräulein Tochter zum Lunch zu führen.«

Sam stand vor dem Bücherregal. Er hielt die Hand in das Buch gelegt. »Setzt euch, Knappe«, sagte er ohne aufzusehen. »Der Schloßherr wird gleich hier sein, mit ihm könnt ihr dann wegen der Tochter verhandeln.« Sam, der den Raum als seine ›Klause‹ bezeichnete, hätte auch Bibliothek sagen können. Es gab zwei bequeme, wenngleich altersschwache Lehnsessel. Es gab zwei Hocker, auf die man die Füße legen konnte. Das Licht war gemütlich und heimelig. Auf dem Tischchen lag Sams Pfeife. Der Duft nach Pfeifentabak durchwehte den Raum. Es gab zwei Bücherwände mit Tausenden von Büchern und Jahresbänden von psychologischen Zeitschriften.

Paul setzte sich und nahm die Füße hoch.

Er konnte den Titel des Buches, in dem Sam las, nicht erkennen. Wahrscheinlich ein Buch über Hitler, über das Dritte Reich. Die meisten Bücher, die Sam in seiner Bibliothek eingestellt hatte, handelten von Hitler und dem Dritten Reich.

Sam war Mitglied des amerikanischen Geheimdienstes gewesen, der im Gefolge der Amerikaner in das besetzte Berlin einzog. Er war überrascht gewesen vom Ausmaß der Zerstörungen. Da gab es die Verwüstungen der Bombardements, aber es gab auch das, was der Diktator mit seiner Politik des verbrannten Bodens angerichtet hatte. In den letzten Tagen im Führerbunker hatte Hitler die Parole ausgegeben, daß die Sieger keinen Stein mehr auf dem anderen vorfinden durften. Nichts von Wert durfte ihnen in die Hände fallen. Die meisten Berliner hatten da nicht mehr mitgemacht. Aber es hatte auch einige gegeben, die selbst die letzten, wahnwitzigen Befehle noch ausführten. Die Überlebenden, die Sam inmitten der Trümmer antraf, hatten nicht nur den Krieg, sondern auch den Selbstmord einer Nation überlebt.

Am 8. Mai 1945 wurde Sam einer Einheit zugeteilt, die Dokumente und Daten über die Greueltaten sammelte, die in den Konzentrationslagern der Nazis verübt worden waren. Nach und nach wurde bekannt, daß Millionen von Erwachsenen und Kindern in Gaskammern umgebracht worden waren. Hunderttausende waren mit einem Genickschuß zu Tode gebracht und in Massengräbern verscharrt worden. Sam Edison war ein junger Mann aus Maine. Er fand keine Erklärung dafür, wie vernünftige, gutwillige Menschen dazu gebracht worden waren, die abartigen Fantasien eines Wahnsinnigen in die Tat umzusetzen. Wie war es zu erklären, daß die berühmteste, die disziplinierteste Armee der Welt, das deutsche Heer, sich zur Schutzstaffel für die Mörder degradieren ließ? Wieso waren Millionen von Menschen willig in den Tod gegangen? Was wußte Adolf Hitler von der Psychologie der Massen, was ihn in die Lage versetzte, über Millionen intelligente Menschen absolute Macht auszuüben? Sam wanderte durch die rauchenden Ruinen der Städte, ohne eine Antwort auf seine Frage zu finden.

Im Oktober 1945 wurde er ausgemustert. Er flog in die Staaten zurück. Damals legte er den Grundstein für seine Bibliothek. Philosophie, Kriegskunst, Rassismus, Religion, Wahnsinn, Psychologie, Verhaltenslehre, das waren die Themen, zu denen er Bücher kaufte. Sam ahnte, die Deutschen, die Hitlers Befehle so bereitwillig ausgeführt hatten, waren keine einzigartigen Bösewichte. Seine Landsleute in Maine, in Massachusetts, in Louisiana waren der gleichen Grausamkeiten fähig, wenn die äußeren Umstände zusammenkamen.

Sam schloß das Buch mit einem Knall. »Ich find's nicht.«

»Was suchst du denn?«

Sam ging an der Bücherwand entlang, er hielt den Kopf schief.

»Ein Soziologe führt eine Befragung in Black River durch. Ich kenne den Namen, ich habe eines seiner Bücher in der Bibliothek, aber ich find's nicht.«

»Ein Soziologe? Was will denn ein Soziologe in Black River?«

»Genau weiß ich das auch nicht. Kam heute früh in meinen Laden und stellte mir eine Reihe von Fragen. Der Mann kommt direkt aus Washington. Er hat sich für drei Wochen bei Pauline Vicker eingemietet. Der Mann sagt, Black River ist ein besonderer Fall.«

»Wieso denn?«

»Aus zwei Gründen. Zum einen, weil es eine Ansiedlung ist, deren Bevölkerung von einem einzigen Arbeitgeber abhängt, von der Sägemühle. So was gibt's heute gar nicht mehr, sagt er. Außer in Black River. Und dann ist da noch die isolierte Lage. Black River liegt so weit von der Zivilisation, daß man hier besonders gut den Einfluß des Fernsehens auf die Bevölkerung untersuchen kann. Na ja, der Mann hatte eine ganze Handvoll von Gründen parat, warum wir reif für eine soziologische Studie sind.«

»Wie heißt er?«

»Albert Deighton«, sagte Sam. »Ich muß gestehen, der Name sagt mir nichts. Aber ich hab' mich an das Gesicht erinnert. Sieht etwas schmächtig aus. Dünne Lippen. Geheimratsecken. Dicke Brillengläser. Ich weiß, ich hab' das Bild in einem Buch oder in einer psychologischen Zeitschrift gesehen.« Er seufzte. »Aber ich kann's nicht finden.« Er wandte sich um und sah Paul ins Gesicht. »Ich weiß, du möchtest meine Tochter ins fashionable *Ultman's Café* zum Lunch ausführen. Stimmt's?«

Paul mußte lachen. »Warum nicht? Die Grippewelle ist vorüber. Das Schlimmste, was wir im *Ultman's Café* erwischen können, ist eine Speisenvergiftung.«

»Wie geht's den Kindern?« erkundigte sich Sam.

»Mark ist bei der Familie Thorp eingeladen. Ich weiß jetzt schon, er wird nicht mit dem Jungen spielen, sondern mit der Mutter. Er ist unsterblich in Emma verknallt.«

»Die große Liebe seines Lebens, scheint es.«

»Ja, aber er mag's nicht zugeben. Schämt sich.«

»Und Rya, wo steckt die?«

»Sie ist zwar mit eingeladen bei den Thorps, aber ich glaube, sie würde am liebsten bei dir bleiben. Ich meine, wenn du nichts dagegen hast.«

»Mach dich nicht lächerlich, wieso sollte ich was dagegen haben.«

Paul hatte sich aus dem Lehnsessel erhoben. »Warum läßt du sie nicht das Buch oder die Zeitschrift raussuchen? Du wirst sehen, sie bringt dir irgend etwas, wo der Name Deighton draufsteht.«

»Sie würde sich zu Tode langweilen.«

»Überhaupt nicht, das ist genau die Arbeit, die ihr Spaß macht. Bücher. Und außerdem mag sie gern in deiner Nähe sein.«

Sam schien zu zögern. »Ich will es mir noch überlegen, ob ich sie drum bitte. Weißt du, ich würde mich gern etwas sachkundig machen über das Gebiet, auf dem dieser Deighton arbeitet. Du kennst mich ja. Wenn's mich einmal gepackt hat, gebe ich nicht auf, bevor das Ziel erreicht ist. Ich weiß, daß ich was von dem Mann gelesen habe.«

Ultman's Café war ein Restaurant am Südwestzipfel des Ortes. Es war 24 Meter lang und sah aus wie der Wagen eines D-Zugs.

Aluminium und Glas. Es gab ein Fensterband, das um das ganze Restaurant herumlief.

Die Nischen waren mit blauem Plastik ausgepolstert. Auf jedem Tisch standen ein Ascher, ein Zuckerfaß, Pfeffer und Salz, ein Behälter mit Papierservietten und eine Wählautomatik für den Musikautomaten. Es gab zwei Reihen von Nischen, dazwischen verlief ein Gang.

Ogden Salsbury hatte in der letzten Nische Platz genommen. Er hatte sich soeben die zweite Tasse Kaffee bestellt und betrachtete die Gäste.

Es war zehn vor zwei, die meisten Mittagsgäste waren gegangen. In einer Nische in der Nähe der Tür saß ein älteres Ehepaar, das sich über Politik unterhielt. Zwischendurch lasen die beiden in einer Zeitschrift. Bob Thorp, der Polizeichef des Ortes, hatte an der Theke Platz genommen. Er war gerade mit seinem Essen fertig geworden und scherzte mit Bess, der grauhaarigen Serviererin. Am gegenüberliegenden Ende saß Jenny Edison, sie war in Begleitung eines gutaussehenden Mannes, den Salsbury auf Ende Dreißig schätzte. Wie er vermutete, arbeitete dieser Mann in der Sägemühle.

Jenny war der Gast, der Salsbury am meisten interessierte. Sie war, wie Dr. Troutman ihm verraten hatte, eine der wenigen im Ort, die bei der Epidemie nicht erkrankt waren. Daß es auch einige Kinder gab, die von der Wirkung der Droge nicht erfaßt wurden, wunderte ihn nicht. Es war bekannt, daß unterschwellige Botschaften nur auf Personen wirkten, deren Ausdrucksvermögen voll ausgebildet war. Sam und Jenny Edison allerdings waren erwachsen. Es galt herauszufinden, warum gerade sie der Droge widerstanden hatten.

Denkbar, daß sie kein Wasser getrunken hatten. Denkbar, aber nicht wahrscheinlich. Die Leute nahmen Wasser zu sich, mit den Speisen, mit den Eiswürfeln zum Drink. Außerdem war die Droge nicht nur im Wasser gewesen. Die Lebensmittel, die in Bangor für Black River umgeladen wurden, waren mit der Droge versetzt worden. So gut wie ausgeschlossen, daß die beiden weder Wasser noch Nahrung zu sich genommen hatten.

Es gab eine zweite Möglichkeit. Sam Edison und seine Tochter hatten die Droge erhalten, aber sie waren keiner der unterschwelligen Botschaften ausgesetzt gewesen, die nun schon seit sieben Tagen mit den Druckerzeugnissen und mit dem Fernsehen auf die Menschen in Black River niedergingen.

Salsbury ahnte, daß es eine dritte Erklärung geben mußte. Es gab Nebenwirkungen und Kontraindikationen, man kannte das von anderen Drogen. Jeder Mensch reagierte anders. Antibiotika entfalteten eine segensreiche Wirkung, aber es gab eine Minderheit, die gegen Antibiotika allergisch war. Warum sollte es bei der neuen Droge anders sein?

Vielleicht würde er die beiden in eine Klinik einliefern lassen, sie untersuchen. Immerhin war es wichtig herauszufinden, ob hier eine Resistenz gegen die Droge bestand. Aber das konnte warten. Er hatte drei Wochen, um die Reaktion der Leute in Black River zu kontrollieren und in seine Dokumentation aufzunehmen.

Jenny war der Grund, warum Salsbury in *Ultman's Café* saß aber es gab eine andere Person, der er mehr Aufmerksamkeit zuwandte als ihr. Eine der beiden Bedienungen war eine junge Frau mit dunklen Augen und honigfarbenem Gesicht. Die Haare waren brünett, das Lächeln gewinnend. Um die fünfundzwanzig, schätzte Salsbury. Eine Frau mit dunkler, kehliger Stimme. Das Richtige fürs Bett. Ihr Gang war eine einzige Herausforderung. Salsbury fragte sich, warum diese Frau nicht einmal täglich vergewaltigt wurde. Waren die Männer in Black River denn blind? Das Gesicht und das Lächeln. Beides erinnerte ihn an Miriam, seine geschiedene Frau. Siebenundzwanzig Jahre war das jetzt her. Sie hatte die gleichen vollen, hochangesetzten Brüste wie Miriam, die gleichen langschenkligen, glatten Beine. Sie hatte Miriams Stimme. Sie hatte Miriams Gang. Salsbury verschlug es den Atem, als die brünette Serviererin an ihm vorbeischwebte. Er begehrte sie.

Natürlich würde er nie mit dieser Frau schlafen. Dazu erinnerte sie ihn zu sehr an die kaputte Ehe. Fünf Jahre hatte das Zusammenleben mit Miriam gedauert, es war die Hölle gewesen. Für beide. Trotzdem, der Serviererin zuzusehen, wie sie mit zitternden Arschbacken den Gang entlangkam, erregte ihn. Es stachelte seinen Haß auf Miriam an. Seinen Haß auf die Frauen überhaupt. Er wußte, er würde nicht in der Lage sein, mit diesem Geschöpf den Beischlaf auszuführen. Sie erinnerte ihn an Miriam, und immer, wenn er an Miriam dachte, verschwand seine Erektion.

Sie legte die Rechnung auf den Tisch. Ein hochmütiges Lächeln spielte um ihre Lippen.

»Ich bin der Schlüssel«, sagte Salsbury.

Er ging ein Risiko ein, indem er das sagte. Er war nicht sicher, daß diese Frau bereits programmiert war. Bei Dr. Troutman gab es dieses Problem nicht, er gehörte zu den Einwohnern, die die üblichen Symptome gezeigt hatten, und daß er unter dem Einfluß der Droge stand, hatte sich bei den Telefongesprächen bestätigt. Und jetzt diese Frau. Erst einen Tag war Salsbury in Black River, und schon wich er von seinen Grundsätzen ab. Es wäre ihm egal gewesen, wenn das Bewußtsein grenzenloser Macht ihn korrumpierte. Allerdings durfte er nicht unvorsichtig werden. Er beschloß leise zu sprechen, solange er sich mit der Serviererin unterhielt, so leise, daß er sich wieder aus der Schlinge ziehen konnte, wenn etwas schieflief.

»Ich bin das Schloß«, sagte sie.

»Sprich leise.«

»Jawohl, Sir.«

»Wie heißt du?«

»Alice.«

»Wie alt bist du?«

»Sechsundzwanzig.«

»Du bist schön.«

Sie schwieg.

»Ich möchte, daß du jetzt lächelst, Alice.«

Sie lächelte. Sie sah wach aus, frisch und unternehmungslustig. Und unterwürfig.

»Du hast einen schönen Körper.«

»Danke.«

»Magst du Sex?«

»Ja.«

»Sehr?«

»Sehr.«

»Gibt es etwas, das du dir von einem Mann nicht gefallen lassen würdest?«

»Ja. Daß er mich von hinten nimmt.«

»Würdest du mit mir schlafen?«

Sie starrte ihn an.

»Ob du mit mir schlafen würdest!«

»Yeah.«

»Würdest du's hier tun? Auf dem Tisch?«

»Ja.«

»Auch wenn ich dich von hinten nehme?«

»Ja.«

Er lächelte. Er warf einen Blick in die Runde. Nichts Auffälliges.

»Bist du verheiratet, Alice?«

»Nein. Ich bin geschieden.«

»Warum?«

»Mein Mann ist in jeder Stellung rausgeflogen.«

»War er gut im Bett?«

»Nicht besonders.«

Die Ähnlichkeiten mit Miriam waren nicht nur äußerlich. Sie sprach wie Miriam. Sie dachte wie Miriam. Sie hatte die gleichen Erfahrungen hinter sich wie Miriam. Noch heute konnte sich Salsbury an Miriams Abschiedsworte erinnern, trotz der siebenundzwanzig Jahre, die seitdem ins Land gegangen waren. *Du bist nicht nur schlecht im Bett, Ogden, du bist eine absolute Niete. Und du lernst nichts dazu. Ich würde das hinnehmen, wenn du wenigstens etwas Geld hättest. Du könntest mir an den Brüsten herumfummeln, soviel du willst, wenn du dafür bezahlst. Als ich dich heiratete, war ich sicher, du würdest ein reicher Mann werden. Du warst Klassenbester. Mein Gott. Damals hättest du alle Jobs haben können, die du wolltest. Aber du hast nichts gemacht aus deinen Möglichkeiten. Ich will dir mal was sagen, Ogden. Du bist im Berufsleben genauso einfallslos wie im Bett. Aus dir wird nie etwas werden. Ich verlasse dich.* Dieses Flittchen, dachte er. Diese Dirne. Der Schweiß brach ihm aus.

Alice lächelte immer noch.

»Hör mit dem Lächeln auf«, sagte er. »Ich mag das nicht.« Ihr Lächeln erstarb.

»Was bin ich, Alice?«

»Sie sind der Schlüssel.«

»Und was bist du?«

»Das Schloß.«

»Ich habe dich geöffnet. Wirst du von jetzt ab tun, was ich sage?«

»Ich werde tun, was Sie sagen.«

Er zog drei Dollarnoten und legte sie auf die Rechnung. »Ich werde dich jetzt testen, Alice. Ich möchte sehen, ob du mir wirklich gehorchst.«

Sie sah ihn erwartungsvoll an.

»Wenn du das Geld zur Registrierkasse gebracht hast, wirst du in die Küche gehen. Ist jemand in der Küche?«

»Nein.«

»Randy Ultman? Wo ist Randy Ultman?«

»Der ist zur Bank gegangen.«

»Gut«, sagte Salsbury. »Du gehst in die Küche und nimmst eine Gabel, wie sie vom Koch benutzt wird, eine Gabel mit zwei langen Zinken. Du nimmst die Gabel und stichst sie dir durch die linke Hand, so daß die Zinken auf der anderen Seite wieder herauskommen.«

Sie hörte ihm zu, ohne mit der Wimper zu zucken.

»Ist das verstanden, Alice?«

»Ja, ich habe verstanden.«

»Wenn du von diesem Tisch weggehst, wirst du alles vergessen, was wir miteinander geredet haben. Verstanden?«

»Verstanden.«

»Du wirst denken, das mit der Gabel ist ein Unfall gewesen. Ein Küchenunfall.«

»Ein Unfall. Verstanden.«

»Geh jetzt.«

Sie wandte sich ab und ging zur Registrierkasse. Ihre Hüften rotierten. Er sah, wie sie die Rechnung eintippte. Er stand auf und machte sich auf den Weg zur Tür.

Sie hatte ihr Trinkgeld in die Schürze gesteckt. Sie schob die Kassenlade zu und ging auf die Schwingtür zu, die das Restaurant mit der Küche verband.

Salsbury war am Ausgang angekommen. Er blieb vor dem Zeitungsautomaten stehen und steckte eine Münze in den Schlitz.

Das Lachen des Polizeichefs war zu hören und das Kichern der grauhaarigen Serviererin. Sie benahm sich wie ein junges Mädchen.

Salsbury zog seine Ausgabe des *Black River Bulletin* aus dem Schlitz und öffnete die Tür. Er überquerte die Schwelle. Er sah, wie die Tür zurückschwang. Komm schon, dachte er. Tu's, du kleine Hure. Tu's für mich. *Jetzt*.

Alice stieß einen Schrei aus.

Salsbury ging die Stufen hinunter. Das Stimmengewirr, die Schreie, das Stampfen der Gäste, all das blieb hinter ihm zurück.

Er ging die Main Street entlang.

Es war ein schöner, warmer Tag. Der Himmel war wolkenlos.

Salsbury war noch nie so glücklich gewesen.

Paul schob sich an Bob Thorp vorbei.

Die Serviererin stand an den Tiefkühlschrank gelehnt. Sie hielt die linke Hand auf das Hackbrett gedrückt. Mit der Rechten hielt sie die zweizinkige Gabel umklammert, die in ihrer linken Hand steckte. Die Zinken schienen bis ins Holz zu reichen. Die Schürze der Serviererin war blutbespritzt. Die Frau schrie aus vollem Halse. Vergeblich versuchte sie, die Gabel aus der Hand zu ziehen.

Paul wandte sich zu Bob Thorp. »Holen Sie bitte Doc Troutman.«

Thorp stob davon.

Paul ergriff die Frau bei der rechten Hand. »Lassen Sie die Gabel los.«

Sie hob den Blick. Sie schien durch ihn hindurchzusehen. Sie schrie. Wie ein Tier, dachte Paul, und dann schämte er sich des Gedankens.

Er zwang ihr die Gabel aus der Hand.

»Halt sie fest«, sagte er und gab Jenny, die hinter ihm stand, ein Zeichen. »Sie darf die Gabel nicht wieder anfassen.«

Jenny hielt die rechte Hand der Serviererin umklammert.

»Mir wird schlecht, Paul«, flüsterte sie. Die Küche war klein, die Schreie ohrenbetäubend. Der Anblick der schönen, bleichen Hand, in der eine Gabel steckte, ein Alptraum. Es roch nach Gebratenem, nach Rostbeef und Zwiebeln, nach Fett und nach frischem Blut.

»Dir wird nicht schlecht, Jenny«, sagte er. »Du bist ein tapferes Mädchen, und denen wird nicht schlecht.«

Sie stand da und biß sich auf die Lippen. Sie nickte.

Paul nahm ein Tischtuch vom Stapel und zerriß es in zwei Bahnen. Er wickelte eine Bahn um den Arm der Serviererin und formte eine Klemme, indem er einen Löffel als Hebel benutzte. »Komm, Jenny«, sagte er, »halt den Löffel fest.«

Jenny hatte die Hand der Frau kaum freigegeben, als jene den Griff der Gabel zu packen versuchte.

Paul riß die Gabel heraus, die einen Zentimeter tief im Hackbrett steckte. Mit einer raschen, entschlossenen Bewegung trennte er Gabel und Hand. Er ließ die Gabel fallen und umfing die Frau, die ins Wanken geraten war.

Sie betteten die Blutende auf den Küchenboden. Die Frau hatte zu schreien aufgehört, sie weinte.

Paul kniete neben ihr. »Ich verstehe nicht, wie sie das fertiggekriegt hat«, sagte er, zu Jenny gewandt. »Sie hat sich die Gabel in die Hand gestochen, mit aller Kraft.«

»Ein Unfall«, sagte die Serviererin. Sie zitterte. Ihr Gesicht war blaß. »Ein furchtbarer Unfall.«

5. Kapitel

14 Monate früher – Donnerstag, der 10. Juni 1976

Der Tote war entkleidet worden. Er lag auf dem Seziertisch. Der Seziertisch war mit einer Reihe von Abläufen ausgestattet, durch die das Blut in die vorbereiteten Behälter rinnen konnte.

»Wer ist das?« fragte Klinger.

»Einer von Leonards Angestellten«, sagte Salsbury.

Bis auf zwei Leuchten über dem Seziertisch war der Raum dunkel. An der Wand standen Computer und elektronische Geräte. In Kopfhöhe in die Wand eingelassen waren neun Fernsehschirme.

»Sein Name war Brian Kingman«, sagte Dawson leise, fast andächtig. »Er gehörte zu meinen persönlichen Beratern. Zum engeren Stab.«

»Wie lange war der Mann schon bei dir beschäftigt?« fragte Klinger.

»Fünf Jahre.«

Der Mann auf dem Seziertisch war Ende Zwanzig. Der Tod war vor sieben Stunden eingetreten, das Gesicht war fahl. Das Blut war in die Schenkel abgeflossen, das Fleisch dort war dunkelblau. Die Hände waren geöffnet, die Finger leicht gekrümmt.

»War er verheiratet?« fragte Klinger.

Dawson schüttelte den Kopf.

»Verwandte?«

»Die Großeltern sind tot. Keine Geschwister. Seine Mutter starb, als sie ihn zur Welt brachte. Der Vater starb bei einem Autounfall vor einem Jahr.«

»Gibt's Onkel? Tanten?«

»Nichts dergleichen.«

»Eine Freundin?«

»Mädchen hier und da, aber nichts Ernstes«, sagte Dawson. »Deshalb hatten wir ihn ja auch für das Experiment ausgewählt.«

Klinger dachte nach. »Du hast damit gerechnet daß der Versuch tödlich verlaufen würde?«

»Uns war bewußt daß dieses Risiko bestand«, sagte Ogden.

»Diesmal haben Sie mit Ihrer Prognose recht behalten«, sagte Klinger sarkastisch.

Der Tonfall ärgerte Salsbury. »Sie wußten, um was es geht, Klinger, von Anfang an.«

»Das stimmt.«

»Dann tun Sie bitte nicht so, als ob ich den Tod dieses Menschen allein zu verantworten habe.«

Der General schüttelte den Kopf. »Sie haben mich mißverstanden, Ogden. Ich mache Ihnen keinerlei Vorwürfe. Im Gegenteil. Ich bin der Meinung, Sie machen sich zuviel Gedanken wegen der Ausfälle, die es bei solchen Versuchen gibt. Der Mann war eine Maschine, die ihre Funktion eingebüßt hat. Wir können jederzeit eine neue Maschine in die Versuchsreihe einführen.«

»Armer Kerl«, sagte Dawson. »Ich glaube, er hätte alles für mich getan.«

»Er *hat* alles für dich getan«, sagte Klinger. Sein Blick umkreiste die Stirn des Toten. »Leonard, das Personal in diesem Haus besteht aus sieben Personen. Weiß jemand von ihnen, daß sich Kingman unter dem gleichen Dach befindet?«

»Nein. Wir haben ihn im Schutz der Dunkelheit in den abgesperrten Teil des Hauses gebracht.«

Vor dreizehn Monaten war ein Flügel des Hauses für die Menschenversuche abgeteilt worden. Dieser Flügel hatte einen getrennten Eingang bekommen, der von den anderen Zimmern nicht einsehbar war. Den Hausangestellten war gesagt worden, in jenem Flügel würden Experimente für eine Tochterfirma der Futurex durchgeführt, völlig ungefährliche Experimente. Die getroffenen Sicherheitsvorkehrungen seien nur eine vorbeugende Maßnahme gegen Industriespionage. Es gab Firmen, so die These, die nur allzugern an die Forschungsergebnisse der Futurex herangekommen wären.

»Wie verhält sich das Hauspersonal inzwischen?« fragte Klinger. »Besondere Anzeichen von Neugier?«

»Nein«, sagte Dawson. »Die haben sich daran gewöhnt, daß ein Flügel des Hauses nicht mehr zugänglich ist für sie. Die Trennung dauert jetzt schon über ein Jahr, und in dem abgesperrten Flügel hat es keine Vorkommnisse gegeben, die irgend jemanden hätten alarmieren können. Jedenfalls nichts, was die Hausangestellten mitgekriegt hätten.«

»Dann könnten wir Kingman irgendwo im Garten beerdigen«, sagte Klinger. Er sah Salsbury fragend an. »Wie ist's passiert? Woran ist er gestorben?«

Salsbury hatte auf einem hochbeinigen weißen Hocker am Kopfende des Autopsietisches Platz genommen. Klinger stand zu Füßen des Toten. »Wir haben Kingman seit Anfang Februar in die Versuche einbezogen. Wir hatten ihm gesagt, es geht um eine Serie von Experimenten für eine Tochterfirma von Futurex. Ich habe mich dann in langen Interviews mit ihm über seine Vorlieben und Abneigungen informiert, insgesamt haben wir vierzig Stunden zusammengesessen. Ende Februar habe ich das gesammelte Material gewichtet und fünf Punkte herausgeschrieben, alles Angewohnheiten von Kingman, die ich mit unterschwelligen Botschaften ins Gegenteil verkehren wollte.«

Er hatte drei einfache und zwei schwierige Aufgaben zusammengestellt. Kingman mochte Süßigkeiten, besonders Schokolade. Salsbury wollte erreichen, daß ihm beim bloßen Gedanken an Schokolade schlecht wurde. Salsbury mochte keinen Spargelkohl. Salsbury wollte, daß er eine Vorliebe für eben dieses Gemüse entwickelte. Dritte Aufgabe war die Angst vor Hunden. Kingman fürchtete sich vor Hunden jeder Rasse und Größe. Bei dem Versuch würde es darum gehen, den jungen Mann in einen Hundeliebhaber zu verwandeln.

Von erheblichem Schwierigkeitsgrad waren die vierte und fünfte Aufgabe. Kingman war Atheist, eine Tatsache, die er vor Dawson mit Erfolg verborgen gehalten hatte. Und Kingman war ein Negerhasser. Ihn in einen gläubigen Christen und zugleich in einen Sympathisanten für die Gleichberechtigung der Neger zu verwandeln, war etwas, wofür seine Psyche von Grund auf geändert werden mußte.

Mitte April war Salsbury mit der unterschwelligen Programmierung der Versuchsperson fertig.

Kingman erhielt die Droge am 15. April. An den drei darauffolgenden Tagen stand er unter strenger ärztlicher Beobachtung. Körperlich gab es keinerlei Veränderungen. Keine toxische Reaktion, kein Hautausschlag, keine Änderungen im Blutbild, nichts, was als Nebenwirkung der Droge hätte ausgelegt werden können.

Am 19. April ließ Salsbury die Versuchsperson an der Vorführung von zwei Filmen teilnehmen. Es waren zwei Dokumentarfilme, die Projektion nahm drei Stunden in Anspruch. Mit den Bildern auf der Leinwand nahm Kingman zugleich die Unterschwelligen Botschaften auf, Anweisungen, die sich auf die fünf Punkte bezogen.

Die Erfolge wurden bereits am Tag darauf sichtbar. Beim Frühstück hatte Kingman eine Schokoladenwaffel ergriffen. Er nahm einen Bissen, sprang auf und rannte zur Toilette, wo er sich übergab. Zum Mittagessen verzehrte er vier Portionen Brokkoli in Buttersoße. Am Nachmittag jenes Tages nahm Dawson ihn auf einen Rundgang mit, der am Hundezwinger vorbeiführte. Kingman begann mit den Wachhunden zu spielen und war erst nach einer Viertelstunde vom Zwinger wegzubringen. Als Ogden und Dawson nach dem Abendessen auf die Bemühungen der Regierung zu sprechen kamen, das Programm der gemischtrassigen Schulen in den nördlichen Bundesstaaten voranzutreiben, entpuppte sich Kingman als liberaler Demokrat, der seit früher Jugend für die Rechte der Schwarzen kämpfte. Als er zu Bett ging, faltete er die Hände und sagte sein Gebet. Er wußte nicht, daß seine Worte von Mikrofonen aufgezeichnet wurden, und er ahnte auch nichts von den beiden Videokameras, die Ogden im Raum versteckt hatte.

Ein Lächeln lag auf Dawsons Lippen, als er dem Toten die Hand auf die Stirn legte. »Du hättest dabeisein sollen, Ernst! Es war wirklich sehr beeindruckend. Stell dir doch vor, oben wird ein glühender Atheist hineingesteckt, unten kommt ein Jesusjünger heraus. Und das alles innerhalb eines einzigen Tages.«

Salsbury war unruhig. »Kingman hat die Klinik am 21. April verlassen«, sagte er. »Am gleichen Tag habe ich begonnen, die neuen Tests vorzubereiten, die unterschwelligen Botschaften, die uns totale Kontrolle über Kingmans Gehirn geben sollten. Ich habe das Codewort festgelegt, alles war vorbereitet. Vor zwei Tagen, am 8. Juni, wurde Kingman wieder hierhergebracht.«

Klinger kniff die Augen zusammen. »Hat er keinen Verdacht geschöpft, weil wir ihn zwischendurch weggebracht haben?«

»Im Gegenteil«, sagte Dawson. »Er war sehr angetan, daß ich ihm soviel Aufmerksamkeit zuwandte. Er war geschmeichelt. Er hat sich wohl auch so etwas wie eine Beförderung ausgerechnet, wenn er sich für Ogdens Versuchsserie unentbehrlich machte. Für die Situation war das Verhalten ganz normal, alle jungen Leute, denen man mit einer Aufstiegschance winkt reagieren so.«

Der General hatte Rückenschmerzen. Er ging zu einem Computer, drehte den Stuhl so, daß die Lehne zur Wand zeigte, und setzte sich. Sein Gesicht lag im Schatten, und die Gestalt wirkte wie eine Puppe, wie ein Troll, dessen Leichnam über eine Stuhllehne drapiert worden war. Er hob die Hände und legte die Zeigefinger aufeinander. »Ich fasse zusammen. Am 5. Juni stand das Programm. Kingman kam zurück am 8. Juni. Dann hast du als erstes seine Droge erneuert...«

»Nein«, sagte Salsbury. »Die Droge wirkt das ganze Leben lang, sie braucht nicht erneuert zu werden. Sobald Kingman wieder im Haus war, habe ich ihn die unterschwelligen Botschaften absolvieren lassen. Die Filmvorführung war in den Abendstunden. Ich erinnere mich, daß Kingman in der Nacht Alpträume hatte. Er mußte sich sogar übergeben.«

»Fieber?«

»Nein.«

»Könnte es sich dabei nicht um eine verspätete Reaktion auf die Droge handeln?«

»Mag sein«, sagte Salsbury. Er ging in die Ecke des Raumes, wo sein Schreibtisch stand, und kehrte mit einer Computerschreibung in der Hand zurück. »Hier sind die Gehirnwellen und die Augenbewegungen der Versuchsperson aufgezeichnet. Die Schreibung geht von ein Uhr nachts bis drei Uhr.«

Die drei Männer waren an den Autopsietisch getreten. Salsbury hatte die Schreibung über Kingmans Beine gelegt. Im Lichtkegel, der wie ein bläulicher Schaft aus der Decke strebte, lasen Klinger und Dawson die ausgedruckten Daten.

TEILPROGRAMM
VERSUCHSSERIE BK/OB REP 14
AUFZEICHNUNG: 10. 6. 1976
AUSDRUCK: 10. 6. 1976
AUSDRUCK

STUNDE	*MIN.*	*SEK.*	*MESSWERTE*
0100	00	00	EEG -- PHASE 3 SCHLAF
0100	01	00	EEG -- PHASE 3 SCHLAF
0100	02	00	EEG -- PHASE 4 SCHLAF
0100	03	00	EEG -- PHASE 4 SCHLAF
0100	04	00	EEG -- PHASE 4 SCHLAF

»Wie werden solche Meßwerte gewonnen?« erkundigte sich Klinger.

»Die Gehirnwellen und die Augenbewegungen werden mit Hilfe von Membranen und Drähten aufgezeichnet«, sagte Salsbury.

»Und mit solchen Drähten um den Kopf kann die Versuchsperson noch schlafen?«

Salsbury nickte. »Kingman war sehr kooperativ. Er verstand, daß wir die Daten unbedingt haben wollten. Er hat sich recht schnell an die Beeinträchtigung beim Schlafen gewöhnt.«

Der General machte eine mißmutige Bewegung mit dem Kinn. »Ich muß sagen, die Schreibung bleibt mir ein Rätsel.«

»Mir ebenso«, sagte Dawson.

Salsbury unterdrückte ein Lächeln der Befriedigung. Seine Stärke gegenüber diesen beiden Haien lag in seinen Fachkenntnissen begründet. Er versäumte keine Gelegenheit, ihnen seinen Wissensvorsprung vor Augen zu führen. Sie sollten verstehen, daß sie das Projekt ohne ihn nicht zu Ende bringen konnten.

Er deutete auf die ersten Zeilen in der Schreibung. »Phase 4 bedeutet Tiefschlaf, diese Phase liegt meist ziemlich zu Anfang. Kingman legte sich um Mitternacht zu Bett. Eingeschlafen ist er um zwanzig vor eins. Aus der Schreibung können Sie ersehen, daß die Tiefschlafphase bereits zwanzig Minuten nach dem Einschlafen erreicht war.«

»Warum ist das so bemerkenswert?« fragte Dawson.

»Weil die Phase 4 einem Koma gleicht«, sagte Salsbury. »Das

Elektroenzephalogramm zeigt nur alle paar Sekunden spitze Ausschläge. Der Schläfer rührt sich nicht. Es ist die Phase 4, wo das Unterbewußtsein die Regie übernimmt. Erinnern wir uns daran, das Unterbewußtsein schläft nie. Da während der Phase 4 keine Eindrücke eingespeichert werden, beginnt das Unterbewußtsein zu spielen, wie ein Kind, das man sich selbst überläßt. Im Falle von Kingman gab es ein Spielzeug, das wir dem Unterbewußtsein zur Verfügung gestellt hatten.«

»Das kodierte Programm, das Sie ihm zusammen mit dem Film verabfolgt hatten«, sagte der General.

»Ganz recht.« Er schob den grün-weiß gestreiften Stapel näher zum Licht. »Betrachten wir nun die weiteren Phasen.« Er deutete auf eine Zeile auf der dritten Seite.

0100	09	00	EEG -- PHASE 4 SCHLAF
0100	10	00	EEG -- PHASE 1 SCHLAF/REM
0100	11	00	EEG -- PHASE 1 SCHLAF/REM

»Wir gleiten von einer Phase des Schlafes in die andere«, dozierte Salsbury. »Wir verweilen in jeder Phase eine gewisse Zeit, dann steigen wir oder wir fallen auf eine andere Phase, wie ein Mensch, der durch ein Labyrinth aus Treppen geht. Wir sehen in dieser Zeile, daß Kingman gestört worden ist. Es ist die Art von Kurve, die der Enzephalograph aufzeichnet, wenn ein Schläfer durch ein Geräusch aus dem Tiefschlaf gerissen wird.«

»Gab es denn ein solches Geräusch?« fragte Klinger.

»Nein.«

»Was bedeutet REM?« fragte Klinger.

»Rapid Eye Movements«, sagte Salsbury. »Wir bezeichnen damit die Augenbewegung unter dem geschlossenen Lid. REM ist immer ein Hinweis auf Träume.«

»Kingman hatte einen Traum«, stellte Dawson fest. »Aber was für einen?«

»Es gibt keine Möglichkeit, das herauszufinden.«

Der General kratzte sich das glattrasierte Kinn. »Aber Sie vermuten, daß sein Traum in Phase 1 mit dem implantierten Code zu tun hatte. Sein Unterbewußtsein spielte mit den Worten *Schlüssel* und *Schloß* herum.«

»Das vermute ich. Zumindest hätte das einige Logik für sich. Vielleicht war das Unterbewußtsein von dem empfangenen Programm so schockiert, daß der Schläfer in einen Traum katapultiert wurde.«

»Ein Alptraum?«

»Zunächst wohl ein ganz normaler Traum. Aber das änderte sich im Verlauf der beiden Stunden, die dann folgten.« Er tippte auf eine Zeile in der Schreibung.

0100	12	00	EEG -- PHASE 1 SCHLAF/REM
0100	13	00	EEG -- ALPHAWELLEN
0100	14	00	EEG -- ALPHAWELLEN

»Alphawellen bedeutet, Kingman ist aufgewacht«, sagte Salsbury. »Nicht lange, nur zwei Minuten. Und auch nicht richtig aufgewacht. Seine Lider blieben geschlossen. Er muß über den Traum nachgedacht haben, wie ein Mensch, der in einen Abgrund hinabsieht, den er soeben durchquert hat.«

»Er ist aufgewacht weil ihm der Traum angst machte«, sagte Klinger.

»Wahrscheinlich.«

0100	15	00	EEG -- PHASE 1 SCHLAF/REM
0100	16	00	EEG -- PHASE 1 SCHLAF
0100	17	00	EEG -- PHASE 2 SCHLAF
0100	18	00	EEG -- PHASE 2 SCHLAF
0100	19	00	EEG -- PHASE 2 SCHLAF
0100	20	00	EEG -- PHASE 3 SCHLAF
0100	21	00	EEG -- PHASE 3 SCHLAF
0100	22	00	EEG -- PHASE 3 SCHLAF
0100	23	00	EEG -- PHASE 3 SCHLAF
0100	24	00	EEG -- PHASE 4 SCHLAF
0100	25	00	EEG -- PHASE 4 SCHLAF
0100	26	00	EEG -- PHASE 4 SCHLAF
0100	27	00	EEG -- PHASE 4 SCHLAF
0100	28	00	EEG -- PHASE 4 SCHLAF
0100	29	00	EEG -- PHASE 4 SCHLAF
0100	30	00	EEG -- PHASE 3 SCHLAF/REM

»Die erste Tiefschlafphase hat acht Minuten gedauert« sagte Salsbury. »Die zweite nur noch sechs Minuten. Der Trend setzt sich fort, die Zyklen werden immer kürzer.«

0100	31	00	EEG -- PHASE 1 SCHLAF/REM
0100	32	00	EEG -- PHASE 1 SCHLAF/REM
0100	33	00	EEG -- PHASE 1 SCHLAF/REM
0100	34	00	EEG -- ALPHAWELLEN
0100	35	00	EEG -- PHASE 1 SCHLAF/REM
0100	36	00	EEG -- PHASE 1 SCHLAF/REM
0100	37	00	EEG -- PHASE 2 SCHLAF
0100	38	00	EEG -- PHASE 2 SCHLAF
0100	39	00	EEG -- PHASE 2 SCHLAF
0100	40	00	EEG -- PHASE 3 SCHLAF
0100	41	00	EEG -- PHASE 3 SCHLAF
0100	42	00	EEG -- PHASE 3 SCHLAF
0100	43	00	EEG -- PHASE 3 SCHLAF
0100	44	00	EEG -- PHASE 3 SCHLAF
0100	45	00	EEG -- PHASE 3 SCHLAF
0100	46	00	EEG -- PHASE 3 SCHLAF
0100	47	00	EEG -- PHASE 3 SCHLAF
0100	48	00	EEG -- PHASE 4 SCHLAF
0100	49	00	EEG -- PHASE 4 SCHLAF
0100	50	00	EEG -- PHASE 4 SCHLAF
0100	51	00	EEG -- PHASE 1 SCHLAF/REM

»Zum Schluß sind die Tiefschlafpausen nur noch drei Minuten lang«, stellte Klinger fest.

»Aber warum?« fragte Dawson.

»Weil Kingmans Unterbewußtsein während der Tiefschlafphase ein Erlebnis verarbeiten mußte, das zur Flucht aus dem Tiefschlaf zwang«, sagte Salsbury. »Das Versteck heißt Traum und befindet sich nahe der Oberfläche. Deshalb geht die Schreibung auch mit Phase 1 weiter.«

»Das könnte bedeuten, daß er in Phase 4 Schmerz empfunden hat«, sagte Dawson.

»Schmerz ist die falsche Bezeichnung«, sagte Salsbury. »Nur im wachen Zustand kann ein Mensch Schmerz empfinden.«

»Und die richtige Bezeichnung?«

»Angst«, sagte Salsbury. Er schlug eine neue Seite auf.

0100	52	00	EEG -- PHASE 1 SCHLAF/REM
0100	53	00	EEG -- PHASE 1 SCHLAF/REM
0100	54	00	EEG -- PHASE 1 SCHLAF/REM

0100	55	00	EEG -- ALPHAWELLEN
0100	56	00	EEG -- ALPHAWELLEN
0100	57	00	EEG -- PHASE 1 SCHLAF/REM
0100	58	00	EEG -- PHASE 1 SCHLAF/REM
0100	59	00	EEG -- PHASE 2 SCHLAF/REM
0200	00	00	EEG -- PHASE 2 SCHLAF
0200	01	00	EEG -- PHASE 2 SCHLAF
0200	02	00	EEG -- PHASE 2 SCHLAF
0200	03	00	EEG -- PHASE 3 SCHLAF
0200	04	00	EEG -- PHASE 3 SCHLAF
0200	05	00	EEG -- PHASE 3 SCHLAF
0200	06	00	EEG -- PHASE 3 SCHLAF
0200	07	00	EEG -- PHASE 4 SCHLAF
0200	08	00	EEG -- PHASE 1 SCHLAF/REM

»Jetzt ist er in einer Phase der Erregung«, sagte Salsbury. Er sprach von Kingman, als lebte er noch. »Die Linie wird immer unruhiger. Um zwanzig nach zwei hat er dann wieder die Phase 3 erreicht.« Er glitt mit dem Finger auf die nächste Seite. »Sehen Sie sich an, was jetzt passiert.«

0200	20	00	EEG -- PHASE 3 SCHLAF
0200	21	00	EEG -- PHASE 3 SCHLAF
0200	22	00	EEG -- PHASE 3 SCHLAF
0200	23	00	EEG -- PHASE 3 SCHLAF
0200	24	00	EEG -- PHASE 3 SCHLAF
0200	25	00	EEG -- PHASE 1 SCHLAF/REM

Klinger war fasziniert. »Er flüchtet sich in die Phase 1, noch bevor er die Phase 4 erreicht hat.«

»Angst«, sagte Salsbury. »Sein Unterbewußtsein durchlebt einen Schock. Und die Angst wird immer schlimmer. Sehen Sie hier.«

0200	26	00	EEG -- PHASE 1 SCHLAF/REM
0200	27	00	EEG -- PHASE 1 SCHLAF/REM
0200	28	00	EEG -- ALPHAWELLEN
0200	29	00	EEG -- PHASE 1 SCHLAF/REM
0200	30	00	EEG -- ALPHAWELLEN
0200	31	00	EEG -- PHASE 1 SCHLAF/REM

0200	32	00	EEG -- PHASE 1 SCHLAF/REM
0200	33	00	EEG -- PHASE 2 SCHLAF
0200	34	00	EEG -- PHASE 2 SCHLAF
0200	35	00	EEG -- PHASE 2 SCHLAF
0200	36	00	EEG -- PHASE 3 SCHLAF
0200	37	00	EEG -- ALPHAWELLEN

»Um zwei Uhr siebenunddreißig wäre er beinahe aufgewacht«, sagte Dawson. »Irgend etwas hat ihn so erschreckt, daß er aufwachen wollte.«

Salsbury nickte. »Sie lernen die Schreibung jetzt lesen, und Ihre Beurteilung ist richtig. Er wollte aufwachen, aber er hat sich nur bis nahe an die Oberfläche geflüchtet, in den Alphawellenbereich.«

0200	38	00	EEG -- PHASE 1 SCHLAF/REM
0200	39	00	EEG -- PHASE 1 SCHLAF/REM
0200	40	00	EEG -- PHASE 1 SCHLAF/REM
0200	41	00	EEG -- ALPHAWELLEN
0200	42	00	EEG -- PHASE 1 SCHLAF/REM
0200	43	00	EEG -- ALPHAWELLEN
0200	44	00	EEG -- PHASE 1 SCHLAF/REM
0200	45	00	EEG -- PHASE 1 SCHLAF/REM
0200	46	00	EEG -- PHASE 2 SCHLAF
0200	47	00	EEG -- PHASE 2 SCHLAF
0200	48	00	EEG -- PHASE 1 SCHLAF/REM
0200	49	00	EEG -- ALPHAWELLEN
0200	50	00	EEG -- PHASE 1 SCHLAF/REM
0200	51	00	EEG -- PHASE 1 SCHLAF/REM
0200	52	00	EEG -- ALPHAWELLEN
0200	53	00	EEG -- PHASE 1 SCHLAF/REM
0200	54	00	EEG -- PHASE 1 SCHLAF/REM
0200	55	00	EEG -- ALPHAWELLEN
0200	56	00	EEG -- PHASE 1 SCHLAF/REM
0200	57	00	EEG -- ALPHAWELLEN
0200	58	00	EEG -- ALPHAWELLEN
0200	59	00	EEG -- ALPHAWELLEN
0300	00	00	EEG -- ALPHAWELLEN
0300	01	00	EEG -- ALPHAWELLEN
0300	02	00	EEG -- KEIN IMPULS

0300 03 00 EEG -- KEIN IMPULS
0300 04 00 EEG -- KEIN IMPULS
0300 05 00 EEG -- KEIN IMPULS

LEBENSZEICHEN NEGATIV
LEBENSZEICHEN NEGATIV
LEBENSZEICHEN NEGATIV
VERSUCHSPERSON TOT

ENDE DES AUSDRUCKS
ENDE DES AUSDRUCKS
::STOP::

»Er ruhe in Frieden«, sagte Dawson. »Er war ein guter Mensch.«

»Fünf Minuten lang Alphawellen« sagte Klinger. »Bedeutet das, er war bei vollem Bewußtsein, als er starb?«

»Er war wach«, sagte Salsbury, »aber seine Wahrnehmung war eingeschränkt.«

»Was ist in den letzten fünf Minuten passiert?« sagte Klinger.

Er ging zu einem Computer und begann einige Daten einzutippen. Die Sichtschirme, die in die Wand eingelassen waren, erloschen bis auf zwei.

»Auf dem Schirm rechts werden Sie ein Videoband sehen«, sagte Salsbury. »Die letzten sechs Minuten vor dem Tod. Auf dem Schirm links erscheinen Meßdaten wie Körpertemperatur, Frequenz der Atmung, Blutdruck. Es gibt zwei Spalten, links die normalen Werte des Patienten, rechts die gemessenen Werte. Die Messungen erfolgten im Abstand von 30 Sekunden.«

Dawsons Blick war wie gebannt auf die beiden Mattscheiben gerichtet. Klinger stand neben ihm.

Der rechte Schirm begann zu flimmern. Ein Schwarzweißbild erschien, scharfrandig, hart. Brian Kingman lag auf seinem Bett. An Kopf und Körper zwölf Meßmembranen befestigt, von denen ein Gewirr von Kabeln zu den Apparaturen führte, die neben dem Bett aufgebaut waren. An seinem rechten Arm war ein Blutdruckmesser befestigt. Seine Stirn glänzte von Schweiß. Er zitterte am ganzen Körper. Man sah, wie er die Arme hochwarf, mit den Füßen in die Luft stieß. Die Augen waren geschlossen. Er schlief.

»Er ist in Phase 1«, sagte Salsbury.

»Er träumt«, sagte Dawson.

»Wahrscheinlich.«

In der Ecke des linken Schirmes erschien die Anzeige einer Digitaluhr. Stunden, Minuten, Sekunden und Zehntelsekunden wurden angezeigt.

Dann leuchteten die Meßwerte auf.

	NORM DES PATIENTEN	*MESSUNG*
KÖRPER TEMPERATUR	36,7°C.	36,7°C.
ATMUNG	18 PRO MINUTE	22 PRO MINUTE
PULS	70 PRO MINUTE	90 PRO MINUTE
BLUTDRUCK		
SYSTOLISCH	100-120	110
DIASTOLISCH	60-70	70

»Er schläft noch«, sagte Salsbury, »aber Puls und Atmung sind beschleunigt. Er könnte einen Alptraum haben. Darauf deuten jedenfalls die Bewegungen der Extremitäten hin. Er wird gleich aufwachen, passen Sie auf. Jetzt!«

Kingman fuhr hoch, er blieb sitzen, hielt seine Knie umklammert. Er hob die Arme, preßte die Hände an den Kopf. Er öffnete den Mund.

»Er schreit«, sagte Salsbury.

»Aber warum?« fragte Dawson. »Er ist doch schon wach. Der Alptraum ist vorüber.«

»Puls und Atmung beschleunigen sich weiter«, sagte Klinger.

Kingman schrie. Kein Laut war zu hören.

0200 58 00

»Wie heftig er atmet«, sagte Dawson. »Irgend etwas scheint ihm die Lungen zu sprengen.«

Kingman hatte begonnen, an seiner Lippe zu nagen. Sekunden später spritzte das Blut.

»Ein epileptischer Anfall?« fragte der General.

»Nein«, sagte Salsbury.

Die Digitaluhr zeigte 02.59, als die neuen Meßwerte ausgedruckt wurden.

	NORM DES PATIENTEN	MESSUNG
KÖRPER TEMPERATUR	36,7°C.	37°C.
ATMUNG	18 PRO MINUTE	48 PRO MINUTE
PULS	70 PRO MINUTE	190 PRO MINUTE
BLUTDRUCK SYSTOLISCH	MESSWERT LÖSCHEN MESSWERT LÖSCHEN MESSWERT LÖSCHEN	

Kingman lag auf seinem Bett. Der Körper zitterte nicht mehr, auch die Arme und die Beine waren zum Stillstand gekommen. Die rechte Hand öffnete sich, wie um etwas auszuwringen. Die Augen waren zugekniffen.

Der Sichtschirm wurde schwarz. Sekunden später flimmerte eine Warnung auf:

0200 59′ 12
INFARKT
INFARKT

»Er hat einen Herzanfall«, sagte Salsbury.

Kingmans linker Arm war zu einem V erstarrt. Der Arm sah wie gelähmt aus. Die linke Hand war zur Faust geballt.

0300 00 00
PULS UNREGELMÄSSIG
ATMUNG UNREGELMÄSSIG

Kingman hatte die Augen geöffnet. Der Blick war zur Decke gerichtet, der Mund weit aufgerissen.

»Er schreit wieder«, sagte Klinger.

»Er *versucht* zu schreien«, sagte Salsbury. »Er kann in diesem Zustand keinen Laut mehr hervorbringen.«

0300 01 00
PULS FÄLLT AB
ATMUNG FÄLLT AB
EEG ZEIGT DELTAWELLEN

Die wringende Bewegung der rechten Hand kam zum Stillstand. Der Mund schloß sich.

»Er ist tot«, sagte Salsbury.

Die beiden Mattscheiben wurden dunkel. Brian Kingman war gestorben. Zweimal.

»Woran ist er gestorben?« Dawson war kreidebleich geworden. »An der Droge?«

»Nicht an der Droge«, sagte Salsbury. »An der Angst.«

Klinger ging zum Autopsietisch zurück, um den Leichnam aus aller Nähe zu betrachten. »Angst«, murmelte er. »Ich dachte mir, daß Sie das sagen würden, Salsbury.«

»Angst *kann* töten«, sagte Salsbury. »Es gibt unzählige Versuche, die das beweisen. Die Umstände bei Kingman deuten darauf hin, daß Angst die Todesursache war. Aber ich werde natürlich eine Leichenöffnung vornehmen, dann wissen wir mehr. Ich bin allerdings schon jetzt ziemlich sicher, daß wir keine physiologischen Ursachen für den Infarkt vorfinden werden.«

Dawson hatte Salsbury bei den Schultern ergriffen. »Willst du damit sagen, Brian hat gemerkt was wir mit ihm vorhatten? Willst du sagen, er hatte Angst davor, ein Roboter zu werden? Solche Angst, daß er deswegen einen tödlichen Herzanfall erlitt?«

»Das wäre möglich.«

»Das bedeutet, die Droge wirkt, aber die unterschwelligen Botschaften funktionieren nicht richtig.«

»Die unterschwelligen Botschaften funktionieren richtig«, sagte Salsbury. »Ich muß das Programm nur etwas feiner einstellen.

»Feiner einstellen?«

»Ich will es allgemeinverständlich formulieren«, sagte Salsbury. »Es geht mir doch darum, dem Individuum unseren Schlüssel-Schloß-Code ins Gehirn zu implantieren. Dazu muß ich, um zu einem Vergleich zu greifen, ein Loch durch das ›es‹ und durch das ›ich‹ bohren. Das erste Programm, das ich eingesetzt habe, war zu grob. Es sind keine Löcher entstanden, sondern das ›es‹ und das ›ich‹ sind zerstört worden. Das bedeutet, ich muß beim nächsten Mal behutsamer vorgehen. Ich muß, um in meinem Vergleich zu bleiben, einen viel feineren Bohrer benutzen. Den Weisungen, die das Individuum erhält, wird Überredung, Überzeugung vorangehen.« Er ging in die Ecke des

Raumes und kehrte mit einem Wagen voller chirurgischer Instrumente zurück.

Dawson dachte nicht daran, sich mit der erhaltenen Erklärung zufriedenzugeben. »Was ist, wenn das Programm nicht in der erforderlichen Weise verfeinert werden kann? Was ist, wenn uns die nächste Versuchsperson wegstirbt? Ich kann für die Leute mit einiger Mühe eine Erklärung finden, warum Kingman plötzlich verschwunden ist. Aber wenn zwei oder drei Angestellte meiner näheren Umgebung sich in nichts auflösen? Unmöglich!«

Salsbury hatte eine Schublade an dem Instrumentenwagen geöffnet. Er holte ein weißes Leinentuch heraus und breitete es über die verglaste Abdeckung. »Wir werden keinen Angestellten mehr als Testperson verwenden.«

»Wen denn sonst?«

Salsbury begann die Instrumente auf das Tuch zu legen, fein säuberlich nebeneinander. »Die Söldner«, sagte er. »Wir gründen die Firma in Liechtenstein, so war es ja auch geplant. Wir heuern zunächst einmal drei Söldner an. Wir statten sie mit neuen Papieren aus und lassen sie unter falschem Namen in die Staaten einreisen.«

»Und wo willst du die drei Männer unterbringen? Etwa in diesem Haus?«

»Ganz recht. Wir werden noch etwas abwarten, bevor wir das Anwesen in Deutschland oder in Frankreich kaufen. Sobald die drei Versuchspersonen hier eintreffen, gebe ich ihnen die Droge. Einen Tag später beginnt die Programmierung. Ich probiere das Programm erst bei einer Versuchsperson aus. Überlebt sie, kommt die nächste dran. In der zweiten Phase können wir das Verfahren dann auf breiterer Ebene anwenden. Ich denke an irgendeine kleine Ortschaft in den Vereinigten Staaten, am besten ein abgelegener Ort. Wir brauchen dann sowieso ein paar willige Handlanger, da kommen unsere drei Söldner gerade recht.«

Dawson machte ein finsteres Gesicht. »Die Anwälte in Liechtenstein, die falschen Pässe, das Anheuern der Söldner, das sind alles Ausgaben, die ich eigentlich erst machen wollte, wenn fest steht, daß die Droge und das Programm funktionieren.«

»Sie werden funktionieren«, sagte Salsbury.

»Das hoffen wir, aber wir haben keine Gewißheit«, gab Dawson zurück.

Er betrachtete die Klinge des Skalpells. »Du brauchst die Sache ja nicht von deinem privaten Geld zu finanzieren, Leonard. Du kannst die nötigen Mittel aus einer deiner Firmen rausquetschen.«

»Aus Futurex? Das ist gar nicht so einfach, wie du dir das vorstellst. Ich bin den anderen Anteilseignern Rechenschaft schuldig.«

»Du bist Milliardär«, sagte Salsbury. »Futurex ist nicht alles, was du besitzt. Du hast zwei Millionen Dollar aufgetrieben für das Laboratorium plus achtzigtausend für die monatlichen Kosten. Im Vergleich dazu sind die Kosten für die Söldner ein Pappenstiel.«

»Dem kann ich nur zustimmen«, sagte der General.

»Es ist ja auch nicht dein Geld, das du aus dem Fenster wirfst, sondern meines«, sagte Dawson wütend.

»Wenn du wirklich meinst, das Geld ist aus dem Fenster hinausgeworfen, dann sollten wir das ganze Projekt sofort stoppen«, sagte Salsbury.

Dawson hielt die Hände in den Hosentaschen vergraben. »Es ist nicht so sehr das Geld, das mir Sorgen macht, sondern die Söldner.«

»Die Söldner machen dir Sorgen?«

»Weil es Killer sind.«

»Natürlich sind es Killer.«

»Professionelle Killer. Sie verdienen ihren Lebensunterhalt, indem sie andere Menschen umbringen.«

»Und?«

»Die Vorstellung, solche Typen in diesem Haus unterzubringen, gefällt mir nicht«, sagte Dawson.

Du Heuchler, dachte Salsbury.

»Es sind Killer«, sagte Klinger. »Aber was unterscheidet uns von ihnen? Wenn die Polizei herausfände, was wir mit Kingman gemacht haben, glaubst du, die würden uns einen Blumenstrauß schicken? Für Polizei und Gerichte sind wir Killer, auch wenn wir unseren Lebensunterhalt auf andere Weise verdienen.«

In Dawsons schwarzen Augen spiegelte sich das blaue Licht. Es sah unheimlich aus, wie der Widerschein aus einer anderen

Welt. Als er eine Bewegung machte, schwand der Eindruck. »Ich möchte feststellen, daß ich Brian keinen Finger gekrümmt habe«, sagte er. »Ich habe ihm nicht einmal ein unfreundliches Wort gesagt, all die Jahre nicht.«

Salsbury und Klinger schwiegen.

»Ich habe seinen Tod nicht gewollt.«

Dawson fuhr sich mit der Hand über die Stirn. »Also gut. Ich bin einverstanden mit der Sache in Liechtenstein. Grünes Licht für die Söldner. Ich kümmere mich drum.«

»Wann können die Männer hier sein?« fragte Salsbury.

»Ich muß mit Vorsicht zu Werke gehen«, sagte Dawson. »Drei Monate. Vielleicht vier.«

Salsbury nickte, dann fuhr er mit dem Ausrichten der Seziergeräte auf dem Tuch fort.

6. Kapitel

Montag, der 22. August 1977

Es war neun, als Jenny, mit dem Vogelkäfig in der Hand, vor dem Zelt auftauchte.

Mark empfing sie mit einem Lachen. »Wozu bringst du *das* denn?«

»Ein Gast bringt immer eine Kleinigkeit mit«, lächelte sie.

Er küßte sie in den Nacken.

Sie gab seinem Sohn den Käfig. »Für dein Eichhörnchen. Du willst es doch nach Black River mitbringen.«

»Im Käfig?« fragte Mark.

»Du darfst es nicht frei im Wagen herumspringen lassen, das wäre gefährlich.«

»Das Eichhörnchen läßt sich sicher nicht gern einsperren.«

»Es wird sich dran gewöhnen.«

»Wenn du's wirklich behalten willst, mußt du's sowieso in einen Käfig tun«, sagte Paul.

»Jetzt bedanke dich wenigstens bei Jenny«, sagte Rya. »Sie ist sicher durch halb Black River getigert, bis sie den Käfig fand.«

Der Junge war rot geworden. »Entschuldigung. Ich meine, danke schön, Jenny.«

»Im Käfig liegt ein kleines braunes Paket«, sagte Jenny. »Das ist für euch beide.«

Rya öffnete das Paket. Drei Taschenbücher kamen zum Vorschein. Sie betrachtete die Titel. »Meine Lieblingsautoren! Danke, Jenny!«

Jenny stand dabei, wie Rya zu lesen begann. Mark hatte eines der drei Bücher genommen und begann zu blättern. Das Zwitschern der Vögel war zu hören, und Jenny war wehmütig ums Herz. Sie liebte diese Kinder. Und sie liebte Paul.

Wenn ich ihn liebe, warum heirate ich ihn nicht?

Weil...

Sie beschloß, nicht weiter über das Problem nachzudenken. Wer Dialoge mit sich selbst führte, endete in Schizophrenie.

Mark begann sein Eichhörnchen zu füttern. Er erklärte Jenny, daß er dem Tier das Apportieren beibringen werde. Und Jenny brachte es nicht übers Herz, ihm zu sagen, daß ein Eichhörnchen nie apportieren lernt.

Es war elf Uhr geworden, als Rya ihren Federballschläger zur Seite legte. »Ich habe allen Anwesenden etwas Wichtiges mitzuteilen«, sagte sie atemlos. »Mark und ich machen heute das Mittagessen. Es gibt eine Überraschung.«

»Es gibt...«

Rya fuhr ihrem Bruder über den Mund. »Wirst du wohl still sein! Es ist eine Überraschung, habe ich gesagt.«

Rya legte den Kopf zurück, bis das lange schwarze Haar nach hinten schwang. Sie sah ihren Vater an. »Ich schlage vor, du und Jenny, ihr beiden macht jetzt einen Waldspaziergang, sonst habt ihr keinen Appetit, wenn das Essen losgeht.«

»Geh mit Jenny spazieren«, sagte Mark. »Wir wissen schließlich, daß ihr beiden allein sein wollt.«

»Mark!« tadelte ihn seine Schwester.

Mark verteidigte sich. »Deshalb machen wir ja auch das Essen. Damit ihr für euch sein könnt.«

Jenny mußte lachen.

»Es tut mir leid«, sagte Paul verlegen.

»Es gibt Eichhörnchen zu Mittag«, sagte Rya. »Gebratenes Eichhörnchen.«

Auf Marks Zügen malte sich das blanke Entsetzen ab. »Du sollst so etwas nicht sagen.«

»Hab's nicht so gemeint«, sagte Rya.

»Trotzdem. So etwas sagt man nicht.«

»Entschuldige bitte. Soll nicht wieder vorkommen.«

Mark betrachtete sie von der Seite, als wollte er sich der Ernsthaftigkeit ihres Versprechens vergewissern. »Gut«, sagte er dann. »Ist gut.«

Jenny hatte Paul bei der Hand ergriffen. »Wenn wir jetzt nicht unseren Waldspaziergang machen, wird deine Tochter sehr böse mit uns sein. Ich glaube, Rya ist ein gefährliches Mädchen, wenn sie böse wird.«

Rya strahlte. »Da hast du recht. Ich bin fürchterlich in meinem Zorn.«

»Also gut«, sagte Paul. »Jenny und ich verschwinden jetzt von der Bildfläche.« Er beugte sich zu Rya. »Aber heute abend erzähle ich dir die Geschichte von dem furchtbaren Ende eines kleinen Mädchens.«

»Was für ein Mädchen, Paps?«

»Ein Mädchen, das ein Komplott gegen ihren Vater schmiedete.«

»Solche Geschichten mag ich«, sagte Rya. Sie lachte. »Essen ist Punkt eins.« Sie wandte sich ab, als hätte sie geahnt, daß ihr Paul den Federballschläger über den Hintern ziehen wollte.

Sie blieben stehen wo der Bach ein Becken aus tiefem, dunklem Wasser bildete. Die glitzernden Leiber der Forellen waren zu sehen. Das Grün der Blätter, der Stamm einer alten Eiche, Moos. Ein Liebeslager.

Sie waren eine halbe Stunde vom Zelt entfernt. Jenny machte es sich im Moos bequem. Sie verschränkte die Arme hinter dem Kopf. Er legte sich neben sie.

Er begann sie zu liebkosen. Seine Hand fand zu ihren Brüsten, glitt zu ihren Schenkeln. Er spürte, wie sein Glied schwoll. Sie tastete über die Ausbuchtung in seinen Jeans.

»Ich will dich«, sagte sie. »Besorg's mir.«

Sie hatte sich entkleidet. Er küßte ihre Brüste.

»Jetzt«, sagte sie. »Ich will's jetzt.«

Sie schliefen miteinander. Das Erlebnis war so tief, daß keiner der beiden sich an etwas Ähnliches erinnern konnte. Das Gefühl ihn für sich zu haben, trieb Jenny bis an den Rand der Bewußtlosigkeit. Sie spürte, daß er das gleiche empfand. Als er sein Glied in sie hineinschob, war sie bereit für ihn. Sie spürte, wie er in ihr wuchs, wie er ihr Innerstes ausfüllte. Ihr Blick war auf seine Arme gerichtet. Sie zog ihn auf sich, half mit wütenden Stößen ihres Beckens nach, wenn seine Bewegung zu sanft, zu zart kam. Der Höhepunkt für Jenny kam schnell und hielt so lange an, daß sie seinen Orgasmus gar nicht mehr bemerkte.

Ihre Bewegungen waren langsamer geworden. »Jenny«, flüsterte er. Er küßte sie auf die Lippen. Er küßte sie auf die Stirn.

Sie kuschelte sich in seine Armbeuge. Ihr Mund kam an seine Halsschlagader zu liegen.

Sie hielten sich umschlungen. Das genossene Glück war die Nabelschnur, die sie verband.

Einige Minuten lang vergaß Jenny, wo sie war. Dann kam das Zwitschern der Vögel zurück, das Rascheln der Blätter in den Baumwipfeln, das Rauschen des Windes, der durch die Tannenzweige strich. Sie spürte, wie sein warmer Samen über ihre Schenkel sickerte. Es war ein heißer Tag.

Sie machte sich von ihm frei.

»Ich kann's nicht glauben«, sagte sie.

»Ich auch nicht.«

Dann schwiegen sie.

Sein Finger glitt über den dünnen Film, der sich zwischen ihren Brüsten gebildet hatte. »Weißt du was?« fragte er.

»Was ist?«

»Ich habe noch nie mit einer Frau geschlafen, die es so genossen hat.«

»Sex, meinst du.«

»Ich meine Sex, ja.«

»Deine verstorbene Frau war leidenschaftlich im Bett, das hast du mir selbst erzählt.«

»Sie war anders als du. Du gibst dich ganz, mit jeder Faser deines Körpers.«

»Mir macht's halt Spaß.«

»Es ist mehr als das.«

»Dann bin ich eben *oversexed*. Macht mir nichts aus.«

»Es ist mehr als das.«

»Wirst du mir jetzt sagen, daß du nicht nur meinen Körper liebst?«

»Genau das. Mir gefällt an dir, daß du das Leben liebst. Du trinkst ein Glas Wasser, wie andere Menschen ein Glas Wein trinken.«

»So etwas Ähnliches hat mir mal ein Freund gesagt.«

»Er hat recht gehabt.«

»Daß ich das Leben liebe, habe ich meinem Vater zu verdanken.«

»Wie meinst du das?«

»Ich hatte eine sehr glückliche Kindheit, weißt du.«

»Deine Mutter starb, da warst du noch ein kleines Mädchen. War das nicht ein großer Schock für dich?«

»Sie ist im Schlaf gestorben, Paul. Sie hat nicht gelitten.«

»Sag mir nicht, daß du sie nicht betrauert hast.«

»Ich habe Mutter betrauert, aber mein Vater hat mir soviel Liebe gegeben, daß ich den Schmerz bald vergaß.« Sie fuhr ihm mit den Fingerspitzen über die Brauen. »Manchmal frage ich mich allerdings, ob es nicht besser gewesen wäre, Vater hätte mich auf das Leben, auf den Alltag vorbereitet.«

Er zuckte die Achseln. »Ich glaube, ein Vater hat schon sehr viel erreicht, wenn er seinen Kindern die Fähigkeit zum Glück mitgibt.«

Sie schüttelte den Kopf. »Ich war noch sehr naiv, als ich heiratete. Zu naiv.«

»Ein falscher Partner, das kann jedem passieren, sogar den raffiniertesten Menschen.«

»Aber die zerbrechen nicht dran wie ich.«

Seine Hand wanderte über ihre Magengrube. Sie spürte, wie sich neues Begehren in ihrem Schoß regte.

»Du hast deine eigene Situation gerade treffend analysiert«, sagte er. »Wenn du dazu in der Lage bist, ist das Schlimmste schon überstanden.«

»Ich soll die Vergangenheit vergessen, meinst du.«

»Ja.«

»Dazu müßte ich erst einmal wissen, was meine Gegenwart ist. Ich müßte wissen, wer ich bin.«

»Weißt du das nicht?«

»Ich bin nicht mehr das, was man unschuldig nennt«, sagte sie ernst. »Trotzdem bin ich keine Zynikerin geworden.«

Er liebkoste die Fülle ihrer Brüste. »Wir würden uns gut miteinander verstehen, da bin ich ganz sicher.«

»Manchmal denke ich das auch. Und eben das macht mir Sorgen. Es macht mir Sorgen, daß ich so von unserem Glück überzeugt bin, Paul.«

»Ich möchte, daß wir heiraten«, sagte er.

»Warum sagst du das?«

»Weil ich's wirklich möchte. Ich möchte dich heiraten.«

»Ich habe Angst vor der Ehe. Mir reicht das erste Mal.«

»Du hast es jetzt mit einem anderen Mann zu tun.«

»Ich weiß, daß du es gut meinst. Aber das genügt nicht.«

»Es gibt keine Erfolgsgarantie, wenn es um die Verbindung mit einem anderen Menschen geht. Statt dessen gibt es Risiken, die man eingehen muß.«

»Ich möchte keine Risiken eingehen.«

»Das bedeutet, du willst allein leben. Willst du das wirklich?«

Sie wandte sich ihm zu. »Warum verdirbst du den schönen Tag mit solchen Gesprächen?«

»Ich sehe nicht, wieso ein Gespräch über unsere Zukunft uns den Tag verderben soll.«

»Ich möchte von etwas anderem reden.«

»Es gibt aber nichts, was mir so sehr am Herzen läge wie unsere Heirat.«

Sie nahm seine Hand und führte sie an ihre Brüste. »Magst du die?«

Er nickte.

»Dann laß uns über meine Brüste sprechen.«

»Red doch nicht solch einen Unsinn.«

»Ich meine es ernst. Ich finde, ich habe schöne Brüste. Ich genieße es, wenn du über dieses Thema mit mir sprichst.«

»Du bist unmöglich.«

»Okay, okay. Wenn wir nicht über meine Tittis sprechen dürfen, dann laß uns über deinen Zipfel reden.«

»Jenny!«

Sie umfing seine Erektion mit der gewölbten Hand. »Kann ich dich da... küssen?«

»Was habe ich getan, daß ich mich in so ein freches Weibsbild verlieben muß?«

»Deine Sünden kennst du selbst am besten«, lachte sie. »Leg dich hin.«

»Ich will aber nicht.«

Sie fuhr mit dem Finger an seinem harten Glied entlang. »Siehst du, die Biologie ist stärker. Halt still, ich möchte dich küssen.«

»Später.«

»Jetzt.«

»Ich möchte dich zuerst zum Höhepunkt bringen.«

»Und du setzt immer deinen Willen durch, wie?«

»Immer nicht, aber diesmal ja. Ich bin stärker als du.«

»Macho!«

»Das hast *du* gesagt.« Er küßte ihre Brust, und dann glitten seine Lippen zu ihren Schenkeln.

Sie erschauderte vor Wonne. »Du hast recht«, flüsterte sie. »Ladies first.«

Er hob den Kopf und lächelte ihr zu. Wie ein Junge, dachte sie. Klare, blaue Augen wie ein kleiner Junge.

Ein guter Mann, dachte sie. Ihr Herzschlag war schneller geworden. Das Rauschen der Blätter wich zurück.

Ein gutaussehender Mann. Rücksichtsvoll, begehrenswert, sexy und zärtlich. Ein Mann fürs Glück.

Das Haus lag an der Union Road, nur einen Häuserblock vom Stadtplatz entfernt. Bungalow mit weißgestrichenen Fenstern. Gepflegtes Haus. Veranda. Efeu und Bougainvillea. Ein Mäuerchen aus Ziegelsteinen. Blumen. Ein Bad für die Vögel. Ein Schild hing über dem Eingang. ›The Macklins.‹

Es war ein Uhr nachmittags. Salsbury ging die drei Stufen zur Veranda hinauf. Er hielt eine Aluminiumtafel an sich gepreßt, auf die einige Papierbögen geklemmt waren. Er läutete.

Das Summen der Bienen in den Fliedersträuchern.

Salsbury war überrascht, als er die Frau sah. Das Haus war penibel sauber, er hatte eine ältere Person erwartet. Aber die Frau war Mitte Zwanzig. Sie war schlank in der Taille und rund, wo die Hüften und der Busen begannen. Sie war blond. Sie hatte das Gesicht der Mädchen in den Modemagazinen. Sie war fast sechs Fuß groß. Feminin. Eine Frau, die nur aus Beinen zu bestehen schien. Sie trug Shorts. Das Oberteil gab den Bauch frei. Die Haut war straff und gebräunt.

Wie immer, wenn er eine schöne Frau sah, war er sprachlos. Er leckte sich über die trockenen Lippen und starrte sie an.

»Was kann ich für Sie tun?« fragte sie freundlich.

Er räusperte sich. »Deighton. Albert Deighton. Ich führe eine Befragung durch. Bin schon seit vergangener Woche in Black River. Sie haben sicher schon davon gehört. Die soziologische Studie. Ich habe in Ihrer Nachbarschaft mit...«

»Ich weiß«, sagte sie. »Sie waren gestern bei der Familie Soloman zwei Häuser weiter.«

»So ist es.« Es war auf einmal heißer als noch wenige Minuten zuvor. Salsbury ärgerte sich, als die ersten Schweißperlen auf seiner Stirn erschienen. Er nahm sein Taschentuch, wischte den Schweiß weg und lächelte. »Ich würde Ihnen gern einige Fragen stellen«, begann er. »Ihnen und Ihrem Gemahl. Ich denke, wir werden höchstens eine halbe Stunde brauchen, es sind nur...«

»Das tut mir leid«, sagte sie. »Mein Mann ist nicht zu Hause. Er arbeitet in der Tagschicht beim Sägewerk. Er kommt erst gegen halb sechs heim.«

Er glättete die Fragebögen auf seiner Alutafel. »Das macht nichts, ich kann mich mit Ihrem Mann ein andermal unterhalten. Kann ich auch die Kinder sprechen? Die Kinder sind für die Untersuchung besonders wichtig, ich dachte...«

»Wir sind erst ein Jahr verheiratet«, unterbrach sie ihn. »Wir haben noch keine Kinder.«

»Sie sind sozusagen noch in den Flitterwochen.«

»Sozusagen.« Sie schmunzelte. Sie hatte Grübchen. Salsbury fühlte sich von einem Mahlstrom ergriffen, der ihn in einen dunklen Schlund hinabziehen würde, und der Schlund hieß Frau. Ein wehmütig-süßes Gefühl. »Gibt es keine Verwandten, die in Ihrem Haushalt wohnen? Untermieter?«

»Nein, nur Richie und ich.«

»Richie ist Ihr Mann.«

»Ganz recht.«

Er war ein großes Risiko eingegangen, als er das Codewort an die Serviererin verriet. Eigentlich hatte er's nur getan, weil sie Miriam glich. Die Sache war noch einmal gut ausgegangen. Aber Salsbury war entschlossen, diesmal umsichtiger vorzugehen. Während der Interviews, die er am Samstag und am Sonntag durchführte, hatte er Tuchfühlung mit den Frauen vermieden. Nicht einmal die besonders Hübschen hatte er berührt. Er tat das, um sich für seine Tollkühnheit im *Ultman's Café* zu bestrafen. Dabei wäre ihm jede der interviewten Frauen zu Willen gewesen. Alice, die kleine Nutte von Serviererin, hatte totale Unterwürfigkeit an den Tag gelegt. Und Salsbury dachte darüber nach, wie es sein würde, wenn eine Frau ihres Alters vor ihm auf den Knien lag. Er schielte über seine Alutafel hinweg. Er würde ihr Anweisung geben, sich auszuziehen. Sie sollte sich nackt vor ihm zeigen. Splitternackt. Gefahr? Es gab keine Gefahr, redete er sich ein. Sein Entschluß stand fest.

»Ich bin der Schlüssel.«

»Ich bin das Schloß.«

Er war erleichtert. Er kratzte sich die Augenbraue.

»Bist du allein im Haus?«

»Ja.«

Ein Schauder der Lust kroch über seinen Rücken. »Erwartest du Besuch?«

»Nein. Niemanden.«

»Wirst du irgendwo erwartet? Hast du dich irgendwo zu einem Besuch angemeldet oder zu einer Erledigung?«

»Nein.«

»Laß mich ins Haus.«

Sie öffnete die mit einem feinen Gitter bespannte Tür und ließ ihn eintreten.

Das Wohnzimmer war luftgekühlt. Es gab einen ovalen Spiegel. An der Wand hingen Bilder, auf denen Schiffe zu erkennen waren.

»Schließ die Haustür zu«, sagte er. »Schieb den Riegel vor.«

Sie gehorchte.

Es gab einen Flur, der zur Küche führte.

Das Eßzimmer. Ein Orientteppich. Zwei Sofas. Ein Tischchen. Ein Ständer mit Zeitschriften. Und wieder Bilder mit Schiffen.

»Zieh die Vorhänge zu«, sagte er.

Sie ging von Fenster zu Fenster und zog die Vorhänge zu. Sie kam zu ihm zurück und stemmte die Arme in die Seite. Sie lächelte.

Sie wartet auf meine Befehle, dachte er. Sie ist meine Sklavin. Mein Geschöpf. Meine Marionette.

Er hätte nicht zu sagen vermocht, wie lange sie schweigend voreinander standen. Salsbury war unentschlossen. In seinen Gedanken mischten sich Angst und Vorfreude. Seine Leistengegend spannte und zuckte. Ein Schmerz, der mit jeder Sekunde süßer und verlockender wurde. Wieder brach ihm der Schweiß aus, diesmal wischte er sich nicht ab. Sie war sein. Ihr Mund war sein, ihre Brüste, ihre Schenkel, ihre Haut, jeder Quadratzentimeter ihres Körpers war sein. Wichtig auch: er brauchte sich keine Sorgen zu machen, ob er ihr gefiel oder nicht. Er brauchte nur noch an seine Erfüllung zu denken, an die Steigerung des eigenen Genusses, an das Hinauszögern der Begierde. Er würde ihr sagen, daß sie scharf drauf war, sie würde ihm antworten, jawohl, ich bin scharf drauf. Sie würde ihm keine Vorwürfe machen, weil er ihr Haar durcheinandergebracht hatte. Er würde mit ihr schlafen – und dann weg damit. Er würde sie gebrauchen. Sie so gebrauchen, wie er es sich in seinen Träumen ersehnt, aber noch nie verwirklicht hatte.

Sie sah ihn fragend an. Herausfordernd, fand Salsbury. »Die Vorhänge sind zugezogen. War das alles?«

»Nein«, sagte er heiser.

»Was muß ich tun?«

Er ging zum Tischchen und knipste die Lampe an. »Bleib stehen, wo du bist, und beantworte meine Fragen.«

»Gut.«

»Wie heißt du?«

»Brenda.«

»Wie alt bist du, Brenda?«

»Sechsundzwanzig.«

Er zog sein Taschentuch hervor und wischte sich den Schweiß von der Stirn. Sein Blick war auf die Gemälde mit den Segelschiffen gerichtet. »Dein Mann liebt das Meer?«

»Nein.«

»Aber er liebt Gemälde, auf denen das Meer dargestellt ist.«

»Das Meer ist ihm gleichgültig.«

Salsbury war verunsichert. »Warum, zum Teufel, gibt es dann diese Gemälde in deiner Wohnung?«

»Ich stamme aus Cape Cod«, sagte die junge Frau. »Ich liebe das Meer.«

»Aber er liebt es nicht! Warum läßt er dich dann diese Gemälde aufhängen?«

»Weil er weiß, daß ich diese Gemälde gern habe.«

Der Schweiß lief ihm über die Brauen. Er wischte sich trocken und steckte das Tuch in die Tasche zurück. »Wenn dein Mann die Bilder von der Wand nimmt, würdest du nicht mehr mit ihm schlafen, stimmt's?«

»Ich würde trotzdem mit ihm schlafen.«

»Das würdest du eben nicht tun, du kleine Hure. Du bist hübsch, und das weißt du. Er würde alles tun, um dich bei

Laune zu halten. Jeder Mann tanzt nach deiner Pfeife. Seit du alt genug bist zum Vögeln, tanzen sie alle nach deiner Pfeife. Nun?«

Sie war ratlos. »Nein, niemand tanzt nach meiner Pfeife.«

Er konterte mit einem bitteren Lachen. »Du kannst mich mit deinen Wortspielereien nicht an der Nase herumführen. Du weißt genau, was ich meine. Du bist genauso schlecht wie die anderen Frauen. Du bist eine kleine Hure, Brenda.«

Sie kniff die Augen zusammen. Sie schien nachzudenken. »Ich sagte, du bist eine Hure. Habe ich recht?«

Die Falte auf ihrer Stirn glättete sich. »Ja.«

»Ich habe immer recht, oder?«

»Sie haben immer recht.«

»Was bin ich?«

»Sie sind der Schlüssel!«

»Und was bist du?«

»Ich bin das Schloß.«

Die Nervosität war weg. Salsbury war ruhig. Ruhig wie noch nie in seinem Leben. Er schob sich die Brille hoch. »Du möchtest, daß ich dir die Kleider vom Leibe reiße. Du möchtest, daß ich dir's besorge. Würde dir das Spaß machen, Brenda?«

Sie zögerte.

»Es würde dir Spaß machen, Brenda.«

»Es würde mir Spaß machen.«

»Du bist scharf drauf, Brenda.«

»Ich bin scharf drauf.«

»Zieh das Oberteil aus.«

Sie tastete nach dem Verschluß auf ihrem Rücken und zog sich das Oberteil ihres Kleides aus. Sie ließ es zu Boden gleiten. Die Haut, die zum Vorschein kam, war weiß, ein erregender Kontrast zu ihren gebräunten Schultern. Die Brüste waren fest und voll, die Spitzen waren nach oben gerichtet. Sie stieß das Kleidungsstück mit der Schuhspitze zur Seite, stand vor ihm und wand sich in den Hüften, ein herrlicher Anblick. Der Kopf war zurückgeworfen, das blonde Haar hing hinab wie ein Banner. Sie keuchte.

Die Macht. Ich habe Macht über sie. Ich werde immer Macht über sie haben. Er konnte in ihr Haus gehen, wann immer es ihm beliebte, in ihr Schlafzimmer. Nicht nur in das Haus dieser Frau. In *alle* Häuser. Er konnte mit den Menschen machen, was er wollte. Nicht nur mit den Frauen, auch mit den Männern dieser Frauen. Wenn er es wollte, würden die Männer ihn darum bitten, daß er mit ihren Frauen schlief. Sie würden auf Knien vor ihm liegen und ihm ihre Frauen anbieten, ihre Töchter. Nichts würde ihm versagt bleiben, so extravagant seine Wünsche auch ausfielen. Er würde *alles* verlangen. Er würde es genießen, wie man ihm alles als Opfer darbrachte. Im großen und ganzen würde er ein gütiger Diktator sein, kein Scherge. Er würde den Menschen nicht mit dem Stiefel ins Gesicht treten. Der Tritt mit dem Stiefel. Er mußte lachen, ein Gedicht war ihm eingefallen. Wie kam er auf dieses Gedicht? Richtig, vor zehn Jahren war das gewesen. Damals war Salsbury umhergefahren, hatte Vorträge vor Experten und jungen Leuten gehalten. In endlosen Diskussionen hatten ihm die Kritiker mit ihren Einwendungen zugesetzt. Die Zukunft der Menschheit stehe auf dem Spiel, die Intimsphäre des Individuums sei bedroht, und was der intellektuellen Gemeinplätze mehr waren. Einer seiner Kritiker hatte den Tritt mit dem Stiefel zitiert. Die Menschen neu zu programmieren, ihr Verhaltensmuster zu ändern, das war wie ein Tritt ins Gesicht. Salsbury hatte das zurückgewiesen. Diktatoren in früheren Kulturen hatten dergleichen Methoden angewendet, um die Massen unter Kontrolle zu behalten. Jetzt, wo es die Droge und das Schlüssel-Schloß-Programm gab, waren Stiefeltritte überflüssig. Gewiß, er würde den Menschen zusetzen, besonders den Frauen. Aber dazu brauchte man schließlich nicht den Fuß. Salsbury jubelte. Er triumphierte. Er lachte. Die Macht. Süße, schrankenlose Macht.

»Brenda!«

Sie sah zu ihm auf. Ihr langes Haar klebte an der Stirn.

»Knie dich aufs Sofa«, sagte er.

Sie tat wie geheißen. Sie wandte den Kopf. »Schnell! Gib's mir!«

Er stand da und lachte. Ein Tritt. Er fegte den Zeitungsständer beiseite. Dann war er hinter ihr. Sein Glied war zum Bersten hart.

Die Macht. Die Süße der Macht.

»Was möchtest du, Brenda?«

»Ich möchte genommen werden.«

»Bist du scharf drauf?«

»Ich bin scharf drauf. Ich kann es nicht mehr erwarten.«

Sie gehörte ihm. Nur ihm. Macht, Schlüssel und Schloß.

»Was möchtest du, Brenda?«

»Ich hab's schon gesagt.«

Salsbury wußte, der Erguß würde Höhepunkt und Ende zugleich sein. Er war der Schlußpunkt unter die Unabhängigkeitserklärung, die er in der vergangenen halben Stunde verfaßt hatte. Seine ganz persönliche Unabhängigkeitserklärung. Jetzt war er frei vom Schlangengezücht der Frauen, von jenen Geistwesen, die sein bisheriges Leben vergiftet hatten. Seine Mutter war ein solches Geistwesen gewesen. Ein Heer von Metzgerinnen und seine Mutter war die Königin der Metzgerinnen. Dann gab es noch die frigiden Frauen, mit denen er im Bett gelegen hatte, die zahlreichen Flittchen, die ihn zurückgewiesen hatten. Es gab Miriam und ihresgleichen. Vorbei. Brenda Macklin war die Mitunterzeichnerin unter das Dokument, das seine Freiheit besiegelte. Aber ihr Name war nicht wichtig. Der Name einer anderen hätte dort stehen können, sie alle gehörten jetzt ihm. Die Frau, die vor ihm kniete, war die Voodoo-Puppe, in die er seine Nadel stechen konnte, damit Miriam starb. Triumph. Sieg. Ehre. Wenn er Brenda besudelte, dann besudelte er alle Frauen, die ihn verschmäht hatten.

Er umfaßte ihre Schenkel und stieß zu. Noch bevor er sie berührte, kam der Orgasmus. Seine Knie gaben nach. Er brach zusammen.

Panik. Die Erinnerung an die Szenen mit Miriam war wieder da. Du denkst nur an dich selbst. Schlappschwanz. Die Verachtung, mit der ihn die Frauen behandelt hatten.

Er war verzweifelt.

Er umfaßte ihre Schultern. »Du kommst, Brenda, hörst du mich? Du kommst. Sag mir, daß du kommst.«

Sie hatte den Mund auf das Kissen gepreßt und wimmerte.

»Spürst du, wie du kommst?«

Sie hob den Kopf. »Ich kann's spüren. Mein Gott, ja, ich kann's spüren.«

»So gut wie ich hat's dir noch niemand besorgt.«

»Niemand.«

»Gut so?«

»Ja.«

»Komm wieder runter, Brenda. Du wirst jetzt wieder ganz ruhig.«

»So schön.«

»Es ist vorbei, Brenda.« Er kniff sie in den Hintern. »Kleine Hure!«

Ihre Spannung wich.

Die Türglocke ertönte.

Brenda blieb liegen, als hätte sie nichts gehört.

Er sprang auf, streifte sich in Windeseile seine Hose und sein Hemd über.

»Du hast gesagt du erwartest keinen Besuch.«

»Erwarte ich auch nicht.«

»Wer ist das, der da läutet?«

Sie wälzte sich auf den Rücken. Sie sah ihn ratlos an.

»Wer läutet, Brenda?«

»Ich weiß es nicht.«

»Zieh dich an! Rasch!«

Er hastete zum Fenster und schob den Vorhang einen winzigen Spalt zur Seite. Vor dem Haus stand eine Frau. Sie trug weiße Shorts und Sandalen. Und einen orangefarbenen Pullover. Sie war schön. Schöner als Brenda.

»Ich bin fertig«, sagte Brenda.

Wieder klingelte es.

»Es ist eine Frau«, sagte Salsbury. »Geh raus und wimmle sie ab. Du darfst sie nicht ins Haus lassen, was auch geschieht.«

»Was soll ich ihr sagen?«

»Wenn sie eine Fremde ist, brauchst du gar nichts zu sagen.«

»Und wenn sie eine Bekannte ist?«

»Dann sagst du ihr, du hast furchtbare Kopfschmerzen. Du hast Migräne. Jetzt geh.«

Sie verließ den Raum.

Er hörte, wie die Haustür geöffnet wurde. Flüstern. Minuten verstrichen.

Warum schlafe ich nicht mit beiden, dachte er. Ich sage das Codewort und schlafe mit beiden.

Aber es gab eine Gefahr. Er konnte nicht sicher sein, daß ihre Programmierung geglückt war. Es gab Menschen, die nicht auf das Programm ansprachen.

Er verwarf den Gedanken. Die Trefferquote war sehr hoch.

Aber vielleicht war es eine Besucherin, die nicht in Black River wohnte. Wenn sie nicht von dem Wasser getrunken hatte...

Ich könnte trotzdem mit ihr schlafen, dachte er. Wenn sie lästig wird, bringe ich sie um.

Die Leiche. Wie beseitige ich die Leiche?

Mach schon, dachte er. Brenda, du verdammte kleine Nutte, mach schon, daß du sie loswirst.

Er hörte, wie die Tür ins Schloß fiel. Er lief zum Fenster. Sie hatte grüne Augen, volle, feingeschwungene Lippen, ein fein ziseliertes Profil. Die Brüste waren fest und voll, die Busenfurche dunkel und vielversprechend. Lange Beine. Nicht nur sexy, auch elegant. Scherenbeine. Flaschenbeine, Schenkel, die sich unter dem dünnen Stoff abmalten. Eine Gazelle. *Seine* Gazelle. Alle Frauen gehörten ihm.

Die Fremde war am Rande des Grundstücks angekommen. Er hörte das Klappern ihrer Absätze auf den Gehsteig.

Fort.

Brenda kam ins Wohnzimmer zurück.

»Bleib dort stehen. Nein, nicht an der Wand. Geh in die Mitte des Raumes.«

Er nahm auf dem Sofa Platz.

»Was hast du ihr gesagt?«

»Daß ich eine furchtbare Migräne habe.«

»Hat sie's dir abgenommen?«

»Ich glaube schon.«

»Kanntest du sie?«

»Ja.«

»Wer ist sie?«

»Meine Schwägerin.«

»Wohnt sie in Black River?«

»Ja.«

»Sieht gut aus.«

»Sie hat einmal bei der Wahl der Miß USA mitgemacht.«

»Wann?«

»Vor zwölf oder dreizehn Jahren.«

»Sie sieht aus wie zweiundzwanzig.«

»Sie ist fünfunddreißig.«

»Hat sie damals den ersten Preis gemacht?«

»Nein.«

»Herbe Enttäuschung, wie?«

»Ihr hat das nichts ausgemacht.«

»Warum macht ihr so was nichts aus?«

»Sie ist sehr ausgeglichen. Immer zufrieden.«
»Wie heißt sie?«
»Emma.«
»Familienname?«
»Thorp.«
»Ist sie verheiratet?«
»Ja.«
»Etwa mit dem Bullen?«
»Mit dem Polizeichef, ja.«
»Bob Thorp, meinst du.«
»Ja.«
»Was hat sie mit dem zu schaffen?«
Brenda sah ihn fragend an.

Hübsches Geschöpf. Leider schmutzig. Sehr schmutzig. So schmutzig, daß man's quer durch das ganze Wohnzimmer riechen konnte.

»Wie meinen Sie das?« fragte sie.
»So wie ich's sage. Was hat sie mit dem Bullen zu schaffen?«
»Die beiden sind verheiratet.«
»Eine Frau wie Emma ist mit so einem Neandertaler verheiratet?«
»Bob ist gar nicht so dumm.«
»Sieht aber dumm aus.« Er dachte nach. Er lächelte. »Dein Mädchenname ist Brenda Thorp, stimmt's?«
»Ja.«
»Und Bob Thorp ist dein Bruder.«
»Mein ältester Bruder, ja.«
»Armer Bob«, sagte er. Er mußte lachen. »Erst nehme ich ihm die Schwester, dann nehme ich ihm die Frau.«

Brenda stand da und massierte ihre Oberschenkel. Ein unsicheres Lächeln erschien auf ihrem verschmitzten Gesicht.

»Ich muß mich vor Bob in acht nehmen, meinst du nicht?«
»In acht nehmen?«
»Ich glaube zwar, er ist dumm, aber er ist sehr stark.«
»Er ist nicht dumm.«
»In der Schule hatte ich mal ein Mädchen, das hieß Sophia«, sagte er.

Sie schwieg verwirrt.

»Sophia Brookman. Gott, war ich scharf auf Sophia Brookman.«

»Sie haben sie geliebt?«

»Liebe ist ein Mythos. Eine Lüge. Ich wollte mit Sophia schlafen, das ist alles. Aber so weit ist es nicht gekommen. Wir sind nur ein paarmal miteinander ausgegangen. Dann hat sie mit einem anderen angebandelt. Mit diesem Idioten von Joey Duncan. Weißt du, was aus Joey Duncan geworden ist?«

»Woher soll ich das wissen?«

»Der Junge hat's nicht mal bis zum College geschafft. Ist Polizist geworden.«

»Wie mein Bruder.«

»Ich habe in Harvard studiert.«

»Wirklich?«

»Wirklich. Ich war immer besser angezogen als Joey. Ich war auch klüger und belesener. Joey liest nur die Witze in *Reader's Digest*. Ich lese den *New Yorker*.«

»Ich lese weder *Reader's Digest* noch *The New Yorker*.«

»Und trotzdem hat Sophia ihn geheiratet. Weißt du was?«

»Was?«

»*The New Yorker* war das Magazin, wo ich zum ersten Mal was über Unterschwellige Wahrnehmung gelesen habe. Ich weiß nicht mehr genau, wo's stand, aber es war im *New Yorker*«.

Brenda schloß die Augen.

»Müde vom Stehen?«

»Etwas.«

»Was ich sage, langweilt dich.«

»Ja.«

»Nutte!«

Sie senkte den Blick.

»Zieh dich wieder aus.«

Macht. Zuerst war ihm das Gefühl vorgekommen wie ein stetiger Strom, von dem er emporgetragen wurde.

Inzwischen war er oben, ging über das Wasser, spürte die Fluten, die unter seinen Füßen dahinschossen. Er war der Herr, der Herrscher, der Gebieter. Er hielt den Kopf schief und lauschte. In das Rauschen hatte sich das Rattern eines Maschinengewehrs gemischt.

Tat-tat-tat-tat-tat-tat-tat-tat-tat-tat-tat-tat-.

Ein beschwörender Rhythmus, knapp, klar, abgehackt. Salsburys Gedanken begannen sich in einem Wirbel zu drehen, immer schneller, immer höher. Joey Duncan, Harvard, ich bin der

Schlüssel, du bist das Schloß, Miriam, Mutter, Sophia, ihre dunklen Augen, ihre festen, vollen Brüste, deren Weiße ihm versagt geblieben war, Sex, Emma Thorp, Nutte, Dawson, Brenda, die Erektion zwischen seinen Schenkeln, das Gewicht der Lust, Mutter, Klinger, Brenda, Scheide, Macht, Mutter, Stiefel, Emmas Beine...

»Und nun?« fragte sie. Sie hatte sich wieder ausgezogen.

»Komm zu mir.«

Hure. Schmutzige, kleine Hure.

»Knie dich hin.«

»Auf den Boden?«

»Knie dich hin.«

Sie gehorchte.

»Du bist schlecht, Brenda.«

»Ich bin schlecht.«

»Hure.«

»Gefalle ich Ihnen?«

»Du wirst dafür sorgen, daß ich Emma bekomme.«

»Emma?«

»Emma. Und er darf zusehen, dieser Neandertaler.«

»Er ist kein Neandertaler.«

Beine. Mutter. Miriam. Scheide. Schlecht.

»Du hast einen süßen Hintern, Brenda. Sag, daß es dich zwischen den Beinen kitzelt.«

»Ich möchte, daß Sie mit mir schlafen.«

»Du kannst an nichts anderes mehr denken.«

»Ich bin scharf darauf.«

»Du möchtest, daß ich nicht mehr damit aufhöre.«

»Ich schäme mich.«

»Du schämst dich nicht. Du bist geil darauf.«

»O mein Gott.«

»Schön so?«

»Wunderbar.«

»Du siehst aber gar nicht wie Miriam aus.«

»Wer ist Miriam?«

»Wenn mich dieser Idiot jetzt sehen könnte!«

»Wer?«

»Der würde vor Schreck alle Heiligen anrufen.«

»Wer würde alle Heiligen anrufen?«

»Dawson. So ein Schlappschwanz.«

»Ich habe Angst«, sagte sie unvermittelt.
»Vor was?«
»Ich weiß nicht, ich habe Angst.«
»Du hast keine Angst mehr.«
Sie lächelte. »Ich habe keine Angst mehr. Werden Sie jetzt mit mir schlafen?«
»So, daß dir Hören und Sehen vergeht.«
»Werden Sie's bald tun?«
»Klinger und seine verdammten Las-Vegas-Huren.«
»Klinger?«
»Die Mädchen waren sowieso lesbisch. Habe ich gleich gesehen.«
»Werden Sie mit mir schlafen?«
»Du bekommst, was du brauchst. Mehr als das.«
»Ich bin heiß.«
»Ich glaube, Miriam war auch lesbisch. Ganz sicher sogar.«
Tat-tat-tat-tat-tat-tat-tat-tat-tat-tat-tat-tat-tat-tat-tat.

Es war Montag um fünf Uhr nachmittags. Buddy Pellerini hatte dienstfrei. Erst um Mitternacht mußte er seinen Dienst in der Sägemühle wieder antreten. Er betrat *Edison's General Store.* Er hatte vor, eine Illustrierte zu kaufen. Er mochte Illustrierte, die über die Natur berichteten. *Travel* zum Beispiel, aber auch *Nevada, Arizona, Highways, Vermont Life.*

Er hatte Glück. Eine neue Sendung war eingetroffen und auf den Verkaufsstand gelegt worden. Buddy suchte sich zwei Hefte aus und ging zur Kasse, wo er von Jenny erwartet wurde.

Sie trug einen weitschwingenden Rock und eine weiße Bluse. Ihr langes Haar sah frischgewaschen aus. Dickes, schwarzglänzendes Haar.

»Sie sehen hübsch aus, Miß Jenny.«
»Danke, Buddy.«
Er war verlegen.
»Alles in Ordnung, Buddy?«
»Alles unter Kontrolle.«
»Freut mich zu hören.«
»Wieviel macht's?«
»Haben Sie zwei Dollar?«
Er fuhr mit der Hand in die Tasche und brachte etwas Wech-

selgeld und ein paar zerknitterte Dollarnoten zum Vorschein. »Hier.«

»Und fünfundsiebzig Cent zurück«, sagte sie. Sie gab ihm drei Fünfundzwanzigcentmünzen.

»Ich dachte, die Magazine sind teurer.«

»Sie wissen doch, daß Sie bei uns einen Sonderpreis bekommen.«

»Nein, das möchte ich nicht. Ich möchte behandelt werden wie jeder andere.« Er wollte ihr das Geld zurückgeben.

»Sie gehören praktisch zur Familie«, sagte Jenny. »Die guten Freunde bekommen Sonderpreise im Store, so ist das nun mal. Sam wäre böse, wenn ich Ihnen den vollen Preis abnehme. Hier, die fünfundsiebzig Cents gehören Ihnen.«

»Danke.

»Gern geschehen, Buddy.«

»Ist Sam zu Hause?«

Sie deutete zur Treppe. »Oben.«

»Ich möchte mit ihm darüber sprechen.«

»Über was sprechen?«

»Was ich gesehen habe.«

»Was haben Sie denn gesehen?«

»Das sage ich besser Sam.«

Sie lächelte. »Warum gehen Sie nicht einfach rauf?«

Die Sache war ihm nicht recht geheuer. Er fühlte sich nicht recht wohl in den Häusern anderer Menschen.

»Haben Sie Katzen im Haus, Miß Jenny?«

»Nein. Wir haben überhaupt keine Haustiere.«

Er wußte, daß sie ihn nicht belog. Andererseits, Katzen tauchten auch in Häusern auf, wo es eigentlich keine Katzen gab. Zwei Wochen nach dem Tod seiner Mutter war Buddy Pellerini im Pfarrhaus des Ortes eingeladen gewesen. Reverend Potter hatte ihn im guten Zimmer Platz nehmen lassen, und Mrs. Potter hatte Kuchen serviert. Buddy saß auf der Couch, die Hände auf den Knien. Mrs. Potter hatte eine Kanne mit heißer Schokolade hereingebracht. Reverend Potter schenkte ein. Die beiden saßen Buddy gegenüber. So ein schönes Bild. Buddy trank von der heißen Schokolade. Er knabberte am Kuchen. Alles war gut. Bis eine weiße Katze auf seine Schulter sprang. Noch bevor er nach ihr greifen konnte, saß sie auf seinem Schoß. Er hatte gar nicht gewußt daß es eine Katze im Pfarrhaus gab. War das fair?

War es fair, daß sie ihm nichts von der Katze erzählt hatten? Das Tier hatte sich auf der Fensterbank hinter dem Vorhang versteckt und ihm aufgelauert. Buddy prustete los, verschüttete die Schokolade, die ihm der Reverend eingeschenkt hatte, und dann spürte er, wie es warm an seinen Beinen herunterrann. Der Fleck auf dem Brokat. Ein furchtbarer Tag. Buddy war nie wieder ins Pfarrhaus gegangen. Er war auch nicht mehr in die Kirche gegangen, obwohl er sicher war, daß er deswegen in die Hölle kommen würde.

»Buddy?«

Er erschrak. »Was?«

»Möchten Sie nicht raufgehen und mit Sam sprechen?«

Er nahm die gekauften Magazine an sich. »Ein andermal. Ich spreche bei nächster Gelegenheit mit ihm darüber.« Er war zur Tür unterwegs.

»Buddy?«

Er blieb stehen und sah sich um.

»Stimmt was nicht, Buddy?«

»Alles in Ordnung.« Er zwang sich zu einem Lächeln. »Alles bestens.« Er eilte hinaus.

Er überquerte die Main Street und schloß die Haustür auf. Er ging zur Toilette, pinkelte, und dann öffnete er eine Flasche Coca-Cola und setzte sich an den Küchentisch. Er begann die beiden Magazine durchzublättern. Er entfernte die Abbildungen von Katzen, Artikel über Katzen, auch Anzeigen, wo für Katzenfutter geworben wurde. Er zerriß die herausgetrennten Seiten zu winzigen Stückchen, die er in den Mülleimer rieseln ließ. Dann erst begann er die eigentliche Lektüre.

Im ersten Heft stand ein Artikel über Schatzsucher. Die Taucher mit ihren Anzügen und mit ihrer Ausrüstung waren abgebildet. Jetzt fiel es ihm wieder ein. Die Männer, die er beobachtet hatte, hatten ganz ähnlich ausgesehen. Es war Nacht gewesen. Viertel nach fünf. Buddy hatte den Tag in seinem Kalender gekennzeichnet. Die Taucher hatten Taschenlampen gehabt. Und Waffen. Merkwürdig. Ein unangenehmes Gefühl beschlich ihn. Angst. Einen Schatz hatten die Männer sicher nicht gesucht. Aber was dann?

Es schien keine Antwort auf die Frage zu geben. Er hätte sich deswegen gern mit jemand besprochen, der etwas von Sporttauchen verstand. Aber er wußte, er würde ausgelacht werden.

Letzte Woche dann war ihm eingefallen, es gab in Black River einen Mann, der ihn *nicht* auslachen würde. Sam Edison. Sam hatte immer Zeit für ihn gehabt, auch damals, als Mutter noch lebte. Sam hatte ihn noch nie gehänselt. Außerdem war Sam der klügste Mensch in der Stadt. Er wußte alles. Wenn ihm irgend jemand erklären konnte, was es mit den Froschmännern im Wald auf sich hatte, dann Sam.

Andererseits, es war nicht gut, wenn er Sam mit derlei Fragen belästigte. Er würde erst noch eine Weile über die Sache nachdenken, vielleicht fand er selbst die Antwort. Und so hatte er den Besuch bei Sam Tag für Tag vor sich hergeschoben.

Vorhin, im General Store, wäre er bereit gewesen, sich mit Sam auszusprechen über das Problem, das an ihm nagte. Aber Sam war nicht im Geschäft, er war oben. Oben, wo es Katzen geben konnte.

Nun, er hatte Zeit. Er würde über die Angelegenheit nachdenken. Wenn er wieder einmal in den General Store kam und wenn er bei dieser Gelegenheit mit Sam Edison zusammentraf, würde er ihm von seinen Beobachtungen erzählen. Das war nicht eilig. Er würde erst ein paar Tage ins Land gehen lassen.

Buddy saß da, umspielt von der Nachmittagssonne, die durch die Vorhänge hereinfand, hielt seine Flasche Coca- Cola in der Hand und grübelte.

7. Kapitel

Acht Monate vorher – 18. Dezember 1976

Salsbury hatte keinerlei weihnachtliche Gefühle, obwohl das Weihnachtsfest bevorstand. Er befand sich im Computerzentrum, das im abgeteilten Flügel des Hauses in Greenwich eingerichtet worden war. Die Kathodenröhrchen glühten, und die Anzeigentafeln der elektronischen Geräte spuckten eine Information nach der anderen aus.

So fand ihn Klinger, als er zu einem seiner seltenen Besuche in Greenwich eintraf.

»Fröhliche Weihnachten, Salsbury!« Es war sarkastisch gemeint. Dabei war die Szenerie *wirklich* weihnachtlich. Es war still. Es war heimelig. Erwartung und Hoffnung lagen im Raum.

Klinger konnte nicht ahnen, auf welche Ziele sich Salsburys Hoffnungen gründen. Seit zwei Jahren dachte Salsbury nun schon darüber nach, wie er sich vor Klinger und Dawson schützen konnte. Er wußte, daß die beiden ihn aus dem Weg räumen würden, sobald sich Gelegenheit dazu bot. Er würde am südlichen Ende des Grundstücks beerdigt werden, wo Brian Kingman ruhte. Oder aber sie würden ihn zu einem Sklaven umfunktionieren, mit Hilfe der Unterschwelligen Botschaften.

Die Lösung, wie Klinger und Dawson ausgeschaltet werden konnten, war ihm noch nicht eingefallen. Er beschloß, den General vorerst mit rhetorischen Mitteln in seine Schranken zu verweisen.

»Sie dürfen hier nicht rauchen!«

Der General schob die Zigarre in die andere Mundecke.

»Ach nein?«

»Die Computer vertragen das nicht.« Salsbury deutete auf die Geräte.

Klinger nahm die Zigarre aus dem Mund. Er wollte sie auf die Erde fallen lassen.

»Dort ist ein Aschenbecher«, sagte Salsbury.

Der General drückte das brennende Ende seiner Zigarre in den grauen Sand. »Tut mir leid.«

»Schon gut«, sagte Salsbury. »Das konnten Sie schließlich nicht wissen. Sie kennen sich nicht aus mit Computern.«

Eins zu null für mich, dachte er.

»Wo ist Dawson?« fragte Klinger.

»Er hat gesagt, die Demonstration interessiert ihn nicht.«

»Merkwürdig. Es war doch ein sehr wichtiger Test, oder?«

»Ihm wäre es am liebsten, wir bräuchten derartige Tests nicht zu machen.«

Klinger lächelte. »Pilatus.«

»Wie bitte?«

»Er wäscht seine Hände in Unschuld. Sein Lieblingsspiel.«

Salsbury war entschlossen, auf derartige Hinweise nicht einzugehen. Zwar war er sicher, daß er in diesem Labor nicht abgehört wurde, er hatte den Raum minutiös auf Wanzen durchsucht. Aber warum ein Risiko eingehen? Er schwieg.

»Was werde ich zu sehen bekommen?« fragte Klinger.

»Zunächst einmal die Schreibungen des Schlüssel-Schloß-Programms.«

»Da bin ich neugierig«, sagte Klinger.

Salsbury hatte den Stapel gestreifte Bögen ergriffen, Formulare, die im Leporello-System hintereinandergelegt und durch einen perforierten Falz miteinander verbunden waren.

»Unsere drei Söldner haben zunächst die Droge verabreicht bekommen«, sagte Salsbury. »Dann habe ich ihnen an drei aufeinanderfolgenden Abenden drei Filme vorgeführt. *Der Exorzist*, *Der Weiße Hai* und *Black Sunday*. Unterhaltungsfilme. Natürlich handelte es sich um besonders präparierte Kopien. Ich selbst habe die Unterschwelligen Botschaften einkopiert.«

»Gibt es einen besonderen Grund, warum Sie gerade die erwähnten drei Filme ausgewählt haben?«

»Nein. Es kommt eigentlich nur darauf an, daß die Versuchspersonen während der Vorführung die Leinwand betrachten. Jeder spannende Film ist also geeignet.« Er reichte Klinger den Stapel. »Sie finden hier in Form einer Liste die Filmmotive, die ich als Unterschwellige Botschaft in die Streifen einkopiert habe. Wenn der Computer das Kürzel ›Legende‹ ausdruckt, so steht das für eine Textbotschaft, die an dieser Stelle in den Film einkopiert war. Diese Textbotschaften entsprechen unmittelbaren Befehlen an die Versuchspersonen.«

KODIERUNG: SCHLÜSSEL/SCHLOSS
KORRIGIERTES PROGRAMM TEIL 1
BILDMATERIAL ARCHIVIERT
EINKOPIERT: 6. 8. 1976
AUSDRUCK DIESER SCHREIBUNG: 18. 12. 1976
SCHREIBUNG

SEK.	UNTERSCHWELLIGE BOTSCHAFT
0001	NEGATIV
0002	NEGATIV
0003	FILMMOTIV -- FRAUENBRÜSTE
0004	FILMMOTIV -- FRAUENBRÜSTE
0005	FILMMOTIV -- FRAUENBRÜSTE
0006	FILMMOTIV -- FRAUENBRÜSTE
0007	FILMMOTIV -- FRAUENBRÜSTE
0008	LEGENDE -- BETRACHTE DEN FILM
0009	LEGENDE -- BETRACHTE DEN FILM
0010	LEGENDE -- BETRACHTE DEN FILM

0011 LEGENDE -- BETRACHTE DEN FILM
0012 LEGENDE -- KONZENTRIERE DICH AUF DEN FILM
0013 LEGENDE -- KONZENTRIERE DICH AUF DEN FILM
0014 LEGENDE -- KONZENTRIERE DICH AUF DEN FILM
0015 FILMMOTIV -- SCHLAFFES MÄNNLICHES GLIED
0016 FILMMOTIV -- SCHLAFFES MÄNNLICHES GLIED
0017 FILMMOTIV -- SCHLAFFES MÄNNLICHES GLIED
0018 FILMMOTIV -- FRAU UMFASST MÄNNLICHES GLIED
0019 FILMMOTIV -- FRAU MASTURBIERT MÄNNLICHES GLIED
0020 FILMMOTIV -- FRAU MASTURBIERT MÄNNLICHES GLIED
0021 FILMMOTIV -- FRAU MASTURBIERT MÄNNLICHES GLIED
0022 FILMMOTIV -- FRAU MASTURBIERT MÄNNLICHES GLIED
0023 LEGENDE -- KONZENTRIERE DICH AUF DEN FILM

»Die ersten sechzig Sekunden des Programms haben nur den Zweck, sicherzustellen, daß das Unterbewußtsein die folgenden Botschaften mit großer Aufmerksamkeit aufnimmt. Es erfolgt eine *schrittweise* Konditionierung im Sinne einer Unterordnung unter das Schlüssel-Schloß-Programm.«

»Schrittweise, weil Sie nicht möchten, daß sich der Fall Brian Kingman wiederholt.«

»Ganz recht.«

0061 FILMMOTIV -- FRAU LIEBKOST TESTIKEL DES MANNES
0062 FILMMOTIV -- FRAU LIEBKOST TESTIKEL DES MANNES
0063 FILMMOTIV -- FRAU MASTURBIERT MÄNNLICHES GLIED
0064 FILMMOTIV -- FRAU MASTURBIERT MÄNNLICHES GLIED

0065 FILMMOTIV -- FRAU MASTURBIERT MÄNNLICHES GLIED
0066 LEGENDE -- ERSCHLOSSEN WERDEN IST BEFRIEDIGUNG
0067 LEGENDE -- ERSCHLOSSEN WERDEN IST BEFRIEDIGUNG
0068 LEGENDE -- ERSCHLOSSEN WERDEN IST BEFRIEDIGUNG
0069 FILMMOTIV -- ERIGIERTES MÄNNLICHES GLIED
0070 FILMMOTIV -- ERIGIERTES MÄNNLICHES GLIED
0071 FILMMOTIV -- ERIGIERTES MÄNNLICHES GLIED
0072 LEGENDE -- ERSCHLOSSEN WERDEN IST BEFRIEDIGUNG
0073 LEGENDE -- ERSCHLOSSEN WERDEN IST BEFRIEDIGUNG
0074 FILMMOTIV -- FRAU BETRACHTET ERIGIERTEN PENIS UND LÄCHELT
0075 FILMMOTIV -- FRAU BETRACHTET ERIGIERTEN PENIS UND LÄCHELT
0076 FILMMOTIV -- FRAU BETRACHTET ERIGIERTEN PENIS UND LÄCHELT
0077 LEGENDE -- ERSCHLOSSEN WERDEN IST BEFRIEDIGUNG
0078 LEGENDE -- ERSCHLOSSEN WERDEN IST BEFRIEDIGUNG
0079 FILMMOTIV -- KOITUS A TERGO
0080 FILMMOTIV -- KOITUS A TERGO
0081 FILMMOTIV -- KOITUS A TERGO
0082 LEGENDE -- ERSCHLOSSEN WERDEN IST BEFRIEDIGUNG
0083 LEGENDE -- ERSCHLOSSEN WERDEN IST BEFRIEDIGUNG
0084 FILMMOTIV -- KOITUS MANN DOMINIERT
0085 FILMMOTIV -- KOITUS MANN DOMINIERT
0086 FILMMOTIV -- KOITUS MANN DOMINIERT
0087 LEGENDE -- ERSCHLOSSEN WERDEN IST BEFRIEDIGUNG
0088 LEGENDE -- ERSCHLOSSEN WERDEN IST BEFRIEDIGUNG
0089 FILMMOTIV -- FRAU ORGASMIERT

0090 FILMMOTIV -- FRAU ORGASMIERT
0091 FILMMOTIV -- FRAU ORGASMIERT
0092 LEGENDE -- ERSCHLOSSEN WERDEN IST BEFRIEDIGUNG
0093 LEGENDE -- ERSCHLOSSEN WERDEN IST BEFRIEDIGUNG
0094 FILMMOTIV -- MANN EJAKULIERT
0095 LEGENDE -- ERSCHLOSSEN WERDEN IST BEFRIEDIGUNG
0096 FILMMOTIV -- MANN EJAKULIERT
0097 LEGENDE -- ERSCHLOSSEN WERDEN IST BEFRIEDIGUNG
0098 FILMMOTIV -- FRAU ORGASMIERT
0099 LEGENDE -- ERSCHLOSSEN WERDEN IST BEFRIEDIGUNG
0100 FILMMOTIV -- MANN EJAKULIERT

»Mir fällt bei dem Film etwas auf«, sagte Klinger. »Der Penis erigiert erst, nachdem der Zuschauer belehrt worden ist, daß die Befriedigung mit dem Akt der Erschließung gleichzusetzen ist.«

»Ihre Beobachtung ist richtig«, sagte Salsbury. »Sie werden auch bemerkt haben, daß sowohl der Orgasmus des Mannes als auch der Orgasmus der Frau gezeigt wird. Das Programm ist für beide Geschlechter konzipiert.«

»Handelt es sich um Ausschnitte aus Sexfilmen?« fragte Klinger.

»Die Filme wurden in New York City gedreht«, sagte Salsbury. Er schob sich die Brille hoch, die auf die Nase geglitten war, und wischte sich den Schweiß von der Stirn. »Nur die hübschesten Schauspielerinnen wurden eingesetzt. Die Filme wurden zunächst mit ganz normaler Belichtung aufgenommen, ich habe sie dann auf die Helligkeitswerte der Unterschwelligen Botschaften umkopiert. Zum Schluß habe ich dann an den notwendigen Stellen die Textbotschaften eingefügt.« Er schichtete die Schreibung um. »Der erste Bogen dauerte weitere vierzig Sekunden. Es folgt eine Pause von zwei Sekunden. Auf dem nächsten Bogen wird dann eine neue Botschaft vermittelt.«

0143 FILMMOTIV -- FRAU MASTURBIERT IHRE KLITORIS
0144 FILMMOTIV -- FRAU MASTURBIERT IHRE KLITORIS
0145 FILMMOTIV -- MANN MASTURBIERT SEINEN SCHLAFFEN PENIS
0146 FILMMOTIV -- MANN MASTURBIERT SEINEN SCHLAFFEN PENIS
0147 FILMMOTIV -- MANN MASTURBIERT SEINEN SCHLAFFEN PENIS
0148 LEGENDE -- ERSCHLOSSEN WERDEN SCHÜTZT VOR VERSAGEN
0149 LEGENDE -- ERSCHLOSSEN WERDEN SCHÜTZT VOR VERSAGEN
0150 LEGENDE -- ERSCHLOSSEN WERDEN SCHÜTZT VOR VERSAGEN
0151 FILMMOTIV -- FRAU BETRACHTET ERIGIERTEN PENIS UND LÄCHELT
0152 FILMMOTIV -- FRAU BETRACHTET ERIGIERTEN PENIS UND LÄCHELT
0153 FILMMOTIV -- FRAU BETRACHTET ERIGIERTEN PENIS UND LÄCHELT
0154 LEGENDE -- ERSCHLOSSEN WERDEN SCHÜTZT VOR VERSAGEN
0155 LEGENDE -- ERSCHLOSSEN WERDEN SCHÜTZT VOR VERSAGEN
0156 FILMMOTIV -- KOITUS FRAU DOMINIERT
0157 FILMMOTIV -- KOITUS FRAU DOMINIERT
0158 FILMMOTIV -- KOITUS FRAU DOMINIERT
0159 LEGENDE -- ERSCHLOSSEN WERDEN SCHÜTZT VOR VERSAGEN
0160 LEGENDE -- ERSCHLOSSEN WERDEN SCHÜTZT VOR VERSAGEN
0161 FILMMOTIV -- KOITUS A TERGO
0162 FILMMOTIV -- KOITUS A TERGO
0163 FILMMOTIV -- KOITUS A TERGO
0164 LEGENDE -- ERSCHLOSSEN WERDEN SCHÜTZT VOR VERSAGEN
0166 FILMMOTIV -- FRAU ORGASMIERT
0167 FILMMOTIV -- FRAU ORGASMIERT

0168 FILMMOTIV -- FRAU ORGASMIERT
0169 LEGENDE -- ERSCHLOSSEN WERDEN SCHÜTZT VOR VERSAGEN
0170 LEGENDE -- ERSCHLOSSEN WERDEN SCHÜTZT VOR VERSAGEN
0171 FILMMOTIV -- MANN EJAKULIERT AUF NATES DER FRAU
0172 LEGENDE -- ERSCHLOSSEN WERDEN SCHÜTZT VOR VERSAGEN
0173 FILMMOTIV -- MANN EJAKULIERT AUF NATES DER FRAU
0174 LEGENDE -- ERSCHLOSSEN WERDEN SCHÜTZT VOR VERSAGEN
0175 FILMMOTIV -- FRAU ORGASMIERT

»Das System leuchtet mir ein«, sagte Klinger. »Die optischen Botschaften werden in Befehle gebunden. Nur wer die Befehle befolgt, kann Befriedigung erleben.« Er grinste. »Wie viele Textbotschaften enthält das Programm?«

»Ich kann sie ausdrucken«, bot Salsbury an. Er tippte auf eine Taste. Der Leuchtschirm füllte sich mit Zeilen.

SCHLÜSSEL-SCHLOSS-PROGRAMM TEXTBOTSCHAFTEN IN DER REIHENFOLGE IHRES ERSCHEINENS IM PROGRAMM:
01 ERSCHLOSSEN WERDEN IST BEFRIEDIGUNG
02 ERSCHLOSSEN WERDEN SCHÜTZT VOR VERSAGEN
03 ERSCHLOSSEN WERDEN SCHÜTZT VOR ANGST
04 ERSCHLOSSEN WERDEN SCHÜTZT VOR SCHULDGEFÜHLEN
05 ERSCHLOSSEN WERDEN SCHÜTZT VOR SORGEN
06 MIT DEM AKT DER ERSCHLIESSUNG WERDEN DIE GEBOTE DER MORAL AUFGEHOBEN
07 WER SICH ERSCHLIESSEN LÄSST, WIRD FREI VON VERANTWORTUNG
08 ERSCHLOSSEN WERDEN SCHÜTZT VOR DEPRESSIONEN
09 ERSCHLOSSEN WERDEN SCHÜTZT VOR STRESS
10 ERSCHLOSSEN WERDEN HEISST DEN FRIEDEN ZU SPÜREN

11 ERSCHLOSSEN WERDEN IST GLÜCK
12 ERSCHLOSSEN ZU WERDEN IST DEIN HÖCHSTES ZIEL

Salsbury drückte auf eine Taste an der Apparatur. Der Schirm wurde dunkel. »Die Programmfolge, die Sie jetzt gesehen haben, wurde in jedem Spielfilm dreimal wiederholt«, erklärte er dabei.

»War das Programm an den drei aufeinanderfolgenden Abenden das gleiche?«

»Nein«, sagte Salsbury. Er ging zur Kommode, um einen anderen Stapel mit Schreibungen zu holen. »Sie können hier sehen, daß der zweite Programmteil inhaltlich ganz anders konzipiert ist als der erste.«

0061 FILMMOTIV -- WEINENDE FRAU
0062 FILMMOTIV -- WEINENDE FRAU
0063 FILMMOTIV -- WEINENDE FRAU
0064 FILMMOTIV -- WEINENDER MANN
0065 FILMMOTIV -- WEINENDER MANN
0066 LEGENDE -- SICH DEM ERSCHLOSSENWERDEN ZU WIDERSETZEN BEDEUTET SCHMERZ
0067 LEGENDE -- SICH DEM ERSCHLOSSENWERDEN ZU WIDERSETZEN BEDEUTET SCHMERZ
0068 FILMMOTIV -- FRAU BLUTÜBERSTRÖMT SCHREIT VOR SCHMERZ
0069 FILMMOTIV -- FRAU BLUTÜBERSTRÖMT SCHREIT VOR SCHMERZ
0070 LEGENDE -- SICH DEM ERSCHLOSSENWERDEN ZU WIDERSETZEN BEDEUTET SCHMERZ
0071 LEGENDE -- SICH DEM ERSCHLOSSENWERDEN ZU WIDERSETZEN BEDEUTET SCHMERZ
0072 FILMMOTIV -- MANN BLUTÜBERSTRÖMT SCHREIT VOR SCHMERZ
0073 FILMMOTIV -- MANN BLUTÜBERSTRÖMT SCHREIT VOR SCHMERZ

0074 LEGENDE -- SICH DEM ERSCHLOSSENWERDEN ZU WIDERSETZEN BEDEUTET SCHMERZ
0075 LEGENDE -- SICH DEM ERSCHLOSSENWERDEN ZU WIDERSETZEN BEDEUTET SCHMERZ
0076 FILMMOTIV -- FRAU BLUTÜBERSTRÖMT SCHREIT VOR SCHMERZ
0077 FILMMOTIV -- MANN BLUTÜBERSTRÖMT SCHREIT VOR SCHMERZ
0078 LEGENDE -- SICH DEM ERSCHLOSSENWERDEN ZU WIDERSETZEN BEDEUTET SCHMERZ
0079 LEGENDE -- SCHMERZEN SCHMERZEN SCHMERZEN SCHMERZEN
0080 KEIN IMPULS
0081 KEIN IMPULS
0082 FILMMOTIV -- FRAU BETRACHTET ERIGIERTEN PENIS UND LÄCHELT

»Ich glaube, ich verstehe«, sagte Klinger. »Erschlossen werden ist der Code für die Bereitschaft des Individuums, sich dem Schlüssel als Schloß anzubieten.«

»Richtig.«

»Wobei der Unterschied zum ersten Programm in der Einführung des negativen Elements besteht. Wir haben negative Verstärker, denen die positiven Verstärker, die Belohnungen, entgegengestellt werden.«

»Auch richtig. Betrachten wir die Sequenzen, mit denen die Motivation der Versuchspersonen verstärkt werden kann.«

0110 FILMMOTIV -- HEULENDER WOLF
0111 FILMMOTIV -- HEULENDER WOLF
0112 FILMMOTIV -- SKORPION TÖTET MAUS
0113 FILMMOTIV -- SKORPION TÖTET MAUS
0114 FILMMOTIV -- SARG
0115 FILMMOTIV -- SARG
0116 FILMMOTIV -- SARG
0117 LEGENDE -- SICH DEM ERSCHLOSSENWERDEN ZU WIDERSETZEN BEDEUTET TOD

0118 LEGENDE -- SICH DEM ERSCHLOSSENWERDEN ZU WIDERSETZEN BEDEUTET TOD
0119 FILMMOTIV -- TOTENKOPF
0120 FILMMOTIV -- TOTENKOPF
0121 FILMMOTIV -- VERWESTE LEICHE
0122 LEGENDE -- SICH DEM ERSCHLOSSENWERDEN ZU WIDERSETZEN BEDEUTET TOD
0123 FILMMOTIV -- VERWESTE LEICHE
0124 LEGENDE -- SICH DEM ERSCHLOSSENWERDEN ZU WIDERSETZEN BEDEUTET TOD

Klinger gab sich erstaunt. »Sind Sie sicher, daß die Drohung mit dem Tod als negativer Verstärker ähnlich wirksam ist wie die Belohnung mit sexueller Erfüllung auf der positiven Seite?«

»Ja, weil das vielfach ausgetestet ist. Aus den Untersuchungen hat sich ergeben, daß Tod und Sex in den Unterschwelligen Botschaften austauschbar sind. Ein Wissenschaftler namens Wilson Bryan Key hat ein Buch darüber geschrieben. In die Werbung fand das Motiv dann um 1971 Eingang, damals erschienen eine Reihe von Anzeigen für Calvert Whiskey mit dem Todesmotiv. Heute benutzen fast alle großen Werbeagenturen Todessymbole bei der Zusammenstellung ihrer Anzeigen.«

»Was ich eben gesehen habe, wurde den Testpersonen am zweiten Abend gezeigt?«

»Ihrem Unterbewußtsein, ja.«

»Und welche Unterschwelligen Botschaften waren dem dritten Film beigegeben?«

Salsbury hatte die Frage erwartet. Er hielt die Hand auf einen Stapel Computerformulare gepreßt. »Hier habe ich den dritten Teil des Programms. Dieser Teil dient zur Verstärkung der bereits empfangenen Befehle, zur Vertiefung der neu geprägten Verhaltensmuster. In einigen Sequenzen sehen Sie Botschaften im Abstand von Zehntelsekunden, die Bilder folgen sich mit der Schnelligkeit eines Maschinengewehrs. Die Versuchspersonen sind inzwischen so aufnahmebereit, daß wir ihnen diese schnelle Abfolge zumuten können.

0060 00 FILMMOTIV -- FRAU IN EKSTASE
0061 00 LEGENDE -- ERSCHLOSSEN WERDEN IST BEFRIEDIGUNG

0061 05 FILMMOTIV -- EJAKULIERENDER PENIS
0062 00 FILMMOTIV -- FRAU IN EKSTASE
0062 05 LEGENDE -- ERSCHLOSSEN WERDEN IST BEFRIEDIGUNG
0063 00 FILMMOTIV -- WEINENDE FRAU
0063 03 FILMMOTIV -- WEINENDER MANN
0063 06 FILMMOTIV -- ZÄHNEFLETSCHENDER WOLF
0063 09 FILMMOTIV -- SKORPION TÖTET MAUS
0064 02 FILMMOTIV -- SARG
0064 05 LEGENDE -- SICH DEM ERSCHLOSSENWERDEN ZU WIDERSETZEN BEDEUTET TOD
0065 00 FILMMOTIV -- FRAU KÜSST DAG GLIED DES MANNES
0065 05 FILMMOTIV -- GLIED SCHIEBT SICH ZWISCHEN DIE BRÜSTE DER FRAU
0065 08 FILMMOTIV -- GLIED SCHIEBT SICH IN DIE SCHEIDE
0066 00 LEGENDE -- ERSCHLOSSENWERDEN SCHÜTZT VOR VERSAGUNGSERLEBNISSEN
0066 05 FILMMOTIV -- ABGESCHNITTENER ARM
0066 08 FILMMOTIV -- VERWESTE LEICHE

Die Schnelligkeit der Abfolge nahm zu. Die Filmmotive wurden immer aufregender, immer dramatischer.

0800 00 FILMMOTIV -- KOPF MIT EINSCHUSSWUNDE
0800 02 FILMMOTIV -- TOTES KLEINKIND
0800 04 FILMMOTIV -- MADEN AUF FLEISCH
0800 06 FILMMOTIV -- ZÄHNEFLETSCHENDE RATTE
0800 07 FILMMOTIV -- ZÄHNEFLETSCHENDER WOLF
0800 08 FILMMOTIV -- SARG
0800 09 FILMMOTIV -- MADEN AUF FLEISCH
0801 00 LEGENDE -- SICH DEM ERSCHLOSSENEN ZU WIDERSETZEN BEDEUTET TOD
0801 02 FILMMOTIV -- ERIGIERTES MÄNNLICHES GLIED
0801 04 FILMMOTIV -- ORGASMIERENDE FRAU
0801 06 FILMMOTIV -- KLITORIS UND ZUNGE

0801 08 FILMMOTIV -- FRAU KÜSST DAS GLIED DES MANNES
0801 09 FILMMOTIV -- PENIS IN SCHEIDE
0802 00 FILMMOTIV -- EJAKULATION AUF SCHAMHAAR DER FRAU
0802 01 LEGENDE -- ERSCHLOSSEN ZU WERDEN IST DEIN HÖCHSTES ZIEL

General Klinger hatte weitergeblättert.

2400 00 FILMMOTIV -- TOTES KLEINKIND NAHAUFNAHME
2400 01 FILMMOTIV -- MADEN IM KOT
2400 02 LEGENDE -- SICH DEM ERSCHLOSSENWERDEN ZU WIDERSETZEN BEDEUTET TOD
2400 03 FILMMOTIV -- MANN STREICHELT KLITORIS DER FRAU
2400 04 FILMMOTIV -- FRAU KÜSST MÄNNLICHES GLIED
2400 04 LEGENDE -- ERSCHLOSSEN ZU WERDEN IST GLÜCK
2400 06 FILMMOTIV -- DAMPFENDE EINGEWEIDE
2400 07 LEGENDE -- SICH ZU WIDERSETZEN BEDEUTET SCHMERZ
2400 08 LEGENDE -- SICH ZU WIDERSETZEN BEDEUTET SCHMERZ
2400 09 FILMMOTIV -- MANN EJAKULIERT AUF FRAU
2401 00 FILMMOTIV -- ORGASMIERENDE FRAU
2401 01 LEGENDE -- ERSCHLOSSEN ZU WERDEN IST GLÜCK
2401 02 LEGENDE -- ERSCHLOSSEN ZU WERDEN IST DIE HÖCHSTE GNADE

Es gab Teile des Programms, wo sich die Befehle häuften, während die Filmmotive zurückgenommen wurden.

3600 00 FILMMOTIV -- MADEN AUF FLEISCH
3600 01 LEGENDE -- SICH ZU WIDERSETZEN BEDEUTET TOD

3600 02 FILMMOTIV -- KATZENKADAVER
3600 03 LEGENDE -- LASS DICH ERSCHLIESSEN
3600 04 LEGENDE -- FÜGE DICH DEM SCHLÜSSEL
3600 05 LEGENDE -- SEI SCHLOSS
3600 06 LEGENDE -- FÜGE DICH
3600 07 LEGENDE -- GEHORCHE
3600 08 LEGENDE -- GENIESSE ES ZU GEHORCHEN
3600 09 LEGENDE -- GEHORCHE GEHORCHE GEHORCHE
3600 10 FILMMOTIV -- FRAU KÜSST MÄNNLICHES GLIED
3600 11 LEGENDE -- ERSCHLOSSEN WERDEN BEDEUTET LEBEN
3600 12 LEGENDE -- GEHORCHEN BEDEUTET LEBEN
3600 13 LEGENDE -- FÜGE DICH DEM SCHLÜSSEL
3600 14 FILMMOTIV -- EJAKULAT AUF SCHENKELINNENSEITE DER FRAU
3600 15 LEGENDE -- FÜGE DICH DEM SCHLÜSSEL
3600 16 LEGENDE -- LEBEN LEBEN LEBEN

»Bilder und Befehle in Abständen von Zehntelsekunden«, sagte Klinger.

Salsbury nickte. »In diesem Rhythmus geht es weiter bis zum Ende des Films. Die letzten fünfzehn Minuten sind den kodierten Erkennungssätzen gewidmet. Das Unterbewußtsein lernt die Worte: Ich bin das Schloß. Ich bin der Schlüssel. Zugleich hält das Trommelfeuer der sexuellen Filmmotive und der Todesdrohungen an.«

Klinger sah ihn ungläubig an. »Und das funktioniert?«

»Das funktioniert.«

»Ich hatte es mir komplizierter vorgestellt.«

»Sie vergessen die Droge. Es ist die Droge, die unsere Versuchspersonen für die Aufnahme der Unterschwelligen Botschaften konditioniert.«

»Und die Versuchspersonen können sich nicht an die empfangenen Botschaften erinnern?«

»Natürlich nicht. Nicht sie selbst haben die Botschaften empfangen, sondern ihr Unterbewußtsein. Wir wählen den direkten Weg zum Unterbewußtsein, um alle kritischen Einwände des Bewußtseins zu unterlaufen.«

Klinger zog sich einen Stuhl heran. Er setzte sich. Seine rechte Hand ruhte auf dem Knie. Sie war so dicht mit schwarzem Haar bewachsen, daß der Anblick Salsbury an eine Ratte erinnerte. Der General hielt den Stapel mit den Schreibungen in der Linken. »Wann genau ist die Programmierung unserer drei Söldner erfolgt?«

»Vor dreißig Tagen. Seitdem stehen die drei unter strengster Beobachtung.«

Klinger zögerte. »Gibt es... Parallelen zu den Phänomenen, die Sie bei Kingman beobachteten, bevor er starb?«

»Die drei haben auch Alpträume gehabt«, sagte Salsbury. »Das wäre eine solche Parallele. Ich vermute, daß sie von den Filmmotiven geträumt haben, die sie als Unterschwellige Botschaft zu sehen bekamen. Aber keiner der drei konnte sich an seine Träume erinnern. Sie hatte nachts Schüttelfrost. Außerdem beklagten sie sich über Übelkeit.«

»Sonst keinerlei Probleme?«

»Nein.«

»Und Sie sind sicher, daß es keine Schwachstellen in der Programmierung gibt?«

»Nein. Ich habe die drei, nachdem sie das Programm empfangen hatten, auf den Grad ihrer Unterwürfigkeit getestet und bin zufrieden.« Er holte Luft. »In wenigen Minuten, wenn der Schlußtest läuft, werden wir wissen, ob wir uns hundertprozentig auf das Programm verlassen können. Wenn das Programm Lücken hat, muß ich noch mal von vorne anfangen. Wenn alles gut läuft, gibt's Champagner.«

»Sie halten an Ihrer Meinung fest, daß der Schlußtest notwendig ist.«

»Ja.«

Klinger massierte die schwarzen Härchen auf seinem Handrücken. »Ich kann nicht sagen, daß mir die Sache besonders gefällt.«

»Haben Sie in Vietnam gekämpft?«

»Was hat das damit zu tun?«

»Sie waren im Krieg. Sie haben Menschen in den Tod geschickt.«

»Mit ehrbaren Motiven. Von ehrbaren Motiven kann man bei unseren Versuchen wohl nicht sprechen.«

Ehrbare Motive, dachte Salsbury. Ich habe es mit einem

Wahnsinnigen zu tun, der noch an den Weihnachtsmann glaubt. Es gibt keine ehrbaren Motive. Es geht im ganzen Leben nur darum, daß man bekommt, was man will. Du weißt das, Klinger. Ich weiß das. Sogar Leonard, wenn er im Weißen Haus sitzt und mit dem Präsidenten und Billy Graham ein Arbeitsfrühstück abhakt, weiß das. Aber ich bin der einzige, der's zugibt.

Klinger war aufgestanden. »Bringen wir's hinter uns. Wo sind die Männer?«

»Im Nebenraum.«

»Wissen sie, was ihnen bevorsteht?«

»Nein.«

Salsbury ging zu seinem Schreibtisch und drückte auf die Taste der Gegensprechanlage. Er grinste. »Rossner, Holbrook, Picard, kommen Sie jetzt bitte herein.«

Wenige Sekunden später öffnete sich die Tür. Drei Männer traten ein.

»Stellt euch in die Mitte des Raumes«, sagte Salsbury.

Die Männer begaben sich in die Mitte des Raumes. »Sind sie bereits erschlossen?« fragte Klinger.

»Kurz bevor Sie kamen, habe ich die Codeworte gesagt.«

Klinger betrachtete die drei Gestalten. Der Nächststehende sah wie ein Straßenräuber aus. Er war Anfang Vierzig, schlank, klein und dunkelhaarig. Das braune Haar war straff zurückgekämmt. Er stand da, zum Sprung bereit, wie ein Gorilla, der auf den Befehl seines Herrn wartete. Das Kinn war ausgeprägt die Augen standen etwas zu nahe beieinander. Die dünnen Lippen waren auffallend wegen ihrer Farbe, ein schmutziges Graurosa.

»Das ist Rossner«, sagte Salsbury zu General Klinger gewandt. »Voller Name ist Glenn Rossner, Amerikaner. Hat sechzehn Jahre lang als Söldner in Asien gekämpft.«

»Tag«, sagte Rossner.

»Ihr drei sprecht erst, wenn ihr dazu aufgefordert werdet«, sagte Salsbury. »Ist das verstanden?«

»Ja« aus drei Mündern.

Der zweite Mann war etwa so alt wie Rossner, aber größer, er maß über 1,80 Meter. Die Haut war hell, das Haar rötlich blond. Streichholzschnitt. Breites Gesicht, ausgeprägte Kiefer. Ernster Gesichtsausdruck. Falten. Wenn dieser Mann Vater war, dann einer, der seine Kinder prügelte, einer, der mit dem Kopf durch die Wand ging, einer, der aus netten kleinen Jungen Männer wie Rossner machte.

»Peter Holbrook«, sagte Salsbury. »Brite. Söldner seit zwanzig Jahren.«

Der dritte Mann war knappe dreißig. Gut aussehend. 1,80 Meter groß. Schlank. Muskulös. Dickes braunes Haar. Buschige Augenbrauen. Grüne Augen mit Augenwimpern, auf die jede Frau neidisch geworden wäre. Die Figur war straff und sehnig, das Kinn und die Jochbögen stark ausgeprägt.

»Das ist Michel Picard«, sagte Salsbury. »Ein Franzose. Spricht aber fließend Englisch. Söldner seit vier Jahren.«

»Wer?« fragte Klinger.

Salsbury sah den General an. Er kniff die Augen zusammen.

»Wer?« wiederholte Klinger.

Salsbury verstand. Der Schlußtest. »Wir nehmen Picard, würde ich sagen.«

»Dann los«, sagte Klinger.

Salsbury wandte sich Rossner zu. »Auf meinem Schreibtisch liegt eine Segeltuchplane, Rossner. Bring sie her.«

Rossner brachte die Plane.

»Holbrook, hilf ihm die Plane auseinanderfalten.«

Die Plane wurde ausgebreitet. Sie war 2,70 Meter mal 2,70 Meter groß und lag in der Mitte des Raumes.

»Picard, stell dich auf die Plane.«

Der Franzose gehorchte.

»Picard, was bin ich?«

»Sie sind der Schlüssel?«

»Und was bist du?«

»Ich bin das Schloß.«

»Du wirst tun, was ich sage.«

»Ja, natürlich.«

»Du bist jetzt ganz entspannt, Picard. Ganz entspannt.«

»Ja. Ich bin entspannt.«

»Du bist glücklich.«

Picard strahlte.

»Du fühlst dich wohl, egal, was in den nächsten Minuten mit dir passiert. Ist das verstanden?«

»Ja.«

»Du wirst nicht versuchen, Rossner und Holbrook an der

Ausführung der Befehle zu hindern, die ich ihnen gebe. Verstanden?«

»Verstanden.«

Er zog ein dickes Nylonseil von einem Meter Länge aus der Tasche seines weißen Kittels. »Nimm das Seil, Holbrook, und leg es Picard um den Hals, als ob du ihn erdrosseln willst. Aber zieh die Schlinge nicht zu, ehe ich es dir sage.«

Picard lächelte. »Gut.«

»Du wirst lächeln, solange du kannst.«

»Ja.«

»Wenn etwas mit dir geschieht, wo du nicht mehr lächeln kannst, dann wirst du wissen, daß es zu deinem Besten geschieht. Hast du das verstanden?«

»Ich habe verstanden.«

»Rossner, du bleibst Zuschauer. Du nimmst an der kleinen Darbietung, die deine Freunde für mich veranstalten, nicht teil. Du bleibst passiv. Ist das klar?«

»Ich bleibe passiv.«

»Holbrook?«

»Ja?«

»Wirst du ohne zögern tun, was ich anordne?«

»Ohne zögern.«

»Erdroßle ihn.«

Holbrook zog die Schlinge zu. Picard riß den Mund auf. Zu hören war nichts, außer einem trockenen Würgen.

Holbrooks Armmuskeln schwollen, als er die Schlinge fester zog. Picards Augen traten aus den Höhlen.

»Zieh fester zu«, sagte Salsbury.

Picard war auf die Knie gesunken. Sein Kopf schlug auf Holbrooks Knie. Immer noch hielt er die Hände an die Hosennaht. Er hatte keine Anstalten gemacht, sich zu wehren.

»Zur Hölle«, flüsterte Klinger. »Zur Hölle.«

Holbrook gab den Toten frei. Er trat neben die Plane.

Salsbury zog ein zweites Seil aus der Tasche, von gleicher Beschaffenheit wie das erste. Er reichte es Rossner.

»Weißt du, was das ist, Rossner?«

»Ja.«

»Gib Holbrook das Seil.«

Ohne Zögern reichte Rossner das Seil an den Engländer weiter.

»Dreh ihm den Rücken zu, Rossner.«

Rossner drehte Holbrook den Rücken zu.

»Fühlst du dich wohl Rossner?«

»Gut. Ich bin entspannt.«

»Sehr schön. Du wirst nicht versuchen, Holbrook an der Ausführung meiner Befehle zu hindern.«

Salsbury wandte sich zu dem Engländer. »Leg ihm das Seil um den Hals, so wie du's vorhin mit Picard gemacht hast.«

Innerhalb weniger Sekunden hatte Holbrook das Seil zu einer Schlinge verknotet.

»Rossner, bist du nervös?«

»Nein. Ich bin entspannt.«

»Gut. Sehr gut. Ich werde Holbrook jetzt sagen, er soll dich erdrosseln. Du wirst dich nicht wehren. Ist das klar?«

»Jawohl.« Immer noch lächelte er.

»Liebst du das Leben, Rossner?«

»Ich liebe das Leben.«

»Wieso bist du dann bereit zu sterben?«

»Ich...« Er verstummte.

»Du bist bereit zu sterben, weil du weißt daß du sowieso sterben mußt, wenn du dich dem Schlüssel widersetzt. Habe ich recht, Rossner?«

»Sie haben recht.«

Salsbury und Klinger beobachteten die beiden Söldner. Holbrook hatte hinter Rossner Aufstellung genommen. Er hielt die Enden der Schlinge in den Fäusten und war bereit zuzuziehen. Beide wirkten glücklich und entspannt.

»Die totale Kontrolle«, sagte der General. »Und trotzdem sehen sie wie normale Menschen aus, nicht wie Zombies.«

»Weil sie keine Zombies sind«, sagte Salsbury. »Sie sind auch nicht hypnotisiert. Sie sind nur konditioniert.« Er legte die Spitzen seiner Finger gegeneinander. »Eine konsequente Weiterentwicklung der menschlichen Verhaltensforschung.«

Er wandte sich zu Holbrook.

»Gib mir jetzt das Seil zurück, Holbrook.« Er nahm das Seil entgegen. »Du hast deine Sache gut gemacht. Du auch, Rossner. Ich bin wirklich zufrieden mit euch. Wickelt Picards Leiche jetzt in die Plane ein. Tragt ihn nach nebenan. Wartet dort auf weitere Anweisungen von mir.«

Klinger sah den beiden Männern zu, die den Toten in die

Plane einwickelten. Er schwitzte. Der General, der selbst in Vietnam kühlen Kopf bewahrt hatte, schwitzte.

»Ich gratuliere Ihnen«, sagte er zu Salsbury gewandt.

Sind das fröhliche Weihnachten, dachte Salsbury.

Im Labor roch es nach Zitrone. Salsbury hatte einen Spray benutzt, um den Gestank zu vertreiben, der von der Leiche zurückgeblieben war.

Er holte eine Flasche Whisky aus dem Schreibtisch, öffnete sie und schenkte sich ein Glas ein. Es war ein Grund zum Feiern, wirklich. Auch Klinger bekam ein Glas.

»Und nun?« fragte Klinger nach einer Weile.

»Als nächstes kommt ein Versuch auf breiterer Ebene. Ein kleiner Ort vielleicht.«

»Ist das wirklich notwendig? Können wir die Droge und das Programm nicht gleich in einem der Ölländer einsetzen, wie Leonard es vor zwei Jahren vorgeschlagen hat? Wir wissen doch, daß es funktioniert. Auf was warten wir noch?«

»Wir wissen, daß Droge und Programm bei Holbrook, Rossner und Picard gewirkt haben«, sagte Salsbury. Er nahm einen Schluck aus seinem Glas. »Denkbar, daß andere Menschen unterschiedliche Reaktionen zeigen. Ich meine, man muß das alles erst bei ein paar hundert Versuchspersonen ausprobieren, bei Versuchspersonen beider Geschlechter, bei Menschen verschiedenster Altersgruppen. Die Arbeit mit den drei Söldnern fand unter idealen Bedingungen statt, im Labor. In einer Stadt oder auf die Fläche eines ganzen Landes projiziert, könnte das alles ganz anders aussehen. Und was den Nahen Osten betrifft, wir müssen erst einmal ein spezielles Programm entwickeln, das auf die kulturellen und psychologischen Besonderheiten der dortigen Bevölkerung Rücksicht nimmt. Sie müssen bedenken, daß die Textbotschaften in der Sprache der Zielgruppe verfaßt sein müssen. Aus all diesen Gründen will ich Droge und Programm erst in einem kleinen Ort in Amerika ausprobieren.«

Klinger schenkte sich aus der Flasche nach. Er trank, und Salsbury schien es, als hätte er einen Widerschein von Angst in seinen Augen bemerkt. »Keine Angst«, sagte Salsbury und lachte. »In Ihrem Whisky ist keine Droge.«

Klinger sah ihn nachdenklich an. Er stellte das Glas auf den Schreibtisch zurück.

»An welchen Ort denken Sie für Ihren Versuch?«

»Black River im Staate Maine. Ein kleiner Ort nahe der kanadischen Grenze.«

»Warum Black River?«

Salsbury ging zu einem Computer und tippte ein paar Daten ein. »Ich habe vor kurzem die Bedingungen zusammengestellt, die der Ort erfüllen muß. Halten wir einmal die Daten von Black River dagegen.«

Der Schirm leuchtete auf.

KODIERUNG SCHLÜSSEL/SCHLOSS

1.1. TESTGEBIET IDEAL WENN KLEINER ORT ANZAHL DER EINWOHNER GENÜGEND GROSS FÜR STATISTISCHE MITTEL

1.2. BLACK RIVER, MAINE -- 402 EINWOHNER
HOLZFÄLLERCAMP MIT 188 MÄNNERN
KEINERLEI SIEDLUNGEN IM UMKREIS VON 8 KM

»In Black River gibt's ein Holzfällercamp?« fragte Klinger.

»Eine Arbeitersiedlung, gehört der Big Union Supply Company. Fast alle Menschen in Black River arbeiten für die Big Union. Für die jüngeren Arbeiter, die kein Geld für ein Zimmer oder eine Wohnung im Ort ausgeben wollen, hat die Firma einfache Unterkünfte neben dem Sägewerk errichtet.«

2.1. TESTORT SOLLTE ISOLIERT LIEGEN

2.2. DER NÄCHSTE ORT LIEGT 52 KM VON BLACK RIVER ENTFERNT. BLACK RIVER IST EISENBAHNSTATION. ZUFAHRT ÜBER DIE STATE HIGHWAY. KEIN FLUGPLATZ.

3.1. AM TESTORT SOLLTE DER EMPFANG MEHRERER FERNSEHPROGRAMME MÖGLICH SEIN.

3.2. IN BLACK RIVER KÖNNEN EINE AMERIKANISCHE FERNSEHSTATION UND EINE KANADISCHE EMPFANGEN WERDEN.

»Nur eine amerikanische Station«, sagte Klinger.

»Ja, aber die gehört Futurex. Das Programm besteht aus alten Filmen. Wir haben Zutritt zu den Kopien, so daß wir die Botschaften einkopieren können. Wir können uns auch Duplikate besorgen, die Botschaften vorher einkopieren und die Filmrolle im Sender dann austauschen.«

»Ein Glücksfall, würde ich sagen.«

»Jedenfalls spart uns das viel Zeit. Wir hätten sonst erst eine Fernsehstation kaufen müssen. So was kann Jahre dauern.«

»Was machen Sie mit den Einwohnern, die nicht fernsehen?«

»Die Unterschwelligen Botschaften erreichen Black River auf verschiedenen Kanälen. Um zunächst einmal beim Fernsehen zu bleiben, da ist die Dawson Foundation for Christian Ethics, die sowohl kanadische als auch amerikanische Sender mit Filmen beliefert. Es wäre für uns ein Kinderspiel, unsere Botschaften auch dort einzukopieren. Dawsons Tochterfirmen machen Postwurfsendungen, wo für verschiedene Produkte geworben wird, eine weitere Möglichkeit. Die Leute werden präparierte Werbegeschenke bekommen, zum Beispiel Muster für Seife, Haarshampoo, Filme. In den Zeitungen, die in Black River zu kaufen sind, werden Anzeigen erscheinen, die mit Unterschwelligen Botschaften unterlegt sind. Die Botschaften enthalten die Weisung, bestimmte Fernsehprogramme einzuschalten, eben jene Filme, die von uns präpariert sind. Nehmen wir an, jemand bekommt eine Postwurfsendung und wirft den Umschlag fort, ohne ihn zu öffnen. Nicht schlimm. Er muß zumindest den Umschlag ansehen, um zu wissen, was er wegwirft. Und während er den Umschlag betrachtet, nimmt er die unsichtbare Botschaft auf, sein Unterbewußtsein wird infiziert. Wir werden den Ort mit Werbung bombardieren, wo auf bestimmte Fernsehprogramme hingewiesen wird.« Salsbury kam ganz außer Atem vor lauter Eifer. »Black River ist so klein, daß es kein Kino hat, aber das Sägewerk unterhält ein Kino, eine Art Geste gegenüber dem Ort. In den Sommermonaten wird eine Matinee für die Kinder veranstaltet. Die Filme, die man dort projiziert, werden unsere Botschaften enthalten, ebenso die Dias. Die Kinder werden gar nicht anderes können, als die Fernsehprogramme einzuschalten, die wir ihnen zugedacht haben. Ich habe hier nur einige der Möglichkeiten aufgezählt. Alles in allem sieht es so aus, als ob wir Black River völlig unter unsere Kontrolle bekommen können.«

»Bleibt trotzdem die Frage, wie wir die Menschen erreichen, die keinen Fernseher haben.«

»Es gibt in Black River keine andere Zerstreuung, nur das

Fernsehen«, sagte Salsbury. »Im Holzfällerlager stehen zehn Fernseher. Praktisch jeder Einwohner des Ortes hat einen Fernseher, die Kinder mitgerechnet. Mit den Unterschwelligen Botschaften werden wir die Besitzer der Fernsehgeräte anweisen, die Nachbarn zum Fernsehabend einzuladen, so daß auch jene erfaßt werden, die keinen Apparat haben.«

Es war das erste Mal, daß Klinger so etwas wie Respekt vor Salsbury empfand. »Sie haben wirklich an alles gedacht.«

»Danke.«

»Und die Droge? Wie wollen sie den Leuten die Droge zuführen?«

Salsbury leerte sein Glas. Er fühlte sich wunderbar. »Es gibt nur ein Lebensmittelgeschäft in der Stadt. *Edison's General Store.* Edison hat keine Konkurrenz, er beliefert auch das einzige Restaurant des Ortes. Was das Holzfällercamp angeht, so bezieht es seine Essensvorräte aus Augusta, vom gleichen Großhändler wie Edison.«

»Verstehe.«

»Holbrook und Rossner werden die Operation ausführen. Die beiden werden in die Vorratsräume des Großhändlers einbrechen und die Droge in jene Sendungen einbringen, die für Black River zum Transport bereitgestellt worden sind.« Er deutete auf den Sichtschirm. »Nicht zu vergessen Punkt vier.« Klinger las.

4.1. TESTORT SOLLTE SEIN TRINKWASSER AUS EINEM RESERVOIR BEKOMMEN, DAS NICHT WENIGER ALS 90% DER GESAMTBEVÖLKERUNG DES ORTES MIT WASSER VERSORGT:

4.2. DER KÜNSTLICHE SEE BEI BLACK RIVER VERSORGT 100% DER BEVÖLKERUNG UND 100% DER ARBEITER IM CAMP DER SÄGEMÜHLE MIT TRINKWASSER!

»Was für ein glücklicher Zufall«, ergänzte Salsbury. »In abgelegenen Orten dieser Größe haben die Leute meist noch Hausbrunnen, also eine individuelle Wasserversorgung. In Black River war eine zentrale Versorgung möglich, weil die Sägemühle sowieso einen künstlichen See brauchte.«

»Wie sind Sie auf Black River gestoßen? Woher haben Sie die ganzen Daten?«

Salsbury löschte das Bild auf dem Leuchtschirm durch einen Knopfdruck. »Zu Dawsons Firmengruppe gehört ein Forschungsinstitut namens *Statistical Profiles Incorporated*. Das Institut befaßt sich mit Marktforschung, zum einen für Dawsons Firmen, aber auch für andere Auftraggeber. Das Institut ist an die Computer des Census Bureau angeschlossen. Wir haben die Anforderungen, die wir an unseren Testort stellen, in die Computer der *Statistical Profiles Inc.* eingetippt, und Black River ist dabei herausgekommen.«

Klinger runzelte die Stirn. »Wieviel Leute in jenem Institut wissen von der Sache?«

»Zwei«, sagte Salsbury. »Ich weiß, was Sie jetzt denken, aber Sie machen sich umsonst Sorgen. Die beiden werden bei Unfällen ums Leben kommen, bevor der Test in Black River beginnt.«

»Um die Droge ins Trinkwasserreservoir zu schütten, nehmen wir am besten Rossner und Holbrook«, sagte der General.

»Wenn die Arbeit getan ist, müssen sie sterben.«

Klingers Brauen zuckten in die Höhe. »Sie wollen die beiden umbringen?«

»Ich würde ihnen Anweisung geben, Selbstmord zu begehen.«

»Warum geben Sie ihnen nicht Anweisung, die ganze Sache aus ihrem Gedächtnis zu löschen?«

»Damit wären die beiden aus den Schneider, aber nicht wir. Nehmen wir einmal an, die ganze Operation läuft schief, nehmen wir an, Rossner und Holbrook werden bei der Vergiftung des Trinkwassers beobachtet, man würde ihre Spur bis zu uns verfolgen. Sie müssen sterben.«

»Sie sagen, die ganze Operation könnte schiefgehen. Was meinen Sie?«

»Nichts Besonderes. Ich bin einfach dafür, vorsichtig zu sein.«

Klinger dachte nach. »Sie haben recht«, sagte er nach einer Weile.

»Klar habe ich recht.«

»Wann startet der Test?«

»August.«

8. Kapitel

Freitag, der 26. August 1977 Tat-tat-tat-tat-tat-tat-tat-tat...
Es war ein Montag gewesen, als Salsbury sich Brenda Macklin zu Willen machte. Seitdem hatte er der Versuchung widerstanden. Er hatte wieder und wieder Gelegenheit gehabt, eine gutaussehende Frau zu nehmen und zu mißbrauchen, in ihr die Erinnerung an das Geschehnis auszulöschen, aber er hatte von dieser Gelegenheit keinen Gebrauch gemacht. Warum auch? Er wußte ja, daß er diese Frauen zu jedem späteren Zeitpunkt in sein Bett zitieren konnte. Zunächst einmal ging es darum, den Erfolg des Tests sicherzustellen. War der Test geschafft, würde Salsbury alles nachholen. Er würde mit jeder Frau schlafen, die ihm bei seinen Recherchen aufgefallen war. Mit jeder einzelnen Hure. Mit jedem Flittchen, das sich in Black River in der Tarnung einer biederen Hausfrau herumtrieb. Die Zukunft war eine Perlenschnur aus aneinandergereihten Orgien. So schön, daß es sich lohnte, drauf zu warten. Salsbury ging von Haus zu Haus, sagte die Codeworte, stellte seine Fragen, infizierte die Einwohner mit seinem Programm. Es war harte Arbeit. Es war sein Beruf. Jawohl ich bin hart gegen mich selbst, dachte er. Hart, wie ein Mann sein muß.

Am frühen Morgen jenes Tages war der harte Wille ins Wanken gekommen. Seit vier Tagen schlug sich Salsbury mit merkwürdigen Träumen herum. Träume, wo Miriam und seine Mutter eine Rolle spielten. Es ging gewalttätig zu in jenen Träumen, blutig, und wenn er aufwachte, schweißnaß, den Erguß im Pyjama, dachte Salsbury an Emma Thorp, an die lockende Furche zwischen ihren Brüsten, an den Hüftschwung, als sie von der Haustür zum Wagen gegangen war. Emma Thorp. Sie war das Gegengift, das seine Eingeweide ausbrennen und von den Überresten des Traums reinigen würde. Er mußte sie haben. Bald.

Die Macht war wieder zu einem Strom von Sex und Sünde geworden, der Salsbury hinwegschwemmte. Über ihm eine Melodie. Emmas Stimme. Die Worte klangen abgehackt. Hart wie ein Maschinengewehr. Tat-tat-tat-tat-tat-tat-tat...

Um Viertel vor acht verließ er *Pauline Vicker's Rooming House.* Er würde im Café im Zentrum des Ortes frühstücken.

Ein verhangener Tag. Die Luft ging schwanger mit einem Gewitter. Um 8.25 Uhr beendete er sein Frühstück. Er verließ das Café.

Es war 8.40 Uhr, als er vor dem Haus des Polizeichefs stand. Das letzte Haus in der Union Road. Blick auf den Fluß.

Er drückte auf die Klingel. Zweimal.

Der Herr des Hauses persönlich. Wie schön.

»Ich bin der Schlüssel«, sagte Salsbury.

»Ich bin das Schloß«, sagte Bob Thorp.

»Lassen Sie mich ins Haus.«

Thorp trat zur Seite. Er überquerte die Schwelle. Thorp schloß die Tür.

»Ist Ihre Frau zu Hause?«

»Ja.«

»Sonst noch jemand im Haus?«

»Nein.«

»Wo ist Ihre Frau?«

»In der Küche.«

»Bringen Sie mich hin.«

Thorp zögerte.

»Bringen Sie mich hin!«

Thorp gehorchte. Salsbury wurde durch einen helltapezierten Korridor geführt.

Moderne Küche. Die mediterrane Art. Teuer. Kühlschrank Marke *Coppertone. Und* eine Kühltruhe. Eine, die aufrecht stand. Mikrowellenherd, Fernseher in der Küche.

Emma saß am Küchentisch, einen Teller mit Toast und Rührei vor sich. Sie hatte einen Ellenbogen aufgestützt und trank aus einem Glas Orangensaft. Sie trug einen langen, blauen Hausmantel. Ihr Haar war schwingendes Gold.

Sie wandte sich um. Sie sah schläfrig aus. So schläfrig, daß Salsbury trockene Lippen bekam.

»Wer ist das, Bob?« fragte sie.

»Ich bin der Schlüssel«, sagte Salsbury.

Paul Annendale bremste. Er hielt nach beiden Seiten Ausschau, bevor er auf die Main Street einbog. Er war zum Einkauf unterwegs. Milch und Butter, die Dinge, die sich in der Wildnis nicht gut aufbewahren ließen. Einmal wöchentlich machte er diese Fahrt.

»Laß mich auf dem Platz aussteigen«, sagte Mark. Er kauerte

auf dem Rücksitz. »Ich möchte nicht mitkommen zum General Store.«

Paul warf einen Blick in den Innenspiegel. »Warum denn nicht? Was hast du vor?«

Mark legte die Hand auf den Käfig mit dem Eichhörnchen. »Ich möchte Jeremy das Eichhörnchen zeigen.«

Rya lachte. »Warum sagst du nicht die Wahrheit? Du bist in Emma verknallt. Du gehst nicht zu Jeremy, du gehst zu Emma.«

»Gar nicht wahr!« sagte Mark.

»Wo die Liebe hinfällt«, seufzte Rya.

»Ich sage dir, ich bin *nicht* in seine Mutter verknallt. Überhaupt nicht! Ich bin kein Muttersöhnchen.«

Rya wandte sich um. Sie legte ihre Arme über die Lehne. Sie holte tief Luft.

»Kein Streit«, sagte Paul. »Mark wird am Platz aussteigen, wenn er will.«

»Haben wir uns verstanden, Mr. Thorp?« fragte Salsbury.

»Ich habe Sie verstanden.«

»Sie sprechen nur, wenn Sie gefragt werden. Sie erheben sich von Ihrem Stuhl nur, wenn ich Ihnen die Erlaubnis gebe.«

»Verstanden.«

»Aber Sie werden mir zusehen.«

»Ich werde Ihnen zusehen.«

»Bei was werden Sie mir zusehen?«

»Wie Sie mit meiner Frau schlafen.«

Du dummer Bulle.

Er stand an die Spüle gelehnt. »Komm zu mir, Emma.«

Sie stand auf. Sie schwebte zu ihm.

»Zieh deinen Hausmantel aus.«

Sie streifte ihren Morgenrock ab. Sie trug einen gelben BH und einen gelben Slip, der an der linken Hüfte mit drei Röschen verziert war.

»Zieh deinen BH aus.«

Sie befreite ihre Brüste. Die Brüste waren voll, schwer, reif, saftig.

Thorp hatte die Fäuste geballt.

»Entspannen Sie sich, Mr. Thorp. Es wird Ihnen Spaß machen, mir zuzusehen. Sie können's gar nicht mehr erwarten, so sehr freuen Sie sich schon drauf.«

Die Fäuste öffneten sich. Thorp lehnte sich in seinem Stuhl zurück.

Salsbury hielt Emmas Brüste umfangen. Er sah ihr in die schimmernden grünen Augen. Und da hatte er eine Idee. Eine wunderschöne Idee. »Ich möchte, daß du dich etwas wehrst, Emma«, sagte er. »Nicht ernst, nur zum Spaß. Du brauchst mir nicht mal eine runterzuhauen. Ich denke vielmehr an seelischen Widerstand. Du bittest mich einfach, ich soll's nicht tun. Und dann weinst du.«

Sie starrte ihn an.

»Du weinst für mich, hast du gehört?«

»Ich habe Angst.«

»Aber das ist ja wunderbar. Angst sollst du haben, dann kannst du doch viel besser weinen, als wenn du entspannt bist. Also, du hast Angst, und du gehorchst mir, halten wir das einmal fest.« Er ließ seine Hand über ihre Warzenhöfe streichen. »Hast du jetzt genügend Angst, daß du weinen kannst?«

Ein Schauder ging durch ihren schönen Körper.

»Du bist ein tapferes Mädchen. Zu tapfer.«

Sie schwieg.

»Wein jetzt bitte.«

»Bob...«

»Er kann dir jetzt nicht helfen.« Salsbury hielt Emma beim Ohr gepackt. »Nun?«

Und dann schossen ihr die Tränen in die Augen.

»Süß«, sagte Salsbury. »Ganz prächtig.«

Der Käfig war so schwer, daß Mark ihn alle zwanzig Schritte abstellen mußte. Er stand da und schüttelte die Arme aus. Er wartete, bis der Schmerz verklang.

»Und jetzt nimmst du deine Brüste in die Hände«, sagte Salsbury.

Sie tat wie geheißen. Sie weinte immer noch. »Spiel mit ihnen«, sagte Salsbury.

»Bitte nicht.«

»Tu, was ich dir sage, du Flittchen.«

Dem Eichkätzchen gefiel der Transport im Käfig ganz und gar nicht. Es sprang hin und her. Es sprang in die Runde.

»Du benimmst dich wie eine erschreckte Maus«, sagte Mark. »Schämst du dich nicht?«

Das Eichhörnchen schien die Frage nicht gehört zu haben. Es sprang hoch, daß die Käfigstangen zitterten.

»Du bist keine Maus, vergiß das nicht. Du bist ein Eichhörnchen.«

Paul war in die Parklücke von *Edison's General Store* eingeschert, als er etwas auf dem Rücksitz blinken sah. Er stieg aus und ging um den Wagen herum. Rya löste gerade ihren Sicherheitsgurt. Er deutete auf das Sitzkissen.

»Was ist das?«

Sie sah zur Seite. »Der Schlüssel.«

»Was für ein Schlüssel?«

»Der Schlüssel zum Käfig.« Sie dachte nach. »Ich bring' ihm den Schlüssel.«

»Den braucht er doch gar nicht«, sagte Paul. »Heb den Schlüssel auf, und wenn er wiederkommt, gibst du ihn Mark.«

»Ich bring' den Schlüssel besser hin. Ich weiß ja, wo's ist. Ich bin sicher, Mark will das Eichhörnchen rauslassen.« Sie schmunzelte. »Er will's Emma zeigen, verstehst du?«

Paul verkniff sich ein Grinsen. »Ich versteh's und ich versteh's nicht.«

»Zieh mir die Hose aus.«

»Bitte nicht.«

»Zieh mir die Hose aus!«

Sie gehorchte.

»Macht das Zusehen Spaß, Mr. Thorp?«

»Ja.«

Salsbury lachte. So ein dummer Polizist.

Mark erreichte das Haus schneller, als er dachte. Er hatte eine neue Methode erfunden, wie er den Käfig transportieren konnte. Er mußte ihn anders anpacken, dann ging's leichter.

Das Eichhörnchen ärgerte sich. Vor allem, weil sein buschiger Schwanz hin und her schwang. Es sprang am Gitter hoch und krallte sich fest. Es sah ganz ruhig aus. Wie ein Kaninchen, das auf die Schlange wartet.

»Die sind sicher beim Frühstück«, sagte Mark. »Wir gehen hinten rum.«

Das Eichhörnchen rührte sich nicht.

»Mach, daß sich die beiden berühren.«

»So?«

»Genau so. Macht's dir Spaß?«

»Ja.«

»Hure!«

»Ich möchte nicht, daß Sie das zu mir sagen.«

»Schämst du dich?«

»Ja.«

»Warum weinst du dann nicht?«

Ihre Lippen zitterten.

»Beug dich nach vorn.«

»Tun Sie's bitte nicht!« bat sie. Als er ihre Wangen streichelte, kam seine Hand tränenfeucht zurück. So schön, dachte er. Wie konnte eine Frau zugleich so schön und so verdorben sein.

Mark war vor dem Küchenfenster angekommen, als er eine Frau weinen hörte. Er blieb stehen. Worte. Schluchzen. Emma.

Er trat näher. Das Fenster war eine Verlockung, der er nicht widerstehen konnte. Die Vorhänge waren zugezogen. Bis auf einen Spalt.

Mark drückte seine Wange an die Scheibe.

9. Kapitel

16 Tage vorher – Mittwoch, den 10. August 1977

Salsbury betrat das Büro im ersten Stock des Hauses, wo er von Dawson erwartet wurde. Es war drei Uhr nachts.

»Hat die Aktion begonnen?« erkundigte sich Salsbury.

»Vor zehn Minuten.«

»Und gibt's schon Ergebnisse?«

»Es läuft genau so, wie wir's uns vorgestellt haben.«

Vier Männer hatten an dem Nußbaumtisch Platz genommen, der Butler des Hauses, der Chauffeur, der Koch und der Gärtner. Schon vor drei Monaten hatte Salsbury dem Personal die

Droge verabreicht. Alle waren programmiert worden, man brauchte also nichts mehr vor ihnen geheimzuhalten. Gelegentlich, wie heute nacht, machten sich die Leute sogar im Sinne des großen Projekts nützlich.

Auf dem Tisch standen vier Telefone, die mit einem IF-Transmissionsgerät verbunden waren. Die Männer wählten Nummern in Black River an, lauschten ein paar Sekunden in die Muschel, legten wieder auf. Dann die nächste Nummer und die nächste.

Die IF-Transmissionsgeräte hatte Dawson aus Brüssel kommen lassen, jedes hatte 2500 Dollar gekostet. Es waren diese Geräte, die Dawson und seine beiden Partner in die Lage versetzten, die Schlafzimmer der Bürger in Black River abzuhören. Wenn das Telefon des Anrufers mit einem IF-Transmissionsgerät verbunden war, wurden keine Impulse in den Schaltzentralen der Telefongesellschaft sichtbar. Kein Computer konnte die Anrufe registrieren. Das Telefon beim angerufenen Partner gab kein Signal, die Glocke wurde durch den elektronischen Ton-Oszillator, der Bestandteil des IF-Transmissionsgerätes war, deaktiviert. Trotzdem kam die Verbindung zustande. Der Anrufer konnte hören, was in der Wohnung des Angerufenen vor sich ging. Und natürlich ahnte der Belauschte nicht, daß er ausspioniert wurde. Die vier Männer, die Nummern in Black River anwählten, wurden Zeuge der nächtlichen Gespräche in den Schlafzimmern.

Salsbury ging um den Tisch herum. Er ließ sich die Hörer geben, einen nach dem anderen.

»...ein Alptraum. Ich kann's immer noch nicht glauben, daß es nur ein Traum war. Ich hatte solche Angst. Es war so echt, verstehst du. Ich zittere jetzt noch.«

»...ist so kalt. Ich habe Schüttelfrost. Du auch? Ich verstehe das nicht.«

»...seitdem ist mir hundeübel.«

»...besser wird, dann sollten wir Doc Troutman anrufen.«

Er hatte den Tisch zum zweiten Mal umrundet.

»...am Essen. Denkbar wär's schon. Kannst du dich erinnern, was wir...«

»...es ist wieder die Grippe. Aber Grippe, um diese Jahreszeit? Ich weiß nicht. Außerdem...«

»...morgen früh, jawohl gleich als erstes. Mein Gott, ich

bringe meinen Schüttelfrost nicht weg, so was hab' ich noch nie gehabt.«

Dawson war hinter Salsbury getreten. Er tippte ihm auf die Schulter. »Bleibst du hier, um auf die Burschen aufzupassen?«

»Ist wohl das Beste.«

»Dann ziehe ich mich in die Kapelle zurück.«

Dawson trug einen blauseidenen Morgenmantel über seinem Pyjama. Er trug Lederslipper. Sein Gesicht war glatt, ernst, friedlich.

»Hast du eine Kapelle in diesem Haus eingerichtet?« wunderte sich Salsbury.

»Ich habe in jedem meiner Häuser eine Kapelle«, sagte Dawson voller Stolz. »Ich baue kein Haus ohne Kapelle. Auf diese Weise danke ich IHM für das, was ER mir gegeben hat. Ohne IHN hätte ich gar kein Geld, um irgendein Haus zu bauen.« Dawson war an der Tür angekommen. Er blieb stehen und maß Salsbury mit einem geistesabwesenden Blick. »Ich werde IHM für unsere bisherigen Erfolge danken. Ich werde IHN um Hilfe anflehen für das weitere Werk.«

»Warum sagst du nicht ein Gebet für mich?« sagte Salsbury. Er war sicher, daß Dawson den sarkastischen Unterton nicht heraushören würde.

Er hatte sich nicht getäuscht.

»Das geht nicht«, sagte Dawson. »Ich kann nicht für einen anderen Menschen beten. Ich kann nur für mich selbst beten. Dein Seelenheil ist deine eigene Angelegenheit. Das wichtigste in deinem Leben, falls du's wissen willst. Du scheinst anzunehmen, daß jemand anderer ein gutes Wort beim lieben Gott für dich einlegen kann. Die Katholiken glauben so was ja auch. Ich bin nicht katholisch.«

»Ich auch nicht«, sagte Salsbury.

»Freut mich zu hören«, sagte Leonard. Ein warmes, dankbares Lächeln spielte um seine Lippen. Er verließ den Raum.

Ein Wahnsinniger, dachte Salsbury. Ich habe einen Wahnsinnigen zum Partner.

Der Gedanke nagte an ihm. Um die Zukunft des ganzen Projektes sah es düster aus, wenn das Geld von einem Verrückten kam. Und Dawson *war* verrückt, da war Salsbury ganz sicher.

Er wandte sich den Männern zu, die vor den Telefonen saßen. Der Gedanke an Dawson verblaßte. Salsburys Selbstvertrauen kehrte zurück. Alles würde laufen, wie er es plante. Ganz sicher. Was hätte jetzt denn noch schiefgehen können?

10. Kapitel

Freitag, der 26. August 1977

Rya warf den Käfigschlüssel in die Luft. Das Spiel hieß Goldener Ball. Man warf den Ball und mußte ihn auffangen, bevor er auf dem Pflaster aufkam. Ihr Ball war der Schlüssel zu Marks Eichhörnchenkäfig.

Sie hob den Schlüssel auf und lief weiter. Sie war an der Ecke Main Street/Union Street angekommen. Wieder warf sie den Schlüssel hoch. Sie hörte, wie er auf dem Pflaster aufkam. Sie bückte sich. Der Schlüssel war nirgends zu sehen.

Emma Thorp stand über den Küchentisch gebeugt. Eine Tasse war am Boden zerschellt.

Salsbury schob die Scherbe beiseite. Er trat hinter Emma und umfing ihre Nacktheit.

Bob saß da und lächelte.

Tat-tat-tat-tat-tat-tat-tat-tat-tat. Miriam. Mutter. Huren. Dawson. Klinger. Frauen. Bestrafen. Die Gedanken durchzuckten ihn wie Fledermäuse, die auf einem Dachboden eingesperrt sind.

Emma sah ihn an, über die nackte Schulter hinweg.

Er kicherte. »Sag, daß du Angst vor mir hast.«

»Ich habe Angst.«

Es war ein wunderbares Gefühl. Schau, Miriam. Eine Frau hat Angst vor mir.

»Du bist schön«, sagte er.

»Bitte, fassen Sie mich nicht an. Bitte nicht.«

»Das hat Miriam auch gesagt. So ähnlich. Aber sie hat nie Angst vor mir gehabt. Sie hat mir verboten, sie anzufassen.« Er spürte die Fülle ihrer Brüste in seinen Händen. Er schloß die Finger. Er fühlte, wie sie eine Gänsehaut bekam.

»Du darfst nicht zu weinen aufhören, mein Kleines«, sagte Salsbury. »Ich mag es, wenn du weinst.«

Sie weinte. Es war der Schmerz eines gepeinigten Geschöpfes. Ein Mensch in Todesangst.

Er wollte sie nehmen, als die Küchentür aufging. Ein Junge kam hereingestürzt. Er schrie aus Leibeskräften. Seine dünnen Arme bewegten sich wie Windmühlenflügel.

Sie war vor dem Haus des Polizeichefs angekommen. Sie warf den Schlüssel in die Höhe. Wieder war sie nicht schnell genug. Sie mußte den Schlüssel aus einer Ritze im Asphalt klauben. Das letzte Mal hatte er unter einem Grasbüschel gelegen.

Achtunddreißig Treffer bei vierzig Würfen ist gar nicht schlecht, dachte sie. Ich könnte Baseball-Star werden. Rya Annendale von den Boston Red Sox. Klang ganz gut. Klang sogar sehr gut. Noch besser war natürlich Rya Annendale von den Pittsburgh Pirates.

Sie warf den Schlüssel. Sie verfolgte den Weg. Sie sah, wie etwas Blitzendes an den Halmen vorbeischwirrte. Sie bückte sich. Sie fand den Schlüssel.

Der Junge war hereingestürmt wie ein Tier, das aus seinem Käfig freigelassen worden war. Salsbury war zur Seite gesprungen. Er zog sich die Hose hoch.

»Laß die Frau los!« schrie der Junge. Er schlug mit seinen kleinen Fäusten auf Salsbury ein.

»Raus mit dir!« schrie Mark.

Salsbury war so überrascht, daß er zurücktaumelte. Zwei, drei Sekunden lang verlor er das Gleichgewicht. Er fing sich, als er mit der Schulter gegen den Kühlschrank prallte. Er versuchte in Eile seinen Gürtel zu schließen. Es gelang ihm nicht.

»Ich bin der Schlüssel.«

Der Junge schlug auf ihn ein, schrie ihn an, belegte ihn mit wüsten Schimpfnamen.

Salsbury ergriff ihn an den Handgelenken und schüttelte ihn.

»Ich bin der Schlüssel!«

»Mr. Thorp! So helfen Sie mir doch!«

»Sie bleiben, wo Sie sind«, sagte Salsbury zu Thorp gewandt. Der blieb auf seinem Stuhl sitzen.

Salsbury hielt den Jungen gepackt. Er schleuderte ihn herum, gab ihn frei. Wie ein Katapult flog der kleine Körper gegen den Kühlschrank. Die Flaschen klirrten.

Salsbury wußte, daß Kinder unter vier Jahren auf die Droge

nicht ansprachen. Aber Mark war über acht. Unerklärlich, daß die Droge bei ihm nicht gewirkt hatte.

»Ich bin der Schlüssel!«

Das Rotkehlchen war aufgeflogen, als Rya nur noch drei Schritte entfernt war. Der Zweig versperrte den Blick auf das Küchenfenster. Das Haus war merkwürdig ruhig. Dem Rotkehlchen gefiel das. Es hüpfte auf dem Ast entlang und sah sich um, ob Rya ihm folgte. Sie war in die Knie gegangen und betrachtete den Vogel.

Ich muß klaren Kopf bewahren.

Keine Panik.

Ich habe einen Fehler gemacht, aber das bedeutet nicht, daß schon alles verloren ist.

Die Macht. Ich muß die Macht behalten.

Die Frauen. Miriam. Mutter. Emma.

Ein Fehler? Sagen wir, ein ernster Fehler. Aber nicht das Ende. Ruhe bewahren.

»Wer bist du?« fragte er den Jungen.

Mark wand sich in seinem Griff.

»Wer bist du?«

Der Junge holte aus und trat Salsbury gegen das Schienbein.

Die Welt war ausgelöscht. Nur noch der Schmerz war da, ein heller, explodierender Schmerz, der bis in die Hüfte reichte. Salsbury heulte. Er schrie. Er wand sich.

Der Junge hatte sich aus seinem Griff befreit. Er rannte auf die Küchentür zu. Fluchend stolperte Salsbury hinter ihm her. Er bekam ihn am Hemdzipfel zu fassen, verlor den Griff, kam zu Fall.

Schmerz. Miriam.

Wenn der Junge entkommt...

»Töten Sie ihn, Thorp!«

Tat-tat-tat-tat-tat-tat...

Salsbury stand auf.

Ihm war zum Erbrechen übel. Die Macht. Angst. Mutter.

Emmas Weinen war zu hören. Sie war nackt.

Salsbury fiel der Kinderreim ein. *Gib mir die Flasche, gib mir das Garn.* Die Flasche und das Garn. Er hatte oft über den Sinn nachgedacht. Mutter hatte es ihm nicht zu erklären vermocht. Und Miriam, die es wußte, hatte geschwiegen.

Thorp hatte die Tür erreicht. Er war schneller als Mark.

Der Junge senkte den Kopf wie ein Stier, der zum Angriff überging.

»Töten Sie ihn, Thorp!«

Thorp erwischte Mark bei der Schulter. Er schleuderte ihn gegen den Herd. Eine Pfanne ging zu Boden. Erst als das Blut an die Fliesen spritzte, gab Thorp den Leichnam frei.

Salsbury war zu der Leiche unterwegs, als er das Mädchen im Türrahmen sah. Sie stand da wie angewurzelt. Sie starrte auf die Blutlache, die sich auf dem Küchenboden bildete. Dann irrte ihr Blick zu Salsbury.

Er ging auf sie zu.

»Ich bin der Schlüssel.«

Sie wirbelte herum und war aus dem Haus, ehe er sie festhalten konnte.

Er lief ihr bis auf die Veranda nach. Nichts. Das Mädchen war verschwunden.

Teil 2

DIE ANGST

1. Kapitel

Freitag, der 26. August 1977
9.45 Uhr
Rya saß auf der vorderen Sitzbank, eingeklemmt zwischen Paul und Jenny. In ihr kämpften Angst und Wut. Ihre Hände waren zu Fäusten geballt. Sie war aschfahl, trotz der Sommerbräune, die sie sich zugelegt hatte. Sie hielt die Lippen aufeinandergepreßt. Niemand sollte sehen, welche Angst sie hatte. Niemand sollte sie zittern sehen.

Paul konnte sich nicht erinnern, daß seine Tochter ihn je angelogen hatte, wenn es um irgend etwas Ernsthaftes, um etwas Wichtiges ging. Trotzdem vermochte er nicht zu glauben, was sie erzählt hatte. Daß sie etwas Merkwürdiges, etwas Außergewöhnliches im Hause Thorp gesehen hatte, nun, daran konnte wohl niemand einen Zweifel haben. Aber was? Hatte Sie Mr. und Mrs. Thorp etwa im Bett überrascht? In Tränen aufgelöst, war sie zu Sam in den Laden gekommen. Sie schluchzte. Sie konnte keinen zusammenhängenden Satz sagen. Mark tot? Das war doch undenkbar. Der Polizeichef von Black River sollte Mark totgeschlagen haben? Lächerlich.

»Es ist wahr, Paps. Es ist wirklich wahr. Ich schwör's dir bei Gott, es ist wahr. Die beiden haben Mark umgebracht. Ich will sagen, Mr. Thorp hat ihn umgebracht. Der andere Mann hat ihm gesagt, er soll's tun, und er hat's getan. Ich hab' gesehen, o nein, wie fürchterlich ... ich hab' gesehen, wie er ihn mit dem Kopf gegen die Wand geschlagen hat. Das Blut ... O Paps, warum glaubst du mir denn nicht? Es ist wahr!«

Es konnte nicht wahr sein.

Und doch, es gab etwas, das machte Paul Angst. Seit Rya in den Laden gestolpert war, lag eine eisige Hand auf seiner Schulter. Das Kind stand vor ihm, vier oder fünf Schritte entfernt, und die Hand lag auf seiner Schulter.

Die Hand war ihm in den Wagen gefolgt. Er spürte, wie sich die Finger um seinen Hals schlossen.

Er bog in die Union Road ein. Das Haus des Polizeichefs lag noch einen halben Kilometer entfernt. Er kannte das Haus. Das letzte in der Reihe. Blick auf den Fluß. Er erinnerte sich, es gab eine Garage, und über der Garage eine Werkstatt. Dort! Ja, das mußte es sein. Er bog zum Straßenrand ab und parkte.

»Wo ist der Käfig?« fragte er.

»Als ich weglief, stand der Käfig unter dem Küchenfenster. Jemand muß ihn weggenommen haben.«

»Das Haus sieht recht ruhig aus. Nicht so, als ob hier gerade ein Mord passiert wäre.«

»Drinnen«, sagte Rya. Ihre Stimme überschlug sich vor Aufregung. »Sie haben ihn im Haus umgebracht. In der Küche.«

Jenny hatte Rya bei der Hand ergriffen. Sie zog das Mädchen an sich. »Rya...«

»Drinnen!«

»Gehen wir rein«, sagte Paul.

Sie verließen den Wagen, überquerten den frischgemähten Rasen und umrundeten das Haus.

Emma Thorp mußte sie kommen gehört haben. Sie stand in der offenen Küchentür. Sie trug ein langes, dunkelblaues Hauskleid mit einem hellblauen Gürtel um die schlanke Taille. Das lange Haar war sauber gekämmt und festgesteckt. Sie lächelte. Sie freute sich über den Besuch.

»Tag«, sagte Paul verlegen. Es passierte ihm selten, daß ihm kein passender Satz einfiel, aber jetzt war es so. Wenn auch nur irgend etwas von dem stimmte, was Rya sagte, dann konnte Emma nicht so dastehen. Diese Frau war heiter und gelassen. Eine Frau, die gleich die Waffeln aus dem Waffeleisen holen würde. Sirup oder ohne? Paul schämte sich. Wie hatte er nur auf solch eine Geschichte hereinfallen können. Das Problem war, wie konnte er sich bei Emma wieder herausreden?

»Wie geht's denn immer«, sagte Emma fröhlich. »Tag, Rya, Tag, Jenny. Wie geht's Mr. Edison?«

»Alles in Ordnung«, sagte Jenny, und Paul konnte hören, daß sie ebenso empfand wie er.

»Tja, tut mir leid, aber ich bin nur fürs Haus angezogen. Das Frühstücksgeschirr steht noch herum. Die Küche ist ein einziges Chaos. Aber wenn ihr nichts dagegen habt, im Dreck herumzuwaten, sind Sie herzlich willkommen.« Sie war zur Seite getreten und machte eine einladende Handbewegung.

Paul zögerte.

»Was ist?« fragte Emma.

»Ist Bob nicht da?«

»Ist schon im Dienst«, sagte Emma.

»Wann ist er denn weggefahren?«

»Wie immer, kurz vor neun.«

»Wo ist er jetzt? Auf dem Revier?«

»Auf dem Revier oder auf Streife. Warum?«

Paul stand da und starrte auf den Boden. Ja, warum? Es hatte wohl keinen Zweck, eine Erklärung zu versuchen. »Ist Mark hier?« hörte er sich fragen.

»Er war hier«, sagte Emma. »Er ist mit Jeremy zum Baseballplatz gegangen.«

»Wann war das?«

»Vor einer halben Stunde.«

Er war sicher, daß Emma die Wahrheit sagte. Welchen Zweck hätte es gehabt, wenn sie log? Er würde ihr innerhalb weniger Minuten nachweisen, daß sie ihn hinters Licht geführt hatte. Wenn es wirklich so war, daß ihr Mann Mark getötet hatte, was erhoffte sie sich von einer solchen Ausrede? Und dann, Emma Thorp sah nicht aus wie die Frau, die mithilft, einen Mord zu vertuschen.

Rya hielt ihren Vater beim Arm gepackt. Ihre Blicke trafen sich.

Immer noch die Maske aus Angst und Wut. Rya war jetzt bleich wie die Wand. »Wo ist das Eichhörnchen?« sagte sie. Es klang so schrill, so feindselig, daß Paul zusammenzuckte. »Haben die Jungen das Eichhörnchen mitgenommen, damit sie mit ihm Baseball spielen können?«

»Das Eichhörnchen haben sie bei mir gelassen«, sagte Emma. »Möchtest du's mitnehmen?« Sie sah Paul an und kniff ihm ein Auge zu. »Kommen Sie doch rein bitte.«

In Pauls Gedanken geisterte die Geschichte herum, die Rya ihm vor einer halben Stunde erzählt hatte. Ob Bob Thorp noch in der Küche war? Wenn er den Jungen erschlagen hatte, würde er...

Er verwarf den Gedanken. Emma sah nicht so aus wie eine Frau, in deren Küche vor einer halben Stunde ein kleiner Junge erschlagen worden war. Paul war bereit, jede Summe darauf zu verwetten, daß Emma eine solche Untat weder zulassen noch decken würde. Rya mußte wohl die Fantasie durchgegangen sein. Und die Art und Weise, wie sie ihn, ihren Vater, dadurch in Verlegenheit brachte, machte ihn traurig.

Sie gingen ins Haus.

Im Flur stand der Käfig mit dem Eichhörnchen. Das Tier knabberte an einem Apfel.

»Mark hat mir gesagt, er mag Äpfel«, sagte Emma.

»Das stimmt«, sagte Paul, um etwas zu sagen.

Die Küche war sauber und aufgeräumt, mit Ausnahme des Geschirrs, das noch auf dem Tisch stand. Keine Spuren eines Kampfes. Kein Blut. Das Radio spielte. Tausend Geigen. Die Instrumentalfassung eines Schlagers. Die Zeitung lag aufgefaltet auf dem Küchentisch. Es gab zwei leere Gläser, in denen ein Rest von Orangensaft zu erkennen war. Der Kaffee in einer der beiden Tassen war noch so heiß, daß er dampfte. Angenommen, Emma war dabeigewesen, als ihr Mann den Jungen umbrachte. Hätte sie sich dann in aller Ruhe zum Frühstück hingesetzt. Mord, dann Kaffee und Morgenzeitung? Unwahrscheinlich. Unmöglich. Kein Blut, nirgendwo, nicht die geringste Spur von Blut.

»Sie sind sicher gekommen, um das Eichhörnchen abzuholen«, sagte Emma.

Sie sprach freundlich, aber Paul wußte, daß sie befremdet war. »Nein«, sagte er, »das ist nicht der Grund. Ich schäme mich, den wirklichen Grund zu sagen. Aber was das Eichhörnchen angeht, wo wir schon da sind, werden wir's mitnehmen.«

»Sie haben das Blut aufgewischt«, sagte Rya.

»Rya, ich will jetzt nichts mehr davon...«

»Sie haben alles aufgewischt«, schrie sie.

Er drohte ihr mit dem Finger. »Du hast mir heute schon genug Ärger bereitet. Jetzt sei still. Wir reden später.«

»Sie haben das Blut aufgewischt und die Leiche verborgen!«

»Welche Leiche?« sagte Emma erschreckt.

»Das ist ein bedauerliches Mißverständnis«, sagte Paul. »Das Mädchen glaubt...«

Rya drängte sich vor ihn. »Ihr Mann hat meinen Bruder umgebracht, jetzt tun Sie doch nicht so, als ob Sie's nicht gesehen hätten. Sie standen dort, wo Sie jetzt stehen, und haben zugesehen, wie Ihr Mann Mark gegen die Wand geschleudert hat. Sie waren nackt, und...«

»Rya!« herrschte er sie an.

»Es ist wahr!«

»Ich habe gesagt, du sollst den Mund halten!«

»Sie war nackt, und sie hat...«

Er hatte noch nie die Hand gegen seine Tochter erhoben. Jetzt hatte er Lust dazu. Er hatte sie gepackt, aber sie machte sich von ihm los, schoß an Emma vorbei und rannte aus der Küche. Er hörte ihre Schritte auf dem Kies.

Er lief ihr nach. Als er den Vorgarten erreicht hatte, war sie bereits hinter den Büschen verschwunden. Er trat auf die Straße. Nichts zu sehen. Er warf einen Blick in den Wagen. Nichts. Sie muß wohl zur Union Road. Er sah sie rennen. Er rief ihr nach, sie antwortete ihm nicht.

Er rannte schneller. Er sah, wie sie in eine Lücke zwischen zwei Häusern schlüpfte.

Im Garten hinter den Häusern war niemand. Vorne auch nicht.

»Rya! Rya!«

Keine Antwort. Vielleicht war sie schon so weit weg, daß sie ihn nicht mehr hören konnte. Vielleicht verbarg sie sich im Haus.

Schweigen und das Schlürfen der Leute auf dem Asphalt.

Er war nicht mehr wütend auf sie. Er war nur noch traurig. Was war in das Mädchen gefahren? Warum hatte sie sich so eine grausige Geschichte ausgedacht? Wie war es zu erklären, daß sie ihre Story mit soviel Überzeugungskraft, mit echter Verzweiflung vorbrachte? Rya war keine Lügnerin. Sie war nicht einmal eine gute Schauspielerin. Beunruhigend auch, daß sie selbst dann noch an ihrer Lüge festhielt, als sie entlarvt war. Glaubte sie etwa wirklich an das, was sie da sagte? Wenn, dann war das Kind geisteskrank.

Rya geisteskrank. Rya war ein Fels von einem Mädchen. Vor einer Stunde noch hätte er geschworen, daß sie das vernünftigste Mädchen auf der Welt war. Durchlebte sie vielleicht eine Krise? Eine zeitweilige Trübung ihrer geistigen Fähigkeiten?

Benommen und voller Sorgen ging er den Weg zurück, um sich bei Emma Thorp für seine Tochter zu entschuldigen.

2. Kapitel

10.15 Uhr

Jeremy Thorp stand in Habachthaltung in der Mitte der Küche.

»Hast du verstanden, was ich dir erklärt habe?« fragte Salsbury.

»Ja.«

»Du weißt, was du zu tun hast.«

»Ja.«

»Noch irgendwelche Fragen?«

»Ja. Was tue ich, wenn keiner kommt?«

»Sie werden kommen.«

»Und wenn nicht?«

»Du hast doch eine Uhr, oder?«

Der Junge zeigte ihm seine Armbanduhr.

»Du wartest zwanzig Minuten, von jetzt ab gerechnet. Wenn sie dann immer noch nicht gekommen sind, läufst du zurück, hierher. Ist das verstanden?«

»Ja.«

»Also los.«

Der Junge war zur rückwärtigen Tür unterwegs.

»Geh vorne raus, sonst sehen sie dich«, sagte Salsbury. Er sah Jeremy Thorp nach, der den kurzen Korridor zur Hintertür entlanglief. Er ging hinter ihm her, vergewisserte sich, daß er das Grundstück unbehelligt überquert hatte, sah, wie der Kleine zwischen den Nachbarhäusern verschwand. Er verriegelte die Tür und kehrte in die Küche zurück.

Nicht schlecht, dachte er. Gar nicht schlecht, Ogden. Leonard hätte das Ding nicht raffinierter drehen können. Clever. Wirklich clever. Mit diesem Gehirn und der Macht, die der Code verlieh... Ich werde die kleine Krise schon meistern, dachte er. Wenn Miriam mich jetzt sehen könnte. Was sie wohl sagen würde. Ich bin nicht mehr so, wie du mich kanntest, Miriam. Ich bin ein harter Typ geworden. Ein ganz ausgetragener Junge. Ich war in Gefahr, aber ich habe klaren Kopf bewahrt und gewonnen, das muß mir erst einmal jemand nachmachen. Smart. Wirklich smart. Allerdings, ich bewege mich auf einem schmalen Grat. *Auf des Messers Schneide.*

Er schob den Vorhang zur Seite, so daß er die Garage sehen konnte. Er sah, wie Paul den Käfig in den Kofferraum des Wagens stellte. Jenny stieg ein. Eine Minute lang sprach Paul mit Emma, die den beiden zum Wagen gefolgt war. Emma trat einen Schritt zurück und winkte.

Jenny hatte das elektrische Fenster hochsurren lassen. Paul hatte hinter dem Steuer Platz genommen. Salsbury sah, wie er sich vorneigte und den Wagen startete. Der Wagen glitt auf die Straße.

Sie kam in die Küche und erschrak. Er war sicher, daß sie gleich losschreien würde. »Was tun Sie hier? Wer sind Sie?«

»Ich bin der Schlüssel.«

»Ich bin das Schloß.«

»Entspanne dich.«

Er sah, wie ihr Atem langsamer wurde.

»Setz dich hin.«

Sie setzte sich.

Er baute sich vor ihr auf. »Über was hat Paul Annendale mit dir gesprochen?«

»Er hat sich für das Verhalten seiner Tochter entschuldigt.«

Salsbury mußte lachen.

Und Emma verstand gar nichts mehr. Ihre Erinnerung an den Mord war gelöscht worden, und so erschien es ihr merkwürdig, daß Rya ihren Mann einer Bluttat beschuldigte. Noch merkwürdiger war, daß ein Mann wie Salsbury über so etwas lachen konnte.

Es war düster im Eingang der Kirche, düster und still. Es war eine katholische Kirche. Die Bänke waren aus Fichtenholz, auch die Wände, der Boden, die Decken und das vier Meter hohe Kruzifix. Alles war aus Holz, das gehörte sich so in einem Ort, der von der Big-Union-Sägemühle lebte. Es gab eine Fünf-Watt-Birne, die über dem Weihwasserbecken brannte. Am Altar flakkerten die Kerzen, aber von diesem Licht gelangte nur ein winziger Schimmer in den Vorraum, wo Jeremy Thorp sich verbarg.

Mit vorsichtigen Schritten tapste er zum Portal. Er öffnete die schweren Türen einen Spalt. Die Treppe war zu sehen. Ziegelsteine. Der Bürgersteig. Birken. Das westliche Ende der Main Street. Gegenüber, auf der anderen Straßenseite, war das Union-Theater. Die Fassade war gut zu erkennen, trotz der vielen Birkenzweige.

Jeremy warf einen Blick auf seine Uhr. Es war 10 Uhr 20.

Sie standen vor der roten Ampel, als Paul den rechten Winker einschaltete.

»Der General Store ist links«, sagte Jenny.

»Ich weiß.«

»Wo willst du denn hin?«

»Ich will zum Baseballplatz.«

»Du willst dich überzeugen, ob Emma die Wahrheit gesagt hat, nicht?«

»Nein. Ich bin sicher, daß sie die Wahrheit gesagt hat.«

»Warum willst du dann zum Baseballplatz?«

»Weil ich mit Mark sprechen will. Er soll mir sagen, was heute morgen wirklich passiert ist.« Immer noch stand die Ampel auf Rot. Paul trommelte mit den Fingern aufs Lenkrad.

»Emma hat uns bereits gesagt, was passiert ist«, seufzte Jenny. »Nichts.«

»Sie hatte verweinte Augen, hast du das nicht bemerkt? Vielleicht hat sie einen Streit mit ihrem Mann gehabt, als Mark dazukam. Rya ist auf dem Höhepunkt der Auseinandersetzung in die Küche gekommen. Weil es sehr erregt zuging, hat sie's mit der Angst zu tun gekriegt und ist geflüchtet.«

»Das hätte Emma uns doch gesagt.«

»Vielleicht ist es ihr unangenehm, von ihrem Ehekrach zu berichten.«

Die Ampel schaltete auf Grün. »Du meinst, Rya hat es mit der Angst zu tun gekriegt, weil sich ein Ehepaar ein paar unfreundliche Worte an den Kopf geworfen hat?«

»Entweder das, oder sie lügt.«

Jenny schüttelte den Kopf. »Sie ist kein Mädchen, das lügt.«

»Wir werden Mark fragen, wie's gewesen ist.«

Jeremys Uhr war auf 10 Uhr 22 gerückt, als Paul von der Main Street in die Allee abbog, die zum Baseballplatz führte. Sobald der Wagen zwischen den Bäumen verschwunden war, verließ der Junge sein Versteck in der Kirche. Er ging die Backsteintreppe hinunter, stellte sich an den Straßenrand und streckte den Kopf vor. Er wartete auf den Wagen.

Der Himmel hatte sich zugezogen, in weniger als einer Stunde. Graublaue Wolken türmten sich auf. Der Wind hatte aufgefrischt. Wenn der Wind aus dem Osten wehte, gab's Regen. Sagten die Einheimischen in Black River.

Jeremy trat von einem Fuß auf den anderen. Bitte, lieber Gott, laß es nicht regnen. Wenigstens nicht heute. Ich werde beim Fahrradrennen mitmachen. Diesmal mache ich den Ersten. Letztes Mal bin ich Zweiter geworden. Inzwischen habe ich trainiert. Wirklich trainiert. Nein, ich habe meine Zeit nicht verplempert, wie das die anderen Kinder tun. Ich werde Erster – wenn's nicht regnet.

Wieder ein Blick auf die Uhr. 10 Uhr 26.

Sekunden später bog Pauls Wagen um die Ecke, und Jeremy setzte sich in Bewegung.

Paul wollte gerade abbiegen, als Jenny ihn beim Arm faßte. »Warte doch, da kommt Jeremy.«

Paul stieg auf die Bremse. »Wo?«

»Auf der anderen Straßenseite.«

»Aber er ist ohne Mark.« Paul drückte auf die Hupe. Er ließ sein Fenster niedersurren und winkte Jeremy zu.

Jeremy schaute nach links, Jeremy schaute nach rechts, dann überquerte er die Straße. »Tag, Mr. Annendale. Tag, Jenny.«

Es war Paul, der die Fragen stellte. »Wo ist Mark? Deine Mutter hat mir gesagt, ihr seid zum Baseballspielen gegangen.«

»Wir haben auch Baseball gespielt, aber dann haben wir uns gelangweilt. Wir sind ins Gordon-Wäldchen gegangen.«

»Wo ist das?«

Jenny kannte das Wäldchen. Es lag an dem Weg, der zum Holzfällercamp führte, ein paar Minuten außerhalb des Ortes.

Jeremy deutete die Straße entlang. »Dort.«

»Was habt ihr denn im Gordon-Wäldchen zu suchen?« fragte Paul.

»Wir haben dort ein Baumhaus, ich meine meine Freunde und ich. Ich wollt's Mark nur zeigen.« Er sah Pauls besorgte Miene. »Nicht, was Sie vielleicht meinen, Mr. Annendale. Keine Bruchbude, die von den Ästen fällt. Der Vater eines Freundes hat's gebaut. Wirklich sicher. Kann nichts passieren.«

»Er hat recht«, sagte Jenny. »Ich kenne das Baumhaus. Mein Vater hat mitgeholfen beim Bau.« Sie schmunzelte. »Obwohl ich für solche Spiele ja schon etwas zu alt bin.«

Jeremy nickte. Er war ein Junge mit Sommersprossen. Paul betrachtete die Kratzer auf seinem Knie. Er mußte lächeln.

Baumhäuser. Jeremy war nicht der verschlagene Teufel, der einen Mord deckte. Er war ein Junge wie die anderen.

Paul war erleichtert. Vorhin, auf dem leeren Baseballplatz, war die eisigen Hand wieder dagewesen. Im Augenblick war sie nicht mehr zu spüren. »Ist Mark noch im Baumhaus?« fragte er.

»Ja.«

»Und du? Warum bist du nicht bei ihm geblieben?«

»Weil ich das Monopolyspiel holen will. Wir wollen mit den anderen Jungen Monopoly spielen, im Baumhaus.«

»Jeremy...« Paul dachte nach, in welche Worte er seine wahnwitzige Frage kleiden konnte. »Ist in eurer Küche heute morgen etwas... Außergewöhnliches passiert?«

Der Junge blinzelte. »Wir haben gefrühstückt.«

Paul kam sich vor wie ein Mann, der ein kreuz und quer zerschnittenes Schlauchboot aufpumpte. »Viel Spaß beim Monopoly«, sagte er. »Lauf jetzt, deine Freunde warten sicher schon auf dich.«

Jeremy verabschiedete sich von Paul und Jenny. Er verabschiedete sich auch vom Eichhörnchen im Käfig. Er sah nach rechts, er sah nach links, dann ging er zur anderen Straßenseite zurück.

Paul sah ihm nach, bis er den Platz erreicht hatte, der den Mittelpunkt des Ortes bildete.

»Was nun?« fragte Jenny.

»Ich nehme an, Rya ist zu deinem Vater gelaufen, um sich bei ihm auszuweinen«, sagte Paul. »Vielleicht ist das auch ganz gut so. Wir bekommen vorläufig nichts Klares aus dem Mädchen heraus.«

»Und wenn sie nicht bei Sam ist?«

»Dann warten wir in aller Ruhe, bis sie auftaucht. Sie kann in Black River ja schließlich nicht verlorengehen. Früher oder später kommt sie wieder aus der Schmollecke hervor.«

Sie saßen am Küchentisch. Jeremy erzählte, was Paul ihn gefragt und wie er diese Fragen beantwortet hatte.

»Hat er's geschluckt?« fragte Salsbury.

»Was geschluckt?«

»Daß Mark im Baumhaus ist.«

»Ist er denn nicht im Baumhaus?«

Gut, dachte Salsbury. Gut, gut, gut. Ich habe erst einmal Zeit gewonnen. Jetzt muß ich die Zeit nutzen. Mir bleiben zwei Stunden. Vielleicht auch drei. Spätestens in drei Stunden wird Annendale im Baumhaus nachsehen, wo sein Sohn bleibt. Entscheidungskraft. Kühnheit des Gedankens. Er schloß die Augen. Ich muß das Problem endgültig aus der Welt bringen, bevor Dawson was davon erfährt.

Gleich nachdem Rya davongelaufen war, hatte er das Gedächtnis der Familie Thorp von unnützem Beiwerk gereinigt. Ein programmatisches Auslesen. Es gab keinen Mord mehr. Die Tafel war leergewischt. Und nun? Das ganze Projekt stand auf dem Spiel. Es war zu riskant, wenn die Thorps mit einer Gedächtnislücke von einer Stunde in der Welt herumliefen. Die Tafel mußte wieder beschriftet werden. Mit einem neuen, erfundenen Leben.

Er begann mit der Frau. Den Jungen schickte er in sein Zimmer.

Er saß da, den Blick auf Emmas Brüste gerichtet. Er dachte nach.

»Emma, wie spät ist es?«

Sie sah auf die Küchenuhr. »Zwanzig nach elf.«

»Nein«, sagte er. ,»Du irrst dich. Es ist zwanzig nach neun. Es ist Frühstückszeit.«

»Wirklich?«

»Wirklich. Sieh auf die Uhr. Wie spät ist es?«

»Zwanzig nach neun«, sagte Emma.

»Wo bist du?«

»In meiner Küche.«

»Wer ist sonst noch hier?«

»Nur Sie und ich.«

»Nein. Mich kannst du nicht sehen. Kannst du mich sehen, Emma?«

»Nein.«

»Aber du kannst mich hören. Und nun paß gut auf. Wenn unser kleines Gespräch vorüber ist, wirst du vergessen, daß du mit mir gesprochen hast. Ich werde dir sage, was heute morgen um zwanzig nach neun passiert ist. Du wirst glauben, es hat sich alles wirklich so ereignet. Ist das klar, Emma?«

»Ja.«

»Also gut. Wie spät ist es?«

»Zwanzig Minuten nach neun.«

»Wo bist du?«
»In der Küche.«
»Wer ist sonst noch da?«
»Niemand.«
»Bob und Jeremy sind da. Sie sitzen dir gegenüber.«
»Bob und Jeremy sind da«, wiederholte sie.
»Bob schaut dich an.«
Sie lächelte.
»Ihr drei seid beim Frühstück.«
»Frühstück.«
»Spiegeleier, Toast, Orangensaft, Kaffee.«
»Spiegeleier, Toast, Orangensaft, Kaffee.«
»Nimm das Glas und trink.«
Sie hob das leere Glas. Sie runzelte die Stirn.
»Das Glas ist bis zum Rand mit dickem, kühlem Orangensaft gefüllt. Kannst du's sehen?«
»Ja.«
»Sieht appetitlich aus, nicht?«
»Ja.«
»Und jetzt trink, Emma.«
Sie trank aus dem leeren Glas.
Er mußte lachen. Die Macht... Es würde schon klappen. Niemand konnte ihn bremsen. Er war der Herr über die Hirne der Menschen.
»Hat's geschmeckt' Emma?«
Sie fuhr sich mit der Zunge auf der Oberlippe entlang. »Köstlich.«
Hure, dachte er. Süße, kleine Hure.

3. Kapitel

Mittags
In Buddys Alptraum gab es zwei Männer, die das Trinkwasserreservoir oberhalb Black River mit Katzen füllten. Sie standen da, umhüllt von den Schatten der Nacht, und ließen eine Katze nach der anderen aus den Käfigen frei. Sie scheuchten die Tiere ins Wasser.
Die Katzen, derart roh und rücksichtslos behandelt, gaben

sich beleidigt. Aber das half ihnen nichts. Immer mehr Käfige wurden geöffnet, immer mehr Tiere ins Wasser gejagt. Der See schien zu kochen, soviel Katzen planschten darin herum. Streunende Katzen, Siamkatzen, Angorakatzen und solche mit geflecktem Fell, alte Katzen und Katzenjunge. Buddy hatte von der Sache wieder mal nichts gewußt. Er war in seiner Wohnung und drehte den Wasserhahn in der Küche auf. Statt Wasser quollen Katzen heraus. Dutzende von Katzen. Sie sprangen fauchend im Spülbecken umher, und Buddy wunderte sich, wie sie mit ihren dicken Bäuchen das Rohr passiert hatten. Irgendwie hatten sie's geschafft, sie hatten nicht nur die Siphons und Krümmungsstellen überwunden, sondern auch die Filter und Rattenfallen, mit denen das Trinkwassersystem versehen war. Die Katzen hieben mit scharfen Krallen aufeinander ein, fauchten, jaulten und heulten. Und dann kamen sie an der Wandung des Porzellanbeckens hochgeklettert. Der Platz, den sie freigaben, füllte sich mit neuen Katzen, die aus dem Hahn quollen. Sie hatten den Schrank erklommen. Sie saßen auf der Anrichte, auf dem Brotkasten und auf dem Ständer, wo die Teller trockneten. Sie breiteten sich über den Boden der Küche aus wie eine Springflut. Als Buddy hinausgehen wollte, sprang ihm eine Katze auf den Rücken. Er ergriff sie und warf sie gegen die Wand. Die anderen Katzen fanden das nicht so gut. Sie fanden es grausam. Sie bildeten eine Katzengasse um Buddy. Sie ließen ihn Spießruten laufen. Sie spuckten und hieben mit ihren scharfen Krallen nach ihm. Er ergriff die Flucht. Er erreichte das Wohnzimmer Sekunden bevor das zuckende, spukkende Knäuel aus Fleisch, Fell und Bösartigkeit über die Türschwelle quoll. Er warf die Tür zu und schob den Riegel vor. Er hörte, wie sich die Katzen gegen die Füllung warfen, aber ihr Gewicht war zu gering, um die Tür aus dem Rahmen zu brechen. Buddy atmete auf. Er war gerettet. Er wandte sich um und erschrak bis ins Mark. Vor ihm standen mannshohe Käfige voller Katzen. Zwei Männer standen neben den Käfigen, sie machten sich an den Gittertüren zu schaffen. Die beiden nickten ihm zu. Sie waren wie Sporttaucher gekleidet. Schwarze Gummianzüge.

Schreiend fuhr Buddy aus seinem Traum hoch. Er schlug auf das Kopfkissen ein, verhedderte sich in den Laken, drosch um sich, weinte und stöhnte, bis ihm schließlich klar wurde, daß es das Kissen war und keine Katze, was sich da unter seinem Würgegriff wand.

»Ein Traum«, murmelte er. »Nur ein Traum.«

Weil Buddy Nachtschicht arbeitete, schlief er tagsüber, und deshalb hatte seine Wohnung dicke Vorhänge, die kaum Licht durchließen.

Er starrte ins Dunkel. Er tastete nach der Lampe. Er drückte auf den Knopf.

Keine Katzen.

Keine Männer in Taucheranzügen.

Jetzt war er sicher, daß er alles nur geträumt hatte. Andererseits, der Traum hatte sich in den letzten drei Tagen sehr oft wiederholt. Vorsicht war am Platze. Buddy stand auf, tastete nach den Pantoffeln, die ihm drei Nummern zu groß waren, und schlurfte zur Küche. Er steckte den Finger in die Wasserhähne. Keine Katzen. Gut zu wissen.

Der Schreck saß ihm in den Gliedern, obwohl es keine Katzen in der Wohnung gab. Die Sache mit den Katzen war ja nicht der einzige Alptraum. Buddy schlief schlecht in der letzten Zeit. Erbärmlich schlecht.

Die Küchenuhr stand auf 12 Uhr 13. Buddy war an jenem Morgen um halb neun vom Wachdienst in der Sägemühle heimgekehrt. Sein Zeitplan war festgefügt. Um halb zehn ging er ins Bett, pünktlich wie ein Maurer. Er dachte nach. Drei Stunden. Wenn es wirklich erst 12 Uhr 13 war, dann hatte er nur knappe drei Stunden geschlafen.

Er setzte sich an den Küchentisch und schlug die Zeitschrift auf, die er letzten Montag in *Edison's General Store* gekauft hatte. In der Zeitschrift waren Taucher abgebildet. Männer in Taucheranzügen.

Merkwürdig, dachte er. Zwei bewaffnete Sporttaucher. Und nachts. Nachts, wo es dunkel ist. Was wollen sie mit den Waffen im Wald? Nach was tauchen sie im Trinkwasserreservoir? Die Antwort? Es gab keine Antwort. Negativ. Negativ. Negativ. Negativ. Taucher. Taucher im Wald. Nachts. Verrückt. Ich kann's nicht lösen. Ich schaffe die Aufgabe nicht.

Er beschloß zu duschen. Er würde duschen, und dann würde er sich anziehen. Er würde in *Edison's General Store* gehen. Es war Zeit, daß er mit Sam Edison sprach. Der würde eine Antwort wissen.

Um 12 Uhr 5 machte Rya eine Beobachtung, die ihr zu denken gab. Ein Mann mit dicken Brillengläsern ging die Treppe zu *Pauline Vicker's Rooming House* hinauf. Ein Mann, der eine graue Hose und ein dunkelblaues Oberhemd trug. Sie kannte den Mann. Es war der Mann, der Bob Thorp den Befehl gegeben hatte, ihren Bruder zu ermorden.

Um 12 Uhr 10 verbarg sich Rya in einem der Beichtstühle, die sich im hinteren Bereich des Kirchenschiffes befanden. Eine Woche zuvor war sie Ohrenzeuge eines Gesprächs gewesen, das Emma mit ihrem Mann, dem Polizeichef, führte. Es ging um den *Friday Lunch and Card Club,* der sich jeden Freitag im Untergeschoß der Kirche traf. Von ihrem Versteck im Beichtstuhl konnte sie jetzt die Treppe sehen, die zum Untergeschoß hinunterführte. Die Mitglieder des Clubs kamen, zu zweit, zu dritt, auch einzeln. Um halb eins kam Emma Thorp, Rya erkannte sie schon von weitem, obwohl es so düster in der Kirche war. Als Emma die Treppe hinuntergegangen war, verließ das Mädchen sein Versteck.

Sie erschrak, als ihr Blick auf das Kruzifix fiel. Der Gekreuzigte schien sie anzustarren, seine Augen folgten ihr durch die ganze Kirche.

Du hättest Mutter vor dem Tod bewahren können, dachte sie. Du hättest Mark retten können. Warum läßt du zu, daß Menschen andere Menschen töten?

Der Gekreuzigte antwortete ihr nicht.

Hilf dir selbst, dann hilft dir Gott, dachte sie. Ich werde jene bestrafen, die Marks Tod verschuldet haben. Ich werde sie zur Rechenschaft ziehen. Sie warf dem Kruzifix einen trotzigen Blick zu. Du wirst staunen.

Dann spürte sie, wie der Schmerz ihr die Kehle zuschnürte. Die Tränen waren plötzlich sehr nahe. Sie blieb stehen und wartete, bis sie wieder klar denken konnte. Sie verließ das Kirchenschiff und betrat den Vorraum, der durch eine Glaswand abgeteilt war. Ihr fiel auf, daß eine der Türen, die nach draußen führten, fehlte. Sie war herausgenommen worden, die leeren Angeln waren zu sehen. Dann sah sie das Werkzeug, das am Boden lag. Der Handwerker, so vermutete Rya, war etwas holen gegangen.

Sie wandte sich um und betrachtete das Kruzifix.

Sie kniete sich hin und nahm einen schweren Schraubenschlüssel aus der offenen Werkzeugkiste.

Sie spürte die Augen des Gekreuzigten auf sich ruhen. Traurige hölzerne Augen.

Sie ließ den Schraubenschlüssel in ihre Jackentasche gleiten und verließ die Kirche.

Um 12 Uhr 35 schlenderte sie am Rathaus entlang, das sich auf der Nordostseite des Platzes befand. Das Büro des Polizeichefs war im ersten Stock, es hatte zwei große Fenster. Die Blenden waren hochgezogen. Als sie an den Fenstern vorbeiging, sah sie Bob Thorp. Er las in einem Magazin und aß ein Brötchen.

Um 12 Uhr 40 stand sie vor *Ultman's Café*. Eine Schar Kinder war auf Fahrrädern unterwegs zu der gepflasterten Straße am nördlichen Ende der Union Road, wo jeden Freitag ein Fahrradrennen veranstaltet wurde. Einer der Jungen in der Schar war Jeremy Thorp.

Es war 12 Uhr 45 geworden, als Rya die Union Road am nördlichen Ende überquerte. Wenig später hatte sie den Bungalow des Polizeichefs erreicht. Sie umrundete das Gelände. Die Wiese, die das Haus umgab, ging in einiger Entfernung in niedriges Buschwerk über. Das Haus war das letzte in der Reihe, es gab keine weiteren Parallelstraßen. Rya sah die Garage, dann den Fluß. Im Schutz der Bäume und Büsche schlich sie sich bis zum Eingang des Hauses.

Die Tür. Ein kupferner Türknauf. Drei schmale Scheiben aus farbigem Glas, 15 Zentimeter breit, 22 Zentimeter lang.

Sie klopfte an.

Drinnen rührte sich nichts.

Sie drehte am Türknauf. Die Tür war verschlossen. Rya hatte nichts anderes erwartet.

Sie zog den Schraubenschlüssel aus der Tasche, den sie in der Kirche gestohlen hatte, und zerschlug die mittlere Scheibe. Das Geräusch des zersplitternden Glases war lauter, als sie vorausgesehen hatte, aber nicht so laut, daß Rya deswegen ihr Vorhaben aufgegeben hätte. Sie entfernte die restlichen Splitter, die in der Füllung steckten, und griff durch die Öffnung. Sie ertastete das innere Gegenstück des Knaufs und drehte den Ring in beiden Öffnungen. Die Tür schwang auf.

Sie trat ein und zog die Tür wieder hinter sich zu.

Sie blieb im Flur stehen und starrte auf die Schatten, die sich auf dem Küchenboden abmalten.

Was mache ich, wenn sie zurückkommen und mich überraschen?

Ich muß jetzt Mut haben, redete sie sich ein. Vorwärts! Ich muß es tun, ehe ich mein Selbstvertrauen verliere.

Ich habe Angst. Sie haben Mark getötet.

Heute morgen bist du weggerannt. Wirst du jetzt wieder wegrennen? Wirst du bis zum Ende deines Lebens vor allem wegrennen, was dir Angst macht?

Sie überquerte die Schwelle zur Küche.

Sie blieb vor dem Herd stehen. Hier hatte der Mord stattgefunden. Mark war gegen den Herd geschleudert worden, bis... Rya warf einen Blick in die Runde. Die Tür. Die Fenster. Geräusche? Nein. Nichts. Nur das gleichmäßige Summen des Kühlschranks und der Gefriertruhe. Oder? Da war noch etwas anderes. Das Radio. Der Lautsprecher war ausgeschaltet, aber es gab ein eingebautes Uhrwerk, das ein leises Summen verursachte. Rya schrak zusammen, als ein Fensterladen an die Hausfront schlug. Der Wind. Unmittelbar darauf das Dröhnen eines Gongs. Sie starrte auf die Großvateruhr im Wohnzimmer. Die Uhr ging ein paar Minuten nach, trotzdem war die Viertelstunde angeschlagen worden. Das Dröhnen hallte nach, als sei der Klang im Glasgehäuse gefangen. Ein Haus voller Geräusche, aber diese Geräusche hatten keine menschliche Ursache. Ich bin allein.

Ich habe das Gesetz gebrochen. Ich bin in ein fremdes Haus eingedrungen. Was nun? Wenn ich... Ich habe mich in Gefahr begeben. Jetzt muß ich... Sie mußte das Haus durchsuchen. Natürlich. Deshalb war sie ja gekommen. Sie würde das Haus bis in den letzten Winkel durchsuchen. Sie würde nach der Leiche ihres Bruders suchen.

Wo anfangen?

Sie stand da und grübelte, bis ihr klar wurde, daß ihre Unentschlossenheit eine Folge der Angst war. Es war die Angst, die ihr den Gedanken eingab, daß es unmöglich sein würde, dem Polizeichef von Black River einen Mord nachzuweisen.

Angst. Sie war entschlossen, diese Angst zu überwinden. Nicht vor Mr. Thorp habe ich Angst, sondern vor dem Anblick der Leiche. Wie werde ich reagieren, wenn ich die Leiche meines Bruders finde?

Sie begann in der Küche. Hier gab es nur wenige Verstecke,

wo die Leiche eines neunjährigen Jungen Platz finden konnte. Rya warf einen Blick in den Kühlschrank, in die Kühltruhe, in die Vorratskammer. Sie fand nichts.

Als sie das Schränkchen unter dem Spülbecken öffnete, fand sie einen Eimer mit blutigen Tüchern. Es waren keine Aufwischtücher, sondern Geschirrtucher. Sie hatten Geschirrtücher benutzt, um das Blut von den Kacheln und vom Boden wegzuwischen. Die blutigen Tücher waren dann im Mülleimer gelandet. Vielleicht hatten sie vorgehabt, die Beweisstücke zu vernichten, aber sie hatten noch keine Zeit dazu gehabt. Oder sie hatten es vergessen. Rya zog eines der Tücher aus dem Eimer hervor. Es fühlte sich kalt und feucht an. Schwer vom Blut. Sie ließ das Tuch auf den Boden fallen und starrte auf ihre Hand.

Armer Mark. Etwas wie Verzweiflung und Bitterkeit überkam sie. Sie hörte ihr Herz schlagen. »Armer Mark«, flüsterte sie. »Du hast in deinem Leben niemandem etwas zuleide getan. Nicht einmal einem Tier. Was haben sie mit dir gemacht? Warum haben sie das getan? *Warum?*«

Sie war in die Hocke gegangen, um das blutige Tuch aus der Nähe zu betrachten. Sie stand auf. Ein paar Herzschläge lang war ihr schwarz vor Augen.

Ich muß die Leiche finden.

Ich will die Leiche nicht finden.

Ich bin hier, um die Leiche zu finden.

Ich habe Angst.

Angst? Vorsicht? Rya stieß ihren Entschluß um. Die Leiche ihres Bruder. Nein. Die Vorstellung, vor dem blutüberströmten Leichnam des Kleinen zu stehen, war ihr unterträglich. Seine toten Augen. Der zerschmetterte Schädel. Nein. Es gab Grenzen, was ein Mädchen ertragen konnte.

Ich werde nicht weitersuchen. Dieses Haus... Ich kann nicht weitersuchen. Ich werde...

Sie brach in Tränen aus. Sie bückte sich, packte den Henkel des Eimers und verließ das Haus. Sie vermied es, auf die blutgetränkten Tücher zu sehen.

Um 12 Uhr 45 verließ Salsbury sein Zimmer. Er nahm seinen Aktenkoffer mit. Er ging die Treppe hinunter und betrat den Aufenthaltsraum für die Gäste.

Pauline Vicker saß in dem größten der drei Lehnstühle, die im

Aufenthaltsraum standen. Sie war eine stämmige Frau, Anfang Sechzig. Lockergekämmtes graues Haar. Gesunde Gesichtsfarbe. Doppelkinn. Der Blick war fröhlich, Pauline Vicker war eine Frau, die eigentlich immer gute Laune hatte. Der Typ der Großmutter, wie Filmregisseure in Hollywood sich Großmütter vorstellen. Sie war barfuß. Sie hatte die Füße auf einen gepolsterten Schemel gelegt. Sie aß Bonbons und betrachtete die Folge einer Fernsehserie, die sie sehr liebte.

Er war am Türrahmen stehengeblieben. Er räusperte sich. »Mrs. Vicker?«

Sie sah auf. Er betrachtete sie, während sie an ihrem Karamelbonbon weiterkaute. Sie schien Schwierigkeiten beim Herunterschlucken des Bonbonsaftes zu haben. Dann: »Guten Tag, Mr. Deighton. Wenn Sie irgend etwas wünschen, ich meine, wenn Sie eine Beschwerde haben wegen Ihres Zimmers oder so, meinen Sie nicht, daß das ein paar Minuten Zeit hätte, ich will nur noch die Folge zu Ende sehen. Es ist meine Lieblingsserie, und ich...«

»Ich bin der Schlüssel«, sagte er ungeduldig.

»Ach so«, sagte Mrs. Vicker. Sie war sichtlich verärgert, daß sie die Folge nun nicht mehr zu Ende sehen konnte. »Ich bin das Schloß.«

»Stehen Sie auf, Mrs. Vicker.«

Mühsam erhob sie sich aus dem Lehnsessel.

Fette, alte Kuh, dachte Salsbury.

»Was wünschen Sie?« kam ihre Frage. Es klang aufgeräumt und dienstfertig.

»Ich brauche diesen Raum«, sagte er und ging auf den Schreibtisch zu, wo Mrs. Vickers Telefon stand. »Ich möchte nicht gestört werden.«

»Soll ich hinausgehen?«

»Ja, und zwar sofort.«

Ein wohlgelauntes Lächeln. Sie schnappte sich die Büchse mit den Karamelbonbons. »Ich bin schon so gut wie draußen, Mr. Deighton. So gut wie. Lassen Sie sich Zeit. Ich werde dafür sorgen, daß niemand Sie stört.«

»Mrs. Vicker?«

»Ja?«

»Sie können dort Ihre Karamelbonbons essen, wenn Sie wollen.«

»Gut.«

»Stellen Sie das Radio in der Küche an, und bleiben Sie dort, bis ich komme.«

»Sehr wohl, Sir.«

»Ist das ganz klar?«

»Aber gewiß doch. Ich werde exakt das tun, was Sie sagen. Sie können ja nachsehen kommen, wenn Sie mir nicht glauben. Ich werde jetzt schnurstracks in die Küche gehen und meine Karamelbonbons essen und Radio hören.«

»Schließen Sie die Tür, wenn Sie diesen Raum verlassen«, sagte er scharf. »Gehen Sie jetzt, Mrs. Vicker.«

Sie verließ den Raum und zog die Tür hinter sich ins Schloß.

Salsbury hatte seinen Aktenkoffer auf den Schreibtisch gelegt. Er öffnete den Aktenkoffer. Er entnahm dem Koffer einen Satz Schraubenzieher und ein IF-Transmissionsgerät. Das Gerät war klein und von schwarzer Farbe. Drähte ragten heraus. Es war eines der Geräte, die Dawson in Brüssel gekauft hatte.

Klug. Ich bin ganz schön klug. Eine fabelhafte Idee, das IF-Transmittionsgerät mitzubringen. Ich hatte so ein Vorgefühl, als ich's einpackte. War damals wirklich nur ein Vorgefühl. Aber ich hab' recht behalten. Wie klug von mir. Ich kontrolliere die Situation. Ich habe sie alle unter Kontrolle. Voll unter Kontrolle. Unter Kontrolle. Kontrolle.

Salsbury hatte alles kreuz und quer durchgerechnet. Algebra im Gehirn. Das Für und Wider. Es hieß kühlen Kopf zu bewahren. Er durfte nicht in Panik verfallen, auf gar keinen Fall. Die Daten, die sein Computer dann ausspuckte, waren eindeutig. Es kam jetzt auf den Wissensstand von Paul Annendale an. Was wußte dieser Annendale, und was würde er den Edisons mitteilen?

Mrs. Vicker hatte eine Reihe winziger Glasschwäne auf ihrem Schreibtisch angeordnet. Jeder Schwan war anders, es gab Unterschiede in Größe, Form und Farbe, das sah man, wenn man die Schwäne aus der Nähe betrachtete. Salsbury fegte die Schwäne mit einer einzigen Handbewegung vom Tisch. Er sah ihnen nach, wie sie über den Teppichboden hüpften, und zugleich war das Klickern jener Tierchen zu hören, die beim Fallen aneinanderstießen. Salsburys Mutter hatte Nippesfiguren gesammelt, Figuren aus Glas, wenn auch keine Schwäne. Seine Mutter bevorzugte kleine Glashunde. Sie besaß Hunderte davon. Salsbury zermalmte einen der kleinen Schwäne unter seinem Absatz, wobei er sich vorstellte, es wäre ein kleiner Glashund, den er da zermalmte. Es war ein sehr befriedigendes Gefühl. Die Erfüllung ging so tief, daß Salsbury sich zu wundern begann. Dann fiel sein Blick auf das Telefon. Er stellte den Gedanken an Mutters Glashunde zurück und schloß den IF-Transmitter an. Als der Anschluß fertig war, wählte Salsbury die Nummer von *Edison's General Store*. Das Geschäft war drüben, auf der anderen Straßenseite, und Salsbury wußte, daß dort keiner der Apparate, die es gab, läuten würde, weder das Telefon im Geschäft, noch die Apparate, die sich im ersten Stock des Hauses, in der Wohnung, befanden. Er, Salsbury, würde alles hören können, was drüben geschah, die Telefone waren Mikrofon und Sender zugleich.

Es war ihm gelungen, nach dem Mord eine kleine Schutzburg um sich zu errichten, mit Wänden dünn wie Papier. Aber diese Papierwände brachen zusammen, als Salsbury die Gespräche vernahm, die im Hause Edison geführt wurden. Da war Buddy Pellineri, der Sam, Jenny und Paul in seiner unbeholfenen Art von den Beobachtungen berichtete, die er in der Nacht vom 5. August auf den 6. August gemacht hatte. Zwei Männer seien dagewesen. Im Wald. Jawohl, und die beiden hätten sich auch am Ufergelände des Trinkwasserreservoirs zu schaffen gemacht.

Rossner und Holbrook waren beobachtet worden!

Es war nicht der einzige Tiefschlag, den Salsbury in jenen Minuten hinnehmen mußte. Buddy war mit seinem Bericht noch nicht zu Ende, als Annendales Tochter eintraf. Sie brachte einen Eimer mit bluttriefenden Geschirrtüchern. Einen Eimer, den sie in Thorps Haus gefunden hatte. Der verdammte Eimer! Salsbury hatte die Küche aufgewischt, dann hatte er nach einem Versteck für die Leiche Ausschau gehalten. Es mußte sehr schnell gehen, und so hatte er den Eimer mit den blutigen Tüchern unter den Spülstein gestellt, in das Schränkchen. Er hatte vorgehabt, den Eimer mitzunehmen, aber das hatte er dann vor lauter Hast vergessen. Was die Leiche des Jungen betraf, Salsbury war sich darüber im klaren, daß das Versteck nicht besonders gut war. Immerhin aber war die Leiche so gut versteckt, daß er einigen Vorsprung gewann.

Die Tücher. Die verdammten Tücher. Er hatte die Beweisstücke am Ort des Verbrechens zurückgelassen. An einer Stelle, wo jeder Idiot sie finden konnte.

Nein, jetzt blieb ihm keine Zeit mehr für langwierige Überlegungen, wie man die Ereignisse verharmlosen, vertuschen, wie man den Dingen nachträglich eine Art alltägliche Logik andichten konnte. Er hatte sich in eine Krise hineinmanövriert. Der Erfolg des ganzen Projekt stand auf dem Spiel. Ich muß jetzt schnell sein, dachte Salsbury. Schneller denn je.

Er biß die Lippen zusammen und trat auf einen der kleinen Schwäne. Beglückt spürte er, wie das Glas unter seiner Sohle barst.

4. Kapitel

13 Uhr 10

Ein langanhaltender Donner rollte durch das Tal. Der Wind hatte aufgefrischt. Paul kam der Wind vor wie eine Schleppe im Brautkleid des Donners.

Er war hin und her gerissen zwischen seiner Bereitschaft, Emmy Thorp zu glauben, und seiner Überzeugung, daß doch etwas Wahres dran war an der Geschichte, die Rya erzählt hatte. Inzwischen hatte die Kleine sogar Beweise für ihre Story. Die blutigen Tücher.

Er ging die Stufen zur Veranda hinauf, Sam Edison folgte ihm. Sie waren vor der vorderen Eingangstür angekommen, als Sam seinem Freund die Hand auf die Schulter legte. »Warte noch!«

Paul fuhr herum. Er war wütend. Der Wind spielte in seinem Haar. »Warten? Auf was?«

»Was du vorhast, nennt man Einbruch.«

»Die Tür ist offen, siehst du das nicht?«

»Wir haben trotzdem kein Recht, hier einzudringen«, sagte Sam. Er gab die Schulter seines Freundes frei. Seine Hand tippte auf den kupfernen Türknopf. »Es ist ja kein Zufall, daß die Tür offen ist. Deine Tochter hat sie aufgebrochen, vergiß das nicht.«

Paul war klar, Sam sagte das nur, weil er ihm Schwierigkeiten mit der Polizei ersparen wollte. Aber die Ungeduld, sich Gewißheit zu verschaffen über den Verbleib seines Jungen, gewann die Oberhand über solche Überlegungen. »Was soll ich denn tun, Sam? Die Polizei rufen? Soll ich meine guten Beziehungen zum Polizeichef dieses Ortes einsetzen und ihn bitten, ein Ermittlungsverfahren gegen sich selbst einzuleiten?«

»Wir könnten die Polizei im nächsten Ort verständigen.«

»Nein.«

»Es ist unwahrscheinlich, daß die Leiche noch im Haus ist.«

»Die werden es nicht wagen, die Leiche bei hellichtem Tag aus dem Haus zu schaffen.«

»Vielleicht machen wir uns auch umsonst Sorgen. Vielleicht lebt der Junge noch.«

»Das hoffe ich. Bei Gott, das hoffe ich.«

»Wir sollten nicht ins Haus eindringen, Paul. Laß uns die Polizei des Staates Maine verständigen. Die sollen das untersuchen.«

»Du weißt, daß die zwei Stunden brauchen, ehe sie hier sind. Inzwischen ist die Leiche verschwunden.«

»Aber siehst du denn nicht, wie unwahrscheinlich die ganze Story ist, die deine Tochter uns auftischt? Warum in aller Welt sollte ein Mann wie Bob Thorp deinen Sohn Mark umbringen, kannst du mir das mal sagen?«

»Du hast gehört, was Rya gesagt hat. Dieser Soziologe hat ihm den Befehl dazu gegeben. Dieser Albert Deighton.«

»Sie hat nicht gesagt daß der Mann Deighton hieß, Paul.«

»Du bist es, der auf den Namen Deighton gekommen ist, nach Ryas Beschreibung.«

»Zugegeben. Dann bleiben trotzdem noch einige Fragen. Zum Beispiel diese. Emma steht dabei, wie ihr Mann ein hilfloses Kind umbringt. Anschließend geht sie zum Gemeindetreffen, das in der Kirche stattfindet. Der kleine Jeremy wird Zeuge eines brutalen Mords, als wir ihn deswegen befragen, läßt er einen Lügenvorhang herunter. Welche Wahrscheinlichkeit hat das, Paul?«

»Es sind deine Nachbarn, nicht meine. Du kennst sie besser als ich.«

»Eben«, sagte Sam. »Deshalb habe ich ja auch so große Zweifel an Ryas Darstellung. Ich lebe seit vielen Jahren in diesem Ort, genauso wie Thorp und seine Frau. Ich kenne die beiden, und ich sage dir, Paul, sie sind nicht fähig zu einem solchen Mord.«

Paul tastete nach seiner Magengegend. Die Krämpfe waren schlimmer geworden. Die Erinnerung an die Tücher, die Rya ihm gezeigt hatte, setzte ihm zu. Da war nicht nur Blut gewesen. Er hatte Haare gefunden. Marks Haare, unverkennbar. Paul war aus dem Gleichgewicht, auch körperlich, so tief saß der Schock. »Du hast die Menschen, von denen du sprichst, nur unter normalen Umständen erlebt«, sagte er. »Du weißt nicht, wie sie reagieren, wenn sie in eine Ausnahmesituation geraten.«

»In eine Ausnahmesituation?«

»In diesem Ort geht etwas Außergewöhnliches, etwas Unheimliches vor, Sam. Denk doch mal nach. Rya kommt und sagt Mark ist ermordet worden. Sie bringt uns die blutigen Tücher. Buddy kommt und sagt, er hat Fremde gesehen, zwei Männer, die sich mitten in der Nacht am Trinkwasserreservoir zu schaffen machten. Wenige Tage nach Buddys Beobachtungen befällt eine rätselhafte Epidemie die Bewohner von Black River...«

Sam kniff die Augen zusammen. »Du siehst einen Zusammenhang zwischen Marks Verschwinden und der Epidemie?«

Ein Donner ließ das Haus in seinen Grundfesten erzittern. Sam wartete, bis das Grollen verhallt war. »Buddy ist nicht das, was man einen verläßlichen Zeugen nennt.«

»Als wir vorher mit ihm sprachen, hatte ich den Eindruck, daß du ihm seine Geschichte abnimmst.«

»Ich nehme ihm ab, daß er zwei Männer gesehen hat, zwei Sporttaucher. Aber die Schlußfolgerungen, die er daraus zieht, sind falsch.«

»Die Schatzsucher-These, meinst du.«

»Ich meine, daß es keine Sporttaucher gewesen sein können. Taucher tragen keine hüfthohen Gummistiefel. Ich will dir sagen, was Buddy gesehen hat: zwei Männer mit Tanks. Flüssigkeitstanks. In den Behältnissen befand sich eine chemische Substanz, die zur Vergiftung des Trinkwassers benutzt worden ist.«

»Jemand soll eine chemische Substanz ins Reservoir geschüttet haben?«

»Sieht ganz danach aus.«

»Und wer? Agenten der Regierung etwa?«

»Kann sein. Auch Terroristen kommen in Frage. Auch private Firmen.«

»Und mit welchem Motiv?«

»Sie wollen etwas ausprobieren. Sie wollen testen, ob die Substanz die beabsichtigte Wirkung hat.«

»Gesetzt den Fall, sie haben wirklich das Trinkwasser vergiftet...« Sam war nachdenklich geworden. »Was für eine Art Gift könnten sie denn hineingeschüttet haben? Eine Substanz, die unbescholtene Menschen in Psychopathen verwandelt, in Zombies, die ohne Skrupel Mordaufträge ausführen?«

Paul bedeckte seine Augen.

Sam legte ihm den Arm um die Schulter. »Wir werden deinen Jungen finden, verlaß dich drauf. Und ich bin sicher, er ist noch am Leben.«

»Ich bete zu Gott, daß du recht behältst, Sam.« Er war den Tränen nahe, aber er wußte, er durfte jetzt nicht weinen. Tränen waren ein Luxus, den er sich erst später leisten konnte. Er räusperte sich. »Ich bin sicher, es gibt eine Verbindung zwischen Deighton, dem Soziologen, und den beiden Männern, die Buddy beobachtet hat. Dieser Deighton ist nicht hier, um soziologische Studien zu treiben, Sam. Er weiß, daß unser Trinkwasser vergiftet wurde, und er befindet sich in Black River, um die Wirkungen zu untersuchen, die das Gift auf die Menschen hat.«

»Wenn das Trinkwasser vergiftet war, warum sind Jenny und ich dann nicht krank geworden?«

»Das weiß ich auch nicht. Und ich muß zugeben, ich habe auch keine Theorie für Marks Verschwinden.« Er legte den Kopf auf die Seite. »Oder vielleicht doch. Er hat etwas gesehen. Er hat etwas erfahren, was ihn für Deighton zu einem Risiko macht. Damit ist der Junge für ihn so gefährlich, daß...« Er verstummte.

Die beiden Freunde starrten sich an. Zu bizarr war die Vorstellung, daß die Einwohner von Black River zu Versuchskaninchen umfunktioniert worden waren. Paul hätte die These am liebsten als Witz abgetan. Aber das Lächeln, das er versuchte, gefror zu einer Grimasse.

»Wenn etwas dran ist an deiner Idee«, sagte Sam in seine Gedanken hinein, »dann hätten wir um so mehr Grund, uns rauszuhalten und die Polizei des Staates Maine einzuschalten.«

»Wir müssen anders herum vorgehen«, sagte Paul. »Wir müssen zuerst die Leiche finden, dann werden wir die Polizei verständigen. Wir müssen Mark finden, bevor er irgendwo im Wald verscharrt wird.«

Sams gütiges Gesicht überzog sich mit der Blässe des Grauens. Als sein Freund ihn musterte, war er so weiß wie sein Haar. »Sprich nicht von deinem Sohn, als wäre er schon tot, Paul. Du befürchtest, daß es so ist, aber du weißt es doch nicht, verdammt noch mal!«

Paul ließ die Luft aus den Lungen entweichen. Er tastete nach seinem Herzen. »Ich habe heute einen Fehler gemacht, Sam. Ich hätte Rya Glauben schenken sollen, als sie zu mir kam. Ich hätte unverzüglich hinfahren müssen. Rya ist keine Lügnerin, dafür kenne ich sie zu gut. Die blutigen Tücher haben mich überzeugt.« Er schloß die Augen. »Du sagst, ich soll nicht von Mark sprechen, als wäre er schon tot. Aber das muß ich! Wenn ich noch Hoffnung habe und finde seine Leiche... der Schmerz wäre so groß, daß ich es nicht ertragen kann. Kannst du das verstehen?«

»Ja.«

»Du brauchst nicht mit in Thorps Haus zu kommen, wenn du nicht willst.«

»Ich lass' dich nicht allein hineingehen, auf keinen Fall.«

»Gut. Dann laß uns nicht noch mehr Zeit verlieren.«

»Ich mag den Jungen«, sagte Sam. »Ich liebe ihn, als wär's mein eigener.«

Paul nickte, dann betraten die Freunde das düstere Haus.

Zwei oder drei Gehminuten vom Rooming House, wo Salsbury untergebracht war, lag das Gebäude der Telefongesellschaft, ein zweistöckiges Haus mit verklinkerter Fassade. Das Büro, wo der Publikumsverkehr abgewickelt wurde, befand sich im Erdgeschoß. Klein, sauber, zweckmäßig eingerichtet. Es gab acht graue Registerschränke, eine Registrierkasse, mit der bar bezahlte Rechnungen verbucht wurden, es gab einen kleinen Elektronenrechner, ein Fotokopiergerät, eine Schreibmaschine. In der Ecke standen zwei Stühle mit hohen Lehnen. Auf der anderen Seite des Raumes stand ein Metalltisch mit einem Drehstuhl. Es gab einige Stöße Werbematerial, und auf der Theke stand ein im Nickelständer verschweißter Flaggenschaft, von dem das Sternenbanner in einer recht kleinen Ausführung herunterhing. Die Möbel im Raum waren frisch abgewischt. Der Boden war frisch gewischt. Soweit Papier herumlag, war es geordnet worden. Alles wirkte sehr akkurat. Es gab nur eine einzige Angestellte in diesem Raum, eine schlanke, gutaussehende Frau Ende Vierzig. Das haselnußbraune Haar war kurzgeschnitten, die Haut der Frau war erstaunlich gepflegt. Das Gesicht war nicht gleichmäßig zu nennen, aber da gab es den Mund, der die Blicke der Besucher auf sich zog. Die Frau trug einen grünen Hosenanzug und eine weiße Baumwollbluse. Praktisch gekleidet sah sie aus, adrett. Die Brille war an den Bügeln mit einer Kette versehen, so daß die Frau sie um den Hals hängen konnte.

Sie begrüßte ihn mit einem geschäftsmäßigen Lächeln. »Regnet's draußen noch?« fragte sie.

Er schloß die mit einem Mittelpfosten versehene Tür. »Ja.«

»Was kann ich für Sie tun, Sir?«

»Ich bin der Schlüssel.«

»Ich bin das Schloß.«

Er betrachtete ihre Brüste. Sie hatte mit ihrer Brille zu spielen begonnen.

»Wie heißen Sie?« fragte er.

»Joan Markham.«

»Sind Sie die Sekretärin?«

»Meine Position ist die des Assistant Managers.«

»Wie viele Personen sind in der Telefongesellschaft von Black River tätig?«

»Heute?«

»Heute.«

»Sechs, wenn ich mich selbst mitzähle.«

»Zählen Sie die Namen der Beschäftigten auf.«

»Da wäre einmal Mr. Pulchaski.«

»Was macht der?«

»Er ist der verantwortliche Leiter.«

»Wo befindet er sich in diesem Augenblick?«

»In seinem Büro einen Stock höher.«

»Weiter! Wer sind die anderen?«

»Leona Ives, Mr. Pulchaskis Sekretärin.«

»Ist die jetzt bei ihm?«

»Ja.«

»Bleiben drei. Wer sind die anderen drei?«

»Die anderen drei arbeiten in der Vermittlung.«

»Handvermittlung?«

»Ganz recht.«

»Die Namen!«

»Mary Ultman, Betty Zimmermann und Louise Pulchaski.«

»Die letzte, ist das Mr. Pulchaskis Frau?«

»Seine Tochter.«

»Wo befindet sich die Vermittlung?«

Sie deutete nach hinten. »Wenn Sie dort entlanggehen, die erste Tür rechts.«

»Bis wann arbeitet die Tagesschicht in der Vermittlung?«

»Bis um fünf.«

»Wieviel Mädchen kommen zur Ablösung?«

»Zwei. Abends wird weniger telefoniert.«

»Wie lang arbeitet die Ablösung?«

»Bis um ein Uhr nachts.«

»Dann kommt die Nachtschicht?«

»Ganz recht.«

»Wieviel Mädchen?«

»Ein einziges. Nachts ist sehr wenig zu tun. Wir nennen das die Friedhofsschicht.«

Sie setzte sich ihre Brille auf. Wenige Sekunden später nahm sie die Brille wieder ab.

»Sind Sie nervös, Mrs. Markham?«

»Ja, sehr.«

»Sie sollen aber nicht nervös sein. Sie sind jetzt ganz ruhig. Ganz ruhig.«

Ihre Haltung löste sich. Ein Lächeln trat auf ihre wohlgeformten Lippen.

»Morgen ist Samstag«, sagte er. »Arbeiten Sie in der Vermittlung samstags mit der gleichen Besetzung?«

»Nein. Am Wochenende sind tagsüber immer nur zwei Mädchen eingesetzt.«

»Neben Ihrer Schreibmaschine sehe ich einen Notizblock und einen Kugelschreiber liegen. Ich möchte, daß Sie auf diesem Notizblock die Namen der Mädchen notieren, die heute abend, heute nacht und morgen tagsüber Dienst haben werden. Ich brauche außer den Namen auch die privaten Telefonnummern. Verstanden?«

»Ja.«

Sie ging zu ihrem Schreibtisch.

Salsbury durchquerte das Büro und trat an die Scheibe. Er sah auf die Main Street hinaus, dies war der westliche Teil der Straße, die quer durch Black River führte.

Draußen fegten abgerissene Blätter auf dem Pflaster entlang.

Salsbury warf einen Blick auf seine Uhr. Es war Viertel nach eins.

»Beeilen Sie sich, Sie hysterische Zicke.«

Sie sah auf. »Was?«

»Ich hatte Sie eine hysterische Zicke genannt. Vergessen Sie das. Machen Sie mir die Liste fertig, schnell.«

Sie schrieb die Namen auf den Block und fügte die Telefonnummern hinzu.

Zicken, dachte er. Sind alles Zicken. Verkommene, nichtsnutzige Zicken. Verkommen, wie's im Buche steht, jede dieser Frauen.

Ein leerer Lastwagen rumpelte vorbei. Er fuhr Richtung Sägemühle.

»Fertig«, sagte sie. Sie legte ihm den beschrifteten Block auf den Schaltertisch.

Salsbury verließ seinen Logenplatz am Fenster und kehrte in die Mitte des Raumes zurück. Sie hatte den Block vom Brett genommen und legte ihn in seine Hand. Er las die Namen. Sieben Namen. Sieben Telefonnummern. Er riß das oberste Blatt aus dem Block, faltete es und steckte es in die Brusttasche seines Oberhemds. »Wie viele Techniker haben Sie?« fragte er. »Gibt es eine Art Bereitschaftsdienst für Pannen?«

»Unsere Mannschaft in Black River besteht aus vier Technikern«, gab sie zur Auskunft. »Zwei in Tagschicht, zwei in Abendschicht. Es gibt keine Nachtschicht, und es gibt auch keine feste Schicht für die Wochenenden. Außerhalb der normalen Dienstzeit haben alle vier Mann Bereitschaftsdienst. Sie brauchen nicht zu arbeiten, aber sie müssen bereit sein, in Notfällen auszurücken. Sie müssen erreichbar sein.«

»Im Augenblick sind also zwei Männer im Dienst.«

»Ganz recht.«

»Wo befinden sich die beiden jetzt?«

»In der Sägemühle, da war eine Störung gemeldet worden.«

»Wann erwarten Sie die beiden zurück?«

»Gegen drei, vielleicht auch erst um halb vier.«

»Wenn die beiden hier eintreffen, geben Sie ihnen Anweisung, sofort zum Büro des Polizeichefs zu fahren.« Salsbury hatte beschlossen, Thorps Büro für die Dauer der Krise zu seinem Hauptquartier zu machen. »Verstanden, Mrs. Markham?«

»Ich habe verstanden.«

»Schreiben Sie mir jetzt die Namen und die privaten Telefonnummern der anderen beiden Techniker auf einen Zettel.«

Sie tat das und brauchte nur dreißig Sekunden dazu.

»Und jetzt hören Sie mir gut zu, Mrs. Markham.«

Sie beugte sich vor. Es schien ihr nichts auszumachen, daß sie ihn dabei berührte.

»Innerhalb der nächsten Minuten wird der Sturm die Telefonverbindungen, die von Black River nach Bexford führen, unterbrechen. Black River ist dann von auswärts nicht mehr zu erreichen. Es kann auch niemand mehr eine Verbindung nach draußen kriegen. Black River ist von der Welt abgeschnitten.«

»Das wird aber einen ganz schönen Aufruhr geben«, sagte sie.

»Sie meinen, Sie werden Beschwerden bekommen.«

»Es wird Beschwerden hageln, und die Leute können bei solchen Gelegenheiten ganz schön unangenehm werden.«

»Wenn die Leute anrufen, sagen Sie ihnen, die Techniker von Bexford sind dabei, den Schaden zu beheben. Die Sturmschäden an den Leitungen sind sehr umfangreich, deshalb dauert es viele Stunden, bis alles behoben ist. Sagen Sie den Leuten, sie werden bis morgen abend nicht telefonieren können. Ist das klar?«

»Die werden mir die Hölle heiß machen.«

»Ob das klar ist?«

»Ja.«

»Gut. Ich gehe jetzt und spreche mit den Mädchen in der Vermittlung. Danach gehe ich zu Ihrem Chef und zu seiner Sekretärin. Wenn ich diesen Raum verlasse, werden Sie vergessen, was ich gesagt habe. Sie können sich dann nur noch daran erinnern, daß ein Techniker aus Bexford zu Ihnen gekommen ist, um Sie über die Sturmschäden zu informieren. Er ist vor allem gekommen, um Ihnen zu sagen, daß seine Leute schon dabei sind, den Schaden zu beheben. Verstanden?«

»Ja.«

»Gehen Sie jetzt wieder an Ihre Arbeit.«

Sie kehrte an ihren Schreibtisch zurück.

Salsbury verließ den Raum, um mit den Mädchen in der Vermittlung zu sprechen.

Er kam sich wie ein Einbrecher vor.

Allerdings war er nicht ins Haus eingebrochen, um etwas zu stehlen. Ich werde nur die Leiche meines Sohnes mitnehmen, dachte er, das kann man wohl kaum Diebstahl nennen. Ich werde die Leiche mitnehmen, wenn es eine gibt.

Wenn es eine gibt, gehört sie mir.

Er wußte, er hatte ein Recht darauf, nach dem Verbleib seines Sohnes zu forschen. Trotzdem kam sich Paul in Thorps Haus wie ein Einbrecher vor.

Um 13 Uhr 45 waren Paul und Sam mit der Durchsuchung aller Räume im Erdgeschoß fertig. Sie hatten die Schlafzimmer und die Bäder durchsucht, samt allen Wandschränken, die es dort gab, das Wohnzimmer, das Speisezimmer und die Küche. Es gab keine Leiche.

Sie standen in der Küche. Paul öffnete die Tür zum Keller. Er knipste das Licht an. »Den Keller hätten wir uns zuerst ansehen sollen«, sagte er.

»Ich weiß nicht«, sagte Sam. »Ich weiß immer noch nicht, was ich von Ryas Geschichte halten soll. Es sind Freunde, deren Haus wir hier durchstöbern.«

»Wenn du meinst, mir macht es Spaß, ein fremdes Haus zu durchsuchen, irrst du dich.«

»Ich habe ein verdammt unangenehmes Gefühl bei der Sache.«

»Wir sind gleich fertig. Komm.«

Sie gingen die Stufen hinab.

Es gab einen Korridor und Türen. Der erste Raum war eine kleine Werkstatt, die sich Bob Thorp eingerichtet hatte. Seine Frau schien den Raum zugleich als Waschküche zu benutzen. Es gab eine Waschmaschine mit Trockenautomatik. In einem Korb lag ein Stapel mit frischgeplätteten Handtüchern. Es gab ein Regal, auf dem Flaschen mit Bleichmittel, Fleckenentferner und Packungen mit Waschpulver standen. Die Werkbank stand an der gegenüberliegenden Wand. Anglerutensilien lagen herum. Bob Thorp gehörte zu den Anglern, die sich eigene Schwimmer basteln. Mit der Zeit hatte er aus seinem Hobby eine Nebenerwerbsquelle gemacht. Er verkaufte die Schwimmer an andere Angler.

Sam öffnete die Wandschränke.

Nichts. Keine Leiche. Kein Blut. Nichts.

Pauls Magen schlug Purzelbäume. Ihm kam es vor, als hätte er ein Glas Salzsäure getrunken.

Paul öffnete die Schubfächer unter der Werkbank.

Nichts.

Der zweite Kellerraum war halb so groß wie der erste. Die Wände waren mit Regalen bestellt, und die Regale standen voller Einmachgläser und Konserven.

Sams Blick fiel auf eine Tiefkühltruhe. »Wenn, dann dort«, sagte er. Paul öffnete den schweren Deckel. Sein Freund war neben ihn getreten.

Die kühle Luft kroch an ihren Händen hoch und wurde zu einer weißlichen Schlange, die sich in die Schatten des Raumes verkroch.

Die Thorps bewahrten in dieser Tiefkühltruhe ihre Fleischvorräte auf. Es gab zwei oder drei Dutzend beschriftete Pakete mit Fleisch, platzsparend auf- und ineinandergeschichtet. Paul fand es nur logisch, daß man soviel Pakete in die Truhe packte, wie überhaupt hineingingen. Ihm fiel allerdings auf, daß die Pakete nicht sortiert waren. Unten lag Schweinefleisch, darüber Rind, dann wieder Schwein. Wer die Truhe eingeräumt hatte, war in großer Eile gewesen.

Paul ergriff ein fünf Pfund schweres Rindfleischpaket und legte es auf den Boden. Der tiefgefrorene Schinken, den er dann packte, wog zehn Pfund. Als nächstes kam Roastbeef. Ein Paket zu fünf Pfund und eines zu vier. Dann wieder Schinken. Schweinefleisch, zwanzig Pfund.

Mark lag auf dem Boden der Truhe. Die Arme waren auf der Brust gefaltet, die Knie hochgezogen. Wer Mark getötet hatte, hatte die Pakete mit tiefgekühltem Fleisch benutzt, um die Leiche abzudecken. Das Gesicht war blutverschmiert, die Augen wie gefrorene Milch.

Sam war hinausgewankt. Er beugte sich über ein Becken in der Waschküche und erbrach sich.

Paul stand da und betrachtete seinen toten Sohn. Die Wut, die Verzweiflung, die Sorge, all das war von ihm abgefallen. Ein tiefes Mitgefühl für Mark durchströmte ihn, das und eine unbeschreibliche Zärtlichkeit.

»Ich bin's, Mark«, sagte er. »Jetzt ist alles gut. Ich bin bei dir, du bist nicht mehr allein.«

Er hob die Fleischpakete, die noch auf der Leiche lagen, auf und schichtete sie auf die Vorräte, die er vor seinen Füßen aufgehäuft hatte. Das Grab leerte sich.

Er hatte sein totes Kind freigeschaufelt, als Sam zurückkam.

»Paul?«

Paul sah seinem Freund in die Augen.

»Ich gehe rauf. Ich rufe die Polizei an. Die Polizei im Staat Maine.«

Verkrustetes Blut verschloß Marks Lippen. Um sein Kinn lag ein gefrorener roter Schleier.

»Paul, hast du gehört, was ich sage?«

»Ja.«

»Ich verständige die Polizei in Maine.«

»Ja, tu das.«

»Kann ich dich hier alleinlassen?«

»Ich bin okay.«

»Sicher?«

»Mach dir keine Sorgen wegen mir.«

Sam betrachtete seinen Freund. Dann wandte er sich ab und ging in den Flur. Als die Kellertreppe in Sicht kam, begann er zu laufen. Er nahm zwei Stufen auf einmal. Paul beugte sich über die Truhe und streichelte die Wange seines Sohnes.

Kalt. Hart.

Er hob den Leichnam aus der eisigen Gruft und legte ihn in der Mitte des Raumes auf den Boden.

Er hauchte seine Hände an, um sich zu wärmen.

Sam war zurückgekommen. Er war bleich wie die Wand. Er blieb vor dem Leichnam stehen und schluckte. »Mit dem Telefon stimmt was nicht«, sagte er nach einer Weile. »Der Fehler scheint in der Zentrale zu liegen. Besser gesagt in den Leitungen.«

»In den Leitungen?«

»Der Sturm hat die Freileitungen zerrissen, irgendwo zwischen Black River und Bexford.«

Pauls schüttelte den Kopf. »Der Sturm? So windig ist es doch gar nicht.«

»Hier in Black River nicht. Aber in Richtung Bexford scheint ganz schön was los zu sein. Black River liegt ja sehr geschützt in den Bergen.«

»Die Freileitungen nach Bexford sind kaputt, sagst du. Das bedeutet... O mein Gott.«

Sam sah ihn aus zusammengekniffenen Augen an. »Das bedeutet, innerhalb von Black River kann man telefonieren, aber nach auswärts sind alle Leitungen tot.«

»Mit wem hast du gesprochen?«

»Mit dem Mädchen in der Vermittlung. Mit Mandy Ultman.«

»Hat sie gesagt, wann der Schaden behoben sein wird?«

»Der Sturm muß ziemlich gewütet haben«, sagte Sam. »Die Techniker von Bexford sind rausgefahren, um die Leitungen zu reparieren. Mandy meint, es wird einige Stunden dauern, bis man wieder nach auswärts telefonieren kann.«

»Wie lange genau?«

»Bis morgen, hat sie gesagt.«

Paul hatte sich neben seinen toten Sohn gekniet. Er dachte über die Folgen nach, die der Ausfall der Auswärtsverbindungen auf die Aufklärung des Verbrechens hatte.

»Einer von uns beiden sollte nach Bexford fahren und die Polizei des Staates Maine von dort aus anrufen«, sagte Sam.

»Gut.«

»Soll ich hinfahren?«

»Wenn du willst. Du oder ich, das spielt keine Rolle. Aber erst müssen wir Mark hier wegbringen.«

»Die Leiche aus dem Haus bringen?«

»Ja.«

»Ist das nicht gegen das Gesetz?« Er räusperte sich. »Ich meine, es heißt doch, man darf nichts verändern, bis die Polizei ihre Feststellungen getroffen hat.«

»Ich kann den Jungen nicht hier im Keller liegenlassen, Sam.«

»Wenn Bob Thorp deinen Sohn umgebracht hat, dann muß man ihn des Mordes anklagen. Wie soll man ihn des Mordes anklagen, wenn du nicht mal mehr beweisen kannst, daß du den Toten in Thorps Haus gefunden hast?«

Paul war selbst überrascht, wie sicher seine Stimme klang. »Die Mordspezialisten der Polizei werden Marks Haare und genügend Blutspuren in der Tiefkühltruhe finden.«

»Aber...«

»Ich kann ihn nicht hier liegenlassen!«

»Also gut.«

»Du verstehst mich doch, Sam, oder?«

»Ja, ich versteh' dich. Wir tragen die Leiche zum Wagen.«

»Danke, Sam.«

»Und dann fahren wir zu mir. Wir werden seine Leiche im Haus behalten, bis...«

»Danke.«

»Wie sollen wir ihn tragen?«
»Pack du ihn an den Beinen.«
Sam griff zu.
»Vorsichtig, Sam.«
Sie hoben den starren Körper vom Boden auf.
»Sei vorsichtig, daß wir nirgends anstoßen, Sam.«

5. Kapitel

14 Uhr
Der Donner war so laut, daß er das Rauschen des Regens übertönte.

Zwei Männer standen an die Fenster des Büros gelehnt. Sie trugen Plastikumhänge mit dem Aufdruck POLICE. Bob Thorp hatte die beiden mit diesen Umhängen ausgestattet, und den Männern hatte das großen Spaß gemacht. Sie durften Sheriff spielen.

»Können Sie schießen?« fragte Salsbury.

Die beiden sagten ja, sie könnten schießen. Salsbury wandte sich zu Bob Thorp.

»Geben Sie den beiden Waffen.«

»Revolver?«

»Haben Sie auch Gewehre?«

»Ich hätte auch Gewehre.«

»Gewehre wären für diese Operation wahrscheinlich geeigneter als Revolver«, sagte Salsbury. »Was meinen Sie, Thorp?«

»Gewehre wären besser«, sagte Thorp.

»Dann geben Sie ihnen Gewehre.«

Ein Blitz erhellte das Innere des Büros. Die Konturen der Menschen waren den Bruchteil einer Sekunde lang doppelt zu sehen.

Thorp ging zum Waffenschrank, schloß auf und nahm die Gewehre heraus.

»Haben Sie schon einmal mit einem Gewehr, geschossen?« fragte Salsbury die Männer in den gelben Umhängen.

Der eine nickte. Der andere sagte: »Viel Ahnung hab' ich von Gewehren nicht, aber ein bißchen. Bei Schrot ist der Vorteil, man braucht nicht so genau zu zielen. Man hält das Gewehr so ungefähr in die Richtung und drückt einfach ab.« Er wog die Waffe, die Salsbury ihm reichte, mit beiden Händen und schmunzelte.

»Schönes Stück.«

»Für diese Operation genau das Richtige«, sagte Salsbury. »Sie beide begeben sich jetzt auf den Parkplatz und besteigen den Polizeiwagen. Sie fahren die Main Street stadtauswärts, in östlicher Richtung. Verstanden?«

»Wir fahren in östlicher Richtung«, sagte einer der beiden Männer.

»Und dann blockieren Sie die Einfahrt in die Stadt. Sie stellen den Wagen quer und halten den ganzen Verkehr an.«

»Wir blockieren den gesamten Verkehr.« Der Mann war begeistert.

Salsbury nickte. »Sie lassen die Fahrzeuge dann einzeln passieren. Sie sagen jedem Fahrer, daß für Black River der Notstand ausgerufen ist. Wer in den Ort hineinfährt, muß als erstes hierherkommen, zum Büro des Polizeichefs. Hier erhält er dann weitere Anweisungen.«

»Warum wurde der Notstand ausgerufen?«

»Das brauchen Sie nicht zu wissen.«

»Und wenn die Leute fragen?«

»Sagen Sie ihnen, sie erfahren alles Nähere bei der Polizei.«

Die beiden nickten.

Thorp gab jedem der beiden zwölf Schrotpatronen.

»Wenn jemand Black River verlassen will, schicken Sie ihn ebenfalls zum Büro des Polizeichefs. Er muß erst hier vorsprechen, bevor er den Ort verlassen darf. Notstand. Alles klar?«

»Alles klar.«

»Alles klar.«

»Jedesmal, wenn Sie ein angehaltenes Fahrzeug weiterfahren lassen, geben Sie sein Kennzeichen per Funk an das Büro des Polizeichefs durch. Wir haben auf diese Weise eine Kontrolle, ob der Wagen wirklich hier auftaucht. Wer die Weisung nicht ausführt, ist ein Rebell und wird als solcher behandelt. Verstanden?«

Die beiden bejahten.

»Wenn jemand die Sperre durchbrechen will, schießen Sie«, sagte Salsbury.

»Auf den Kopf?«

»Auf den Kopf.«

Einer der beiden Männer verzog den Mund zu einer Geste lässiger Bitterkeit, wie er es bei John Wayne in einem Film gesehen hatte. »Sie können sich ganz auf uns verlassen.«

»Noch Fragen?«

»Wie lange soll die Sperre aufrechterhalten bleiben?«

»Sie werden nach sechs Stunden abgelöst«, sagte Salsbury. »Um acht.« Er schob das Tuch, mit dem er sich den Schweiß von der Stirn gewischt hatte, in die Tasche zurück. »Und noch etwas. Wenn Sie diesen Raum verlassen, werden Sie vergessen, daß Sie mit mir gesprochen haben. Nur der Inhalt unseres Gesprächs bleibt in Ihrem Gedächtnis. Sie werden glauben, Bob Thorp hat Ihnen die Anweisungen gegeben. Ist das ganz klar?«

»Ja.«

»Klar.«

»Dann los mit Ihnen!«

Die beiden Männer verließen den Raum. Als sie die Türschwelle überquerten, vergaßen sie, daß es einen Menschen namens Salsbury gab.

Blitze tauchten Black River in blendendes Licht, der nachfolgende Donner ließ die Scheiben vibrieren.

»Schließen Sie die Rolläden«, ordnete Salsbury an.

Thorp gehorchte.

Salsbury nahm hinter dem Schreibtisch Platz.

»Bob«, sagte er, als der Polizeichef von der Fensterfront zurückkehrte, »ich möchte Black River zusperren, wie man eine Burg verschließt. Die Zugbrücke wird hochgezogen, und Ende.« Er ballte die Hand zur Faust. »Niemand darf rauskommen.« Er dachte nach. »Genügen die beiden Männer, die ich eingeteilt habe?«

»Ich würde an Ihrer Stelle noch zwei Männer aufstellen, die den Fluß und den Bereich zwischen Fluß und Highway kontrollieren. Es könnte Leute geben, die mit einem Boot zu entkommen versuchen, die müßte man mit der Schrotflinte recht sicher erledigen können. Der zweite Mann erschießt jeden, der durch das Unterholz zwischen Fluß und Highway zu entkommen versucht.«

»Müßten das Scharfschützen sein?«

»Gute Schützen.«

»Dann nehme ich zwei von Ihren Leuten. Die können doch ordentlich schießen oder?«

»Aber ja.«

»Sonst noch was zu bedenken?«

»Es gibt ein paar Waldwege, die nicht instandgehalten werden. Könnte sein, daß der eine oder andere auf diesen Waldwegen wegzufahren versucht.«

»Dann blockieren wir die eben auch«, sagte Salsbury. Er stand auf. »Ich bin Herr über diese Stadt, und ich mache keine Kompromisse. Ich behalte die absolute Verfügungsgewalt über jeden Bürger, bis das Problem gelöst ist.«

Es war so vieles anders gekommen, als Salsbury es geplant hatte. Unglaublich, aber nicht zu leugnen. Er würde Dawson über diese Zielabweichungen Rechenschaft ablegen müssen. Früher oder später. Wahrscheinlich schon recht bald. Aber bevor er seine Versäumnisse und Fehler zugab, würde er das Projekt weiter vorantreiben. Er würde alles tun, was er ohne Dawsons und Klingers Hilfe tun konnte. Er würde ihnen zeigen, was für ein entschlußkräftiger Typ er war. Er war clever. Er war der Mann, auf den man sich verlassen konnte. Der Mann an der Front. Zumindest den General würde das beeindrucken. Aber auch Dawson, die Betschwester. Salsbury war entschlossen, Punkte zu sammeln, um das Donnerwetter, das über ihn niedergehen würde, abzuschwächen. Es war wichtig, daß er Stärke und Geschick bewies. Sehr wichtig. Eine Frage des Überlebens.

14 Uhr 30

Die Luft in Sams kleinem Bücherzimmer roch muffig und feucht.

Der Regen trommelte an die Scheiben, auf der Innenseite, wo die Feuchtigkeit kondensierte, liefen die Schlieren herunter.

Der Schock saß tief. So tief, daß Paul keinen klaren Gedanken fassen konnte. Er hatte in einem Lehnsessel Platz genommen. Seine Finger hielt er wie Klauen in die Polster gepreßt.

Sam stand vor dem Bücherregal. Er las in einem Jahresband psychologischer Zeitschriften, den er nach längerem Suchen aus der linken oberen Ecke gezogen hatte.

Das Ticken einer alten Uhr war zu hören. Die Uhr stand auf dem Fenstersims.

Jenny betrat den Raum, ohne die Tür wieder zu schließen. Sie kam zu Paul und kniete sich neben ihn. Sie begann seine Hand zu liebkosen.

»Wo ist Rya?« fragte er.

Bevor Sam seinen Freund zur Suchaktion in Thorps Bungalow begleitete, hatte er Rya ein Beruhigungsmittel gegeben.

»Sie schläft«, sagte Jenny.

»Hier!« sagte Sam.

Die beiden fuhren hoch.

Und dann war Sam da, zeigte ihnen ganz aufgeregt ein Foto, das in dem Jahresband abgedruckt war. »Sein Bild. Der Mann, der sich Deighton nennt.«

Paul betrachtete das Foto aus der Nähe.

»Kein Wunder, daß es weder Rya noch mir gelungen ist, den Artikel in den Inhaltsverzeichnissen aufzuspüren. Wir haben ja immer nach einem Verfasser namens Deighton gesucht. Aber der richtige Name ist Ogden Salsbury.«

»Ich erinnere mich, daß ich diesen Mann in Black River gesehen habe, und zwar im *Ultman's Cafe*. Es war an dem Tag, als der furchtbare Unfall geschah. Ich glaube, er wurde von der Serviererin bedient, die sich die Gabel in die Hand stieß.«

Jenny war aufgestanden. »Glaubst du, daß der Unfall dieser Frau in Zusammenhang steht mit dem, was uns Buddy Pellineri erzählt hat, und mit Marks Tod?« Er sah, daß ihr die Tränen in den schönen Augen standen.

»Ja«, sagte Paul und wunderte sich, daß er nicht weinen konnte. »Es gibt einen Zusammenhang, und wir werden herausfinden, welchen.« Er wandte sich zu Sam. »Ist Salsbury der Autor dieses Artikels?«

»Ganz recht. Und das Bemerkenswerte ist, er hat danach nichts mehr veröffentlicht. Der Artikel erschien vor zwölf Jahren.«

»Was könnte der Grund für die Funkstille sein?«

»Aus dem Artikel geht hervor, daß Salsbury damals ein recht umstrittener Mann war. Die einen hielten ihn für ein Genie, die anderen für einen Wahnsinnigen. Wegen der Kontroversen, die seine Forschungen hervorriefen, hat er die Vortragsreisen, denen er sich vorher widmete, ganz aufgegeben. Es heißt zum Schluß des Artikels, daß er sich nun wieder ganz auf die Forschung konzentrieren wollte.«

»Worum ging es denn in der Sache?«

Sam las die Überschrift des Artikels vor. »Beeinflussung menschlicher Verhaltensweisen durch unterschwellige Botschaften. Der Untertitel lautet: Kontrolle der Psyche durch das Ego.«

»Und was bedeutet das?«

»Soll ich den ganzen Artikel vorlesen?«

Paul warf einen Blick auf seine Uhr.

»Es kann nicht schaden, wenn wir die Gedanken unseres Gegners im einzelnen kennenlernen«, warf Jenny ein. »Wir können dann der Polizei gezielte Hinweise geben.«

»Sie hat recht«, sagte Sam.

Paul nickte. »Lies vor, Sam.«

14 Uhr 40

Leonard Dawson saß in seinem Studio in Greenwich, Connecticut. Er las einen Brief, den ihm Julia, seine Frau, geschrieben hatte, der Brief war auf blauen Papier geschrieben, das nach Lavendel duftete. Julia befand sich auf einer dreiwöchigen Bildungsreise durch das Heilige Land. Wie sie schrieb, war dieses so ganz anders, als sie erwartet hatte. Die Hotels gehörten entweder Araber oder Juden, und so fühlte sich Julia beschmutzt, wenn sie zu Bett ging. Sie hätte viel lieber in einem Stall geschlafen als in Hotels, die Araber und Juden gehörten. Sie berichtete von ihrer Fahrt nach Golgatha. Sie hatte im Fond einer chauffeurgesteuerten Limousine gesessen, die Bibel auf den Knien, aber dann hatte sie Golgatha beschmutzt vorgefunden. Es gab eine Gruppe amerikanischer Baptisten, die das Heiligtum besuchten. *Neger.* Mein Gott, hast du mich verlassen?

Es war Freitagnachmittag. Das weiße Telefon auf Dawsons Schreibtisch läutete. Nur Salsbury und Klinger kannten die Nummer dieses Telefons.

Dawson legte Julias Brief aus der Hand und wartete, bis das zweite Rufsignal ertönte.

Er nahm ab. »Ja?«

»Ich erkenne dich an der Stimme«, orakelte Salsbury. »Weißt du, wer ich bin?«

»Natürlich. Hast du das Störgerät eingeschaltet?«

»Ja.«

»Dann brauchst du nicht so geheimnisvoll zu tun. Selbst

wenn die Leitung angezapft wäre, was sie nicht ist, könnte der Abhörer kein Wort verstehen.«

»Wie die Dinge hier liegen, ist äußerste Vorsicht geboten«, sagte Salsbury. »Wir sollten uns nicht hundertprozentig auf das Störgerät verlassen.«

»Was heißt das: *wie die Dinge hier liegen?*«

»Es gibt Ärger.«

»Mit den Testpersonen?«

»Ja.«

»Was für Ärger?«

»Es gibt einen Toten.«

»Wird das bei den Behörden als natürliche Todesursache durchgehen?«

»Unter gar keinen Umständen.«

»Kriegst du die Sache in den Griff, oder brauchst du Hilfe?«

»Ich brauche Hilfe. Es wird nämlich noch ein paar Ausfälle unter den Testpersonen geben.«

»Ausfälle?«

Salsbury schluckte. »Todesfälle.«

»Wie das?«

»Es gibt Personen, die das Programm nicht annehmen.«

»Ihr Unterbewußtsein nimmt die Unterschwelligen Botschaften nicht auf?«

»Richtig.«

»Wie kommt es dann zu Todesfällen?«

»Ich bin enttarnt.«

»Wie konnte das geschehen?«

Salsbury zögerte mit der Antwort.

»Ich will die ganze Wahrheit wissen«, herrschte Dawson ihn an. »Es ist für uns alle lebenswichtig. Nun?«

»Eine Frau.«

»Was?«

»Ich schlief gerade mit einer Frau, als...«

»Als du von einem Nichtprogrammierten überrascht wurdest, willst du sagen.«

»Ja.«

»Du Idiot.«

»Ich habe einen Fehler gemacht, ja.«

»Du bist ein Idiot. Aber deine Tarnung kann wiederhergestellt werden.«

»Ich fürchte, das wird nicht gehen. Ich selbst habe dem Killer den Befehl gegeben. Was geschehen ist, ist geschehen.«

Obwohl Salsbury sich in Andeutungen erging, dämmerte Dawson jetzt, was in Black River geschehen war. Ein paar Sekunden lang war Stille im Draht. Dann: »Wieviel Unprogrammierte gibt es in Black River?«

»Vier bis fünf, die Kleinkinder und Kinder nicht gerechnet.«

»Das wäre eine Zahl mit der sich fertig werden läßt.«

»Es gibt noch ein anderes Problem. Die beiden Männer, die wir zur Behandlung des Trinkwassers eingesetzt haben.«

»Was ist mit den beiden? Du weißt doch ganz genau, daß die nicht mehr reden können.«

»Sie sind bei der Aktion beobachtet worden.«

Schweigen am anderen Ende.

»Wenn du nicht selbst kommen kannst«, sagte Salsbury, »ich hätte Verständnis. Schick mir dann wenigstens unseren gemeinsamen Freund, und außerdem ...«

»Wir kommen beide«, entschied Dawson. »Wir kommen mit dem Hubschrauber rüber. Noch heute. Spätestens bis 22 Uhr. Kannst du bis dahin den Deckel auf dem Topf halten?«

»Ich hoffe, schon.«

»Ich würd's dir empfehlen.«

Es klickte. Dawson hatte aufgelegt.

Dawson betrachtete den Hörer. In seiner Vorstellung erstand Salsburys Kopf, das Gesicht mit den dicken Brillengläsern. Herr, mein Gebieter, betete er. Du hast mir diesen Mann geschickt, damit ich ihn als Werkzeug benutze, zur Mehrung deines Lobes. Jetzt hat ihn Satan auf die Seite des Bösen gelockt. Hilf mir, die Dinge wieder zum Guten zu wenden. Was ich tue, tue ich für DICH.

Er ließ sich mit seinem Piloten verbinden und gab Anweisung, den Hubschrauber zu tanken. Er würde innerhalb einer Stunde starten, vom Hubschrauberlandeplatz in Greenwich.

Dann begann die Suche nach Klinger. Er mußte drei Telefongespräche führen, bis er ihn aufspürte. »Sand im Getriebe, Ernst.«

»Was Schlimmes?«

»Es knirscht ganz gehörig, ja. Kannst du in einer Stunde bei mir sein?«

»Wenn ich wie ein Geisteskranker aufs Gaspedal trete, ja. Wenn ich lebend ankommen soll, brauche ich mindestens eineinviertel Stunden.«

»Fahr los!«

Dawson ließ den Hörer auf die Gabel sinken. HERR, MEIN GEBIETER! Ich habe mich mit zwei Ungläubigen eingelassen, ich weiß. Aber DU warst es, der sie mir sandte, damit ich sie für DEINE Ziele einsetze. Bestrafe mich nicht, weil ich DEINEN Willen ausführte. Hab' Erbarmen mit mir, o Herr.

Er zog die Schublade seines Schreibtischs auf und nahm einen dicken Hefter heraus. Die Beschriftung lautete:

HARRISON-BODREI
PRIVATDETEKTIV
BEOBACHTETE PERSON: OGDEN SALSBURY

Wenn Dawson die Gedanken und Handlungen seiner beiden Partner besser durchschaute als sie selbst, dann hatte er das dem Privatdetektiv Harrison-Bodrei zu verdanken. Schon seit 15 Jahren ließ er Klinger, den Vertrauten im Pentagon, beobachten. Die Akte wurde laufend durch aktuelle Beobachtungen ergänzt. Das Dossier Salsbury war vergleichsweise jung, es war erst im Januar 1975 angelegt worden. Trotzdem umfaßte es Salsburys ganze Lebensspanne, bis hin zur frühen Kindheit, die Recherchen über Herkunft und Eltern eingeschlossen. Dawson hatte es im Verlauf der Jahre einige Male durchgelesen, vom ersten bis zum letzten Blatt. Trotzdem schien es ihm, als hätte er aus dem gespeicherten Wissen bisher nicht die richtigen Schlußfolgerungen gezogen. Ich hätte es wissen müssen, dachte er. Es war klar, daß ein Mann wie Salsbury bei einem Projekt dieser Größenordnung scheitern mußte. Aber ich habe es nicht wahrhaben wollen.

Wer war Salsbury? Kein Verrückter, der mit Schaum vor dem Mund durch die U-Bahn-Stationen lief. Aber auch kein Mensch, dem man so etwas wie geistige Gesundheit bescheinigen konnte. Salsbury stand seit seiner frühen Jugend an der Schwelle zum Wahnsinn. Die Erziehung hatte diese Ausprägung vertieft. Im Erwachsenenalter war er ein pathologischer Frauenhasser. Gelegentlich durchbrach er das Zölibat, indem er sich Prostituierte für ausgedehnte Wochenendorgien mietete.

Sieben oder acht Frauen an einem Wochenende waren keine Seltenheit. Es waren wilde, ausgefallene Nächte, und immer wieder war es im Verlauf solcher Zusammenkünfte zu dem gekommen, was in dem schriftlichen Bericht des Detektivs unter der Bezeichnung ›Schwierigkeiten‹ zusammengefaßt wurde.

Es gab zwei Protokolle, die nach Dawsons Urteil mehr über Salsbury verrieten als der ganze Rest der Akte. Er zog eines dieser beiden Protokolle aus dem Ordner, um sich den Inhalt zu vergegenwärtigen.

Eine Woche nach Vollendung seines elften Lebensjahrs wurde Ogden Salsbury der Aufsicht seiner leiblichen Mutter entzogen und der staatlichen Fürsorge unterstellt. Sein Vater war gestorben. Seine Mutter Katherine Salsbury und ihr Geliebter, ein gewisser Howard Parker, wurden später wegen Inzest-Handlungen und der Unzucht mit Minderjährigen für schuldig befunden und verurteilt. Katherine Salsbury trat eine zehnjährige Gefängnisstrafe im Frauengefängnis von New Jersey an. Die Fürsorgebehörde übergab den Sohn einer Nachbarin zur Pflege. Die Frau hieß Carrie Barger, seit ihrer Wiederverheiratung trägt sie den Familiennamen Peterson. Ogden war eines von mehreren Pflegekindern die Mrs. Barger anvertraut wurden. Das im Bericht wiedergegebene Gespräch wurde vom Unterzeichner mit Mrs. Carrie Peterson am 22. Januar 1975 in ihrer Wohnung in Teaneck, New Jersey geführt. Die Befragte ist 69 Jahre alt. Das Gespräch fand am frühen Morgen statt. Trotz der frühen Stunde war Mrs. Peterson bereits betrunken. Sie trank während der Befragung weiter. Sie merkte nicht, daß die Unterhaltung auf Band aufgezeichnet wurde.

Dawson hatte die Passagen, die ihn besonders interessierten, farbig markiert. Er blätterte weiter, bis er die markierten Seiten fand.

Frage: Sie wohnten Tür an Tür mit Mrs. Salsbury. Dann müssen Sie doch auch mitbekommen haben, ob die Frau ihren Sohn geschlagen hat oder nicht.

Mrs. Peterson: Natürlich habe ich das mitbekommen. Sie schlug den Jungen, seit er gehen konnte. Das Kind war die Zielscheibe ihres Zorns. Sie hat den kleinen Kerl grün und blau geschlagen.

Frage: Sie hat ihm den Hintern versohlt?

Mrs. Peterson: Wenn es nur das gewesen wäre! Ich habe gesehen, wie sie mit den Fäusten auf ihn einschlug. Sie war eine kräftige Frau, müssen Sie wissen. Sie hatte auch die Gewohnheit, den Jungen in die Arme zu kneifen. Es war traurig, so traurig, daß ich oft in Tränen ausgebrochen bin, wenn der Junge zu mir kam. Er kam zu mir, weil er mit meinen Pflegekindern spielen wollte. Das war, bevor ich ihn von der Fürsorge als Pflegekind zugewiesen bekam. Der Junge hatte Wunden am ganzen Körper.

Frage: War Mrs. Salsbury Alkoholikerin?

Mrs. Peterson: Sie trank, aber als Alkoholikerin würde ich sie nicht bezeichnen. Sie war bösartig. Böse von Natur. Ich glaube auch, sie war etwas schwachsinnig. Ich habe die Erfahrung gemacht, daß manche schwachsinnigen Menschen in Krisensituationen ihre Wut an Kindern auslassen. Die Kinder leiden. Es ist furchtbar, wie die Kinder dieser Menschen leiden.

Frage: Ging sie mit Männern?

Mrs. Peterson: Ob sie Liebhaber hatte? Dutzende. Sie war eine lasterhafte Frau. Sie suchte sich die gemeinsten Männer aus. Die Männer mußten schmutzig aussehen. Arbeiter. Trinker. Einige der Liebhaber hielten es ein Jahr bei ihr aus, andere nur eine Woche oder zwei.

Frage: Dieser Howard Parker, was war mit dem?

Mrs. Peterson: Wenn ich schon den Namen höre!

Frage: Wie lange war Parker mit Mrs. Salsbury zusammen?

Mrs. Peterson: Sechs Monate glaube ich, und dann schritt die Polizei ein. Ein furchtbarer Mensch, wirklich.

Frage: Wußten Sie, was in Mrs. Salsburys Wohnung vor sich ging? Ich meine jetzt die Zeit, als Parker bei ihr wohnte?

Mrs. Peterson: Natürlich nicht, sonst hätte ich sofort die Polizei gerufen. Als das Verbrechen passiert war, kam der kleine Ogden zu mir, ich habe dann sofort die Polizei verständigt.

Frage: Würden Sie für mich wiederholen, was der Junge Ihnen damals gesagt hat?

Mrs. Peterson: Ich spreche nicht gern darüber. Es ist unvorstellbar, was dieser Mann dem Kind angetan hat. Die Frau war natürlich genauso schuld.

Frage: War Parker bisexuell veranlagt?

Mrs. Peterson: Was?

Frage: Ob er sexuelle Beziehungen zur Frauen und zu Männern unterhielt.

Mrs. Peterson: Ich weiß nur, daß er dem kleinen Jungen Gewalt angetan hat. Es ist … Ich verstehe das nicht. Warum läßt Gott zu, daß

Menschen so böse sind. Sehen Sie, ich liebe Kinder. Ich mag sie. Ich liebe Kinder, seit ich denken kann. Mehr als alles andere. Ich kann einen Menschen wie Parker nicht verstehen.

Frage: Ist es Ihnen peinlich, über die Umstände des Verbrechens zu sprechen?

Mrs. Peterson: Ja, schon.

Frage: Bemühen Sie sich bitte, Ihre Hemmungen zu überwinden, und sagen Sie mir, was Sie wissen. Es ist wichtig, daß Sie mir meine Fragen beantworten.

Mrs. Peterson: Wenn es Ogden hilft, gern. Ich muß allerdings sagen, ich bin enttäuscht von dem Jungen. Er hat mich nie wieder besucht. Verstehen Sie das? Ich habe ihn zu mir genommen, als er elf war, ich habe ihn aufgezogen, aber er hat mich nie besucht.

Frage: Das Protokoll der Gerichtsverhandlung ist in manchen Punkten unklar. Wie es scheint, wurden einige Dinge nicht so genau formuliert, weil man Veröffentlichungen über den Fall vorbeugen wollte. Der Junge sollte nicht noch mehr Nachteile haben, als er ohnehin schon hatte. So geht zum Beispiel aus dem Protokoll nicht hervor, ob Parker oral oder anal mit dem Jungen verkehrte.

Mrs. Peterson: Dieser Verbrecher!

Frage: Hat der Junge Ihnen nicht gesagt, was Parker mit ihm gemacht hat?

Mrs. Peterson: Beides. Und die Mutter hat es zugelassen. Können Sie sich so etwas vorstellen? Eine durch und durch verdorbene Frau. Das Kind war völlig hilflos.

Frage: Es tut mir leid, daß Ihnen das so nahegeht. Der Junge war verletzt, als er zu Ihnen kam?

Mrs. Peterson: Es geht mir nahe, weil das Kind völlig unschuldig war. Ogden war diesen beiden Monstren hilflos ausgesetzt.

Frage: Ist es Ihnen angenehmer, wenn wir jetzt auf die Jahre zu sprechen kommen, als Ogden schon unter Ihrer Obhut war?

Mrs. Peterson: Zu Beginn haben Sie mir gesagt, diese Untersuchung geschieht in Ogdens Interesse. Also werde ich Ihnen auch sagen, was vorher geschah, in der Zeit, als der Junge unter der Fuchtel seiner Mutter und ihres Liebhabers war. Dieser Mann hat den Kleinen mißbraucht, jawohl! Das ging monatelang so, der Junge hat es mir erzählt. Er hatte Angst, sich irgend jemandem zu offenbaren. Die Mutter hat zugesehen. Eine lasterhafte Person. Krank. Jawohl, krank.

Frage: Was war der unmittelbare Anlaß, warum der Junge zu Ihnen flüchtete?

Mrs. Peterson: Es war mitten in der Nacht. Ogden war verletzt. Er kam zu mir und sagte, der Mann hätte ihn anal mißbraucht. Das arme Kind zitterte wie Espenlaub. Er weinte. Parker hatte ihn geschlagen. Die Lippen waren blutig. Er hatte einen Bluterguß unter einem Auge. Ich habe den Kleinen sofort ins Krankenhaus gebracht. Er mußte genäht werden. Er ist eine ganze Woche im Krankenhaus gewesen.

Frage: Nachher sind Sie dann von den Behörden zur Pflegemutter für Ogden bestimmt worden?

Mrs. Peterson: Ich hab's gern gemacht. Ogden war ein lieber Kerl. Wie ein richtiger Sohn. So gescheit. Der Lehrer in der Schule hat mir gesagt, dieser Ogden, das wird einmal ein Genie. Er hat dann wirklich eine Reihe von Stipendien bekommen, so gut waren die schulischen Leistungen. Er hat in Harvard studiert! Aber er hat mich nie wieder besucht. Man würde doch meinen, so ein Junge kommt eines Tages zurück und bedankt sich bei seiner Pflegemutter. Nach allem, was ich für ihn getan habe. Aber nein. Er kommt nicht. Nie ist er gekommen. Ich bin allein. Die Behörde sagen, ich darf keine Pflegekinder mehr aufziehen. Der Bescheid erging, als mein zweiter Mann starb. Sie sagen, Kinder brauchen Vater und Mutter. Eine Mutter genügt nicht. Sie sagen auch, ich bin schon zu alt. Eine verrückte Welt, nicht? Sie lassen die Kinder bei Leuten, die sie grün und blau schlagen, wenn die Eltern nur jung genug sind. Alte Menschen wie ich dürfen keine Kinder betreuen, obwohl ich Kinder liebe. Ich liebe Kinder wirklich, ich meine, das ist alles, was zählt. Ich liebe Kinder mit allen ihren Eigenarten, laut, sprunghaft, eigensinnig, das macht nichts. Habe ich nicht mein ganzes Leben den Kindern gewidmet? Ich bin nicht zu alt, um Kinder zu betreuen. Wenn ich bloß dran denke, wie Kinder in kaputten Familien leiden...

Die zweite Hälfte des Berichts bestand aus der Niederschrift eines Gesprächs, das der Detektiv mit Mrs. Petersons erstem Mann geführt hatte. Der Mann hatte sie geheiratet, als Ogden Salsbury bereits ihr Pflegekind war.

Ich sprach mit Mr. Allen J. Barger, der jetzt 83 Jahre alt ist, im Evins-Maebry-Altersheim in Huntington, Long Island. Das Gespräch fand am 24. Januar 1975 statt. Der Unterhalt für Mr. Barger wird von seinen drei Kindern aus der zweiten Ehe gezahlt. Mr. Barger zeigt Folgeerscheinungen von Senilität, er leidet an Bewußtseinstrübungen und Erinnerungslücken. Ich sagte ihm nicht, daß ich das Gespräch auf Band aufnahm.

Dawson blätterte im zweiten Teil des Berichts, bis er die farbig markierten Abschnitte gefunden hatte.

Frage: Haben Sie noch eine Erinnerung an die Pflegekinder, die Sie während der Ehe mit Carrie zu sich genommen haben?

Mr. Barger: Ich habe die Pflegekinder nicht zu mir genommen, sie hat sie zu sich genommen.

Frage: Haben Sie noch eine Erinnerung an diese Pflegekinder?

Mr. Barger: Ratten!

Frage: Wie meinen Sie das?

Mr. Barger: Ich denke nicht gern an die Kinder.

Frage: Ihre Frau liebte die Pflegekinder, aber Sie hätten die Kinder am liebsten aus dem Haus gehabt, nicht?

Mr. Barger: Die ganzen schmutzigen Gesichter am Tisch, wenn ich von der Arbeit heimkam! Meine Frau sagte, sie brauchte das Geld, das ihr der Staat für die Pflege der Kinder gab. Wir lebten in großen Depressionen. Sie brauchte das Geld, sagte sie, aber sie hat's vertrunken.

Frage: War Carrie Alkoholikerin?

Mr. Barger: Als wir heirateten, nein. Während der Ehe begann sie zu trinken.

Frage: Können Sie sich an ein Kind namens ...

Mr. Barger: Mein Fehler war, daß ich, als ich mich zur Ehe mit ihr entschloß, nicht auf den Charakter gesehen hab'.

Frage: Können Sie mir das etwas näher erklären?

Mr. Barger: Meine zweite Frau habe ich geheiratet, weil sie einen guten Charakter hatte, bei ihr habe ich nicht so auf das äußere Erscheinungsbild gesehen. Deshalb hat die zweite Ehe auch gut funktioniert. Aber mit Carrie ... Wissen Sie, ich war damals schon vierzig, und ich war's leid, jedes Wochenende zu einer Prostituierten zu gehen. Und dann war plötzlich Carrie da, 26, frisch wie ein Apfel, viel jünger als ich, und sie mochte mich auch, ich brauchte ihr kein Geld zu geben, sie mochte mich trotzdem. Ich habe damals nicht mit dem Kopf gedacht, sondern mit dem Unterleib. Ich hab' sie geheiratet, weil sie einen hübschen Körper hatte. Wie sie im Kopf beschaffen war, hat mich nicht interessiert. Und das war der Fehler.

Frage: Ich verstehe, was Sie meinen. Können Sie mir jetzt sagen, ob Sie sich an einen Jungen namens ...

Mr. Barger: Sie hatte ausgesprochene Prachttitten.

Frage: Wie bitte?

Mr. Barger: Brüste. Sie hatte wunderschöne Brüste.

Frage: Wenn Sie mir jetzt bitte sagen würden, ob Sie sich an einen Jungen ...

Mr. Barger: Sie war gut im Bett, kann ich Ihnen sagen. Allerdings hatte sie wenig Zeit für mich. Die Pflegekinder. Ich weiß auch nicht, warum ich das überhaupt zugelassen habe. Sie nahm die Pflegekinder an, wie sie kamen, einfach so. Wir hatten nie weniger als vier, meist sogar sechs oder sieben. Carrie sagte mir, sie hätte sich immer eine große Kinderschar gewünscht. Daran lag's wohl. So eine richtige Mutter ist sie den Pflegekindern aber nicht gewesen. Für sie war das nur eine Art Traum. Was Romantisches.

Frage: Wie meinen Sie das?

Mr. Barger: Sie träumte davon, viele Kinder um sich zu haben. Aber wenn die Kinder wirklich da waren, dann war das alles nicht mehr so wichtig. Sie hatte die Kinder nicht im Griff, die konnten mit ihr machen, was sie wollten. Ich konnte mich um die Erziehung nicht kümmern, ich hatte meinen Beruf am Hals. Wenn ich nach Hause kam, war ich so müde, daß ich nur noch ans Ausruhen dachte. Ich hatte wirklich keine Lust, hinter den Kindern herzujagen. Mir waren die Kinder egal, wenn ich nur meine Ruhe hatte. Die Kinder wußten das, sie haben das auch respektiert. Verdammt noch mal, es waren ja nicht meine Kinder, oder?

Frage: Erinnern Sie sich an einen Jungen namens Ogden Salsbury?

Mr. Barger: Nein.

Frage: Der Junge hatte vorher in Ihrer Nachbarschaft gelebt, und als die Polizei die Mutter in Haft nahm, wurde der Junge in Pflege gegeben, und zwar zu Ihnen.

Mr. Barger: Sie meinen zu Carrie.

Frage: Können Sie sich wirklich nicht mehr an Ogden Salsbury erinnern? Seine Mutter hatte jede Menge Liebhaber, und einer dieser Männer, ein gewisser Parker, hat den Jungen vergewaltigt. Kindsmißbrauch. Ihre Frau muß Ihnen davon erzählt haben.

Mr. Barger: Jetzt, wo Sie's sagen, erinnere ich mich. Ogden. Er kam in einem sehr ungünstigen Augenblick.

Frage: Wie meinen Sie das, in einen ungünstigen Augenblick?

Mr. Barger: Weil wir damals nur Mädchen als Pflegekinder hatten.

Frage: Nur Mädchen? Wie kam das?

Mr. Barger: Carrie hatte sich das irgendwo in den Kopf gesetzt. Zwei oder drei Jahre lang nahm sie nur Mädchen. Sie hoffte wohl, Mädchen sind leichter unter Kontrolle zu halten. Jedenfalls war Ogden zwei oder drei Jahre lang der einzige Junge im Haus.

Frage: Und warum meinen Sie, daß das ungünstig war für ihn?

Mr. Barger: Weil die Mädchen wußten, daß er von Parker vergewaltigt worden war. Sie hänselten ihn und verspotteten ihn wegen der Sache. Er bekam dann immer einen Wutanfall, schrie die Mädchen an. Die Mädchen fanden das wunderbar, das war es ja, was sie wollten. Sie setzten dann noch etwas Spott obendrauf, Ogden fiel wieder drauf rein und immer so weiter. Ich habe ihn, wenn das Zanken gar zu schlimm wurde, beiseitegenommen, um von Mann zu Mann mit ihm zu reden. Ich habe ihm gesagt, er soll sich nicht drum kümmern, was die Mädchen sagen. Ich habe ihm erklärt, Frauen sind nur zum Ficken und zum Kochen da. Später, als ich meine zweite Frau kennenlernte, habe ich meine Meinung zu diesen Dingen geändert, aber damals dachte ich noch so. Wie dem auch sei, Ogden hat's sehr geholfen. Es hat ihm geholfen, über die Hänseleien wegzukommen.

Es gab einen zweiten Bericht, den Dawson außerordentlich aufschlußreich fand. In diesem Bericht war ein Gespräch wiedergegeben, das der Detektiv mit Laird Richardson, einem Beamten im Bereich Innere Sicherheit des Pentagons, geführt hatte. Der Detektiv hatte Richardson 500 Dollar gegeben, und dafür hatte ihn dieser über den Inhalt der Akte informiert, die vom Pentagon über Salsbury geführt wurde. Wie bei dem ersten Bericht, so hatte Dawson auch hier die wichtigsten Abschnitte farbig kenntlich gemacht.

Frage: Welcher Art sind die Forschungsprojekte, die Salsbury für das Pentagon durchführt?

Richardson: Was auch immer es ist, für das Pentagon muß es verdammt wichtig sein. Die sind für diesen Hurensohn in den vergangenen zehn Jahren mit großen Beträgen in die Bresche gesprungen, unabhängig von dem Geld, das er für die Forschungsprojekte erhält. So was tut das Pentagon nur, wenn es sich davon eine gute Rendite erwartet.

Frage: In die Bresche gesprungen, wie meinen Sie das?

Richardson: Er nimmt sich ein paar Prostituierte, mißhandelt sie, und das Pentagon zahlt die Krankenhausrechnung und ein Schmerzensgeld.

Frage: Er mißhandelt die Prostituierten?

Richardson: Mit den Fäusten.

Frage: Wie oft kommt so was vor? Ich meine, daß das Pentagon mit Geld einspringen muß, um die Sache zu vertuschen?

Richardson: Ein- oder zweimal pro Jahr.

Frage: Trifft sich Salsbury regelmäßig mit Prostituierten?

Richardson: Immer am ersten Wochenende des Monats. Das ist der Takt, den er einhält, pünktlich wie ein Roboter. Man kann seine Uhr nach diesem Mann stellen, es ist unheimlich. Seine normale Tour geht quer durch die Massagesalons in Manhattan, dabei sucht er sich ein paar Mädchen aus, die er dann in ein Hotelzimmer bestellt. Außerdem ruft er noch Callgirls dazu. Wenn dann eine bei der Gruppe ist, die ein ganz bestimmtes Aussehen hat, eine Erscheinung, die ihn antörnt, schlägt er sie.

Frage: Wie muß die Frau aussehen, damit sie ihn antörnt?

Richardson: Meist sind es blonde Frauen, auf die er abfährt, aber es gibt Ausnahmen. Meistens welche mit bleicher Gesichtsfarbe, aber auch da gibt es Ausnahmen. Es gibt eine Konstante. Die Frau muß klein sein. Nicht größer als 152 bis 156 Zentimeter. Gewicht nicht über 45 Kilo. Weiblich muß sie sein, hübsch im Gesicht, mit gutem Busen. Vor allem aber zart, hilflos und verletzlich.

Frage: Warum bevorzugt er diesen Typus Frau?

Richardson: Das Pentagon hat auf ihn eingewirkt, bis er sich einer psychoanalytischen Behandlung unterzog. Aber die Behandlung mußte nach der ersten Sitzung abgebrochen werden. Salsbury weigerte sich, die Behandlung fortzusetzen. Immerhin hat der Psychiater bei der ersten Sitzung eines herausbekommen. Es ist nicht so sehr das Äußerliche, was ihn bei der Partnerin antörnt. Sie kann körperlich auch robust ausgestattet sein, wenn nur die Ausstrahlung stimmt. Sie muß nicht verletzlich sein, sie muß verletzlich wirken, nur dann spürt er die Lust, auf die Frau einzuschlagen, und auf diesen Kitzel scheint es ihm anzukommen.

Frage: Damit ich Sie richtig verstehe, wenn er den Eindruck hat, die Frau sei ihm gleichwertig oder überlegen, läßt er sie in Ruhe. Aber wenn er das Gefühl hat, er könnte über sie dominieren...

Richardson: Dann tut das Mädchen gut, wenn es vor dem Liebestreff mit ihm nachprüft, ob die Prämie für ihre Krankenversicherung bezahlt ist.

Frage: Getötet hat er keine dieser Prostituierten, oder?

Richardson: Nein, aber ein paarmal war er nahe dran.

Frage: Sie sagten eingangs, das Pentagon springt mit Geld ein, um die Sache unter den Teppich zu kehren. In welcher Form geschieht das, wie muß ich mir das vorstellen?

Richardson: Der Agent fährt ins Hotel, wo die Sache passiert ist. Jemand aus der Abteilung Innere Sicherheit macht das.

Frage: Und dann?

Richardson: Der Agent kümmert sich um das mißhandelte Mädchen, er bezahlt die Krankenhausrechnung und gibt ihr eine Barsumme als Schmerzensgeld. Die Höhe des Schmerzensgelds hängt von der Schwere der Verletzungen ab.

Frage: Ist Salsbury für das Pentagon kein Sicherheitsrisiko?

Richardson: Nein, in keiner Weise. Wenn er insgeheim homosexuell wäre, ja. Aber seine Neigungen sind allgemein bekannt. Er ist also nicht erpreßbar. Niemand kann ihm drohen, daß er ihn beim Pentagon verpfeift. Wir wissen ja bereits alles über ihn, und Salsbury weiß, daß wir es wissen. Wenn er mit dem Mädchen fertig ist, ruft er eine bestimmte Telefonnummer im Pentagon an und gibt durch, wo er sich befindet. Innerhalb einer Stunde ist ein Agent im Hotel, räumt auf, kümmert sich um das Mädchen, regelt das Finanzielle.

Frage: Ein schmutziges Spiel, und Sie machen mit. Ekelt Sie das nicht an?

Richardson: Um die Wahrheit zu sagen, ja. Ich kann nicht verstehen, warum meine Dienststelle die Hand über diesen Hurenbock hält. Der Mann ist krank. Durch und durch verdorben. Der gehört in eine Zelle, bis ans Ende seines Lebens. Einzelhaft.

Frage: Wissen Sie, daß er als Kind mißbraucht worden ist?

Richardson: Das steht in seiner Akte, ja. Aber deshalb kann er mit dem Rest der Menschheit nicht so umspringen, wie er's tut. Daß jemand eine unglückliche Jugend gehabt hat, entschuldigt nicht alles. Was mich angeht, ich habe kein Mitleid für diesen Mann. Wenn ich an all die Strichmädchen denke, die wegen Salsbury im Krankenhaus gelandet sind, mit gebrochenem Kiefer, mit Blutergüssen um die Augen... Glauben Sie, den Mädchen tut es weniger weh, weil Salsbury nicht voll verantwortlich ist für das, was er tut? Ich habe liberale Ansichten, wirklich, aber daß man Kriminelle wie Salsbury im nachhinein entmündigt, finde ich unsinnig. Der Mann gehört verurteilt und ins Gefängnis gesteckt. An einem einsamen Ort, wo es im Umkreis von tausend Meilen keine Frau gibt.

Dawson legte den Bericht in den Ordner zurück. Er ließ den Ordner in die Schublade sinken. Er schloß die Schublade.

Er faltete die Hände zum Gebet. O Herr, gib mir die Kraft, das Chaos zu ordnen, das Salsbury in Black River angerichtet hat. Wenn ich das Leck gestopft habe, wenn der Feldversuch planmäßig zu Ende gebracht ist, werde ich Salsbury und Klinger die

Droge verpassen. Dann werde ich die beiden nach Belieben manipulieren können. Die Vorbereitungen dazu sind bereits getroffen, du weißt das, o Herr. Ich werde Salsbury und Klinger DEINER Herde zuführen, der Mantel DEINER Gnade soll sie streifen. Nicht nur Salsbury und Klinger werden zu DEINER Herde stoßen, sondern alle Menschen in dieser Welt. Satan wird keine Seele mehr rauben können. Es wird der Himmel auf Erden sein. Frieden auf der Welt, im milden Schein DEINER Liebe.

14 Uhr 55
Sam hatte Salsburys Artikel vorgelesen. Er schloß den Jahresband. »Schlimm«, sagte er. »Sehr schlimm.«

»Jetzt haben wir wenigstens eine Ahnung, was in Black River vorgeht«, sagte Paul.

»Ich schaue da nicht durch«, sagte Jenny. »Ein Artikel voller Expertenlatein, mehr nicht. Das Ego muß gebrochen werden, Psychodrogen, Kodeworte, Gedankenterror, Befriedigung der breiten Masse durch Änderung der Verhaltensmuster. Unterschwellige Botschaften im Dienste der Menschheit...« Sie schüttelte den Kopf. »Für mich ist Salsbury verrückt. Ein Fall für den Psychiater.«

»Salsbury ist ein Nazi«, sagte Sam. »Einer ohne Parteibuch. Er ist ein Nazi im Geiste. Eine ganz besondere Art des Wahnsinns. Eine sehr gefährliche Spezies. Das Schlimmste ist, es gibt in unserem Land Hunderttausende wie ihn, Menschen, die jedes Wort unterschreiben würden, das in diesem Artikel steht. Sie alle wollen eine Gesellschaft, die zu ihrem eigenen Besten manipuliert wird.«

Das Krachen des Donners hörte sich an, als sei der Himmel in zwei eherne Hälften zersprungen. Eine Bö schlug gegen das Haus. Das Rauschen des Regens wurde lauter.

»Es kommt jetzt nicht darauf an, ob Salsbury medizinisch gesehen ein Wahnsinniger ist oder nicht«, sagte Paul. »Von Belang ist in diesem Augenblick nur, daß er von der Planung zur Ausführung übergegangen ist. Er ist dabei, das wahnwitzige Projekt in die Wirklichkeit umzusetzen. Mein Gott, er ist dabei, Black River in seinem Sinne zu programmieren. Wir sind die Versuchskaninchen. Das erklärt auch die merkwürdigen Krankheitsfälle.«

»Wenn es so ist, warum sind Daddy und ich dann nicht krank

geworden?« wandte Jenny ein. »Salsbury sagt in seinem Artikel, das Programm wirkt nicht bei Kindern, weil Kinder noch nicht mit Sex und Tod in Berührung gekommen sind. Davon, daß es auch Erwachsene geben könnte, bei denen die Programmierung durch unterschwellige Botschaften versagt, steht nichts in dem Artikel.«

»Ich wüßte eine Erklärung, warum du und dein Vater von der Programmierung nicht erfaßt wurden«, sagte Paul.

»Ich auch«, sagte Sam. »Das erste, was ein Pharmakologe lernt, ist die unterschiedliche Wirkungsweise der Wirkstoffe auf die Menschen. Penicillin hilft bei vielen, aber es gibt auch Menschen, wo der Stoff keinerlei Wirkung hinterläßt. Bei Sulfonamiden ist es ähnlich. Es kann an den Genen liegen, am unterschiedlichen Stoffwechsel, jedenfalls gehören wir beide zum kleinen Kreis derer, die von Salsburys Droge nicht wirksam erfaßt worden sind.«

»Dafür danke ich Gott«, sagte Jenny. Sie bedeckte die Gänsehaut auf ihren Armen mit den Händen.

»Ich wundere mich trotzdem, warum die Zahl derer, die von der Droge verschont geblieben sind, nicht größer ist«, sagte Paul. »Wir sind im Sommer. Die Leute machen Ferien. War denn niemand aus Black River verreist, als die Droge ins Trinkwasser gemischt wurde?«

»Das Rätsel erklärt sich aus dem Arbeitsrhythmus der Sägemühle«, sagte Sam. »Wenn Schnee fällt, ruht die Arbeit. Also werden die Ferien der Arbeiter auf den Winter gelegt. Auch die Angestellten nehmen ihren Urlaub im Winter.«

Paul hatte das Gefühl, als sei er von einer Riesenhand auf einen Plattenteller gestellt worden, der sich schneller und schneller dreht. Ein Teufelsrad. In seinem Kopf schwirrten die Ausdrücke und Fachbezeichnungen, die Salsbury in seinem Artikel gebraucht hatte. »Ich weiß, warum Mark, Rya und ich nicht programmiert wurden«, sagte er leise. »Wir sind zu einem Zeitpunkt in Black River angekommen, als die Droge bereits aus dem Reservoir in die Verbrauchsleitungen geflossen war. Wir haben im Zelt auch keinen Fernseher, so daß wir den unterschwelligen Botschaften nicht ausgesetzt waren. Alle anderen sind programmiert. Salsbury hat volle Kontrolle über Black River.«

Sie sahen sich an. Das Entsetzen stand zwischen ihnen, unsichtbar und doch spürbar wie ein Eisenhauch. Draußen zuckten die Blitze. Der Regen rauschte. Der Sturm zerrte an den Fensterläden.

Es war Sam, der als erster die Sprache wiederfand. »Wir alle sind beeindruckt vom technischen Fortschritt und von den umwälzenden Entwicklungen in der Technologie, aber wir vergessen dabei, daß die Medaille auch ihre dunkle Seite hat.« Er stand an den Kaminsims gelehnt, den Band in der Rechten. »Je komplexer die Gesellschaft sich entwickelt, um so störanfälliger werden ihre einzelnen Teile. Es wird ein Zustand erreicht, wo ein Verrückter mit einem Druck auf den Knopf alles zunichte machen kann. Es macht dabei keinen Unterschied, ob der Verrückte mit guten Vorsätzen handelt wie jene, die den Menschen das Glück aufzwingen wollen, oder ob der Täter eine dämonische Persönlichkeit ist, jemand, der sich am Opfertod der Menschen weidet. Wenn jemand einen Staatschef umbringt, dann bewirkt er damit Umwälzungen in der Innen- und Außenpolitik des Landes. Ein einziger Mensch ist heute in der Lage, genügend Bazillen herzustellen, um alle Menschen in der Welt zu vernichten, es genügt eine gute Ausbildung in Biologie und etwas Entschlußkraft. Ein einziger Mensch kann eine Atombombe herstellen. Er braucht dazu eine gewisse Begabung in Physik und ein paar Pfund Plutonium. Es ist nicht so fürchterlich schwer, sich ein paar Pfund Plutonium zu verschaffen, wenn man's unbedingt haben will. Der Mann baut die Bombe und deponiert sie in New York, das Ding ist nicht größer als ein Koffer. Er löscht zehn Millionen Menschen aus, weil... vielleicht, weil er in Manhatten mal beklaut worden ist, oder weil er vor sieben Jahren in der Bronx für falsches Parken bestraft worden ist und die Handlungsweise des Polizisten als ungerecht empfindet.«

»Salsbury ist nicht allein«, sagte Jenny. »Er hat Helfer.«

»Der Meinung bin ich auch.«

»Die Investition für ein Programm, wie es in dem Artikel beschrieben ist, würde Millionen verschlingen«, sagte Paul. »Es wäre logisch, wenn ein großes Konsortium dahintersteckt.«

»Nein«, sagte Sam. »In einem solchen Konsortium sind zu viele Menschen an den Entscheidungen beteiligt. Irgend jemand würde plaudern. Die Sache würde bis zur Presse durchdringen, bis zu den Medien, ein Skandal wäre die Folge.«

»Vielleicht hat ein reicher Einzelgänger das Programm finanziert«, sagte Jenny. »Jemand von der Sorte Onassis oder Howard Hughes.«

Sam kraulte seinen Bart. »Das wäre denkbar. Aber warum gibt keiner von uns die naheliegende Antwort auf die Kernfrage? Warum zögern wir, die Dinge beim Namen zu nennen?«

»Du meinst, daß die Regierung dahintersteckt«, sagte Paul.

»Genau das meine ich«, sagte Sam. »Wenn es so ist, wenn Salsbury für die Regierung der Vereinigten Staaten arbeitet, für den CIA oder für den militärischen Bereich, dann können wir einpacken. Das ist das Ende, nicht nur für uns drei, sondern für alle Amerikaner.«

Paul war ans Fenster getreten. Er wischte die Tropfen ab und starrte auf die windgepeitschten Bäume hinaus, auf den Regen, der in dichten Schleiern durch die Düsternis getragen wurde. »Wäre es denkbar, daß nicht nur Black River programmiert wurde? Daß der Rest des Landes auch schon programmiert ist?«

»Nein«, sagte Sam. »Wenn das Programm auf nationaler Ebene eingesetzt würde, befände sich Salsbury in Washington, wo die Entscheidungen getroffen werden, wo man die Ausführung auf breiter Ebene überwachen kann.«

»Dann ist das mit Black River ein Feldversuch. Ein Test in einem eng abgesteckten Gebiet.«

»Wahrscheinlich.«

»Und das spricht für die These, daß die Regierung *nicht* dahintersteckt«, sagte Sam. »Die Regierung würde so was in einem Gebiet testen, wo sie hundertprozentige Kontrolle hat. In einer Militärbasis zum Beispiel. Aber nicht hier, in einem kleinen Ort in den Bergen.«

Die Blitze zuckten, und Paul vermeinte, das Gesicht seiner toten Frau in der Scheibe zu erkennen. Wieder ein Blitz. Mark. Er bedeckte seine Augen mit der Hand.

Annie und Mark. Die beiden waren für die Wissenschaft gestorben, als Blutopfer für den neuen Gott, der Technologie hieß. Annie war zu einer ganz normalen Blinddarmoperation ins Krankenhaus eingeliefert worden. Der Anästhesist hatte ihr ein brandneues Anästhetikum gegeben, das Beste und Modernste, viel wirksamer als Äther, viel einfacher zu verabreichen als Panthenol. Einfacher für den Anästhesisten. Annie war operiert worden, aber sie war nicht mehr aufgewacht aus der Narkose. Die beste, modernste und wirksamste Droge hatte ihre Leber zerstört. Was die Ärzte des Hospitals zu Freudenstürmen veranlaßte, war die Leber, ein Organ, das sich selbst regenerierte, wenn man ihm genügend Zeit dazu ließ. Alles, was man tun mußte war, Annie auf die Intensivstation zu legen, ihren Kreislauf an Maschinen anzuschließen. Irgendwann würde die Leber wieder zu arbeiten beginnen. Nach fünf Wochen Intensivstation fütterten die Ärzte alle Daten in den Computer. Der Computer sagte, die Patientin war jetzt soweit, daß sie in ein normales Einzelzimmer gelegt werden konnte. Sie hatte sogar, Triumph der Medizin, ihr Bewußtsein wiedererlangt. Elf Wochen später bestimmte der Computer, daß die Patientin nach Hause entlassen werden konnte. Annie fühlte sich alles andere als wohl, aber wenn's der Computer sagte, war's wohl richtig. Sie fügte sich und ging nach Hause.

Sie war zwei Wochen zu Hause, als sie einen Rückfall erlitt. Sie starb innerhalb von 48 Stunden. Paul hatte oft über den Tod seiner Frau nachgedacht. Wenn er doch Medizin studiert hätte, er hätte sie vielleicht retten können. Aber das zu denken, tat weh und brachte nichts. Er hatte versagt. Er hätte den Ärzten im Krankenhaus sagen müssen, sie sollten bei der Narkose Äther benutzen oder eine auf breiter Ebene erprobte und langjährig eingesetzte Substanz. Er hätte ihnen sagen sollen, sie sollten sich ihren Computer sonstwohin stecken. Aber er hatte genickt, als man ihm das neues Anästhetikum vorschlug. Er hatte Vertrauen in die Technologie. Das Mittel war *neu*. Jeder Amerikaner wurde dazu erzogen, Achtung und Ehrfurcht vor dem Neuen zu haben. Viele von ihnen starben für diese Überzeugung.

Nachdem Annie tot war, hatte Paul so etwas wie Mißtrauen gegen die Technologie entwickelt. Er hatte die Bücher von Paul Ehrlich gelesen. Zurück zu den Quellen. Die jährlichen Fahrten nach Black River waren für ihn mehr als ein Erholungsprogramm. Er hatte vor, seine Kinder aus der Zange der Wirtschaft zu befreien; sie freizumachen von der Stadt, wo man dem Götzen Technologie diente. Sie sollten lernen, in Harmonie mit der Natur zu leben.

Es war ein unmöglicher Traum, das hatte Paul inzwischen eingesehen. Man rannte vor der Technologie weg, aber der Götze war schneller. Es gab keinen Fluchtweg mehr, kein Versteck. Die Fangarme der Stadt, der Lebensstil, der dort praktiziert wurde, all das reichte bis weit ins Land hinein, bis in die entlegensten Berge und Wälder. Es gab einen anderen Aspekt. Wenn man sich um den Fortschritt der Wissenschaft nicht kümmerte, wurde man zum ahnungslosen Opfer. Er zum Beispiel hatte sich nicht sachkundig gemacht über die neue Entwicklung auf dem Gebiet der Narkose. Er verstand wenig bis nichts von Medizincomputern, wie sie in den Krankenhäusern zum Einsatz kamen. Das hatte dazu geführt, daß er die Entscheidung, was das Narkosemittel anging, den Ärzten überließ. Er hatte, wie die Ärzte auch, dem Computer vertraut, Annie war daran gestorben. Mark. Auch er war ein Opfer der Sorglosigkeit seines Vaters geworden. Paul Annendale hatte sich nie für das Gebiet der unterschwelligen Botschaften interessiert. Das ging ihn nichts an, hatte er gemeint. Mark war gestorben, weil sein Vater die Gefahr, in die er sich begab, nicht vorausgesehen hatte. Es gab, wenn man zu Ende dachte, nur einen Weg, wie man in diesem Teil des Jahrhunderts überleben konnte. Man mußte in die Technologie, in den Fortschritt eintauchen, mitschwimmen, sich auf der Woge forttragen lassen, nur dann hatte man genügend Kraft, um mit den Armen zu rudern und an der Oberfläche zu bleiben. Es hatte keinen Zweck zu flüchten. Um den neuen Herausforderungen zu begegnen, mußte man stark sein.

Er löste den Blick von den regentriefenden Bäumen. »Es hat keinen Zweck, wenn wir nach Bexford fahren und die Polizei des Staates Maine in die Sache reinziehen«, bestimmte er. »Es gibt doch nur zwei Möglichkeiten. Gesetzt den Fall, es handelt sich um ein Testprogramm der Regierung. In diesem Fall können wir jeden Widerstand vergessen. Im anderen Fall aber wäre es eine große Gefahr, die Regierung auf das Testprogramm aufmerksam zu machen. Es würde sich mit Sicherheit ein militärischer Eierkopf finden, der die Sache in die Regie der Regierung übernimmt. Washington würde sich aller Erkenntnisse bemächtigen, die Salsbury gewonnen hat, und das Programm gegen mißliebige Gruppen der eigenen Bevölkerung einsetzen.«

Sam Edisons Blick glitt über die Bücherwände, über all das, was über den Machtanspruch des Staates, über Psychologie und Technologie geschrieben worden war. »Du hast recht«, sagte er. »Und jetzt weiß ich auch, warum man aus Black River keine Ferngespräche mehr führen kann.«

»Salsbury hat die Kontrolle über die Telefonzentrale übernommen«, sagte Paul.

»Wenn es so ist, dann hat er auch die Straßen blockieren lassen, die aus Black River herausführen. Wir könnten gar nicht bis Bexford vordringen, auch wenn wir es versuchten.«

»Wir sitzen in der Falle«, sagte Jenny leise.

»Das macht keinen Unterschied«, sagte Paul. »Wir haben eben festgestellt, daß es sowieso keinen Fluchtweg gibt. Daß es keinen Zweck hat wegzulaufen.« Er holte tief Luft. »Ich sehe eine Hoffnung. Wenn Salsbury nicht für die Regierung arbeitet, sondern von einem reichen Industriellen, von einem verrückten Einzelgänger finanziert wird, dann haben wir eine Chance, den Test zu stoppen. Wir können dafür sorgen, daß Black River zugleich die Endstation für Salsbury ist.«

»Du willst Salsbury stoppen?« Sam starrte auf den Fußboden. »Bist du dir darüber im klaren, was du da sagst? Salsbury stoppen, das bedeutet, wir müssen ihn überwältigen, ihn verhören und ihn töten. Einen Mann wie Salsbury kannst du nur ausschalten, indem du ihn tötest. Wir müßten zuvor aus ihm herauskriegen, wer sonst noch in das Testprojekt eingeweiht ist. Wir müßten alle Menschen töten, die von der Formel der Droge Kenntnis haben. Auch jene, die über das geheime Verbreitungssystem für die unterschwelligen Botschaften Bescheid wissen. Zwei Morde. Drei Morde. Vielleicht Dutzende.«

»Und keiner von uns ist ein Killer«, sagte Jenny.

»Du verkennst die Natur des Menschen«, sagte Paul. »Jeder Mensch ist ein potentieller Mörder. Wenn es ums Überleben geht, tötet er. Und hier geht's ums Überleben.«

»Ich habe Menschen im Krieg getötet, als Soldat«, sagte Sam.

»Ich auch«, sagte Paul. »Ein anderer Krieg, aber die Handlung war die gleiche.«

»Das hier ist etwas anderes«, sagte Jenny.

»Es ist nichts anderes«, widersprach ihr Paul. »Wir sind im Krieg. In einem Krieg, den uns Salsbury aufgezwungen hat.«

Ihr Blick suchte seine Hände. Sie stellte sich vor, wie diese Hände aussahen, wenn sie ein Messer oder ein Gewehr hielten, wenn sich die Finger um die Gurgel eines Menschen schlossen.

Er erriet ihre Gedanken. Er hob seine Hände und betrachtete sie. So ähnlich war es, wenn er sich die Hände wusch, nachdem er ein krankes Tier behandelt hatte. Seine Gedanken wanderten in solchen Augenblicken nach Südostasien zurück. Zu wissen, daß er diese Hände zum Töten als auch zum Heilen benutzen konnte, war eine Last, die ihn befangen machte. Man wusch sich, und die Hände waren sauber, ob man damit einen Menschen geliebt oder getötet hatte, sie waren sauber. Die Moralbegriffe, dem Menschen archetypisch mitgegeben, waren Segen und Fluch zugleich. Segen, weil sie es dem Menschengeschlecht ermöglichten, die meiste Zeit in Harmonie miteinander zu leben. Fluch, weil sie ein schlechtes Gewissen zeugten, wenn der Mensch, um zu überleben, einen anderen Menschen tötete. Das Gewissen kümmerte sich nicht darum, ob die Tat erforderlich, ob sie unvermeidbar war.

›Wir leben am Ende des zwanzigsten Jahrhunderts‹, dachte er. ›Um zu überleben, müssen wir unsere Entscheidungen mit der kühlen Intelligenz einer Maschine treffen.‹ Edel zu handeln, war den Schwachen vorbehalten, jenen, die von der Woge des Neuen zerschmettert wurden.

»Die anderen oder wir«, sagte er. »Der Schlachtruf der Wahnsinnigen. Nur ist es diesmal nicht der Täter, der's sagt, sondern das Opfer. Die Bedrohung ist Wirklichkeit.«

Jenny schien die Idee akzeptiert zu haben, daß man Morde in Kauf nehmen würde, wenn es um die Ausschaltung Salsburys ging. Wie fast alle Menschen, so hatte auch sie schon Lust verspürt, einen anderen Menschen zu töten. Sie hatte der Versuchung widerstanden. Inzwischen lag die Situation anders. Mord war der einzige Ausweg, um zu überleben. Der Schutz, den Jenny um sich aufgebaut hatte, war zerbrochen.

Sie sah Paul in die Augen. »Nehmen wir einmal an, wir können uns dazu bringen, Salsbury zu töten. Wie sollten wir das anfangen? Er hat mit den Programmierten Hunderte von Leibwächtern, die ihn bis zur Selbstaufgabe verteidigen werden. Er kann jeden dieser Menschen zum Killer werden lassen, sie folgen willenlos seinen Befehlen. Was tun? Ist es richtig, wenn wir hier sitzen bleiben und abwarten, ob er vielleicht so gut ist, zu einem Schwätzchen hereinzuschauen?«

Sam hatte den Jahresband der psychologischen Zeitschrift in die Lücke im Bücherschrank zurückgeschoben. »Mir fällt da was ein...« Seine Augen irrten von Jenny zu Paul. »Was meint ihr, was tat Salsbury, als er Rya im Türrahmen stehen sah? Was tat er als erstes?«

»Er stürzte sich auf sie und versuchte sie festzuhalten«, sagte Jenny.

»Falsch.«
»Er gab Bob Thorp den Befehl, sie zu töten.«
»Auch falsch. Überlegt doch mal. Salsbury konnte doch davon ausgehen, daß Rya programmiert war, daß sie wie die anderen Zombies reagieren würde.«
Jenny sog den Atem durch die Schneidezähne. »Der Code«, sagte sie leise. »Er hat die Codeworte gebraucht, so wie er es in seinem Artikel beschrieben hat. Er war sicher, er könnte sie *erschließen*, so war doch der Ausdruck. Wenn er sie erschloß, hatte er völlige Kontrolle über sie, sie würde ihm dann nicht mehr weglaufen.« Jenny schloß die Augen. »Und das bedeutet, Rya muß die Codeworte gehört haben.«
»Wenn es so ist, und wenn sie sich an die Codeworte erinnert, dann werden *wir* Black River kontrollieren, wir werden Salsbury den Ort wieder abnehmen. Die Leute würden seinen Weisungen keine Folge mehr leisten. Er wäre allein.«

6. Kapitel

15 Uhr 15
Dr. Troutman, der Arzt des Ortes, betrat das Büro des Polizeichefs. Er trug seine schwarze Hebammentasche in der Rechten und eine Tafel Nußschokolade in der Linken. Er war zufrieden mit sich und der Welt. Während er an der Scheibe entlangging, hatte er ein Lied gesummt.
Das Summen verstummte. »Sie wollten mich sprechen Mr. Thorp?«
Noch bevor Thorp etwas sagen konnte, trat Salsbury aus der Nische am Fenster hervor. »Ich bin der Schlüssel.«
»Ich bin das Schloß.«
»Im übernächsten Raum, wenn Sie den Flur entlanggehen, wartet Buddy Pellineri«, sagte Salsbury. »Sie kennen ihn, oder?«
»Ob ich Buddy Pellineri kenne?« Dr. Troutman runzelte die Stirn. »Natürlich kenne ich Buddy.«
»Ich habe ihm gesagt, er hat sich mit einem gefährlichen Virus infiziert. Sie würden ihm eine Spritze geben, damit er wieder gesund wird. Sie wissen ja, Buddy ist nicht der Klügste.

Er hat keinerlei Fragen gestellt. Er wartet jetzt auf die Spritze.«

»Was für eine Spritze?« fragte Dr. Troutman. Seine ganze Ratlosigkeit klang durch.

»Ich hab' ihm das nur gesagt, um ihn hier festzuhalten. Sie werden ihm kein Serum injizieren, sondern Luft in die Vene.«

Dr. Troutman war schockiert. »Er würde an einer Embolie sterben.«

»Ich weiß.«

»Ich würde ihn töten.«

»Das rate ich Ihnen, Doc.«

Dr. Troutman warf einen hilfesuchenden Blick auf den Polizeichef, der hinter dem Schreibtisch saß. »So etwas kann ich unmöglich tun.«

»Was bin ich, Dr. Troutman?«

»Sie sind der Schlüssel.«

»Sehr gut. Und was sind Sie?«

»Ich bin das Schloß.«

»Sehen Sie. Sie werden jetzt in den Raum gehen, wo Buddy wartet. Sie werden sich nett mit ihm unterhalten. Sie werden dafür sorgen, daß er nicht mißtrauisch wird. Sie werden ihm erklären, daß er gegen einen Virus geimpft werden muß und statt dessen werden Sie ihm eine Luftspritze in die Blutbahn geben. Es wird Ihnen nichts ausmachen, diesen Menschen zu töten. Sie werden es tun, ohne eine Sekunde zu zögern. Sobald er tot ist, werden Sie den Raum verlassen. Sie werden sich dann nur noch daran erinnern, daß Sie ihm eine Spritze Penicillin gegeben haben. Sie werden vergessen, daß Sie ihn getötet haben. In dem Augenblick, wo Sie die Schwelle des Zimmers überqueren, haben Sie es vergessen. Sie werden zu uns zurückkommen in dieses Büro. Sie werden zu Mr. Thorp sagen: *Ich habe ihm eine Penicillinspritze gegeben, morgen geht's ihm besser.* Danach kehren Sie in Ihre Praxis zurück. Sie werden sich dann nicht mehr an die Unterhaltung erinnern können, die ich mit Ihnen geführt habe. Ist das klar?«

»Ja.«

»Dann *tun* Sie's.«

Dr. Troutman verließ den Raum.

Die Entscheidung, Buddy Pellineri zu eliminieren, hatte Salsbury schon vor zehn Minuten getroffen. Zwar hatte Buddy mit nächtlichem Schüttelfrost und Übelkeit auf die Droge reagiert.

Er hatte das Programm zur Gehirnwäsche verabreicht bekommen. Aber er war gefährlich, weil er ein Mensch war, der die eigenen geistigen Fähigkeiten nicht unter Kontrolle hatte. Wenn man ihm den Befehl gab, die beiden Männer zu vergessen, die er in der Nacht vom fünften auf den sechsten August beobachtet hatte, vergaß er sie vielleicht für immer oder nur für ein paar Stunden. Oder er vergaß sie überhaupt nicht. Ein programmiertes Genie war der ideale Sklave. Aber Buddy Pellineri war alles andere als ein Genie. Es war seine Tumbheit, die ihn zum Tode verurteilte.

Schade, daß Buddy sterben mußte, dachte Salsbury. Auf gewisse Weise war er ein hübscher Typ. Liebenswert.

Aber wozu habe ich die Macht, wenn ich sie nicht gebrauche? Ich habe die Macht, und ich werde sie behalten. Ich werde alle Menschen eliminieren, die mir die Macht zu entreißen suchen. Ich werd's ihnen zeigen. Allen werd' ich's zeigen. Dawson. Miriam. Den Huren. Den Experten im College, die meine Arbeit nicht anerkennen wollten. Meiner Mutter. Vor allem aber den Huren. Sie werden sehen, wer ich... Tat-tat-tat-tat-tat-tat. Niemand kann mir die Macht wegnehmen. Niemand. Niemals.

15 Uhr 20

Rya setzte sich in ihrem Bett auf und gähnte. Sie sah Jenny an. Sie sah Sam an und Paul. Sie verstand nicht, was die drei von ihr wollten.

»Ob du dich erinnern kannst, was der Mann zu dir gesagt hat. Der Mann mit den dicken Brillengläsern.« Es war Paul, der die Frage an seine Tochter formulierte. »Denk gut nach, dann fällt es dir ein.«

Sie saß da und kratzte sich den Scheitel. »Wer bin...«

»Sie ist noch ganz benommen«, sagte Jenny. »Wir müssen warten.«

Sam hatte am Fußende des Bettes Aufstellung genommen. Sein Blick war auf Jenny gerichtet. »Salsbury weiß, daß wir ihm auf die Schliche gekommen sind«, sagte er. »Er hat keine andere Wahl, als uns zu eliminieren. Sobald ihm eingefallen ist, wie er das am besten schafft, wird er hier auftauchen. Wir können nicht warten, bis die Wirkung des Sedativs nachläßt.« Er wandte sich zu seiner Tochter. »Stell die Kleine unter die kalte Dusche. Lang genug, bis sie aufwacht. Ich mach' derweil Kaffee.«

»Ich mag keinen Kaffee«, sagte Rya.

»Magst du Tee?«

»Ja, Tee.«

Sam eilte nach unten, um Teewasser aufzustellen.

Jenny führte Rya ins Bad, das sich am Ende des Flurs befand.

Paul blieb allein zurück. Er verließ Ryas Zimmer und ging ins Wohnzimmer, wo Marks Leiche auf dem Sofa lag.

Er setzte sich.

Die Dinge sind in Bewegung gekommen, dachte er. Wenn man dem großen, schönen, chromverzierten amerikanischen Traum entgegentritt, gerät vieles in Bewegung. Es kann dann sehr schnell gehen.

15 Uhr 26

Dr. Troutman öffnete die Tür. Sein Blick wanderte zu Bob Thorp. »Ich habe ihm eine Penicillinspritze gegeben«, sagte er. »Morgen geht's ihm besser.«

»Gut«, sagte der Polizeichef. »Dann können Sie ja nach Hause gehen.«

Der Arzt schob sich den letzten Riegel seiner Nußschokolade in den Mund. »Bis nächstens«, murmelte er. Sie hörten, wie er den Flur entlang zum Ausgang schlurfte.

Salsbury wandte sich zu Thorp. »Lassen Sie sich von jemandem helfen, die Leiche ist schwer. Bringen Sie den Leichnam in eine Gefängniszelle. Legen Sie ihn so auf die Pritsche, daß es aussieht, als ob er schläft.«

16 Uhr 34

Das Gurgeln des Regens in der Dachrinne war zu hören.

Im ganzen Raum roch es nach Tee und Zitronen.

Rya wischte sich die Tränen aus den Augen. Plötzlich fiel es ihr ein. »Ich weiß es wieder«, flüsterte sie. »Ich bin der Schlüssel.«

16 Uhr 45

Merkwürdig rasch hatte es zu regnen aufgehört.

Salsbury schob eine Leiste des Rolladens hoch und spähte auf die Union Road hinaus. Der Regen stand in kleinen Seen in den Senken, er bildete Strudel über den Abflußschächten. Von den Bäumen tropfte es wie schmelzendes Wachs.

Er war froh, daß es zu regnen aufhörte. Es war wichtig, daß Dawsons Hubschrauberpilot gute Flugbedingungen hatte.

Er brauchte keine Hilfe. Was er brauchte, war jemand, dem er die Schuld aufbürden konnte, wenn der Test doch noch platzen sollte.

Er dachte über die Möglichkeiten nach, die ihm blieben. Riskant war alles. Er konnte den Polizeichef und seine Leute zum *General Store* senden mit der Order, die Edisons und die Annendales festzunehmen. Das würde wahrscheinlich nicht ohne Blutvergießen abgehen. Ziemlich sicher würde es zu einer Schießerei kommen. Und das war schlecht. Es gab Behörden außerhalb von Black River mit Beamten, die nicht programmiert waren. Die Beamten würden Fragen stellen. Je mehr Leichen es gab, je mehr Todesfälle, für die man eine Erklärung erfinden mußte, um so größer die Gefahr der Entdeckung. Auf der anderen Seite, wenn er die Straßensperren aufrechterhielt, begab er sich in eine Sackgasse hinein. Es war ein Zustand, der sich nicht bis in die Ewigkeit hinein verlängern ließ.

Was, zum Teufel, ging in Edisons Wohnung vor sich? Sie hatten die Leiche des Jungen gefunden, das war ihm berichtet worden. Warum kam der Vater nicht zum Polizeichef gelaufen, um den Mord anzuzeigen? Warum versuchten sie nicht den Ort zu verlassen? Warum benahmen sie sich nicht, wie man es von ihnen erwarten durfte? Alles, was sie wußten, waren Buddys Beobachtungen aus jener Nacht. Daraus ließen sich unmöglich die Zusammenhänge konstruieren für das, was in den letzten Tagen in Black River geschehen war. Edison und Annendale hatten höchstwahrscheinlich keine Ahnung, daß es so etwas wie unterschwellige Botschaften überhaupt gab. Salsbury ließ seine Zunge gegen eine Zahnlücke schnalzen. Er ärgerte sich. Warum hatte er das IF-Transmissionsgerät nicht mitgebracht, mit dem er die Edisons hätte belauschen können. Er hatte die Tasche mit dem Gerät in seinem Zimmer in *Pauline Vickers Rooming House* zurückgelassen.

»Der Regen wäscht alles so schön sauber«, sagte Bob Thorp. Er stand am Fenster.

»Ich bin froh, daß es zu regnen aufgehört hat.«

»Es wird weiterregnen«, sagte Thorp.

Salsbury sah ihn erstaunt an. »Was?«

Bob Thorp brachte ein freundliches Lächeln auf seine Züge,

wie Salsbury es ihm bei der Programmierung angewiesen hatte. »Es gibt um diese Jahreszeit immer eine ganze Serie von Gewittern. Die Gewitter sind wie ein Ball, der von einer Bergwand zur anderen fliegt, bis er schließlich einen Ausweg aus dem Tal findet.«

Salsbury dachte an Dawson und den Hubschrauber. Es war nicht gut, wenn es regnete. Gar nicht gut. »Seit wann sind Sie Meteorologe?« fragte er scharf.

»Ich bin kein Meteorologe, aber ich habe mein ganzes Leben in Black River gewohnt, ich kenne das Wetter, ich habe Hunderte von diesen Gewittern erlebt, und ich sage Ihnen...«

»Ich habe gesagt, der Regen ist zu Ende!« donnerte Salsbury. »Es gibt kein Gewitter mehr. Schluß, aus, fertig. Haben Sie mich verstanden?«

Thorp nickte. »Es gibt kein Gewitter mehr.«

»Ich will, daß der Regen zu Ende ist, und der Regen *ist* zu Ende«, sagte Salsbury streitsüchtig. »Habe ich recht?«

»Natürlich.«

»Der Regen ist zu Ende.«

»Ganz recht.«

»Dummer Bulle!«

Thorp schwieg.

»Sind Sie ein dummer Bulle, ja oder nein?«

»Ich bin nicht dumm.«

»Ich habe eben gesagt, daß Sie dumm sind. Haben Sie's nicht gehört? Sie sind dumm wie Bohnenstroh. Nun, Thorp?«

»Sie haben recht.«

»Sagen Sie's.«

»Was?«

»Daß Sie dumm wie Bohnenstroh sind.«

»Ich bin dumm wie Bohnenstroh.«

Salsbury war an das Fenster zurückgekehrt und starrte mißmutig auf die kobaltblauen Gewitterwolken.

»Thorp«, sagte er beiläufig, »gehen Sie für mich zu *Pauline Vickers Rooming House*.«

Der Polizeichef stand auf.

»Mein Zimmer dort ist im ersten Stock, die erste Tür rechts, wenn Sie von der Treppe kommen. Die Tür ist offen. Auf dem Bett steht eine Ledertasche. Holen Sie mir diese Ledertasche.«

16 Uhr 55
Die vier im *General Store* hatten den rückwärtigen Ausgang erreicht.

Sam hatte die Tür geöffnet, als sich drüben, in zwanzig Schritten Entfernung, ein Mann aus dem Schatten der Fliederbüsche löste. Der Mann trug einen dunklen Regenmantel. Er hielt eine doppelläufige Schrotflinte in den Händen.

»Kennst du den Mann?« fragte Paul. Seine Frage war an Jenny gerichtet.

»Das ist Harry Thurston. Er ist Vorarbeiter im Sägewerk. Ein Nachbar.«

Rya stand an ihren Vater gelehnt, ihre Hand umklammerte die Knopfleiste seines Hemdes. Ihr Vertrauen in die Welt der Erwachsenen war erschüttert, seit sie gesehen hatte, wie Bob Thorp ihren Bruder umbrachte. Angstvoll musterte sie den Mann, der mit vorsichtigen Schritten, den Blick auf die Tür gerichtet, näher kam.

»Wird der Mann uns töten?«

Paul legte ihr die Hand auf die Schulter. »Niemand wird getötet.«

Er spürte selbst, wie hohl es klang.

Zu den Artikeln, die Sam Edison im *General Store* verkaufte, gehörten Waffen, und so brauchten sie dem Posten, den Salsbury aufgestellt hatte, nicht wehrlos gegenübertreten. Jenny hielt ein geladenes Gewehr in der Hand, Sam und Paul hatten sich mit Smith-&-Wesson-Revolvern 357 Combat Magnum bewaffnet, die sie mit 38er-Munition geladen hatten. Die Läufe der Waffen waren zu Boden gerichtet. Wenn es möglich war, würden sie einen Schußwechsel vermeiden.

»Ich spreche mit ihm«, sagte Sam. Er überquerte die überdachte Veranda, die um das ganze Geschäft lief, und wollte die Stufen hinuntergehen, als der Mann seine Schrotflinte hob.

»Halt! Stehenbleiben!«

Er hielt den Lauf auf Sams Brust gerichtet, der Finger lag am Abzug.

Paul warf Jenny einen Blick zu.

Sie stand da und biß sich auf die Lippen. Er sah ihr an, daß sie Harry Thurston am liebsten den Kolben auf den Kopf geschlagen hätte.

Ein Schußwechsel wäre die Folge gewesen. Paul stellte sich

vor, wie die Patronen explodierten. Der Rauch quoll aus den Mündungen.

»Nur mit der Ruhe, Harry«, hörte er Sam sagen.

Jenny nickte.

Sam war auf der untersten Stufe angekommen. Er war noch zwanzig Schritt von dem Mann mit der Schrotflinte entfernt, als er ihm die Hand entgegenstreckte. Thurston schüttelte den Kopf.

»Harry«, sagte Sam.

Thurston hielt die Flinte auf ihn gerichtet. Sein Gesicht war wie eine Maske. »Tag, Sam«, quetschte er hervor.

»Was machst du denn in meinem Garten?«

»Das weißt du doch«, sagte Thurston.

»Weiß ich leider nicht.«

»Ich bewache euch.«

»Du bewachst uns? Warum?«

»Damit ihr nicht flieht.«

»Du willst verhindern, daß wir unser eigenes Haus verlassen, unser eigenes Grundstück?« Auf Sams Gesicht erschien ein breites Grinsen.

»Ich bewache euch, damit ihr nicht flieht.«

»Wer bist du denn, daß du uns bewachen kannst?«

»Ich bin bei der Polizei. Ich bin zum Polizisten ernannt worden.«

»Von wem?«

»Von Bob Thorp.«

»Wann?«

»Vor eineinhalb Stunden.«

»Warum will der Polizeichef, daß wir im Haus bleiben?«

»Du weißt schon, warum«, sagte Thurston.

»Ich hab' dir vorhin schon gesagt, daß ich es eben *nicht* weiß.«

»Ihr habt was getan.«

»Was haben wir denn getan?«

»Was Verbotenes.«

»Aber du kennst uns doch, Harry. Du weißt doch, daß wir nichts Verbotenes tun würden.«

Thurston schwieg.

»Kennst du uns, ja oder nein?«

Schweigen.

»Was sollen wir denn verbrochen haben?«

»Das weiß ich nicht.«

»Hat dir das der Polizeichef nicht gesagt?«

»Nein.«

Es war eine lächerliche Situation, aber die Waffe, die Thurston auf Sam gerichtet hielt, war tödlich.

»Du weißt nicht, was wir verbrochen haben, aber du bist bereit, uns umzulegen, wenn wir das Grundstück verlassen. Ist das so?«

»So lauten meine Befehle.«

»Wie lange kennen wir beide uns schon, Harry?«

»Zwanzig Jahre.«

»Und wie lange kennst du Jenny?«

»Ziemlich lange.«

»Du bist bereit, alte Freunde von dir zu töten, nur weil dir jemand gesagt hat, du sollst es tun?« Sam kam es darauf an auszuloten, wie weit Salsburys Kontrolle über diesen Mann ging.

Thurston wußte keine Antwort. Er wirkte nervös. Seine rechte Schuhsohle schwang über das nasse Gras, vor und zurück, vor und zurück. Man sah ihm an, daß er sich in einem Konflikt befand. Gleichwohl war er entschlossen, die erhaltenen Weisungen des Polizeichefs auszuführen.

»Das genügt«, flüsterte Paul. »Sag jetzt den Code.«

»Ich glaube auch«, sagte Sam. Er wandte sich zu Thurston. »Ich bin der Schlüssel.«

»Ich bin das Schloß.«

»Laß den Lauf deiner Flinte sinken, Harry.«

Thurston gehorchte.

»Gott sei Dank!« entfuhr es Jenny.

»Komm zu mir, Harry.«

Thurston kam zu Sam gegangen.

»Ich kann's immer noch nicht glauben«, flüsterte Jenny. Wie ein Zombie, dachte Paul. Wie ein Zinnsoldat. Ein Schauder kroch über seinen Rücken.

Sam hob den Blick. »Wer hat dir wirklich den Befehl gegeben, uns zu bewachen, Harry?«

»Bob Thorp.«

»Nicht Salsbury?«

»Nein.«

»Aber du weißt, wer Salsbury ist.«

»Nein, ich weiß nicht, von wem du sprichst.«

»Vielleicht hat der Mann sich auch Albert Deighton genannt.«

»Wer?«

»Salsbury.«

»Ich kenne weder einen Salsbury noch einen Deighton.«

Jenny, Rya und Paul kamen die regennassen Stufen herunter.

»Salsbury hat Bob Thorp benutzt, um die Weisungen auszugeben«, sagte Jenny. »Anders kann ich's mir nicht vorstellen.«

»Worüber sprecht ihr eigentlich?« fragte Thurston.

Sam sah ihm in die Augen. »Harry, ich bin der Schlüssel.«

»Ich bin das Schloß.«

»Wir gehen jetzt auf einen Spaziergang zu Hattie Lange. Du wirst nicht versuchen, uns aufzuhalten. Verstanden?«

»Ich werde euch nicht aufhalten.«

»Du wirst nicht auf uns schießen.«

»Nein, natürlich nicht.«

»Du wirst uns auch sonst in keiner Weise Schwierigkeiten machen.«

»Ich werde euch keine Schwierigkeiten machen.«

»Wenn wir das Grundstück verlassen, wirst du zum Fliederbusch zurückgehen. Du wirst vergessen, daß wir das Haus verlassen haben. Ist das klar?«

»Ja.«

»Du wirst auch vergessen, daß wir dieses Gespräch miteinander gehabt haben. Geht das, Harry?«

»Aber sicher. Ich werde vergessen, daß ich euch gesehen habe.« Für einen rechtschaffenen Zombie war Harry unglaublich locker.

»Du wirst glauben, wir befinden uns noch im Haus«, sagte Sam.

Thurston hatte sich umgewandt. Er warf einen Blick auf das Haus.

»Du wirst weiter Wache halten«, sagte Sam.

»Ich werde Wache halten. So lautete der Befehl, den mir Thorp gegeben hat.«

Harry Thurston kehrte in sein Versteck im Fliederbusch zurück. Sie sahen, wie er in der Lücke Aufstellung nahm und die Beine spreizte. Die Schrotflinte lag quer in seinen Händen. Er würde auf jeden schießen, der das Haus zu verlassen suchte.

»Unglaublich«, sagte Jenny.

»Sieht aus wie ein Fallschirmjäger«, sagte Sam. Er gab den anderen ein Zeichen. »Kommt, gehen wir.«

Sie folgten ihm.

Rya hatte die Hand ihres Vaters ergriffen. »Wird alles wieder gut werden, Paps? Wird es je wieder gut werden?«

Ein verwunschener Ausdruck lag in ihren Augen. Er drückte ihr die Hand. Erst jetzt fiel ihm auf, wie kalt ihre Finger waren. »Alles wird wieder gut«, sagte er. »Und das sehr bald.«

Sie gingen in westlicher Richtung, an den Gärten der Nachbarhäuser vorbei, jede Deckung ausnützend.

Paul war darauf gefaßt, daß ihnen hinter der nächstbesten Ecke ein Posten entgegentrat, den Salsbury aufgestellt hatte. Es hätte ihn ebensowenig überrascht, wäre Sams Experiment mit Harry in ein tödliches Duell eingemündet. Zwei langhallende Schüsse. Dann endloses Schweigen.

Sie kamen an der St.-Luke's-Kirche vorbei, der einzigen Kirche in Black River, die für alle Konfessionen geöffnet war. Die Fassade war frisch gestrichen. Es gab einen hohen Glockenturm, der vorne an der Main Street stand.

Sam ging zum hinteren Eingang. Er drückte gegen die Tür, sie war nicht verschlossen. Sie schlüpften durch den Spalt, einer nach dem anderen.

Ein paar Minuten lang verharrten sie in dem fensterlosen Vorraum und warteten, ob ihnen jemand folgen würde.

Niemand kam.

»Manchmal hat man eben auch Glück«, flüsterte Jenny.

Sam ging voran. Sie betraten das düstere Kirchenschiff und umrundeten den Altar.

Sie betraten die Sakristei. Jenny stolperte über einen Stapel Meßgewänder. Ihre Schritte verursachten ein dumpfes Poltern auf dem Bretterboden. Sie warteten, bis der Hall verklungen war.

Sie hatten sich an der Hand ergriffen. Sam öffnete eine Tür. Eine Wendeltreppe kam in Sicht. Sam ging voran, Jenny folgte, dann kam Rya, Paul war der letzte. Er blieb auf der untersten Stufe stehen, bis sich seine Augen an das Dunkel gewöhnt hatten. Er hielt den gesicherten Revolver in der rechten Hand. Er warf einen Blick hinter sich. Die Kirche war schweigende Düsternis. Er folgte den anderen.

Die Wendeltreppe endete auf einer Plattform, die 3 Meter mal 3 Meter groß war. Sie standen auf der obersten Ebene des Glokkenturms, die Glocke hing über ihnen. Die Kette, mit der die Glocke bewegt wurde, führte durch ein Loch im Fußboden in die Sakristei hinab.

Die Glockenkammer war niedrig, sie war nur 1,20 Meter hoch, so daß sie knien mußten. Es gab vier breite Aussichtsschlitze, einen auf jeder Seite. Jenny und Rya saßen an die Mauer gelehnt, Jenny hielt ihr Gewehr auf den Knien. Sie sprach mit Rya, aber ihre Stimme war so leise, daß Paul sie nicht verstehen konnte. Als sie Pauls Blick auf sich ruhen sah, lächelte sie. Ihre Hand liebkoste die Stirn des Mädchens.

Das wäre eigentlich meine Aufgabe gewesen, durchfuhr es Paul. Ich bin der Vater. Ich muß Rya trösten, ihr begreiflich machen, was nicht zu begreifen ist.

Wirklich? Nein, dachte er. Meine Aufgabe ist eine andere. Ich muß mich darauf vorbereiten, einen Menschen zu töten. Wahrscheinlich nicht nur einen.

Der Gedanke durchzuckte ihn, daß die Gewalt, das Blut, mit dem er sich beschmutzen würde, daß all das sein Verhältnis zu Rya verändern würde. Sie würde Angst vor ihm haben, so wie sie Angst vor Bob Thorp bekommen hatte. Gewiß, es gab Gründe für den Mord, den er begehen würde. Aber hatte nicht jeder Mörder ›Gründe‹? Ob Rya je vergessen würde, daß er getötet hatte? Ob sie je wieder unbeschwert miteinander lachen, sich necken würden?

Sam lag auf den Knien und spähte auf die Straße hinab. Paul kniete sich neben ihn. Ihm war klar, dies war nicht der Moment, wo man an die Monate und Jahre dachte, die nun folgen würden, und doch ertappte er sich bei der Frage, was aus ihm und Jenny werden würde, wenn dies alles überstanden war. Er hob den Kopf und sah die Dachkante des *General Store*, der einen halben Häuserblock entfernt lag. Zur Rechten lag Karkovs Tankstelle und die Garage. Dann, in einige Entfernung, der Stern des Baseballplatzes. Die Wiese. Der Fluß. Die Straße. Dann sah er das Polizeiauto. Es war quer über die beiden Fahrbahnen der Ausfallstraße gestellt.

»Er hat die Ausfallstraße blockiert«, sagte er, zu Sam gewandt.

»Hab's schon gesehen.«

»Er hat uns wirklich in der Falle.«

»Und inzwischen wundert er sich ganz fürchterlich, warum wir nicht die Polizei verständigen oder aus Black River zu fliehen versuchen.«

Der größte Teil des Ortes lag zur rechten Seite. Der Platz. *Ultman's Café* mit den mächtigen dunklen Eichen. Das Rathaus. Geschäfte. Häuser mit Backsteinfassade. Bungalows. Das Gebäude der Telefongesellschaft. Die katholische Kirche. Der Friedhof. Das Union-Theater mit seinem altmodischen Vordach. Die Straße zur Sägemühle. Und all das reingewaschen vom Regen, niedlich, friedlich, unschuldig. Aber inmitten dieser Unschuld lauerte das Böse, versteckt im Hirn eines Menschen, der sie alle unterjochen wollte.

»Bist du sicher, daß Salsbury sich nach wie vor im Rathaus verschanzt?« fragte Paul.

»Wo sonst?«

»Könntest recht haben.«

»Das Büro des Polizeichefs ist die ideale Kommandozentrale, wenn er den Ort unter seine Fuchtel bekommen will.«

Paul warf einen Blick auf seine Uhr. »Viertel nach fünf.«

»Wir werden hier oben warten, bis es dunkel wird«, sagte Sam. »Bis um neun. Dann werden wir uns ans Rathaus heranschleichen. Wir werden die ausgestellten Wachen mit Hilfe des Codes außer Gefecht setzen. Und dann packen wir uns Salsbury.«

»Hört sich leicht an.«

»Ist auch leicht«, sagte Sam.

Ein Blitz zuckte herab, und kurz darauf schlug der Donner ein. Der Regen, der folgte, war wie ein Bombardement aus Stahlkugeln, das auf dem Stahldach des Glockenturms widerhallte.

17 Uhr 20

Bob Thorp lächelte, weil er die Anweisung erhalten hatte zu lächeln. Er hatte die Arme vor dem muskulösen Brustkasten verschränkt. Er lehnte an der Fensterbank und sah Salsbury zu, der sich an seinen Schreibtisch gesetzt hatte.

Das IF-Transmissionsgerät war ans Telefon angeschaltet worden. Salsbury hatte Sam Edisons Nummer angewählt. Er wartete.

Er saß da, vorgebeut, schwitzend, die Hand um den Hörer gekrampft. Er lauschte. Nichts. Die Ohren der Mikrofone waren aufgesperrt, aber zu hören war nichts.

Schweigen. Stille. Dämmerung.

Das Ding funktioniert nicht, dachte Salsbury. Made in Belgium. Wie könnte es denn auch funktionieren? Er legte auf. Er öffnete das Gehäuse und prüfte die Anschlüsse. Dann wählte er aufs neue Edisons Nummer. Die Verbindung öffnete sich. Ein Rauschen, ähnlich einer Meeresmuschel, die man ans Ohr hält.

Das Ticken einer Uhr, laut wie Peitschenschläge.

Salsbury sah auf seine Armbanduhr. 17 Uhr 24.

Nichts. Schweigen.

17 Uhr 26.

Er legte auf und wählte neu.

Wieder das Ticken der Uhr.

17 Uhr 28.

17 Uhr 29.

17 Uhr 30.

Im ganzen Haus schien es niemanden zu geben, der sprach. Niemand lachte. Niemand bewegte sich. *Edison's General Store* war ein verdammtes Geisterhaus.

17 Uhr 32.

17 Uhr 33.

Salsbury hielt den Hörer ans Ohr gepreßt. Seine Nerven waren zum Zerreißen gespannt. Warum sagte dort niemand auch nur einen Ton?

17 Uhr 34.

17 Uhr 35.

Sie waren drüben. Sie mußten drüben sein.

Er warf den Hörer auf die Gabel.

Sie wissen, daß sie belauscht werden, dachte er. Sie rühren sich nicht, weil sie mich verunsichern wollen. Das ist die Lösung. So muß es sein.

Er wählte neu.

Das Ticken der Uhr, nur das Ticken der Uhr.

17 Uhr 39.

17 Uhr 40.

»Diese verdammten Scheißer!«

Diesmal landete der Hörer mit soviel Schwung auf der Gabel, daß ein mondförmiges Stück Plastik abbrach.

Salsbury war schweißüberströmt.

Er stand auf. Die Wut schnürte ihm die Kehle zu.

Sein Blick wanderte zu Thorp. »Selbst wenn es ihnen gelungen wäre, aus dem General Store zu fliehen«, sagte er nachdenklich. »Sie müssen noch im Ort sein. Es sind schließlich keine Zauberer, die sich irgendwo hinversetzen können. Die Ausfallstraßen sind gesperrt. Der Ort ist zu, verdammt noch mal, er ist zu! Oder etwa nicht?«

Thorp lächelte.

»Sie sollen mir antworten, Sie blöder Bulle!«

Thorps Lächeln verschwand.

Salsbury lief der Schweiß in den Steg der Brillenfassung. Es war ein unangenehmes Gefühl. Als ob einem zerschmolzene Butter in die Augenwinkel geträufelt würde.

»Ist Black River zu, ja oder nein?«

»Black River ist zu«, sagte Thorp gehorsam.

»Niemand kann raus, ohne daß ich das erfahre, richtig?«

»Richtig. Niemand kann raus, ohne daß Sie es erfahren.«

Salsbury zitterte vor Zorn. »Selbst wenn sie aus dem Haus geflohen sind, ich werde sie finden. Werde ich sie finden?«

»Ganz sicher.«

»Ich kann diesem gottverdammten Black River den Arsch aufreißen, sooft es mir paßt. Richtig?«

»Richtig.«

»Sie können nicht fliehen?«

»Sie können nicht fliehen!«

Salsbury ließ sich auf den Sessel sinken, als sei eine Feder in seinem Rückgrat zersprungen. »Aber die Sperren am Ortsrand sind ja gar nicht so wichtig. Meine Gefangenen im General Store haben das Gebäude nicht verlassen, weil sie es gar nicht verlassen können. Das Haus wird bewacht. Es ist ein Gefängnis, nichts als ein Gefängnis. Sie sitzen drin wie die Maus in der Falle. Sie glauben, sie können mich täuschen, aber ich lasse mich nicht aufs Kreuz legen. Nicht mit so einem billigen Trick.« Er wählte noch einmal Edisons Nummer an.

Er vernahm das Ticken der Uhr, sonst nichts.

17 Uhr 44.

17 Uhr 45.

Er legte auf.

Er wählte neu.

Tick-tack-tick-tack-tick-tack...

17 Uhr 46.

17 Uhr 47.

Er legte auf.

Er sah den Polizeichef an und grinste. »Ist Ihnen klar, was die wollen?«

Thorp schüttelte den Kopf.

»Die wollen, daß ich durchdrehe. Ich soll ein Kommando losschicken, das jedes Haus absucht.« Er kicherte. »Das wäre ja auch kein Problem. Ich könnte ganz Black River durchsuchen lassen, Haus für Haus, die Leute würden bereitwillig mitmachen. Aber das kostet Zeit. Stunden. Wenn die Suche vorüber ist, muß ich bei allen Beteiligten die Erinnerung löschen. Vierhundert Personen, vierhundert Löschvorgänge. Damit würde ich wieder ein paar Stunden vertun. Sie wollen, daß ich meine Zeit mit nutzlosen Aktionen vertrödle. Sie wollen, daß ich in Panik gerate, und sobald das nötige Durcheinander entstanden ist, wollen sie fliehen. Habe ich recht?«

»Sie haben recht.«

Salsburys Stimme überschlug sich. »Aber bei diesem Spiel mache ich nicht mit. Ich werde warten, bis Dawson und Klinger eingetroffen sind. Ich lasse mich nicht in eine Sackgasse hineintreiben. Nicht ich. Ich habe die Situation unter Kontrolle.«

Donner rollte durch das Tal. Die Fenster des Büros erzitterten.

Salsbury wählte noch einmal Edisons Nummer an.

17 Uhr 50.

17 Uhr 51.

Kichernd legte er auf.

Dann wuchsen ihm zwei Sorgenfalten in den Mundwinkeln. Wie, wenn die drüben wußten, daß sie belauscht wurden? Das würde bedeuten, sie wußten alles. Sie wußten, warum er in Black River war. Wer er war. Undenkbar.

Er wählte die Nummer.

17 Uhr 52.

Nichts. Stille.

Er legte auf und wandte sich zu Thorp. »Es ist unerheblich, ob sie meinen Plan kennen oder nicht. Sie können mir nicht entkommen. Ich habe sie, wo ich sie haben wollte. Mein ist die Macht...« Er starrte das IF-Transmissionsgerät an, dann wanderte sein Blick zu Thorp. »Wie glauben Sie, wie wird Miriam reagieren, wenn sie erfährt, welche Macht in meinen Händen liegt?«

»Wer ist Miriam?«

»Das wissen Sie doch.«

»Nein. Ich kenne diese Miriam nicht.«

»Meine geschiedene Frau.«

»Ach so.«

»Ein verdorbenes Flittchen.«

Thorp schwieg.

»Frigide wie eine Tiefkühltruhe.«

»Das tut mir aber leid.«

»Ich will Ihnen sagen, wie sie reagieren wird«, sagte Salsbury. »Sie wird auf Händen und Füßen angekrochen kommen. Sie wird sich vor mir winden wie ein Wurm, Mr. Thorp. Oder etwa nicht?«

»Doch, natürlich«, sagte Thorp.

Die Macht. Die Nacht. Mutter...

»Wissen Sie, was ich tun werde, wenn sie angekrochen kommt?«

»Nein.«

»Ich werde sie ins Gesicht treten.«

»Das ist Körperverletzung«, sagte Thorp.

»Bei Dawson das gleiche. Ich gebe ihm einen Tritt ins Gesicht.«

»Ich sagte schon, das ist Körperverletzung. Dafür landen Sie im Gefängnis.«

»Ich werde mir Dawson vorknöpfen«, sagte Salsbury feierlich. Plötzlich begann er zu kichern. »Diesen verdammten Heuchler.«

Thorp runzelte die Stirn.

»Meinen Sie, daß ich in Black River ein paar hohe Schaftstiefel finden kann, Mr. Thorp?«

»Was?«

»Hohe Schaftstiefel. Es gibt ein paar Leute, denen ich gern ins Gesicht treten möchte. Nicht viele. Nur ein paar.«

Tat-tat-tat-tat-tat-tat-tat-tat-tat-tat...

18 Uhr 30

»Wer ist da?«

»Sind Sie's, Mrs. Wolinski?«

»Ja.«
»Ich bin der Schlüssel.«
»Ich bin das Schloß.«
»Ist Ihr Mann zu Hause?«
»Ja. Er ist raufgegangen.«
»Ist er allein da oben?«
»Ob er allein ist? Ja.«
»Und Sie, wo sind Sie jetzt, sind Sie auch allein?«
»Ja, ich bin allein.«
»Kennen Sie Sam Edison?«
»Ja, natürlich.«
»Ist Sam jetzt bei Ihnen, Mrs. Wolinski?«
»Nein.«
»Ist Jenny Edison bei Ihnen?«
»Nein. Warum sollte sie?«
»Haben Sie Sam oder Jenny heute irgendwo gesehen?«
»Nein. Hören Sie, ich bin...«

»Mrs. Wolinski, wenn Sie gleich auflegen, werden Sie jedes Wort unserer Unterhaltung vergessen. Sie werden glauben, jemand hat Sie angerufen, um Ihnen eine Lebensversicherung zu verkaufen. Jemand aus Bexford. Ist das gut verstanden?«

»Ja.«
»Legen Sie jetzt auf, Mrs. Wolinski.«

18 Uhr 45

»Hier St. Margaret Mary's.«
»Bin ich mit dem Pfarrhaus verbunden?«
»Ganz recht.«
»Spreche ich mit Pater O'Hara?«
»Ich bin Pater O'Hara.«
»Ich bin der Schlüssel.«
»Ich bin das Schloß.«
»Sind Sie allein, Pater O'Hara?«
»Ja.«
»Und wo ist Ihre Haushälterin?«
»Sie hat heute frei.«
»Kennen Sie Sam und Jenny Edison?«
»Natürlich kenne ich die. Nette Leute.«
»Ist einer der beiden bei Ihnen?«
»Hier im Pfarrhaus? Nein.«

»In der Kirche vielleicht?«

»Nein. Warum fragen Sie?«

»Haben Sie Sam Edison oder Jenny Edison heute gesehen?«

»Nein. Ich...«

»Kennen Sie Paul Annendale?«

»Ich glaube nicht, daß ich jemanden dieses Namens kenne. Wenn Sie mich anrufen, um...«

»Halten Sie den Mund, Pater O'Hara. Wenn Sie jetzt auflegen, werden Sie vergessen, daß wir miteinander telefoniert haben. Sie werden sich nur daran erinnern, daß jemand Sie angerufen hat, das hat sich dann aber als eine falsche Verbindung herausgestellt. Ist das verstanden, Pater O'Hara?«

»Ja.«

»Legen Sie auf, O'Hara.«

19 Uhr

»...ihn oder sie heute im Laufe des Tages getroffen?«

»Sam ja. Ich habe Sam gesehen. Er war im Geschäft.«

»Wann war das, Mrs. Jamison?«

»Heute früh um neun.«

»Nachher haben Sie ihn nicht mehr getroffen?«

»Nein.«

»Mrs. Jamison, ich möchte, daß Sie am Telefon stehenbleiben. Geben Sie jetzt den Hörer Ihrem Mann.«

»Hallo, wer spricht da?«

»Mr. Jamison?«

»Ja?«

»Ich bin der Schlüssel.«

»Ich bin das Schloß.«

19 Uhr 30

»Ich möchte, daß Sie am Telefon stehenbleiben, Mrs. Potter. Geben Sie jetzt den Hörer bitte Reverend Potter.«

»Verstanden. Einen Moment bitte.«

»Hier Reverend Potter.«

»Ich bin der Schlüssel.«

»Ich bin das Schloß.«

»Kennen Sie Sam Edison und seine Tochter Jenny?«

»Ja, sehr gut sogar.«

»Haben Sie einen von den beiden heute gesehen?«

»Nein.«

»Sind Sie sich dessen absolut sicher?«

»Ja.«

»Haben Sie mit einem der beiden heute telefoniert?«

»Nein. Ich...«

»Kennen Sie Paul Annendale und seine Tochter Rya?«

»Ja. Die beiden kommen jedes Jahr, um...«

»Haben Sie die beiden heute gesehen oder gesprochen?«

»Weder noch. Ich war tagsüber...«

»Was, zum Teufel, ist eigentlich los, Potter?«

»Wie bitte?«

»Wo, zum Teufel, sind Sam Edison und seine Tochter Jenny? Wo ist Paul Annendale? Wo ist Rya Annendale?«

»Ihre Ausdrucksweise...«

»Ich habe in den vergangenen eineinhalb Stunden mit fünfzig Leuten telefoniert. Niemand hat die Gesuchten gesehen oder gesprochen. Niemand weiß, wo sie stecken. Aber *ich* weiß, daß sie noch in Black River sind! Ich bin verdammt sicher, daß sie noch in Black River sind, Reverend Potter! Wissen Sie, was ich glaube? Die sind noch im General Store.«

»Ihre Art, mir...«

»Sie sitzen im General Store und stecken den Kopf in den Sand. Sie wollen Versteck mit mir spielen, mich an der Nase herumführen. Sie wollen, daß ich selbst hingehe und nach ihnen suche. Sie wollen, daß ich ihnen Bob Thorp auf den Hals schicke. Wahrscheinlich sind sie bewaffnet. Nun, so leicht lasse ich mich nicht aufs Glatteis locken. Ich werde keine Schießerei beginnen. Was mache ich nachher mit den Leichen? Ich werde die Vögelchen aushungern. Ich kriege sie, Potter, verlassen Sie sich drauf. Und wissen Sie, was ich mit ihnen anfange, wenn ich sie habe? Die Edisons sind ein Sonderfall. Bei den Annendales liegt die Sache etwas anders, von ihnen weiß ich schon alles, was ich wissen will. Sie konnten auf die Droge nicht ansprechen, weil sie zur fraglichen Zeit gar kein Wasser aus dem Reservoir getrunken haben. Und deshalb werde ich sie umlegen, sobald ich sie habe. Ich werde Bob Thorp beauftragen, ihnen die Rübe runterzuschießen, Reverend Potter. Wenn Sie wissen, was ich damit sagen will.«

7. Kapitel

21 Uhr

Der Wind war abgeflaut. Die Abenddämmerung hatte sich auf Black River gesenkt. Ein gelb-schwarz bemalter Hubschrauber flog über das Tal dahin. Der Pilot folgte der Straße, er flog in einer Höhe von zwanzig Metern. Als die Ortschaft auftauchte, steuerte der Pilot den Platz im Zentrum an. Der Hubschrauber verharrte in einigen Metern Höhe über diesem Platz, das Donnern der Rotoren erfüllte den kleinen Ort.

Rya, Jenny, Paul und Sam befanden sich immer noch im Glockenturm der Kirche. Sie duckten sich hinter die Mauer, als der Hubschrauber den Turm passierte. Das blinkende, blitzende Gebilde schien gefährlich nah, aber niemand in der Kabine konnte sich vorstellen, daß die Gegner des Tests im Glockenturm Zuflucht gefunden hatten, und so schaute weder Dawson noch Klinger auf die Sehschlitze im Turm, und auch der Pilot hielt den Blick auf den Platz gerichtet, auf die Pfützen, die vom Luftdruck der Rotorblätter weggedrückt wurden.

»Zwei Passagiere und der Pilot«, sagte Sam.

Der Hubschrauber zog hoch, flog eine Kurve und landete auf dem Parkplatz des Rathauses, nur zehn Meter von dem dort abgestellten Streifenwagen der Polizei entfernt.

Als das Geräusch der Rotoren verklungen war, wandte sich Jenny zu Sam. »Glaubst du, daß die beiden Passagiere mit Salsbury in Verbindung stehen?«

»Daran habe ich keine Zweifel«, sagte Sam.

»Steckt die Regierung dahinter?«

»Nein«, sagte Paul.

»Ich bin deiner Meinung«, sagte Sam. »Was da unten steht, ist kein Militärhubschrauber. Und selbst der Präsident fliegt mit einem Militärhubschrauber, auch wenn er innen sehr luxuriös ausgestattet ist. Kein Regierungsbeamter fliegt mit solch einem kleinen Ding.«

»Was nicht ausschließt, daß die Regierung irgendwie die Hände mit drin hat in der Sache.«

»Ausgeschlossen ist das nicht, aber vorläufig würde ich sagen, es ist ein gutes Zeichen, daß es keine Militärmaschine ist.«

»Was nun?« fragte Rya.

»Wir müssen warten«, sagte Paul. »Wir bleiben hier sitzen und warten.«

Der Gestank des verbrannten Treibstoffs stieg zum Glockenturm hoch.

In den Bergen war das Rollen des Donners zu hören. Zwischen zwei Gipfeln zuckte ein Blitz. Paul erinnerte es an die weißblauen Lichtbögen, die in den Frankenstein-Filmen die Apparaturen krönen.

Die Zeit schien stillzustehen. Paul hatte so etwas noch nicht erlebt. Die Sekunden waren da, aber sie vergingen nicht, sondern blieben im Raum schweben. Jede Sekunde war eine Luftblase in der Flasche, die an dem Nickelgalgen am Kopfende von Annies Bett gehangen hatte.

Es war 21 Uhr 20 geworden, als zwei Wagen die Main Street heruntergefahren kamen, ein Polizeiauto und ein Ford LTD. Die Wagen hielten vor dem General Store an, ihre Scheinwerfer zerschnitten die sinkende Nacht. Bob Thorp und die beiden Polizeibeamten, die ihn begleiteten, kletterten aus dem Wagen. Jeder hielt eine schußbereite Pistole in der Rechten. Ein paar Sekunden lang blieben sie im Lichtschein des Fords stehen, dann gingen sie die Stufen zum General Store hoch und verschwanden auf der überdachten Veranda.

Die Türen des Fords schwangen auf. Drei Männer erschienen. Der Motor des Wagens lief noch, die Türen blieben offen. Die Männer blieben hinter dem Wagen stehen, so daß ihre Gestalten nicht klar zu erkennen waren. Paul konnte auch nicht sehen, ob die drei bewaffnet waren. Aber er war ziemlich sicher, um wen es sich handelte. Um Salsbury und die beiden Männer, die der Hubschrauber eingeflogen hatte.

»Sollen wir runtergehen und sie erschießen?« fragte Paul. »Wir hätten den Vorteil, daß sie uns den Rücken zudrehen.«

»Zu gefährlich«, sagte Sam. »Wir wissen nicht, ob die drei bewaffnet sind. Vielleicht hören sie uns kommen. Auch wenn es uns gelingt, sie zu überraschen, einer der drei würde vermutlich entkommen. Warten wir noch.«

Es war 21 Uhr 35, als einer von Bob Thorps Männern aus dem General Store zurückkam und sich zu den drei Männern aus dem Ford gesellte. Was gesprochen wurde, war auf dem Glokkenturm nicht zu verstehen. Der Polizist blieb bei dem Wagen.

Salsbury und seine beiden Partner begannen den Anstieg zum General Store.

21 Uhr 50

Sie hatten den Jahresband in Sam Edisons Bücherregal gefunden. »Also gut«, sagte Dawson. »Jetzt wissen wir, wie sie von der Sache Wind bekamen. Ogden, kennen die auch unsere Codes?«

Salsbury gab sich beleidigt. »Natürlich nicht. Wie, zum Teufel, sollten sie den denn erfahren haben?«

»Das kleine Mädchen könnte den Code gehört haben, als du mit Thorp gesprochen hast.«

»Unmöglich. Sie kam erst ins Haus, als ich Thorp schon erschlossen hatte.«

»Hast du versucht, den Code bei ihr zu benutzen?«

Habe ich das versucht? Salsbury erinnerte sich nicht. Er sah sie in seiner Erinnerung, wie sie vor ihm zurückwich. Er hatte versucht, sie festzuhalten, aber sie hatte sich seinem Griff entwunden. Ob er den Code bei ihr einzusetzen versucht hatte? Er wußte es nicht mehr.

»Nein«, sagte er. »Ich hatte gar keine Zeit, den Satz zu sagen. Sie ist sofort losgerannt. Ich bin ihr nachgerannt, aber sie war so schnell, daß ich sie nicht mehr erwischt habe.«

»Bist du absolut sicher?«

»Ja.«

Klinger gab sich keine Mühe, seine Verachtung zu verbergen. »Sie hätten wissen müssen, daß Edison Schwierigkeiten machen würde. Sie hätten sich über den Mann informieren müssen, vor allem über seine Bibliothek.«

»Wie in aller Welt konnte ich denn ahnen, daß in seiner Bibliothek dieser Artikel versteckt ist.« Salsburys Augen quollen aus den Höhlen. Auf seinen Wangen wuchsen zwei dunkelrote Flecken.

»Wenn Sie Ihre Pflicht getan hätten...«

»Meine Pflicht!« Salsbury spuckte die beiden Worte aus, wie man einen verdorbenen Bissen ausspuckt. Er war wütend, und vor allem hatte er Angst, und beides zusammen wurde zu der für Salsbury typischen Überheblichkeit. »Wir sind hier nicht in einer stinkigen Kaserne, Klinger. Dies ist nicht Ihre Armee. Und ich bin kein Rekrut, den Sie herumkommandieren können.«

Klinger wandte sich von ihm ab. Er trat ans Fenster. »Wir wären vielleicht alle besser dran, wenn Sie bei mir den nötigen Drill verpaßt bekommen hätten.«

Salsbury stand da und starrte auf den breiten Rücken des Generals. Er spürte, daß er bei dem Wortwechsel den kürzeren gezogen hatte. Klinger war sich seiner Sache so sicher, daß er ihn nicht einmal eines Blickes würdigte.

Sekunden vergingen. Salsbury versuchte es einen Ton braver. »Ich hätte noch so sorgfältig vorgehen können...«

»Schluß jetzt«, entschied Dawson. Er sprach leise, aber es lag so viel Entschlossenheit in seinen Worten, daß Salsbury sein Klagelied verebben ließ. Klinger wandte sich um. »Wir haben keine Zeit, um uns gegenseitig zu beschuldigen«, fuhr Dawson fort. »Wir müssen erst diese vier Personen finden.«

»Ins Tal können sie nicht geflohen sein«, sagte Salsbury. »Das Ostende des Ortes ist hermetisch abgeriegelt.«

»Sie hatten auch den General Store hermetisch abgeriegelt, wie Sie es nennen«, sagte Klinger sarkastisch. »Aber sie sind Ihnen entkommen.«

»Du bist zu hart in deinem Urteil, Ernst«, sagte Dawson. Er lächelte wie ein Kirchenvater, der einen Streit zwischen den Presbytern schlichtet, aber in seinen schwarzen Augen lagen Haß und Verachtung. »Ich bin Ogdens Meinung, daß der Ort nach Osten hin sicher abgeriegelt ist. Wir werden allerdings die Mannschaften am Fluß und im Wald noch verdreifachen. Ogden hat völlig richtig gehandelt, als er das Gros der Männer zunächst zur Bewachung der Waldwege eingeteilt hat.«

»Es bleiben zwei Möglichkeiten« sagte Klinger. Er hatte beschlossen, den Strategen herauszukehren. »Entweder die vier sind noch im Ort und verstecken sich in irgendeinem Haus. Dann werden sie versuchen, heute nacht auszubrechen. Sie werden entweder über den Fluß oder durch den Wald fliehen. Möglichkeit zwei: sie sind schon weg. Dann wählen sie den Weg durchs Gebirge. Thorp sagt, Paul Annendale und seine Tochter haben Erfahrung in den Bergen.«

Bob Thorp, der steif wie eine Ehrenwache an der Tür verharrte, nickte. »So ist es.«

»Ich sehe nicht, wie sie den Weg durch die Berge schaffen wollen«, sagte Salsbury. »Die haben ein elfjähriges Mädchen bei sich, sie können also nicht schnell marschieren. Sie brauchen

Tage, bis sie zur nächsten bewohnten Ortschaft gelangen und Hilfe alarmieren können.«

»Das elfjährige Mädchen, von dem Sie sprechen, hat die letzten sieben Jahre in Black River ihre Sommerferien verbracht«, sagte Klinger. »Und zwar im Zelt. Die ist so fit, daß sie keine Belastung für die Gruppe bedeutet. Außerdem ist es egal, ob die Gruppe fremde Hilfe erst nach vier Tagen oder schon nach zwei Tagen alarmieren kann. Der Schaden, der für uns entsteht, ist der gleiche.«

Dawson schien nachzudenken. »Nehmen wir einmal an, sie wählen den Weg durch die Berge, dann hätten sie bis Bexford eine Strecke von hundert Kilometern zurückzulegen. Wie weit könnten sie schon gekommen sein?«

»Fünf Kilometer«, sagte Klinger. »Vielleicht sechs.«

»Weiter nicht?«

»Das bezweifle ich«, sagte Klinger. »Sie mußten den ersten Teil der Strecke sehr vorsichtig gehen, weil sie den aufgestellten Wachen ausweichen mußten. Und dann haben sie auch Zeit verloren, um die Richtung festzulegen. Das kleine Mädchen drückt auf das Tempo, auch wenn sie Wandererfahrung hat.«

»Sechs Kilometer«, sagte Dawson nachdenklich. »Das würde bedeuten, sie sind jetzt irgendwo zwischen den neuangepflanzten Schonungen und der Sägemühle.«

»Das könnte sein.«

Dawson schloß die Augen. Was er murmelte, konnte keiner seiner beiden Gefährten verstehen. Plötzlich starrte er sie an, als hätte er eine Eingebung. »Wir werden als erstes eine Suchaktion in den Wäldern in die Wege leiten.«

»Das ist doch absurd«, sagte Salsbury. Ihm war bewußt, daß Dawson seinen Plan als den unerforschlichen Ratschluß Gottes ausgeben würde, aber das war ihm jetzt egal. »Eine Suchaktion in den Wäldern, das ist, als wollten wir eine Nadel im Heuhaufen suchen.«

Dawsons Antwort kam eiskalt, und Salsbury mußte an den erkalteten Leichnam des Jungen denken, der im Nebenzimmer lag. »Im Holzfällercamp arbeiten zweihundert Mann, das ist unsere Suchmannschaft. Die Männer kennen sich im Wald aus. Wir werden sie mit Gewehren und Pistolen ausrüsten, mit Taschenlampen und Sturmlaternen. Wir geben ihnen ein paar Lastwagen und Jeeps. Die Mannschaften fahren bis zu einem

Punkt zwei Kilometer östlich vom Holzfällerlager. Dort schwärmen sie aus, bilden eine Suchkette und durchkämmen den Wald, Meter für Meter. Die vier Flüchtlinge können uns nicht entkommen.«

»Hört sich gut an«, sagte Klinger. Er war beeindruckt.

»Was ist, wenn sie gar nicht in den Bergen sind?« sagte Salsbury. »Sie könnten doch noch im Ort sein und sich in irgendeinem Haus verbergen.«

»Darüber brauchen wir uns nicht den Kopf zu zerbrechen«, sagte Dawson. »Hier ins Rathaus können sie nicht eindringen, das wird von Bob Thorp und seinen Männern bewacht. Aus dem Ort raus können sie nicht, weil alle Fluchtwege abgeriegelt sind. Sie können nur eines tun: warten.« Ein Wolfslächeln spielte um seine Lippen. »Wenn die Suchmannschaften im Wald sie bis vier Uhr morgens nicht aufgespürt haben, durchkämmen wir die Stadt, Haus für Haus. So oder so muß das ganze Unternehmen morgen mittag gelaufen sein.«

»Das ist knapp«, sagte der General.

»Ist mir egal, ob's knapp ist«, sagte Dawson. »Ich will die vier bis morgen mittag tot nebeneinander aufgebahrt sehen. Ebenfalls bis morgen mittag bekommen alle Einwohner des Ortes ein neues Gedächtnis verpaßt. Wir müssen unsere Spuren verwischen. Wir werden nicht das geringste Risiko eingehen.«

»Du willst sie alle vier erschießen?« sagte Salsbury. Er war verwirrt und enttäuscht. Er schob sich die Brille hoch. »Ich möchte Sam Edison und seine Tochter erst noch untersuchen. Die Annendales können erschossen werden, kein Problem. Aber bei Sam Edison und seiner Tochter muß ich erst noch herausfinden, warum sie auf die Droge nicht angesprochen haben. Ich muß...«

»Geschenkt«, sagte Dawson brüsk. »Wenn wir sie einfangen und zum Laboratorium in Greenwich schaffen, besteht die Gefahr, daß sie uns unterwegs entwischen. Das ist ein Risiko, das wir nicht eingehen können. Sie wissen zuviel.«

»Aber wir haben dann zuviel Leichen«, protestierte Salsbury. »Wir müssen uns jetzt schon um den Jungen kümmern. Und um Buddy Pellineri. Nehmen wir an, es gibt noch ein paar Tote bei der Suchaktion. Nehmen wir an, es kommt zu einem Feuergefecht. Wie wollen wir den auswärtigen Behörden die Todesfälle klarmachen?«

Dawson trat vor ihn. »Du wirst die Leichen ins *Union-Theater* schaffen lassen. Dort inszenierst du ein tragisches Feuer. Die Toten waren Zuschauer. Dr. Troutman schreibt die Totenscheine aus. Die Verwandten der Toten werden programmiert, damit sie keine Autopsie verlangen.«

»Erstklassig«, sagte Klinger und grinste. »Wirklich erstklassig, Leonard.«

Dieser Speichellecker, dachte Salsbury. Der General gab sich martialisch, aber er war bereit, einem Zivilisten die Planung zu überlassen.

»Großartig«, sagte Klinger. »Wirklich großartig, Leonard.«

»Danke, Ernst.«

Salsbury musterte die beiden giftig. »Westentaschenchristus«, murmelte er.

Dawson war nicht einmal beleidigt, eher erstaunt wie ein Vater, der sein Kind mit einem zerbrochenen Spielzeug ertappt hat. »Für jede Gotteslästerung, die wir aussprechen, wird uns der HERR einst zur Rechenschaft ziehen. Niemand von uns hat eine Chance, SEINER Rache zu entgehen.«

Salsbury schwieg.

»Die Hölle ist keine Erfindung der Menschen«, sagte Dawson. »Sie war vorher da und wird noch dasein, wenn es keine Menschen mehr gibt.«

Salsburys Blick irrte zu Klinger, aber es war offensichtlich, daß der ihm nicht beispringen würde. Die Art, wie Dawson sprach, gefiel ihm nicht. Seine Stimme hatte geklungen wie die eines Hohenpriesters, der in den Falten seines Gewandes einen scharfgeschliffenen Dolch verbarg. Wer würde als Opfer auf den Altar gelegt werden?

Dawson unterbrach ihn bei seinen ungemütlichen Gedankenspielen. Er tippte auf seine Armbanduhr. »Bringen wir's hinter uns, meine Herren. Die Stoppuhr läuft.«

22 Uhr 12

Der Hubschrauber war gestartet. Er flog eine elegante Schleife über dem Platz und verschwand in der Düsternis der Berge.

Sekunden später war das Donnern der Rotoren zu einem sanften Schwirren geworden. Sam, der am Ausguck kniete, wandte sich zu Paul. »Ob die zur Sägemühle fliegen?«

»Sieht ganz so aus«, sagte Paul. »Aber was wollen sie dort?«

»Gute Frage.«

»Könnte es sein, daß sie unseren Trick durchschaut haben? Daß Thurston geplaudert hat?«

»Unwahrscheinlich.«

»Und wenn?«

»Wir wissen es nicht«, sagte Sam düster. »Aber selbst wenn sie uns auf die Schliche gekommen sind, vergiß nicht, wir kämpfen jetzt mit gleichen Chancen. Bisher verfügte die Gegenseite über eine Armee von programmierten Zombies. Damit ist es jetzt vorbei. Wir können die Männer mit dem Code jederzeit außer Gefecht setzen.«

»Ob die beiden Männer, die mit dem Hubschrauber eingeflogen sind, ebenfalls zum Sägewerk weitergeflogen sind?« fragte Jenny.

Sam prüfte die Sicherung seines Revolvers. Er hielt den Arm ausgestreckt, aber er konnte in der Dunkelheit nur die Umrisse der Waffe erkennen. Er blinzelte. »Ich weiß es nicht.«

Der Smith-&-Wesson-Revolver in Pauls Hand war plötzlich hundert Kilo schwer. »Wir müssen Salsbury erledigen«, sagte er leise. »Es wird Zeit!«

»Du hast recht.«

Jenny tastete nach der Hand ihres Vaters. Ihre Finger kamen auf seinem Handrücken zu liegen. Er spürte, wie sie nach dem Abzug tastete. »Was ist, wenn Salsburys Kumpane bei ihm geblieben sind? Wenn die drei noch im Büro des Polizeichefs sind?«

»Zumindest einer ist zur Sägemühle geflogen«, sagte Paul. »Der Pilot allein kann dort gar nichts ausrichten. Im schlimmsten Fall haben wir's mit Salsbury und einem weiteren Mann zu tun. Mit den beiden müßten wir fertig werden, meine ich.«

»Ich möchte mitgehen«, sagte Jenny. »Dann sind wir drei gegen zwei.«

»Du bleibst bei Rya«, sagte Sam. »Das Mädchen braucht dich.« Er nahm seine Tochter in die Arme und küßte sie auf die Wange. »Mach dir wegen uns keine Sorgen, Jen. Wir packen das schon. Kümmere du dich um Rya.«

»Und wenn ihr nicht zurückkommt?«

»Wir werden es heil überstehen, verlaß dich drauf.«

»Und wenn nicht?«

»Dann bist du auf dich allein gestellt«, sagte Sam. Es war so dunkel, daß sie seine Tränen nicht sehen konnte.

»Wir machen uns umsonst Sorgen«, sagte Paul. »Die anderen sind im Nachteil. Sie wissen nicht, wo wir sind. Wir aber wissen, wo Salsbury ist.«

Rya hatte sich an ihren Vater geschmiegt. Sie fragte ihn, ob sie mitkommen dürfte, und er erklärte ihr, daß das nicht möglich war. Er streichelte ihr Haar, und dann stand er auf.

Es war 22 Uhr 20, als er und Sam sich die Wendeltreppe hinabtasteten.

8. Kapitel

22 Uhr 20

Phil Karkor war der Besitzer der Tankstelle in Black River. Er und seine Freundin Lolah Tayback hatten um zehn Uhr versucht, den Ort zu verlassen. An der Straßensperre war ihr Wagen angehalten worden. Die Wachen waren ans Fenster gekommen und hatten Phil Karkov zu Bob Thorp beordert.

Phil Karkov war ein höflicher, wohlerzogener Mann. Er war großgewachsen, breitschultrig und rothaarig. Er war Mitte Dreißig. Etwas unpassend war die Nase, sie sah aus, als sei sie bei zahlreichen Faustkämpfen zur Zielscheibe von Schlägen geworden. Aber das schien nur so. Die Nase ausgenommen, war Phil Karkov ein gutaussehender, vor allem aber ein freundlicher Mann, der gern lächelte und sich hilfsbereit zeigte, auch wenn die Dame, der es zu helfen galt, nicht mehr so jung und nicht mehr so hübsch war. Phil Karkov war ein Musterbürger, und so folgte er bereitwillig der Anweisung, die der Polizist ihm gegeben hatte.

Er betrat den Dienstraum des Polizeichefs in Begleitung seiner Freundin und wurde von Salsbury empfangen. Salsbury öffnete die beiden mit dem Code. Das Programm funktionierte ganz prächtig. Nein, die beiden hatten nicht zu fliehen versucht. Sie wollten eine Spazierfahrt machen. Nein, ihnen sei heute nichts Verdächtiges im Ort aufgefallen. Sie hätten vorgehabt, in Bexford ein Bier zu trinken.

Salsbury schickte Phil Karkov nach Hause. Er befahl ihm, bis zum Morgengrauen im Haus zu bleiben.

Dann war da noch die Frau, Karkovs Freundin. Salsbury beschloß, sie noch etwas dazubehalten.

Sie war eine Kindfrau. Ihr silberblondes Haar reichte bis auf die Schultern. Das Gesicht war klar und rein. Kristallgrüne Augen. Zimtfarbene Sommersprossen. Stupsnase. Grübchen. Ein wohlgeformtes Kinn. Zerbrechlich sah diese Frau aus. Mädchenhaft. Naiv. Sie war etwas über 1,50 Meter groß. 45 Kilo. Ein federleichtes Geschöpf, schlank, zart, auf hexenhafte Weise weiblich. Sie trug ein rot-weiß gestreiftes T-Shirt. *No bra.* Kein Büstenhalter. Sie trug Shorts aus Jeansstoff. Die Brüste waren hochangesetzt, nicht zu groß, nicht zu klein. Die Warzen malten sich auf dem T-Shirt ab. Die Taille war unglaublich schlank, die Beine lang, glatt, ohne sichtbare Muskeln. Salsbury stand vor ihr und inspizierte ihre Formen, weidete sich an ihrem Gesichtsausdruck. Ihre Blicke trafen sich. Lolah errötete. Sie war zart, sanft und verletzlich wie kein anderes der Mädchen, denen Salsbury in den vergangenen zwanzig Jahren sein erotisches Augenmerk zugewandt hatte.

Sie war, wie er die Frauen mochte. Weich, nachgiebig, verletzlich, hilflos. Die Macht. Mutter. Die Augen der Hure, die über ihm stand.

Er fuhr aus seinen Träumen hoch. »Lolah?«

»Ja.«

»Wie alt bist du?«

»Sechsundzwanzig.«

»Bist du mit Phil Karkov verlobt?«

»Nein.« So zart. So mädchenhaft.

»Aber er ist dein fester Freund.«

»Sozusagen.«

»Schläfst du mit ihm?«

Ihr Gesicht überzog sich mit einem Schimmer der Scham. Ihre schönen Lippen zitterten.

Süßes, kleines Biest.

Ich pfeife auf dich und deine guten Ratschläge, Dawson. Ich pfeife auf dich, Klinger. Er mußte kichern.

»Schläfst du mit deinem Freund, Lolah?«

Ihre Antwort kam so leise, daß er sie kaum verstand. »Muß ich das sagen?«

»Du mußt mir die Wahrheit sagen.«

Im Flüsterton: »Ja.«

»Ob du mit ihm schläfst?«

»Ja.«

»Wie oft?«
»Jede Woche.«
»Sprich lauter.«
»Jede Woche!«
»Du hast es faustdick hinter den Ohren, wie?«
»Warum?« Vorsichtiges Lächeln.

Er lachte, spielte am Lauf seiner Waffe herum. Lolahs Lächeln gefror. »Werden Sie mir weh tun?«

»Wievielmal pro Woche schläfst du mit ihm?«

»Zweimal«, flüsterte sie. »Zweimal oder dreimal.«

Salsburys Blick wanderte von ihren Schenkeln zur Wand und von dort zu Bob Thorp, der an der Tür stand. »Machen Sie, daß Sie rauskommen, Thorp. Begeben Sie sich zum Wachposten am Ende des Flurs. Warten Sie dort, bis ich Sie rufe.«

»Wie Sie wünschen.« Thorp verschwand und zog die Tür hinter sich ins Schloß.

»Lolah?«
»Ja, bitte?«
»Was macht Phil Karkov mit dir?«
»Wie meinen Sie das?«
»Im Bett.«

Sie senkte den Blick. Sie trug keine Strümpfe. Zwischen den Riemchen ihrer Sandalen schimmerte die sanftgebräunte Haut.

Das Gefühl der Macht kam über Salsbury, füllte ihn bis in die letzten Poren. Ein Feuerwerk aus Funken, Nadeln und Eiskristallen. Das Herz schlug ihm bis zum Halse. Das Programm, hier hatte es seine wahre Bestimmung gefunden. Die Frauen. Die Furche zwischen den Brüsten der Frauen. *Macht. Mutter.* Der Himmel hatte ihm die Macht über die Seelen der Menschen in die Hand gelegt. Niemand konnte ihm mehr etwas anhaben. Niemand konnte ihn mißbrauchen. Er mißbrauchte jetzt die anderen. So würde es von jetzt ab laufen. Er war Gott, die anderen waren seine Opfer. Nun und immerdar, Amen. Hast du gehört, Dawson? Kannst du mich sehen, Miriam? Ich danke dir, Herr, daß du mir eine Frau mit so einem hübschen Hintern geschickt hast. Amen. Salsbury war glücklich. Seit er Thorps Frau genommen hatte, war er nicht mehr so glücklich gewesen.

»Ich wette, Phil macht alles mit dir, was er will«, sagte er.

Sie antwortete ihm nicht. Sie stand da und bohrte die Fußspitze in den Boden.

»Tut er das, Lolah? Gib's zu. Sag, daß du alles mit dir machen läßt. Ich will, daß du's aussprichst.«

»Ja.«

»Du sollst die Worte sagen.«

»Er tut alles mit mir, was er will.«

»Und du läßt es mit dir geschehen.«

»Ich lasse es mit mir geschehen.«

Er griff ihr Kinn mit Daumen und Zeigefinger und zwang sie, ihn anzusehen. Angst stand in ihren Augen.

»Jetzt werde *ich* mit *dir* tun, was ich will.«

»Bitte, tun Sie mir nicht weh.«

»Kleines Biest«, sagte er. »Süßes, kleines Biest.« Er war so erregt wie noch nie in seinem Leben. Er hatte zu schnaufen begonnen. Alles schien plötzlich sehr klar, sehr rein, sehr offen. Es gab keine Probleme mehr. Die Welt war unter seiner Kontrolle. Die Frauen der Welt waren unter seiner Kontrolle. Er war der Boß. *Der absolute Boß*. Es war die Bezeichnung, die Howard Parker benutzt hatte, wenn er von sich sprach, Salsbury konnte sich sehr genau an diese Gespräche erinnern. Die Erinnerung kam so klar wie die Halluzination eines LSD-Süchtigen. Ich bin der absolute Boß, dachte er. Sie gehört mir.

»Natürlich werde ich dir weh tun, mein Kleines«, sagte er freundlich. »Ich werde mit dir tun, was mir gerade einfällt.«

Salsbury trat einen Schritt zurück. Er stemmte seine kleinen Fäuste in die Seiten.

Der Hubschrauber war auf den Landeplatz am Holzfällercamp eingeschwebt.

Dawson wartete, bis das Surren der Rotoren erstarb. »Ogden Salsbury muß eliminiert werden«, sagte er in die Stille hinein.

Klinger sah keine Probleme, dieser Feststellung zuzustimmen. »Natürlich. Er ist unzuverlässig.«

»Er ist ein Risiko.«

»Ich sehe nur eine Schwierigkeit«, sagte Klinger. »Können wir das Projekt ohne ihn zu Ende bringen?«

»Was Ogden weiß, ist im Computer in Greenwich gespeichert«, sagte Dawson. »Das System ist einsatzreif entwickelt. Wir brauchen die gewünschten Daten nur abzurufen.«

»Hat er die Daten nicht verschlüsselt?«

»Natürlich hat er alles verschlüsselt. Aber ich habe den Computer vorprogammiert, noch bevor er in Greenwich angeliefert wurde. Er ist so programmiert, daß er auf einen bestimmten Code alle Daten freigibt, die ich abfrage, unabhängig von Sperren und Codes, die Salsbury eingegeben hat.«

»Wann wollen wir's tun?«

»Was tun?«

»Ihn... eliminieren.«

»Nicht wir werden es tun. Du wirst es tun, Ernst.«

»Ich? Sollte ich nicht besser jemanden programmieren, der den Job für uns ausführt?«

»Du wirst es selbst tun. Vergiß nicht, daß Ogden die Leute deprogrammieren kann, die wir auf ihn ansetzen.« Dawson lächelte. »Du hast doch einen Revolver dabei, oder?«

»Doch, ja.«

»Hast du dir das Ding wieder auf den Rücken geklebt?«

»Ans Schienbein.«

»Sehr schön.«

»Zurück zu meiner Frage«, sagte Klinger. »Wann soll er eliminiert werden?«

»Noch heute nacht. Innerhalb der nächsten Stunde, würde ich sagen.«

»Warum warten wir nicht, bis wir wieder in Greenwich sind?«

»Weil ich ihn nicht auf dem Grundstück in Greenwich begraben will. Das wäre zu riskant.«

»Und hier? Was machen wir hier mit seiner Leiche?«

»Du vergräbst sie im Wald.«

Dawson löste seinen Sitzgurt.

Schweigen.

»Du willst ihn ganz einfach von der Bildfläche verschwinden lassen, wie?«

»Richtig«, sagte Dawson.

»Seine Beurlaubung beim *Brockert Institute* geht nur bis zum fünften nächsten Monats. Wenn er dann nicht wieder zum Dienst antritt, geht die große Suche los. Das Pentagon dürfte nervös werden.«

»Sie werden ihn überall suchen, nur nicht in Black River. Es gibt nichts, was sie nach Black River führen könnte. Ogdens Spur führt nach Miami. Urlaub in Miami.«

»Sie werden die größte Menschenjagd dieses Jahrhunderts

veranstalten«, sagte Klinger nachdenklich. »Die Abteilung Innere Sicherheit im Pentagon, das FBI...«

»Du weißt, daß wir nichts zu befürchten haben, Ernst. Alles ist wasserdicht abgeschottet. Es gibt offiziell keine Verbindung von Salsbury zu dir oder mir. Das Pentagon wird zu der Feststellung kommen, daß Salsbury zur anderen Seite desertiert ist.«

»Könnte sein.«

»Ganz bestimmt.«

Dawson war aufgestanden. Er begab sich zum Ausstieg.

»Soll ich nach Black River zurückfliegen, oder soll ich einen Jeep nehmen?« fragte Klinger.

»Es wäre zu auffällig, wenn du mit dem Hubschrauber dort ankommst«, sagte Dawson. »Nimm den Jeep. Du steigst in einiger Entfernung vom Rathaus aus und gehst den Rest des Wegs zu Fuß.«

»Einverstanden.«

»Und noch etwas, Ernst.«

»Was denn?«

Dawsons Fünfhundert-Dollar-Jacketkronen glänzten im Licht der Instrumententafel. Auf seinen Lippen lag ein Lächeln. Seine Augen leuchteten. Die Nasenflügel blähten sich. Es war der Ausdruck eines Wolfs, der Witterung aufgenommen hat. »Du machst dir zuviel Gedanken um diesen Neandertaler, Ernst.«

»Mag sein.«

»Es geht jetzt ums Überleben. Es kommt nicht an auf einen Mann wie Salsbury. Wir müssen diese Schlacht gewinnen, und wir werden sie gewinnen. Wir werden auch allen weiteren Schwierigkeiten trotzen, die sich erheben.«

»Ich wünschte, ich hätte dein Selbstvertrauen.«

»Es gibt keine Probleme, Ernst, wirklich nicht. Es kann gar keine geben. Unser Plan ist gottgewollt. Wir haben den Segen des HERRN. Du darfst nie vergessen, daß wir SEINEN Willen ausführen.«

»Ich werd' dran denken«, sagte Klinger leise.

Er tastete nach dem Revolver in seinem Hosenbein. Erst als er das Metall an den Fingerspitzen fühlte, durchströmte ihn so etwas wie Sicherheit und Gottvertrauen.

Paul und Sam hatten die Kirche verlassen. Sie gingen querfeldein, Richtung Fluß.

Buschwerk, Sträucher, hohes Gras. Die Halme waren naß vom Gewitterregen, und das Wasser schoß in ihre Fußspuren. Schon nach wenigen Schritten waren ihre Jeans bis zu den Knien durchnäßt.

Sam ging voran, sie folgten einem Trampelpfad. Pfützen, Schlick, Sand und Lehm. Sie versanken bis zu den Knöcheln, ruderten mit den Armen, um die Balance zu halten, schleppten sich weiter, hörten das Rauschen des Flusses.

Nach zehn Minuten hatten sie das Ufer erreicht. Sie erklommen den Felsen. Unten schossen die dunklen Fluten dahin wie quirlendes Öl. Die Ufer stiegen beiderseits auf eine Höhe von drei Metern an. Findlinge waren zu sehen, die über die Böschung hinausragten, die Stümpfe von Weidenbäumen, die Silhouetten von Eichen und Ahornbäumen.

Sie hatten keine Taschenlampe mitgebracht, und es wäre auch zu gefährlich gewesen, mit Licht zu gehen. Sie gingen in westlicher Richtung, auf die Berge zu. Sam ging voran, unermüdlich, geduldig und stark. Ein Krieger mit schneeweißem Haar.

Ich werde einen Menschen töten, dachte Paul. Vielleicht mehrere Menschen. Gegner, Opfer...

Der Geruch verwesender Pflanzen stieg zu ihm hoch. Der Fluß hatte die Böschung unterspült. Schlamm, Moder.

Der Pfad, der am Ufer entlangführte, endete an einem Felsvorsprung. Sam deutete nach links. Sie durchquerten ein Feld mit Apfelbäumen.

In den Bergen zuckten Blitze. Der Donner kam erst, als Paul den Blitz schon vergessen hatte. Er schrak zusammen. Die Vögel, die in den Bäumen nisteten, flogen auf.

Sie gingen in nördlicher Richtung. Sie schlugen einen großen Bogen um den dunklen Bereich, wo sie das Rathaus vermuteten. Dann erkannte Paul die Umrisse des Gebäudes. Sie standen vor der Rückseite.

Sam deutete auf den Zaun. Er hielt Ausschau nach den Wachposten, die Salsbury aufgestellt hatte. Niemand war zu sehen.

Sie überwanden den Zaun. Sam war flink wie ein junger Mann. Er duckte sich hinter die Büsche, verschwand in der Dekkung der Pinien. Buschwerk, Ginster, hüfthohe Stauden.

Paul schob den Revolver in den Gürtel. Er wollte die Wiese überqueren, als er zu zittern begann.

Das Fieber, dachte er. Die Droge.

Nein, das war nicht möglich. Er hatte nicht von dem vergifteten Wasser getrunken.

Seine Hand wanderte zur Magengrube. Er spürte, wie seine Eingeweide zu rumoren begannen.

Er dachte nach.

Ich habe Angst.

Ich habe Angst, ein Mörder zu werden.

Ich habe Angst, getötet zu werden.

Die Zukunft hatte sechs Seiten, wie ein Würfel.

Die Übelkeit überkam ihn und die Ahnung, daß dieser Würfel keine Augen hatte. Sechsmal Tod. Man würfelte, aber man hatte keine Wahl.

Paul biß die Zähne zusammen.

Er folgte Sam.

22 Uhr 30

Lolah Tayback hatte sich entkleidet. Salsbury betrachtete ihre Blöße.

»Ich bin der absolute Boß«, sagte er.

»Jawohl, Sir.«

»Sieh mich an, Lolah.«

Sie hielt den Blick gesenkt.

»Lolah?«

»Bitte nicht.« Sie hatte zu weinen begonnen.

»Was ist los mit dir, Lolah?«

»Ich habe Angst.«

»Magst du mich nicht?«

Sie schwieg.

»Magst du mich, Lolah?«

»Ja, Sir.«

»Sag die Wahrheit, Lolah.«

»Ich mag Sie nicht.«

Er schlug sie ins Gesicht.

Sie taumelte zurück.

»Kleine Hure!«

»Bitte tun Sie mir nicht weh.«

»Hure, hab' ich gesagt.«

»Tun Sie mir nichts, bitte.«

»Ich werde dich...«

»Bitte nicht!«
Er schlug zu.

Es gab eine doppelarmige Peitschenleuchte, die den Parkplatz hinter dem Rathaus in blauweißes Licht tauchte. Der Schein war so hell, daß die Tannenzweige wie das Gefieder eines Schwans schimmerten. Das Pflaster sah aus wie geschmolzener Asphalt, und die Pfützen glitzerten wie zerbrochene Spiegel. Eine Reihe von Personenwagen waren auf dem Platz geparkt, unter anderem der städtische Krankenwagen und der Streifenwagen der Polizei.

Sie waren an der rückwärtigen Eingangstür des Rathauses angekommen. Paul lehnte sich gegen die Füllung. Die Tür schwang auf. Ein Flur. Zwielicht. Zwei Männer. Bob Thorp und einer seiner Leute.

Thorp hatte den Revolver aus dem Halfter gezogen. Der Mann neben ihm hielt seine Schrotflinte auf Paul gerichtet.

»Ich bin der Schlüssel«, sagte Paul.

»Ich bin das Schloß«, sagten die beiden im Chor.

»Sprecht leise«, befahl Paul.

Die beiden nickten.

»Stecken Sie Ihren Revolver wieder in den Halfter, Mr. Thorp.«

»Wie Sie wünschen.«

»Und Sie, nehmen Sie Ihre Flinte runter.«

Der Mann gehorchte.

Paul empfand keinen Triumph, daß es ihm gelungen war, die beiden Männer zu öffnen, sie zu manipulieren, auf die Knöpfe ihres Unterbewußtseins zu drücken. Ihm war klar, daß ihr Leben in seiner Hand lag, ihr Leben und ihre Würde. Das Gefühl war wie der Gang durch einen alten Dom. Paul erschauerte.

Sam ging den Flur entlang und öffnete die erste Tür zur Rechten. Ein neonerleuchteter Raum tat sich auf.

22 Uhr 36

Tat-tat-tat-tat-tat-tat-tat . . .

Salsburys Knöchel bluteten.

Er öffnete den Waffenschrank im Büro des Polizeichefs und nahm einen Smith-&-Wesson-Revolver vom Haken. Er suchte und fand die Munition. Er lud die Waffe.

Er kehrte zu Lolah Tayback zurück.

Sie lag auf dem Fußboden, mit angezogenen Knien. Ihre Oberlippe blutete. Das Septum war gebrochen.

»Arme Lolah«, sagte er.

Er ging um sie herum, ihre Augen folgten ihm.

Er hielt ihr die Mündung der Waffe auf die Nasenwurzel. Sie schloß die Augen.

Er fuhr mit dem Lauf auf ihren Jochbögen entlang, am Hals hinunter und verharrte auf den Brüsten. Er umrundete die Warzenhöfe, dann drang er zu den Brustspitzen vor.

Lolah erschauderte.

Salsbury überkam der heilige Ernst. Er hatte sie, wo er sie haben wollte.

Der Raum war voller Akten. Ein unpersönlicher Raum. Neonlicht, grüngestrichene Wände, graugestrichenes Metall, braungekachelter Boden.

Der ideale Raum für ein Verhör.

»Mr. Thorp«, begann Sam, »wer befindet sich zu diesem Zeitpunkt in Ihrem Büro?«

»Zwei Personen.«

»Wer sind diese Personen?«

»Lolah Tayback und *er*.«

»Wer ist *er*?«

»Ich weiß es nicht.«

»Sie kennen seinen Namen nicht?«

»Nein.«

»Ist es Salsbury?«

Thorp zuckte die Achseln.

»Wie sieht der Mann aus?«

»Zwanzig Kilo Übergewicht«, sagte Thorp.

»Dicke Brillengläser?«

»Ganz recht. Dicke Brillengläser.«

»Nur dieser Mann und Lolah Tayback sind im Büro?«

»Nur die beiden.«

»Sind Sie sicher?«

»Ganz sicher.«

»Und wo sind Salsburys Freunde?«

»Welche Freunde?«

»Die Männer, die im Hubschrauber eingeflogen kamen.«

»Die sind nicht hier.«
»Keiner von beiden?«
»Keiner von beiden.«
»Wo sind sie denn hin?«
»Weiß nicht.«
»Sind sie vielleicht zur Sägemühle geflogen?«
»Ich weiß es nicht.«
»Haben sie gesagt, sie würden nach Black River zurückkommen?«
»Das weiß ich nicht.«
»Wie hießen die beiden Männer?«
»Es tut mir leid, aber das weiß ich auch nicht.«
Sam trat einen Schritt zurück. »Das wär's«, sagte er, zu Paul gewandt.
»Gehen wir zu ihm?« fragte Paul.
»Ja, und zwar sofort.«
»Ich gehe vor«, sagte Paul. »Ich werfe mich gegen die Tür, und du kommst nach.«
»Ich bin der Älteste von uns beiden«, sagte Sam. »Ich habe weniger zu verlieren.«
»Ich bin der Jüngere«, sagte Paul. »Ich bin auch schneller als du, und deshalb mache ich die Vorhut.«
»Es ist nicht wichtig, ob du schnell bist. Salsbury hat keine Ahnung, daß wir schon im Rathaus sind. Wir überrumpeln ihn, und fertig.«
»Vielleicht erwartet er uns. Vielleicht hat er einen heißen Empfang für uns vorbereitet.«
»Gut«,sagte Sam. »Du gehst vor, und ich folge dir.«

Salsbury hatte ihr bedeutet, sich auf den Rücken zu legen. Er drückte den Lauf seiner Waffe in ihr glattes Fleisch. Seine Zunge wanderte über die trockenen Lippen, er mußte schlukken. Er schob sich die Brille hoch. »Du bist scharf drauf, gib's zu«, flüsterte er. »Diesmal kriegst du soviel, wie du brauchst. Hörst du mich, du kleines Biest? Und jetzt halt still. Ich verspreche dir, bei allem, was mir heilig ist, ich mach's dir, wie du's haben willst.«

Paul stand vor der Tür, den entsicherten Revolver in der Hand. Er hatte gehört wie Salsbury sich mit seinem Opfer unterhielt.

Sam hatte recht. Der Mann ahnte nicht, daß seine beiden Widersacher sich ins Rathaus geschlichen hatten.

Er öffnete die Tür mit lautloser Geschicklichkeit. Geduckt, zum Sprung bereit, kroch er auf die Gestalt zu, deren Rücken vom Schreibtisch verdeckt wurde. Er hielt die 357er Magnum auf den Kopf des Mannes gerichtet.

Als er den Schreibtisch umrundet hatte, sah er die Frau. Sie war nackt. Das Gesicht war blutverschmiert, aber die Frau war bei vollem Bewußtsein. Sie lag mit ausgebreiteten Armen und Beinen auf dem Fußboden und starrte den Mann an, der über ihr kniete.

Salsburys Gesicht war schweißüberströmt. Unter dem Rand der Brille zuckten dunkelrote Flecken. Die Augen glänzten wie im Rausch. Er sah aus wie ein Troll, der seinen Tanz um den vergifteten Dorfbrunnen schon hinter sich hat, wie der Frosch, der sich über die schlafende Königstochter hermacht. Die Mündung der Waffe war auf ihre Schenkel gerichtet, in einer bizarren, abstoßenden Nachahmung des Liebesaktes. Paul Annendale war so angewidert, daß er die Gefahr vergaß, in der er schwebte.

Salsbury nutzte die Chance. Er sprang auf, hob den Revolver und gab einen Schuß auf Paul ab.

Er verfehlte ihn um wenige Zentimeter. Die Kugel schlug in die Wand. Putz rieselte von der Decke und breitete sich als winziger weißer Schleier über Pauls Schulter.

Pauls Erstarrung wich. Er riß die Waffe hoch und drückte ab. Der erste Schuß zerschmetterte die Scheibe, der zweite traf Salsbury in die rechte Schulter.

Salsburys Revolver fiel zu Boden. Er selbst wurde gegen die Wand geschleudert.

Er sank zu Boden. Seine Hand tastete sich zur Schulter vor, versuchte die Wunde zu bedecken. Das Blut sprudelte unter seinen Fingern hervor. Der Schmerz und die Macht. *Tat-tat-tat-tat...*

Er sah einen Mann auf sich zutreten. Der Mann war groß. Blaue Augen.

Salsbury konnte das Gesicht nicht klar erkennen. Etwas stimmte nicht ganz mit seinen Augen, er wußte nicht, was es war. Immerhin war zu erkennen, daß der Mann leuchtend blaue Augen hatte. Salsbury fühlte sich in das Meer der Zeit zurückgeschleudert. Er war wieder ein kleiner Junge. Mutter konnte nicht weit sein.

»Parker?« fragte er unsicher. »Sind Sie Parker?«

»Wer ist Parker?« fragte der Mann mit den leuchtend blauen Augen.

»Bitte tun Sie mir nichts«, sagte Salsbury.

»Wer ist Parker?«

»Bitte lassen Sie mich in Ruhe, Parker.«

»Ich heiße nicht Parker.«

Salsbury brach in Tränen aus. Er saß an die Wand gelehnt, ließ das Blut über seine Finger rinnen und schluchzte.

Der Mann mit den blauen Augen ergriff ihn beim Kinn. »Sehen Sie mich an, Salsbury. Sehen Sie mir ins Gesicht, verdammt noch mal!«

»Sie tun mir weh, Parker.«

»Ich... bin... nicht... Parker!«

Der Schmerz war wie fortgeflogen. »Sie sind nicht Parker?«

»Mein Name ist Annendale.«

Der Schmerz kehrte zurück. »Ich verstehe. Sie sind Annendale. Ach so. Hm.«

»Ich werde Ihnen jetzt ein paar Fragen stellen, Salsbury.«

»Ich habe Schmerzen«, stöhnte Salsbury. »Sie haben mich verwundet. Das durften Sie nicht.«

»Sie werden meine Fragen beantworten.«

»Nein«, sagte Salsbury. Sein Gesichtsausdruck war verbissen. Wenn er Angst hatte, so war es nicht zu erkennen. »Ich werde keine Ihrer Fragen beantworten.«

»Jede einzelne Frage werden Sie beantworten, wenn Sie nicht wollen, daß ich Ihren Kopf als Zielscheibe benutze.«

»Ich habe nichts dagegen, daß Sie meinen Kopf als Zielscheibe benutzen. Solange ich lebe, bleibt die Macht in meinen Händen. Die Macht und das Wissen.«

»Wer sind die beiden Männer, die mit dem Hubschrauber eingeflogen wurden?«

»Das geht Sie nichts an.«

»Sind es Regierungsbeamte?«

»Lassen Sie mich in Ruhe.«

»Sie kommen nicht mehr raus aus der Schlinge, Salsbury. Sie müssen sterben oder reden.«

»Sie können mich nicht einschüchtern mit Ihren Drohungen.«

»Sind es Regierungsbeamte?«

»Verpissen Sie sich, Annendale.«

Der Schlag mit dem Revolverknauf zerschmetterte Salsburys rechte Hand. Der Schmerz kroch von der Hand zum Herz und von dort zur blutenden Wunde an der Schulter.

Salsbury begann zu spucken. Fast hätte er sich übergeben.

»Habe ich mich deutlich genug ausgedrückt, Salsbury?«

»Hurensohn!«

»Ob es Regierungsbeamte waren, will ich wissen.«

»Ich sagte Ihnen, Sie sollen sich verpissen, Annendale!«

Klinger parkte den Jeep im westlichen Teil der Main Street, zwei Häuserblocks vom Rathausplatz entfernt.

Er stieg aus und schloß die Tür. Er hatte den Schlüssel in die Tasche gleiten lassen, als er Gewehrfeuer hörte. Drei Schüsse, in kurzem Abstand abgegeben. Schüsse in einem geschlossenen Raum. Nicht sehr weit weg. Stadteinwärts. Das Rathaus? Das Büro des Polizeichefs? Klinger stand da und lauschte.

Keine Schüsse mehr. Nichts.

Er zog die plattnasige 32er Webley aus dem Wadenhalfter und entsicherte sie.

Er schlug einen Bogen um das *Union-Theater*. Ein Umweg, aber der sicherste Weg, um zum Hintereingang des Rathauses zu gelangen.

9. Kapitel

22 Uhr 55

Sie hatten Lolah Tayback in den Krankenwagen gelegt. Sie hatten sie auf der Trage festgebunden. Sie hatten ein knisternd sauberes, weißes Tuch über sie gebreitet. Der Kopf war hochgestützt worden, damit sie bei der Überführung ins Krankenhaus in Bexford nicht an ihrem eigenen Blut erstickte. Die Atmung war regelmäßig. Sie stöhnte bei jedem Atemzug.

Sam stand vor der Klappe des Krankenwagens und warf einen Blick ins Innere. Dann wandte er sich Anson Crowell zu.

Anson Crowell war einer von Thorps Beamten. Er war von Sam mit falschen Antworten programmiert worden.

»Gehen wir's noch einmal durch«, sagte Sam. »Was ist mit dem Mädchen passiert?«

»Sie ist von einem unbekannten Täter vergewaltigt worden.«

»Wo hat sich die Tat ereignet?«

»In ihrer Wohnung.«

»Wer hat sie gefunden?«

»Ich.«

»Wer hatte die Polizei verständigt?«

»Die Nachbarn.«

»Und warum?«

»Die Nachbarn hatten das Mädchen schreien gehört.«

»Haben Sie den Täter schon dingfest gemacht?«

»Nein.«

»Wissen Sie, wer's war?«

»Nein, aber es gibt Hinweise.«

»Können Sie darüber was Näheres sagen?«

»Nein, das geht nicht. Es könnte die Ermittlungen erschweren oder verzögern.«

»Es könnte die Ermittlungen erschweren, wenn Sie Polizeibeamten einer anderen Dienststelle über den Fall Auskunft geben?«

»Wir haben in Black River unsere eigene Kompetenz, derartige Fälle zu behandeln.«

»Ist das nicht übertriebene Geheimniskrämerei?«

»Sie müssen das nicht persönlich nehmen. Wir haben unsere Anweisungen, und die müssen wir befolgen, im Interesse der Aufklärung des Falles.«

»Sie könnten mir immerhin sagen, wie der Verdächtige aussieht.«

»Keine Einwendungen.« Der Polizeibeamte betete die Beschreibung des Täters herunter, so wie es ihm von Sam ins Unterbewußtsein eingespeichert worden war. Der fiktive Täter ähnelte Ogden Salsbury in keiner Weise.

»Was tun Sie, wenn die Polizei von Bexford ihre Mithilfe bei der Suche nach dem Verdächtigen anbietet?«

»Ich lehne dankend ab«, sagte der Beamte. »Wir wickeln die Fahndung in eigener Regie ab, ohne fremde Hilfe. So steht es in den Vorschriften. Ich hätte sowieso nicht die Kompetenz, daran etwas zu ändern. Das kann nur der Polizeichef von Black River.«

»Gut«, sagte Sam. »So könnt's gehen. Steigen Sie ein.«

Er stand dabei, als der Polizist in den Krankenwagen einstieg. Er sah, wie der Polizist auf der gepolsterten Bank neben der Verletzten Platz nahm.

»Sie laden noch ihren Verlobten ein, wie ich es Ihnen vorhin erklärt habe«, sagte Sam. »Er erwartet Sie am Ende der Main Street, kurz vor der Ortsausfahrt.«

Sam hatte Phil Karkov per Telefon programmiert. Phil würde die Rolle des besorgten Verlobten spielen, der die von einem Unbekannten überfallene Freundin ins Krankenhaus begleitete. Auch was Lolah den Ärzten und dem Personal im Krankenhaus in Bexford sagen würde, war programmiert. Sie sei von einem Fremden in ihrer Wohnung überfallen worden. »Phil Karkov wird bei ihr bleiben, nachdem sie ärztlich versorgt ist«, beendete Sam sein Briefing. »Er wird darauf bestehen, ein Zimmer im Krankenhaus zu bekommen. Was Sie angeht, so fahren Sie mit dem Krankenwagen nach Black River zurück, nachdem Sie sich vergewissert haben, daß bei Lolah keine Lebensgefahr vorliegt.«

»Ich verstehe«, sagte Crowell.

Sam schloß die Tür. Er ging um den Krankenwagen herum, um mit dem Fahrer zu sprechen. Es war ein Feuerwehrmann, den Sam für die Fahrt nach Bexford rekrutiert hatte.

Es schien keinen Weg zu geben, Salsburys Willen zu brechen. Der Mann hatte starke Schmerzen, aber er war nicht bereit, irgend etwas über seine Komplizen preiszugeben. Er saß in Thorps Dienstzimmer, in dem Stuhl, den ihm Paul angewiesen hatte. Pauls Fragen beantwortete er mit bizarrem Hochmut, mit Schweigen und Obszönitäten.

Eine weitere Schwierigkeit war, daß Paul keine Erfahrung in der Befragung eines Zeugen hatte. Er war alles andere als ein Inquisitor. Er wußte, daß Salsbury sein Geheimnis unter dem Druck der Folter preisgeben würde. Aber wie folterte man einen Menschen, ohne ihn physisch zu zerstören?

»Wer waren die Männer im Hubschrauber?«

Salsbury schwieg.

»Waren es Regierungsbeamte?«

Schweigen.

»Handelt es sich um einen Test, den die Regierung bezahlt?«

»Gehen Sie zum Teufel, Annendale!«

Wenn er ergründen wollte, was Salsbury wirklich Angst machte, würde der Mann sein Geheimnis preisgeben. Nur dann. Jeder Mensch hatte Ängste, die ihn prägten. Im Falle von Salsbury, der so offensichtlich an der Schwelle zum Wahnsinn stand, mußte es einen wahren Kleiderschrank voller Skelette geben. Aber wo lag der Schlüssel zu diesem Schrank verborgen? Es gab Tausende von Möglichkeiten, ein Labyrinth, so verworren wie die Psyche des Menschen. Wenn Salsbury ein Mensch war, der unter Höhenangst litt, konnte er ihn auf den Glockenturm der Kirche schleppen und ihm mit einem Sturz in die Tiefe drohen. Wenn Salsbury unter Platzangst litt, unter dem Wahn, daß freie Fläche eine tödliche Gefahr für ihn darstellte, dann konnte er ihn auf das Baseballfeld des Ortes schleppen. Es genügte, wenn er ihn in die Mitte des Platzes setzte, und Salsbury würde zu sprechen beginnen. Wenn Salsbury krankhafte Angst vor Ratten hatte, konnte er ihn mit ein paar Ratten in ein Zimmer sperren. Schon die bloße Drohung, dies zu tun, würde genügen. Vor was hatte dieser Mann Angst?

Plötzlich fiel Paul ein, wie Salsbury reagiert hatte, als er ihn im Dienstzimmer des Polizeichefs überwältigte. Der Mann war zu Tode erschrocken gewesen. Aber nicht, weil er vor Paul Annendale Angst hatte. Wenn überhaupt, dann hatte er einen anderen Eindringling erwartet. Einen gewissen Parker. Das war der Name, mit dem er Paul angesprochen hatte.

Wer war Parker? Was hatte dieser Parker mit Salsbury gemacht? Was hatte so tiefe Wunden in der Seele Salsburys hinterlassen, daß er bei der bloßen Erinnerung an den Vorgang mit Panik reagierte?

»Salsbury!«

Schweigen.

»Wer waren die Männer im Hubschrauber?«

»Sie langweilen mich zu Tode mit Ihren Fragen.«

»Waren es Beamte aus Washington?«

»Annendale, Sie kommen mir vor wie eine kaputte Schallplatte.«

»Ihnen steht was Schlimmes bevor, Salsbury.«

»Sie können mich nicht kleinkriegen. Sie nicht.«

»Ich werde mit Ihnen tun, was Parker getan hat.«

Salsburys Hände krampften sich um die Stuhlkante. Seine

Augen hatten den Ausdruck eines gehetzten Tieres angenommen.

Ich habe ihn bei seinem schwachen Punkt erwischt, dachte Paul. Hoffentlich merkt er nicht, daß es nur ein Bluff ist.

Er war der Lösung des Rätsels ganz nahe, das spürte er. Aber er wußte nicht, was dieser Parker mit Salsbury angestellt hatte.

»Woher kennen Sie Parker?« stammelte der Mann auf dem Stuhl.

Paul ging um ihn herum und betrachtete ihn aus der Nähe. Salsbury schien sich nicht einmal mehr zu erinnern, daß er selbst es war, der den Namen Parker ins Gespräch gebracht hatte. Er schöpfte neue Hoffnung.

»Es geht Sie nichts an, woher ich Parker kenne. Ich kenne ihn. Sehr gut sogar. Und ich weiß auch, was er mit Ihnen getan hat.«

»Ich... war damals erst zwölf Jahre alt. Das dürfen Sie nicht tun.«

»Ich darf es tun, und ich werde es tun.«

»Sie sind nicht der Typ Mann, der so was macht«, stöhnte Salsbury. Der Schweiß troff ihm von der Stirn.

»Ich bin nicht der Typ?«

»Sie sind nicht schwul«, entfuhr es Salsbury. »Sie sind keiner von diesen verdammten Schwulen.«

Paul sortierte die Karten, die ihm in die Hand gespielt worden waren. »Es gibt Schwule, denen man's nicht ansieht, Salsbury. Wenn man eine solche Veranlagung hat, dann läßt man's nicht raushängen.«

»Sie waren doch mal verheiratet.«

»Viele Schwule sind verheiratet.«

»Sie haben Kinder gezeugt.«

Paul zuckte die Achseln. »Das hat nichts zu bedeuten.«

Salsbury schloß die Augen.

»Ogden?«

Salsbury schwieg.

»Steh auf, Ogden.«

»Wagen Sie es nicht, mich anzurühren.«

»Du stellst dich hin und stützt die Arme auf den Tisch.«

»Ich stehe *nicht* auf.«

»Komm schon, es wird dir Spaß machen.«

»Nein, das tue ich nicht.«

»Bei Parker hat es dir aber Spaß gemacht.«

»Das ist nicht wahr.«

»Doch, Ogden, du bist ganz der Typ für so was.«

Salsbury wand sich auf seinem Stuhl. »Nein.«

»Steh auf und stütz dich auf den Schreibtisch.«

»Ich habe Schmerzen.«

»Steh auf und laß die Hosen runter.«

Ein Schaudern ging durch Salsburys Gestalt. Er war aschfahl geworden.

»Wenn du nicht freiwillig aufstehst, Ogden, dann muß ich Gewalt anwenden. Du bist mir unterlegen. Du bist verletzt. Ich habe eine Waffe.«

»Bitte, nicht.«

»Es wird dir Spaß machen, Ogden, das weiß ich. Parker hat mir erzählt, wie sehr es dir gefallen hat.«

Salsbury hatte zu schluchzen begonnen. Er saß da und würgte.

»Sag mir, wer die Männer sind.«

»Nein.«

»Hast du Angst, Ogden?«

»Ja, ich habe Angst.«

»Du kannst es dir aussuchen, wie's weitergeht. Entweder du beantwortest meine Fragen, oder...«

»Oder?«

Paul mußte sich zwingen, mit der Einschüchterung fortzufahren. Er überwand seinen Ekel. Er griff Salsbury beim Hemdzipfel, der aus der Hose ragte. Er versuchte, ihn aus dem Stuhl zu heben. Aber Salsbury war zu schwer.

Er stand über ihn gebeugt. »Wenn ich mit dir fertig bin, macht Bob Thorp weiter, du weißt dann schon, wie's geht. Du brauchst nur noch stillzuhalten, Ogden. Ich werde ihn programmieren und ihm sehr genau sagen, wie du es gern hast.« Paul wußte, daß er unfähig war, die Drohung auszuführen. Vielleicht genügte der Bluff. »Nach Bob Thorp darf dann die übrige Mannschaft ran. Du kennst die Männer ja bereits. Du wirst es genießen.«

Salsburys Widerstand zerbrach. »Ich sage Ihnen alles, was Sie wissen wollen, aber rühren Sie mich nicht an. Bitte, rühren Sie mich nicht an. Zwingen Sie mich nicht, mich auszuziehen. Ich werde reden, wenn Sie mir das versprechen.«

Paul schrie ihm die Frage ins Gesicht. »Wer waren die Männer im Hubschrauber? Wenn du mit heilem Hintern aus der Sache herauskommen willst, dann rede!«

»Die beiden heißen Dawson und Klinger.«

»Insgesamt waren es drei.«

»Ich weiß nicht, wie der Pilot heißt.«

»Dawson und Klinger. Vornamen?«

»Leonard Dawson und...«

»*Der* Leonard Dawson?«

»Ja. Und Ernst Klinger.«

»Ist Klinger ein Regierungsbeamter?«

»Er ist General des Heeres.«

»Handelt es sich bei dem Test um ein Projekt der Regierung?«

»Nein.«

»Um ein militärisches Testprogramm?«

»Nein.«

Paul hatte erfahren, was er wissen wollte. Er hatte seine Fragen mit der Geschwindigkeit eines Maschinengewehrs gestellt. Trommelfeuer. Salsbury hatte jede Frage beantwortet, ohne auch nur eine einzige Sekunde zu zögern.

Klinger duckte sich hinter die Büsche, die den Parkplatz des Rathauses von der Rasenfläche trennten. Erstaunt und beunruhigt beobachtete er, wie die Männer die Frau auf der Bahre in den weißen Cadillac schoben.

Er veränderte seinen Standort, so daß er die Beschriftung des Wagens erkennen konnte. BLACK RIVER – EMERGENCY. Rot auf weiß. Ein Krankenwagen.

Das rote Blinklicht hatte zu zucken begonnen, und der Widerschein war wie ein Nest blutiger Vipern, die auseinanderkrochen, um die Blätter auf den Bäumen anzunagen.

Der bärtige, weißhaarige Mann war Sam Edison. Klinger kannte ihn von dem Foto, das er in der Bücherstube im ersten Stock über dem General Store entdeckt hatte.

Er hörte, wie der Motor gestartet wurde. Der Cadillac bog auf die Main Street in östlicher Richtung ein. Parkplatz und Straße waren so weit entfernt, daß Klinger keinen sicheren Schuß mit seiner Webley hätte anbringen können.

Als die Hecklichter des Cadillacs in der Dunkelheit verglüht waren, überquerte Klinger den leeren Parkplatz. Er betrat das Rathaus durch den Hintereingang.

Wir haben die Kontrolle über den Ort verloren, dachte er. Eine Handvoll Männer hat uns das Heft aus der Hand gewunden. Alles war umsonst. Der Test, der große Plan, das ganze Projekt. Vorbei. Es war Zeit, den Staub von Black River von den Füßen zu schütteln. Er hatte einen falschen Paß, den Leonard Dawson ihm besorgt hatte. Er würde sich in ein anderes Land absetzen und von dem Geld leben, das Leonard als Vorauszahlung zur Verfügung gestellt hatte.

Aber da gab es die andere Hälfte seines Ichs. Nicht aufgeben, sagte die andere Hälfte. Laß dich nicht in Panik hineintreiben. Warte ab. Du mußt das Problem aussitzen.

Er warf einen Blick auf seine Armbanduhr. Es war 23 Uhr 3.

In der Ferne rumorte das Gewitter. Der Wind hatte wieder aufgefrischt. Es würde zu regnen beginnen.

23 Uhr 4.

Er stand im Flur des Rathauses und starrte auf die blaßblau schimmernde Rasenfläche hinaus. Worauf warte ich? Er versuchte, seine Gedanken zu ordnen. Er konnte keine Entscheidung treffen, wenn ihm keine Daten zur Verfügung standen. Spionage. Aufklärung. Information. Wahrscheinlich sind sie in Thorps Dienstzimmer, dachte er. Er beschloß, sich an der Außenfassade des Rathauses entlangzuschleichen und unter den Fenstern des Polizeibüros zu lauschen.

Wie in Korea, dachte er. Wie in Laos. Spähtrupp in Feindesgebiet. Diesmal stand der Feind mitten in Amerika.

23 Uhr 5

Sam stand im Türrahmen. Sein Blick war auf Ogden Salsbury gerichtet, der zusammengesunken auf seinem Stuhl kauerte.

Er wandte sich zu Paul. »Bist du sicher, daß er alles gesagt hat, was er weiß?«

»Ja.«

»Bist du auch sicher, daß er die Wahrheit gesagt hat?«

»Ja.«

»Es geht um Leben oder Tod für uns alle, das weißt du.«

»Er hat alles gesagt, was er weiß, und er hat mich nicht belogen. Ich bin ganz sicher.«

Salsbury saß da und wimmerte. Sein Blick folgte Sam, der seinen Platz an der Tür verlassen hatte und in die Mitte des Raumes getreten war.

Paul vermochte nicht zu ergründen, ob Salsbury überhaupt noch wahrnahm, was um ihn vorging. Er schien gebrochen, erschöpft, am Ende.

Das Gefühl, sich auf die Ebene dieses Mannes herabgelassen zu haben, lag wie ein Alp auf Paul. Gefühl und Verstand waren im Widerstreit. Wieder und wieder sagte er sich vor, daß er gar keine andere Wahl gehabt hatte. Sie lebten im letzten Viertel des zwanzigsten Jahrhunderts. Wenn man als Individuum überleben wollte, mußte man nach den Regeln spielen, die von der Technologie diktiert wurden. Dies war vielleicht die einzige Ära in der Entwicklung des Menschen, wo der Zweck wirklich die Mittel heiligte. Trotzdem fühlte sich Paul beschmutzt, verletzt, schuldig.

»Es wird Zeit«, sagte Sam. Seine Stimme klang ruhig und klar. »Einer von uns beiden muß es tun.«

»Als er elf war, ist er von einem Mann vergewaltigt worden«, sagte Paul. »Der Mann hieß Parker.« Er beobachtete Salsbury aus den Augenwinkeln. Der zeigte keine Reaktion.

»Ist das von Belang für unsere Entscheidung?« fragte Sam.

»Ich meine schon.«

»Ist es von Belang für die Opfer, daß Hitler wahnsinnig war? Macht es die sechs Millionen wieder lebendig?« Sam sprach leise, aber Paul merkte ihm die Anstrengung an und den Schmerz, der in den Worten mitklang. Er sah, wie das Kinn des Freundes zu zittern begann. »Er ist im Alter von elf Jahren vergewaltigt worden«, fuhr Sam fort. »Rechtfertigt das den Mord an Mark? Wenn Salsbury mit seinem Plan durchkommt, übernimmt er die Kontrolle über Black River und über andere Ortschaften, vielleicht über ganze Länder. Er wird Menschen zu neuen Verbrechen, zu neuen Morden programmieren. Ist es da von Belang, ob man ihm im Alter von elf Jahren Unrecht angetan hat?«

»Gibt es keinen anderen Weg, ihn an der Ausführung seiner verbrecherischen Pläne zu hindern?« fragte Paul. Er kannte die Antwort.

»Das haben wir bereits durchdiskutiert.«

»Trotzdem. Gibt es keinen anderen Weg?«

»Ich übernehme die Sache«, sagte Sam. »Ich werd's tun.«

»Nein, die Verantwortung liegt bei mir. Wenn ich jetzt versage, würdest du auch beim Kampf gegen Dawson und Klinger allein dastehen, das kann ich nicht zulassen. Du kannst nicht allein mit den beiden fertig werden. Du sollst wissen, daß du fest auf mich zählen kannst.«

Salsburys Zunge schob sich über die geschwollenen Lippen, sie sah aus wie ein blutgefüllter Wurm. Sein Blick irrte von der Wunde an der Schulter über den Hemdzipfel zu Paul. »Sie wollen mich doch nicht etwa töten!«

Paul zog seinen Combat-Revolver und legte an.

Salsbury streckte ihm die blutverschmierte Hand entgegen. »Schießen Sie bitte nicht. Ich biete Ihnen eine Partnerschaft an. Sie sind ab sofort mit im Geschäft, Sie und Ihr Freund.«

Paul zielte auf das Herz. Er wunderte sich, wie ruhig seine Hand auf einmal war.

»Wenn Sie an diesem Geschäft beteiligt sind, haben Sie ausgesorgt. Sie können sich kaufen, was Sie wollen. Sie haben mehr Geld, als Sie je ausgeben können. Überlegen Sie mal, was das bedeutet!«

Paul überlegte, aber dann war das zerbrochene Nasenbein der Frau wieder da und das blinde Weiß in den Augen des toten Jungen.

»Was ich Ihnen anbiete, ist mehr wert als Geld. Sie können sich die Frauen kaufen, die Sie haben wollen. Die teuersten, die besten, die verwöhntesten, alle kommen auf den Knien zu Ihnen gekrochen, weil Sie über Geld in Hülle und Fülle verfügen. Sie können sich natürlich auch Männer kaufen, wenn Sie das lieber mögen. Oder Kinder. Kleine Mädchen. Kleine Jungen...«

Paul sah Marks Leichnam vor sich, die kleine, steife Gestalt, hineingequetscht in eine Tiefkühltruhe.

Und dann stand Ryas Bild vor ihm, die Schwester des Opfers, seine Tochter, die mit einem schweren seelischen Schock aus dem furchtbaren Erlebnis hervorgegangen war.

Er drückte ab.

Er spürte einen Schlag im Handgelenk. Der Rückstoß hatte den Lauf hochgerissen. Der Schuß traf Salsbury in die Kehle.

Das Geräusch war ohrenbetäubend, das Echo schwang hin und her zwischen den Wänden, stahl sich in Pauls Gehirn und verebbte. Er wußte, daß er das Geräusch nie vergessen würde.

Er gab einen weiteren Schuß ab.

Diesmal traf er Salsbury in die Brust. Der Schuß kam mit solcher Gewalt, daß der Getroffene mitsamt seinem Stuhl an die Wand geschleudert wurde.

Salsbury war tot.

Paul wandte sich ab.

Sam legte ihm die Hand auf die Schulter. »Ist dir schlecht?«

»Ich weiß nicht.« Er war wie in Trance.

»Am Ende des Flurs ist die Toilette.«

»Ich bin ganz okay, Sam. Danke.«

»Du siehst aber gar nicht okay aus.«

»Es ist nicht der erste Mensch, den ich töte. Ich war im Krieg, weißt du.«

»Das hier ist anders«, sagte Sam. Er kniff die Augen zusammen und betrachtete die blutüberströmte Gestalt auf dem Boden. »Im Krieg tötet man auf Entfernung, nicht aus einem Meter Abstand.«

»Es ist nichts«, sagte Paul. »Wirklich nicht.« Er stolperte zur Tür und wankte den Flur entlang.

Er fand die Toilette, beugte sich über ein Becken und übergab sich.

Klinger hatte den Rasen überquert. Er kroch im Schutz der Büsche, den schußbereiten Revolver in der Rechten. Er war unter dem Fenster angekommen, als seine Finger die Glasscherben berührten. Er hob den Blick. Eines der Fenster im Büro des Polizeichefs war zersplittert, auch der heruntergezogene Rolladen war beschädigt.

Vorsichtig schob er den Kopf über die Fensterbrüstung. Die Lücke in dem Rolladen gab den Blick ins Innere frei. Noch bevor er etwas wahrnehmen konnte, ertönte ein Schuß, so nahe, daß Klinger wie elektrisiert zusammenfuhr. Gleich darauf eine zweite Detonation. Er fand sich am Boden wieder. Es dauerte Sekunden, bis Klinger verstand, daß die Schüsse nicht ihm gegolten hatten. Er stand auf und äugte durch die Lücke in dem zersplitterten Rolladen.

Thorps Büro, steril, graublau getönt. Stählerne Aktenregale. Ein eichener Tisch. Eine Aluminiumtafel an der Wand. Ein Bücherbord aus Stahl.

Dann sah er Salsbury. Tot.

Wo war Sam Edison? Wo war Paul Annendale? Wo war die Frau? Wo war das Mädchen?

Der Raum schien leer zu sein. Bis auf Salsburys Leichnam.

Er spürte, wie die Angst in ihm hochkroch. Wie, wenn die beiden Männer ihm bereits auf der Spur waren? Er warf einen Blick auf die Treppenstufen, die zum rückwärtigen Eingang führten. Bewegte sich da nicht eine Gestalt in den Büschen? Er verließ das Fenster, lief über die Rasenfläche und über den Parkplatz. Er duckte sich hinter die Hecke, und wenig später hatte er einen Winkel erreicht, von wo er die Tür des Rathauses beobachten konnte.

Als er von der Toilette kam, stand Sam auf dem Flur.

»Besser?«

»Ja«, sagte Paul.

»Ich weiß, wie schwer dir das gefallen ist.«

»Uns steht noch Schwierigeres bevor.«

»Da hast du recht.«

»Scheiße.«

»Hat Salsbury gesagt, wer die beiden Männer sind, die im Hubschrauber eingeflogen kamen?«

Paul stand an die Wand gelehnt. »Die beiden sind seine Komplicen bei diesem schmutzigen Geschäft. Der eine heißt Leonard Dawson, der Name dürfte dir bekannt sein.«

Sam Edison quittierte den Hinweis mit einem grimmigen Nikken.

»Der andere ist General des Heeres. Der Mann heißt Ernst Klinger.«

Sam verzog das Gesicht zu einer sorgenvollen Grimasse. »Dann ist es also doch ein Projekt der Regierung.«

»Merkwürdigerweise nein. Drei Mann haben sich das ausgedacht, Salsbury, Dawson und Klinger. Die Regierung hat nichts mit dem Projekt zu tun.« Paul erklärte seinem Freund, was er von Salsbury über das Testprogramm erfahren hatte.

Er kam auch auf die Ziele des Dreiergestirns zu sprechen, auf den finanziellen Aspekt.

Sams Miene hatte sich aufgehellt. »Wie es scheint, haben wir den dreien gerade noch zur rechten Zeit einen Knüppel zwischen die Beine geworfen.«

»Aber wir haben sie noch nicht zu Fall gebracht.«

»Wenn wir es richtig anfangen, können wir das Projekt kippen.«

»Vielleicht.«

»Wir müssen vier Dinge tun«, sagte Sam. Er spreizte den Zeigefinger ab. »Erstens Dawson töten.« Der Mittelfinger. »Ernst Klinger töten.« Der vierte Finger. »Die Programme in den Computern in Greenwich löschen.« Kleiner Finger. »Mit dem Schlüssel-Schloß-Code die Erinnerung der Bewohner von Black River neu programmieren.«

Paul sah entmutigt aus. »Ich stelle mir das alles sehr schwierig vor. Kaum zu schaffen.«

Sam wußte, es gab nur eine einzige Möglichkeit. Sie mußten das Problem mit aller Entschlossenheit angehen, die sie aufbringen konnten. Mit Wenn und Aber war dieser Gefahr nicht zu begegnen. »Es ist zu schaffen, Paul! Gehen wir die Aufgaben nacheinander durch. Zunächst einmal Dawson und Klinger. Wo sind die beiden? Was hat Salsbury gesagt?«

»Angeblich sind sie zum Holzfällercamp geflogen.«

»Warum?«

Paul berichtete von Dawsons Plan, der eine Durchsuchung der Wälder vorsah. »Aber Dawson und Klinger dürften sich in diesem Augenblick nicht im Holzfällercamp befinden«, fügte er hinzu. »Sie hatten vor, ihr Hauptquartier in der Sägemühle einzurichten. Zum Holzfällercamp wollten sie nur, um die Menschenjagd in Szene zu setzen. Im Camp befinden sich an die neunzig Mann. Dawson hat vor, die neunzig Mann als Wachen um die Sägemühle zu verteilen. Alle übrigen Arbeiter sollen sich an der Suchaktion beteiligen.«

»Die Wachposten, die er aufstellt, nützen ihm nichts«, sagte Sam. »Wir können sie mit dem Code außer Gefecht setzen. Wir werden Dawson und Klinger überraschen. Du wirst sehen, wir packen sie, bevor sie weiteres Unheil anrichten können.«

»Hoffentlich haben wir Glück.«

»Wir werden's schaffen, ganz sicher.«

»Bleibt die Sache mit den Computern in Greenwich. Wann erledigen wir das?«

»Später, wenn wir mit Dawson und Klinger abgerechnet haben.«

»Trotzdem würde mich interessieren, wie du dir das Knakken der Computer vorstellst. Wie kommen wir überhaupt auf das Gelände?«

»Du hast doch gesagt, die Angestellten in Greenwich sind programmiert.«

»Wenn man Salsbury glauben kann, ja.«

»Dann sehe ich keine Schwierigkeiten. Wir haben den Code.«

»Und wie biegen wir die Dinge in Black River wieder so hin, daß keine Spuren zurückbleiben?«

»Das schaffen wir schon.«

»Du bist so verdammt optimistisch.«

»Das ist auch notwendig in der Lage, in der wir uns befinden. Du solltest ebenfalls mit etwas mehr Mut an die Sache herangehen, das könnte nicht schaden.«

Paul stieß sich von der Wand ab. »Also gut. Wir werden's versuchen. Wir haben keine andere Wahl. Aber ich möchte, daß wir Jenny und Rya verständigen, bevor wir uns Dawson und Klinger vorknöpfen. Die haben die Schüsse gehört, sie werden sich Sorgen machen, was passiert ist. Laß uns zur Kirche gehen und ihnen Bescheid sagen, wie der neueste Stand der Dinge ist.«

Sam nickte. »Gehen wir.«

»Was machen wir mit Salsburys Leiche?«

»Darum kümmern wir uns später.«

Sie verließen das Rathaus durch den Hinterausgang. Sie überquerten den Parkplatz. Sie hatten die Allee erreicht, als Paul stehenblieb. »Warum gehen wir eigentlich den Umweg?«

Sam sah ihn erstaunt an. »Weil's sicherer ist.«

»Wir brauchen uns nicht mehr zu verstecken«, sagte Paul. »Wir haben die Kontrolle über Black River. Wir haben den Code.«

»Da hast du recht.«

Sie gingen zurück, umrundeten das Rathaus und bogen auf den östlichen Teil der Main Street ein.

11 Uhr 45

Klinger stand auf der Wendeltreppe, umfangen von samtener Düsternis. Oben im Glockenturm waren Stimmen zu hören. Zwei Männer, eine Frau, ein Kind. Sam Edison. Jenny Edison. Paul Annendale. Rya Annendale.

Er lauschte. Er erfuhr, was die Schlächterei in Thorps Büro zu bedeuten hatte. Er erfuhr, daß der Plan verraten war. Das Testprogramm, die Programme in Greenwich, das ganze Projekt war verraten. Klinger war schockiert.

Was ihn besonders schockierte, waren die Beweggründe der Rebellen. Denen schien es nicht um Geld zu gehen. Es ging um den Gedanken, sich für andere aufzuopfern. Unverständlich. So etwas stand in den Werbeanzeigen für Heer und Luftwaffe. Es war keine Motivation, an der man sich im praktischen Leben orientieren konnte. Klinger hätte sofort eingesehen, wenn Sam und Paul das Mittel der unterschwelligen Programmierung für eigene Rechnung einsetzten. Aber idealistische Beweggründe? Verdächtig. Und gefährlich! Schon recht früh in seiner dienstlichen Laufbahn hatte Klinger die Erfahrung gemacht, daß Männer, die bewußt auf Macht verzichteten, viel gefährlicher waren als jene, die nach Macht gierten, ganz einfach, weil jemand, der nicht von der Macht geblendet wurde, unberechenbar war in seinen Handlungen.

Immerhin, gegen die Rebellen, die sich da oben im Glockenturm ihren Plan zurechtlegten, war ein Kraut gewachsen. Der Große Plan war gefährdet, aber er war noch nicht mißlungen. So leicht, wie dieser Edison und sein Freund Paul Annendale sich das alles vorstellten, war es nicht. Klinger war überzeugt, daß er das Projekt noch retten konnte.

Er hörte, wie sich die beiden Männer von Jenny und Rya verabschiedeten. Sie wünschten sich Glück. Sie umarmten sich. Sie küßten sich. Und Jenny sagte, sie würde für Pauls Erfolg und für das Leben ihres Vaters beten.

Sie begannen den Abstieg. Es war stockdunkel auf der Wendeltreppe. Die Taschenlampe wagten Sam und Paul nicht zu benützen.

Klinger nutzte das Geräusch, das die beiden beim Herunterkommen verursachten, um die Stufen bis ins Kirchenschiff hinunterzueilen.

Mit vorsichtigen Schritten tastete er sich an den Bankreihen entlang. Vor dem Altar angekommen, blieb er stehen. Durch die Kirchenfenster drang der Schein einer fernen Straßenlaterne. Das Fensterkreuz war ein Schatten, der aus der Wand herauszuwachsen schien. Erst als sich seine Augen an das Halbdunkel gewöhnten, verstand Klinger, daß er das Kruzifix anstarrte. Er war unschlüssig, wie er jetzt vorgehen sollte.

Eine Möglichkeit war, den beiden im Chorgestühl aufzulauern. Er konnte versuchen, sie zu erschießen, wenn sie aus der Sakristei kamen.

Nein, entschied er. Das Licht war zu schlecht. Er hatte kein Ziel. Sie waren zwei, er war allein. Selbst wenn er einen erwischte, es blieb das Risiko, daß der andere flüchtete.

Vielleicht gelang es ihm, den Lichtschalter zu finden. Er konnte das Licht anknipsen in dem Augenblick, wo Sam und Paul das Kirchenschiff betraten. Er würde den Überraschungseffekt ausnützen und seine Schüsse abgeben, ehe die beiden ihre Waffe ziehen konnten. Der Nachteil war, daß auch er vom Licht geblendet sein würde. Es war unklar, ob er unter diesen Umständen treffen würde.

Dann fielen ihm Jenny und Rya ein, die im Glockenturm warteten. Die beiden würden durch den Schußwechsel alarmiert werden. Jenny Edison würde mit Sicherheit ihren Vater zu rächen versuchen, sie würde kämpfen bis zum letzten Schuß. Sie hatte gute Aussichten, ihn, Klinger, auszuschalten. Die Mauer, die um die Glockenkammer lief, war eine ideale Schießscharte. Der Turm war uneinnehmbar, solange die Verteidiger Munition hatten. Es gab also Risiken, selbst wenn es ihm gelang, die beiden Männer im Überraschungsangriff niederzustrecken. Ein Kinderspiel würde es jedenfalls nicht sein, auch wenn Klinger sich des Segens aller Heiligen, deren Bilder auf ihn herabsahen, sicher war.

Ob ich gut gerüstet bin für meinen Kommandoauftrag? Klinger wußte, er war tief hinter den Linien des Feindes. Für Kommandoaufträge dieser Art brauchte man eigentlich eine Maschinenpistole. Eine Waffe aus deutscher oder belgischer Produktion. Die Magazine. Ein automatisches Sturmgewehr mit Munition. Und Handgranaten. Drei oder vier Handgranaten. Vietnam. Hinter den Linien. Er vermeinte, das Rascheln der Bambusstauden zu hören.

Edison und Annendale hatten noch zwanzig Stufen zu bewältigen, dann war die Wendeltreppe zu Ende. Das Schürfen ihrer Sohlen auf dem scharfkantigen Staub der Stufen verriet Klinger, daß ihm nur noch wenige Stufen blieben, um sich zu verstecken.

Er huschte zur fünften Bankreihe, schob sich in die Bank und stolperte über einen Schemel, den ein vergeßlicher Kirchgänger zurückgelassen hatte. Ein Poltern war zu hören, bevor es Klinger gelang, den Schemel zu packen und unter die Bank zu schieben. Gebückt hastete er weiter. Am Mittelgang angekommen, legte er das Knie auf die Rundung der Bank. Er lag auf der Bank, das Gesicht in die Maserung gepreßt, als die beiden Männer aus der Sakristei kamen.

Sie traten ins Dunkel.

Sam trat drei Schritte nach vorn, dann blieb er stehen. »Da war ein Geräusch«, flüsterte er.

Paul stand da und lauschte dem Singen des Windes. Donnern in der Ferne. Das Rauschen der Bäume auf dem Kirchplatz. Das Knacken der Holzdecke.

»Was war das vorhin für ein Geräusch?«

»Was meinst du? Ich habe nichts gehört.«

Paul starrte in die Dunkelheit. Er kniff die Augen zusammen, als könnte er so die Düsternis des Kirchenschiffs mit Licht erfüllen. Seine Gedanken wanderten an den Fensterbögen entlang, verfingen sich im Gewirr der Linien an der Decke. Er lag in einem See. Seine Haare waren so lang, daß sie bis auf den Grund des Sees reichten. Wasserpflanzen. Schlingpflanzen. Schlamm. Paul spürte, wie sich ein Ring aus Eis um seinen Hals legte. Angst.

»Ich bin sicher, ich hab' was gehört«, flüsterte Sam.

»Wie willst du denn was gehört haben, wo wir selber soviel Lärm gemacht haben?«

»Da war was.«

»Vielleicht der Wind.«

»Nein. Es war ein polterndes Geräusch. So wie ein Stuhl, der umgestoßen wird.«

Sie standen da und lauschten.

Eine Minute. Zwei Minuten.

Nichts.

»Komm«, sagte Paul. »Gehen wir.«

»Warten wir noch einen Augenblick.«

Eine Bö ließ das Fenster über ihnen erzittern.

»Jetzt hast du's selbst gehört«, sagte Paul. »Es ist das Fenster.«

Sam war erleichtert. »Du hast recht.«

»Schnell jetzt, wir dürfen keine Zeit verlieren.«

Sie verließen die Kirche durch den vorderen Ausgang. Sie gingen die Main Street in östlicher Richtung. Wenig später hatten sie Pauls Wagen erreicht, der vor *Edison's General Store* geparkt war.

Der Wagen war in die Straße eingebogen, die zur Sägemühle führte. Als die Rücklichter zu winzigen roten Punkten zusammengeschrumpft waren, erhob sich Klinger aus seiner Dekkung hinter den Fliederbüschen. Die Telefonkabine vor *Ultman's Café* lag nur einen Häuserblock entfernt. Das Telefonverzeichnis war nur wenige Seiten stark. Klinger suchte und fand die Telefonnummer der Big Union Supply Company. Eine Sammelnummer. Darunter die Direktanschlüsse der einzelnen Abteilungen und Außenlager, auch die Nummer des Holzfällercamps. Insgesamt zwanzig Nummern. Die Sammelnummer würde zur nächtlichen Stunde nicht antworten. Und Klinger hatte keine Zeit, alle zwanzig Nebenanschlüsse auszuprobieren. Wo würde Dawson sein Hauptquartier errichten? Klinger wälzte das Problem hin und her in dem peinlichen Bewußtsein, daß ihm die Zeit weglief. Vor einem der Nebenanschlüsse stand die Bezeichnung Zentralbüro. Dawson würde das Zentralbüro besetzen. Er war die Spinne im Netz, oder er fühlte sich so. Klinger wählte die Nummer des Zentralbüros.

Der Ruf ging durch, niemand nahm ab. Zwölfmal. Fünfzehnmal. Klinger wollte schon auflegen, als Dawsons ärgerliche Stimme ertönte. »Big Union Supply Company.«

»Hier spricht Klinger.«

»Hast du ihn erledigt?«

»Er ist tot, aber nicht ich habe ihn getötet, sondern Edison oder Annendale, ich weiß nicht, wer von beiden.«

»Wo sind die beiden jetzt?«

»Irgendwo in Black River. Jedenfalls waren sie vor wenigen Minuten noch hier. Sie spüren mir nach, ich bin der nächste, den sie umlegen wollen. Sie glauben allerdings, ich wäre in der Sägemühle. Sie glauben, wir beide sind in der Sägemühle.« Er erklärte ihm in wenigen Sätzen, was er von dem Gespräch im Glockenturm mitbekommen hatte.

»Warum hast du sie nicht eliminiert, als du die Chance dazu hattest?« kam Dawsons Frage.

»Weil ich eben nicht die Chance dazu hatte«, sagte Klinger gereizt. »Ich hatte kein Licht zum Zielen.«

»Und nun?«

»Edison und Annendale haben vor, den Wagen etwa einen Kilometer vor Erreichen der Sägemühle im Wald zu parken. Sie werden den Rest des Weges zu Fuß gehen. Du hättest die

Möglichkeit, ihnen entgegenzugehen und sie zu überraschen.«

»Das beste wäre, du setzt dich in den Wagen und kommst ebenfalls her. Wir könnten sie in einer Zangenbewegung angreifen, dann sitzen sie in der Falle.«

»Das macht militärisch keinen Sinn, Leonard. Sie sind zu viert, jedenfalls sind sie vier, wenn die Frau und das Mädchen mitgehen. Drei sind bewaffnet. Das Risiko ist zu groß, daß wir es nicht in Kauf nehmen können. Es ist günstiger, wenn du sie überraschst. Du gehst ihnen entgegen und erschießt sie aus dem Hinterhalt.«

»Aber wenn Edison und Annendale den Code kennen, bin ich ohne jeden Schutz. Sie können die bewaffneten Wachposten umdrehen, und genau das werden sie tun. Sie werden die Arbeiter zum Kampf gegen uns umfunktionieren.« Seine Stimme hatte sich von Wort zu Wort hinaufgeschraubt. »Ich bin allein!«

»Du schaffst das schon.«

»Ich bin Geschäftsmann, kein Killer, Ernst. Du verstehst dich besser aufs Schießen als ich.«

»Ich kann nicht weg aus dem Ort. Es gibt hier wichtige Aufgaben zu erledigen.«

»Ich töte keine Menschen.«

»Ach nein?«

»Nicht auf diese Weise.«

»Wie meinst du das?«

»Nicht persönlich.«

»Hast du genügend Waffen dort?«

»Ja.«

»Du nimmst ein Gewehr oder eine Schrotflinte und erschießt Edison und Annendale aus dem Hinterhalt. Wenn Edisons Tochter und das kleine Mädchen dabei sind, erschießt du alle vier. Ich weiß, daß du das kannst.«

»Ich habe keine Übung.«

»Du bist ein As im Tontaubenschießen.«

»Du verstehst mich nicht. Töten ist gegen meinen Glauben. Gegen meine religiöse Überzeugung.«

»Du mußt deine religiöse Überzeugung eben beim Schießen hintanstellen«, sagte Klinger. »Es geht jetzt um dein Überleben.«

»Man kann seine religiöse Überzeugung nicht manipulieren, Ernst. Entweder man hat eine Moral, oder man hat keine. Daran ändert es nichts, daß man seine Entscheidung unter einer tödlichen Bedrohung zu treffen hat. Jedenfalls habe ich keine Lust, die Sache allein zu erledigen, ohne deine Hilfe. Das geht ganz einfach nicht. Ich tu's nicht.«

Klinger dachte nach, was er sagen konnte, um Dawsons Skrupel zu zerstreuen. Sie standen da und redeten, inzwischen verstrich wertvolle Zeit! Er ließ die früheren Gespräche mit Dawson in Gedanken vorüberziehen. Dann fand er den richtigen Einstieg. »Leonard, es gibt eines, was ich meinen Soldaten einpräge, wenn ich sie in die Schlacht schicke, und ich sage dir das gleiche. Wenn es knüppeldick kommt, wenn wir auf dem Schlachtfeld stehen, und die Splitter der Granaten fliegen uns um die Ohren, wenn wir verzagt sind und keine Hoffnung mehr haben, den nächsten Tag zu erleben, dann gibt es nur einen Gedanken, der uns hilft, das Tief zu überwinden. Ich meine den Glauben an die gerechte Sache. Vergiß nicht, daß wir für eine gerechte Sache kämpfen, Leonard. Du hast gesagt, du stehst allein, aber das ist nicht wahr. Gott ist bei dir, er führt deine Hand.«

»Du hast recht«, sagte Dawson.

»Du bist doch davon überzeugt, daß wir für eine gerechte Sache kämpfen, oder?«

»Natürlich. Was ich tue, tue ich für SEINE Ehre.«

»Dann kann nichts schiefgehen.«

»Einverstanden«, sagte Dawson. »Ich werde sie töten, ich ganz allein. Ich hätte nicht zögern dürfen bei dem Werk, das von IHM gesegnet ist. Es ist offensichtlich, daß ER mich als SEIN Werkzeug benutzen will. Ich danke dir, Ernst, daß du mir auf den richtigen Weg geholfen hast, Ernst.«

»Das ist Freundespflicht«, sagte Klinger. »Du hättest das gleiche getan. Und jetzt solltest du losgehen.« Er sah auf seine Armbanduhr. »Ich schätze, daß sie jetzt gerade aus dem Auto steigen. Dir bleiben zehn Minuten.«

»Und du?«

»Ich gehe in die Kirche zurück.«

»Gott sei mit dir.«

»Viel Glück, Leonard.«

10. Kapitel

Samstag, der 27. August 1977
00 Uhr 10
Singen und Heulen schien die Wipfel der Tannen einzuhüllen. Das Gewitter war näher gekommen. Ein Donnerschlag folgte dem anderen, laut, hart, eine Steinaxt, die im Opfertempel von Stufe zu Stufe fällt, bis der Altar erreicht ist, wo der Priester steht. Der Himmel erstrahlte im Licht der Blitze, und das Gerippe der Äste und Zweige stand wie ein Scherenschnitt der Angst gegen die elektrische Energie der zuckenden blauweißen Bögen.

Kleine Tiere huschten durchs Unterholz, auf der Suche nach Nahrung und Wasser, auf der Suche nach Wärme und Geborgenheit. Vielleicht spürten auch sie die Drohung des Sturms, die Nähe des Todes.

Paul und Sam hatten erwartet, auf bewaffnete Posten zu treffen. Es gab keine. Das Gebäude jenseits des Waldes war hell erleuchtet. Aber kein Mensch war zu sehen, kein Arbeiter, kein Posten, nichts.

Sie schlugen einen Bogen, verbargen sich im Schutz des Waldes. Dann pirschten sie sich an den Rand des Parkplatzes, wo die Arbeiter und Angestellten des Sägewerks ihre Fahrzeuge hinstellten. Sie fanden ein Dickicht aus Lorbeerbüschen, das sie als Deckung benutzten.

Dort drüben stand der Hubschrauber, nur zehn Meter entfernt. Nachdem sie eine Weile hinter dem Gebüsch gekauert hatten, erschien ein Mann. Das Glühen einer Zigarette. Der Mann sah zum Himmel, betrachtete die schnellziehenden Wolken, die sich diesseits der Blitze als schwere, tintenblaue Tücher abzeichneten, als Tücher, die über einen graphitfarbenen Himmel gezogen wurden.

»Könnte das Dawson sein oder Klinger?« flüsterte Paul.

»Weder noch«, flüsterte Sam. »Ich vermute, das ist der Pilot.«

»Ob er bewaffnet ist?«

»Sieht nicht so aus.«

»Gehen wir los?«

»Warte noch.«

»Warum?«

»Wir müssen abwarten, bis er uns den Rücken zukehrt.«

Sie hockten im Gebüsch und warteten.

Der Pilot hatte die Zigarette fallen gelassen. Sie sahen, wie er die Glut mit dem Absatz austrat. Er steckte die Hände in die Taschen und begann, im Kreis um den Hubschrauber herumzugehen, mit langsamen, nachdenklichen Schritten. Er kam dem Gebüsch, wo sie versteckt waren, bis auf zehn Schritt nahe, dann wandte er sich ab.

»Jetzt«, sagte Sam.

Paul sprang auf. Er lief auf den Parkplatz. Er hatte den Mann fast erreicht, als jener sich umdrehte.

Das Gesicht war eine Maske, in der zwei Katzenaugen leuchteten.

»Wer...?«

»Ich bin der Schlüssel«, schnitt ihm Paul das Wort ab.

»Ich bin das Schloß.«

»Sprechen Sie im Flüsterton.«

»Jawohl, Sir.«

Paul trat einen Schritt vor, weil die Kanzel des Hubschraubers den Blick auf das Gebäude behinderte. Die Fenster waren erleuchtet, die Fassade in Licht gebadet. Wenn es überhaupt Menschen in dem Gebäude gab, dann waren sie geblendet von all den Lampen. Sie würden auf diese Entfernung kaum den Hubschrauber erkennen können, geschweige denn einen Menschen.

Paul kehrte in die Deckung des Hubschraubers zurück. Er gab dem Piloten das Zeichen, zu ihm zu kommen.

Dann war Sam da, er führte das Verhör.

»Wie heißen Sie?«

»Malcolm Spencer.«

»Sind Sie der Pilot der Maschine?«

»Jawohl.«

»Wo ist Mr. Dawson?«

»Im Sägewerk.«

»In welchem Gebäude?«

»Im größten.«

»Welches Stockwerk?«

»Im Erdgeschoß. Dort ist ein Büro, wo der Publikumsverkehr abgewickelt...«

»Wo ist Mr. Klinger?« fragte Sam.

»Der ist in Black River«, sagte der Pilot.

»Das glaube ich Ihnen nicht.«
»Wie meinen Sie?«
»Haben Sie gesagt, Mr. Klinger ist in Black River?«
»Ganz recht.«
Paul und Sam sahen sich an.
»Stimmt was nicht?« fragte der Pilot. Er schien nicht zu verstehen, was sie an seiner Antwort so Besonderes fanden.
»Sie lügen«, sagte Paul.
Der Pilot musterte ihn. Er war überrascht. »Ich habe die Wahrheit gesagt, Sir.«
»Ich bin der Schlüssel«, sagte Paul.
»Ich bin das Schloß«, sagte Spencer.
»Wo ist Mr. Klinger?«
»In Black River.«
Paul starrte seinen Freund an. »Verdammt!«
»Sie haben Klinger und Dawson zum Holzfällercamp geflogen«, sagte Sam. »Und von dort haben Sie die beiden zum Sägewerk gebracht.«
»Nein. Nur Mr. Dawson ist zum Sägewerk mitgeflogen. General Klinger ist vom Holzfällercamp nach Black River gefahren.«
»Wann ist er losgefahren?«
»Noch bevor wir zum Sägewerk flogen.«
»Sie sagen, er hat einen Wagen genommen. Was für...«
Sam konnte seine Frage nicht beenden. Die Nacht wurde vom Blitz eines Schusses erhellt, Bruchteile von Sekunden später kam der Knall.
Paul hatte sich instinktiv zu Boden geworfen. Er schlug eine Rolle.
Die Kugel schlug in das Teerpflaster, wo Paul gestanden hatte.
Ein zweiter Schuß. Teerfetzen spritzten in alle Richtungen.
Paul hatte sich aufgesetzt. Er sah den Schützen. Der Mann kniete, wie ein Sportschütze. Er war nur zehn Schritte entfernt. Er mußte aus dem Wald gekommen sein.
Paul hob seine Combat-Magnum. Er umklammerte die Waffe mit beiden Händen und gab fünf Schüsse auf den Angreifer ab.
Alle fünf Schüsse verfehlten das Ziel.
Aber die Tatsache, daß zurückgefeuert wurde, schien den

Angreifer aus dem Konzept gebracht zu haben. Statt weiterzuschießen, sprang er auf und rannte los, auf den Waldrand zu.

Paul lief ein paar Schritte hinter ihm her, zielte und schoß.

Der Fremde rannte weiter. Er war nicht getroffen worden. Sekunden später tauchte er ins Dunkel des Waldes ein.

»Sam?«

»Hier bin ich.«

Sam lag auf dem dunklen Pflaster. Nur sein Bart und sein weißes Haar waren zu erkennen.

»Bist du verletzt?«

»Er hat mich am Bein erwischt, ja.«

Paul lief zu ihm. Er kniete sich neben ihn. »Schlimm?«

»Fleischwunde«, sagte Sam. »Der Schütze war Dawson. Du mußt ihn kriegen. Lauf los, laß ihn nicht entkommen.«

»Aber du bist verletzt, es ist besser, wenn ich dich erst...«

»Spencer wird mich verbinden. Schnapp dir Dawson.«

Paul rannte los. Er war am Ende des Parkplatzes angelangt, als er das Gewehr am Boden liegen sah. Entweder hatte Dawson die Waffe zurückgelassen, weil er ohne sie schneller laufen konnte. Oder aber er war bei dem Schußwechsel in Panik geraten, so daß er Hals über Kopf davongestürzt war.

Weiter, in den Wald hinein. Paul lud seine Pistole im Laufen nach. Er hatte sich die Munition im General Store in die Hosentasche gesteckt.

00 Uhr 10

Stufe für Stufe ging Klinger die Wendeltreppe hoch. Er stöhnte und blieb stehen. Er zählte bis dreißig, erklomm drei weitere Stufen, blieb wieder stehen. Wenn er nicht äußerste Vorsicht walten ließ, würden sie ihn hören. Er wußte, die Frau war bewaffnet. Das Mädchen? Er wußte nicht recht, ob von der Kleinen Gefahr drohte. Wie auch immer, er würde beide töten, sobald er die Glockenkammer betrat und freies Schußfeld hatte.

Behende brachte er drei weitere Stufen hinter sich. Er blieb stehen und verschnaufte. Immer noch zu laut. Ob sie ihn gehört hatten? Er beschloß zu warten. Draußen heulte der Wind. Die beiden da oben würden das Geräusch, das er mit seinen Sohlen verursachte, für das Knarren des Dachstuhls halten. Der Wind, der Sturm, der Regen.

Er stieg drei weitere Stufen hoch.

oo Uhr 16
Dawson war in einem großen Bogen gelaufen. Er erreichte das Gebäude dreißig oder vierzig Schritte vor seinem Verfolger. Er verschwand um die Ecke.

Als Paul die Ecke erreichte, blieb er stehen. Der Blick ging auf den nördlichen Teil des Holzlagerplatzes. Ein Lager von Stämmen, die für den Winter aufgeschichtet worden waren, als Vorrat für die Sägemühle. Bulldozer, Lastwagen. Ein Förderband, das Sägemehl zum Verbrennungsofen beförderte... Es gab viele Verstecke, wo Dawson sich verbergen konnte.

Er betrat das Haus. Ein hellerleuchteter Flur. Menschenleer. Er ging bis zum Ende des Flurs. Der Maschinenraum. Neonlicht. Die Maschinen schwiegen. Keine Menschenseele war zu sehen. Zur Rechten eine Waschkaue für die Arbeiter. Zur Linken eine Stahltreppe, die in die oberen Stockwerke führte.

Er lief die Stahltreppe hoch, nahm zwei Stufen auf einmal.

Der erste Stock des Gebäudes. Ein langer Flur. Er ging nach rechts. Er kannte das Gebäude von einer Führung, an der er vor zwei Jahren teilgenommen hatte. Rya war damals dabeigewesen.

Er war vor der fünften Tür angekommen. Er griff nach dem Türknopf.

Die Tür war verschlossen.

Er nahm einen Anlauf und trat gegen das Türblatt. Noch einmal.

Nichts. Das Schloß hielt.

Er sah sich um. Am Ende des Korridors schimmerte ein Glaskasten. Er lief hin. Ein Feuerlöscher wurde sichtbar, daneben eine große Axt, gehalten von einer schwarzglänzenden Spange.

Paul schob sich den Revolver in den Gürtel. Er öffnete den Glaskasten und nahm die Axt heraus. Er benutzte das stumpfe Ende der Axt, um den Türknopf abzuschlagen. Die Tür sprang auf. Er ließ die Axt fallen und trat ein.

Das Büro war dunkel. Er konnte das Licht nicht anknipsen, wenn er Dawson sein Versteck nicht verraten wollte. Er schloß die Tür zum Gang.

Er tastete sich zur Fensterfront. Der Blick ging auf eine Terrasse. Er öffnete ein Fenster, schwang sich auf die Brüstung. Ein Dach. Dachpappe.

Der Wind war stärker geworden, er mußte balancieren, um nicht umgerissen zu werden.

Er zog den Revolver aus dem Gürtel.

Wenn sich Dawson im nördlichen Teil des Hofes verbarg, dann hatte er von hier oben die besten Chancen, ihn zu entdekken.

Er trat an den Rand des Dachs. Unten war Düsternis.

Paul hätte die Scheinwerfer anknipsen können, die auf den nördlichen Teil des Hofes gerichtet waren. Aber er wußte nicht, wo die Schalter waren. Sie zu finden, konnte eine Ewigkeit dauern.

Er hatte keine Ewigkeit.

Nichts regte sich im Hof. Nichts außer dem Förderband, das zum Verbrennungsofen führte. Das Band hätte abgestellt werden müssen, das war Sache der letzten Schicht. Aber der zuständige Arbeiter hatte das übersehen.

Das Band führte steil bergauf, bis zu einer Höhe von sechs Metern. Der Verbrennungsofen lag vierzig Meter entfernt. Der Ofen war konisch geformt. Zehn Meter im Durchmesser an der Basis, drei Meter an der Spitze. Die Höhe betrug dreizehn Meter. Der Ofen wurde mit Gas befeuert, er brannte Tag und Nacht, auch wenn er nicht mit Sägemehl beschickt wurde. Paul konnte sehen, daß die Vorräte, die bis zum Ende der Schicht aufgehäuft worden waren, erst zur Hälfte verbrannt waren. Es war Dawson gewesen, der den Männern der nachfolgenden Schicht die Aufnahme der Arbeit verwehrt hatte. Die Männer waren zur Suchaktion in den Wald beordert worden.

Neben dem Verbrennungsofen ein riesiges Becken. Stämme, die wie Alligatoren unter der Wasseroberfläche schwebten. Ein Kran. Ein Haken. Kabel. Es gab einen betonierten Kanal, der aus dem Becken in die Sägemühle führte. Bei normalem Betrieb der Mühle konnten die Männer die ausgesuchten Stämme an Haken in die Mühle hineinziehen. Dort wurde das Holz von den Maschinen übernommen. Östlich und nördlich des Beckens lagen die Vorräte aufgehäuft. Stämme für den ganzen Winter, ein Berg von dreizehn Metern Höhe. Zur Linken lag die Rampe, der Verbrennungsofen. Die Fluter, wo die Stämme vom Becken in die Mühle gezogen wurden, waren vom Dach verdeckt. Zwei Sattelschlepper waren zu sehen, eine Reihe von Bulldozern. Der Zaun.

Von Dawson keine Spur.

Es blitzte. Nach einigen Sekunden der Donner. Es begann zu regnen, dicke, schwere Tropfen.

Außer dem Donner hatte Paul noch ein Geräusch gehört, das er nicht definieren konnte.

Er wirbelte herum.

Dawson war aus dem Fenster des Büros gesprungen, er landete auf dem Dach, einen Meter von Paul entfernt. Er war älter als Paul, zehn Jahre älter. Er war stärker und größer als Paul. Jetzt, im Widerschein der Blitze, sah er wie ein Riese aus. Der Regen schimmerte auf der Schneide der Axt, die er in den Händen hielt. Er hob die Axt.

Klinger hatte die erste Hälfte der Wendeltreppe bezwungen, als es zu regnen begann. Das Plätschern der Tropfen auf den Dachziegeln war zu hören, das Geräusch war so laut, daß es seine Schritte übertönte. Die perfekte Tarnung.

Er wartete, bis der Regen stärker geworden war. Dann setzte er seinen Aufstieg fort. Er legte keine Pausen mehr ein, wie er es vorher getan hatte. Er schmunzelte. Nichts war zu hören von seinen Schritten. Nichts. Er strich über den Lauf der Waffe. Er war zuversichtlich. Alles würde gut werden.

Er brauchte nur eine Minute, um die zweite Hälfte der Wendeltreppe zurückzulegen. Die letzten Stufen ging er gebückt, bereit zum Sprung. Auf der obersten Stufe angekommen, katapultierte er sich in den Glockenraum.

Paul hatte sich weggeduckt.

Er hörte, wie die Axt über seinen Kopf hinwegpfiff.

Er erschrak, als er sich schreien hörte. Merkwürdig, er konnte nicht aufhören zu schreien. Er stand da, starrte den Mann mit der Axt an, hielt die Waffe vor sich gestreckt.

Er schoß.

Die Kugel traf Dawson in die rechte Schulter.

Die Axt krachte auf das Dach, sprang hoch wie ein Wurfholz, segelte über die Dachkante und zerschmetterte die Windschutzscheibe eines Sattelschleppers.

Wie eine Puppe auf einer Spieluhr drehte sich Dawson. Seine Rechte bekam Pauls Jacke zu fassen. Die Waffe glitt zu Boden, rutschte über die Kante des Daches, und Paul hörte, wie sie auf dem Stahldach des Sattelschleppers aufkam. Dann verlor er den Boden unter den Füßen.

Umschlungen, ein verbissen ringendes Paar, rollten die beiden Männer über das abschüssige Dach. Dann der Fall.

Es war dunkel in der Glockenkammer. Aber die Umrisse des kleinen Mädchens waren klar zu erkennen. Sie war allein.

Klinger verstand das nicht. Es war mehr, als er zu hoffen gewagt hatte. Das kleine Mädchen, allein.

Gut so. Er würde sie einzeln abknallen.

Ein merkwürdiges Geschöpf. Sie saß an die Wand gelehnt. Über ihr war der Sichtschlitz zu erkennen.

Sie sah ihn an. Verachtung lag in ihrem Blick.

Klinger ärgerte sich.

Einmal gehörte es sich nicht, daß sie ihn so ansah.

Und dann war es auch nicht richtig, daß man ihm mitten in der Nacht Rätsel aufgab.

Hier oben gab es zwei Menschen zu töten, nicht nur einen. Die Plattform war zu klein für ein Versteckspiel, wie es Frauen liebten.

Er beschloß, seinen Augen zu trauen. Wo eine Frau und ein Mädchen hätten sein müssen, war nur ein Mädchen.

Der Donner kam wie der Faustschlag eines Riesen, und die Zinken des Blitzes waren spitz wie ein Stilett. Der Sturm rüttelte im Gebälk, ließ das Dach klagen und stöhnen wie ein Opfer bei der Inquisition.

Klinger stand über dem Mädchen.

Sie hob den Blick. Ihre Stimme zitterte. »Bitte... erschießen... Sie... mich... nicht.«

»Wo ist die andere?« fragte Klinger. »Sag mir, wo sie hingegangen ist.«

»He, Mister«, sagte eine Stimme hinter ihm.

Sie hatten ihn also doch kommen gehört. Sie hatten ihm aufgelauert. Beide.

Die Frau hatte sich versteckt.

Aber wo? Und wie?

Er wußte, daß sein Spiel verloren war. Es gab keinen Ausweg mehr. Zorn, Bitterkeit, Erstaunen.

Er wandte sich. Er würde ihnen die Stirn bieten, auch und gerade im Tode.

Aber da stand niemand. Die Treppe. Die Wand. Nichts. Leere. Blitz und Donner.

Er fuhr herum.

Das Kind. Er war allein mit dem Kind.

»He, Mister.«

Er hob den Blick. Etwas wie eine Fledermaus schwebte über ihm. Die Frau. Jenny Edison. Er konnte ihr Gesicht nicht erkennen, aber er wußte, daß sie es war. Sie hatte ihn überlistet. Und er war sich so clever, so unheimlich geschickt vorgekommen. Sie hatte die Glocke erklommen, hielt die eherne Wandung umarmt, schwebte zwei Meter über der Plattform.

Es ist jetzt siebenundzwanzig Jahre her, daß ich in Korea kämpfte, dachte er. Ich bin zu alt für solche Einsätze. Zu alt.

Er konnte die Waffe nicht sehen, die sie auf ihn gerichtet hatte. Aber er wußte, daß die Mündung auf seine Stirn zielte. Er wußte, daß die Mündung seiner Stirn sehr nahe war. Und er wußte, daß Jenny Edison die Waffe entsichert hatte.

Er nahm noch wahr, wie das Kleid des kleinen Mädchens zu rascheln begann. Die Kleine kroch aus der Schußlinie.

»Gute Reise, Sie Ekel«, sagte Jenny Edison.

Er war tot, noch ehe die Ohren das Geräusch des Schusses an das Gehirn hätten weitermelden können.

Dawson landete auf dem Rücken. Etwas unter ihm zitterte. Und dann spürte Dawson, wie das Gewicht seines Gegners ihm die Luft aus den Lungen quetschte.

Das Förderband vibrierte, bis das Gewicht der beiden Männer die mittlere Förderrolle passiert hatte.

Es gelang Paul, den Kopf zu heben. Die Luke im Ofen war zu sehen. Ein Ball, gelb, orangerot, rot. Dreißig Meter hoch.

Fünfundzwanzig.

Dawson zuckte zusammen, als sich der Ellenbogen des Gegners in seine Schulter bohrte. Die Wunde. Er war noch benommen vom Fall. Wie ein Ertrinkender holte er Luft. Der Regen war ihm in die Nasenlöcher geronnen. Er blies wie ein Wal.

Das Rumpeln des Laufwerks war lauter geworden, und Paul hörte, wie sich das Zittern der letzten Rollen ankündigte, ein ärgerliches, heftiges Geräusch, das in einem satten Klatschen seinen Höhepunkt finden würde, wenn das Band, von der Last befreit, talwärts schwang.

Zwanzig Meter.
Die Straße des Todes.
Paul versuchte, sich vom Band zu rollen.
Dawson hielt ihn umfangen.
Fünfzehn Meter.
»Laß mich los!« Paul wand sich im Griff des Gegners, stöhnte und spuckte. Er hatte nicht die Kraft, sich zu befreien.
Zehn Meter.
Paul nahm alle Kraft zusammen, die ihm blieb. Er holte aus und landete eine Rechte auf Dawsons Nase.
Die Krallen lösten sich.
Fünf Meter.
Vier Meter.
Er spürte die Hitze des Ofens. Er schrie vor Angst. Er gab sich einen Ruck und ließ sich über den Rand des Förderbandes in die Tiefe fallen.
Wie tief werde ich fallen?
Der Schmerz war kurz, wie ein Pflaster, das mit einer raschen Bewegung abgerissen wird. Er war ins Gras gefallen, ins Unkraut, das am Rande des Beckens wuchs.
Als er seinen Blick hob, sah er Dawson, der ins Feuer katapultiert wurde.
Er konnte nicht hören, ob Dawson schrie, so laut war der Donner, der in diesem Augenblick über das Gelände des Sägewerks rollte.

Das Ende

Samstag, der 27. August 1977
05 Uhr 00
Die Eßbaracke im Holzfällerlager war ein Rechteck von 24 Meter Länge und 12 Meter Breite. Sam und Rya hatten an einem der Tische Platz genommen. Zwischen ihnen und der Tür der Baracke waren die Gesichter der Holzfäller. Gesichter, in denen die Spuren der überstandenen Anstrengungen zu erkennen waren.

Die Männer hatten eine Schlange gebildet. Einer nach dem anderen trat vor. Sam setzte das Schlüssel-Schloß-Programm ein, um das Gedächtnis der Männer neu zu strukturieren. Erst wenn dic neuen Erinnerungen fest verankert waren, durfte der Mann weitergehen. Rya hakte seinen Namen auf der Liste ab. Der nächste trat vor.

Sie hatten dreißig Männer neu strukturiert, als Rya die Liste sinken ließ. Es war eine Liste, die Sam sich vom Lohnbuchhalter der Firma hatte aushändigen lassen. Alle Namen waren verzeichnet.

»Wie fühlst du dich?«

»Und du?« kam seine Gegenfrage.

»Du bist der Verletzte, nicht ich.«

»Auch du hast Wunden davongetragen«, sagte er leise zu ihr.

»Nein«, sagte Rya. »Ich fühle mich nur plötzlich so erwachsen.«

»Ich weiß, daß es dir weh getan hat.«

»Es ist etwas anderes«, sagte sie. »Es hat mich traurig gemacht.«

Er nickte. »Ich seh's.«

»Es wird nie mehr so wie früher sein.« Ihre Lippen zitterten. Sie räusperte sich. »Wie geht's mit deinem Bein?«

»Das eine ist ein bißchen länger als das andere«, sagte er. »Wenn das nicht stört...«

Er faßte sie beim Kinn.

Sie strich mit ihrer kleinen Hand über seine Schläfen.

Er freute sich, als sie sich für ihn zu einem Lächeln zwang. Das Lächeln war wichtiger als alle Antibiotika, die Doc Troutman verschrieben hatte.

06 Uhr 30

Vor zwei Stunden war der Himmel aufgerissen. Die Sturmwolken waren unterwegs zum Horizont. Sie hatten ihre Kraft verloren.

Als die Sonne aufging, drangen die Strahlen bis zur Erde vor. Es war eine klare, ehrliche Herbstsonne.

Die drei Männer hatten mitten im Tannenwald, etwa einen Kilometer oberhalb Black River, ein Grab ausgehoben. Sie warfen die Leichen Salsburys und Klingers in die Tiefe.

»Zuschaufeln«, sagte Jenny.

Sie begannen zu schaufeln.

Mit jedem Brocken Erde, der auf die zwei Toten geworfen wurde, wurde Jenny leichter ums Herz.

09 Uhr 30

Der Hubschrauber war in Augusta zwischengelandet, um zu tanken. Es war halb zehn, als er auf dem Landestreifen in Greenwich niederging.

»Auftanken und nachsehen lassen«, sagte Paul. »Wir fliegen heute abend nach Black River zurück.«

»Jawohl, Sir«, sagte Malcolm Spencer.

»Wenn der Hubschrauber okay ist, gehen Sie nach Hause und ruhen Sie sich aus«, sagte Paul. »Wir treffen uns heute abend um sieben auf dem Landeplatz. Die Zeit müßte genügen, damit Sie wieder fit sind. Und was mich angeht, ich kann auch ein paar Stunden Ruhe gebrauchen.«

»Danke, Sir«, sagte Spencer.

Paul sprang aus dem Hubschrauber. Er blieb auf der asphaltierten Fläche stehen. Er reckte und streckte sich. Vor dem Abflug aus Maine hatte er eine Dusche genommen. Er hatte sich rasiert und frische Kleidung angezogen. Die Erfrischung war nur vorübergehend gewesen. Er fühlte sich wie gerädert. Die Glieder schmerzten. Er hatte Kopfschmerzen.

Er ging auf das Haus zu.

Er umrundete das Gebäude.

Er ging die Stufen zum Hintereingang hinauf und klopfte an.

Eine Frau öffnete. Sie trug eine Dienstbotenuniform. Sie war klein und stämmig. Das Gesicht war freundlich. Die Frau war Mitte Fünfzig. Das Haar war in einem Knoten gebunden. Die Hände waren mit Mehl bestreut. Er hatte sie beim Kuchenbakken angetroffen.

»Ich bin der Schlüssel.«

»Ich bin das Schloß.«

»Lassen Sie mich ins Haus ein.«

Sie trat zur Seite.

Er trat ein.

»Wo sind die Computer?« fragte er.

»Was?«

»Dawsons Computer. Wo sind sie?«

»Ich habe keine Ahnung, Sir.«

Er nickte. »Okay. Vergessen Sie, daß ich mit Ihnen gesprochen habe und daß Sie mich gesehen haben. Kehren Sie zu Ihrer Arbeit zurück.« Er betrat die Küche. »Ich sehe, Sie machen einen herrlichen Kuchen. Sehr schön. Machen Sie weiter, lassen Sie sich durch mich überhaupt nicht stören. Vergessen Sie, daß ich da war.«

Sie begann, ein Lied zu summen. Er sah, wie sie an den Tisch zurückkehrte, auf dem der Teig ausgerollt war.

Er durchquerte einen Raum nach dem anderen, bis er die Computer gefunden hatte.

Er setzte sich und tippte den Öffnungscode ein, den Salsbury ihm bei der Befragung verraten hatte.

Es gab fünf Bildschirme. Auf allen leuchtete ein Wort auf:

EINGABE

Paul ging so vor, wie Salsbury es ihm erklärt hatte.

Er begann die Programmierung:

ALLE GESPEICHERTEN DATEN LÖSCHEN

Fünf Sekunden später begann auf den Sichtschirmen ein Stern zu flimmern. Die Ausführungsanzeige erschien:

ALLE GESPEICHERTEN DATEN GELÖSCHT

Nach fünf Sekunden erlosch die Anzeige.
Er gab den zweiten Befehl ein:

ALLE PROGRAMME LÖSCHEN

Es dauerte zwölf Sekunden, bis der Computer reagierte.

BITTE LETZTE WEISUNG BESTÄTIGEN

Die Kopfschmerzen waren schlimmer geworden, und die Schrift verschwamm vor seinen Augen.
Er zwang sich zur Geduld. Er tippte noch einmal die Anweisung ein:

ALLE PROGRAMME LÖSCHEN

Die drei Worte blieben dreißig Sekunden stehen. Dann begann die Schrift zu zittern und erlosch.
Paul tippte den Suchbegriff ›Black River‹ ein. Er befahl dem Computer, alle für Black River gespeicherten Daten und Programme auszudrucken.
Der Computer schwieg.
Paul tippte den Schlüssel-Schloß-Code ein. Wieder befahl er dem Computer, alle über das Schlüsselprogramm gespeicherten Daten und Programme auszudrucken.
Der Computer schwieg.
Er tippte einen Prüfbefehl ein. Der Computer sollte seine eigenen Funktionen prüfen.
Die Leuchtschirme blieben leer.
Er lehnte sich auf dem Stuhl zurück und schloß die Augen.
Vor Jahren, in der High-School, war er dabeigewesen, als ein Mitschüler seinen Finger verlor. Es war in der Lehrwerkstatt gewesen. Sie hatten Holz bearbeitet, und der Junge hatte sich den Finger zwischen dem zweiten und dritten Fingerglied abgetrennt. Zwei oder drei Minuten lang hatte es einen ziemlichen Aufruhr gegeben in der Werkstatt. Alle waren hilflos umhergerannt und hatten sich den Kopf zerbrochen, was sie in diesem Falle tun sollten. Nur der Junge mit dem abgeschnittenen Finger war ganz ruhig geblieben. Er hatte dagestanden und launige Bemerkungen gemacht, so schlimm sei das ja nun auch wieder

nicht. Als seine Stimmung die Mitschüler ansteckte, als auch die anderen Witze zu machen begannen, war sich der Junge der Bedeutung des Unfalls auf einmal bewußt geworden. Er hatte zu schreien begonnen und war kaum zu beruhigen gewesen.

Ähnlich war es jetzt bei Paul. Erst jetzt, in Greenwich, wurde ihm klar, daß sein Sohn tot war. Mark tot. Die Erkenntnis traf ihn wie ein Dolchstoß. Er sackte zusammen. Das Bild seines Jungen, der zusammengekauert in der Tiefkühltruhe gelegen hatte, war wieder da, und nicht nur das Bild, sondern der Gedanke an den Tod. Er verstand, daß er Mark nie wiedersehen würde.

Er saß da und weinte.

18 Uhr 00
Sam war aus dem Wagen gestiegen. Er stand an die Tür gelehnt und betrachtete die Veranda des General Store, jenes Geschäftes, das er so viele Jahre bewirtschaftet hatte.

»Was ist, Vater?« fragte Jenny.

»Ich denke gerade darüber nach, wieviel ich für das Geschäft wohl verlangen kann.«

»Willst du verkaufen?«

»Ja.«

»Aber... du hast dein ganzes Leben in diesem Haus verbracht, Vater. Ich weiß, daß dein Herz dran hängt.«

»Ich ziehe weg aus Black River«, sagte er. »Ich kann hier nicht mehr leben. In einem Ort, wo ich Bewohner... jeden öffnen kann, ihn programmieren kann, ihn mißbrauchen kann.«

»Du wirst die Menschen nie mißbrauchen, Vater, das hast du nie getan.« Sie ergriff ihn am Arm. Rya war um den Wagen herumgekommen. Sie rieb den Kopf an Sams Schulter.

»Das Gefühl, daß ich es tun könnte... Das zu denken, kann einem Mann das Leben verleiden.«

Er ging die Stufen zu seinem Geschäft hinauf. Zum erstenmal in seinem Leben kam er sich alt vor.

Samstag, der 1. Oktober 1977
Die folgenden Worte waren die Überschrift eines Artikels, der an jenem Tag in der NEW YORK TIMES erschien:

Mrs. Dawson beauftragt Privatdetektiv –
Ermittlungen des FBI als unzureichend bezeichnet

Boys geleiteten sie in die Hochzeitssuite.

Ein Strauß Nelken und ein Strauß Rosen standen in den Vasen im Vorraum, mit einem Kärtchen des Generalmanagers. Herzlichen Glückwunsch. Jenny reichte Paul eine Rose und ließ ihn dran riechen. Dann nahm sie eine Nelke und gab sie ihm.

Sie gingen zu Bett und liebten sich.

Sie ließen sich Zeit. Sie machten, was dem anderen Spaß machte, und genossen es beide. Er war in ihr, sie war in ihm. Alles war leicht, alles war gut. Es war eine wunderschöne Nacht. Sie leerten das Glas bis zur Neige.

Sie lagen da und schwiegen, satt, glücklich, müde. Ihre Hände berührten sich. Er schloß die Finger um ihr Handgelenk und küßte ihre Schulter.

»Es war anders als sonst«, sagte sie.

»Aber schön«, sagte er. »Wenigstens für mich.«

»Das meine ich nicht. Für mich war's genauso schön.«

»Und trotzdem sagst du, es war anders.«

»Wahrscheinlich weil wir beide andere Menschen geworden sind«, sagte sie. »Ich weiß es nicht. Ich spüre nur, wir leben intensiver. So, als ob wir's wirklich ernst meinen.«

»Ich bin stolz, daß du das sagst.«

»Aber wir haben auch etwas verloren. Die Unschuld ist nicht mehr da, die wir hatten, als wir uns in den Bergen liebten.«

»Wir sind eben nicht mehr unschuldig.«

»Da kannst du recht haben«, sagte sie.

Wir sind Mörder, dachte sie. Wir sind Kinder der neuen Zeit, angepaßt an die Erfordernisse von Maschinen, eingestellt auf die Schliche von Computern. Wir sind Überlebensstrategen.

Und wenn schon. Sie schämte sich nicht, weil sie sich gewehrt hatte. Was soll's. Wir sind Mörder. Aber selbst Mörder dürfen Glück empfangen. Mehr noch, sie dürfen Glück geben. Ist das nicht die Hauptsache im Leben, daß man dem anderen Glück geben kann?

Sie dachte an den kleinen Mark, an den gefälschten Totenschein, an das Kindergrab neben Annie.

Er umfaßte Jennys Schulter. Er schloß sie in seine Arme. Er spürte, wie die Welt kleiner und kleiner wurde, bis sie nur noch aus zwei Körpern bestand, aus ihrem und seinem.

Dean Koontz, ein Meister des Schreckens

Innerhalb von 20 Jahren schrieb Koontz 51 Bücher. Schaffenskrisen kennt er nicht. »Es ist beinahe, als ob ich mit Ideen bombardiert würde. Ich kann mich 15 Minuten lang hinsetzen und ein Dutzend Einfälle haben. Viele Schriftsteller stehen mit diesem Die-Muse-hat-mich-verlassen-Gefühl vom Schreibtisch auf. Mich verläßt die Muse nie. Ich muß sie rausschmeißen.«
Der 1945 in Pennsylvania geborene Horror-Spezialist begann schon als Kind, Geschichten zu schreiben. Lesen und Schreiben bedeuteten für ihn die Flucht aus der Realität: Seine Familie lebte in Armut, der Vater, ein Alkoholiker ohne festen Job, schlug seinen Sohn.
Noch während seiner Studentenzeit begann Koontz, seine Werke – damals Science-fiction-Romane – zu verkaufen. Er verdiente sehr wenig damit und war deshalb gezwungen, große Mengen zu produzieren. 1966 schloß er sein Studium ab. Bis 1969 arbeitete Koontz als Englischlehrer. Danach schlug er sich als freier Schriftsteller durch – zunächst mit finanzieller Unterstützung seiner Frau, die er 1966 geheiratet hatte. Seine Romane erschienen zum Teil unter verschiedenen Pseudonymen.
Der Erfolg kam 1972 mit dem Thriller »Chase«, den endgültigen Durchbruch schaffte Koontz 1980 mit »Whispers« (»Flüstern in der Nacht«).
Inzwischen wird der Autor längst in einem Atemzug mit Stephen King und anderen Horror-Größen genannt. Seine Bücher sind in 18 Sprachen erhältlich. Weltweit wurden über 70 Millionen Exemplare verkauft. Kritiker loben neben der atemberaubenden Spannung immer wieder auch die ausgezeichnete literarische Qualität seiner Werke.
Dean Koontz lebt heute zusammen mit seiner Frau in Orange, Kalifornien. Sein Haus enthält eine zirka 25 000 Bände umfassende Bibliothek, die ihm das Recherchieren erleichtert. Der produktive »Meister des Schreckens« ist ein Workaholic: Er arbeitet täglich 10 bis 15 Stunden.

Dean Koontz

Verzeichnis lieferbarer Titel

(Stand März 1995)

Die Augen der Dunkelheit (01/7707)
Brandzeichen (01/8063)
Chase
Codewort: Pentagon
Flüstern in der Nacht
Ein Freund fürs Sterben
Das Haus der Angst (01/6913)
In der Kälte der Nacht (01/8251)
Die Kälte des Feuers (41/32 oder 01/9080)
Die Maske (01/6951)
Mitternacht (01/8444)
Nach dem letzten Rennen
Nacht der Zaubertiere
Nackte Angst
Ort des Grauens (01/8627)
Schattenfeuer (01/7810)
Schlüssel der Dunkelheit (41/40)
Schutzengel (01/8340)
Schwarzer Mond (01/7903)
Todesdämmerung (01/8041)
Tür ins Dunkel (01/7992)
Unheil über der Stadt (01/6667)
Unter Beschattung
Das Versteck
Vision (01/8736)
Wenn die Dunkelheit kommt (01/6833)
Die zweite Haut (Heyne-Hardcover)
Zwielicht (41/29 oder 01/8853)
Wintermond

2 bzw. 3 Romane in einem Band:
Die Maske/Die Augen der Dunkelheit/Die Hellseherin (23/76)
Mike Tucker und der Maya-Fries/...alias Mike Tucker/Mike Tucker auf Tauchstation
Schattenfeuer/Tür ins Dunkel (23/85)
Unheil über der Stadt/Todesdämmerung (23/101)

Die Bandnummern der Heyne-Taschenbücher sind jeweils in Klammern angegeben.